HISTOIR

N

HISTOIRE DE FRANCE
sous la direction de Jean FAVIER

Tome 1, Karl Ferdinand WERNER, *Les origines*
(*avant l'an mil*)
Tome 2, Jean FAVIER, *Le temps des principautés*
(*de l'an mil à 1515*)
Tome 3, Jean MEYER, *La France moderne*
(*de 1515 à 1789*)
Tome 4, Jean TULARD, *Les révolutions*
(*de 1789 à 1851*)
Tome 5, François CARON, *La France des patriotes*
(*de 1851 à 1918*)
Tome 6, René RÉMOND, *Notre siècle*
(*de 1918 à 1991*)

HISTOIRE DE FRANCE

Sous la direction de Jean Favier

RENÉ RÉMOND

avec la collaboration de Jean-François Sirinelli

Notre siècle

de 1918 à 1991

Nouvelle édition augmentée

FAYARD

Les chapitres X, XXI et XXXVIII ont été écrits
par Jean-François Sirinelli

Librairie Arthème Fayard, 1991, pour la nouvelle édition

INTRODUCTION

Ce dernier tome de l'*Histoire de France,* dont Jean Favier est le maître d'œuvre, présente par rapport à ses cinq devanciers une double singularité, qui lui vient de la spécificité de son objet : la contemporanéité et l'inachèvement de la période étudiée. La contemporanéité au sens littéral du terme et non pas selon l'acception que lui donne ordinairement l'école historique française pour qui les portes du contemporain se sont ouvertes en 1789 : la période évoquée dans ce livre est effectivement et intégralement contemporaine, parce qu'il n'est aucun des moments qui la composent dont ne survivent parmi nous des hommes et des femmes qui en furent témoins ; à travers eux elle demeure présente et d'une certaine façon continue de vivre. Pas une seule des soixante-dix et quelques années qui emplissent le cadre chronologique de cette tentative de restitution n'est encore passée irrévocablement de l'autre côté de la ligne invisible mais décisive qui sépare à tout jamais le passé définitivement révolu de celui qui survit encore dans les mémoires individuelles. Notre société compte au début de cette dernière décennie de notre siècle dans ses rangs des millions d'hommes et de femmes nés avant 1918 et dont la vie consciente coïncide avec la totalité de la période dont ce livre se propose de retracer les principaux épisodes. A chaque commémoration annuelle du 11 novembre 1918, sur l'évocation duquel s'ouvre notre perspective, participent des centaines d'anciens combattants de la Grande Guerre, et plus on se rapproche d'aujourd'hui et plus se multiplient ceux pour qui cette histoire fait corps avec une expérience personnelle : ceux qui se souviennent de 1936, ceux qui ont vécu le drame de 1940, ceux qui ont connu l'exaltation de la Libération.

Situation originale et combien redoutable pour l'historien !

Ce livre comptera une proportion croissante, à mesure qu'il traite des chapitres plus proches, de lecteurs à même de confronter leur témoignage avec notre récit et peut-être d'opposer leur interprétation à la lecture proposée. Que l'auteur, sans être à même de se remémorer comme expérience personnelle la totalité de la période, en ait aussi des souvenirs, loin de le rassurer sur l'authenticité de sa relation, lui inspire un surcroît d'inquiétude : ne risque-t-il pas d'ériger ses impressions en vérité générale ? Son expérience, nécessairement limitée, partielle, ne menace-t-elle point de brouiller son regard, d'infléchir son jugement ? Est-il possible d'écrire l'histoire de son temps sans confondre deux rôles qu'il importe de maintenir distincts, le mémorialiste et l'historien ? Certes, pour parer à cet inconvénient, je me suis assuré, avec Jean-François Sirinelli, le concours d'un des meilleurs historiens d'une génération plus jeune ; de nos regards croisés, de nos jugements confrontés devrait procéder une vision moins sujette à caution. La question demeure néanmoins : peut-on se faire l'historien de son temps ?

La deuxième caractéristique de la période, son inachèvement, ajoute une difficulté de plus : puisque nous avons pris le parti et le pari de conduire le récit jusqu'au plus près de l'actualité, la période n'est pas close. A cet égard ce volume qui ferme, provisoirement, la série est comme l'arche qui s'élève à la Défense : celle-ci achève la perspective, tracée depuis des siècles, qui part du cœur du Paris médiéval et monarchique, de ce Louvre où des fouilles récentes ont dégagé les substructions du donjon — qui est comme le symbole de la naissance de l'État —, et qui aboutit au sommet de la colline où le monument érigé en l'honneur de la Défense nationale commémore la vaillance et les souffrances du peuple de Paris pendant le siège de 1870-1871, mais l'arche s'ouvre aussi sur des lointains indéfinis.

Pareillement, ce livre achève le récit que mes prédécesseurs ont conduit des origines de notre histoire jusqu'au seuil de notre temps, mais il s'ouvre sur un avenir indéterminé. Or toute période reçoit de la suite la réponse aux questions qu'elle pose ; elle ne prend sa signification ultime que longtemps après son propre terme. C'est le désastre de 1940 qui appose le sceau final sur les dernières années de la IIIe République. N'étant pas entièrement révolue, l'histoire de notre siècle n'a pas encore révélé toutes ses implications, ni dit son dernier mot. N'est-il donc pas prématuré de fixer et de figer la vision de ces quelques décennies ? Plutôt que d'anticiper, ne serait-il pas plus raisonnable, plus conforme aussi à une exigence scientifique, de laisser le temps faire son œuvre ? En se saisissant si vite de l'histoire immédiate, l'historien fait-il encore son métier ou ne se transforme-t-il pas en chroniqueur trop pressé d'une actualité périssable ?

Introduction   7

Tel était bien le sentiment des historiens, nos maîtres et nos aînés, qui préféraient laisser d'autres, journalistes ou polygraphes, s'occuper de ces temps intermédiaires entre le passé enfin révolu et un présent incertain. Si cependant tant d'historiens, passant outre à ces objections, ont maintenant entrepris de travailler sur une période qu'eux-mêmes ont connue et vécue, on leur fera l'honneur de croire que ce n'est pas pour des motifs impurs, recherche de notoriété à bon marché, sollicitations éditoriales, ou séduction médiatique : loin de trahir leur mission, ils ont la conviction de s'en acquitter, dans des conditions peut-être plus délicates, puisqu'ils s'exposent au double démenti des contemporains et des événements à venir, en aidant leurs contemporains à comprendre leur temps, à en déchiffrer la complexité, et en préparant les voies aux historiens de demain.

C'est aussi que la chose est aujourd'hui possible. En particulier, si, accédant à l'invitation de Jean Favier, j'ai pris le risque de tenter une synthèse des sept décennies qui nous séparent de la fin de la Première Guerre, c'est parce que je savais pouvoir prendre appui sur un ensemble considérable de travaux : l'occasion m'a tenté de porter à la connaissance d'un large public le fruit de trente années de recherches individuelles et collectives. Ce chiffre n'est pas jeté au hasard : il se trouve que j'ai publié en 1957 un article intitulé « Plaidoyer pour une histoire délaissée », qui constatait l'absence de toute étude de caractère scientifique sur l'après-guerre. Qu'on ne se méprenne pas ! La guerre en question n'était pas la seconde, terminée douze ans plus tôt, mais la première : quarante ans en effet après la fin du premier conflit européen, personne ou presque n'avait été encouragé à entreprendre une recherche véritablement historique sur ce long segment d'histoire. Depuis, la situation s'est retournée du tout au tout : à la pénurie a succédé l'abondance et presque la surabondance. Historiens français et étrangers, sociologues, économistes, politistes, juristes ont défriché, labouré dans tous les sens le vaste champ offert à leur recherche. La bibliographie de ce volume en porte témoignage, et ce ne fut pas une mince affaire de sélectionner deux ou trois centaines de titres dans une littérature innombrable, et généralement de bonne qualité. Nous avons certainement commis des oublis : quelque familiarité qu'on ait acquise avec tout ce qui s'est écrit sur la période, pour avoir dirigé, suscité, orienté, annoté une bonne partie de ces travaux, il échappe inévitablement quelques omissions qu'on voudra bien excuser.

Contrairement à une idée trop répandue, complaisamment entretenue et qui résiste à toutes les démonstrations, aucune période de cette histoire mouvementée, convulsive, dramatique, n'a jamais fait l'objet d'un tabou implicite. Il n'est pas vrai que les historiens français n'aient pas osé aborder les années troubles de la guerre et de l'Occupation et qu'ils aient abandonné à des confrères étrangers le soin de les étudier ; si des historiens européens et américains ont apporté sur les événements de cette décennie une contribution précieuse dont nous leur sommes reconnaissants, si leur regard croisé avec le nôtre a parfois modifié nos perspectives, il n'est guère de période sur laquelle on ait, si peu de temps après les événements, travaillé avec un tel souci de faire la vérité, et qui ait inspiré autant de travaux.

La recherche s'est déployée dans toutes les directions : elle a appliqué à la plupart des aspects de la réalité sociale (politique, social, culturel, religion, relations internationales...) les curiosités et les exigences d'une histoire profondément renouvelée dans ses orientations et ses méthodes. Puisque je crois avoir lu que l'histoire des relations de la France avec l'Outre-mer et de la décolonisation attendrait encore de vrais historiens, je me fais un devoir de souligner l'importance des travaux, incontestablement scientifiques, qui ont illustré cette dimension de l'histoire de notre siècle.

C'est la règle de la collection, pour ne pas alourdir le texte, de ne pas citer à mesure les études dont on s'inspire ou dont on suit les conclusions : je m'y suis conformé. Au reste, comment aurais-je pu mentionner tous les travaux lus dont j'ai fait mon profit et dont j'ai assimilé les apports ? Mais ce silence ne signifie ni ignorance ni moins encore ingratitude : ce livre n'aurait pu être écrit sans le soubassement de cette vaste recherche.

Est-ce à dire que nous savons tout désormais de cette période ? Certes pas ! L'attention s'est distribuée inégalement entre les moments et les sujets : certaines périodes sont encore négligées. L'histoire des années 20 reste à faire : la législature du Bloc national attend encore son historien. Des zones d'ombre subsistent, mais est-ce propre à notre siècle ? Des points sont contestés, d'autres font l'objet de vives controverses. Mais l'essentiel est établi, et à cet égard une esquisse de synthèse est maintenant possible : la réussite n'en est pas assurée — c'est au lecteur d'en juger —, mais l'entreprise n'est plus déraisonnable.

Introduction

D'ailleurs, la principale difficulté de toute histoire d'un temps très proche n'est pas celle qu'on imagine : elle n'est pas tant d'établir les faits ni d'accéder à une suffisante objectivité que d'établir une hiérarchie d'importance et d'évaluer hommes et événements. L'objectivité ? C'est le devoir d'état de tout historien : il y est préparé par sa discipline, il y tend par une exigence éthique autant qu'épistémologique. Le plus difficile est de choisir dans la surabondance de l'information, qui redouble l'accumulation des faits, ce qui au regard de la suite a de l'importance, de discerner les faits significatifs ou annonciateurs, de déchiffrer des lignes de force dans un dessin brouillé par la proximité.

La difficulté est ensuite la formation du jugement. Non pas un jugement d'ordre moral qui impliquerait que l'historien connaisse les intentions profondes, dévoile les motivations cachées, sonde les reins et les cœurs : si la chance lui est parfois donnée de s'introduire dans le secret où se forment les décisions, ce sont les résultats qui jugent une action. Mais la mise en perspective peut modifier substantiellement les appréciations des contemporains : redoutable responsabilité pour l'historien de son temps que de proposer une évaluation des hommes, des politiques, des générations ; il ne saurait s'y dérober sans manquer à ce qu'on attend de lui. J'y ai procédé avec le souci de comprendre et de tenir compte de l'environnement, des contraintes, des possibilités d'action des responsables. Sur plus d'un point on verra que j'ai pris quelque distance par rapport aux idées reçues ; j'ai corrigé des légendes, rectifié des interprétations ; la Chambre du Bloc national n'était pas aussi à droite qu'on la présente généralement ; la « drôle de guerre » avait sa logique. Au terme de ce long cheminement, jetant un regard rétrospectif sur l'ensemble parcouru, je m'avise que cet effort constant pour entrer dans la compréhension des hommes et restituer à chaque instant la complexité des situations a eu un résultat involontaire : adoucir les jugements les plus sévères, nuancer les appréciations plus admiratives. Le contraste n'était pas aussi tranché que dans les esprits entre un Mendès France lucide, courageux, fidèle à ses principes, et un Guy Mollet opportuniste, trahissant ses convictions. Il n'est pas question de retirer au premier un légitime tribut d'admiration pour ses qualités, mais la comparaison des situations entre un homme à qui la possibilité d'agir avait été retirée et un autre qui a assumé la responsabilité du pouvoir avec des moyens limités estompe l'opposition. De même entre le quinquennat Pompidou et le septennat giscardien. De proche en proche, un coup de pouce par-ci, un coup de gomme par-là, un trait de crayon pour rehausser tel portrait ou une retouche pour tel autre, et voilà toute la perspective remaniée dans le sens d'une réduction des écarts : à une vision violemment contrastée, en noir et blanc, propre à flatter les imaginations, se substitue une description plus fondue — la nuance plus que le clair-obscur. Ne va-t-on pas vers un arasement des reliefs qui donnent sens à une histoire, nivellement dans une uniformité banalisée, dilution des antagonismes ? Le risque n'est pas nul, mais n'est-ce pas aussi la mission de l'historien de rectifier les légendes, de relativiser les simplifications polémiques et de restituer la complexité et la diversité de la vie ?

Ce livre trouve une de ses originalités dans la durée de la période étudiée : de 1918 à 1991, un peu plus de soixante-dix ans, soit approximativement autant que de la mort de Louis XIV aux prodromes de la révolution de 1789, ou de la chute de Napoléon à la crise boulangiste. Si l'on a beaucoup travaillé sur la période, la plupart des études et des publications se concentrent sur un segment de cette durée : la fin de la IIIe République, les années de guerre, la IVe République, le principat gaullien, ou les années 70. Le présent livre raccorde les unes aux autres les séquences séparées, remembre les fragments dissociés : d'être réintégrés dans le moyen terme ils reçoivent un autre éclairage ; leur signification en est parfois modifiée ; se révèlent alors des continuités cachées, se découvrent des cycles, des rythmes, des retours. Par exemple le phénomène récurrent de la rupture des alliances de gauche, qui se reproduit une bonne demi-douzaine de fois, sous des régimes successifs : 1926, 1934, 1938, 1947, 1977, 1984. De même la succession de vagues de grandes réformes, comme une houle qui déferle périodiquement : réformes du gouvernement de Front populaire, initiatives réformatrices de Vichy — sous une autre inspiration, mais qui prolongent parfois les effets antérieurs —, réformes de la Libération, refonte des débuts de la Ve République par les ordonnances du général de Gaulle, initiatives du gouvernement Chaban-Delmas pour édifier une « nouvelle société », ensemble des réformes introduites sous l'inspiration du « libéralisme avancé » au début du septennat giscardien, construction du « socle du changement » par Pierre Mauroy et en dernier lieu les réformes décidées par la majorité libérale de droite — en cinquante ans pas moins de huit vagues successives. Comment soutenir encore que la société française est figée dans l'immobilité et incapable d'évoluer, même si telle ou telle de ces initiatives vise à annuler la précédente ?

Introduction

Ces sept décennies, rétablies dans leur continuité, demandent néanmoins à être subdivisées : c'est une nécessité du récit historique et de tout essai d'interprétation. Le temps des sociétés n'est pas uniforme : il s'écoule plus ou moins vite ; il comporte des pauses et des accélérations, ce qu'on appelle maladroitement des tournants. Où les repérer ? Le problème se complique du fait que les diverses séries de phénomènes dont se compose la réalité totale n'évoluent pas toutes au même rythme : chacune a le sien, plus ou moins vif, lent ou haletant. Comment faire avancer du même pas des histoires qui se développent selon des temps inégaux ? Tout bien pesé et comparé, la relation de ces sept décennies a emprunté ses articulations majeures au registre d'une histoire politique largement entendue ; non pas la succession d'éphémères gouvernements ni même la chronologie des consultations électorales, mais les grandes oscillations de l'histoire du pouvoir. Ce n'est ni par facilité ni par acquiescement paresseux à une conception désuète du récit historique ; je veux espérer que les remarques sur l'évolution de la conjoncture économique, les observations sur les changements sociaux et les conditions de vie des divers groupes, les aperçus sur les mœurs, les chapitres très neufs de Jean-François Sirinelli sur l'activité créatrice et l'évolution en matière de culture, manifestent notre intention de restituer toute l'expérience des Français. Le choix de césures politiques est le fruit d'une réflexion raisonnée qui fait éclater l'inanité du dilemme entre histoire globale et histoire politique. Est-il nécessaire de justifier pareil choix et de plaider pour le politique alors que des historiens dont l'œuvre originale se définissait par l'exclusion du politique, assimilé un peu hâtivement à l'événement, en retrouvent et l'importance et l'intérêt ? A leur tour, ils ont découvert que le politique était l'ordre de réalité qui entretenait sans doute le plus de relations avec toutes les autres composantes de la société. Il exprime et révèle, en même temps qu'il détermine et façonne. Il manifeste : par exemple, le comportement politique individuel mesure le degré d'intégration sociale ; les choix électoraux sont la résultante d'une combinatoire dont aucun facteur n'est absent — statut socio-professionnel, éducation, âge, sexe, croyance, niveau de vie, degré de culture. La décision politique intègre une multiplicité de données, le débat politique fait émerger toute sorte de problèmes, de points de vue. Réciproquement le politique tient dans sa dépendance les autres composantes sociales. Par ses interdictions ou ses encouragements, il infléchit les comportements : que le législateur fasse en 1920 de l'avortement un crime poursuivi et sanctionné ou qu'il légalise, en 1975, l'interruption volontaire de grossesse n'est pas sans conséquence sur les comportements les plus personnels. A plus forte raison pour les activités collectives. Par son intervention dans l'économie, la fiscalité, les ajustements monétaires, le contrôle du crédit, les subventions, le pouvoir infléchit les activités, les cultures, la vie des entreprises. Quant à la politique extérieure et aux relations internationales, qui pourrait après l'expérience des années 1939-1945, soutenir qu'elles n'ont pas d'incidences sur la vie des sociétés et l'existence des hommes ?

C'est encore l'observation et non pas un *a priori* de principe qui a conduit à faire une large place aux individus : ni retour à une conception classique du récit, ni concession au psychologisme, mais constatation que le caractère, la formation, les convictions des individus ne sont pas sans conséquence sur le cours des événements. Si l'histoire est la science des phénomènes collectifs, elle n'exclut pas l'attention au singulier concret dès lors que l'individu a des responsabilités sociales. D'où le nombre de portraits, les uns rapides, esquissés en quelques lignes, d'autres plus développés.

Si les historiens savent aujourd'hui que l'objectivité est inaccessible, cette prise de conscience ne les dispense pas d'y tendre de tout leur élan ; elle ne les justifie pas de donner leurs impressions subjectives pour une parcelle de vérité. Mais l'objectivité n'est ni indifférence aux hommes ni neutralité à l'égard des décisions et des comportements. L'historien ne trahit pas l'objectivité s'il qualifie certains actes de contraires aux valeurs de civilisation qui donnent sens à la vie individuelle et fondent l'existence collective. Surtout, la recherche de l'objectivité n'exclut pas la volonté de comprendre et la sympathie ; ce sont elles qui introduisent à l'intelligence des situations, des événements, des hommes. Ce long compagnonnage avec notre histoire récente m'a inspiré une affection, presque fraternelle, pour les quelque 80 ou 90 millions d'hommes et de femmes qui, au cours de ces sept décennies, dans l'espace défini par nos frontières, ont vécu, souffert, travaillé, aimé. J'ai senti grandir un sentiment de compassion, d'affliction parfois, d'admiration pour ce peuple héritier d'une histoire plurimillénaire à laquelle il a ajouté quelques pages où s'entremêlent le bien et le mal dans une indivision qu'il serait présomptueux de vouloir séparer souverainement.

11 Novembre

11 Novembre : une date dont l'identification n'exige l'adjonction d'aucun millésime. A tous ceux qui l'ont vécue, assez âgés déjà pour en percevoir la portée, et dont les plus jeunes à l'époque sont encore parmi nous, octogénaires pour le moins, elle rappelle une journée dont ils garderont le souvenir jusqu'à leur dernier souffle. Dans la mémoire du peuple français, elle a d'emblée pris place dans la série des quelques journées historiques qui ont constitué la personnalité de la France, et cette place, aucun événement, depuis, ne la lui a ravie. Pas même la Seconde Guerre : la célébration du 11 Novembre éclipsera toujours celle du 8 mai 1945. Un temps même, prenant acte de ce partage inégal de la ferveur, Valéry Giscard d'Estaing fondra les deux anniversaires en un seul au bénéfice du 11 Novembre. Le mécontentement des anciens combattants de 1939-1945 le contraindra à revenir sur le déclassement du 8 Mai, mais qu'il y ait songé montre assez que le 11 Novembre occupe dans la mémoire collective une position inégalée.

Depuis soixante-dix ans, cette date figure au calendrier des postes et sa célébration approche en solennité celle du 14 Juillet dans la hiérarchie des jours fériés et chômés. Signe que l'événement — la fin de cette guerre à laquelle les contemporains accolèrent spontanément le qualificatif de grande, superlatif absolu — n'a cessé depuis de hanter la conscience de trois générations de Français.

Le 11 Novembre fut en effet un grand moment d'unité nationale : le canon dont le grondement annonce à la France l'arrêt des combats fait pendant au tocsin d'août 1914 qui fit soudain prendre conscience à tous de leur appartenance à une communauté dont la cohésion effaçait, pour un instant, toutes les divisions. L'unanimité est faite de quelques puissants sentiments que tous partagent. Domine le soulagement que s'arrête enfin cette tuerie dont la fin était différée d'année en année : l'avant et l'arrière communient dans la même explosion de joie qui, à la même heure, éclate dans les tranchées et rassemble des foules — place de la Concorde et devant l'Opéra — dont l'ampleur ne sera dépassée que par l'immense concours de peuple accouru le 26 août 1944 sur les Champs-Élysées pour célébrer la Libération — et jusque dans les plus petits villages de France. Une onde de joie a ce jour-là déferlé sur la France. Pour ceux qu'on appelle les « poilus » et dont la désignation, oublieuse du sens originel, est devenue synonyme de bravoure, c'est la fin de l'angoisse de tous les instants, de la confrontation quotidienne avec la mort, la sienne ou celle des camarades, et c'est l'imminence du retour à la vie normale. Pour les autres, les civils, c'est la fin de l'attente anxieuse des nouvelles, de l'heure du courrier, de l'affichage du communiqué : ils cessent de craindre à chaque minute pour un mari, un fils, un frère, un fiancé. Quoi qu'il advienne ensuite, malgré les désillusions, le souvenir de cette heure où le silence tombe sur la ligne de feu restera à jamais inscrit dans les mémoires : il y demeure.

L'exultation qui se donne libre cours est faite aussi de fierté : l'armistice scelle la victoire, et la date du 11 Novembre figurera désormais au calendrier avec l'une ou l'autre mention : Armistice, Victoire. Les épreuves de quatre années n'ont pas été vaines et, comme les peuples ont besoin de croire à une justice immanente, la victoire confirme que notre cause était juste : nos héros ne sont pas morts pour rien.

L'allégresse de la victoire se déploiera dans toute son ampleur le 14 juillet 1919 : au lendemain de la signature du traité qui consacre la défaite de l'Allemagne, la France entière fête la victoire et célèbre sa propre gloire. Conduits par les trois grands chefs, dont les noms sont sur toutes les lèvres et qui chevauchent botte à botte — Foch, qui a commandé toutes les armées alliées, Joffre, le vainqueur de la Marne, et Pétain, le héros de Verdun à qui des millions de poilus sont reconnaissants d'avoir mis fin à d'inutiles et sanglantes offensives —, défilent sous l'Arc de Triomphe, qui justifie pour la première fois son appellation — il n'avait à ce jour servi qu'à l'apothéose de Victor Hugo —, des détachements de toutes les unités combattantes et des délégations de toutes les armées étrangères apportant à la France immortelle l'hommage de ses alliés et du monde. Ce jour-là, l'ensemble des Français savoure la satisfaction de la revanche et se recueille dans l'hommage à la ténacité du fantassin, à l'endurance du paysan, à la cohésion de tout un peuple qui sort victorieux de la plus dure et la plus longue épreuve de son histoire.

Mais l'allégresse qui éclate dans les rues, qui déborde des cœurs n'est pas sans mélange. Tous ne peuvent la partager : des milliers de demeures gardent leurs volets fermés sur le deuil de leurs occupants ; des centaines de milliers de familles ont perdu un ou plusieurs des leurs. Toutes les communes de France comptent leurs morts. La pensée des disparus est inséparable de la victoire dont ils sont le prix. Beaucoup trouvent une atténuation passagère à leur chagrin dans la conviction que l'être qu'ils pleurent n'est pas mort pour rien et éprouvent de la fierté à la mention « mort pour la France ». La joie et les larmes se confondent dans un grand mouvement d'émotion collective. Un plan du film que Claude Autant-Lara a tiré, bien plus tard (1947), du roman de Raymond Radiguet *Le Diable au corps,* illustre cette complexité des sentiments que libère le 11 Novembre : une foule en liesse enveloppe de sa joie turbulente le jeune héros qui pleure la mort de Marthe. Certes, celle-ci n'est pas une victime de la guerre, mais le raccourci résume avec bonheur la variété des situations et l'entrecroisement des sentiments : ceux dont la vie est endeuillée pour toujours côtoient ceux pour qui elle renaît avec toutes ses espérances.

Avec le temps, à mesure que s'estompera la fierté de la victoire, que ses fruits paraîtront plus amers, le deuil et l'horreur de la guerre prendront le pas dans l'esprit public sur la fierté et la satisfaction. Le souvenir des morts éclipsera les autres sentiments : de jour de fête et d'allégresse, la commémoration deviendra jour de deuil, et les notes de la sonnerie aux morts couvriront les trompettes de la victoire. La pensée des morts est partout et constamment présente dans la France des années 1920 et suivantes. Les anciens combattants retournent sur les lieux de leurs combats. Dans le Nord et l'Est, les cimetières militaires étendent à perte de vue leurs alignements réguliers. Les restes des anonymes sont regroupés en d'immenses ossuaires. Les plus petits villages se font un devoir de piété d'ériger un monument aux enfants de la commune morts au champ d'honneur. Dans les administrations et les établissements scolaires, des plaques énoncent les noms des collègues ou des anciens élèves qui ont donné leur vie pour la France et, à chaque 11 Novembre, les personnels et les collégiens s'assemblent pour entendre l'appel de leurs noms et déposer des couronnes. Une génération grandit dans le culte des héros morts. Une liturgie funèbre s'organise progressivement à partir du lieu choisi pour être l'emplacement d'un culte patriotique : l'Arc de Triomphe, sous la voûte duquel est aménagée la tombe du Soldat inconnu, la « dalle sacrée », le symbole de la flamme qui ne s'éteindra jamais — pas même pendant l'Occupation — et qu'on ranime chaque soir ; la minute de silence, substitut laïque de la prière pour les défunts ; la sonnerie aux morts. Autant de rites qui composent une religion nationale. L'Arc de Triomphe change de signification : il sera désormais ce point de l'espace qui attire de partout et devient le symbole de l'unité nationale. Toute visite de chef d'État étranger comportera le dépôt d'une gerbe et un temps de recueillement, hommage à la nation à travers l'un de ses fils. La dalle sacrée aimante les rassemblements. L'Hôtel de Ville jouait autrefois ce rôle symbolique et, le 11 novembre, les Parisiens s'étaient spontanément portés vers la Concorde ou l'Opéra. Après 1920, ils remontent les Champs-Élysées. Les ligueurs des années 30 y défileront. Le 26 août 1944, le Premier Résistant les descendra ; c'est encore aux Champs-Élysées que défilera, le 30 mai 1968, « l'armée de ceux qui soutiendront de Gaulle » et, au soir de ses obsèques à Colombey, des centaines de milliers de Parisiens venus lui rendre un dernier hommage remonteront l'avenue sous une pluie battante. Autant d'effets indirects du culte rendu aux morts de la Grande Guerre. Chaque année, la nation revivra à l'automne cet ensemble de sentiments et d'émotions qui dessine une toile de fond sur laquelle se détacheront les oscillations de la conscience nationale.

Unanimes à commémorer le souvenir de la guerre et le culte des morts, les Français ne le sont plus sur la signification de l'événement et moins encore sur les leçons à en tirer. Ils diffèrent déjà sur l'interprétation de la fin des combats. Par exemple, pour des esprits religieux exercés à déchiffrer dans les événements les vues de la Providence, que l'armistice ait été signé le jour où l'Église célèbre saint Martin, l'apôtre des Gaules et le saint dont le nom est le vocable du plus grand nombre des paroisses de France, ne saurait être pure coïncidence : c'est un signe que Dieu « aime toujours les Francs » ; il a pardonné à la France son impiété officielle et la destine toujours à un grand rôle spirituel. Pour les républicains, en revanche, la victoire de la France, c'est la victoire des immortels principes de 89, de la démocratie sur les vieilles monarchies ; à preuve, l'abdication des monarques, l'effondrement des Empires : Allemagne, Autriche-Hongrie, Russie, Empire ottoman — la victoire de 1918 parachève l'œuvre de la grande Révolution. Deux lectures contrastées d'un même événement que Clemenceau a réconciliées dans l'admirable formule que lui inspira l'émotion, quand il annonça aux députés la signature de l'armistice : « La France, hier soldat de Dieu, aujourd'hui soldat du Droit, sera toujours soldat de l'Idéal. » Deux visions de l'histoire nationale, longtemps antagonistes, qui fraternisent dans un élan d'unanimité nationale.

Bientôt les Français se diviseront sur les responsabilités à l'origine du conflit, sur la conduite de la guerre, et plus encore sur les conséquences pour l'avenir. Si les hostilités ont pris fin, ils n'en ont pas fini avec leurs séquelles. Elles sont innombrables : il n'est guère de secteur ni d'activité qui n'en sortent plus ou moins transformés. Elles se feront longtemps sentir, contrariant le désir naturel de retrouver les conditions d'existence antérieures. Certaines seront encore perceptibles à la veille de la Seconde Guerre. Le 11 novembre 1918, l'opinion ne fait encore que le pressentir : l'étendue des effets apparaîtra peu à peu dans toute son ampleur à mesure qu'il sera possible d'en dresser un bilan approximatif.

Les séquelles

Les conséquences les plus visibles, les plus douloureuses aussi, sont les pertes humaines. Elles sont considérables : près de 1 400 000 hommes tués au combat, morts de leurs blessures ou de maladies contractées aux armées, décédés en captivité ou disparus. C'est une nouveauté de cette guerre que la proportion élevée de combattants dont la dépouille n'a pas été retrouvée ou n'a pu être identifiée : leurs pauvres restes ont été rassemblés dans d'immenses nécropoles dont celle de Douaumont est le symbole. Considérable en soi, ce nombre apparaît plus élevé encore par comparaison : 17,6 % du total des 8 millions et demi de mobilisés. Un sur six n'est pas revenu : 10,5 % de la population active ; un travailleur sur dix fera défaut à la reprise de l'activité économique alors qu'il faudrait une main-d'œuvre plus nombreuse pour relever les ruines. En pourcentage, la France a subi des pertes plus lourdes qu'aucun autre belligérant. Hécatombe sans précédent dans son histoire récente, supérieure aux pertes additionnées des guerres de la Révolution et de l'Empire.

Ces pertes, inégalement réparties, créent un triple déséquilibre. Elles ont naturellement frappé les hommes plus que les femmes, condamnant des milliers de jeunes femmes à rester célibataires et, par voie de conséquence, en un temps où la venue au monde des enfants n'est que rarement dissociée du mariage, à ne pas connaître la maternité. Le déséquilibre est moins prononcé entre les groupes sociaux, encore que les paysans aient payé au titre de l'impôt du sang un plus lourd tribut que les ouvriers, lesquels comptent 538 000 morts et disparus pour 5 400 000 hommes employés dans l'agriculture. Non que les ouvriers se soient dérobés au devoir de solidarité, mais les nécessités d'une guerre industrielle ont rappelé beaucoup de spécialistes dans les industries d'armement comme « affectés spéciaux » ; cette disparité pourrait être un germe de dissension entre citadins et ruraux. Le déséquilibre le plus accusé et le plus inquiétant concerne les âges : la guerre a inévitablement fait ses ravages les plus massifs dans les plus jeunes classes. Si, en moyenne générale, un mobilisé sur six n'est pas revenu, la proportion des morts s'élève à un sur trois pour ceux qui avaient entre vingt et vingt-sept ans.

L'étendue de ces pertes serait moins alarmante si elles ne venaient frapper une population entrée depuis longtemps dans la voie d'une faible natalité et qui souffre déjà d'une infériorité numérique criante en face de l'Allemagne. Pareille situation aura des conséquences en chaîne : c'est le phénomène dit des « classes creuses », qui correspond au déficit des naissances des années 1915-1919, inférieures de plusieurs centaines de mille à l'effectif moyen ; en 1935, l'arrivée à l'âge du service militaire de la première classe creuse, celle née en 1915, alors que Hitler rétablit le service universel, obligera à porter la durée du service à deux ans. Vingt ans plus tard, autour de 1955, les enfants de ces classes creuses se trouveront trop peu nombreux pour encadrer à l'école les enfants du *baby boom,* et cette nouvelle dissymétrie aura une part à l'abaissement du système d'enseignement. Ainsi l'hémorragie de 1914-1918 se répercutera de génération en génération jusqu'à aujourd'hui et ses conséquences à répétition s'inscrivent clairement dans la succession d'échancrures qui déforment la pyramide des âges.

En 1918-1919, la situation démographique a de surcroît été aggravée par une vague d'influenza qui reçut le nom de grippe espagnole. Frappant une population affaiblie par les privations, elle fit des ravages qui élevèrent encore le taux de mortalité et laissa dans l'imaginaire collectif un profond souvenir : une opinion qui sortait pourtant de quatre années d'une tuerie collective fut presque plus impressionnée par cette épidémie. Ce fut, avant l'apparition récente du sida, la dernière des grandes peurs inspirées par une épidémie.

Des politiques, des démographes, des médecins commencent à s'inquiéter pour ce qu'on appelle alors, sans connotation raciste,

11 Novembre

l'avenir de la race : l'Alliance contre la dépopulation alerte l'opinion. Le Parlement adopte en 1920 une loi qui réprime sévèrement la propagande anticonceptionnelle et aggrave les peines prévues contre les avorteuses : le gouvernement de Vichy en enverra une en 1943 à la guillotine. A partir de 1935, les décès sont plus nombreux que les naissances : selon la rhétorique du temps, « les cercueils l'emportent sur les berceaux ». On s'interroge sur l'avenir de la France. La préoccupation, longtemps confinée à des cercles restreints, gagne les dirigeants. Alfred Sauvy, le pionnier d'une étude scientifique des faits démographiques, qui appartient au cabinet de Paul Reynaud en 1938, se fait entendre. Le gouvernement Daladier, usant de la procédure des décrets-lois, décide un ensemble de mesures diverses auxquelles une préoccupation commune vaut le nom de Code de la famille (juillet 1939). Les gouvernements suivants ne s'écarteront pas de la voie tracée : la politique en faveur de la famille et d'encouragement à la natalité est un des chapitres où se manifeste, à travers les ruptures de régimes, la continuité des politiques publiques. Du Code de la famille, adopté en 1939 par un des derniers gouvernements de la IIIe République, aux ordonnances du Gouvernement provisoire en 1945, en passant par le régime de Vichy, elle ne se démentira pas : lointaine conséquence de l'héritage de la guerre de 1914-1918.

Si les chiffres sont impuissants à exprimer l'intensité des souffrances provoquées par ces centaines de milliers de morts, ils peuvent fournir un ordre de grandeur sur le nombre de Français dont les conditions d'existence, le niveau des ressources, le statut même ont été durablement affectés par la disparition d'un être cher : 900 000 ascendants ayant perdu leur bâton de vieillesse ; près de 600 000 veuves de guerre, dont la vie est endeuillée pour toujours, la plupart n'envisageant pas de se remarier, sans oublier celles qu'on appelle les veuves blanches, ces jeunes filles dont le fiancé n'est pas revenu et qui demeureront fidèles jusqu'à nos jours au souvenir de leur premier amour ; plus de 700 000 orphelins qui grandiront dans une famille incomplète, à qui manquera toujours l'autorité d'un père, dont l'éducation reposera toute sur leur mère et qui grandiront sous la photographie d'un homme qu'ils n'ont pas connu. Faites le compte : ce sont des millions de Français et de Françaises, en plus des 8 millions et demi de mobilisés, dont la vie a été irrémédiablement bouleversée.

Si la grande majorité des mobilisés est revenue, dans quel état pour nombre d'entre eux ? Quelque 3 millions ont subi dans leur chair un dommage, grave ou léger, dont 1 100 000 (presque autant que de morts) invalides, mutilés pour la vie, amputés d'un ou plusieurs membres, défigurés, « gueules cassées », aveugles, gazés. Comment pourrait-on oublier ce pathétique héritage de la guerre ? Ils font partie du paysage familier : on les rencontre dans la rue ; ils figurent au premier rang des cérémonies commémoratives. Leur situation inspire une législation, une réglementation : des places leur sont réservées dans les transports en commun, les entreprises sont tenues d'en employer, ils ont droit à des emplois spéciaux dans les administrations publiques. Ils sont pour le budget une charge, pour l'économie un handicap.

Même pour ceux qui ont eu la chance de revenir intacts, se représente-t-on bien ce que furent pour chacun d'eux ces années retranchées de la vie ordinaire ? Quatre ou cinq ans — la démobilisation n'intervenant que plusieurs mois après l'armistice — et, pour certains, maintenus sous les drapeaux en 1913 par la loi de trois ans, jusqu'à sept. Autant d'années qui ont marqué leur conscience, leur mémoire, leur comportement. A beaucoup, il ne fut pas facile de reprendre la vie de famille avec une épouse qui avait dû, en leur absence, décider de l'éducation des enfants, tenir la boutique, diriger la ferme ou prendre un métier, ni de retrouver des enfants pour qui ils étaient des inconnus — heureux encore que leur femme n'ait pas refait sa vie avec un autre ! Pas facile non plus de reprendre des habitudes régulières, de pointer tous les matins à huit heures, d'obéir à un petit chef, eux qui avaient connu pendant des années la familiarité de la mort. En vérité, la guerre a bouleversé à ce point l'existence de la plupart des Français qu'elle continuera longtemps de hanter leurs nuits et d'habiter leurs pensées et leur inconscient.

Les biens aussi portent les stigmates de la guerre : pour être moins douloureuses, les conséquences sur les choses ne sont pas moins déterminantes pour les conditions de vie des Français.

Pendant toute la guerre, les opérations s'étaient déroulées sur le sol de la patrie, le front s'étant stabilisé à l'automne de 1914 et la guerre de mouvement n'ayant repris qu'à l'été de 1918 pour s'arrêter avant que l'ennemi eût repassé la frontière. Quelque quinze départements français, parmi les plus peuplés, les plus riches, tant pour l'agriculture que pour l'industrie, séparés ainsi du reste de la France, ont fait une première expérience de l'occupation, vivant sous le régime des *Kommandantur,* soumis à une administration militaire étrangère. Des centaines de villages ont été pris et repris, changeant de mains, écrasés sous les bombardements de l'une et l'autre artillerie. Le bilan est lourd. La sécheresse des chiffres en suggère l'ampleur : 230 000 édifices à reconstruire ; près de 3 millions d'hectares cultivables à remettre en état ; 62 000 kilomètres de routes et de chemins, et 5 500 de voies ferrées à refaire ; de très nombreux ouvrages d'art à relever, ponts, viaducs, tunnels. La reconstruction requerra des sommes considérables, mobilisera d'innombrables énergies. Un ministère des Régions libérées présidera à cette tâche. Retardée par la crise qui réduira les crédits disponibles, la reconstruction ne sera guère achevée avant le milieu des années 30. L'inauguration solennelle, en juillet 1937, en présence du président de la République, de la cathédrale de Reims — symbole de la continuité historique de la nation et de la barbarie germanique qui l'a incendiée —, restaurée grâce à la générosité américaine, marque l'achèvement de la grande œuvre de reconstruction, à la veille du déclenchement d'une autre guerre qui accumulera à nouveau sur le sol de France ruines et destructions.

La ponction sur la richesse nationale pèsera lourd. L'évaluation des dommages causés aux individus comme aux collectivités, établie pour déterminer le montant des réparations exigibles du vaincu, s'élevait à 55 milliards de francs-or, ce franc dont la valeur n'avait pas varié de façon appréciable depuis sa définition en germinal an VIII. Si ce chiffre ne parle guère aujourd'hui à l'imagination, quelques comparaisons avec des données contemporaines indiquent un ordre de grandeur. Le budget total de l'État pour la dernière année d'avant-guerre, 1913, avait été de 5 milliards : le montant des destructions équivalait ainsi à onze années du budget public. Il est vrai que, les fonctions de l'État étant alors relativement réduites, le budget public l'était aussi. Étendons donc la comparaison à d'autres données : l'ensemble de la production pour cette même année 1913 est estimé à 32 milliards ; c'est donc l'équivalent de près de deux années entières de la production de richesses qui était parti en fumée. Encore ces chiffres ne prennent-ils pas en compte le financement de la guerre : pour les quatre années pleines 1915-1918 et le collectif voté pour les cinq derniers mois de 1914, il avait fallu trouver plus de 150 milliards, principalement couverts par l'emprunt, intérieur ou extérieur. De ce fait, la dette publique avait quadruplé, passant entre 1914 et 1919 de 32 milliards à environ 170 — charge accablante pour le Trésor : le seul service des intérêts de la dette, sans le moindre remboursement du capital emprunté, absorbe la plus large part des rentrées fiscales. Ce lourd héritage qui incombe aux finances publiques aura pour conséquences un déficit budgétaire chronique, l'alourdissement de l'impôt (par exemple l'instauration, au début de 1924, du double décime qui entraînait une majoration de 20 %), l'inflation et son cortège d'effets induits, la vie chère, l'agitation sociale, la crise de la monnaie.

Cette détresse des finances publiques explique l'importance prise dans les relations avec l'Allemagne par la question dite des réparations : la France entend faire supporter le fardeau de sa reconstruction par l'ennemi qu'elle tient pour responsable de la guerre et de ses conséquences. C'est pourquoi les négociateurs français ont tant tenu à ce qu'un article du traité de Versailles — l'article 231 — proclame que l'Allemagne porte l'entière responsabilité de la guerre. Les gouvernements veilleront à ce qu'elle s'acquitte de sa dette. La défaillance de l'Allemagne — qu'elle lui fût, comme nos alliés inclinaient à le croire, dictée par une réelle incapacité de payer ou, comme les Français le soupçonnaient, par pure mauvaise volonté — entraîna l'occupation de la Ruhr en janvier 1923 pour se saisir d'un gage. La question des réparations pesa sur les relations entre les deux peuples et fit obstacle à toute tentative de réconciliation. Elle contribua aussi à nous brouiller avec nos alliés, à l'exception de la Belgique qui s'associa à l'occupation de la Ruhr. Ces mêmes difficultés financières expliquent l'âpreté de nos discussions avec les États-Unis sur le remboursement des dettes contractées pendant la guerre à l'égard des banques américaines et du gouvernement de Washington. Il en résultera un refroidissement durable de nos relations et une poussée d'animosité à l'encontre de la grande République qui conduira le Parlement, en décembre 1932, à rejeter le remboursement des dettes interalliées et entraînera la chute du gouvernement Herriot qui l'a proposé.

Mais n'anticipons pas : qui, le 11 novembre, pressent la gravité et la durée de ces conséquences ? Dans l'euphorie du cessez-le-feu, les Français sont tout au sentiment de la délivrance et à l'orgueil d'une victoire qui intéresse l'univers : n'ont-ils pas assuré le triomphe du droit sur la force brutale ? La victoire de la France libère les nations captives, étend le règne de la démocratie. Les Français ont la conviction de s'être battus pour une cause désintéressée et attendent que le monde leur en soit reconnaissant. De fait, le prestige de la France est à son apogée : personne ne conteste qu'elle ait été le principal artisan de la victoire des alliés, même si ceux-ci lui ont apporté une aide appréciable. Les combats les plus durs se sont livrés sur son sol, elle a subi les destructions les plus étendues, ses soldats ont supporté le poids principal de la guerre. L'armée française a conquis la réputation, qu'elle gardera jusqu'au printemps de 1940, d'être la première du monde puisqu'elle est venue à bout de l'armée allemande. Verdun est le symbole de l'héroïsme du poilu français comme Stalingrad le sera de la bravoure du soldat soviétique. Le choix des lieux où s'engagent les pourparlers entre les anciens belligérants est symbolique : la Conférence de la paix se tient à Paris, et c'est dans la galerie des Glaces, qui perpétue le souvenir de la gloire du Roi-Soleil, qu'est signé, le 28 juin 1919, le traité qui consacre la défaite de l'«ennemi héréditaire» et la revanche de 1871. La litanie des traités qui règlent le sort des États vaincus égrène les noms des châteaux de la banlieue ouest de la capitale : Saint-Germain, Sèvres, Trianon. La gloire dont la victoire a auréolé nos drapeaux rayonnera longtemps sur nos armes et conférera à notre diplomatie une position prééminente en Europe et dans le monde. Certes, la suite nous a depuis instruits de sa précarité. Quelques esprits plus lucides ne tarderont pas à discerner la fragilité de cette situation et à en deviner les faiblesses. Mais au lendemain d'une victoire tant attendue, ni les Français ni l'étranger ne soupçonnent que la France l'a peut-être payée d'un prix trop élevé.

La victoire a ramené dans l'unité nationale les deux provinces arrachées par la force en 1871 : l'Alsace et une partie de la Lorraine. A la différence des régions du Nord et de l'Est, elles sont intactes : nos troupes rentrent à Metz et à Strasbourg au lendemain de l'armistice. L'accueil enthousiaste des populations dispense de faire la preuve de leur volonté de rejoindre la mère patrie : «Le plébiscite est fait.» Leur réintégration comble les vœux de la France qui n'a plus désormais de revendications territoriales, à l'exception de quelques-uns qui rêvent de recouvrer les territoires perdus en 1815 et font campagne pour l'annexion de la Sarre ; l'irrédentisme français ne vise qu'à détacher du Reich les territoires de la rive gauche du Rhin qui deviendraient une entité autonome. Les nationalistes de l'Action française, qui voient dans l'unité allemande une menace permanente pour la sécurité française, devront vite se convaincre du caractère chimérique du projet de reconstituer la pluralité des Allemagnes. C'est dans des circonstances tout autres, au lendemain de la Seconde Guerre et autant du fait de la guerre froide que de la défaite du IIIe Reich, que leur vœu sera exaucé pour plus de quarante ans par la division des deux Allemagnes.

Les deux provinces annexées, séparées de la France depuis un demi-siècle, ont évolué différemment. Le Concordat napoléonien y règle toujours les rapports entre les cultes reconnus et l'État : le statut de l'enseignement, le régime linguistique, une législation sociale plus avancée héritée de Bismarck, un code foncier propre, un régime forestier original, autant de particularités auxquelles les Alsaciens sont fort attachés. Le gouvernement de la République a la sagesse de maintenir provisoirement les coutumes et les textes en vigueur : tenant compte de ces traits spécifiques, il nomme un haut-commissaire en la personne d'Alexandre Millerand. La France consent de grands efforts pour ces provinces : elle entend faire de l'université de Strasbourg un foyer qui rayonne sur les régions rhénanes — Maurice Barrès lui trace un ambitieux programme. Cette université, qui cherche à faire oublier qu'elle s'est installée dans les orgueilleux bâtiments édifiés par l'Allemagne wilhelmienne, accueillera quelques-uns des esprits les plus originaux et les plus féconds de l'Université française : Lucien Febvre, Marc Bloch, Gabriel Le Bras se sont connus à Strasbourg, et c'est de la pluridisciplinarité qu'ils y pratiquèrent qu'est sorti, par exemple, avec le lancement de la revue *Les Annales* en 1929, le renouvellement de l'école historique française, sur l'orientation de laquelle la défaite de 1870, la perte de l'Alsace et l'exemple allemand avaient déjà eu un tel impact.

La réintégration de l'Alsace et de la Moselle modifient les équilibres politiques : le système de leurs forces est plus proche de l'Allemagne de Guillaume II que de la France radicale avec une puissante social-démocratie, des syndicats nombreux et disciplinés, un centre catholique qui introduit le phénomène inconnu en France du parti confessionnel encadré par un clergé dynamique. Ces organisations sont un précieux adjuvant pour leurs homologues de l'intérieur : la S.F.I.O. reçoit l'appoint des sociaux-démocrates, les élus populaires renforcent le petit groupe de démocrates d'inspiration chrétienne et les syndicats chrétiens d'Alsace-Lorraine sont en 1919 un élément déterminant de la construction de la Confédération française des travailleurs chrétiens.

La gauche jacobine et laïque, qui identifie centralisation uniformisée et démocratie, s'accommode mal du maintien de particularismes où elle ne voit que survivances archaïques et concessions au cléricalisme. Aussi inscrira-t-elle à son programme électoral en 1924 l'introduction des lois laïques dans les deux provinces, convaincue de faire ainsi aux Alsaciens un grand honneur et un cadeau généreux. La victoire du Cartel déclenchera une réaction très vive où se conjuguent l'attachement aux traditions provinciales et la discipline confessionnelle, et devant laquelle le gouvernement reculera. Le refus de laisser la spécificité alsacienne se dissoudre dans une uniformité générale et le sentiment d'avoir une vocation propre dans la position intermédiaire entre la France et l'Europe rhénane trouveront pendant l'entre-deux-guerres une expression politique dans un certain autonomisme qui ira rarement jusqu'à remettre en cause le rattachement à la France. Le Parti communiste est la seule formation qui accepte l'éventualité d'un séparatisme : il a laissé se constituer à part un Parti communiste alsacien et encore en 1933, alors que Hitler est déjà installé à la Chancellerie, Maurice Thorez revendiquera pour les Alsaciens le droit de choisir entre la France et l'Allemagne.

La guerre n'a pas seulement bouleversé les existences individuelles, accumulé les destructions et laissé un lourd passif à éponger : elle a aussi provoqué des changements de toute nature. Les rapports entre l'État et la société en sortent modifiés : par nécessité plus que par idéologie, l'État a dû intervenir dans toute sorte de domaines jusque-là soustraits à sa compétence ; l'initiative privée étant défaillante, ou inégale aux besoins de la conduite d'une guerre moderne et industrielle, la puissance publique s'y est substituée. Le gouvernement s'est fait octroyer par les Chambres des pouvoirs exceptionnellement étendus pour réglementer les activités, réquisitionner matières et produits, fixer salaires et prix, assurer à chacun une ration minimale pour les denrées raréfiées. L'État a passé commande, financé des investissements, construit des usines : il est ainsi devenu simultanément banquier, entrepreneur, producteur, employeur. L'économie de guerre a imposé la suspension des règles de fonctionnement de l'économie libérale : simple suspension *pro tempore belli* ou abandon irrévocable ? La question est une de celles que lègue la fin des combats aux gouvernements du temps de paix.

La répartition des rôles entre les sexes a aussi été transformée : l'absence d'hommes valides a obligé les femmes à ne compter que sur elles-mêmes pour faire face aux tâches quotidiennes. A la terre, elles ont dû, avec le concours des hommes trop âgés pour l'armée et des plus jeunes, accomplir des travaux masculins : atteler, labourer, faucher, moissonner. Elles ont dirigé les exploitations : elles en garderont le droit d'élire aux chambres d'agriculture. De même à la boutique, dans le commerce. Dans les usines d'armement, elles ont pris place à côté des affectés spéciaux : elles sont 425 000 en 1918 dans les établissements qui travaillent pour l'armée. Des femmes conduisent les tramways, distribuent le courrier. Gagnant leur vie et celle des leurs, disposant de leur salaire, elles ont pris l'habitude de dépenser pour elles : elles vont chez le coiffeur, s'achètent des bas. A la campagne, les allocations versées aux épouses assurent pour la première fois des rentrées d'argent régulières et précipitent le passage de l'économie domestique à une économie où l'argent règle les échanges.

Les contemporains ont eu en outre le sentiment que la guerre avait déclenché une révolution des mœurs : la littérature du temps est pleine d'observations, les unes dépréciatives ou apitoyées, les autres approbatrices, voire enthousiastes, sur la libération des comportements dont celle du vêtement féminin serait le signe extérieur. L'historien porte un jugement plus nuancé : la France ne vit pas toute à l'heure du *Bœuf sur le toit,* et toutes les femmes ne se reconnaissent pas dans le portrait que trace Victor Margueritte de *La Garçonne* — pas plus qu'en 1945 toute la France ne dansera dans les caves de Saint-Germain-des-Prés au son de l'orchestre de Claude Luter. La masse des démobilisés à la recherche d'un emploi, les millions de ménagères qui se débattent avec le souci quotidien de la vie chère, les familles paysannes, qui sont encore la majorité, ne sont guère touchés par les modes parisiennes et n'ont aucune notion des idées qui y sont accueillies. Tout bien pesé, il ne paraît pas que ces changements, pour significatifs qu'ils soient et annonciateurs de bouleversements futurs, aient sur le moment modifié en profondeur les habitudes de pensée et de vie. La société française a opposé son inertie à ces innovations : ni l'échelle des valeurs, qui demeurent ordonnées autour de la morale catholique ou de la morale laïque — mais sont-elles si dissemblables? —, ni les comportements traditionnels, ni les idées reçues ne paraissent en avoir été substantiellement altérés. L'émancipation féminine est remise à plus tard et il n'y aura pas de majorité avant 1939 pour étendre aux femmes le droit de vote. La structure familiale n'est pas ébranlée, les relations entre parents et enfants restent inchangées. La France est, après la guerre comme avant, une société à dominante rurale, qui reste régie par les principes qu'elle tient de sa longue histoire.

A vrai dire, comme après tout événement qui a tracé une césure majeure dans le déroulement du temps, les Français sont sollicités simultanément par deux inclinations contraires entre lesquelles ils se partagent, quand elles ne se combattent pas en chacun d'eux. Presque tous aspirent du fond d'eux-mêmes à retrouver leurs habitudes, à refermer la parenthèse, à rattraper le temps perdu, à renouer avec l'avant-guerre et sa douceur de vivre qui paraît d'autant plus désirable que le contraste avec les horreurs de la guerre a accentué l'idéalisation du passé : c'est alors que s'ébauche le mythe de la « Belle Époque » dont les esprits chagrins ou plus lucides dénonceront l'ambiguïté. Cette aspiration à retrouver le *statu quo ante bellum* — rarement l'expression aura été plus appropriée — s'étend à la société : la référence à 1913 prend valeur de symbole. La législation prend en compte cet état d'esprit quand elle stipule par exemple que les dommages de guerre serviront à reconstruire les édifices détruits aux mêmes lieux et à l'identique. Disposition qui fige toute évolution : elle contribuera à faire de la France des années 20 une société bloquée. La leçon ne sera pas perdue, et en 1945, plus avisés, les politiques rompront avec cette jurisprudence.

Mais cette inclination à la restauration est contrecarrée par une aspiration au changement qui secoue périodiquement l'esprit public. Elle se manifestera avec une intensité inégale, dans des circonstances différentes et sous des inspirations fort diverses : en 1936, en 1940, en 1944, en 1968, en 1981 et peut-être encore en 1986. En 1919, après pareil cataclysme, comment admettre que tout recommence comme avant, que tant de souffrances n'aient pas servi à édifier une société plus juste, un monde meilleur, et surtout un ordre dont la guerre serait bannie ? Cette aspiration au changement revêt des formes variées : pour les uns, ce sera la réconciliation entre Français et la fin de leurs divisions, l'union comme au front qui sera une composante de l'esprit ancien combattant ; pour d'autres, ce sera la révolution sociale qui balaiera un ordre tenu pour responsable de l'injustice, de la misère des prolétaires et de la fatalité des guerres. Utopie socialiste et pacifisme se confondent.

Restaurer ou innover : l'alternative domine l'après-guerre. C'est une des clés de cette histoire : elle résume une partie des débats idéologiques qui opposeront Français et explique une bonne part des affrontements de la période qu'on appelle l'entre-deux-guerres.

LIVRE PREMIER

D'une guerre à l'autre
(1918-1939)

Un entre-deux-guerres ?

Depuis qu'une autre guerre générale a rejeté la première dans un passé révolu, nous avons pris l'habitude d'appeler entre-deux-guerres la période qui s'ouvre le 11 novembre 1918 pour se clore le 3 septembre 1939. Exacte chronologiquement et justifiée par la commodité, cette désignation, comme toute expression forgée *a posteriori,* appelle des réserves en raison de ses inconvénients.

« Elle a d'abord le tort de conférer une unité factice à une période contrastée où se sont succédé à un rythme souvent précipité des renversements de tendance, et de méconnaître les changements qui ont affecté aussi bien les rapports de force que l'état des esprits. En outre, cette désignation opère comme si ces vingt années n'avaient été qu'un entracte entre deux guerres — ou deux séquences d'une guerre de trente ans. Or, s'il est vrai que la guerre de 1914-1918 a continué de peser sur les existences individuelles et les destinées collectives, même si l'éventualité d'une autre guerre n'a jamais été tout à fait absente des esprits et si les plus clairvoyants ont pu pressentir l'imminence d'un second conflit — encore ne l'ont-ils pu avec quelque vraisemblance que sur la fin de la période —, ces vingt années ne trouvent pas leur signification principale dans la référence à ces deux guerres. Elles ont une consistance propre. La vie a repris son cours ; pendant toutes ces années, les Français ont travaillé, produit, inventé, créé. Ils se sont divisés, passionnés pour des idéologies opposées ; ils ont aimé, ils ont souffert, ils ont vécu et ils sont morts.

Surtout, raccorder — comme l'implique l'expression incriminée — la fin de la Première Guerre au déclenchement de la Seconde, c'est projeter sur la vision des contemporains le point de vue de la génération d'après. Par définition, la période n'a pu prendre figure d'entre-deux-guerres qu'à partir de 1939. C'est en conséquence se méprendre sur l'état d'esprit des Français en 1918 et dans les années qui suivent : leur conviction, autant que leur aspiration, est que la guerre qui vient de prendre fin est la dernière de toutes, la

« der des der », selon le langage du temps qui prend le goût des abréviations. Personne n'imagine qu'il puisse y avoir deux guerres comme celle dont ils sortent à peine : pas question donc de la désigner par un numéro d'ordre. Elle restera la Grande Guerre, avec une majuscule qui l'anoblit et consacre son exceptionnelle singularité : combat de géants, épopée surhumaine, qui surpasse toutes les guerres connues par son ampleur, son étendue, son intensité. Tous sont résolus à ce qu'elle n'ait pas de postérité. Ce n'est que vingt ans plus tard que l'affectation d'un numéro d'ordre, à l'instar des Anglo-Saxons — *World War One, World War Two* —, déclassera cette guerre unique, réduite à n'être plus désormais que la première d'une série désignée par des adjectifs numériques. S'il m'arrive, pour faire l'économie de circonlocutions, de sacrifier à l'usage et de parler de l'entre-deux-guerres, que le lecteur veuille bien ne pas prendre cette licence au pied de la lettre !

Si l'on considère ces vingt années par rapport à la guerre comme phénomène répétitif, elles présentent un contraste entre deux versants, qui correspondent approximativement aux années 20 et aux années 30. La première phase est un après-guerre : la France efface, l'une après l'autre, les séquelles du conflit, relève ses ruines, panse ses plaies ; la vie reprend. Les gouvernants tirent, avec plus ou moins d'habileté et de bonheur, les conséquences de la victoire. D'année en année la guerre s'éloigne, son souvenir s'estompe. Au contraire, à mesure qu'on avance dans les années 30, l'horizon s'assombrit, le climat, intérieur comme international, s'alourdit. Tout conspire à donner le sentiment de vivre un autre avant-guerre : la crise qui a frappé l'économie mondiale atteint la France à son tour dans le deuxième semestre de 1931 ; elle ébranle la société et affaiblit les institutions ; les divisions intérieures s'exaspèrent ; la tension internationale monte progressivement au fil des crises militaires et diplomatiques qui se succèdent et rendent chaque fois l'éventualité d'une nouvelle guerre plus vraisemblable. Aussi n'est-il pas inexact de décrire l'histoire de ces vingt années, sous le bénéfice des observations précédentes, comme celle d'un après-guerre auquel a succédé un second avant-guerre. A quel moment s'est effectué le passage de l'un à l'autre ? La réponse se démultiplie, car il n'est pas dit que l'opinion ait pris conscience de ce renversement de tendance à l'instant même où l'Europe a commencé de basculer vers le second conflit.

CHAPITRE PREMIER

La République de Clemenceau

L'armistice n'est pas la paix, seulement l'arrêt des combats. La diplomatie prend le relais, prolongeant la guerre par la négociation. Ce n'est pas non plus le retour immédiat à la vie civile : la démobilisation ne s'effectuera que progressivement ; tant que la paix n'est pas signée, la France reste sur ses gardes et doit conserver le moyen de dicter à l'Allemagne des conditions qui lui garantissent sécurité et réparation des dommages subis. Ce n'est pas davantage le rétablissement de la vie politique du temps de paix : l'état de siège, instauré aux premiers jours de la guerre, sera maintenu presque une année entière, jusqu'au 12 octobre 1919. Jusque-là, le gouvernement use des facilités qu'il lui confère pour contrôler, surveiller, réprimer. Aussi la différence n'est-elle pas grande pour l'exercice du pouvoir et le fonctionnement des institutions entre le temps de guerre et les mois qui suivent l'armistice : à cet égard le 11 novembre n'est pas une coupure véritable. Le gouvernement Clemenceau continue avec les mêmes caractéristiques : une manière de dictature dans le respect formel des institutions parlementaires. Il a même duré plus longtemps en temps de paix que dans la guerre : quatorze mois contre douze — jusqu'en janvier 1920. Il s'appuie sur la majorité qui l'a soutenu depuis novembre 1917 : axée au centre droit, depuis que la S.F.I.O. est passée à l'opposition. Elle ne se risquerait pas à entrer en conflit avec le président du Conseil dont l'autorité est sortie renforcée par la victoire et qui jouit d'une popularité à la mesure de son rôle : le surnom de Père la Victoire lui en attribue le principal mérite.

Trois problèmes dominent l'année 1919. Trois sujets de préoccupations pour les Français, trois objectifs pour leur gouvernement : le règlement de la paix ; l'aspiration diffuse à des changements et le réveil d'une agitation sociale ; le retour à une vie politique normale.

Le règlement de la paix

Dans les pourparlers avec les Alliés — essentiellement le président des États-Unis, Woodrow Wilson, qui a traversé l'Océan pour mener directement la négociation et que Paris a accueilli avec transport, et le Premier britannique, Lloyd George —, Clemenceau jouit d'une grande liberté de manœuvre ; il dirige personnellement la délégation française et règle les points litigieux dans des entretiens en tête-à-tête avec ses partenaires. Il tient le président de la République en dehors de la négociation. Il a obtenu de la Chambre, en janvier 1919, un vote de confiance qui lui est renouvelé, le 16 avril, à une très forte majorité : 345 contre 121. Intraitable sur le principe de la subordination du commandement militaire au pouvoir civil, il passe outre aux observations du maréchal Foch, qui juge insuffisantes pour la sécurité française les garanties prévues à cet effet.

Satisfaite par la réintégration des deux provinces qui lui avaient été arrachées en 1871, la France n'a plus d'ambition territoriale : les Français considèrent l'unité nationale comme achevée. La diplomatie française, en harmonie avec le sentiment général, est guidée par deux soucis majeurs : la réparation des dommages subis et des garanties de sécurité. Sur le premier point le traité lui donne satisfaction, au moins dans le principe : le droit à dédommagement est reconnu ; il se fonde sur l'article 231 par lequel l'Allemagne et ses alliés se reconnaissent « responsables, pour les avoir causés, de toutes les pertes et de tous les dommages subis par les gouvernements alliés et associés et leurs nationaux ». Les représentants allemands ont signé sous la contrainte : c'est cet article leur imputant la responsabilité exclusive de la guerre qui dressera une partie de l'opinion d'outre-Rhin contre le *diktat* et nourrira le révisionnisme allemand. Avec le temps, des Français, s'interrogeant sur les origines du conflit, en viendront à douter que le Reich ait été l'unique responsable : Alfred Fabre-Luce soupçonnera Poincaré d'avoir poussé à la guerre en épousant le point de vue de la diplomatie tsariste ; le Parti communiste dénoncera Poincaré-la-Guerre. Mais en 1919 l'opinion est encore à peu près unanime à attribuer à l'ennemi vaincu la responsabilité principale et à tenir en conséquence pour parfaitement légitime le droit à réparation. Si la France a obtenu gain de cause sur le principe, le traité ne dit rien du montant des réparations ni ne précise les modalités de paiement. Et pour cause : une évaluation préalable est nécessaire, une commission doit dresser un bilan et remettre ses conclusions pour 1921. Avec le temps et du fait de l'incapacité, réelle ou feinte, de l'Allemagne à s'acquitter d'une dette dont le montant s'élève à un chiffre astronomique, les réparations s'en iront en fumée et laisseront l'opinion française

La République de Clemenceau

amère et pleine de ressentiment à l'encontre d'une Allemagne dont elle suspecte la bonne foi.

Quant aux garanties pour sa sécurité, la thèse maximaliste, défendue entre autres par l'ancien généralissime au nom d'arguments stratégiques, impliquait, avec un retour aux frontières de 1814 incorporant la Sarre, la formation d'un glacis protecteur prémunissant la France contre une attaque-surprise en portant la frontière militaire — sinon politique — sur le Rhin par une occupation indéfinie de toute la rive gauche. Il apparut vite que les négociateurs français devraient renoncer à la revendication sur la Sarre, qui entrait en contradiction avec l'inspiration des quatorze points énoncés par Wilson. A défaut, la France obtenait son détachement pour quinze ans : placée sous mandat de la Société des Nations, la Sarre choisirait en 1935 par plébiscite entre trois solutions — annexion à la France, rattachement à l'Allemagne ou prolongation de l'autonomie. En attendant, la France recevait la propriété des mines de charbon du territoire. Pour la rive gauche, un compromis analogue prévalut : renonçant à dissocier la Rhénanie de l'unité allemande, Clemenceau se rallia à la formule d'une occupation interalliée pour quinze ans également. En outre l'Allemagne voyait son droit d'entretenir une défense nationale réduit à une armée de métier limitée à cent mille hommes et assorti de dispositions restreignant son armement et sa puissance de feu. De surcroît, en contrepartie de sa renonciation aux garanties jugées indispensables par l'état-major, Clemenceau recevait de ses deux interlocuteurs la promesse d'une assistance automatique et immédiate en cas de violation par l'Allemagne des clauses du traité de Versailles. Sur ce point aussi la suite fut décevante : le Sénat des États-Unis ayant refusé de ratifier le traité de Versailles, l'engagement personnel du président Wilson devenait caduc et avec lui celui du Premier britannique.

Que sur les deux points essentiels — droit à réparation et sécurité — les développements ultérieurs aient démenti les engagements explique la déception et l'amertume de certaines composantes de l'opinion et que la France ait pu, comme l'Italie, avoir le sentiment d'une « victoire mutilée », d'une espérance trahie. Des critiques s'élèveront, déplorant que la France ait fait un marché de dupes et troqué des garanties effectives contre de vaines promesses. Mais ces réserves ne trouveront à se déployer que plus tard. Quand Clemenceau soumet le texte du traité, signé après six mois de pourparlers le 28 juin 1919 à Versailles, au Parlement pour approbation, des critiques s'expriment, mais modérées. Elles viennent de deux côtés : de gauche, où une fraction de la S.F.I.O., jugeant les conditions imposées à l'Allemagne trop dures, craint qu'elles ne compromettent l'avenir de la république de Weimar et n'hypothèquent les possibilités d'un rapprochement franco-allemand ; de droite aussi, où les nationalistes redoutent la volonté de revanche de l'ennemi vaincu et n'ont confiance que dans des dispositifs de surveillance pour le tenir en respect. Jacques Bainville accouple les deux critiques le traité est trop dur pour sa faiblesse, trop mou pour sa rigueur. Sur le moment, jugeant que Clemenceau a sans doute obtenu les moins mauvaises conditions possible ou les estimant satisfaisantes, une très large majorité vote la ratification : 372 pour, 53 contre et 74 abstentions. Les socialistes sont en majorité parmi les opposants et les abstentionnistes. Quelques modérés, et non des moindres, se sont joints à eux : Louis Barthou et Louis Marin, Jean Ybarnegaray et Franklin-Bouillon. La controverse sur le traité rebondira dans l'entre-deux-guerres à chaque changement de la situation intérieure de l'Allemagne et en fonction des fluctuations des relations entre les deux pays.

Clemenceau, à qui le Parlement laisse les mains libres pour la politique étrangère, a pris d'importantes initiatives dans une autre direction : il est intervenu dans la guerre civile qui fait rage en Russie depuis la prise du pouvoir par les bolcheviks, et ce tant par rétorsion contre un gouvernement qui a renié ses engagements que par inquiétude pour l'ordre social et la civilisation occidentale. Au côté de ses alliés, la France a porté assistance aux armées blanches qui combattent le gouvernement des Soviets. Une escadre française est présente en mer Noire. Toute intervention dans une guerre civile étrangère suscite des dissentiments internes ; on l'observera pour la guerre d'Espagne. En 1919, une partie de l'opinion désapprouve l'intervention : les uns parce que, aspirant à retrouver la paix, ils redoutent que la France ne soit entraînée dans un nouveau conflit ; les autres — plus nombreux — parce qu'ils voient dans la révolution soviétique un espoir pour le monde et un exemple ; ils s'indignent que la République française apporte son aide à des contre-révolutionnaires, comme leurs ancêtres s'étaient pareillement révoltés en 1849 lors de l'intervention de la IIe République contre la République romaine. Une partie des équipages se mutine à l'appel de quelques leaders, dont André Marty qui acquiert à cette occasion une notoriété contrastée, qui lui vaudra la réprobation des hommes d'ordre et l'admiration des révolutionnaires, jusqu'à ce que les dirigeants communistes imaginent, trente ans plus tard, de le perdre de réputation. Sous la pression de l'opinion, le gouvernement doit renoncer à l'intervention directe : il pratique dès lors une stratégie d'isolement du nouveau régime en participant à l'établissement d'un cordon sanitaire qui vise à préserver l'Europe de la contagion révolutionnaire. Il ne s'interdit pas de porter assistance aux nations qui défendent leur existence contre la menace communiste : en 1920 il envoie à Varsovie une mission militaire conduite par le général Weygand, dont fait partie un capitaine de vingt-neuf ans, qui se nomme Charles de Gaulle, et dont les conseils ont contribué à rejeter les cavaliers de Boudienny et à sauver la Pologne ressuscitée. Point de départ de la longue et tumultueuse histoire des relations entre la France et l'Union soviétique. Premier avatar d'une question qui ne cessera d'être un sujet de discorde intérieure et un élément des controverses idéologiques.

Le réveil de l'agitation sociale

Dans la chronologie des hautes eaux des mouvements sociaux, l'année 1919 figure en bonne place : plusieurs facteurs y ont concouru, les uns de l'intérieur, les autres venant d'au-delà des frontières. Le principal est tout bonnement le retour à la paix. Après l'incroyable tension imposée par la guerre pendant quatre années interminables, le ressort se détend, par une réaction quasi mécanique, les contraintes collectives se relâchent et chacun aspire à vivre pour soi. Hier on supportait les plus grands sacrifices par patriotisme : la victoire ôte soudain leur justification aux moindres privations. Le moment n'est-il pas venu de prendre sa revanche des épreuves et d'obtenir des compensations ? La revendication acquiert en légitimité ce que perd l'impératif de la cohésion nationale.

La conjoncture est grosse de soucis et multiplie les sujets de mécontentement. La reconversion d'une économie de guerre en économie de paix ne se fait pas sans à-coups : plus d'une entreprise, soudain privée des commandes du gouvernement, se retrouve aux prises avec une concurrence redoutable et doit mettre sur le pavé tout ou partie de son personnel ; de nombreux mobilisés tardent à retrouver un emploi. Le déséquilibre du budget et la dépréciation du franc ont entraîné une inflation qui renchérit le prix des denrées, y compris de celles de première nécessité, et atteint la plupart des catégories sociales : la presse du temps développe le thème de la « vie chère ». Sur la base 100 à la veille de la guerre, l'indice des prix est, en octobre 1919, à 412. Les salaires que le gouvernement réglementait ont pris du retard : ils sont en moyenne inférieurs en pouvoir d'achat de 15 % à ce qu'ils étaient en 1914. Les titulaires de revenus fixes ou plafonnés, en particulier les rentiers, souffrent durement. A l'automne de 1917 et au printemps de 1918, des mouvements de grève avaient déjà touché une partie des usines travaillant pour la défense nationale, notamment dans la Loire et la région parisienne, et menacent un moment l'approvisionnement des armées. Le mouvement rebondit dans les premiers mois de 1919 avec une ampleur accrue dans les secteurs qui ont une tradition de lutte sociale : cheminots, mineurs, métallos.

Les syndicats, que la mobilisation avait désorganisés, émergent de leur sommeil et reprennent leurs activités : ils retrouvent la confiance des salariés. La C.G.T. connaît un afflux d'adhésions qui porte ses effectifs à un niveau supérieur à celui d'avant-guerre : autour d'un million. La France subit en outre le contrecoup de la crise sociale et politique qui secoue toute l'Europe : le mouvement ouvrier rétablit avec l'étranger les liens tranchés par la guerre ; son internationalisme de principe et sa solidarité de cœur avec les travailleurs des autres pays le prédisposent à entrer en résonance. Or l'année 1919 est un moment de grande effervescence pour tous les peuples d'Europe : la révolution russe exerce une puissante fascination, particulièrement sur les pays vaincus, en proie à une double crise, morale et sociale. En janvier 1919, une guerre de rues oppose à Berlin les spartakistes à l'armée ; à Munich, Kurt Eisner préside une république des Conseils ; en Hongrie, la révolution triomphe cent jours avant d'être écrasée par les forces de l'amiral Horthy ; la Grande-Bretagne elle-même est touchée, et la Navy se mutine.

L'afflux d'éléments jeunes, sans expérience syndicale, impatients d'obtenir tout de suite satisfaction, infléchit le rapport de force entre les tendances et relance les controverses sur les orientations prises par les dirigeants des organisations ouvrières au début de la guerre : ont-ils bien fait de se rallier à l'Union sacrée ? Oubliant ce qu'était l'état des esprits en août 1914, on leur reproche d'avoir trahi la classe ouvrière et fait le jeu de la bourgeoisie : ils ont pratiqué une politique de collaboration de classe et sacrifié la solidarité prolétarienne. Le syndicalisme renoue avec ses inclinations révolutionnaires. De même à la S.F.I.O : avant même la victoire, le rapport des forces s'était inversé et la direction était passée entre les mains des pacifistes. Si les socialistes ne sont pas tous disposés à rejoindre la nouvelle Internationale que créent les bolcheviks en mars 1919, tous réprouvent l'intervention contre les Soviets. Syndicalistes et socialistes n'adhèrent pas tous aux thèses du défaitisme révolutionnaire et du marxisme-léninisme, mais la plupart ont un préjugé favorable pour l'expérience que tente la révolution russe et estiment que son succès importe au bonheur de l'humanité.

La convergence de ces données et de ces motivations confère aux revendications une force explosive qui éclate dans les conflits du travail et explique l'apparence révolutionnaire du mouvement qui secoue le pays au printemps de 1919. Pour le contenir, le gouvernement Clemenceau pratique concurremment deux politiques. Il prend des iniatives positives qui font droit à certaines demandes : mesures pour limiter les méfaits de la vie chère, reconnaissance des conventions collectives. Surtout, il donne satisfaction à une vieille revendication du syndicalisme pour laquelle la C.G.T. avait déjà fait campagne, précisément sous le premier gouvernement Clemenceau, en 1906 : la limitation de la durée de la journée de travail à huit heures ; passant outre aux objections des patrons qui s'inquiètent pour le prix de revient de leurs produits, il la fait voter en avril par sa majorité. Simultanément, il prend des mesures d'ordre à l'approche du 1er mai, dont la C.G.T. entend faire une démonstration de la puissance syndicale et de la combativité ouvrière. A l'époque, la journée garde toute sa signification révolutionnaire. Elle n'est pas chômée : toute suspension du travail est interprétée, par les salariés et par les employeurs, comme un défi ; elle s'accompagne souvent de violences entre grévistes et non-grévistes, manifestants et service d'ordre. A la veille du jour fatidique, les pouvoirs publics multiplient les précautions et mesures d'intimidation. En 1919, le président du Conseil interdit toute manifestation, en vertu de l'état de siège, et met sur le pied de guerre toutes les forces dont il dispose. Les démonstrations sont réprimées avec énergie, les heurts avec la police font des morts. Une partie de l'opinion, frappée de la concordance avec les convulsions qui agitent d'autres pays, croit à l'imminence d'un mouvement révolutionnaire menaçant pour l'ordre social, les institutions et la civilisation. Elle n'a pas tout à fait tort car, à l'extrême gauche, une fraction a cru le moment venu de passer à l'action, jugeant la situation objectivement révolutionnaire. Situation grosse de conséquences contraires et qui éclaire l'évolution politique intérieure, et notamment les résultats des premières consultations électorales.

Le retour à une vie politique normale et les élections

La guerre avait suspendu toute vie politique, et en particulier toute consultation électorale : la Chambre des députés, renouvelée en avril-mai 1914 et dont le mandat aurait dû prendre fin au printemps 1918, avait été prorogée. L'armistice ne rétablit pas instantanément les conditions d'une activité normale : l'état de siège est maintenu, les mobilisés, futurs électeurs, ne sont rendus que progressivement à la vie civile. Le retour à une vie politique ordinaire fut ainsi retardé jusqu'à l'automne 1919, prolongeant de près d'une année un état intermédiaire entre la guerre et la paix.

Restituer la parole aux électeurs posait deux questions. L'une concernait le calendrier. Il fallait renouveler l'ensemble des assemblées et des conseils, aussi bien des collectivités locales que des représentations nationales : tous avaient été prolongés au-delà de la durée normale. Commencerait-on par la base, les élections municipales, pour couronner le processus par les législatives, ou suivrait-on l'ordre inverse ? Le gouvernement opta pour le second parti et arrêta un calendrier des plus serrés : 16 novembre, élection des députés ; 30 novembre et 7 décembre, élection des conseils municipaux ; 14 et 21 décembre, élection des conseils généraux et d'arrondissement. Les Français étaient appelés aux urnes cinq dimanches sur six. 14 janvier 1920 : renouvellement des deux tiers du Sénat. Ainsi, députés et sénateurs fraîchement désignés seraient en mesure d'élire le président de la République juste à temps pour la fin du septennat de Raymond Poincaré, élu en janvier 1913.

La deuxième question avait trait au mode de scrutin : sous quel régime les électeurs désigneraient-ils leurs députés ? Depuis 1889 ils avaient voté sept fois consécutives au scrutin majoritaire uninominal dans le cadre de l'arrondissement. Ce régime, auquel les républicains, traditionnellement attachés au scrutin de liste départemental, s'étaient ralliés quand la crise boulangiste leur avait ouvert les yeux sur les risques qu'il comportait, suscitait depuis le début du siècle de vives critiques de droite et de gauche. Les socialistes lui reprochaient d'offrir une image déformée du corps électoral et de défavoriser les formations nouvelles. Que les radicaux y fussent attachés était pour la droite un motif suffisant de le combattre. Les uns et les autres lui faisaient grief de la dépendance dans laquelle il plaçait l'élu par rapport aux électeurs, qui engendrait démagogie, électoralisme. En 1911 Briand, à Périgueux, avait stigmatisé les « mares stagnantes » et appelé à un scrutin qui favoriserait l'apaisement des divisions, le renouvellement de la vie politique, et qui moraliserait les relations entre le député et ses électeurs. Un mouvement d'opinion faisait campagne pour la représentation proportionnelle : scrutin d'idées plus que d'intérêts, où les citoyens se prononceraient sur des programmes plus que sur des individus ou des revendications. Toute guerre suscitant une aspiration, passagère mais sincère, en faveur de la nouveauté, en 1919 le thème de la proportionnelle en reçut une force accrue. L'initiative de la réforme électorale ne vint pas du gouvernement — lequel, se conformant à la doctrine républicaine qui veut que le Parlement soit souverain pour fixer les règles de son recrutement comme de son fonctionnement, s'abstint de prendre position.

La loi votée le 12 juillet 1919, à deux jours de la fête de la Victoire, en vue d'élections dont la date n'a pas encore été arrêtée, instaure un régime dont l'originalité réside dans la combinaison du principe proportionnaliste avec une concession au principe contraire sous la forme d'une prime à la majorité absolue, ce pourquoi les constitutionnalistes parlent à son propos de régime hybride ou de loi bâtarde. Les électeurs voteront (à quelques exceptions près obéissant à des calculs politiques) dans le cadre du département, ou d'un secteur pour les départements les plus peuplés, pour des listes, qui peuvent ne pas être complètes. Les sièges seront répartis entre elles au prorata des suffrages recueillis — application de la proportionnelle —, à une exception près, d'importance : si une liste obtient la majorité absolue des suffrages exprimés, la totalité des sièges lui reviendra. Cette disposition, en accordant un avantage appréciable aux listes qui se seraient constituées sur une large base, poussait au regroupement.

Conjuguant ses effets mécaniques avec l'aspiration à un renouvellement politique, le changement de scrutin provoque une redistribution des forces et un remaniement des alliances. L'initiative vient d'un groupe dont le républicanisme était au-dessus de tout soupçon : l'Alliance républicaine démocratique, constituée en 1901 par les progressistes, héritiers des gambettistes, qui avaient choisi alors de ne pas avoir d'ennemis à gauche. Elle est présidée par un homme dont le nom est un brevet d'attachement à la République : Adolphe Carnot, de la grande dynastie républicaine des Lazare, Hippolyte et Sadi. Au nom de sa formation, qui est maintenant installée au centre, il propose de faire liste commune à tous ceux qui acceptent la République sans arrière-pensée, adhèrent sincèrement à la laïcité mais répudient le sectarisme dans son application, entendent préserver dans la paix l'union qui a prévalu pendant la guerre et dresser un barrage devant le péril bolchevique. Ce faisant, il lève l'exclusive qui écartait tout conservateur du pouvoir et en réservait jalousement l'accès aux seuls fondateurs du parti républicain. L'offre est acceptée par la majorité des droites. Elles ont abandonné toute velléité de restauration monarchique : le temps a légitimé la République, et plus encore la victoire en faisant justice d'une objection majeure : les nationaux tenaient le régime parlementaire pour incapable de conduire une politique étrangère cohérente, à plus forte raison de mener une guerre. Charles Maurras avait fait la théorie de cette argumentation dans *Kiel et Tanger* et plus d'un homme de gauche, partageant ce sentiment, y trouvait une raison de plus de souhaiter la paix : à preuve le titre du livre publié par le socialiste Marcel Sembat, *Faites la paix, sinon faites un roi*. Or la République avait triomphé où l'Empire avait succombé : les événements démontraient l'inanité de l'adage selon lequel la guerre ne peut être conduite efficacement que par des régimes autoritaires — c'est l'Empire allemand qui s'était effondré, et la République parlementaire qui avait gagné la plus grande des guerres. Loyalement, la plupart des nationalistes en tirent la conséquence : ils n'ont plus de raison de refuser leur adhésion au régime.

Le vaste regroupement qui va de la droite conservatrice de la Fédération républicaine à une partie des radicaux renoue avec la conjonction des centres qui avait gouverné de 1893 à 1898 et referme la brèche ouverte par l'affaire Dreyfus entre les deux fractions des progressistes. C'est l'aboutissement du ralliement préconisé par Léon XIII : puisque l'Alliance démocratique, sans revenir sur la législation qui a sécularisé l'État et la société, promet de l'interpréter libéralement, rien ne fait plus obstacle au rapprochement des catholiques et des républicains et à l'entrée dans une majorité de gouvernement des hommes de droite qui ne rêvent pas de détruire la société issue de 89. Ce rassemblement laisse en dehors l'extrême droite qui s'inspire de l'Action française. A gauche la frontière est moins franche. Les socialistes sont assurément au-delà : depuis 1917 ils sont passés dans l'opposition. Les radicaux s'éparpillent, écartelés entre leur attirance vers la gauche et l'appartenance à une majorité dont ils ont fait partie et que dirige un homme qui fut un temps des leurs : la tendance dure qui rêve de régénérer le radicalisme par un retour aux sources, conduite par un nouveau leader, Édouard Herriot, s'est emparée de la direction depuis septembre 1919 et repousse

La République de Clemenceau

les avances de l'Alliance démocratique. Mais ici ou là des radicaux figurent sur des listes du Bloc national.

La coalition s'est donné un nom dont l'intitulé complet est tout un programme : Bloc républicain national. Le vocable de Bloc est repris de l'histoire des gauches : sans autre précision, il désignait avant 1914 la coalition des gauches regroupée derrière Waldeck-Rousseau et Combes pour la défense des institutions ; sans doute était-il de bonne guerre de ravir à l'adversaire un terme chargé de souvenirs, mais son adoption dénotait tout autant la volonté de s'inscrire dans une tradition démocratique. L'usage a depuis gommé curieusement l'épithète qui venait à la suite : républicain, pour ne retenir que national. Cet oubli fait tort aux intentions des dirigeants qui prennent acte du ralliement de la droite à la République. Quant au dernier terme de la triade, il souligne le glissement progressif de la référence nationale de gauche à droite et préfigure son prochain accaparement par la droite, qui deviendra manifeste avec l'Union nationale en 1926. En 1919, le Bloc recouvre une coalition dont l'axe s'est indiscutablement déplacé vers la droite, mais qui ne s'y réduit pas et dont ce serait une erreur d'interpréter le succès comme la revanche de la droite sur la gauche. C'est davantage un prolongement de l'Union réalisée en 1914, qui a survécu aux circonstances, mais amputée sur sa gauche et passablement rétrécie. L'idée en demeure peut-être plus vivace chez les électeurs que dans les états-majors à en juger par le résultat des élections du 16 novembre 1919.

S'il est sans ambiguïté, sa signification n'est pas aisée à déchiffrer. A ce jour, ces élections, à la différence d'autres consultations, n'ont fait l'objet d'aucune analyse approfondie : elles le mériteraient pourtant. L'absence de deuxième tour ne facilite pas l'interprétation des intentions des électeurs. La diversité qui a présidé à la formation des listes, dont certaines incluent des radicaux, d'autres non, dont les unes ne regroupent que des républicains de toujours et dont d'autres effacent la vieille coupure entre droite et gauche, rend les totalisations hasardeuses et les comparaisons aléatoires. Le pourcentage des abstentions — autour de 30 % — est probablement surestimé : les listes électorales, n'ayant pas été révisées, n'ont pas enregistré les importants mouvements de population. Néanmoins, la proportion des abstentions a été anormalement élevée : signe de désintérêt pour des joutes qui paraissent dérisoires au sortir d'une telle épreuve ? Recrudescence de l'antiparlementarisme, qui est comme une seconde nature du comportement politique français, ravivé par la vindicte des combattants contre les embusqués et les griefs de l'avant à l'encontre de l'arrière ? Ce corps électoral est le plus âgé de toute la IIIe République : l'âge médian, qui le partage en deux moitiés, est passé de 42 à 45 ans et le pourcentage des moins de 25 ans est tombé d'un point, de 12,5 % à 11,5 % : près de 1 400 000 jeunes électeurs ne sont pas revenus du front.

La S.F.I.O. marque le pas : elle ne progresse, de 1 400 000 voix en 1914 à 1 700 000, que grâce à l'appoint des suffrages sociaux-démocrates d'Alsace et au scrutin départemental qui lui permet, étant présente partout, de recueillir des voix qu'elle ne comptabilisait pas avec le scrutin d'arrondissement. Les listes formées par des radicaux ou des socialistes indépendants totalisent 1 800 000 suffrages. L'ensemble des listes de gauche additionnait donc environ 3,5 millions de suffrages.

En regard, les listes du Bloc national en obtenaient approximativement 4 300 000, dont la ventilation entre les conservateurs, le centre droit et les radicaux serait aléatoire. Ce qui ne l'est point, c'est le déplacement vers la gauche de la ligne de partage entre les deux camps (un Marc Sangnier, fondateur du *Sillon*, figure par exemple sur une liste du Bloc national) ; c'est aussi l'inversion du rapport de force à l'avantage de la coalition de droite, qui l'emporte de quelque 800 000 voix (environ 10 %) sur la gauche intransigeante. C'est la première fois depuis plus de quarante ans. Tel est l'un des changements majeurs induits par la guerre.

La traduction de cet écart est amplifiée par le mode de scrutin : grâce à l'envergure de leurs alliances, les listes du Bloc national ont atteint en plusieurs départements la majorité absolue et y emportent en conséquence tous les sièges. Le Bloc national bénéficie ainsi d'un surplus d'une soixantaine de députés et s'adjuge, pour un peu plus de 55 % des suffrages, près de 70 % des sièges : il a autour de 400 députés en face des 68 auxquels est réduit le groupe socialiste.

Profondément modifiée dans la répartition des forces, la nouvelle Chambre ne l'est pas moins dans sa composition : les cinq années et demie écoulées depuis la précédente élection, les bouleversements opérés par la guerre, le changement de scrutin, l'aspiration à un renouvellement ont entraîné l'éviction d'une partie de l'ancien personnel et l'arrivée d'hommes neufs : ceux qui n'ont jamais détenu de mandat parlementaire représentent près des trois cinquièmes — c'est l'un des renouvellements les plus massifs de l'histoire parlementaire. La plupart ont fait la guerre et

La République de Clemenceau 45

introduisent dans l'hémicycle un peu de l'esprit ancien combattant — d'où le surnom de la législature : Chambre bleu horizon.

Que la victoire du Bloc national ne soit pas une revanche de la droite, la démonstration ne tarde pas à en être apportée par les consultations qui prennent la suite : les électeurs maintiennent leur confiance aux élus radicaux dans les conseils municipaux et généraux. En partie parce qu'ils étaient bien implantés localement, mais aussi sans doute parce que la majorité des électeurs n'entendait pas revenir sur l'acquis démocratique de l'avant-guerre. Les socialistes font d'appréciables progrès dans les banlieues industrielles. Ce n'est pas la dernière fois que l'électeur paraîtra opérer une distribution qui, faute d'observer une alternance régulière entre droite et gauche, est une façon originale de pratiquer un partage des pouvoirs entre elles. Les électeurs sénatoriaux, moins sensibles aux mouvements d'opinion, demeurent majoritairement orientés à gauche, et le renouvellement du Sénat (le plus ample de son histoire puisqu'il affecte les deux tiers des départements) ne fait perdre aux radicaux qu'une vingtaine de sièges, pas assez pour leur ôter la prépondérance ; pendant la législature 1919-1924 le Sénat est plus à gauche que la Chambre.

Dernière étape du renouvellement général des pouvoirs publics : l'élection à la présidence de la République. Le mandat de Raymond Poincaré expire en janvier 1920 : il n'est pas candidat à un second septennat. Tout semble désigner pour lui succéder à la magistrature suprême, où il trouverait le couronnement d'une carrière politique de plus d'un demi-siècle et la récompense de la part qui lui revient dans la victoire, le président du Conseil en exercice depuis plus de deux ans. Clemenceau jouissait d'un prestige sans égal et d'une autorité morale écrasante : si le chef de l'État avait alors été élu au suffrage universel, il n'est guère douteux qu'il eût été plébiscité. Mais précisément les parlementaires n'aiment guère les personnalités qui ont pareille popularité ; ils supportent mal son autorité, que les circonstances et l'opinion leur ont imposée. L'occasion est trop belle de mettre un terme à cette manière de dictature et de revenir au règne du Parlement. Plusieurs personnages consulaires en situation de prétendre à la direction du gouvernement et qui savent que, Clemenceau président, ils n'y accéderont jamais, tel Briand, attisent les oppositions. Les socialistes ont toujours combattu le Tigre depuis le temps où Jaurès l'affrontait ; la gauche radicale redoute son autoritarisme ; la droite catholique s'inquiète à la perspective de funérailles civiles s'il venait à mourir à l'Élysée. A la réunion préparatoire des groupes, le vote indicatif place en tête le président de la nouvelle Chambre, Paul Deschanel, orateur apprécié, qui n'a jamais exercé la moindre fonction ministérielle, mais qui a donné des assurances à la droite : il devance Clemenceau d'une vingtaine de voix. C'est assez pour que celui-ci interdise que son nom soit avancé. Le 17 janvier 1920, Deschanel est élu avec une des plus fortes majorités qu'ait obtenue un candidat à l'Élysée. Comme elles avaient écarté en 1887 Jules Ferry et Waldeck-Rousseau en 1895 et comme elles auraient sans doute écarté aussi Gambetta, les Chambres ont écarté Clemenceau et porté leur choix sur un parlementaire dont elles étaient certaines qu'il ne contrarierait pas leur omnipotence : elles ne pouvaient prévoir qu'un accident de santé mettrait fin à ses fonctions quelques mois plus tard. C'était la fin de la « République de Clemenceau ».

Ulcéré par un affront qui n'a pas dû surprendre sa misanthropie et qui n'a sans doute fait que confirmer sa médiocre estime pour les hommes en général et ses collègues en particulier, Clemenceau démissionne, sans même attendre la fin des pouvoirs de son vieil adversaire. Poincaré fait appel, conformément à la règle non écrite du régime parlementaire, à celui qui fait figure de principal leader de la majorité, qui a défini son programme, Alexandre Millerand. Le Tigre se retire dans sa Vendée natale. Il s'enferme dans un silence hautain qui sied à son personnage et dont il ne sortira pas jusqu'à sa mort survenue dix ans plus tard, quelques mois après celle de Foch.

Ni son nom ni son souvenir ne sortiront de la mémoire des Français. Curieusement, cet homme, l'un des plus détestés, qui avait suscité des haines inexpiables, est une des rares figures autour desquelles s'établira une sorte d'unanimité, un des seuls hommes politiques à faire partie du panthéon national : chaque 11 Novembre sa statue est pieusement fleurie sur les Champs-Élysées. La référence à son rôle historique continuera d'avoir des conséquences après son retrait et sa disparition. Quelques hommes politiques, qui ont été ses collaborateurs directs entre 1917 et 1920, resteront fidèles à sa leçon, et leur réputation se fondera sur les liens qu'on leur connaissait avec le Père la Victoire : Jules Jeanneney et Georges Mandel personnifieront dans le désarroi des années troubles une ligne se définissant par un patriotisme intransigeant, le sens de l'État, le dépassement des divisions partisanes, le refus des concessions. Ils seront les premiers à percevoir le péril hitlérien ; on ne s'étonnera pas de les trouver parmi les antimunichois les plus décidés. En 1944, Georges Mandel paiera de sa vie sa fidélité à l'exemple de son ancien patron, tandis que Jules Jeanneney symbolisera par sa présence auprès du général de Gaulle la continuité qui relie le Premier Résistant à l'homme qui avait en 1917 pour programme : « Je fais la guerre. »

Le précédent Clemenceau influera d'une autre façon sur notre vie politique : le rôle qu'il avait joué à un âge fort avancé confortera la tradition de l'appel au vieillard dans les épreuves nationales, inaugurée en 1871 avec Thiers. Clemenceau a frayé la voie à Poincaré en 1926, à Doumergue en 1934, au maréchal Pétain en 1940, au général de Gaulle en 1958. Il a entretenu une prédisposition à faire confiance à un homme chargé d'ans et d'expérience, dont on pense que le grand âge le soustrait aux ambitions égoïstes. Périodiquement une partie de l'opinion se tournera vers un homme en qui elle espère voir revivre celui à qui elle reste reconnaissante de n'avoir pas désespéré au moment le plus trouble de la Grande Guerre : en 1938, Édouard Daladier a dû l'élan de confiance qu'il inspirait à ce que les Français crurent avoir trouvé en lui un second Clemenceau.

CHAPITRE II

Le Bloc national

Une législature méconnue

Dans l'inégale répartition des sympathies à laquelle procède, presque à son insu, le jugement collectif entre les périodes de l'histoire, l'immédiat après-guerre n'a pas la meilleure part. Pour l'opinion commune, les années 1920-1925 gardent une réputation d'incorrigible frivolité : ce sont les « années folles », d'une expression inventée par quelques littérateurs et que le cinéma a popularisée. On se gardera de prendre l'expression à la lettre. S'il est vrai que la capitale a connu alors une effervescence créatrice qui a pris parfois des formes excentriques, si le rayonnement de l'école de Paris a attiré à Montparnasse nombre de peintres et d'écrivains convaincus de ne pouvoir trouver nulle part ailleurs lieu plus propice à l'imagination et à l'innovation et si une minorité oisive et fortunée a voulu rattraper les années perdues, cette ardeur à vivre, cet appétit d'expériences insolites ne caractérisent pas l'état d'esprit ni les comportements de la France profonde.

Les historiens, habituellement moins enclins à juger un temps sur de tels signes et dont l'attention se porte plus sur la grande politique ou les rapports de force que sur les expressions artistiques ou les changements de mœurs, n'ont guère mieux traité cet après-guerre. A la différence des années du Cartel ou, plus encore, des années 1934-1936 qui ont suscité une littérature foisonnante, l'immédiat après-guerre ne leur a pas paru mériter de retenir l'attention. A ce jour aucun historien n'a par exemple consacré à la législature 1919-1924 une grande étude approfondie : on ne s'y est intéressé que par des biais, à propos des relations franco-allemandes ou à l'occasion des conflits sociaux.

Plusieurs raisons expliquent ce surprenant désintérêt. Les historiens ne diffèrent pas de leurs concitoyens : comme eux leur prédilection va aux moments dramatiques, aux épisodes hauts en couleur. Or, après une phase d'agitation violente qui débute en 1919 et s'achève au deuxième semestre 1920 après avoir culminé au printemps, les années suivantes se caractérisent par une relative modération des luttes politiques, un souci d'apaisement et la recherche de solutions recueillant une large adhésion. Pour la même raison les historiens s'intéressent surtout aux extrêmes : leur description s'est donc polarisée, à l'extrême gauche, sur les divisions du mouvement ouvrier, la rupture entre socialistes et communistes, la scission syndicale, et, à l'extrême droite, sur l'Action française et le nationalisme. Or ces phénomènes, s'ils ne sont pas dénués de signification, sont loin de résumer la réalité des sentiments et des comportements.

Les gouvernements de la période et leur majorité ont aussi souffert du décalage entre les espérances — un peu folles celles-là — et les dures réalités : au sortir de ces années de privations et d'alarmes, les Français pensent avoir mérité une vie meilleure et aspirent à retrouver la facilité qu'ils s'imaginent avoir connue avant 1914. Ils comptent sur les réparations allemandes pour les dispenser des efforts nécessaires. Ils attendent du gouvernement et des diplomates qu'ils écartent définitivement le fléau de la guerre. Or la réalité leur a ménagé de cruelles déconvenues. Les Français découvrent qu'ils n'en ont pas fini avec les séquelles de la guerre et les difficultés de la vie quotidienne. Les réparations se font attendre : en fin de législature, les impôts devront être majorés de 20 %. Nos alliés sont peu accessibles à nos revendications. Il était inévitable que les dirigeants subissent le contrecoup de ces déceptions et que l'opinion leur en impute la responsabilité.

Enfin, comme il advient souvent, les historiens, qui parfois se recopient paresseusement, ont, presque sans y prendre garde, repris comme argent comptant la présentation que l'opposition de gauche avait faite dans sa campagne électorale de la politique de la législature qu'elle combattait. Nous continuons, soixante-dix ans plus tard, à voir l'action des gouvernements qui succèdent à Clemenceau et l'œuvre législative du Bloc national à travers les lunettes de l'opposition de gauche et d'extrême gauche : ainsi s'est imposée la vision d'une majorité que ses inclinations conservatrices auraient conduite à combattre les forces de progrès social, qui aurait pratiqué une politique réactionnaire et qui aurait manqué des occasions historiques d'engager la France sur des voies nouvelles, dans les relations du travail, la direction de l'économie nationale, en politique extérieure et singulièrement pour les relations avec l'Allemagne. Si tout n'est pas faux dans ce réquisitoire, la période mérite mieux que ces simplifications, et l'heure est peut-être venue de substituer aux préjugés et aux légendes une représentation plus conforme à la vérité.

Une majorité républicaine

Les circonstances de la formation du Bloc républicain national, la composition des listes qui s'en réclament, la personnalité et les origines des leaders, comme le contenu du programme et peut-être aussi la provenance d'une partie des suffrages qui se sont portés sur ses candidats, interdisent d'assimiler purement et simplement sa majorité à la droite.

Les présidents du Conseil qui se sont succédé dans la législature ne sont pas des ralliés : ils ont tous débuté à gauche et grandi dans le parti républicain ; deux viennent même de l'extrême gauche — Alexandre Millerand et Aristide Briand. Les radicaux sont présents dans tous les cabinets et y détiennent des portefeuilles de première importance. De bout en bout l'Intérieur est resté entre leurs mains : tour à tour Steeg, Maraud, Maunoury s'y sont succédé. La nomination de Steeg a suscité du reste de vives critiques de l'extrême droite, et Millerand a dû se battre pour l'imposer. En revanche, l'extrême droite, celle qui n'accepte pas 89, est dans une demi-opposition. Les groupes de la majorité ne sont pas représentés dans le gouvernement selon leur importance numérique, mais ils ont d'autant plus de responsabilités qu'ils se situent plus au centre : le groupe le plus nombreux, celui de l'Entente républicaine démocratique, qui compte 183 inscrits, est médiocrement représenté. Si la droite fournit le gros des troupes, c'est l'aile gauche de la majorité qui se réserve les positions de pouvoir.

Ce serait une erreur de se représenter cette Assemblée à l'image de celle de 1871 : elle n'est ni réactionnaire ni cléricale et n'abrogera aucune des lois votées avant guerre. Elle ne remet pas en question les institutions : la République est admise de tous, sauf de la petite fraction d'extrême droite proche des vues de Maurras et qui a pris le nom d'indépendants, moins compromettant qu'une référence explicite à l'idée monarchique. Cette majorité est nettement moins conservatrice que celle qui triomphe alors aux États-Unis avec les républicains.

Les institutions fonctionnent correctement. La législature n'a connu qu'un nombre restreint de gouvernements : quatre hommes se sont succédé à leur tête, et encore la démission du premier — Millerand — ne fut-elle que la conséquence de son élection à la présidence de la République devenue vacante avec la démission de Deschanel. En un peu plus de quatre ans les députés n'ont ouvert que deux crises ministérielles : en 1921, la majorité a refusé sa confiance à Georges Leygues, à qui elle reprochait de laisser une trop grande initiative au président ; en 1924, à quelques semaines de sa fin, elle a mis Poincaré en minorité sur sa politique financière, mais, après avoir démissionné, il a aussitôt reformé un gouvernement. Entre les deux, Briand a démissionné, mais en devançant un vote de défiance et plus encore pour avoir perdu la confiance du chef de l'État. On ne saurait donc parler d'instabilité ministérielle.

Néanmoins, si le fonctionnement des institutions est satisfaisant, un mouvement d'idées se dessine pour réduire la prépondérance du Parlement et renforcer l'autorité de l'exécutif. Avant même que les électeurs aient désigné la nouvelle Chambre, Clemenceau, fort de son expérience, avait, dans un discours qui fit date, le 4 novembre 1919, appelé des modifications institutionnalisant la pratique qu'il avait instaurée à la faveur de circonstances exceptionnelles. Millerand, dans le discours de Ba-Ta-Clan, avait énoncé quelques réformes qui allaient dans le même sens. Il les formule à nouveau dans sa déclaration ministérielle en janvier 1920, puis derechef dans le message qu'il adresse aux deux Chambres après son élection à la présidence : il les invite à « apporter d'une main prudente aux lois constitutionnelles les modifications souhaitables ». A défaut d'une révision, l'effacement de Leygues lui permet de jouer un rôle actif, notamment dans la conduite de la politique extérieure. Désapprouvant les concessions que Briand a consenties à son interlocuteur britannique, Millerand préside le Conseil des ministres en son absence et lui adresse un télégramme comminatoire qui énonce les conditions auxquelles subordonner un éventuel moratoire des réparations : Briand démissionne. Mac-Mahon n'en avait pas fait plus en 1877 pour soulever l'indignation des républicains.

D'où vient que l'intervention de Millerand n'ait pas suscité de réactions comparables ? La différence tient peut-être à la différence des domaines : Mac-Mahon avait critiqué la faiblesse du gouvernement devant la campagne anticléricale ; on conteste moins au président le droit d'avoir des vues en politique étrangère. Surtout, l'état des esprits n'est plus le même : Millerand est pour un temps en harmonie avec une aspiration largement répandue à un gouvernement qui exerce l'autorité et dont l'opinion a pris le pli pendant la guerre. Les réformes envisagées préfigurent le courant d'idées qu'on appellera, dans les années 30, du parlementarisme rationalisé et qui sera, à plus long terme, la matrice de la Constitution de 1958.

Le Bloc national

Mais les pesanteurs s'exercent en sens contraire. On peut déjà pressentir au début des années 1920 quelques-unes des déformations qui vicieront plus tard le fonctionnement des institutions : l'apparition de commissions permanentes qui tendent à devenir des contre-pouvoirs et dont Poincaré dénonce le rôle exorbitant, et le premier recours, à l'initiative de Poincaré, précisément, à la procédure des décrets-lois qui altérera la nature du régime en introduisant la confusion des pouvoirs.

A l'exception de quelques doctrinaires qui refusent toujours de pactiser avec les principes de 89, la majorité souhaite dépasser les querelles que nous appellerions idéologiques : elle se place sur le terrain du possible — le mot « réel » fait fureur. L'époque se caractérise par un souci de pragmatisme, une volonté d'efficacité qui inspire le respect des compétences et l'appel aux experts. Un souffle de modernisme passe sur cette assemblée : c'est un effet de la guerre qui a souligné le poids des contraintes objectives. La création de certains départements ministériels illustre cette volonté de se saisir des problèmes concrets : outre un ministère des Régions libérées, pour coordonner l'action des différentes administrations dans les départements qui ont été séparés quatre années de la communauté nationale, Millerand, qui se souvient d'avoir débuté comme ministre du Commerce et de l'Industrie et d'avoir préparé le détachement du ministère du Travail, crée un ministère de l'Hygiène, de l'Assistance et de la Prévoyance sociale, que conservera Poincaré. Un sous-secrétariat à l'Aéronautique marque le désir d'inclure dans les compétences de l'État les conséquences des innovations techniques. Sous Poincaré, on note l'apparition d'un sous-secrétariat à la Présidence du Conseil, première étape vers la naissance d'un organe de coordination gouvernementale.

Le choix des titulaires n'est pas moins révélateur du souci de dépolitiser les questions et de donner le pas à une approche technique sur les controverses idéologiques : on fait appel à des hommes réputés pour leur compétence et dont certains ne sont pas parlementaires. Dans le gouvernement Millerand un banquier est nommé aux Finances, un préfet aux Régions libérées, un ingénieur agronome à l'Agriculture : on songe à la composition du gouvernement formé par le général de Gaulle en juin 1958.

L'apaisement de la querelle religieuse

Animée d'un désir sincère de prolonger dans la paix l'union imposée par la guerre et de réconcilier les Français, la Chambre marque ses débuts par deux gestes symboliques à l'adresse de familles de pensée différentes. En décidant le transfert au Panthéon du cœur de Gambetta, elle honore le fondateur de la République et l'animateur de la Défense nationale. Elle proclame fête nationale la journée qui célèbre chaque année la délivrance d'Orléans par la Pucelle et une délégation de quatre-vingts parlementaires assiste à Rome à la cérémonie solennelle où Benoît XV canonise la sainte de la patrie, alors même que les relations ne sont pas encore rétablies avec le Saint-Siège.

La volonté d'apaisement se manifeste à propos de la question religieuse et inspire une nouvelle politique à l'égard de l'Église catholique. Les données de fait et l'évolution des esprits concourent à favoriser un rapprochement. Données de fait : le retour à la mère patrie des provinces perdues réintègre dans l'unité nationale un morceau de territoire qui vit encore sous le régime du Concordat de 1801 ; que convient-il d'en faire ? Les plus hautes autorités de l'État ont solennellement promis aux Alsaciens qu'aucun changement ne serait apporté à leurs institutions particulières sans leur consentement. D'autre part, au début du conflit le gouvernement avait décidé dans l'esprit de l'Union sacrée de suspendre l'application des lois laïques, y compris celles qui avaient contraint les membres des congrégations non autorisées — c'était le cas de presque toutes — à choisir entre l'état religieux et l'exil : fallait-il, la guerre finie, remettre en vigueur des lois discriminatoires et condamner à repartir à l'étranger les milliers de religieux qui étaient accourus à l'appel de la patrie ? En outre, la présence en Rhénanie d'une importante armée d'occupation et de nombreux fonctionnaires civils créait un délicat problème : le seul moyen de les soustraire à l'autorité des évêques allemands était d'obtenir la nomination d'un évêque français qui aurait pour diocèse les ressortissants français en Allemagne ; la solution requérait un accord avec le Vatican, avec lequel la République n'avait plus de relations depuis 1904.

Les esprits aussi avaient évolué : le brassage de la mobilisation, les souffrances partagées dans la tranchée avaient beaucoup affaibli la virulence des préjugés réciproques en rapprochant instituteurs laïques et prêtres, catholiques et anticléricaux. Qui croyait encore à un danger clérical ? Quand la radicale *Dépêche de Toulouse* avait, en 1915, fait écho à la « rumeur infâme », c'est-à-dire à l'insinuation que l'Église avait poussé au déclenchement du conflit mais qu'on n'avait vu aucun prêtre en première ligne, la réaction de l'opinion avait déjà indiqué qu'une page était tournée.

Pendant la guerre, les autorités religieuses avaient entretenu des relations cordiales avec les pouvoirs publics. Prêtres et fidèles avaient donné des gages de leur patriotisme en refusant de prêter l'oreille aux initiatives pontificales en faveur de la paix. De nombreuses décorations gagnées au feu attestaient leur bravoure : ils ne permettraient plus qu'on doute de leur courage et de leur civisme.

Les conditions étaient donc favorables à un second ralliement qui réussirait là où le premier avait échoué. C'était le vœu de Benoît XV, qui prodigua les gestes d'encouragement. Les relations diplomatiques furent rétablies en 1921, et la Secrétairerie d'État promit, en gage de bonne volonté, de consulter le gouvernement français pour toute nomination épiscopale. Au terme de pourparlers pour régler le contentieux issu de la Séparation et du refus de l'Église de France de constituer les associations cultuelles, le gouvernement accepta la création d'associations diocésaines conformes à la constitution hiérarchique de l'Église romaine. L'apaisement de la querelle n'était pas le moindre des changements consécutifs à la guerre.

La nouvelle politique religieuse n'était pas pour autant cléricale : la majorité rejeta toute proposition en faveur de la répartition proportionnelle scolaire qui eût remis en question les liens privilégiés entre l'État et l'école publique.

La crise sociale et la division ouvrière

La pacification ne fit pas autant de progrès sur le front social, où les pouvoirs publics se heurtaient à la résistance des données économiques et à une opposition irréductible. La majorité du Bloc national a hérité d'une situation dégradée : l'énergie brutale de Clemenceau n'a pas jugulé l'agitation, ni facilité une détente. Les conditions ne s'améliorent pas : les prix continuent de devancer les salaires, le franc se déprécie, le chômage atteint des taux alarmants. En avril 1921, le nombre des chômeurs présumés — il n'y a alors aucune procédure de recensement systématique — aurait dépassé le demi-million.

L'année 1920 est marquée par des poussées de grèves dont la violence jette l'effroi dans une partie de la population, persuadée d'assister aux prodromes d'un mouvement révolutionnaire. Or, contrairement à ce qu'elle imagine et à ce qu'accrédite la propagande de droite, ces mouvements sont généralement spontanés : ils partent de la base, et les syndicats, placés devant le fait accompli, sont tenus de suivre s'ils ne veulent pas être délaissés par les travailleurs. C'est ce qu'on observe dans les chemins de fer : le mouvement a démarré en février 1920 au P.L.M. et gagné les autres réseaux. Les compagnies sont décidées à ne faire aucune concession et savent pouvoir compter sur l'appui du gouvernement. Après une pause, le mouvement rebondit à l'approche du 1er mai qui opère comme un catalyseur : la fédération des cheminots C.G.T. lance un mot d'ordre de grève illimitée et demande le soutien de la confédération. Les dirigeants de celle-ci hésitent : ils redoutent un échec qui porterait un coup très dur au mouvement ouvrier. Mais le procès qui leur est fait pour leur attitude pendant la guerre les met en position de faiblesse pour résister aux plus radicaux. A contrecœur, Léon Jouhaux laisse la C.G.T. s'engager au côté des cheminots ; l'une après l'autre, les grandes fédérations professionnelles entrent alors dans la lutte : mineurs, marins, dockers (3 mai), métallos et bâtiment (7 mai), gaz et électricité (11 mai), selon un scénario qui se répétera en 1947. Pour la première fois, la France est aux prises avec un mouvement d'une telle ampleur : est-ce la grève générale dont les syndicats agitaient la menace avant guerre ?

Le gouvernement réagit avec la dernière énergie, comme Clemenceau en 1907 et Briand en 1910. Il trouve le concours d'Unions civiques qui se constituent pour briser la grève : élèves des grandes écoles, étudiants s'offrent à remplacer les cheminots et à assurer le fonctionnement des services publics. Le mouvement n'a pas l'assentiment de tous les salariés : la participation est inégale selon les réseaux, dessinant une distribution qui se reproduira sans grand changement jusqu'à nos jours et dont les traits les plus caractéristiques ne seront modifiés ni par la nationalisation en 1938 ni par les bouleversements technologiques. A la fin de mai, la C.G.T. doit se rendre à l'évidence : le mouvement ne peut triompher de la détermination des compagnies, il faut sonner la retraite. Le syndicalisme paie cher l'échec. Les leaders ne sont pas seuls sanctionnés, tel l'ingénieur Lucien Midol qu'on retrouvera parmi les dirigeants du Parti communiste : quelque 15 000 cheminots sont licenciés définitivement. En 1924, la majorité de gauche votera en leur faveur une amnistie, mais la mesure n'aura de portée que symbolique, le Parlement n'ayant pas qualité pour imposer à des compagnies privées la réintégration d'employés sanctionnés. En 1936, nombre d'entre eux expieront encore leur comportement de 1920.

Le mouvement syndical sort de l'aventure affaibli et divisé. Le gouvernement ne résiste pas à la tentation d'exploiter la situation : le ministre du Travail intente une action en justice contre la C.G.T., et le tribunal de la Seine prononce la dissolution de la confédération. Le gouvernement aura la sagesse de ne pas faire exécuter la décision, mais la C.G.T. a senti le vent du boulet. L'agitation se résorbe; la conjoncture s'améliorant, tout concourt à restaurer l'ordre, et la législature ne connaîtra plus de crise comparable à celle qui a fait de l'année 1920 un moment de grande agitation et de peur sociale conjuguées.

Comme toute défaite, l'échec du mouvement a avivé les dissensions internes : les conflits s'exaspèrent dans les rangs de la S.F.I.O. et des syndicats. Au Parti socialiste deux débats interfèrent : celui, rétrospectif, sur la stratégie adoptée pendant les années de guerre avec celui sur les relations à établir avec la Russie des Soviets et le choix d'une Internationale. Faut-il adhérer à celle suscitée par Moscou, ce qui implique la reconnaissance de la révolution bolchevique comme l'exemple à suivre ? Faut-il ranimer la IIe Internationale, déconsidérée par son impuissance en 1914 ? Ou encore se tenir à égale distance des deux ? Les deux émissaires dépêchés par la S.F.I.O. à Moscou pour s'informer à la source, Marcel Cachin et L.-O. Frossard, en sont revenus conquis par ce qu'ils ont vu et plaident pour l'adhésion à la IIIe Internationale. Les nouveaux adhérents, qui submergent sous leur nombre les vétérans de l'avant-guerre, pèsent dans le même sens : les effectifs de la S.F.I.O., tombés à un chiffre infime pendant la guerre, approchent de 180 000. La tension culmine et trouve son dénouement au congrès que la S.F.I.O. tient à Tours au lendemain de Noël 1920 : le 29 décembre, une majorité des trois quarts décide d'en passer par les 21 conditions que Moscou a signifiées et qui impliquaient un alignement inconditionnel, et vote l'adhésion à la IIIe Internationale. La minorité a trouvé un porte-parole éloquent et clairvoyant en la personne de Léon Blum.

L.-O. Frossard est le premier secrétaire général du nouveau parti qui, par symétrie avec la S.F.I.O. et pour affirmer son internationalisme, prend la dénomination de Section française de l'Internationale communiste (S.F.I.C.) qui restera son appellation officielle jusqu'au milieu des années 30 où elle sera supplantée par celle de Parti communiste français (P.C.F.). Camélinat, un survivant de la Commune, fait apport à la S.F.I.C. de ses actions dans le journal fondé en 1904 par Jaurès, *L'Humanité,* qui devient de ce fait l'organe du Comité central.

Le nouveau parti s'est constitué dans une relative équivoque. C'est un conglomérat de tendances inspirées par des sentiments disparates : à côté d'une minorité, qui connaît les thèses de Lénine et est résolue à calquer son action sur l'exemple des bolcheviks, se trouvent des pacifistes inconditionnels, des hommes simplement épris de nouveauté et qu'émeut la grandeur des ambitions du nouveau régime russe, d'autres pour qui toute révolution est de soi digne de sympathie, d'autres encore qui attendent la destruction de tout pouvoir, avec des hommes de gauche qui admirent le gouvernement des Soviets d'avoir l'audace d'accomplir ce que la Révolution française n'a pu ou voulu achever. La confusion se dissipera progressivement : les dirigeants du Komintern s'emploieront efficacement à transformer ce rassemblement composite où voisinent anarchistes et socialistes en un parti de révolutionnaires professionnels ; la bolchevisation du parti, conduite à coups d'exclusions, achèvera de faire de la S.F.I.C. un parti de type nouveau, irréductible à tout autre et qui a exercé pendant soixante ans sur l'ensemble de la vie politique française une influence sans pareille. Les congressistes de Tours ne se trompaient pas en pensant qu'ils avaient été témoins des commencements d'une grande chose qui allait modifier profondément la vie politique.

Elle commence par entraîner la division du syndicalisme : une fraction de la C.G.T. fait sienne la conception léniniste des rapports entre syndicats et parti, qui subordonne les premiers à une stratégie globale. Les tenants de cette théorie constituent à l'automne 1920 des Comités syndicalistes révolutionnaires qui se dotent d'une organisation commune et dont le poids est grandissant dans la confédération à la faveur des conflits sociaux. A la fin de 1920, on peut calculer le moment où la majorité basculera de leur côté, entraînant la C.G.T. vers l'Internationale syndicale rouge comme la majorité socialiste a fait avec la S.F.I.C. Mais la direction confédérale, qui reste attachée à la doctrine de la charte d'Amiens et à l'indépendance du syndicat, prend les devants : elle somme les C.S.R. de dissoudre leur organisation fractionnelle et, constatant leur refus, prononce en décembre 1921 leur exclusion pour manquement à la discipline syndicale. La scission syndicale redouble la scission politique. La révolution soviétique a ainsi dissocié les deux branches du mouvement ouvrier, mais le partage des forces ne s'est pas fait dans les deux cas à l'avantage des mêmes : une minorité seulement a fondé une confédération dissidente — qu'elle a naturellement appelée unitaire selon la règle qui veut que les minorités dissidentes revendiquent l'idée d'unité et rêvent de la reconstituer autour d'elles : la C.G.T.U.

De l'échec des grèves et de cette double division, l'extrême gauche et le syndicalisme sortent affaiblis : le socialisme mettra plusieurs années pour rattraper le niveau de 1920, et le mouvement syndical ne retrouvera sa force qu'une douzaine d'années plus tard, avec les premières atteintes de la crise économique et le rassemblement des gauches devant la montée des dangers.

Modernisation et reconstruction

L'histoire des relations sociales dans les années qui suivent la fin de la guerre ne se réduit pas, comme le suggère une certaine histoire, à l'agitation de 1919-1920, à la division des forces ouvrières et à une politique de répression menée de concert par le patronat et les pouvoirs publics. La nouvelle majorité comptait dans ses rangs des hommes sincèrement désireux d'améliorer les conditions de travail, ouverts aux innovations, que le catholicisme social ou une idéologie propriétiste rendaient accessibles à certaines revendications. Des patrons, qui s'inspirent de l'école de Le Play ou qui ont fréquenté le Musée social, tentent des expériences dans leur entreprise, dans le Nord ou l'Est. Dans les villes détruites, des cités-jardins sont édifiées pour loger les ouvriers dans de meilleures conditions. Les municipalités socialistes, dans les banlieues des grandes villes, pratiquent une politique de constructions immobilières et de logements à bon marché : elles multiplient les initiatives de caractère social, créent des dispensaires, organisent des consultations, engagent la lutte contre les fléaux sociaux, dont la tuberculose est le plus redouté. Les premières surintendantes d'usine et assistantes sociales apparaissent alors.

Ces ouvertures ne sont pas toujours rejetées. Si l'attention des historiens du mouvement ouvrier s'est concentrée de préférence sur les deux organisations issues de la scission de la C.G.T., par un effet d'anticipation sur leur rôle ultérieur et par le jeu des sympathies et des affinités, ces deux confédérations n'ont pas le monopole de la représentation des travailleurs : à son niveau le plus élevé, à la veille de la scission, la C.G.T. ne dépassait pas le million d'adhérents. A côté de la postérité du syndicalisme dit jaune, qui emprunte son inspiration à l'idéologie propriétiste, les syndicats dits libres qui se définissent par référence à la doctrine sociale de l'Église ont reçu un renfort appréciable avec les syndicats d'Alsace-Lorraine; de leur confluence est née en 1919 la Confédération française des travailleurs chrétiens. Le paysage syndical est ainsi relativement diversifié : c'est leur point de vue sur la lutte des classes et l'usage de la grève qui trace une ligne de séparation entre eux. La société française recèle dans les années 20 les virtualités de plusieurs types d'évolution possibles.

Contrairement à une image, confortée par les années de crise, qui décrit l'économie française de l'entre-deux-guerres comme routinière, un vent de modernité a soufflé sur elle au lendemain du conflit. S'il n'a guère touché l'agriculture, à l'exception des grandes exploitations de l'est et du nord du Bassin parisien où la concentration des terres, accélérée par la remise en valeur des terres à blé et à betterave, a permis des rendements fort au-dessus de la moyenne et particulièrement rémunérateurs, plusieurs secteurs industriels ont connu alors un développement rapide : les industries mécaniques, l'automobile, la construction aéronautique, la chimie... La guerre avait donné un coup de fouet à toutes les entreprises travaillant pour la défense, qui avaient dû adopter des modes de production plus efficaces, abaisser leurs prix de revient, accroître leur productivité. Les méthodes d'organisation rationnelle du travail mises au point aux États-Unis pénètrent dans les entreprises de pointe; le taylorisme fait des émules; le système Bedaux connaît un commencement d'application. Henri Fayol met au point un système original. La combinaison du calcul des temps, d'une stricte division des gestes, du fractionnement des opérations et de la détermination de normes permet de rivaliser avec la concurrence américaine pour la production en série, la standardisation des produits et la diminution des coûts. Des capitaines d'industrie se sont révélés : un André Citroën, un Louis Renault, plusieurs avionneurs transposent à l'industrie de paix les méthodes expérimentées pour la fabrication des obus ou des chars et réinvestissent dans l'acquisition de machines-outils une partie de leurs bénéfices. Ils innovent encore pour le crédit, la gestion des stocks, la publicité.

La prospérité retrouvée, les immenses besoins de la reconstruction, le vaste chantier ouvert par la loi de 1919 qui tire une traite sur les réparations à venir et garantit à tout un chacun le remboursement intégral des dommages de guerre stimulent le bâtiment. Une fièvre de reconstruction s'empare des particuliers et des collectivités. La société chante un hymne à la production.

L'État n'est pas en retrait et encourage la modernisation. Un nom personnifie l'intervention de la puissance publique : celui de

Clémentel, ministre du Commerce dans les gouvernements de guerre à partir de 1916 et qui continue ensuite d'exercer des fonctions importantes. Il est de ceux qui ont pris conscience du retard de la France et se sont convaincus qu'elle ne pourrait le rattraper qu'avec l'aide de l'État. A cet égard il préfigure la génération des grands commis qui furent les artisans de la modernisation d'après 1945. On le retrouve, tantôt personnellement, tantôt indirectement, à l'origine de la plupart des initiatives qui concourent alors à rationaliser les activités et à rendre notre économie compétitive : naissance, en 1919, de la Confédération générale de la production française, première ébauche d'une organisation patronale de dimension nationale regroupant toutes les branches d'industrie ; création des premières régions économiques, encouragements aux chambres de commerce et d'industrie. C'est encore lui qui suscite le système des chèques postaux, mettant à la disposition de l'État d'importantes liquidités avec lesquelles ouvrir des crédits aux collectivités locales et financer des projets de modernisation. De la même époque datent la création du Crédit national et aussi le rôle nouveau de la Caisse des dépôts et consignations qui finance une partie des dépenses de reconstruction.

Si l'économie retrouve progressivement un rythme normal — l'indice général de la production a rattrapé dès 1924 le niveau de 1913 —, la situation des finances publiques est moins florissante : le budget est chroniquement déficitaire, et le franc a des accès de faiblesse. Au cours de la législature, les problèmes financiers et monétaires se sont constamment rappelés à l'attention des gouvernements. C'était le double héritage de la guerre : l'énorme dette publique absorbait pour le seul service des intérêts une part démesurée des ressources et les obligations de l'État s'étaient singulièrement alourdies. Les Français, unanimes, estimaient que la collectivité devait prendre à sa charge les dédommagements dus aux victimes de la guerre. C'était déjà reconnaître le principe qui n'a cessé depuis de régir notre société : la nation a le devoir de subvenir à l'entretien des plus démunis, surtout si c'est au service du pays qu'ils ont subi des préjudices. « Ils ont des droits sur nous », avait déclaré Clemenceau parlant des anciens combattants. La reconnaissance de ces droits s'inscrivait dans la loi de finances annuelle au chapitre des pensions et engageait des sommes considérables ; encore en 1939, un Français sur dix était pensionné. L'essentiel de ces dépenses ayant un caractère exceptionnel, elles figurent dans un budget distinct dit des « dépenses recouvrables » : elles sont considérées comme des avances de trésorerie pour le recouvrement desquelles on anticipe sur les réparations ; dans l'attente, des émissions répétées de bons du Trésor à court terme assurent les rentrées indispensables. A force de compressions, on ramène le montant du déficit à un niveau moins déraisonnable.

Au début de 1924, et quoi qu'il en coûte à la majorité sortante à la veille de solliciter des électeurs sa reconduction, Poincaré et son ministre des Finances, Lasteyrie, mettent fin à la fiction du remboursement par les réparations et réintègrent le budget extraordinaire dans le budget global : l'opération a naturellement pour effet la résurgence d'un déficit important. Pour le résorber, le gouvernement propose un plan d'assainissement qui comporte essentiellement une majoration de 20 % des impôts. La majorité se fait tirer l'oreille pour adopter des mesures aussi impopulaires ; en première lecture la Chambre leur donne son aval, mais la résistance vient du Sénat où les radicaux, qui sont majoritaires, glissent vers l'opposition. Pour tourner l'obstacle, le gouvernement recourt, pour la première fois, à une procédure dont on usera beaucoup après 1930 et dont la quasi-institutionnalisation traduira la faillite du régime parlementaire : il se fait octroyer par les Chambres le droit de prendre par décret des dispositions qui sont normalement du domaine de la loi. Certes, ce droit ne lui est accordé que pour un temps limité et des secteurs précisément définis, et le Parlement garde la faculté, à l'expiration du délai, d'abroger tel ou tel texte, mais il n'en a jamais usé. C'est bien l'abandon d'une prérogative capitale : celle de voter la loi. En mars 1924, la majorité hésite devant la nouveauté de la pratique : quelques voix font défaut au gouvernement sur le vote du budget des pensions, budget sensible entre tous. Poincaré donne sa démission, mais, invité par le président de la République à la reprendre, il remanie son cabinet. Ainsi les soucis financiers ont-ils provoqué une crise ministérielle : signe avant-coureur du rôle croissant qui échoira dans la législature suivante aux problèmes du budget et de la monnaie.

La paix et la sécurité

Les problèmes de politique étrangère, les relations avec les autres États, ennemis d'hier ou alliés, de toujours ou de circonstance, ont aussi occupé dans les années d'après-guerre une place des plus importantes. Que les relations internationales aient alors été au premier rang des préoccupations des gouvernants, rien ne le montre mieux que le fait que les quatre présidents du Conseil successifs aient tous pris personnellement la direction des Affaires étrangères. Il y a plus : ces questions, dont la responsabilité était traditionnellement laissée au ministre compétent, deviennent des sujets de controverse. L'opinion se passionne, les partis s'en saisissent : un gouvernement démissionne à leur propos ; la politique étrangère sera un thème de campagne électorale et aura sa part dans le renversement de majorité de mai 1924. La frontière, si longtemps infranchissable, entre politique extérieure et politique intérieure est devenue perméable : les interférences entre elles seront, en plusieurs circonstances, à l'origine de crises graves de l'esprit public.

En 1920, la politique étrangère, c'est essentiellement le sort de l'Allemagne vaincue. Le sentiment général redoute encore de sa part un désir de revanche et donne son approbation à toute disposition qui interdise à jamais à l'ennemi vaincu de redevenir un danger pour la France trois fois envahie en un siècle. Est-ce pour autant un programme nationaliste ? Les Français n'ont plus d'ambition territoriale, si ce n'est au-delà des mers. Ils ne désirent rien tant que la paix. Épuisés par l'effort qui a tendu toutes leurs énergies jusqu'à la limite, ils aspirent au repos. Ils savent désormais d'expérience que la guerre est un fléau dont rien de bon ne peut sortir : ils sont guéris de toute illusion à cet égard ; il n'y aura plus après 1918 d'écrivain pour faire, comme avant 1918, l'éloge de la guerre comme école d'énergie et vanter ses vertus. Le sentiment qui domine est celui de l'horreur. Rien ne saurait donc être négligé pour en prévenir le retour. Là-dessus il n'y a pas de discordance entre les Français ; comme on a pu dire qu'avant 1914 l'idée de la Revanche avait été la reine sans couronne de la France, on peut dire, avec encore plus de vérité, que l'attachement à la paix a exercé, entre 1918 et 1939, une souveraineté sans partage sur les esprits des Français. Étaient-ils moins patriotes ? Ils l'étaient autrement.

Deux écoles de pensée faisaient seules exception : l'une mettait la paix si haut, au point d'en faire un absolu, qu'elle acquiesçait par avance à une domination étrangère, préférant la servitude à la guerre sous prétexte qu'aucune cause ne mérite qu'on lui sacrifie la vie, seule valeur suprême. L'autre reprenait à sa façon la distinction théologique traditionnelle entre guerre juste et guerre injuste : les marxistes-léninistes légitimaient ainsi les guerres menées pour la libération du prolétariat ou des peuples coloniaux.

Mais comme l'éventualité la plus vraisemblable de guerre en Europe était celle d'un nouvel affrontement franco-allemand, pour ce cas de figure leur internationalisme rejoignait le pacifisme des premiers.

Si les Français sont à peu près unanimes dans leur attachement à la paix, ils se divisent sur les moyens de la préserver : entre eux se dessinent peu à peu des divergences qui iront s'accentuant et que les événements distendront jusqu'à en faire un principe de rupture aussi déterminant que le traditionnel clivage droite-gauche avec lequel il ne coïncide pas entièrement en dépit d'assimilations simplistes ou polémiques. La divergence entre les deux écoles est l'un des fils conducteurs de l'histoire de ces deux décennies. Et peut-être d'une plus longue histoire, car elle vient de loin. C'est la résurgence d'une ligne qui court tout au long de notre histoire nationale, qui départage deux politiques, deux tempéraments, deux sensibilités aussi, peut-être même deux philosophies de l'action et des rapports entre les hommes : les uns qui se refusent en toute circonstance à négocier sous la contrainte et qui répondent à la menace par la fermeté, les autres qui estiment qu'un compromis, même médiocre, vaut mieux qu'un conflit ouvert et qui sont disposés à payer, d'un prix même élevé, la transaction ; intransigeants et apaiseurs, c'est là une division fondamentale qui éclaire plus d'un épisode de notre histoire, et qui rend compte de volte-face souvent surprenantes.

Sans remonter de plus d'un demi-siècle, c'était déjà le dissentiment en 1870-1871 entre les républicains décidés à poursuivre la lutte et les partisans de la paix ; c'était une signification du duel entre Gambetta et Thiers. Le différend rebondit devant les exigences de l'Allemagne : en 1905 entre Delcassé et Rouvier, en 1911 après Agadir entre Clemenceau et Caillaux. C'est le sens caché de l'antagonisme pendant la guerre entre les politiques soupçonnés d'être acquis à l'ouverture de négociations en vue d'une paix blanche et les partisans d'une ligne dure pour conduire la guerre jusqu'à la victoire, entre Briand et Caillaux d'une part, Poincaré et Clemenceau de l'autre. La même ligne de clivage resurgira à l'approche de la Seconde Guerre, entre munichois et antimunichois, partisans et adversaires de l'armistice en juin 1940, attentistes et résistants. Qui sait si nous ne retrouverons pas ses prolongements plus tard à propos de la décolonisation ou des relations franco-soviétiques, ou, plus proches encore, dans les controverses suscitées par la guerre du Golfe en 1991 ? Au lendemain de la victoire de 1918, le problème était de choisir une ligne de conduite dans les relations avec l'Allemagne vaincue.

Deux tendances s'esquissent, qui ne sont encore qu'à l'état de virtualité mais qui prendront peu à peu une consistance plus ferme. Pour la première, l'Allemagne sera toujours une nation de proie, pour laquelle la guerre est une seconde nature et une industrie nationale. Il n'y a aucun espoir de la changer : les régimes politiques n'y sont pour rien ; c'est l'éternel germanique. L'Allemagne sera toujours l'ennemie de la France ; pas d'entente possible entre Gaulois et Germains. Le peuple allemand n'acceptera jamais de bon cœur sa défaite : il n'aura de cesse qu'il n'ait pris sa revanche. Chimère donc que de faire confiance à une soi-disant bonne Allemagne et de croire à la réconciliation des deux peuples. Cette façon de penser se fonde sur une philosophie pessimiste et qui se dit réaliste : elle se réfère aux leçons de l'histoire pour constater que, au cours des siècles, les hommes se sont toujours fait la guerre ; pourquoi en irait-il autrement dans l'avenir ? L'histoire enseigne aussi que le seul moyen connu de se prémunir contre les ambitions hégémoniques du voisin est d'être plus fort que lui. Et d'invoquer l'adage latin que tout bachelier a ânonné sur les bancs du collège : *Si vis pacem, para bellum*. Peu de sentences auront autant servi dans les joutes politiques de l'entre-deux-guerres. Être le plus fort implique plusieurs conditions. Que la France maintienne une armée supérieure à la Reichswehr autorisée par le traité ; et les tenants de cette politique exerceront un contrôle vigilant sur ce chapitre, inclinant à juger insuffisant l'effort que la nation consent pour sa défense. Que la France s'assure de l'application littérale et intégrale des clauses du traité par l'Allemagne. Que soit prolongée l'occupation de la rive gauche du Rhin. Que l'Allemagne reste isolée en face de ses vainqueurs : notre diplomatie doit travailler à entretenir et à étendre un système d'alliances avec tous les pays qui redoutent l'hégémonie allemande. Une bonne armée, une défense efficace, l'exécution du traité, un réseau d'alliances : voilà les recettes éprouvées et le secret pour préserver avec la paix les fruits de la victoire.

En face de cette vision des plus classiques et qui s'en prévaut, qui a trouvé un de ses avocats les plus talentueux en Jacques Bainville, s'en constitue une autre qui en prend le contre-pied presque trait pour trait : elle n'est pas moins attachée à la paix, mais elle entend la fonder par de tout autres voies. Elle fait d'abord observer que les moyens classiques n'ont jamais réussi à éviter un seul conflit : ils n'empêcheront pas l'Allemagne de prendre sa revanche. La France n'aurait pu envisager de sang-froid une seconde hémorragie : ce serait la fin de la race. L'opinion aspire à être déchargée du fardeau de la préparation à la guerre : le Parlement réduit par deux fois la durée du service, ramenée à dix-huit mois en 1922 et abaissée à un an en 1927, la plus courte durée jamais adoptée, et ce par des majorités de droite. La France n'aurait pas le soutien de ses alliés pour une politique de force : elle risque de se retrouver isolée en face de l'Allemagne. Autant donc tenter une autre politique : se réconcilier avec l'Allemagne, éteindre la querelle entre les deux peuples. La France a en face d'elle une autre Allemagne, démocratique, et qui, instruite par sa défaite, répudie la politique de la force. Ce courant professe que les peuples ne veulent pas la guerre ; ce sont leurs dirigeants qui les y précipitent. Il ne croit pas à une nature des peuples, dont certains seraient belliqueux, mais à la nature des régimes, qui n'est pas indifférente : la démocratie est de soi pacifique. L'heure est donc venue que la France démocratique tende la main à la république de Weimar.

Ce courant invoque d'autres raisons encore, moins circonstancielles : la guerre a, depuis 1914, changé de nature et de dimension, et cette mutation périme tous les discours antérieurs. N'est-ce pas le moment pour l'humanité de faire pour les relations internationales le même pas décisif que dans l'ordre politique, quand elle a substitué aux guerres privées et aux vendettas entre particuliers une justice publique ? Ce serait l'honneur impérissable de la France de rompre avec la fatalité des guerres et d'instaurer le règne du droit dans les relations entre États. La guerre doit être mise hors la loi comme moyen de trancher les litiges entre peuples. Le modèle est tout trouvé : celui des institutions parlementaires. Or précisément le traité de Versailles comporte une innovation de portée historique : l'instauration d'une Société des Nations appelée à être l'instance d'arbitrage à laquelle les nations soumettront leurs différends. Pour cette école de pensée, la cause de la paix est désormais inséparable de la S.D.N. L'arbitrage rendra possible à terme le désarmement universel qui extirpera pour toujours le germe des conflits et libérera l'humanité de la terreur de la guerre.

La paix par une défense renforcée et de bonnes alliances, ou la paix par le rapprochement franco-allemand, l'organisation internationale et le règne du droit ? Telle est l'alternative qui domine le débat de politique étrangère et divise l'opinion publique entre

1920 et 1935. Si la droite incline plutôt vers la première option, plus accordée à sa philosophie profonde, et la gauche davantage vers la seconde, en harmonie avec son optimisme, la ligne qui départage les deux familles de pensée ne coïncide pas tout à fait avec la frontière entre droite et gauche. Au reste, dans les premières années, la divergence est à peine perceptible, les choix ne sont pas encore arrêtés : ce n'est pas, par exemple, Poincaré, l'homme de la politique dite d'exécution du traité, qui parle en 1921 de mettre la main au collet de l'Allemagne, mais Briand, qui deviendra ensuite le symbole du rapprochement entre les deux peuples. De surcroît, les deux hommes collaborent dans les mêmes gouvernements, et Poincaré, président du Conseil à partir de 1926, laissera Briand conduire la politique extérieure de la France.

Le désaccord s'est fait jour, une première fois, en janvier 1922 : à la conférence de Cannes, Briand, président du Conseil, accueille la proposition britannique d'assouplir la position française contre un engagement de la Grande-Bretagne. Millerand, qui y voit un premier pas vers une révision du traité, rappelle Briand qui démissionne. Si les parlementaires ne se sont pas indignés de ce manquement caractérisé aux règles qui interdisent au chef de l'État d'intervenir directement dans la conduite des affaires, c'est sans doute que la majorité partageait les craintes de Millerand. Pour remplacer Briand, le président de la République fait appel à son prédécesseur, Poincaré, qui, depuis qu'il a quitté l'Élysée, préside l'importante commission sénatoriale des Affaires étrangères. On le sait attaché à l'exécution intégrale du traité : il entend en particulier exiger le règlement ponctuel des réparations. En juriste précautionneux, il fait constater par la Commission des réparations que l'Allemagne a manqué à ses engagements, puis décide de se saisir d'un gage pour la contraindre à payer : ce sera la Ruhr, cœur de l'industrie et source de la puissance allemandes. Le 11 janvier 1923, les troupes françaises stationnées sur la rive gauche du Rhin font mouvement et entreprennent l'occupation méthodique de tout le bassin de la Ruhr. Le gouvernement allemand appelle la population à la résistance passive. Les autorités françaises font alors venir ingénieurs et techniciens qui remettent en marche chemins de fer, usines, mines. A l'automne, le gouvernement de Berlin suspend le mot d'ordre et se dit prêt à négocier. L'opération, soigneusement préparée, exécutée avec précision, a été techniquement un succès. La réussite est plus discutable sur le terrain diplomatique : elle a été désavouée par nos alliés, à l'exception de la Belgique qui s'y est associée, blâmée par le Saint-Siège. La France se retrouve isolée. Poincaré accepte alors volontiers la proposition britannique de constituer un comité d'experts chargé de trouver une solution.

L'expédition de la Ruhr a eu d'importantes conséquences de politique intérieure. Sur le moment, elle avait recueilli un assez large assentiment d'une opinion toujours prête à applaudir à une initiative qui flatte l'amour-propre national, comme trente-trois ans plus tard l'expédition de Suez : seuls les communistes et l'extrême gauche socialiste ne l'avaient pas approuvée. Puis, à mesure que la France apparut plus isolée, des réserves s'exprimèrent, puis des critiques et, bientôt, ceux qui prisaient par-dessus tout l'amitié britannique, constatant l'impuissance du recours à la contrainte pour faire payer l'Allemagne, passèrent à l'opposition déclarée. La controverse sur l'occupation de la Ruhr sera un thème de la polémique préélectorale et aura sa part à la défaite de la majorité sortante en mai 1924.

Résurgence des anciennes divisions

Avec les années, l'écart s'est accru entre les espérances nées à la fin de la guerre et les dures réalités. La confrontation avec les nécessités du pouvoir dissocie progressivement la majorité. L'approche des élections relance les polémiques et réveille les dissensions à partir du milieu de l'année 1923. Les luttes politiques retrouvent leur intensité d'autrefois. Les extrêmes se raidissent dans une opposition irréductible : l'Action française aux institutions parlementaires, les communistes à la société capitaliste. Un climat de violence verbale débouche parfois sur la violence physique : une anarchiste, Germaine Berton, assassine dans les bureaux de l'Action française le ligueur Marius Plateau. La S.F.I.C., chaperonnée par le représentant que la IIIe Internationale a dépêché auprès d'elle, Humbert Droz, se bolchevise à coups d'exclusions et adopte une stratégie de lutte, classe contre classe, qui combat indistinctement droite et gauche ; ses effectifs fondent comme neige au soleil à mesure que ses adhérents découvrent qu'ils se sont fourvoyés. Le cartel qui se constitue table sur le mécontentement de toutes les catégories que lèse ou indispose la politique fiscale du gouvernement Poincaré : contribuables dont les impôts vont être majorés de 20 %, fonctionnaires dont les décrets-lois diminuent le nombre par mesure d'économie, enseignants froissés dans leur attachement à la laïcité. Le Cartel des gauches se présente comme le défenseur des petits contre les gros.

Les institutions fournissent un dernier terrain d'affrontement entre majorité et opposition. Dans son aversion instinctive pour tout ce qui ressemble à un gouvernement personnel, la gauche est de plus en plus heurtée par le comportement du président Millerand. Les socialistes achèvent une évolution qui les amène à leur tour à identifier souveraineté parlementaire et démocratie. A l'approche des élections, Millerand s'engage personnellement dans la bataille : il ne cache pas qu'il souhaite la réélection du Bloc national. Il fait plus : dans un discours qui fait date, à Évreux, le 14 octobre 1923, rompant avec l'usage qui impose au chef de l'État de s'abstenir de toute prise de position personnelle, il s'est prononcé pour une révision limitée de la Constitution. Il n'en faut pas plus pour que la gauche crie au coup d'État : comme en 1877, la République est en péril. De ce fait, l'élection de la Chambre prend une autre signification : pour ou contre Millerand, pour ou contre la révision.

Question religieuse et relations avec l'Église, politique étrangère et relations avec l'Allemagne, avenir des institutions, tels sont les thèmes sur lesquels les deux principales formations de gauche, radicaux et socialistes, avec l'appoint de petites formations essentiellement parlementaires comme les républicains socialistes de Painlevé, forment un cartel qui est la réédition du Bloc des gauches, tout comme l'entente entre Léon Blum et Édouard Herriot reproduit celle entre Jaurès et Caillaux.

Les divisions tendent à se réaligner sur la traditionnelle séparation droite-gauche : les hommes ou les groupes, qui avaient un moment consenti à l'enjamber, rejoignent peu à peu leur camp d'origine. Ainsi les radicaux, dont certains s'étaient fait élire sur des listes du Bloc, qui avaient fait partie de tous les gouvernements de la législature, y occupant des postes de première importance, glissent par étapes vers l'opposition. La tendance qui militait pour la rupture avec les droites, animée par Édouard Herriot, s'est emparée de la direction du parti : le comité exécutif somme les ministres radicaux de quitter le gouvernement — ils se gardent d'obtempérer. En même temps, ils se rapprochent de la S.F.I.O. : ils ont médité les leçons de leur échec en 1919 ; le régime électoral n'étant pas modifié, ils sont décidés à tirer, cette fois, le bénéfice de la prime à la majorité qu'assurent les regroupements. Le rapprochement est facilité par la décantation de la S.F.I.O. à la suite de la scission de Tours : ses éléments les plus avancés l'ont quittée. Radicaux et socialistes partagent les mêmes appréhensions et s'accordent sur les grandes orientations. La politique religieuse de la majorité déplaît à tous ceux qui identifient défense de la République et laïcité militante : la franc-maçonnerie, la Ligue de l'enseignement poussent au regroupement de tous les laïques contre le cléricalisme. Ils n'acceptent ni la mise en veilleuse des lois laïques réputées intangibles, ni le maintien du Concordat en Alsace et en Moselle, ni la présence d'un ambassadeur au Vatican. Si la résurgence de l'anticléricalisme représente dans le programme du rassemblement qui s'ébauche l'héritage du passé, la politique étrangère est la part de l'avenir : la gauche se prononce pour une politique qui rompe avec la diplomatie traditionnelle et participe à la construction d'un nouvel ordre international.

CHAPITRE III

Une expérience de gauche :
le Cartel

Si la législature 1919-1924 a été négligée par les historiens et comme effacée de la mémoire collective, il en va tout autrement de la Chambre élue en mai 1924 et dont on s'est ressouvenu en plusieurs circonstances. Les expériences de gauche éveillent ordinairement plus la curiosité que les gouvernements de droite : elles mobilisent davantage les passions contraires; les années 1924-1926 ont aussi été plus mouvementées. L'épisode du Cartel des gauches s'inscrit dans une continuité : maillon intermédiaire entre le Bloc des gauches du début du siècle et le Rassemblement populaire de 1936, il se définit partiellement par cette double relation. Avec le Bloc celle-ci est relativement simple : par certains aspects, la victoire du Cartel c'est la fin des bouleversements introduits par la guerre dans les idées et les forces, et un retour à l'avant-guerre — les élections de 1924 ressemblent assez à celles de 1906 ou de 1914. La relation avec 1936 est plus complexe : le grand élan du Front populaire a éclipsé le souvenir du Cartel et l'a aussi déformé; depuis, on a tendu à y voir comme une ébauche de la victoire du printemps 1936. Or l'expérience de 1924 a bien son originalité. C'est un exemple des altérations qui résultent de la projection sur un événement antérieur d'une vue rétrospective.

L'élection du 11 mai 1924

Si, pour reprendre la distinction énoncée par André Siegfried, les élections du 16 novembre 1919 étaient assurément des élections d'apaisement, celles du 11 mai 1924 ressortissent non moins certainement à la catégorie des élections de lutte. Tout l'indique : une campagne ardente, des polémiques passionnées, une participation qui atteint le taux le plus élevé depuis 1871 — 16,9 % seulement d'abstentions, soit presque deux fois moins qu'en 1919. La dramatisation n'entraîne pas pour autant une complète simplification du système des forces : rien de pareil aux affrontements dualistes postérieurs, encore moins à la bipolarisation. La droite aborda la bataille en ordre dispersé : l'extrême droite présenta ses propres listes, concurrentes de celles de la majorité, sur un programme délibérément réactionnaire et clérical. La gauche ne s'unit pas davantage. Le Parti communiste, qui se mettait pour la première fois sur les rangs, en vertu d'une stratégie qui tient la social-démocratie pour un adversaire plus dangereux que la droite parce que risquant de détourner les travailleurs de la seule vraie gauche, fit bande à part ; ses listes, présentes partout sous l'appellation de Bloc ouvrier et paysan, combattirent indistinctement la gauche et la droite au risque de faire battre la gauche. Quelque 875 000 suffrages se portèrent sur elles. Le reste de la gauche ne réussit pas à s'unir partout : il n'y eut de listes associant radicaux, socialistes et républicains socialistes que dans un peu plus de la moitié des départements.

Au soir du 11 mai, le sentiment prévalut d'une grande victoire de la gauche, et l'événement laisse aujourd'hui encore ce souvenir. Or l'examen des chiffres ne confirme pas cette appréciation : non seulement il n'y eut pas déplacement massif de suffrages, mais, tous comptes faits et refaits, la gauche était minoritaire. Jugez plutôt : la droite et le centre, qu'il est légitime d'additionner puisque c'étaient les composantes de la majorité sortante, totalisaient 4 millions et demi de suffrages contre 4 millions deux cent mille pour l'ensemble des listes de gauche, y compris celles du Bloc ouvrier et paysan. D'où vient donc que l'opinion et tous les commentateurs aient cru à une victoire des gauches, et comment expliquer que le pouvoir soit effectivement passé dans leurs mains ? Les contemporains jugent alors le résultat d'une consultation au nombre des élus plus qu'au chiffre des suffrages : leur appréciation se fonde essentiellement sur la répartition des sièges. Or le mode de scrutin, resté inchangé, développe en 1924 des effets analogues à ceux de 1919, mais dont le sens politique est exactement contraire : la droite, en se divisant, s'est privée de la prime à la majorité ; la gauche a su se l'assurer. Elle a obtenu la majorité absolue dans 28 circonscriptions, où elle a enlevé tous les sièges, contre 18 à la droite. Cet effet mécanique, combiné avec un découpage qui lui donnait un avantage initial, a accordé à la gauche une victoire éclatante.

Les partis du Cartel, radicaux, socialistes et républicains socialistes, avaient 286 élus : avec les 41 députés inscrits à la Gauche radicale, aile droite de la coalition de gauche, et les 28 communistes, l'ensemble des gauches totalisait près de

Une expérience de gauche : le Cartel

360 députés dans une Chambre dont l'effectif avait été ramené au-dessous de 600. En face, la droite n'alignait que 233 inscrits. L'écart entre les deux masses était donc de plus de 120 sièges. Raisonnant sur ce rapport de forces, le Cartel avait donc lieu de penser qu'il avait remporté une grande victoire qui effaçait la défaite de 1919, dès lors tenue pour un accident heureusement réparé, et de juger que les électeurs lui avaient donné mandat de réaliser son programme qui prenait le contre-pied de la politique du gouvernement Poincaré sur des chapitres essentiels.

Première conséquence du renversement de majorité, une relève de personnel. A quelques exceptions près, dont la plus notable est Briand qui reviendra au Quai d'Orsay dès 1925, tous ceux qui ont gouverné depuis 1919 sont écartés. A commencer par le président de la République. Millerand ayant ouvertement pris position en faveur de la majorité sortante, la gauche n'avait pas caché son intention de sanctionner ce qu'elle tenait pour une violation de la tradition républicaine. Mais comment contraindre le chef de l'État à démissionner, dans l'impossibilité de mettre en cause sa responsabilité ? En recourant au procédé qu'une Chambre avait jadis utilisé pour acculer Grévy à quitter l'Élysée après le scandale des décorations : la grève des présidents du Conseil. Dès la réunion de la nouvelle Chambre, le groupe radical, le plus nombreux avec 139 députés, déclare que le maintien de l'actuel président « blesserait la conscience républicaine » et, l'une après l'autre, les personnalités auxquelles s'adresse Millerand pour former un gouvernement se dérobent. Après quelques jours de cette quête décevante, le président se résout à constituer un gouvernement de minorité, qui ne pourra être qu'éphémère, à seule fin de pouvoir entrer en communication avec le Parlement par un message où il reproche à la nouvelle majorité de violer la Constitution. Refusant d'engager un débat sur le fond, la majorité confirme qu'elle n'entrera pas en relation avec un gouvernement dont la composition est « la négation des droits du Parlement ». Millerand, n'ayant pas trouvé auprès des sénateurs l'appui cherché pour faire pièce à la prétention des députés, et faute de pouvoir dissoudre, se résout à démissionner le 11 juin, au terme d'une crise de dix jours dont le dénouement confirme la prépondérance des députés et consomme l'abaissement de la fonction présidentielle. Indirectement, l'éviction de Millerand en juin 1924 a préparé le complet effacement d'Albert Lebrun dans les dramatiques délibérations du Conseil des ministres en juin 1940.

Si la gauche avait obtenu une première victoire, celle-ci ne fut pas complète : le Sénat, s'il avait refusé de soutenir Millerand, n'entendait pas pour autant concourir à l'écrasement de l'opposition, et la majorité des sénateurs mêla ses bulletins à ceux de la minorité des députés pour préférer au candidat du Cartel, Paul Painlevé, le radical très modéré, président de la Haute Assemblée, qu'était Gaston Doumergue ; première déception des vainqueurs du 11 mai.

Au moment de former le gouvernement, le Cartel connut une deuxième déconvenue : solidaires pour gagner les élections, les partis de gauche se désunirent aussitôt. Dès son entrée en fonction, Doumergue chargea de constituer le gouvernement le leader du principal groupe de la majorité, le président du Parti radical, Édouard Herriot, dont la première initiative fut de solliciter la participation socialiste en s'adressant à Léon Blum. Blum n'avait pas de responsabilité définie dans la direction de la S.F.I.O., mais il en était la principale personnalité par ses éditoriaux du *Populaire* et sa position à la tête du groupe parlementaire. La réponse fut négative. C'était pour les socialistes une question de principe : ils avaient décidé de n'accepter de responsabilité que le jour où ils l'auraient toute ; jusque-là, on ne devait pas compter sur eux pour être la caution d'un gouvernement bourgeois. Même ceux qui ne se repentaient pas d'avoir participé aux gouvernements de guerre étaient partisans de se tenir à l'écart du pouvoir. Au reste, la S.F.I.O. ne pouvait préserver sa cohésion et éviter des déchirements que sur la base de la non-participation. En contrepartie, Léon Blum offrait le soutien de son parti à un gouvernement à direction radicale. Mais c'est une loi de la mécanique des relations entre partis, dont la suite offrira plus d'un exemple, que le soutien qui ne se prolonge pas en participation aboutit immanquablement à une rupture : s'étant privés de toute possibilité d'influer sur les décisions, ignorants des raisons qui les dictent, les parlementaires qui sont réduits à soutenir un gouvernement glissent inévitablement vers un soutien, d'abord conditionnel, puis à éclipses, avant d'en venir à la rupture après un passage par l'abstention. De leur côté, ceux qui savent pour quels motifs telle décision a été prise et qui sont quotidiennement aux prises avec les difficultés du pouvoir ne tardent pas à se lasser des critiques de leurs alliés et, s'ils sont de gauche, de s'entendre reprocher de faire la politique de la droite.

Ainsi, dès le 15 juin, le gouvernement était en porte à faux par rapport au résultat des élections. Faut-il chercher ailleurs une des

Une expérience de gauche : le Cartel

causes de l'échec du Cartel? Privé du concours du second groupe de sa majorité — les socialistes étaient plus de cent —, Herriot forme un gouvernement avec 13 radicaux et 5 républicains socialistes ou membres de la Gauche républicaine qui le déportent vers son aile droite. Les groupes représentés dans le cabinet comptent moins de deux cents députés.

Le nouveau gouvernement

Une nouvelle génération accède aux responsabilités : Édouard Herriot a cinquante-deux ans. Homme de culture, orateur de grand talent, il exercera pendant trente ans sur le Parlement et la vie politique un magistère incontesté. Il régnera par le verbe. Plusieurs portefeuilles majeurs sont confiés à des hommes qui siègent pour la première fois dans les conseils de gouvernement. Le président du Conseil n'a lui-même qu'une brève expérience ministérielle. Il prend le ministère des Affaires étrangères comme tous ses prédécesseurs depuis Clemenceau, tant est grande l'importance des questions internationales. Autour de lui des hommes nouveaux : Camille Chautemps à l'Intérieur, Édouard Daladier aux Colonies, Henri Queuille à l'Agriculture. C'est une relève de génération. Autant d'hommes encore peu connus, dont la carrière politique se poursuivra pour certains jusque sous la IVe République.

C'est aussi une autre société qui est représentée. A tort ou à raison, l'ancienne majorité était assimilée aux classes dirigeantes, et la gauche lui reprochait de faire la politique des grands intérêts : elle comprenait de fait force notables, bon nombre de propriétaires ou de chefs d'entreprise. Avec le Cartel arrive au Palais-Bourbon un personnel qui se recrute plus chez les fonctionnaires et les enseignants. Albert Thibaudet, analyste aussi pénétrant de la vie politique que critique subtil de la littérature, a lancé pour désigner le gouvernement du Cartel l'expression de « République des professeurs » : elle est restée. Il visait les leaders des trois formations associées, Édouard Herriot, Léon Blum, Paul Painlevé, tous anciens de la Rue d'Ulm, qui lui rappelaient une autre triade, celle de la monarchie de Juillet : Guizot, Villemain, Victor Cousin. Pour heureuse qu'elle soit, la formule caractérise plus un état d'esprit qu'une réalité sociologique : plusieurs de ces professeurs n'ont jamais enseigné — Léon Blum a quitté Normale avant de se présenter à l'agrégation —, et l'ancienne majorité ne comptait guère moins d'archicubes — André Tardieu ou André

François-Poncet en étaient. Mais il est vrai que la nouvelle majorité inspirait le sentiment d'avoir affaire à une autre France. La constellation que formaient Herriot, Blum, Painlevé, Yvon Delbos et d'autres, plus obscurs mais tout aussi représentatifs, tel un Émile Borel, donnait quelque consistance à cette identification.

Les électeurs de gauche ont eu, au soir du 11 mai, le sentiment que les choses rentraient dans l'ordre : tous ceux qui identifiaient la République à la défense des petits contre les gros, de la laïcité contre le cléricalisme, jugèrent que l'heure avait sonné de rétablir un ordre conforme à la démocratie. Un grand espoir soulève des millions d'électeurs qui attendent du gouvernement qu'il réalise le programme du Cartel.

Quelques initiatives chargées de signification apportent un commencement de satisfaction à cette attente : les gouvernements de gauche débutent souvent par des gestes symboliques. Dès le lendemain du 11 mai, *Le Quotidien,* un journal lancé pour la campagne électorale, formule à l'adresse du futur gouvernement l'injonction : « Toutes les places et tout de suite », au nom d'une conception de la démocratie qui veut que la volonté des électeurs étende ses effets jusque sur les choix personnels pour les fonctions administratives. Le gouvernement procède à quelques révocations et mises à la retraite anticipée de hauts fonctionnaires, de diplomates : la droite crie au système des dépouilles. Les Chambres amnistient Caillaux et Malvy que Clemenceau avait déférés devant la justice sous l'inculpation de connivences avec l'ennemi : c'est, en consonance avec l'inspiration de la nouvelle politique extérieure, la réhabilitation des conciliateurs. Sont également amnistiés les cheminots révoqués après les grèves de 1920.

Le Bloc national avait décidé le transfert au Panthéon du cœur de Gambetta en hommage à l'animateur infatigable de la Défense nationale ; le Cartel décide celui des cendres de Jaurès, pour honorer l'apôtre de la paix, le chantre de l'internationalisme, peut-être aussi l'animateur de la Délégation des gauches et l'homme d'un précédent cartel. Ce transfert donne lieu en novembre 1924 à une imposante solennité : des délégations venues de toute la France manifestent le soutien des travailleurs au Cartel ; les mineurs de Carmaux portent le gigantesque char funèbre. Les communistes, qui n'entendent pas laisser aux gauches parlementaires le monopole de la mémoire du grand tribun, défilent à la suite du cortège officiel en rangs serrés : c'est la première fois. Leur démonstration produit une impression profonde sur la droite,

Une expérience de gauche : le Cartel 77

qui n'est pas éloignée d'y voir un signe avant-coureur du « grand soir ».

Deux initiatives du gouvernement satisfont de vieilles revendications syndicales. Il accepte l'extension aux fonctionnaires du droit syndical : jusque-là, au motif qu'on ne se syndique pas contre l'État, les pouvoirs publics ne toléraient que des amicales qui ne jouissaient d'aucune des capacités reconnues aux syndicats par la loi de 1884. Le Cartel admet la constitution de syndicats dans le service public. Aucun gouvernement, à l'exception de Vichy, ne reviendra sur cette disposition : le statut de la fonction publique de 1946 consacrera définitivement l'égalité des droits des fonctionnaires avec ceux des autres travailleurs. Les syndicats acquerront dans l'administration des positions qui en feront des interlocuteurs avec lesquels le pouvoir devra compter. C'est dans le secteur public que les taux d'adhésion seront les plus élevés. Une partie de la droite ne prendra jamais tout à fait son parti de ces concessions et, excipant à la fois des obligations inhérentes au service public et de la situation de monopole ainsi que des avantages qui découlent pour les fonctionnaires de la stabilité de l'emploi, introduira par intermittence des dispositions restrictives : interdiction de la grève pour certaines catégories, obligation d'assurer un service minimum...

Le gouvernement crée un Conseil national économique (17 janvier 1925). La décision répond à une ancienne proposition de la C.G.T. pour prolonger la démocratie politique par une démocratie sociale : cette assemblée où seraient représentées les forces productives, au premier rang desquelles les organisations de travailleurs, serait consultée sur tout projet intéressant l'économie ou les relations du travail. Une droite corporatiste partageait le vœu de la gauche syndicaliste : cette convergence est un exemple de l'ambivalence de certains projets de réformes qui explique les passages d'un camp à l'autre dans les années 30. Le Conseil national de 1925 ne jouera qu'un rôle modeste, mais il est l'ancêtre de l'institution à laquelle les Constitutions de 1946 et 1958 donneront une existence plus solennelle.

Une nouvelle politique étrangère

S'il est un domaine où le gouvernement de la gauche a sur-le-champ manifesté sa volonté de rompre avec l'orientation de la précédente majorité, c'est bien la politique extérieure. C'est chose nouvelle : traditionnellement la politique étrangère était, d'un commun accord, tenue en dehors des controverses politiques, et les changements de majorité n'avaient guère d'incidences sur sa conduite. Delcassé était resté au Quai d'Orsay après la dislocation des majorités centristes. Mais après 1918 les interférences se multiplient, en partie par le biais des affinités ou des oppositions idéologiques avec tel ou tel régime qui entraînent sympathie ou antipathie selon les pays considérés. La révolution de 1917 est pour beaucoup dans cette mutation : la solidarité ou l'hostilité envers les Soviets ont souvent pesé sur les choix diplomatiques, alors que, dans les années 1890, les républicains n'avaient pas été retenus par le scrupule de faire alliance avec le régime le plus autocratique de l'Europe. A l'inverse, la détestation du fascisme pèsera sur la politique extérieure du gouvernement de Front populaire en 1936.

La gauche, radicale ou socialiste, nourrit de tout temps une sympathie de principe pour la Grande-Bretagne, quel que soit le parti au pouvoir. Le premier geste du nouveau président du Conseil, son gouvernement à peine formé, est de rendre visite au Premier britannique pour rétablir avec l'Angleterre des relations étroites, distendues depuis l'occupation de la Ruhr. Édouard Herriot n'a aucune expérience des négociations diplomatiques, et aucune intuition ne vient réparer cette absence de formation ; aussi fait-il d'importantes concessions au point de vue de son partenaire sans autre contrepartie que des assurances verbales. A vrai dire, la rupture avec la politique antérieure n'est pas aussi prononcée que le donneraient à croire les déclarations d'intention et les gestes symboliques : Poincaré s'acheminait vers une issue négociée et avait déjà donné son assentiment à un plan qui avait l'accord britannique ; un gouvernement de droite aussi aurait dû liquider les conséquences de ce demi-succès.

Ce sera dès lors un trait constitutif de notre politique étrangère que de ne pas se dissocier de la Grande-Bretagne. Le précédent de la Ruhr, où l'initiative de Poincaré avait isolé la France, le sentiment qu'elle serait de moins en moins à même d'imposer seule sa volonté à une Allemagne révisionniste, imposeront à presque tous les gouvernements l'entente avec Londres, condition catégorique de la sécurité française. Comme la Grande-Bretagne ne déviera pas de la ligne de ses intérêts propres, c'est la France qui fera ordinairement les concessions à ce qu'on a joliment appelé la «gouvernante anglaise». A quelques exceptions près, dont la plus notable est le revirement amorcé en avril 1934 par Louis Barthou, mais qui ne lui a pas survécu, les gouvernements français s'aligneront sur les positions du Foreign Office avec l'espoir d'infléchir à la longue ses vues : cette docilité rend compte aussi bien de la politique de non-intervention en Espagne en 1936 que des fluctuations dans la crise tchèque en 1938. Le gouvernement Herriot avait engagé notre diplomatie dans la voie de cette dépendance dont les inconvénients n'apparurent pas aussitôt.

Le Cartel rompt avec la politique de ses prédécesseurs et liquide le contentieux qu'il en hérite dans une autre direction : l'Union soviétique. Tant par sympathie pour la révolution que du fait de sa consolidation, Herriot reconnaît *de jure,* en octobre 1924, le gouvernement des Soviets et tourne sans regret la page sur les souhaits d'une victoire de la contre-révolution.

Le gouvernement trouve en face de lui un gouvernement allemand qui a aussi médité les leçons de l'occupation de la Ruhr et mesuré son impuissance : simple conversion tactique ou ralliement sincère à la réconciliation — on en disputera longtemps, la droite nationaliste reprochant à Briand de s'être laissé berner par les « finasseries » de Stresemann —, Berlin entre dans les vues de la France et adhère à la thèse de la sécurité garantie par l'arbitrage pour aboutir à un désarmement simultané et contrôlé. Le traité signé à Locarno (octobre 1925) couronne les efforts de Briand et consacre la réconciliation définitive des adversaires : l'Allemagne accepte, cette fois sans contrainte, de mettre sa signature au bas d'un texte qui garantit ses frontières occidentales et implique donc la renonciation aux territoires qui lui ont été arrachés. Les signatures de la Grande-Bretagne et de l'Italie qui se joignent à la Belgique apportent à la France les garanties qui lui avaient échappé en 1919-1920. La paix paraît durablement scellée.

Cette politique recueille sur le moment l'adhésion de presque tous : le traité de Locarno est approuvé à une très large majorité : 413 contre 71. C'est qu'elle satisfait un peuple qui aspire ardemment à la paix. Elle allège les charges de la défense ; la loi militaire de 1927 pourra abaisser à un an la durée légale du service militaire. Le thème du rapprochement franco-allemand est populaire à gauche ; il est en faveur chez ceux qui ne voient dans le nationalisme qu'un avatar du capitalisme. Il suscite des engagements fervents chez les catholiques attentifs aux enseignements de Pie XI, qui dénonce dans le nationalisme une hérésie moderne et ne marchande pas sa sympathie pour les institutions internationales. Et pourtant la réconciliation heurte des sensibilités : dix ans après la victoire, la représentation sur une scène parisienne de la pièce de Giraudoux, *Siegfried,* provoque des réactions hostiles parce qu'on y voit un officier allemand en uniforme, et de larges secteurs persistent à douter de la sincérité des dirigeants allemands.

Pourtant le mouvement se poursuit et s'amplifie. La dislocation du Cartel et le retour de Poincaré n'infléchiront pas l'orientation de notre politique à l'égard de l'Allemagne ; celle-ci est admise à la S.D.N. en 1926. Les gouvernements d'union nationale accepteront les plans proposés par les experts américains Dawes et Young pour régler le problème des réparations, qui allègent les charges de l'Allemagne. Ils souscriront au pacte Briand-Kellogg par lequel soixante États conviennent de renoncer à la guerre et de soumettre leurs différends à arbitrage. Les mêmes gouvernements n'objectent pas au plan de fédération européenne proposé par Briand. Pendant ces années, la présence ininterrompue de Briand au Quai d'Orsay est le symbole de la continuité de notre politique étrangère à travers les changements de majorité. La vraie coupure sur ce chapitre n'est pas en 1926, mais en 1924. Le prestige de Briand est immense, en France et à l'étranger. Il rejaillit sur son pays. Par son éloquence généreuse, par ses initiatives, l'apôtre ou le pèlerin de la paix, dont le prix Nobel de la Paix vient couronner l'œuvre, domine la scène internationale. A Genève il reconstitue un concert diplomatique au service de la paix avec quelques grands Européens : Stresemann, Austen Chamberlain, Titulescu, Beneš, Politis. L'Europe peut enfin respirer, libérée pour toujours du fléau de la guerre. L'avenir paraît si sûr qu'il n'est plus nécessaire de conserver des gages ou des garanties : la France consent à évacuer, cinq ans avant la date prévue, la rive gauche du Rhin. C'est bien la fin de l'après-guerre.

L'Outre-mer

Le gouvernement du Cartel eut à connaître de premières difficultés outre-mer. Pendant la guerre, les colonies avaient apporté à la mère patrie un concours précieux en combattants, en travailleurs comme en matières stratégiques : quelque huit cent mille indigènes de toutes nos possessions avaient été mobilisés. Leurs sacrifices et le loyalisme des colonies avaient ancré l'opinion publique dans une parfaite bonne conscience : c'était la contrepartie de la civilisation que la France leur avait apportée. Ni l'opinion commune ni la classe politique n'allaient beaucoup plus loin dans leur réflexion sur l'avenir des colonies : les plus clairvoyants pensaient seulement qu'il faudrait intensifier la mise en valeur des ressources naturelles et élever le niveau de vie des populations. Une loi du 4 février 1919 avait octroyé la nationalité française à quelques milliers d'indigènes qui s'étaient distingués par leur héroïsme ou leur dévouement : premier pas sur la voie de l'assimilation et de l'accession à l'égalité. La gauche comme la droite étaient fières de l'œuvre civilisatrice, conforme à sa vocation universaliste, accomplie par la France. L'opinion commençait à prendre conscience de la plus grande France et à découvrir que l'existence d'un vaste Empire — le deuxième du monde par l'étendue — était un élément de sa grandeur et de sa puissance.

Sous le Cartel, quelques alertes vinrent, pour la première fois, ébranler ces certitudes. La gauche était encore moins préparée que la droite à affronter cette sorte de difficultés, la nécessité du recours à la force pour réprimer des mouvements lui créant plus de scrupules. Les soucis surgirent en deux directions. Au Maroc d'abord : au printemps 1924 un mouvement de dissidence, animé par Abd el-Krim, qui a pris naissance dans le Rif espagnol, déborde sur le Maroc français, menace Fez et met un moment en danger tout le protectorat. Le gouvernement confie au maréchal Pétain une mission exceptionnelle qui entraîne la mise à l'écart et le départ de Lyautey. Des renforts considérables sont acheminés qui s'élèveront à plus de cent mille hommes ; en y mettant le prix, la situation est rétablie et le protectorat sauvé, mais l'alerte a été chaude.

La crise marocaine avait eu des répercussions à l'intérieur : le Parti communiste, fidèle à l'analyse léniniste qui applique aux rapports entre métropole et colonies le schéma marxiste des relations entre capitalistes et prolétariat, a pris fait et cause pour les rebelles ; Jacques Doriot est vivement pris à partie à la Chambre pour le télégramme assurant Abd el-Krim de la sympathie et de la solidarité du Parti communiste.

L'autre foyer s'est allumé au Proche-Orient, où la France a reçu mandat de la Société des Nations sur le Liban et la Syrie : un soulèvement éclate dans le Djebel druse qui menace Damas ; là encore il faudra un effort militaire considérable pour en venir à bout.

Quelques intellectuels s'émeuvent de certaines pratiques administratives et découvrent, tels André Gide — dans *Voyage au Congo* ou *Retour du Tchad* — et Andrée Viollis, l'exploitation des indigènes par les grandes compagnies auxquelles a été concédée la mise en valeur des richesses, minérales ou végétales, et qui les astreignent à un travail forcé ressemblant assez à l'esclavage ou déportent des villages entiers pour construire routes ou voies ferrées. Mais dans l'ensemble l'opinion n'en est guère troublée et ce qu'elle sait de l'œuvre des administrateurs, des officiers, des médecins, des missionnaires lui inspire de la fierté et la confirme dans le sentiment d'être une grande nation.

La querelle religieuse se rallume

Le chapitre des relations entre le peuple catholique et la gauche est sans conteste celui qui vérifie le plus l'équation entre retour de la gauche au pouvoir et retour à l'avant-guerre. L'entente entre les droites et les républicains du centre s'était conclue en 1919 sur des concessions réciproques : les catholiques renonçaient à remettre en cause la laïcisation des institutions publiques, et les républicains s'engageaient à prolonger *sine die* la suspension des lois laïques les plus blessantes pour la conscience catholique, en particulier celles qui instauraient un régime d'exception pour les religieux. L'arrivée de la gauche au pouvoir mit fin à cet armistice. Tout pleins du souvenir des luttes que leurs aînés avaient soutenues pendant près d'un siècle contre l'Église, radicaux et socialistes ne croyaient pas à la sincérité de son ralliement à la République : ce n'était qu'un subterfuge de plus pour ressaisir par des voies plus subtiles la domination des consciences. L'épiscopat dans sa majorité, une grande partie du clergé, la plupart des publicistes catholiques n'étaient-ils pas imprégnés des maximes de l'Action française ? Le désaccord n'était pas seulement politique, il était métaphysique. Deux systèmes s'affrontaient entre lesquels aucune conciliation n'était concevable : la raison et la foi, la science et le dogme. Les hommes de gauche, quelles que fussent leurs divergences politiques, se retrouvaient sur une commune adhésion à la philosophie rationaliste héritée des Lumières : la République avait mission d'émanciper les jeunes intelligences et d'éveiller l'esprit critique, l'Église procédait par voie d'autorité et exigeait l'abdication du jugement.

Une autre considération militait en 1924 pour une reprise de la politique de laïcisation : la passion jacobine de l'unité nationale. Pour tout homme de gauche, la diversité des coutumes régionales

Une expérience de gauche : le Cartel

était alors tenue pour un vestige de l'Ancien Régime qu'il importait d'extirper. Le fédéralisme n'était pas mort. C'était les fidèles attardés de la société traditionnelle qui exaltaient le culte de la petite patrie et opposaient les anciennes provinces aux départements issus de la Révolution : Maurras n'était-il pas proche du félibrige ? Le clergé entretenait les dialectes régionaux. En Alsace et en Moselle le maintien du Concordat et d'un statut privilégié pour les Églises offensait la conscience républicaine : si les gouvernements de droite avaient toléré cette situation choquante, le moment était venu, en abrogeant les dispositions qui perpétuaient un état de choses heureusement aboli dans l'intérieur, de parfaire la réintégration des deux provinces dans l'unité française.

Aussi le programme du Cartel comportait-il un chapitre substantiel sur la question religieuse : abrogation du Concordat et introduction de la législation laïque en Alsace-Lorraine, suppression de l'ambassade auprès du Vatican, remise en vigueur des lois contre les congrégations. La déclaration du gouvernement annonçait sa ferme intention d'appliquer « dans leur lettre et leur esprit les lois laïques ».

L'offensive laïcisatrice déclencha deux sortes de réactions qui se recoupèrent partiellement. Dans les deux provinces directement visées, les élus, parlementaires, conseillers généraux et municipaux, invoquèrent la promesse qui leur avait été faite en 1918 de ne pas toucher à leurs institutions propres sans leur consentement. Ce sont les premières difficultés suscitées par la volonté de préserver l'identité régionale, avant celles que la Ve République connaîtra avec la Bretagne, la Corse ou l'Occitanie. D'autre part, les catholiques se mobilisèrent : l'Assemblée des cardinaux et archevêques de France, la plus haute instance de la hiérarchie, approuva, en mars 1925, une déclaration qui condamnait l'idée même de laïcité et décrétait que les lois laïques, contraires aux droits de Dieu, n'étaient pas légitimes et n'impliquaient donc pas en conscience le devoir de leur obéir. Les religieux, menacés à nouveau d'expulsion, proclamèrent qu'ils ne partiraient pas : une Ligue de défense des droits des religieux anciens combattants fit appel à la solidarité de leurs camarades. Les évêques invitèrent les catholiques et tous les hommes de bonne volonté qui désapprouvaient le réveil du sectarisme à utiliser les ressources de la loi de 1901 et à se rassembler par diocèses au sein d'unions regroupées dans une Fédération nationale catholique, coordonnant leur action sur l'opinion et leur résistance. La présidence en fut confiée à un glorieux soldat, au patriotisme incontestable, qui avait perdu trois de ses fils à la guerre et dont le nom était associé à la victoire du Grand-Couronné, laquelle avait sauvé Nancy, et dont on chuchotait qu'il aurait obtenu le bâton de maréchal si Clemenceau ne l'avait trouvé trop clérical : le général de Castelnau, qui avait siégé dans la Chambre bleu horizon et qui avait un talent de plume dont il usera, en plus d'une circonstance, comme d'une épée. La F.N.C. organise de grands rassemblements qui réunissent, selon les diocèses, des milliers ou des dizaines de milliers de participants : à Nantes, 80 000 hommes sont rassemblés le 1er mars 1925. La Fédération assure compter quelque un million huit cent mille d'adhérents : le chiffre est probablement gonflé, mais il indique un ordre de grandeur et révèle un changement profond de l'esprit public. Auparavant, chaque fois qu'ils avaient été la cible d'une offensive laïque, les catholiques s'étaient mobilisés, mais sans succès, l'opinion assistant sans beaucoup s'émouvoir aux mesures d'exception. En 1925, elle a basculé : elle ne croit plus à la réalité d'un danger clérical ; les mesures envisagées ne lui semblent donc pas justifiées. L'anticléricalisme n'est plus un thème mobilisateur ; au contraire, le sectarisme choque. L'épreuve de la guerre a rapproché les deux France.

Après des débats passionnés, où Herriot oppose — au scandale de la droite — le christianisme des catacombes à celui des banquiers, le gouvernement est contraint de renoncer à ses projets : le Concordat restera en vigueur au-delà des Vosges, les religieux ne reprendront pas le chemin de l'exil, l'ambassade auprès du Vatican, dont les crédits ont été supprimés, sera maintenue. Ainsi se conclut la dernière offensive anticléricale de la IIIe République. La querelle de la laïcité rebondira jusqu'à nos jours une bonne demi-douzaine de fois sur le terrain de l'école, mais elle tournera chaque fois au désavantage d'une laïcité de combat.

De l'échec de cette offensive, le second ralliement sort confirmé. Pie XI oblige l'épiscopat français à préciser que sa déclaration n'était qu'un rappel de principe sans portée pratique. Un an plus tard, la condamnation de l'Action française par Rome précipitera le ralliement du peuple catholique aux institutions que la France s'est données et enracinera l'apaisement.

La crise financière et la dislocation du Cartel

Si le gouvernement du Cartel a connu l'échec sur la question religieuse et a dû reculer devant l'opposition catholique, c'est sur un autre front qu'il subit sa défaite décisive : sur le terrain des finances publiques et de la monnaie.

On a vu à quel point la guerre avait compromis l'équilibre budgétaire et ébranlé la stabilité du franc : la majorité du Bloc national en avait fait l'expérience. La nouvelle majorité hérite donc d'une situation délicate. Or ses leaders ne sont guère préparés à affronter ce type de difficultés : Édouard Herriot ignorait à peu près tout en la matière. Il y avait plus grave : si radicaux et socialistes avaient des vues fort proches sur la politique extérieure, si l'attachement à la laïcité cimentait leur entente, la politique financière les divisait. Les radicaux, défenseurs attitrés des classes moyennes, attachés à la propriété privée, partageaient les convictions de Poincaré et de ses ministres sur l'équilibre du budget et la nécessité de la confiance. Les socialistes, en vertu du principe que l'argent doit être pris là où il se trouve, préconisaient de taxer la richesse et proposaient un impôt sur le capital. Impossible donc à tout gouvernement de gauche de trouver une majorité sur un programme financier, sauf à prendre appui sur une majorité de rechange où une partie de la droite prendrait la relève de la fraction de gauche défaillante. Ce serait la rupture du Cartel : le renversement de majorité qu'elle impliquait ne pourrait s'opérer qu'avec le temps. Tel est le sens profond des vingt-cinq mois qui s'écoulèrent entre la formation du premier gouvernement Herriot, en juin 1924, et la chute du second en juillet 1926 qui consommait l'échec du Cartel.

La situation des finances publiques était rendue particulièrement fragile par l'énormité de la dette flottante : pour financer les dépenses extraordinaires pendant la guerre et depuis, les gouvernements avaient tous recouru à l'emprunt à court terme sous la forme de bons du Trésor remboursables à trois mois ; si les prêteurs demandaient tous en même temps d'être remboursés ou simplement cessaient de renouveler les bons, le Trésor public se trouverait en état de cessation de paiement. Quand le montant des remboursements exigés excédait les renouvellements, le gouvernement avait pris l'habitude de solliciter des avances de la Banque de France. Une loi en avait fixé le plafond à 41 milliards. Le gouvernement Herriot, aux prises avec des demandes de remboursement importantes, avait, dès janvier 1925, demandé à la Banque des avances qui dépassaient sans doute ce plafond : par des artifices comptables, le subterfuge fut dissimulé. Mais, en avril, le conseil des régents découvrit le pot aux roses, et l'opinion apprit que le gouvernement avait crevé le plafond légal. Le fut-il réellement ? On n'en est plus aussi certain aujourd'hui, mais l'imprudence du gouvernement et le scandale causé par la dissimulation du recours présumé à cet expédient affaiblirent grandement sa position.

La crise de confiance déclencha une crise monétaire plus grave encore : la stabilité du franc étant considérée comme le signe et le gage de la grandeur française, toute dépréciation de la monnaie prenait la signification d'un désastre national pour l'esprit public accoutumé depuis plus d'un siècle à une valeur constante du franc. On n'était pas loin alors d'attacher aux batailles monétaires autant d'importance qu'aux succès militaires : les comparaisons entre les combats de la dernière guerre et les opérations sur les changes venaient naturellement sur les lèvres des politiques et sous la plume des journalistes. La défense du franc s'imposait donc comme un impératif ; elle préservait le pouvoir d'achat des épargnants qui avaient fait confiance à l'État. Alors que la Grande-Bretagne venait de mener à son terme la revalorisation de la livre, les Français étaient humiliés d'assister à la dégringolade du franc ; les étrangers vendaient leurs francs et les Français achetaient de la livre. En avril 1925, le sterling bondit à 100 francs. Le 10 avril 1926, une partie des radicaux du Sénat refusèrent la confiance au gouvernement, qui démissionna.

Impuissants à rétablir l'équilibre du budget qu'alourdissent les dépenses exceptionnelles imposées par la guerre du Rif et les opérations en Syrie, sans compter les promesses électorales du Cartel, les gouvernements démissionnent en cascade. Quatre cabinets se succèdent en quinze mois, d'avril 1925 à juillet 1926 : deux dirigés par Paul Painlevé, un autre par Briand et le dernier, qui ne durera que le temps de constater que la majorité du Cartel n'existe plus, par Herriot qui ferme ainsi le cycle qu'il a ouvert au lendemain de la victoire des gauches. Par deux fois, le ministère des Finances est détenu par Caillaux qui a fait sa rentrée ministérielle : en 1925 il propose un plan de rigueur — la grande pénitence — qui suscite l'opposition des radicaux conduits par Herriot ; Painlevé doit s'en séparer. Il revient dans le cabinet Briand ; en juillet 1926, puisque la majorité n'a pas le courage de voter les mesures indispensables, il pousse le gouvernement à solliciter une délégation de pouvoirs qui l'habilite à les prendre :

sur le débat financier qui divise déjà la majorité se greffe une controverse institutionnelle. Bien que Poincaré y ait eu déjà recours, la droite n'est pas favorable à cette procédure ; elle n'a surtout pas confiance dans les hommes qui la pratiqueraient : elle ne revient pas sur ses préventions contre Caillaux. La gauche y est opposée pour des raisons de fond : Herriot, qui est alors président de la Chambre, sortant de la réserve que lui impose la fonction, descend de la tribune et dénonce ce qu'il tient pour une violation de la Constitution ; il entraîne une partie des radicaux qui consomment la chute du gouvernement. La cascade de gouvernements, l'aggravation de la situation financière, la perte de la confiance se traduisent par la débâcle de la monnaie nationale : avant les élections de 1924, le franc s'échangeait à 96 pour une livre ; en juillet 1926, il atteint 240. Le président Doumergue oblige Herriot à former un gouvernement, qui est renversé le jour même de sa présentation : la majorité du printemps 1924 est morte.

Le Cartel est-il mort de sa belle mort ou a-t-il succombé à une conspiration des possédants décidés à mettre fin à l'expérience par tous les moyens, dussent-ils compromettre la monnaie et ruiner nos finances ? Herriot l'a dit, et la gauche a cru dur comme fer à un complot de ce que le langage du temps a appelé le « mur d'argent ». Les gouvernements sont toujours enclins à expliquer leurs échecs par la mauvaise foi de leurs adversaires et, comme la préférence du sens commun va naturellement aux explications par l'intrigue, les complots, les menées occultes de minorités malignes, ce type d'explication trouve aisément créance. De fait, ni la droite ni la gauche ne sauraient attendre de leurs adversaires qu'ils leur facilitent la tâche : c'est la loi du combat politique que d'exploiter les difficultés de l'autre. Assurément, en 1924, ni la droite, évincée du pouvoir, ni les possédants ne virent d'un bon œil la gauche arriver au pouvoir ni ne souhaitèrent qu'elle s'y éternisât. Faut-il pour autant imaginer une action systématique pour l'atteindre par la ruine des finances publiques ? La majorité sortante aussi avait connu des difficultés et le franc avait eu, de son temps, quelques défaillances. Le déficit chronique du budget et la dette flottante mettaient tous les gouvernements à la merci des porteurs de bons du Trésor et plus encore des petits épargnants que des gros capitalistes. Quoi d'étonnant à ce que nombre d'entre eux se soient alarmés de la présence dans la majorité des socialistes qui proposaient un impôt sur le capital ? De même que les syndicats étaient inquiets des victoires de la droite et avaient recouru à la grève, les prêteurs, en mesurant avec parcimonie leur confiance, ont aggravé la situation des finances publiques. Point n'est besoin d'imaginer un complot délibéré et prémédité : la psychologie des comportements spontanés est une explication suffisante.

L'épisode du Cartel a correspondu à un réveil des passions et à un renouveau d'agitation politique : coïncidence ou conséquence du retour de la gauche au pouvoir? Les deux sans doute. A mesure que la guerre s'éloigne, ses effets sur l'esprit public s'amenuisent, et les sujets de discorde reprennent toute leur force. Mais aussi l'impuissance des gouvernements à redresser la situation financière et à enrayer la dépréciation du franc comme l'instabilité ministérielle exaspèrent nombre de citoyens. Le recul du franc devant la livre nourrit un sentiment d'humiliation : est-ce cela le fruit de la victoire? L'antiparlementarisme, qui est un trait constant de notre culture politique, resurgit : on fait grief aux députés de compromettre les résultats des sacrifices du pays.

Une fraction de la droite avait mal accepté sa défaite électorale : battue dans un scrutin, elle était portée à contester le principe même de la dévolution du pouvoir par le suffrage. Comme chaque fois en période de crise, la droite extrême prend momentanément l'avantage sur les droites modérées, libérales ou conservatrices, et leur impose son style, ses thèmes et ses méthodes : elle entend démontrer en manifestant dans la rue que la gauche ne représente pas la volonté populaire. Cette opposition retrouve des formes familières et se traduit par une efflorescence de ligues qui rappelle le temps du boulangisme ou de l'affaire Dreyfus : une ressemblance de plus avec l'avant-guerre. C'est la même fièvre nationaliste : la ferveur patriotique attisée par la lutte contre les internationalismes ouvriers et une sollicitude inquiète et ombrageuse pour la grandeur française sont le ciment qui tient assemblés pour un temps bref des éléments qui se séparent sur le reste. Le boulangisme avait eu partie liée avec la Ligue des patriotes. Le nationalisme des années 1898-1900 avait trouvé son expression dans la Ligue de la patrie française et suscité l'Action française. L'agitation contre le Cartel en 1924-1926 provoque à son tour l'éclosion d'autres organisations, depuis la Ligue républicaine nationale d'Alexandre Millerand, qui ressemble assez à la Ligue de la patrie française, jusqu'à la Ligue des chefs de section de Binet-Valmer. C'est alors que Georges Valois fonde le Faisceau, inspiré de l'exemple italien, qui ambitionne de fondre en un système cohérent nationalisme et réforme sociale. L'organisation la plus typique de ces années et qui en est comme le symbole, au point de figurer comme emblème de la réaction dans le chant de la Jeune Garde socialiste, est un rameau détaché de la vieille Ligue des patriotes, les Jeunesses patriotes, qui conquiert son autonomie sous la direction de Pierre Taittinger. Les J.P. attirent les adolescents par leur dynamisme et leur discipline : béret, insigne, trench-coat constituent un semblant d'uniforme. Les J.P. recrutent dans les écoles et facultés : leurs Phalanges universitaires font concurrence aux Camelots du roi et étudiants d'Action française, et disputent le pavé du Quartier latin aux étudiants de gauche qui se regroupent dans la Ligue d'action universitaire républicaine et socialiste ; le Français de cette fin de siècle découvre dans les rangs de la L.A.U.R.S. des noms qui rayonneront plus tard dans notre histoire politique, de Pierre Mendès France à Georges Pompidou.

La gauche a pensé reconnaître dans ce foisonnement de ligues les prodromes d'un fascisme français. A y regarder de plus près et avec le recul du temps, il semble que ces organisations s'inscrivent plus dans une certaine tradition française autoritaire et populaire qu'elles ne s'inspirent d'exemples étrangers : elles sont un avatar de la tradition bonapartiste ; Pierre Taittinger ne présidait-il pas avant-guerre les Jeunesses bonapartistes ? La plupart de ces formations ne tendent pas au renversement du régime ; c'est leur différence avec les ligueurs d'Action française. Elles aspirent seulement à une République autoritaire. Il est vrai que, pour la gauche républicaine qui identifie la démocratie à la souveraineté absolue des parlementaires, c'est assez pour être convaincu d'intentions factieuses.

Ces deux années connaissent aussi une recrudescence de la violence : sur un graphique traçant la courbe des fluctuations du phénomène, les années 1924-1926 en occuperaient une partie élevée. La campagne électorale d'abord, puis les projets du gouvernement, le réveil de la querelle religieuse ont relancé l'agitation : de part et d'autre on mobilise, on défile, on se défie, on s'affronte. Le Parti communiste a fait défiler ses troupes à l'occasion du transfert des cendres de Jaurès au Panthéon. La Fédération nationale catholique rassemble des foules considérables. Ces rassemblements suscitent souvent des contre-manifestations — des heurts se produisent —, il y a parfois mort d'homme : à Marseille, à un meeting de la F.N.C., un catholique est tué ; rue Damrémont, à Paris, six J. P. sont tués en 1925. La passion et l'agitation culminent dans les derniers jours de juillet

1926 avec la crise du franc : Paris frôle l'émeute ; des milliers de manifestants envahissent le Palais-Bourbon, saluant les députés par des quolibets. La France serait-elle à la veille d'une explosion d'antiparlementarisme et d'une crise de régime ?

CHAPITRE IV

De Poincaré à Tardieu
Poincarisme et Union nationale

Le 21 juillet 1926, le cabinet qu'Édouard Herriot vient de former sur les instances pressantes du président de la République est renversé dès sa présentation : la livre est à 244 francs, la panique gagne les épargnants, l'agitation gronde dans la rue. Gaston Doumergue fait appel, pour dénouer la crise, redresser la monnaie, ramener le calme, à Raymond Poincaré. Le retour au pouvoir du dernier président du Conseil de la précédente majorité est un fait majeur de l'entre-deux-guerres.

L'événement emprunte une partie de sa signification à sa personnalité. Poincaré a déjà une longue carrière d'homme public : il a été ministre pour la première fois en 1893 ; avec lui c'est le retour d'une génération plus âgée que la moyenne des leaders du Cartel. Cet homme austère, réservé, à l'éloquence sèche, qui décourage les élans de sympathie, est devenu, curieusement, un symbole. Son nom conjugue même plusieurs symboles. Le patriote lorrain, l'homme des marches de l'Est, dont l'élection à la présidence de la République avait été saluée en janvier 1913 comme le signe d'une renaissance du sentiment national. Pendant la guerre, associé à Clemenceau, il a personnifié le refus d'une paix de compromis et la détermination de poursuivre la guerre jusqu'à la victoire. Au temps du Bloc national, il a mené une politique de fermeté intransigeante à l'égard de l'Allemagne. Mais en 1926 il ne revient pas aux Affaires étrangères, qu'il laisse à Briand dont il cautionne la politique de rapprochement avec l'ancien ennemi. Il s'installe Rue de Rivoli et va se consacrer au redressement des finances. Il va devenir de ce fait le symbole d'une politique d'équilibre du budget et de stabilité monétaire.

Le nom de Poincaré entre alors dans la légende et donne naissance à un terme générique, poincarisme, qui désigne un ensemble de principes, de convictions, de valeurs aussi, qui lui survivra et auquel on se référera périodiquement par la suite. Des hommes politiques apparemment fort dissemblables se réclameront de son exemple : le nom de Poincaré est l'un des trois sous le patronage desquels Pierre Mendès France place en 1953 sa candidature à l'investiture ; plus tard, Valéry Giscard d'Estaing y fera référence. Antoine Pinay surtout, en 1952, et peut-être aussi Raymond Barre devront une part de la confiance que leur témoigna l'opinion à leur assimilation, fondée ou imaginaire, avec les principes qui inspirèrent en 1926 la politique de Poincaré. Toute une France laborieuse, économe, patriote, se reconnaît dans ce grand travailleur, ce juriste méticuleux, cet homme de devoir, ce patriote intransigeant.

Avec Poincaré reviennent aux affaires plusieurs autres personnages qui ont inscrit leur nom dans les annales de la République : en 1924 avait émergé une nouvelle génération, 1926 ramène la génération précédente. Pas moins de cinq anciens présidents du Conseil entourent l'ancien président de la République : Louis Barthou qui lui avait directement succédé en 1913, Aristide Briand qui a déjà été plusieurs fois chef de gouvernement, y compris pendant son septennat, Georges Leygues, Édouard Herriot et Paul Painlevé. Leur présence rapproche les législatures, puisque à travers leurs personnes se trouvent représentées les Chambres de 1906, 1910, 1914, 1919 et 1924, et des majorités résolument contraires : celles du Bloc national et du Cartel des gauches. Ce rassemblement d'illustrations confère à ce gouvernement un caractère exceptionnel accordé à la gravité de l'heure et rappelle les gouvernements de guerre dont les turbulences des dernières années n'ont pu encore effacer tout à fait le souvenir. C'est bien une sorte de cabinet de guerre que Poincaré a voulu constituer et que l'opinion souhaitait : pour gagner une guerre dont l'enjeu est autre, mais dont les contemporains n'estiment pas qu'il soit mineur, le salut du franc.

Le rapprochement avec la Grande Guerre est à ce point présent à l'esprit que l'expression qui désigne la nouvelle majorité, Union nationale, fait explicitement référence à l'Union sacrée. Si l'on veut bien se souvenir que cette formule avait été lancée précisément par Poincaré dans son message du 4 août 1914 au Parlement, on entrevoit le jeu des réminiscences qui sont à l'arrière-plan de la composition du gouvernement et de la constitution de sa majorité. L'Union nationale prend la suite de l'Union sacrée : comme douze ans plus tôt, Poincaré invite les Français, devant la gravité du péril, à observer une trêve pour sauver le franc comme jadis pour le salut de la patrie en danger.

Effectivement, si le retour de Poincaré scelle l'échec du Cartel et consacre la dissociation de la majorité de gauche, ce n'est pas pour autant la revanche des battus de 1924, ni le triomphe de la droite. D'abord Poincaré, en dépit d'une légende tenace, n'est pas un homme de droite : c'est un républicain du centre sincèrement laïque et profondément attaché aux institutions parlementaires. En 1924, il s'était tenu très en deçà des prises de position de Millerand et était resté discret pendant la campagne électorale. Le gouvernement qu'il forme ressemble à ceux du Bloc national par son orientation centriste. La droite conservatrice et cléricale en est absente : le ministre le plus à droite, Louis Marin, est membre de la Fédération républicaine, issue du démembrement des anciens gambettistes, et il n'a qu'un ministère mineur, celui des Pensions, qui sera souvent attribué à des personnalités marquées par leurs convictions religieuses, dont l'appoint n'est pas superflu pour faire une majorité des centres. Le centre droit est représenté par deux des siens, dont André Tardieu. Surtout, il n'y a pas moins de quatre radicaux, et non des moindres, auxquels sont confiés des départements majeurs : Albert Sarraut à l'Intérieur, Henri Queuille à l'Agriculture — qui est comme un ministère de l'Intérieur *bis* —, deux positions déterminantes pour gagner les élections ; Herriot à l'Instruction publique et Léon Perrier aux Colonies. La participation en force des radicaux — quatre sur treize — et notamment d'Herriot, qui joint à sa qualité de président du Parti radical le fait d'avoir été par deux fois président du Conseil dans la période du Cartel, interdit catégoriquement d'identifier la nouvelle majorité à la droite. Deux républicains socialistes étendent loin vers la gauche les assises du nouveau gouvernement : Painlevé et Briand. La majorité qui se rallie à la personne de Poincaré surmonte la fracture droite-gauche et associe des éléments des deux blocs antagonistes. Les centres se sont ressoudés ; le gros des radicaux est entré dans la majorité et même l'extrême gauche modère dans les premiers temps son opposition : si les socialistes ont refusé la confiance dans le débat de présentation, ils s'abstinrent sur l'urgence pour l'examen des projets financiers du gouvernement. L'Union nationale comporte bien quelques réminiscences de l'Union sacrée.

Mais elle n'en est pas la reproduction. Les différences entre elles ne se réduisent pas à celle des situations : quelle que soit la gravité de la situation financière et quelque importance que l'opinion attache alors à la valeur du franc, les dangers ne sont pas comparables. En 1914, c'est l'existence même de la France et son indépendance qui étaient en péril, et la nation a été soulevée au-dessus d'elle-même par un sursaut unanime : toutes les familles de pensée, toutes les forces politiques, sans aucune exception, y compris les plus irréductibles dans leur opposition aux institutions, anarchistes et révolutionnaires, monarchistes et contre-révolutionnaires, avaient serré les rangs derrière le gouvernement et l'Union s'était maintenue à peu près totale trois ans. Il en va différemment en 1926 : les socialistes, qui avaient consenti, en août 1914, à entrer dans le gouvernement et à en partager les responsabilités, qui y avaient député le symbole même de l'intransigeance doctrinaire, Jules Guesde, sont, en 1926, en dehors de la majorité et, sur leur gauche, le Parti communiste se raidit dans une opposition absolue. Ses leaders ont beau jouer sur les mots et sur le souvenir de l'Union sacrée afin d'embarrasser l'opposition à laquelle ils reprochent de ne pas sacrifier les vues partisanes à l'intérêt national, l'Union nationale n'a été qu'une version réductrice de l'Union sacrée. A l'avenir, elle désignera la conjonction des droites et des radicaux unis contre la gauche, socialiste et communiste : elle traduit toujours un déplacement de l'axe des majorités vers le centre droit.

Pour ce changement de majorité, le choix des radicaux a été déterminant ; il le sera désormais en toute circonstance. Tant par le nombre de ses députés qui en fait le premier groupe de la Chambre — ses effectifs tournent autour de 150, soit environ un quart — que par sa place dans l'hémicycle, reflet de celle qu'il occupe dans le système politique, au centre gauche, le Parti radical a une position stratégique : aucune majorité n'est concevable ni viable sans sa participation, ou du moins sa neutralité sympathique. Il est le pivot de toute combinaison, l'arbitre des alternances : repoussé peu à peu vers le centre par sa propre dérive et par l'émergence de formations nouvelles qui le débordent sur sa gauche, il est tantôt l'aile gauche de majorités axées à droite auxquelles il apporte une caution républicaine, et tantôt l'aile droite des majorités de gauche dont il tempère les audaces réformatrices. Ce jeu de bascule rythmera tous les renversements d'alliances entre 1926 et 1939 : il en règle l'alternance, il ouvre les crises et il les dénoue.

Lui-même n'est pas homogène : la frontière entre droite et gauche passe à travers ses rangs. Il a une aile droite pour laquelle — selon le mot d'Albert Sarraut, ministre de l'Intérieur du gouvernement Poincaré, en 1927 — le communisme est l'ennemi, et qui réprouve toute alliance avec les collectivistes, et une aile gauche attachée à l'union des gauches, pour laquelle les conservateurs et les cléricaux restent des adversaires irréductibles. Le parti est ainsi écartelé et sollicité en des sens contraires. Même en juillet 1926 les radicaux ne se sont pas tous ralliés à Poincaré : bien que son gouvernement compte tant de notables du parti, une petite cinquantaine de députés — le tiers du groupe — s'abstiennent sur la confiance, et n'auront de cesse que les radicaux se retirent du gouvernement ; ils devront attendre plus de deux ans qu'un congrès, où les militants prennent l'avantage sur les ministres, enjoigne à ceux-ci de démissionner (novembre 1928). Leurs désaccords internes ont ainsi retenti sur la vie politique et même sur le fonctionnement des institutions : on n'aura pas entièrement tort de les tenir pour partiellement responsables de l'instabilité ministérielle. L'impopularité du radicalisme au lendemain de la Libération sera la sanction du rôle joué dans les crises des années 30.

Le règlement de la crise financière

Le retour de Poincaré ramène instantanément le calme, la fièvre tombe comme par miracle. Les mouvements de capitaux s'inversent : hier, ils fuyaient la France ; aujourd'hui, ils y reviennent. La livre, qui avait atteint, le jour où le gouvernement Herriot se présentait devant les Chambres, la hauteur vertigineuse de 244 francs, redescend, le lendemain de la présentation du gouvernement, le 23 juillet, à 208 ; elle repasse au-dessous de 200 le 26 et à 196 le 27, avant même que le gouvernement ait fait la moindre révélation sur ses projets : il a suffi de l'arrivée de l'ancien président pour agir sur les facteurs psychologiques de la crise et décourager la spéculation qui avait eu une grande part à la débâcle du franc.

Poincaré, loin d'atermoyer comme après l'occupation de la Ruhr, est bien décidé à battre le fer et à exploiter les dispositions de l'opinion. Il s'attaque sans délai au règlement de la crise financière et monétaire. Son plan, des plus classiques, conjugue diverses mesures pour réduire le déficit. Compression des dépenses par des réductions drastiques : le gouvernement a donné l'exemple des économies en supprimant les sous-secrétaires d'État ; il poursuit en désaffectant de petites sous-préfectures et des tribunaux à l'activité réduite — c'est de 1926 que date le déclassement de bon nombre de petites villes et le dépérissement de gros bourgs qui trouvaient dans la présence de la sous-préfecture ou du tribunal une source d'activité. Les rentrées fiscales sont accrues par l'augmentation des impôts, directs (instauration d'un impôt sur les revenus mobiliers et d'une taxe de 7 % à la première mutation du capital immobilier, qui est une sorte d'impôt sur le capital) et indirects (sur les boissons, les automobiles, les bicyclettes). Toutes les catégories sont touchées : si les sacrifices ne sont pas répartis de façon absolument égale, faute d'une refonte globale, le gouvernement a eu le souci de faire concourir toutes les couches sociales au redressement financier.

Il s'emploie à ramener la dette publique à un niveau supportable : il y est grandement aidé par l'inflation des deux années précédentes qui a singulièrement allégé la charge. Une partie des ressources nouvelles, dont la taxe sur le capital immobilier et le produit du monopole des tabacs, sont affectées à l'extinction de ladite dette et, pour souligner le caractère irrévocable de la décision, Poincaré met en mouvement une procédure exceptionnelle dont la solennité vise à impressionner l'opinion et à convaincre les épargnants : les Chambres sont convoquées à Versailles, selon l'usage prévu pour les révisions constitutionnelles, pour adopter le projet qui crée une Caisse d'amortissement des bons du Trésor (10 août 1926).

La confiance revient et la remontée du franc se poursuit : à la fin de l'année la livre est redescendue autour de 125 francs, et le taux de change se fixe à ce palier. La question est désormais : à quel niveau stabiliser officiellement la valeur du franc ? Elle divise les experts comme les politiques. Faut-il consacrer l'état de fait et entériner la dépréciation, ou tout faire pour relever le franc à sa valeur d'avant-guerre, suivant l'exemple de la Grande-Bretagne où Churchill a réévalué la livre à son niveau d'avant 1914 ? L'amour-propre national penche pour la seconde solution. C'est pourtant à la première que Poincaré se rallie après deux ans de tergiversations : la loi du 25 juin 1928, votée par une nouvelle Chambre, fixe la valeur du franc au cinquième de la parité de 1914 et rétablit la convertibilité. Le franc Poincaré succède au franc Germinal ; son existence sera beaucoup plus brève : huit ans à peine, jusqu'à la dévaluation de septembre 1936. Cette décision évitera à la France les inconvénients créés à l'économie britannique par une réévaluation à un taux trop élevé. La réévaluation de l'encaisse de la Banque au nouveau taux allège substantiellement le fardeau de la dette et assainit l'état des finances publiques. Les conditions sont réunies pour une relance de l'économie. En choisissant de stabiliser le franc à ce niveau, la France prenait lucidement en compte les conséquences de la guerre et renonçait au mirage d'un retour à l'âge d'or. Le passif n'était, en effet, pas négligeable : les Français qui avaient prêté à l'État perdaient les quatre cinquièmes de leur créance ; la confiance était atteinte et avec elle le goût de l'épargne, un des piliers sur lesquels reposait la stabilité de la société. Néanmoins, de même que la signature du pacte de Locarno avait tourné la page de l'après-guerre pour les relations internationales en 1925, la stabilisation du franc en 1928 refermait un autre chapitre de l'après-guerre. Une autre époque s'ouvrait, plus tournée vers l'avenir qu'occupée à liquider les séquelles du conflit.

L'apaisement

Après les turbulences de la période du Cartel et la fièvre de l'été 1926, la France entre dans des eaux tranquilles ; l'arrivée de Poincaré a ramené le calme dans les esprits et fait baisser la tension entre les forces politiques. Signe que l'agitation des derniers mois n'avait pas de racines bien profondes : plaisant fascisme en vérité qui se satisfait du retour au pouvoir d'un homme politique qui avait participé pendant un tiers de siècle aux conseils de gouvernement et exercé les plus hautes fonctions de la République parlementaire... La promptitude de l'apaisement donne à penser que l'agitation était plus l'expression du dépit de la droite d'avoir été écartée du pouvoir et des craintes que les électeurs avaient conçues en raison de la présence des socialistes dans la majorité de gauche, que de la volonté de renverser le régime. C'était, sur un terrain différent, la répétition du phénomène observé en 1918-1919 : avant 1914, nombre de Français refusaient leur adhésion à la République parce qu'ils doutaient de sa capacité à conduire une politique extérieure cohérente et plus encore à gagner une guerre ; la victoire les ayant détrompés, ils s'y étaient ralliés. En 1925-1926, ils sont nombreux à s'interroger sur l'aptitude des institutions parlementaires à surmonter une crise financière : le gouvernement Poincaré ayant démontré que c'était possible, ils reprennent confiance dans les institutions.

Celles-ci fonctionnent correctement. Point n'a été besoin de recourir à des procédures exceptionnelles. Poincaré avait d'emblée affirmé sa volonté d'agir dans le respect des droits du Parlement : s'adressant au Sénat le 3 août 1926, il s'était déclaré convaincu que « le régime parlementaire n'est ni incompatible avec l'autorité, ni incapable de se prêter au vote rapide des mesures indispensables ». Il écartait ainsi toute dérogation à la pratique parlementaire, y compris les décrets-lois auxquels lui-même avait recouru et dont la perspective avait entraîné la chute d'un gouvernement du Cartel. Sa confiance fut payée de retour : les Chambres votèrent à une large majorité l'ensemble de ses propositions.

L'instabilité de l'exécutif, qui avait tant fait pour alarmer l'opinion sur la capacité des institutions à faire face aux problèmes, est enrayée. L'exercice du pouvoir a retrouvé une continuité supérieure même à celle observée dans la législature du Bloc national : Poincaré reste trois ans à la tête du gouvernement, de juillet 1926 à juillet 1929, et encore ne quitte-t-il la présidence du Conseil que pour raisons de santé, et son gouvernement continue presque inchangé sous la direction de Briand qui en faisait déjà partie. A la différence de ce qui s'était passé à l'approche des élections de 1924, l'échéance de 1928 n'a pas affaibli l'autorité ni menacé l'existence du gouvernement : les radicaux ne l'ont pas quitté pour entrer dans l'opposition ; au contraire, la plupart se recommandèrent auprès des électeurs du nom de Poincaré et se prévalurent de la part prise à l'œuvre de restauration accomplie par le gouvernement. La fraction la plus hostile à la participation se tut : elle avait, il est vrai, perdu son chef de file depuis que Herriot était entré dans le gouvernement ; Édouard Daladier prend le relais.

La rupture entre l'Église et l'Action française.

Presque contemporain de la formation de l'Union nationale, un autre événement, qui se situe sur une tout autre ligne et qui intéresse l'histoire religieuse, a indirectement concouru à l'apaisement et modifié les rapports entre politique et religion : la rupture qui survient, à l'automne de 1926, entre Rome et l'Action française ôte à l'extrême droite contre-révolutionnaire un des fondements de sa légitimité et tarira à terme son recrutement. Au principe de la condamnation, les considérations proprement politiques ou d'opportunité ont beaucoup moins compté que le souci doctrinal, contrairement aux allégations des dirigeants de l'Action française qui ont cherché à faire croire le contraire : Pie XI s'est inquiété qu'une école de pensée puisse exercer sur le clergé et les fidèles une influence presque exclusive et apparaître à beaucoup comme la traduction politique de la foi catholique. D'autant que son inspiration était positiviste et naturaliste. La condamnation se fonde sur au moins trois chefs d'accusation : l'affirmation du « politique d'abord », dont les maurrassiens argueront qu'il n'énonce qu'une priorité chronologique et non pas un primat éthique, mais que Pie XI a interprété comme une récusation du jugement moral et une profession d'amoralisme politique. En deuxième lieu, la justification de l'usage de moyens immoraux par une fin morale : le recours au mensonge, à la ruse, à la violence. En troisième lieu, le nationalisme dit intégral, qui érige la raison d'État en impératif catégorique et fait de l'intérêt d'un pays la règle suprême de son action au mépris des droits des autres peuples et d'un droit supérieur que le Saint-Siège s'attachait précisément à définir.

Sa mise en garde initiale n'ayant pas été entendue des dirigeants de l'école qui n'ont voulu y voir qu'une manœuvre politique inspirée par la sympathie pour la cause de l'Allemagne et le désir de s'entendre avec les républicains, le pape, confirmé dans ses craintes par la résistance de l'Action française et les connivences qu'elle rencontrait jusque dans l'épiscopat, porte le fer dans la plaie et recourt aux armes spirituelles : mise à l'Index, envisagée dès avant 1914, des ouvrages de Maurras, interdiction de lire le quotidien sous peine de privation de sacrements, refus des obsèques religieuses aux insoumis, sanctions contre les ecclésiastiques qui s'obstinent dans la désobéissance ou encouragent les ligueurs à la résistance, démission imposée de quelques évêques, et même retrait de la pourpre à un membre du Sacré Collège, révocation du rédacteur en chef de *La Croix,* trop lente à expliquer les vraies raisons de la condamnation, et nomination d'un nouveau responsable. En quelques années Pie XI renouvelle profondément l'épiscopat français et lui imprime une nouvelle orientation. Il élève à la dignité cardinalice le jeune évêque de Lille, Mgr Liénart, qui a pris la défense des syndicats chrétiens contre les accusations du patronat du Nord et apporté son soutien à des grévistes du textile.

La condamnation de l'Action française et des positions de Maurras est un événement dont la portée dépasse l'histoire proprement religieuse. Elle fut vécue par des milliers de catholiques accoutumés depuis des générations à identifier la défense de l'Église et le combat contre les principes de 89, la fidélité au siège de Pierre et le refus de la modernité, comme une crise de conscience : l'obligation de choisir entre deux fidélités tenues jusque-là pour solidaires fut un déchirement qui n'a eu de comparable dans l'histoire du catholicisme français que la crise janséniste ou, de notre temps, la dissidence intégriste après Vatican II. En tranchant, brutalement, les liens qui unissaient à l'école de l'empirisme organisateur l'Église de France, la rupture ouvrait la possibilité d'un renversement des alliances, et plus encore d'une mutation des mentalités : elle rendait toute une génération disponible pour d'autres engagements, religieux, sociaux, politiques, et préparait une redistribution des orientations et des affinités. La minorité qui, depuis un siècle, et souvent à l'encontre des autorités religieuses, persistait à soutenir qu'il n'y avait pas d'incompatibilité essentielle entre christianisme et démocratie, qui croyait à la possibilité et même à la nécessité d'un rapprochement entre l'Église et la société moderne, était soudain légitimée. Ce fut le point de départ d'une évolution rapide qui s'amplifia à l'occasion des grandes crises nationales et qui trouva à s'épanouir dans la participation décisive des catholiques à la transformation sociale, économique, culturelle de la société française après 1945. Un demi-siècle d'histoire des relations entre religion et société trouve son origine dans l'événement de 1926.

Le Vatican ne ménage pas son approbation à la politique extérieure de la France : le 1er janvier 1927, à la présentation des vœux du corps diplomatique au président de la République, le nonce apostolique rend un vibrant hommage à la politique dont Briand est l'architecte et le symbole. De nombreux catholiques militent pour le rapprochement franco-allemand, la défense de la paix, le soutien à la Société des Nations. La grande Association catholique de la jeunesse française fait de la conception chrétienne de la paix le thème de son congrès de Lyon en 1933, au scandale du général de Castelnau qui s'indigne qu'une association qui fut une école de patriotisme devienne un foyer d'idées subversives. Ainsi, le rapprochement de l'Église avec la République suscite parmi les catholiques de nouveaux sujets de division.

Les élections de 1928 et le départ des radicaux

A l'approche du renouvellement de la Chambre, prévu pour le printemps 1928, le gouvernement propose le retour au scrutin d'arrondissement pratiqué continûment de 1889 à 1914 : un signe de plus de retour à l'avant-guerre. Les radicaux le réclamaient ; la S.F.I.O., bien qu'elle fût depuis toujours proportionnaliste de cœur, s'y résigna. La réforme était en partie dirigée contre le Parti communiste : il ne pouvait espérer, au second tour, où ses candidats ne seraient généralement pas bien placés, recueillir d'autres suffrages, alors que ses électeurs se reporteraient sur les socialistes et même certains radicaux. De fait, en 1928, le Parti

De Poincaré à Tardieu

communiste — qui fait cavalier seul et maintient au second tour tous ses candidats au risque de faire perdre des sièges à la gauche — a beau avoir progressé en voix, passant de 870 000 à plus d'un million, sa représentation parlementaire n'en diminue pas moins de plus de moitié, retombant de 28 à 12.

La participation fut plus élevée encore qu'en 1924 : près de 84 % des inscrits. Effet du retour à un mode de scrutin familier ou désir d'exprimer une approbation à Poincaré ? L'interprétation des résultats est rendue malaisée par le changement de la règle du jeu. A appliquer mécaniquement la distinction droite-gauche selon les critères habituels, la gauche l'emporterait de quelque 300 000 voix : 4 800 000 pour ses candidats contre 4 500 000 à la droite. Mais peut-on comptabiliser à gauche toutes les voix qui se sont portées sur des radicaux ? La plupart des candidats radicaux se sont réclamés du nom de Poincaré et ont donc attiré sur eux au premier tour des suffrages du centre ou de la droite modérée ; surtout, au second tour, partout où ne restaient en lice qu'un modéré et un socialiste, une bonne partie de ceux qui avaient voté radical au premier tour reportèrent leur suffrage sur le candidat de droite : François Goguel a évalué ces transferts à 400 000. Ils sont l'indice que l'électorat radical n'est plus tout à fait de gauche : sur le moment, parce qu'alors on s'intéresse plus dans une élection à ses effets immédiats qu'à sa signification, et qu'on raisonne plus en sièges qu'en suffrages, on n'a pas assez remarqué qu'à gauche la S.F.I.O. avait pour la première fois devancé le Parti radical ; si on en avait fait l'observation, la surprise aurait été moins vive en 1936 de découvrir que les socialistes passaient devant les radicaux. Le Parti socialiste a dès lors commencé à prendre la relève du radicalisme, et l'étude de la carte confirme le glissement. L'extrême droite est très affaiblie : sur plus de 9 millions de suffrages, elle en compte à peine 200 000 ; dès que la gauche ne détient plus le pouvoir, l'extrémisme de droite recule. Le jeu des désistements, négociés ou spontanés, les reports de voix et la mécanique particulière de ce mode de scrutin ont conspiré en faveur de la majorité sortante : elle revient en force au Palais-Bourbon. La gauche est réduite : une douzaine de communistes, une centaine de socialistes, quelque 125 radicaux. Les modérés dominent la nouvelle Chambre.

Le gouvernement restera entre leurs mains tout au long de la législature : il n'y aura pas de renversement de majorité comme en 1926, en sens inverse. Il se produira cependant un changement d'importance : le départ des radicaux du gouvernement peu après les élections. Paradoxalement, c'est la grande victoire du poincarisme, dont ils étaient partie prenante, qui a précipité la rupture. Le succès a aiguisé les appétits de la droite qui n'a plus besoin des radicaux, dont le concours a cessé d'être une nécessité arithmétique : il y a désormais une majorité avec les seuls groupes du centre et de droite. Pourquoi dès lors leur faire des concessions ? Les radicaux se résignaient mal à prolonger le tête-à-tête avec la droite : localement ils sont plus proches des militants socialistes que des notables conservateurs. Si au second tour une partie des électeurs qui avaient voté radical au premier — mais étaient-ils radicaux ? — avaient reporté leur choix sur un modéré, les deux tiers des députés radicaux n'avaient été élus que grâce au report de suffrages de gauche ; c'était donc pour chacun des 86 ainsi élus un impératif de ne pas se séparer des électeurs de gauche s'ils voulaient être réélus. De surcroît, les sociétés de pensée — loges maçonniques, syndicats d'enseignants — qui formaient l'armature et les réserves de la gauche républicaine n'avaient pas admis le relâchement de la vigilance laïque. Aussi est-ce bien sur le terrain de la laïcité que se produisit la rupture entre les radicaux et la majorité : sur un point qui peut paraître mineur au regard des grands problèmes du temps, mais dont la portée symbolique est précisément en raison inverse de la modestie de l'enjeu immédiat. Il s'agissait de deux articles du projet de loi de finances pour 1929 : l'un prévoyait la restitution aux associations diocésaines formées en 1924 des biens immobiliers qui n'avaient pas encore été aliénés depuis 1906 ; l'autre, revenant à l'esprit de la loi sur les associations, abrogeait l'interprétation sectaire du combisme et autorisait, dans l'intérêt du rayonnement français, les congrégations missionnaires à avoir leur noviciat en France. Les deux propositions portent à leur comble l'inquiétude des laïques. Le congrès radical se fait l'écho de leurs sentiments et pose la disjonction des deux dispositions comme condition *sine qua non* du maintien des ministres au gouvernement. En fin de congrès, les ministres ayant déjà regagné la capitale, Joseph Caillaux, qui n'a pas pardonné à Herriot d'avoir torpillé sa tentative deux ans plus tôt, fait adopter par les militants une motion qui enjoint aux ministres de démissionner (6 novembre 1928). Les ministres s'exécutent. Ainsi, pour la seconde fois en cinq ans, faussent-ils compagnie à Poincaré, mais cette fois au lendemain d'une victoire électorale commune. Leur départ n'a pas grande conséquence : Poincaré démissionne pour reformer aussitôt un autre gouvernement sans radicaux, qui trouve une majorité substantielle de 330 contre 130 ; la plupart des radicaux se sont abstenus. Le groupe radical glissera par étapes vers l'opposition, mais sans pouvoir renverser la majorité, qui reste unie derrière son chef. Amputée de son aile radicale, elle sera axée encore plus à droite. Ses chefs se recruteront dans les formations modérées. Les gouvernements qui se succèdent du départ de Poincaré aux élections de 1932 seront, à l'exception de deux éphémères cabinets à direction radicale, les plus à droite de toute la IIIe République. L'Union nationale révèle sa vraie nature : ne pouvant durer qu'un temps avec un appoint de gauche que lui apportent les radicaux, elle est une étape vers le gouvernement de la droite.

Succédant au règne de Poincaré, deux hommes alternent à la tête du gouvernement. Les six cabinets qu'ils ont dirigés couvrent 29 mois sur 34. Deux hommes qui s'appuient sur la même majorité, mais que tout concourt à opposer : André Tardieu et Pierre Laval. Le premier appartient à une famille de bonne bourgeoisie parisienne et est passé par la Rue d'Ulm ; le second est un provincial d'origine modeste et a été surveillant. Tardieu s'inscrit dans la tradition clemenciste : il a été associé aux négociations du traité de Versailles. Pierre Laval vient de l'extrême gauche révolutionnaire ; il était inscrit au carnet B et fut l'avocat attitré des syndicalistes. Le premier est en politique étrangère partisan de la fermeté, le second incline au compromis. En cas de crise internationale, Tardieu se rangerait dans le camp des tenants de la résistance, Laval sera l'âme du parti de la paix. En 1930, la différence n'est pas évidente : les relations avec l'Allemagne ont perdu de leur acuité et pour un temps ne divisent plus. En politique intérieure, leurs vues ne se distinguent apparemment guère. Les personnalités sont aussi différentes que possible. Tardieu brille par une intelligence dont la vivacité éblouit : il semble avoir tous les titres à être le Poincaré de sa génération, ses dons lui valent l'admiration d'hommes qui ne partagent pas ses idées, mais il domine trop ostensiblement pour ne pas agacer ses pairs et susciter des haines tenaces — l'Action française le déteste, Léon Daudet n'a pas de mots assez durs pour fustiger le « mirobolant », et le Parti communiste l'accuse d'avoir trempé dans des spéculations douteuses. Laval est un homme très différent : non moins intelligent, mais d'une tout autre sorte, plus tourné vers la combinaison. C'est un homme de contact, à la poignée de mains facile, qui s'est constitué une clientèle, qui a aussi suscité des amitiés sincères, qui excelle dans les manœuvres de couloir. La majorité reconnaît en eux les héritiers de Poincaré et ses chefs naturels.

Tardieu qui voit loin, n'est pas satisfait de la façon dont fonctionnent les institutions parlementaires : parce qu'il leur est attaché, il souhaite les améliorer. La réforme passe par une restructuration des forces politiques. Il rêve de la constitution d'un grand parti conservateur libéral, éclairé, définitivement débarrassé des nostalgies archaïsantes, résolument tourné vers la modernité. Les radicaux, s'ils acceptaient de rompre avec la S.F.I.O., y auraient leur place. La vie politique serait alors rythmée par l'affrontement, ou l'alternance, entre une droite rénovée, ouverte aux innovations, et une gauche socialiste. La grande idée est de rapprocher le centre droit et le Parti radical, de pérenniser l'Union nationale. Son projet préfigure la bipolarisation que rendront possible, trente ans plus tard, les institutions de la Ve République. Tardieu, qui croit à l'effet des mécanismes institutionnels, fait voter par la Chambre un projet de réforme électorale qui s'inspire du système britannique uninominal à un tour : il en espérait un regroupement des partis. La tentative n'a pas de suite, car elle est combattue par les socialistes et les radicaux, et le Sénat enterre la réforme en février 1932.

La campagne électorale de 1932 ne s'en déroulera pas moins sur un schéma bipolaire, à une différence près, qui est de taille, avec le projet de Tardieu : les radicaux sont dans le camp adverse — ils ont renoué avec la S.F.I.O. et opéré une réédition du Cartel. Tardieu s'engage personnellement dans la campagne, qui prend l'allure d'un duel entre les deux leaders, Herriot et Tardieu : il s'adresse au pays par la radio, dont c'est la première utilisation à des fins électorales ; la gauche s'offusque de cette intervention qui lui semble être du bonapartisme pur. La défaite de la droite ruine les projets de Tardieu.

Une politique de réformes

La majorité poincariste a accompli en six années une œuvre législative importante ; de ce temps datent plusieurs textes qui ont régi presque jusqu'à aujourd'hui l'industrie pétrolière ou la profession cinématographique. Pour libéraux ou conservateurs qu'ils fussent, les gouvernements prirent l'initiative de réformes sociales. Tardieu, s'adressant aux radicaux, pouvait à bon droit leur dire : « Ne tirez pas sur moi : j'ai vos enfants sur les bras. » Le retour à l'équilibre budgétaire et bientôt même l'excédent des ressources sur les dépenses alimenté par l'essor de l'économie facilitèrent une politique de largesses et de progrès social. La retraite du combattant, instituée en mars 1930, traduit budgétairement la promesse de Clemenceau reconnaissant que les anciens combattants avaient des droits sur la nation et satisfait une revendication à laquelle ils sont attachés — plus encore pour le symbole que pour la somme, modique : chaque fois qu'un gouvernement, de 1934 à 1959, fera mine d'y toucher, il provoquera des protestations d'une extrême vivacité.

En mars 1928, la Chambre a adopté une loi sur les assurances sociales à une très large majorité : 477 députés ont voté le texte. Seule l'extrême droite a refusé son approbation : elle ne critique pas le principe, mais, tant par crainte de susciter une bureaucratie, par horreur de l'étatisme, que par attachement à ce que la doctrine sociale catholique appelle le principe de subsidiarité, elle aurait voulu que la gestion en fût confiée à des organisations mutualistes. Une deuxième loi sur le même objet, en avril 1930, précise et complète la réforme qui est une étape capitale dans l'élaboration d'une protection sociale. Avec elle la France a rattrapé son retard sur ses voisins. Comme toute initiative en ce domaine qui n'est pas le prix d'une victoire de gauche et dont les syndicats ne peuvent pas se flatter de l'avoir arrachée par la force, cette réforme a été éclipsée par les réformes postérieures, mais elle n'en assigne pas moins une place aux majorités d'alors dans la chronologie des législatures qui ont transformé la condition des salariés.

C'est encore le gouvernement Tardieu qui a réalisé la généralisation des allocations familiales en 1932 : en astreignant toute entreprise à s'affilier à un réseau de caisses, la loi étend à tous les salariés le bénéfice de l'initiative spontanée de quelques patrons ouverts à un progrès social et inspirés par le catholicisme social. Mesure depuis longtemps souhaitée par le mouvement familial, qui répond à la fois aux inquiétudes des natalistes pour l'avenir démographique de la France et à la sollicitude de la droite catholique pour l'institution familiale. Dans le dernier gouvernement Tardieu, un ministère de la Santé publique attestait l'intérêt pour la lutte contre les fléaux sociaux, le premier de tous étant alors la tuberculose, contre laquelle la nation se mobilise dans un effort de grande ampleur : chaque année une campagne nationale à laquelle participaient les enfants des écoles procurait des ressources pour compléter l'équipement des préventoriums et des sanatoriums.

La majorité n'entend pas laisser à la gauche le monopole de l'intérêt pour l'enseignement. En partie pour faire pièce au projet d'école unique, elle adopte, par la loi de finances de 1930, le principe de la gratuité de l'enseignement secondaire : la réforme entre en application en 1930 pour la classe de sixième ; la gratuité progressera ensuite d'une classe par année jusqu'à la terminale. Ses conséquences sur la démocratisation des lycées ne se feront pas sentir avant plusieurs années.

Dans le contentieux entre propriétaires et locataires, le gouvernement Poincaré épouse la cause de ceux-ci : en 1928, reprenant une loi de 1923, et prolongeant la politique amorcée en 1914 par le blocage des loyers, il limite autoritairement la majoration autorisée des loyers à 150 % de leur montant de 1914. Inspirée par le souci de protéger les locataires, cette politique eut des effets désastreux sur l'immobilier : faute de percevoir un revenu rémunérateur, parfois dans l'impossibilité de faire les réparations les plus indispensables, les propriétaires laissèrent se dégrader les immeubles. Les capitalistes se détournent d'un marché qui ne rapporte rien, et n'investissent plus dans le bâtiment. L'État doit prendre la relève de l'initiative privée défaillante. En juillet 1928 est adoptée, à l'unanimité des 580 votants, une loi qui prévoit la construction de 200 000 logements à bon marché : ce sont les fameux H.B.M. Ces habitations porteront le nom du ministre du Travail qui est à l'origine de la loi, Louis Loucheur, très représentatif d'un type nouveau d'homme politique : c'est un ingénieur devenu chef d'entreprise qui apporte une expérience tout autre que celle des avocats ou des professeurs, un souci du concret, une exigence d'efficacité technique. Briand l'avait chargé en 1916 de diriger les Fabrications de guerre et il avait succédé à Albert Thomas aux Armements ; après la guerre il avait été chargé des Régions libérées et de la Reconstruction industrielle. Il est revenu au gouvernement en juin 1928 comme ministre du Travail. Il annonce d'autres ministres techniciens dont la promotion est une réponse à la technicité croissante des questions dont ont à connaître les gouvernements, à mesure que s'étendent les responsabilités de la puissance publique : de Raoul Dautry à Pierre Guillaumat ou André Giraud.

Tardieu est proche de ces techniciens : sa culture inclut des éléments d'économie. Ce libéral est épris d'efficacité ; il conçoit la nécessité pour la France de rattraper son retard dans certains secteurs. Il a lui-même été ministre des Travaux publics, et, dès sa déclaration ministérielle en 1929, il a énoncé l'intention d'accélérer de façon décisive l'équipement national : quelques semaines plus tard il présente un vaste plan « d'outillage et d'équipement national ». Il ambitionne d'imprimer à l'économie un élan qui lui fera rejoindre l'Amérique dont il admire l'efficience. La politique qu'il met en œuvre, les échos qu'elle éveille dans les milieux dirigeants démentent la vision d'une société figée. Cet épisode de notre histoire économique est un maillon de la chaîne qui relie l'expansion du Second Empire et du gouvernement républicain au temps du plan Freycinet, aux projets technocratiques de Vichy et à la grande entreprise de modernisation dans laquelle la France s'est engagée après 1945.

Un parti à part : le Parti communiste

En marge de la société, à l'écart des autres courants, se forge dans ces années un parti d'un type radicalement nouveau. C'est entre 1926 et 1932 que le Parti communiste achève de se dégager de la confusion de ses débuts. Accouchement laborieux, à coups d'exclusions, de démissions, de scissions, sous le regard soupçonneux de la IIIe Internationale. L'objectif est la constitution d'un parti irréductible au modèle classique et notamment à la social-démocratie. Sur trois points au moins il innove. Les adhérents s'organisent sur leur lieu de travail et non plus de leur domicile ; les cellules sont d'entreprise. La bolchevisation inverse les circuits : à l'organisation socialiste fondée sur la base, le centralisme démocratique substitue une discipline rigoureuse dans l'application des décisions du sommet. Enfin le parti est étroitement subordonné à la stratégie globale de la IIIe Internationale qui est l'organe de l'internationalisme prolétarien.

La vie politique française compte désormais de ce fait un élément radicalement nouveau : il y avait toujours eu des minorités activistes qui recouraient d'autant plus à l'action directe qu'elles n'avaient aucun espoir d'infléchir le comportement des électeurs. Il y a maintenant un parti organisé de révolutionnaires professionnels qui inscrit ses choix dans une stratégie d'ensemble, qui conjugue les actions de force avec les formes classiques de la démocratie. Ainsi le parti présente-t-il partout des candidats aux élections ; il est même le seul à pouvoir le faire, car il est le seul à avoir des militants prêts à faire campagne à seule fin d'exposer leur programme. Non pas qu'il croie aux principes de la démocratie bourgeoise : il dénonce le « crétinisme parlementaire », et la démocratie dite formelle n'est, à ses yeux, qu'un moyen pour la classe dominante de prolonger sa domination sur les couches populaires.

Ce parti rompt avec toutes les traditions et se mure dans un isolement farouche. Il récuse la distinction droite-gauche, la seule division valable à ses yeux étant celle qui oppose le prolétariat dont il est l'unique défenseur à la bourgeoisie dont les intérêts sont soutenus par tous les autres partis. Pas question donc d'observer la discipline dite républicaine : en 1924 il a fait bande à part et, en 1928, a maintenu au second tour ses candidats au risque de faire battre la gauche. Mais le risque était moindre pour lui que d'entretenir la confusion avec la S.F.I.O. De toute façon, ce n'est pas des élections qu'il attend la transformation de la société. Il réserve à la S.F.I.O. ses attaques les plus vives et ses épithètes les plus ignominieuses : social-chauvins, social-fascistes, social-traîtres sont quelques-unes des aménités qu'il décoche aux socialistes. Il importe de rompre les dernières attaches avec un passé réprouvé.

Toute occasion lui est bonne de défier l'ordre politique, de rompre en visière avec la société : le parti a pris position contre l'occupation de la Ruhr et la guerre du Rif, contre l'impérialisme français, au risque de scandaliser. Faire scandale n'est pas pour lui déplaire : bon moyen d'écarter les tièdes et de sélectionner les meilleurs. Il pratique un antimilitarisme agressif : *L'Humanité* tient une rubrique quotidienne dédiée aux « gueules de vaches », entendez les gradés. Raisonnant dans une perspective de guerre ouverte avec la bourgeoisie, il lance ses troupes dans des actions violentes, jette ses militants dans la rue. Il organise une journée contre la guerre le 1er août 1929. Le préfet de police Jean Chiappe réprime les manifestations avec une énergie extrême. Les dirigeants du parti passent une partie du temps en prison : ils n'en sortent que pour y rentrer, sauf à s'y soustraire — Maurice Thorez, condamné en 1927 à huit mois de prison, échappe à la police jusqu'en juin 1929. Il rejoint alors en prison André Marty, Gabriel Péri, Paul Vaillant-Couturier. En octobre 1929, tout le Comité central et la direction de *L'Humanité* sont inculpés pour complot contre la sûreté de l'État. A la veille du 1er mai 1929, quelque 4 000 militants ont été arrêtés préventivement, et, à la veille de la journée du 1er août 1929, de nombreux responsables sont l'objet de mesures analogues. Cette guérilla contre les pouvoirs publics, ces escarmouches avec la police, des affrontements physiques souvent fort durs ont créé des habitudes de vie clandestine, de résistance à l'autorité, de défiance soupçonneuse à l'égard des infiltrations policières que les plus anciens reprendront sans difficulté en 1939 : la désertion de Maurice Thorez au début de la « drôle de guerre » ne fut pas un acte individuel, mais s'inscrivait dans une tradition, que les circonstance réactivèrent, de guerre révolutionnaire menée par un noyau de militants à toute épreuve. Les épurations successives, l'état de guerre avec la société ont entraîné le départ de ceux qui avaient adhéré sur un coup de cœur ou dans l'équivoque : les 130 000 de décembre 1920 n'étaient plus que 30 000 en 1930. Mais ces 30 000 ont une cohésion et une efficacité bien supérieures à celles des effectifs quatre fois plus nombreux du congrès de Tours. Jamais le parti, quelque importance qu'il attache aux statistiques, ne sacrifiera la cohésion du noyau dur à la préoccupation du nombre. Cet impératif est la clé de ses comportements et déchiffre certaines énigmes : il n'y a rien de plus précieux pour le parti que de préserver son corps de bataille de révolutionnaires professionnels, d'hommes qui doivent tout au parti et y sont entrés comme en religion.

Au principe de leur engagement, les motivations ont été fort diverses : la révolte contre l'injustice, l'horreur de la guerre, l'aspiration à se dévouer au service d'une grande cause, l'esprit d'aventure, une espérance millénariste dans l'avènement d'une société sans conflits, mais aussi un héritage rationaliste qui pense trouver dans le marxisme l'explication scientifique de l'histoire et de l'univers, la tradition de la Révolution française et la solidarité avec la révolution soviétique — sa fille et son prolongement —, la filiation de l'ère des Lumières et l'ouvriérisme, l'internationalisme et une certaine forme de patriotisme qui n'entend pas que la France soit absente du grand mouvement qui soulève les peuples. On vient ainsi au communisme par des voies multiples où se rejoignent la raison et le sentiment, l'utopie et le scientisme. De ces fils disparates, le Parti communiste a réussi à faire une trame assez forte pour résister à toutes les tensions auxquelles elle sera exposée, un métal assez solide pour supporter toutes les torsions. La constitution de cet organisme original est un des faits marquants des années 1925-1935. Aucune entreprise collective, si ce n'est l'Église catholique, n'a suscité en une soixantaine d'années de notre histoire contemporaine autant de dévouements allant jusqu'au sacrifice suprême.

En 1930, ce n'est encore qu'une petite chose, et il est significatif que l'observateur averti de la politique qu'était Thibaudet, quand il dresse le panorama des idées politiques en

1932, ne mentionne le communisme que par allusions et ne le compte pas au nombre des six familles qu'il distingue : ce n'est encore qu'une secte qui n'est pas sortie de son ghetto.

Il a su pourtant se constituer un électorat fidèle et qui n'est pas négligeable : en présentant systématiquement des candidats à toute élection, il a conquis peu à peu des positions qu'il exploite méthodiquement ; par une pédagogie habile qui associe les préoccupations quotidiennes des humbles — le panier de la ménagère — à la grande politique et qui rattache toute question particulière à une perspective globale, il gagne des sympathies. En 1924, les listes du Bloc ouvrier et paysan ont 870 000 suffrages, soit près de 10 % des voix. En 1928, il en totalise un million. Dans la région parisienne, le taux est bien supérieur : dans la Seine et la Seine-et-Oise, il avait obtenu 26 % des suffrages. Aux élections municipales de 1925, il s'est emparé de plusieurs mairies dont il fait des bastions inexpugnables : Saint-Denis, où règne Doriot, Ivry, Vitry. Le mythe naît alors de la « banlieue rouge » qui encercle la capitale et dont les hordes déferlent sur Paris à chaque démonstration. La carte électorale du parti se calque sur celle des régions industrielles : il capte la clientèle ouvrière dans les branches qui ont une longue expérience du combat syndical et constituent l'aristocratie du mouvement ouvrier — mineurs, cheminots, métallos. Le parti pénètre aussi dans certaines campagnes qui ont une tradition de révolte contre les gros agrariens : sur le pourtour du Massif central — Corrèze, Dordogne, Haute-Vienne, Allier, Cher, Lot-et-Garonne, Saône-et-Loire aussi. Se dessine un communisme rural qui prend la suite des « démoc-soc » de 1849 et du radicalisme. Le communisme se déploie ainsi sur deux branches, ouvrière et paysanne.

Au début des années 30 le parti a accompli sa mue : il a surmonté ses maladies infantiles. Il peut compter sur des militants d'un dévouement sans limites, d'une docilité inconditionnelle aux consignes de Moscou. Accède à la direction une nouvelle génération. Trois noms vont dominer l'histoire du parti jusqu'à leur mort, pour trente ou quarante ans : Maurice Thorez, qui entre au secrétariat à trente ans à peine, Jacques Duclos, qui sera le leader parlementaire, et Benoît Frachon, futur secrétaire général de la C.G.T. Cette trinité dirigera les destinées du parti à travers les épreuves les plus dramatiques pour un tiers de siècle.

CHAPITRE V

1930 : un apogée ?

Un apogée de l'histoire nationale

Il est dans la vie des peuples certains moments qui sont comme des pauses dans leur marche séculaire et où ils ont le sentiment, après avoir longtemps peiné, souffert, espéré, de toucher au but et de recueillir la légitime récompense de leurs efforts et de leur travail. Tel fut le cas autour de 1930. Les années qui scandent le passage des années 20 aux années 30 coïncident, pour une fois, avec un de ces paliers dans la succession des temps. C'est vraiment la fin de l'après-guerre : la France reprend souffle et peut enfin détourner ses pensées de la guerre et de ses suites, avant de reprendre sa marche vers d'autres horizons.

La guerre, si elle est toujours présente à l'arrière-plan de la conscience collective, s'éloigne. La disparition, en quelques mois de la même année 1929, des trois principaux artisans de la victoire marque symboliquement la fin de l'après-guerre : Poincaré quitte en juillet la scène politique, Foch est mort en mars et Clemenceau en novembre. Les funérailles des deux derniers font un singulier contraste : l'enterrement civil de Clemenceau a lieu dans la plus grande simplicité, loin de la foule parisienne, selon ses dernières volontés, dans son petit village de Vendée. Au maréchal Foch la France officielle et la nation font des obsèques dont la pompe fait pendant au défilé de la Victoire de 1919. Souverains et chefs d'État étrangers, généraux des armées alliées accompagnent le cortège qui va de Notre-Dame aux Invalides ; un peuple immense, que la presse compare à la foule du 11 novembre 1918, est massé sur le parcours ; les lampadaires sont tendus de crêpe et diffusent une lumière sourde ; le canon tonne de minute en minute et dialogue avec le grand bourdon de la cathédrale. La France entière célèbre, avec la mémoire de celui qui a conduit les armées alliées à la victoire, l'héroïsme de ses fils et sa propre gloire. Deux ans plus tard, Joffre disparaît à son tour. Des trois grands chefs qui ont défilé sous l'Arc triomphal le 14 juillet 1919, seul survit Pétain, qui devient de ce fait « le plus illustre des Français », unique dépositaire de toute la gloire accumulée. A soixante-quatorze ans, l'âge ne semble pas l'atteindre. L'Académie française s'honore de l'appeler à siéger sous la Coupole, et Paul Valéry, le recevant, rend au glorieux soldat l'hommage de l'intelligence française. Les gouvernements les plus différents sollicitent son concours : Doumergue en février 1934, Fernand Bouisson en juin 1935 et, en mars 1939, Daladier, désireux d'établir des relations avec le gouvernement nationaliste espagnol, l'envoie à Burgos.

La paix est désormais fondée sur des bases durables. L'Allemagne a reconnu sa défaite et en a accepté les conséquences : à Locarno elle a librement garanti les nouvelles frontières à l'ouest et a donc renoncé à toute prétention sur l'Alsace et la Lorraine. Le plan Dawes, amendé par le plan Young, a réglé l'irritant problème des réparations. Il n'y a plus de contentieux entre les deux pays. Et même le sentiment d'une certaine solidarité se fait jour : en septembre 1931 le président du Conseil, Laval, et le ministre des Affaires étrangères, Briand, iront à Berlin conférer avec le chancelier d'Allemagne sur les moyens pour la France d'aider l'Allemagne à surmonter la crise économique qui l'assaille. Briand met au point un projet de fédération européenne. Assurée de sa sécurité, la France a pu renoncer par anticipation à certaines garanties du traité : elle a consenti à évacuer cinq ans avant l'heure la rive gauche du Rhin. Échelonnée en trois temps, l'évacuation est achevée le 30 juin 1930 : ce jour-là, le dernier soldat français repasse la frontière, et la France s'en remet au gouvernement allemand pour le respect des autres clauses du traité.

Deux précautions valant mieux qu'une, la France a entrepris depuis deux ans la construction d'une ligne fortifiée composée d'ouvrages bétonnés croisant leurs feux et constituant une barrière réputée infranchissable. Pendant dix ans les Français mettront leur confiance dans la ligne Maginot, convaincus qu'elle met le territoire national définitivement à l'abri d'une invasion. Le syndrome de la ligne Maginot aura une part dans l'élaboration de notre stratégie comme dans l'esprit public. Pour l'heure, ces précautions paraissent à beaucoup superflues : les nations n'ont-elles pas, en 1928, exorcisé le cauchemar de la guerre en signant le pacte qui porte les deux noms du ministre des Affaires étrangères français et du secrétaire d'État des États-Unis, Briand et Kellogg ? Pour la première fois de sa longue histoire, l'humanité peut envisager l'avenir avec confiance. Une ère nouvelle s'ouvre, et l'on peut déjà entrevoir un désarmement général, progressif et contrôlé dont une conférence, réunie sous les auspices de la S.D.N., a commencé de définir les étapes.

1930 : un apogée ?

Le prestige de la France parmi les nations est à son zénith : il n'a jamais été si haut depuis Napoléon, et sa grandeur paraît plus pure parce qu'elle ne vise plus à l'hégémonie. Elle a la première armée du monde, et de partout on sollicite ses conseils : les petites nations d'Europe centrale et orientale lui doivent leur résurrection ou la satisfaction de leurs ambitions territoriales — Pologne ressuscitée, grande Roumanie, Tchécoslovaquie, Yougoslavie. En l'absence des États-Unis et de l'U.R.S.S., la France exerce à la Société des Nations un magistère incontesté en la personne de Briand. Son rayonnement intellectuel et artistique est à peu près sans égal : du monde entier, d'Europe et des États-Unis, écrivains et artistes accourent, persuadés de ne trouver nulle part ailleurs lieu plus propice à leur création ; l'école de Paris réunit à peu près tous les peintres dont le nom est promis à la célébrité. Les ouvrages de nos écrivains sont lus, traduits, commentés. L'exposition des Arts décoratifs en 1925 a consacré un style que l'on imite et reproduit. Dans un monde où les performances sportives deviennent un élément du prestige, Carpentier pour la boxe, les exploits des aviateurs français, les victoires des « quatre mousquetaires » dans la coupe Davis, font autant pour le rayonnement de la France que ses prix Nobel de littérature.

La France est en Afrique et en Asie à la tête d'un vaste Empire dont les Français ont découvert l'existence et commencent à concevoir quelque fierté. Les années 1930 et 1931 précisément ménagent des occasions de célébrer l'épopée coloniale. 1930, c'est le centenaire de l'expédition d'Alger. La République le célèbre avec faste : le président Doumergue visite les trois départements, où il est accueilli par un peuple en fête ; la presse et les actualités cinématographiques rendent largement compte du voyage et des fantasias. En 1931, il traverse à nouveau la Méditerranée pour visiter la régence de Tunis. La même année surtout, la France organise une grandiose Exposition coloniale internationale où toutes les puissances coloniales sont présentes ; le maréchal Lyautey en a été l'organisateur imaginatif et efficace. Pendant six mois Parisiens et provinciaux affluent au bois de Vincennes, admirent la reconstitution du temple d'Angkor, s'émerveillent devant le pavillon marocain ou malgache, s'emplissent les yeux de visions où l'exotisme se marie à la fierté d'une grande œuvre civilisatrice. Quand l'Exposition ferme ses portes au soir du 15 novembre 1931, elle a reçu 33 millions de visiteurs : les mêmes, il est vrai, y sont venus plus d'une fois et l'évaluation doit en conséquence être révisée en baisse. Les historiens se divisent aujourd'hui sur l'influence à attribuer à l'événement, mais en tout état de cause il a modifié les mentalités, et il ne paraît pas arbitraire de lui rapporter un peu des attitudes des Français en 1940 à l'égard de l'Empire, et plus tard des comportements au temps de la décolonisation. En 1930, l'expansion coloniale est encore dans une phase ascendante. La conquête n'est pas achevée au Maroc : après l'alerte de 1925, l'armée a repris la pacification. Bournazel y trouve la mort et est célébré comme un héros. La Ligue maritime et coloniale, présente dans la plupart des lycées, entretient la flamme de « la plus grande France ».

Même si à l'époque la grandeur d'un pays ne paraît pas aussi étroitement dépendante qu'aujourd'hui de sa puissance économique, les Français ont en 1930 toute raison de se féliciter des promesses de leur économie. La reconstruction est pratiquement achevée. La stabilisation du franc a ramené la confiance et doté le pays d'une monnaie appréciée. Les capitaux en quête de sécurité et de rémunération affluent du monde entier : le stock d'or de la Banque de France passe, de mai 1929 à mai 1931, de 29 à 55 milliards ; le budget connaît un excédent de 4 milliards. Ce « bas de laine », comme l'appelle le ministre des Finances Henry Chéron, permet de mettre en chantier un vaste programme de travaux publics pour 5 milliards et d'engager de coûteuses réformes sociales. Le choix pour la stabilisation du franc d'une valeur relativement faible a facilité les exportations, et le tourisme avec les rentrées invisibles compense le déficit de la balance commerciale.

La production a rattrapé et dépassé le niveau d'avant-guerre : sur la base 100 pour 1913, l'indice général de la production industrielle est à 127 en 1929. Soutenu par une conjoncture bien orientée, entre 1924 et 1929, le rythme annuel de la croissance a été de 5 %, taux supérieur à celui de l'Allemagne et des États-Unis. Dans plusieurs branches, la France est la première puissance, en particulier dans les secteurs de pointe : production d'électricité, automobile, aéronautique, chimie. L'extraction de la houille — le pain de l'industrie — atteint 55 millions de tonnes, et, pour le minerai de fer, avec 48 millions de tonnes arrachées à nos mines de Lorraine, la France tient le premier rang. Rien ne paraît de nature à entraver l'essor dans lequel notre économie est engagée.

La crise qui s'est abattue en octobre 1929 sur les États-Unis, et qui s'est communiquée à l'Autriche, à l'Allemagne, à la Grande-Bretagne, contourne la France. Cette immunité apparente

1930 : un apogée ?

confirme les Français dans leurs préjugés : c'est la preuve que l'économie française, à la différence de l'économie américaine fragilisée par le rôle du crédit et de la spéculation, repose sur des bases saines — le travail et l'épargne. La comparaison vérifie la justesse des maximes qui régissent depuis des siècles le comportement des acteurs de l'économie, et sanctionne les vertus paysannes et bourgeoises.

La France ne connaît pas le chômage : on compte moins de mille chômeurs en 1929. La main-d'œuvre manque plutôt, et la France a importé, entre 1921 et 1931, 2 millions d'immigrants : en dépit d'une politique libérale de naturalisation, instaurée par une loi de 1927, le nombre des étrangers avoisine, autour de 1930, les 3 millions, soit, pour une population totale légèrement inférieure à 40 millions, 8 %.

La paix sociale n'est guère troublée. Le mouvement ouvrier ne s'est que lentement remis de l'échec des grèves de 1919-1920 et le syndicalisme reste affaibli par la division de 1921. Le taux d'adhésion est faible, et l'organisation la plus importante, la C.G.T., a été ancrée dans une orientation réformiste par les événements du début des années 20. Seul le Parti communiste mène des actions violentes, mais son aventurisme le dessert dans l'opinion. Le prestige de l'Union soviétique demeure grand sur les masses populaires, mais la signification politique de la référence à l'U.R.S.S. est en train de changer : l'accession de Staline au pouvoir suprême et l'éviction de Trotski, le prophète flamboyant de la révolution universelle et permanente, qui implique l'édification du socialisme dans un seul pays rassurent : aux Français qui raisonnent toujours en fonction de leur propre histoire, le rapprochement s'impose avec Thermidor ou le Consulat. Moscou a sans doute renoncé à mettre le feu au monde et à propager l'incendie révolutionnaire. La civilisation ne semble plus aussi directement menacée qu'en 1920.

Les paysans vivent des années heureuses : l'inflation a réduit leur endettement ; ils ont pu acquérir de la terre, et leur revenu s'élève. Le ministère de l'Agriculture, sous l'impulsion d'Henri Queuille, stimule l'électrification, les adductions d'eau. Les agriculteurs participent à la prospérité générale, en dépit d'une production dont les rendements ne progressent guère : elle a seulement retrouvé, à la fin des années 20, son niveau d'avant-guerre.

Quant au régime, si les deux extrêmes, communiste et monarchiste, continuent d'instruire avec des attendus bien dissemblables le procès de la démocratie parlementaire et exploitent les scandales politico-financiers qui éclaboussent quelques personnalités et révèlent de douteuses collusions entre aigrefins et politiciens pour gruger les épargnants trop confiants, le gros de l'opinion ne retire pas sa confiance aux institutions. Les passions se sont apaisées depuis 1926. L'Action française n'a certes pas désarmé, mais elle a pris de l'âge, et ses rodomontades ne sont plus autant écoutées. Par deux fois, la République a montré une étonnante aptitude à surmonter les tempêtes : dans la guerre puis la tourmente monétaire. Elle est comme fondée à nouveau. Ni la France ni la République en 1930 ne paraissent avoir rien à redouter de l'intérieur comme de l'extérieur. Un siècle plus tôt, l'orléanisme triomphant présentait la monarchie de Juillet comme l'aboutissement de toute l'histoire de France ; les manuels d'histoire de 1930 présentent la IIIe République comme son achèvement et son point d'orgue.

L'envers du décor

Nous savons aujourd'hui ce qu'il advint de ces certitudes et de ces espérances : à nos esprits les années 30 évoquent de tout autres réalités. Trois ans plus tard, que restait-il de cette vision optimiste ? La crise a atteint la France à son tour, et elle s'y enfonce un peu plus chaque année. Le déficit a reparu. La paix est menacée : dès 1932, le Japon a attaqué la Chine et la Société des Nations n'a rien pu faire. L'Allemagne quitte la Conférence du désarmement et la spirale du réarmement est réamorcée. A partir de 1935 il n'est pas une année qui ne rapproche l'éventualité d'une nouvelle guerre. Incapable de prévenir la crise, impuissant à conjurer les périls, le régime vacille. La paix civile est déchirée par le réveil des antagonismes.

Pour nous qui connaissons la suite, rien de plus facile, remontant le cours du temps, que de repérer les prodromes du désastre de 1940 et de discerner sous les aspects glorieux ou flatteurs de la situation en 1930 des germes de faiblesse et de dresser en contrepoint le tableau des causes de fragilité qui minaient la prospérité et la stabilité françaises. La France était sortie de la guerre épuisée par l'effort qu'elle avait dû fournir pour arracher la victoire ; sa démographie était languissante, son agriculture routinière. Si notre économie avait été un temps épargnée par la crise, elle le devait en partie à son isolement : préservée par une barrière de tarifs douaniers qui la mettait à

1930 : un apogée ?

l'abri de la concurrence, elle vivait aussi à l'écart des courants internationaux, privée du stimulant de la compétition. C'était encore une nation principalement rurale : jusqu'au recensement de 1931, la majorité des Français vivait dans des communes de moins de 2 000 habitants. Au moment même où la France célébrait son Empire colonial, des mouvements commençaient d'en ébranler la cohésion : à 10 000 kilomètres de la métropole, une mutinerie avait éclaté dans un poste du Haut-Tonkin, à Yen Bay ; on y verra plus tard un signe avant-coureur du nationalisme vietnamien. En Algérie, Messali Hadj a fondé dès 1926 un mouvement, l'Étoile nord-africaine, qui vise à émanciper son pays. Le pacifisme de la grande majorité des Français empêchait les gouvernements, à supposer qu'ils en eussent l'intention, de prendre, en plusieurs circonstances, les mesures qui auraient peut-être pu prévenir la guerre. Autant de données qui nous semblent des évidences.

Comment les contemporains ont-ils pu être aveugles à ce point, rester sourds aux avertissements que leur signifiait l'actualité ? La tentation est grande aujourd'hui de critiquer sévèrement leur absence de lucidité, de condamner leur impéritie : c'est ce que font ordinairement les politiques et l'opinion. L'historien, lui, sait qu'il faut se garder d'abuser de l'avantage que lui donne la connaissance de la suite et qu'il doit plutôt s'attacher à entrer dans l'état d'esprit des contemporains. Or, en 1930, la réalité comportait bien l'une et l'autre face : elle juxtaposait les motifs de fierté et les raisons de s'inquiéter, mais il n'était pas écrit que les germes de décadence devaient étouffer les semences d'avenir et moins encore que la guerre serait le terme inéluctable de la décennie qui débutait. L'entrecroisement de plusieurs séries de causes, sur lesquelles la France et ses gouvernements n'avaient pas toujours prise, a eu comme résultante finale le désastre de 1940. A partir de quel moment le processus est-il devenu irréversible et jusqu'à quand eût-il été possible d'enrayer le mécanisme infernal qui entraînait l'Europe vers la catastrophe où elle s'est abîmée en 1939 ? Les historiens en discutent : pour les uns, c'est le 7 mars 1936 que la France a laissé échapper la dernière occasion ; pour d'autres, c'est à Munich que s'est consommée la tragédie. C'est donc que tout n'était pas joué dès 1930 et que la vision optimiste, trop optimiste, n'était pas totalement illusoire.

Si la France avait été seule au monde, ou si elle avait pu agir comme si elle l'était, pourquoi l'euphorie de 1930 ne se serait-elle pas prolongée jusqu'à nos jours ? C'est de l'extérieur que sont venues en effet presque toutes les causes qui ont remis en question l'héritage de 1918 : la crise de l'économie mondiale et la crise des relations internationales. Ce mode de raisonnement met le doigt sur ce qui fut la faute majeure des Français de ce temps — et pas seulement de leurs gouvernants —, de continuer à raisonner comme s'ils étaient seuls au monde ou comme si les autres devaient régler leur conduite sur nos intérêts. Ce sera, quelques années plus tard, une erreur semblable que commettra Vichy s'imaginant pouvoir refaire une France nouvelle comme si la guerre était finie. En 1930, les Français vivent sur l'idée, qui n'est pas erronée, que la France a sauvé le monde par son courage et ils en attendent de la reconnaissance. Or leurs alliés sont loin d'aligner leur politique sur la nôtre et les Français en conçoivent de l'amertume : l'anglophobie se réveille — Lord Snowden a été détesté autant que Palmerston. Quant aux États-Unis qui s'obstinent à nous réclamer le remboursement des sommes qu'ils nous ont prêtées alors qu'ils dispensent l'Allemagne de s'acquitter des réparations, on leur reproche de faire payer les capotes dans lesquelles nos soldats se sont fait tuer pour la liberté du monde. La réprobation est si forte et si unanime qu'en décembre 1932 une majorité de plus de 400 députés qui coalise socialistes, radicaux et modérés renverse un gouvernement décidé à honorer notre parole. Si la responsabilité des autres pays ne décharge pas les Français de leur responsabilité dans l'enchaînement qui aboutira à la catastrophe de 1939, elle explique en partie que ceux-ci n'aient pas pris d'emblée une claire conscience des menaces dont la situation était déjà grosse en 1930 sous une brillante apparence.

L'esprit des années 30

Il y eut cependant dès la fin des années 20 des esprits plus lucides, ou plus chagrins, pour pressentir la précarité de la situation et pronostiquer qu'elle ne pourrait longtemps se maintenir telle. C'est un trait de ces années que la révolte d'intellectuels et de politiques, en dehors des oppositions habituelles contre l'ordre de choses existant, en quête d'une troisième voie entre capitalisme libéral et marxisme. Ils participent peu ou prou à ce qu'on a pris l'habitude, à la suite de Jean Touchard, d'appeler « l'esprit des années 30 ».

Ce qu'on désigne ainsi est un bon exemple de l'unité de sentiments, sinon de vues, qui peut s'instaurer entre les hommes d'une même génération par-delà les divergences, profondes, qu'ils

1930 : un apogée ? 119

héritent de leurs traditions respectives, en rupture généralement avec les façons de penser et les valeurs de la génération précédente. Phénomène qui se reproduit d'âge en âge : c'est un mystère de l'histoire des peuples que cette soudaine unanimité pour embrasser des idées neuves, pour peu que survienne un événement majeur qui soude toute une génération, la marquant pour la vie entière et donnant un contenu à la tendance instinctive à se définir par contradiction. Ainsi la génération de la Jeune France avait-elle trouvé en 1830 dans le mouvement romantique et les Trois Glorieuses l'occasion de rompre avec le classicisme et la Restauration ; les jeunes positivistes de 1860 se définirent à leur tour par réaction contre l'optimisme et l'idéalisme des « vieilles barbes » de 48. Plus tard, la guerre d'Espagne, l'Occupation, la guerre d'Algérie, la crise de 68, cimenteront la solidarité d'autres cohortes.

Pour la génération des années 30, l'événement fondateur c'est encore la Grande Guerre. Et non pas la crise. On croit généralement que le mouvement des années 30 fut la réponse, plus ou moins pertinente, aux questions surgissant de la crise économique et de ses conséquences, relayée par la crise internationale. Or la crise économique n'a pas touché la France avant le deuxième semestre de 1931, et il fallut encore un délai de quelques mois pour que l'opinion en prenne clairement conscience et commence d'en tirer quelques conclusions. Le mouvement dit des années 30 a commencé bien avant. Plusieurs des publications où s'exprime l'esprit caractéristique de ces années ont commencé à paraître à la fin de la décennie précédente. Jean de Fabrègues a lancé *Réaction* en 1928, et c'est la même année que Jean-Pierre Maxence a fondé les *Cahiers* ; au reste il intitulera *Histoire de dix ans* le récit-témoignage de son action — ces dix années courent à partir des dernières années 20. Il y a plus probant encore : la revue *Esprit* lancée par Emmanuel Mounier semble l'exemple même illustrant la relation de cause à effet entre la crise et une réflexion sur elle. Le premier numéro de la revue paraît en octobre 1932 : la crise a déjà frappé la France et commence à la paralyser. Or l'étude attentive de sa genèse révèle que le projet remonte au moins à 1930 : sa réalisation a été retardée par des difficultés matérielles. Le projet a été conçu alors que personne ne pouvait encore prévoir la crise, en pleine prospérité et dans l'euphorie. En 1929-1930, les idées de Mounier et de ses amis sont déjà celles qui inspireront le manifeste fameux intitulé *Refaire la Renaissance :* la dénonciation du « désordre établi ». Ce désordre que l'équipe d'*Esprit* dénonce, ce n'est pas celui que la crise a créé : c'est le désordre de la prospérité. En d'autres termes — et ceci est capital —, ce que critiquent les intellectuels non conformistes des années 30, pour emprunter à Loubet del Bayle le titre de son livre, ce n'est pas un régime déjà déconsidéré par ses échecs ; ce qu'ils récusent, ce n'est pas une économie devenue folle ou qui s'asphyxie, une société en proie au marasme — c'est une économie qui fonctionne bien et crée de la richesse, une société prospère, des institutions qui fonctionnent correctement. Leur critique n'en est que plus radicale : loin de limiter son argumentation aux malfaçons et aux échecs, elle s'attaque aux principes, et aux ressorts mêmes. C'est ainsi que, compte tenu de la différence des temps et des situations, la contestation de 1968 attaquera de front un ordre triomphant qui a créé la croissance. Voir dans le mouvement des années 30, comme on le fait trop souvent, le contrecoup des crises économiques et sociales des années suivantes, c'est commettre la même erreur que celle où tomberaient les historiens d'après-demain si, en quête d'explications pour les événements de mai 68, ils pensaient y reconnaître une conséquence de la crise qui s'abattra sur le monde cinq ans plus tard, en 1973. En d'autres termes, l'esprit des années 30 est davantage un esprit de la fin des années 20 que du début des années 30.

L'événement fondateur est bien, on l'a dit, la Grande Guerre. Ses traces peuvent bien commencer à s'effacer et ses plaies à se cicatriser, elle a imprimé sur toute cette génération une marque ineffaçable : qu'ils l'aient faite ou qu'ils fussent trop jeunes pour y participer, elle les a tous marqués, Montherlant comme Radiguet, et leur œuvre en porte témoignage, le *Chant funèbre en l'honneur des morts de Verdun* comme *Le Diable au corps*, chacun à sa façon. Ils en gardent le sentiment d'une crise de civilisation. Certains pressentent que la victoire est illusoire et s'inquiètent d'un déclin de la France ; d'autres s'interrogent sur l'avenir de l'Europe. Tous ont un sentiment de décadence. Ils remettent en question la confiance de leurs aînés dans la science et la croyance au progrès indéfini de l'humanité.

L'esprit de cette génération se caractérise par la contestation et même la révolte contre l'ordre de choses existant. Elle aspire à des changements qu'elle veut radicaux, car elle ne se satisferait pas de réformes partielles ou graduelles. Elle rêve de recommencements absolus, de bouleversements fondamentaux. Ils prennent, pour les uns, la forme du mythe du « grand soir », à l'exemple de la révolution d'Octobre dont on admire précisément qu'elle ait l'ambition de forger un homme nouveau. Mais ceux qui combattent le marxisme et se situent politiquement aux antipodes du modèle soviétique appellent aussi une révolution. Peu de mots sont alors autant employés, quitte à lui instiller des contenus fort dissemblables. Cette révolution peut fort bien être conservatrice : elle tend alors à restaurer un ordre de choses ancien qui a été détruit par la société moderne et qui s'inspirerait du Moyen Age ou de l'idée que l'on s'en fait, fort idéalisée ; on parle de l'instauration d'un « nouveau Moyen Age ». Si ceux qui entendent rétablir la société traditionnelle abolie par 89 peuvent faire un bout de chemin avec ceux qui travaillent à une révolution sociale inspirée du socialisme, c'est qu'ils se rejoignent dans la récusation de l'individualisme bourgeois et de la société libérale issue de la Révolution. Les uns la critiquent parce qu'elle a jeté à bas un ordre légitime fondé sur la différence et la hiérarchie, les autres parce qu'ils estiment au contraire qu'elle n'est pas allée assez loin dans la suppression des inégalités ; les premiers parce que trop démocratique et les seconds pour ne pas l'être assez. Mais ils lui reprochent pareillement d'avoir créé de nouvelles inégalités en fonction de l'argent.

L'esprit des années 30 fait le procès du libéralisme, sur lequel s'accordent tous ceux qui participent à l'esprit de ce temps : du communisme au fascisme et du corporatisme au socialisme constructif. Aucun aspect ni aucune application de la pensée libérale n'échappe à la critique. Le libéralisme économique en premier lieu, identifié au capitalisme : il lui est reproché de reposer sur la recherche du profit, de traiter l'homme, et notamment le travailleur, comme une marchandise, d'instituer entre les hommes des rapports de domination et d'aliénation. Les intellectuels de droite le tiennent pour responsable de la lutte des classes, ceux de gauche lui font grief de perpétuer la domination de la classe possédante sur le prolétariat. A partir de 1931, la critique prendra argument de la crise pour dénoncer l'impuissance de l'économie libérale et confondre son optimisme confiant dans les mécanismes naturels pour rétablir l'harmonie.

Pour remédier au désordre engendré par l'anarchie libérale, un consensus se forme sur l'idée d'une économie organisée, concertée, ou dirigée : il faut mettre un terme au scandale de la coexistence de stocks accumulés de produits fabriqués ou de nourriture promis à la destruction à côté de foules qui meurent de faim. Certains préconisent la délégation à la profession organisée de certaines prérogatives de l'État, et on s'intéresse aux expériences du corporatisme italien, de l'Estado novo de Salazar ou de l'État social-chrétien de l'Autriche de Dollfuss. D'autres confient directement à l'État la tâche de prévoir, de décider, d'organiser, de répartir les richesses. L'idée de plan est à la mode : l'expérience soviétique alimente une véritable mystique de la planification dont le cinéma soviétique sert la diffusion. Syndicalistes et socialistes s'intéressent à une organisation planifiée de l'économie dont le groupe Révolution constructive, animé entre autres par Georges Lefranc et Maurice Deixonne, explore les voies. Cette réflexion inspire le programme de la C.G.T. en 1935 : il en passera quelque chose dans l'expérience de 1936, mais c'est après la guerre que ces idées connaîtront leur apogée et seront une des sources auxquelles puisera le grand élan modernisateur d'après 1945.

La condamnation des idées libérales s'étend à leur application politique et frappe la démocratie parlementaire à laquelle la génération de 1930 reproche d'être un régime faible, impuissant à proposer de vastes objectifs. Les partis sont tenus pour responsables de la division des Français dont ils attisent les dissentiments. Ils trahissent l'intérêt général qu'ils sacrifient aux puissances d'argent. Ils négligent les réalités concrètes pour des idéologies désuètes. La distinction droite-gauche, en fonction de laquelle s'ordonnent les partis et qui trace le cadre des élections, est tenue pour périmée et pernicieuse. Tous rêvent de la dépasser. L'expression adverbiale « au-delà » est de celles qui figurent dans le titre de plusieurs des écrits qui s'essaient à élaborer un programme neuf.

Si c'est une prétention des fascismes contemporains que le dépassement des vieux clivages droite-gauche et si c'est un des éléments qui les constituent que la volonté de réconcilier leurs essences, le seul fait de contester la pertinence de ladite distinction ne suffit pas pour apparenter au fascisme tout mouvement de pensée ou tout groupuscule qui souhaitait réunir l'idée nationale et la préoccupation sociale. Les socialistes, qui s'avisent alors que la nation est une réalité effective, que le sentiment national existe pour de bon, qui répudient l'adage selon lequel les prolétaires n'ont pas de patrie, ne sont pas pour autant les fourriers du fascisme. Pas plus que les conservateurs ou les nationalistes qui prennent conscience de la gravité de la question sociale et de la nécessité d'intégrer les travailleurs dans la communauté nationale.

L'esprit des années 30 est opposé à l'individualisme réputé bourgeois : il exalte les exigences et la grandeur de la communauté. Communautaire est un autre mot de passe de cette génération. Le contenu en est fort divers : ce sera tantôt la solidarité ouvrière et tantôt l'impératif national, pour ceux-ci le syndicat et pour ceux-là le mouvement de jeunesse, pour les disciples de La Tour du Pin la corporation et pour les démocrates-chrétiens les corps intermédiaires — famille, commune, entreprise.

Cet esprit des années 30 imprègne des hommes qui viennent de droite ou de gauche ; plus souvent des extrêmes que des centres. Plus tard, leurs chemins se sépareront : certains retourneront à leurs convictions premières, qu'ils n'avaient jamais eu le sentiment d'abandonner tout à fait ; d'autres se retrouveront très éloignés de leur point de départ, sans avoir davantage le sentiment de s'être reniés. C'est le propre de ces périodes de remise en question des idées reçues que de se prêter à toute sorte de rencontres ou d'échanges qui éclairent parfois les itinéraires ultérieurs : le secret de plus d'une trajectoire déconcertante dans les années 1939-1945, ou même plus tard, est souvent dans les recherches des années 30.

Cet esprit n'est pas l'apanage des seuls intellectuels éloignés de l'action politique quotidienne : il a aussi marqué des hommes qui ont fait de la politique leur activité première ou leur passion. Les partis n'ont pas été épargnés par une réflexion critique de l'intérieur sur leur finalité, leur programme, leur organisation ; la plupart des formations ont traversé une période de trouble qui a parfois débouché sur des ruptures, des dissidences et des scissions dont l'explication profonde est d'ordre intellectuel.

A droite, ces crises ont été discrètes : les partis n'y ont pas de structure aussi rigide qu'à gauche et l'adhésion n'y a pas la signification d'un engagement personnel aussi total. Elles ont plutôt touché les écoles de pensée, plus accessibles aux débats d'idées : après 1934, de jeunes intellectuels, qui avaient subi l'influence de Maurras et fait l'apprentissage de la politique à l'Action française, déçus par le vieillissement de la Ligue, iront chercher ailleurs ; en quête de formules autoritaires, ils se laisseront séduire par le fascisme, et quelques-uns iront jusqu'à la collaboration avec l'occupant national-socialiste.

A gauche, une génération de jeunes radicaux s'interroge : l'usure du pouvoir, les échecs de la gauche, la participation alternée à des cabinets de droite et de gauche sont autant de sujets de réflexion. Un groupe connu sous le nom de Jeunes Turcs, qui associe des hommes dont les noms sont promis à la notoriété, Pierre Cot, Jacques Kayser, Pierre Mendès France, Jean Mistler,

Jean Zay, ne se résigne pas à ce que le radicalisme ne soit plus qu'un parti de gouvernement sans projet : ils veulent le ramener à gauche. Tactiquement, ils combattent la participation aux gouvernements d'Union nationale et se rangent derrière Édouard Daladier. Ils travaillent à rénover la doctrine du parti en prolongeant la démocratie politique par une démocratie économique et sociale. En 1935, ils seront des premiers à militer pour l'adhésion au Rassemblement populaire et des plus ardents à sa réalisation. Vingt ans plus tard, le mendésisme sera un surgeon de ce phénomène.

D'autres, désespérant de rajeunir ce vieux parti, s'en éloignent : Gabriel Cudenet forme un petit parti dissident qui marque sa fidélité au radicalisme intransigeant des origines en prenant le nom d'un radical du début du siècle, Camille Pelletan. Gaston Bergery, un des espoirs du parti, le quitte parce qu'il n'est pas suivi dans son action pionnière pour former un Front commun contre le fascisme ; on le retrouvera à la tête d'un hebdomadaire, *La Flèche,* qui se signale par son anticapitalisme et la dénonciation des « deux cents familles » : en 1940, il rédigera quelques discours de Pétain et tentera d'insuffler un contenu réformateur à la Révolution nationale.

La S.F.I.O. aussi connaît de ces débats d'idées : c'était dans la nature d'un parti où les discussions idéologiques avaient toujours rythmé rapprochements et ruptures. Les controverses se déploient sur deux registres distincts mais qui interfèrent. L'un concerne l'évolution de la société et le choix d'une stratégie pour le long terme, l'autre a trait à la relation avec le pouvoir et intéresse la tactique à court terme. La première est antérieure à la crise ; c'est la prospérité qui amène à remettre en question les certitudes socialistes sur la faillite prochaine du capitalisme. Quelques personnalités qui ont une culture économique ou une compétence de technicien s'interrogent sur la validité, après soixante-dix ans, de la description par Marx du capitalisme, et singulièrement sur la pertinence du pronostic d'une évolution qui ne laisserait face à face qu'une classe de capitalistes, de moins en moins nombreuse du fait de la concentration croissante, et un prolétariat qui se grossirait de toutes les catégories sociales. La montée des classes moyennes, le développement des couches intermédiaires, employés, ingénieurs, techniciens, leur semblent infirmer les schémas marxistes. Plusieurs ont lu Henri de Man et médité *Au-delà du marxisme*. Il ne s'agit pas d'abandonner la lutte des classes, mais de tenir compte des réalités nouvelles. Un autre

1930 : un apogée ?

point fait difficulté : le postulat selon lequel la nation est un leurre et qui conduit à opter pour l'internationalisme prolétarien contre la solidarité nationale. Les mêmes, ou d'autres, constatant la force du sentiment national en Europe, se souvenant de l'élan qui, dans tous les pays, avait jeté en 1914 les masses populaires dans l'Union sacrée, se disent que le sacrifice de l'indépendance nationale aurait pour conséquence de livrer les peuples les plus démocratiques à la domination des moins avancés et s'interrogent sur la place à faire à la réalité de la nation dans la pensée et l'action socialistes.

La crise pose une autre question : devant la montée des périls, les socialistes ont-ils bien le droit de continuer à refuser de partager les responsabilités du pouvoir au risque de faire le jeu des pires ennemis de la démocratie et du mouvement ouvrier ? L'expérience désastreuse de la république de Weimar ouvre les yeux : si l'ensemble de la gauche avait fait taire ses dissentiments pour opposer un front uni à Hitler, n'aurait-elle pas évité à l'Allemagne de connaître la dictature ? Dans les années 1900, les socialistes indépendants résolvaient la difficulté en participant à titre individuel : l'unité socialiste ne s'était pas encore constituée sur la base de la non-participation. Mais la période n'était pas aussi chargée de menaces. Ces questions, stimulées par l'ambition de ceux qui se sentaient la capacité de gouverner et ne se résignaient pas à attendre toute leur vie que soient réunies les conditions pour participer, provoquèrent en 1933 une scission de la S.F.I.O. dont les leaders s'appelaient Renaudel, Marcel Déat, Adrien Marquet, Barthélemy Montagnon, Paul Ramadier. Si la scission priva la S.F.I.O. de personnalités de valeur, elle n'eut pas de conséquences comparables au schisme de 1920. On se gardera de juger les motifs de ces néo-socialistes sur les positions ultérieures de quelques-uns d'entre eux : ce n'est pas parce que Marcel Déat sera après 1940 l'une des principales personnalités de la Collaboration qu'il faut voir en lui dès 1933 un fasciste, même à son insu. On ne doit jamais raisonner à rebours du temps.

Ces mêmes années se caractérisent encore par un renouveau du catholicisme. Une pléiade d'écrivains prestigieux qui se placent au premier rang des lettres françaises, Claudel, Bernanos, Mauriac, restituent à la pensée religieuse un éclat qu'elle avait perdu. Libérée de la confusion avec la conservation politique et sociale, la foi inspire un foisonnement d'initiatives, suscite publications et revues, anime tout un éventail de mouvements. Une génération de jeunes catholiques, affranchie du respect humain qui avait inhibé ses aînés, a retrouvé la fierté de son appartenance à l'Église et regarde son temps avec sympathie. Des secteurs de la société se recatholicisent sous l'action des mouvements d'action catholique spécialisés : les militants y font l'apprentissage de l'engagement et joueront un rôle éminent dans les années d'épreuves que traversera la France à partir de 1939.

CHAPITRE VI

La crise

Crise : c'est le terme dont on use ordinairement pour définir la situation générale de la France dans les années 30, la notion qui caractérise la décennie. Crise économique qui touche, l'un après l'autre, tous les secteurs : crise de surproduction de l'industrie, crise de l'emploi, crise de consommation, crise des finances publiques. Crise aussi des relations internationales avec la remise en cause de l'ordre établi par les traités de 1919-1920. Crise du régime parlementaire et des institutions. Crise morale et intellectuelle enfin, qui s'attaque aux idées reçues et aux valeurs sur lesquelles reposait le pacte social.

A travers la variété des aspects, est-ce une crise unique ou plusieurs crises séparées, réagissant assurément les unes sur les autres, mais ayant leur autonomie et leur spécificité ? Le schéma qui sous-tend habituellement le récit et les explications pose au principe la crise économique de 1929 : ébranlant l'économie capitaliste, mettant brutalement fin à la prospérité, elle aurait réveillé les démons endormis. Les masses, privées de travail, réduites à la misère, et constatant l'impuissance totale des régimes démocratiques à y remédier, se seraient jetées dans les bras de ceux qui leur promettaient du travail en échange de la liberté : n'est-ce pas la crise qui a porté Hitler au pouvoir, comme le chômage en France a gonflé les effectifs des ligues ?

Satisfaisant pour l'esprit que séduisent toujours les explications simples, uniques et de portée universelle, ce schéma simplifie trop dans le cas de la France. Sans nier que la crise de l'économie ait été déterminante, en admettant que les diverses crises ont entretenu entre elles toute sorte de relations et que leur convergence a eu des effets cumulatifs, il reste que de ces diverses crises la chronologie souligne l'autonomie : n'avons-nous pas vu que l'esprit des années 30 s'était formé sur la fin des années 20, donc avant les premiers signes de la grande dépression ? Naturellement, la crise une fois déclenchée, on y a vu la confirmation des pressentiments, elle a radicalisé la critique et grossi les rangs des contestataires.

La crise de l'économie et ses conséquences sociales

Si la crise de l'économie n'est pas la cause unique de la décadence française qui trouvera son tragique aboutissement dans le désastre de 1940, elle en dessine la toile de fond et elle a pesé sur les structures, les comportements et les mentalités.

Raisonnant à court terme et tablant sur la rapidité des renversements de conjoncture, les Français ont sincèrement cru, pendant deux ans au moins, que la crise ne les atteindrait pas, et ils ont eu pendant ce temps le sentiment de vivre dans un îlot préservé. Cette exemption ne leur paraissait pas injustifiée. Or ce qu'ils pensaient être une immunité n'était qu'un retard ; si l'économie française a pu rester ainsi à l'écart des turbulences de l'économie mondiale, c'est parce qu'elle y était moins intégrée et vivait à l'écart des courants commerciaux et financiers. Son agriculture, retranchée depuis quarante ans derrière la haute muraille de tarifs douaniers, était préservée de la concurrence des productions étrangères ; la plupart des cultures d'outre-mer étaient complémentaires : la seule concurrence sérieuse opposait les viticulteurs du Languedoc au vignoble algérien développé par le dynamisme des colons sur de vastes étendues. Il en allait de même pour l'industrie, à laquelle la dévaluation du franc en 1928 avait ménagé une marge de compétitivité sur les marchés extérieurs.

A quel moment se firent sentir les premières atteintes de la crise ? A en juger par les indices statistiques, malgré leur insuffisance, au cours du deuxième semestre de 1931 : soit, en transposant dans la chronologie politique, dans la dernière année de la législature élue en 1928 et sous le dernier gouvernement dirigé par les modérés. Par quelle brèche la crise s'introduisit-elle dans un système clos si bien défendu ? Par le biais des échanges avec l'étranger, si réduite que fût leur part : nos exportations fléchirent ; la dévaluation de la livre opérée en septembre 1931 annula notre marge de compétitivité. La balance des comptes devint déficitaire, et son déséquilibre chronique : il devait persister jusqu'à la guerre.

Les premières atteintes de la dépression se traduisent par un ralentissement de l'activité productive ; la crise présente les symptômes d'une maladie de langueur. La croissance s'arrête pour sept ou huit ans, jusqu'à la reprise amorcée sur la fin de 1938 par la politique du cabinet Daladier-Reynaud. En 1931, l'indice de la sidérurgie, qui est comme le baromètre de l'activité industrielle, baisse de 17,5 % ; en 1932, il tombe à 58 (indice 100 en 1929). De proche en proche toutes les branches se grippent : les vieilles industries, comme le textile, ne sont pas moins touchées que les plus récentes comme la chimie. Les stocks s'accumulent dans les cours des usines, immobilisant une part croissante de leur trésorerie. Cette asthénie de l'économie engendre deux séries de conséquences. Les prix s'effondrent ; la rupture de l'équilibre entre une offre surabondante et une demande qui se rétracte contraint les entreprises à abaisser leurs prix de vente : en 1934, les prix de gros sont en moyenne tombés à 46 % au-dessous de ceux de 1929. La baisse ne se répercute que partiellement sur les prix de détail à cause de la complexité des circuits commerciaux. Les prix des produits agricoles subissent un véritable effondrement. Les faillites se multiplient : elles augmentent d'environ 60 % par rapport aux années de prospérité.

Autres conséquences : les patrons cherchent à comprimer la charge salariale et licencient une partie de leur personnel désormais excédentaire pour le niveau d'activité. Reparaît le chômage qui avait disparu ; il va être la plaie sociale de la décennie et marquera durablement les mentalités. Nous avons du mal à mesurer avec précision l'étendue du phénomène : le chiffre exact des chômeurs ne nous est pas connu, car leur recensement n'est pas organisé alors sur des bases générales et ils ne sont dénombrés que dans les villes où la municipalité a organisé un bureau d'assistance. On estime généralement que le nombre des chômeurs totalement privés d'emploi a dû avoisiner, au point culminant de la crise, vers 1935, le demi-million. Pour une population active de salariés qu'on évalue à 12,5 millions, cette proportion de 4 ou 5 % paraîtra faible et presque dérisoire, comparée au taux que nous connaissons depuis le début des années 80 et qui tourne maintenant autour de 10 %. Il est plus faible encore par comparaison avec les longues files qui faisaient la queue à la porte des soupes populaires aux États-Unis, en Grande-Bretagne qui compte 3 millions de gens sans travail et plus encore en Allemagne qui en a 6. De fait la France a moins souffert du chômage ; c'est la contrepartie d'une industrialisation moins poussée : près de la moitié des Français vivent encore à la campagne, et s'ils ne travaillent pas tous la terre, ils trouvent plus facilement des expédients pour subsister sans recourir à la charité publique ou privée. Mais cette donnée numérique doit être corrigée par deux observations. L'une est aussi d'ordre arithmétique : ce chiffre d'un demi-million ne prend en compte que les chômeurs dits totaux, ceux qui ont perdu leur emploi ; mais le nombre des salariés dont la durée hebdomadaire du travail est réduite dans des proportions souvent très importantes, ramenée de 40 heures et plus avant la crise à 32 ou moins encore, est beaucoup plus élevé. Pour une main-d'œuvre qui est presque en totalité rémunérée à l'heure, la perte des heures supplémentaires et la réduction de la durée hebdomadaire du travail entraînent une notable diminution du pouvoir d'achat : le nombre de ces chômeurs partiels s'élevait à quelque 2 millions.

D'autre part, il n'y a à l'époque aucune protection organisée contre le chômage, ni par la profession ni par l'État : la perte de l'emploi précipite du jour au lendemain le chômeur dans la misère. La modicité des salaires n'a généralement pas permis de constituer une épargne de précaution ni de souscrire une assurance contre les risques de maladie : le chômeur est donc livré sans recours à la misère et réduit à solliciter la charité, en l'absence de tout dispositif amortisseur qui diffère ou atténue les conséquences de la perte d'un emploi. Cela est vrai aussi bien de l'ingénieur congédié que de l'ouvrier licencié.

Les paysans ne sont pas moins éprouvés par l'effondrement des cours : on estime que le revenu global des agriculteurs est tombé, entre 1928 et 1933, de 43 à 18 milliards — soit une amputation des trois cinquièmes. Or leur revenu avant la crise était déjà bas : la plupart vivaient dans des conditions proches de la gêne. Ils ne trouvent plus à écouler leur production : le blé est en excédent, le vin s'accumule dans les chais, et ces quantités qui ne trouvent pas preneur pèsent sur les cours, dont elles provoquent l'écroulement.

La diminution du pouvoir d'achat ou l'incertitude sur les rentrées conduisent chacun à se restreindre, à différer ses achats, à réduire son train de vie : en ville on achète moins de viande, à la campagne on renonce aux produits de l'industrie. C'est un cycle infernal où la crise nourrit la crise dans un processus cumulatif dont on ne voit pas comment sortir.

Au lieu de relancer l'activité par des commandes, d'engager un programme de grands travaux qui injecteraient dans l'économie les crédits qui font défaut, l'État, sans le vouloir, étend la crise et pérennise ses effets. Le déficit budgétaire continue en effet d'être tenu par tous pour le mal qu'il convient de combattre en priorité. Or la langueur de l'activité diminue les rentrées fiscales : les échanges se contractent, les salariés réduits au chômage ne paient plus l'impôt cédulaire, le chiffre d'affaires des entreprises se rétracte, et les recettes de l'État tombent de 42 milliards en 1931 à 32 en 1935. Le spectre du déficit que l'on pensait conjuré resurgit et les gouvernements s'acharnent à le réduire par tous les moyens : ils recourent à des expédients, comme l'institution de la Loterie nationale en 1933, pour accroître les rentrées ; l'augmentation des impôts exaspère les contribuables et fait renaître un mouvement d'agitation contre le fisc avec la Fédération des contribuables. Ils agissent aussi sur les dépenses, qu'ils cherchent à comprimer en ne remplaçant pas les fonctionnaires qui partent à la retraite, en supprimant les subventions, en suspendant les commandes de l'État. Ils alimentent ainsi la spirale déflationniste qui enfonce chaque année un peu plus l'économie dans la crise.

Après 1945 et à la lumière des conséquences désastreuses de cette politique déflationniste, on jugera sévèrement l'étroitesse de vues et l'impéritie de ces gouvernements qui s'obstinaient dans une politique exactement contraire à celle qui aurait pu relancer l'économie. Mais les experts, à quelques rares exceptions près, et l'opinion commune ne savaient pas plus que les politiques analyser la situation et comprendre le mécanisme de la crise. On s'est, depuis, gaussé de ces économistes qui restaient entichés des vieilles maximes libérales du XIXe siècle. La certitude orgueilleuse des générations d'après-guerre se fondait sur la nouvelle économie politique qui empruntait au keynésianisme ses principes d'explication et d'action. La prospérité inouïe que le monde a connue entre 1950 et le début des années 70 avait imposé la conviction que les sociétés avaient enfin trouvé le secret de prévenir le retour de ces crises qui désolaient périodiquement les peuples et qui étaient génératrices de misère et de guerre. La grande crise des années 30 avait été la dernière, elle fermait un cycle et on n'en reverrait plus de semblable. Près de vingt ans après que le monde a été frappé par une nouvelle crise et alors que des gouvernements de droite et de gauche ont fait tour à tour la démonstration de leur égale impuissance à résorber un chômage qui frappe quelque deux millions et demi d'hommes et de femmes, nous serions moins sévères pour la génération qui fut en 1930 aux prises avec une crise dont les causes profondes lui échappaient.

La crise, si elle affecte d'abord les mécanismes de l'économie, entraîne un cortège de conséquences : elle a modifié les conditions de vie, la position des groupes sociaux, développé toute sorte d'effets psychologiques. Presque tous les Français en ont souffert, mais très inégalement.

Les agriculteurs ont été les plus touchés par l'effondrement des cours et l'accumulation des excédents de récoltes. Leur malaise a débouché sur une agitation de type élémentaire : ils se sont retrouvés solidaires pour empêcher des saisies de meubles ou faire obstacle à l'éviction de fermiers qui n'avaient pu s'acquitter de leurs fermages. C'est dans cette résistance que le mouvement d'Henri Dorgères a trouvé son enracinement : le Front paysan et ses Chemises vertes sont l'expression politique d'un mécontentement qui tourna à l'exaspération contre les politiciens. Mais son extension demeura limitée à une zone géographique : essentiellement les grandes plaines céréalières du Bassin parisien, la Picardie, le Valois, la Beauce, le pays chartrain. Les adversaires de Dorgères ont parlé de fascisme vert ; à vrai dire, le mouvement ressemblait davantage aux révoltes paysannes d'autrefois : quand les agriculteurs d'Eure-et-Loir envahissaient la préfecture de Chartres, ils étaient plus proches des émotions populaires de tous les temps que du fascisme.

Plusieurs facteurs ont concouru à contenir la vague de protestation et ont évité à la France de connaître une poussée d'agitation agraire comparable à celle de l'Italie d'après-guerre. L'agriculture française reposait, à l'exception de quelques régions peu nombreuses de monoculture et de grande propriété, sur la polyculture et l'exploitation familiale ; la plupart des exploitations ne sont encore que faiblement engagées dans la commercialisation de leur production et vivent en autarcie. Elles ne sont donc que médiocrement affectées par la réduction des prix de vente ; les paysans trouvent sur leur terre de quoi subsister en attendant des jours meilleurs. C'est leur modernisation qui en est retardée. D'autre part, le poids politique des ruraux reste déterminant : la forte proportion d'électeurs qui vivent à la campagne, conjuguée avec le découpage des circonscriptions, fait qu'en 1932 et 1936 la majorité des députés est encore élue par des collèges dont la majorité est composée de ruraux. Aussi les politiques prêtent-ils une attention toute spéciale aux problèmes et aux soucis des agriculteurs : le régime fiscal les ménage. L'organisation des marchés agricoles et le maintien des cours sont les seuls domaines où les gouvernements aient une politique cohérente et continue : elle est malthusienne et vise à maintenir des prix rémunérateurs en agissant sur les quantités produites — primes à l'arrachage des vignes, encouragements à la réduction des emblavures, distillation des excédents sont les armes de cette stratégie. Avec la collaboration des organisations professionnelles dont il a la confiance, le radical Queuille est l'architecte de cette politique. De surcroît, la grande majorité des paysans sont attachés à la démocratie qui leur a donné le droit de vote et l'instruction ; ils ne sont pas enclins à prêter une oreille complaisante aux trublions.

La classe ouvrière paie le plus lourd tribut au chômage. Mais les chômeurs ne sont pas en mesure d'exercer une pression sur les pouvoirs publics : leur dispersion les prive d'une expression collective. Une multitude de drames individuels ne fait pas une tragédie collective. Le Parti communiste s'emploie cependant à les organiser : la défense des chômeurs est l'une des premières occasions d'exercer sa « fonction tribunitienne ». Charles Tillon organise ainsi une marche des chômeurs du Nord jusqu'à Paris. Mais l'incertitude du lendemain et la crainte de perdre son travail ne poussent pas à la révolte, les grèves sont rares, la crise éteint l'ardeur revendicative. Au reste le pouvoir d'achat de ceux qui travaillent ne régresse pas, les salaires diminuant moins vite que les prix. Le syndicalisme mène une existence au ralenti ; il n'y a pas plus d'un million de syndiqués sur 12 millions et demi de travailleurs, en comptant pourtant les fonctionnaires, chez qui le taux d'adhésion est plus élevé et qui ne craignent pas de perdre leur emploi.

Les classes moyennes souffrent durement : les cadres ne sont pas moins touchés que les ouvriers. Nombre d'ingénieurs sont en quête d'emploi et les élèves des grandes écoles ne trouvent plus d'emblée une place à la sortie. Les professions libérales sont éprouvées : avocats, médecins, qui ne bénéficient pas encore de la rente que leur assurera le système de sécurité sociale. Ils sont tentés d'imputer à la concurrence des étrangers la responsabilité de leurs difficultés et applaudissent à l'idée de compléter le système de protection édifié contre les produits étrangers par des dispositions qui réservent le travail aux Français. Le slogan « La France aux Français » exprime ce refus de partager le travail. L'immigration a été arrêtée en 1933 : bientôt on renvoie chez eux des trains entiers de mineurs polonais. Au barreau, dans la profession médicale, la xénophobie s'en prend aux Juifs récemment arrivés en France dont on craint qu'ils n'enlèvent aux nationaux leur clientèle. C'est ainsi que la crise réveille des sentiments latents dont l'expression culminera après la défaite de 1940.

Agriculteurs, chômeurs, syndicats, classes moyennes, professions libérales, fonctionnaires se tournent vers l'État, auquel ils reprochent, les uns, ses dépenses inconsidérées, les autres, la lourdeur des impôts, tous son impuissance à remédier au mal qui les frappe.

De l'impuissance des gouvernants à la crise de régime

La France avait déjà ressenti les premières atteintes de la crise quand les électeurs eurent à renouveler leurs députés, les 1er et 8 mai 1932. Fut-ce la cause de l'échec de la majorité sortante ? On peut en douter : les débuts de la crise étaient encore trop récents pour que les données économiques pussent déjà se muer en volonté politique. Il est plus vraisemblable que le renversement de majorité est imputable à des motifs politiques assez proches de ceux qui avaient déjà donné, huit ans plus tôt, la victoire au Cartel des gauches.

De fait, les élections de 1932 ressemblent par plus d'un trait à celles de 1924, au point d'apparaître comme leur répétition : radicaux et socialistes se retrouvent associés dans l'opposition contre une majorité sortante axée à droite ; comme en 1924, les communistes font cavalier seul. Les analogies s'arrêtent cependant là : l'union des gauches n'est pas le Cartel. D'abord le mode de scrutin, qui a changé, entraîne une tactique différente : au premier tour radicaux et socialistes font campagne séparément, et au second les électeurs retrouvent un comportement unitaire ; à la différence de 1928, les électeurs radicaux reportent presque tous leurs suffrages sur les socialistes au lieu d'en faire bénéficier les modérés. Quant aux électeurs communistes dont les candidats se sont maintenus, bon nombre, obéissant au vieux réflexe de la discipline républicaine, votent pour le candidat de gauche arrivé en tête, socialiste ou même radical. Les voix de gauche sont en progression sur 1928. Au premier tour, la gauche non communiste d'une part et l'addition des droites et des centres de l'autre font à peu près jeu égal avec chacune un peu plus de 45 % des suffrages. Si l'on inclut dans la gauche les électeurs communistes, la gauche est donc nettement majoritaire. Le mode de scrutin amplifiant les écarts, la gauche remporte un très net succès : l'union des gauches enlève 335 sièges. La majorité sortante en a 85 de moins : sa défaite est sans appel.

La nouvelle majorité se retrouve aussitôt avec les difficultés qu'elle a connues en 1924 : on comprend que le pays ait pu avoir le sentiment d'assister à une seconde représentation de la même pièce. Comme en 1924, le président est plus à droite que la majorité de la Chambre et, comme en 1924, il sollicite le chef du Parti radical, qui est encore Édouard Herriot, pour former le gouvernement. Comme en 1924, celui-ci essuie le refus des socialistes qui mettent à leur participation de telles conditions, comme la nationalisation des chemins de fer et des assurances, qu'elles la rendent inacceptable par les radicaux. Ils promettent leur soutien, mais on sait déjà ce qu'il en advint. Herriot se retrouve aux prises avec le problème du budget : il choisit de faire une politique propre à rassurer les modérés et confie les Finances à un ancien ministre de Tardieu, mais mécontente les socialistes. Comme en 1924-1926, le gouvernement se retrouve en porte à faux entre une majorité qui le tire à gauche et une politique qui n'est guère différente de celle de la majorité précédente. Tous les gouvernements de type cartelliste achoppent, l'un après l'autre, sur cette contradiction. Ce n'est pourtant pas sur le budget que le gouvernement Herriot est renversé, mais sur une question où interfèrent finances et politique extérieure : le paiement de la fraction venue à échéance des dettes envers les États-Unis (15 décembre 1932). Les cabinets qui lui succèdent dans les treize mois suivants buteront tous sur le déficit : leur énumération serait aussi fastidieuse que leur succession fut décourageante pour les contemporains. Cinq présidents du Conseil tentèrent la quadrature du cercle : concilier l'équilibre budgétaire tel que l'opinion le concevait avec le soutien socialiste. Les socialistes s'abstiennent ou votent contre. Les modérés attendent leur heure, et la conception que Tardieu se fait de l'alternance justifie qu'ils se gardent bien de prendre la relève des socialistes. Il n'y a plus de majorité.

Le retour de l'instabilité gouvernementale et des crises à répétition irrite l'opinion et accrédite l'idée que les institutions ne sont plus adaptées aux problèmes de l'heure. L'antiparlementarisme, qui ne fait jamais que sommeiller, retrouve une vigueur renouvelée. Un mouvement d'idées se dessine qui rencontre des sympathies chez des universitaires, des juristes et quelques politiques, en faveur d'une réforme de l'État qui rétablirait un véritable équilibre entre les pouvoirs en limitant l'omnipotence des Chambres. Les modifications qui rencontrent l'adhésion la plus large portent sur le rétablissement du droit de dissolution de la Chambre des députés par la suppression de l'avis conforme du Sénat, et la limitation de l'initiative parlementaire en matière de dépenses. S'y ajoutent l'élection du président de la République par un collège plus large, pour le soustraire à la dépendance exclusive des parlementaires, et l'institution du référendum.

Les mêmes causes produisant, en politique comme en physique, les mêmes effets, la réapparition de l'instabilité et les difficultés financières brochant sur la crise économique relancent un phénomène qui en est comme le corollaire dans l'histoire de la République, qui accompagne l'impuissance gouvernementale comme son ombre, ou sa sanction, car il exprime l'aspiration à un gouvernement fort et respecté : les ligues. Le phénomène a pris une si grande importance dans les années 30, et plus encore peut-être la représentation qu'on s'en est faite, qu'il convient de rappeler quelques données premières à leur propos. Le vocable « ligue » est un terme générique qui ne se réduit pas à des organisations paramilitaires ou factieuses. Toute ligue n'est pas factieuse, moins encore fasciste. Qui plus est, toutes les ligues ne sont pas politiques : certaines ont des objectifs scientifiques, éducatifs, culturels ; Marc Sangnier a créé une Ligue des auberges de jeunesse. Quant à celles dont la finalité est politique ou s'y apparente, elles ne sont pas nécessairement antiparlementaires ni même de droite : la Ligue des patriotes, fondée en 1882, le fut par des républicains proches de Gambetta ; si elle a ensuite pris un tour plébiscitaire au temps du boulangisme, la Ligue des droits de l'homme, qui se constitue en pleine affaire Dreyfus, entend précisément combattre le nationalisme autoritaire. La Jeune République, que fonde Marc Sangnier en 1912 et qui sera l'une des organisations du Rassemblement populaire, se définit comme ligue. La ligue se distingue du parti en ce qu'elle ne s'engage pas dans la conquête du pouvoir par les candidatures électorales, les campagnes et la formation de groupes parlementaires. Mais de ce qu'elle est absente des compétitions électorales il ne s'ensuit pas qu'elle récuse le principe de l'élection. Plusieurs de ces ligues préfigurent ce que sera à la fin de la IVe et dans les débuts de la Ve République le rôle des clubs.

Mais il est vrai que dans les années 30 fleurissent des ligues qui exploitent l'antiparlementarisme et qui attirent les activistes : leurs adhérents portent des uniformes, arborent des insignes ; elles se dotent de services d'ordre, forment des sortes de milices, se manifestent par des défilés, des rassemblements, qui leur donnent une apparence d'organisations paramilitaires semblables aux mouvements qui éclosent à la même époque dans tous les pays d'Europe. Mais elles n'ont pas le monopole de ces démonstrations : la gauche aussi sacrifie à ces rites. Ces pratiques sont générales : les Français du temps ne répugnent pas à afficher leurs opinions, et beaucoup portent des insignes. L'uniforme est un élément de l'attirance des mouvements : les Jeunesses socialistes aussi portent un uniforme.

La crise

Les ligues de la génération précédente n'ont pas disparu : l'Action française, les Jeunesses patriotes sont toujours là. Mais dans ce secteur on aime le changement ; les organisations vieillissent vite, et le succès va à la nouveauté. Surgit une nouvelle génération de ligues qui dispute aux anciennes leur clientèle : c'est l'un des ressorts des querelles qui les opposent. A la tête de plusieurs, d'anciens militaires connaissent des succès inégaux. Marcel Bucard, un combattant couvert de décorations, fonde en 1933 un mouvement dont le programme est un décalque du fascisme jusque dans l'appellation, francisme, qui ne groupera jamais plus d'une dizaine de milliers d'adhérents et de sympathisants. Avec l'appui de François Coty, un parfumeur avide de jouer un rôle politique et dont le nom se retrouve au principe de quantité d'organisations, et avec le soutien de son journal, *L'Ami du peuple,* le commandant Jean Renaud lance la Solidarité française : un déjeuner de soleil ! L'organisation qui va connaître à partir de 1934 l'essor le plus régulier et le plus impressionnant, jusqu'à devenir pour la gauche le symbole même des ligues et du fascisme, est une excroissance du phénomène ancien combattant : les Croix-de-Feu.

L'irruption dans le champ politique des anciens combattants est une nouveauté de la configuration idéologique des années 30. Sur ce point aussi on doit se défier des rapprochements trompeurs avec des réalités étrangères contemporaines. Les anciens combattants français ne sont ni les *arditi* italiens ni les adhérents du Stahlhelm. Il existe un esprit ancien combattant, fait de fidélité au souvenir des morts qu'on commémore avec piété, d'une certaine nostalgie de la fraternité qui unissait dans les tranchées des hommes que tout séparait dans la vie, de défiance pour les politiciens et leur démagogie. S'il alimente l'antiparlementarisme, il est exempt de tout militarisme. Antoine Prost suggère que, loin d'être le fourrier du fascisme, l'esprit ancien combattant a été l'un des facteurs qui ont contribué à en préserver la France ; la grande majorité d'entre eux sont attachés à la République et, s'ils n'aiment pas les politiciens, ils ne sont pas hostiles à la démocratie.

Si les Croix-de-Feu ne représentent pas les quelque 3 millions d'anciens combattants membres de leurs associations, ils n'en sont pas totalement différents. A l'origine, cette petite association s'est fondée en 1927 pour grouper les combattants qui avaient obtenu pour leur bravoure la croix de guerre, d'où le nom. S'y était bientôt ajoutée une association ouverte à ceux qui avaient passé au moins six mois en première ligne : condition pour porter une brisque sur la manche de la vareuse. En 1929 accède à la présidence un homme qui va imprimer à l'association un élan nouveau et l'engager dans une voie plus politique, le colonel François de La Rocque. L'homme a exercé sur tous ceux qui l'approchaient une indéniable fascination et suscité des dévouements personnels dont l'attachement s'est maintenu jusqu'à nos jours. La gauche en fit l'incarnation du fascisme. Aujourd'hui l'erreur paraît monumentale. « Le colonel », comme l'appelaient ses fidèles, était légaliste, c'était un nationaliste aspirant à un gouvernement fort et animé de préoccupations sociales, assez proches de celles du Lyautey de l'article sur le rôle social de l'officier. Il crée autour des Croix-de-Feu une constellation d'associations ouvertes à d'autres que les survivants de la Grande Guerre, pour prévenir le déclin d'un mouvement qui était par nature un cadre d'extinction : tous communient dans le même esprit de fidélité aux morts pour la France et de passion ombrageuse pour la grandeur de la patrie — d'abord les fils et filles de Croix-de-Feu, puis les Volontaires nationaux. Au début de 1934 l'ensemble ne groupe encore que quelques dizaines de milliers d'adhérents, mais ils sont disciplinés, organisés, dévoués à leur chef.

Crise économique qui s'incruste, mécontentement, amertume de la plupart des catégories sociales, exaspération devant l'incapacité des gouvernements, irritation provoquée par la résurgence de l'instabilité ministérielle, humiliation devant la montée des nationalismes étrangers, inquiétude causée par l'arrivée au pouvoir en Allemagne du leader d'un mouvement révisionniste, agitation antiparlementaire : tous les éléments sont, une fois encore, réunis pour une crise de régime. Il n'y manque qu'une étincelle : le feu sera mis aux poudres, dans les premières semaines de 1934, par un phénomène aussi récurrent que les crises ministérielles et les poussées ligueuses — un scandale politico-financier. L'affaire Stavisky sera le détonateur d'une des plus graves secousses de la IIIe République.

L'affaire Stavisky et la soirée du 6 février 1934

L'affaire Stavisky n'est ni le premier scandale de la IIIe République ni le dernier de l'histoire des Républiques : il s'inscrit à la suite d'autres où spéculation aventureuse, parfois escroquerie qualifiée ont entretenu des relations étroites avec le monde

La crise

politique. Du scandale des décorations et de Panama à ceux qui sont associés aux noms de Rochette, de Mme Hanau ou d'Oustric, la liste est longue, et les Républiques suivantes l'enrichiront.

Le scandale naît précisément de la collusion entre des aigrefins qui agissent en marge de la légalité et mettent en coupe réglée l'épargne publique avec des politiciens qui couvrent leurs agissements et leur obtiennent des facilités à la limite de ce que la loi autorise. Il y a toujours à l'origine sinon corruption déclarée, au moins trafic d'influence et échange de services : la protection ou l'impunité contre l'argent. Le scandale éclate au moment où la presse ou des adversaires découvrent le pot aux roses, ou quand un krach évente la supercherie. Que cette sorte de scandales éclate plus souvent dans les régimes de démocratie parlementaire que dans les régimes autoritaires n'a rien d'étonnant : non pas que les malversations ou le trafic d'influence s'y pratiquent davantage, mais le pouvoir ne contrôle pas la presse et ne peut fermer la bouche à ses ennemis. Le scandale est une arme redoutable entre des mains expertes, et pour les hommes au gouvernement source de grands embarras. L'antiparlementarisme s'en empare et a beau jeu de présenter tous les députés comme des fripouilles : c'est le vieux cri du boulangisme — « A bas les voleurs ! » — qui retentira à nouveau en février 1934. Les scandales éclaboussent toujours des hommes proches du pouvoir, et pour cause : les escrocs ne perdent ni leur argent ni leur peine à corrompre des opposants qui ne peuvent leur être d'aucune aide. Ce sont toujours ou des ministres ou des parlementaires de la majorité qui sont compromis : ils ne sont ni plus corrompus ni moins honnêtes, mais c'est sur eux que s'exercent les tentations les plus fortes. Dans les années 1880, ce sont les opportunistes qui font les frais des scandales ; au temps des gouvernements modérés, dans les années 20, c'est plutôt la droite : Raoul Péret, garde des Sceaux du gouvernement Tardieu, est atteint par le scandale de la banque Oustric. Dans les années 30, ce sont les radicaux qui sont le plus souvent compromis et le discrédit qui en résulte ne sera pas étranger au discrédit du radicalisme tout entier.

Le scandale Stavisky n'est pas, et de loin, le plus grave de ceux qui ont agité le monde politique : n'y ont trempé qu'une petite demi-douzaine de députés radicaux de deuxième ou troisième rang, qui n'ont joué aucun rôle de premier plan (à l'exception du ministre Dalimier), et dont le grand public ne découvre l'existence qu'à l'occasion de l'affaire. Le scandale Stavisky est peu de chose comparé à Panama. Et pourtant c'est celui qui eut sur le régime les conséquences les plus graves, jusqu'à provoquer une soirée d'émeute et ébranler les institutions. C'est que dans un scandale il n'y a pas de relation rationnelle entre les données objectives et les phénomènes d'opinion.

En l'occurrence, la disproportion et l'ampleur des répercussions s'expliquent en partie par les scandales antérieurs ; le processus cumulatif accrédite dans beaucoup d'esprits la conviction que le régime est pourri. Le processus par lequel une banale affaire politico-financière s'est transformée en une crise de régime est éminemment révélateur de l'état des esprits.

Il est des moments dans la succession des événements où le narrateur doit ralentir le pas pour épouser au plus près les sinuosités d'une histoire qui se fait au jour le jour : c'est le cas pour le développement de l'affaire Stavisky. Elle a éclaté aux derniers jours de 1933, où l'on apprend qu'un affairiste connu sous différents noms, dont celui de « M. Alexandre », d'origine roumaine mais naturalisé français — circonstance qui vient à point nommé alimenter la campagne xénophobe contre une politique de naturalisations dénoncée comme trop libérale —, a émis, avec la complicité du député-maire radical de Bayonne, pour 200 millions de bons de caisse au nom du Crédit municipal de la ville, sans contrepartie. De fil en aiguille il apparaît que l'escroc, qui s'appelle Stavisky, n'en était pas à sa première indélicatesse ; il avait fait l'objet de plusieurs poursuites de la part de la section financière du Parquet de Paris, mais, à chaque fois, il avait bénéficié de remises opportunes et suspectes qui lui avaient permis de continuer à écumer l'épargne française. On découvre qu'il menait la vie à grandes guides, recevait à sa table des personnalités de la politique et du spectacle. On chuchote qu'il pourrait compromettre beaucoup de monde et l'on s'attend à des révélations. Or Stavisky a disparu, et quand on retrouve sa trace dans un chalet à Chamonix, il agonise : suicide ou assassinat ? Pour l'extrême droite il ne fait aucun doute qu'il a été supprimé pour couvrir des personnalités.

L'action judiciaire est éteinte par la mort du principal accusé, mais il est trop tard pour que les choses en restent là : l'opinion exige la lumière. Quelle aubaine pour l'opposition ! L'Action française y trouve une nouvelle jeunesse ; en janvier, chaque jour ou presque, les Camelots du roi manifestent et mènent des escarmouches contre le service d'ordre aux abords du Palais-Bourbon. A la Chambre les orateurs de la droite, en particulier un député de la Gironde, Philippe Henriot, dont le talent d'orateur a fait merveille au temps du Cartel dans les meetings de la Fédération nationale catholique, harcèle le gouvernement que préside le radical Camille Chautemps, plus habile à nouer une intrigue parlementaire qu'à apaiser un phénomène d'opinion. Notoirement membre de la franc-maçonnerie dont il est un haut dignitaire, il prête le flanc à la polémique de la droite qui impute à la maçonnerie depuis un demi-siècle ses défaites et toutes les mesures qu'elle a exécrées. Maladroitement, Chautemps s'entête à refuser la constitution, réclamée à cor et à cri par la droite, d'une commission d'enquête parlementaire. Le 27 janvier, il est obligé de démissionner, lâché par une partie de la majorité qui se rend à la nécessité de jeter du lest. L'opposition a marqué un point.

Pour dénouer cette crise qui sort de l'ordinaire, le président Lebrun fait appel à Édouard Daladier : le choix est heureux. Daladier n'est plus tout à fait un homme neuf — il a fait partie de plusieurs cabinets, il a même été, brièvement, président du Conseil en 1933 —, mais il n'est pas usé : son intégrité n'est mise en doute par personne, et il s'est acquis une réputation d'énergie. Il annonce son intention de faire vite et de ne ménager personne. Bien qu'il ait été le leader de la tendance opposée aux gouvernements d'union nationale, il tente une ouverture vers la droite : deux modérés entrent dans son gouvernement — François Pietri aux Finances, le colonel Fabry à la Défense. Conformément à sa réputation d'homme à poigne, il entreprend sans délai de faire le ménage dans la haute administration : il retire à Jean Chiappe la préfecture de Police, poste clé, et le remplace par le préfet de Seine-et-Oise. D'autres mutations complètent ce mouvement plus brutal qu'habile et qui, loin d'acheminer la crise vers une issue paisible, la relance. Chiappe a refusé avec hauteur la Résidence du Maroc proposée en guise de compensation. Les deux ministres modérés, sous la pression de leurs amis, démissionnent et laissent Daladier en tête-à-tête avec sa majorité de gauche. Le conseil municipal de Paris — qu'un découpage archaïque oriente beaucoup plus à droite que la population de la capitale — proteste au nom des libertés municipales contre l'ingérence du pouvoir central et prend la tête d'une fronde.

Le gouvernement doit se présenter devant les Chambres pour solliciter leur confiance le mardi 6 février à trois heures. Toutes les organisations de droite, Action française, Jeunesses patriotes, Croix-de-Feu, responsables parisiens de l'Union nationale des combattants, invitent séparément les Parisiens à venir place de la Concorde manifester contre les voleurs, la corruption et la destitution de Chiappe. L'Association républicaine des anciens combattants, proche du Parti communiste, a aussi appelé, de son côté, à manifester : comme en d'autres temps, extrême droite et extrême gauche se retrouvent sur des mots d'ordre communs et ambigus. Le matin même du 6, *L'Humanité* a invité ses lecteurs à crier leur indignation contre les voleurs. En cette saison la nuit tombe tôt. La foule s'amasse sur la place : c'est l'heure de la sortie des bureaux et des magasins, beaucoup font le détour et viennent en curieux, grossissant le rassemblement. Les activistes font pression sur le service d'ordre qui défend l'entrée du pont. Dans des conditions qui n'ont jamais été entièrement tirées au clair, des coups de feu partent de-ci, de-là : le service d'ordre, qui menace d'être débordé et qui est composé d'hommes qui n'ont pas l'expérience du combat de rues, ouvre le feu sans qu'on ait pu prouver qu'il en avait reçu l'ordre. Toute la soirée on tiraille de part et d'autre. Les manifestants, rendus furieux, coupent avec des lames de rasoir les jarrets des chevaux de la Garde républicaine qui les charge, un autobus de la ligne S est renversé et incendié. C'est une atmosphère d'émeute. En fin de soirée, quand on fait le compte des victimes, le bilan est tragique : une quinzaine de morts, presque tous chez les manifestants, et quelque 1 500 blessés. C'est la stupeur ; Paris n'avait plus connu de scène de violence aussi meurtrière depuis 1871 : il n'y avait certes aucune commune mesure entre l'exécution de sang-froid, après deux mois de siège, de milliers d'insurgés et cette soirée d'émeute, mais le choc fut considérable. L'opinion avait, heureusement, perdu l'habitude des affrontements fratricides et avait horreur du sang versé. A droite l'indignation se déchaîne contre ce gouvernement d'assassins qui a fait tirer sur des anciens combattants qui défilaient pacifiquement en portant les décorations gagnées au feu. Le pied lui a glissé dans le sang : qu'il parte au plus vite ! Faute de quoi, on ne répond plus de rien. La gauche est partagée : dans l'après-midi du 6, la Chambre, fouettée par la pression de la rue, avait voté dans un réflexe de fierté la confiance à une large majorité. La situation est donc celle d'un gouvernement légal qui a la confiance de la majorité des représentants de la nation et que rejette une fraction de la population parisienne. Que faire ? Daladier hésite : autour de lui quelques ministres, la tête pleine de réminiscences historiques, le pressent de faire front ; mais les plus hautes autorités de l'État, présidents de la République et des deux assemblées, le persuadent de s'effacer. Au matin du mercredi 7 février, Daladier démissionne : c'est le septième cabinet qui se défait depuis juin 1932, mais, cette fois, dans des conditions exceptionnelles — sous la pression de la rue.

Plus d'un demi-siècle après cette soirée, on s'interroge encore sur l'événement et sa signification : réaction spontanée de colère et d'indignation des honnêtes gens — c'est la version de la droite —, ou tentative manquée contre la République — c'est l'interprétation de la gauche ? Le vocabulaire même témoigne des hésitations et des incertitudes : comment désigner ce qui s'est passé ce soir-là ? Émeute, manifestation, putsch, ou coup de force ? Les mots préjugent des explications. Pareil débat n'est pas propre au 6 Février ; une discussion de ce genre surgit chaque fois qu'un accident dérange le cours régulier de l'histoire ; le 13 mai 1958 suscitera, avec plus de vraisemblance, une floraison d'explications par des complots divers.

Au lendemain des événements, une commission d'enquête parlementaire présidée par le modéré Bonnevay a entendu de nombreux témoins et rédigé un copieux rapport. Rien n'autorise à conclure à la réalité d'un complot pour renverser le régime. Que les dirigeants de l'Action française, entre autres, aient espéré, à la faveur de l'émotion populaire, porter un coup aux institutions, la chose est plus que plausible, mais de là à exploiter la situation ? Ce soir-là, Maurras versifie et laisse passer l'heure ; il y avait longtemps que les chefs du nationalisme intégral avaient sans doute cessé de croire au miracle d'une restauration monarchique. Les diverses organisations étaient trop divisées entre elles pour concevoir une stratégie commune ; le colonel de La Rocque, dont les troupes, qui manœuvraient de leur côté, auraient pu prendre le service d'ordre à revers et envahir le Palais-Bourbon, s'est abstenu de porter l'estocade.

La droite, contrairement à l'idée que s'en fait la gauche, dans sa majorité ne rêve plus de coup de force depuis la fin du XIXe siècle. C'est plutôt de gauche que sont venues les prises d'armes et les insurrections, écrasées ou victorieuses, en 1830, 1832, 1834, 1839, en février et juin 1848, en 1870 et 1871. C'est un étrange paradoxe que la gauche ait vécu dans l'inquiétude permanente d'un coup de force fomenté par la droite contre la République, alors que les actions subversives de celle-ci sont rarement allées au-delà de démonstrations de rues destinées à faire pression sur le Parlement. Ces soupçons trouvent, il est vrai, leur symétrique dans la crainte périodique à droite d'un coup de force communiste : en 1936, des personnalités politiques et des patrons ont cru dur comme fer à une tentative de prise du pouvoir à l'occasion des grèves de juin 1936; en juin 1940, en plein désastre, le général Weygand se fit en Conseil des ministres l'écho de la rumeur selon laquelle les communistes s'étaient emparés du pouvoir à Paris avec la complicité des Allemands. La question de la prise du pouvoir rebondira en 1944 et en 1947. Ces peurs réciproques et ces phantasmes jumeaux ont joué dans notre histoire contemporaine un rôle non négligeable.

Le 6 Février, les principaux dirigeants de la droite, les chefs des Jeunesses patriotes, les conseillers municipaux de Paris, les journalistes de *L'Écho de Paris,* les Croix-de-Feu n'avaient sans doute, dans leur grande majorité, pas d'autre motif que de crier leur écœurement et d'autre objectif que de barrer la route au gouvernement Daladier en empêchant la Chambre de lui voter la confiance. Ainsi les conditions seraient réunies pour répéter ce qui s'était passé huit ans plus tôt : un renversement de majorité qui ramènerait au pouvoir les leaders de la droite modérée. Mais si, comme l'a montré Serge Berstein, le 6 Février ne fut probablement pas l'opération subversive que la gauche a cru, ce n'en fut pas moins la première fois qu'un gouvernement ayant la confiance de la majorité des élus dut capituler sous la pression d'une démonstration de rue.

L'appel à Doumergue

Apprise au matin du 7, la démission de Daladier fait instantanément tomber la fièvre et écarte le danger d'une seconde soirée d'émeute. A la suggestion des caciques de la République, le président Albert Lebrun presse l'un de ses prédécesseurs, Gaston Doumergue, d'accepter la responsabilité du nouveau gouvernement. Doumergue rassure la droite : en 1924, il avait été préféré au candidat du Cartel, Painlevé, pour combler la vacance créée par l'éviction de Millerand; en 1926, il avait levé l'hypothèque de la majorité de gauche en obligeant Herriot à aller jusqu'au bout de sa tentative pour faire la preuve que le Cartel était bien mort, et il avait alors fait appel à Poincaré. Doumergue n'était pas mal vu des radicaux : il avait été des leurs; vieux routier de la politique, il avait grandi dans le sérail et n'inspirait pas les mêmes craintes que Tardieu. Son septennat, ayant coïncidé avec la stabilisation du franc, l'apaisement des discordes intérieures, la normalisation des relations internationales et le retour de la prospérité, n'avait laissé que de bons souvenirs : quittant l'Élysée en juin 1931, quelques mois avant les premières atteintes de la crise, il n'avait inspiré que

La crise

des regrets et avait rejoint dans l'opinion le bon président Fallières. Avec une pointe d'accent méridional, un air de bonhomie, un sourire engageant, il avait été et restait un président populaire dans un pays où le chef de l'État l'est rarement : les chansonniers plaisantaient gentiment «Gastounet». Aussi son arrivée de sa retraite de Tournefeuille, dans le Sud-Ouest, fut-elle saluée avec soulagement et avec un mouvement de gratitude pour ce vieil homme qui, par dévouement à la chose publique, acceptait de quitter un repos mérité. Ainsi, après le recours à Clemenceau en 1917, le retour de Poincaré en 1926, l'appel au vieillard était la réponse à une situation de crise et, pour la deuxième fois, à un ancien président de la République qui reprenait du service après avoir déposé la charge suprême : nul doute que l'idée de faire appel à l'un de ses prédécesseurs ait été inspirée au président Lebrun par le précédent Poincaré.

La ressemblance va au-delà de la personne : à tous égards, la différence des problèmes mise à part, l'expérience Doumergue est la répétition de l'expérience Poincaré. Comme lui, Doumergue s'emploie à former un gouvernement d'union nationale, où les radicaux, hier encore détenteurs du pouvoir, consentent à collaborer avec les modérés : à nouveau c'est Herriot qui les y représente et qui s'y retrouve avec Tardieu. Les deux leaders qui se sont durement opposés dans la campagne de 1932 encadrent en qualité de ministres d'État le chef du gouvernement : symbole de la trêve que les partis acceptent de s'imposer. Le gouvernement réunit toutes les illustrations des deux coalitions adverses. La droite est présente, avec Tardieu qui a la responsabilité des réformes institutionnelles, Pierre Laval, ancien président du Conseil, Louis Marin, figure symbolique de la droite patriote, et François Pietri. Les radicaux ont député, avec Herriot, Albert Sarraut à l'Intérieur, Henri Queuille à l'Agriculture, Aimé Berthod à l'Instruction publique : trois ministères clés sur lesquels les radicaux estiment avoir des droits. Un néo-socialiste, Adrien Marquet, qui vient de rompre avec la S.F.I.O., élargit la majorité vers la gauche au-delà des radicaux.

Doumergue a confié les Affaires étrangères à un homme de sa génération, qui a déjà été président du Conseil, Louis Barthou, qui fut — trop peu de temps — l'un des meilleurs ministres des Affaires étrangères de la période : tirant les conséquences de l'avènement de Hitler et de la faillite de la politique qui reposait sur l'arbitrage de la S.D.N., il entreprend de réorienter notre politique extérieure ; la note du 17 avril 1934 marque un tournant décisif. La mort tragique de Barthou, victime de l'attentat contre le roi de Yougoslavie, au début d'octobre 1934, ne fut pas seulement une perte pour le cabinet, mais un malheur pour le pays. Trois choix insolites complètent ce gouvernement qui sort de l'ordinaire : le maréchal Pétain à la Guerre, qui apporte la caution de son immense prestige, et le général Denain à l'Air ; le portefeuille des Pensions est confié à Georges Rivollet, président de la Confédération générale des anciens combattants ; choix habile pour faire avaler aux anciens combattants la pilule amère des sacrifices nécessaires au redressement des finances publiques.

Doumergue est le premier président du Conseil à n'être ni député ni sénateur ; sa longue carrière le met à l'abri du soupçon d'antiparlementarisme. Il innove en ne prenant aucun département ministériel : il entend se consacrer à sa responsabilité de chef du gouvernement. Premier pas vers l'émergence progressive d'une présidence du Conseil se dégageant de la confusion avec le reste du gouvernement : quelques mois plus tard, elle s'installera dans ses meubles avec l'acquisition par le gouvernement Flandin de l'hôtel Matignon. En 1936, Léon Blum aussi ne se chargera d'aucun ministère.

A sa présentation devant les Chambres, le cabinet obtient une large majorité composée des modérés et de la plupart des radicaux. Ne refusent la confiance que les 125 socialistes et communistes. Les abstentionnistes sont 75 : l'aile gauche des radicaux, et des socialistes de France, dissidents de la S.F.I.O., malgré la présence de Marquet dans le gouvernement. Une semaine plus tard, la même majorité accorde au gouvernement le pouvoir de prendre des décrets-lois en matière de finances. La majorité de 1932 est bien morte. Comme en 1926 s'est opéré en milieu de législature un renversement de majorité qui substitue à l'union des gauches, approuvée par les électeurs, une autre majorité où entre la droite. Le mouvement se répétera en 1938, autour de celui-là même dont la démission avait ouvert la voie à la majorité d'union nationale : Édouard Daladier.

CHAPITRE VII

Du 6 février 1934 aux élections de 1936

Point culminant d'une crise ascendante, paroxysme de violence, la soirée du 6 Février fut aussi un point de départ qui infléchit le cours de l'évolution : ses suites, plus encore que son déroulement, en ont fait un moment historique.

Même s'il est douteux que les acteurs du 6 Février, dirigeants d'organisations et manifestants, aient prémédité de renverser la République, la gauche a cru voir l'ombre détestée et redoutée du fascisme, et, comme en politique ce qu'on croit vrai est aussi important que ce qui l'est réellement, cette conviction, dès lors, a commandé sa stratégie. C'est dès le lendemain du 6 Février que débute à gauche le reclassement des forces politiques sur la base de l'antifascisme et que prend fin l'isolement du Parti communiste. La droite, qui refuse de se laisser identifier au fascisme, réalise son unité et trouve la parade sur le thème contraire de l'anticommunisme. Antifascisme contre anticommunisme : tels sont les termes antithétiques du couple classique droite-gauche à mesure que la lente progression des peurs et des fantasmes simplifie les représentations et impose leur dramatisation à la vie politique. Cette réduction s'est opérée par étapes, les groupes parlementaires et les familles de pensée évoluant séparément en fonction de l'actualité et suivant des itinéraires qui tantôt se croisent et tantôt se séparent.

Si l'arrivée à Paris de Doumergue a brusquement fait tomber la fièvre, satisfait les manifestants de la veille et plutôt rassuré une province inquiète du tour pris par la crise, elle ne comble pas la gauche et moins encore les communistes. Hier ils manifestaient contre Daladier, ils manifesteront demain contre Doumergue. Paris connaît encore plusieurs soirées d'émeute et de violence qui font des morts ; les communistes harcèlent la police, dressent des barricades dans l'est de la ville, l'église Saint-Ambroise est incendiée. Le parti persévère dans sa stratégie dure qui l'isole du reste de la gauche.

Le rassemblement de la gauche contre le fascisme

A gauche on aime à souligner que le mouvement d'union est parti de la base, qu'il a été imposé aux partis par les masses, et, comme de ce côté on met l'accent sur les réalités socio-professionnelles, on en reporte le mérite sur les travailleurs. De fait, la première manifestation unitaire est venue des organisations syndicales, de la C.G.T. réformiste qui lance le mot d'ordre d'une journée de grève générale pour le lundi 12 février et invite les démocrates à se rassembler dans la France entière pour riposter au coup de force. C'est la première fois depuis les grands mouvements de 1920 qu'elle prend pareil risque, mais, au lieu d'être un acte de guerre sociale, un épisode de la lutte contre le régime, l'initiative vise à faire échec à une menace sur les institutions : sous ce rapport elle annonce plutôt les mouvements de grève qu'observeront les syndicats pour aider de Gaulle en 1960 et 1961 contre les menées factieuses des partisans de l'Algérie française. Les socialistes décident de se joindre à la manifestation. La C.G.T. et le Parti communiste décident, de leur côté et sans concertation, d'en faire autant. La grève fut loin d'être totale, mais suffisamment suivie pour que l'opinion eût le sentiment d'un succès. A Paris, les manifestants devaient se rassembler cours de Vincennes pour défiler en direction de la place de la Nation ; les deux cortèges, de la C.G.T. et du Parti communiste, convergent et confluent dans une grande émotion qui laissera un souvenir inoubliable à tous ceux qui en furent témoins : pour la première fois depuis les scissions de 1920-1921, militants politiques ou syndicalistes se retrouvaient côte à côte et non plus face à face. Ce fut l'événement fondateur de l'unité de la gauche reconstituée ; un demi-siècle plus tard, ce moment reste un grand souvenir de la mythologie de l'histoire des gauches. Ce fut aussi le premier des grands défilés qui vont ponctuer l'histoire du Front populaire. En province, de très nombreux rassemblements eurent lieu dans les grandes villes comme en de modestes bourgades.

Il faudra quelques mois pour que cet élan populaire et sentimental trouve son expression politique auprès des appareils. Le Parti communiste s'enferme dans son isolement : en juin 1934, Jacques Doriot est exclu pour s'être fait l'avocat de l'union et l'avoir réalisée dans sa ville de Saint-Denis. Mais le revirement suit de près son éviction et, selon une pratique habituelle, c'est l'adversaire de Doriot, Maurice Thorez, qui applique la stratégie de son rival malheureux et y attache son nom. Il la fait approuver

Du 6 février 1934 aux élections de 1936 149

à la conférence d'Ivry (22-26 juin). La signature d'un pacte d'unité d'action entre le P.C. et la S.F.I.O. (27 juillet) met fin à quatorze années de luttes. Qui eut l'initiative ? D'où est venue la décision ? Les historiens du Parti communiste ont longtemps tenu à lui en attribuer la paternité et présentent la stratégie qui va faire école comme une initiative du parti français, que la IIIe Internationale aurait ensuite avalisée pour la généraliser à partir de 1935. Il y a aussi de bons arguments pour douter que le Parti communiste disposât vis-à-vis de Moscou d'une suffisante autonomie pour explorer une voie nouvelle sans l'assentiment de l'Internationale : aussi d'autres croient-ils plutôt que le parti a expérimenté cette stratégie pour le compte et peut-être même sur les injonctions du Komintern représenté auprès du P.C.F. par Fried dont Thorez suivait docilement les recommandations.

Toujours est-il que le Parti communiste infléchit sa ligne de conduite : il est désormais le principal moteur du rassemblement des forces populaires contre le fascisme. Ayant ressoudé les deux tronçons du mouvement ouvrier, il se tourne vers les classes moyennes et tend la main au parti qui passe pour leur expression politique principale : le Parti radical. Ses ouvertures trouvent aussitôt des échos auprès de ceux des radicaux qui n'avaient jamais renoncé à ce que le parti redevienne un grand parti de gauche, âme de la défense de la République. Les communistes aplanissent le chemin devant les radicaux en opérant un infléchissement très marqué de leur ligne. Répudiant leur stratégie aventuriste et leur antiparlementarisme, ils découvrent des mérites à la démocratie parlementaire : les libertés, dont ils dénonçaient la veille encore le caractère purement formel, prennent à leurs yeux une grande valeur. Faisant écho à Staline qui déclare, après une entrevue avec le président du Conseil Pierre Laval, approuver la politique de défense de la France (mai 1935), le parti met une sourdine à ses sarcasmes contre les militaires, et amorce une conversion au patriotisme qui lui fait « retrouver les couleurs de la France » (Aragon). Il réconcilie les deux drapeaux, le rouge de la Commune et le tricolore de la grande Révolution, comme il marie les deux *Marseillaise*. *L'Humanité* passe d'un vocabulaire qui s'ordonne autour de la notion de peuple. Il entreprend un effort, méthodique comme tout ce qu'il fait, pour s'enraciner dans la nation et se réapproprier l'histoire de France en privilégiant naturellement la lutte séculaire du peuple de France pour conquérir sa liberté et défendre son indépendance. Il délaisse l'appellation de S.F.I.C. pour celle de Parti communiste français en appuyant sur le dernier adjectif. Il ne laisse personne être plus jacobin. Il dispute à la droite le culte de Jeanne d'Arc en qui il honore la fille du peuple qui défendit sa patrie contre l'envahisseur et fut abandonnée par son roi, trahie par les seigneurs et condamnée par l'Église. Ainsi se dessine une nouvelle composante du communisme qui s'efforce de concilier une triple fidélité, au prolétariat international, au mouvement ouvrier, à la patrie. Cette nationalisation du communisme lui ramène des sympathies ; la courbe de ses effectifs se redresse légèrement en 1935.

Le mouvement est lancé : la vague va grossir et déferler. Aux élections municipales des 5 et 12 mai 1935, l'unité assure aux forces de gauche quelques succès : l'élection à Paris, dans le quartier Saint-Victor, de Paul Rivet, un des trois intellectuels à avoir fondé, au lendemain du 6 février, le Comité de vigilance des intellectuels antifascistes, est saluée comme le signe annonciateur de la victoire de l'an prochain. Le Rassemblement associe au départ dix organisations : quatre partis, les deux confédérations syndicales, qui ont amorcé le processus de leur réunification, la Ligue des droits de l'homme et des organisations d'anciens combattants. Plusieurs centaines de mouvements et d'associations, de toute nature, de taille inégale, y adhèrent. Le Rassemblement adopte comme devise : « Le pain, la paix, la liberté », triple réponse aux inquiétudes sur le chômage, la guerre et le fascisme. Il élabore un programme commun en vue des élections : les communistes font chorus avec les radicaux pour en exclure toute réforme de structure — il ne faut pas effaroucher les électeurs. Aussi n'y retrouve-t-on pas les propositions socialistes ni celles avancées par le plan de la C.G.T. Le 14 juillet 1935, dans toute la France des cortèges réunissant républicains, démocrates, syndicalistes, socialistes, communistes vont fleurir les statues de la République et prêtent solennellement le serment de « rester unis pour défendre la démocratie, désarmer et dissoudre les ligues factieuses ».

Où est le fascisme en France ?

Avec l'antifascisme les gauches avaient un thème puissamment mobilisateur et unificateur. En alertant l'opinion sur le danger du fascisme, ont-elles montré en 1934 une grande clairvoyance ou ont-elles été dupes de ressemblances trompeuses ? La question n'a cessé, depuis un demi-siècle, de diviser, et aujourd'hui encore les historiens ne répondent pas d'une seule voix. La réponse dépend de la définition du fascisme. Si l'on entend par ce mot tout ce qui n'est pas à gauche, à plus forte raison si l'on pose, comme le font les communistes, que le fascisme n'est que l'ultime recours de la bourgeoisie pour perpétuer sa domination menacée, il est clair que le fascisme a connu en France une très large extension. De même si l'on baptise fascisme tout mouvement qui ambitionne de transcender la division entre une droite conservatrice et une gauche socialiste, et si l'on inscrit à la rubrique fasciste toute doctrine qui allie la passion de la grandeur nationale à des velléités de réforme sociale. Mais si l'on tient à conserver à la dénomination un contenu plus précis, on sera conduit à reconnaître que le fascisme n'a eu en France qu'un succès limité. La plupart des organisations où la gauche a cru l'identifier ressortissent plus à la tradition autoritaire et populaire du bonapartisme ou du nationalisme ou s'apparentent à la droite contre-révolutionnaire, qui n'ont pas grand-chose en commun avec le fascisme et sont même en contradiction ouverte avec ses fondements. Le fascisme est en effet une perversion de la démocratie : il puise sa légitimité dans la référence à la souveraineté du peuple qui la délègue ; or, en 1934, une partie de la droite française, celle même qu'on soupçonne de fascisme, conteste encore que la légitimité puisse procéder de la consécration populaire — rien n'est, par exemple, plus contraire aux principes de l'Action française que la voie plébiscitaire. L'histoire a démontré le légalisme des Croix-de-Feu. Les seuls mouvements à relever de l'identification au fascisme sont le francisme de Bucard — mais ses effectifs n'ont jamais dépassé la dizaine de mille — et peut-être, après 1936, le Parti populaire français de Jacques Doriot.

La vraie question est plutôt de chercher les raisons pour lesquelles un phénomène qui a connu pareille fortune en Europe et auquel ont succombé les trois quarts du continent n'a pas eu en France plus d'écho. La réponse n'est pas sans intérêt s'il est vrai que le relevé des différences qui surgissent d'une analyse comparative est ordinairement révélateur des spécificités nationales : de fait, les facteurs dont on présume qu'ils rendent compte de l'absence en France d'une vague de fascisme comparable à celle qui déferla sur tant de grands pays d'Europe signalent quelques caractéristiques de l'histoire, de la société et de la culture politique de la France. Elles sont l'envers de celles généralement invoquées pour expliquer l'émergence du fascisme et ses succès.

La crise économique n'a atteint la France qu'avec retard et elle l'a moins touchée que les autres : le nombre des chômeurs, même en incluant le chômage partiel, resta très inférieur au taux de la Grande-Bretagne ou de l'Allemagne, plus industrialisées. Elle n'a pas affecté aussi profondément les modes de vie. Elle n'a pas bouleversé les structures sociales comme en Europe centrale. Les classes moyennes, qui en Allemagne ont été laminées et dont le ralliement au national-socialisme fut décisif, n'ont pas basculé en France vers l'extrémisme de droite : une partie a rejoint, après 1935, l'organisation la plus légaliste et assuré le succès du Parti social français ; une autre partie est restée fidèle à une idéologie de gauche à travers le radicalisme. Si la position et le rôle du Parti radical-socialiste, en engendrant l'instabilité des gouvernements, ont affaibli les institutions et si le discrédit qui l'a frappé du fait de son opportunisme et de la compromission de quelques-uns des siens a alimenté les campagnes contre la République parlementaire, la force persistante du radicalisme provincial et sa participation aux gouvernements ont aussi disposé des contre-feux à la fascination des régimes autoritaires.

Presque toutes les forces politiques ont contribué, parfois à leur insu, à la défense des institutions démocratiques, y compris une partie des droites : la droite libérale et parlementaire comme la droite catholique et conservatrice n'avaient que répugnance pour les aventures. Il pouvait bien leur arriver occasionnellement, dans certaines situations, obéissant à des calculs tactiques, de faire chorus avec les détracteurs de la démocratie parlementaire, mais ces alliances reposaient sur une base trop étroite pour durer bien longtemps. Si les activités des ligues attirent en priorité l'attention, comme tout ce qui remue, elles ne doivent pas faire perdre de vue que la droite, ce sont d'abord des millions d'électeurs et des centaines d'élus rattachés à des formations parlementaires.

Antoine Prost a définitivement démontré que les anciens combattants, qui furent en d'autres pays le fer de lance de l'agitation nationaliste, étaient en France fort peu militaristes, passionnément attachés à la paix, légalistes et démocrates. Même les Croix-de-Feu, qu'on représente parfois comme les émules des Faisceaux ou du Casque d'acier. C'est aussi que la France n'a plus rien à désirer si ce n'est le *statu quo,* alors que le nationalisme blessé, humilié, avide de revanche a été une composante de la montée des mouvements autoritaires dans l'Allemagne vaincue et l'Italie souffrant d'une victoire mutilée.

Qui sait si les causes les plus décisives du faible impact du fascisme sur la France ne doivent pas être cherchées dans un ensemble d'habitudes plus anciennes et que l'histoire a transformées en une seconde nature ? Une différence majeure entre la France et ses voisines saisies par le fascisme est l'ancienneté de la démocratie, qui a eu tout le temps d'y jeter des racines profondes : en 1934, les Français ont une expérience presque séculaire du suffrage universel et de la participation à la gestion de leurs affaires ; en Italie le suffrage universel venait à peine d'entrer en vigueur quand le fascisme s'est emparé du pouvoir. La démocratie a été consolidée en France par l'école et la diffusion des connaissances, la lecture des journaux, le service militaire ; tous ces facteurs qui ont renforcé l'unité et le sentiment d'appartenance nationale ont aussi joué contre le fascisme, insidieux ou brutal. La majorité des Français, même s'ils aspirent à un régime plus fort que la faible démocratie représentative, n'est pas disposée pour autant à renoncer aux libertés politiques : à droite on est résolu à les défendre contre le communisme, à gauche contre le fascisme. De part et d'autre, on est d'une certaine façon attaché à quelques libertés essentielles.

Anticommunisme et pacifisme

Les droites ne disposent pas d'un thème aussi mobilisateur que l'antifascisme. La redécouverte par une partie de la gauche des valeurs nationales les prive d'un de leurs thèmes spécifiques. L'anticommunisme est le thème de rechange. La soudaine conversion du Parti communiste, son alliance avec les autres gauches, le rôle moteur qui lui revient dans la stratégie du Rassemblement populaire permettent à la droite de dénoncer sa mainmise sur l'ensemble de la gauche. En 1936, tirant parti du parallélisme entre *Frente popular* espagnol et Front populaire français, elle exploitera les événements qui déchirent la péninsule pour décrire ce qui ne manquerait pas de se produire de ce côté-ci des Pyrénées si les communistes y devenaient les maîtres. L'anticommunisme ne se dissocie généralement pas de l'antisoviétisme, ne serait-ce qu'à cause des liens entre le Parti communiste et l'Union soviétique. Ainsi l'U.R.S.S. devient-elle un élément de controverse entre les deux camps : pour les communistes, la défense de la patrie des travailleurs est un impératif ; le reste de la gauche est partagé entre une certaine sympathie pour l'expérience soviétique, une défiance croissante à l'occasion des procès de Moscou et des purges, et la crainte, en critiquant Staline, d'affaiblir le camp de l'antifascisme. A droite, à quelques exceptions près, on s'abstiendra de voter la ratification du pacte franco-soviétique bien qu'il ait été négocié par l'un des siens, Pierre Laval, et que l'état-major y soit favorable pour des raisons stratégiques, tant les considérations idéologiques pèsent sur les orientations de politique extérieure et réciproquement.

A cet égard, l'année 1935 a marqué un tournant décisif. D'une part, les données de politique étrangère font une irruption fracassante dans les débats de politique intérieure. La chose n'était pas nouvelle : la séparation n'était plus étanche depuis la guerre — l'occupation de la Ruhr avait divisé l'opinion, et l'attitude à l'égard de l'Allemagne départageait droite et gauche. Mais en 1935 les positions se modifient : les événements extérieurs déclenchent de surprenantes évolutions, engendrent des reclassements inattendus, et qui préfigurent pour qui sait la suite les clivages des années 1938-1940 ; c'est alors que s'enracinent les choix qui deviendront manifestes dans la crise de Munich ou lors de l'armistice de juin 1940.

Les dérives furent si rapides que la chronologie a ici une importance extrême : en janvier 1935, au moment où la Sarre vote en faveur du rattachement à l'Allemagne, ou en mars 1935, quand Hitler viole les clauses militaires du traité de Versailles, les positions sont encore claires ; elles n'ont guère changé depuis 1923. La droite considère toujours l'Allemagne comme l'ennemi et la menace majeure. La gauche est divisée : une fraction reste attachée au rapprochement franco-allemand malgré le changement de régime qui ne lui semble pas une raison suffisante pour revenir sur son orientation ; une autre, considérant l'idéologie du nouveau régime, met un bémol à sa volonté d'entente et amorce un pas vers une politique de défense. Mais l'Allemagne seule n'aurait pas modifié en profondeur le système des positions. C'est l'Italie qui a provoqué un extraordinaire chassé-croisé. Tout a basculé à partir de la guerre déclenchée par l'Italie contre l'Éthiopie en octobre 1935. A droite on prend fait et cause pour l'Italie pour des raisons qui associent les sentiments inspirés par son régime et des considérations d'intérêt national : on refuse de blâmer l'Italie de faire ce que les autres nations ont fait avant elle. Pourquoi réprouver une guerre coloniale qui apportera à l'Éthiopie la civilisation ? La sympathie pour le fascisme, l'admiration pour ses réalisations, l'amitié pour la sœur latine, la reconnaissance pour son assistance dans la Grande Guerre s'unissent pour l'absoudre ou la justifier. On s'oppose donc à l'application des sanctions économiques décrétées par cette Société des Nations que la droite n'a jamais aimée. On craint, de plus, de perdre son amitié et de la jeter dans les bras de l'Allemagne : la France se retrouverait seule. L'anglophobie latente se réveille contre l'autre partenaire du front de Stresa qui s'était constitué face au révisionnisme d'outre-Rhin. Les sanctions ne conduiraient-elles pas vers la guerre ? La droite s'inquiète de voir la gauche en réclamer l'application : ne serait-ce pas faire le jeu de Staline ? La presse d'extrême droite s'étonne du soudain bellicisme de la gauche, et Maurras invite ses lecteurs à découper la liste des parlementaires favorables aux sanctions et à la garder dans leur portefeuille pour pouvoir, le jour où la guerre éclaterait par leur faute, leur demander des comptes, et leur suggère de se servir d'un couteau de cuisine. De tels excès de langage en disent long sur le climat de violence verbale de l'époque. La droite ne montre pour l'heure pas la moindre complaisance à l'égard de l'Allemagne — au contraire : c'est pour éviter de se retrouver seule et impuissante en face d'elle qu'il importe de ne rien faire qui compromette l'amitié franco-italienne. Ces motifs sont assez semblables à ceux qui fondaient en 1880 l'opposition de la droite d'alors aux entreprises coloniales : rien ne devait détourner les pensées et les énergies de la frontière du Rhin. Mais en s'écartant de sa fermeté traditionnelle, en se convertissant à l'apaisement, une partie de la droite introduit une nouvelle variété de pacifisme.

La gauche suit une évolution contraire pour des raisons symétriques. Elle n'a jamais eu la moindre sympathie pour le fascisme ; elle ne serait pas fâchée que la guerre et les sanctions entraînent sa chute. Elle commence aussi à douter de la légitimité de la colonisation. En laissant impunie l'agression contre un État membre de la S.D.N., où l'Éthiopie a été jadis admise, on en encouragerait d'autres et, le jour où la France devrait s'opposer à une violation des traités par l'Allemagne, comment pourrait-elle demander l'assistance des autres nations ? L'intérêt de la paix se confond avec l'intérêt national pour prescrire les sanctions, même si une crise internationale devait en résulter. La gauche est ainsi insensiblement conduite à passer de son pacifisme originel à une attitude de résistance. Avec plus ou moins de facilité : la composante communiste n'a pas la même difficulté à passer du défaitisme révolutionnaire à une stratégie de lutte contre le fascisme que la gauche syndicaliste ou socialiste, accoutumée à tenir pour interchangeables la construction du socialisme et l'édification de la paix. Aussi sera-ce une ligne de clivage entre les gauches.

La controverse qui fait rage à l'automne et dans l'hiver 1935-1936 sur la guerre d'Éthiopie, et qui sera relancée par la guerre civile d'Espagne, a ainsi provoqué un chassé-croisé d'une extrême amplitude au terme duquel une partie des apôtres de la paix à tout prix se retrouvèrent partisans d'une attitude de fermeté et qui transforma les gardiens intransigeants du patriotisme en témoins résignés des entreprises de force des régimes totalitaires. C'est par la brèche de la politique étrangère qu'une certaine complaisance pour le phénomène fasciste s'est insinuée dans l'opinion française et a infléchi jugements et comportements sous le couvert de l'intérêt national.

Le ministère Doumergue

L'opinion attendait du nouveau gouvernement qu'il agît en deux directions : l'assainissement des finances et la réforme des institutions. Pour la première tâche, il avait les mains libres, la Chambre lui ayant accordé le pouvoir de procéder par décrets-lois. Le budget de 1934 n'étant pas encore voté, il commença par faire adopter un budget pour les six premiers mois, ce qui lui laisserait le temps de mettre au point un plan d'ensemble. Prêt en avril, celui-ci n'avait rien d'original : on n'y trouvait que des moyens éprouvés. Dans la pensée des hommes politiques, l'extinction du déficit était un préalable, et le redressement économique devait suivre la restauration de l'équilibre du budget. On persévère donc sur la voie de la déflation. On fait la chasse aux économies; on décide des réductions de traitements dans la fonction publique et des abattements sur le budget des Pensions : ainsi est supprimée la pension des veuves de guerre qui se sont remariées. Le résultat proprement financier de ces mesures est modeste, mais suscite le mécontentement des syndicats de fonctionnaires et des associations de victimes de guerre.

Sur le front des réformes, le personnel politique, sous le choc des événements de février, était prêt à accepter des initiatives importantes, et il se serait trouvé sur la lancée une majorité pour les adopter. La Chambre a formé une commission de la réforme de l'État qui est en mesure, dès la fin d'avril, de proposer un texte qui reprend deux des propositions de tous les mouvements pour la réforme de l'État : la suppression de toute condition à l'exercice du droit de dissolution et la limitation de l'initiative parlementaire en matière de dépenses ; les radicaux s'y sont associés. Mais alors qu'il aurait fallu battre le fer quand il était chaud et mener les choses au pas de charge, les mois passent, les passions se rallument, la gauche se reprend, les radicaux reviennent sur leurs concessions, la droite se lasse d'attendre. Doumergue ne fait connaître ses projets que le 21 septembre, soit près de huit mois après la formation de son gouvernement. Reprenant une initiative de Tardieu qui avait été en son temps vivement critiquée, il s'adresse au pays par radio à deux reprises. Il n'y a rien que les députés détestent autant que ces appels à l'opinion par-dessus leur tête. Pierre Mendès France en fera encore l'expérience vingt ans plus tard. Les radicaux voient dans ces projets l'influence maléfique de Tardieu qui en est effectivement l'inspirateur. Doumergue a négligé de consulter Herriot alors qu'il a mis Adrien Marquet et Georges Rivollet dans la confidence. Il commet aussi l'erreur de prévoir des dispositions dirigées contre les syndicats qui contribuent à donner une coloration réactionnaire à l'ensemble. Quant aux sénateurs, ils sont naturellement fort hostiles à la suppression de l'avis conforme requis pour dissoudre la Chambre.

L'assassinat de Louis Barthou à Marseille, où il était allé accueillir le roi de Yougoslavie et qui tombe sous les balles d'un terroriste croate, la démission consécutive d'Albert Sarraut, ministre de l'Intérieur, comme sanction de l'insuffisance du service d'ordre, privent le gouvernement de deux fortes personnalités et le déportent vers la droite. Les radicaux, de plus en plus mal à l'aise et pressés par les militants, s'apprêtent à quitter le gouvernement quand Doumergue prend les devants et démissionne le 8 novembre, neuf mois jour pour jour après son retour. Si l'expérience a commencé comme le gouvernement Poincaré en 1926, la suite n'a pas confirmé la ressemblance : le cabinet d'union nationale, deuxième édition, n'a pas été l'exacte répétition du premier. La situation, il est vrai, était autre. L'erreur majeure de Doumergue fut de ne pas commencer par la réforme des institutions pour laquelle il aurait trouvé une majorité et le soutien de l'opinion dans les deux premiers mois, au lieu de gaspiller son crédit en mesures impopulaires autant qu'improductives : le général de Gaulle se souviendra-t-il de cette expérience manquée quand, inversant l'ordre des tâches, il exigera, en 1958, de commencer par la réforme des institutions ?

Sur le moment, le retrait de Doumergue suscita à droite un mouvement d'émotion : le dimanche qui suivit sa démission, les

Croix-de-Feu défilèrent plusieurs heures sous ses fenêtres pour lui témoigner leur reconnaissance ; des journaux de droite invitèrent leurs lecteurs à lui adresser des messages de sympathie, et il en reçut des sacs entiers. Ces démonstrations achevèrent de convaincre la gauche du caractère personnel et réactionnaire de la tentative.

La fin décevante de ce gouvernement ne mit pas fin à la collaboration des radicaux avec les modérés : les cabinets qui se succédèrent comprirent tous des radicaux, et même l'un, le dernier, fut dirigé par l'un d'eux, Albert Sarraut, avec mission de conduire la législature à son terme sans encombre. Les radicaux accordèrent d'autant plus volontiers leur concours à ces gouvernements dirigés par des modérés que Tardieu n'en faisait plus partie : ils ne lui avaient pas pardonné le tour qu'il avait imprimé à la campagne électorale de 1932, non plus que d'avoir, dans l'été de 1934, pris vivement à partie Chautemps. Ils voyaient en lui, non sans raison, l'inspirateur des projets de réforme présentés par Doumergue qui étaient incompatibles avec l'idée qu'ils se faisaient du régime parlementaire. En effet, Tardieu s'éloigna du Parlement et renonça au rôle politique auquel semblaient le destiner son intelligence et son talent. Désespérant de réformer les institutions par la voie ordinaire, il décida de se consacrer à une œuvre de réflexion et à une action d'éducation de l'opinion : il mit en chantier plusieurs livres qui analysaient lucidement les défectuosités du système, l'omnipotence parlementaire, les inégalités du suffrage, et qui proposaient des réformes de fond. Il publia aussi de très nombreux articles. Contrairement à l'image que donnaient de lui ses adversaires, Tardieu resta attaché à la République et n'eut aucune complaisance pour les régimes totalitaires. Fidèle à la tradition de Clemenceau, il ne suivit pas une partie de la droite dans ses infléchissements sur la politique étrangère : il n'approuva pas les accords de Munich. Le mal qui le terrassa en 1939 le condamna au silence et nous priva de connaître ce qu'auraient été ses positions en 1940 : énigme symétrique de celle qui enveloppe l'attitude éventuelle de Jaurès en 1914 ou 1917. Les circonstances et aussi la défiance que suscite dans le personnel politique tout homme dont les qualités tranchent sur la moyenne ont fait de sa carrière un destin partiellement manqué.

Le nouveau président du Conseil, Pierre-Étienne Flandin, appartient à une famille de l'aristocratie républicaine ; membre de l'Alliance démocratique, il est le chef de file de la tendance rivale de celle conduite par Paul Reynaud. Aucune voix radicale ne fait défaut au gouvernement dans le premier scrutin. Flandin fait confiance aux vertus du régime parlementaire et renonce aux projets de réforme de l'État. Son gouvernement prend diverses mesures pour remédier aux conséquences de la crise pour les agriculteurs : limitation de la production, garantie de prix minimum pour quelques productions essentielles, blé ou vin. Après huit mois, sa majorité lui refuse la délégation de pouvoirs qu'il sollicite pour s'attaquer à la crise (30 mai 1935).

Après une tentative sans suite d'un ancien socialiste président de la Chambre, Fernand Bouisson, qui ne mériterait pas même une mention s'il n'avait pensé embarquer dans son cabinet le maréchal Pétain — dont c'eût été la deuxième participation à un gouvernement —, c'est Pierre Laval, en qui les républicains nationaux voyaient l'héritier de Poincaré et de Tardieu, qui forme alors le gouvernement. Une fois encore, la combinaison associe modérés et radicaux : trois ministres d'État entourent le chef du gouvernement, dont les noms soulignent la composition élargie de ce troisième gouvernement d'après le 6 Février — Louis Marin, de la Fédération républicaine, pour la droite conservatrice et patriote, Pierre-Étienne Flandin, leader de l'Alliance démocratique, pour le centre droit libéral, et Édouard Herriot, le chef de file du centre gauche radical.

Comme c'est souvent le cas, le nouveau gouvernement obtient sans difficulté des députés ce qu'ils ont refusé la veille à son prédécesseur : le pouvoir de prendre par décrets-lois les mesures jugées indispensables, par 324 voix contre 160. La pratique tend décidément à s'instaurer. En vertu de cette délégation, le gouvernement, où un radical de droite, le sénateur Marcel Régnier, détient le portefeuille des Finances, prend un grand nombre de textes — plusieurs centaines — qui constituent la première réponse cohérente à la crise : ils procèdent du même postulat que, celle-ci étant due à la surproduction et entretenue par l'inflation, elle sera jugulée par une déflation énergique. En conséquence les décrets stipulent une baisse générale de 10 % des traitements et pensions, ainsi que des tarifs des services publics, du gaz et de l'électricité, des loyers, des baux et des fermages. Si cette politique n'a pas fait reculer la crise — elle a peut-être même enrayé un début de reprise —, elle a suscité un vif mécontentement dans de nombreuses catégories, en particulier chez les fonctionnaires, postiers, instituteurs, bien que leur pouvoir d'achat n'en ait guère souffert grâce à la diminution des prix : leur irritation sera l'un des facteurs de la défaite de la droite en 1936.

Ce n'est pourtant pas sur ce terrain qu'est tombé le gouvernement Laval, mais sur sa politique étrangère, vérifiant l'importance croissante des données extérieures dans le débat intérieur. Laval avait pris la suite de Barthou au Quai d'Orsay dans le gouvernement Doumergue, l'avait gardée dans le gouvernement Flandin et encore conservée dans son propre gouvernement. Il a ainsi dirigé la politique extérieure pendant quinze mois, d'octobre 1934 à janvier 1936 ; des mois décisifs dans l'histoire de l'Europe qui ont été marqués tour à tour par le rattachement de la Sarre au Reich, l'annulation unilatérale par Hitler des clauses militaires de Versailles, le réarmement de l'Allemagne, le début de la guerre d'Éthiopie, la controverse sur les sanctions. Laval se donne pour le continuateur de la politique de Barthou, dont les orientations avaient l'approbation d'une droite qui tient encore l'Allemagne pour le danger majeur, alors que la gauche demeure réservée à l'égard d'une politique fondée sur le renforcement de la défense et le renversement des alliances ; en mars 1935, alors que Hitler est depuis deux ans le maître de l'Allemagne, elle est encore assez prisonnière de ses sentiments pour s'opposer à l'allongement de la durée du service militaire en France. Laval poursuit effectivement le rapprochement avec l'Union soviétique amorcé par Barthou, lequel avait parrainé son entrée à la Société des Nations en septembre 1934. Il va à Moscou en mai 1935, négocie un pacte d'assistance avec Staline qui lui accorde en contrepartie une déclaration d'approbation aux efforts français de défense nationale, qui déclenche la conversion du Parti communiste français. Parallèlement, Laval a resserré les liens avec Mussolini pour s'assurer son concours contre l'Anschluss : en janvier 1935, il a liquidé le contentieux franco-italien au prix de concessions territoriales au Tchad. L'Allemagne est bel et bien tenue en respect. Mais si les objectifs paraissent inchangés, l'esprit et la manière sont tout autres : Barthou était de l'école de Poincaré et de la tendance de Clemenceau ; Laval serait de celle de Caillaux et de Briand. Il est plus tourné vers la négociation et la recherche du compromis que vers la fermeté et se rattache au courant pacifiste. En 1939-1940, il sera l'âme du « parti de la paix ». Il tend à surestimer ses talents de négociateur : sa présomption le perdra après 1940. Dans l'affaire éthiopienne, on le soupçonne, lors de ses entretiens en tête-à-tête, d'avoir laissé les mains libres à Mussolini. Les radicaux le lâchent le 22 janvier 1936, quand leurs ministres démissionnent, ouvrant une fois de plus une crise ministérielle. L'un des leurs, Albert Sarraut, forme le dernier gouvernement de la législature, auquel il imprime une orientation un peu plus marquée à gauche.

La pratique des décrets-lois

Doumergue avait obtenu de légiférer par décrets, Flandin l'a demandé sans l'obtenir, et Laval se l'est vu accorder. Le recours de plus en plus fréquent à cette pratique accuse le déréglement du régime parlementaire. L'expression même trahit son altération : c'est un monstre juridique, puisqu'elle accouple deux termes qui se définissent précisément par leur complémentarité dans la différence. La loi est de la compétence exclusive du législateur, bien nommé, les représentants du peuple élus à cette fin, et le décret relève de l'exercice du pouvoir réglementaire qui est l'attribution de l'exécutif. La faculté concédée au gouvernement de prendre des décrets qui aient force de loi est donc l'abdication par le Parlement de son pouvoir propre. Des nuances, il est vrai, limitent la portée de la procédure. A l'encontre d'un abus de langage, les décrets-lois ne sont pas synonymes de pleins pouvoirs : les pouvoirs qui sont délégués au gouvernement ne le sont jamais que pour un temps qui dépasse rarement six mois, pour un objet précisément défini — généralement le rétablissement de l'équilibre budgétaire, le redressement de l'économie, parfois la défense nationale ; en outre, leur révision est toujours possible, au terme d'un certain délai, par une annulation.

La quasi-institutionnalisation de la pratique des décrets-lois dans les cinq dernières années de la IIIe République — leurs périodes d'application mises bout à bout totalisent plus de la moitié du temps — est la résultante inéluctable de l'extension, du fait de la crise, des tâches qui incombent à la puissance publique et de l'urgence des réponses à donner aux questions en regard de l'impuissance de la délibération parlementaire à leur en apporter de rapides, appropriées et efficaces. Le recours aux décrets-lois est donc tout autant l'aveu implicite de l'inadaptation des formes classiques du parlementarisme à des situations de crise qu'une abdication par les députés de leurs responsabilités. C'est la parade improvisée par la démocratie représentative pour relever le défi des régimes autoritaires qui n'ont pas à se soucier du vote d'assemblées et qui ne s'embarrassent guère de l'opinion, mais la comparaison est au désavantage de la démocratie : une partie de l'opinion s'inquiète ou s'indigne, selon les cas, de l'apparente impuissance du régime devant la montée des périls.

Cette pratique ne serait pas si choquante si elle n'allait de pair avec une instabilité gouvernementale chronique qui resurgit en force à partir de 1932, comme si les parlementaires reprenaient d'une main ce que les circonstances les ont contraints de concéder de l'autre. Au lieu de vérifier que les gouvernements s'acquittent bien du mandat qu'ils leur ont confié, ils semblent, faute de pouvoir définir une politique, prendre une revanche sur ces cabinets qui suppléent à leur carence, en précipitant leur agonie. Dans les six années qui vont des élections de mai 1932 à la formation du gouvernement Daladier en avril 1938 (qui a marqué une pause à cet égard), la France a vécu une quinzaine de crises ministérielles, aucun gouvernement n'a duré guère plus d'un an, et la durée moyenne n'a pas été supérieure à un semestre. Cette instabilité interdit tout projet à long terme, toute action un peu continue : elle paralyse l'exécutif. C'est la conjonction de ces deux traits contradictoires — la délégation à l'exécutif de pouvoirs étendus et soustraits un temps au débat parlementaire, et son affaiblissement par la menace constamment suspendue de sa chute — qui est désastreuse : elle explique en partie la faillite de notre politique extérieure, elle a sa part de responsabilité dans la décadence française. Elle a contribué à détacher du régime une opinion qui s'exaspère de la fréquence des crises. Elle a fortifié le mouvement en faveur d'un renforcement de l'exécutif. Elle a ainsi préparé l'acceptation, convaincue ou résignée, d'un changement de régime.

Front populaire contre Front national

Le Rassemblement populaire exerce une attirance croissante. A droite, les ligues, principalement le Mouvement social français, qui regroupe l'ensemble des associations animées par le colonel de La Rocque, connaissent une impressionnante progression. Entre ces deux pôles la tension monte : aux manifestations des uns répondent les contre-manifestations des autres, aux défilés de ceux-là les cortèges de ceux-ci. Les uns et les autres se heurtent par moments dans des rencontres violentes et quelquefois sanglantes : à Limoges, à l'occasion d'un rassemblement des Croix-de-Feu, plusieurs ligueurs sont tués. Le 13 février 1936, des ligueurs d'Action française qui revenaient des obsèques de l'historien Jacques Bainville, reconnaissant Léon Blum dont la voiture coupe leur cortège, lui auraient fait un mauvais parti sans les ouvriers d'un chantier voisin accourus pour le dégager.

Dans les deux camps, la montée de la violence à l'approche des élections inquiète les plus raisonnables. A l'occasion du débat qui s'est instauré sur le sujet le 6 décembre 1935, Jean Ybarnegaray propose, avec l'accord du colonel de La Rocque dont il est proche, un désarmement réciproque des services d'ordre ; un souffle de réconciliation passe sur la Chambre. En janvier 1936, une loi donne pouvoir au gouvernement pour dissoudre les organisations dont il juge que l'activité met en péril l'ordre public et la paix civile. La première application en est faite le mois suivant : à la suite de l'incident dont Blum a été la victime, le gouvernement prononce la dissolution des organisations d'Action française.

L'entrée en force des communistes dans un bloc des gauches réunifié et l'emprise croissante de la droite activiste concourent à une polarisation aux extrêmes qui ne laisse guère de possibilité aux formations modérées de préserver leur autonomie. Elles sont obligées de rallier l'un ou l'autre camp : le Parti radical a dû, quoi qu'en eussent certains des siens, adhérer au Rassemblement populaire, et les démocrates populaires, dont l'ambition était de rompre les liens qui les enchaînaient à la droite, ont été contraints de faire cause commune avec le Front national. Front populaire contre Front national : c'est le choix offert aux électeurs.

CHAPITRE VIII

Le Front populaire

Au cours des années 30 on dirait que la vie politique obéit à un rythme binaire : elle procède par sauts et ruptures de deux ans en deux ans — 1932, 1934, 1936, 1938. Les échéances électorales y sont pour quelque chose. Entre ces dates successives, le millésime de 1936 brille encore à distance d'un éclat inégalé. Cette année reste dans la mémoire collective une de celles qui gardent longtemps après pour tous, héritiers ou détracteurs, une signification irréductible. Un demi-siècle plus tard, elle laisse un souvenir dont la prégnance est à la mesure des espoirs qu'elle souleva et des peurs qu'elle suscita. Cinquante ans plus tard, ni les uns ni les autres n'ont tout à fait disparu. C'est le propre des années où les passions furent portées à incandescence ; celles-ci ne sont pas complètement éteintes aujourd'hui : le Front populaire reste l'un des épisodes les plus discutés de notre histoire récente.

Deux légendes continuent de se disputer le droit de devenir l'histoire, de même qu'à l'époque s'affrontaient deux visions contraires. La légende dorée de la gauche célèbre l'élan populaire, les défilés ensoleillés, les foules joyeuses, l'atmosphère de fête, la découverte des loisirs, l'enthousiasme de tout un peuple, et magnifie l'œuvre accomplie. 1936 reste la référence principale à chaque fois que la gauche s'unit ou accède au pouvoir, tant pour l'unité réalisée que pour les réformes accomplies. La légende noire, elle, ne retient que la haine signifiée par le poing tendu, les affrontements, le trouble de l'ordre public, la division des Français, et ne veut se souvenir que du fiasco de l'Exposition de 1937 et de l'échec économique : les plus sévères imputent au Front populaire une part de responsabilité dans l'impréparation à la guerre et, par voie de conséquence, dans le désastre de 1940.

Aucune de ces deux visions n'est complètement le produit de la passion rétrospective, ni travestissement total de la réalité : l'une et l'autre opèrent un choix et grossissent certains traits que l'une idéalise et que l'autre pousse au noir. L'explosion d'allégresse de la classe ouvrière et l'euphorie des masses populaires n'ont pas été moins réelles que l'inquiétude d'une partie des classes moyennes, et les craintes de la droite patriote pour la sécurité de la France n'étaient pas moins sincères que la volonté des électeurs de gauche de barrer la route au fascisme. A l'historien de tenter de rendre à chacune de ces deux présentations ce qui leur revient légitimement et d'essayer de mettre un peu de sérénité dans l'appréciation de l'événement, quitte à recenser les points qui, aujourd'hui encore, en dépit du travail de ses confrères, demeurent douteux ou controversés.

La campagne et les élections du printemps de 1936

Depuis des mois tout convergeait vers un choc frontal entre deux blocs : la gauche toute rassemblée sous la bannière du Front populaire, la droite coalisée. La gauche a pour elle son unité ressoudée et se présente comme une force neuve sur un programme attirant : le pain, la paix, la liberté. La droite, elle, est sur la défensive : elle subit l'impopularité des mesures déflationnistes de Pierre Laval et ne peut se prévaloir d'avoir relancé l'économie.

La radio, après une première et discrète apparition en 1932, fait ses vrais débuts dans la campagne électorale : tous les leaders s'y expriment. Le jeune secrétaire général du Parti communiste, Maurice Thorez, est de ceux qui en usent le plus efficacement ; peut-être parce que moins prisonnier de la rhétorique parlementaire, il parle un langage plus direct : c'est à la radio qu'il prononce une déclaration qui fait date, celle dite « de la main tendue ». Thorez tend la main au travailleur catholique, comme au Volontaire national. Qu'on ne se méprenne pas sur le sens de cette avance : il n'est pas question de s'allier au colonel de La Rocque ou de négocier avec la hiérarchie catholique : c'est au paroissien de base que s'adresse l'appel. Les communistes jugent que l'appartenance à la classe ouvrière et l'identité des conditions d'existence établissent entre le militant du parti et le jociste ou l'ancien combattant Croix-de-Feu une solidarité plus forte que la communauté de foi ou les convictions politiques. Cette ouverture, alors que la S.F.I.O. reste très anticléricale, qualifie le Parti communiste pour être la formation la plus attachée à l'unité nationale ; après l'extinction du contentieux avec les socialistes et l'élargissement en direction des radicaux, Thorez lancera, quelques mois plus tard, la formule du Front des Français qui ne laisserait en dehors du rassemblement que les seules deux cents familles désignées à la vindicte du peuple de France. Cette stratégie de large union, qui est en complète rupture avec le sectarisme des quinze années précédentes, donne du parti une toute nouvelle image qui lui rallie des sympathies nombreuses.

La participation électorale est la plus élevée de toute la IIIe République : 84,3 % contre 83,7 % en 1932, mais la progression est faible. Le nombre des candidats atteint un niveau record, toutes les formations en ayant présenté presque partout. Aussi peu de sièges sont-ils pourvus au soir du premier tour — 174 —, et plus de 400 sont-ils en ballottage. La gauche observe une stricte discipline : à quelques très rares exceptions, les candidats malchanceux se retirent devant le mieux placé et invitent leurs électeurs à reporter leurs suffrages sur lui. La droite en ayant fait autant, les seconds tours sont généralement des duels entre le candidat unique du Rassemblement populaire et l'unique candidat de droite. C'est cette discipline, plus qu'un déplacement des voix, qui assura la victoire du Front populaire.

En dépit de ce que l'on crut sur le moment, il n'y eut pas de raz de marée : la droite perdit quelque 70 000 voix sur son chiffre de 1932 — une misère : 0,6 % du corps électoral —; la gauche, grâce à l'élévation de la participation, en gagna environ 300 000, soit un gain d'environ 3 %. La gauche additionnait, toutes tendances confondues, des communistes aux radicaux, 5,4 millions de voix ; l'ensemble des droites en recueillait un peu plus de 4,2 millions. L'avantage de la gauche, avec 12 % des électeurs, était net. La conjonction du scrutin majoritaire avec la stricte discipline observée tant par les candidats que par les électeurs amplifia considérablement l'écart pour l'attribution des sièges : plus de 380 à la gauche contre 220 à la droite. C'était une incontestable victoire, que la gauche accueillit avec un grand enthousiasme, convaincue que la France avait voté massivement pour un programme qui allait ouvrir des jours heureux.

Si la stabilité a relativement prévalu pour le rapport entre les deux masses principales, de grands changements se sont produits dans chacun des deux blocs : à droite, les centres sortent affaiblis, et les éléments les plus déterminés se sont renforcés. A gauche, les déplacements ont été beaucoup plus amples. Le Parti radical a perdu, pour la première fois depuis le début du siècle, sa prééminence sur la gauche : régressant de 1,8 à 1,4 million de suffrages, il a perdu 400 000 électeurs, plus que tous les gains de la gauche. Il a reculé dans les deux tiers des départements. C'est le premier signe avertisseur du déclin de ce parti qui dominait la scène politique depuis l'affaire Dreyfus. Il se retrouve derrière la S.F.I.O., bien que celle-ci n'ait pas progressé : elle a même légèrement reculé du fait de la scission de 1933 et du départ des néo-socialistes qui ont rejoint des dissidences antérieures dans une

Union socialiste républicaine qui a obtenu quelque 700 000 suffrages. La S.F.I.O. n'en a pas moins la première place. De tous les changements, le plus important est la poussée spectaculaire du Parti communiste qui a presque doublé son électorat : de 780 000 à près d'un million et demi, 1 467 000 exactement. Il a progressé presque partout : dans les banlieues ouvrières aux dépens des socialistes, dans les campagnes au détriment des radicaux. La carte de son électorat est fixée pour longtemps dans ses grandes lignes, avec quatre pôles dominants : la région industrielle du Nord et du Pas-de-Calais, l'agglomération parisienne où il a gagné 200 000 voix et fait élire le tiers de ses députés, les bordures septentrionale et occidentale du Massif central et le littoral languedocien et provençal.

Ces bouleversements se reflètent, amplifiés, dans la composition de la Chambre : avec 149 élus le groupe socialiste est le premier, loin devant les radicaux qui ne sont plus que 106. La progression du Parti communiste est foudroyante : il a multiplié par six le nombre de ses députés, de 12 à 72. Le centre de gravité de la gauche est passé des radicaux aux socialistes : la S.F.I.O. est l'axe de la majorité. Dès qu'il a entrevu, la première surprise passée, qu'il y avait une chance que la S.F.I.O. soit la majorité de la majorité, Léon Blum a revendiqué pour elle la direction du gouvernement. Le problème de la participation, qui avait divisé les socialistes, qui avait été l'une des raisons de la scission de 1933, avait brusquement changé de sens : plus de motifs de la refuser dès lors que c'est de la direction du gouvernement qu'il s'agissait et non plus d'un rôle d'appoint. Le président Lebrun, dont on dit qu'il aurait d'abord eu quelque hésitation devant un choix aussi nouveau, chargea Léon Blum de former le gouvernement. Date historique que celle du premier gouvernement à direction socialiste. Des socialistes avaient déjà participé à titre individuel ou pendant la guerre, mais c'est la première fois que la responsabilité principale revenait à un socialiste qui avait toujours scrupuleusement respecté la discipline de son parti et se trouvait être une personnalité marquante de la vie politique.

Léon Blum

L'homme à qui échoit la charge de conduire la première expérience de gouvernement dirigé par un socialiste tranche sur le personnel parlementaire par sa personnalité intellectuelle, sa culture, ses préoccupations éthiques. Ce ne sont pas ses antécédents qui le singularisent : il partage avec Herriot, Tardieu, Delbos, Painlevé d'avoir été admis à l'École normale supérieure, mais il ne s'y est pas attardé. Son passage par le Conseil d'État a laissé un grand souvenir : on citera longtemps en exemple ses projets d'arrêts comme commissaire du gouvernement pour leur subtilité et leur rigueur. Répandu dans les milieux littéraires d'avant-garde, il a cultivé le beylisme, écrit des chroniques dans *La Revue blanche.* C'est l'affaire Dreyfus qui suscite son engagement, et il épouse la cause du socialisme par une exigence de justice et un mouvement de compassion pour les humbles. Son itinéraire est représentatif de celui d'une génération, de ces jeunes bourgeois qui ne sont pas nés dans une tradition socialiste, mais qui sont venus au socialisme par une sorte de conversion. Léon Blum y ajoute une note personnelle de culture : il voit dans le socialisme une voie vers un humanisme supérieur. Il a collaboré à *L'Humanité de* Jaurès. Il a acquis une certaine expérience du pouvoir dans les fonctions de chef de cabinet de Marcel Sembat au ministère des Travaux publics, dans le gouvernement Viviani en 1914-1915 : cette expérience a nourri les réflexions qu'il formule dans les *Lettres sur la réforme gouvernementale.*

Au congrès de Tours, on l'a vu porte-parole convaincu de ceux qui ne voulaient pas en passer par les vingt et une conditions que Moscou mettait à l'adhésion à la IIIe Internationale : ses interventions le qualifient pour un rôle éminent dans la S.F.I.O. continuée et le désignent à la durable animosité des communistes qui l'abreuveront d'insultes. Président du groupe parlementaire socialiste, il ne détenait pas de poste administratif dans l'appareil : la dissociation des rôles est un élément de faiblesse de la S.F.I.O. ; notamment, les divergences croissantes sur la politique extérieure entre le puissant secrétaire général Paul Faure et Léon Blum à partir de 1938 paralyseront le parti. A défaut d'être en prise sur l'appareil, Blum exerce une magistrature doctrinale et jouit d'une autorité morale qui ne sont pas sans en irriter plus d'un dans le parti : son influence s'exerce par ses éditoriaux du *Populaire,* ses interventions à la Chambre et dans les congrès. Malgré la faiblesse de ses moyens oratoires, une voix flûtée, un timbre élevé, il se fait écouter. En 1924 et 1932, il a justifié la non-participation. Théoricien subtil, il a élaboré une distinction entre la conquête du pouvoir, qui donnerait aux socialistes le droit de transformer la société, et son exercice en partage avec des partis bourgeois, qui leur ferait un devoir de ne pas imposer des réformes de structure, mais d'extraire de la situation tout ce qu'elle comporterait de virtualités de réformes dans l'intérêt des travailleurs. Tel est précisément le cas de figure qui s'offre à Blum en mai 1936 : la direction d'un gouvernement de coalition; il respectera scrupuleusement le contrat passé avec les partenaires. Certains de ses amis politiques lui en feront le reproche et lui attribueront la responsabilité de l'échec du Front populaire pour ne pas être allé assez loin dans les réformes. Lui-même était-il préparé à assumer pareille responsabilité dans une France profondément divisée, en proie depuis cinq ans à une crise économique sans précédent et dont la sécurité était menacée par l'ambition hégémonique de Hitler qui venait de se manifester avec éclat deux mois plus tôt par la remilitarisation de la rive gauche du Rhin ? Léon Blum était le premier à se poser la question; il en fit confidence dans une allocution improvisée devant ses camarades socialistes en mai 1936 : quel homme devait-il faire naître en lui ?

A ce portrait il manque encore une touche, qui n'est pas mineure : Blum appartient à une famille de bonne bourgeoisie juive. Il est le premier chef de gouvernement d'origine juive; quand il se présente devant la Chambre, la remarque en est faite par un député de droite, proche de l'Action française, Xavier Vallat, qui sera, cinq ans plus tard, le premier commissaire de Vichy aux Questions juives : ce vieux pays gallo-romain va être gouverné par un fils d'Israël. Cette ascendance ajoute aux raisons que la droite a de détester cet intellectuel raffiné, ce socialiste : Léon Blum sera, avec Clemenceau et Ferry, un des hommes politiques les plus exécrés de la IIIe République. Comment faire la part, dans la haine qu'il inspire, des sentiments qui visent ses convictions et de l'antisémitisme ? En tout cas, ils se renforcent et ses origines provoquent la suspicion jusque dans les rangs de la S.F.I.O., chez ceux qui supportent mal sa supériorité intellectuelle ou qui sont en désaccord avec ses orientations de politique étrangère.

Quelle était l'étendue du sentiment antisémite dans l'entre-deux-guerres ? La réponse n'est pas évidente : comment mesurer l'intensité de ces passions négatives, anticléricalisme, antisémitisme, antimilitarisme ? On doit se garder de projeter rétrospectivement sur les mentalités d'avant 1939 la politique appliquée à partir de 1940 par le gouvernement de Vichy comme si elle avait été l'expression de la volonté de la majorité des Français. Entre l'explosion d'antisémitisme de l'affaire Dreyfus et l'antisémitisme d'État dont la Révolution nationale fera le principe de sa législation, l'antisémitisme n'est pas demeuré constamment à ce niveau paroxystique. Son intensité a connu des variations, et surtout il a affecté très inégalement les secteurs de l'opinion. Dans les années 30, deux évolutions de sens contraire se sont dessinées. Deux facteurs l'ont ravivé. C'est d'abord, à partir de 1933, l'afflux des Juifs qui fuient le IIIe Reich, puis, à mesure que l'Allemagne étend sa domination sur d'autres pays, l'Europe centrale et orientale, l'Autriche, la Tchécoslovaquie, la Roumanie, la Pologne. Ceux des Juifs qui vivent en France depuis des siècles et sont parfaitement assimilés ne sont pas les derniers à s'émouvoir de ce courant qui modifie la composition de la population juive et risque de réveiller l'antisémitisme. En outre, la crise, qui a pour effet d'activer la concurrence pour les places, relance la xénophobie : les Juifs ne sont pas seuls visés, mais comme ils sont relativement plus nombreux dans les professions libérales, notamment chez les médecins et les avocats, qui craignent de se voir enlever leur clientèle, ceux-ci appellent des dispositions qui réservent les emplois aux Français. D'autre part, la désignation à la tête du gouvernement de Léon Blum, la présence autour de lui, dans son cabinet et au gouvernement, de plusieurs autres Juifs ont assurément ranimé la haine raciale : l'Action française, qui tient le Juif pour l'un des « quatre États confédérés » qui conspirent pour détruire l'identité française, persévère dans son antisémitisme d'État ; certains périodiques à grand tirage se font une spécialité de la dénonciation de l'influence excessive des Juifs dans la pensée et la politique et agitent le spectre d'une guerre que les Juifs déclencheraient contre Hitler à seule fin de le punir de la politique raciale et par solidarité avec leurs coreligionnaires persécutés.

Mais cet antisémitisme est loin d'être général, même à droite : le colonel de La Rocque, qui dirige à partir de 1936 la plus grande organisation de droite, le P.S.F., le réprouve formellement ; il a blâmé quelques déclarations de dirigeants de fédérations d'Afrique du Nord qui sentaient l'antisémitisme et les a obligés à se rétracter. Surtout, l'Église catholique a retiré toute justification à l'antisémitisme chrétien. L'épiscopat a fait écho à la déclaration de Pie XI : « Nous, chrétiens, sommes des Sémites. » Les catholiques retrouvent les sources juives du christianisme, les théologiens soulignent la filiation. La condamnation, en 1926, de l'Action française a définitivement dissocié l'enseignement du Magistère des préjugés contre le judaïsme. Tout bien considéré, l'antisémitisme est probablement, dans les années qui précèdent la Seconde Guerre, alors même que le nombre des Juifs s'élève à environ 300 000, à un niveau bien inférieur à celui des années 1900, quand les Juifs étaient moins de 100 000.

La formation du gouvernement

Le mandat de la Chambre élue en 1932 n'expirait qu'aux derniers jours de mai et rien ne permettait à la nouvelle de se réunir avant. Un mois entier sépare le résultat des élections, le dimanche 3 mai, de la rentrée de la nouvelle Chambre et de la présentation du gouvernement. Le futur président du Conseil put donc tout à loisir réfléchir à l'architecture de son gouvernement : il avait des vues personnelles sur la question, à laquelle il s'intéressait depuis longtemps, et l'occasion lui était donnée de mettre en pratique quelques-unes des idées exposées dans les *Lettres sur la réforme gouvernementale*. Lui-même ne prit aucune responsabilité particulière pour pouvoir se consacrer entièrement à la direction de l'ensemble, secondé par un secrétariat général de la présidence du Conseil confié à Jules Moch.

Blum envisage naturellement que le gouvernement reflète la composition de la majorité victorieuse, affirmant l'union de toutes les gauches : la formule aurait l'avantage de prémunir le gouvernement contre les mésaventures de ses prédécesseurs. Or le Parti communiste oppose à son offre le même refus que lui-même a opposé par deux fois à Herriot. Est-ce pour les mêmes motifs ? Il semblerait, d'après certains témoignages, que les dirigeants communistes aient été de sentiments partagés ; on a même dit que Thorez aurait penché vers l'acceptation. Moscou a-t-il pesé sur la décision ? Toujours est-il que les communistes seront absents du gouvernement, que voici de ce fait décalé d'emblée vers sa droite. Première déception pour Blum, première source de faiblesse aussi. Blum essuya aussi le refus de Léon Jouhaux, secrétaire général de la C.G.T. réunifiée depuis le congrès de Toulouse, à qui était offert le ministère du Travail, et ce au nom de l'indépendance du syndicalisme.

L'architecture du gouvernement reproduisit, amputée de l'élément communiste, la diversité de la majorité : le président du principal parti après la S.F.I.O., le radical Daladier, avait rang de vice-président du Conseil, avec le ministère de la Défense nationale qui coiffait les ministères d'armes. Trois ministres d'État, représentant les trois composantes, encadraient le président du Conseil : Paul Faure pour la S.F.I.O., Camille Chautemps pour le Parti radical et Maurice Viollette pour l'Union socialiste républicaine. Les socialistes prenaient les ministères économiques et financiers : Vincent Auriol aux Finances, Charles Spinasse à l'Économie, Georges Monnet à l'Agriculture (ces deux derniers étaient des espoirs de la S.F.I.O. et appelés, dans l'esprit de Blum, à un grand avenir politique — que les événements devaient ruiner) et Lebas au Travail. Aux radicaux les Affaires étrangères (Yvon Delbos), la Défense (Édouard Daladier), l'Éducation nationale (Jean Zay).

Le gouvernement présentait quelques innovations : des sous-secrétariats à la Recherche scientifique, aux Sports et aux Loisirs, ce dernier confié à Léo Lagrange. L'initiative la plus spectaculaire était l'entrée, comme sous-secrétaires d'État, de trois femmes : Mme Léon Brunschvicg, la femme du philosophe, à l'Éducation nationale ; Irène Joliot-Curie, à la Recherche scientifique et Suzanne Lacore, une institutrice, à l'Éducation nationale auprès de Jean Zay. Ainsi, des femmes que la mauvaise volonté des sénateurs s'obstinait à maintenir dans une situation d'incapacité juridique et qui n'étaient pas admises à élire des députés, accédaient à des fonctions ministérielles et avaient autorité sur des administrations.

La victoire électorale du Front populaire entrouvrit brusquement des perspectives nouvelles en plusieurs directions : politique, économique, culturelle, sociale. A partir de l'événement se déploient dans l'immédiat deux séries de conséquences : un mouvement social de grande ampleur, qui est la réponse du monde du travail formulant ses aspirations à l'adresse des pouvoirs publics, et un ensemble d'initiatives ainsi que de décisions politiques.

La grande vague de grèves (mai-juin 1936)

La nouvelle Chambre ne pouvant se réunir avant les premiers jours de juin et le gouvernement en place, ayant perdu toute autorité, réduit à expédier les affaires courantes, la France vit pendant un grand mois une sorte d'entracte, un temps d'attente et de suspens. On a voté pour le changement, et rien ne vient le concrétiser. Les mêmes demeurent au gouvernement. Le peuple de gauche attend que sa victoire se traduise sans délai par des actes, des gestes qui manifesteront la rupture avec la politique des précédents gouvernements. Cette attente n'est pas encore déception, mais l'impatience qui résulte de la contradiction entre le changement électoral et l'inertie gouvernementale se reporte sur le terrain de l'entreprise et va provoquer une formidable explosion de grèves. C'est un événement majeur de cette année 1936, qui en comporta plusieurs et qui reste, à distance, un grand moment dans la mémoire collective ; aujourd'hui encore, 36 évoque autant le grand mouvement de grèves que la victoire électorale et les réformes. Les grèves, par leur extension et la nouveauté de leurs modalités, font partie de la légende.

Si la cause du mouvement, l'impatience des travailleurs, est aisée à identifier, les origines sont plus obscures. On s'est interrogé d'emblée — et on a continué depuis — sur les responsabilités : le mouvement a si vite pris une extension si considérable que beaucoup hésitèrent à croire que la chose ait pu n'être pas suscitée, orchestrée par une infrastructure sous-jacente, et doutèrent de sa spontanéité. Les soupçons tombèrent sur le Parti communiste : n'avait-il pas été l'instigateur du Rassemblement populaire ? Ne venait-il pas de refuser sa part des responsabilités du gouvernement ? N'aurait-il pas été tenté d'exploiter les avantages d'une situation où il était à la fois l'allié des vainqueurs et dégagé des servitudes du pouvoir ? L'examen objectif des circonstances initiales et du processus n'apporte aucun commencement de preuve à l'appui de ce type d'explication. Tout, au contraire, fait croire à un mouvement très largement spontané que les organisations syndicales et les forces politiques se sont ensuite ingéniées à encadrer et à canaliser.

Le mouvement a débuté dans les premiers jours de la seconde décade de mai (il s'étend davantage sur mai que sur juin) en province, aux usines Bréguet du Havre. Il s'est propagé dans les entreprises aéronautiques, chez Latécoère à Toulouse, puis a gagné la région parisienne où il a paralysé les usines d'automobiles et de constructions mécaniques. De proche en proche, comme un feu de brousse, il gagne d'autres secteurs de l'industrie, s'étend au commerce, touche les grands magasins. La plupart des entreprises, soit que leur personnel se soit mis en grève, soit faute de matières premières ou de courant électrique, sont arrêtées. L'économie est paralysée. Aux derniers jours de mai, la vie est suspendue. La France n'avait plus connu de grand mouvement social depuis 1920, et encore les grèves de ce temps-là, qui avaient tellement frappé l'opinion et laissé un profond souvenir, étaient-elles restées limitées à quelques secteurs et régions. Mai 1936 est la première expérience d'un mouvement d'ensemble, d'une approximation de ce que serait la grève générale : plusieurs millions de travailleurs sont en grève. Le mouvement ne concerne que le secteur privé : le secteur public reste en dehors du mouvement, mais les conditions de vie et de travail des fonctionnaires aussi sont affectées par l'arrêt de la plupart des activités.

Le mouvement étonne aussi par la nouveauté de ses modalités. Au lieu de quitter l'usine, les travailleurs restent sur place. C'est la « grève sur le tas ». Ils occupent, prévenant ainsi toute tentative de lock-out : ce sont les patrons et les briseurs de grève qui sont cette fois rejetés à la porte. Il sera plus facile aussi de maintenir la cohésion chez les grévistes : on évite les affrontements entre ceux qui entendent poursuivre le mouvement jusqu'à la victoire et ceux qui voudraient reprendre le travail ; plus besoin de piquets de grève. L'occupation confère à cet épisode de l'histoire ouvrière son originalité et entraîne toute une série de conséquences : elle affirme, aux yeux des ouvriers, les droits que leur travail leur donne sur l'entreprise ; ils veillent sur elle comme sur leur bien, ils entretiennent soigneusement le matériel, nettoient les machines, s'approprient les locaux — on cite le cas de ces employées de grands magasins, au rayon des meubles, qui couchent à même le plancher, à côté des divans, pour ne pas gâter la marchandise.

L'occupation se vit dans une atmosphère de fête : la victoire électorale a apporté l'assurance que la vie allait changer. Les ouvriers, à la fin des années 20, ont tour à tour connu, dans les grandes entreprises, l'introduction de l'organisation du travail, le calcul des temps, les horloges pointeuses, la rémunération d'après des normes et le nombre de pièces faites, le travail à la chaîne, puis le chômage partiel, la réduction des salaires pour la sauvegarde de l'emploi et enfin la politique déflationniste des décrets-lois Laval. Tout allait changer ; sans nécessairement partager l'irréalisme d'un Marceau Pivert écrivant dans *Le Populaire* : « Tout est possible », l'ignorance très générale des phénomènes économiques disposait les travailleurs à croire qu'un changement de gouvernement et une autre politique pouvaient bien renverser la tendance et changer les conditions de vie des travailleurs. Un souffle d'espérance passe sur ces milliers d'entreprises en grève. Forts de leur victoire, sûrs de leur bon droit, découvrant d'un coup la puissance de leur solidarité, ils peuvent se permettre d'être pacifiques et tolérants. La grève sur les lieux mêmes où ils travaillaient dur la veille encore, pour des hommes et des femmes qui n'ont jamais connu de congés depuis leur entrée au travail à treize ans, prend un air de vacances : on s'installe pour durer, on organise les loisirs. La photographie a popularisé ces scènes où des grévistes dansent au son de l'accordéon : un air d'allégresse passe sur ce mouvement, qui ne ressemble décidément à rien de connu et qui est bien éloigné de la tension et de la violence des conflits sociaux antérieurs.

Voilà pour la vision optimiste, celle des grévistes. Tout autre est la représentation qu'en ont les patrons, une partie des cadres, les professions libérales, les commerçants, les agriculteurs et, plus généralement, les électeurs de droite. L'occupation les choque profondément : c'est la violation de la propriété, la négation de la loi, la subversion de l'ordre. Ces grèves sont insurrectionnelles, la victoire du Front populaire a ouvert la voie à la révolution dont le drapeau rouge qui flotte sur les usines en grève est le symbole. L'autre moitié de la France riposte, à l'appel du colonel de La Rocque qui invite tous les patriotes à arborer les trois couleurs : en quelques heures les magasins sont dévalisés ; il ne reste plus un mètre d'étamine bleue, blanche ou rouge. C'est une débauche de tricolore : des immeubles en sont tapissés, du rez-de-chaussée au dernier étage ; des rues entières dans les arrondissements bourgeois pavoisent aux couleurs nationales en réplique au rouge des banlieues ouvrières. Deux France s'affrontent.

La droite avait-elle raison de voir dans cette explosion un mouvement révolutionnaire ? Les demandes formulées par les cahiers de revendications des grévistes sont comme les cahiers de doléances de 1789 : ils ne contiennent que des réclamations professionnelles, concernent les salaires, les horaires, les locaux, l'hygiène, la sécurité. L'occupation des locaux, si elle a été ressentie par les défenseurs sourcilleux du droit de propriété comme une atteinte grave à l'ordre social, n'a nulle part été suivie comme jadis en Italie de la prétention de remettre l'usine en marche sous le contrôle des salariés ; rien de commun avec Lip en 1973. Jamais le Parti communiste n'a jugé alors que la situation fût objectivement révolutionnaire et suffisamment mûre pour se prêter à une tentative de conquête du pouvoir : son grand souci, une fois obtenus de substantiels avantages pour les travailleurs, fut que le mouvement prenne fin au plus vite sans compromettre l'unité de la gauche.

Le mouvement, qui avait pris les syndicats par surprise, leur apporta un flot d'adhésions tel qu'ils n'en avaient jamais connu ; les sections syndicales surgissent de toute part, éclosent comme champignons après l'orage, par centaines, par milliers, dans des branches où l'on ne s'était jamais syndiqué, dans des régions qui ignorent tout du syndicalisme. La C.G.T., qui vient de se réunifier, enregistre jusqu'à 4 millions d'adhésions. Le gonflement s'opère à l'avantage de la tendance ex-unitaire, par un phénomène dont Antoine Prost a démontré le mécanisme : c'est moins par une volonté systématique de noyautage des communistes que du fait d'un plus grand dynamisme et surtout du retard dans certaines branches. La vieille C.G.T., qui recrutait le gros de ses forces dans la fonction publique et dans les secteurs à statut (arsenaux, tabacs), et où les taux de syndicalisation étaient déjà élevés, bénéficie moins du mouvement que les branches industrielles où les unitaires avaient leurs positions les plus solides. A terme, la croissance inégale des deux courants, remettant en question la suprématie des ex-confédérés, aux conditions desquels la réunification s'était opérée, devait réveiller les vieilles animosités.

D'autres familles du mouvement ouvrier bénéficient également du coup de fouet : le syndicalisme chrétien de la C.F.T.C. passe de 150 000 à un demi-million d'adhérents. Surtout, l'afflux d'une nouvelle génération formée par la Jeunesse ouvrière chrétienne lui confère un brevet d'appartenance à la classe ouvrière. La C.F.T.C. défend courageusement le principe de la liberté et du pluralisme contre la prétention de la C.G.T. au monopole syndical : elle obtiendra gain de cause avec la reconnaissance de sa représentativité par les pouvoirs publics.

Dans la mouvance du Parti social français du colonel de La Rocque se constituent des Syndicats professionnels français qui entendent lutter contre la domination de la centrale marxiste : sur la base de l'apolitisme, ils regroupent principalement des employés, des cadres, des membres des classes moyennes et se rassemblent dans une Confédération des syndicats professionnels.

Les structures de l'organisation patronale aussi sont modifiées par le mouvement de mai-juin 36. Les patrons, petits et grands, n'avaient pour les représenter auprès des pouvoirs publics et défendre leurs points de vue, en dehors des organismes spécialisés tels que le Comité des forges ou celui des houillères, que la Confédération générale de la production française, créée au début des années 20 : ce sont ses dirigeants qui, en l'absence de tout autre représentant, apposèrent leur signature aux accords de Matignon qui mirent fin au mouvement de grève. La plupart des petits patrons eurent le sentiment d'avoir été trahis, et leur révolte entraîna à l'automne une révolution de palais qui écarta les signataires desdits accords. D'autre part, le mouvement a ouvert les yeux d'une génération de jeunes chefs d'entreprise sur la nécessité d'une politique sociale : imbus des préoccupations du catholicisme social, ils prennent leurs distances par rapport aux dirigeants du patronat et fondent un Centre des jeunes patrons que caractérise un esprit d'ouverture et de dialogue. Les fondateurs du C.J.P. se retrouveront, dix ans plus tard, au premier rang de ceux qui rompront avec le malthusianisme des industriels français et prendront le risque de la modernisation et de l'ouverture des marchés.

L'action du gouvernement et l'œuvre législative

Cette explosion sociale inopinée crée au futur gouvernement une difficulté sur laquelle il ne comptait pas. Quand Léon Blum peut enfin former son gouvernement, la France est paralysée depuis près de trois semaines ; le charbon, l'essence commencent à manquer, les fours des boulangers sont sur le point de s'éteindre. La France entière retient son souffle et attend anxieusement une éclaircie ; les patrons ne sont pas les derniers à souhaiter une intervention des pouvoirs publics. Aussi, le gouvernement à peine constitué (4 juin) et la confiance de la Chambre, à une imposante majorité — 384 pour, 210 contre — à peine obtenue, Léon Blum n'a-t-il rien de plus pressé que de prendre la situation en main pour chercher une issue qui permette la reprise du travail, rassure une opinion inquiète et désarme l'opposition. A la demande des représentants du patronat qui sollicitent son arbitrage, il provoque, assisté du ministre du Travail, une rencontre entre eux et les dirigeants de la C.G.T., seule organisation ouvrière admise à l'Hôtel Matignon. En quelques heures, les interlocuteurs se mettent d'accord et signent les accords dits de Matignon ; c'est la première apparition de l'expression dans le vocabulaire politique pour désigner le siège du gouvernement. Celui-ci n'est pas partie prenante aux accords ; il a seulement offert ses bons offices et il est le garant de leur application. Il s'engage aussi à déposer des textes pour celles des réformes qui appellent l'intervention du législateur. Les accords eux-mêmes comportent des hausses de salaires qui varient, selon les branches, de 7 à 15 % et qui prennent effet immédiatement ; elles injectent un surplus de pouvoir d'achat sur lequel le gouvernement fonde des espoirs pour la relance de l'activité économique. Des conventions collectives seront négociées par branches professionnelles. Les patrons reconnaissent la liberté syndicale et donnent leur accord pour l'élection de délégués d'ateliers. L'ensemble comble les vœux de la plupart des travailleurs, qui n'en espéraient pas tous autant : la signature de ces accords est une victoire pour les syndicats et une étape capitale du mouvement social.

L'occupation des usines n'ayant plus de raison d'être, les travailleurs sont invités à reprendre le travail. Le gouvernement y engage son autorité. Le Parti communiste y joint ses objurgations ; s'inscrivant en faux contre ceux qui prétendent que la situation est révolutionnaire et qu'il faut en exploiter les virtualités, Maurice Thorez déclare, le 11 juin, d'une formule qui deviendra fameuse : « Il faut savoir finir une grève. » En dépit de ces invitations les grévistes tardent à y obtempérer : le fleuve, lent à rentrer dans son lit, divague encore quelque temps. Les travailleurs répugnent à se dessaisir du gage que leur donnait l'occupation des lieux ; certains se prennent à regretter de n'avoir pas exigé davantage, et les syndicats sont impuissants à faire entendre raison à cette masse qui n'a aucune expérience du combat et de la négociation. C'est pour le gouvernement une première épreuve qui bafoue son autorité et l'affaiblit auprès du patronat : il ne peut, ni moralement ni matériellement, intervenir contre les récalcitrants pour se faire obéir, et les patrons doutent de sa résolution.

Il a moins de difficultés avec sa majorité parlementaire. Sans attendre, il a déposé une série de projets de loi qui viennent compléter le contenu des accords Matignon et qui sont votés dans la foulée ; une activité législative intense fait des six semaines qui suivent la constitution du gouvernement l'une des périodes les plus fécondes en initiatives et en décisions législatives. Une loi définit la procédure pour l'établissement des conventions collectives. Une autre institue pour tous les salariés le droit à deux semaines de congés sans suspension de salaire : l'instauration des congés payés fut l'initiative la plus populaire et reste aujourd'hui le symbole du Front populaire et de l'affranchissement de la condition ouvrière. L'innovation ne paraît révolutionnaire que si l'on s'imagine que personne, jusque-là, ne connaissait de vacances : elles existaient pour un certain nombre de professions (enseignement, magistrature), et nombre de salariés prenaient quelques jours de congés à leurs frais. 1936 innove en faisant des congés un droit pour tous et surtout en les mettant à la charge de l'entreprise. Cette loi est la première étape d'un processus qui élargira la part du loisir rétribué dans le calendrier de l'année : un autre gouvernement, également dirigé par un socialiste, portera en 1956 à trois le nombre des semaines de congés payés ; une quatrième sera ajoutée après 1968, et le gouvernement de la gauche en 1981 s'empressera d'en accorder une cinquième, légalisant un mouvement déjà largement engagé. L'initiative de 1936 a amorcé un changement dans les conditions de vie des travailleurs : elle a ouvert comme une brèche dans leur assujettissement au travail, entrouvrant une fenêtre sur d'autres horizons, au propre et au figuré. La littérature a célébré à juste titre cette libération, le départ en vacances d'hommes et de femmes qui n'avaient jamais quitté leur logement, la découverte de la mer, le retour au berceau familial, l'effacement d'une distinction entre les classes. C'est de là que date l'essor du tourisme social, du sport populaire, du goût des voyages dans un peuple réputé casanier.

Une autre loi abaisse la durée légale du travail hebdomadaire de 48 à 40 heures, prolongeant la réforme de 1919 qui a institué la journée de huit heures à raison de six jours par semaine. Si elle satisfait une revendication syndicale, elle s'inscrit aussi dans la logique de la politique économique du Front populaire qui en espère un recul du chômage : ses économistes, appliquant une règle de trois, calculent que la diminution d'un sixième de la quantité totale de travail fournie par ceux qui ont un emploi libérera assez de postes de travail pour résorber la masse des chômeurs. Conjuguée avec l'accroissement du pouvoir d'achat, la réduction de la durée du travail individuel devrait permettre à la France de sortir de la crise. Mais les faits décevront ces espoirs. C'est, depuis, un sujet de controverse entre historiens et économistes que la discussion sur les effets de la semaine de 40 heures : Alfred Sauvy la rend responsable de l'échec économique du Front populaire. Son application générale, rigide, sans transition ni adaptation aux situations particulières, aurait empêché la reprise : la production ne pouvant répondre à l'accroissement de la demande, il en résulta une reprise de l'inflation qui annula bientôt l'amélioration du pouvoir d'achat. Si la loi des 40 heures a entraîné des embauches massives dans les chemins de fer et les services postaux, elle n'a pas fait reculer le chômage, la plupart des nouveaux travailleurs venant de la campagne. L'augmentation des salaires, les congés payés gonflent les coûts et réduisent la compétitivité des produits français sur les marchés extérieurs. Moins de quatre mois après sa formation, le gouvernement est contraint de dévaluer : en soi, la mesure n'est pas négative, le franc étant surévalué ; quelques esprits mieux informés des réalités économiques, tel Paul Reynaud, préconisaient depuis plusieurs années, à l'encontre du sentiment général, une dévaluation qui rendrait à notre économie son élasticité face à une livre et à un dollar dévalués. Mais le gouvernement avait juré qu'on ne verrait pas les affiches blanches de la dévaluation, même si dès juin il engageait des pourparlers avec les banques centrales anglaise et américaine. Il était inévitable que l'opposition s'emparât de la mesure et que l'opinion, qui continuait de voir dans la monnaie le signe de la santé d'une économie et le symbole de la grandeur nationale, interprétât la décision comme l'aveu d'un échec. La dévaluation intervint trop tard, et sans doute aussi le taux en était-il insuffisant pour rendre aux prix français une marge de manœuvre. Survenant huit ans seulement après la stabilisation Poincaré, la dévaluation ouvrit le cycle de l'instabilité monétaire : le franc devait subir dans les cinquante années suivantes une bonne dizaine d'amputations.

Venant après la faillite du Cartel, à la suite de l'impuissance des ministères radicaux à conjurer le déficit budgétaire, l'échec de la politique économique du gouvernement de Front populaire a accrédité à droite l'idée que la gauche est constitutivement mauvaise gestionnaire, incapable de concevoir et de conduire une politique financière et monétaire raisonnable et efficace, alors que la droite, avec Poincaré, avait su redresser la situation. De ce temps datent les deux images contraires d'une droite habile à gérer l'économie mais sourde aux aspirations sociales, et d'une gauche généreuse initiatrice de réformes, mais brouillée avec les réalités économiques.

D'autres initiatives complétèrent le train de réformes mises en chantier dans les premières semaines du gouvernement Blum. Pour régulariser la commercialisation des grains, un Office interprofessionnel du blé (qui s'élargira en 1940 aux autres céréales) est créé pour assurer aux producteurs un prix rémunérateur et écouler les éventuels excédents provoquant l'effondrement des cours : le prix de campagne fixé pour la récolte de l'été 1936, 141 francs, est supérieur de 75 % à celui de 1935 et entraîne un relèvement substantiel du revenu des agriculteurs.

En regard de cet ensemble de mesures qui concourent à améliorer le sort des salariés et des paysans, l'œuvre du gouvernement comporte fort peu de réformes dites de structure : elle laisse l'ordre social intact. Radicaux et communistes étaient tombés d'accord, contre le point de vue socialiste, pour écarter du programme du Rassemblement tout bouleversement. La seule réforme concerna la Banque de France et elle fut modeste. La gauche n'avait pas oublié l'opposition des régents en 1925 aux imprudences du gouvernement Herriot. Le mythe du mur d'argent avait depuis cédé la place à celui des deux cents familles dont

Gaston Bergery et son journal *La Flèche* dénonçaient la domination sur la France et qui trouvait son origine dans la composition de l'assemblée générale de la Banque ne rassemblant que les deux cents plus gros actionnaires. La loi du 24 juillet 1936 lui substitua une assemblée de tous les actionnaires ; mais la disposition essentielle était le remplacement du conseil des régents, où la banque privée était en force, par un conseil de vingt membres dont l'État désignait la plupart : la réforme, sous couleur de faire de l'établissement la Banque de la France, l'assujettissait plus étroitement au pouvoir. La nationalisation de quelques firmes de construction d'avions et de moteurs d'avions fut plus justifiée par les nécessités de la défense nationale que par des considérations d'idéologie.

Si l'année 1936 a laissé le souvenir d'une activité débordante, c'est parce que le gouvernement de Léon Blum s'est aussi intéressé à d'autres secteurs que l'économie et les relations du travail. Le ministre radical de l'Éducation nationale — dénomination substituée en 1932 à l'appellation traditionnelle d'Instruction publique —, Jean Zay, qui restera Rue de Grenelle trois années consécutives, met en œuvre une politique de démocratisation qui prend le relais de celle amorcée par Herriot au temps de l'Union nationale. En 1936, la gratuité, progressant chaque année d'une classe, est accomplie. La Chambre vote la prolongation de de la scolarité obligatoire de treize à quatorze ans : mal comprise des Alsaciens qui y ont vu une menace contre leur statut particulier, elle provoque dans leur province une mobilisation qui est un écho affaibli du sursaut unanime de 1924 contre les projets du Cartel. Jean Zay travaille aussi à rapprocher les deux systèmes de l'enseignement public qui sont deux mondes absolument séparés : le primaire prolongé par les cours complémentaires et les écoles primaires supérieures conduisait les sujets les plus doués jusqu'à l'École normale et à l'E.N.S. de Saint-Cloud ; le secondaire accueillait les enfants de familles aisées dans les petites classes des lycées, dès la onzième. Pour les mettre en ligne est décidée la suppression progressive des classes élémentaires des lycées, et le certificat d'études doit devenir l'examen qui donne accès à la sixième des lycées. Une pédagogie plus active faisant appel à l'initiative pénètre timidement avec l'introduction des loisirs dirigés, dont se gaussent les maîtres à l'ancienne mode.

Le Front populaire encourage le développement du sport, la pratique du plein air, les loisirs et le tourisme social. Pierre Cot, ministre de l'Air, favorise le vol à voile, l'aviation populaire ; Léo

Lagrange institue le billet populaire de congé annuel qui comporte une réduction de 40 % sur le tarif ordinaire de la troisième classe pour le salarié, son conjoint et ses enfants mineurs : dès 1936, le nombre des bénéficiaires de cette mesure s'élève à 560 000. Le mouvement des Auberges de jeunesse connaît un grand essor entre la Ligue fondée par Marc Sangnier et le Club laïque proche de la Ligue de l'enseignement.

Le gouvernement de 1936 est aussi le premier à concevoir une politique culturelle dont les ambitions soient plus vastes que les encouragements aux beaux-arts, et à en dessiner les premières applications : la comparaison s'impose à cet égard avec le gouvernement de Gaulle de 1958 qui crée le ministère des Affaires culturelles. La notion de culture s'était acclimatée au début des années 30, et le thème de la défense de la culture était un des enjeux de la lutte contre le fascisme : des congrès s'étaient tenus en ce sens en 1935, réunissant écrivains, artistes et intellectuels qui attendaient de la gauche au pouvoir une impulsion à la création. De fait, le gouvernement prit des initiatives, multiplia les encouragements; ce fut un âge d'or de la culture populaire. Ce foisonnement d'initiatives, cette effervescence, parfois brouillonne, conjuguée avec l'étendue du travail législatif et l'ampleur des réformes opérées, ont dans l'été 1936 suscité à gauche un élan d'enthousiasme dont le souvenir a résisté à l'usure du temps et à la comparaison avec d'autres épisodes pour laisser l'image d'un temps fort tranchant sur la grisaille des années de dépression.

Les périls extérieurs et la guerre d'Espagne

Si le gouvernement Blum connut avec le grand mouvement de grève sa première épreuve presque avant de s'être formé, la deuxième lui vint de l'extérieur, avec la guerre d'Espagne. Léon Blum héritait d'une situation internationale fort compromise : les sanctions, même appliquées sans rigueur, avaient détaché l'Italie du front de Stresa et rapproché Mussolini de Hitler. La France était désormais exposée au risque de devoir faire la guerre sur les Alpes en même temps que sur le Rhin. Le 7 mars précédent, Hitler, déchirant la dernière clause du traité de Versailles, avait décidé la remilitarisation de la rive gauche du Rhin : en milieu de journée, des détachements de la Reichswehr avaient traversé le Rhin et étaient entrés à Cologne, Mayence, Trèves. Plus rien ne subsistait des garanties que la victoire avait données à la France, qui se retrouvait dans la situation d'avant 1914. Laisserait-elle faire ? Le président du Conseil Albert Sarraut avait eu, le lendemain, dans une allocution radiodiffusée, des paroles énergiques : le pays ne laisserait pas Strasbourg sous le feu des canons allemands. Ce langage ne fut suivi d'aucune mesure pratique. Cette inaction fut, on en est aujourd'hui convaincu, une erreur majeure aux conséquences incalculables : le 7 mars 1936 était probablement la dernière occasion de porter un coup d'arrêt à la politique du fait accompli du IIIe Reich. Mais la passivité de la France était aussi l'aboutissement fatal de la politique antérieure, ou de l'absence de politique : notre diplomatie se retrouvait isolée ; la Grande-Bretagne n'était pas disposée à nous soutenir en cas de réaction. Nous n'avions pas l'instrument d'une prompte réaction militaire. Le choix d'une stratégie purement défensive axée sur la ligne Maginot nous privait d'une force d'intervention mobile. Pour commencer d'agir, l'état-major exigeait le rappel de trois classes de disponibles : décision qu'aucun gouvernement n'aurait eu le courage de prendre à six semaines des élections générales. Les électeurs avaient la tête ailleurs ; c'était bien le moment de leur parler de la rive gauche du Rhin, alors qu'ils s'apprêtaient à en découdre sur le terrain ! Le gouvernement n'aurait pas trouvé de majorité pour appuyer une politique de riposte : la gauche était encore captive de son antimilitarisme et de son pacifisme ; en mars 1935, elle avait pris position contre l'allongement de la durée du service militaire. C'est le gouvernement Blum qui a, prenant conscience de la gravité de la situation, engagé un large programme de réarmement financé en partie par un grand emprunt de la Défense nationale lancé à grand renfort de publicité, avec de grands panneaux, des avions traînant dans le ciel des banderoles ; accusés en 1942 au procès de Riom d'avoir jeté la France dans une guerre qu'ils n'auraient pas préparée, Léon Blum et Édouard Daladier feront observer que leur gouvernement avait obtenu du Parlement tous les crédits demandés par les militaires.

Le gouvernement n'avait qu'un mois et demi d'existence quand il fut soudain confronté avec un autre problème, sur une autre frontière : la guerre civile espagnole. Léon Blum a dit à son propos que ce fut comme un soufflet donné à son gouvernement. Le 18 juillet, quand le soulèvement militaire mit en péril l'existence de la jeune République, le drame de l'Espagne devint presque aussitôt un drame intérieur français en raison de l'apparente similitude des situations : en février 1936, de l'autre côté des

Pyrénées, en mai de ce côté-ci, une majorité de Front populaire, dont les communistes faisaient partie, gagnait les élections. Il était donc logique que droite et gauche en France eussent le sentiment que leur sort se jouait en Espagne par partis interposés, la gauche faisant des vœux pour le succès des républicains, la droite se sentant solidaire des nationalistes. Trois années durant, les péripéties de la guerre attisèrent les passions contraires, enchevêtrant sympathies idéologiques, considérations de politique étrangère et calculs de politique intérieure.

A l'annonce du *pronunciamento,* le premier mouvement de Léon Blum fut, en application d'un traité de commerce avec l'Espagne, de porter assistance au gouvernement légal et de répondre à ses demandes de fourniture d'armes et de matériel de guerre. Il dut très vite battre en retraite devant les mises en garde des plus hautes autorités de l'État contre les risques de discorde intérieure, devant aussi le refus des ministres radicaux et l'avertissement britannique que l'Angleterre ne soutiendrait pas la France si elle se trouvait impliquée dans un conflit du fait de son intervention. La presse de droite dit haut et fort qu'elle n'admettrait pas que le gouvernement sortît de la neutralité. Léon Blum, crucifié, songea à démissionner et n'y renonça qu'à la prière du représentant de l'Espagne républicaine. Tant pour éviter à la France d'être entraînée dans un conflit international que pour ne pas l'exposer à une guerre civile intérieure, Blum se rallia, la mort dans l'âme, à une politique de non-intervention, convaincu que toute autre politique serait aventureuse. Quand il devint manifeste que la non-intervention était une duperie et n'empêchait ni l'Italie d'engager des divisions de prétendus volontaires ni l'Allemagne de dépêcher des aviateurs et des spécialistes des blindés, la France revint à une aide discrète.

Si la non-intervention a évité une cassure dramatique de l'opinion française, peut-être même un affrontement physique, elle divisa la gauche et provoqua la première fêlure dans l'union. Les communistes militèrent pour l'intervention et mirent sur pied une participation importante aux Brigades internationales : ils invoquaient la solidarité antifasciste et la sécurité française que l'instauration d'un régime fasciste de l'autre côté des Pyrénées compromettrait gravement en achevant l'encerclement par les régimes totalitaires sur trois fronts. Leurs arguments touchaient les socialistes ; quand Léon Blum s'adresse aux militants de la fédération de la Seine à Luna Park au début de septembre 1936, il est accueilli par ses camarades aux cris : « Des canons ! Des avions pour l'Espagne ! » S'il parvient, au terme d'une longue et émouvante intervention de trois quarts d'heure, à les convaincre à force de sincérité et de persuasion, la gauche garde mauvaise conscience de ne pas porter assistance à un gouvernement républicain aux prises avec une sédition fasciste. Il est significatif que ce soit dans un grand débat de politique extérieure, le 6 décembre 1936, que le groupe communiste s'abstienne pour la première fois dans un vote de confiance : c'est le premier acte de la dissociation du Rassemblement populaire, et c'est la politique extérieure qui en est l'occasion.

L'opposition

Si le gouvernement peut tabler à la Chambre sur une majorité qui le met à l'abri d'une surprise, il doit compter avec une opposition qui reste vigilante : les radicaux du Sénat sont sur la réserve, et dans le pays les adversaires n'ont pas désarmé. La droite parlementaire a été un temps désarçonnée par l'ampleur de sa défaite électorale, et une partie de ses députés, en particulier ceux qui s'inspirent des enseignements sociaux de l'Église, n'ont pas refusé de voter les réformes sociales. L'opposition se ressaisit bientôt et exploite les difficultés du gouvernement. Une partie se radicalise : la presse se fait plus agressive, ne ménage rien ni personne. Léon Blum est le plus haï, mais ses ministres aussi sont pris à partie : Jean Zay, dont on exhume un méchant poème d'adolescent contre le drapeau, Pierre Cot, accusé d'avoir désarmé notre aviation en livrant à l'Espagne républicaine nos appareils, Roger Salengro, ministre de l'Intérieur, que l'hebdomadaire littéraire et politique *Gringoire,* qui tire à 600 000 exemplaires, accuse d'avoir déserté pendant la guerre ; harcelé par la calomnie, cet homme, déjà éprouvé par un deuil personnel, se suicide. L'émotion provoque un revirement. Une foule immense assiste à ses obsèques qui sont le pendant funèbre des grands défilés joyeux de l'été. Le cardinal Liénart stigmatise le comportement d'une presse calomniatrice, et le gouvernement fait voter des dispositions pour compléter la loi de 1881 sur la liberté de la presse et sanctionner la diffamation. Soyons juste : la presse de gauche ne ménage pas davantage les chefs de la droite qu'elle ridiculise ou attaque avec une violence comparable. Elle s'en prend particulièrement au colonel de La Rocque, qu'elle n'appelle jamais autrement que « le colonel-comte » ou qu'elle affuble du prénom de Casimir qu'il n'a jamais porté ; c'est qu'elle voit en lui la personnalité la plus marquante et le symbole de la tentation fasciste. Elle a à la fois raison et tort : le parti qu'il a créé est en passe de devenir la force principale de l'opposition, mais il s'éloigne des formes d'agitation familières aux ligues. Cette évolution, qui est un fait marquant, a été curieusement déclenchée par une mesure passablement arbitraire du gouvernement.

Celui-ci en effet, honorant le serment prêté de désarmer les ligues a, dès la mi-juin, décrété la dissolution de toutes les organisations à allure de ligue paramilitaire : c'était depuis février chose faite pour la mouvance de l'Action française ; le tour est venu des Jeunesses patriotes et surtout de l'ensemble des associations regroupées dans le Mouvement social français (18 juin). La Rocque proteste contre une mesure qu'il déclare inique, mais décide de poursuivre le combat sur le terrain légal et constitue aussitôt le Parti social français, qui adopte les statuts, l'organisation et le comportement d'un parti de type classique. Aux yeux de la gauche, c'est pure opération de camouflage ; en réalité, c'est un ralliement, dont la suite attestera la sincérité, aux pratiques de la démocratie pluraliste. Les anciens Croix-de-Feu n'adhèrent pas tous au P.S.F., mais le nouveau parti attire de nouveaux adhérents par centaines de mille : il a sans doute compté à lui seul autant de membres que les trois partis de gauche additionnés. Ceux-là font l'apprentissage des formes de la vie démocratique : réunions de sections, constitution de fédérations, congrès, candidatures aux élections, formation d'un groupe parlementaire. L'événement est d'importance et aura des conséquences durables : pour la première fois les modérés disposent d'une grande formation politique stable, les électeurs conservateurs, libéraux ou nationaux sont arrachés aux chimères d'une restauration anachronique ou aux séductions autoritaires, bref détournés de l'extrémisme. Le Parti social français, en ralliant les classes moyennes qui sont sa principale clientèle, a, à sa façon, contribué à immuniser un secteur de l'opinion contre la tentation fasciste. D'une autre façon, il a préparé les voies à un autre rassemblement : celui dont le général de Gaulle prendra l'initiative dix ans plus tard, le R.P.F.

Le ralliement à la République a valu au président du P.S.F. l'animosité des autres organisations de l'opposition ; il ne leur enlevait pas seulement leur clientèle, il ruinait leurs thèses. D'où la virulence des campagnes dirigées contre La Rocque par ses concurrents : l'Action française, le Parti populaire français, que Jacques Doriot, issu du P.C., avait créé en juin 1936, se liguent contre lui et cherchent à le perdre de réputation avec l'appui d'André Tardieu. Le Parti social français combat ainsi sur deux fronts : contre le gouvernement en organisant de grandes démonstrations destinées à ébranler l'idée qu'il représente le peuple, et contre les autres droites. L'opposition est ainsi écartelée entre une radicalisation à l'extrême droite et une tendance qui ne vise qu'à préparer une autre majorité.

La « pause »

Au début de 1937, la position du gouvernement s'est passablement affaiblie. L'enthousiasme de l'été, l'allégresse des grands défilés, la ferveur des militants dans la joie du succès et des premières initiatives sont déjà des souvenirs un peu décolorés. Le climat social est maussade : le pouvoir d'achat supplémentaire n'a pas ranimé l'économie, et l'inflation a dévoré le relèvement des salaires. Les indices de production fléchissent, le gonflement des coûts réduit nos exportations, le franc a des accès de faiblesse, le chômage partiel progresse insidieusement. La confiance fait défaut : le gouvernement souffre d'une crise d'autorité. Des grèves éclatent sporadiquement et inquiètent les chefs d'entreprise qui s'abstiennent de prendre des initiatives. Le climat politique n'est pas meilleur. La majorité est troublée : les communistes prennent leurs distances ; leur abstention dans le débat de politique étrangère a été un premier pas vers l'éloignement ; sur la droite, ceux des radicaux qui n'ont rejoint le Rassemblement populaire qu'à contrecœur guettent le moment de s'en détacher.

Le 13 février, Léon Blum annonce à la radio une pause dans l'activité réformatrice du gouvernement : il faut « digérer » les transformations opérées et regagner la confiance. C'est l'aveu implicite que, compte tenu du rapport des forces, on ne peut aller plus loin. La pause est ressentie à gauche comme une renonciation à poursuivre une politique de gauche, une reddition aux forces de la réaction : elle déçoit et démobilise. La droite n'est pas tentée pour autant d'abaisser sa garde : elle attend son heure.

Un mois plus tard, un accident crée l'irréparable. La section P.S.F. de Clichy a organisé dans un cinéma de la ville une réunion privée. La gauche, singulièrement la C.G.T. qui est chez elle dans cette commune de banlieue, crie à la provocation et invite à une contre-manifestation. Les pouvoirs publics refusent d'interdire la réunion et prennent des dispositions pour faire respecter la liberté de réunion d'un parti politique autorisé. La démonstration tournant mal, pour éviter le choc entre les deux foules, le service d'ordre tire, la fusillade fait cinq tués et de nombreux blessés. L'émotion à gauche est symétrique de celle de la droite au soir du 6 Février — à cette différence que c'est un gouvernement de gauche qui a fait tirer sur le peuple. Les communistes l'attaquent alors avec une extrême violence. Blum songe à démissionner, et la C.G.T. déclenche une grève de protestation (18 mars).

En mai, l'ouverture de l'Exposition internationale des Arts et des Techniques, dont le gouvernement aurait voulu faire une manifestation à l'avantage de la majorité, tourne à sa confusion. Les grèves à répétition de la plupart des corporations ont beaucoup retardé les travaux : plusieurs pavillons ne sont pas terminés, l'inauguration se fait dans les gravats. L'opposition en tire argument pour souligner l'impéritie de ce gouvernement et le mal que fait à la France une agitation sociale endémique qu'il ne peut contenir.

Devant la détérioration de la situation économique, Léon Blum demande au Parlement des pleins pouvoirs en matière financière et économique jusqu'au 31 juillet 1937. L'opposition agite l'épouvantail du contrôle des changes, premier pas irréversible vers un régime totalitaire. La Chambre accorde les pouvoirs demandés avec quelques restrictions et à une majorité réduite : 346 voix contre 247 (15 juin). Au Sénat, le président de la puissante commission des Finances, qui n'est autre que Joseph Caillaux, lequel a l'oreille de la Haute Assemblée et doit son autorité à sa réputation d'expert en la matière, prend position contre une procédure que lui-même a sollicitée onze ans plus tôt, et le Sénat refuse les pleins pouvoirs par 193 voix contre 77. Léon Blum démissionne sur-le-champ.

C'est la fin de l'expérience. Elle a duré un peu plus d'un an. La chute ne provoque pas de mouvement populaire, car le gouvernement a épuisé son crédit de confiance ; l'année écoulée a modifié le climat : l'opinion a pris la mesure de l'écart entre le souhaitable et le possible. Ce gouvernement laissera cependant, en partie à cause de la personnalité de Léon Blum et en partie du fait de ses initiatives, un souvenir durable qui en fait un des moments majeurs de notre histoire contemporaine.

Réussite ou échec ? Un demi-siècle plus tard, historiens et économistes continuent d'en discuter. Si la politique économique ne produisit pas les effets escomptés, à qui la faute ? A l'opposition de droite, au sabotage par le patronat, comme le suggère la gauche, rajeunissant le thème du mur d'argent, déjà rendu responsable de la faillite du Cartel ? Ou à une mauvaise connaissance des réalités économiques, à une appréciation erronée de la conjoncture, à l'irréalisme du programme de la gauche ? La controverse rebondira à chaque expérience socialiste en 1956 et derechef en 1981.

L'agonie du Front populaire

La chute du gouvernement Blum ne signifiait pas la fin du Front populaire. Du moins en théorie. Si les grandes espérances qu'il a suscitées sont mortes avec lui, le Front populaire subsiste comme donnée politique : la coalition survit. Il faut plus de temps à des partis pour se dégager d'un système d'alliances et en contracter d'autres ; à l'époque du Cartel, la chute du premier gouvernement Herriot au bout de dix mois avait marqué les limites de l'expérience, mais il avait fallu encore quinze mois et quatre ministères pour préparer les esprits à un renversement des alliances. De même en 1937 : la dissociation du Front populaire et la constitution d'une autre majorité se dessinent par étapes. De quand dater précisément la fin du Front populaire ? Elle est indubitablement consommée à l'automne 1938, quand le Parti radical, lors de son congrès de Marseille, rompt ouvertement avec les communistes qui passent de leur côté à l'opposition déclarée. Mais on peut admettre que la formation du gouvernement Daladier en avril 1938, compte tenu des orientations qu'il énonce, et bien qu'il ait à sa naissance bénéficié d'un vote de quasi-unanimité, a consacré la fin effective du Front populaire. Dix mois séparent alors la chute du gouvernement Blum des débuts d'une autre majorité où les radicaux acceptent de gouverner avec les modérés : trois gouvernements et plusieurs tentatives successives ont rempli cet intervalle.

La crise ouverte par la démission de Léon Blum est facilement dénouée par une simple permutation des hommes et des formations : Camille Chautemps, ministre d'État dans le précédent gouvernement, devient président du Conseil, et Léon Blum accepte d'être son vice-président. Les radicaux reprennent la direction de la coalition : l'un des leurs, Georges Bonnet, succède à Vincent Auriol à la Rue de Rivoli — c'est l'assurance du retour aux formules classiques. Le Parlement ne fait aucune difficulté pour accorder au nouveau gouvernement les pouvoirs qu'il vient de refuser à Léon Blum. Il en use pour faire une politique classique : dévaluation déguisée pour corriger les effets de l'inflation, augmentation de la pression fiscale. Sans grands résultats : le chômage ne recule pas et l'économie ne repart pas. Le climat social reste médiocre : des grèves éclatent de-ci, de-là, et les patrons restent inquiets. Le climat politique n'est pas meilleur ; l'opinion s'émeut d'attentats dont on découvrira qu'ils ont été fomentés par une organisation clandestine d'extrême droite, le Comité secret d'action révolutionnaire, plus connu sous le sobriquet de Cagoule, qui pratique la politique du pire : pour faire basculer l'opinion et déstabiliser la majorité, il recourt à un terrorisme qui s'inspire de la technique mise en œuvre pour l'incendie du Reichstag, assassinant aussi des opposants antifascistes pour le compte du gouvernement italien.

Le débat du 14 janvier 1938 est une étape décisive dans la dissolution de la coalition : les communistes annoncent qu'ils ne voteront pas la confiance. Libre à eux ; le président du Conseil ne les retient pas, ils peuvent reprendre leur liberté. Mais il est trop tôt pour que les socialistes prennent leur parti de la rupture avec les communistes, et leurs ministres démissionnent. Après une tentative de Léon Blum pour créer un rassemblement, qui irait des communistes au centre droit, de tous les hommes politiques conscients de la gravité de l'heure, Camille Chautemps se succède à lui-même, mais le centre de gravité du gouvernement fait un écart à droite. Les socialistes sont absents du gouvernement, composé presque uniquement de radicaux : 20 sur 22, les deux autres appartenant à l'Union socialiste républicaine — L.-O. Frossard et Paul Ramadier. En dépit de l'étroitesse de ses assises, ce gouvernement obtient à sa présentation une étonnante unanimité : 501 voix pour la confiance, une seule contre. Comme presque toujours, cette unanimité repose sur l'équivoque : la gauche ne s'est pas encore faite à l'idée de la fin du Front populaire, et la droite se prépare à revenir au gouvernement. Au reste, sept semaines plus tard, le ministère est démissionnaire sans avoir pu résoudre aucun problème.

L'ouverture de la crise se trouve coïncider — sans qu'il y ait eu, comme on l'a parfois soupçonné, préméditation du président du Conseil pour éluder les responsabilités — avec une aggravation de la situation internationale : le samedi 12 mars, Hitler annexe l'Autriche — c'est le premier grand bouleversement de la carte de l'après-guerre. L'événement projette son ombre sur le déroulement de la crise. Léon Blum, reprenant son idée de janvier, s'adresse à l'ensemble de l'opposition réunie exceptionnellement et l'adjure d'apporter son concours à un gouvernement d'union et de salut public allant de Thorez — dont le leader socialiste espère obtenir cette fois le concours — à Paul Reynaud — qui a la sympathie d'une partie de la gauche pour sa fermeté à l'égard de l'Allemagne. Ce serait la réédition de l'Union nationale, mais sous direction socialiste cette fois. La proposition reçoit l'acceptation du petit groupe démocrate-populaire et vaut à Léon Blum un brevet de patriotisme d'Henri de Kerillis : « Vous êtes un grand Français », mais les droites ne la retiennent pas. L'anticommunisme a autant de part à son rejet que le désir de démontrer que le Front populaire a échoué.

Cela étant, Léon Blum se résout à constituer un gouvernement qui ressemble au premier, tout comme Herriot en avait formé un en 1926 qui rappelait son premier cabinet : les cycles se répètent. Les socialistes y sont en majorité avec quelques radicaux, pas des plus notoires, et des socialistes indépendants. Pierre Mendès France y fait sa première expérience ministérielle comme sous-secrétaire d'État au Trésor. Léon Blum ne se fait guère d'illusion sur la longévité de ce gouvernement et n'obtient la confiance que d'une majorité diminuée : 311 voix, soit 75 de moins que deux ans plus tôt. Le 1er avril, à son tour, il demande des pouvoirs étendus sur un programme dont la rigueur entend répondre à la gravité de la situation : instauration d'un impôt sur le capital, contrôle des changes. La Chambre les lui accorde, sachant que le Sénat les refusera. De fait, celui-ci, suivant à nouveau Caillaux, les refuse à une très forte majorité : 223 contre 49 (7 avril), et Léon Blum démissionne à nouveau. Aurait-il pu, aurait-il dû, comme le pensaient certains socialistes, passer outre à l'opposition du Sénat et se maintenir ? Les textes constitutionnels n'étaient pas clairs à cet égard, mais la Haute Assemblée avait déjà renversé plusieurs gouvernements. La fédération socialiste de la Seine, qui avait dans le parti une ligne gauchiste, appela le peuple de Paris à manifester sous les murs du Palais du Luxembourg en reprenant le vieux cri de guerre des radicaux d'autrefois : « Sus au Sénat ! », lequel fait obstacle à la volonté démocratique de la Chambre. Le président du Sénat, Jules Jeanneney, ne comptant pas sur le gouvernement pour assurer la liberté de délibération des sénateurs, requit la force publique et la manifestation tourna court.

Cette fois, c'est bien la fin de l'expérience inaugurée deux ans plus tôt au lendemain de la victoire électorale ; c'est aussi la fin de la majorité. Reste de cette expérience un ensemble de réformes qui a modifié la condition des travailleurs, amorcé la réintégration de la classe ouvrière dans la nation et laissé un grand souvenir dans l'esprit public : un demi-siècle plus tard, il demeure vivace et il est encore capable d'inspirer nostalgie, gratitude ou amertume et de fournir à la littérature, au théâtre, au cinéma, à la création audiovisuelle le support de toute sorte de reconstitutions.

CHAPITRE IX

Un sursaut ?

Le gouvernement Daladier

Le 8 avril 1938, Léon Blum est démissionnaire. Deux jours plus tard, Édouard Daladier a formé un gouvernement, et le surlendemain la Chambre lui accorde sa confiance à la quasi-unanimité : 575 voix pour, 5 contre. Majorité du Front populaire et opposition d'hier ont, pour la deuxième fois en trois mois, confondu leurs votes : l'unanimité sera-t-elle cette fois moins précaire ?

L'expérience qui débute, associée au nom de Daladier, a longtemps souffert dans la mémoire collective, et aussi dans les études des historiens, d'avoir été laminée entre l'embellie et l'illusion lyrique de l'été 1936, et le désastre du printemps 1940. Plus proche dans le temps de la chute que du début de la décennie, elle en porte par anticipation les stigmates : à ce maillon intermédiaire de la chaîne qui relie la crise à l'effondrement on impute, par un mouvement naturel, une part étendue des responsabilités de la défaite finale. Et pourtant cet épisode mérite un sort moins infamant : sans appeler une réhabilitation, il a droit à une seconde lecture. Le gouvernement qu'a présidé Édouard Daladier a été, et aurait pu être davantage si les choses avaient pris un autre cours, un chapitre important de l'histoire des Français et de leurs efforts pour échapper à la guerre ou la gagner s'ils ne pouvaient l'éviter.

Ce gouvernement se recommande à l'attention par plusieurs titres. Sa durée d'abord, supérieure à la moyenne : avec des remaniements touchant les personnes — trois en tout, en août et novembre 1938 et en septembre 1939 —, il a duré presque deux ans, du 12 avril 1938 à la mi-mars 1940 ; il faut remonter jusqu'au gouvernement Poincaré, soit près de dix ans en arrière, pour retrouver pareille longévité. Le gouvernement Daladier vient ainsi en fort bonne place parmi les ministères les plus stables de la IIIe République, immédiatement à la suite de ceux dirigés par Ferry, Méline, Waldeck-Rousseau, Combes, Clemenceau ou Poincaré. L'opinion, qui s'impatientait d'une instabilité où elle voyait, non sans raison, un signe de la décadence des institutions, apprécia le contraste, et la popularité retrouvée rejaillit sur le chef de ce gouvernement. Le pays souhaitait confusément un gouvernement fort, rêvait d'un autre Clemenceau : il crut l'avoir trouvé. Par un étonnant renversement d'humeur, l'homme qui concentrait sur sa tête la haine de la droite jouit de la confiance de ceux qui, quatre ans plus tôt, le traitaient de fusilleur et juraient que jamais ils ne pactiseraient avec cet assassin. Fort de la sympathie de l'opinion, Daladier obtiendra à trois reprises de gouverner par décrets-lois : il détiendra une autorité analogue à celle qui avait marqué la dictature parlementaire du Tigre.

Le gouvernement qu'il a constitué n'est pourtant pas à l'image de l'unanimité du vote de confiance. Les radicaux y sont majoritaires, comme ils l'étaient déjà dans les gouvernements précédents, et détiennent les plus importants portefeuilles : Défense nationale, aux mains du chef du gouvernement, Affaires étrangères, Intérieur, Finances. Sur leur gauche ils sont flanqués de trois membres de l'U.S.R. Mais les socialistes S.F.I.O. ont refusé leur concours ; ce n'est pas une nouveauté : ils étaient déjà absents du deuxième cabinet Chautemps. La nouveauté est ailleurs, dans la rentrée au gouvernement de personnalités de droite qui étaient dans l'opposition depuis mai 1936 : Paul Reynaud, Georges Mandel, Champetier de Ribes, qui ont en commun la résolution de tenir tête aux entreprises de Hitler. On ne saurait en dire autant de tous les radicaux et U.S.R. : il en est parmi eux, entre autres Georges Bonnet, le ministre des Affaires étrangères, qui croient encore possible d'apaiser le Führer par des concessions. Cette absence d'unité de vues sur un point essentiel mine le cabinet de l'intérieur et sera une cause de faiblesse et d'indécision.

Un autre sujet de discorde, la conduite de l'économie, trace dans le gouvernement une seconde ligne de fracture, entre ceux qui continuent de croire à une politique volontariste et dirigiste, et ceux qui pensent qu'elle ne retrouvera son dynamisme et son élasticité que par un retour complet aux principes de l'économie de marché. Les deux thèmes sont étroitement liés, et les divisions qu'ils entraînent s'enchevêtrent.

Une première crise éclata en août 1938 à propos de la durée hebdomadaire du travail. Le gouvernement avait la volonté d'intensifier le réarmement autant que de relancer l'économie languissante. Il était manifeste, après deux ans d'application, que la semaine de quarante heures n'avait pas résorbé le chômage et qu'elle freinait une éventuelle reprise par la rigidité imposée aux entreprises : elle majorait les coûts. Le patronat, qui s'était ressaisi depuis 1936, réclamait à cor et à cri des mesures d'assouplissement, mais les syndicats y étaient farouchement opposés ; les quarante heures étant le symbole des conquêtes ouvrières, aucun gouvernement n'avait osé y toucher. Le 21 août, en pleine période de congés payés, Daladier annonça par radio sa décision de « remettre la France au travail » et des mesures introduisant une certaine flexibilité dans l'aménagement des horaires. Elles se justifiaient par la nécessité de relever le défi de l'industrie d'outre-Rhin qui travaillait soixante ou soixante-dix heures : aussi les mesures concernaient-elles prioritairement les industries d'armement, désormais autorisées à travailler au-delà du plafond légal qui restait fixé à quarante heures. Mais l'initiative provoqua des remous : l'intention affichée de remettre la France au travail impliquait un blâme pour les gouvernements précédents et légitimait certaines critiques de la droite contre la politique du Front populaire.

Deux ministres membres de l'U.S.R. marquent leur désaccord en démissionnant : L.-O. Frossard, secrétaire général de la S.F.I.C. de 1921 à 1923, et Paul Ramadier, qui avait quitté la S.F.I.O. en 1933 avec les néo-socialistes. Daladier les remplace sur-le-champ par deux autres membres du même groupe ; l'équilibre du gouvernement n'est pas modifié, et le président du Conseil a affirmé son autorité. Le gouvernement a pris un tournant ; il ne tolère plus d'occupation d'usines : il les fait évacuer par la police. Le patronat lui sait gré de cette fermeté : l'autorité est restaurée, la propriété respectée.

La crise de Munich

Dès la formation du gouvernement, l'aggravation de la situation internationale éclipse presque les débats de politique intérieure : le sort de la Tchécoslovaquie d'abord, l'existence de la Pologne ensuite dominent l'action des pouvoirs publics et les préoccupations de tous les Français. L'Anschluss à peine effectué (12 mars 1938), Hitler mène tambour battant la réalisation de son programme : rassembler tous ceux qui parlent allemand au sein d'un grand Reich. C'est la Tchécoslovaquie qu'il trouve d'abord sur son chemin : cette création des traités de 1919 qui démembrèrent l'Autriche-Hongrie englobait des minorités autres que les Tchèques et les Slovaques, en particulier quelque trois millions d'habitants d'origine germanique massés sur le pourtour du quadrilatère de Bohême, dans les monts Sudètes. En sous-main, Hitler a attisé leurs revendications et apporté son soutien à leur leader, un instituteur du nom de Konrad Heinlen. Or la Tchécoslovaquie fait partie du système d'alliances orientales édifié par la France pour être, de l'autre côté de l'Allemagne, le contrepoids qui actualise les alliances traditionnelles dites de revers. Depuis 1925, un traité lie les deux pays. En mai 1938 a éclaté une première alerte qui n'a guère duré, mais l'éventualité d'une crise dont pourrait sortir la guerre conduit certains à s'interroger sur la portée du traité et à se demander si la France serait bien tenue de porter assistance à son alliée au cas où le conflit éclaterait parce que Prague aurait refusé à ses Allemands les concessions réclamées par Berlin. C'est le sens d'un article publié par le grand juriste Joseph Barthélemy dans *Le Temps*. Une fêlure se fait jour dans la détermination française de barrer la route à l'expansionnisme du IIIe Reich. Une autre donnée joue dans le même sens, la dépendance de la diplomatie française à l'égard de l'Angleterre : depuis la remilitarisation de la rive gauche du Rhin, la France peut encore moins envisager de tenir tête seule à Hitler, et le concours britannique lui est indispensable. Or le Foreign Office est en retrait pour la défense de la Tchécoslovaquie. La France est alors contrainte de faire des sacrifices à l'amitié franco-britannique ; la visite des souverains d'outre-Manche à Paris en juillet 1938 donne lieu à d'impressionnantes fêtes et à une grande revue militaire à Versailles qui inspire confiance dans notre armée. La France et les Français espèrent amener les Britanniques à partager leurs vues sur la fermeté à manifester face à Hitler.

Mais la crise rebondit en septembre : Hitler, au congrès de Nuremberg, hausse le ton, menace le gouvernement tchèque, exige chaque jour davantage. La tension s'élève rapidement, et l'éventualité de la guerre devient chaque jour plus vraisemblable. Le gouvernement français prend des dispositions préventives, organise la défense passive, rappelle des réservistes. L'initiative du Premier britannique, Neville Chamberlain, de rendre visite au chancelier du Reich à Bad Godesberg fait tomber la fièvre : les deux gouvernements de Paris et Londres font pression sur Prague pour lui imposer d'importantes concessions. Une semaine plus tard, nouveau rebondissement. Hitler a encore relevé ses prétentions : ses nouvelles exigences signifieraient le dépècement de l'État tchécoslovaque ; elles donnent à penser que son appétit est insatiable et confortent ceux qui jugent que toute nouvelle concession ne ferait qu'attiser sa frénésie. Le moment est venu de

Un sursaut ?

ne plus céder. Une seconde entrevue entre le Premier britannique et lui ne donne aucun résultat. On se prépare à la guerre : en plusieurs tranches, le gouvernement rappelle 750 000 réservistes, les affiches blanches ont reparu aux murs des mairies, on bleuit les carreaux pour occulter les lumières, on dresse des plans d'évacuation des enfants des grandes villes. On vit les dernières heures de la paix, les anciens se croient ramenés au début d'août 1914.

Au moment où la paix semble perdue, la proposition de Mussolini, sans doute de mèche avec Hitler, d'une conférence à quatre entrouvre une issue, aussitôt acceptée. Le Duce, le chancelier du Reich, le Premier britannique et le président du Conseil français se retrouvent à Munich et, en quelques heures, parviennent à un arrangement qui accorde à Hitler tout ce qu'il demandait : il cède au Reich d'importants territoires ; il n'est même plus question d'interroger les populations. L'accord est imposé à Prague, qui n'a pas été consultée. Mais comment le gouvernement de Beneš, abandonné par ses alliés, pourrait-il s'y opposer ? La paix est sauvée, mais à quel prix ?

En France, sur le moment, le soulagement est à la mesure des craintes inspirées par la gravité du danger : la satisfaction d'avoir échappé à la guerre est le sentiment dominant qui submerge tous les autres. Il éclate à l'occasion du retour de Munich de Daladier : les Parisiens se sont portés en foule à sa rencontre à l'aéroport du Bourget et massés sur l'itinéraire qui le conduit à l'Arc de Triomphe ; on l'acclame comme s'il revenait d'un grand succès diplomatique. De fait, la signature des accords de Munich est célébrée à l'instar d'une victoire : victoire sur la guerre que les quatre Grands ont fait reculer. Des municipalités donnent le nom de Chamberlain à une rue ; *Le Petit Parisien* organise une souscription auprès de ses lecteurs pour offrir une maison au Premier britannique. Des commentateurs ne craignent pas de comparer les accords de Munich à l'armistice qui a scellé la victoire de 1918 et prophétisent que la paix vient d'être fondée une seconde fois et qu'elle est désormais garantie pour vingt autres années, pour une génération.

La déclaration de Daladier à son retour est approuvée par la Chambre à une très forte majorité : 537 voix pour. N'ont refusé la ratification des accords, en dehors des 75 députés communistes — inquiets de cette victoire du fascisme et redoutant que la paix ne se fasse sur le dos de l'Union soviétique qui a été laissée en dehors de la négociation bien qu'elle fût, elle aussi, liée à la

Tchécoslovaquie par un traité —, qu'un socialiste, Jean Bouhey, député de la Côte-d'Or, et Henri de Kerillis, député modéré de Neuilly, ancien directeur politique de *L'Écho de Paris,* qui avait abandonné ce journal l'année précédente en raison d'une orientation trop accueillante aux exigences allemandes et qui avait lancé un quotidien, *L'Époque,* pour maintenir haut et ferme le drapeau du patriotisme intransigeant face à l'Allemagne.

Cette unanimité dans l'approbation masque toutefois des doutes et des divisions, et l'opinion est plus partagée que ne le laissent croire le concert de satisfaction dans la presse et le vote de la Chambre. Un sondage d'opinion effectué au lendemain de Munich — l'une des toutes premières enquêtes de ce genre en France, par le jeune Institut français d'opinion publique récemment créé par Jean Stoetzel — comportait entre autres deux questions, dont : « Approuvez-vous les accords de Munich ? » Oui, 57 % ; non, 37 %. Ainsi, plus d'un tiers des Français les blâmaient, le double de l'électorat des députés à les avoir rejetés. La deuxième question concernait l'avenir : « Pensez-vous que la France et l'Angleterre doivent désormais résister [remarquez le mot] à toute nouvelle exigence d'Hitler ? » Oui, 70 % ; non, 17 %. Parmi ceux qui disent avoir soutenu les accords, il en est qui n'entendent pas recommencer ; s'ils ont approuvé, c'est parce qu'il n'y avait pas alors moyen de faire autrement, la France n'étant pas prête et ne pouvant agir sans la Grande-Bretagne.

Munichois et antimunichois

Le pays s'est partagé à propos de Munich, et ce désaccord est l'un des plus profonds qui aient divisé l'esprit public en France depuis l'affaire Dreyfus. Ses conséquences ont été plus graves et plus durables ; la référence à Munich demeure présente aujourd'hui encore dans la conscience collective : on parlera d'esprit munichois, on se dira antimunichois, l'appellation de munichois restant infamante. En plusieurs circonstances nos hommes politiques se sont déterminés sur des situations nouvelles par rapport au précédent de 1938 : ainsi, en 1956, l'un des arguments pour justifier l'expédition de Suez fut-il de ne pas recommencer avec Nasser l'erreur commise avec Hitler. En 1990 la référence à Munich a encore servi à propos de Saddam Hussein. La crise tchèque a fait resurgir, à l'automne de 1938, une ligne de clivage qu'on a déjà repérée précédemment entre deux familles d'esprit : ceux qui, mis au défi, répondent par la fermeté et ceux

Un sursaut ?

pour qui un compromis est toujours préférable à l'affrontement. En 1938, le différend est aggravé par la force du sentiment pacifiste.

Les divergences à propos de Munich ne se réduisent pas à l'antagonisme des munichois et des antimunichois : il est plusieurs façons d'approuver les accords, comme de les condamner. Certains sont munichois par principe : la guerre étant le mal suprême, tout accord lui est préférable — ce sont les pacifistes inconditionnels qui le resteront en toute situation. Ils n'ont pas tous la même origine. Les uns, qui viennent plutôt de gauche, estiment que la vie est un absolu : aucune cause ne mérite qu'on la lui sacrifie, pas même la liberté. « Plutôt la servitude que la guerre », ce slogan résumerait bien leur philosophie, en pendant à la formule : « Plutôt Hitler que le Front populaire ou Léon Blum », attribuée par la gauche à une partie de la droite — encore qu'on n'en rencontre pas l'expression. D'autres ne sont devenus pacifistes, et par voie de conséquence munichois, que parce qu'ils soupçonnent la gauche d'être belliciste et de pousser à la guerre par hostilité idéologique pour les régimes autoritaires. Mais, à côté de ces minorités, beaucoup plus nombreux sont ceux qui se sont réjouis de la signature des accords ou s'y sont résignés parce qu'ils croyaient Hitler sincère quand il affirmait n'avoir plus d'autres revendications territoriales, ou parce qu'ils jugeaient l'enjeu d'un éventuel conflit peu justifié, ou encore parce que la France n'était pas prête.

Le camp des antimunichois était tout aussi disparate. Il associait des patriotes dans l'esprit de Clemenceau ou dans la tradition de Péguy, des citoyens attachant du prix à l'honneur de la France, qui se sentaient humiliés par l'abandon de la Tchécoslovaquie, des militaires consternés que la France ait perdu une alliée et des positions en Europe centrale et qui supputaient qu'à la prochaine alerte elle se retrouverait un peu plus seule en face de l'Allemagne. Il englobait aussi des antifascistes qui enrageaient de voir les démocraties toujours céder aux régimes fascistes qui progressaient sur tous les fronts, en Espagne, en Autriche, en Tchécoslovaquie. Il comptait encore les communistes dont les dirigeants, réglant leur conduite sur la politique étrangère de l'État soviétique, craignaient qu'il ne fît les frais de l'entente entre les États capitalistes et les États fascistes.

Parce que les motifs sont des plus divers, le débat divise la plupart des familles : après Munich, partis et syndicats ne sont généralement plus en état d'arrêter une ligne qui fasse l'unanimité.

La cohésion n'est préservée qu'au prix du silence ou de l'équivoque. Seuls ont préservé leur unité de vues le Parti communiste, dans le rejet de l'esprit de Munich et dans l'opposition désormais inconditionnelle au gouvernement qui a signé les accords, et le Parti démocrate populaire qui, après avoir comme tout un chacun sacrifié quelque peu au soulagement immédiat, campe sur une position résolument antimunichoise. Les autres formations sont divisées, et la ligne passe en leur milieu qui sépare les munichois et les antimunichois. La droite est déchirée entre partisans de l'apaisement et tenants de la fermeté. La gauche n'est pas moins divisée : le Parti socialiste est écartelé entre blumistes qui ne croient pas qu'on puisse apaiser Hitler et qui le jugeraient immoral, et paulfauristes rangés derrière le puissant secrétaire général et penchant vers la conciliation, quelque élevé que puisse en être le prix. Les congrès de la S.F.I.O. sont le théâtre de leurs affrontements : tous les arguments sont bons, y compris, de la part des pacifistes, l'anticommunisme comme l'antisémitisme. La S.F.I.O. n'a préservé en 1939 une apparence d'unité que dans l'équivoque, laquelle ne survivra pas aux événements de 1939-1940. Les syndicats aussi sont déchirés ; le différend coïncide assez généralement avec la compétition pour la direction des fédérations professionnelles et des unions départementales entre les deux tendances : les ex-confédérés inclinent vers le pacifisme munichois, dans la tradition du syndicalisme révolutionnaire, et les ex-unitaires sont pour une politique de résistance au fascisme par antifascisme et solidarité avec l'Union soviétique. Ces divisions affaiblissent grandement les organisations et troublent l'esprit public. Elles provoquent des reclassements imprévus, et les luttes internes, à partir d'octobre 1938, se livrent souvent à fronts renversés.

Les Français dans leur ensemble ne soupçonnent pas à quel point les coups de force de Hitler et l'inaction de leur gouvernement ont entraîné la faillite de tout notre système diplomatique et militaire. Il ne reste rien de l'ordre instauré par Versailles. Ulcéré par les sanctions, Mussolini a contracté avec le maître de l'Allemagne une alliance étroite, le Pacte d'Acier, qu'il justifie après coup par une parenté tardivement découverte entre les régimes. La victoire de Franco après deux ans et demi d'une guerre atroce a installé derrière les Pyrénées un régime que la reconnaissance oriente vers l'Allemagne et l'Italie. En octobre 1936, le roi des Belges, édifié par l'absence de réaction à la remilitarisation de la rive gauche du Rhin, a choisi la neutralité.

Quant à la Pologne, doutant de notre détermination après la disparition de Barthou, elle a cru plus habile de s'entendre directement avec Hitler et, depuis l'instauration du « gouvernement des colonels », mise sur un tête-à-tête avec le Reich ; après Munich, elle a pris part au démembrement de la malheureuse Tchécoslovaquie. La Petite Entente est disloquée. Depuis Munich, Staline croit les démocraties occidentales disposées à acheter leur tranquillité en laissant à Hitler les mains libres en direction de l'Ukraine. La France est donc à peu près seule : elle a perdu ses alliés, son prestige est au plus bas. Il lui reste l'amitié britannique, plus précieuse encore qu'auparavant et à laquelle elle est obligée de faire des concessions : c'est le veto britannique qui a retenu en juillet 1936 Léon Blum d'apporter son aide à l'Espagne républicaine. Dans la crise tchèque, c'est aussi Londres qui a mené le jeu et imposé le lâchage. Le cabinet britannique ne s'est pas encore convaincu de la vanité des tentatives d'entente avec Hitler.

Au lendemain de Munich deux attitudes dans les rapports avec l'Allemagne sont concevables, entre lesquelles les dirigeants hésitent. Pour les uns, Munich indique la voie à suivre : régler par la négociation entre les quatre Grands les problèmes pendants et fonder la paix sur une révision amiable des traités de 1919-1920 ; cette politique implique qu'on croie à la sincérité de Hitler quand il déclare qu'il n'a plus de revendication territoriale et qu'on fasse confiance à sa parole. Les autres, pour des motifs contraires, estiment qu'il faut mettre à profit le sursis obtenu, activer le réarmement, combler le retard, promettre sa garantie à tous les petits États menacés par l'hégémonie allemande. Le gouvernement français est divisé : Daladier penche plutôt vers la deuxième politique, mais Georges Bonnet est partisan de la première. Celle-ci est matérialisée par la venue à Paris, le 6 décembre, du ministre des Affaires étrangères du Reich, Ribbentrop, et par la signature d'une déclaration commune au contenu fort vague, mais dont la portée symbolique déplaît profondément, un mois après les pogromes de la « nuit de cristal », à tous ceux qui ont honte de l'abandon de la Tchécoslovaquie et, connaissant mieux le national-socialisme, n'ont pas d'illusions ou détestent son idéologie. L'hésitation entre ces deux politiques ou leur pratique simultanée se prolonge jusqu'au coup de théâtre causé par Hitler lui-même : le 15 mars, la Wehrmacht pénètre en Tchécoslovaquie — moins de six mois après les accords de Munich qui devaient assurer la paix pour une génération, Hitler a renié sa parole. L'invasion de la Bohême a dessillé les yeux des incrédules, à commencer par ceux des dirigeants britanniques, désormais convaincus de l'inanité de toute entente avec le Chancelier. Une seule attitude peut arrêter son entreprise de domination et peut-être éviter la guerre : lui tenir tête. La Grande-Bretagne surpasse alors la France : pour la première fois en temps de paix, elle instaure la conscription, donne sa garantie aux États situés sur l'axe de la poussée du Reich — Pologne, Roumanie. Les partisans de l'apaisement, en France, se taisent. L'opinion continue de détester la guerre, d'en redouter l'éventualité, mais elle en accepte le risque. Un sondage en apporte une preuve impressionnante : la question posée — à laquelle l'actualité conférait une inquiétante vraisemblance — était : « Pensez-vous que, si l'Allemagne tente de s'emparer de la ville libre de Dantzig, nous devons l'empêcher, au besoin par la force ? » 76 % répondirent oui, 17 % non et 7 % s'abstinrent. Quel chemin parcouru depuis Munich que 37 % seulement désapprouvaient ! Marcel Déat, dont on cite toujours l'article paru dans *L'Œuvre* du 4 mai 1939, n'était pas bon témoin des sentiments de ses compatriotes en répondant négativement à la question : « Mourir pour Dantzig ? » Daladier, qui n'a pas confiance en Georges Bonnet, ne s'en défait pas, mais le dessaisit de plus en plus en intervenant personnellement dans la conduite de la diplomatie : faiblesse d'un régime qui ne donne pas au chef du gouvernement une autorité incontestée sur ses collègues...

L'acte de décès du Front populaire

Tandis que le débat sur Munich provoque des reclassements, la rupture définitive du Front populaire se consomme. On s'y est acheminé par étapes : le refus de participer des communistes et leur abstention en décembre 1936, le glissement de la direction du gouvernement des socialistes aux radicaux, puis la sortie des socialistes et enfin le retour au pouvoir de personnalités de l'opposition en avril 1938. Après Munich, c'en est fait. Le Parti communiste est passé à l'opposition systématique et, à son congrès de Marseille (26-29 octobre), le Parti radical prend acte sans regret de la fin du Front populaire : l'anticommunisme coule à flots, et la minorité radicale, qui a toujours été hostile à l'alliance avec l'extrême gauche, a la satisfaction de voir l'ensemble du parti s'aligner sur sa position. Le 10 novembre, le Parti radical suspend *sine die* sa participation aux instances du Rassemblement populaire. L'union des gauches, ébauchée en juillet 1934 avec le pacte socialo-communiste, élargie en 1935, victorieuse et ratifiée par les électeurs en 1936, ébréchée en 1937, a vécu. Elle aura, au mieux, duré un peu moins de quatre ans. Se reproduit, pour la troisième fois en douze ans, le processus qui amène une majorité de gauche unie pour les élections à se dissocier à mi-parcours et à céder la place à une majorité de rechange qui réintègre les modérés avec le concours des radicaux et rejette dans l'opposition une partie de la majorité de la veille. La différence avec les précédents de 1926 et 1934 est que, cette fois, la direction du gouvernement reste entre les mains d'un radical. Mais le déplacement de l'axe de la majorité vers la droite n'est pas moindre, puisqu'il a glissé des socialistes au Parti radical. Les socialistes sont embarrassés : ils s'abstiennent dans le vote des pleins pouvoirs demandés par le gouvernement.

Une nouvelle politique

Le gouvernement tire aussitôt les conséquences de ce glissement politique : le 1er novembre, une permutation de portefeuilles avec Paul Marchandeau fait passer Paul Reynaud de la Justice aux Finances. Ayant la haute main sur la politique économique, il est décidé à prendre les mesures nécessaires pour le redressement dans ce domaine, pour accélérer le réarmement et éviter de devoir une nouvelle fois céder à Hitler sous la contrainte. Secondé par un cabinet qui associe, sous la direction de Gaston Palewski, une pléiade de jeunes fonctionnaires compétents, brûlant d'agir, qui font là leurs premières armes et qu'on retrouvera plus tard aux postes de commande — Michel Debré, Maurice Couve de Murville, Alfred Sauvy —, Paul Reynaud arrache à un Daladier hésitant son consentement à un train de décrets-lois qui visent à desserrer les contraintes et à relancer l'activité par d'importantes concessions au libéralisme : dérogations à la loi des quarante heures — que le ministre des Finances met un brin de coquetterie à présenter de façon provocante : « La semaine des deux dimanches a cessé d'exister » —, réduction du taux de rémunération des heures supplémentaires, assouplissement des conditions d'embauche et de licenciement, encouragement au rapatriement des capitaux partis à l'étranger. C'est un complet renversement d'orientation de la politique économique.

Passage du Parti communiste à l'opposition, hésitation de la S.F.I.O., retour de la droite au gouvernement, promulgation d'un ensemble de décrets-lois qui rappellent les mauvais souvenirs de 1935 et portent atteinte aux conquêtes sociales de 1936 : toutes les conditions sont réunies pour une réaction de la C.G.T. Mais les deux courants qui s'en disputent la direction n'ont pas les mêmes motifs de combattre le gouvernement : les ex-unitaires, proches du Parti communiste, s'opposent à sa politique extérieure qui a, au contraire, la faveur des ex-confédérés ; le clivage entre munichois et antimunichois introduit un élément de discorde et de faiblesse. Le congrès confédéral de Nantes se laisse arracher, dans des conditions confuses, la décision d'une journée de grève générale pour le 30 novembre, mais on ne sait pas exactement si elle est protestation contre les décrets-lois ou contre les accords de Munich. La confédération espère renouveler le succès du 12 février 1934, qui avait été décisif. La C.G.T., divisée, trouve en face d'elle un gouvernement qui n'a peut-être pas cherché l'épreuve de force, mais qui l'accepte et est résolu à tout mettre en œuvre pour en sortir vainqueur. Paul Reynaud gagne Daladier à son point de vue et obtient son appui contre un entourage plus disposé à temporiser et à éviter un choc frontal avec la C.G.T. Le gouvernement prend ses précautions : réquisition des personnels des services publics, menace d'appliquer aux réfractaires les sanctions prévues par la loi qui vient d'être votée sur la nation en temps de guerre, occupation préventive par la police des dépôts d'autobus pour assurer la liberté du travail, etc.

Inégalement suivie selon les régions et les branches, la grève le fut davantage dans le Midi que dans le Nord. Elle ne fut pas un échec, car il y eut au moins autant de grévistes que le 12 février 1934, entré dans la légende. Et cependant l'opinion eut dans l'ensemble le sentiment d'un fiasco, parce que les signes auxquels elle avait l'habitude de mesurer le succès d'un mouvement de la sorte furent absents. Si le secteur privé fit assez largement grève, le secteur public ne s'y associa qu'à moins de 10 % : les trains roulèrent, les autobus circulèrent dans les rues de Paris, le métro ne s'interrompit pas, le courrier fut distribué ; très peu d'enseignants firent grève (environ 250 pour l'ensemble des lycées et collèges). Les dispositions prises par le gouvernement avaient été efficaces et celui-ci exploita son avantage, déférant les grévistes devant les tribunaux qui prononcèrent de lourdes peines. De leur côté, les patrons, considérant que la cessation du travail valait rupture du contrat, licencièrent à tour de bras pour se donner la possibilité de faire un tri en réembauchant, ce qui leur permit de se défaire des syndicalistes les plus marqués. La répression, brochant sur le découragement de la base, entraîna la désorganisation du mouvement : quelques mois plus tard, près des deux tiers des syndicats avaient disparu, décapités par le licenciement de leurs responsables, et beaucoup d'adhérents s'abstinrent de reprendre leur carte ; René Belin, secrétaire confédéral de la C.G.T., estimait que le nombre des cotisants, qui s'était élevé à plus de 4 millions, avait dû retomber, au début de 1939, au-dessous du million et demi. C'était la fin du syndicalisme de masse, qui n'aurait connu que trois petites années fastes. Les organisations ouvrières ne sont plus capables de résister au gouvernement ou au patronat. Il n'y aura plus de conflit important : en beaucoup de localités, le 1er Mai ne sera même pas célébré en 1939. Ce n'est pas la mobilisation et encore moins la dissolution par le gouvernement de Vichy des confédérations ouvrières en août 1940 qui ont entraîné l'effacement du mouvement syndical : la vraie césure se situe en novembre 1938.

Le patronat en profite pour ressaisir son autorité ébranlée depuis mai 1936 et passe à la contre-attaque. A la suite de Simone Weil, qui avait parlé de la « bataille de la Marne des patrons », les historiens ont insisté sur la revanche sociale des classes dirigeantes, et il n'est pas douteux que nombre d'employeurs ont alors pris leur revanche des humiliations subies. Mais expliquer le retour de la tranquillité sociale uniquement par un renversement du rapport de force entre droite et gauche serait oublier que les travailleurs sont aussi des citoyens qui tiennent compte de l'aggravation de la situation internationale, et méconnaître le sursaut qui s'est produit entre novembre 1938 et septembre 1939.

Un redressement national

Le président du Conseil a cristallisé sur sa personne une nébuleuse de sentiments et suscité un phénomène de popularité assez exceptionnel. La majorité des Français se sont reconnus en cet homme qui exprime sans emphase et avec un accent de sincérité ce qu'ils ressentent : attachement à la paix, refus de céder à l'ultimatum, conscience impériale qui s'éveille. Chaque crise surmontée accroît son autorité morale. On ne lui tient pas rigueur d'avoir dû aller à Munich : c'est la preuve de sa volonté pacifique. Mais on l'approuve plus encore de répondre aux rodomontades italiennes et de signifier un refus catégorique aux prétentions de la Chambre italienne sur Nice, la Savoie, la Corse et la Tunisie ; son voyage en Tunisie est orchestré par la presse et les actualités, et la ligne Mareth, censée interdire l'accès du Sud tunisien à une invasion venant de Libye, rejoint dans l'imaginaire collectif la ligne Maginot — l'une et l'autre préservent l'intégrité du territoire qui inclut désormais l'Outre-mer au même titre que les provinces de la métropole. Le pays se réjouit d'avoir enfin un gouvernement qui passe pour fort et qui dure : on a trop souffert de la cascade de ministères.

Les institutions paraissent fonctionner correctement. A trois reprises, le Parlement accorde au gouvernement le pouvoir qu'il demande d'agir par décrets-lois. Il réussit à débloquer des textes en souffrance depuis des années, telle la loi sur la nation en temps de guerre, en panne depuis douze ans et votée en fin de session le 12 juillet 1938. Trois initiatives satisfont le désir confus d'éviter de rouvrir des querelles. Le président Lebrun, dont le mandat expire en mai 1939, est réélu dès le premier tour le 5 avril : solution qui coupe court aux intrigues et évite les compétitions. Un décret du 29 juillet 1939 proroge la Chambre des députés jusqu'au 1er juin 1942 pour le même motif : éviter d'ouvrir une campagne qui diviserait. Enfin, la Chambre adopte le 27 juin 1939, par 339 voix contre 234, une réforme électorale qui rétablit la représentation proportionnelle. Un nouvel équilibre des pouvoirs s'est instauré empiriquement entre gouvernement et Parlement, qui exauce sans révision des textes une bonne part des vœux du parlementarisme rationalisé, en particulier des réformes que Doumergue n'était pas parvenu à introduire par la voie d'une révision constitutionnelle dans les formes. La République aurait-elle réussi à se corriger des défauts qui l'affaiblissaient ? En tout cas, le gouvernement Daladier apparaît à distance comme une étape de la mutation du système politique.

L'antiparlementarisme est en recul. Le Parti populaire français de Jacques Doriot plafonne : les intellectuels qui se sont laissé séduire par sa personnalité et qui ont pensé rencontrer le peuple s'en détachent après Munich ; Drieu la Rochelle, Alfred Fabre-Luce, Bertrand de Jouvenel s'éloignent. En revanche, le Parti social français connaît un très grand succès auprès des classes moyennes et réduit la fracture ouverte depuis le boulangisme entre le nationalisme et la République. Les seuls groupes qui se tiennent en dehors de ce rassemblement de l'opinion autour du gouvernement sont, avec les électeurs qui maintiennent leur confiance au Parti communiste — dans lequel ils voient l'avenir du monde et le rempart contre le fascisme —, une minorité qui met la paix au-dessus de tout et une poignée d'esprits dévoyés qui ont déjà, parfois à leur insu, choisi l'alliance avec l'Allemagne par haine de la démocratie, anticommunisme ou fascination du fascisme.

Sous l'impulsion du gouvernement, la France, pour user d'un terme qui a beaucoup servi alors, se redresse. Affranchie d'une partie de la réglementation qui la bridait, entraînée par les commandes du réarmement, stimulée par les capitaux rapatriés, qu'on évalue à 35 milliards et qui s'investissent dans les entreprises, l'économie repart après six ou sept années de marasme dont n'ont pu la tirer ni la politique déflationniste des gouvernements d'avant 1936, ni la relance mise en œuvre cette année-là. Pour la première fois, elle semble sur le point de sortir de sa langueur, avec un retard sur les grandes nations industrielles que la guerre ne lui laissera pas le temps de rattraper. Les indices traduisent le renversement : en juin 1939, la production industrielle a augmenté de 20 % par rapport à avril 1938, le nombre des chômeurs a diminué de 10 % et la hausse des prix, qui a périodiquement rongé les augmentations de salaires et annulé la marge de compétitivité allouée par la dévaluation, s'est nettement ralentie. La reprise avait gagné l'une après l'autre la plupart des branches.

Assuré de la durée, le gouvernement peut même s'attaquer à des maux plus anciens et engager une action à long terme. C'est le cas pour la démographie : depuis longtemps des associations privées avaient posé le problème. A vrai dire, ses origines remontaient fort loin, s'il est vrai que les Français furent les premiers en Europe à pratiquer la restriction des naissances. En tout cas, depuis 1870, le chiffre de la population n'avait presque pas bougé alors que dans tous les pays voisins la courbe était ascendante. Après l'annexion de l'Autriche et l'incorporation des Sudètes, l'Allemagne aligne 80 millions d'habitants en face des 40 de la France. Il y a plus grave encore : depuis 1935, les naissances sont chaque année moins nombreuses que les décès. On s'inquiète à court terme pour la sécurité militaire, à long terme pour l'existence et l'avenir de la nation. Alfred Sauvy, qui élabore alors les principes et la méthode d'une science de la démographie et qui est proche du gouvernement, fait partager ses vues aux dirigeants et concourt à inspirer un ensemble de mesures financières, fiscales, sociales, juridiques, connu sous le nom de Code de la famille, adopté par décret en juillet 1939, qui rompt avec l'indifférence chronique des pouvoirs publics et le préjugé individualiste hérité de la Révolution. Le mouvement est lancé ; les régimes successifs persévéreront dans la voie ouverte en juillet 1939 : l'impulsion a été donnée par le dernier gouvernement de la IIIe République du temps de paix.

Les relations avec l'Union soviétique

Depuis le 15 mars 1939, personne ne parle plus de fonder une paix durable sur une entente avec le Reichführer. Les gouvernements français et britannique ont opté pour la fermeté : ils ont donné leur garantie aux pays menacés par l'ambition hégémonique du Reich, la Pologne en premier lieu. Sur le moment, leur prise de position ne paraît pas intimider les dictateurs : Hitler oblige la Lituanie à lui céder Memel et Mussolini envahit l'Albanie. Un seul moyen de retenir Hitler : un accord avec l'Union soviétique ; l'Allemagne a toujours redouté par-dessus tout de faire la guerre sur deux fronts. Aussi les deux gouvernements ont-ils engagé des pourparlers avec Moscou, la France étant plus décidée à aboutir que la Grande-Bretagne qui traîne les pieds. La négociation bute sur le refus de la Pologne d'autoriser les troupes soviétiques à passer par son territoire. Varsovie n'a pas oublié la longue histoire de ses relations avec la Russie ni son dernier épisode en 1920, et n'entend pas choisir entre ses ennemis. Or, sans cette possibilité, l'intervention de l'U.R.S.S. n'est pas réalisable. Excédé des lenteurs de la négociation, Daladier qui l'a prise en main finit par donner carte blanche au général Doumenc, chef de la délégation française, pour traiter à n'importe quel prix, bousculant les tergiversations britanniques et passant outre au point de vue polonais. Mais il est trop tard. Le 23 août éclate une nouvelle incroyable : en présence de Staline, dont la photographie immortalise le sourire carnassier, les ministres des Affaires étrangères d'U.R.S.S., Molotov, et du Reich, Ribbentrop, ont signé dans la nuit, en plus d'un traité de commerce dont l'établissement a été le prétexte des conversations, un pacte de non-agression. On ne tardera pas à deviner qu'il est accompagné d'un traité gardé secret de partage de la Pologne entre les deux puissances : c'est le retour à la politique copartageante de Catherine II et de Frédéric II.

Aujourd'hui encore, faute d'avoir accès aux archives soviétiques, on s'interroge sur les motifs qui ont inspiré à Staline pareil renversement. On en devine quelques-uns : saisir l'occasion d'un conflit qui occupera les autres pays pour effacer les conséquences de Brest-Litovsk, reprendre les territoires perdus et reconstituer le glacis occidental de l'Empire russe. C'est peut-être aussi le résultat d'une évaluation, dont la suite montrera qu'elle était erronée, sur la force relative des deux camps opposés : en s'alliant avec celui qu'il croyait le moins fort, prolonger l'épreuve de force

Un sursaut ?

et gagner du temps pour renforcer l'U.R.S.S. — Staline aurait ainsi partagé l'erreur générale de croire les démocraties plus fortes que l'Allemagne. Erreur qui faillit être mortelle et entraîner en 1941, sans le patriotisme des Soviétiques, sa propre perte, la chute du régime et la ruine de l'Union soviétique.

Si toutes les conséquences du pacte germano-soviétique n'apparurent pas d'emblée, il était manifeste, au matin du 24 août, que Paris et Londres ne pouvaient plus compter sur l'appui de l'U.R.S.S. Pis : Hitler, désormais rassuré à l'est et assuré d'obtenir le pétrole et les métaux nécessaires à son industrie de guerre, pouvait passer à l'offensive. En écartant l'éventualité qui, seule, aurait pu retenir Hitler, Staline rendait la guerre à peu près certaine. En France, la divulgation de l'accord Molotov-Ribbentrop fut une surprise totale, sauf pour les quelques esprits mieux informés qui avaient discerné dans l'éviction de Litvinov, en avril 1939, le signe précurseur d'un changement d'orientation de la stratégie soviétique. Depuis quatre ou cinq ans on s'était habitué à ce que le communisme fît de l'antifascisme le thème mobilisateur de son action. Après coup, on trouve une certaine logique dans ce revirement qui donne raison à ceux qui dénonçaient dans le communisme une doctrine d'oppression, et on interprète le rapprochement entre les deux États comme le signe d'une certaine parenté entre les régimes et leurs idéologies : ce sont deux versions du même phénomène qu'on n'appelle pas encore couramment le totalitarisme, mais l'idée y est déjà. Dès lors, l'enjeu du conflit, qui est maintenant perçu comme inéluctable, est clair : c'est à nouveau le combat de la liberté contre les régimes de dictature et les ambitions hégémoniques. L'événement réconcilie les pacifistes de droite avec les antimunichois. Pour les communistes, singulièrement pour ceux qui ont rejoint le parti depuis qu'il a pris l'initiative de rassembler tous les démocrates contre le fascisme, le pacte est une surprise totale et douloureuse : quelques-uns refusent d'y croire, la plupart veulent se persuader que la signature d'un pacte dont on ne connaît pas les clauses secrètes est une ultime tentative de Staline pour sauver la paix en liant Hitler. Et puis, n'est-ce pas la faute des démocraties qui ont tenu Moscou à l'écart des négociations de Munich ? N'auraient-elles pas cherché à détourner le péril allemand contre l'Union soviétique ? On ignore à l'époque les efforts sincères déployés par Daladier pour parvenir à un accord avec Staline. Celui-ci n'aurait donc fait que déjouer les calculs des gouvernements capitalistes. C'est l'interprétation qu'avance *L'Humanité* avant sa suspension par décision du gouvernement. Pour l'instant, rien n'est modifié à la ligne des communistes : ils restent au premier rang des adversaires de l'hitlérisme. Leurs députés n'auront aucun trouble de conscience à accorder, le 2 septembre, les crédits exceptionnels demandés par le gouvernement et dont personne n'ignore que le vote équivaut à une autorisation de déclarer la guerre. L'Allemagne avait, la veille et moins de dix jours après la signature de ce pacte qui devait sauver la paix, attaqué la Pologne, amie et alliée de la France.

CHAPITRE X

Un entre-deux culturel ?

(1919-1939)

Il y a toujours quelque risque à aligner l'activité créatrice, dans l'ordre de la pensée et de l'expression, sur la vie de la cité. Le politique et le culturel, en effet, n'ont pas forcément la même respiration. Est-ce à dire qu'on aurait tort de localiser, dans ce domaine, un entre-deux-guerres qui serait sans signification propre ? La réponse est complexe, et cette complexité tient, notamment, à l'équilibre instable qu'est à tout moment la culture d'une communauté, tiraillée entre innovation et conservation. L'histoire socio-culturelle est plus riche que le simple arbitrage entre académisme et avant-garde — deux notions floues, au demeurant — ou le récit parfois complaisant de l'éternel et bien souvent artificiel débat entre anciens et modernes, où les seconds prétendraient dérouler les bandelettes d'une culture que les premiers auraient momifiée. Au reste, de quel droit Clio pourrait-elle départager les uns et les autres ? A s'en tenir aux premiers, elle figerait un mouvement qui est, par essence, perpétuel ; inversement, à majorer la place des seconds, elle surestimerait l'ampleur du changement qui n'est souvent, dans sa phase avant-gardiste, que virtualité.

Car là est pour l'historien l'obstacle majeur : dans son observation des faits culturels, doit-il privilégier les affleurements nouveaux ou conclure, au contraire, que ce sont les couches les plus profondes et les plus épaisses qui donnent son relief à une époque ? Doit-il se contenter de remarquer que les plans de lecture sont, en fait, diversifiés ou, tout autant que géologue et géographe, doit-il se faire peintre du paysage à une saison donnée de la vie culturelle ? Avec, dans ce cas, et il faudra y revenir, le danger de l'impressionnisme, en d'autres termes de la subjectivité.

Retenons, d'entrée, que l'histoire socio-culturelle peut rarement présenter une chronologie de la faille, mais doit s'attacher avant tout à décrire des modelés qui, peu à peu, se modifient. Ce qui ne dispense nullement de s'interroger sur la tectonique de ces changements de paysage. Cette histoire ne peut donc pas se dissocier de l'histoire sociale et de celle dite des mentalités. Peintre, l'historien du culturel devra se faire aussi sociologue et anthropologue. Tout simplement parce que toute activité créatrice, dans sa réception par un groupe donné, relève de l'émotion et du goût, qui sont eux aussi des objets d'histoire. Et que cette création s'enracine à tout moment dans un terreau social et politique avec lequel elle entretient des rapports à double sens.

En 1919, apparemment, ce terreau, malgré les secousses de la guerre, n'a pas été transformé en profondeur. La France de cette époque, en effet, n'est pas sensiblement différente de la France de la IIIe République telle qu'elle s'est organisée entre 1870 et 1914. Culturellement, elle lui est même, dans la lumière du recul, étonnamment semblable. C'est la continuité qui domine malgré le massacre : comme si la victoire de 1918 était, au moins pour un temps, le triomphe de cette IIIe République et de son idéologie.

Les transformations pour l'heure les plus flagrantes tiennent à des disparitions physiques dues à la guerre ou à l'âge, et à des contradictions nouvelles issues du conflit et qui cherchent de nouveaux équilibres. Rien qui atteigne, alors, les bouleversements qui touchent l'Allemagne, l'Italie, l'Espagne ou l'Europe centrale.

Le champ social dans lequel s'enracine cette culture n'a guère, il est vrai, été remodelé — sauf, bien sûr, les sillons sanglants qui l'ont entaillé —, au moins sur le moment, par le choc et le soc du conflit. La société française semble apte à reconstituer indéfiniment son propre tissu, faculté qui est à la fois un facteur de stabilité et un germe de sclérose. Culturellement, une de ses composantes a disparu, le « beau monde » qui, un instant ressuscité par Proust, ne demeure que comme une nostalgie ou un poncif, l'aristocrate des romans populaires ou le Fresnay de *La Grande Illusion*. Une autre composante, le monde rural et, derrière lui, la société provinciale, a perdu de sa force et de son influence. Il prend valeur de référence; on l'inventorie, mais comme un grenier. Mauriac en fait valoir le charme déjà un peu suranné.

Au total, une société encore divisée, mais plus prompte qu'il ne semble à première vue aux compromis et pour qui ses divisions mêmes sont un gage de plasticité. Culturellement, cette société est à la fois assez diverse pour rester inventive et combative, et assez homogène pour prétendre aligner ses valeurs sur un humanisme communément revendiqué, même s'il est disputé. C'est la société d'un État qui ne sait pas encore qu'il n'est plus une grande puissance, qui par conséquent continue à viser à l'universalité

Un entre-deux culturel ? (1919-1939)

même s'il la soupçonne d'être un leurre et qui est conforté dans sa conviction par l'admiration et l'attente non seulement de l'Europe, mais d'un certain nombre de pays d'Amérique latine et de l'Orient, proche, moyen et même extrême. L'Empire et une clientèle intellectuelle encore fidèle empêchent la France de se replier sur elle-même malgré les tentations qui touchent ses voisins.

Force, d'ailleurs, est de constater que la culture française continue durant l'entre-deux-guerres à rayonner et qu'il ne s'agit pas seulement de l'image rétinienne d'un astre qui aurait cessé de briller. Si cette culture reste alors aussi lumineuse, c'est qu'elle est éclairée à la fois par la réverbération de foyers éclatants de l'avant-guerre et par de nouveaux feux allumés ou activés par les orages de la guerre.

Réverbération

Cette double source de lumière entraîne les problèmes de perspective déjà signalés. Doit-on, pour faire resurgir les teintes de cette époque, mettre en valeur les œuvres consacrées, qui donnent sa coloration au temps, mais intéressent moins l'historien de la littérature, plus sensible aux nouvelles pigmentations introduites par les « avant-gardes » ? Doit-on placer l'immédiat après-guerre sous le signe de « Dada », des audaces de Radiguet, du règne commençant de Cocteau, de l'influence de Max Jacob, de la lente pénétration des œuvres du docteur Freud, le tout bercé par le jazz, ou faut-il rappeler avant tout le prix Nobel de littérature attribué en 1921 à Anatole France, ainsi embaumé de son vivant ?

C'est avant tout la génération d'avant-guerre qui assure la continuité. En littérature, en philosophie et dans les arts plastiques, on retrouve, à l'exception de Marcel Proust qui meurt en 1922, les mêmes hommes : Gide, Claudel, Valéry, Bergson, Picasso, Matisse, Maillol. Les révolutions esthétiques s'étaient effectuées avant le premier conflit mondial. Mais les bouleversements de ce conflit ont sans doute multiplié ou facilité les changements, et les artistes d'avant 1914 deviennent parfois des classiques, souvent en tout cas des valeurs cotées et consacrées. Dans beaucoup de domaines, il y a accumulation — réussie — de tendances déjà existantes.

Ainsi la littérature : les indices sont nombreux pour témoigner de cette continuité. Première constatation : Paris rayonne toujours. Non seulement de jeunes et parfois turbulents auteurs étrangers —

ainsi la « génération perdue » des écrivains américains, Henry Miller, Ernest Hemingway — y affluent comme attirés par le scintillement de la « Ville lumière », mais la reconnaissance continue à être confirmée par les instances internationales. Témoin les trois prix Nobel de littérature attribués en moins de vingt ans : Anatole France en 1921, Henri Bergson en 1927 et Roger Martin du Gard en 1937. Deux romanciers pour un philosophe, d'où ce deuxième constat : à la différence du second après-guerre, où la philosophie et les sciences humaines vont supplanter la littérature à la bourse des valeurs culturelles, l'entre-deux-guerres reste une période faste pour la littérature dans son acception étroite. Plusieurs signes ne trompent pas : les revues littéraires conservent un statut de premier plan ; nombre de débats concernent encore la littérature, et pas seulement ceux qui tournent autour du surréalisme ou, un peu plus tard, de la « trahison des clercs ».

Troisième indice : l'après-guerre va consacrer en quelques années des auteurs déjà présents avant la guerre bien qu'alors peu connus. Et qui ne sont plus, de ce fait, de jeunes hommes : André Gide, qui a écrit *Les Nourritures terrestres* en 1897, a cinquante ans en 1919, Paul Claudel cinquante et un et Paul Valéry quarante-huit.

La notoriété rapidement acquise par ces écrivains et quelques autres établit le magistère de la *Nouvelle Revue française*, elle aussi apparue avant la guerre : à l'imprégnation symboliste s'est opposé, à partir de 1909, le groupe de la *N.R.F.* Avant 1914, écrira par la suite André Gide, « la littérature sentait le renfermé ». Affirmation assurément excessive, mais attitude classique : les « écoles » en gestation se définissent et s'affirment, la plupart du temps, en s'opposant. La période que clôt 1914 avait, en fait, été largement ouverte. Le symbolisme, sur le déclin, n'avait pas empêché l'apparition de nouveaux auteurs aussi divers qu'Apollinaire, Claudel, Gide, Proust, Bergson, qui seront consacrés, parfois à titre posthume, par la période suivante. La percée de la *N.R.F.* n'ouvre donc pas les fenêtres d'une littérature déjà aux quatre vents. Elle n'en marque pas moins une sorte de proconsulat. Qui repose, du reste, cette question classique pour l'historien du culturel : quelle alchimie complexe assure à un moment donné une suprématie à une « école » et lui permet dès lors d'imposer sa loi à la république des lettres ? En 1937, Jean Paulhan — juge et partie il est vrai, puisque rédacteur en chef de la revue à partir de 1925 — pouvait déclarer : « Tout ce qui a paru depuis vingt-cinq ans dans les lettres de neuf et de puissant sortait de la *Nouvelle Revue française.* » Derrière l'autocélébration, il y a une réalité au moins partielle. Certes, une large part de la littérature française échappe à cette emprise ; bien plus, les auteurs réunis sous l'étiquette sont souvent de genres et de sensibilités différents, mais il y a bien un « esprit *N.R.F.* », qui devient rapidement une manière de classicisme. Ce proconsulat de la *N.R.F.* est symboliquement délimité par le prix Goncourt décerné en 1919 à Proust pour *A l'ombre des jeunes filles en fleurs* et par le prix Nobel de littérature à Roger Martin du Gard en 1937.

En musique aussi tout avait commencé avant la guerre. Sans tout ramener à cette bataille d'Hernani musicale et chorégraphique que fut la représentation, en 1913, au théâtre des Champs-Élysées des Ballets russes sur *Le Sacre du Printemps* de Stravinski, il y a bien là une borne témoin. Borne ébréchée sur le moment, puisque *Le Figaro* y avait vu une « barbarie laborieuse et puérile », tandis que le critique de *L'Écho de Paris* parlait de « danses de sauvages, de Caraïbes, de Canaques ».

L'entre-deux-guerres développera des virtualités déjà présentes. Ainsi le « groupe des Six », dont les membres avaient déjà composé avant 1914. Milhaud, par exemple, que Paul Claudel, ambassadeur au Brésil, s'était attaché, avait alors collaboré avec l'écrivain : son poème plastique *L'Homme et son désir* fut composé sur un argument de Claudel. Ce « groupe des Six », il est vrai, ne constituait pas une véritable école. Peut-on même parler d'une esthétique commune ? Georges Auric, Louis Durey, Arthur Honegger, Darius Milhaud, Francis Poulenc et Germaine Tailleferre, par-delà leurs liens d'amitié, étaient des personnalités diverses, aux itinéraires ultérieurs contrastés. Mais ils avaient en commun de mêmes admirations musicales et de semblables principes, avec tout à la fois un refus marqué pour le passé récent — Wagner notamment, et parfois Debussy — et, jusqu'au second conflit mondial, un désintérêt pour l'atonalité de l'Autrichien Arnold Schönberg.

Ils étaient aussi en osmose avec d'autres expressions artistiques des « années folles ». Poulenc, Milhaud et Auric fréquentent Cocteau, et on les voit au *Bœuf sur le toit*. Auric travaille avec les Ballets russes de Serge de Diaghilev. Milhaud, en 1923, compose un ballet resté célèbre, *La Création du monde,* de Blaise Cendrars, avec des décors et des costumes du cubiste Fernand Léger.

Le cubisme était, lui aussi, présent avant la guerre. En 1912 cette esthétique, qui n'a alors que quelques années d'âge, donne lieu à une interpellation à la Chambre des députés à propos du dernier Salon d'automne, dont la teneur est significative : « Il est absolument inadmissible que nos palais nationaux puissent servir à des manifestations d'un caractère aussi nettement antiartistique et antinational. » A quoi le député socialiste Marcel Sembat avait répondu : « Il faut tenir compte de l'avenir quand on voit une tentative d'art. »

Même si l'avenir, en ce domaine, n'est jamais sûr, force est de constater que, là encore, ce sont notamment les « tentatives d'art » de l'avant-guerre qui s'épanouissent après 1919. Le fait pictural marquant de cet avant-guerre avait été que la composition figurative, placée encore par les impressionnistes puis les fauves (Derain, Matisse, Vlaminck, Dufy) au centre de leur œuvre, avait cessé d'être une loi intangible : le « cubisme » d'un Braque ou d'un Picasso, à partir de 1907-1908, insistait sur la conceptualisation de la forme et de la composition. Il s'agissait, en somme, de déformer la réalité afin de la mieux exprimer. Surtout, Kandinsky réalise en 1910 la première aquarelle — sans titre — abstraite, aux taches colorées où dominent le rouge et le bleu. L'art abstrait : le terme est ambigu, et d'autres appellations ont parfois été proposées — art non figuratif, art concret —, sans jamais s'imposer réellement. On estampille généralement comme abstraites les tendances — diverses — de l'art moderne qui refusent toute évocation d'un sujet précis.

Cette poursuite des tendances de l'avant-guerre est pourtant à nuancer. Elle se double, en effet, de ce qu'on a appelé le « retour à l'ordre », fondé sur le figuratif, en réaction notamment contre le cubisme ; et cette réaction est même l'un des faits marquants des années 20 qui prennent, de ce fait, un aspect pictural multiforme, placé sous le signe contradictoire de la redécouverte de la modernité d'avant 1914, tout autant que de la négation de cette modernité.

Dans cette palette, la place de l'art abstrait n'est donc pas à surestimer. Certes, après 1919, l'abstraction va développer ses deux tendances : l'une, dite « lyrique », puise dans le fauvisme, l'autre, sur laquelle s'exerça l'influence cubiste, est géométrique. Bien plus, plusieurs expositions — *L'Art d'aujourd'hui* en 1925, *Cercle et carré* en 1930 — attestent la richesse du genre et plusieurs noms émergent, ceux de Mondrian et de Kandinsky notamment. De plus, des peintres plus jeunes, tel Jean Hélion, sautent parfois le pas.

Ce serait pourtant une erreur de perspective de projeter 1945 sur 1925. A cette dernière date, l'abstrait n'occupe pas des positions aussi fortes. A tel point que c'est le « retour à l'ordre » qui apparaît bien comme l'une des tendances dominantes de l'époque. L'esthétique cubiste, de son côté, s'essouffle quelque peu, mais ceux qui, comme Picasso, Braque ou Léger, en ont été inspirés avant la guerre continuent une carrière créatrice. L'entre-deux-guerres est bien le moment de leur apogée, de même que celui d'anciens fauves, comme Matisse. La nouveauté, en fait, est moins du côté de l'abstraction que de celui du surréalisme, qui va influencer l'expression picturale. Aux teintes de l'avant-guerre se sont ajoutées de nouvelles touches.

Une clarté nouvelle

Il serait hasardeux de ramener l'avant-guerre à l'éclatement de la « révolution cubiste » ; ou au « scandale » des Ballets russes, et de décrire la « Belle Époque » comme la période de l'invention, dans le domaine culturel, du XXe siècle français. L'après-guerre est aussi irrigué par de nouvelles sources. Après 1919 apparaissent, en effet, de nouvelles tendances. Et l'on voit aussi se développer de nouvelles expérimentations qui constituent parfois de véritables plongées dans l'inexploré. Ainsi le surréalisme. En 1923, Maurice Barrès meurt, et, l'année suivante, c'est au tour d'Anatole France. Les surréalistes, par la plume d'Aragon, attaqueront ce « cadavre ». L'épisode, somme toute peu glorieux, n'en est pas moins significatif. Avec les formes extrêmes que lui confère le volontarisme provocateur d'André Breton, il renouvelle une situation classique : l'entrée en lice d'une nouvelle génération, qui piaffe et donne de la voix. Le choc de la guerre ne fait qu'accélérer le mouvement.

Si le premier *Manifeste,* texte fondateur du surréalisme, n'est publié par André Breton qu'en 1924, le courant a incubé plusieurs années durant à travers le dadaïsme, apparu en plein conflit mondial. En 1916, à Zurich, le Roumain Tristan Tzara avait lancé le mouvement « Dada » qui, à la confluence de la dérision et de la provocation, déclare la guerre à la culture bourgeoise. Breton avait été séduit par cette révolte, mais, soucieux de dépasser la seule phase destructrice — d'autant que s'est aussi exercée sur les surréalistes l'influence d'Apollinaire —, il publie le premier *Manifeste* qui entend faire de ce courant surréaliste une « dictée de la pensée, en l'absence de tout contrôle exercé par la raison, en dehors de toute préoccupation esthétique ou morale ».

Quelques grands noms, ceux de Breton, Éluard, Aragon, Desnos, Péret, émergent à la création sous le signe de cette « dictée », même si pour certains d'entre eux un tel mode d'expression n'est qu'une première étape. Politiquement, plusieurs de ces surréalistes vont se rapprocher du Parti communiste français et parfois y adhérer, dans la deuxième partie des années 20, ouvrant ainsi une phase de rapports complexes et orageux avec ce parti, ces rapports faisant du reste éclater les amitiés et diverger les itinéraires au sein du groupe surréaliste.

L'empreinte de celui-ci sur la peinture, le cinéma et la poésie eut pourtant le temps d'être profonde. Nous avons déjà évoqué le domaine pictural. Certains des peintres qui s'inscrivent dans ce courant surréaliste laisseront un nom, notamment Magritte, Max Ernst, Miró et Dalí. A citer les deux derniers noms, se profile en filigrane une veine espagnole du surréalisme, perceptible aussi au cinéma : c'est à Paris que Luis Buñuel développera ses premières œuvres qui feront scandale *(Un chien andalou, L'Age d'or)*. Quant à la poésie, elle fut le premier terrain d'expérimentation du surréalisme. La poésie française de l'entre-deux-guerres n'en est pas pour autant réductible à cette influence. D'autres noms, qui échappèrent à l'attraction de la planète surréaliste, sont alors en pleine création : ainsi Jacques Audiberti, Pierre Jean Jouve, Henri Michaux, Pierre Reverdy et Saint-John Perse. De même, si le Collège de sociologie s'est formé en 1937 dans l'orbite surréaliste, son histoire n'en est pas moins autonome et marquée surtout par l'influence de son fondateur Georges Bataille. L'itinéraire de Roger Caillois, qui fut des deux mouvances, est lui aussi vite devenu personnel. Et l'analyse vaut aussi pour Antonin Artaud.

La « dictée » des plis les plus secrets du cerveau et de l'être n'est pas le domaine des seuls surréalistes. Dans les années 20, l'œuvre de Freud, dont les surréalistes, d'ailleurs, se réclameront, commence peu à peu à se diffuser grâce aux traductions de S. Jankélévitch et de Marie Bonaparte, mais le phénomène, en ces années d'après-guerre, s'enclenche à peine : parue en 1900, *La Science des rêves* n'est traduite qu'en 1926. Et les premières traductions de textes freudiens ne s'étaient faites qu'à partir de 1920. Jusque-là, seuls quelques comptes rendus, souvent déformants, avaient servi de cheval de Troie à la théorie freudienne. La psychanalyse s'était surtout introduite par l'intermédiaire de Carl Gustav Jung, longtemps plus connu en France que son maître.

Les sciences dites exactes contribuent aussi à cette époque à éroder les certitudes et à ébranler les systèmes les plus cohérents.

D'autant que dans ce domaine scientifique le rayonnement français est à l'époque indéniable. A côté de ses trois prix Nobel de littérature, la France glane, dans l'entre-deux-guerres, deux prix en physique (Jean Perrin en 1926, Louis de Broglie en 1929), un en chimie (Frédéric et Irène Joliot-Curie en 1935) et un autre en médecine (Charles Nicolle en 1928). Ces distinctions — qui marquent, en général, une reconnaissance beaucoup plus rapide qu'en littérature et fournissent donc une photographie contemporaine là où les prix Nobel littéraires donnent parfois un cliché un peu jauni par le temps qui court — dégagent bien deux des axes féconds de cette recherche française. A l'Institut du radium, les descendants — au sens propre et figuré — de Pierre et Marie Curie explorent l'atome. De son côté, Louis de Broglie publie en 1925 ses recherches fondamentales sur la mécanique ondulatoire. La notion d'onde est désormais intégrée dans la théorie de la matière, et la mécanique ondulatoire permet de placer dans un contexte élargi la théorie des quanta de Max Planck.

Ces progrès de la physique quantique et la vulgarisation des découvertes d'Albert Einstein sur la relativité concoururent à battre en brèche les notions de causalité et de déterminisme. Le rationalisme, attaqué dans ses fondements depuis le début du siècle par savants et philosophes, avait vu notamment, avant la guerre, ses positions affaiblies par l'œuvre et le rayonnement d'Henri Bergson. Celui-ci publie en 1932 sa dernière œuvre marquante, *Les Deux Sources de la morale et de la religion*, qui suscite un écho notable.

Une culture des « années folles » ?

Il y aurait pourtant quelque excès à faire de ces ébranlements et notamment du surréalisme les traits dominants de la production intellectuelle de cette décennie. En fait, à l'ombre de la citadelle *N.R.F.*, l'entre-deux-guerres est l'âge d'or d'une littérature « bourgeoise », avec une palette d'expressions et une échelle de situations : l'enfer — Céline —, le purgatoire — Mauriac —, le paradis — Duhamel —, l'épopée — Romains et Martin du Gard — et la vitesse — Morand.

Car s'il est un mot qui convient pour définir ces années 20, c'est bien celui de diversité. Par-delà l'entremêlement des styles, des genres et des générations, il y a bien une culture des « années folles » qui, loin du lieu commun de la fureur de vivre et de la modernité, est faite à la fois d'audace et de classicisme, de vitesse et d'aspiration au temps arrêté. Le vieux et le neuf qui, à tout moment, tissent une culture lui donnent à cette date un éclat particulier. Certes, il est des domaines où le rayonnement est moins évident — ainsi, d'une certaine façon, l'architecture et l'urbanisme, ou bien, à coup sûr, la sculpture qui, hormis la statuaire de commémoration, connaît un repli appelé à durer —, mais le solde, si tant est qu'une telle notion puisse avoir quelque signification dans le domaine culturel, est globalement positif.

Même dans les secteurs dits mineurs des « arts décos », il y a bien un style d'époque qui donne sa coloration à ces années foisonnantes, et dont témoigne l'exposition parisienne de 1925. Et ce foisonnement est, en fait, le reflet d'un monde qui se cherche, par ses plongées vers l'inexploré, qui s'interroge et qui, ceci expliquant cela, est en train de changer. Un monde aussi, sans que cela soit contradictoire, qui pense avoir retrouvé les équilibres rassurants de l'avant-guerre, équilibres qui se révéleront vite instables.

C'est peut-être le théâtre qui a le mieux rendu compte de ce balancement entre réalité et illusion que sont en définitive ces années 20. A cette époque, il s'éloigne de plus en plus, en effet, du réalisme-naturalisme qu'un homme comme André Antoine incarnait à la charnière des deux siècles. Les metteurs en scène du « Cartel » — Jouvet, Dullin, Baty, Pitoëff — insisteront moins sur le réalisme que sur la réalité de l'illusion. L'attrait alors exercé par l'Italien Luigi Pirandello est révélateur. Certes, ses méditations sur l'identité fascineront, mais l'engouement portera aussi sur d'autres jeux de miroir : la mise en cause du théâtre lui-même et de ses rapports avec la réalité, de ses artifices. Son influence sera grande, à la génération suivante, sur des auteurs comme Beckett, Anouilh, Sartre, Salacrou. Mais, dès l'entre-deux-guerres, il est lui-même « monté » par Dullin et Pitoëff, et des auteurs comme Cocteau ou Giraudoux s'imprègnent aussi de l'œuvre pirandellienne. Le succès qu'ils rencontrent — pour des œuvres, il est vrai, qui dépassent cette seule imprégnation — est significatif. Le public français a vite assimilé cette évolution théâtrale. Giraudoux, tout de fantaisie mais aussi d'irréalité, devient vite un classique, porté par l'actualisation des mythes grecs (*Électre*). Jean Cocteau baigne aussi dans cette vague (*Orphée, La Machine infernale*) avant de passer à la fin des années 30 à une sorte de néo-réalisme (*Les Parents terribles*, 1938).

Les metteurs en scène du Cartel appartiennent tous les quatre à la « génération de 1885 ». Leur reconnaissance précoce ne sonna pas pour autant le glas d'un théâtre « bourgeois », dont Henry Bernstein, né en 1876 et déjà connu avant la guerre, est l'une des figures les plus typées.

Vibrations de la crise

A partir des années 30 intervient un certain éloignement de l'esthétisme ou, tout au moins, à côté d'une littérature et d'un art esthétisants, se développe une littérature qui se pense plus en prise sur le réel, qu'elle explore et juge, une littérature plus « engagée », qui est celle de la dénonciation ou de l'espoir. Que de diversité, pourtant, en son sein, depuis les constats violents et désespérés de Céline jusqu'aux lendemains qui chantent d'Aragon deuxième manière, en passant par l'exotisme servant à nourrir un nouvel humanisme de Malraux !

A y regarder de plus près, pourtant, cette littérature n'est sans doute pas la plus significative du moment. Moment ambigu, assurément, où la France se cherche. Elle a relativement bonne conscience — la guerre, les sacrifices, la victoire, son prestige apparemment intact —, mais éprouve en même temps le sentiment confus de son abaissement — dénatalité, crise multiforme — et la crainte de l'avenir, devant la montée des dictatures et des périls. D'où le besoin de croire en quelque chose en face du dynamisme des idéologies totalitaires. Avec, comme premier remède possible, la vision idéalisée du pays, telle qu'elle apparaît par exemple dans une partie de l'œuvre de Jean Giraudoux. Deuxième solution : l'humanisme de gauche, héritier de la tradition révolutionnaire ; un Jean Guéhenno, par exemple, incarne cette tendance. Sur le moment, elle s'enracine bien davantage que l'humanisme personnaliste, développé par des avant-gardes remuantes mais sans influence immédiate sur la sensibilité du plus grand nombre.

Troisième solution, complémentaire de la précédente : le rationalisme, pourtant battu en brèche depuis plusieurs décennies et notamment, on l'a vu, dans les années 20, se trouve intellectuellement renforcé par l'œuvre de Léon Brunschvicg et l'action de Paul Rivet et Paul Langevin, et le développement d'une intelligentsia de gauche lui confère une large assise sociologique. Cette intelligentsia, à l'exception des communistes, se reconnaît en outre dans une autre tradition qui puise à cette date, avec de fortes variantes, dans un fond commun avec la droite : la France impériale et civilisatrice.

Une autre solution sera parfois avancée face au danger supposé de l'abaissement, voire de la décadence : la tentation fasciste. Mais celle-ci, en fait, ne fit pas souche. D'une part, rares furent les intellectuels qui succombèrent en définitive à cet attrait. D'autre part, le fascisme, en France, politiquement mais aussi culturellement, ne trouva jamais ses masses. Une culture de masse est à l'époque en gestation, mais sans rapport avec les dictatures transalpine ou d'outre-Rhin.

Une culture de masse ?

Pour l'étude de tels phénomènes culturels de masse surgit une difficulté, qui tient à la définition du mot culture. Sans se lancer ici dans un débat — sans fin — sur une telle définition, on remarquera seulement que s'en tenir à des arts dits majeurs limite singulièrement la perspective et appauvrit l'analyse. A la croisée de l'étude de la création proprement dite et de l'observation, à travers sa réception et son influence, du système de représentations d'un groupe humain donné, l'histoire socio-culturelle, loin d'être seulement une rubrique parmi d'autres dans l'approche légitimement multiforme du devenir des sociétés, ni moins encore une simple nomenclature des créations artistiques ou scientifiques reconnues par la postérité, constitue un observatoire de premier plan de ces sociétés, à mi-distance de l'histoire sociale et de l'histoire des « mentalités ». A la fois miroir et reflet d'une société, la culture n'est pas, selon la formule consacrée, ce qui reste quand on a tout oublié, mais ce qui colore une civilisation dans la mémoire historique : le « beau » avant tout, bien sûr — avec, à nouveau, affleurant, la subjectivité —, mais aussi le « divertissement », c'est-à-dire le vécu et les moyens de lui échapper, ainsi que le rêvé. Cette perspective n'induit pas une définition diluante de la culture. Et l'on peut partager les craintes que formulait déjà Aldous Huxley dans *Le Meilleur des mondes* sur une civilisation dans laquelle l'inflation des informations reçues engendrerait une sorte de sous-culture et atrophierait la pensée. Le thème est récurrent tout comme celui de la banalisation de la notion de création culturelle. Encore récemment, Alain Finkielkraut, notamment, s'insurgeait contre l'idée trop couramment admise selon laquelle « tous les goûts sont dans la culture » et « tout se vaut ». Mais, sur le plan épistémologique, l'historien, pour les raisons qui viennent d'être dites, se doit de travailler en grand angle : la culture majuscule n'englobe pas forcément le

Un entre-deux culturel? (1919-1939)

loisir, mais l'histoire socio-culturelle se doit d'étudier ces heures entre travail et sommeil, car c'est en leur sein que la culture, entendue comme phénomène de création mais aussi de réception, s'épanouit. D'où l'attention nécessairement portée à ces phénomènes d'expression, de circulation et de réception. Attention qui doit prendre, pour l'entre-deux-guerres, un relief particulier, dans une France où progressivement va se développer une culture de masse irriguant de plus en plus profondément les strates de la société.

Les supports de cette culture de masse apparaissent bien, avec le recul : dans un pays où les distances sociales restent grandes durant cette période, le cinéma populaire transcende les classes, la radio pénètre dans les foyers et, avec la presse écrite, y facilite un brassage social. Le sport-spectacle dans les stades ou à la T.S.F. convie les foules masculines aux mêmes enthousiasmes. A y regarder de plus près, le développement de tels supports est, somme toute, logique. Ils sont toujours, à une date donnée, le reflet de l'évolution scientifique et technologique et de ses conséquences sur la vie quotidienne. Or l'entre-deux-guerres voit la généralisation du moteur à explosion et, pour ce qui nous concerne ici, l'extension de l'électricité. Avec forcément des effets induits dans le domaine culturel : téléphone — qui, peu à peu, va étouffer le genre littéraire de la correspondance entre auteurs —, cinéma, radio et disques. Les masses et l'électricité, telles sont les données essentielles du nouveau paysage culturel en train de se mettre en place.

Le cinéma aura, notamment, un incontestable rôle unificateur. En 1919, il dispose déjà d'un double support logistique : son réseau s'est implanté progressivement avant la guerre, et, quand celle-ci s'achève, deux formes d'exploitation coexistent, la grande salle — souvent un ancien théâtre ou un café-concert — et l'équipement « forain ». En 1922, 130 longs métrages sont produits, chiffre qui révèle la dimension sociale déjà acquise par le septième art. Dès cette époque, celui-ci est devenu un nouveau vecteur culturel, conquérant, en même temps qu'une nouvelle forme de sociabilité. Le « documentaire », les « actualités », les deux films par séance, l'ensemble contribue à nourrir les sensibilités et à façonner les mentalités d'un public qui revient chaque semaine, avec, surtout, cette messe cinématographique que devient rapidement la séance du samedi soir.

Le passage au « parlant » s'est réalisé rapidement, réticences et pesanteurs de toute sorte ayant été surmontées en moins d'une décennie : « Incontestablement, le film parlant existe », constate *Le Figaro* en octobre 1928 ; la même année la première salle équipée est ouverte, trois ans plus tard le quart des salles ont fait le même choix, massivement ratifié au cours des années suivantes puisqu'en 1939 l'ensemble des salles sont « parlantes ». Ce passage au parlant s'est accompagné d'un nouveau saut quantitatif : 158 longs métrages sont produits en France en 1933, et 171 en 1937. L'année suivante, plus de 4 000 salles — entre 4 151 et 4 754 selon les sources — accueillent 250 millions de spectateurs. Le cinéma est alors incontestablement devenu le premier des divertissements : à Paris par exemple, il recueille en 1939 72 % des recettes des spectacles, contre 31 % en 1925.

L'enracinement du cinéma dans les pratiques culturelles françaises est donc, à cette date, indéniable. Non que les réticences n'aient pas été fortes, mais elles furent moins « culturelles » et élitistes que morales — Georges Duhamel qualifiant le septième art de « divertissement d'ilotes ivres » dans ses *Scènes de la vie future* en 1930 — ou générationnelles — Léon Blum, né en 1872, reconnaîtra sans ambages en 1946 : « Je suis d'un âge où on allait au théâtre, et j'ai eu du mal à m'habituer au cinéma. » Les « ilotes », apparemment, furent sourds aux avertissements, et le renouvellement des classes d'âge fit le reste.

Un vecteur neuf et massif, donc. Et servant de canal à une production certes multiforme, mais perçue et reçue de façon relativement homogène. Toutes les études le démontrent, autant la scène théâtrale ou lyrique reste un facteur de différenciation, autant l'écran brasse les groupes sociaux : le Jouvet acteur et metteur en scène de théâtre reste inconnu du plus grand nombre, celui du grand écran devient vite populaire. Et, cause et conséquence tout à la fois, ce brassage est lié à une production populaire rehaussée par de grandes œuvres qui connaissent un succès public : un sondage indique, par exemple, que *La Grande Illusion* de Jean Renoir est l'un des deux grands succès de l'année 1937 (l'autre étant *Ignace* de Pierre Colombier). Cette expression cinématographique multiforme ne peut être ramenée à un ou deux genres seulement. Elle s'est cependant décantée au fil de la décennie et présente des traits stabilisés à la fin des années 30. Le passage au parlant s'est effectué entre 1929 et 1932 et, durant cette période, les images du grand écran, stimulées par l'innovation technique, ont beaucoup chanté et dansé. Puis, après des années plus ternes (1932-1935), surviennent les riches heures du « réalisme poétique » — que Carné préférera appeler « fantastique

Un entre-deux culturel ? (1919-1939)

social » —, qui inspire quelques grandes œuvres. C'est l'époque où Renoir *(La Grande Illusion)*, Carné *(Quai des brumes, Hôtel du Nord, Le jour se lève)*, Grémillon *(Remorques)* et bien d'autres signent certains de leurs plus beaux « classiques ».

La phase dansante et chantante est, avec le recul, significative. Outre qu'elle est, bien sûr, la conséquence logique de l'avènement du parlant, elle illustre une période tournante où le cinéma va détrôner la musique populaire après avoir été dans un premier temps imprégné par elle. Après 1914, l'opérette et le café-concert, sans disparaître, ont été relayés par le music-hall et la « revue », portés par la diffusion du disque. Le cinéma y puisera d'abord certains de ses thèmes et de ses vedettes avant de les supplanter peu à peu à son tour. Son succès, somme toute, s'est fait avant tout aux dépens du théâtre, on l'a vu, et de la revue. Le music-hall, par essence plus souple, résistera mieux, porté par les vagues successives de chanteurs populaires : ainsi, dans les années 30, Tino Rossi et Charles Trenet. L'évolution est symbolique : comme son aîné Maurice Chevalier, le premier se forme à la revue en débutant au Casino de Paris en 1934 ; le second, en revanche, accédera directement à la notoriété par le disque — *Y'a d'la joie*, 1937 — et le tour de chant, qu'il aborde à l'ABC en 1938.

Cette musique populaire vulgarise aussi une version « blanche » du jazz, à travers Ray Ventura et ses Collégiens. Si le jazz noir reste, en revanche, ignoré du plus grand nombre — malgré quelques initiatives comme celle du Hot Club de France qui, à la fin des années 30, initie au « New Orleans » —, cette imprégnation pose la question de l'« américanisation ».

Mais il faut auparavant évoquer, dans cette standardisation des pratiques culturelles qui s'amorce, le rôle décisif joué par la radio. Celle-ci est bien fille de l'entre-deux-guerres : le premier émetteur de l'État, Radio Tour-Eiffel, remonte à 1921. Elle connaît une croissance extraordinaire dans les années 30, qui voient le nombre de postes déclarés décupler : un demi-million en 1930, près de 5 millions à la fin de 1938. Un monopole théorique de l'État, assoupli par un décret-loi qui autorisait à titre provisoire — un provisoire dilaté sur tout l'entre-deux-guerres ! — les initiatives privées, permit le « monopole différé », c'est-à-dire la coexistence d'un réseau d'État et de postes privés. Et le lourd boîtier de la T.S.F. devint rapidement un objet familier du décor quotidien des ménages, tout à la fois meuble, lieu de sociabilité dans la maison et instrument de communication et de culture. Les premiers « journaux parlés » sont apparus en France en 1925 et concurrencent peu à peu la presse écrite. La publicité introduite dans les radios privées finance indirectement des émissions qui, aux côtés de celles du réseau d'État, créeront une véritable forme d'expression radiophonique, laquelle ne commencera à se modifier que dans la deuxième partie des années 50 : feuilletons, jeux radiophoniques et chansons, notamment, constituent la trame des micros et des jours. A cet égard, Radio Cité, créée en 1935, est représentative d'un genre radiophonique qui trouve progressivement son style tant dans le domaine des programmes de variétés que dans celui des émissions d'information.

La radio devient aussi le support par excellence du sport-spectacle, qu'elle va contribuer à développer. Les stades où se tiennent les grandes rencontres de football, de rugby — qui règne alors en maître depuis quelques décennies dans le Sud-Ouest — et du cyclisme sur piste sont souvent bondés, mais la T.S.F., en faisant caisse de résonance, amplifie le phénomène.

Cette radio entraîne dans son sillage la naissance d'une presse spécialisée : *Mon programme,* publié par *Le Petit Parisien,* atteindra des tirages de 500 000 exemplaires, et *La Semaine radiophonique* de 300 000. Car si l'on décrit ici le développement de certains vecteurs culturels, on fausserait la perspective en oubliant de mentionner l'écrit, qui reste le principal moyen de diffusion culturelle. Dans ce domaine, il est vrai, l'entre-deux-guerres n'innove pas. L'effort scolaire de la IIIe République — lui-même précédé, ainsi que l'ont montré des études récentes, par une alphabétisation déjà très poussée — a été payant. Si, en 1872, 21,5 % des jeunes conscrits sont analphabètes — ce qui, avec le phénomène de perte d'une pratique après la sortie de l'école, suppose un pourcentage plus bas à l'âge scolaire —, ils ne sont plus que 7 % en 1921, et certaines années avant 1914 ont même vu des taux passer en dessous de la barre des 4 %. Alphabétisation réussie donc, mais scolarisation secondaire stagnante jusqu'aux années 20.

Une enquête sur les recrues de 1921 est éclairante : 7 % ne savent pas lire, 23 % ne savent pas bien écrire, 38 % sont du niveau du cours élémentaire, et seuls 29 % sont du niveau du certificat d'études primaires et 3 % d'un niveau supérieur. Il faut s'arrêter à ces chiffres et les analyser sans commettre le péché d'anachronisme. L'alphabétisation, on l'a dit, est à cette date chose faite, ce qui confère à l'écrit le statut qui est devenu peu à peu le sien. Deuxième constatation : un peu moins du tiers d'une classe d'âge parvient au niveau du certificat d'études. L'observation conduit à nuancer fortement le cliché d'une France tout entière armée culturellement du «certif», cliché que les spécialistes d'histoire de l'éducation avaient du reste déjà largement contesté : le succès à l'examen était bien moins massif que ne l'a affirmé par la suite une mémoire collective déformante. Mais on peut inverser l'observation et considérer que le pourcentage de 30 % environ est loin d'être négligeable. Le certificat d'études primaires était, en effet, l'étalon culturel de l'époque puisqu'il sanctionnait l'acquisition de «tout ce qu'il n'est pas permis d'ignorer». Du coup, sa préparation restait la clé de voûte de l'enseignement primaire, et, que le diplôme ait été en définitive obtenu — et dans ce cas souvent encadré et fièrement exposé — ou pas, il était destiné, précisait la circulaire d'application accompagnant la loi du 28 mars 1882 qui donna à l'examen le statut qui fut le sien tout au long des décennies suivantes, «à être recherché et obtenu par tout élève qui aura fait des études primaires régulières et complètes».

Ce sont donc aussi les 38 % du niveau du cours élémentaire qui ont cueilli — même sans parchemin — les fruits de la scolarisation primaire et constituent, avec leurs camarades du niveau du «certif», près de 70 % des membres potentiels de ce vaste lectorat qu'est devenue au fil des décennies la population française.

En revanche, et c'est le troisième constat que suggère l'état culturel des recrues au seuil des années 20, le secondaire ne touche qu'une petite part de chaque classe d'âge. Cette décennie va cependant voir apparaître la gratuité de l'enseignement secondaire, par paliers, à partir de 1928. Au cours de la décennie qui suit, les effectifs de cet enseignement vont doubler. Et la IIIe République, qui avait débuté sur une mutation scolaire fondée sur le «primaire», termine sa course en amorçant une autre mutation fondée sur le secondaire, qui s'amplifiera dans les années 50 et 60, au temps de l'«explosion scolaire». Les effectifs du second degré passent de 225 000 en 1913 à près de 5 millions en 1972, enregistrant ainsi une multiplication par plus de vingt. L'explosion deviendra, en fait, une véritable «révolution scolaire», car la croissance des effectifs s'expliquera certes par la démographie et par l'obligation scolaire portée à seize ans en 1959, mais aussi par la «demande sociale» d'une France en mutation durant les «Trente Glorieuses».

Mais avant ces décennies du second après-guerre, que lit la France de la IIIe République? Et surtout, le rôle de l'imprimé va-t-il lui aussi dans le sens d'une homogénéisation culturelle? Des quotidiens « populaires » aux tirages très élevés — *Paris-Soir* avec 1,8 million d'exemplaires et *Le Petit Parisien* avec un million, en 1939 — sont autant d'instruments de cette homogénéisation. Les magazines, aussi, connaissent une expansion spectaculaire : *Marie-Claire,* lancé en 1937, et *Confidences,* apparu l'année suivante, qui atteindront en quelques mois un tirage d'un million d'exemplaires, introduisent un nouveau style, hybride, de journal féminin qui se développera dans les années d'après-guerre et deviendra alors un véritable phénomène de société. *Confidences* est pour l'heure un des grands succès de la presse populaire, comme l'était devenu quelques années après son lancement en 1928, sur un autre registre, *Détective*.

Dans ce domaine du fait divers notamment, la photographie avait sa partition à jouer. Les progrès de la reproduction avaient progressivement fait, dans les années 30, de la photographie de presse le support essentiel de certains hebdomadaires d'information : ainsi le *Match* de Jean Prouvost qui tire à cette date à 800 000 exemplaires.

C'est le même Jean Prouvost qui déclarait en 1932 : L'image est devenue la reine de notre temps. » Cette image dépasse, du reste, la photographie de presse. Dans une société où la population urbaine l'a emporté pour la première fois, au recensement de 1931, sur la population rurale, l'affiche joue aussi un rôle d'uniformisation culturelle. Et la carte postale, dont c'est l'âge d'or, a sans doute des effets qui vont dans le même sens. Plus complexe à évaluer est l'influence de la bande dessinée. Celle-ci, en tout cas, connaît elle aussi des modifications d'importance : dans les années 30, la « bulle » va se généraliser, avec des conséquences sur le graphisme et sur le texte, en d'autres termes sur le genre lui-même.

Ce rôle du cinéma, de la radio et de la presse est essentiel et s'inscrit en fait dans un cycle chronologiquement plus large que le seul entre-deux-guerres. La vision qu'avaient du monde les Français se nourrissait jusque-là des connaissances géographiques acquises à l'école et des « illustrations » volontairement édifiantes et stylisées de quelques périodiques. Peu à peu — et le phénomène s'amplifiera après la guerre avec, entre autres, les magazines de photographies —, on va assister à une plus grande ouverture en dehors du pré carré et de ses dépendances coloniales, et, en même temps, à une uniformisation de cette vision élargie. Avant l'ère de la télévision qui induira un phénomène de mondialisation croissante, on observe donc, plusieurs décennies durant, une « nationalisation » de l'univers mental des Français : tandis que le rail et l'autocar désenclavent les régions, la radio, le cinéma et la presse font de même sur les esprits.

Les influences étrangères restèrent, dans un premier temps, limitées. Et il y aurait sans aucun doute une erreur de proportion à conférer à certaines inquiétudes de clercs une trop grande importance. Plus prémonitoires que cliniques, leurs observations ne concernent pas à cette date le plus grand nombre. Ainsi, en 1930, dans *Scènes de la vie future*, l'écrivain Georges Duhamel méditait-il sur la société en train de naître aux États-Unis et, devant le spectacle de la civilisation urbaine de consommation, déjà largement éclose au terme des *roaring twenties*, craignait-il que cette Amérique ne préfigure notre avenir, souhaitant « qu'à cet instant du débat, chacun de nous, Occidentaux, dénonce avec loyauté ce qu'il observe d'américain dans sa maison, dans son vêtement, dans son âme ». Pour l'heure, en fait, ni le matériel ni le spirituel de la France profonde n'étaient encore largement imprégnés par des flux venus d'outre-Atlantique. Et ce sont des flux d'une autre nature qui viendront d'abord d'outre-Rhin !

Il ne faudrait pourtant pas, pour éviter une erreur de proportion, commettre une faute de perspective. Certes, l'« américanisation » n'est guère encore perceptible dans la vie quotidienne et les pratiques culturelles des Français. Mais certains vecteurs de la culture de masse comme la musique « populaire », le cinéma et surtout la bande dessinée — avec le rôle de Paul Winkler *(Opera Mundi)* à partir de 1934 — commencent à être imprégnés. Le jazz « blanc », on l'a vu, une certaine curiosité pour des genres comme le western et surtout la comédie — musicale ou non —, l'arrivée de Mickey — le journal éponyme, lancé en 1934, atteint bientôt le tirage de 400 000 exemplaires —, de Pim Pam Poum, de Mandrake, de Guy l'Éclair et de Popeye, autant d'éclaireurs qui préparent les débarquements de l'après-guerre. Et même dans des domaines apparemment peu touchés comme la presse, la fondation de *Marie-Claire* a été précédée par un voyage de Marcelle Auclair aux États-Unis.

Culture d'automne ?

A tenter un inventaire au terme de ces deux décennies d'entre-deux-guerres, il apparaît bien que, dans le domaine littéraire notamment, peu de périodes ont, en si peu de temps, vu apparaître autant de talents et une telle diversité de personnalités. Ces talents ont-ils donné tout leur suc ? Les soubresauts des années 30 ont parfois dispersé ou détourné le génie créateur de certains auteurs, et les orages de la guerre ont parfois stérilisé des œuvres naissantes. Il n'empêche : c'est une période assurément brillante que celle qui s'achève en 1939. La culture française semble avoir trouvé un point d'équilibre en intégrant rapidement ses avant-gardes. On a pu parler alors d'une « école de Paris ». L'expression avait été utilisée pour la première fois dans *Comoedia* par André Warnod, au cours des années 20, pour désigner un groupe de peintres et de sculpteurs — parfois d'origine étrangère mais travaillant à Paris : Chagall, Soutine, Modigliani, Utrillo. Très vite, l'appellation avait désigné le milieu artistique de Montparnasse — dont c'est la grande époque, sans l'odeur de soufre répandue par une légende tenace — et entendait affirmer la prééminence de Paris. Puis elle servira, après la Seconde Guerre mondiale, à désigner, de façon un peu polémique, les artistes qui n'avaient pas alors succombé à la tentation abstraite. Mais, en cette fin des années 30, l'expression peut s'appliquer plus prosaïquement à cette savante alchimie des genres et des artistes qui pare d'or les années 30. Aussi bien Proust, devenu en quelques années un classique, que Picasso, qui a alors acquis une grande notoriété, ou Jacques Copeau, qui a animé en 1913, à trente-quatre ans, le théâtre du Vieux-Colombier, sont désormais des valeurs sûres. Or tous trois figuraient parmi les éclaireurs du mouvement culturel dans les dernières années d'un autre avant-guerre.

L'Exposition de 1937 illustre assez bien ce savant équilibre entre passé et avenir, le présent étant peut-être dans *La Fée Électricité* de Dufy qui, avec ses 600 mètres carrés de peinture, résume bien l'« esprit 37 » et illustre l'union des arts et des techniques, thème de l'Exposition. Certes, Le Corbusier est relégué porte Maillot, au profit de Carlu, Boileau et Azéma — à qui est confiée l'édification du Palais de Chaillot, symbole d'un certain classicisme —, quelques artistes « indépendants » — les étrangers de Paris comme Kandinsky — sont cantonnés au Jeu de Paume, et Picasso — avec *Guernica* — et Miró exposent chez les Espagnols. Mais dans le même temps, Robert Delaunay décore le Palais de l'Air et les « féeries nocturnes » données sur les quais de la Seine sont rythmées par Honegger, Auric et Milhaud. La France se trouve bien à cette époque dans un entre-deux culturel. Brillant de mille feux estivaux, sa création artistique et intellectuelle se trouve en même temps dans la clarté incertaine d'une décennie d'automne, placée sous le signe de la crise.

LIVRE II

Le temps des épreuves
(1939-1946)

CHAPITRE XI

La France foudroyée

La France en guerre

Quarante-huit heures après que la Wehrmacht eut franchi les frontières polonaises, le gouvernement français déclare la guerre à l'Allemagne, la décision prenant effet le dimanche 3 septembre à cinq heures. Ainsi, à peine plus de vingt ans après la fin d'un conflit qui devait être le dernier, la France se retrouve en guerre : les enfants auxquels leurs pères ont espéré épargner une épreuve semblable à la leur sont à leur tour jetés dans la tourmente. Quant aux aînés, beaucoup la connaissent pour la seconde fois : tous les généraux ont fait la Première Guerre, et avec eux des milliers d'officiers de carrière ou de réserve qui reprennent du service. La guerre n'est donc pas, pour un grand nombre de Français, une aventure inconnue : chacun retrouve des habitudes.

Entre l'été 1914 et l'été 1939 il y a pourtant plus d'une différence qui engendre des changements de mentalité. En 1914, la guerre avait pris les Français par surprise : ils ne l'avaient pas vue venir. En 1939, ils s'y attendaient : ils en avaient vécu en 1938 comme la répétition générale. L'idée qu'on n'en finirait avec Hitler que par la guerre y avait préparé les esprits. La résistance à l'agression contre la Pologne était l'ultime occasion d'arrêter l'expansion du IIIe Reich : à céder une fois encore, la France se retrouverait tout à fait isolée ; déjà, après l'annexion de l'Autriche, puis de la Bohême, l'Allemagne pesait deux fois plus lourd que la France.

Mais en 1914 on ignorait tout de la guerre moderne : le conflit ne pourrait être que bref, pensait-on, ce ne serait l'affaire que de quelques semaines, après quoi chacun retournerait à ses occupations du temps de paix. En 1939, on n'a plus de ces illusions ; d'autant moins que la stratégie du haut commandement mise sur une guerre d'usure. Pourtant le contraste entre l'état d'esprit des deux mobilisations n'est pas aussi prononcé que les légendes le représentent : en 1914 l'enthousiasme était plus mitigé que ne le veulent les descriptions de régiments partant la fleur au fusil, et, en 1939, si les rappelés partent avec tristesse, elle n'exclut pas la résolution. La mobilisation s'effectue sans à-coups : l'alerte de

1938 a servi à corriger les erreurs les plus criantes. La proportion des insoumis ne dépasse pas 1,5 %.

C'est ensuite que les attitudes divergent, car les choses ne se passent pas du tout comme on les attendait. On gardait le souvenir de la bataille des frontières, des terribles chocs frontaux des premières semaines qui avaient causé des pertes considérables et de l'invasion du territoire sur une grande profondeur. Or la guerre prend, à l'automne 1939, un tout autre tour ; en dehors de quelques opérations limitées menées par des unités aguerries aux effectifs restreints dans le *no man's land* pour rectifier des saillants — en particulier dans la forêt de la Warndt —, les armées restent l'arme au pied. Les pertes sont réduites : quelques volontaires des corps francs qui ont sauté sur une mine, une unité navale torpillée, quelques aviateurs abattus. La ligne Maginot préserve efficacement la France de l'invasion. L'effort de la nation pour se doter d'une cuirasse trouve sa justification. On se prépare à une guerre longue où l'important sera de durer.

Cette forme de guerre insolite où les jours se passent à attendre reçoit bientôt une appellation qui la caractérise : c'est la « drôle de guerre ». Que l'expression ne prête pas à confusion ! Drôle, cette guerre ne l'a été pour personne, pas plus que la captivité ne sera, en dépit du titre d'une des meilleures descriptions qu'elle ait inspirée, de grandes vacances. Cruelle pour les quelques milliers de mobilisés qui y ont perdu la vie, elle ne fut pas drôle pour les millions de Français arrachés par la mobilisation à leur famille et à leurs activités, qui passent un hiver rigoureux dans des cantonnements improvisés. Si encore ils avaient le sentiment que ces sacrifices servaient à rapprocher la fin de la guerre ! Mais, semaine après semaine, l'inaction érode la résolution des premiers jours, le doute s'insinue, la « drôle de guerre » corrode les énergies et mine les volontés. On ne s'en avisera qu'au jour de l'épreuve, et il sera trop tard. On incriminera alors la drôle de guerre à laquelle on imputera la responsabilité de la défaite, et, comme on aura perdu de vue les raisons qui inspiraient cette stratégie, cette attente passive de l'initiative ennemie paraîtra tout bonnement absurde.

La drôle de guerre a sa logique

La drôle de guerre avait pourtant ses raisons : une logique présidait à son choix, qui résultait du croisement entre les enseignements de la guerre précédente et l'analyse des données nouvelles. Politiques et militaires avaient gardé de 1914-1918 la conviction qu'il était impossible de percer le front ennemi : n'avait-il pas fallu attendre quatre ans avant de pouvoir rompre les lignes allemandes et reprendre la guerre de mouvement ? Or, depuis, les systèmes défensifs s'étaient encore renforcés avec la construction de lignes fortifiées continues formées d'ouvrages bétonnés à l'épreuve des bombardements les plus violents : on estimait que le mur de l'Ouest, la ligne Siegfried, édifiée par l'Allemagne depuis la réoccupation de la rive gauche du Rhin, bien que construite hâtivement, n'était franchissable qu'au prix de pertes considérables, sauf à y suspendre son linge, comme le suggérait une scie fredonnée à l'époque. Comme il était exclu, que l'armée française tourne l'obstacle en passant par les États voisins, elle en était réduite à attendre qu'une issue vienne d'ailleurs. La doctrine de l'état-major, qui accordait au feu l'avantage sur le mouvement et dictait une stratégie défensive, était en harmonie avec les sentiments de chacun : il fallait à tout prix ménager le sang français ; pour rien au monde on ne devait revoir les hémorragies de 1914-1918. Une sorte d'instinct vital commandait d'éviter la répétition de ces affrontements sanglants avec l'obscure prescience que la nation ne survivrait pas comme puissance à une seconde perte de substance analogue en un si court délai. La France, pour avoir préféré la cuirasse à l'épée et le bouclier à la lance, était condamnée à l'attente.

A ces considérations s'ajoutait un argument positif : la France et la Grande-Bretagne disposaient sur l'Allemagne d'une supériorité potentielle, mais il leur fallait du temps pour l'exploiter. Hitler s'était assuré un avantage momentané en réarmant le premier : les Alliés avaient un retard à combler et avaient besoin de temps. A la tête de vastes Empires, riches en ressources, ayant des réserves d'or, à même de tirer parti de la liberté des mers et de puiser à pleines mains dans l'arsenal de l'économie américaine, disposant des premières marines du monde, adossées à l'Océan, France et Grande-Bretagne renverseraient en quelques années la balance des forces jusqu'à ce que leur supériorité, devenue écrasante, entraîne la capitulation du IIIe Reich comme un fruit mûr. Renonçant à défaire la puissance allemande par les armes, on comptait sur le blocus pour en venir à bout. Sur ce point aussi le souvenir de la guerre précédente pesait : le blocus avait eu une part dans l'effondrement de l'Allemagne. Il serait, cette fois, l'arme décisive. L'Allemagne n'ayant pas d'Empire, ne trouvant pas sur son sol une part suffisante des ressources et des matières indispensables à la guerre moderne, il suffirait de couper les voies de son approvisionnement et de l'encercler. Faute de pouvoir l'attaquer de front, il fallait exercer une pression sur les neutres pour les contraindre à participer au blocus : par exemple sur les États scandinaves pour tarir le transport du fer suédois, indispensable à la métallurgie allemande et qui transitait pendant l'hiver par le nord de la Norvège. Curieusement, cette stratégie, qui excluait toute opération sur le front principal contre l'ennemi, appelait des actions offensives aux ailes.

Le succès de cette stratégie fondée sur la durée supposait que l'opinion des démocraties se lasserait moins vite que le peuple allemand. C'est donc à forger un moral de vainqueur que tend la propagande officielle : avant même le début des hostilités a été institué un Haut-commissariat à la Propagande confié à l'écrivain Jean Giraudoux qui met son talent au service des thèmes de la supériorité des Alliés. De grandes affiches sur les murs représentent un planisphère avec les immenses étendues des deux Empires. Le slogan martelé par la propagande, « Nous vaincrons parce que nous sommes les plus forts », dont on se moquera amèrement plus tard, visait à insuffler la confiance dans le succès assuré de nos armes.

Cette stratégie, dont la cohérence était impeccable, ne comportait qu'une faille, mais de taille : elle ne tenait pas compte du changement apporté par le rapprochement du Reich avec l'U.R.S.S., qui lui fournit pendant quelques mois tout le pétrole et les matières premières dont il avait besoin. Comment fermer la brèche faite au blocus ? L'état-major, au lieu de réviser l'ensemble de sa stratégie, échafauda alors des plans dont l'irréalisme confond : on songe à une attaque des puits de pétrole de Bakou à partir du Levant. Une autre possibilité se dessine à l'extrême nord. Staline, profitant de ce que les autres puissances sont occupées, attaque, le 30 novembre 1939, la Finlande. La disparité entre le petit peuple et l'immense Russie suscite un vif mouvement de sympathie pour la résistance finnoise. Or la puissante machine de guerre soviétique patine et paraît incapable de venir à bout de la ténacité des soldats du maréchal Mannerheim. Ne serait-ce pas l'occasion, en portant assistance à la Finlande, de monter contre l'Union soviétique une offensive qui la prendrait en tenaille à partir du Proche-Orient et de Mourmansk pour refermer le blocus et achever d'encercler l'adversaire principal ? L'ouverture soudaine de pourparlers entre l'U.R.S.S. et la Finlande, qui aboutirent le 11 mars à la signature d'un armistice, bientôt suivi d'un traité,

La France foudroyée

coupa court à ces chimères. Mais l'impuissance de l'Armée Rouge à triompher d'un minuscule adversaire avait confirmé les anticommunistes dans leur conviction que l'U.R.S.S. était un colosse aux pieds d'argile et qu'ils avaient été bien inspirés de se refuser à fonder la sécurité de la France sur une alliance avec elle. L'initiative prise à la fin de mars en direction de la Norvège, qui put sur le moment passer pour un coup de tête, était la déduction logique de ces options.

La stratégie de cette guerre insolite, qui consistait à gagner la guerre sans la faire vraiment, comportait un autre germe de faiblesse : elle supposait que l'Allemagne attendît que le blocus ait produit ses effets destructeurs. Elle impliquait aussi que le moral des Alliés ne fût point miné par l'inaction. Sa faiblesse intrinsèque était, en somme, de laisser l'initiative à Hitler, dont les actions antérieures avaient assez montré qu'il avait l'art de surprendre l'adversaire.

A l'intérieur aussi, la drôle de guerre caractérise une situation insolite : ce n'est plus la paix, ce n'est pas non plus tout à fait la guerre. Dans les premiers temps, tout paraît se passer comme prévu. Le 2 septembre, le Parlement, réuni exceptionnellement, a voté les 70 milliards de crédits extraordinaires dont le gouvernement a justifié la demande par la nécessité de « faire face aux obligations internationales », formule ambiguë qui désigne l'entrée en guerre. Les Chambres sont ensuite mises en vacances. La vie politique est anémiée : partis et syndicats sont désorganisés par la mobilisation, leurs directions décapitées. La censure contrôle l'ensemble de l'information, presse et radio.

Paul Reynaud adapte la politique économique aux nécessités d'une guerre longue où la maîtrise des finances publiques est une arme essentielle. Sans rompre complètement avec l'inspiration libérale, il prend des mesures pour éviter une poussée d'inflation : freinage de la circulation monétaire, augmentation de la fiscalité, lancement d'emprunts auxquels on invite à souscrire par patriotisme — une affiche représente un marin qui observe l'horizon : « Il veille ; souscrivez. » L'opinion fait confiance au gouvernement et à son chef qui a opéré un remaniement pour élargir son assise parlementaire : elle ignore les intrigues du personnel politique. Les quelques parlementaires qui s'opposaient à l'entrée en guerre n'ont pu s'exprimer le 2 septembre. La trentaine d'intellectuels qui ont donné leur signature au manifeste *Paix immédiate*, rédigé par l'anarchiste Louis Lecoin et dont les plus connus s'appellent Jean Giono et Alain, sont poursuivis quand ils ne se rétractent pas.

Les milieux de droite, qui étaient hostiles à une guerre dont ils soupçonnaient qu'elle était désirée par Staline, retrouvent leurs positions traditionnelles antigermaniques. Le pays ne doute ni de la justesse de sa cause ni de l'issue victorieuse du conflit ; le souvenir de 1918 lui inspire une absolue confiance dans la victoire de nos armes.

Le Parti communiste hors la loi

Le rapprochement entre Hitler et Staline avait créé à l'extrême gauche une situation toute nouvelle : depuis le grand tournant de 1934-1935, le Parti communiste était le champion d'une politique de résistance au national-socialisme ; il avait été le seul adversaire déterminé des accords de septembre 1938 et le dénonciateur le plus impitoyable de l'esprit de Munich. La solidarité avec l'Union soviétique avait autant de part à sa fermeté que l'hostilité au système. La soudaine volte-face de Moscou le met brusquement en porte à faux. Depuis, les propagandes contraires, l'exploitation par les anticommunistes et la réécriture *a posteriori* par les communistes, embrouillant à plaisir cette histoire déjà assez compliquée par elle-même, l'ont enveloppée de tant de brouillard qu'il faut commencer par rétablir les faits dans l'ordre où ils se sont produits : la chronologie est ici d'une importance décisive. Les évolutions ont été parfois si brusques qu'il est capital de restituer l'enchaînement et de mettre les ruptures en évidence.

Dans un premier temps, assez bref, qui couvre approximativement la première quinzaine de septembre, rien n'est changé à la position du parti : il veut se convaincre que Staline n'a pas eu d'autre pensée que de préserver l'avenir de la liberté, et il est pour la fermeté face à Hitler. Le gouvernement n'a pris aucune mesure de police à l'encontre du parti, à l'exception de la suspension des quotidiens *L'Humanité* et *Ce soir* au lendemain du pacte ; il fait le même pari de la confiance que le gouvernement de 1914 à l'égard des syndicalistes révolutionnaires. Au reste les députés communistes ont voté les crédits exceptionnels et les militants rejoint leurs unités.

Un changement à 180 degrés se dessine après le 17 septembre : ce jour-là, les troupes soviétiques ont pénétré en Pologne à la rencontre des armées allemandes ; il est désormais patent que ce n'est pas pour secourir la Pologne, mais bien pour prélever leur part des dépouilles de la malheureuse nation. L'Armée Rouge vient border le cours du Bug, qui délimite désormais les zones occupées par les deux signataires du pacte du 23 août. La présomption qu'il existe un accord secret de partage est confirmée. Situation toute nouvelle : l'Union soviétique n'est plus seulement coupable de neutralité complaisante pour l'agresseur. Dès lors, les communistes qui ne désapprouveraient pas l'intervention soviétique donneraient leur assentiment à l'action belliqueuse d'une puissance étrangère qui est l'ennemie déclarée du pays pour le salut duquel la France est entrée en guerre. Or, à peu près dans le même temps, il apparaît à quelques indices que la direction du Parti communiste français infléchit son orientation : hier elle approuvait l'entrée en guerre, maintenant elle la dénonce comme une guerre impérialiste dictée aux peuples par les intérêts du capitalisme. Ses élus font campagne pour que la France accepte les offres de paix immédiate de Hitler. Le parti, reniant quatre années de conversion patriotique, fait retour au pacifisme et au défaitisme révolutionnaire. Le 4 octobre, Maurice Thorez, obtempérant à un ordre de l'Internationale, quitte son cantonnement et disparaît : on le retrouvera quelques mois plus tard à Moscou ; la désertion, en temps de guerre, du secrétaire général consomme la rupture du parti avec la nation.

Cette volte-face a jeté le trouble dans le parti. On mesure mal l'étendue des dissidences, le parti ayant été aussitôt acculé à la clandestinité et un réflexe élémentaire de solidarité ayant retenu les dissidents d'étaler leur désaccord. On connaît cependant quelques ruptures notoires, telle celle de Paul Nizan. On a aussi dit que Gabriel Péri, le spécialiste de la politique étrangère, avait connu quelques états d'âme. Vingt-deux des députés élus en 1936 ont désavoué la direction et quitté le groupe parlementaire : près d'un tiers de ceux à qui le parti avait confié l'honneur de le représenter ! Si telle fut la proportion chez les hauts responsables, on imagine ce que dut être le désarroi chez les militants, en particulier chez ceux, de beaucoup les plus nombreux, qui avaient rejoint le parti en 1935-1936 parce qu'il s'identifiait à la défense des libertés démocratiques contre les dictatures et qu'il avait été le seul à s'opposer à Munich : il n'est donc pas déraisonnable d'estimer qu'à partir du début d'octobre 1939 le parti est en pleine décomposition. Seules, les mesures de répression ont limité sa désintégration et fait obstacle à la manifestation au grand jour des divergences sur la ligne adoptée par la direction alignée sur Moscou. Léon Blum aurait souhaité que ne fût prise à l'encontre des communistes aucune mesure de contrainte, mais comment un gouvernement responsable du moral de la nation aurait-il pu tolérer qu'une formation politique se déclarât solidaire d'une puissance étrangère devenue l'alliée et la complice de l'ennemi, et que ses représentants élus fissent ouvertement leurs les propositions de paix de Hitler sur le cadavre de la Pologne amie et vaincue ? En 1914-1918, des hommes politiques avaient été poursuivis, traduits en Haute Cour, condamnés pour intelligence avec l'ennemi pour beaucoup moins.

La répression ne s'abat sur le parti qu'après l'invasion de la Pologne par l'armée soviétique : la dissolution est décrétée le 27 septembre. Le 20 février 1940, la Chambre prononce la déchéance des quarante-cinq députés qui n'ont pas rompu ouvertement avec l'U.R.S.S. : quelques jours plus tard, ils sont condamnés à des peines d'emprisonnement et transférés dans le Sud algérien. La police traque les militants suspects de rester en contact avec la direction clandestine formée, depuis le départ de Thorez, par Jacques Duclos et Benoît Frachon, ou qu'on surprend à faire de la propagande en faveur d'une paix blanche. La chasse aux communistes est menée avec une ardeur égale dans les syndicats : tous ceux qui n'ont pas publiquement désavoué le pacte germano-soviétique sont écartés des postes de responsabilité. Les communistes prendront leur revanche en 1944 en excluant impitoyablement tous les syndicalistes qui ont pactisé avec les munichois.

Les mois passent, et la situation intérieure se dégrade lentement : les mobilisés se demandent à quoi rime cette attente inutile. L'activité politique, suspendue depuis l'entrée en guerre, se réveille dans la classe politique. Les députés regimbent contre le style du président du Conseil, dont l'autorité s'effrite ; il est devenu évident qu'il n'est pas l'homme de la situation. Loin d'être un autre Clemenceau, il varie au gré des influences, hésite à trancher. Le cabinet est divisé, Daladier ayant conservé des ministres qui penchent vers l'apaisement. Les adversaires, s'ils n'ont pu empêcher l'entrée en guerre, n'ont pas désarmé : ils n'ont pas renoncé à mettre fin à un conflit qui leur semble mal engagé et qu'ils ne jugent pas justifié. Se constitue officieusement un parti de la paix qui réunit des parlementaires de droite, des radicaux, des socialistes, et qui conjugue les deux branches du pacifisme qui se sont peu à peu dessinées dans l'avant-guerre. S'ils ne sont pas assez nombreux pour ouvrir une crise, ils sont à l'affût d'une occasion. A l'opposé, d'autres critiquent l'inaction du gouvernement : il devient chaque jour plus évident que la France ne pourra s'en tenir longtemps à cette stratégie passive. La convergence de ces critiques aboutit, en mars, après la conclusion de l'armistice entre la Finlande et l'U.R.S.S., ressenti à Paris comme une défaite, à la démission de Daladier.

Le président Lebrun appelle, pour former le gouvernement, l'homme fort du cabinet démissionnaire, qui dirige depuis seize mois la politique financière et économique, fait figure de chef de file de la tendance intransigeante et a une réputation d'énergie, Paul Reynaud. Sa personnalité n'est pas ordinaire : il a une culture économique qui fait défaut à la plupart de ses collègues. Il a pris des positions originales sur plusieurs questions essentielles et montré une grande clairvoyance : sur la dévaluation, sur la stratégie ; depuis 1935, il a épousé les vues du colonel de Gaulle sur la stratégie de mouvement et la constitution de grandes unités mécaniques. Mais il s'est aussi acquis beaucoup d'ennemis par sa façon de faire la leçon et son absence de modestie. La gauche n'oublie pas qu'il vient de la droite, et une partie de la droite craint qu'il ne jette le pays dans des expéditions aventureuses. Cette défiance et cette réserve s'expriment au cours du débat sur la déclaration du gouvernement, qui a été écrite par de Gaulle. Dans le scrutin, les députés se divisent : 268 votent la confiance, 156 la refusent et 111 s'abstiennent. L'addition des non et des abstentions est, à une voix près, égale aux votes positifs — et encore n'a-t-on jamais été tout à fait sûr de cette voix de différence. Paul Reynaud a obtenu le concours des socialistes, ce qui élargit sa majorité en direction de la gauche. Il a écarté Georges Bonnet, l'âme de la politique de conciliation avec l'ennemi, mais a pris dans son gouvernement des hommes qui ne sont guère moins hostiles à une politique de fermeté.

Pour marquer leur détermination, la France et la Grande-Bretagne s'engagent, le 28 mars, par un acte solennel à « ne négocier ni ne conclure d'armistice ou de traité de paix durant la présente guerre si ce n'est d'un commun accord ». On verra sous peu les conséquences de cet engagement. Une stratégie plus offensive prévaut : pour interdire le transit du fer suédois vers l'Allemagne, il est décidé de miner les eaux norvégiennes. Anticipant sur un succès encore à venir, Paul Reynaud déclare à la radio que la route du fer est définitivement coupée. Simultanément les Alliés pressent la Turquie d'entrer en guerre. La guerre va-t-elle prendre un autre cours et contraindre l'ennemi à réagir ? Mais c'est le IIIe Reich qui va prendre l'initiative : le 9 avril, les troupes allemandes envahissent le Danemark, occupé sans coup férir, et débarquent en Norvège. Un corps expéditionnaire franco-britannique reprend aux Allemands à la fin de mai le port de Narvik, dans l'extrême Nord, par lequel le minerai de fer est exporté.

La campagne de France

Tout va basculer et les Français ne le soupçonnent pas. Ils se rassurent au souvenir de la Marne et de Verdun, et ils vont revivre Crécy ou Azincourt. Le temps est venu des grandes douleurs. Il convient de les évoquer avec piété. L'objectivité de l'historien n'est pas incompatible avec la sympathie : elles se rejoignent dans un même effort pour comprendre les sentiments, le désarroi, la stupeur, l'affliction de tout un peuple surpris par une catastrophe à laquelle rien ni personne ne l'a préparé.

Au matin du vendredi 10 mai, Hitler a déclenché l'offensive ; ses armées envahissent sans déclaration de guerre les Pays-Bas, la Belgique, le Luxembourg. La drôle de guerre est bien finie, c'est la guerre pour de bon. Voici l'occasion de sortir d'une attente fastidieuse et d'affronter l'ennemi directement. Le haut commandement français, répondant à l'appel de la Belgique, applique son plan : nos unités les plus mobiles, les mieux équipées et disposant de la plus grande puissance de feu se portent au-devant de l'ennemi, prêtes à un choc frontal en Belgique. Mais ce n'est pas sur le canal Albert ni sur la Dyle que se livre la bataille décisive : c'est plus à l'est, au contact des Ardennes. Hitler fait en effet porter le principal de son effort à la charnière du front ennemi, au point où s'arrête la ligne fortifiée prolongée par des troupes en rase campagne. Certain que le massif des Ardennes est un obstacle infranchissable, le commandement n'a pris aucune disposition spéciale : pas d'ouvrage fortifié, juste un mince rideau de troupes de second ordre pour tenir tête aux neuf *Panzerdivisionen* qui débouchent soudain de la forêt, franchissent en force la Meuse et déferlent au-delà. L'état-major, qui a engagé la totalité du corps de bataille dans la manœuvre en Belgique, ne dispose plus de réserves pour tendre une deuxième ligne de défense et moins encore pour rejeter les assaillants. Le front est rompu, une énorme brèche ouverte. L'initiative a échappé au commandement français : il ne réussira pas à la ressaisir. La guerre est virtuellement perdue dès le cinquième jour de l'offensive allemande. Elle le sera effectivement en six semaines : c'est le temps qui, en 1870, avait séparé l'entrée en guerre contre la Prusse du désastre de Sedan ; c'est aussi à peu près le temps qu'il avait fallu en 1914 pour redresser la situation et permettre à la victoire de la Marne de réparer la bataille perdue des frontières. Cette fois, il n'y aura pas de miracle de la Seine ou de la Loire.

Hitler aurait pu marcher directement sur Paris, il n'aurait pas rencontré de résistance sérieuse. Il déploie une manœuvre plus habile : appuyées par une aviation qui s'est rendue maîtresse du ciel, dont les attaques en piqué dans le fracas des bombes et le sifflement des sirènes éprouvent les nerfs des combattants et leur donnent le sentiment d'être abandonnés, dans un vaste coup de faux, les divisions blindées foncent vers la mer qu'elles atteignent le 20 à l'embouchure de la Somme, séparant irrémédiablement du front, qui se reconstitue en avant de Paris, les divisions aventurées en Belgique et dont la situation s'aggrave avec la capitulation de l'armée néerlandaise dès le 15, puis de l'armée belge le 28. Faute de pouvoir rétablir la liaison avec le gros de l'armée française, les 45 divisions franco-britanniques encerclées se replient sur le camp retranché de Dunkerque, dont elles sont évacuées vers l'Angleterre dans les pires difficultés par une armada de navires britanniques : 330 000 hommes échappent ainsi à la captivité, mais ils ont dû abandonner les chars, l'artillerie et tout le matériel ; ils vont faire cruellement défaut.

Le 10 mai, Paul Reynaud allait donner sa démission pour provoquer un remaniement du gouvernement et du commandement ; l'attaque l'oblige à y renoncer, mais il prend le ministère de la Défense et les premières défaites lui permettent de se séparer du général Gamelin, qui n'a pas sa confiance, et de le remplacer par Weygand, le lieutenant de Foch en 1918 ; il obtient aussi le concours du maréchal Pétain, qui revient de son ambassade à Madrid pour être vice-président du Conseil. Pétain, Weygand : Verdun, Rethondes — s'imagine-t-on qu'ils ont la recette de la victoire ?

Pendant le répit que ménageaient les opérations autour de Dunkerque, le commandement s'est employé à reconstituer, avec ce qui reste de réserves et les débris des unités engagées dans les premiers jours, une ligne continue dont le tracé épouse le cours de la Somme, de l'Aisne et de l'Ailette pour se raccorder à la ligne Maginot : mince rideau de troupes de valeur inégale étiré sur près de 300 kilomètres et dont la puissance de feu est réduite par la perte du corps de bataille. Deux contre-offensives limitées conduites par le colonel de Gaulle à Montcornet et Abbeville avec des éléments cuirassés, qui reprennent quelque terrain et réduisent une tête de pont, donnent une idée de ce qui aurait été possible avec une stratégie tirant parti d'une masse de chars dont ni le nombre ni la qualité n'étaient inférieurs à ceux de l'ennemi. L'évacuation de Dunkerque s'achève le 3 juin ; le 6, la Wehrmacht passe à l'offensive : le front cède après quelques heures d'une résistance courageuse. Il n'y a plus, dès lors, de front continu ni de résistance coordonnée, les divisions blindées se répandent à travers le territoire et se déploient en éventail de la basse Seine à la Bourgogne. Le gouvernement quitte Paris, et la capitale est déclarée ville ouverte : les Allemands y entrent le 14. Le commandement tente de reformer une ligne à peu près continue le long des fleuves, derrière la Seine d'abord, puis sur la Loire, mais chaque fois l'avance allemande déborde la défense et prend pied sur l'autre rive. Les combattants se sont bien battus : s'il y eut ici ou là des défaillances individuelles ou collectives, le chiffre des tués au combat — quelque 100 000 — comparable à celui des batailles les plus meurtrières de la Grande Guerre, atteste que le courage des combattants de 1940 ne fut pas inférieur à celui de leurs aînés.

Le désastre militaire s'accompagne d'un autre drame qui l'aggrave et auquel la voix populaire a d'emblée donné un nom biblique : l'exode. Le terme n'était utilisé auparavant que pour désigner le mouvement qui vidait les campagnes : en mai 1940 il qualifie la fuite devant l'ennemi de tout un peuple qui abandonne son domicile et se lance sur les routes sans savoir où aller. Amorcé par l'arrivée des Belges, que suivent les habitants des départements frontaliers, le phénomène s'amplifie et grossit comme une avalanche qui emporte la population des régions traversées par le flot. Combien furent-ils à fuir ainsi devant l'envahisseur ? 5, 6, peut-être 8 millions : pour la seule région parisienne, on estime à 2 millions le nombre de ceux qui sont partis, plutôt que d'attendre l'arrivée des Allemands. Ce grand mouvement de panique qui s'empare de tout un peuple obéit à des motifs explicables, au moins dans ses commencements : les populations du Nord et du Nord-Est n'ont pas oublié l'occupation qui les avait coupées pendant quatre ans du reste de la France, et de leurs familles. Raisonnant par analogie, ils se figurent que, la situation militaire se redressant, le front, se stabilisant, laissera à nouveau leurs départements sous la botte ennemie : le souvenir des vexations, des exactions, de la réquisition des hommes valides, des restrictions imposées, s'aggrave de ce qu'on sait ou plus encore qu'on imagine des nazis ; l'ampleur de l'exode révèle la crainte qu'inspire le IIIe Reich et ne concorde guère avec certaines assertions sur l'accueil que l'ennemi aurait trouvé dans la population. Il faut à tout prix se retrouver à l'arrière du front, au-delà de la Seine, puis de la Loire, enfin dans le Massif central, les Charentes ou le Sud-Ouest. Le départ des administrations, dont certaines se replient sur ordre, dont d'autres abandonnent leurs ressortissants sans consigne, entraîne les civils. Comment demeurer s'il n'y a plus ni autorités, ni médecins, ni commerçants, ni boulangers ? Les départs entraînent les départs ; le mouvement est irrésistiblement contagieux. C'est ainsi que, dans une migration sans précédent, un quart ou un cinquième du peuple français s'est mis en marche, sur des routes trop étroites, dans une indescriptible cohue encombrant des bourgades dont la population décuple en quelques heures, submergées sous un flot qu'elles ne peuvent ni nourrir ni loger. Ici ou là les avions allemands ou italiens survolent ce peuple en marche et le mitraillent. Cet écoulement de tout un peuple — qui rejoint les grands phénomènes ataviques d'une histoire très ancienne — n'a pourtant jamais été une complète débandade. Le désarroi de ces foules pitoyables, de ces familles séparées, a laissé dans la mémoire collective une meurtrissure ineffaçable, aussi profonde que la débâcle des armées. Ces deux drames parallèles qui ont effacé la distinction traditionnelle entre l'avant et l'arrière, les civils et les combattants, ont été déterminants. Les pouvoirs publics, débordés, découvraient leur impuissance à faire face aux besoins les plus essentiels. La pitié pour tant de souffrances d'innocents était une raison de plus de s'interroger sur leur devoir : le moment n'était-il pas venu d'arrêter les combats ?

Faut-il arrêter les combats ?

Que faire si la bataille de France est perdue ? La question a commencé de se poser aux responsables politiques et militaires dès qu'ils ont pris conscience de la gravité de la situation. Dans les premiers jours, on croit encore qu'on pourra la rétablir, puis on espère un miracle : Paul Reynaud évoque, dans une allocution radiodiffusée, les jeunes généraux victorieux de la Révolution et clame sa certitude que la France ne peut mourir. Le gouvernement s'associe en corps aux prières publiques pour la France. A partir de la rupture de la ligne sur laquelle Weygand a adjuré l'armée de tenir bon, il devient évident pour ceux qui sont au courant — pour autant que le permettent la désorganisation des troupes, l'absence de liaisons et le désarroi d'un gouvernement chassé de ses lieux de décision et éparpillé entre une dizaine de châteaux du Val de Loire — que la bataille est perdue sur le sol de France. Dès lors, quelle décision prendre ?

Faut-il engager des pourparlers avec l'ennemi en vue d'un arrêt des combats ? La question divise les dirigeants. Un demi-siècle après l'armistice de juin 1940, la controverse n'est pas éteinte. Le sera-t-elle jamais, on peut en douter. Le débat sur l'armistice est de ceux qui, naissant des péripéties de l'histoire nationale, entretiennent des passions sans fin. Trop de facteurs s'y enchevêtrent pour qu'ils puissent être tranchés sans appel : ils mêlent inextricablement appréciations conjoncturelles, jugements d'opportunité, considérations éthiques, inclinations idéologiques, options philosophiques. Pour comprendre les choix auxquels s'arrêtèrent les acteurs de la décision, il n'est pas d'autre méthode, au risque de simplifier la complexité des cheminements personnels, que de passer en revue les diverses implications du débat sur l'armistice.

Trois questions relatives à l'appréciation de la situation et de ses développements possibles formaient un premier faisceau. Y avait-il encore un espoir d'arrêter la progression de l'ennemi et de reconstituer sur le sol national un front continu à l'arrière duquel préparer, avec l'aide de l'industrie des États-Unis et quand la mobilisation britannique aurait pu aligner des dizaines de divisions, l'offensive qui libérerait le territoire comme en 1918 ? Douteuse au début de juin, la réponse ne l'était plus quelques jours après : même les tenants du réduit breton ou du repli sur le Massif central ne défendaient plus ces solutions que comme un répit passager laissant le temps de se replier sur l'Angleterre ou l'Afrique du Nord.

Deuxième question : y avait-il une chance raisonnable de prolonger la lutte en Afrique du Nord ? On en dispute aujourd'hui encore. Les uns assurent qu'il y avait de l'autre côté de la Méditerranée assez de troupes et de ressources pour repousser une invasion, et ce fut la première réaction de ceux qui y commandaient ; d'autres soutiennent que l'armistice a évité l'occupation de l'Afrique du Nord par l'Axe et rendu possible à terme le débarquement anglo-américain de novembre 1942.

Troisième interrogation, la plus lourde de conséquences : la cessation, de fait ou de droit, des combats sur le sol français était-elle la fin de la guerre entre les démocraties et l'Allemagne ? Quoi qu'en aient dit plus tard les partisans de l'armistice, la question de la paix interférait inéluctablement avec le débat sur l'armistice.

La France foudroyée

Les réminiscences poussaient à les confondre : en 1871, la signature du traité de Francfort était survenue trois mois après l'armistice de janvier et, en 1919, les négociateurs allemands avaient signé la paix huit mois après l'armistice du 11 novembre. La plupart des responsables ne doutent pas que la fin des combats ne soit aussi la fin de la guerre : si l'armée française a succombé en six semaines à l'armée allemande, dont elle avait triomphé en 1918, comment supposer que l'Angleterre, qui n'a pas été capable de mettre en ligne plus de quelques divisions, pourrait résister à une Allemagne maîtresse du continent, alliée à l'Italie, assurée de l'amitié de l'Espagne, bénéficiant de la neutralité bienveillante de l'Union soviétique ? L'Allemagne a gagné la guerre : la sagesse est d'arrêter au plus tôt une lutte sans espoir pour tenter d'obtenir les moins mauvaises conditions de paix. Seuls quelques esprits, éclairés par une intuition prophétique, raisonnant dans une perspective planétaire, à l'échelle des grands espaces, des Empires coloniaux et des alliances extra-européennes, entrevoient qu'une bataille perdue n'est pas la fin de la guerre. Mais combien sont-ils à raisonner ainsi ?

Le débat n'était pas purement technique ; d'autres considérations que factuelles interféraient avec les analyses de la situation : éthiques, idéologiques et politiques au sens plein de ces termes. Les adversaires de l'armistice invoquaient le respect de la parole donnée, comme à propos de Munich : la France avait pris l'engagement solennel de ne pas conclure de paix séparée. En signant l'armistice, elle se parjurerait comme elle l'avait fait déjà en abandonnant la Tchécoslovaquie. Il faut croire que même pour les partisans de l'armistice l'argument avait de la force, à en juger par leur insistance à obtenir de Winston Churchill d'être relevés de cet engagement.

Partisans et adversaires d'une négociation avec l'ennemi divergeaient aussi sur la nature de l'adversaire. Un Pétain ou un Weygand ne voyaient pas grande différence entre l'Allemagne wilhelmienne et celle de Hitler — c'était toujours l'ennemi héréditaire —, et la guerre de 1939-1940 n'était que le dernier rebondissement du conflit opposant les deux peuples depuis plus d'un siècle. En 1918, l'Allemagne avait perdu la guerre : en 1940, c'était au tour de la France. Il n'y avait pas de déshonneur à reconnaître sa défaite : le Maréchal annonce qu'il traitera dans l'honneur, et, quatre mois plus tard, à Montoire, il ne verra pas d'objection à mettre sa main dans celle du vainqueur. Ils n'ont pas compris la nature du national-socialisme. D'autres, mieux informés, ont pressenti sa spécificité : ils ont perçu que Hitler n'est pas Guillaume II ou Bismarck. Parce qu'ils accordaient plus d'attention à l'idéologie, ils avaient compris que l'on avait affaire à un système auquel il était impossible de faire confiance. A la limite, ils auraient accepté une défaite devant la supériorité allemande, mais pas de trêve dans la lutte contre une idéologie monstrueuse et un système détestable. C'était la position des familles d'esprit que leur philosophie ou leur échelle de valeurs immunisaient davantage contre les séductions des régimes totalitaires ou rendaient plus lucides sur leur essence : les socialistes que n'aveuglait pas le pacifisme, ceux des communistes qui ne se laissaient pas égarer par le défaitisme révolutionnaire, ceux des catholiques qui avaient su discerner dans le national-socialisme un néo-paganisme menaçant l'héritage de la civilisation chrétienne. Si donc le combat contre Hitler était juste, la défaite de nos armes ne lui retirait pas sa raison d'être : le résultat ne changeait rien à la signification de la guerre. Elle devait être continuée par tous les moyens possibles; c'était l'attitude spontanée d'un Edmond Michelet diffusant à Brive, le jour même où Pétain annonçait l'armistice, un tract appelant à continuer, citant Péguy pour qui celui qui refuse de se rendre a toujours raison.

Si l'on scrute au plus profond des motivations qui inspirent les uns et les autres, on pressent qu'ils ont aussi des visions différentes de la France. Ils se séparent sur ce qu'est la patrie. Le Maréchal exprime parfaitement l'une des deux conceptions, le 13 juin 1940, quand il déclare qu'il ne quittera pas la France, car elle n'est pas ailleurs qu'en France : son âme ne peut être sauvée que par un gouvernement présent sur le sol de la patrie. Cette conception terrienne, paysanne, attachée aux réalités tangibles, se réclame de plusieurs traditions : la tradition de la Révolution hostile aux émigrés et personnifiée par Danton tonnant qu'on n'emporte pas la terre de la patrie à la semelle de ses souliers. Mais elle trouve aussi le renfort de l'école maurrassienne qui fustige les idéologies et oppose le réalisme des intérêts nationaux aux croisades chimériques pour des causes prétendument universelles. L'autre vision n'est pas moins soucieuse de sauver l'âme de la France, mais s'en fait une idée différente : elle l'identifie à certaines valeurs auxquelles elle a été fidèle au long de son histoire, qu'elle a servies, qu'elle a propagées dans le monde. La France ne tient pas toute dans les limites de l'espace territorial, elle est partout où des Français agissent conformément à sa tradition. Elle ne saurait être elle-même que dans l'honneur, le

La France foudroyée

respect de l'homme. Sur cette idée se rejoignent des familles qui se sont longtemps combattues : les fils des croisés, certains que la France est appelée par Dieu à une vocation supérieure, et les fils de 89, convaincus de sa mission universelle.

Les premiers voient dans la prompte signature d'un armistice l'unique chance de préserver l'essentiel : « La condition nécessaire à la pérennité de la France éternelle », dit Pétain le 13 juin. Aux autres l'armistice apparaît comme la renonciation à ce qui fait la raison d'être de la France, la trahison de sa vocation. Les premiers parlent le langage du réalisme apparent, les autres tiennent un discours idéaliste dont les premiers dénoncent l'irréalisme. Le paradoxe de cette histoire dramatique est que les événements inverseront les positions : les réalistes perdront, et c'est aux esprits que l'on tenait en 1940 pour chimériques que la suite a donné raison.

Les multiples implications du choix à effectuer ne sont pas toutes perçues clairement par les acteurs du drame qui se joue dans les conseils successifs qui se tiennent à Briare, Candé, Bordeaux : la précipitation des événements ne laisse guère le loisir de procéder à une analyse lucide, mais ces implications n'en sont pas moins agissantes. Elles expliquent des reclassements inattendus : la controverse, dont la signification se précisera à mesure que les conséquences se décanteront, bouscule les positions habituelles, dissocie sans retour des hommes jusque-là solidaires, en rapproche d'autres qui s'étaient toujours opposés et surimpose aux divisions traditionnelles un clivage qui l'emporte sur tout autre.

Sous le choc des nouvelles qui parviennent de la bataille, les points de vue s'affrontent avec violence dans le gouvernement : le président du Conseil, par disposition de caractère et parce qu'il s'estime lié par l'engagement qu'il a souscrit, tient pour la continuation du combat, mais, mauvais juge des hommes, il n'a pas su s'entourer de collaborateurs qui partagent ses vues ; pour un colonel de Gaulle dont il fait, le 5 juin, un sous-secrétaire d'État à la Guerre (sans prévoir qu'il fonde ainsi la légitimité républicaine de l'homme qui maintiendra la France dans la guerre) qui s'évertue à lui insuffler la volonté de tenir, que de défaitistes dans son entourage ! Un Yves Bouthillier, un Paul Baudouin, et jusque dans son propre cabinet, un Villelume, sans compter l'influence de sa maîtresse, Mme de Portes, qui s'immisce jusque dans les délibérations ministérielles. Le débat rebondit de réunion en réunion, divisant de plus en plus le gouvernement. Le dimanche 16 juin, épuisé par l'écrasante responsabilité qu'il a portée depuis cinq semaines, manquant de sommeil, harcelé par les partisans de l'armistice, circonvenu par son entourage immédiat et fidèle aussi à la tradition parlementaire qui raisonne en termes de majorité et tiendrait pour un attentat à la souveraineté nationale d'agir contre le sentiment majoritaire, Paul Reynaud s'est convaincu que la majorité des ministres penchent vers l'ouverture de pourparlers avec l'ennemi et démissionne. Tout aussi respectueux des usages, le président de la République appelle à lui succéder le chef de file de ceux qui sont pour l'arrêt des combats et qui se trouve être le vice-président du Conseil, le maréchal Pétain. Ce n'est donc, formellement, qu'un remaniement ministériel, et c'est le plus régulièrement du monde que Pétain accède à la direction du gouvernement : le 16 juin, il n'y a pas l'ombre d'un coup d'État. Pétain sort de sa poche la liste de son gouvernement : rarement une crise ministérielle aura été dénouée aussi promptement.

Aussitôt il sollicite l'entremise du gouvernement espagnol pour sonder l'Allemagne, et, le lendemain, lundi 17 juin, à 13 heures, le Maréchal s'adresse au pays pour lui annoncer que le moment est venu de « cesser le combat », formule malheureuse qui sera corrigée en : « Il faut tenter de cesser le combat », mais trop tard pour en rattraper les effets désastreux. Elle a brisé un ressort : comment exiger des combattants qu'ils se fassent tuer pour un combat que l'on sait perdu et qui prendra fin dans quelques heures ? Néanmoins, des unités poursuivent la lutte et opposent ici ou là une résistance courageuse aux divisions ennemies dont l'avance atteint des régions qui n'avaient plus vu d'envahisseur depuis des siècles.

Hitler eut l'astuce d'accéder aux deux demandes dont le rejet aurait pu contraindre les négociateurs français à ne pas signer l'armistice : la non-livraison de la flotte et le maintien d'un gouvernement ayant autorité sur l'ensemble du territoire, y compris les régions occupées. Au reste, c'était l'intérêt de la puissance occupante que de laisser à un gouvernement national la charge de l'administration qui lui garantirait la soumission des populations. Pour rigoureuses qu'elles fussent, les clauses de l'armistice ne parurent pas anormales aux contemporains, qui se souvenaient des conditions imposées à l'Allemagne vaincue. De toute façon, c'était l'affaire de quelques semaines : on ne doutait guère qu'elles fissent bientôt place au traité de paix. Le Maréchal crut pouvoir assurer que la convention d'armistice ne comportait aucune disposition qui contrevînt à l'honneur. Sur un point au moins pourtant il faisait erreur : le gouvernement français avait consenti à livrer aux autorités allemandes tous les ressortissants allemands que réclamerait le gouvernement du Reich, c'est-à-dire les réfugiés politiques qui l'avaient fui et avaient mis leur confiance dans la protection de la France. Concession inouïe, qui jetait sur l'honneur de la France une tache indélébile et dont l'application consciencieuse par l'administration française coûta la vie à plusieurs opposants au IIIe Reich. La convention imposait le désarmement de toutes les troupes, à l'exception d'une armée dite d'armistice, dont l'effectif était plafonné à 100 000 hommes — comme la Reichwehr de la république de Weimar —, et la livraison de tout le matériel de guerre.

La France écartelée

La convention partageait le pays en deux : la zone occupée par les forces du vainqueur, et l'autre laissée en dehors de l'occupation. L'autorité du gouvernement s'exercerait sur l'une et l'autre, mais — et c'est un point où l'on vérifie que l'armistice a disposé un engrenage qui va peu à peu anéantir le semblant d'indépendance du gouvernement — la nécessité de soumettre au visa des autorités d'occupation tous les textes administratifs pour la zone qu'elles contrôlaient, et le souci — estimable — de prévenir l'instauration de deux régimes administratifs différents, conduiront à subordonner toute décision à l'assentiment de la puissance occupante. Les deux zones sont séparées par une ligne de démarcation qui part des Pyrénées, remonte en direction du nord-est jusque vers Tours, s'infléchit vers l'est et vient s'appuyer sur la frontière suisse au sud du Jura. Cette ligne est devenue d'emblée une réalité extrêmement contraignante qui trace une coupure des plus tranchées entre deux France : la zone occupée et la zone dite libre, que certains jugent plus réaliste d'appeler non occupée. Le partage laisse dans la première la majorité des Français — 23 millions contre 17 — et les régions les plus riches et les plus industrielles. Entre les deux la correspondance ne sera rétablie que plusieurs mois après l'armistice, et encore ne fonctionnera-t-elle que sous forme de cartes interzones qui comporteront un formulaire imprimé passe-partout où l'initiative épistolaire se bornera à rayer telle ou telle formule et à remplir les blancs. Les préfets des départements de zone occupée durent attendre jusqu'au 25 septembre pour être autorisés à faire parvenir au gouvernement de Vichy des correspondances, à raison de vingt plis tous les dix jours. Un *Ausweis* délivré par les autorités allemandes était exigé pour franchir la ligne, et il n'était accordé qu'au compte-goutte et pour des motifs impérieux ; sa délivrance parcimonieuse était aux mains des Allemands un moyen de pression sur le gouvernement. Dans les moments de tension, les ministres eux-mêmes se voyaient refuser le droit d'aller à Paris. Le gouvernement avait vite renoncé à rentrer dans la capitale ou à s'installer, comme il en avait eu un instant le projet, à Versailles.

Cette partition a des effets psychologiques inquiétants : les deux zones placées dans des conditions dissemblables évoluent différemment. La zone libre, où l'absence de tout rappel visible de l'occupation donne le sentiment de l'indépendance nationale et l'illusion de la souveraineté de l'État, oublierait presque que la guerre continue. Les habitants de la zone occupée, eux, ne sauraient l'oublier : la croix gammée a remplacé sur les bâtiments officiels les trois couleurs ; d'uniformes ils ne voient que ceux de l'armée d'occupation et de ses services — Vichy est de l'autre côté de la ligne de démarcation, qui interpose un écran opaque. Les journaux de zone libre ne parviennent pas, et on ne lit que la presse parisienne qui paraît sous le contrôle et l'inspiration de la *Propagandastaffel*. Le danger n'est pas imaginaire d'une dissociation croissante de ces deux France.

Si la convention d'armistice ne connaît que ces deux zones dont la distinction reste la *summa divisio,* les initiatives de l'occupant ont porté à sept ou huit les fractions du territoire national, séparées les unes des autres par des frontières encore plus difficiles à franchir que la ligne de démarcation. Le long des côtes, de Dunkerque à la Bidassoa, une ligne isole de l'intérieur une bande littorale de quelques kilomètres de profondeur où ne sont admis que ceux qui peuvent y justifier d'un domicile permanent. Les deux départements du Nord et du Pas-de-Calais sont rattachés au commandement établi à Bruxelles : est-ce la préfiguration du futur traité de paix qui les incorporerait à une grande Nederland ? En août — initiative plus alarmante encore pour l'unité nationale —, les trois départements de l'ancienne terre d'Empire, Moselle, Bas et Haut-Rhin, sont rattachés au Reich et forment deux *Gauen* administrés par des *Gauleiter* établis à Metz et Strasbourg. Une autre ligne court de l'embouchure de la Somme au Jura et sépare du reste de la zone occupée une quinzaine de départements picards, champenois, bourguignons : dessine-t-elle par avance le tracé d'une vaste Lotharingie appelée à s'intégrer dans le grand

Reich ou à devenir un protectorat analogue à la Bohême-Moravie ou au gouvernement général de Pologne ? On oublie toujours de mentionner aussi les quelques parcelles de territoire dont les armées de Mussolini sont parvenues, en quinze jours de combats, à s'emparer et qui sont soumises à l'occupation italienne. Si l'on ajoute à cette énumération les quelque 2 millions d'hommes emmenés en captivité au-delà du Rhin et, sur un autre registre, les territoires d'outre-mer qui passent à ce que Vichy pense flétrir sous l'appellation de « dissidence », on a l'image d'une France désarticulée, morcelée en sept ou huit tronçons, écartelée entre des autorités différentes, sollicitée par des allégeances contraires. En vérité, jamais de mémoire d'homme l'unité de la nation n'avait été à ce point déchirée et menacée. Vichy tâchera de capitaliser à son avantage l'aspiration à l'unité et l'exploitera contre la « dissidence », s'évertuant à en faire le ressort de l'adhésion à sa politique, alors que l'existence même de ce gouvernement et sa politique seront des sujets de discorde qui ne sont pas encore totalement éteints un demi-siècle plus tard.

CHAPITRE XII

Vichy et la Révolution nationale

Il y aurait de la présomption à vouloir définir l'état d'esprit des Français en ces jours qui précèdent ou qui suivent immédiatement l'entrée en vigueur de l'armistice. Ils sont en état de choc, comme assommés par le désastre, ils ne comprennent pas ce qui leur est arrivé. Comment passer, en quelques semaines, de la conviction que leur cause était juste et d'une confiance inaltérable dans la victoire de leurs armes à l'acceptation de la débâcle, de l'effondrement de tous les cadres de l'existence, de l'invasion de la majeure partie du territoire ? La commotion est terrible, et il n'est pas certain que les effets en soient aujourd'hui encore tout à fait effacés. A plus forte raison sur le moment. La France touche le fond de l'abîme : y a-t-il pire épreuve que celle qu'elle connaît ?

Les Français en état de choc

Des sentiments contraires se disputent leur âme. Chez quelques-uns le désespoir est tel que, la vie ayant cessé à leurs yeux d'avoir du prix, ils y mettent fin : le grand chirurgien Thierry de Martel, le fils de Gyp, se suicide, et le préfet de l'Eure-et-Loir, Jean Moulin, tente de mettre fin à ses jours ; mais il y a aussi d'obscurs Français dont l'histoire n'a pas retenu les noms. Pour quelques-uns qui vont jusqu'au bout de leur décision, combien vont vivre le désespoir au cœur jusqu'à ce qu'ils entrevoient une lueur d'espoir ?

Le sentiment sans doute le plus général sur le moment est le soulagement, chez les combattants comme chez les civils. A quoi bon poursuivre un combat perdu ? Les mobilisés espèrent être bientôt rendus à leur famille et à leurs occupations, et leurs proches vont cesser de trembler pour eux. Les familles dispersées par l'exode pourront se regrouper. Pour l'heure, les soucis les plus élémentaires accaparent les esprits : obtenir des nouvelles des siens, se procurer de la nourriture ou de l'essence pour reprendre le chemin du retour. Mais pour pressantes que soient ces préoccupations, elles n'empêchent pas de partager le deuil de la patrie : le 25 juin, quand les armes se taisent, les Français se recueillent ; le gouvernement a prescrit un jour de deuil. A vrai dire il n'était pas nécessaire de le décréter : le deuil était dans tous les cœurs et, d'eux-mêmes, les Français, où qu'ils fussent, se retrouvent dans une pensée commune ; jusque dans les plus petits villages, là où l'ennemi n'est pas, les habitants s'assemblent avec les élus municipaux autour du monument aux morts vainqueurs de 1914-1918 et ont un geste de piété pour les morts d'une guerre perdue.

Les Français se retrouvent unanimes dans ces sentiments profonds : toutes les divisions sont momentanément effacées ou recouvertes. Toutes les appartenances ont cédé, les partis, les syndicats ont disparu. Seules subsistent les solidarités élémentaires dont la proximité a résisté au souffle du désastre : la famille, le métier, le village ou la communauté provisoire des réfugiés, aux prises avec les nécessités quotidiennes et la communion dans le malheur collectif.

Le Maréchal

Dans ce désarroi, un point fixe : le Maréchal. Autour de lui la quasi-totalité des Français se serre d'instinct. Dans la déréliction générale, l'effondrement de toute institution, la ruine des certitudes les mieux établies, on se raccroche à la personne du vainqueur de Verdun. En ce sens, la formule dont Henri Amouroux a fait le titre du premier volet de sa grande fresque sur ces années tragiques, *Quarante millions de pétainistes,* exprime bien l'état des esprits ; à condition de préciser la portée de cette adhésion qui va à la personne du Maréchal, et pas nécessairement à son gouvernement et moins encore à sa politique. C'est un sentiment d'attachement, d'allégeance, de confiance personnels. Cinquante ans plus tard, il faut un effort de mémoire pour les survivants de ce temps, d'imagination pour les autres, pour comprendre l'immense prestige qui s'attachait au nom et à la personne de Pétain et qui explique le pouvoir qu'il s'est arrogé. L'explication de la prise du pouvoir par quelque ténébreux dessein est superflue : il n'y eut pas d'autre conspiration que celle des circonstances, des souvenirs et des sentiments d'un peuple à la dérive, désemparé, privé de ses autorités habituelles, livré à la domination de l'occupant et qui aspire désespérément à trouver un protecteur qui fasse écran entre lui et le vainqueur. Depuis la disparition de Foch et de Clemenceau, en 1929, Pétain est le plus illustre des Français vivants : pour ceux qui ont combattu sous ses ordres — ils sont encore plusieurs millions —, il reste le chef respecté, le père à qui ses soldats sont reconnaissants de les avoir traités humainement. Son personnage s'identifie pour tous au souvenir de Verdun qui a été le plus haut moment de la guerre, le symbole des vertus guerrières et du patriotisme des Français, de l'endurance du poilu, de la ténacité du soldat. Pour les vaincus de 1940, l'auteur du célèbre « On les aura ! » conjure le mauvais sort, en rappelant que la France a d'abord triomphé de son vainqueur actuel. Qui oserait douter de son patriotisme ? S'il déclare à ses compatriotes qu'il faut cesser le combat, c'est que la guerre est perdue : la confiance dans son patriotisme désintéressé et son aptitude à apprécier une situation militaire a déterminé l'acceptation quasi générale de l'armistice. Elle engendrera le dogme de son infaillibilité : qui aurait l'orgueil de savoir mieux que lui ce qui est bon pour la France ?

Rien n'est venu dans l'entre-deux-guerres ternir sa réputation ou altérer la confiance qu'il inspire. A la différence d'autres grands chefs, on ne lui prête aucune ambition politique et on ne lui connaît guère de convictions par trop accusées ; son loyalisme n'a jamais été suspecté. Fils de paysans, il est proche du peuple, il n'est pas clérical, il n'a pas été l'élève des jésuites. Il passe pour le plus républicain des grands chefs de 1914. Sa participation au gouvernement Doumergue ne l'a pas non plus compromis aux yeux de la gauche ; on n'y a vu qu'un concours de technicien. C'est le gouvernement du Cartel qui lui a demandé de prendre au Maroc la relève de Lyautey pour venir à bout de la révolte d'Abd el-Krim, et, quand le gouvernement Daladier, au printemps de 1939, reconnaît le gouvernement de Burgos et veut rétablir avec le général Franco des relations de bon voisinage et qu'il prie Pétain de représenter la France, Léon Blum ne trouve qu'une objection à ce choix : c'est faire un trop beau cadeau aux nationalistes espagnols. En mai 1940, la nouvelle qu'il a accepté d'entrer dans le gouvernement rend un moment l'espoir aux combattants. Quant aux circonstances dans lesquelles il accède à la direction du gouvernement, le 16 juin, on a déjà dit que les plus attachés à la légalité républicaine n'ont rien trouvé à y redire.

Le mythe Pétain est fait de ces souvenirs et de ces sentiments. Aux derniers jours de juin 1940, il n'est guère de Français qui n'éprouvent un mouvement de gratitude pour ce vieil homme qui, au lieu de goûter la douceur d'un repos mérité, a consenti à reprendre du service dans une situation aussi désastreuse et fait le don de sa personne au pays. Sur le moment, personne ou presque n'a perçu ce qu'il pourrait y avoir de quasi blasphématoire à comparer le sacrifice de son repos à celui que viennent de faire de leur vie cent mille jeunes Français. Presque tous se félicitent de cette chance exceptionnelle pour la France de trouver dans son malheur un homme paré d'un tel prestige. Tel est le sens de la formule la « divine surprise », qui sera ensuite, par un contresens, imputée à crime à Maurras : dans l'esprit du doctrinaire du nationalisme intégral, la divine surprise, ce n'était pas la défaite de la France ; si forte que fût sa détestation de la démocratie, Maurras n'était pas à ce point aveuglé par la passion idéologique qu'il en vînt à souhaiter la défaite pour être débarrassé de la République. C'était que, dans l'extrémité de son malheur, il se fût trouvé un homme que la vieillesse avait épargné pour conduire son redressement.

C'est la preuve que la France ne saurait mourir : le génie de la race, auquel les esprits religieux donnent le nom de Providence et que les autres appellent sa mission historique, suscite dans les épreuves un sauveur. Aux pires moments de la guerre de Cent Ans dont les souvenirs remontent alors à la surface, Dieu a suscité une bergère pour délivrer Orléans et consacrer la légitimité du souverain. De même, en 1940, il a tenu en réserve le Maréchal. Le parallèle entre la bonne Lorraine et Pétain, entre la jeune fille et le vieux soldat, inspirera une littérature édifiante où la niaiserie bêtifiante côtoie la volonté de ne pas désespérer de la patrie, et conduira certains patriotes aux dévoiements de l'esprit. Pour les gens religieux — et dans les temps d'épreuves beaucoup qui se croyaient rationalistes retrouvent une religiosité — qui ne pensent pas que les événements puissent s'accomplir sans une permission divine et qui en cherchent la signification, l'intervention du Maréchal est assurément un signe de la Providence, et ils ne l'entendent pas au sens métaphorique, comme l'agnostique Maurras. Qu'il se soit trouvé dans le désastre, c'est le signe que Dieu n'abandonne pas la France. En conséquence, il ne serait pas seulement absurde et contraire au bon sens comme au patriotisme de ne pas suivre le Maréchal, mais lui désobéir serait impie et équivaudrait à se révolter contre la volonté divine. Cette composante religieuse du mythe Pétain concourt à fonder sa légitimité.

Pourquoi la défaite ?

En pareilles circonstances, les peuples se retournent sur leur passé et demandent à l'histoire des motifs d'espérer. La France vient de connaître une de ses plus grandes défaites. Les Français se remémorent celles d'autrefois, ils remontent de cinq cents ans en arrière, aux temps càlamiteux de la guerre de Cent Ans, quand les Anglais occupaient la capitale, comme les Allemands présentement, et la majeure partie de la France. Comme alors, la France est partagée. La similitude avec ces temps éloignés est accentuée par la localisation de la ville que le gouvernement a choisie pour s'y installer : le gouvernement de Vichy ne rappelle-t-il pas invinciblement le royaume de Bourges ? D'où le rapprochement entre la Pucelle et le Maréchal. On s'intéresse aussi aux périodes qui présentent des analogies avec le présent : à la politique de Thiers et de l'Assemblée nationale après la défaite de 1871. Une biographie du duc de Richelieu, qui conduisit le relèvement du pays après 1815, connaît un large succès. Les occupations antérieures, entre 1815 et 1818, 1871 et 1873, retrouvent soudain une actualité inattendue.

Si les peuples ne s'interrogent que rarement sur les raisons de leurs succès, qui leur paraissent aller de soi et récompenser leurs mérites propres, leurs défaites leur posent des questions lancinantes. Le besoin de comprendre est impérieux : tout effet ayant une cause, quelles sont celles de la défaite ? La recherche des causes tourne vite alors à la recherche des responsabilités et au procès des coupables présumés. Toute défaite est ainsi le point de départ d'une réflexion qui prend la forme d'un examen de conscience et d'une remise en cause des habitudes, des institutions, des valeurs ; en juin 1940, la France n'a pas dérogé à cette règle.

Un demi-siècle plus tard, la question des causes d'un effondrement aussi brutal continue de préoccuper : après la génération des contemporains, d'autres, également désireuses de comprendre et de tirer d'un si grand événement des enseignements et des lumières sur la France, se sont posé les mêmes questions. Les réponses oscillent entre deux thèses extrêmes.

Pour l'une, la défaite était inéluctable, et rien ni personne n'aurait pu l'empêcher : elle était inscrite dans la nature des choses. Tout conspirait en ce sens, et on énumère alors tant de facteurs que l'étonnement change d'objet : ce n'est plus le désastre qu'il faut expliquer, mais le fait qu'il se soit produit si tard. Si le régime avait tant de vices, cachés ou éclatants, par quel miracle avait-il pu se maintenir jusque-là ? Tel est l'effet pervers de la démarche de l'historien en quête de causes : succombant à une exigence de rationalité, il en vient à trouver plus de choses dans les causes que dans les effets. C'est oublier la part de la contingence, le rôle de l'accidentel, les effets de l'imprévoyance ou de l'inintelligence, que l'autre thèse tend à majorer à l'excès. Si, par exemple, l'état-major avait pris en considération le mémoire que le colonel de Gaulle adressa en janvier 1940 à une petite centaine de personnalités politiques et militaires et où il tirait les leçons de la campagne de Pologne, la manœuvre de Hitler aurait-elle aussi bien réussi ? Et si la ligne Maginot avait été prolongée jusqu'à la mer ? Si Gamelin n'avait pas donné dans un piège en engageant nos meilleures divisions en Belgique ? Etc. Autant de « si » qui suggèrent que la défaite n'était pas inscrite dans les astres. Entre ces positions extrêmes, l'attention minutieuse à l'enchaînement dans la succession des événements, qui est le propre de la démarche historienne, doit explorer le vaste champ des explications possibles.

Pétain ouvrit, dès le premier jour, l'enquête sur les explications et le dossier des responsabilités. Dans l'allocution du 17 juin, outre les causes prochaines, « trop peu d'armes, trop peu d'enfants, trop peu d'alliés », dont chacune appellerait discussion, il incrimine « l'esprit de jouissance qui l'a emporté sur l'esprit de sacrifice ». Qui serait responsable de cette démission du civisme, sinon le régime et sa philosophie ? Ainsi, d'entrée de jeu, le régime est impliqué. Les militaires rejettent la responsabilité du désastre sur les politiques.

Mais de quoi ceux-ci sont-ils coupables ? Une équivoque vicie dans son principe la recherche des causes et l'établissement des responsabilités : pour les uns, les moins nombreux, la faute mortelle est d'avoir déclaré la guerre ; le parti de la paix prend sa revanche et fait le procès des bellicistes qui lui ont fermé la bouche en septembre 1939 ; pour le plus grand nombre, c'est, au contraire, de ne pas avoir préparé la guerre. En juillet 1940, les deux critiques convergent contre les mêmes, auxquels on reproche à la fois d'avoir jeté le pays dans une guerre aventureuse et d'en avoir négligé la préparation. Le régime trouve peu de défenseurs ; même ceux qui y ont joué un rôle important plaident coupable. Dans le débat constitutionnel qui s'engage à l'Assemblée nationale le 9 juillet, un des plus éminents représentants de la droite libérale, Pierre-Étienne Flandin, ancien président du Conseil et qui n'a pas les mêmes motifs de ressentiment qu'un Pierre Laval, bat sa coulpe et instruit le procès du parlementarisme. Dans le vote de l'Assemblée qui enterre la IIIe République la mauvaise conscience et la repentance n'ont pas eu moins de part que la peur ou le souhait de se décharger des responsabilités entre les mains d'un syndic de faillite, comme plus tard en 1954 et 1958. Les députés, de gauche comme de droite, se reprochent de n'avoir pas eu le courage de réformer les institutions quand il en était temps. Ils sont à peu près unanimes à condamner la fréquence des crises, la prépondérance des Chambres, le régime des partis ; ils ne le seraient plus pour remettre en cause la démocratie et le principe électif.

Le caractère exceptionnel de la situation, l'état de choc de l'opinion publique, le désarroi de la classe politique et la conviction générale qu'il faut modifier les institutions créent les conditions d'une opération politique. Vichy a greffé sur la solution chirurgicale apportée à une situation de catastrophe nationale — l'armistice — une entreprise d'une tout autre nature, la fondation d'un nouveau régime et la reconstruction de la France sur d'autres fondements. Associer la gestion au jour le jour du pays en résolvant ses difficultés immédiates et la réalisation d'un projet idéologique, c'est là l'originalité du régime de Vichy. C'est aussi sa faiblesse congénitale : si 40 millions de Français font, en juillet 1940, confiance à la personne du Maréchal pour tirer la France de l'abîme où la défaite l'a précipitée, ils ne sont plus unanimes pour cautionner une politique qui vise à rompre avec les principes et les habitudes. C'était surtout une chimère de vouloir édifier un régime et un ordre social durables tant que la guerre n'était pas finie. Il est vrai que, pour les hommes de Vichy, elle était virtuellement terminée depuis le 17 juin. Ils ont ainsi commis dans l'appréciation de la durée et la supputation des délais deux erreurs de sens contraire, mais dont les effets, loin de s'annuler, ont redoublé la nocivité. D'une part, pour le règlement des problèmes les plus pressants, héritage de la défaite, ils ont cru que ce serait l'affaire de quelques semaines, au pis de quelques mois. En quelques semaines Hitler en aurait fini avec l'Angleterre, et s'ouvriraient alors les pourparlers de paix. Ce choix explique l'illusion qu'on regagnera la capitale à bref délai. Il faut donc se tenir prêt à signer la paix. De même, on escompte un retour proche des prisonniers. L'opinion partage cette vision et raisonne sur des échéances proches. On ne se doute pas que les événements anéantiront ce calcul et que le temps travaillera contre le régime. Mais d'autre part, au lieu d'attendre des jours meilleurs, Vichy s'est engagé dans une politique à long terme qui ambitionne de créer un ordre nouveau, comme si rien de durable ne pouvait être entrepris avant le retour de la paix. Le gouvernement souffrira chaque année un peu plus de la contradiction entre ces deux perspectives et du divorce croissant entre les deux pronostics sur lesquels il a fondé sa stratégie.

La fin de la République

L'opération de politique intérieure a été menée de façon expéditive par Pierre Laval grâce à son entregent et à sa connaissance du milieu parlementaire en combinant la séduction et la pression, l'appel au bon sens et le chantage au sentiment. Il était entré dans le gouvernement à l'occasion d'un remaniement, le 23 juin, avec le titre de vice-président du Conseil. L'ancien chef de gouvernement était mû par une furieuse envie de ressaisir le pouvoir dont il était écarté depuis sa chute en janvier 1936 et qu'il n'avait aucun espoir de reconquérir tant que l'état de guerre disqualifierait un homme qui s'était identifié au parti de la paix : avec la signature de l'armistice, il retrouvait ses chances. C'était aussi un patriote qui aimait son pays à sa façon, exempte de tout idéalisme, attachée à sa conservation matérielle ; il pensait, dans les circonstances de juin 1940, ne pas pouvoir rendre à la France de plus grand service qu'en établissant des relations cordiales avec le vainqueur, et ne doutait pas d'y réussir. Il s'était entendu avec Mussolini, avait négocié avec Staline ; pourquoi ne traiterait-il pas avec Hitler et ne parviendrait-il pas à un règlement qui sauvegarderait l'essentiel ? Sa confiance dans ses talents de diplomate était immense. A travers des positions dont la courbe peut donner l'impression d'un opportuniste sans principes — du socialisme révolutionnaire de ses débuts politiques à la succession de Poincaré et de Tardieu à la tête de la droite —, l'homme n'a pas varié sur ce qui fait sans doute le fond de sa personnalité : un pacifisme viscéral. En 1940 comme en 1914, il se range dans le camp auquel se rattachent par des liens plus ou moins étroits un Caillaux, un Briand, peut-être un Jaurès, certainement un Paul Faure. Resurgit en 1940 avec une netteté fulgurante cette ligne de partage invisible et décisive qui sépare les partisans d'une fermeté allant jusqu'à l'intransigeance totale, des tenants de la recherche du compromis à tout prix, fût-ce dans l'équivoque. Cet attachement à la paix, joint à un patriotisme terrien, constitue toute son idéologie : Laval n'a rien d'un doctrinaire ni d'un idéaliste ; il n'a jamais cru à la Révolution nationale. Au reste c'est la politique étrangère qui l'intéresse : la collaboration en sera l'essentiel. Aussi est-ce à juste titre que son nom reste attaché à la politique de collaboration avec l'Allemagne, sans conviction idéologique, mais dans l'espoir, de plus en plus fallacieux, de réserver à son pays une place convenable dans la nouvelle Europe dominée par le Reich national-socialiste.

Pour modifier les institutions, il fallait le concours des parlementaires. L'existence des Chambres est bien oubliée depuis le début de l'offensive allemande : impossible de les réunir dans la débâcle. Les parlementaires sont appelés par radio à rejoindre Vichy. La convocation ne les atteint pas tous : certains ne l'ont pas entendue ; quelques-uns sont encore mobilisés ou retenus en zone occupée. Les autres se retrouvent, dans cette ville d'eaux promue au rang de capitale provisoire de la France, quelque 660 sur un total d'un peu moins de 900 parlementaires depuis la déchéance de 45 élus communistes, assez nombreux pour que la légalité de leurs délibérations ne soit pas entachée par une question de quorum.

Le 9 juillet, les deux Chambres, siégeant séparément, se prononcent à la quasi-unanimité pour la révision constitutionnelle. Le lendemain, 10 juillet, le Sénat et la Chambre des députés, réunis en Assemblée nationale sous la présidence de Jules Jeanneney, président du Sénat, dans la grande salle du casino de Vichy aménagée en hâte pour les accueillir, adoptent le texte proposé à leur approbation :

« L'Assemblée nationale accorde tous pouvoirs au gouvernement de la République, sous l'autorité et la signature du maréchal Pétain, à l'effet de promulguer par un ou plusieurs actes une nouvelle Constitution de l'État français. Cette Constitution devra garantir les droits de la famille, du travail et de la patrie. Elle sera ratifiée par la nation et appliquée par les assemblées qu'elle aura créées. »

Le texte est adopté par une majorité assez exceptionnelle : 560 pour, 80 contre et 20 abstentions, soit près de 85 % des votants et plus des trois cinquièmes du total des parlementaires, c'est-à-dire une majorité bien supérieure aux majorités ordinairement requises pour les décisions de cette nature.

Les défenseurs du régime de Vichy ne manqueront pas plus tard de relever que c'est la Chambre de 1936 qui mit ainsi fin à la IIIe République. C'est oublier que l'Assemblée nationale était composée aussi du Sénat, dont la majorité n'était pas acquise au Front populaire : compte tenu de la soustraction des députés communistes, les quelque 340 élus du Front populaire n'étaient plus la majorité. Reste qu'une majorité des radicaux élus en 1936 ainsi que des socialistes indépendants et même des socialistes S.F.I.O. (88 sur 149) ont voté les pleins pouvoirs au Maréchal. Ce décompte n'a pas d'autre intérêt que de révéler que le partage des oui et des non transcende la traditionnelle division droite-gauche. Le caractère exceptionnel de la situation, la gravité des conséquences que chacun en a tirées ont fait éclater les appartenances habituelles. Des parlementaires de la droite la plus classique ont refusé, en petit nombre, les pouvoirs à Pétain, et des élus de gauche les lui ont accordés par dizaines sans rechigner. La typologie qui trace un fil conducteur à travers un siècle et demi de notre histoire cesse, un moment, de rendre compte des choix individuels. Contrairement à une légende, Vichy ne se réduit pas à la droite, pas plus du reste que la Résistance à la gauche : la distinction ne s'applique pas ici. Pas plus que les schémas sociologiques : s'il est une grille qui ne convient pas en la circonstance, c'est bien celle qui se réfère aux catégories sociales. Rien n'est plus faux que les généralités sur le patriotisme des couches populaires ou la trahison des classes dirigeantes : chaque classe a eu ses patriotes et ses traîtres, ses héros et ses lâches. L'armistice et l'acceptation du régime de Vichy — les deux choses ne sont pas liées — ont divisé les partis, les classes, les familles de pensée et jusqu'aux familles naturelles. L'adhésion au Maréchal, l'attentisme, l'engagement dans la Résistance ou la collaboration ont été des choix d'individus, et non des options sur commande ou par discipline. Néanmoins, il était plus facile à un conservateur catholique qu'à un député radical-socialiste de reconnaître que la République avait failli et qu'il fallait changer les institutions ; aussi les hommes de gauche étaient-ils plus nombreux parmi les 80 qui votèrent non que ceux de droite : les trois quarts, dont 36 S.F.I.O. Que 80 parlementaires aient répondu négativement ruine l'explication du vote massif sous la contrainte.

L'Assemblée nationale avait-elle le droit de décider un changement de régime ? Le point reste discuté par les juristes. Personne ne dénie aux Chambres le droit d'apporter des modifications aux textes constitutionnels ; leurs prédécesseurs l'avaient fait en 1884, et aucun républicain n'y avait trouvé à redire. Mais précisément la révision de 1884 avait énoncé l'interdiction de toucher à la forme républicaine des institutions. A quoi l'on peut répondre que le texte du 10 juillet 1940 ne mettait pas fin à la République, puisqu'il donnait pouvoir au gouvernement de la République. Ce serait plutôt l'initiative du Maréchal dans les jours suivants qui dressa l'acte de décès de la IIIe République.

Discussion spécieuse, car aucun de ceux qui lui accordèrent les pleins pouvoirs ne pouvait se faire d'illusion sur ce qui adviendrait. Surtout, le Parlement avait-il le droit de remettre à autrui — fût-ce au « plus illustre des Français » — le pouvoir constituant ? De toute façon, cette controverse juridique, quelque importante qu'elle soit pour le jugement à porter sur la légitimité du nouveau régime, n'eut sur le moment guère d'incidence sur le vote des parlementaires.

Dans une optique parlementaire classique, certains feront observer que le vote du 10 juillet n'aurait pas été formellement différent de ceux qui avaient par trois fois provoqué des renversements de majorité : en 1926, 1934 et 1938. De fait, il y eut bien cet aspect aussi dans le scrutin du 10 juillet. Mais pareille interprétation laisse échapper l'essentiel : le vote ne porte plus sur la composition d'une majorité ni même sur l'orientation politique, mais sur les institutions. D'autre part, à la faveur de ce vote, l'extrême droite réactionnaire, celle qui n'avait jamais accepté la Révolution ni la démocratie, qui avait toujours été tenue en dehors des majorités de gouvernement, même en 1934, allait être associée à l'exercice du pouvoir.

Une monarchie personnelle

Il n'y a pas à s'y tromper : c'est bien un nouveau régime qui s'instaure ; les initiatives prises dans les jours qui suivent ôtent tout doute à cet égard. Pétain promulgua, les 11 et 12 juillet, comme le vote de l'Assemblée nationale l'y autorisait, quatre actes constitutionnels par lesquels il concentrait entre ses mains tous les pouvoirs. L'expression, si souvent utilisée à mauvais escient, dans l'avant-guerre, de pleins pouvoirs prend ici tout son sens. A dater du 12 juillet, le chef de l'État — c'est le titre qu'il s'arroge en écartant le président de la République — détient tous les pouvoirs sans limitation de durée : son pouvoir est plus étendu et combien plus effectif que celui des monarques les plus absolus de l'Ancien Régime. Il cumule les fonctions de chef de l'État et de chef du gouvernement, comme Thiers en 1871, mais sans le contrôle d'une assemblée. Il a et le pouvoir de faire la loi et le pouvoir réglementaire : la distinction entre les deux pouvoirs, si elle subsiste formellement, n'a plus de signification pratique, puisque la source des lois et des décrets est désormais la même. L'Assemblée nationale lui a délégué le pouvoir constituant, et lui-même s'arroge une partie du pouvoir judiciaire, puisque l'une de ses premières décisions est de décréter d'arrestation et d'interner sans procès plusieurs personnalités politiques. Le principe de la séparation des pouvoirs est, sinon aboli, du moins suspendu. Le régime qui se met en place à la mi-juillet est une monarchie personnelle. C'est, depuis l'abdication de Napoléon III, le premier retour à un pouvoir personnel.

Le caractère dominant du régime est, en effet, son tour personnel : c'est à la personne du maréchal Pétain que l'Assemblée nationale a confié les pleins pouvoirs ; c'est à lui personnellement qu'elle a donné mandat de faire une Constitution. Elle a institué une sorte de dictature à la romaine — la Rome de la République antique s'entend, plus que celle de l'ère fasciste. C'est au Maréchal que va la confiance du peuple plus qu'à ses ministres, que le peuple ignore, quand il ne les soupçonne pas de trahir ses volontés ; conformément au thème de tous les régimes monarchiques du contraste entre un roi que l'on crédite des meilleures intentions et ses serviteurs infidèles et mauvais conseillers, le sentiment populaire tiendra Laval pour responsable de toutes les mesures impopulaires. Même la France libre ménagera quelque temps le Maréchal et différera de l'attaquer personnellement : le général de Gaulle met ainsi en cause un « gouvernement de rencontre ».

C'est que le Maréchal jouit, dans les premiers mois, d'une incontestable popularité : l'accueil que lui font à l'automne les foules de Lyon, Marseille ou Toulouse l'atteste. Le paradoxe est que l'autorité de Vichy s'exerce directement sur quelques-unes des régions qui votent régulièrement à gauche. Mais la signification des acclamations qui montent vers le chef de l'État n'est pas évidente : elles ne valent pas forcément approbation de la politique de son gouvernement ; elles vont au symbole qu'il constitue. A preuve les variations de cette popularité : elle subit un fléchissement marqué après la rencontre de Montoire qui a déconcerté, elle remonte après l'éviction de Laval le 13 décembre. Les ovations qui s'élèvent sur le passage du Maréchal sont l'occasion pour un peuple meurtri de crier son patriotisme et sa volonté de vivre et de survivre. L'accueil de la capitale en avril 1944, à un moment où l'étoile de Pétain a singulièrement pâli, n'a peut-être pas d'autre explication. Les fidèles du Maréchal en ont tiré argument pour soutenir que le régime avait gardé jusqu'à la fin l'adhésion des masses. D'autres, rapprochant les images de ce bref séjour des photos qui fixent pour l'histoire la marée humaine qui acclame le général de Gaulle le 26 août 1944, se gaussent de la versatilité de ces Français qui ont acclamé à quatre mois de distance les symboles de deux causes opposées. A l'historien, ce parallèle inspire plus d'une observation. D'abord, l'ordre de grandeur n'est pas comparable : le passage du Maréchal n'a pas déplacé plus du dixième des quelque 2 millions de Parisiens accourus sur les Champs-Élysées en août ; une partie y était venue sur ordre, tels les enfants des écoles agitant leurs petits drapeaux. Admettons que les mêmes aient participé aux deux manifestations : quel sens les Parisiens donnaient-ils à leurs vivats en avril ? Un aval à la politique de collaboration avec l'occupant et à la répression policière ? N'était-ce pas tout autant la satisfaction de pouvoir, pour la première fois depuis l'entrée des Allemands à Paris, saluer un autre Français que les Déat ou les Doriot, chanter *La Marseillaise,* revoir les trois couleurs, bref affirmer leur volonté de rester Français ?

Sur ce fond de popularité spontanée, le régime a organisé un culte officiel orchestré par une propagande systématique. Tous les moyens sont mis en œuvre : les timbres sont à l'effigie du chef de l'État ; le Secours national vend des cartes qui reproduisent son portrait ; les enfants des écoles sont invités à lui écrire ; *Maréchal, nous voilà !* est le chant sur lequel défilent les troupes de jeunes des Chantiers. Ce culte sombre souvent dans la niaiserie et l'adulation puérile.

Le caractère personnel du régime ira s'accentuant à mesure qu'il sentira l'opinion lui échapper, comme s'il savait que la fidélité à la personne du Maréchal, qui a été le premier fondement de ce pouvoir, restait son dernier recours : il institue un serment de fidélité à la personne du Maréchal qui crée un lien de type féodal et qui causera un pénible dilemme à beaucoup de ceux qui l'ont prêté lorsqu'ils devront choisir entre l'obéissance au gouvernement et ce que leur conscience leur indiquera comme leur devoir envers la patrie ; plusieurs centaines d'officiers et de soldats en mourront en novembre 1942. L'obligation du serment est étendue à des catégories de plus en plus nombreuses : après les préfets, les magistrats. Dans ses déplacements à travers la zone sud, le Maréchal reçoit le serment des légionnaires ; le bras tendu qui accompagne la prestation de serment n'est pas, comme on pourrait le croire au vu des documents d'actualité, copié sur le serment fasciste : c'est le geste traditionnel pour donner à sa promesse un caractère solennel. Sur la fin du régime, alors que l'autorité effective du Maréchal est réduite à presque rien, son nom demeurera encore une référence. Aujourd'hui encore, les fidèles de la Révolution nationale communient dans le souvenir du Maréchal : chaque année, au retour des dates anniversaires de la bataille de Verdun ou de sa mort à l'île d'Yeu, ils font campagne pour sa réhabilitation et pour le transfert de ses cendres à l'ossuaire de Douaumont pour qu'il repose au milieu des soldats qu'il a commandés.

Dans l'été de 1940, son autorité morale est encore entière. Il détient un pouvoir quasiment absolu : il arbitre souverainement entre les factions qui se disputent, avec sa confiance, une parcelle du pouvoir dont il est le dispensateur suprême.

Quelle idéologie ?

Si la référence à la personne du Maréchal est la pierre angulaire du nouveau régime, elle n'en épuise pas la réalité. Il est plus facile de dire ce que Vichy n'est pas que de définir sa philosophie et sa politique. A l'encontre d'une certaine interprétation, Vichy n'a pas été la version française du fascisme européen, même si quelques-uns ont eu la velléité d'instaurer en France un régime imitant les régimes autoritaires. Le dernier avatar de Vichy en 1944 en est proche avec la présence au gouvernement de Darnand, Déat, Henriot, Marion, mais ce dernier épisode n'a plus grand-chose à voir avec l'inspiration initiale de la Révolution nationale. Il manque en particulier, pour apparenter le régime au fascisme, l'accaparement de l'État par un parti unique, qui est un trait constitutif du phénomène fasciste : au contraire, Vichy affirme la prépondérance de l'État — n'a-t-il pas choisi comme dénomination officielle « État français » ? Un Marcel Déat a bien songé, dans l'été de 1940, à fonder un parti unique, mais il n'a pas été entendu et il a reporté ses espérances sur la zone d'occupation. La Légion des combattants a bien été un succédané de parti unique, mais sans grand pouvoir. Quelques dirigeants du secrétariat à la Jeunesse ont caressé le projet d'un mouvement unique, mais leur tentative s'est brisée sur l'opposition de l'épiscopat, résolu à défendre l'autonomie des mouvements confessionnels, et sur la résistance de leurs dirigeants laïques. Même celles des mesures qui semblent directement copiées sur la politique des régimes totalitaires s'inspirent moins du désir d'imiter servilement le vainqueur qu'elles ne sont tirées de certaines traditions nationales : ainsi le statut des Juifs, dont la promulgation a devancé les exigences des autorités d'occupation, procède-t-il davantage de l'antisémitisme d'État de Drumont et de Maurras que du racisme d'outre-Rhin. De même, le corporatisme qui inspire la Corporation paysanne et la Charte du travail plonge ses racines dans Le Play et La Tour du Pin plus que dans l'expérience italienne. A cet égard, le gouvernement de Vichy, son idéologie et sa politique, avant que les événements ne les altèrent profondément, ne sont pas une importation mais plutôt une résurgence d'un passé aboli, une remontée des profondeurs d'une France très ancienne.

Vichy ne se réduit cependant pas à une restauration pure et simple : le phénomène est plus complexe. Autrement, il n'aurait pu, pour un temps, rallier autant de sympathies. Vichy n'est pas monolithique ; Stanley Hoffmann l'a judicieusement défini comme une dictature pluraliste. Il puise à diverses origines : si l'on y retrouve, dans les premiers mois, des hommes venus de la plupart des familles d'esprit, ce n'est pas qu'ils aient trahi leurs convictions premières ou agi par opportunisme, c'est que coexistent autour du Maréchal plusieurs courants dont l'histoire du gouvernement et ses péripéties reflètent la diversité. Il en va de même de la Résistance.

Y a-t-il un dénominateur commun aux disciples de Maurras et aux syndicalistes, à un Henri Massis et à un René Gillouin, à un René Belin et à un Gaston Bergery ? Au principe, la pensée de Pétain trace l'axe de la Révolution nationale, et elle a pour seule expression autorisée ses allocutions aux Français ou à telle ou telle catégorie — les ouvriers, les écoliers, les paysans, les anciens combattants — recueillies dans ses *Messages,* ainsi que quelques articles, dont celui paru dans *La Revue des Deux Mondes* du 15 septembre 1940, qui tire son importance de la date de sa publication, proche de l'instauration du nouveau régime. Ces textes sortent de plumes disparates, d'Emmanuel Berl à Gaston Bergery, mais le Maréchal leur a imprimé sa marque : des phrases brèves, frappées comme des maximes, formulent sur un ton sentencieux des vérités qui se prêtent admirablement à la propagande — «La terre, elle, ne ment pas», «Je hais les mensonges qui vous ont fait tant de mal», «Je tiens les promesses, même celles des autres».

Tous ces textes diffusent une vision moralisante où les vertus privées sont garantes de la vie sociale. Ils s'inspirent d'une conception organiciste de la société conçue comme un être différencié, qui oppose les réalités concrètes — la famille, la commune, le village, l'entreprise, de préférence artisanale et familiale — aux entités abstraites, aux nuées métaphysiques et aux grandes constructions impersonnelles : à cet égard, la substitution à la devise républicaine héritée de la Révolution du triptyque « Travail, Famille, Patrie » est tout à fait significative de la volonté de retour au réel. Pétain tient aussi de sa formation militaire une vision hiérarchique qui privilégie l'autorité et l'obéissance : l'autorité n'est pas conférée par les inférieurs, elle se délègue de haut en bas. La société est nécessairement hiérarchisée : les hommes sont différents les uns des autres et occupent dans l'échelle sociale des positions inégales.

Assurément, cette philosophie présente plus d'une correspondance avec la pensée contre-révolutionnaire, et, pour la première fois depuis 1875, elle est au pouvoir. Elle concorde aussi avec la version conservatrice du catholicisme ; il y a en particulier une harmonie entre les discours du Maréchal invitant à confesser les fautes qui sont à l'origine de la défaite et le mythe d'une régénération dans l'épreuve par la souffrance acceptée, et une tradition spirituelle qui met l'accent sur le péché, la rédemption par l'aveu. Le langage moralisant en faveur dans les discours officiels est bien fait pour plaire au clergé. Mais on n'a peut-être pas assez remarqué que cette même spiritualité est aussi tournée vers l'avenir ; elle fait entrevoir la possibilité d'une rédemption. Au reste, Vichy aussi parle de redressement, de relèvement, de renaissance, de résurrection même. Le régime avait des affinités avec une culture religieuse qui était une composante fondamentale de l'état d'esprit de très nombreux Français. Le caractère clérical du régime, qui suscitera l'amertume des esprits attachés à la laïcité, mais aussi l'irritation des collaborateurs de Paris, n'était pas seulement revanche sur l'anticléricalisme de la IIIe République, mais émergence d'une mentalité qui faisait aussi partie de l'histoire nationale : l'avant-dernier gouvernement de la République n'avait-il pas, lui aussi, imploré le secours du Ciel ?

Cette pente moralisante ne s'enracine pas seulement dans un terreau confessionnel. Des travaux d'historiens ont mis en lumière un aspect qui avait été occulté par les mesures de Vichy à l'encontre des écoles normales et du Syndicat des instituteurs : les affinités entre le langage du Maréchal et l'enseignement moral dispensé par l'école républicaine — invitation au civisme, accent mis sur le devoir, souci pédagogique, référence à la morale kantienne ; Pétain reprend presque textuellement certains thèmes de Gaston Doumergue, qui n'était pas suspect de puiser son inspiration dans le catholicisme. Le Maréchal recueille aussi l'héritage d'une certaine culture républicaine.

Est-ce pour cela que la gauche est loin d'être absente à Vichy ? Elle n'a pas seulement concouru à accorder au chef de l'État les pleins pouvoirs : des radicaux — de droite —, des socialistes — munichois —, des syndicalistes ont en effet accepté des responsabilités ministérielles ou préfectorales sans renier leurs convictions, mais parce qu'ils ont cru le moment venu de réaliser certains de leurs projets ; un René Belin bataillera contre les corporatistes pour sauver son idée du syndicalisme. Des hommes de gauche prêtent leur plume au Maréchal : la formule si typique de l'esprit de la Révolution nationale — « La terre, elle, ne ment pas » —, qui oppose les vertus paysannes à la ville et à l'industrie, est d'Emmanuel Berl, l'ancien directeur de *Marianne,* qui n'était pas précisément un homme de droite. Pas plus que Gaston Bergery, le précurseur du Front populaire, l'inventeur du mythe des deux cents familles, qui est l'auteur du message du 11 octobre 1940 traçant un ambitieux programme de réformes sociales.

La plupart des gauches et des droites sont peu ou prou représentées à Vichy, y compris la droite libérale et parlementaire. On sait pourtant combien la Révolution nationale a été sévère pour le régime des partis : elle tient le parlementarisme pour responsable de la défaite. Et pourtant quelques-uns des conseillers les plus écoutés du chef de l'État se rattachent à cette droite orléaniste libérale : un Henri Moisset, un Lucien Romier. L'histoire mouvementée de Vichy a même comporté un intermède de type parlementaire, avec le bref épisode Flandin à la suite de l'éviction de Pierre Laval, et une tentative pour rétablir un semblant d'institution parlementaire avec la création du Conseil national.

Cette hétérogénéité est cause que la politique de Vichy présente des aspects contradictoires. C'est ainsi qu'il offre simultanément un visage passéiste et un visage moderniste. Vichy tient un discours archaïsant et antimoderne : il préconise le retour à la terre, célèbre le travail artisanal, exalte la beauté des objets faits de main d'homme sans la machine, dénonce la grande ville, l'industrie, avec des harmoniques qui annoncent les gauchistes de 1968 et les écologistes. Mais il y a aussi un Vichy modernisateur : dans les milieux dirigeants, des hommes rompus au maniement des instruments de crédit et familiers des mécanismes économiques ont une conscience aiguë du retard pris par la France, ambitionnent de le rattraper et de faire du pays une grande puissance industrielle ; ces technocrates, relativement indifférents aux données politiques, sont les héritiers des techniciens de l'avant-guerre, les Dautry, les Daurat, et préfigurent la génération des hauts fonctionnaires qui mèneront à bien, après 1945, la modernisation de la France. Celle-ci n'aurait pas été aussi rapide si Vichy n'en avait disposé les fondements. Sous une apparence de retour au passé, Vichy a été à certains égards plus novateur que le Front populaire.

Hommes de droite et hommes de gauche, conservateurs et modernistes, agrariens et industrialistes, autoritaires et libéraux : la liste pourrait être allongée de ces couples antagonistes présents à Vichy. A ses débuts, ce régime a agglutiné des éléments de la plupart des familles politiques et amalgamé des emprunts à des traditions différentes, dans des proportions fort inégales.

Un nationalisme d'exclusion

Gardons-nous d'imaginer pour autant un régime unanimiste : même s'il se donne des airs d'union sacrée, s'il invite les Français à surmonter leurs divisions, si Maurras oppose l'union réalisée autour du Maréchal au temps « où les Français ne s'aimaient pas », Vichy tient un discours sectaire et pratique une politique d'exclusion. Comme tout régime sur la défensive, il a besoin de boucs émissaires : ses dirigeants, s'ils sont passionnés d'unité, ne croient pas pouvoir la parfaire autrement qu'en excluant quiconque s'écarte de l'idée que Vichy entend incarner. Ils sont les héritiers d'une idéologie qui retranche une bonne part de l'histoire de France. En l'occurrence, cette pente est accentuée par la pression d'une opinion qui réclame qu'on lui désigne les responsables du malheur de la patrie. L'activité législatrice de Vichy se manifeste, dans les premières semaines, davantage par des mesures d'exclusion que par des initiatives positives dont, il est vrai, l'élaboration requérait des délais plus longs : il faudra plus d'un an pour mettre le point final à la Charte du travail, quelques jours ont suffi pour publier au *Journal officiel* une liste de ressortissants auxquels est retirée la nationalité française pour avoir quitté le territoire, tel le cinéaste René Clair, ou obtenir d'un conseil de guerre la condamnation à mort par contumace du général de Gaulle coupable de désobéissance — péché mortel contre l'unité nationale.

Les mesures de proscription frappent des catégories entières. La franc-maçonnerie est mise hors la loi, et le *Journal officiel* publie de longues listes de maçons dont l'appartenance a été divulguée par la saisie des archives du Grand-Orient. Les fonctionnaires sont astreints à remplir une déclaration de non-appartenance à une société secrète, et l'affiliation entraîne la révocation. C'est la revanche de la vieille droite conservatrice et catholique qui tient la maçonnerie pour responsable de la politique anticléricale de la IIIe République et lui attribue le dessein de tuer l'âme de la France. La même inspiration, qui confond laïcité de la société civile et laïcisme, préside à la fermeture des écoles normales d'instituteurs, considérées comme des séminaires d'irréligion.

Les centrales syndicales sont dissoutes également, car elles entretenaient les divisions sociales. La mesure ne frappe que les confédérations et épargne les syndicats : discrimination révélatrice d'une sympathie de principe pour les communautés restreintes et de la défiance à l'encontre des grandes organisations centralisées. La dissolution ne touche d'ailleurs pas seulement les organisations de salariés : elle frappe aussi la Confédération générale de la production française, les organisations plus ou moins représentatives des employeurs, le Comité des forges, l'Assemblée permanente des présidents de chambre d'agriculture. De la même inspiration procède le texte dont les conséquences seront les plus dramatiques : la promulgation, le 2 octobre 1940, du premier statut des Juifs. On a déjà indiqué qu'il ne répondait pas à une exigence de l'occupant. Il découle de l'idée, énoncée par Drumont dans *La France juive* et reprise par l'Action française, que le Juif, inassimilable, est un élément de désintégration nationale. Il convient donc de l'écarter de tout poste de responsabilité ou d'influence — la politique, l'administration, mais aussi la presse, le cinéma, l'enseignement — et de limiter ses contacts avec le public. Le statut porte donc exclusion totale de certaines fonctions et instaure pour d'autres, y compris le droit de faire des études supérieures, un *numerus clausus* fixé à 2 %. Sont aussitôt révoqués les Juifs qui exerçaient les fonctions qui leur sont désormais interdites. L'application de ce statut implique que les Juifs soient recensés à part. Le statut instaure une discrimination entre citoyens sur un critère racial : est réputé juif tout Français qui a trois grands-parents juifs, ou deux si son conjoint aussi est juif. L'adoption de ces dispositions revient sur l'assimilation des Juifs proclamée par la Révolution ; c'est une rupture absolue avec la tradition juridique qui avait aboli depuis 1789 toute distinction entre les citoyens et proclamé leur entière égalité de droits.

Sur le moment, il ne semble pas que l'on s'en soit beaucoup ému : cette indifférence scandalise aujourd'hui une opinion qui attache au sort des Juifs une grande attention au point de faire des dispositions qui les frappaient la pierre de touche et le critère déterminant de la nature du régime. De ce qu'en octobre 1940 la promulgation du statut n'ait pas soulevé de protestations, il serait sans doute excessif de conclure que les Français étaient massivement antisémites. Il est vrai qu'il a fallu attendre le second statut, plus rigoureux encore, promulgué en juin 1941, pour que se dessinent les premières réactions, mais une juste appréciation doit tenir compte des circonstances. La plupart des Français n'ont guère alors le loisir ni le goût des problèmes généraux : ils se débattent avec les difficultés de la vie quotidienne, nourriture à se procurer, travail à retrouver. Le statut des Juifs est passé inaperçu du plus grand nombre : sa publication n'occupe guère de place dans une presse étroitement contrôlée et à laquelle le commentaire n'est pas permis. Seule une minorité de Français connaissent personnellement des Juifs et peuvent se représenter concrètement les conséquences de ces dispositions discriminatoires. Le plus grand nombre n'est pas porté à s'attendrir sur le sort d'un petit groupe dont ils n'ont entendu parler que par les noms de quelques hommes politiques qu'on leur désigne comme responsables du malheur collectif, alors que deux millions de compatriotes sont retenus en captivité. L'indifférence ou le manque d'imagination ont eu plus de part à l'absence de réactions que l'antisémitisme proprement dit. Quelques mois plus tard, l'opinion commencera d'émerger de sa léthargie, et l'indignation s'éveillera, et avec elle une solidarité avec les Juifs qui en sauvera des dizaines de milliers.

Vichy réprime aussi, avec la dernière énergie, les activités communistes. S'il est une famille qui n'a pas songé à se rallier au gouvernement du Maréchal, c'est bien le Parti communiste. A l'issue malheureuse d'une guerre qu'elle a refusé de tenir pour une guerre patriotique, la direction clandestine pratique le défaitisme révolutionnaire. L'occupant n'est pas l'ennemi du peuple français : l'ennemi reste la bourgeoisie qui profite de la défaite pour étouffer les embryons de démocratie ; c'est contre le gouvernement de Vichy, dénoncé comme celui des trusts, que le parti dirige tous ses coups. L'appel dit du 10 juillet, dont la rédaction est sans doute postérieure de quelques jours et qui a été antidaté pour accréditer l'idée qu'au moment où les réactionnaires installent à Vichy un gouvernement à la solde des capitalistes, le Parti communiste appelle le peuple à la lutte, n'est dirigé que contre Vichy. Dans les jours qui ont suivi l'entrée des Allemands à Paris, les travaux des historiens ont démontré sans discussion possible que des initiatives ont été prises, des démarches entreprises auprès des autorités d'occupation, avec l'assentiment de la direction, pour obtenir de faire reparaître les quotidiens suspendus depuis la fin d'août 1939 par le gouvernement français et de réoccuper les mairies dont les municipalités communistes avaient été destituées. Pendant un temps qui fut court, les communistes ont cru pouvoir fraterniser avec l'occupant et reprendre leurs activités en profitant des relations encore bonnes entre Berlin et Moscou. Si cette tentative n'eut pas de suite, ce ne fut pas du fait des communistes, mais des autorités allemandes.

Ceux des communistes qui n'ont pas rompu avec le parti en septembre-octobre 1939 n'ont pas tous accepté la fraternisation avec l'occupant : le nazi reste pour eux l'ennemi. L'antifascisme, la fidélité à un idéal de liberté et le sentiment patriotique que le parti a si vivement ranimé depuis 1935 ont très tôt jeté des militants dans une forme de résistance à l'occupant. L'habitude de la clandestinité les a préparés mieux que d'autres à combattre l'ennemi. Peu à peu, le centre directeur évolue à son tour et s'achemine vers une certaine résistance : en mai 1941, le parti invite tous les patriotes à s'unir dans un Front national qui serait la réédition élargie du Front populaire. L'entrée en guerre du Reich contre l'U.R.S.S., le 21 juin 1941, précipite et parachève l'évolution : c'est le parti tout entier qui est dès lors engagé dans une lutte impitoyable où il portera et subira les coups les plus durs. Il passe presque sans transition à des actions de guerre : il organise des attentats individuels contre les troupes d'occupation. Le 21 août 1941, Fabien tue sur le quai de la station de métro Barbès-Rochechouart l'aspirant de marine Moser, auquel les Allemands font de grandioses funérailles à la Madeleine. Désormais, police de Vichy et forces d'occupation ont un ennemi commun, les communistes, et conjuguent leur action : c'est l'une des modalités de la collaboration.

CHAPITRE XIII

La dérive et le salut

Si brève que fût son existence — à peine plus de quatre années, du 10 juillet 1940 à l'enlèvement de Pétain par les Allemands en août 1944 —, Vichy a une histoire : celle d'une dérive qui l'éloigne toujours plus de ses ambitions premières. Les décisions prises ne sont pas toutes la traduction fidèle du discours : une politique sinueuse, les mesures prises sous la contrainte ne définissent pas moins la nature de ce régime que son inspiration initiale. La chronologie a autant d'importance que dans les crises révolutionnaires où les phases se succèdent à un rythme fiévreux : les années qui vont de l'instauration d'un pouvoir sans limites à une débâcle totale ont compté autant que deux ou trois décennies d'une période ordinaire dans l'évolution des mentalités et des comportements : l'historien Yves Durand n'a pas distingué, dans ces cinquante mois, moins de sept périodes dont chacune a ses caractères spécifiques.

Trois sortes de contraintes ont pesé sur l'orientation de la politique de Vichy : les exigences de la situation et la pression des réalités matérielles ; le cours de la guerre ; l'évolution de l'esprit public.

Les contraintes de la situation

La contrainte des nécessités immédiates ? Elle a rarement été aussi pressante. Le gouvernement est aux prises, en juillet 1940, avec une situation qui n'a pas de précédent connu : ni en 1871, ni pendant la Grande Guerre elle n'avait posé pareils problèmes aux pouvoirs publics. Il faut faire la moisson avec une main-d'œuvre diminuée de 2 millions de prisonniers dont la majorité sont des agriculteurs. Assurer le ravitaillement des villes avec des communications détruites et des moyens de transport gravement déficients. Organiser le retour dans leurs foyers de millions de réfugiés malgré l'obstacle de la ligne de démarcation. Procurer du travail à tous : c'est peut-être le problème le plus grave. Le nombre des chômeurs est encore estimé en octobre à un million et demi. Ce chiffre, grossi des 2 millions de prisonniers, signifie que quelque 3 millions d'emplois ont été perdus depuis la fin des combats : l'arrêt des commandes pour la défense nationale entraîne la fermeture ou le ralentissement de l'activité de nombreuses usines; la convention d'armistice oblige à démobiliser sans délai des millions d'hommes qui viennent grossir le flot des sans-travail, beaucoup ne retrouvant pas leur emploi. Or dans le même temps s'impose un immense effort de reconstruction pour relever les ruines accumulées par la guerre : quelque 400 000 immeubles, des centaines de ponts et d'ouvrages d'art détruits. L'économie du pays souffre ainsi simultanément d'une pénurie de main-d'œuvre ici et d'excédents ailleurs.

Le pays attend du gouvernement qu'il soulage ses souffrances et résolve ses difficultés : c'est à ses yeux la principale justification de l'existence sur le sol national d'un gouvernement français. Vichy s'y attelle sans délai avec assez d'efficacité : affranchi du contrôle parlementaire, libéré de la surveillance de la presse, il invente souvent des formules originales. Ainsi, pour le chômage, François Lehideux, commissaire national, remet en route des industries en leur consentant des avances de l'État. Localement, nombre de préfets se révèlent des organisateurs remarquables, déployant des qualités d'initiative et un dynamisme qui rétablissent des conditions à peu près normales. On peut dater de l'été 1940 les prémisses de la mutation de la fonction préfectorale : préposés presque exclusivement à la préparation des élections et au maintien de l'ordre public avant 1940, les préfets deviennent des animateurs de la vie locale, et leur rôle dans la modernisation de la France sera décisif jusqu'au vote des lois de décentralisation en 1982. La reconstruction démarre : on déblaie les décombres, on rétablit les voies de chemin de fer, on jette des ponts provisoires. La vie reprend peu à peu, le pays panse ses plaies les plus vives.

Ces nécessités prennent le pas sur les considérations de doctrine et imposent parfois des solutions qui ne sont pas conformes aux principes affichés de la Révolution nationale. Ainsi la philosophie du régime était-elle foncièrement décentralisatrice : qu'elle puise dans l'empirisme organisateur de Maurras ou se réfère au principe de subsidiarité cher au catholicisme social, elle dénonce le jacobinisme et la centralisation napoléonienne. De fait, le régime s'évertue à ses débuts à revitaliser les anciennes provinces, il remet en honneur les coutumes locales, encourage les cultures régionales, subventionne la décentralisation théâtrale. Mais la nécessité, en face de l'occupant, de contrarier les tendances centrifuges, le souci de préserver l'unité nationale, l'horreur de la dissidence amènent l'État français à instaurer la centralisation la plus autoritaire. Le cadre des régions devient un moyen de resserrer les contrôles : les préfets de région dessaisissent les collectivités locales et exercent tous pouvoirs pour le maintien de l'ordre et le ravitaillement ; les polices sont étatisées.

Autre évolution qui contredit l'idéologie : le procès de l'uniformité abstraite proclamée par la Révolution et la sympathie pour la diversité des communautés naturelles auraient dû inspirer un préjugé favorable pour la multiplicité des organismes privés. Or c'est tout le contraire qui a lieu : partout où le jeu combiné de l'autorisation administrative et des subventions le lui permet, le gouvernement impose le regroupement et la fusion. Passe encore, pour un régime qui s'appuie sur les anciens combattants et entend en faire le fer de lance de son action, qu'il ait imposé à des associations soupçonnées de poursuivre des fins égoïstes de se regrouper dans une organisation unique, la Légion des combattants. Mais pourquoi avoir imposé la fusion des trois associations de bienfaisance en une Croix-Rouge unique ? Le regroupement des six organisations scoutes en autant de branches du Scoutisme français eut au moins pour effet de protéger un temps les Éclaireurs israélites. La passion unificatrice s'est conjuguée avec l'ardeur réglementariste de l'administration. Vichy est saisi d'une fièvre réglementaire.

La pénurie de matières premières et la difficulté d'approvisionner les usines imposent une répartition autoritaire : dès le 16 août 1940 sont institués dans chaque branche professionnelle des comités d'organisation chargés de recenser les besoins et de répartir les ressources. Si l'institution de ces organismes est d'une certaine façon conforme à l'inspiration corporatiste de la Révolution nationale, le pouvoir qui échoit aux grandes sociétés aux dépens des petites et moyennes entreprises ne va pas dans le sens souhaité par les thuriféraires de l'entreprise familiale et du petit atelier : ce fut une étape d'un processus de concentration dont le régime dénonçait par ailleurs la malfaisance et qu'il tenait pour responsable de la lutte des classes. De même, la nécessité d'utiliser les organismes de la Corporation paysanne, l'une des créations les plus représentatives de l'idéologie agrarienne et corporatiste de Vichy, à la collecte des produits en a dévoyé la finalité et dénaturé la signification.

En sens inverse, d'autres initiatives qui seront ensuite jugées typiques de ce régime ne furent d'abord que des expédients improvisés : tels les Chantiers de jeunesse. Le 8 juin, le gouvernement avait appelé la fin de la classe 39 et le début de la classe 40, peut-être pour les transférer en Afrique du Nord si la France y poursuivait la guerre. Sur ce survient la fin des combats : que faire de ces jeunes hommes ? Difficile de les renvoyer chez eux ; impossible d'en faire des soldats puisque la convention d'armistice limite à 100 000 hommes les effectifs et qu'il y a intérêt à conserver des hommes instruits. Décision est prise de les garder huit mois et de les affecter à des tâches d'utilité publique : fabrication de charbon de bois pour les gazogènes, chantiers de forestage. Le général de La Porte du Theil, qui a accepté d'être le commissaire général de ces Chantiers et qui a l'expérience du scoutisme, imagine de greffer sur cet expédient un projet plus ambitieux : mettre à profit ces huit mois pour donner à ces jeunes une éducation civique et morale, leur inculquer le goût du travail. Ainsi s'articulent la solution d'un problème immédiat et un projet d'inspiration plus haute qui n'est pas dépourvu d'ambiguïté, comme toutes les initiatives de Vichy : s'agit-il de préparer une génération pour la revanche ou de la soustraire aux doctrines délétères et de servir la Révolution nationale ? Certains Chantiers passeront avec armes et bagages au maquis, tandis que d'autres se laisseront sans réagir emmener en Allemagne ; le principal responsable des Chantiers en Afrique du Nord préparera le débarquement anglo-américain, et le général de La Porte du Theil sera déporté par les Allemands.

Il y eut ainsi dans la politique de Vichy une dialectique complexe entre l'inspiration officielle et les mesures de circonstance, des interférences constantes entre les intentions et les possibilités, un contrepoint subtil entre les idées directrices et les réalisations.

Bien que le gouvernement d'Alger ait proclamé la nullité en bloc de tous les textes promulgués par le soi-disant État français, nombre d'initiatives lui survivront et seront confirmées ultérieurement ; certaines prolongeaient l'héritage antérieur, d'autres annonçaient les réformes postérieures. Il a amorcé une politique de la reconstruction sur des principes urbanistiques neufs. Un plan d'équipement national de dix ans a été élaboré. Un recensement de l'agriculture est lancé en 1942, et une loi organise la profession bancaire. La création des préfets de région a ébauché une réorganisation administrative durable.

C'est dans l'ordre social que ses initiatives ont été le plus fécondes et le plus durables : allocation de la mère au foyer, institution d'un salaire minimum garanti, retraite des vieux travailleurs, un pécule de retour à la terre, et la reconnaissance du 1er Mai érigé en fête du Travail, grâce à un heureux hasard du calendrier qui fixe à ce jour la fête du saint patron du chef de l'État — la Saint-Philippe. Des ordres professionnels sont créés, pour les médecins ou les architectes, qui reçoivent des prérogatives d'ordre public, droit de réglementer l'accès à la profession et contrôle sur le respect d'une déontologie. La loi Gounot organise la représentation des familles et confère aux organisations familiales un statut de droit semi-public qu'elles garderont.

Ce sont les textes les plus ambitieux et qui visaient à instaurer un ordre social nouveau qui ont eu l'existence la plus courte. En décembre 1940, une loi donne naissance à la Corporation paysanne, dont font partie de droit tous les agriculteurs : elle organise la production et la commercialisation et assure la défense et la protection de la paysannerie ; c'est la réalisation du vieux rêve des corporatistes. La Corporation sera dissoute à la Libération, mais elle ne disparaîtra pas toute ; bon nombre de ceux qui ont exercé des fonctions de syndic se retrouveront plus tard à la tête des organisations professionnelles : la Corporation avait dégagé une élite de responsables. L'industrie a attendu plus longtemps son texte : l'élaboration en fut plus laborieuse et donna lieu à des tensions très vives entre syndicalistes et corporatistes. Publiée un an plus tard que la loi sur la Corporation paysanne, la Charte du travail rencontra plus de résistances. Il était aussi plus tard dans l'existence du gouvernement de Vichy : il lui était plus difficile d'imposer ses vues. Les hommes les plus attachés à l'idéologie de la Révolution nationale avaient été écartés : Raphaël Alibert, Jacques Chevallier. Pierre Laval, qui est revenu au pouvoir, ne partage aucunement les convictions élitistes et la vision hiérarchique des cercles qui s'inspirent de l'Action française ou du catholicisme conservateur. L'inspiration le cède au pragmatisme. Le poids des événements extérieurs rétrécit chaque jour un peu plus le cercle où le régime peut faire œuvre originale.

La guerre continue

Il y eut en effet plus déterminant encore que la force des choses pour l'évolution du régime : le poids de la guerre et son corollaire, les relations avec la puissance occupante. L'avenir du régime et le succès de ses entreprises étaient suspendus au cours des hostilités : Vichy avait fondé sa stratégie sur le pronostic d'une guerre qui allait prendre fin ; en déjouant son calcul, la guerre modifiait les données de sa politique étrangère. Si le ressentiment contre l'alliée de la veille, à qui il reproche une aide insuffisante et surtout l'agression de Mers el-Kébir, qui a détruit une partie de la flotte, ont conduit le gouvernement à rompre les relations avec l'Angleterre, le Maréchal tient à conserver de bons rapports avec les États-Unis qu'il admire.

Dans un premier temps, la politique de Vichy pourrait être définie par le terme qui avait déjà désigné celle d'après la défaite de 1871 : le recueillement. La France est comme un convalescent qui tente de retrouver ses forces et reprend sa respiration. Pour les uns, ce temps de recueillement permettra à la France, à un moment qu'on s'abstient de préciser, de rentrer dans la guerre ; pour d'autres, moins nombreux, la France doit se placer dans la perspective d'une Europe sous direction allemande. Entre ces deux orientations, le choix est fait en octobre 1940 : Pétain a accepté de rencontrer Hitler à Montoire et déclare le moment venu de s'engager dans la voie de la « collaboration » avec l'Allemagne (30 octobre). Le mot entre dans le vocabulaire officiel. Tout donne à croire que ce changement de cap a été mal reçu par l'opinion : même ceux qui croient la défaite irrémédiable n'acceptent pas de collaborer avec le vainqueur. Ce qui se chuchote de l'éviction des Français de Lorraine, de l'annexion des départements recouvrés n'est pas fait pour atténuer la virulence du sentiment hostile à l'occupant : la popularité du chef de l'État en est atteinte. Mais quelques semaines plus tard, l'éviction de Pierre Laval, à qui l'opinion impute la responsabilité de Montoire, renverse la tendance : on sait gré au Maréchal de s'être défait de son mauvais génie. L'intermède Flandin rend l'espoir à ceux qui persistent à voir dans le gouvernement du Maréchal le rempart de l'indépendance nationale.

L'appréciation de la politique de collaboration de Vichy reste malaisée : elle est loin d'obéir à une inspiration unique et constante. Si certains y adhèrent sans réserves, d'autres n'y voient qu'un pis-aller destiné à gagner du temps. A d'autres niveaux, des fonctionnaires, des services, des administrations ont lutté pied à pied pour limiter les concessions, préserver les droits de la France. Flandin a freiné l'application de la collaboration, Darlan s'y est engagé à corps perdu et a cédé aux exigences allemandes : avec les protocoles dits de Paris, il a, contrevenant aux engagements de l'armistice, concédé à la Wehrmacht des facilités de transit en Syrie et en Tunisie contre l'Angleterre.

De la collaboration les Français ne perçoivent guère que les servitudes. Le retour des prisonniers est indéfiniment ajourné et ce ne sont pas les quelques mesures de libération en faveur des anciens combattants de la Première Guerre qui suffisent à apaiser l'attente anxieuse des familles. L'occupation pèse lourd sur une économie anémiée. La convention d'armistice mettait à la charge du Trésor français les frais d'occupation, fixés à 400 millions de francs par jour : le montant en sera ramené à 300 en 1941, puis relevé à 500 à partir de l'occupation totale du territoire en novembre 1942. Au total, la France a versé à l'Allemagne au titre de cette indemnité la somme astronomique de 620 milliards de francs ; cette ponction a entraîné la dépréciation de la monnaie. D'autre part, en fixant arbitrairement le taux de change du franc à un mark pour 20 francs alors que le taux réel était autour de 16, le vainqueur majorait autoritairement d'un quart la dette de la France et diminuait d'autant le coût de ses achats.

Les occupants prélèvent une part importante de la production agricole céréalière et animale. Pour le blé, les estimations pour les quatre campagnes de 1940 à 1943 s'élèvent à près de 3 millions de tonnes. Au total, l'ensemble des prélèvements a porté sur 10 % environ de la production totale, mais d'une production diminuée de 22 % par la baisse des rendements, le manque d'engrais. La population française n'a donc disposé pour sa nourriture que des deux tiers des ressources du temps de paix. Cette ponction a entraîné la pénurie, des difficultés croissantes pour approvisionner les villes, le resserrement du rationnement et l'apparition du marché noir. L'économie française est amenée à s'intégrer dans la politique économique du Reich : de plus en plus, les entreprises sont subordonnées aux besoins de la machine de guerre allemande ; c'est le prix à payer pour éviter la fermeture des usines et l'extension du chômage, c'est aussi, à partir de 1942, le moyen d'éviter aux travailleurs la déportation en Allemagne. Mais c'est aussi désigner une partie de nos installations aux coups de l'aviation alliée.

L'esprit public évolue

En zone sud, qui n'est pas au contact de l'occupant, l'opinion impute au gouvernement la responsabilité de ses difficultés matérielles. Les opposants de la première heure, ceux qui n'ont jamais adhéré à l'esprit de la Révolution nationale, et qui se sont tenus silencieux devant l'entraînement collectif, plus par accablement que par prudence, commencent à relever la tête et à exprimer à mi-voix leurs réserves et leurs critiques. Pétain lui-même en prend acte au milieu d'août 1941 : « Je sens, dit-il dans une allocution inopinée prononcée au beau milieu d'une représentation au casino de Vichy, se lever un vent mauvais. » L'expression avait déjà été employée telle quelle par Doumergue : était-ce une réminiscence chez son ancien ministre ? Toujours est-il que ce discours marque un tournant : le régime se durcit et répond au mécontentement par des mesures de répression ; première étape d'un raidissement dont le terme sera la « fascisation » du régime en 1944.

Celui-ci éprouve que même un gouvernement débarrassé du contrôle des Chambres, maître exclusif de l'information, investi d'un pouvoir quasiment absolu et qu'une situation exceptionnelle soustrait à toutes les contraintes ordinaires auxquelles sont assujettis les gouvernements, ne peut faire abstraction du sentiment populaire ni se passer du soutien de l'opinion. C'est pour rétablir un minimum de dialogue que Flandin a institué le Conseil national. Vichy a fait également l'expérience de la relative impuissance d'un gouvernement à ressaisir une opinion qui lui échappe : le renforcement de la censure, la suspension ou la suppression de toute publication faisant preuve de quelque esprit critique, l'utilisation systématique de la propagande n'ont pu enrayer le glissement progressif du pays vers l'opposition au régime et à sa politique. Toute l'histoire des relations entre le gouvernement du Maréchal et l'esprit public pourrait se réduire à cette dérive de l'unanimité initiale au détachement, puis à la reconstitution d'une unanimité autour de la Résistance et de celui qui a personnifié le refus de la défaite.

Dans cette évolution, l'année 1942 partage l'histoire de Vichy comme celle de la guerre en deux séquences contraires. Il y a d'abord, à la mi-avril, le retour de Pierre Laval qui fut interprété — il ne pouvait en être autrement — comme une défaite du Maréchal après son éviction le 13 décembre 1940. D'autant que Pétain lui cède une partie de ses pouvoirs : le régime évolue vers une dyarchie où Pétain est confiné dans le rôle de chef de l'État et où Laval exerce la plénitude du pouvoir gouvernemental. Le retour de l'homme qui est le symbole de la collaboration annule le bénéfice psychologique de quelques gestes d'indépendance. Pierre Laval aggrave son cas avec sa déclaration du 22 juin 1942 pour l'anniversaire de l'entrée en guerre du Reich contre l'U.R.S.S. : « Je souhaite la victoire de l'Allemagne. » Propos qui semble

La dérive et le salut 289

impie à beaucoup, même s'il le motive par la crainte du bolchevisme qui sans elle s'installerait partout.

Or l'opinion a commencé d'entrevoir la possibilité d'une défaite de l'Allemagne depuis qu'à l'automne 1941 la Wehrmacht a marqué le pas devant Moscou et subi un rude hiver de guerre, et que les États-Unis ont été jetés à leur tour dans la guerre par l'attaque du Japon contre Pearl Harbor. En octobre 1942, l'offensive britannique aux confins de l'Égypte et de la Libye avec la bataille d'ElAlamein renverse le rapport des forces en Afrique, et, le 8 novembre, une armada anglo-américaine aborde en Afrique du Nord et se rend maîtresse, avec le concours de quelques centaines de Français, des ports du Maroc et de l'Algérie. Prisonnier de ses positions antérieures, Pétain refuse de quitter Vichy. Après l'invasion, le 11 novembre, de la zone libre par les Allemands, le désarmement sans résistance de l'armée d'armistice et, quelques jours plus tard, le coup de main sur Toulon qui entraîne le sabordage de la flotte, Vichy n'a plus ni Empire, ni armée, ni marine. L'opinion se convainc de son impuissance à tenir tête aux exigences de l'occupant. S'il avait jamais été autre chose qu'une fiction, le thème de la souveraineté de l'État français n'est plus crédible, et avec lui c'est le fondement principal de sa légitimité qui est ébranlé.

L'opinion a basculé dans l'hiver 1942-1943 : la défaite retentissante de Stalingrad, les mesures prises par Vichy sous la pression, notamment pour satisfaire les besoins pressants de l'économie allemande en main-d'œuvre, l'instauration du Service du travail obligatoire pour trois classes grossissent les rangs des réfractaires et apportent à la Résistance les bataillons qui lui manquaient. L'Église, qui avait précédemment pratiqué à l'égard du gouvernement établi un « loyalisme sans inféodation », désapprouve certains aspects de sa politique : plusieurs évêques ont élevé en août 1942 une protestation publique contre la persécution des Juifs ; l'autonomie des mouvements de jeunesse entretient entre la hiérarchie et le secrétariat à la Jeunesse un sujet de différend. Le cardinal Liénart déclare que les jeunes catholiques ne sont pas en conscience tenus d'obéir à la loi sur le S.T.O. L'Association catholique de la jeunesse française a décidé que le devoir envers la patrie primait le devoir apostolique de partir avec les autres en Allemagne. Dans l'administration et la gendarmerie, de nombreux agents publics n'exécutent qu'avec lenteur les instructions qu'ils reçoivent, quand ils n'en sabotent pas l'application, et ce jusque dans les fonctions les plus élevées : le double jeu que Vichy pratiquait avec les occupants se retourne contre le gouvernement. Quant aux Français ordinaires, les rapports des préfets et des renseignements généraux qui affluent sur le bureau du chef du gouvernement dès les premiers mois de 1943 ne cachent pas que 90 % lui sont hostiles ; ils conservent un reste de sympathie et de commisération attristée pour le chef de l'État, qu'on ne croit plus libre de ses décisions. Aussi beaucoup se sentent-ils désormais déliés du devoir d'obéissance et de fidélité à sa personne.

Les collaborationnistes

L'histoire du régime de Vichy ne résume pas toute celle de ces années : si le récit s'ordonne autour de l'axe que tracent les péripéties du gouvernement du maréchal Pétain, c'est parce que, même contestée, son autorité s'exerce sur le territoire de l'Hexagone et que pendant longtemps la majorité des Français l'ont reconnue. Deux fractions l'ont d'emblée récusée ou ont presque constamment critiqué son inspiration : les collaborateurs de Paris et la France libre grossie de la Résistance intérieure. Gardons-nous cependant d'établir entre ces deux groupes une fausse symétrie. Depuis quelques années, par une réaction habituelle et presque mécanique contre le silence qui était tombé sur les collaborateurs depuis la fin des procès qui leur avaient été faits après la Libération — et qui, soit dit en passant, ruinent l'allégation selon laquelle la Résistance triomphante aurait occulté le phénomène collaborateur (il est contradictoire de dénoncer la fureur épuratrice et dans le même temps de prétendre que le phénomène aurait été minimisé) —, la collaboration bénéficie d'un regain d'intérêt, et l'on propose parfois une vision de la période où Résistance et collaboration se font pendant. Or elles ne sont comparables à aucun égard.

Le terme de collaboration, que Pétain a accrédité dans son allocution du 30 octobre 1940 au retour de Montoire, désigne au moins deux réalités différentes et recouvre deux politiques dissemblables que Stanley Hoffmann a été le premier à distinguer. Vichy pratique, avec des intermittences, des restrictions mentales, des repentirs, des retours en arrière, une collaboration d'État à État qui est censée s'inspirer exclusivement de calculs diplomatiques et ne connaître que l'intérêt national : les considérations idéologiques en sont théoriquement absentes. Dans la pratique, il n'est pas toujours aisé de respecter la séparation des domaines, et

La dérive et le salut

Vichy sera de plus en plus entraîné à s'aligner sur les doctrines de l'occupant. Mais ni Laval ni Darlan ne sont des idéologues ; quant à Pétain, nous savons que son adhésion va à une philosophie sociale conservatrice qui n'a pas attendu l'émergence des systèmes totalitaires pour se constituer en un ensemble cohérent.

Au contraire, les collaborationnistes, qui écrivent dans les journaux paraissant à Paris sous le contrôle et l'inspiration de la *Propagandastaffel*, qui ont créé des mouvements, sont des idéologues : à côté de ceux qui collaborent par opportunisme, pour l'argent, par arrivisme ou pour prendre une revanche de leurs échecs, les figures marquantes de la collaboration y sont venues par un cheminement idéologique. Aucun n'est né fasciste, mais ils rêvent de réaliser avec Hitler ce qu'ils n'ont pu accomplir avant 1940 : détestant l'ordre établi, ils n'ont à peu près rien en commun avec Vichy dont ils fustigent l'aspect réactionnaire et clérical. Ils ont grandi dans une tradition laïque et irréligieuse : Doriot vient du communisme, dont il a été une personnalité majeure, Marcel Déat du socialisme, dont il a été un des espoirs, Jean Luchaire du radicalisme, Georges Suarez du briandisme et les journalistes de *Je suis partout* ont été marqués par l'agnosticime maurrassien et le voltairianisme élégant de Pierre Gaxotte. A la différence de la plupart des vichyssois, ils ne seraient pas éloignés de saluer dans la défaite un événement heureux puisqu'elle a rendu possible la transformation de la société dont ils rêvaient et qu'ils avaient été incapables de réaliser. Cette façon d'articuler la révolution sur la défaite n'est pas très différente du défaitisme révolutionnaire du Parti communiste.

La collaboration active, militante, convaincue n'a jamais été le fait que d'une toute petite minorité. Certes, les journaux publiés par les collaborateurs atteignent des tirages élevés, mais ce sont les seuls, et on ne peut guère se dispenser de les acheter pour des raisons pratiques, pour être informés du déblocage du ticket de lentilles ou d'agrumes, ou pour allumer son feu. Il serait simpliste d'en conclure que les lecteurs adhèrent aux éditoriaux de Jean Luchaire ou de Claude Jeantet. La distorsion entre ce qu'on lit et ce qu'on croit s'élargit démesurément. Le slogan de la radio de Londres, de plus en plus écoutée, fait son œuvre : « Radio-Paris ment, Radio-Paris est allemand. » Quant aux mouvements collaborateurs, les études minutieuses conduites sur leurs effectifs ont ramené leur nombre à peu de chose : les deux plus importants étaient le Parti populaire français de Jacques Doriot, créé en 1936, et le Rassemblement national populaire fondé par Déat après la défaite. Les mêmes individus appartenaient souvent à plusieurs organisations — Collaboration, le Mouvement social révolutionnaire de Deloncle — et sont comptés plusieurs fois. Le nombre des Français poursuivis pour faits de collaboration après la Libération avoisine la centaine de mille ; si élevé que ce soit, cela ne représente, sur une nation de 40 millions, que 0,25 %, et encore plus d'un n'avait-il pas grand-chose à se reprocher. Bien que la France eût, à la différence des autres pays occupés, un gouvernement national qui faisait à ses ressortissants une obligation de ne pas combattre l'occupant, elle a compté proportionnellement moins de collaborateurs, au sens idéologique, que la Belgique : ainsi ne se sont engagés dans la Waffen SS que 7 000 Français, dont tous n'ont pas combattu, moins que d'engagés à la suite de Léon Degrelle.

Les divergences entre le gouvernement de Vichy et les collaborateurs de Paris, accusées au départ, s'atténueront à mesure que celui-là s'enfoncera davantage dans la politique de collaboration, mais à chaque pas qu'il fait en direction de l'occupant, il perd une fraction de ses soutiens initiaux : le retour de Laval au gouvernement en avril 1942 a eu pour conséquence immédiate la démission de plusieurs ministres dont le patriotisme ne supporte pas la présence de l'homme de Montoire. L'évolution de l'institution qui était un symbole de la Révolution nationale et tenait, toutes proportions gardées, le rôle du parti unique dans les régimes autoritaires, la Légion des combattants, illustre ce glissement en un raccourci dramatique. Elle rassemblait dans les débuts du régime plusieurs millions d'anciens combattants de toutes opinions et sans grand programme doctrinal : de ses rangs se détachent une avant-garde activiste qui se dote d'une idéologie et combat les gaullistes, les communistes, les démocrates de toute obédience, et une organisation militante, le Service d'ordre légionnaire. Dernier avatar, le S.O.L., sous l'impulsion de Joseph Darnand, se mue en Milice, police supplétive qui pourchasse les résistants et ne répugne pas à combattre les maquisards aux côtés des troupes allemandes. Il n'y a plus alors la moindre différence entre les collaborateurs de Paris engagés au P.P.F. ou au R.N.P. et les Francs-Gardes de Darnand ou Bout de L'An. En janvier 1944, le processus touche à son terme : entrent dans le gouvernement les tenants de la collaboration totale avec le Reich — Marcel Déat, Joseph Darnand, Philippe Henriot, Paul Marion. Ce dernier Vichy est fasciste par la solidarité affichée avec le national-socialisme, la répression, la police des individus et des esprits. Le régime a vérifié tous les termes de la trilogie qu'on a proposée pour le définir : bibliothèque rose, marché noir, terreur blanche.

Pétain a manqué toutes les occasions de rompre cet enchaînement : il a laissé compromettre son nom et sa gloire avec la persécution des Juifs, les poursuites contre les résistants, les opérations contre le maquis. Tout au plus a-t-il fait un temps la grève de la signature des actes. L'aboutissement de cette démission, c'est, le 6 juin 1944, à l'annonce du débarquement, alors que de Gaulle déclare : « C'est la bataille de la France qui s'engage », son adjuration aux Français de se tenir à l'écart de ces combats qui ne sont pas les leurs, comme si de leur issue ne dépendait pas la libération du territoire. C'est le même raisonnement que celui des communistes en juin 1940. Il avait aussi peu de chance qu'eux d'être entendu d'un peuple qui ne croyait plus que la défaite fût irrémédiable et moins encore que le relèvement du pays pût sortir de l'acceptation de sa défaite. La grande majorité des Français a alors repris espoir et transféré son adhésion sur la Résistance intérieure et extérieure. C'est pourquoi l'expression de guerre franco-française à propos des antagonismes de cette dernière phase ne me paraît convenir qu'à demi. C'est un fait qu'à plusieurs reprises des Français se sont combattus les armes à la main : des Français ont tiré sur d'autres sur ordre de Vichy, devant Dakar en septembre 1940, en Syrie en juin 1941, en Afrique du Nord en novembre 1942, en 1943-1944 dans les affrontements entre résistants et collaborateurs ; aux Glières, les Groupes mobiles républicains — les G.M.R. de funeste mémoire — ont coopéré avec la Wehrmacht contre les maquisards. Mais si guerre civile il y eut, elle n'a jamais coupé la France en deux moitiés dressées l'une contre l'autre : la disproportion était trop prononcée entre la petite minorité enfoncée dans la collaboration avec l'ennemi et la masse du pays, dont l'attentisme n'avait jamais exclu l'animosité contre l'occupant et dont la sympathie alla progressivement à ceux qui le combattaient.

La Résistance

L'appellation a été employée pour la première fois par le général de Gaulle dans une allocution de Londres : « La flamme de la résistance française ne s'éteindra pas. » Il lui donnait alors un sens allégorique avant qu'elle ne désigne l'expression organisée d'une partie des Français refusant la défaite. Ses débuts furent des plus modestes, et elle piétina longtemps (à son apogée, la Résistance intérieure n'a pas dû compter plus de 300 000 ou 400 000 volontaires) : pour les raisons mêmes qui assurèrent à Pétain l'adhésion, enthousiaste ou résignée, de la très grande majorité. Le 18 ou le 25 juin 1940, il fallait un grain de folie ou une prescience peu commune pour refuser l'évidence et concevoir une autre issue que la victoire totale de l'Allemagne. Le prestige du Maréchal retenait les esprits dans les rets de la résignation au malheur dont la nation saurait faire la condition de son redressement.

Aussi le refus de l'armistice n'est-il le fait que d'une poignée : même parmi les troupes rapatriées de Narvik, seule une petite minorité reste en Angleterre pour continuer la lutte. Le 14 juillet 1940, les Français libres n'étaient que 700, et de Gaulle pouvait dire que les marins de l'île de Sein venus le rejoindre étaient à eux seuls le quart de la France libre. L'intuition géniale du Général fut de percevoir que l'objectif n'était pas d'apporter à la Grande-Bretagne l'appoint minime d'une légion française, mais de maintenir la France dans la guerre : en conséquence, sa mission était moins militaire que politique ; il reconstitue un embryon d'État avec le Comité national de la France libre, qui deviendra par étapes un gouvernement tardivement reconnu par les Alliés. Peu à peu viennent à lui des volontaires qui rejoignent l'Angleterre à travers les pires difficultés, et aussi des territoires de l'Empire français dont le ralliement lui donne une base géographique : c'est de Brazzaville que de Gaulle promulgue, en octobre 1940, les premiers textes qui organisent la France libre. Des unités de Français libres combattent en Éthiopie et en Cyrénaïque.

Dans la France occupée, la Résistance sera toujours une addition de choix individuels. Son caractère de volontariat sera à la fois sa faiblesse — du fait de son petit nombre et sa force : elle se compose d'hommes et de femmes qui prennent le risque du sacrifice suprême. Les uns ont obéi à un réflexe presque instinctif, celui de ne pas supporter la présence de l'ennemi, ou le sentiment de l'honneur qui ne consent pas à trahir ses alliés ou à déserter une cause juste. D'autres, qui se seraient peut-être résignés à une victoire de l'Allemagne, ne veulent pas du triomphe du national-socialisme : ce n'est pas seulement le corps de la France qu'il faut sauver, mais son âme ; c'est une composante originale de la Résistance que cette dimension idéaliste des chrétiens, des socialistes, des démocrates qui ne peuvent accepter une idéologie raciste, païenne, de la violence et de la haine.

Les commencements sont modestes : dans l'indifférence générale, quelques individus qui s'ignorent posent des actes qui relèvent plus du témoignage que de la stratégie ; ils déposent dans les boîtes aux lettres ou envoient par la poste des tracts qu'ils tirent sur des ronéos et qui reproduisent des informations diffusées par la B.B.C. ou des allocutions de Radio-Vatican. D'autres montent des filières pour des prisonniers évadés ou convoient en zone libre des aviateurs anglais abattus par la D.C.A. et les acheminent jusqu'au-delà des Pyrénées. Quelques sabotages de lignes téléphoniques allemandes entraînent les premières exécutions en 1940. Les plus expérimentés recueillent des informations sur les mouvements de troupes de l'occupant ou les installations militaires, et tentent de les faire parvenir à Londres. Peu à peu, comme à tâtons, des hommes se « contactent », comme on commence à dire, des mains se tendent, des liens se nouent, des réseaux se dessinent, des groupements se constituent au hasard des rencontres, rarement sur la base des affinités politiques.

Le prestige du Maréchal retient encore, en 1942, beaucoup de Français, pourtant résolus à combattre l'Allemand, de rejoindre de Gaulle à qui la propagande vichyste a accolé l'épithète de dissident et qu'ils soupçonnent d'être une créature de l'Angleterre. Les événements d'Afrique du Nord leur découvrent soudain une troisième voie, qui concilie leur patriotisme avec leur défiance de la politique et leur fidélité à la Révolution nationale, autour du général Giraud à Alger ; le giraudisme constitue une tierce solution. Il y a désormais deux France en guerre : celle des Français libres derrière le Comité national de Londres et celle d'Alger qui entraîne tout le bloc africain et conserve un temps l'essentiel de la législation de Vichy. La deuxième est la plus nombreuse, et pourtant l'unification se fera autour du général de Gaulle. Le contraste entre le génie tactique du chef de la France libre et l'absence de sens politique de Giraud y fut pour quelque chose, mais aussi le poids de la Résistance intérieure qui arbitra en faveur de la France libre. Les uns après les autres, mouvements de résistance et partis avaient dépêché à Londres des émissaires pour prendre contact avec de Gaulle, le sonder sur ses intentions et lui signifier leur ralliement : Christian Pineau pour la S.F.I.O. reconstituée, Fernand Grenier pour le Parti communiste rentré dans la guerre à part entière depuis juin 1941. Des personnalités politiques de toutes tendances rejoignent individuellement Londres : Henri Queuille, l'ancien ministre radical de l'Agriculture, Louis Jacquinot, un modéré, Charles Vallin, député

P.S.F., François Valentin, ancien délégué national de la Légion des combattants, d'autres encore.

En France occupée, Jean Moulin, envoyé du général de Gaulle, a travaillé sans relâche à rapprocher les mouvements, à éteindre les défiances ; il jette peu à peu les fondements d'une organisation unifiée de la Résistance intérieure. Avec l'assentiment de De Gaulle, il a pris un parti lourd de conséquences et que lui reprocheront jusqu'à aujourd'hui ceux qui rêvaient de reconstruire la vie politique française sur les mouvements de résistance : il choisit d'associer les partis et les syndicats. Le Conseil national de la Résistance, organe suprême, qui tient sa première réunion sous sa présidence en mai 1943, rue du Four, associe les représentants de huit mouvements, six partis, des communistes à la droite modérée, et les deux confédérations syndicales : C.G.T., réunifiée dans la clandestinité, et C.F.T.C. — un raccourci complet de la diversité française. Le ralliement de l'ensemble de la Résistance intérieure à la France libre oblige, en juin 1943, Alger à composer et à faire place aux hommes de Londres.

A Alger, une assemblée consultative composée de parlementaires et de délégués des diverses formes de résistance permet un début de dialogue, en attendant que puisse être tenue la promesse du général de Gaulle de rendre la parole au peuple. Elle donne son avis sur les projets de textes qui régiront l'organisation des pouvoirs publics dans la transition entre le débarquement et l'adoption d'institutions définitives. Sont désignés confidentiellement les commissaires de la République qui détiendront des pouvoirs extraordinaires pour cette période.

En France, le rapport des forces entre les fidèles de Vichy et la Résistance s'inverse : les mouvements, en dépit d'une répression féroce qui désorganise les réseaux, décapite les organisations, envoie à la mort ou en déportation des dizaines de milliers de patriotes, acquièrent une combativité croissante et la connivence des populations. Les informations qu'ils recueillent affluent à Londres et concourent à orienter les choix stratégiques et à désigner les objectifs des bombardements. Les actions armées, les sabotages se multiplient. Les maquis s'étoffent avec le S.T.O. Dès l'automne 1943, des secteurs échappent à l'autorité de Vichy ou sont partagés entre l'administration légale le jour et la Résistance la nuit. Jour après jour s'édifie dans la clandestinité une autre France, tandis que l'officielle se vide progressivement de sa substance ; l'espérance, le courage, le patriotisme se sont reportés sur celle qui n'a jamais désespéré et qui a maintenu le pays dans la guerre. A la veille du débarquement, le mouvement par lequel tout un peuple a transféré son allégeance du Maréchal au général de Gaulle est à peu près achevé. Il reste à le manifester aux yeux des Français et du monde. Ce sera fait, quelques jours après le débarquement, avec l'accueil que lui réserve la population de la première ville libérée, Bayeux.

L'héritage des années tragiques

Ces années dramatiques sont maintenant aussi loin de nous que l'était la guerre de 1870-1871 pour les Français de 1918. Elles n'ont pourtant pas épuisé leurs effets, elles demeurent présentes dans le tréfonds de la conscience collective. Trois composantes de leur trame font toujours partie de notre destin : le désastre de 1940, le régime de Vichy, le sursaut de la Résistance.

Il n'est pas certain que le traumatisme créé par l'effondrement de notre défense soit aujourd'hui totalement effacé : il ne peut l'être pour ceux qui l'ont vécu jour par jour et dont, jusqu'à leur dernier souffle, les pensées les plus secrètes, les attitudes les plus fondamentales sont, parfois à leur insu, partiellement déterminées par le spectacle dont ils furent témoins et par leur réaction d'alors. Mais même ceux qui n'étaient pas nés ou étaient trop jeunes pour en garder un souvenir conscient, et qui sont aujourd'hui la grande majorité de la population et même du corps électoral, sont-ils tout à fait indemnes des atteintes de la défaite ? Il n'y a pas pour un peuple épreuve plus difficile à supporter que de perdre une guerre : à l'aune des explosions d'orgueil national, ou d'amour-propre blessé que provoquent les rencontres sportives, on devine quel a pu être l'impact de la catastrophe de 1940 sur le moral de la nation. La défaite engendre le doute sur soi. Sauf à prendre une revanche éclatante qui efface l'humiliation : ainsi de la guerre perdue de 1870-1871 par la victoire de 1918. Mais si, grâce à la clairvoyance de Charles de Gaulle et à la Résistance, la France n'a pas été absente de la guerre, si elle a contribué à sa propre libération et si elle a même été associée à la capitulation du Reich, cette participation qui a sauvé l'honneur n'a pas entièrement réparé le désastre. S'il y eut depuis quelque inflation des références aux exploits des Français libres et des combattants de l'ombre, ce ne fut pas, comme se l'imaginent des esprits trop prompts à croire au conditionnement de l'opinion, par une manipulation délibérée des pouvoirs publics, mais par le besoin instinctif d'effacer la honte et de retrouver la fierté dont aucun peuple ne peut se passer.

La suite n'a pas favorisé la cicatrisation : la France a été engagée dans de difficiles guerres coloniales dont elle ne pouvait sortir victorieuse. La guerre d'Indochine a été perdue : notre armée a subi une défaite en rase campagne et sur un théâtre choisi par le commandement pour être un Verdun; Diên Biên Phu a ravivé en mineur les sentiments de 1940 et suscité l'amertume des militaires. Quant à la guerre d'Algérie, si nos troupes ont gagné la partie sur le terrain, l'issue de huit années d'une guerre douloureuse fut la renonciation à l'objectif initial : le maintien de l'Algérie dans la mouvance française. Le sens même de ces guerres fut matière à controverse : loin d'unir le pays, elles ont divisé, ajoutant aux divisions héritées des années précédentes un sujet de discorde de plus.

La défaite a aussi fouetté ou réveillé l'amour-propre national : même ceux qui se croyaient le plus détachés de tout sentiment d'appartenance nationale ont pris conscience de la réalité historique d'une nation. A beaucoup l'humiliation a inspiré la résolution de tout faire pour qu'elle ne puisse se reproduire et ils se sont fait le serment d'y consacrer leur énergie et leurs talents. Rétrospectivement, ces années apparaissent comme exceptionnellement fécondes. A commencer par la fécondité au sens littéral, démographique. C'est au plus creux de cette période, en 1943, que la courbe de la natalité, qui n'avait cessé de décliner depuis des décennies, se redresse brusquement et amorce le relèvement qui portera en trente ans la population de la France de 40 à 55 millions et rajeunira sa pyramide des âges. Le brassage de population occasionné par le repli des Alsaciens dans le Sud-Ouest et en Auvergne, par la dispersion des citadins et le reflux sur la zone sud de Parisiens a aligné les comportements sur les plus modernes. Dans le même temps, la décentralisation connaît ses premières réussites. La province cesse d'être ce désert français qui sera décrit un peu plus tard par Jean-François Gravier. Ce sont les prémices de l'aménagement du territoire : Toulouse, Grenoble commencent à devenir des pôles régionaux; le gouvernement met en valeur la Crau, la Sologne; on plante du riz en Camargue. La demande de scolarité, étale depuis longtemps, croît soudain et ne cessera plus d'augmenter jusqu'à nos jours : la suppression des écoles normales, discutable par ses motifs, a des effets positifs en mettant fin à la ségrégation des instituteurs et en intégrant les élèves-maîtres dans les lycées. La modernisation de l'agriculture,

La dérive et le salut

si elle est entravée par la pénurie générale, est préparée par la législation, les recensements, l'impulsion donnée au remembrement, l'amélioration de l'habitat rural. C'est aussi dans ces années que sont dessinés les plans de la 4 CV, qui sera le fer de lance de la révolution automobile. La communauté scientifique, si elle souffre de l'isolement et de la rupture de toute relation avec les savants des autres pays, travaille dans le silence. Pour la vie religieuse aussi, ces années d'épreuves ont été des années de grâce ; elles ont permis l'éclosion de toute sorte d'initiatives qui feront des années suivantes un printemps de l'Église : fondation de la Mission de France en 1941 ; puis, avec la Mission de Paris, après la publication en 1943 de *France, pays de mission ?*, les débuts de l'expérience des prêtres-ouvriers, la fondation des Frères missionnaires des campagnes, le renouveau liturgique et biblique ; l'œcuménisme, qui n'était le fait que de quelques clercs, devient une réalité vécue par beaucoup dans une commune résistance spirituelle au national-socialisme. Est-ce un jeu de l'imagination que de voir dans les événements de ces années la source de la modernisation ? Les efforts de tous les gouvernements successifs pour rattraper notre retard, innover, doter la France des moyens de recouvrer son rang ont leur origine dans le choc de 1940 : depuis les technocrates de Vichy jusqu'aux socialistes désireux en 1981 de constituer une force de frappe industrielle et de reconquérir le marché national, en passant par l'ambition gaullienne et le grand projet industriel de Georges Pompidou.

Bien qu'il n'ait duré que quatre ans et qu'il n'en ait rien subsisté apparemment puisque le gouvernement qui lui succède n'a voulu y voir qu'un État de fait et ait annulé en bloc sa législation, l'épisode de Vichy n'a pas été une parenthèse refermée pour toujours : Vichy fait partie de notre histoire tout comme la Résistance. Ne serait-ce que comme sujet de division. Dans cinquante ans on débattra encore de sa légitimité ; on se demandera si l'Assemblée nationale avait bien le droit d'abdiquer ses pouvoirs. On continuera aussi de s'interroger sur les chances d'une lutte poursuivie à partir de l'Afrique du Nord française. La controverse porte surtout sur le principe même d'un gouvernement sous la tutelle de l'Allemagne. Il a placé la France dans une situation qui n'a pas d'équivalent : dans les autres pays occupés, l'absence d'un gouvernement véritablement national dénonçait les autorités de fait comme complices de l'ennemi. En France, l'existence d'un tel gouvernement, fondé à se prévaloir de l'adhésion du plus grand nombre, auréolé de l'immense prestige du vainqueur de Verdun, brouillait la perspective et posait un difficile cas de conscience à ceux qui ne se résignaient pas à la victoire d'un système détesté. Sous ce rapport, les Français connaissent un débat proche de celui des Allemands écartelés entre l'obéissance à Hitler et l'impératif de leur conscience.

L'effondrement du régime de Vichy n'a pas éteint la controverse : près de cinquante ans après que la victoire eut balayé les tristes vestiges de ce gouvernement, quarante ans après la mort du Maréchal (1951), le souvenir de Vichy demeure une écharde dans la conscience nationale. Ce n'est pas, contrairement à une idée répandue, un tabou. Contrairement à ce qu'on lit parfois, il n'est guère de période sur laquelle les historiens aient aussi tôt entrepris une investigation scientifique. Mais le débat ne sera jamais définitivement tranché, pas plus que sur la Révolution, la Commune ou 1936. Le jugement sur Vichy et sa politique départagera longtemps les esprits. Paradoxalement, ce régime qui avait l'ambition de préserver l'unité de la patrie a exaspéré les divisions : à toutes celles du passé, dont il a réveillé certaines, il en a surimposé une nouvelle, plus irritante encore. Au traumatisme de la défaite il a ajouté une fêlure, encore perceptible aujourd'hui.

Vichy a inscrit sa trace dans notre histoire par l'ébranlement des institutions. La dissociation qui s'est opérée à cause de lui entre la légalité et la légitimité, entre le pouvoir qui se prévalait d'une légitimité formelle et d'autres qui se réclamaient d'une autorité morale supérieure, est un fait capital. C'est de ce temps que date le prix attaché à la question de la légitimité des institutions qui rebondira à plusieurs reprises après 1944, en 1947, en 1958, et qui sera au principe de plusieurs fractures de la conscience politique. Que la désobéissance au pouvoir ait pu devenir la forme supérieure du devoir a causé un ébranlement qui a affaibli l'autorité dans tous les domaines ; la remise en question de 1968 en procède peut-être indirectement, comme la crise de l'Église ; la nécessité où des chrétiens se sont vu acculés pour servir les valeurs les plus hautes de passer outre aux directives de l'épiscopat a porté un coup à l'autorité de la hiérarchie.

De la Résistance non plus l'histoire n'est pas achevée avec la disparition des circonstances qui furent sa raison d'être. Avec la Libération elle a atteint ses objectifs explicites. Elle a permis au peuple français d'échapper à l'humiliation d'être libéré par d'autres. Elle a sauvé l'honneur. Si tous les Français n'ont

La dérive et le salut

assurément pas été des résistants, si certains ont choisi le camp de l'ennemi, si beaucoup ont attendu le dernier moment pour se prononcer, il reste que le plus grand nombre n'a jamais souhaité la victoire de l'Allemagne, comme le suggère une multitude d'indices au cours de ces quatre années : la jubilation à l'automne 1940 aux nouvelles des défaites italiennes en Grèce et en Tripolitaine, les témoignages de sympathie sur les tombes des aviateurs anglais abattus, les manifestations dans les salles de cinéma — qui obligent d'imposer de rallumer les lumières lors de la projection des actualités et, signe plus probant encore, la résignation des populations, dont la propagande de Vichy et des Allemands n'a jamais réussi à soulever l'indignation devant les bombardements meurtriers de l'aviation anglo-américaine, comme si elles estimaient que c'était le prix, si dur qu'il fût, à payer pour leur libération.

Une fraction, d'abord réduite à une poignée, mais qui a peu à peu grandi jusqu'à quelques centaines de mille, a librement accepté les plus grands risques. La Résistance n'a pas seulement témoigné, elle a rendu d'éminents services aux Alliés et porté des coups sévères à l'occupant.

Mais en 1944 son rôle n'était pas achevé. A mesure en effet que se prolongeait la guerre, et que le combat contre l'occupant se doublait de plus en plus d'une lutte contre Vichy, la Résistance se chargeait d'une autre signification que la simple libération du territoire. Il fallait aussi extirper les causes qui avaient rendu possible la défaite, rénover le pays, réformer les institutions. L'association aux mouvements de résistance des partis et des syndicats au sein du Conseil national de la Résistance agissait en ce sens. La devise que le journal clandestin *Combat* inscrivait en exergue, « De la Libération à la Révolution », exprimait assez bien les aspirations des résistants et le sens qu'ils entendaient donner à leur combat. Les aînés s'étaient battus en 1914-1918, soutenus par l'espoir de construire un monde dont la guerre serait bannie : les résistants étaient animés par la volonté d'édifier une France plus juste, plus fraternelle et plus démocratique, affranchie de la tyrannie de l'argent et débarrassée de ses divisions. Le C.N.R. adoptait un programme destiné à être la charte des réformes à opérer après la Libération. Le mythe de la rénovation de la France par l'unité de la Résistance fait pendant à celui nourri par Vichy de la régénération par l'épreuve et le sacrifice.

Aussi, dans les années qui suivent, la référence insistante à la Résistance ne sera pas seulement un hommage pieux, une formule rhétorique mais une donnée politique. Les résistants, en dépit (ou à cause) de leurs terribles épreuves, ont gardé un lumineux souvenir de leur fraternité dans la clandestinité. Dans une lettre écrite quelques jours avant son arrestation et sa mort volontaire, un des animateurs de la Résistance, Jacques Bingen, déclarait, en date du 14 avril 1944 : « Je désire sur le plan moral que ma mère, ma sœur, mes neveux, ma nièce — celle-ci le sait déjà et en sera témoin — ainsi que mes amis les plus chers, hommes et femmes, sachent bien combien j'ai été prodigieusement heureux durant ces derniers mois... » Le souvenir de ce temps, de ses angoisses et de ses espoirs a cimenté leur union comme l'expérience des tranchées avait uni la génération du feu : à vingt ans d'intervalle, deux générations successives ont fait une expérience hors de l'ordinaire qui leur laisse un souvenir ineffaçable et plus fort que tout. Le réveil périodique de la solidarité entre les résistants, quels que fussent leurs convictions et leurs engagements, explique des rapprochements parfois surprenants et en particulier éclaire l'immense prestige sur eux tous du Premier Résistant, celui dont le nom, même s'ils n'approuvaient pas tous ses choix, avait été le signe de ralliement et le symbole de leur amour de la France et de la liberté.

CHAPITRE XIV

La Libération et le Gouvernement provisoire

Plus que la capitulation du Reich et la fin des combats en Europe, le 8 mai 1945, qui ne pouvait effacer le souvenir du 11 Novembre, à plus forte raison que la défaite du Japon et la fin des opérations militaires en Extrême-Orient, c'est la libération du territoire qui fut pour les Français la véritable coupure. Vingt ou trente ans plus tard, on datera encore les événements par rapport à elle : avant et après la Libération. D'autres événements, des crises essentiellement, prendront ensuite le relais et la relativiseront : le retour de De Gaulle en 1958 et l'instauration de la Ve République, mais ne sont-ce pas des rebondissements de la Libération ? Eussent-ils été concevables sans 1944 ? 1968 contribuera à déclasser 1944, sans complètement l'effacer : les gauchistes se réclameront de l'exemple de la Résistance et s'imagineront combattre une occupation par l'ennemi de classe. La Libération reste une césure majeure de notre histoire contemporaine.

La Libération

Aujourd'hui encore dans chaque chef-lieu, et du plus petit village jusqu'à la capitale, c'est l'anniversaire du jour où l'Allemand a été chassé qui est célébré : ici par l'arrivée des Américains, là par l'action du maquis descendu de la montagne ou sorti des forêts, ailleurs par l'action combinée des libérateurs et des résistants. Célébration d'autant plus fervente que l'action des Français a réparé l'empressement des autorités locales en 1940 à obtenir que leur localité soit déclarée ville ouverte pour épargner à leurs administrés les horreurs de la guerre. A la différence d'un armistice qui suspend les combats à la même heure sur tout le territoire, la Libération ne s'est pas faite en un jour : elle s'est étalée sur des semaines et même des mois, au rythme des combats. Les villages de la côte normande ont été libérés dès le 6 ou le 7 juin ; Caen a attendu tout un mois et payé sa libération d'une destruction presque totale. Quelques villes n'ont pas été libérées avant le 8 mai 1945 : les « poches » de l'Atlantique, où les garnisons allemandes s'étaient retranchées après l'avance alliée et n'ont déposé les armes qu'après la capitulation du Reich. La Libération s'est ainsi échelonnée sur près d'une année. Mais la majeure partie du territoire a été libérée entre la percée d'Avranches, à la fin de juillet, et la fin de septembre où l'avance alliée a été stoppée en avant de la trouée de Belfort et sur les pentes des Vosges. Aussi la Libération s'est-elle confondue dans la mémoire collective avec la saison, empruntant ses couleurs aux ardeurs ensoleillées d'un très beau mois d'août. L'identification chronologique de l'événement avec le milieu de l'été a été authentifiée par les dates de la libération de la capitale : Paris se soulève au matin du samedi 19 août ; l'avant-garde de la 2e D.B. pénètre au soir du jeudi 24 et fait sa jonction avec les F.F.I. ; la garnison allemande fait sa reddition le vendredi 25. C'est ce même jour que le général de Gaulle entre dans la ville et qu'il se rend à l'Hôtel de Ville : c'est dans l'après-midi du samedi 26 qu'il descend les Champs-Élysées au milieu d'un peuple en liesse.

L'événement est devenu symbole. Signe de cette sublimation : la majuscule dont s'orne le mot Libération. Il atteste que l'idée de libération physique s'était chargée d'un contenu émotif et attachée à plusieurs significations. C'était d'abord la fin de l'occupation, l'ennemi enfin chassé, les trois couleurs de nouveau arborées, le chant de *La Marseillaise* retrouvant une nouvelle jeunesse. C'est aussi l'annulation de la défaite et de l'armistice : la France se retrouve du côté des vainqueurs ; elle le fera durement sentir aux Italiens et aux Allemands dans les régions dont le contrôle lui sera confié et où les autorités françaises d'occupation s'emploieront à restaurer le prestige compromis par le désastre de 1940. La France est redevenue souveraine et, espère-t-on, maîtresse de ses destinées : les Alliés reconnaîtront bientôt le Gouvernement provisoire comme unique représentant de la France et, au début de décembre 1944, le général de Gaulle signera avec Staline un traité d'alliance. La Libération, c'est encore l'espoir de la fin des privations et de cinq ou six années d'épreuves de toute sorte ; bientôt le retour à l'abondance, le moment de faire rendre gorge aux profiteurs, de châtier les traîtres. C'est enfin la répudiation de l'assentiment donné à Vichy, le désaveu de l'attentisme, la condamnation de la collaboration, le ralliement rétrospectif à la fraction qui n'avait jamais douté de l'issue de la guerre ni désespéré de la France. La rencontre, le 26 août 1944, entre le général de Gaulle et le peuple de Paris — la mer, selon le mot des *Mémoires de guerre* — consacre l'unité reformée autour de la France libre et de la Résistance.

A distance et pour qui se souvient de l'acceptation quasi générale de l'armistice comme des foules enthousiastes qui acclamaient Pétain dans ses voyages en province, pareille unanimité paraît suspecte et sa sincérité douteuse. Et cependant dans l'été 1944 elle n'est pas feinte ni dictée par l'opportunisme, c'est de bonne foi que la plupart des Français se convainquirent, quelquefois en « reconstituant » leur itinéraire, qu'ils ont toujours souhaité la victoire des Alliés ; de fait, le plus grand nombre espéraient confusément la défaite de l'Allemagne et, en quatre années, les sentiments avaient eu le temps d'évoluer. Aucune unanimité n'est totale ; de l'exultation collective s'excluent d'eux-mêmes ou sont rejetés quelques groupes : les quelques milliers de collaborateurs trop compromis, de journalistes à gages et de miliciens qui suivent les Allemands dans leur retraite et se retrouveront à Sigmaringen autour d'un gouvernement fantôme hanté par le précédent des Français de Londres. Il y a aussi tous ceux, restés en France, qui tombent sous le coup des ordonnances d'Alger, tous ceux qui, sans avoir rien de grave à se reprocher, vont encourir la fureur populaire, telles les femmes tondues pour avoir couché avec des Allemands. Néanmoins, sans méconnaître cette foule de règlements de compte, d'erreurs judiciaires dont l'étendue et l'intensité varièrent grandement selon les régions, souvent féroces dans le Midi, presque nulles dans le Nord, l'unanimité fut presque totale. Ce bref instant de communion dans les mêmes sentiments rejoint les grands et rares moments d'unanimité nationale que les Français ont connus : février 1848, 2 août 1914, 11 novembre 1918. A tous ceux qui vécurent cet instant, il laissa un souvenir ineffaçable où se mêlaient la délivrance, l'aspiration à un monde meilleur, l'illusion d'un recommencement. Comme toute unanimité, celle qui accompagne la Libération est précaire : elle repose sur l'équivoque, même sincère, l'oubli du passé, la méconnaissance de données contraignantes — difficultés matérielles et désaccords irréductibles.

Le Gouvernement provisoire

Le pouvoir de Vichy s'est dissipé : miné de l'intérieur depuis longtemps, privé du soutien de l'opinion, il a été emporté avec l'occupation. Le Maréchal, qui en personnifiait la légitimité, a été enlevé par les Allemands qui l'ont emmené dans leurs fourgons. L'amiral Auphan, à qui il avait donné mandat de prendre l'attache du général de Gaulle pour assurer la transmission de la légitimité reçue des Chambres de la IIIᵉ République et qu'il s'imaginait détenir encore, a été éconduit, et l'intrigue de Pierre Laval essayant de mettre Édouard Herriot dans son jeu a échoué.

Ce n'est pas pour autant la vacance du pouvoir. Le gouvernement d'Alger avait minutieusement réglé les dispositions qui devaient combler le vide. L'élan populaire qui accueille le général de Gaulle, confirmant le ralliement de toutes les fractions engagées des partis politiques, l'a plébiscité. Les Américains renoncent au régime d'administration militaire directe qu'ils avaient prévu comme pour tous les pays d'Europe libérés par eux. Quelques jours après son retour à Paris, le Général, pour traduire la fusion des deux Résistances, forme un gouvernement d'unanimité nationale, où sont représentées toutes les forces politiques, de la droite nationale au Parti communiste, associé depuis avril 1944 au gouvernement d'Alger par deux commissaires. La présence au côté de De Gaulle, avec le titre de ministre d'État, de Jules Jeanneney, l'ancien président du Sénat, collaborateur de Clemenceau, apporte le sceau de la légalité républicaine. La direction des Affaires étrangères échoit à celui qui a succédé à Jean Moulin comme président du Conseil national de la Résistance, Georges Bidault.

S'il affirme son attachement à la continuité démocratique, le gouvernement n'entend pas préjuger des futures institutions. De Gaulle, qui se considère comme le gérant des intérêts nationaux, avait, dès octobre 1940, pris l'engagement de rendre la parole au peuple dès qu'il serait en mesure de s'exprimer, pour qu'il décide lui-même du régime futur. Pour l'heure, les circonstances ne s'y prêtent pas : le territoire n'est pas complètement libéré, des provinces entières se trouveraient écartées d'une consultation ; la guerre continue, près de deux millions et demi de Français, prisonniers, déportés politiques, raciaux ou du travail, sont retenus au-delà du Rhin. Il convient donc de différer toute initiative concernant le choix des institutions et l'organisation du pouvoir définitif. Les contraintes matérielles, jointes à la volonté gaullienne de ne pas anticiper sur la volonté du peuple souverain, imposent donc une formule provisoire. La Libération, tout en marquant le terme d'une période, inaugure une manière d'entracte pour les institutions.

Ce provisoire, dont tous pensaient, à la fin de l'été 1944, qu'il serait l'affaire de quelques mois, s'est prolongé plus que prévu : il a duré au total, si l'on estime que la France n'en est vraiment sortie que lorsque tous les organes prévus par la Constitution furent mis en place, près de deux ans et demi. Si l'on songe que le régime de Vichy était aussi un régime provisoire, puisqu'il avait reçu mission de préparer une Constitution, les Français ont vécu de juin 1940 à janvier 1947 presque un septennat entier sous le signe du provisoire. Ce n'était pas la première fois de leur histoire ; sur le chapitre ils avaient une riche expérience, corollaire obligé de la fréquence des changements de régime ; chaque fois qu'un régime était jeté à bas par l'insurrection, le dénouement démocratique appelait une procédure impliquant une succession de délais : élection d'une Assemblée constituante, travaux de celle-ci et parfois ratification populaire. La première expérience datait de la Révolution : le régime de la Convention et du gouvernement révolutionnaire n'était pas autre chose qu'un gouvernement provisoire appelé à durer jusqu'à la paix. Nouvelle expérience après la révolution de 1848 : plus brève, le provisoire prenant fin neuf mois plus tard avec l'élection, le 10 décembre, du Prince-Président. L'épisode suivant fut le plus long : ouvert par la déchéance de l'Empire au 4 septembre 1870, il ne prend fin qu'avec le vote des lois constitutionnelles de 1875 et la séparation de l'Assemblée nationale ; il aura duré plus de cinq ans. Ces souvenirs sont présents à l'esprit de beaucoup en 1945 et auront une part aux décisions et au choix des stratégies.

Si le choix des institutions est différé, les problèmes n'attendent point et leur urgence requiert l'action d'un gouvernement fort pour gagner la guerre, conduire l'épuration, pourvoir aux exigences les plus pressantes de la situation économique, restaurer l'État.

Gagner la guerre

Si dans l'allégresse de leur libération les habitants des régions débarrassées de l'occupant ont pu croire un instant que les hostilités étaient terminées, la guerre, elle, ne l'est pas ; le général de Gaulle n'a garde de l'oublier. Il ne s'était rebellé en 1940 que pour maintenir la France dans la guerre. Pas question, alors que le territoire de la patrie n'est pas encore complètement libéré, que la France se tienne en dehors de la suite des opérations. Après quelques colonies, puis l'ensemble de l'Empire, c'est au tour de la métropole de rentrer dans la guerre et de prendre part à la victoire. La pensée du chef du Gouvernement provisoire est orientée vers une participation croissante à l'effort de guerre : il faut tourner toutes les énergies dont le ressort s'est détendu après le passage des armées victorieuses. On ne peut décréter la mobilisation générale : la France est entièrement dépendante de ses alliés pour l'équipement et l'armement. Elle ne peut donc lever de divisions qu'au rythme de l'aide reçue. Mais on pousse aux engagements individuels. Les officiers en disponibilité sont pressés de reprendre du service. Les combattants de l'intérieur, placés avant le débarquement sous le commandement du général Kœnig et organisés en Forces françaises de l'intérieur — les F.F.I .—, entre autres le colonel Fabien qui sera tué sur le front des Vosges, et la brigade Alsace-Lorraine commandée par le colonel Berger, *alias* André Malraux, viennent étoffer les huit divisions qui se battent devant Belfort ou sur les pentes des Vosges. Le général de Lattre de Tassigny réussit, par son imagination compréhensive, la fusion de ces éléments disparates pour laquelle revit le vieux terme d'« amalgame » qui avait désigné au temps de la Révolution la fusion des vieilles troupes de la monarchie avec les jeunes gardes nationales. Cette opération réussie nourrit l'espoir de faire surgir une armée nouvelle. Au total, la France aligne 18 divisions et 1,3 million d'hommes sous les drapeaux à la fin des hostilités.

La guerre durera encore près de trois trimestres après la Libération, et les derniers mois seront particulièrement durs. La progression alliée marque le pas ; elle piétine, à l'entrée de l'automne, devant la résistance de l'ennemi dans les Vosges, devant Belfort, puis autour de Colmar. Autour des ports aussi, de la Manche et de l'Atlantique où se sont retranchées les garnisons dont les F.F.I. n'ont pas les moyens de réduire la résistance : Saint-Malo, Lorient, Saint-Nazaire, La Rochelle, Royan. A Noël, l'opinion s'alarme devant l'offensive des Ardennes, et les collaborateurs impénitents reprennent espoir. Dépendante des Alliés pour son équipement, l'armée française l'est aussi pour sa stratégie : elle est incorporée aux armées alliées et subordonnée aux plans du général Eisenhower. Cette situation ne laisse pas de provoquer des tensions quand il y a contradiction entre la stratégie interalliée et ce que les Français tiennent pour des impératifs catégoriques : ainsi, quand Ike, durement bousculé par l'offensive des Ardennes, inquiet pour son aile gauche, décide, afin de raccourcir son front et reconstituer des réserves, de ramener ses lignes sur les Vosges et d'évacuer Strasbourg où la division Leclerc est entrée un mois plus tôt, de Gaulle s'y oppose, allant jusqu'à menacer de donner des instructions contraires à de Lattre, et obtient du commandant suprême le retrait de son ordre d'évacuation. Après un hiver éprouvant l'offensive reprend, les Français entrent à Stuttgart, reliant le Danube au Rhin dans le souvenir des armées de la Révolution. Ce sont des Français qui s'emparent du nid d'aigle de Berchtesgaden. La France est présente à la signature de la capitulation du Reich; l'armistice de Rethondes est vengé et le rêve, qui paraissait insensé à tout esprit raisonnable en juin 1940, est devenu réalité. Mais la France a été absente des conférences de Yalta et de Potsdam.

Cependant, la mission que s'était assignée de Gaulle n'est pas complètement remplie, aussi longtemps que des territoires sous la souveraineté de la France en 1940 restent occupés par d'autres, ennemis ou amis. Ainsi l'Indochine, que la capitulation du Japon, le 15 août 1945, a temporairement partagée entre les Chinois au nord et les Britanniques au sud : une force française est rassemblée pour sa reconquête. L'entrecroisement de cette volonté de rétablir la situation d'avant-guerre avec l'aspiration des Vietnamiens à l'indépendance, qui a grandi avec l'humiliation des Français obligés en 1940 d'admettre la présence des Japonais, puis leur émancipation par les mêmes, est un maillon dans l'enchaînement des guerres : le canon a à peine cessé de tonner en Europe qu'il donne de la voix ailleurs; les guerres coloniales ne tarderont pas à prendre le relais de la guerre en Europe.

Le retour des prisonniers et des déportés

La fin de la guerre, c'est aussi le retour de tous ceux qu'elle a arrachés à leur pays et à leur famille : les prisonniers de guerre qui ont attendu cinq ans dans les oflags et les stalags, les prisonniers transformés en travailleurs dits libres mais retenus en Allemagne, les travailleurs partis sur contrat pour échapper au chômage ou pour gagner plus, les travailleurs des classes astreintes au Service du travail obligatoire et qui n'ont pu ou voulu se soustraire à l'obligation, les Juifs qui ont survécu à l'extermination systématique et les déportés politiques pour faits de résistance, au total quelque 2 millions et demi de Français. L'arrivée de ceux-ci, dans les derniers jours d'avril, après la libération des premiers camps de concentration, fut un choc profond : c'est alors seulement que les Français prirent vraiment conscience de ce qu'avait été la réalité de la déportation et de ce qu'elle avait signifié pour plusieurs centaines de milliers de leurs compatriotes. Jusque-là, en effet, quoi qu'on ait dit ultérieurement, personne ne soupçonnait le sort des déportés : le secret était bien gardé, personne n'en était revenu, et les rumeurs à leur sujet paraissaient si invraisemblables qu'une opinion vaccinée contre le bourrage de crâne se gardait d'y croire. La déportation évoquait un internement un peu plus rigoureux ou quelque chose de comparable à la captivité en forteresse des prisonniers qui avaient tenté de s'évader. Ce sont les premiers documents photographiques pris lors de la libération du camp de Buchenwald et, quelques jours plus tard, l'arrivée par avion des premiers rescapés, la découverte soudaine de ces squelettes ambulants aux yeux immenses, au regard halluciné, qui révéla d'un coup l'horreur du système concentrationnaire et la nature maléfique du national-socialisme. Ce souvenir ne s'effacera jamais : il scella la condamnation du IIIe Reich. Il jouera, trente ans plus tard, contre l'image de l'Union soviétique quand l'opinion occidentale aura la révélation du goulag ; ce qu'on a appelé l'effet Soljenitsyne n'aurait peut-être pas été aussi déterminant dans les années 70 s'il n'était venu se superposer au souvenir des camps de concentration nazis.

L'afflux massif de ces 2 millions et demi, qui avaient tout perdu dans le cas des déportés, imposa aux pouvoirs publics de grands devoirs : rapatrier rapidement, accueillir, habiller, reclasser, réintégrer une masse d'hommes qui avaient vécu plusieurs années dans des conditions affreuses — et ce avec des moyens que la pénurie générale rendait modestes.

L'épuration

Mener à son terme la libération du territoire n'était pas la seule façon de liquider le passif de l'Occupation : l'opinion réclamait aussi le châtiment de ceux qui s'étaient écartés du droit chemin. Certains en faisaient même un préalable : pas de reconstruction avant d'avoir fait justice. Plusieurs considérations se rejoignaient au principe de cette requête. Une exigence morale d'abord : on ne pouvait laisser les crimes impunis. La radio de Londres avait promis un châtiment exemplaire. Un devoir de justice aussi à l'égard des morts : comment admettre que les dénonciateurs responsables de la mort ou de la déportation de tant de résistants puissent vivre en paix ? Comment laisser en liberté les miliciens qui avaient combattu avec les troupes allemandes contre le maquis ? Tant d'atrocités appelaient réparation. S'y adjoignaient, comme toujours en pareille situation, des motifs moins avouables : l'appétit de vengeance, le désir d'éliminer des adversaires politiques ou de possibles concurrents. Pour la gauche, écarter des hommes de droite sous prétexte que la droite s'était compromise avec Vichy; pour les syndicalistes unitaires de la C.G.T., prendre leur revanche sur l'épuration de 1939 et évincer les munichois anticommunistes. Ici ou là, l'occasion était bonne d'éliminer les notables.

L'épuration avait débuté bien avant le débarquement, pour des raisons de sécurité militaire. Impossible de laisser en vie tel dénonciateur qui renseignait la Gestapo, tel passeur qui livrait ceux qui s'étaient confiés à lui pour franchir la ligne de démarcation. Organisations et maquis avaient procédé à des nettoyages. Il y eut ensuite, pendant un temps assez court, une épuration violente dans le feu des combats, une explosion de colère spontanée qui se traduisit par des exécutions sans jugement, principalement dans les régions méridionales qui se libérèrent par elles-mêmes, en l'absence d'unités régulières. Quel fut le nombre de ces victimes passées par les armes sans que leur supplice donnât toujours lieu à l'établissement d'un acte de décès? On avança des chiffres fort élevés. Au terme d'enquêtes minutieuses et exhaustives, la gendarmerie — dont les dénombrements sont les plus fiables en raison de son implantation territoriale — aboutit en 1952 à un total de 10 882.

En partie pour contenir les explosions sauvages et prévenir les règlements de compte, le gouvernement d'Alger, avant même le débarquement, avait édicté une législation, créé des juridictions et défini des procédures pour conduire une épuration régulière. Elle se fondait sur l'article 75 du Code pénal qui sanctionne le crime d'intelligence avec l'ennemi et la trahison en temps de guerre. Mais la situation créée par l'armistice et l'existence d'un gouvernement national qui avait choisi la collaboration avec l'ennemi posait un problème inédit pour lequel convenaient mal les notions habituelles et les jurisprudences classiques: que faire de ceux qui se retranchaient derrière les ordres d'autorités supérieures qu'ils avaient des raisons de tenir pour régulières? A quel niveau de responsabilité arrêter les poursuites? Il n'y avait pas d'hésitation pour les collaborateurs avérés, les chefs de partis, les Doriot, les Déat, ceux qui avaient joué un rôle dans la répression, un Joseph Darnand, ceux qui avaient porté l'uniforme allemand. Il y avait peu de doute pour les écrivains, les publicistes qui avaient mis leur talent et leur plume au service de l'ennemi et contribué à égarer leurs compatriotes. La question était moins simple pour les artistes qui avaient joué ou chanté sous l'Occupation, pour les fonctionnaires qui n'avaient fait qu'exécuter des ordres, pour les chefs d'entreprise dont les usines avaient travaillé pour la machine de guerre allemande, ou construit le mur de l'Atlantique, mais qui faisaient valoir que c'était l'unique moyen d'éviter le chômage ou le départ en Allemagne de leur personnel et la confiscation de leurs machines — ils s'étaient néanmoins enrichis. Autre difficulté : fallait-il appliquer la même mesure aux hommes qui avaient servi le Maréchal dans les débuts du régime avec le sentiment de faire leur devoir envers la France et ceux qui avaient engagé son gouvernement dans la répression des activités de résistance ?

Les ordonnances d'Alger — le général de Gaulle ayant remis en usage ce terme d'Ancien Régime, qu'il reprendra en 1958 — instituaient une hiérarchie de procédures exceptionnelles : au sommet une Haute Cour dont étaient passibles tous les ministres de Vichy, dans chaque département une cour de justice et, pour les fautes légères, des chambres civiques.

Le chiffre des affaires traitées donne peut-être, plus que tout autre, une idée exacte de l'épuration comme de la collaboration. Pour éviter des exécutions sommaires, les commissaires de la République usèrent largement de la procédure des internements administratifs, qui donnaient satisfaction aux exigences de punition et soustrayaient les intéressés aux sévices : entre septembre 1944 et avril 1945, environ 160 000 personnes furent ainsi internées, dont un peu plus de 36 000 furent relâchées dans les jours qui suivirent leur arrestation. Au total, les diverses juridictions instruisirent 160 287 dossiers : elles conclurent à 73 501 non-lieux ou acquittements, ce qui ramena le chiffre des inculpés déférés à des instances à un peu plus de 86 000. C'est ce dernier chiffre qu'il convient de retenir pour mesurer l'étendue de la répression : il fait justice des légendes qui dénoncent la mise en accusation d'une moitié de la France par l'autre. De ces prévenus, une petite moitié s'en tira avec une mesure de dégradation nationale, exclusive de toute peine afflictive, mais entraînant la perte pour un temps d'une partie des droits civiques et politiques. 26 289 se virent infliger des années d'emprisonnement, 13 211 une condamnation aux travaux forcés à temps ou à perpétuité ; 7 037 furent condamnés à la peine capitale, dont près des deux tiers — exactement 4 397 — par contumace, car ils étaient en fuite. Sur les 2 640 qui avaient été condamnés à mort au terme d'un procès contradictoire et dont la peine était donc exécutoire, 767 seulement furent exécutés, les autres ayant fait l'objet d'une commutation de peine. On est loin des chiffres fantaisistes qui ont été avancés.

La Libération et le Gouvernement provisoire

Le chapitre le plus spectaculaire de l'épuration concerna naturellement les personnalités les plus en vue du gouvernement de Vichy : elles ne pouvaient s'attendre à quelque indulgence alors qu'étaient traduits en justice et parfois lourdement sanctionnés ceux qui n'avaient fait que leur obéir. Le procès du maréchal Pétain, qui s'était présenté à la frontière après la chute du Reich, donna lieu, dans l'été 1945, à un grand débat public sur l'armistice et la collaboration : il fut la réplique et l'envers de celui que le gouvernement de Vichy avait voulu faire aux dirigeants de la IIIe République à Riom et qui avait tourné à la confusion des accusateurs. Ce grand vieillard de quatre-vingt-huit ans, qui avait été le plus glorieux des Français et dont la mémoire donnait des signes de défaillance, s'enferma dans le silence, laissant à ses trois avocats le soin d'assurer sa défense. Comparurent ou déposèrent tous les acteurs ou témoins du drame de 1940 : Paul Reynaud et Léon Blum, Pierre Laval et Weygand. Le 15 août, la Haute Cour rendit son verdict : elle condamnait le Maréchal à mort pour trahison, mais les jurés avaient accompagné la sentence du vœu que le général de Gaulle commuât la peine en réclusion à perpétuité. C'était lui appliquer celle que lui-même avait infligée, mais sans jugement, à Blum, Daladier, Reynaud. Interné au fort du Portalet, puis à l'île d'Yeu, le Maréchal mourut en juillet 1951 à quatre-vingt-quinze ans. Ni son procès ni sa mort ne mirent un point final à la querelle sur l'armistice et à la controverse sur la politique de son gouvernement, ni n'éteignirent les passions suscitées par sa personne et son rôle. Pierre Laval, qui avait été livré par Franco après qu'il se fut réfugié en Espagne, fut lui aussi condamné à mort après un procès conduit dans des conditions et un climat qui ne correspondaient guère aux règles d'une justice impartiale, et fusillé après qu'il eut tenté de se suicider. Maurras fut déféré à la cour de justice de Lyon pour avoir dénoncé, dans *L'Action française,* des Juifs dont la déportation et la mort lui étaient de ce fait peut-être imputables, mais c'était plus encore la doctrinaire du nationalisme intégral, l'adversaire irréductible de la démocratie, le chantre de l'antisémitisme d'État, qui fut frappé d'une peine de détention perpétuelle. Les journalistes furent particulièrement châtiés : Robert Brasillach, Paul Chack, Georges Suarez payèrent de leur vie leurs articles en faveur de la collaboration et leurs attaques haineuses contre les gaullistes et les résistants.

Parallèlement s'opéra une épuration professionnelle comportant des interdictions de travailler, l'application des sanctions disciplinaires prévues par les différents statuts professionnels pouvant aller jusqu'à la rétrogradation et la révocation. Dans chaque ministère une commission examina les cas litigieux, au total quelque 11 000 dossiers pour toutes les administrations publiques. L'épuration fut modérée, et la proportion de sanctionnés faible : pour l'enseignement public, 680 révocations et 320 suspensions ou mises à la retraite anticipée sur environ 6 000 cas examinés. L'épuration toucha aussi la presse, l'édition, le spectacle : les écrivains qui s'étaient compromis furent frappés d'interdiction de publier, tel Jean Giono à qui on ne pardonnait ni son défaitisme de septembre 1939, ni d'avoir écrit dans les feuilles de la collaboration.

Une épuration particulièrement rigoureuse est conduite dans les syndicats à l'initiative des communistes qui évincent leurs adversaires de toujours attachés à l'indépendance du syndicalisme et s'assurent le contrôle de beaucoup d'unions et de fédérations ; c'est à ce moment que la C.G.T. bascule et passe sous la tutelle des communistes. Les partis aussi s'épurent ; la S.F.I.O. est celle qui agit le plus sévèrement : tous les parlementaires qui ont voté les pouvoirs à Pétain sont exclus et frappés d'inéligibilité.

L'épuration touche aussi les personnes morales. Des entreprises sont punies pour avoir travaillé pour l'ennemi : Berliet est placé sous séquestre, et les usines Renault font l'objet d'une nationalisation-sanction qui les transforme en régie nationale. Les organes de presse sont spécialement frappés : les journaux parisiens naturellement, qui ont paru ou reparu avec la bénédiction de la *Propagandastaffel,* mais aussi ceux de la zone sud qui ont continué à paraître au-delà d'une date — novembre 1942 — dont le choix permet au *Figaro* de survivre mais condamne *Le Temps.* Les biens et imprimeries des journaux frappés sont confisqués sans indemnité et dévolus à une Société nationale des entreprises de presse qui les met à la disposition des journaux créés dans la clandestinité, lesquels ont surgi au grand jour : *Le Parisien libéré* succède au *Petit Parisien* de l'Occupation, et *Défense de la France* s'installe dans les meubles de *Paris-Soir* ; en décembre 1944, *Le Monde* recueillera la succession du *Temps,* mais avec une inspiration bien différente sous la houlette d'Hubert Beuve-Méry qui en fera une autorité morale et une puissance d'opinion.

En toutes circonstances, rendre la justice est chose délicate et qui donne rarement satisfaction à tous : au lendemain d'un grand drame national qui a divisé les Français, plus encore. Comment trouver la juste mesure entre une indulgence complice et une rigueur qui ne tient pas compte de la difficulté de connaître son devoir en des temps aussi troublés ? Il était inévitable que certains fussent punis trop durement et que d'autres ne le fussent pas assez. D'une cour de justice à l'autre, l'échelle des peines varia assez largement, et les inégalités furent aussi marquées dans le temps : les inculpés jugés en 1945 furent sanctionnés plus lourdement que ceux dont les procès vinrent deux ans plus tard. Aussi l'épuration, loin de régler le problème, devint un sujet de discorde. On lui reprocha sa lenteur : pourtant, la plupart des procès furent clos en moins de trois ans. Surtout, les uns la trouvèrent trop clémente, les communistes principalement, qui s'érigèrent en procureurs acharnés à confondre dans une même réprobation les collaborateurs de Paris et les responsables de Vichy : ils avaient à venger leurs morts — le parti ne se proclamait-il pas, aussi fièrement qu'inexactement, le parti des 75 000 fusillés ? Il avait aussi à faire oublier son comportement singulier entre septembre 1939 et le printemps 1941. D'autres auraient, au contraire, souhaité qu'on passât l'éponge et qu'en dehors de quelques criminels notoires on donnât l'absolution aux autres. Une controverse assez vive s'engagea à la fin de 1944 entre François Mauriac, peu suspect de sympathie pour les collaborationnistes (il avait été des fondateurs du Comité national des écrivains et avait publié aux Éditions de Minuit, sous le pseudonyme de Forez, *Le Cahier noir*), qui prêchait la clémence, et Albert Camus, attaché à ce que la justice allât jusqu'au bout de sa tâche. Tous les détracteurs de l'épuration n'étaient pas aussi dépourvus d'arrière-pensées que le grand écrivain catholique : la mise en cause de l'épuration était en 1945 le seul moyen de faire indirectement le procès de la Résistance en incriminant ce que des polémistes appelèrent le « résistantialisme ».

Pourtant, l'épuration fut modérée, plus clémente que dans les autres pays occupés ; la France fut relativement indulgente pour ses enfants égarés. De Gaulle, ses successeurs à la tête du Gouvernement provisoire et, à partir de janvier 1947, Vincent Auriol usèrent généreusement de la grâce régalienne : ils graciècrent systématiquement les femmes et les mineurs. Ils s'employèrent à corriger les trop criantes inégalités dans les sanctions infligées ; ils facilitèrent la réintégration de ceux qui n'avaient pas de crimes sur la conscience. 70 % environ des condamnations à mort furent commuées, et les peines de prison singulièrement écourtées : de commutation en réduction de temps, à la fin de 1948 — moins de quatre ans après la fin de la guerre

— 69 % des condamnés avaient été libérés. Quand le Parlement vota, en août 1953, la première grande loi d'amnistie, il ne restait plus à Clairvaux ou Fontevraud que moins de 1 % des condamnés. Nombre de fonctionnaires obtiendront du Conseil d'État leur réintégration et la reconstitution de leur carrière réparant le préjudice subi.

Néanmoins, l'épuration laissa un goût amer. Le souvenir de la répression pèsera longtemps sur la vie politique. Une minorité de Français, qui avaient cru au Maréchal et l'avaient suivi jusqu'au bout, eurent le sentiment d'être rejetés de la communauté nationale. Une partie d'entre eux se retrouvera plus tard dans le camp des adversaires irréductibles du général de Gaulle. En tout cas, les fidèles de Pétain et les nostalgiques de la Révolution nationale sont les seuls Français qui démentent le mot fameux prêté au général de Gaulle : « Tout le monde a été, est ou sera gaulliste. »

Remettre l'économie en route

Un mot suffit à caractériser la situation économique : elle est désastreuse. Déjà mal en point en 1939, l'économie sort de la guerre saignée à blanc : elle cumule les effets de la crise et de l'Occupation. A la différence de la Première Guerre, les opérations ont affecté tout le territoire. La bataille de la Libération a souvent réduit à néant la reconstruction commencée par Vichy : des ponts ont sauté pour la deuxième fois, des villes qui avaient à peine relevé leurs ruines ont été de nouveau rasées par les bombardements préparatoires au débarquement ou par les combats. Les actions de sabotage des résistants ont fait le reste. La bataille du rail livrée par les cheminots pour retarder l'arrivée en Normandie des renforts allemands a multiplié les coupures : 24 gares de triage sur 40 sont anéanties ; 1 900 ponts sont coupés. Il n'y a plus un pont intact sur la Seine en aval de Paris, sur la Loire en aval de Nevers, sur le Rhône et la Saône en aval de Mâcon ; tous les ponts de Lyon ont sauté. La destruction des ouvrages d'art oblige à des transbordements nombreux qui ralentissent les transports. La France est morcelée en régions qui ne communiquent pas entre elles. Les lignes téléphoniques sont coupées : les ministères ne peuvent entrer en relation avec leurs services extérieurs. Il reste une locomotive sur six, un wagon de marchandise sur trois. Le patrimoine immobilier a subi de graves

La Libération et le Gouvernement provisoire

dommages : 460 000 immeubles détruits, près de 2 millions endommagés.

La situation de l'appareil de production est tout aussi catastrophique : les équipements ruinés, le parc de machines amputé de toutes celles emportées par les Allemands, celles qui restent étant les plus vieilles. L'énergie fait cruellement défaut : l'extraction du charbon est tombée de 67 à 40 millions de tonnes. Les lignes de transport d'électricité sont coupées. L'indice général de la production industrielle est en 1945 à 38, pour 100 en 1938 et 29 pour 1929 : la France est ramenée d'un demi-siècle en arrière.

L'état de l'agriculture n'est guère meilleur. Elle a manqué de tout : de bras, la majorité des prisonniers étant des paysans, d'engrais, que ne lui fournissait plus l'industrie chimique, de ficelles pour lier les gerbes, de sacs de jute pour stocker les pommes de terre. Les rendements, déjà médiocres, ont décru : ils sont tombés à 40 % pour le blé qui est la culture de référence. En outre, des conditions météorologiques défavorables ont réduit la récolte de 1945 à 42 millions de quintaux — elle était de plus du double à la veille de la guerre. La pénurie est générale, affectant tous les produits. La ration a été pour les Parisiens, en août 1944, de 900 calories. Le ravitaillement est pour tous les citadins un souci lancinant, une obsession qui passe avant toute autre considération : comment assurer la subsistance des siens ? La recherche du ravitaillement provoque un absentéisme qui atteint jusqu'à 25 % dans certaines branches. Le rationnement, dont on pensait fêter la disparition prochaine, doit être maintenu et même aggravé. Il s'applique à tout, pas seulement aux denrées alimentaires. Il faut des tickets pour les textiles, la laine à tricoter, le charbon bien sûr, les chaussures, les pneus. Pour certains articles, le rationnement sera conservé jusqu'en 1949. Faites le compte : de 1939 à 1949, les Français ont vécu une décennie entière dans la rareté des produits.

Cette situation fait le succès du marché noir, qui survit à la guerre. Mais encore faut-il en avoir les moyens. Or, depuis 1936, la France vit dans une inflation qui n'a guère connu de rémission. Les prix de gros ont globalement augmenté trois fois et demie, les prix de détail ont en moyenne quadruplé, mais les salaires n'ont été relevés qu'une fois et demie. Aussi l'une des toutes premières décisions du gouvernement à son arrivée à Paris fut-elle d'augmenter tous les salaires de 25 % ; cette mesure sans doute indispensable eut pour effet de relancer le cycle infernal des salaires et des prix.

Pareille pénurie, prolongée pendant des années, eut toute sorte de conséquences sur la santé publique : la mortalité infantile a grimpé jusqu'à 77 ‰. La croissance des enfants, qui bénéficiaient pourtant de rations renforcées, a deux ans de retard sur la normale du temps de paix. 70 % des hommes et 55 % des femmes accusent une perte de poids de 7 ou 8 kg. On voit reparaître les engelures faute de matières grasses. L'insuffisance des protéines diminue la résistance à la fatigue. En revanche, la raréfaction de l'alcool a diminué les maladies engendrées par l'alcoolisme, et on enregistre une chute spectaculaire des cirrhoses, et des cas de *delirium tremens*. Les asiles psychiatriques se vident. C'est une population anémiée, fatigable, épuisée qui va devoir entreprendre la reconstruction de l'économie.

C'est pourtant ce peuple recru d'épreuves, au sortir de six années où il a connu tour à tour la défaite, l'occupation, la répression, les bombardements — amis et ennemis —, les divisions intestines, qui va trouver l'énergie d'entreprendre son relèvement. C'est ce pays vieilli, dont la population est diminuée de 1,1 million d'unités du fait des pertes de la guerre — 600 000 morts — et du déficit consécutif de naissances, qui va connaître un rajeunissement imprévu qui en fera, trente ans plus tard, l'une des plus jeunes nations d'Europe. Toutes les forces politiques et syndicales invitent les Français à jeter dans la bataille de la production les énergies naguère mobilisées contre l'occupant : dès le 10 septembre 1944, Benoît Frachon, secrétaire confédéral de la C.G.T. et l'un des hommes forts du Parti communiste — il était l'un des trois du triangle qui coordonnait son action clandestine —, appelle à produire. Maurice Thorez, après son retour d'U.R.S.S., invite à Waziers les travailleurs à retrousser leurs manches : « Produire, c'est aujourd'hui la forme la plus élevée de la lutte de classe, du devoir des Français. »

Le gouvernement avait-il le choix entre deux politiques différentes ? Une controverse entre ministres pourrait le donner à croire. Elle oppose celui de l'Économie, Pierre Mendès France, et celui des Finances, René Pleven, qui a pris la relève d'Aimé Lepercq, mort accidentellement en novembre 1944. Le premier préconise une politique dirigiste à l'instar de celle pratiquée en Belgique par Camille Gutt : puisqu'il circule cinq fois plus de billets qu'en 1939 pour deux fois moins d'objets, réduire la masse des signes monétaires en procédant à un blocage partiel par le biais d'une opération d'échange des billets, qui aurait en outre l'avantage d'établir une photographie des fortunes et de stériliser les richesses mal acquises qui ne pourraient s'avouer. René Pleven objecte que l'exemple belge n'est pas transposable : les conditions qui ont rendu possible l'opération ne sont pas réunies en France — l'exiguïté du territoire, le port d'Anvers tombé intact entre les mains des Alliés, l'uranium du Congo belge. Il propose des mesures moins drastiques : un échange de billets, mais sans blocage, et le recours à l'emprunt plus qu'à l'épargne forcée ; il argue du succès du grand emprunt dit de la Libération, lancé en novembre 1944, qui a rapporté 164 milliards et diminué de 70 le volume en circulation. Dialogue classique entre les partisans d'une politique volontariste de l'État pour animer l'activité économique et ceux qui comptent davantage sur l'initiative, partiellement renouvelé par la conjoncture et ses enjeux, et rajeuni par la pénétration des thèses keynésiennes qui délogent de sa suprématie l'orthodoxie libérale. La controverse entre dirigistes et libéraux dominera les années suivantes, et rebondira périodiquement en 1954, 1959, 1981, 1986. Le général de Gaulle tranche le débat en faveur des propositions de René Pleven. Déçu de n'avoir pas été entendu, Pierre Mendès France offre, le 18 janvier 1945, sa démission au chef du gouvernement, qui l'invite à la reprendre. Dans les semaines qui suivent, le ministre de l'Économie continue avec ses allocutions à la radio une pédagogie économique. Le différend ne se résorbant pas, il démissionne pour de bon en avril 1945 et expose ses motifs dans une lettre qui prendra avec le temps une résonance prophétique et lui vaudra, neuf ans plus tard, une réputation de prescience et de courage : il personnifiera la rigueur contre le laxisme. C'est aujourd'hui encore un sujet de controverse entre économistes : la politique préconisée par Mendès France était-elle viable en 1945 ? L'esprit public aurait-il accepté après six années de privations une politique de rigueur ? Si la politique est aussi l'art du possible, le général de Gaulle n'a-t-il pas mieux apprécié la situation ? Peut-être n'y avait-il pas de véritable alternative, et peut-être le débat est-il plus théorique que réel. L'échange des billets, opéré en juin 1945, ramena le volume de la circulation à 444 milliards, mais, en l'absence de blocage, l'inflation reprit de plus belle. Le choix de janvier 1945 impliquait que la France paierait son relèvement de la dépréciation de la monnaie. La IVe République ne reviendra qu'exceptionnellement sur cette option implicite.

Restaurer l'État

Le général de Gaulle n'avait pas la même idée de la hiérarchie des urgences que la majorité de ses concitoyens : la plupart des Français attendaient d'abord de la Libération la fin des privations et l'amélioration du ravitaillement ; le souci premier du Général était de restaurer l'autorité de l'État — le reste suivrait. Il l'a marqué symboliquement : rentrant à Paris, il va d'abord au ministère de la Guerre et rentre à l'hôtel de Brienne qu'il a quitté cinquante mois plus tôt dans la précipitation. L'État rentre chez lui. Ensuite il va à l'Hôtel de Ville. La démarche a une portée symbolique ; elle ne résout pas un problème d'une extrême gravité : si, à la fin d'août, la menace d'une administration d'occupation — l'A.M.G.O.T. — est écartée, il reste à rétablir l'autorité du gouvernement sur l'ensemble du pays. Le pouvoir est vacant.

Certains soupçonnent alors les communistes de vouloir s'en emparer pour instaurer ce qu'on n'appelait pas encore une démocratie populaire. Plus tard, les historiens se poseront la question. En l'état présent de la recherche, ils ne retiennent plus cette thèse. Il ne semble pas que la direction du parti ait jugé que la situation fût objectivement révolutionnaire — condition *sine qua non* pour tenter l'opération —, pas plus qu'en 1936 ou en 1968. Le seul moment où la stratégie du parti pourrait laisser supposer qu'il a cru à une possibilité révolutionnaire est à la fin de 1947. Cette circonstance exceptée, tout se passe comme si les communistes avaient depuis un demi-siècle renoncé à la prise du pouvoir par la violence et opté irréversiblement pour sa conquête par la voie légale. Au surplus, en 1944, la situation générale, militaire et diplomatique, excluait toute tentative de prise du pouvoir : la guerre n'était pas terminée, la France faisait partie de la zone d'opérations anglo-américaine, et le commandement suprême, qui avait déjà fait difficulté pour s'en remettre à une administration française, n'aurait jamais toléré sur ses arrières et ses lignes de communication un pouvoir communiste. Staline était assez averti du rapport des forces pour en dissuader, s'il y avait songé, le Parti communiste français. Mais l'absence d'intention de s'emparer du pouvoir ne signifiait pas qu'il ne cherchât pas à s'assurer des positions de pouvoir. Il y était bien préparé. Ses militants avaient une longue pratique de l'action clandestine : la dissociation entre les dirigeants visibles et les responsables cachés faisait du cloisonnement des activités comme une seconde nature.

A la différence des autres partis, dont les structures avaient éclaté sous le choc et dont les membres s'étaient agrégés individuellement, au hasard des rencontres, à tel ou tel réseau, les communistes combattirent dans leurs organisations propres, principalement les Francs-tireurs et partisans (F.T.P.), attachés jalousement à leur autonomie : ils purent donc à la Libération revendiquer à l'actif du parti la totalité des actions menées par des communistes. C'est ainsi que le P.C.F. s'intitula le parti des 75 000 fusillés ; chiffre manifestement gonflé, puisqu'il n'y eut pas, en France même, plus de 40 000 fusillés et qu'il serait excessif d'attribuer au seul Parti communiste les deux tiers du total qu'ils formeraient en y ajoutant les quelque 80 000 déportés qui ne revinrent pas des camps ; à l'époque, les statistiques étaient encore incertaines et cette affirmation attestait la volonté du parti de s'identifier à la Résistance. Un troisième facteur contribua à donner l'impression d'un plan pour s'emparer du pouvoir : l'habileté des communistes à pénétrer dans d'autres organisations et à susciter parallèlement des organisations satellites sous le couvert d'une large union de tous les patriotes : c'était l'actualisation de la stratégie déjà expérimentée avec succès dans les Fronts populaires, réactivée dans la clandestinité. Les communistes s'étaient assuré des positions dominantes dans plusieurs organes de la Résistance : au Comité d'action militaire, le C.O.M.A.C., qui coordonnait l'action armée, deux sur trois des responsables étaient communistes. Henri Frenay soupçonnera même Jean Moulin d'avoir été un sous-marin du parti et d'avoir fait son jeu en travaillant à l'unification : l'accusation ne tient pas, mais elle est révélatrice du climat de défiance suscité par l'emprise croissante des communistes sur l'appareil de la Résistance. A la Libération, son action est relayée et appuyée par toute sorte d'organisations dites de masse qui, sous des appellations vagues se référant au patriotisme, sont des satellites : Union des femmes françaises, Union des jeunes filles de France, Mouvement de la jeunesse républicaine de France. En fait, le parti était trop averti du rapport des forces et trop soucieux de se réintégrer dans la communauté nationale pour prendre le risque d'une tentative révolutionnaire, et le comportement de la direction devant les mises en demeure du général de Gaulle en est la preuve : elle ne fit pas obstacle à la dissolution des Milices patriotiques, qui étaient son bras armé.

La vraie menace pour l'autorité de l'État était moins le risque d'une confiscation du pouvoir par un parti à ambition totalitaire que sa dissolution et l'extension d'une situation anarchique du fait des circonstances. L'effondrement de Vichy laissait un vide. La désorganisation des transports, la rupture des lignes téléphoniques isolaient le gouvernement et empêchaient les administrations centrales de communiquer avec les services départementaux. Les Français avaient contracté des habitudes d'indiscipline que justifiait la contestation de la légitimité du gouvernement. Les résistants n'étaient pas enclins à faire confiance à une administration qui avait servi l'État français et obéi aux autorités d'occupation. A la faveur de l'insurrection armée et de l'éloignement de la capitale renaissaient des tendances centrifuges : pendant quelques semaines la région de Toulouse vécut comme à part : c'était la résurgence de l'aspiration à l'autonomie qui s'était exprimée en 1815 avec une orientation ultraroyaliste et qui inspira dans les années 1970 la nostalgie de l'Occitanie. De surcroît avaient surgi partout, en relation avec le gouvernement d'Alger, à l'occasion de la levée en masse des résistants, un foisonnement d'organismes qui formaient une hiérarchie parallèle doublant la hiérarchie administrative et qui n'étaient pas disposés à s'effacer : comités de libération locaux, départementaux, composés de délégués des mouvements et des partis à l'image du pluraliste Conseil national de la Résistance. Il y avait ainsi dualité de pouvoirs, dont l'un recueillait la succession historique de l'État et dont l'autre se prévalait du prestige de la Résistance. Ici ou là les F.F.I., venus des maquis, sortis des forêts ou descendus de la montagne, disputaient aux forces régulières les pouvoirs de police.

Le gouvernement d'Alger avait pris, en vue d'une telle situation, un ensemble de dispositions. Prévoyant qu'il lui serait difficile de gouverner de Paris pendant plusieurs semaines, il avait désigné, en 1944, des commissaires de la République par régions, ayant autorité sur tous et investis de pouvoirs très étendus, y compris le droit de faire grâce : ils devaient être, comme les intendants d'Ancien Régime ou les commissaires de la Révolution, l'État dans les provinces. Pour exercer cette grande responsabilité, un jeune auditeur au Conseil d'État, qui avait appartenu en 1938 au cabinet de Paul Reynaud et rejoint la Résistance de bonne heure, Michel Debré, avait choisi des hommes jeunes — la Résistance était un fait de génération —, les uns appartenant au service public, d'autres venant des professions libérales, tous ayant en commun une haute idée de l'État. Ces commissaires exercèrent un pouvoir considérable : ils prirent des initiatives capitales, présidèrent à l'épuration, eurent la préoccupation de travailler à la réconciliation des Français et assurèrent le rétablissement progressif de conditions normales; le pays leur doit d'avoir échappé à des convulsions dans cette phase troublée.

Dès la formation de son gouvernement, le général de Gaulle entreprend de visiter systématiquement les provinces, en commençant par les plus éloignées : à Grenoble, Marseille, Toulouse, Bordeaux, il s'adresse aux foules venues voir l'homme dont elles ne connaissaient que la voix entendue de Londres. Il passe les F.F.I. en revue, félicite les uns, semonce les autres, rend hommage à la Résistance, l'invite à inspirer l'action future, veille au rétablissement d'une administration régulière. Avant même la fin de la guerre, l'autorité de l'État était restaurée : le pouvoir est peu à peu passé des organes insurrectionnels nés de la Libération à l'État. La convocation, à l'initiative d'instances de la Résistance inspirées par le Parti communiste, d'États généraux de la Renaissance française, le 14 juillet 1945, n'a déjà plus qu'une signification commémorative ; le pouvoir a échappé aux mouvements : il est désormais du côté de l'État et des partis politiques.

Les réformes de structure

L'esprit de la Résistance, tel qu'il s'était progressivement formé dans la clandestinité, associait, jusqu'à les confondre, la libération physique du territoire et la rénovation de la société française par un ensemble de réformes qui devaient en faire une démocratie véritable. Les résistants n'étaient guère moins sévères pour la IIIe République que Vichy, mais leurs critiques procédaient d'une inspiration exactement contraire : loin de voir dans l'imprépa-ration à la guerre la conséquence d'un excès de démocratie, ils l'imputaient à une insuffisance. Le choc de la défaite, la démission des élites politiques, administratives, sociales, puis le combat contre la Révolution nationale les avaient orientés vers un programme révolutionnaire. Le Conseil national de la Résistance a élaboré un programme qui énonce un ensemble de réformes d'une ampleur exceptionnelle, n'ayant de comparable que la série des grandes lois votées par les républicains dans les années 1880. Le général de Gaulle lui a donné son acquiescement. Quelques jours après la libération de Paris, il préside au Palais de Chaillot une réunion qui rassemble pour la première fois autour de lui les deux Résistances — de l'intérieur et de la France libre —, les mouvements, les partis. Le président du Conseil national de la

Résistance, le démocrate populaire Georges Bidault, présente le vœu unanime d'une révolution par la loi : la formule définit bien l'état d'esprit — on souhaite que l'État prenne l'initiative des réformes. L'opinion communie dans cette aspiration : dans l'unanimité précaire de la Libération, elle adhère à des réformes qui réaliseraient une démocratie plus authentique que celle de la IIIe République. L'heure est à l'économique et au social : la démocratie n'est complète et réelle que si elle s'y étend aussi. Les libertés formelles doivent être complétées par des réformes concernant l'organisation de l'économie et les relations du travail.

Puisque le capitalisme n'avait su ni prévenir la crise ni préparer le pays à la guerre et que la bourgeoisie avait été défaillante, il convenait de mettre fin à l'appropriation privée des principales sources d'énergie et des grands moyens de production. L'idée de nationalisation figurait dans le programme du C.N.R. : elle venait essentiellement des socialistes, qui l'avaient fait accepter par leurs partenaires. Non sans peine : les communistes, longtemps réservés et même hostiles à une formule dont ils craignaient qu'elle ne différât la véritable transformation — qui ne serait accomplie que le jour où l'État serait entre les mains de la classe ouvrière par la dictature du prolétariat —, avaient fini par s'y rallier. Le thème de la nationalisation se situe au confluent du planisme d'Albert Thomas et de *Révolution constructive,* et du jacobinisme. Plusieurs considérations s'associent pour l'imposer. Des raisons de fait : comment réparer les dévastations autrement que par l'intervention de l'État? Le relèvement n'est pas à la mesure des possibilités d'un capital privé appauvri par la crise et la guerre. Les compagnies des houillères sont bien incapables de remettre en état les mines, et ce ne sont pas les centaines de petites sociétés de production et de distribution d'électricité qui pourraient établir un plan cohérent de réorganisation. Seule la puissance publique peut établir un ordre rationnel des priorités.

Les défenseurs de l'intérêt général voient dans la nationalisation des grands secteurs d'activité le moyen de prévenir la formation de puissances financières ou industrielles capables de faire échec à l'État ou d'exercer sur lui une tutelle inquiétante : la défiance à l'encontre des trusts dénoncés par la gauche se conjugue avec le combat des légistes contre les féodalités. Les syndicalistes espèrent aussi, confondant quelque peu nationalisation et socialisation, obtenir la participation des salariés et fonder de nouveaux rapports sociaux qui éteindront la lutte des classes.

Les nationalisations se sont effectuées en deux vagues successives qui empruntèrent deux voies différentes. Dans un premier temps, en l'absence d'une assemblée ayant pouvoir de faire la loi, le gouvernement procède par ordonnances au coup par coup : il nationalise ainsi les houillères du Nord et du Pas-de-Calais, placées sous séquestre dès le 1er octobre (13 décembre 1944), les usines Renault constituées en régie nationale (16 janvier 1945). La nationalisation de la grande entreprise de Billancourt a une portée symbolique : elle a été la première usine travaillant pour l'ennemi bombardée dans la région parisienne par la R.A.F. en mars 1942. Surtout, Renault tenait une place éminente dans la mythologie du mouvement ouvrier : c'était une position avancée dans son combat contre le capitalisme. La nationalisation inverse le signe : hier symbole du capitalisme, la Régie devient l'entreprise pilote, le phare de la modernisation technique, de la réussite économique et du progrès social; elle sera la première à accorder à son personnel une troisième semaine de congés payés et à garantir une augmentation régulière du pouvoir d'achat. Le 29 mai 1945, c'est au tour des usines Gnôme-et-Rhône, qui fabriquent des moteurs d'avions, d'être transformées en S.N.E.C.M.A. En juin, Air France absorbe de petites compagnies et devient la compagnie nationale.

La deuxième vague est plus vaste et plus ambitieuse : elle procède davantage d'une intention politique et est réalisée par des lois votées par l'Assemblée constituante après délibération sur des projets gouvernementaux. Elle touche le secteur bancaire : le statut de la Banque de France, déjà légèrement modifié en 1936, est transformé. Surtout, les quatre plus grands établissements bancaires de dépôt, Crédit Lyonnais, Société générale, Comptoir d'escompte et Banque nationale du commerce et de l'industrie, sont nationalisés ; les banques d'affaires y échappent grâce aux députés M.R.P. Trente-quatre compagnies d'assurances sont également nationalisées. En avril 1946, la nationalisation est étendue à l'ensemble des houillères regroupées, en neuf sociétés de bassin, dans les Charbonnages de France, et toutes les compagnies de gaz et d'électricité sont absorbées dans Gaz de France et Électricité de France qui ont désormais le monopole de la production, du transport et de la distribution. Au terme de ces mesures, l'économie française est profondément transformée : toutes les sources d'énergie connues, charbon, gaz, électricité, l'essentiel du crédit, les transports (avec la transformation depuis 1938 des chemins de fer en entreprise publique à l'expiration des concessions avec la S.N.C.F.) constituent un important secteur public qui donne à l'État le moyen d'orienter l'économie et qui bénéficie de crédits publics. Il n'est pas douteux que sans ces réformes la reconstitution d'un appareil de production moderne et efficace n'aurait pas été aussi rapide. La création d'un commissariat au Plan d'équipement et de modernisation, une des dernières décisions prises par de Gaulle avant son départ du gouvernement, confié à Jean Monnet, et d'un commissariat à l'Énergie atomique compléta cette transformation, beaucoup plus fondamentale que celle opérée en 1936. A la tête de ces entreprises, le gouvernement nomme une série de hauts fonctionnaires qui se transforment en managers et ont été les principaux artisans de la modernisation de notre économie.

De nouveaux rapports sociaux

L'aspiration à faire du neuf s'étendait au social : dans l'euphorie de la liberté retrouvée, la plupart des Français rêvent d'instaurer de nouveaux rapports sociaux, d'extirper les vestiges de la lutte des classes et de fonder une authentique démocratie sociale. Avant même de regagner Paris, le Gouvernement provisoire avait abrogé la Charte du travail et rétabli les confédérations syndicales dans leurs droits et prérogatives. Le syndicalisme a le vent en poupe : les syndicats, reconstitués, épurés, accueillent un flux d'adhésions qui rappelle et dépasse même la poussée de l'été 1936. La C.G.T., réunifiée et où les communistes détiennent des positions dominantes, enregistre, à la fin de 1945, près de 5 millions d'adhérents. La C.F.T.C. résiste au vertige de l'unité ouvrière et rejette la proposition cégétiste de fusion : contre la prétention de la C.G.T. au monopole, elle lutte pied à pied et défend le principe de la liberté syndicale. L'heure a sonné de la revanche sur la réaction patronale, dominante depuis 1938, et de renouer avec 1936, sous le prétexte, plus ou moins discutable, que les patrons ont trahi et que la classe ouvrière a donné l'exemple du patriotisme ; c'est un fait que l'Occupation a réconcilié le mouvement ouvrier avec la nation. Le balancier est revenu vers les centrales ouvrières : plusieurs dirigeants syndicalistes entament une carrière politique, au Parti communiste, à la S.F.I.O., au M.R.P., que les dirigeants des confédérations trouvent comme interlocuteurs à la tête des ministères de tutelle — le socialiste Robert Lacoste ou le communiste Marcel Paul. La loi accorde aux syndicats une représentation du tiers dans les conseils d'administration des entreprises nationalisées. Une ordonnance du 22 février 1945 a imposé dans tous les établissements industriels et commerciaux employant plus de 100 salariés la formation d'un comité d'entreprise ; le seuil sera abaissé à 50 par une loi du 16 mai 1946. Elle complète les effets de la loi de 1936 sur les délégués du personnel et intègre aussi certains acquis de la Charte du travail : bon exemple de la continuité qui fait progresser la législation sociale à travers des régimes différents. Les comités d'entreprise gèrent en toute indépendance les œuvres sociales et disposent à cet effet d'un important budget calculé par rapport à la masse salariale. Les représentants des salariés sont élus, et les syndicats ont le monopole des candidatures au premier tour pour éviter la désignation de candidats maison. Les comités reçoivent des informations sur la marche de l'entreprise et doivent être mis au courant de toute mesure ayant des conséquences sur l'emploi. Ce n'est pas pour autant une cogestion à l'instar de celle établie en Allemagne fédérale : le pouvoir de décision du patron demeure entier. Une autre loi, du 23 décembre 1946, rétablit les conventions collectives négociées entre employeurs et syndicats. Un statut général de la fonction publique, à l'élaboration duquel Maurice Thorez, ministre d'État chargé de la fonction publique, attache son nom, codifie toutes les dispositions antérieures, garantit les acquis des fonctionnaires et leur droit syndical. Les agriculteurs ne sont pas oubliés. Ils sont encore la majorité relative : en 1946, 46 % de la population active vit encore à la terre. Le 13 avril 1946, l'Assemblée constituante adopte un statut du fermage et du métayage qui améliore la condition de l'exploitant non propriétaire : il tend à l'extinction du métayage et garantit qui exploite la terre contre une éviction arbitraire, octroie en fin de bail des indemnités pour les améliorations apportées et porte la durée des baux ruraux à neuf ans ou plus.

Le mouvement d'organisation professionnelle touche à peu près tous les secteurs. Les cadres se dotent d'une organisation, la Confédération générale des cadres — la C.G.C. —, qui est reconnue comme représentative. Dans l'agriculture, la disparition de Vichy a entraîné la dissolution de la Corporation paysanne, à la place de laquelle les socialistes, qui ont la responsabilité de ce département, ont créé une Confédération générale de l'agriculture — la C.G.A. —, fédérant plusieurs organisations spécialisées dont l'une devait bientôt conquérir son autonomie et prendre la première place : la Fédération nationale des syndicats d'exploitants agricoles (F.N.S.E.A.), qui regroupe les chefs d'exploitation.

Le patronat souffrait de sa compromission avec les Comités d'organisation professionnelle de Vichy et du rôle qu'ils avaient dû jouer dans la répartition de la pénurie ; la C.G.P.F. avait disparu. En 1945, encouragées par le gouvernement, quelques personnalités du monde patronal qui s'étaient distinguées dans la Résistance et dont certaines avaient même été déportées, tel Georges Villiers, jetèrent les bases d'une nouvelle organisation représentative, le Conseil national du patronat français (C.N.P.F.).

La Sécurité sociale

La plus importante réforme, celle aussi promise à l'avenir le plus durable, fut l'institution d'un système de protection sociale perfectionné : conçu et mis en œuvre par Pierre Laroque, s'inspirant du modèle britannique du Plan Beveridge, il posait le principe de la solidarité et visait à couvrir l'ensemble des risques sociaux — maladie, accidents du travail, invalidité, décès. La Sécurité sociale prend la suite de la législation de 1928-1930 sur les assurances sociales, qu'elle inscrit dans une construction plus développée et qui substitue une organisation unique à la pluralité des caisses (octobre 1945). Subsistent cependant, à côté du régime dit général, des régimes particuliers : mineurs, cheminots, fonctionnaires. Il est financé par des cotisations patronales et ouvrières, celles-ci constituant un salaire différé. Les caisses sont gérées par des conseils élus par les employeurs et les salariés ; les premières élections eurent lieu en 1947 et donnèrent, dans le collège des salariés, la majorité absolue aux listes de la C.G.T.

En 1946, la Sécurité sociale ne protège que la partie salariée de la population active, qui n'est pas alors majoritaire. Par la suite, la protection s'étendra par étapes à d'autres catégories jusqu'à couvrir la quasi-totalité de la population : agriculteurs, professions libérales, travailleurs indépendants, veuves civiles. La Sécurité sociale a pris une place croissante dans l'existence quotidienne des ménages et la vie du pays. Libérant les assujettis de la crainte du lendemain, elle les a affranchis de la nécessité de constituer une épargne de précaution et leur a permis d'orienter leurs dépenses vers d'autres postes de consommation : elle a ainsi stimulé la demande et toute l'économie. Assuré d'être remboursé de la majeure partie des dépenses médicales et de pharmacie, on n'hésite plus à faire venir le médecin, et on consacre plus d'argent à se soigner. La santé publique s'est par conséquent grandement améliorée : la mortalité infantile, qui était l'une des plus élevées d'Europe, s'abaisse spectaculairement, et la France est aujourd'hui l'un des pays où elle est la plus basse ; la durée de la vie s'allonge d'une dizaine d'années. La Sécurité sociale a aussi assuré le développement de l'équipement hospitalier et l'élévation du niveau de vie des médecins. En quarante ans, son budget a dépassé celui de l'État, ce qui ne laisse pas de poser aujourd'hui de graves problèmes d'équilibre financier.

L'opinion s'y est attachée. C'est un élément de la paix sociale. Toute menace sur la « Sécu », comme on dit, suscite une vive émotion ; toute remise en cause déclencherait une explosion. Il n'est pas exclu que les ordonnances de 1967 qui modifiaient la composition des conseils d'administration et supprimaient l'élection de leurs membres aient eu une part à la crise sociale de 1968. Depuis 1946, aucun gouvernement n'est revenu sur le principe ni n'a osé toucher à l'essentiel. En 1946, le gouvernement a aussi instauré un système très complet d'allocations familiales qui visait à compenser les charges de l'éducation des enfants. Le système procédait du double souci d'encourager les naissances et de corriger les inégalités résultant de la présence d'enfants au foyer familial.

L'ensemble de ces réformes, adoptées en quelques mois, qui se référaient parfois au précédent de 1936, mais intégraient aussi, sans le dire, les initiatives de Vichy, a transformé substantiellement la France, son économie, les relations du travail, édifié une démocratie sociale et dessiné un nouveau visage de la société. La Libération a ainsi écrit l'un des chapitres les plus décisifs de l'histoire sociale de la France contemporaine.

CHAPITRE XV

Une nouvelle France politique

La fin de l'Occupation devait normalement déclencher un réveil de l'activité politique anémiée depuis un lustre entier et l'opinion, qui n'avait depuis le début de la guerre d'autre possibilité de faire connaître ses sentiments que subreptice, devait retrouver ses moyens d'expression habituels. Mais les circonstances retardèrent de quelques mois le retour à des conditions tout à fait normales : une partie du territoire était encore occupée, quelque 2 millions et demi de Français étaient retenus en Allemagne, et toutes les énergies devaient rester tournées vers la guerre. L'insistance mise sur l'unanimité faisait obstacle à l'expression des divergences. En formant son gouvernement, Charles de Gaulle a entendu réunir les deux Résistances, les diverses générations et toutes les familles politiques. Personne n'ose encore remettre en question son autorité ni le dogme de l'unité de la Résistance. Aussi les quelques mois qui s'écoulent entre le retour du gouvernement en France et le printemps 1945 sont-ils à cet égard le symétrique de la drôle de guerre : la vie politique est réduite à peu de chose.

Le réveil de la vie politique

Le débat sur les futures institutions étant provisoirement réservé, l'interrogation première porte sur la nature des structures autour desquelles réorganiser la vie politique. Les souvenirs de la fin de la IIIe République ne sont pas en faveur des partis : nombre de résistants les tiennent pour responsables de l'impéritie des gouvernements et de la décadence de la France. Y compris des hommes de gauche : un Pierre Brossolette, un des héros de la Résistance, qui avait été socialiste, s'était convaincu du rôle néfaste des partis, et Simone Weil, à Londres, avait rédigé une note sur leur suppression. Aspirant à un renouvellement des formes de la vie politique, beaucoup voyaient dans la perpétuation des mouvements de résistance une heureuse formule de remplacement. Partis ou mouvements ? Telle était l'alternative au sortir de cette longue nuit et à la veille de la renaissance.

Elle fut vite tranchée à l'avantage des partis. Peut-être le sort était-il joué dès le jour où Jean Moulin, avec l'assentiment du chef de la France libre, avait associé les partis aux mouvements dans le C.N.R., et où de Gaulle avait attribué une représentation aux formations politiques dans l'Assemblée consultative provisoire qu'il avait instituée à Alger au début de novembre 1943. Dès 1943, le germe était instillé de l'effacement des mouvements. Leur éviction fut précipitée par les craintes qu'inspirait le Parti communiste. Deux grands mouvements pouvaient en effet prétendre à la direction de la Résistance : le Mouvement de libération nationale et le Front national, contrôlé par les communistes. Celui-ci proposa au M.L.N. une fusion qui ferait de l'ensemble de la Résistance organisée la grande force de rénovation de la vie politique et l'instrument de l'application du programme du C.N.R. Le congrès du M.L.N. entendit les deux points de vue contraires (23-28 janvier 1945). L'intervention d'André Malraux, venu tout exprès du front d'Alsace où il se battait, entraîna une majorité à refuser la fusion qui risquait de placer toute la Résistance et, par elle, toute la vie politique sous la tutelle communiste. Peut-être cette décision, acquise par 250 mandats contre 119 (la minorité du M.L.N. se détacha et rejoignit le Front national) a-t-elle évité à la France de devenir une démocratie populaire : c'est ce qu'on pensait au temps de la guerre froide. Mais elle a anéanti la possibilité d'un renouvellement : les mouvements vont se vider de leur substance et les militants rejoindre les partis. Dans l'imbrication des ferments de rénovation et des résurgences du passé, l'avantage est désormais plutôt à celles-ci.

Cependant les partis, en revenant à la vie, conviennent tous de la nécessité de se transformer profondément : à l'inverse de leurs détracteurs qui critiquaient le phénomène même des partis et leur rôle, leurs avocats pensent que c'est plutôt de leur faiblesse que la démocratie a souffert et la République péri. C'est la thèse défendue par Léon Blum, dans un essai écrit en prison qui est le fruit de sa méditation sur la défaite, *A l'échelle humaine* : la démocratie a besoin de partis peu nombreux, fortement organisés, ayant des adhérents en grand nombre, disciplinés, exerçant sur leurs élus un contrôle strict et passant entre eux des accords durables et observés pour gouverner sur un programme qui les engage. La S.F.I.O., reconstituée dans la clandestinité à l'initiative d'un fidèle de Léon Blum, Daniel Mayer, est précisément la première à se réorganiser : elle tient un congrès extraordinaire au début de novembre 1944, opère une courageuse épuration qui exclut tous les parlementaires ayant voté les pleins pouvoirs le 10 juillet 1940. Le Parti radical, bien diminué, paie son identification à la IIIe République finissante ; il n'a pas su capitaliser à son profit l'engagement des siens dans la Résistance, tel un Henri Queuille qui avait rejoint Londres et occupé des fonctions des plus importantes à Alger. Il tient un petit congrès en décembre. Les formations de droite refont discrètement surface : la Fédération républicaine, les fidèles du colonel de La Rocque qui a été déporté.

La nouveauté est du côté d'une force qui émerge comme le prolongement du combat pour la libération : le Mouvement républicain populaire, qui a renoncé à son appellation première de Mouvement républicain de libération pour éviter la confusion avec le M.L.N. Ce mouvement, qui entend se démarquer des partis classiques et qui tient aussi son congrès constitutif en novembre 1944, n'est pas sorti de rien : l'épithète « populaire » souligne qu'il prend le relais du Parti démocrate populaire qui avait regroupé entre 1924 et 1939 une partie des catholiques acceptant la démocratie politique. Tout en se défendant d'être un parti confessionnel — à la différence des formations italienne ou allemande —, le M.R.P. regroupe des catholiques sociaux, des syndicalistes chrétiens et recrute principalement ses cadres dans la génération issue des mouvements de jeunesse fédérés dans l'Association catholique de la jeunesse française, qui avaient fait l'apprentissage de la responsabilité militante dans ces mouvements, et de l'engagement politique dans la Résistance. Associé aux grands partis de gauche, le M.R.P. parachève la réintégration des catholiques dans la vie politique amorcée au temps de l'Union sacrée et ferme la longue période de leur exclusion de toute responsabilité depuis soixante ans : leur participation à la Résistance, la présence de l'un des leurs à la présidence du C.N.R., de cinq autres dans le gouvernement, sans compter le général de Gaulle lui-même, qui avait fait partie des Amis de *Temps Présent,* signifient que l'appartenance confessionnelle ne pourra plus être objectée à la présence d'un catholique aux plus hautes fonctions de l'État. C'est aussi la fin de la confusion entre catholicisme et conservatisme : en 1945, le M.R.P. se situe résolument à gauche, et l'on envisage un temps la possibilité d'un rapprochement entre lui et la S.F.I.O. pour la formation d'un travaillisme à la française qui ouvrirait une troisième voie entre le capitalisme libéral et le communisme totalitaire.

Cette virtualité de rénovation est cependant vite ruinée par le réveil d'une querelle qu'on croyait éteinte : la vie politique, en se ranimant, fait resurgir les vieux différends. Dès son congrès de novembre 1944, la S.F.I.O. a soulevé la question de la laïcité : les instituteurs qui y sont très nombreux et dont beaucoup sont secrétaires de fédération, en relation avec le Syndicat national des instituteurs — un conservatoire de l'inspiration laïciste qui souhaite prendre sa revanche de la persécution endurée sous Vichy — réclament la suppression des subventions allouées depuis l'automne de 1941 aux écoles privées. Le M.R.P. a beau ne pas être un parti confessionnel, il ne peut accepter une décision qui lèse une partie de sa clientèle et qui de surcroît lui semble profondément injuste et contraire à la liberté : elle rallume la guerre religieuse dont l'extinction est sa raison d'être et la condition de sa réussite. Pour le Parti communiste, l'occasion est trop belle d'enfoncer un coin entre les deux partis qui sont proches sur la plupart des autres sujets. Le 28 mars 1945, l'Assemblée consultative provisoire, où la gauche est très largement majoritaire, adopte une motion qui presse le gouvernement d'abroger les subventions. Leur suppression prendra effet à la fin de l'année scolaire. C'est le premier épisode d'une longue querelle dont on reparlera périodiquement pendant quarante ans et qui jouera à plusieurs reprises un rôle décisif.

Où vont les sympathies du pays ? On n'en a aucune idée précise, et il n'y a pas moyen de le savoir tant que n'auront pas eu lieu des élections. Les élections législatives remontaient à neuf ans, et tant de choses s'étaient passées depuis qui avaient dû affecter les opinions individuelles et le rapport des forces : la dislocation du Front populaire, l'ébauche de rassemblement autour du gouvernement Daladier, l'échec de la grève du 30 novembre, le pacte Staline-Hitler, la défaite, l'Occupation, le gouvernement de Vichy, la Libération... Depuis 1936, neuf classes d'âge ont disparu du corps électoral et neuf autres attendent de voter pour la première fois. Changement plus ample encore : le 21 avril 1944, le gouvernement d'Alger a pris une ordonnance qui accorde le droit de vote aux femmes. L'anomalie par laquelle la France, qui avait été le premier grand pays d'Europe à adopter le suffrage universel masculin, était aussi le dernier à le refuser aux femmes est enfin effacée grâce à la guerre. Le corps électoral comporte de ce fait trois cinquièmes de citoyens qui n'ont jamais voté ; pour qui se prononceront-ils ?

Le gouvernement décide de commencer la série des consultations par l'élection des municipalités, sans attendre le retour des prisonniers. Les dernières élections municipales avaient eu lieu au printemps 1935, dix ans plus tôt : il était temps de procéder à leur renouvellement, Vichy ayant suspendu nombre de conseils municipaux, remplacés par des délégations nommées. Les élections ont lieu le dernier dimanche d'avril et au début de mai. Les résultats bouleversent passablement le paysage : modérés et radicaux sont balayés — la droite paie le prix de son identification avec Vichy, et les radicaux de leur assimilation avec la IIIe République. La gauche progresse sensiblement : la S.F.I.O. fait un bon score, mais c'est le Parti communiste qui progresse le plus — il est en passe d'être la première force politique. Son flottement en septembre 1939, son attitude équivoque entre 1939 et 1941 sont oubliés. Il a joué à fond la carte de l'union et de la Résistance en présentant partout des listes dites d'Union patriotique et antifasciste. Autre surprise, la percée plus qu'honorable du M.R.P., dont le résultat est bien supérieur à celui de ses prédécesseurs d'avant-guerre : il le doit, il est vrai, en partie aux suffrages des électeurs de droite privés de leurs représentants habituels, mais il exprime aussi un sincère ralliement à un programme de rénovation démocratique.

Vers de nouvelles institutions

Différé jusqu'à la fin de la guerre, le débat sur les institutions éclate après le 8 mai et domine dès lors la vie politique. La question était des plus ouvertes. L'effondrement de Vichy laissait un vide. Le refus du général de Gaulle, au soir du 25 août, de proclamer la République du balcon de l'Hôtel de Ville — comme l'en pressaient les chefs de la Résistance intérieure, l'esprit plein de souvenirs historiques — au motif qu'elle n'avait jamais cessé d'être le régime de la France était avant tout une affirmation de la continuité de la France libre et visait la forme du régime : il n'impliquait pas que la France dût nécessairement retrouver la IIIe République et ses institutions. Au reste, le chef de la France libre, en promettant de rendre la parole au peuple, le laissait libre du choix de ses institutions. Le gouvernement d'Alger avait fait un pas de plus en disposant que dans l'année qui suivrait la Libération les Français éliraient une Assemblée constituante. Tous les résistants ne jugeaient pourtant pas que la IIIe République eût démérité au point de la condamner irrémédiablement. Les radicaux, dont on conçoit qu'ils aient eu la nostalgie d'un régime où leur position était dominante, et une partie des modérés plaidaient pour sa reconduction : le vote du 10 juillet 1940 étant déclaré nul, la République reprenait automatiquement son cours interrompu. La majorité des résistants, sans épouser entièrement le réquisitoire de ses détracteurs, n'en estimaient pas moins que la IIIe République avait fait son temps et qu'il convenait d'adopter des institutions plus démocratiques et plus efficaces. Quant à l'opinion, ne serait-elle pas déçue par le retour aux pratiques d'avant 1939 ?

De Gaulle imagina de faire trancher la question par le peuple lui-même : par un référendum. C'était remettre en vigueur une procédure abandonnée depuis soixante-quinze ans et dont l'usage avait laissé aux républicains les plus fâcheux souvenirs : c'était le Second Empire qui y recourait contre eux. Depuis 1870, la pratique était disqualifiée sous l'appellation de plébiscite. L'utilisation d'une procédure analogue par les régimes autoritaires avait renforcé la prévention contre la consultation directe du peuple : le référendum était constitutif des régimes de pouvoir personnel, comme la dissolution. Premier sujet de discorde entre le chef du gouvernement et une grande partie du personnel politique, viscéralement attaché à une tradition parlementaire qui excluait que le peuple pût s'exprimer autrement que par le choix de représentants qui détenaient la souveraineté. La majorité de l'Assemblée consultative provisoire le fit bien voir à de Gaulle. De ce moment date la fêlure qui ira s'agrandissant avec les partis de gauche qui ressoudent leur coalition. On commence à dénoncer à mots couverts le danger d'un pouvoir personnel ; c'est un sénateur radical, Marcel Plaisant, qui porte la première attaque à découvert.

Deuxième sujet de controverse et aussi de désaccord entre de Gaulle et une partie des politiques : l'objet du référendum. Une question allait de soi, dès lors qu'on convenait de consulter les électeurs : maintien de la IIIe République ou nouvelles institutions ? Qui dit nouvelles institutions dit Assemblée constituante. Le Général imagina de lier les deux et de faire le même jour le référendum et l'élection de la Constituante. D'où le libellé de la première question : « Voulez-vous que l'Assemblée élue ce jour soit constituante ? » Le oui signifiait répudiation des lois de 1875. De Gaulle alla plus loin : par crainte d'une assemblée omnipotente et pour éviter qu'elle ne se perpétuât, il eut l'idée de soumettre à l'approbation des électeurs un projet de loi qui limitait à sept mois la durée de son mandat et définissait ses compétences ; il garantissait en particulier la stabilité du gouvernement et disposait que le projet de Constitution serait soumis à référendum pour ratification. Pareille limitation des pouvoirs d'une assemblée allait à l'encontre des usages consacrés par le temps et n'était pas loin d'apparaître aux héritiers de la tradition républicaine comme une manière de sacrilège.

Tous les partis se déterminèrent sur l'une et l'autre question. Les radicaux et certaines formations modérées recommandèrent le non à la première, espérant obtenir un nouveau bail pour la IIIe République. Les trois grandes formations, plus proches de l'esprit de la Résistance, P.C.F., S.F.I.O., et M.R.P., invitèrent expressément à voter oui. Elles se divisèrent cependant sur la réponse à la deuxième question : socialistes et M.R.P. optèrent pour le oui, le Parti communiste pour le non et il fit une campagne ardente pour l'élection d'une assemblée souveraine. Les électeurs étaient ainsi sommés, selon les partis, de voter non-oui, oui-oui ou oui-non.

Cette première consultation générale depuis avril-mai 1936, et la première à conjuguer référendum et élection d'une assemblée, eut lieu le dimanche 21 octobre 1945. La participation y fut relativement élevée, 80 % environ, les femmes s'abstenant deux fois plus que les hommes. A la première question la réponse fut presque unanime : 96 % en faveur du oui. Le débat sur la IIIe République était tranché sans appel : à peine un électeur sur 25 la regrettait. Modérés et radicaux appartenaient à l'ancien temps. La IIIe était bien morte le 10 juillet 1940, et les électeurs délivraient son permis d'inhumer; le pays aspirait à faire du neuf. Il était plus divisé sur la deuxième question, se partageant à raison de deux tiers pour le oui — 12,3 millions — et un tiers pour le non — 6,2 millions en métropole. L'écart était appréciable : le Général avait été entendu et suivi. L'assemblée élue le même jour avait donc mandat d'élaborer un projet de Constitution : elle avait sept mois pour ce faire, faute de quoi sa dissolution interviendrait automatiquement, et les Français éliraient une autre Constituante.

L'élection avait une grande importance, plus que les municipales du printemps dont l'enjeu était moins évidemment politique et les résultats moins lisibles. Elle allait révéler la nouvelle carte politique du pays. C'était la fin d'un certain provisoire où, dans l'ignorance de l'état réel des forces, les minorités s'arrogeaient ou étaient créditées d'audiences invérifiables. Entérinant le mouvement d'opinion qui attribuait au scrutin d'arrondissement la responsabilité de la médiocrité du personnel politique de la IIIe et accédant au désir de renouvellement, le général de Gaulle avait décidé que les élections auraient lieu au scrutin de liste dans le cadre départemental avec répartition des sièges à la proportionnelle. Ce n'est pas le moindre des avantages de ce mode de scrutin que de rendre parfaitement claire la configuration politique. Au soir du 21 octobre 1945, les résultats confirment et précisent les indications des élections municipales. Ils attestent l'ampleur des changements survenus depuis 1939 et dessinent une image qui ne se modifiera guère ensuite. A cet égard, les élections d'octobre 1945 sont aussi importantes que celles de mai 1849.

La France se partage approximativement en quatre. Le Parti communiste s'est adjugé la plus grosse part avec 5 millions de voix et 26,1 % des suffrages exprimés : plus d'un quart des électeurs lui font confiance. Il est le premier parti ; c'est le fait majeur de la consultation. Il a doublé le nombre de ses députés par rapport à 1936 et a le plus fort groupe de l'Assemblée. Progression remarquable sur 1936 qui avait déjà enregistré une avancée impressionnante : il a, par deux fois, doublé son électorat — de 800 000 à un million et demi en 1936, sous la bannière de l'union contre le fascisme, puis à 5 millions (avec les électrices), grâce à l'union de tous les patriotes contre le nazisme. La parenthèse des années 1939-1941 est oubliée ou amnistiée au bénéfice du tribut payé à la Résistance. Toutes sortes de sentiments et de raisonnements ont concouru à cette primauté : la tradition du mouvement ouvrier et la mainmise sur la C.G.T., l'estime des combattants de la Résistance pour leurs camarades communistes et leur courage, la reconnaissance à l'Union soviétique pour sa contribution décisive à la défaite des hitlériens, la mauvaise conscience de la bourgeoisie, le prestige du marxisme dont les intellectuels découvrent seulement la cohérence, sans omettre la participation au gouvernement qui rassure et donne une image d'hommes responsables et dévoués au bien public. Le parti cumule ainsi les avantages de la critique de l'ordre existant et de l'installation dans le système. Il additionne les suffrages du mécontentement et ceux de l'aspiration à construire une société ordonnée. Les adhésions affluent par centaines de mille elles ont bientôt rattrapé et dépassé le niveau de 1937 ; elles atteindront leur plafond au début de 1947 avec quelque 900 000 prises de cartes, chiffre annoncé par le parti et qui n'a guère de précédent dans la vie des partis politiques français. Le contrôle de la première centrale syndicale, une presse qui tire à des millions d'exemplaires, le concours d'une constellation d'organisations satellites encadrant les masses par catégories, les femmes, les jeunes, les anciens combattants, les déportés, les locataires... en font la première force de la France libérée et constituent une société à part qui honore ses martyrs, donne leurs noms à des rues, et, dans les localités où la municipalité est communiste, fait déjà vivre la population par anticipation dans une démocratie populaire. C'est la seule société qui puisse par sa cohérence et la profondeur de son imprégnation rivaliser avec l'Église catholique. Le fait communiste va dominer la vie et le système politiques pour un bon tiers de siècle, jusqu'à son déclin au début des années 80 : jusque-là, le parti sera le pôle par rapport auquel tous les autres seront tenus de se situer — pour ou contre, partenaires ou adversaires, même lorsqu'il est totalement isolé.

Le Mouvement républicain populaire confirme et amplifie son succès printanier : avec presque 5 millions de voix et 25,6 % des suffrages exprimés, il vient à une demi-longueur derrière le Parti communiste, dont il est désormais le concurrent le plus sérieux. D'où la virulence des attaques dirigées contre ce parti soupçonné d'être le faux nez de la droite, qualifié par un jeu de mots sur ses initiales de Machine à ramasser les pétainistes. Il est vrai qu'il a sans doute bénéficié du report de voix laissées disponibles par le désarroi de la droite et la désorganisation de ses formations classiques.

Les résultats sont une déception pour la S.F.I.O., qui s'attendait à recueillir le bénéfice du consensus sur les thèmes socialistes : elle passe derrière le M.R.P., qu'elle serre de près avec 4,7 millions de voix et un point de moins en pourcentage — 24,6 %.

A eux seuls, les trois grands partis totalisent plus de 76 % des électeurs. Le dernier quart, un peu moins gros que les autres, est fait des fragments résiduels d'anciens partis : radicaux (9,3 %) et modérés de toute appartenance (14,4) mais ayant tous résisté.

L'interprétation globale de ces résultats varie selon le critère adopté. A s'en tenir à ceux qui régissaient le jeu des alliances sous la IIIe République — défense de la laïcité ou opposition à l'autorité de l'exécutif —, il y a une majorité de gauche : communistes, socialistes et radicaux totalisent 60 %, contre 40 % au M.R.P. et à la droite. Mais si le rejet de la IIIe, l'adhésion au programme du C.N.R. et la volonté de faire du neuf, toutes choses qui vont être le pain quotidien de la nouvelle Assemblée, sont des critères plus pertinents pour départager droite et gauche, le pays a fait une franche embardée à gauche. L'ensemble des forces acquises au changement — le parti du Mouvement, pour emprunter la dénomination que François Goguel introduit précisément à ce moment dans l'analyse politique — dispose d'une très forte majorité : plus de trois quarts des électeurs en métropole et, par le jeu de la répartition des restes à la plus forte moyenne, plus des quatre cinquièmes des élus — 426 contre 96. Un autre mode de calcul fait apparaître un autre trait : communistes et socialistes ont à eux seuls la majorité absolue (de peu dans le pays, davantage au Palais-Bourbon) : ils pourraient donc se passer du concours du M.R.P. et gouverner seuls. Pour la première fois de notre histoire électorale, les deux partis marxistes ont la possibilité de réaliser légalement la transformation de la société. Mais les socialistes ont des motifs de redouter le tête-à-tête avec le P.C.F., plus fort qu'eux, qui organise les masses et dont la dépendance de Moscou est, à leurs yeux, rédhibitoire. Après plusieurs mois de pourparlers, qu'elle ne se presse pas de conclure, la S.F.I.O. répond par une fin de non-recevoir à la proposition communiste d'unité organique qui aurait résorbé la scission de 1920, à l'instar de la réunification du syndicalisme sous une direction majoritairement communiste, depuis que Léon Jouhaux, rentré de déportation, est flanqué de Benoît Frachon, membre du bureau politique du P.C. en même temps que secrétaire confédéral de la C.G.T. Les socialistes n'entendent pas se dissocier du M.R.P.

A sa première séance, l'Assemblée unanime rend un éclatant hommage au général de Gaulle et l'élit à l'unanimité chef du gouvernement (13 novembre 1945) : tel est encore son prestige, et la volonté d'union est assez forte pour l'emporter sur les tendances centrifuges. Mais d'entrée de jeu éclate un différend entre le Parti communiste et lui. Désireux d'obtenir sa reconnaissance sans restriction comme partie intégrante de la communauté nationale, le P.C. réclame pour l'un des siens un des trois grands ministères : Intérieur, Affaires étrangères ou Défense nationale — dont le général de Gaulle entend, pour des raisons symétriques et contraires, lui interdire l'accès : ils commandent la politique étrangère ou l'exécutant. Son refus implique qu'il ne considère pas le Parti communiste comme un parti semblable aux autres. Pendant quelques jours l'affrontement bloque toute négociation. De Gaulle refuse de former un gouvernement et, inaugurant une tactique qu'il reprendra plus tard, se retire à Neuilly. Un compromis est trouvé qui sauve la face du Parti communiste sans que de Gaulle ait dû céder sur l'essentiel : la Défense est partagée en deux, la direction des Armées revenant à un M.R.P., Edmond Michelet, et un communiste ayant la responsabilité des Armements, somme toute proches de l'Industrie et de l'Économie déjà confiées à des membres du parti. La crise est dénouée, mais elle a donné un avant-goût des difficultés futures entre le président du gouvernement et les partis, ainsi qu'entre le Parti communiste et ses partenaires.

Le retrait du général de Gaulle

Le gouvernement assure la direction des affaires ; l'Assemblée vote les premières réformes de structure et s'attelle à l'élaboration d'un projet de Constitution. Les relations s'altèrent rapidement entre de Gaulle et l'Assemblée. Il y a entre eux d'abord un dissentiment d'humeur : le Général supporte mal les procès d'intention, les interpellations parfois malveillantes, la prétention à contrôler les actes du gouvernement, tandis que les parlementaires sont rebutés par sa hauteur. Il y a aussi un désaccord de fond. Au dernier jour de la session de 1945, un vif incident surgit à propos d'une initiative socialiste proposant un abattement de 20 % sur l'ensemble du budget militaire. Le différend ne se limite pas à l'objet de la proposition ; il porte sur la conception des rapports entre les pouvoirs : de Gaulle craint le retour au régime des partis. Le rapporteur de la commission constitutionnelle refuse de le tenir informé des travaux sous prétexte que la séparation des pouvoirs exclut le gouvernement de ce domaine. Un incident mineur mais significatif met le comble à l'amertume du Général : Édouard Herriot lui fait reproche d'avoir laissé les décorations attribuées par Vichy aux marins tués en novembre 1942 en s'opposant au débarquement anglo-américain. De Gaulle, offusqué d'être taxé de complaisance avec Vichy par un homme dont la conduite avait manqué de netteté en 1944 et qui avait répondu à son offre d'entrer au gouvernement, à son retour de déportation, qu'il entendait se consacrer à la rénovation du Parti radical, rétorqua que lui avait traité avec Vichy à coups de canon. Sur ce, le chef du Gouvernement provisoire quitte Paris pour faire retraite sur la Côte d'Azur. Mais sa décision était sans doute déjà arrêtée avant même son départ. Un propos aurait pu le faire pressentir à des auditeurs attentifs : au cours du débat sur la proposition de réduction des crédits militaires, il avait dit que c'était peut-être la dernière fois qu'il prenait la parole dans cette enceinte. Le propos n'avait pas été relevé. De retour à Paris, de Gaulle convoque inopinément le gouvernement, le dimanche 20 janvier à midi, au ministère de la Guerre ; tous les ministres sont au rendez-vous, sauf ceux en voyage à l'étranger. La séance est brève ; de Gaulle est en uniforme ; sans même s'asseoir, il annonce qu'il est démissionnaire, remercie les ministres de leur concours et se retire. Il adresse une lettre au président de l'Assemblée, le socialiste Félix Gouin, et se retire à Marly dans un pavillon appartenant au gouvernement.

Si les raisons qui l'ont conduit à cette décision sont aisées à deviner — un agacement croissant devant les piqûres d'épingle, l'irritation devant les prétentions parlementaires et surtout son inquiétude sur les institutions futures —, ses intentions demeurent aujourd'hui encore incertaines. Un accès de découragement momentané ? Hypothèse peu vraisemblable pour un homme qui avait surmonté d'autres difficultés, et qui ne lui ressemble guère. Alors fausse sortie, en attendant d'être rappelé ? Peut-être. Plus tard, il songera plus d'une fois à se retirer ; ainsi en 1962. En 1968, il s'éloignera et, en 1969, partira définitivement. Si son calcul était bien, en janvier 1946, de partir pour revenir à ses conditions, le succès de la manœuvre dépendait principalement du M.R.P. Si celui-ci le suivait, socialistes et communistes ne tarderaient pas à se diviser, le pays imposerait son retour et, comme deux mois plus tôt, une transaction interviendrait qui lui donnerait satisfaction. Si le général de Gaulle comptait sur l'appui du M.R.P. eu égard aux liens qui les unissaient dans l'opinion en l'absence d'un parti gaulliste, son attente fut déçue. Ce fut la première des fois où un malentendu se produisit entre de Gaulle et la famille démocrate-chrétienne, qui semblaient faits pour s'entendre : il se renouvellerait en 1947 à la naissance du R.P.F. et en 1962 sur l'Europe.

La surprise fut immense, à la mesure du personnage, de son prestige, de l'enjeu et des conséquences. Mais l'opinion ne se mobilisa pas : l'enthousiasme de l'été 1944 était déjà bien retombé. Un grand trouble s'empara des états-majors politiques. Beaucoup étaient insidieusement soulagés d'être débarrassés d'une présence encombrante : sa disparition leur laissait les mains libres ; communistes et socialistes étaient bien décidés à gouverner sans lui. Le M.R.P. était l'arbitre de la situation. Il pouvait entraver la formation du gouvernement ou faciliter une solution de remplacement. Ses instances décidèrent de ne pas suivre de Gaulle, pour des raisons de principe autant que d'opportunité. Les chrétiens qu'ils étaient avaient trop préconisé, à l'encontre de leurs aînés qui s'étaient comportés en émigrés, la politique de présence pour quitter de gaieté de cœur les positions conquises et les responsabilités afférentes. Une répugnance invincible pour la politique du pire les prémunissait contre la fascination des ruptures éclatantes. Attachés à la démocratie parlementaire pour laquelle ils s'étaient battus avant-guerre, ils subodoraient dans le geste solitaire du Général un relent de bonapartisme, et le mot dans leur esprit n'était pas un compliment. Enfin, n'aurait-il pas été imprudent et préjudiciable à la position de la France dans le monde de laisser les socialistes seuls en face des communistes ? Pour ces motifs le M.R.P. passa contrat avec les autres partis et accepta de reconduire et la majorité et le gouvernement sous la présidence de Félix Gouin, promu à la succession du Premier Résistant. S'ouvre alors la période dite du tripartisme où les trois grands partis se partagent à égalité les ministères, se surveillent mutuellement et exercent sur leurs élus une tutelle étroite puisque leur réélection en dépend : elle durera quinze mois, jusqu'à la sortie des communistes.

Le rejet du premier projet

Le gouvernement se tient en dehors du débat constitutionnel qui divise les partenaires. Le M.R.P. refuse d'avaliser un projet qui réduit le président de la République à un rôle purement représentatif et à presque rien les compétences de la seconde assemblée : il lui semble frayer la voie à l'instauration d'une démocratie populaire par le biais du gouvernement d'assemblée. Le Parti communiste, au contraire, tient à une assemblée unique, souveraine, toute-puissante, et la S.F.I.O. s'aligne à peu près sur sa position, par réaction contre le gouvernement de Vichy et crainte du pouvoir personnel. Le projet est adopté le 19 avril par la conjonction des communistes et des socialistes contre le M.R.P., les radicaux et les modérés : par 309 contre 249. Le projet adopté par le référendum du 21 octobre 1945 stipulait que la décision finale reviendrait au peuple. Les électeurs sont donc convoqués pour le dimanche 5 mai ; échéance décisive qui doit fixer les institutions définitives et engager l'avenir. Tout donne à croire que le projet sera approuvé par une majorité : le vote de l'Assemblée n'exprime-t-il pas le rapport des forces ? Le général de Gaulle s'enfermant dans le silence depuis son départ et eu égard à la faiblesse des radicaux et des modérés, c'est le M.R.P. qui porte à peu près seul le poids de la campagne contre le projet de Constitution. Le résultat est une surprise : le non l'emporte par un peu plus d'un million de suffrages avec 53 % contre 47, faisant justice du préjugé qui veut que tout référendum soit un plébiscite entraînant mécaniquement un vote conforme. Ce partage se retrouvera par la suite, en 1969 notamment, confirmant que dans les choix décisifs le corps électoral se partage presque par moitié.

Le projet est donc rejeté, l'Assemblée dissoute, et le processus reprend à zéro avec l'élection d'une deuxième Assemblée constituante, le 2 juin : les électeurs confirment leur vote en donnant la première place au M.R.P. qui la ravit au Parti communiste avec 5 millions et demi de voix et un peu plus de 28 % des suffrages exprimés. La présidence du gouvernement revient à l'un des siens, Georges Bidault, l'ancien président du C.N.R., qui était ministre des Affaires étrangères depuis septembre 1944. Le Parti communiste a cependant conservé ses positions ; il les a même améliorées puisque avec un pourcentage étale il a 200 000 voix de plus. La S.F.I.O., en revanche, perd du terrain ; avec 4 millions 200 000 suffrages elle est à 5 points derrière le Parti communiste et à 7 derrière le M.R.P. Elle a commencé un recul qui se poursuivra de consultation en consultation pendant un quart de siècle. Il n'y a plus de majorité marxiste ; l'éventualité d'un gouvernement formé par les seuls communistes et socialistes n'est plus de saison. Modérés et radicaux ayant amélioré leurs positions, le M.R.P. pourrait s'il y était acculé, faire alliance avec eux et constituer une majorité de droite. Cette possibilité de renversement des alliances et son succès donnent au M.R.P. le pouvoir d'arracher à ses partenaires, et singulièrement à la S.F.I.O., quelques concessions sur le projet de Constitution. Il reçoit un renfort inattendu du général de Gaulle, qui rompt le silence observé depuis cinq mois : accueilli à Bayeux le 16 juin 1946, pour commémorer la libération de la ville deux ans plus tôt, il saisit l'occasion de prononcer un discours qui formule ses vues sur les institutions qui conviennent à la France. Avec le temps, ce texte n'a rien perdu de son importance, et en a même acquis depuis 1958 : c'est la matrice de la Constitution de la Ve République, et depuis on parle entre guillemets de la « Constitution de Bayeux ». Celle qu'il décrit est aux antipodes du projet qui vient d'être rejeté.

Y figurent les principes classiques : séparation des pouvoirs, bicaméralisme, responsabilité du gouvernement devant le Parlement. L'apport original est dans le rôle du président de la République, qui serait élu par un collège élargi pour respecter la séparation des pouvoirs et le soustraire à la dépendance des parlementaires : il serait le gardien de la continuité, le défenseur des intérêts permanents du pays et l'arbitre suprême. L'ombre du Général se projette désormais sur les travaux des constituants : il est clair qu'il jugera leur œuvre, qu'il ne restera pas cette fois silencieux et que son avis pèsera lourd sur l'issue du référendum.

Cette convergence de facteurs explique les modifications apportées au projet initial : le Conseil de la République, une apparence de Haute Assemblée, donne un semblant de satisfaction aux défenseurs du bicaméralisme ; le président de la République recouvre une part des attributions de ses prédécesseurs ; le titre VIII sur l'Union française est réécrit sous la pression des radicaux dans un sens moins favorable à l'émancipation. Quoique amélioré, le projet ne comble pas les vœux du M.R.P., mais peut-on raisonnablement provoquer encore une consultation, réunir une troisième Constituante et travailler à un troisième texte ? Le pays a besoin de sortir du provisoire. L'opinion est lasse d'attendre. Convaincu que mieux vaut un projet médiocre mais susceptible d'être révisé à l'usage et amélioré que la prolongation du provisoire, le M.R.P. se résigne à le voter. Le projet est donc adopté le 30 septembre à une forte majorité : 440 contre 106. L'union des trois composantes du tripartisme s'est reformée.

Que le médiocre soit préférable à un nouveau report, voilà un raisonnement dans lequel n'entre pas l'homme du refus du 18 Juin. Il porte contre le projet, avant même qu'il n'ait été adopté, une condamnation absolue, le 22 septembre à Épinal, dans un discours où il repousse « avec un mépris de fer » les accusations portées contre lui : il invite les électeurs à rejeter cette Constitution mal bâtie. Le M.R.P. est amer d'avoir été laissé seul en mai et d'être désavoué en septembre. Quant aux électeurs qui votaient M.R.P. en partie parce qu'ils voyaient en lui le parti de la fidélité à de Gaulle, ils sont soudain sommés de choisir entre les deux fidélités ; beaucoup résoudront le dilemme par l'abstention. Quelque 30 % s'abstiennent le 13 octobre 1946, qui par indifférence pour l'objet, qui par lassitude — c'est le troisième référendum en un an —, qui encore par embarras. Si le corps électoral se partage approximativement en trois tiers si l'on compte l'abstention : 36 % pour le oui, 31,3 % pour le non et à peu près autant pour l'abstention. Il sera loisible au général de Gaulle d'ironiser sur cette Constitution « acceptée par 9 millions d'électeurs, refusée par 8, ignorée par 8 et demi », qui n'est effectivement devenue la Constitution de la France qu'à la minorité de faveur.

Un pourcentage anormalement élevé d'abstentions et ce partage des voix privèrent d'emblée la IVe République de la légitimité que lui aurait conférée une large adhésion. Elle avait aussi, il est vrai, fait défaut à la IIIe République, mais elle avait justement nourri, tout au long de son existence, la contestation. La IVe souffrira toute sa courte vie des circonstances de sa naissance difficile, indépendamment même des critiques suscitées par les déformations qui affecteront son application. Elle sera toujours une « mal aimée ». Elle souffre aujourd'hui encore de la faiblesse de sa Constitution, et le régime qui lui succédera aura tout intérêt à accréditer une mauvaise réputation. Il n'y aura pas grand mal : quand la IVe République courra un danger mortel, elle trouvera peu de défenseurs ; l'indifférence entourera ses derniers instants, et elle n'inspirera que peu de regrets.

Cette réputation est pourtant assez injuste : le texte de la Constitution ne méritait pas une telle condamnation. Ses auteurs avaient tenu compte des leçons du passé. Deux préoccupations contraires avaient guidé leurs travaux, en réaction contre les dévoiements antérieurs : prendre le contrepied de Vichy en instaurant la plus large démocratie possible, mais aussi prévenir la retombée dans l'impuissance gouvernementale qui avait tant contribué à affaiblir l'État, en même temps qu'à déconsidérer les institutions parlementaires d'avant-guerre. La Constitution du 4 octobre 1946 comblait une lacune des lois de 1875 en instituant un président du Conseil et en prenant des dispositions pour le doter d'une autorité sur ses collègues. Sa désignation fait l'objet d'une procédure originale et spécifique : il doit être « investi » — le terme fait alors son apparition dans le vocabulaire institutionnel — à la majorité absolue des députés, quel que soit le nombre des votants ; condition exigeante dont on attend qu'elle fonde l'autorité du chef du gouvernement et garantisse sa longévité. Ensuite, mais ensuite seulement, il compose son gouvernement comme il l'entend. La Constitution prévoit en outre divers mécanismes pour réduire l'instabilité gouvernementale qui avait été la plaie de la IIIe République : la question de confiance ne pourrait être posée qu'après délibération en Conseil des ministres et le vote n'interviendrait qu'après un délai d'un jour franc pour éviter les mouvements d'humeur et ménager aux parlementaires un temps de réflexion et la possibilité d'un contact avec leurs électeurs. Le droit de dissolution subsistait, mais son exercice était soumis à des conditions contraignantes. Les constituants pouvaient à bon droit se dire qu'ils avaient fait le nécessaire pour assurer un fonctionnement satisfaisant des institutions. Forts de l'expérience du tripartisme qui avait, vaille que vaille, assuré le gouvernement du pays dans des circonstances d'une exceptionnelle gravité, ils raisonnaient en fonction de quelques grands partis organisés, tenant bien en main leurs groupes parlementaires fidèles aux accords conclus pour une législature. L'infortune de la IVe République fut que cette condition non écrite ait brusquement fait défaut moins de quatre mois après ses premiers pas.

Vers la IVe République

Pour l'heure, il convenait de mettre en place les différents organes entre lesquels la Constitution répartissait les pouvoirs : il y fallut trois mois, d'octobre 1946 à la mi-janvier 1947. Le processus débuta normalement par la pièce maîtresse : l'élection de l'Assemblée nationale, le 10 novembre 1946. Les électeurs étaient appelés à élire des députés pour la troisième fois en une année : c'était, avec les référendums, la sixième consultation dans le même temps. Lassitude, indifférence ou désenchantement ? L'abstention s'éleva à 22 %. Le scrutin confirma les tendances antérieures. A quelques nuances près, P.C.F. et M.R.P. permutaient à nouveau : le Parti communiste repassait devant, atteignant le plus haut niveau de toute son histoire — 29 %, le double de 1936. Près de trois électeurs sur dix lui accordaient leur confiance. Il avait le premier groupe de l'Assemblée : 183 députés. Le M.R.P. avait vu lui revenir la plupart de ceux qui l'avaient lâché pour le référendum : plus de 26 % des électeurs et 167 députés. Radicaux et modérés totalisaient à peu près autant d'élus : 163. Les socialistes continuaient de perdre du terrain : 18 % des suffrages et une centaine de députés. La S.F.I.O. était bien le troisième des grands, mais les deux partis ouvriers avaient perdu la majorité du fait de son recul.

Pour enrayer son déclin, la S.F.I.O. balance entre deux stratégies. Léon Blum préconisait une révision hardie de son programme et de ses statuts, en particulier de modifier la référence au matérialisme historique et à la lutte des classes : le parti ressaisirait les électeurs qui le quittaient pour rejoindre les radicaux, les modérés, voire le M.R.P.; il s'adapterait aux changements de la société. Il pouvait aussi se retremper dans ses origines pour refaire un parti pur et dur. Daniel Mayer, le fils spirituel de Léon Blum et qui avait été l'artisan de la renaissance de la S.F.I.O. dans la clandestinité, appliquait la première orientation à la tête du secrétariat général. La tendance contraire prévalut au congrès de l'été 1946 avec l'accession au secrétariat général d'un homme dont le nom n'avait pas encore gagné la notoriété, encore qu'il eût joué un rôle important à la commission de la Constitution, Guy Mollet, qui avait milité dans la Résistance et dirigeait la puissante fédération du Pas-de-Calais. Le renversement de majorité qui le porte à la tête du parti est le début d'un long règne : Guy Mollet s'assura vite le contrôle de l'appareil et il en resta le maître un quart de siècle ; très représentatif de l'état d'esprit des militants, symbole en 1946 de la tradition doctrinaire et de l'héritage guesdiste, il personnifiera, dix ans plus tard, aux yeux des purs, la compromission avec les nécessités du pouvoir et l'opportunisme de la social-démocratie.

La mésentente croissante au sein du tripartisme — le M.R.P. avait axé sa campagne électorale sur le slogan « Bidault sans Thorez », auquel répondait de la part des communistes un « Thorez sans Bidault » — ne facilite pas la formation du gouvernement qui doit assurer la transition entre le Gouvernement provisoire issu des élections du 2 juin, dont le mandat a expiré, et la mise en place des institutions de la IVe République. L'accord se fait sur le parti qui, étant le plus faible des trois, inspire aux deux autres le moins de suspicion : la S.F.I.O. Léon Blum accepte de former un cabinet socialiste homogène pour un mois. Que ses jours fussent comptés n'empêcha pas ce gouvernement intérimaire de prendre des initiatives de grande portée : il décide, le 1er janvier 1947, pour briser le cercle infernal des salaires et des prix, une baisse de 5 % de tous les prix, qui devait être suivie deux mois plus tard d'une deuxième de même importance. Le crédit personnel de Léon Blum assure à cette mesure autoritaire une réelle audience dans l'opinion et une certaine prise sur les réalités ; l'inflation est momentanément stoppée.

Les 24 novembre et 8 décembre, les grands électeurs ont désigné, selon une procédure complexe, les membres du Conseil de la République : Parti communiste et républicains populaires s'y sont taillé la part du lion. Le 16 janvier 1947, les deux Chambres, réunies à Versailles selon la tradition, portent dès le premier tour à la présidence de la République le président de l'Assemblée nationale, Vincent Auriol, sur qui les élus communistes ont porté d'emblée leurs suffrages. C'est le premier socialiste à accéder à la magistrature suprême — Millerand ne l'était plus quand il fut élu. Nouvelle étape dans la conquête des pouvoirs et dans l'intégration des socialistes dans la démocratie parlementaire après la nomination de Léon Blum comme chef du gouvernement dix ans plus tôt. Le nouveau président est de modeste origine : son père était boulanger à Muret. Il a été élu pour la première fois en 1914 ;

ministre des Finances du gouvernement de Front populaire, son nom avait été associé à la dévaluation. Ayant rejoint la Résistance de bonne heure, il a siégé à Alger et succédé à la tête de l'Assemblée nationale à Félix Gouin quand celui-ci est devenu le deuxième chef du Gouvernement provisoire. Il a une haute idée de la fonction présidentielle, qu'il a exposée dans un essai rédigé pendant l'Occupation, *Hier et aujourd'hui.* Il entend bien ne pas rester passif. Ce président à qui la Constitution accorde encore moins de pouvoirs qu'à celui de la IIIe République exercera de fait un pouvoir bien plus étendu : il étirera jusqu'à leurs limites les compétences attribuées par les textes. Il profitera des dissentiments entre partis pour exercer une présidence active du Conseil des ministres. Il tirera également tout le parti possible de ses fonctions de président de l'Union française, pour lesquelles il n'admet pas de contreseing, et du Conseil supérieur de la magistrature. Il donnera leur chance, en les proposant à l'investiture de l'Assemblée, à des hommes politiques ; il a en quelque sorte inventé Antoine Pinay. Il fut un grand président, dont le *Journal,* source précieuse pour la connaissance des aspects cachés de l'histoire de son septennat, montre le rôle éminent joué par cet homme animé d'un sens élevé de l'État et d'un patriotisme qui le rendait défiant à l'égard de l'ennemi d'hier et ombrageux à l'égard des Alliés.

Son premier acte fut de proposer à l'investiture de l'Assemblée pour être président du Conseil un autre socialiste, Paul Ramadier, qui avait une longue carrière politique. Il avait siégé dans les Chambres de la IIIe et participé à des gouvernements. En 1933, il avait été de ceux qui avaient quitté la S.F.I.O. parce qu'ils jugeaient irresponsable son refus obstiné de la participation, et qui avaient rejoint l'Union socialiste républicaine où se retrouvaient la plupart des transfuges de la S.F.I.O. Ministre du Travail dans le gouvernement Daladier, il avait démissionné en août 1938 parce qu'il refusait la remise en question des acquis sociaux que signifiaient les assouplissements apportés par décrets-lois à la semaine de quarante heures. Il avait très tôt rejoint la Résistance intérieure et, en 1944, la S.F.I.O. l'avait réintégré. En 1945, il avait courageusement accepté la responsabilité, impopulaire entre toutes, du Ravitaillement qui lui avait valu les sobriquets de Ramadiète ou Ramadan. L'homme avait l'estime de tous ses collègues pour son intégrité, sa puissance de travail : il comptait des amis dans tous les partis, et son appartenance à la franc-maçonnerie, dont il ne faisait pas mystère, ne lui avait pas aliéné la sympathie du M.R.P. C'était un humaniste qui lisait les auteurs grecs dans le texte. Il fut investi à l'unanimité le 21 janvier 1947. Le gouvernement qu'il forma était un gouvernement d'union nationale, au vrai sens du mot : les trois grands partis en constituaient les assises, mais il s'élargissait en direction des radicaux et des modérés.

Rompu aux pratiques de la IIIe République, imprégné, lui aussi, du dogme de la souveraineté parlementaire, il ne refuse pas de répondre, deux jours après sa propre investiture, aux interpellations sur la composition de son gouvernement et se prête à un second scrutin, sans percevoir que pareille procédure va à l'encontre de la Constitution et trahit son esprit. En soumettant le choix de ses ministres à l'approbation de l'Assemblée, il affaiblit l'autorité de sa fonction et restaure la suprématie de l'Assemblée sur le gouvernement. Faux pas fatal que d'autres suivront et qui a, dès le premier jour, engagé l'interprétation de la Constitution sur un chemin dangereux. Ses successeurs se plieront à leur tour à cet usage. Ils s'abstiendront aussi d'obliger l'Assemblée à les renverser dans les formes prescrites, ce qui aurait rendu sa dissolution possible. Il n'y aura que deux hommes de gouvernement pour avoir une attitude plus conforme à l'esprit de la Constitution : Pierre Mendès France pour le choix de ses ministres, et Edgar Faure pour la dissolution. Ainsi, dès le premier jour, l'équilibre des pouvoirs est compromis, la prépondérance de l'Assemblée restaurée, la porte ouverte aux crises à répétition et, avec elles, l'impuissance des gouvernements successifs, et aussi l'impopularité retrouvée auprès d'une opinion excédée ainsi que la montée de l'antiparlementarisme : tous les maux dont les constituants avaient eu l'espoir d'affranchir la démocratie.

Ainsi tous les pouvoirs sont-ils en place à la fin de janvier 1947. C'est la fin du provisoire ouvert par la Libération et même du long interrègne dont le début remontait au 10 juillet 1940. La parenthèse est refermée. Après six ans et demi d'attente incertaine, le pays peut croire qu'il s'est enfin donné des institutions définitives : pourquoi ne dureraient-elles pas autant que la IIIe République ? La IVe fait ses premiers pas, cette République dont ont rêvé les résistants dans les années sombres, pour laquelle tant de Français ont donné leur vie.

LIVRE III

La République quatrième
(1947-1958)

CHAPITRE XVI

L'année de toutes les crises

Les années se suivent mais ne se ressemblent point. Chacune a sa couleur qui l'individualise entre toutes et les contemporains ne s'y trompent pas : ils ne confondront pas, aussi longtemps que la mémoire ne les fuira pas, deux hivers de guerre ou deux printemps radieux. Si elles ont par définition toutes même durée, elles n'ont pas non plus même importance : il en est qui tranchent sur la grisaille de leur succession ; le sens commun le sait bien qui fait un sort à quelques-unes qui brillent comme des repères en raison des événements qui les ont marquées. L'événement, décrié parfois comme l'écume de l'histoire, impose à certains moments son autorité souveraine : il bouscule alors et modifie les réalités profondes. Et pour les individus, c'est lui plutôt que les mouvements de fond qui fixent le souvenir de telle année. On peut douter, par exemple, que les Français aient eu conscience de l'accroissement considérable et exceptionnel de leur pouvoir d'achat qui a en moyenne triplé de 1954 à 1973, mais il n'en est pas un qui n'ait gardé un souvenir vivace des journées de mai 1968.

Entre toutes les années de l'après-guerre, 1947 appelle un traitement spécial. Trois traits la recommandent à l'attention de l'historien. C'est d'abord une année à surprises et à rebondissements : rien ne s'y passe comme on s'y attendait. Cette année dont les Français escomptaient que, après une décennie où l'histoire avait pesé lourd sur leurs destinées, elle serait une année sans histoire, où la France entrerait, selon une image qui allait devenir familière, en régime de croisière et amorcerait dans un silence laborieux une tranquille remontée vers la lumière et la prospérité, elle fut une année dramatique, on est presque tenté de dire une année terrible, où les Français ont connu toutes les épreuves sauf la guerre civile — mais en furent-ils si éloignés ?

Quand 1947 cède la place à 1948, elle laisse une situation profondément et durablement transformée : les conséquences des événements qui s'y sont produits se feront sentir pendant des années sur les mentalités, les rapports de force, les données des problèmes.

En troisième lieu, rarement année a illustré à ce point l'interdépendance des phénomènes : interactions entre l'économie et la politique, entre le social et l'idéologique, entre politiques intérieure et extérieure. C'est ainsi qu'aujourd'hui encore on se divise sur l'origine de tel bouleversement et la recherche des responsabilités : par exemple, l'éviction des ministres communistes du gouvernement Ramadier, en mai 1947, est-elle une décision de pure politique intérieure ou une conséquence de la rupture entre États-Unis et Union soviétique ? Pareille imbrication crée quelque difficulté à l'historien, auquel l'ordre du discours impose d'énoncer successivement ce qui fut concomitant et dont les choix se font inéluctablement en fonction d'un type d'interprétation.

On commencera par faire droit au point de vue du Français moyen en évoquant ce qu'étaient les conditions de vie et de travail au cours de cette année qui ne fut pas clémente ; elles rendent compte de certains comportements et dessinent la toile de fond sur laquelle se disposent les événements que nous allons retracer.

Une situation économique désastreuse

La situation de l'économie restait catastrophique. Les effets de la guerre n'étaient pas encore réparés : la pesée de certains s'était même accrue, par exemple pour le commerce extérieur — le déficit de la balance s'élève à 3 milliards de dollars. La production plafonnait à un niveau très bas : elle n'avait pas rattrapé celui de 1938, qui n'était pourtant pas une bonne année ; l'exercice 1946 s'était clos sur l'indice 84 (pour 100 en 1938). Le revenu national est à 80 % de celui de 1938. La reprise de l'industrie bute sur des goulots d'étranglement, que le commissariat au Plan s'emploie à desserrer — manque de matières premières, rareté de l'énergie, vétusté de l'outillage —, mais aussi sur des facteurs humains : la pénurie de main-d'œuvre, à laquelle remédie partiellement l'emploi de prisonniers allemands cédés par les Américains, la fatigue des hommes, qui diminue leur rendement dans une industrie qui repose encore beaucoup sur la force physique.

L'agriculture occupe la priorité dans les préoccupations de chacun comme des pouvoirs publics qui se retrouvent aux prises avec les problèmes élémentaires. Les mauvaises conditions météorologiques, des pluies tardives, ont réduit une récolte de blé qui tombe au tiers de l'avant-guerre. Il faut rétablir en catastrophe la carte de pain imprudemment supprimée et la ration individuelle tombe à un niveau qu'elle n'avait pas connu pendant l'Occupation : 250 grammes et même 200 en septembre dans l'attente de la soudure avec la nouvelle récolte. Les productions végétales ne retrouveront à peu près le niveau de 1938 qu'en 1950. Le secrétariat d'État au Ravitaillement, qu'on avait cru pouvoir supprimer pour marquer le changement, doit être lui aussi rétabli. Presque toutes les denrées sont rationnées : viande, matières grasses, sucre. Le déséquilibre de la balance commerciale ne permet pas de combler par des importations les insuffisances de la production. Cette situation de disette fait resurgir un phénomène que la France n'avait pas connu depuis exactement un siècle : les émeutes de la faim. Ici et là des foules en colère envahissent les préfectures, attaquent des dépôts de farine. Le Parti communiste, depuis qu'il est passé à l'opposition, exploite ces difficultés : il interdit à Verdun le passage à destination de l'Allemagne de deux péniches chargées de sucre brun ; l'affrontement défraie la chronique jour après jour au début de l'automne.

La France prend la mesure de sa dépendance de l'étranger. Elle est contrainte d'importer le pain des hommes et celui des machines, le blé et le charbon, du pétrole, beaucoup de matières premières, des machines. Mais elle n'a pas de quoi payer ses achats. Elle ne peut exporter ; la consommation n'absorbe pas, toute, une production qui ne suffit déjà pas à la demande et ses produits, fabriqués par une industrie vieillie, ne sont pas compétitifs. Elle a épuisé ses réserves d'or et de capitaux. Elle est réduite à emprunter aux États-Unis : l'aide accordée au titre du prêt-bail a pris fin. En décembre 1945, un prêt de 900 millions de dollars est ouvert par l'Export-Import Bank ; il est bientôt épuisé. Au printemps 1946, Léon Blum va négocier à Washington. Aux termes des accords Blum-Byrnes, les États-Unis annulent 2,85 milliards de dettes et ouvrent un nouveau prêt de 650 millions avec promesse de 550 autres ; en contrepartie, la France ouvre son marché aux films américains dont le public était sevré depuis la guerre : il avait dû attendre jusque-là pour voir *Autant en emporte le vent,* tourné en technicolor en 1939-1940. Jusqu'à quel point cette dépendance contraignit-elle nos négociateurs à aliéner leur indépendance ? C'est un point controversé et dont les communistes s'emparèrent pour dénoncer l'empressement du gouvernement à s'aligner sur les exigences américaines.

Le déséquilibre entre l'offre et la demande nourrit inexorablement l'inflation. La baisse autoritaire de 5 % décrétée le 1er janvier n'avait eu qu'un effet momentané ; la deuxième phase ne consolida pas les résultats. Dans l'intervalle le gouvernement avait changé et le nouveau prit des mesures contradictoires, comme de décider en mars une augmentation de la viande de 10 %. Entre janvier et juillet 1947, les prix de gros augmentèrent de 91 %, les prix de détail de 93 %. Pour contenir l'inflation, le gouvernement bloque les salaires, qui sont, en avril 1947, sur la base 100 en 1938, au niveau 617 (698 en y incorporant les compléments sociaux), contre 960 pour l'indice du coût de la vie : le pouvoir d'achat moyen est donc d'un peu moins des deux tiers de celui de 1938. La distorsion provoque le désenchantement des salariés qui désespèrent de voir la sortie du tunnel et commencent à douter de l'utilité des sacrifices qu'ils ont consentis. C'est en 1947 que culminent la lassitude et le découragement. Les appels au civisme résonnent dans le vide. Les grèves se multiplient qui expriment l'exaspération : une grève de cinq semaines de la presse en février-mars a privé les Français de leur journal et d'informations. D'autres se succéderont par vagues : en juin, en septembre, en octobre une grève des transports parisiens, puis les grèves de novembre-décembre 1947 ont déroulé leurs péripéties sur un fond de marasme chronique avec des accès de fièvre récurrents.

La révocation des ministres communistes

C'est un mouvement de grève localisé qui provoqua la rupture du tripartisme; petite cause, grands effets. Le 25 avril, deux ateliers de la Régie Renault débraient; en quelques heures leur mouvement a paralysé l'usine et arrêté les chaînes de fabrication. L'initiative a été attribuée à des militants trotskistes auxquels on a prêté des arrière-pensées politiques, mais pourquoi chercher des motifs autres que professionnels ? Les conditions d'existence suffisaient, et les animateurs du mouvement n'auraient jamais pu le déclencher s'ils n'avaient trouvé l'assentiment de leurs camarades. Sur le moment, la C.G.T., fidèle au mot d'ordre productiviste du Parti communiste, dénonce la grève comme irresponsable, et fait tout pour l'enrayer. Mais deux jours plus tard, voyant qu'elle bénéficie de la sympathie générale, constatant que les socialistes se réjouissent de son propre affaiblissement et que *Le Populaire* souffle imprudemment sur le feu, elle rallie le mouvement ; elle fait plus, elle en prend la tête, et le Parti communiste, qui n'est pas habitué à se laisser doubler sur sa gauche, réclame l'abandon du blocage des salaires. Les socialistes crient alors à la rupture du contrat passé entre les partis : ce serait remettre en cause toute la politique économique et compromettre les fragiles résultats obtenus dans la lutte contre l'inflation. Ramadier s'y refuse catégoriquement et, puisque le gouvernement est divisé, décide de faire la majorité juge du différend en posant la question de confiance. Les ministres communistes ne la votent point : c'est la rupture ouverte de la solidarité gouvernementale.

Ce n'était pas le premier dissentiment entre les communistes et leurs partenaires, ni le premier débat où ils se séparaient de la majorité : en mars un autre désaccord avait porté sur la politique indochinoise. Après une année de négociations confuses, à Fontainebleau, où il semble que personne ne souhaitait aboutir, les événements avaient pris un cours inquiétant : après le bombardement de Haiphong par la marine française qui fit plusieurs milliers de morts, les forces du Vietminh, nationalistes sous contrôle communiste, avaient déclenché le 19 décembre une attaque générale contre les troupes françaises au Tonkin ; elle avait partiellement échoué, mais, depuis, la France était en guerre en Indochine. Ce conflit mettait dans l'embarras les communistes français, à la fois membres d'un gouvernement qui réprimait l'aspiration à l'indépendance et solidaires du Parti communiste vietnamien. Dans le débat à l'Assemblée sur les crédits militaires pour l'Indochine, le groupe communiste s'était abstenu, mais avait laissé ses ministres voter la confiance (22 mars). Premier pas sur la voie de la dissociation. De surcroît, quelques jours plus tard, une insurrection avait éclaté à Madagascar dont la répression ferait quelque 80 000 victimes ; il était dur pour un parti qui faisait de l'internationalisme une de ses lignes de force de cautionner la politique répressive du gouvernement.

Épaulé par le président Auriol, le président du Conseil, prenant acte de la rupture de la solidarité ministérielle, signe un décret de révocation à leur encontre : l'initiative est parfaitement conforme à l'esprit de la Constitution qui confère au chef du gouvernement autorité sur les ministres ; le parallélisme des formes implique que sa liberté de les choisir ait pour corollaire la faculté de s'en séparer s'ils ont perdu sa confiance. Mais elle était si contraire aux usages parlementaires que ce fut une grande surprise ; d'abord pour les communistes, qu'elle paraît bien avoir pris au dépourvu. Le désaccord sur la politique des salaires et des prix ne fut pas pour eux un prétexte recherché pour quitter le gouvernement. Au reste, dans les semaines suivantes, ils multiplièrent les déclarations de bonne volonté, annonçant qu'ils se comporteraient en parti de gouvernement et pratiqueraient une opposition constructive. Tout donne à croire qu'ils comptaient revenir prochainement au gouvernement... ils attendirent trente-quatre ans.

Ils ne percevaient pas que la rupture était inévitable. Trop de problèmes les opposaient aux autres : outre la politique économique et les problèmes d'outre-mer, l'évolution des relations internationales qui se dégradaient rapidement. A la grande alliance entre l'U.R.S.S. et les Anglo-Américains pendant la guerre, qui avait dicté les accords de Yalta et de Potsdam, succédait une méfiance réciproque : la possession de la bombe atomique par les États-Unis inquiétait Staline, et l'aide de l'Armée Rouge aux partis communistes de l'Europe orientale pour y instaurer par étapes un régime de parti unique alarmait l'Occident. L'altération des relations entre les deux Grands prend un tournant décisif en mars 1947 : pour faire échec aux visées soviétiques sur quelques vilayets turcs aux confins de l'Arménie et éviter à la Grèce de basculer dans l'orbite de Moscou, le président Truman annonce, le 12 mars 1947, que les États-Unis prennent la relève de la Grande-Bretagne défaillante en Méditerranée orientale et demande au Congrès les moyens de préserver l'indépendance et l'intégrité territoriale de la Grèce et de la Turquie. C'est la « doctrine Truman », première ébauche de la stratégie dite du *containment* et coup d'arrêt au désengagement américain en Europe ; la tendance est renversée. En ce même mois de mars, les quatre ministres des Affaires étrangères alliés, réunis à Moscou, se séparent sans prendre date pour une autre rencontre : c'est la conférence dite de la dernière chance. La division est patente : c'est le début de la guerre froide.

La France, qui se proposait d'être un lien entre les deux camps, est obligée de choisir le sien. Elle n'a pas particulièrement eu à se louer de l'Union soviétique, qui a opposé une fin de non-recevoir à ses prétentions sur le charbon sarrois indispensable à son relèvement. Géographiquement, elle est plus tournée vers les États-Unis, dont l'aide lui est nécessaire. Les communistes ne sauraient donner leur aval à ce glissement de notre politique extérieure. En deux mois, ils sont évincés de tous les gouvernements d'Europe occidentale dont ils font partie depuis la Libération : au Danemark, en Belgique, en Italie, en France. On conçoit que cette concomitance ait donné prise au soupçon d'une offensive concertée à l'instigation des États-Unis et qu'elle ait accrédité l'idée que Ramadier s'était conformé aux instructions de Washington, en clair qu'il avait chassé les communistes en contrepartie d'une promesse américaine de venir en aide à notre économie. Les choses ne furent pas aussi simples : certes, Washington ne voyait pas d'un bon œil la présence de ministres communistes dans les gouvernements de pays amis, malgré les précautions prises pour les tenir à l'écart des responsabilités sensibles pour la sécurité et des décisions stratégiques, et se réjouit de leur éviction. Mais il n'y a aucune preuve matérielle que le gouvernement américain ait exercé une pression quelconque à cette fin : les archives, largement ouvertes aux historiens, ne permettent pas d'affirmer que les dirigeants français furent soumis à un discret chantage. Il était inévitable que, tôt ou tard, la tension grandissante entre les Grands conduisît à la rupture entre les partis communistes solidaires de l'U.R.S.S. et les autres partis. Dans le cas français, le maintien de la collaboration était encore moins plausible qu'ailleurs. A partir de 1947, la France présente cette singularité, qui fit le malheur de la IVe République, de connaître et de vivre comme des drames intérieurs les deux grands conflits qui déchirent le monde : la guerre froide et la décolonisation. Elle est la seule dans ce cas — Alfred Grosser a mis cette originalité en évidence. La division engendrée par l'antagonisme des blocs est un débat intérieur puisque la France partage avec l'Italie la particularité d'avoir un puissant parti communiste qui a la confiance d'une importante fraction des citoyens : c'est dire que le « rideau de fer », pour reprendre l'image lancée en 1946 par Churchill, passe au beau milieu de la société française. La France est d'autre part engagée pour seize ans dans une suite de guerres coloniales dont l'enjeu, la légitimité, les méthodes constituent un deuxième sujet de division interne. Certes, d'autres nations ont connu au même moment des difficultés semblables : les Pays-Bas avec leurs possessions en Indonésie, la Belgique plus tard au Congo, et surtout la Grande-Bretagne en Malaisie puis au Kenya, mais aucun de ces pays n'avait un puissant parti communiste ; quant à l'Italie, elle avait perdu ses colonies. La France conjuguait les deux ordres de problèmes.

La révocation des ministres communistes par le socialiste Ramadier a posé un difficile cas de conscience à son propre parti, analogue à celui qu'avait connu le M.R.P. après le départ volontaire de De Gaulle : devait-il quitter le pouvoir ? Rester, c'était accepter d'être la caution de gauche d'un gouvernement axé plus à droite et laisser aux communistes les avantages de la critique. De surcroît, la S.F.I.O. avait, l'été précédent, effectué un virage à gauche en évinçant Daniel Mayer de la direction et en refusant d'adapter ses statuts. La direction penchait pour le retrait. Le Conseil national extraordinaire, convoqué tout exprès le 6 mai, entendit Guy Mollet soutenir la thèse du départ ; pourtant il ne fut pas suivi. A une courte majorité — quelque 400 mandats sur 4 500 —, le Conseil accepta le maintien des ministres en l'absence des communistes. Décision capitale dont personne, au soir du 6 mai, ne pressentit la portée historique ni n'entrevit les conséquences : c'était la fin du tripartisme ; le processus était amorcé qui allait conduire, pour quinze ou vingt ans, le Parti communiste à l'isolement total, à la désunion de la gauche et à l'affrontement. Le même Guy Mollet, qui plaidait pour la sortie des ministres, serait le champion de l'anticommunisme. C'était aussi la fin de l'unité de la Résistance.

De Gaulle fonde le R.P.F.

Un malheur venant rarement seul, au moment où se disloque la majorité qui a fondé la IV⁰ République, un autre assaut se dessine contre elle : obligée de faire face sur sa gauche à l'opposition communiste qui va se durcir, elle voit s'ouvrir un second front à l'opposé. Ces métaphores militaires s'imposent doublement : les esprits sont encore tout pleins des souvenirs de la guerre, et l'initiative du second assaut vient du général de Gaulle, qui raisonne en stratège. Il semble que, convaincu de l'imminence d'une troisième guerre mondiale et de la menace d'une invasion soviétique, il ait cru le moment venu de préparer une nouvelle résistance. Après un semestre où il s'était abstenu de toute intervention publique, il était sorti de son silence pour exposer ses vues constitutionnelles et presser les Français de rejeter le second projet. Ses objurgations n'avaient pu empêcher l'adoption de la Constitution, mais cet échec tactique n'avait pas modifié son jugement sur les institutions. Au début du printemps 1947, il reprend la parole à deux semaines d'intervalle : la première fois, à Bruneval, il laisse prévoir une initiative proche dont il précise le sens à Strasbourg le 7 avril. Il invite tous les Français, à l'exception des communistes qu'il flétrira bientôt du terme de séparatistes, à se rassembler : ce sera le Rassemblement du peuple français. Il faut s'arrêter à cette appellation, qui traduit la vision gaullienne d'un peuple tout entier rassemblé sur de grands objectifs qui constituent l'intérêt national, supérieur aux divergences partisanes : il ne s'agit pas de fonder un nouveau parti à côté des autres. De Gaulle espère provoquer un sursaut plus fort que les allégeances partisanes et provoquer un mouvement qui dotera la France des institutions fortes qui préviendront la répétition de la déplorable fin de la IIIe République. Mais le but ne peut être atteint que contre les institutions en vigueur, les partis qui détiennent le pouvoir et les communistes qui les combattent. Cela fait beaucoup d'adversaires.

L'initiative connaît à la fois le succès et l'échec. Le succès ? L'appel rencontre un écho profond ; chez les anciens résistants dont les réseaux se réactivent, chez les conservateurs aussi, inquiets de la montée du communisme et hostiles au parlementarisme. Les adhésions affluent par centaines de milliers : c'est dans les premières semaines un raz de marée qui rappelle la poussée du P.S.F. en 1936. Le rapprochement n'est pas fortuit ; de part et d'autre l'intention est la même : dépasser les clivages partisans et réconcilier patriotisme et aspirations sociales. L'échec ? Il est du côté des partis. De Gaulle avait sans doute misé sur la fidélité personnelle d'une partie du personnel politique et escompté qu'à défaut de se rallier ouvertement à sa cause — ce qui eût été contraire à son propos — les partis admettraient que leurs adhérents pratiquent la double appartenance. Or à cet égard ses espoirs furent déçus : la question ne se posait pas pour le Parti communiste, que de Gaulle attaquait ouvertement, mais la S.F.I.O. interdit la double appartenance et en fit un cas d'exclusion. Cette décision le surprit pourtant sans doute moins que l'attitude analogue du M.R.P. : le malentendu tournait à l'affrontement, les dirigeants du M.R.P. taxant le comportement du chef du R.P.F. de bonapartisme. Quelques-uns et non des moindres rompirent cependant avec le mouvement et rejoignirent le Général : Marcel Prélot, l'un des constitutionnalistes de la famille démocrate-chrétienne, membre des Semaines sociales et codirecteur de la revue *Politique,* Louis Terrenoire, rédacteur à *L'Aube* et gendre de Francisque Gay, Edmond Michelet et une dizaine de députés dissidents, qui constituèrent un temps un petit groupe de Républicains populaires indépendants. Si les grands partis organisèrent le blocus du R.P.F., les formations modérées et le Parti radical témoignèrent pour son initiative une attention sympathique : leur accueil contribua à décaler le nouveau Rassemblement vers la droite.

La Troisième Force

Les partis qui exercent de concert le pouvoir se trouvent ainsi pris en tenaille entre deux oppositions qui leur font une guerre sans merci. De l'une — la communiste — on sait quelle est la force : près de 30 % de l'électorat. Mais du R.P.F. on ne sait quel est le poids puisqu'il s'est formé après les élections. Six mois après sa naissance, une occasion de le savoir est suscitée par le calendrier des élections : les 19 et 26 octobre ont lieu les élections pour le renouvellement des municipalités désignées pour deux ans seulement en avril-mai 1945. Le Rassemblement présente partout des listes qui ont refusé de s'allier à d'autres. C'est une lame de fond gaulliste : dans les grandes villes, le R.P.F. obtient 38 % des voix. Notez ce chiffre : vous le reverrez à chaque fois qu'une formation enregistrera un succès de grande ampleur — l'U.D.R. en juin 1968 et le Parti socialiste en juin 1981, comme si ce taux marquait le plus haut niveau des crues électorales. Presque toutes les grandes villes, à commencer par la capitale, dont le frère du Général devient le président du conseil municipal, se sont données aux gaullistes : Marseille, Lille, Rennes, Strasbourg, Bordeaux... Près de 30 % de communistes, pas loin de 40 % de gaullistes : l'addition des deux oppositions est largement majoritaire et ne laisse aux partis de la majorité parlementaire — S.F.I.O., M.R.P., avec un appoint de radicaux et de modérés — qu'un tiers de l'électorat. Le leader du R.P.F. a beau jeu de déclarer que la majorité ne représente plus le pays, de dénoncer l'illégitimité du régime et d'exiger la dissolution. En butte aux assauts conjugués des deux oppositions, la majorité se dessine comme en creux : c'est la Troisième Force, bien nommée puisqu'elle ne se définit que par soustraction des deux autres forces et qu'elle vient probablement en troisième position. Pressée de toute part, elle va faire front, serrer les rangs et s'efforcer de durer pour user les oppositions.

Pour l'heure, elle a petite mine : épuisé par huit mois de gouvernement, Ramadier s'efface après un remaniement qui n'a servi à rien. Après une tentative de Léon Blum, dont cela aurait été le quatrième gouvernement en cas de succès, qui échoue parce que, plaçant sur le même plan la menace communiste et le danger gaulliste, il s'était privé d'une partie des votes de droite, la direction échoit à un républicain populaire, le ministre des Finances dans le gouvernement Ramadier, Robert Schuman : son gouvernement associe aux socialistes et aux M.R.P. des radicaux et des indépendants sur la base de la défense des institutions. L'axe de la majorité a opéré vers la droite un premier déplacement rendu inévitable par le passage des communistes à l'opposition ; la S.F.I.O. est désormais l'aile gauche de la nouvelle majorité, qui a accueilli sur sa droite des représentants de formations qui avaient combattu la Constitution.

Le nouveau président du Conseil n'est guère connu du grand public, bien qu'il soit l'un des plus anciens parlementaires ; il a fait partie de la Chambre élue en 1919 et a siégé dans toutes celles de l'entre-deux-guerres, il a même été quelques jours ministre des Réfugiés dans le gouvernement Pétain du 17 juin 1940. En 1947, sa réputation est plus financière que diplomatique, mais c'est son rôle de ministre des Affaires étrangères et ses initiatives en faveur de la construction européenne qui le feront entrer dans la légende. Sans grands dons oratoires, il s'impose vite à l'Assemblée par son bon sens, son honnêteté, son sang-froid, et gagne l'estime de l'opinion. Il a d'entrée de jeu l'occasion de montrer sa fermeté et son courage : quand il s'installe à Matignon, le pays est entré depuis quelques jours dans une crise d'une extrême gravité.

Les grèves

Elle avait pris naissance à Marseille : une hausse des tarifs de tramway décidée par la nouvelle municipalité gaulliste a déclenché une grève des usagers qui tourne vite à l'émeute. L'hôtel de ville est envahi par une foule grondante, les Compagnies républicaines de sécurité préposées au maintien de l'ordre, noyautées par les communistes, lâchent pied : l'émeute est maîtresse de la rue, les bâtiments publics envahis, l'autorité de l'État bafouée. Le mouvement, attisé par les communistes, fait tache d'huile et gagne la vallée du Rhône, qui échappe à l'autorité. Les manifestants ont occupé la gare de Valence ; plus aucun train ne peut circuler : toutes les communications entre le Midi provençal et Paris sont interrompues.

A partir du 15 novembre, les mineurs se mettent en grève pour riposter à la révocation du conseil d'administration des Houillères du secrétaire communiste de la fédération cégétiste du sous-sol. Or, à l'époque, toute l'économie est dépendante de son approvisionnement en charbon, qui est encore la principale source d'énergie : la menace est mortelle. Mais la décision ne fait pas l'unanimité dans la profession : elle a été imposée par la C.G.T. Les syndicats chrétiens, qui ont des positions solides chez les mineurs du Nord, entendent faire respecter la liberté du travail. Pour vaincre leur résistance, la C.G.T. recourt à l'intimidation et même à la violence : des affrontements très durs mettent aux prises les piquets de grève à l'entrée des puits et leurs camarades décidés à travailler. Des groupes mobiles, sortes de commandos, vont de bassin en bassin pour imposer la grève. Engagée dans une épreuve de force, la C.G.T., selon une stratégie qui rappelle celle mise en œuvre en 1920, lance dans la bataille, l'une après l'autre, les branches professionnelles où elle a des positions dominantes : les cheminots, les métallos, le textile. Le 28 novembre, vingt fédérations cégétistes forment un comité central de grève qui coordonne les opérations. L'économie est paralysée, et chaque jour qui passe aggrave un peu plus sa dépendance à l'égard de l'étranger.

La participation communiste au mouvement n'est pas douteuse, le parti la revendique en se déclarant solidaire des grévistes et, au Palais-Bourbon, son groupe parlementaire mène une bataille qui en est le pendant. En quelques semaines, l'opposition qui s'annonçait constructive s'est muée en opposition systématique : les déclarations de bonne volonté sont bien oubliées. Déjà, en juin, Paul Ramadier avait dénoncé sans preuve le Parti communiste comme le chef d'orchestre clandestin de l'agitation sociale. Mais le fait déterminant du changement d'attitude et de stratégie du parti est postérieur; il est survenu en dehors des frontières françaises et à l'initiative de Moscou. A la fin de septembre 1947, une conférence secrète convoquée à l'initiative de l'U.R.S.S. a réuni en Pologne des représentants de tous les partis communistes de l'Europe de l'Est, déjà maîtres du pouvoir ou en passe de l'être, et des deux principaux partis occidentaux, français et italien, qui ont été l'un et l'autre récemment écartés du gouvernement. Andreï Jdanov, l'idéologue patenté du P.C. de l'Union soviétique, les tance pour n'avoir rien compris à l'évolution et avoir sombré dans le «crétinisme parlementaire». Son analyse n'est pas très différente de celle que fait alors le général de Gaulle : le monde est divisé en deux camps, et entre eux c'est la guerre. L'Union soviétique est à la tête du camp de la démocratie et de la paix, les États-Unis du camp de l'impérialisme et de la guerre. Les partis communistes, inconditionnellement solidaires de la politique soviétique, doivent mener une lutte de tous les instants et par tous les moyens contre les gouvernements bourgeois complices de l'Amérique. Le Parti communiste français s'aligne désormais sur la stratégie de Moscou.

L'évolution des relations internationales a joué un rôle éminent dans cette dernière phase, et en particulier une initiative de la diplomatie des États-Unis appelée à une portée historique : le 4 juin 1947, dans un discours prononcé à l'université de Harvard, le général Marshall, secrétaire d'État, propose aux pays européens un programme d'aide économique, à charge pour eux de se concerter pour établir des propositions collectives. L'offre s'adresse à tout le continent — l'Europe orientale n'en est pas exclue —, et, dans un premier temps, le gouvernement polonais, déjà dominé par les communistes, est tenté d'accepter. Quant à la Tchécoslovaquie, où subsiste encore pour quelques mois un gouvernement de coalition pluraliste, elle accepte l'invitation de la France à une conférence de tous les pays intéressés qui préparerait la réponse à la proposition Marshall : sous la pression de l'U.R.S.S., elle doit se rétracter. Staline a redouté que, par le mécanisme des accords économiques, l'Europe, y compris la zone qu'il domine, ne bascule progressivement toute dans le camp des États-Unis et ne défasse l'empire qu'il est en train d'édifier. Il a donc enjoint à ses satellites de rejeter le plan, et la propagande communiste s'ingéniera à le présenter comme une machine de guerre, un cheval de Troie visant à assujettir l'Europe aux impératifs américains. La division entre les deux moitiés de l'Europe est devenue de ce fait irrémédiable : l'acceptation par l'Ouest du plan Marshall et son rejet par l'Est consomment le partage du continent.

C'est dans cet environnement qu'a éclaté la grave crise sociale qui paralyse l'économie française. La direction du parti a-t-elle voulu créer une situation révolutionnaire ? A-t-elle songé à s'emparer du pouvoir, comme le ferait quelques semaines plus tard le parti tchèque à Prague ? Et comme depuis la conférence de Pologne le parti français était étroitement subordonné à la stratégie globale du bloc communiste, quelles étaient les visées de Staline ? En l'état de nos connaissances et faute de pouvoir accéder aux archives du Kominform et de l'État soviétique, il semble improbable que le parti ait sérieusement envisagé la prise du pouvoir : il savait que la France faisait partie de la zone d'influence dévolue aux États-Unis, et Staline n'a nulle part remis en cause le partage d'influence. Il visait vraisemblablement la chute du gouvernement et souhaitait surtout mobiliser à son profit le sentiment patriotique encore si vivace trois ans après la fin de l'Occupation. Il est à cet égard significatif que Jacques Duclos ait traité le président du Conseil de «boche» sous prétexte qu'étant né en dehors de la France d'après 1870, Robert Schuman avait fait ses études à Luxembourg et avait vécu jusqu'en 1918 dans le Reich. Contre l'impérialisme américain comme contre la renaissance de l'Allemagne, le Parti communiste se fit le porte-parole du nationalisme le plus intransigeant.

Reste que le gouvernement a pu craindre un coup de force et qu'une partie de l'opinion, impressionnée par la violence des affrontements et la généralisation du mouvement, s'est alarmée. Jamais la France entre 1946 et 1958 n'a paru aussi près de tomber dans la guerre civile : lignes téléphoniques coupées, gares occupées, commandos allant de ville en ville, déraillement du Paris-Arras dont on se demanda alors s'il avait été le résultat d'un acte criminel — aujourd'hui avéré. Le gouvernement, sous la ferme direction de Robert Schuman, ne resta pas inactif. Le ministre de l'Intérieur était le socialiste Jules Moch, figure très typique de socialiste de gouvernement, unissant la formation scientifique du polytechnicien à ses convictions, ayant le sens de l'État, le goût du commandement, et un faible pour les opérations stratégiques. Des inspecteurs généraux de l'administration en service extraordinaire — les «igames», qui annoncent les préfets de région — reçoivent des pouvoirs très étendus pour le rétablissement de l'ordre dans le Midi. Le gouvernement rappelle quelque 80 000 réservistes de la classe 1943 pour avoir les moyens en hommes, et Jules Moch applique un plan méthodique de réoccupation des localités occupées : bassin après bassin, gendarmes mobiles et C.R.S., appuyés par des blindés, dégagent les puits de mines et font respecter la liberté du travail. Le gouvernement a demandé le vote d'un projet de loi punissant sévèrement les atteintes à la liberté du travail : les députés communistes pratiquent une obstruction systématique, le débat atteint un degré de violence inouï et dure des dizaines d'heures; la garde du Palais doit arracher un orateur à la tribune.

Jour après jour, le mouvement s'essouffle : les familles des grévistes sont à court de ressources. Surtout, la résistance se durcit d'une partie de la classe ouvrière qui exige, avant tout déclenchement d'une grève, un vote à bulletins secrets pour assurer la liberté des décisions et échapper à la dictature du parti. Au sein même de la C.G.T. des dissensions éclatent. Le 9 décembre, après trois semaines d'un crescendo continu, le comité central donne l'ordre du repli : dès le lendemain la reprise du travail est générale.

De l'épreuve de force le mouvement ouvrier sort affaibli comme après le 30 novembre 1938, et son unité brisée comme en 1921 : les affrontements ont été trop vifs pour que l'unité syndicale y résiste. Les éléments non communistes de la C.G.T., désormais convaincus que la coexistence avec les communistes n'est plus possible du fait de la volonté du parti d'utiliser le syndicalisme à des fins politiques et incapables de reprendre aux communistes la direction des fédérations dont ceux-ci se sont rendus maîtres depuis la Libération, se résolvent à faire sécession. Le 15 décembre se réunissent à Paris les délégués de comités formés autour de la tendance Force ouvrière : la rupture est décidée et les bases sont jetées d'une nouvelle organisation qui s'appellera C.G.T.-Force ouvrière. Léon Jouhaux, figure emblématique du syndicalisme, qui avait été secrétaire confédéral dès 1911, auréolé du prestige de la déportation, apporte à la nouvelle confédération l'autorité de son nom et de son passé. C'est la troisième scission en un quart de siècle, après celles de 1921 et 1939 : comme les précédentes, elle est provoquée par un dissentiment de fond à l'occasion de la stratégie de la IIIe Internationale ou de sa postérité. Le mouvement syndical est désormais fractionné en plusieurs organisations rivales, entre lesquelles les différends idéologiques autant que la concurrence interdisent toute collaboration durable : les deux C.G.T. et la C.F.T.C. Une quatrième organisation, la Fédération de l'Éducation nationale, dont les syndicats groupent la majorité des enseignants publics, reste à l'écart de ces divisions pour préserver les chances d'une éventuelle réunification.

De cette année 1947 la France sort passablement éprouvée et profondément transformée. Le système des forces politiques a subi de grands changements : l'unité de la Résistance est rompue ; le tripartisme a vécu et fait place à la Troisième Force ; le Parti communiste est passé en quelques mois du partage des responsabilités du pouvoir à une opposition inconditionnelle et est totalement isolé. Une autre opposition a surgi à l'appel de l'ancien chef du Gouvernement provisoire. Mais le pouvoir a tenu bon, l'ordre est rétabli, le régime a résisté aux assauts furieux dont il a été la cible, les institutions sont sauves, la France ne sera pas une démocratie populaire. La fermeté du gouvernement ôte au R.P.F. un de ses arguments contre la Constitution : le recours à de Gaulle n'est pas indispensable. La IVe République a surmonté sa première grande crise : elle va durer, et c'est dans le cadre de ses institutions que le pays va opérer son relèvement et effectuer la remontée de l'abîme.

CHAPITRE XVII

La France remonte la pente

Pour faibles et contestées qu'elles fussent, les institutions de la IVe République ont soutenu le choc et résisté aux assauts conjugués de deux oppositions catégoriques. N'ayant pas succombé à la première épreuve, elles bénéficient de l'avantage que confère la possession d'état, et le temps travaille pour leur consolidation. Non que les oppositions aient désarmé. Le Parti communiste garde son électorat inentamé : il continue de mobiliser, ou plutôt d'immobiliser, entre un quart et un tiers des électeurs ; il se raidit dans un isolement absolu. Quant au général de Gaulle, il ne relâche pas sa pression sur les hommes au pouvoir. La Troisième Force devra lutter pied à pied. Les difficultés ne se sont pas évanouies comme par enchantement : 1948 est une année de grands problèmes ; la situation sociale connaîtra encore des rechutes, notamment à l'automne 1948 avec une grève des mineurs qui est comme un rebondissement de la crise de 1947. Les motifs d'inquiétude pour des causes extérieures ne manquent pas : la France s'enlise en Indochine dans une guerre qui pèse de plus en plus sur sa liberté d'action. En Europe, l'expansionnisme soviétique inspire les craintes les plus vives après le coup de Prague, et la guerre de Corée fait passer en 1950 sur le continent une vague d'appréhension à la perspective d'une troisième guerre mondiale.

Néanmoins, à partir de 1948, le pire est passé : le pays pénètre dans des eaux plus calmes et connaît une relative accalmie. L'économie se redresse, les conflits sociaux s'apaisent, le moral se relève. Après dix ans d'épreuves, la France reprend son souffle, et les Français commencent à entrevoir un avenir plus riant.

Le redressement de l'économie

L'infléchissement de la tendance vers une amélioration est particulièrement sensible dans la vie quotidienne : les conditions de vie deviennent plus favorables. Certes, il s'en faut que tous aient retrouvé des conditions normales : dans les villes détruites par les bombardements, au Havre, à Caen ou à Châtillon-sur-Seine, les sinistrés attendront longtemps encore, parfois jusqu'en 1954, pour quitter leurs baraquements provisoires et emménager enfin dans des logements moins inconfortables. Mais les vents, jusque-là obstinément contraires, ont tourné. L'amélioration est la résultante d'un concours de facteurs qui additionnèrent leurs effets et souvent les multiplièrent par un processus cumulatif analogue à celui qui précédemment avait régulièrement aggravé la situation.

C'est d'abord un don du ciel : pour une économie que les circonstances ont ramenée en arrière d'un siècle et replacée sous la dépendance tyrannique de la production agricole, les conditions climatiques sont déterminantes. C'est pourquoi la fixation, en août, par le Conseil des ministres du prix de campagne du quintal de blé est chaque année un acte majeur, une décision politique de la plus haute importance : le prix doit être suffisamment rémunérateur pour encourager les emblavures et permettre aux agriculteurs de moderniser leur exploitation, mais pas au point de relancer l'inflation, souci lancinant de tous les gouvernements. A partir de 1948, à l'exception d'une sécheresse en 1949, la clémence du ciel accorde à l'agriculture des conditions météorologiques favorables ; des récoltes abondantes éloignent le spectre de la disette, mettent le pays à l'abri de la pénurie et le dispensent de recourir à de coûteuses importations de céréales des États-Unis. La monnaie se relève, vérifiant le pronostic d'un député indépendant, Guy Petit : « L'épi sauvera le franc. » L'abondance des productions permet de desserrer peu à peu les contraintes du rationnement : le 1er juin 1948, la ration quotidienne de pain est relevée à 250 grammes. Les restrictions sont supprimées par étapes : pour le pain en janvier 1949, pour le lait, le chocolat et les corps gras en mars-avril. En octobre 1949, le haut-commissariat au Ravitaillement disparaît : son existence ne se justifie plus. Décision symbolique du retour à une vie normale. Le marché noir s'étiole et disparaît. La libéralisation gagne d'autres secteurs : avec les progrès de l'industrie, le régime des points textiles est aboli. En avril 1949, les automobiles sont mises en vente libre ; dans l'été, c'est au tour des pneus. L'année 1949 marque aussi la fin des contraintes administratives et le retour à l'économie de marché après une décennie de répartition autoritaire de la pénurie. Les Français nés avant 1939 ont ainsi tous connu dix années de privations qui font partie de leur mémoire et ont façonné leur comportement.

Si les éléments naturels ont eu une part déterminante à l'amélioration, le redressement de l'économie n'aurait pas été possible s'il n'avait pas été l'œuvre de tous les Français. On ne saurait trop souligner l'acharnement au travail de toutes les catégories, paysans, ouvriers, ingénieurs, cadres. La durée hebdomadaire est en moyenne bien supérieure aux 40 heures légales : beaucoup font des heures supplémentaires jusqu'à 55 ou 60. La durée hebdomadaire moyenne s'élève encore à 45 h 30 en 1950.

Le plein emploi est assuré ; pour combler le déficit de main-d'œuvre on commence à faire appel à l'immigration étrangère, italienne ou espagnole. Le travail est honoré : si l'heure n'est plus à la trilogie vichyssoise, la référence de la Révolution nationale au travail n'a pas discrédité le premier terme ; une tradition pluriséculaire de respect pour le travail bien fait et de blâme jeté sur l'oisiveté est actualisée par les circonstances. Tous les courants de pensée politique exaltent à l'envi le travail comme un impératif national. Le passage du Parti communiste à l'opposition et l'usage de la grève comme arme de lutte n'ont pas prescrit son discours productiviste. Beaucoup acceptent de faire des heures supplémentaires pour améliorer un pouvoir d'achat modeste et que ronge la hausse des prix, mais entre aussi dans leurs motivations la conviction que leur travail contribue au relèvement du pays. L'état d'esprit des Français se caractérise, autant que par les privations, par une ardeur collective, la résolution de reconstruire la France sur des bases nouvelles. Cette aspiration au renouveau se manifeste dans tous les secteurs : elle inspire aussi bien la création de l'École nationale d'administration, dont les fondateurs attendent qu'elle donne au pays des cadres compétents et désintéressés, que la rénovation de l'instruction des recrues par de Lattre de Tassigny, qui substitue aux casernes le séjour en pleine nature, ou le renouvellement de la pédagogie avec l'introduction des méthodes actives et la création des classes pilotes.

Cette aspiration est en harmonie avec la volonté politique qui a un rôle déterminant dans le relèvement. Devant l'étendue des destructions et l'énormité de la tâche à entreprendre au lendemain de la Libération, personne ne conteste la nécessité pour la puissance publique de prendre en main la direction de l'économie : elle seule peut consentir les investissements indispensables. La passion de la grandeur nationale qui anime le général de Gaulle s'accorde avec le productivisme et l'idéologie industrialiste du Parti communiste, la ferveur technocratique des hauts fonctionnaires et l'ouverture au changement des socialistes et des républicains populaires dans une volonté commune de rattraper un retard de quinze ans et de mettre en œuvre une politique dont la continuité fait contraste avec le rythme haletant auquel se succèdent les équipes ministérielles : le cabinet Schuman est renversé en juillet 1948 sur le vote des crédits militaires ; il est remplacé pour un mois par un gouvernement présidé par André Marie, puis par un ministère dirigé par Henri Queuille, le premier à pouvoir célébrer en 1949 l'anniversaire de sa formation. Mais la politique ne varie guère d'un gouvernement à l'autre : les mêmes hommes, il est vrai, se succèdent à eux-mêmes. Surtout, il n'y a pas de politique de rechange aussi longtemps que la conjoncture générale reste aussi difficile : l'intervention de l'État est la seule façon d'échapper au déclin. Le mérite des politiques ne fut pas mince de le comprendre et d'en tirer les conséquences.

L'État a les moyens d'orienter l'économie : les nationalisations ont fait passer sous sa coupe les principales sources d'énergie et la majeure partie du crédit ; il peut agir sur les établissements bancaires qui ont échappé à la nationalisation par le biais de la Banque de France, laquelle fixe le taux de l'escompte, et du Conseil national du crédit. La Caisse des dépôts et consignations, sous l'impulsion de François Bloch-Lainé, financera les initiatives des collectivités locales, et le Crédit agricole sera le banquier de la modernisation de l'agriculture. L'État peut aussi, par le jeu des exonérations fiscales et des bonifications des prêts bancaires, moduler les investissements privés et orienter l'épargne vers les secteurs auxquels il accorde une priorité. Il fixe les salaires et les prix, contrôle les changes. Il dispose de tous les leviers pour imprimer à l'activité économique les orientations qu'il juge prioritaires. Or les politiques et les économistes qui ont lu Keynes et médité l'expérience du New Deal et de la politique britannique pensent avoir trouvé le secret de prévenir les crises du capitalisme et d'assurer le plein emploi et une croissance régulière de l'économie.

La connaissance des mécanismes économiques a fait d'incontestables progrès, et l'État se dote des instruments pour décider en connaissance de cause. L'Institut national de statistiques et d'études économiques — l'I.N.S.E.E. —, créé en 1946, recueille régulièrement toute sorte d'informations et met au point les méthodes pour les traiter scientifiquement. Le ministère des Finances, qui se convertit à la prévision, crée un Service des études économiques et financières — le S.E.E.F. —, que dirige

Claude Gruson. La notion de comptabilité nationale s'impose, et une Commission des comptes de la nation, que préside un temps Pierre Mendès France, fait un utile travail d'analyse; le secrétariat en est assuré par des hommes qui joueront un rôle déterminant dans l'après-guerre : Simon Nora ou Michel Rocard. Le personnel politique acquiert des rudiments de culture économique qui l'aident à faire des choix raisonnables.

Surtout, la décision politique est éclairée par les travaux d'un organisme original dont la création a été l'un des derniers actes du général de Gaulle, le commissariat général au Plan de modernisation et d'équipement : chacun des termes de l'appellation est significatif. Il a été conçu et sa direction est assurée par un homme à peu près inconnu du grand public, mais qui a déjà joué en plusieurs circonstances un rôle éminent et dont on peut dire sans exagération qu'il a infléchi le cours de l'histoire : Jean Monnet. Né en 1888 dans une famille de négociants en cognac, il avait voyagé pour son commerce et acquis une bonne connaissance du monde. Il avait fait partie, pendant la Première Guerre, des commissions d'achat interalliées et avait fait admettre la nécessité de coordonner les acquisitions de céréales et de matières premières. Pendant la drôle de guerre, les gouvernements britannique et français avaient recouru à son expérience. C'est lui qui souffla à Churchill la fameuse proposition d'union franco-britannique qui visait à maintenir la France dans la guerre. Après la défaite de la France, il fut aux États-Unis l'auteur du Victory Program qui fixait les objectifs de l'industrie de guerre à 60 000 avions, 45 000 chars et 8 millions de tonnes de navires, et ferait des États-Unis l'arsenal des démocraties. Le général Marshall le crédita du mérite d'avoir abrégé la guerre d'une année. En 1943, il travailla à rapprocher Giraud et de Gaulle : il convainquit le premier d'abroger la législation de Vichy et lui inspira le discours qui marqua son ralliement à la démocratie; il fut ensuite du Comité français de libération nationale qui résultait de la fusion entre Londres et Alger.

Jean Monnet est un empirique qui met au service d'une ou deux idées les ressources d'un esprit intuitif et qui s'attache patiemment à convaincre un à un tous ceux dont dépend la réussite du projet qu'il a conçu. Il s'y prit de cette façon pour le plan Schuman et le Marché commun. Il a convaincu de Gaulle qu'il ne pouvait y avoir de politique étrangère active sans une économie moderne et puissante : le 13 décembre 1945, il a rédigé une note de huit feuillets qui dit tout à ce sujet et conclut à la nécessité d'un plan de modernisation. Le 21 décembre, le Conseil des ministres adopte le projet, et, le 3 janvier, le général de Gaulle signe le décret qui met le commissariat au Plan sur les rails : il nomme à sa tête Jean Monnet. Celui-ci a une vue très précise de ce que doit être la nouvelle institution : pas question de créer une lourde machine, une bureaucratie ; la planification française n'aura rien de commun avec la planification soviétique. Il la conçoit comme indicative et incitative, traçant quelques grandes orientations et fixant des ordres de grandeur. Le commissariat et ses services tiendront à l'aise dans deux petits hôtels de la rue de Martignac ; il réunit autour de lui quelques jeunes hommes qui ont souvent fait leurs classes dans les commissions interalliées et partagent sa foi dans la modernisation. On les retrouvera plus tard exerçant des responsabilités capitales : ils s'appelaient Étienne Hirsch, Robert Marjolin, Paul Delouvrier, Pierre Uri, Jean Fourastié, etc. Le Plan procède par concertation avec les acteurs économiques : le succès de Jean Monnet est d'avoir obtenu que toutes les parties prenantes, patrons, syndicalistes, fonctionnaires, acceptent de se retrouver autour d'une table par commissions sectorielles — au nombre de dix-huit — et, à l'examen des réalités, définissent des priorités de concert. C'est l'adhésion librement donnée aux objectifs du Plan qui en garantit l'exécution. Il appartient ensuite à l'État d'en tirer les conséquences dans l'établissement du budget et la répartition des investissements. Le commissariat au Plan a été le principal artisan de la conversion des responsables économiques à l'idée de modernisation et de la naissance du consensus pour rompre avec le malthusianisme et faire de la croissance un objectif national. Si l'opinion est passée, dans les années 50, d'une vision dominée par les notions de stabilité et d'équilibre à une échelle de valeurs ordonnée à la croissance, le mérite en revient d'abord à la petite équipe rassemblée par Jean Monnet qui sut faire partager sa foi à ses interlocuteurs.

Le premier Plan, élaboré en quelques mois et adopté en Conseil des ministres le 14 janvier 1947, définissait quelques priorités qui devaient commander les choix de l'État pour les quatre années 1947-1950 : l'objectif était de faire sauter les goulots d'étranglement qui entravaient l'essor de la production ; l'accent était mis sur l'industrie lourde. Six secteurs de base étaient retenus : charbon et électricité, acier et ciment, transports et tracteurs. A eux tous ils concernaient environ 30 % de l'ensemble de l'industrie. Mais ils fondaient les assises de l'expansion. Le Plan visait à retrouver en 1949 le niveau de 1938 et à le dépasser de

25 % en 1950. Quarante ans plus tard, il peut sembler modeste de ne pas viser plus haut que l'avant-guerre, mais aux contemporains l'objectif paraissait fort ambitieux.

Ni une météorologie favorable, ni l'ardeur au travail des Français, ni la clairvoyance des politiques n'auraient suffi si l'essentiel avait fait défaut, l'argent, qui est le nerf de l'économie comme de la guerre. En 1947, la France, ruinée, n'avait pas en elle-même les moyens financiers de son relèvement : ne produisant pas de quoi nourrir sa population et approvisionner son industrie, elle devait se procurer ce qui lui manquait auprès d'autres nations plus riches ou moins éprouvées — les États-Unis essentiellement. Mais comment payer ces achats alors qu'il ne lui reste plus rien, après deux guerres, des capitaux placés à l'étranger et que sa monnaie ne vaut plus rien ? A la fin de la guerre, l'application du prêt-bail avait permis son réarmement. Les accords Blum-Byrnes de mai 1946 avaient apporté un ballon d'oxygène, mais il fut vite épuisé, et l'économie française se retrouvait en 1947 en état de cessation de paiement : le déficit de la balance commerciale atteignait 3 milliards de dollars, dont elle n'avait pas le premier franc pour le combler.

Le salut vint du plan Marshall, qui évita les conséquences désastreuses qui auraient résulté d'un arrêt des importations. Le mécanisme prévu était fort ingénieux : l'aide consistait principalement en dons à fonds perdus et subsidiairement en prêts pour trente-cinq ans qui couvraient les achats effectués sur le marché américain : charbon, blé, machines, tracteurs, etc. Les importateurs français versaient le règlement de leurs achats à un compte spécial du Trésor français : cette contre-valeur alimentait un fonds de modernisation qui finançait les investissements publics. L'aide Marshall servait ainsi deux fois.

Le Parti communiste et une partie de la gauche accusèrent les États-Unis d'obéir à des calculs parfaitement égoïstes : écouler leurs excédents, s'assurer des débouchés à peu de frais, coloniser les pays européens. De fait, l'acceptation par les pays d'Europe occidentale du plan Marshall resserra leurs liens avec les États-Unis et amarra l'Europe de l'Ouest à l'Amérique. Périodiquement, des esprits regretteront que la France ait renoncé à une position à mi-chemin entre les deux camps, mais, dans un monde coupé en deux, dans un système bipolaire, une position neutraliste était-elle réaliste ? En toute hypothèse, l'historien peut aujourd'hui en toute indépendance reconnaître que le plan Marshall a sauvé la France et l'Europe occidentale à un moment décisif et leur a évité la banqueroute, et peut-être de succomber à la subversion. Positivement, le plan Marshall a donné le coup d'envoi de l'expansion : la conjonction de l'aide directe et de la contre-valeur a financé le démarrage de l'économie. L'ensemble des aides allouées — au titre de l'aide intérimaire accordée dans l'attente de l'entrée en vigueur du plan Marshall, aide Marshall proprement dite avec ses prolongements — s'est élevé à près de 8 milliards de dollars, soit plus de 2 000 milliards de francs entre 1947 et 1952. Sans cette aide, la France n'aurait pu ni relever ses ruines, ni rattraper son retard, ni amorcer son expansion.

L'intervention américaine a eu d'autres effets positifs : l'administration de l'European Recovery Program a organisé des missions dites de productivité à l'intention des Français pour étudier aux États-Unis les nouvelles techniques de production et de commercialisation ; plusieurs milliers de patrons, de syndicalistes, de cadres, d'exploitants agricoles ont visité usines, magasins, fermes, et découvert des procédés, des formes d'activité, des modèles d'organisation plus modernes dont ils s'inspirèrent à leur retour, dans le cadre de leurs propres activités, pour améliorer les rendements, accroître la productivité. L'impact de cette ouverture sur l'économie la plus moderne du monde fut inappréciable : elle fit évoluer les mentalités. La naissance d'un embryon d'unification européenne, dont les États-Unis avaient fait un préalable à leur assistance, agit dans le même sens, au sein de l'Organisation européenne de coopération économique (O.E.C.E.), créée en avril 1948 et qui avait son siège à Paris, les Français apprirent à regarder au-delà des frontières, à raisonner dans une perspective plus large et à se plier aux règles d'une concurrence dans un marché à l'échelle de l'Europe.

L'économie remonte peu à peu la pente : la production industrielle connaît un taux de croissance annuel de 7 %. Les objectifs du premier Plan sont atteints dans des proportions qui vont selon les branches de 87 à 115 %. Le déficit d'énergie se résorbe : l'extraction du charbon s'élève en 1950 à 52 millions de tonnes, grâce à d'importants gains de productivité ; le rendement journalier par mineur atteint 1 307 kilos, en particulier dans le bassin de Moselle où les couches sont plus épaisses et les installations plus modernes. Sous l'impulsion de Pierre Massé, la production d'électricité aussi a fait un bond considérable : la nationalisation a permis d'établir un plan cohérent de développement — quelque 300 milliards de francs ont été investis dans la construction de barrages de retenue. La Compagnie nationale du Rhône a repris et accéléré le grand projet d'aménagement du fleuve : l'inauguration solennelle des barrages de Génissiat, puis de Donzère-Mondragon, dont les noms sonnent comme des victoires d'un nouveau type, marquent des étapes de cette grandiose réalisation célébrée comme une épopée. La production totale, qui était en 1938 de 20 milliards de kilowatts/heure, atteint 33 milliards en 1950. Sous l'impulsion de Louis Armand, la S.N.C.F. entreprend d'électrifier une partie de son réseau en 25 000 volts et réalise de substantielles économies de charbon. Année après année les indices de production s'envolent : ils sont en 1952 à 156 pour l'énergie et à 164 pour les biens d'équipement ; en 1950, la production d'acier était déjà à 120. Le Commissariat à l'énergie atomique fait diverger la pile Zoé.

Le commerce extérieur devient excédentaire en novembre 1949 : pour la première fois la France peut régler ses achats par le produit de ses ventes. C'est un pas décisif vers le rétablissement des grands équilibres. Le mois suivant, le gouvernement peut prendre le risque d'un début de libéralisation des échanges avec les pays membres de l'O.E.C.E. L'or recule sur le marché clandestin et, en juin 1949, le marché à terme, fermé depuis dix ans, est réouvert.

Ce tableau dont les couleurs riantes contrastent avec les teintes sombres des lendemains de la Libération comporte quelques ombres. L'inflation n'a pas été jugulée : les gouvernements ont été impuissants à briser le cycle infernal des salaires et des prix. Pour opérer une ponction sur la masse monétaire, dont le gonflement sans contrepartie du côté de l'offre est tenu pour responsable de l'inflation, René Mayer fait procéder au retrait des billets de 5 000 francs : c'est la réédition de l'échange des billets de juin 1945. Sans résultat significatif. Cette impuissance a deux sortes de conséquences. Les titulaires de revenus fixes et les salariés ont concouru à la reconstruction par la diminution de leur pouvoir d'achat. D'autre part, la croissance a pour prix la dépréciation de la monnaie ; tout se passe comme si les dirigeants avaient choisi de financer la reconstruction et la modernisation par l'affaiblissement du franc. Des dévaluations, se succédant à intervalles rapprochés, enregistrent sa dépréciation continue : il est dévalué de 80 % en février 1948 ; le taux de change est encore modifié en avril 1949, puis en septembre — cette fois de 22,5 %.

Un autre choix implicite a eu de grandes conséquences sur les conditions de vie des Français : en faisant de l'industrie automobile le moteur de la croissance, on compromettait l'investissement immobilier et on retardait le moment où chaque Français pourrait se loger à sa convenance ; le bâtiment est en retard. La France souffrira longtemps d'une grave crise du logement, qui est en partie l'héritage de l'entre-deux-guerres où le blocage des loyers avait découragé propriétaires et constructeurs. Avec les destructions de la guerre, le déficit est de plusieurs millions de logements, et une majorité de ceux qui existent manquent du confort le plus élémentaire. L'Assemblée nationale amorce un redressement en votant, en septembre 1948, une loi qui remet de l'ordre en ce domaine, classe les logements en catégories selon des normes objectives — calcul de la surface corrigée — et établit une correspondance entre l'échelle des loyers et les avantages offerts.

Autre poste négatif du bilan : l'agriculture, qui est à la traîne. On n'en a que pour l'industrie. Dans les six secteurs de base auxquels le Plan a donné la priorité, elle n'est représentée que par la fabrication des tracteurs, dont on attend des miracles : qu'ils accroissent les rendements, qu'ils entraînent le remembrement des parcelles, qu'ils transforment les mentalités.

L'amélioration de la situation relance les controverses. Si personne en temps de pénurie ne pensait à dénier à l'État le droit d'intervenir, le retour à des conditions normales réveille le différend entre ceux qui lui confèrent un rôle moteur et ceux qui comptent sur l'initiative privée, entre dirigistes et libéraux. Gaullistes et communistes peuvent bien s'inspirer de philosophies politiques opposées, ils attribuent de grands devoirs à la puissance publique. Les modérés, qui se réorganisent à partir de 1948 sous les auspices du Centre national des indépendants, et les débris du Parti radical polémiquent contre les nationalisations : ils prennent argument de leurs maladies infantiles pour dénoncer les malfaçons du dirigisme et exploitent quelques scandales de la gestion de la Sécurité sociale pour critiquer l'ensemble du système. Ils font campagne pour le retour à la liberté d'entreprise. Or, leurs alliés ayant besoin de leur appoint, ils peuvent le faire payer plus cher. Au M.R.P. Schuman ont succédé deux radicaux, et la direction des Finances et de l'Économie est passée entre les mains de radicaux ou d'indépendants : René Mayer ou Maurice Petsche. La liberté de l'or et des changes est rétablie. René Mayer, ministre des Finances dans le gouvernement Schuman, avait conçu un plan de retour à l'économie de marché, comprimant les dépenses publiques, différant les hausses de salaires, substituant l'emprunt à l'impôt. La présence dans le gouvernement formé dans l'été 1948 par le radical André Marie de Paul Reynaud, avec le titre de vice-président du Conseil, avait une signification hautement symbolique : il a le temps de faire voter des lois-programmes qui réorganisent les entreprises nationalisées et la Sécurité sociale, les deux bêtes noires des libéraux. Ce gouvernement tombe au bout d'un mois, mais l'épisode est révélateur d'un glissement progressif vers la droite et de la désaffection croissante à l'égard des thèses dirigistes dès lors que l'intervention de l'État a cessé de paraître nécessaire.

Les problèmes d'outre-mer

L'inventaire des soucis qui assaillirent les dirigeants de la IVe République n'est point clos avec les difficultés économiques et sociales : les prolongements au-delà de la métropole — on ne disait pas encore l'Hexagone — allaient peser de plus en plus sur le destin du pays, jusqu'à entraîner la chute du régime. La IVe République n'est morte ni de la subversion communiste ni du mécontentement de quelque catégorie professionnelle ; elle n'a pas davantage succombé aux assauts de l'opposition gaulliste : elle est morte de la guerre d'Algérie. Les circonstances de sa fin suggèrent l'importance prise par les questions coloniales et justifient qu'on revienne quelque peu en arrière.

En 1945 rien ne le laissait prévoir : il n'est rien que l'opinion comme les hommes politiques aient moins pressenti que le devenir des colonies. L'esprit public a évolué à leur sujet à rebours des données objectives. L'opinion n'a commencé de s'y intéresser et de s'en éprendre qu'au moment où le statut colonial commençait d'être remis en question par le vent de l'histoire : l'entrecroisement de ces deux courbes explique qu'il ait été si difficile de décoloniser et que les drames qui en découlèrent aient été à l'origine de graves crises politiques et morales.

C'est au début des années 30 que la majorité des Français s'était avisée de l'existence d'une plus grande France et qu'elle avait pris conscience de l'atout qu'était la disposition du second Empire du monde. Les prétentions de l'Allemagne et les revendications italiennes sur certains territoires les avaient rendus plus chers au cœur des Français, et la notion d'intégrité territoriale s'était étendue aux dépendances lointaines sur lesquelles flottaient les trois couleurs. La discussion sur les possibilités qu'offrait l'Empire de poursuivre la guerre avait été un élément de la controverse sur l'armistice, et Vichy, qui n'y avait pas cru, avait néanmoins fait un appel insistant au sentiment de l'unité impériale contre la « dissidence ». Le ralliement à la France libre de l'A.E.F., de la Polynésie, de la Nouvelle-Calédonie, de Djibouti lui avait donné une assise territoriale. Fidèles à Pétain ou ralliés à de Gaulle, c'était toujours à la France — dont ils épousaient les divisions — que les territoires colonisés étaient fidèles. Ni la défaite de 1940 ni les déchirements entre Français ne paraissaient avoir ébranlé le loyalisme des populations qui vivaient sous les plis du drapeau tricolore. Au contraire : loin de les distendre, les péripéties de la guerre avaient resserré les liens. Alger avait été plus d'une année la capitale de la France en guerre, et l'Empire avait pris une part décisive à la libération de la métropole ; n'était-il pas hautement symbolique que ce fussent ses colonies qui vinssent libérer la mère patrie captive de l'ennemi ? Juste retour des choses. La 1re armée française était composée majoritairement de contingents levés outre-mer, Européens et indigènes mêlés ; en Afrique du Nord, la mobilisation avait été générale. Aussi la plupart des Français ne doutaient-ils pas en 1945 que l'avenir de la France passât en partie par la cohésion de ce qu'on commençait à appeler l'Union française pour marquer une certaine évolution.

Si personne n'imagine alors que les colonies puissent se séparer un jour de la métropole, les esprits les plus ouverts admettent que les indigènes devront être progressivement associés à la gestion de leurs affaires, à mesure qu'ils accéderont à un niveau de culture et de développement qui le justifie. En Algérie un important discours du général de Gaulle, prononcé à Constantine en décembre 1943, avait annoncé des réformes, et une ordonnance en date du 7 mars 1944 avait apporté un début d'exécution aux promesses faites : Français et musulmans seraient désormais égaux pour l'accès aux emplois publics ; quelque 70 000 indigènes étaient admis dans le premier collège et obtenaient la citoyenneté complète ; tous les Algériens majeurs seraient électeurs dans un deuxième collège qui élirait les deux cinquièmes des futures assemblées. Les gouverneurs de tous les territoires enfin, rassemblés sous l'autorité du Comité français de libération nationale, réunis en janvier 1944 autour du général de Gaulle et de René Pleven, commissaire aux Colonies, à Brazzaville pour envisager l'avenir de l'Empire, adoptèrent un ensemble de résolutions qui peuvent aujourd'hui paraître singulièrement timorées à la lumière de l'histoire ultérieure, mais qui étaient pour l'époque fort libérales : elles prévoyaient des formules d'association graduelle des élites indigènes à l'administration locale, mais excluaient formellement toute perspective de *self-government,* à plus forte raison d'accession à l'indépendance.

Ni l'opinion, fort ignorante des réalités coloniales, ni le personnel politique, imbu de l'idée d'une France généreuse initiant des peuples primitifs à la civilisation, n'étaient préparés à comprendre les problèmes. Ils n'avaient pas prêté attention à certains signes annonciateurs de grands changements ou n'avaient pas perçu les conséquences de certains événements. La défaite militaire de la France avait porté un coup sans doute irréparable à son prestige. Notre administration avait dû consentir à partager le pouvoir avec des étrangers, amis ou ennemis ; la présence dans nos colonies de puissantes armées avait suscité des comparaisons qui n'étaient pas à l'avantage de la nôtre : Afrikakorps en Tunisie, Japonais en Indochine, armées anglo-américaines en Afrique du Nord. La diplomatie des États-Unis avait encouragé les aspirations à l'indépendance : au Maroc, Roosevelt avait accueilli favorablement à Anfa le désir du sultan de recouvrer la sienne. Les Français de la métropole n'avaient pas pris conscience que partout dans le monde les peuples colonisés s'éveillaient au sentiment de leur personnalité, récusaient le régime colonial et aspiraient à s'émanciper. Ce que Macmillan appellerait quelques années plus tard le vent de l'histoire avait cessé de souffler dans le sens de la domination de l'homme blanc sur les peuples de couleur. L'opinion française n'était pas informée de la revendication de l'Istiqlal réclamant l'indépendance marocaine, ni de l'évolution de Ferhat Abbas et du programme du Manifeste algérien. Elle n'avait pas prêté attention aux troubles qui ensanglantèrent la région de Sétif et de Guelma le 8 mai 1945, ni à la répression qui fit plusieurs milliers de victimes et marqua la mémoire algérienne ; si l'on peut rapprocher deux événements dont la portée n'est apparue clairement que plus tard et dont on fera ensuite reproche aux Français de les avoir méconnus, l'opinion ne fit pas plus de cas de ces affrontements que de la publication du premier statut des Juifs. Les Français avaient, il est vrai, d'autres sujets d'intérêt ce jour-là, et la presse n'en rendit compte, avec retard, qu'en quelques lignes ; *L'Humanité* elle-même y vit des agissements d'hitlériens cherchant à venger la défaite du Reich : cette confusion en dit long sur l'incompréhension de l'opinion et de la classe politique.

Les intentions étaient généreuses ; ainsi l'Assemblée nationale abrogea-t-elle en 1946 le travail forcé sur tous les territoires. Mais on n'entendait pas remettre en cause l'essentiel. Les vicissitudes du titre de la Constitution consacré au statut de l'Union française attestent, d'un projet à l'autre, un raidissement : ce furent surtout les radicaux, conduits par Édouard Herriot, qui s'opposèrent à toute disposition qui aurait affaibli l'autorité de la France et risqué de faire de la métropole la colonie de ses colonies. De ces débats sortit un édifice compliqué qui superposait plusieurs étages. La République française associe la métropole, son prolongement algérien, les départements d'outre-mer (les « quatre vieilles colonies », Martinique, Guadeloupe, Guyane et Réunion, qui accèdent en 1946 au statut de département) et l'ensemble des colonies proprement dites. Font partie de l'Union française, avec la République, les États associés, c'est-à-dire les anciens protectorats, Maroc et Tunisie, les territoires dont le mandat a été confié à la France par les organisations internationales, tels le Togo et le Cameroun, ainsi que l'Indochine dont la place est réservée, en attendant la réinstallation de la France. Le Parlement français, où toutes les composantes de la République députent des représentants élus sur la base du double collège, légifère pour l'ensemble. L'Union française a des institutions communes — un Haut Conseil, une Assemblée — et a pour président celui de la République. Vincent Auriol fait grand cas de cette fonction et veillera soigneusement à prévenir la confusion des deux présidences en refusant le contreseing d'un ministre du gouvernement de la République pour les actes qu'il signait comme président de l'Union. Ensemble complexe, délicat, qu'il eût été difficile en tout temps de faire fonctionner harmonieusement et que les tensions et conflits auront bientôt disloqué. Le Haut Conseil ne tiendra que quelques sessions ; quant à l'Assemblée de l'Union française, elle partagera avec le Conseil économique et social le rôle ingrat d'exutoire pour les candidats malheureux aux élections à l'Assemblée nationale.

Il est une colonie qui échappe à toute administration française quand la guerre prend fin : l'Indochine, où les autorités coloniales ont dû consentir en 1940 à la présence nippone et se résigner à une sorte de condominium, jusqu'à ce que les forces d'occupation japonaises mettent fin à toute présence française : le 9 mars 1945, elles désarment et internent ceux des soldats français qu'elles n'ont pas massacrés. Les Japonais poussent les nationalistes vietnamiens à proclamer l'indépendance, créant de ce fait une situation irréversible. La capitulation du Japon a transféré l'administration, en l'absence de la France, à un condominium entre la

Chine et la Grande-Bretagne de part et d'autre du 16ᵉ parallèle. De Gaulle, qui entend rétablir la France dans toutes ses positions d'avant-guerre, envoie un corps expéditionnaire afin de reconquérir l'Indochine ; entreprise difficile à mener à douze mille kilomètres de distance. Deux politiques sont concevables, sinon pareillement praticables : restaurer par tous les moyens, les armes si nécessaire, la domination française ou rechercher un accord avec les nationalistes par la négociation. Ces deux politiques sont personnifiées par deux hommes également investis de grandes responsabilités : l'amiral d'Argenlieu incarne la première ; la seconde revient au général Leclerc, qui s'est vite convaincu de l'impossibilité d'une reconquête militaire et qui préconise la recherche d'une entente — Jean Sainteny en est l'exécutant convaincu. Le gouvernement français pratique concurremment les deux, cumulant leurs inconvénients. La conciliation paraît d'abord prévaloir après le départ de De Gaulle : un accord signé le 6 mars 1946 avec Hô Chi Minh, la principale personnalité du Vietminh, prévoit un Vietnam uni et indépendant dans le cadre de l'Union française — formule équivoque, comme le sera plus tard celle de l'indépendance dans l'interdépendance du Maroc, et qui marie les contradictions. La conférence qui s'ouvre à Fontainebleau et à laquelle participe Hô Chi Minh a pour objet d'imaginer les dispositions qui en feront une réalité viable. Le leader vietminh est bien reçu en France et multiplie les déclarations de bonne volonté, mais aucune des deux parties n'est pressée d'aboutir : chacune escompte que le temps travaille pour elle et améliore son jeu. D'Argenlieu détache la Cochinchine et l'érige en République autonome : les Vietnamiens, qui font de l'unité des trois ky une condition absolue, voient dans cette initiative un cas de rupture et doutent de la sincérité du gouvernement français. Soutenus par le ministre des Affaires étrangères, Georges Bidault, partisan d'une solution de force comme il le sera à propos du Maroc, les militaires, qui ne doutent pas de pouvoir rétablir la souveraineté de la France par les mêmes méthodes que celles qui l'avaient jadis fondée, déclenchent le 23 novembre, sur le port de Haiphong, un bombardement de la marine qui fait plusieurs milliers de morts dans la population, sonnant le glas de la négociation. Au sein du Vietminh les éléments intransigeants l'emportent, et Hô Chi Minh, à supposer qu'il l'ait voulu, ne peut plus s'y opposer. Le 19 décembre, le Vietminh lance par surprise à Hanoi et dans tout le Tonkin une offensive qui est contenue, mais qui est le début d'une guerre de huit années. Sur le moment, le gouvernement que préside Léon Blum n'a pas plus perçu la gravité de l'événement qu'il ne l'a prévenu. Les Français n'en pressentent pas davantage les implications et les conséquences.

Année après année, la France engagera en Indochine des moyens de plus en plus importants : elle y enverra tout son corps de bataille. La guerre pèsera de plus en plus lourd sur ses finances et restreindra sa liberté de jeu diplomatique dans la nécessité de l'aide américaine. En quête de partenaires autres que le Vietminh avec lequel il a déclaré qu'il ne traiterait jamais, le gouvernement est conduit à faire des concessions de plus en plus étendues et accorde à des interlocuteurs sans prise sur le cours des événements ce qu'il refusait en 1946 et dont l'octroi aurait peut-être évité la guerre. Les accords de la baie d'Along avec l'ex-empereur Bao-Daï reconnaissent l'indépendance et l'unité du Vietnam : dès lors, les troupes françaises ne combattent plus en principe que pour fonder la souveraineté du Vietnam et l'empêcher de basculer dans le camp communiste. Mais l'administration tarde à transférer la réalité des pouvoirs. La victoire complète des communistes en Chine en 1949 crée une situation nouvelle : leurs armées viennent border la frontière septentrionale du Tonkin, et le Vietminh, adossé désormais à l'immense Chine, peut mener des coups de main contre les Français. En octobre 1950 tombe toute la chaîne des postes tenus par nos soldats le long de la route coloniale n° 1 ; la chute de Cao Bang a une sinistre résonance : elle rappelle à ceux qui ont des souvenirs historiques la défaite de Lang Son, qui entraîna la chute de Jules Ferry en 1885. Au Palais-Bourbon, Pierre Mendès France est le seul à oser dire tout haut que le problème ne sera pas réglé par les armes et à prédire un désastre si on s'y obstine ; il le fait avec des réminiscences très littéraires : « Varus, qu'as-tu fait de nos légions ? » Et pourtant l'événement est plus grave que le prétendu désastre de 1885, qui était le dernier acte de la conquête de la péninsule : la chute de Lang Son en 1950 est le premier de la perte de l'Indochine.

Le Parti communiste est seul à combattre la guerre ; il a pris fait et cause pour l'indépendance vietnamienne et s'engage dans des actions violentes : il invite les dockers à refuser de charger le matériel à destination de Saigon, il glorifie ses militants poursuivis pour entraves à la défense nationale et, réactivant l'épopée des mutins de la mer Noire, il exalte le quartier-maître Henri Martin, condamné à cinq ans de réclusion, et Raymonde Diem qui s'était couchée sur la voie ferrée pour s'opposer au passage d'un train de matériel militaire. La campagne du Parti communiste contre la

« sale guerre » est une raison pour les autres partis dont l'anticommunisme cimente l'union de présenter la guerre en Indochine comme une contribution à la défense du monde libre et un argument auprès de Washington pour une aide financière et militaire. Avant même que la guerre de Corée n'opère la conjonction entre la guerre froide et la guerre d'Indochine, elle était faite en France dans les esprits.

Les autres parties de l'Union française inspirent moins de préoccupations : seuls quelques esprits avertis discernent les signes avant-coureurs d'orages futurs. On n'a pas prêté grande attention au discours prononcé à Tanger en 1946 par le sultan Mohammed V, ni à la montée en Tunisie des aspirations à l'autonomie personnifiées par le prestigieux leader du Néo-Destour, Habib Bourguiba, qui n'est sorti des geôles italiennes que pour entrer dans les prisons françaises. En Algérie, aux élections à l'Assemblée nationale, les extrémistes du Mouvement pour le triomphe des libertés démocratiques (M.T.L.D.) de Messali Hadj ont pris l'avantage sur les modérés du Manifeste algérien de Fehrat Abbas, qui sont de ce fait amenés à durcir leurs exigences. En septembre 1947, l'Assemblée nationale, au terme de débats passionnés sur lesquels a pesé l'intervention du général de Gaulle et du R.P.F. dénonçant comme une trahison de l'intérêt national toute disposition jugée trop libérale, adopte un statut de compromis : une assemblée algérienne associe 60 élus pour chacun des deux collèges. Mais avec la bénédiction du gouverneur général, le socialiste Naegelen, l'administration recourt sans retenue au truquage des élections, par les moyens habituels, bourrage des urnes, fraude, pressions sur les électeurs, et prive le statut de toute crédibilité. Les Algériens qui aspirent à une véritable égalité des droits en viendront à penser qu'il n'y a pas d'autre voie que le recours aux armes.

Dans les derniers jours de mars 1947 a éclaté à Madagascar une insurrection à laquelle succèdent pendant plusieurs mois une agitation endémique et une répression qui, conjuguée avec la famine, fit peut-être quelque 80 000 victimes.

La guerre froide

La ligne imaginaire censée séparer politique intérieure et politique extérieure avait perdu beaucoup de sa rigidité avant-guerre ; après 1945, elle est moins étanche que jamais. Relations internationales et rapports de force à l'intérieur interfèrent par la médiation des orientations idéologiques. La guerre froide, en effet, n'oppose pas seulement deux grandes puissances étrangères : elle divise les peuples à l'intérieur d'eux-mêmes. La rupture survenue en 1947 entre les deux Grands, la formation autour d'eux de blocs antagonistes et la constante aggravation de la tension entre 1947 et 1950 ont ruiné les espoirs de la France de se tenir en dehors. L'aide extérieure, indispensable à son économie, son engagement croissant dans la guerre d'Indochine contre un adversaire qui a le soutien actif du bloc communiste, restreignent la liberté d'action de notre diplomatie, qui est tenue de se ranger dans le camp occidental, de s'aligner sur son chef de file et de s'intégrer dans sa stratégie globale. La France doit renoncer à ses vues sur l'Allemagne : il n'est plus question de la démembrer ni de démanteler son industrie. Il faut souscrire à son relèvement, participer à la reconstitution d'une Allemagne de l'Ouest, intégrer sa zone d'occupation dans un ensemble unifié. La France ne renonce pas cependant à jouer un rôle et à prendre des initiatives. Elle entend continuer à exercer des responsabilités à l'échelle mondiale en raison de ses possessions dans toutes les parties du globe et de son siège permanent aux Nations-Unies. Le combat qu'elle livre en Indochine contre l'impérialisme communiste lui donne en outre droit à la compréhension des nations libres.

La question principale et qui suscite des inquiétudes aussi vives que la détresse de l'économie est celle de la sécurité de l'Europe de l'Ouest et de la défense contre le danger soviétique. En moins de trois ans la situation s'est complètement inversée : en 1944, les peuples d'Europe occupés attendaient impatiemment l'arrivée de l'Armée Rouge ; en 1947, ils la redoutent. L'éventualité d'une invasion soviétique a soudain pris une consistance alarmante, aux derniers jours de février 1948, avec le coup de Prague, qui a profondément impressionné l'opinion occidentale. Pour quelles raisons les Français ou les Italiens se croiraient-ils à l'abri d'une réédition du scénario qui vient de river la Tchécoslovaquie au bloc des démocraties populaires ? La combinaison de la pression militaire de l'Union soviétique et de la subversion de l'intérieur par les partis communistes nationaux ne pourrait-elle reproduire demain à Paris, Bruxelles ou Rome ce qu'elle a perpétré à Prague ? Dès juillet 1947, le général de Gaulle, haranguant ses fidèles à Rennes, avait évoqué cette éventualité en soulignant, pour faire sentir à son auditoire la proximité du danger, que la France n'était séparée des zones de stationnement des troupes russes que de la distance de deux étapes du Tour de France cycliste. Quelques mois plus tard, le blocus de Berlin, au mépris des accords interalliés, donne encore plus de vraisemblance à l'imminence d'un conflit. En 1948, une partie de l'opinion en France a envisagé la possibilité prochaine d'une troisième guerre mondiale. De Gaulle aurait-il lancé son offensive contre le régime sans la conviction qu'on était peut-être à la veille d'un conflit pour la domination du continent? Or, si le maître de l'U.R.S.S. a de telles visées, rien ne permet d'y faire obstacle; il n'y a en Europe aucune force capable de tenir en échec l'armée soviétique ni même de retarder son avance : la France a le gros de ses forces immobilisé en Indochine. L'Europe est vide et désarmée.

Pour parer au plus pressé, la France adhère, moins de trois semaines après le coup de Prague, à une alliance baptisée Union de l'Europe occidentale, qui l'associe à la Grande-Bretagne, à laquelle elle était déjà liée par le traité de Dunkerque de 1947, et aux trois pays unis dans le Benelux. Les signataires se promettent une assistance automatique en cas d'agression par un tiers et mettent sur pied un état-major interallié qui s'installe à Fontainebleau : il est dirigé par le maréchal Montgomery, assisté du général de Lattre de Tassigny. Mais qui peut croire que les neuf divisions qu'aligneraient les forces conjuguées des cinq pays pourraient empêcher les deux cents divisions soviétiques de déferler jusqu'à Brest et Anvers? Une seule riposte appropriée : l'appui des États-Unis, qui ont répudié l'isolationnisme, qui viennent de démontrer leur détermination et leur efficacité en organisant la parade au blocus de Berlin avec un gigantesque pont aérien et qui, de surcroît, ont le monopole de la bombe atomique. L'Europe se tourne donc vers Washington, et ses gouvernements sollicitent sa protection : la préoccupation de la défense prend désormais le pas sur celle du relèvement, et l'aide américaine glisse de l'économie à la stratégie. Les pourparlers aboutissent, le 4 avril 1949, à la signature du Pacte atlantique qui associe aux cinq de l'U.E.O. le Danemark et la Norvège, l'Islande, précieuse pour les communications entre les deux continents, le Portugal et l'Italie, le Canada et les États-Unis. La Grèce et la Turquie, dont la protection est déjà assurée par la doctrine Truman depuis 1947, les rejoindront sous peu. Du cap Nord au détroit de Gibraltar et de Lisbonne à Berlin est donc constitué un vaste système défensif dont les États-Unis sont la pierre angulaire. Pour gage de leur résolution, ceux-ci décident, pour la première fois en pleine paix, d'envoyer en Europe des troupes dont la présence durable est garante de leur engagement. Un état-major interallié est formé et le vainqueur de 1945, Eisenhower, accepte de reprendre du service : son nom est une garantie, et il jouit de la sympathie d'une grande partie de l'opinion. Il arrive en 1950 et s'établit aux environs de Paris. L'Organisation du traité de l'Atlantique Nord (O.T.A.N.) élabore une stratégie qui intègre les armées alliées et vise à constituer une force terrestre, aérienne et navale capable d'arrêter la progression des armées soviétiques jusqu'à ce que les États-Unis recourent, si besoin est, à la menace de l'arme nucléaire.

Cet enchaînement, qui semble inéluctable, vers la constitution d'un système où la défense française est intégrée, n'est pas du goût de tous. Il crée une division de plus. Les gaullistes craignent que la France n'y abdique sa souveraineté. Des intellectuels, des journalistes de la gauche non communiste redoutent une colonisation de l'Europe par les États-Unis. D'autres s'inquiètent des conséquences et pressentent que la France sera acculée à une révision déchirante de sa politique allemande ; le directeur du *Monde,* Hubert Beuve-Méry, prédit, le lendemain de la signature du pacte, qu'il contient en germe le réarmement de l'Allemagne. Le gouvernement se récrie et jure qu'au grand jamais le pays ne souscrira à pareille éventualité. Un petit courant préconise le neutralisme à l'imitation de la Yougoslavie qui a tenu tête à Staline et pratique le non-alignement. Mais l'opposition principale, irréductible, vient du Parti communiste, qui adhère depuis la conférence de Pologne à l'analyse de Moscou : c'est l'impérialisme américain qui prépare la guerre, et l'Union soviétique qui préserve les chances de paix. En février 1949, Maurice Thorez avait déclaré que jamais le peuple de France ne ferait la guerre à l'armée soviétique, même en cas d'invasion du territoire national, déclaration interprétée par les adversaires comme une promesse anticipée de collaboration du Parti communiste avec les occupants éventuels. Le gouvernement épure les administrations des personnalités suspectes de sympathie pour les thèses communistes : le 28 avril 1950, Frédéric Joliot-Curie est relevé de ses fonctions de haut-commissaire à l'Énergie atomique. Le Parti communiste jette alors toutes ses forces, qui sont considérables et que la guerre froide n'a pas entamées, dans une gigantesque bataille d'opinion pour la défense de la paix, qu'il présente comme menacée par les États-Unis, et pour l'interdiction de l'arme atomique, qui aurait pour effet induit de laisser à l'Union soviétique une supériorité militaire indiscutable. La colombe dessinée par Picasso est l'emblème, reproduit à des millions d'exemplaires, de la bataille menée par les Partisans de la paix, mouvement très directement inspiré par les communistes. La campagne de signatures de l'Appel de Stockholm pour la mise hors la loi de la bombe recueille en France plus de cinq millions de signatures de sympathisants, mais aussi d'hommes de gauche sincèrement inquiets, de chrétiens qui refusent de se laisser entraîner dans la course aux armements. L'aspiration pacifiste de l'avant-guerre resurgit, mais dans un environnement transformé. Le Parti communiste mène aussi campagne contre la présence sur le sol de France des troupes américaines et le slogan *« U.S. go home ! »* s'étale sur tous les murs à côté de « Libérez Henri Martin ! ». Le combat pour la paix se confond avec l'anti-américanisme, qui se nourrit de toutes les informations sur le racisme aux États-Unis, l'hégémonie du dollar, la violence dans les *suburbs,* en attendant la grande vague d'indignation suscitée par l'exécution des époux Rosenberg dont la culpabilité reste douteuse aux yeux de l'opinion européenne en juin 1953.

Un autre objectif, qui n'est pas tout à fait étranger à la préoccupation de la sécurité, a aimanté, dans les mêmes années 1948-1950, l'action des gouvernements : la construction d'une Europe unie. Une unité fatalement incomplète puisque amputée des nations de l'Est que l'Union soviétique a contraintes à s'intégrer dans le bloc assujetti à sa domination. Mais cette partition est précisément l'un des motifs de travailler à l'unification. Le projet d'unité européenne est un enfant de la guerre : les dirigeants ont retenu de la crise et du conflit la conviction de la nocivité de l'autarcie et des nationalismes. L'unité de l'Europe est la condition pour qu'elle garde une place dans le monde à côté des deux Empires. Les résistants ont pris conscience de ce qui les rapprochait dans leur combat contre la barbarie nazie, et de l'unité de culture qui définit l'Europe. Au lendemain de la guerre, tous les hommes d'État européens se prononcent pour l'unification : dès 1946, Churchill a invité les Européens à s'unir pour faire échec aux visées de Moscou. Ce faisceau de convictions, d'aspirations, d'arguments que développent les mouvements pro-européens aboutit à la réunion, en mai 1948 à La Haye, d'États généraux de l'Europe où se retrouvent la plupart des têtes politiques. Il en sort la création d'un Conseil de l'Europe, dont quinze gouvernements acceptent de faire partie et qui fixe son siège à Strasbourg ; choix symbolique d'une ville longtemps disputée entre la France et l'Allemagne, et qui est désormais signe de leur réconciliation. Ce Conseil tient sa première session en

1949. Cette assemblée sans compétences propres, à laquelle les gouvernements se sont bien gardés de déléguer quelque pouvoir et sur les décisions de laquelle ils se sont réservé un droit de veto à l'encontre de tout projet qui réduirait la souveraineté des États, n'est pas à la mesure du rôle qu'ambitionne le Mouvement européen.

La relance est venue d'ailleurs et sur un autre terrain : l'économie, qui se prête décidément mieux aux initiatives révolutionnaires. C'est, une fois de plus, Jean Monnet, l'homme des idées simples et neuves, qui imagine la formule : la mise en commun par la France et l'Allemagne sous une autorité supranationale de leurs ressources charbonnières et sidérurgiques rendrait à jamais impossible une guerre entre elles, puisqu'elles seraient dessaisies des moyens de la faire. Le charbon et l'acier sont alors les symboles et les leviers de la puissance industrielle : ce pourrait être le noyau d'une future communauté économique. Ainsi seraient atteints plusieurs objectifs à la fois : la réconciliation franco-allemande, la consolidation de la paix, la constitution d'une unité plurinationale, une régulation de l'économie prévenant les crises et l'amorce d'une expansion. Fidèle à une méthode souvent pragmatique, le commissaire général au Plan, qui a longtemps ruminé son idée, rédige une note de quelques pages, qu'il soumet au ministre des Affaires étrangères, Robert Schuman. Personne ne pouvait être plus réceptif à une idée aussi originale et plus apte à en discerner la portée historique, ayant vécu en Lorraine occupée, fait ses études supérieures à Luxembourg, député français à partir de 1919, résistant, membre d'un parti, le M.R.P., qui a fait de l'idée européenne son cheval de bataille, il est aussitôt gagné à l'idée et fait son affaire de sa réalisation. Il en mène tambour battant l'exécution : dix jours plus tard, le 9 mai 1950, bousculant les timidités de ses collègues et les lenteurs de ses services, il donne lecture, dans le grand salon de l'Horloge, de ce qui va s'appeler le plan Schuman. Le gouvernement français propose au gouvernement allemand, qui vient de retrouver une souveraineté limitée, de placer sous une autorité commune l'ensemble de leur production de charbon et d'acier. La proposition est ouverte à tous les pays qui voudraient s'y joindre.

L'initiative inspire en France, et à l'étranger des sentiments divers : approbation des États-Unis, qui saluent ce pas vers la formation d'un marché unifié qu'ils appellent de leurs vœux ; refus de la Grande-Bretagne, attachée à son insularité et dont les dirigeants travaillistes répugnent à fondre leur sidérurgie nationalisée dans un ensemble à dominante libérale ; hostilité déclarée de l'U.R.S.S. et donc des partis communistes ; défiance des sidérurgistes français dont la préférence va à des accords de cartel négociés entre producteurs. Le gouvernement français toutefois tient bon : en décembre 1951, en dépit de l'opposition des maîtres de forge, des gaullistes et des communistes, l'Assemblée nationale ratifie le traité instituant une Communauté européenne du charbon et de l'acier (C.E.C.A.) à une forte majorité — 377 voix contre 233. Six pays ont accepté de placer leurs ressources sous le contrôle d'une haute autorité dont la présidence revient normalement à l'inspirateur du projet. Belle victoire de l'esprit d'innovation, qui permet aux défenseurs de la IVe République de faire valoir que sa politique extérieure ne se réduit pas à l'alignement sur les positions des États-Unis.

Les gouvernements aux prises avec les institutions

Le fonctionnement des institutions dans les premières années de la IVe République justifie et réfute à la fois les critiques de ses détracteurs, lesquels dénonçaient l'absence d'un exécutif stable et fort, capable de concevoir et de conduire une politique affranchie des calculs politiciens. De fait, les gouvernements ne durent guère : neuf se sont succédé en quatre ans et demi, et encore sans compter les remaniements. Leur durée moyenne n'excède pas huit mois. Le plus durable, celui présidé par Henri Queuille (1948-1949), ne donne aux contemporains l'impression de la stabilité que par comparaison avec le défilé des autres. Comment, dans ces conditions, mettre en œuvre une politique qui s'élève au-dessus du quotidien ?

Une telle instabilité gouvernementale est la conséquence de l'absence de majorité stable. Le scrutin proportionnel a aggravé l'émiettement de la représentation : l'Assemblée ne compte pas moins d'une dizaine de groupes dont aucun ne peut prétendre atteindre la majorité absolue ; d'autant que l'opposition communiste neutralise à elle seule un bon quart des députés. Il faut donc que trois, ou plutôt quatre partis s'associent pour investir un président du Conseil à la majorité requise de 311 voix. Il n'est donc de majorité que de coalition, et qui dit coalition suggère précarité : assemblage fragile que travaillent constamment à disloquer les intérêts particuliers de chacune des composantes. La survie des cabinets est à tout instant suspendue au bon vouloir des états-majors de partis, et les présidents du Conseil sont toujours tenus de la négocier. La pérennité des majorités est d'autant plus menacée que les lignes de clivage se chevauchent : sur la politique économique et les réformes sociales, le M.R.P. fait bloc avec les socialistes contre les radicaux et les indépendants, mais, sur la question scolaire, il est rejeté à droite, tandis que les radicaux se refont une virginité de gauche. Il y a ainsi des majorités par problèmes. Seul contrepoids aux tendances centrifuges : le réflexe de résistance aux oppositions et la volonté de défendre les institutions — ce qu'exprimait à merveille le mot d'Henri Queuille sur « les partis de la majorité condamnés à vivre ensemble ». Le président du R.P.F. avait beau jeu de dénoncer le régime des partis et le danger qu'ils faisaient courir à la nation.

Et pourtant la réalité était moins négative. Si les gouvernements s'usent vite, les hommes demeurent ; ils se succèdent à eux-mêmes : d'un cabinet au suivant, le chef du gouvernement change, mais les ministres permutent entre eux et échangent leurs portefeuilles, un même groupe d'hommes exerce continûment le pouvoir. Davantage, les mêmes partis conservent les mêmes ministères : ainsi, deux républicains populaires alternent pendant toute la période à la tête du Quai d'Orsay, Georges Bidault et Robert Schuman ; le M.R.P. garde aussi pendant toute la législature la responsabilité des Affaires coloniales. La fidélité à l'esprit de la Résistance et le souvenir du combat partagé créent entre tous une solidarité profonde. Entre eux, il y a accord sur l'essentiel : la modernisation de l'économie, la justice sociale, la défense des institutions. Tout compte fait, le bilan de la législature 1946-1951 et de ces gouvernements éphémères n'est pas négligeable : ils ont pris des décisions courageuses et grosses de conséquences, ils ont dirigé la reconstruction et jeté les bases de l'expansion, ils ont amorcé une politique étrangère sur les orientations de laquelle aucune majorité ni aucun régime ne reviendra ensuite.

La majorité de Troisième Force n'a pas la tâche facilitée par la présence de deux oppositions qu'elle ne parvient pas à réduire. Le Parti communiste garde sa prépondérance intacte. Il reste sans conteste le premier parti de France, à tous égards : nombre d'électeurs, effectif d'adhérents, discipline et dévouement des militants, prestige auprès des intellectuels, capacité d'organisation. Il est le parti modèle, admiré ou détesté, envié, imité. Il conjugue, tout le temps de la guerre froide, deux traits qui font sa singularité dans le système des partis : l'isolement le plus rigoureux et la plus grande cohésion interne. Ce n'est pas contradictoire : la mise en quarantaine garantit la discipline intérieure ; ce fut toujours dans les moments où le parti était l'objet de la répression la plus brutale, à la fin des années 20 ou en 1939-1940, que ses militants, même ceux qui désapprouvaient la ligne de la direction, s'estimaient tenus de ne pas l'abandonner.

Son isolement est total : de toutes les divisions qui traversent alors la société française — et on sait si elles étaient nombreuses —, la césure qui sépare les communistes de leurs compatriotes est la plus infranchissable. Les autres familles politiques tracent comme un cercle de feu autour du parti. On n'ira cependant jamais jusqu'à l'interdire comme en d'autres démocraties occidentales, mais ses membres sont écartés de tout poste de responsabilité. Les partis de gauche ne sont pas les derniers à dénoncer l'imposture de ce parti qui se prétend défenseur de la classe ouvrière et qui s'aligne sur les intérêts d'un État étranger. Le Parti communiste à gauche? Guy Mollet, reprenant une formule qui était peut-être d'Édouard Depreux, tranche d'un mot : il est à l'Est.

Loin de se disculper du soupçon d'être solidaire de l'Union soviétique, le Parti communiste s'en glorifie. Il la défend contre ses accusateurs : *Les Lettres françaises,* hebdomadaire qu'il contrôle, intente un procès à l'auteur de *J'ai choisi la liberté,* Kravchenko, un ingénieur soviétique passé à l'Ouest qui affirme l'existence en U.R.S.S. de camps de concentration. Tous les intellectuels compagnons de route crient à la calomnie et se portent garants de l'innocence du régime soviétique. Le parti célèbre le génie de Staline, Maurice Thorez s'enorgueillit du titre de « meilleur fils de Staline » et ses dirigeants se font un mérite d'être staliniens. L'épithète est à l'époque un honneur qu'ils revendiquent. Ils épousent ses positions sur tous les sujets, y compris scientifiques et artistiques. Dans la controverse qui oppose Lyssenko à Mitchourine sur la transmission des caractères acquis, le parti adopte la ligne officielle, puisque Staline a tranché en faveur du premier, l'argument d'autorité est sans réplique. En art, on admire de confiance les médiocres réalisations du réalisme socialiste et on donne en modèle la peinture de Fougeron. Le plus étrange est l'empressement avec lequel des hommes de science habitués à pratiquer dans l'exercice de leur activité professionnelle un jugement critique, entraînés à ne pas se fier au témoignage de leurs sens et à soumettre à examen toute information, font avec joie le sacrifice de leur opinion personnelle à la cause du peuple, accueillent avec complaisance les fables les plus incroyables et avec la même satisfaction que les esprits religieux humiliant leur raison. Au reste, c'est bien un phénomène d'ordre religieux que la fascination exercée par le communisme sur tant d'hommes et de femmes. Ils pensent avoir trouvé dans le parti l'Église qu'ils cherchaient, peut-être à leur insu. Sartre, dont la philosophie est cependant fort éloignée du matérialisme dialectique, qualifie le marxisme d'«horizon indépassable». Le communisme exerce une manière de terrorisme intellectuel et ceux qui se risquent à dénoncer ses erreurs, tel Raymond Aron dans *L'Opium des intellectuels* (1955), s'exposent à être rejetés par beaucoup de leurs confrères qui ne sont pas communistes. Le parti forme une société complète en marge de la société globale : il encadre un peuple qui y trouve à la fois défense de ses intérêts, sociabilité et culture. Son influence est relayée et propagée par un réseau diversifié d'organisations spécialisées et une gamme de publications qui vont des quotidiens aux revues et hebdomadaires en passant par des maisons d'édition.

Le Parti communiste a réussi la relève des générations : il amalgame ceux des fondateurs qui sont passés au travers des purges, ceux qui l'ont rejoint au temps du Front populaire, de l'antifascisme militant et de l'union de la gauche, ceux qui ont découvert le parti dans la Résistance et y ont adhéré par patriotisme, ainsi que les plus jeunes.

La direction n'espère plus, après la grève des mineurs en octobre 1948, qui fut plus dure encore et plus longue que celles de 1947, renverser l'orientation politique. Elle a choisi de se battre sur deux fronts sur lesquels elle trouve des alliés et éveille des sympathies au-delà du cercle des convaincus : la lutte pour la paix et contre l'impérialisme américain, et la lutte anticoloniale contre la guerre d'Indochine et la répression à Madagascar. Dans l'un et l'autre cas la position du parti est conforme à l'intérêt de l'U.R.S.S. : l'interdiction de l'arme atomique assurerait sans coup férir à l'armée soviétique une éclatante supériorité stratégique du fait de son avance dans le domaine des armes conventionnelles; saboter la guerre d'Indochine, c'est avancer la victoire du communisme en Asie.

En face du môle communiste se dresse le Rassemblement du peuple français, dont les dirigeants affectent de considérer qu'il n'y a rien qui compte dans l'intervalle entre les deux blocs et de tenir pour quantité négligeable l'ensemble des forces intermédiaires. Le R.P.F. justifie son appellation : c'est bien un rassemblement qui réunit autour d'un noyau d'anciens de la France libre et de compagnons de la première heure plusieurs générations et des hommes venus de diverses origines ; s'il accueille assurément plus d'hommes de droite que de gauche — les cartes électorales en font foi — et si l'enrôlement dans le gaullisme d'opposition est une occasion inespérée pour certains de faire leur rentrée politique, il ne se confond pas avec la conservation politique et sociale. Les souvenirs de la Résistance valent à son chef des sympathies qui s'étendent loin à gauche, jusqu'à la C.G.T. et même parmi les communistes. Le R.P.F. affiche des préoccupations sociales, il ambitionne d'éteindre la lutte des classes, préconise l'association capital-travail et s'est prononcé pour une participation des travailleurs aux fruits de la croissance. Il compte dans ses rangs une proportion appréciable de salariés et même d'ouvriers ; c'est la formation qui, après le Parti communiste, en a le plus. Une branche spécialisée, l'Action ouvrière professionnelle, se prévaut d'avoir dans les entreprises plusieurs centaines de groupes. Le Rassemblement se flatte d'être un résumé de la diversité de la société : c'est, disait Malraux, « le métro à six heures du soir ».

C'est une force considérable, la seule capable, avec le P.C.F., de réunir des foules de plusieurs centaines de milliers de personnes pour entendre les philippiques du Général contre le système, les partis, les politiciens qui « cuisinent leur petite soupe au coin de leur petit feu », contre les institutions. André Malraux est le metteur en scène de ces grandioses manifestations. Les assises annuelles du Rassemblement — à Marseille en 1948, à Lille en 1949 — prennent l'allure d'imposantes cérémonies : à Marseille, le Général s'adresse d'un podium aménagé au centre du bassin du Vieux Port à l'auditoire disposé sur le pourtour. L'ampleur de ces démonstrations, leur caractère théâtral, une polémique qui ne recule pas devant les simplismes agressifs, un service d'ordre musclé dont l'intervention fait un mort à Grenoble, conduisent une partie de la gauche à voir dans cet avatar du gaullisme une résurgence du fascisme et à mobiliser les souvenirs de la Résistance contre le Premier Résistant. A la vérité, le phénomène R.P.F. est plus proche du P.S.F. du colonel de La Rocque que d'une variante française du totalitarisme ; mais le P.S.F. aussi avait, en son temps, été assimilé au fascisme. Pour son organisation, le R.P.F. a décalqué le modèle communiste et reproduit son centralisme : toute nomination à tous les échelons procède du président du Rassemblement.

La symétrie n'est cependant pas totale entre les deux oppositions : ne serait-ce — et la différence n'est pas mineure — que dans l'absence au R.P.F. de toute référence à un modèle étranger, même dans le monde occidental. Sa clientèle est aussi plus instable : l'électorat du Parti communiste est sous la IVe République le plus constant ; il ne varie que dans des limites très étroites, entre 5 et 5 millions et demi. Celui du R.P.F. est plus volatil : beaucoup n'ont rejoint le Rassemblement que faute d'avoir retrouvé les formations qui avaient leur suffrage avant 1939. Les radicaux n'ont jamais caché qu'en pratiquant la double appartenance, ils attendaient du R.P.F. qu'il leur fît la courte échelle. A mesure qu'ils rétablissent leurs positions, que la droite se réorganise sous ses drapeaux, le Rassemblement leur étant moins nécessaire, ils prennent leurs distances. Le R.P.F. avait pris au M.R.P. une partie de ses électeurs ; c'est maintenant au tour de la droite de lui reprendre une fraction des siens. Comme dans le même temps les vichyssois relèvent la tête et que la S.F.I.O. continue de s'effriter, l'ensemble du système se décale d'un lent mouvement vers la droite. A l'inverse du Parti communiste sur lequel le temps ne paraît pas alors avoir de prise, le R.P.F., qui a atteint d'emblée en 1947 son niveau le plus haut, en subit l'érosion. Le problème pour lui n'est pas d'élargir son audience, mais bien de conserver son potentiel. Les dirigeants de la Troisième Force l'ont parfaitement pressenti, dont la stratégie consiste à s'arc-bouter et à gagner du temps : chaque jour qui passe est un jour de gagné pour le régime — le temps l'enracine et use l'opposition. Il faut différer les épreuves de force électorales. En 1949, le gouvernement retarde de quelques mois les élections cantonales. Faute de pouvoir arracher à la majorité la dissolution de l'Assemblée élue quelques mois avant la naissance du Rassemblement, le général de Gaulle sera contraint d'attendre pendant cinq ans l'occasion de pénétrer en force au Palais-Bourbon. Ainsi se prolongea jusqu'en 1951 le paradoxe d'une formation qui, avec peut-être 800 000 ou un million d'adhérents, a été un moment la principale et qui n'est représentée à l'Assemblée que par une poignée de députés.

Les partis de la Troisième Force qui ont porté durant quatre ans les responsabilités du pouvoir ne s'en inquiètent pas moins à l'approche du renouvellement de l'Assemblée : même si le R.P.F. a quelque peu perdu de sa force initiale, il reste capable de leur tailler des croupières. Ils redoutent que les deux oppositions ne fassent une majorité : un bon quart de suffrages communistes, un autre quart de votes gaullistes, les partis de la majorité sortante seraient minoritaires, et comme l'addition de ces deux forces contraires ne pourrait constituer une majorité de gouvernement, l'Assemblée serait ingouvernable. Ceux qui, dans les pires difficultés, ont contenu la subversion, maintenu l'ordre public, redressé l'économie, porté le poids des responsabilités outre-mer, ébauché une construction européenne, ne s'inquiètent pas seulement pour leur réélection et l'avenir de leur formation, mais s'alarment aussi pour les institutions qui ne résisteraient pas à l'irruption massive à l'Assemblée de ces deux forces hostiles à la IVe République : n'est-ce pas la démocratie, qu'ils identifient par tradition à la souveraineté du Parlement, qui serait en danger ? Alors que les vichyssois sortent de leur silence, l'héritage de la Résistance est peut-être menacé.

Comment prévenir pareille éventualité ? En aménageant le mode de scrutin, sans abandonner cependant le principe proportionnel auquel communistes et M.R.P. sont attachés. On imagine alors un expédient ingénieux qui introduit une dose de principe majoritaire, à l'instar de la loi électorale de 1919, mais sans imposer la formation de listes communes : il suffit que, lors de leur dépôt, les listes se déclarent apparentées. Elles peuvent rester distinctes, garder leur programme et leur clientèle, mais, le moment venu de l'attribution des sièges, on additionne les chiffres obtenus par les listes apparentées : si le total atteint la majorité absolue des suffrages, elles emportent tous les sièges du département. Il est exclu que le Parti communiste trouve à qui s'apparenter, et il est peu probable que le général de Gaulle s'abaisse à contracter des apparentements avec ces partis qu'il n'a cessé depuis quatre ans de vilipender. Socialistes et M.R.P. n'ont pas les mêmes raisons d'y répugner et l'on peut escompter que les radicaux et les indépendants, qui ont fait partie des majorités de gouvernement depuis 1948, entreront dans les apparentements. Par ce biais, la double représentation communiste et gaulliste sera notablement diminuée et celle des partis de la Troisième Force augmentée d'autant. Ainsi, la majorité sortante se retrouvera dans la nouvelle Assemblée et la continuité sera assurée.

Ce système n'était pas seulement ingénieux, il avait une certaine logique : n'était-il pas légitime de tenir pour secondaire ce qui différenciait les composantes de la majorité par rapport à ce qui les avait unies et les séparait des deux oppositions qui n'avaient cessé de les combattre ? Mais l'opinion ne l'entendit pas ainsi et cette formule ne trouva pas son agrément. Communistes et gaullistes eurent beau jeu de crier à l'escroquerie — on ne disait pas encore « magouille ». A une opinion que la pratique de la représentation proportionnelle avait accoutumée à raisonner en fonction de la concordance la plus exacte possible entre les suffrages et la représentation, les déformations engendrées par le système des apparentements, et qui étaient sa raison d'être, apparurent comme une solution trop habile pour être honnête. Elles réveillèrent un antiparlementarisme toujours latent et contribuèrent à discréditer le régime dans l'esprit public.

Les résultats furent conformes à ce qu'en espérait la majorité : au soir du 17 juin 1951, les deux oppositions n'avaient pas la représentation à laquelle elles auraient eu droit sans les apparentements. Le Parti communiste, bien qu'il n'ait pas reculé — il frôlait les 5 millions d'électeurs et se situait encore au-dessus de 25 % —, voyait sa représentation ramenée de 165 à une centaine. Quant au R.P.F., qui se classait deuxième avec plus de 4 millions de voix et plus de 21 %, au lieu des quelque 200 sièges qu'il espérait, il ne s'adjugeait que 117 élus, ce qui en faisait néanmoins le premier groupe de l'Assemblée nouvelle. Les partis de la Troisième Force, qui avaient contracté des apparentements plus ou moins étendus, à deux, à trois et même à quatre dans 87 circonscriptions, enlevaient tous les sièges dans 39 cas sur 103 grâce à la prime à la majorité. Au total, ils disposaient d'environ 400 élus, qui se partageaient presque à égalité par formation. Après le tripartisme et avant la bipolarisation et — plus tard — une France électorale partagée en quatre quarts, la représentation de la France dessinait un hexagone de six groupes de force approximativement égale, allant de 88 pour le M.R.P. à 117 pour le R.P.F.

Le système avait parfaitement fonctionné et produit les effets escomptés : les deux oppositions, dont l'addition ne faisait qu'un peu plus du tiers de l'Assemblée, ne pourraient bloquer les institutions. La majorité avait tout lieu d'être satisfaite : elle avait déjoué la stratégie du général de Gaulle, qui n'était pas parvenu à triompher de la résistance des partis. L'échec du R.P.F. était inscrit dans le résultat des élections du 17 juin 1951, et, à terme, le retrait de son chef de la scène politique. A leur lumière on pouvait se demander si l'entreprise du Rassemblement, telle qu'il l'avait conçue et menée, n'avait pas été une erreur majeure. Mais sans elle, serait-il jamais revenu au pouvoir en 1958 ?

CHAPITRE XVIII

Reclassement des forces politiques

Les élections du 17 juin 1951 à la deuxième Assemblée de la IVe République marquèrent un tournant de l'après-guerre. Le souvenir des années tragiques, s'il ne se laisse pas oublier, s'estompe. La condamnation irrévocable de l'armistice de juin 1940 et du gouvernement de Vichy, qui était un élément essentiel du consensus de la précédente Assemblée, commence à être discutée. Quelques-uns de ceux qui entrent au Palais-Bourbon ont été élus sur des listes intitulées Union des indépendants républicains (U.N.I.R.) et sont des fidèles de Vichy. La mort du Maréchal qui survient, par une coïncidence significative, quelques jours plus tard, le 23 juillet 1951, ne met pas fin aux controverses et n'éteint ni les polémiques ni les passions. Des lois d'amnistie réintégreront et rétabliront dans leurs droits la plupart des vichyssois et l'inéligibilité qui tenait éloignés de la vie politique et du Parlement ceux qui avaient servi Pétain va être levée.

De ces élections le paysage politique sort transformé, et le rapport des forces bouleversé. La droite, qui avait à peu près disparu, victime des préjugés et des circonstances, resurgit en force. Elle a patiemment reconstitué ses forces : elle a, à l'initiative de Roger Duchet, regroupé ses élus sur la base du refus de la discipline de vote pour se démarquer des grands partis, dans le Centre national des indépendants à partir de 1948. La rupture du tripartisme et le passage des communistes à l'opposition ont rendu son concours indispensable à la S.F.I.O. et au M.R.P. De force d'appoint elle est devenue arbitre. Dès août 1948, elle avait fait sentir son poids : la rentrée dans un gouvernement de Paul Reynaud, l'ancien ministre des Finances de Daladier et le président du Conseil de mars à juin 1940, était tout un symbole. Retour éphémère parce qu'encore prématuré : le gouvernement était tombé au bout d'un mois. Mais, après juin 1951, il en va différemment.

Si la majorité sortante pouvait se féliciter du résultat des élections, elle ne survécut pas à sa victoire : dès le lendemain, ou presque, elle se disloqua sur une question qui n'avait rien à voir avec les problèmes les plus brûlants de l'heure : ni la guerre d'Indochine, qui était entrée depuis l'automne précédent dans une phase inquiétante, ni l'inflation relancée par la guerre de Corée qui avait entraîné une brusque flambée des cours des matières premières, ni le réarmement allemand que ses alliés prétendaient imposer à la France. La crise a éclaté à propos d'une question purement intérieure, mais qui venait du fond des âges : c'était le vestige résiduel de la grande querelle religieuse qui avait si profondément divisé la conscience nationale depuis un siècle et demi. Si la plupart des aspects du contentieux entre l'Église catholique et l'État avaient trouvé une solution amiable, il restait un sujet de litige : l'école, depuis que coexistaient deux systèmes d'enseignement concurrents et antagonistes — le service public laïque et l'enseignement confessionnel.

Certes, les positions avaient évolué : après 1945, les catholiques ne contestaient plus à l'État le droit d'organiser un service public d'enseignement et les laïques ne revendiquaient plus pour lui le monopole de ce dernier. Le différend porte sur le financement de l'école privée. Au nom d'une conception traditionnelle et stricte de la laïcité, les défenseurs de l'école laïque, essentiellement le Syndicat national des instituteurs et la Ligue de l'enseignement, s'opposent à toute aide publique à l'école privée ; leur position est définie par la maxime : « A école publique fonds publics, à école privée fonds privés. » Les partisans de l'école confessionnelle, principalement les Associations de parents d'élèves de l'enseignement libre (les A.P.E.L.) réclament une aide de l'État au nom de la liberté effective de l'enseignement, de la justice sociale pour les maîtres et les familles et de l'égalité devant l'impôt. Le gouvernement de Vichy avait fait partiellement droit à leur demande en instaurant des subventions, en considération des circonstances exceptionnelles. A la Libération, les laïques n'avaient rien eu de plus pressé que de réclamer la suppression desdites subventions et le Gouvernement provisoire avait déféré à leur requête. La question n'en demeurait pas moins posée, et l'inflation qui rongeait les ressources des familles et imposait aux établissements des charges de plus en plus onéreuses la rendait plus aiguë. Les députés proches de l'électorat catholique, le M.R.P. en première ligne, étaient pressés de trouver une solution. Ils imaginèrent des expédients que la vigilance des organisations laïques déjoua régulièrement. A plusieurs reprises la querelle a failli compromettre l'entente de la majorité : sur la nationalisation des écoles des Houillères, puis le décret dit Poinso-Chapuis, et aussi à l'occasion des procès intentés aux organisateurs de kermesses dans l'Ouest. Le M.R.P. et la S.F.I.O., de l'entente de qui dépendait la survie de la majorité, étaient soumis à des pressions contraires et symétriques qui visaient pareillement à les dissocier : les socialistes à la surenchère laïque du Parti communiste, les républicains populaires à celle du R.P.F. qui, n'ayant pas de responsabilités, avait beau jeu de faire des promesses.

A l'approche du 17 juin 1951, le groupe de pression de l'enseignement privé, sous l'impulsion du Secrétariat pour la liberté de l'enseignement et la défense de la culture animé par Édouard Lizop, avait conçu une tactique simple et efficace : demander à tous les candidats de s'engager à adhérer à une association parlementaire pour la liberté de l'enseignement et à voter les mesures qu'elle proposerait, et diffuser auprès des adhérents des A.P.E.L. les noms de ceux qui auraient souscrit cet engagement. Au lendemain du 17 juin, la nouvelle Assemblée compte une majorité de ces députés. É. Lizop les réunit dans la plus grande salle du Palais-Bourbon pour constituer l'association prévue.

L'investiture d'un président du Conseil et la formation d'une majorité de gouvernement sont suspendues à la satisfaction des exigences de ce groupement. Les socialistes refusent les concessions que leur demandent leurs alliés de la veille, M.R.P. et indépendants : ils passent à l'opposition, où ils se maintiendront pendant presque toute la législature. La majorité qui avait gagné les élections est rompue.

La crise gouvernementale est dénouée, après de longues semaines, le 16 août par l'investiture de René Pleven. Toutes affaires cessantes, la majorité vote deux textes : l'un, d'initiative gouvernementale, la loi Marie, étend aux élèves des collèges privés le bénéfice des bourses ; l'autre, une proposition qui porte le nom du premier député par ordre alphabétique à l'avoir signée, la loi Barangé, instaure une allocation pour tout enfant d'âge scolaire, qui est directement versée, pour l'enseignement public, aux établissements et, pour les écoles privées, à des associations. La gauche, qui a voté contre, fait le serment d'abroger ces dispositions le jour où elle sera redevenue majoritaire. La majorité de Troisième Force est virtuellement morte et fera place à une autre, axée plus à droite.

Avec l'imposant groupe R.P.F., les radicaux et les indépendants, pour peu qu'ils attirent à eux le M.R.P., l'Assemblée du 17 juin est la plus à droite depuis la Chambre élue un quart de siècle plus tôt, en 1928, sur le nom de Poincaré. Le rapprochement n'est pas simple jeu de l'esprit : après quelques mois d'un gouvernement présidé par René Pleven, qui a pu paraître prolonger les cabinets de Troisième Force de la précédente législature, un héritier de Poincaré, Antoine Pinay, est proposé par Vincent Auriol à l'investiture de l'Assemblée et, à la surprise de tous, il obtient le 6 mars 1952 la majorité requise. L'axe de la majorité, qui s'était successivement décalé des socialistes (Ramadier) vers le M.R.P. (Schuman et Bidault), puis vers les radicaux (Queuille et René Mayer), a fait un pas de plus à droite : accède à la direction du gouvernement un modéré et, de surcroît, pour la première fois depuis la Libération, un homme qui n'a pas milité dans la Résistance. Élu député pour la première fois en 1936 et maire de Saint-Chamond, il a continué à administrer sa ville pendant l'Occupation ; il a même été nommé membre du Conseil national, mais n'y a pas siégé. Il ne s'est pas compromis avec le gouvernement de Vichy, mais s'est tenu en dehors de toute activité résistante. Au lendemain de son investiture, *Match* lui fait un mérite de n'être allé ni à Vichy, ni à Moscou, ni à Londres. Sa nomination est une date de l'histoire de la IVe République.

Un an plus tard, en juin 1953, un autre modéré, Joseph Laniel, également membre de l'Alliance démocratique, accède à la direction du gouvernement après deux brefs cabinets à direction radicale. Plus significative encore, l'élection, en décembre 1953, pour succéder au socialiste Vincent Auriol à la présidence de la République, du sénateur modéré René Coty, vétéran de la IIIe République et qui avait voté contre la Constitution dont il devient le gardien. Quel retournement de situation ! Le temps est bien révolu de l'exclusive jetée contre les hommes de droite. La droite des indépendants détient les deux présidences et dispose au sein du Parlement de 132 députés : leur groupe est devenu le premier. Le processus qui tend dans le long terme à faire de la droite pour trente ans la force dominante est enclenché : la gauche n'accédera plus au pouvoir que fugitivement et grâce à des occasions exceptionnelles. L'isolement du Parti communiste a précipité les choses. L'investiture d'Antoine Pinay révèle l'infléchissement de l'orientation du corps politique.

Elle a d'autres significations. Elle n'a été acquise — et de justesse — que par la défection d'une fraction de députés R.P.F. qui ont passé outre aux consignes de De Gaulle. Celui-ci n'a pas modifié la stratégie arrêtée en 1947 : n'avoir aucun rapport avec les partis et bloquer le système. Il espère démontrer que le régime ne peut fonctionner sans lui. Or vingt-sept de ceux qui se sont fait élire sous son patronage, doutant de la possibilité d'atteindre cet objectif, plutôt que de pratiquer la politique du pire, choisissent d'apporter leur bulletin au candidat modéré : pourquoi continuer le boycott alors qu'un des leurs a la possibilité d'accéder au pouvoir ? La plupart ont un passé politique et viennent de formations modérées : ils retournent à leur bercail. C'est l'indice qu'entre la droite parlementaire et libérale et le gaullisme le rapport d'influence est en passe de s'inverser. Hier, les indépendants avaient besoin de la référence à de Gaulle et de l'appui de la machine du R.P.F.; ils peuvent désormais s'en passer : la droite est redevenue assez forte pour se suffire et prendre ses distances. C'est elle qui exerce une attraction sur les élus gaullistes et qui devient le point de rassemblement : les vingt-sept dissidents rejoindront bientôt le gros des modérés.

Le Général en tirera les conséquences : en 1953 il met fin à son action, rend leur liberté à ses compagnons et quitte la scène politique. Il se retire à Colombey où il s'enferme dans une retraite hautaine et rédige ses *Mémoires de guerre*; commence la « traversée du désert ». Il n'est pourtant ni totalement absent ni oublié : beaucoup d'hommes politiques sollicitent d'être reçus par lui, lui rendent visite rue de Solferino ; les privilégiés sont reçus à la Boisserie et, au retour, distillent pieusement les mots qu'ils ont recueillis de sa bouche. Il effectue un grand voyage autour du monde. Sa grande ombre se projette sur le personnel politique. Le premier geste de Pierre Mendès France, investi un 18 juin, est d'adresser un télégramme déférent à celui dont il avait été le collaborateur. Mais de Gaulle a cessé d'intervenir activement dans la politique quotidienne. Reste un petit groupe de fidèles, de moins en moins nombreux — ils ne seront plus qu'une poignée après les élections de janvier 1956 —, qui persistent à croire que le salut pour la France passe par le retour de De Gaulle. Mais rien ne les retient plus de se rallier, par échelons successifs, au régime ; ils entrent dans le gouvernement de Pierre Mendès France et font dès lors partie de la plupart des majorités ; le gaullisme n'existe plus comme force politique capable de bloquer les institutions. Une fois de plus, le régime a été plus fort que les oppositions.

Monsieur Pinay

Le gouvernement présidé par Antoine Pinay, ou, comme on prend l'habitude de dire pour désigner les gouvernements qui tranchent sur la grisaille des combinaisons successives, l'« expérience Pinay », n'a duré guère plus que la moyenne de ses prédécesseurs : neuf mois et demi, du 6 mars au 23 décembre 1952. En dépit de sa brièveté, il a fait date dans la mémoire collective : inconnu ou presque la veille, bien qu'il eût été ministre, M. Pinay est devenu populaire du jour au lendemain. Il est l'un des deux ou trois présidents du Conseil de la IVe République dont l'opinion a retenu le nom, qui a bénéficié auprès d'elle d'un appui qui fit sa force, et dont la chute fut regrettée. On a pu parler d'un « mythe » Pinay. Savamment orchestrée par des organes d'opinion, sa popularité, « l'homme au petit chapeau » la devait d'abord à une apparente banalité : c'était un Français comme les autres ; il avait, disait-on, une tête d'électeur. Beaucoup se reconnaissaient en ce chef d'une petite entreprise qui avait fait la guerre et qui ne s'était ni singularisé par des prises de position originales, ni signalé par une opposition flamboyante. Il parlait le langage du bon sens. A un pays las de la grande histoire, il paraissait rassurant. Après des années de dirigisme, il répondait à l'attente d'une opinion qui aspirait à un relâchement des contraintes et des contrôles. Il reprenait des thèmes classiques, qui avaient fait jadis le succès de Thiers, de Méline, de Poincaré : gérer les finances de la France comme celles d'une entreprise ou d'une famille, ne pas dépenser au-dessus de ses ressources, réduire le train de vie de l'État, défendre la monnaie, combattre l'inflation. Autant de maximes frappées au coin du bon sens et qui sont du poincarisme tout pur, car telle est la signification de l'expérience et de sa popularité : une résurgence du poincarisme, qui correspond à une tendance enracinée dans notre culture politique.

Cette politique trouve la connivence de la conjoncture : après la flambée des cours provoquée depuis juin 1950 par la guerre de Corée, qui avait entraîné le renchérissement des matières premières, la tendance s'oriente à la baisse. Pinay compte sur la confiance plus que sur la contrainte : il demande à l'épargne plus qu'à l'impôt les ressources dont l'État a besoin. Il fait voter une amnistie fiscale pour favoriser le rapatriement des capitaux partis à l'étranger, lance un grand emprunt qui doit opérer une ponction sur les liquidités et assurer au Trésor les ressources nécessaires, assorti de conditions particulièrement intéressantes : exonération d'impôt et surtout des droits de succession, et indexation sur l'or, qui en font un des placements les plus rémunérateurs avant le Giscard 1973. Il engage une grande campagne pour la défense du franc ; il fait appel au civisme des commerçants, qui apposent dans leurs boutiques des affichettes « Défense du franc » : D.D.F.

Cette politique enregistre quelques résultats positifs. L'expérience de 1952 a été un palier opportun au sortir de la phase de reconstruction, essentiellement financée par l'inflation et la dépréciation du franc, et le départ de vingt années d'expansion continue dans une relative stabilité monétaire qui allait débuter avec Edgar Faure en 1953. Mais les difficultés renaissent bientôt : après une euphorie de quelques mois, le gouvernement marque le pas ; il doit recourir au blocage autoritaire des prix pour prévenir une nouvelle vague de hausse. L'arrêt de l'inflation a eu pour conséquence un ralentissement des investissements industriels, et l'économie a payé le retour à la stabilité d'une stagnation de son activité, préoccupante pour la suite. Enfin, et bien que M. Pinay ait fait voter l'échelle mobile des salaires, sa politique a mécontenté l'aile sociale de sa majorité : le M.R.P. exprime ses critiques et c'est pour devancer une rupture qu'Antoine Pinay démissionne à la veille de Noël.

Sa popularité demeure intacte : Antoine Pinay continuera de jouir d'une autorité morale qui fera rechercher son concours, son avis ou sa caution. Edgar Faure s'assurera son approbation à une solution libérale du problème marocain ; le général de Gaulle lui confiera en 1958 le portefeuille des Finances et son nom sera un élément de l'éclatant succès du plan de réformes. Plus tard, Valéry Giscard d'Estaing témoignera de grands égards à son ancien patron. En 1986, une des premières démarches du nouveau ministre de l'Économie et des Finances, Édouard Balladur, sera de rendre visite au grand vieillard dont les avis sont toujours, après trente-cinq ans, recueillis avec déférence et considération. Le libéralisme conservateur de Georges Pompidou, de Valéry Giscard d'Estaing ou de Raymond Barre se compose des mêmes ingrédients que l'expérience à laquelle reste attaché le nom de M. Pinay, et leur popularité atteste la permanence dans le tréfonds de l'opinion d'un ensemble stable de vues et de sentiments qui avaient fait le succès du poincarisme.

En politique intérieure, son gouvernement ne s'était pas écarté de la ligne de ses prédécesseurs : il n'avait pas relâché sa rigueur à l'égard du Parti communiste. La police réprime brutalement les manifestations violentes organisées le 28 mai 1952 contre le général Ridgway, qui prend la relève d'Eisenhower et que la propagande communiste accuse d'avoir recouru en Corée à la guerre microbienne : 718 manifestants sont arrêtés, dont Jacques Duclos, et 140 inculpés pour complot contre la sûreté de l'État, parmi lesquels ce même Duclos qui assure la direction du parti en l'absence de Thorez, parti en U.R.S.S. rétablir sa santé délabrée. Lutte contre le communisme à l'intérieur et solidarité avec l'alliance atlantique à l'extérieur : la ligne ne dévie pas. Le président du Conseil n'est pas pour autant un partenaire complaisant : l'opinion lui sait gré d'avoir rejeté avec hauteur une note de Washington dont il juge le ton inadmissible et qui constituait une ingérence dans les affaires intérieures. Défense du franc, amour-propre national, M. Pinay est décidément bien représentatif des sentiments de la majorité de ses concitoyens.

Y a-t-il quelque relation de cause à effet entre la politique de lutte contre l'inflation et de confiance à l'épargne pratiquée par le gouvernement Pinay, et l'explosion sociale à laquelle dut faire face son successeur Laniel ? La chose est d'autant plus douteuse que le mouvement n'a pas touché le secteur privé. Au cœur de l'été 1953, en pleins congés payés, la France s'est brusquement trouvée plongée dans un conflit social plus étendu que la grève des mineurs de 1948 et presque aussi long que les grandes grèves de l'automne 1947, mais dont les origines n'avaient rien à voir avec ces précédents. Le mouvement a démarré de façon tout à fait inopinée le 4 août, chez des postiers de Bordeaux, proches de Force ouvrière, mais sans objectif politique : simple réaction contre l'intention du gouvernement d'apporter des modifications aux statuts professionnels de certains services publics ou apparentés, en particulier le relèvement de l'âge de la retraite. Rien n'est plus explosif que de toucher aux droits acquis. Le mouvement se propage avec une extraordinaire célérité ; comme un feu de brousse, il gagne la France entière et tous les secteurs de la fonction publique et les services publics — P.T.T., S.N.C.F., E.D.F., R.A.T.P., mineurs, etc. — se grippent. En quelques jours, la France est paralysée : les trains ne circulent plus, ni le métro, ni les bus ; les gares sont désertes, le courrier ne part ni n'arrive. Le 15 août on dénombre quatre millions de grévistes. Si l'économie n'en est pas trop affectée, car c'est la période des congés payés et la plupart des usines sont fermées, la vie quotidienne est grandement perturbée. Le gouvernement est débordé et accumule les erreurs de stratégie : le président du Conseil dit le 12 août qu'il ne négocierait pas, puis se décide, après vingt-cinq jours, à traiter et cède alors sur la plupart des points. Ce mouvement spontané qui a pris de court les appareils syndicaux aussi bien que les partis et les pouvoirs publics aura une postérité.

Indochine et Maghreb

A travers les gouvernements successifs et des majorités changeantes, les problèmes d'outre-mer pèsent de plus en plus sur la politique : d'année en année ils se multiplient et chacun s'aggrave.

Depuis le 19 décembre 1946, la France est en guerre en Indochine et tous les ans elle y envoie davantage d'hommes et y consacre une part plus importante du budget, même si, depuis le début de la guerre de Corée, les États-Unis supportent une part croissante de l'effort financier au nom de la solidarité des peuples qui luttent contre le communisme mondial. La rétrocession de la souveraineté à Bao-Dai et la constitution d'États associés censés être indépendants n'ont pas fait progresser vers une issue politique. Depuis la victoire en Chine des communistes, le Vietminh est adossé à une immense masse territoriale continue de la Baltique à la mer de Chine. Le général de Lattre de Tassigny, qui a accepté de prendre le commandement, a redressé momentanément la situation : il a accéléré la formation d'une armée nationale vietnamienne, rétabli la confiance et gagné la sympathie américaine à la cause défendue par la France. Mais l'amélioration ne survit guère à la maladie qui l'emporte en janvier 1952. Dès lors, la situation militaire va se dégradant. Pour la redresser, l'état-major imagine de frapper un grand coup en attirant le corps de bataille ennemi sur un terrain choisi où on pourra l'écraser définitivement. Le lieu de cette bataille décisive est trouvé dans la plaine des Jarres, en un point nommé Diên Biên Phu. On y aménage un camp retranché où commencent d'affluer les meilleures unités du corps expéditionnaire. On pense avoir repris l'initiative.

Des sujets d'inquiétude se profilent aux deux extrémités de l'Afrique du Nord française : dans les deux protectorats où la fiction de la continuité de l'État légitime les aspirations à l'indépendance. En Tunisie, Habib Bourguiba, fondateur du Néo-Destour, qui s'était séparé en 1934 du Vieux Destour, personnifie l'aspiration nationaliste. La déposition du bey Moncef par la France n'a jamais été acceptée par les éléments les plus attachés à la personnalité tunisienne. Les Tunisiens sont encore peu nombreux à revendiquer l'indépendance totale ; ils demandent seulement l'autonomie interne, mais la minorité européenne s'oppose à toute réforme qui affaiblirait indirectement sa prépondérance. Persistance d'un régime qui confie l'administration à des fonctionnaires français ou autonomie interne ? Le gouvernement français balance et annule l'effet des déclarations de bonne volonté par des gestes contraires. Une note du Quai d'Orsay, en date du 15 décembre 1951, qui a sans doute échappé à l'attention du ministre et qui rejette toute perspective d'évolution en réaffirmant la thèse d'une cosouveraineté franco-tunisienne, met le feu aux poudres. Le gouvernement envoie à Tunis un résident général avec mission de rétablir l'ordre. Il interdit le congrès du Néo-Destour : les Tunisiens ripostent par une grève largement suivie ; il existe en Tunisie une puissante organisation syndicale, l'Union générale des travailleurs tunisiens, dirigée par Ferhat Hached. Des troubles éclatent, auxquels l'armée répond par des opérations de « ratissage » qui font des centaines de morts dans la presqu'île du cap Bon. Le résident suspend le gouvernement et fait arrêter des ministres, tandis que le bey refuse de signer le décret soumis à sa signature. La Tunisie s'enfonce dans la violence. Ferhat Hached est assassiné par une organisation terroriste européenne, la Main rouge, qui a des complicités dans la police et l'administration françaises. Des partisans tunisiens, auxquels on applique pour la première fois le terme de *fellagha* qui connaîtra bientôt en Algérie un usage plus étendu, se livrent à des actions de guérilla. La politique de force a visiblement échoué, mais quelle politique de rechange ? Une politique libérale rencontrerait l'opposition résolue de la plupart des notables européens et Robert Schuman, ministre responsable, dans un article remarqué de *La Nef,* a dit l'impossibilité pour le gouvernement de se faire obéir des administrations locales. A Paris même, il n'y a pas de majorité pour une quelconque politique : le débat à l'Assemblée nationale sur la Tunisie s'est terminé par le rejet successif des six motions soumises à son approbation.

A l'autre extrémité du Maghreb, l'évolution du Maroc présente de grandes ressemblances. La présence de troupes américaines après le débarquement de novembre 1942 et le bon accueil de Roosevelt aux requêtes du sultan avaient fait espérer à l'élite marocaine la perspective d'une évolution du protectorat. Dans un discours retentissant, prononcé à Tanger en 1946 sans l'aval de la résidence, Mohammed V avait réclamé des réformes. Or la pratique s'était de plus en plus écartée de l'esprit du traité de Fez et de la conception de Lyautey, substituant l'administration directe par les fonctionnaires français au régime de protectorat. Les plus modérés des nationalistes demandaient le retour au traité, les plus radicaux l'indépendance avec le parti de l'Istiqlal, interdit par la résidence et dont les leaders avaient été déportés en 1944 au

Gabon. Reçu officiellement en France en octobre 1950, le sultan avait remis un mémorandum auquel le gouvernement français avait opposé une fin de non-recevoir. Les colons français, comme en Tunisie, mais qui sont plusieurs centaines de mille, s'opposent à toute concession et trouvent le soutien de la résidence : tour à tour, le général Juin, puis le général Guillaume, prenant le contrepied de la politique de Lyautey qui avait progressivement rétabli l'autorité du souverain chérifien sur l'ensemble du Maroc, entretiennent en sous-main une fronde des grands féodaux, conduite par le pacha de Marrakech, le Glaoui. Juin somme le sultan de désavouer l'Istiqlal ; refus du sultan. Le dialogue de sourds continue entre Paris et Rabat : en mars 1951, Mohammed V réitère sa demande de révision du traité ; en septembre, nouveau refus de Paris. Le sultan s'adresse directement à Vincent Auriol, en sa qualité de président de l'Union française.

La situation se dégrade. Le parallélisme entre la Tunisie et le Maroc provoque des répercussions de l'une sur l'autre : l'assassinat du leader syndicaliste tunisien Ferhat Hached déclenche dans le Maroc une vague de violences — des dizaines de Français sont massacrés. Le Maroc est entré à son tour dans le cycle de la violence. En Tunisie, la guérilla est plutôt rurale ; au Maroc, l'agitation secoue les grandes cités, Casablanca en tête. Un mouvement de grève est réprimé aux Carrières centrales avec la dernière énergie, qui fait de nombreux morts. En France, une partie de l'opinion, en dehors des communistes, commence à s'émouvoir ; François Mauriac, alerté par des amis, s'indigne : une réunion au Centre catholique des intellectuels français (C.C.I.F.) qui dénonce la violence et apporte des informations indiscutables obtient un grand retentissement. C'est l'amorce du débat qui va déchirer la conscience nationale à propos de la décolonisation et qui dominera la politique pour une dizaine d'années.

La crise marocaine culmine pendant l'été 1953, au moment où le gouvernement est aux prises avec une grave crise sociale. La résidence, qui travaillait de longue main à susciter une dissidence contre le sultan, laisse le Glaoui conduire une marche de cavaliers sur Rabat et, prenant acte de la déposition de Mohammed V par une assemblée de grands notables bien chapitrés, le fait déporter en Corse d'abord, puis à Madagascar avec les siens. Un parent éloigné de la famille des Alaouites, Moulay ben Arafa, est proclamé sultan, mais le patronage trop voyant de la résidence le prive de toute autorité morale aux yeux des Marocains, alors que l'éloignement grandit celle du sultan déposé. Le gouvernement français, qui désapprouvait le recours à la force, a été tenu en dehors de l'opération : mis devant le fait accompli, il se résigne à l'entériner. Le ministre des Affaires étrangères, Georges Bidault, qui en mesurait avant les inconvénients, en devient le défenseur le plus convaincu. Seul François Mitterrand refuse de s'incliner devant le coup de force et démissionne après quelques jours.

Ainsi, l'Afrique du Nord s'est embrasée aux deux ailes : dans les deux protectorats les souverains ont été déposés ou refusent de désavouer les aspirations de leurs sujets. Le sentiment national gagne des couches nombreuses ; les colons européens, à l'exception de minorités plus lucides sur les dangers d'une politique de force et de compression, exercent sur l'administration une pression irrésistible et les résidents se rangent à leur avis. Dans les deux pays on est dans l'impasse et l'agitation a pris un tour violent que la répression ne parvient plus à contenir.

En revanche, l'Algérie ne fait pas parler d'elle et n'inspire aucun souci aux gouvernements : l'administration a pu en toute tranquillité élever la fraude et la pression électorales à la hauteur d'une institution, au risque de vicier les consultations et de ruiner la confiance des populations.

C'est d'Indochine que surgit l'événement qui fait soudain basculer la politique d'outre-mer et contraint les pouvoirs publics à rompre l'enchaînement qui enfonçait la France dans le cycle de la répression et de la guerre. C'est du lieu même dont le commandement avait décidé de faire le théâtre du renversement de l'initiative : le camp retranché de Diên Biên Phu. A quelque 300 kilomètres d'Hanoi, il devait attirer les divisions vietminh pour « casser du Viet ». Or le piège se retourne contre le corps expéditionnaire : le général Giap, qui commande les troupes du Vietminh, décide de saisir l'occasion d'infliger aux Français un échec irrémédiable. Il entreprend le siège du camp qui est installé dans une cuvette : les divisions vietminh convergent vers Diên Biên Phu, occupent les collines qui l'encerclent et d'où elles peuvent faire pleuvoir les obus. Des milliers de coolies, poussant des bicyclettes lourdement chargées, assurent l'approvisionnement en munitions. Le 13 mars, Giap donne le premier assaut : ses canons, qu'il a disposés tout autour en grand nombre, écrasent les avant-postes, qui tombent. Il accentue sa pression. La piste d'atterrissage est rendue inutilisable : le camp ne peut plus être ravitaillé que par parachutages. La situation devient désespérée : il n'y a plus moyen de sauver la garnison, sauf à obtenir une intervention de l'aviation américaine, un moment envisagée par

Paris. L'étau se resserre, le périmètre du camp se rétrécit de plus en plus. Le 8 mai, après deux mois de siège, Giap déclenche l'assaut final : le camp est submergé ; toute résistance a bientôt cessé. Le colonel de Castries, que le gouvernement promeut au grade de général, est aux mains de l'ennemi, le drapeau viet flotte sur Diên Biên Phu.

La bataille a fait, du côté français, 1 500 morts et quelque 3 500 blessés. Environ 10 000 hommes sont faits prisonniers, dont 7 000 ne reviendront pas, victimes des mauvais traitements, des marches épuisantes, de l'absence de soins. Les pertes ne représentent que 6 ou 7 % de l'ensemble du corps expéditionnaire, mais ce sont les unités les plus aguerries, le fer de lance, en particulier les unités parachutistes, qui ont été défaites en rase campagne par les maquisards du Vietminh. Neuf ans, à un jour près, après la capitulation du IIIe Reich, qui avait partiellement effacé l'humiliation de 1940, l'armée française subit une nouvelle défaite, qui n'a certes pas la même gravité mais dont le retentissement en France est immense. L'armée est humiliée et c'est pour la nation un jour de deuil. Pas plus qu'en 1940 l'opinion n'en tient rigueur aux militaires, dont l'idée stratégique était ingénieuse mais la mise en œuvre tactique absurde : le commandement avait choisi une position trop éloignée pour être secourue, dont la survie dépendait de la piste aérienne-cordon ombilical, et il avait gravement sous-estimé les capacités guerrières de l'adversaire. C'est aux politiques qu'on impute la responsabilité de la défaite : la chute de Diên Biên Phu relance l'antiparlementarisme et l'opposition au régime. Le désastre atteint de plein fouet le gouvernement Laniel, déjà très affaibli par onze mois d'exercice du pouvoir, la grande grève de l'été précédent, l'aggravation de la situation en Tunisie et au Maroc. Même les plus irréductibles à la négociation doivent se rendre à l'évidence : il est désormais exclu que la guerre en Indochine puisse être réglée par une victoire militaire ; il n'y a plus d'autre issue que par la négociation. Déjà Georges Bidault a amorcé, depuis le 26 avril, des pourparlers à Genève. Mais le gouvernement n'a plus assez d'autorité pour les poursuivre : il est temps qu'il passe la main à d'autres, plus qualifiés pour rechercher une issue honorable à un conflit qui n'a que trop duré et qui a obéré les finances et la diplomatie françaises. L'agonie du gouvernement Laniel dure un mois.

Pierre Mendès France et l'Indochine

Un nom s'impose : Mendès France, le seul à avoir, dès 1950, pronostiqué qu'il n'y avait pas de solution militaire à la question d'Indochine. Un an plus tôt, en juin 1953, pour dénouer une interminable crise ministérielle, avant de faire appel à Joseph Laniel, Vincent Auriol avait désigné pour l'investiture le député de Louviers et le discours que celui-ci avait alors prononcé avait frappé l'opinion par son ton et son contenu, qui tranchaient sur le discours habituel. Se plaçant sous le triple patronage de Poincaré, Léon Blum et du général de Gaulle, il avait affirmé la nécessité d'une politique volontaire qui aborde de front les problèmes et tranche les liens qui entravaient la modernisation de la France et sa liberté d'action. « Gouverner, c'est choisir. » Une génération qui s'éveille à la politique se reconnaît dans cet homme résolu à étendre au politique la modernisation qui a commencé de toucher l'économie et la société. Les plus âgés se prennent à espérer qu'il rendra au gouvernement son efficacité. Il comble partiellement les aspirations en deshérence depuis la dislocation de la Résistance et l'échec du gaullisme. Son appel avait été bien reçu par des députés de tous bords, mais avait agacé ou irrité les leaders : avec 301 voix, il ne lui en avait manqué que 13 pour être investi, 119 seulement, dont les 100 communistes, avaient voté contre — les autres s'étaient abstenus. Mais beaucoup avaient pensé que ce n'était que partie remise et qu'il y avait en réserve un homme auquel le pays recourrait. En juin 1954, l'heure est venue. Au reste, c'est lui qui a porté l'estocade au gouvernement Laniel et c'est une règle non écrite du régime parlementaire qu'il incombe à qui a ouvert une crise de la résoudre.

Le candidat désigné entend mener les choses rondement et, d'emblée, imprime un tour original à sa façon de faire : il refuse de négocier avec les partis et choisit ses ministres comme bon lui semble. Il présente son programme comme un bloc : tous les problèmes se tiennent, le redressement national passant par le règlement des conflits outre-mer et appelant un élan économique. Pour l'Indochine, il se donne un mois pour trouver une solution négociée, sinon il demandera au Parlement l'autorisation d'y envoyer le contingent et les moyens d'intensifier les opérations : c'est le « pari » de Mendès France. L'urgence aidant, et les parlementaires ayant l'habitude de se décharger sur un homme de la liquidation d'un passif, une majorité massive accorde l'investiture au député radical : 419 pour, seulement 47 contre ; cette fois les communistes, sortant pour la première fois depuis 1947 de leur isolement, se sont joints à la majorité, mais Mendès France avait précisé auparavant qu'il ne prendrait pas en compte leurs suffrages pour le calcul de sa majorité. Même en défalquant leurs bulletins, sa majorité est suffisante. Majorité composite qui dissocie certains groupes et enjambe la division droite-gauche : on l'a qualifiée de majorité en saut-de-mouton. Elle associe les radicaux, unis derrière un des leurs, le groupe socialiste et l'U.D.S.R., mais aussi le groupe gaulliste des républicains sociaux, les indépendants d'outre-mer, les communistes, une partie des indépendants et quelques républicains populaires qui ont passé outre à la consigne d'abstention du M.R.P.

C'est une surprise que cette position du M.R.P. Pour une vue superficielle, Mendès France et le M.R.P. n'étaient-ils pas faits pour s'entendre ? Il s'apprête à faire une politique assez proche des intentions initiales du Mouvement et des aspirations des militants. Mais Georges Bidault ne pardonne pas au député radical de lui voler le fruit de sa négociation. Les dirigeants M.R.P. sont blessés par le ton de Mendès France : son style leur déplaît fondamentalement. Ils inclinent à penser qu'il n'apporte rien d'autre en fait de nouveauté, à moins qu'ils ne le soupçonnent de vouloir renverser l'orientation de la politique étrangère à laquelle ils sont attachés. Il y a aussi entre eux des différences de sensibilité et toute la profondeur du fossé qui avait longtemps séparé les catholiques des radicaux, de tradition laïque, anticléricale, proches de la franc-maçonnerie. Le malentendu entre le chef du gouvernement et le groupe M.R.P. sera l'une des infortunes de la IVe République. Il entraînera la chute de Mendès France et la fin d'une expérience qui aurait peut-être évité à la IVe République une chute prévue. La rupture sera préjudiciable aussi au M.R.P. : la jeune génération de dirigeants et de militants formés par les mouvements spécialisés — J.E.C., J.A.C., J.O.C. —, qui avaient été séduits par l'homme et sa politique, tiendra rigueur au M.R.P. de l'avoir renversé ; ils s'en détourneront et chercheront ailleurs, plus à gauche, où s'engager politiquement. C'est l'amorce du mouvement qui conduira un nombre croissant de syndicalistes, d'enseignants, d'intellectuels catholiques vers le radicalisme rénové d'abord, puis, plus tard, vers le socialisme. A cet égard, l'année 1954 trace une césure de grande portée.

Né en 1907, le président du Conseil a déjà un long passé politique : trente ans de vie militante et presque autant d'expérience parlementaire et ministérielle. Il fut des fondateurs, au moment du Cartel, de la L.A.U.R.S. qui disputait le pavé du Quartier latin aux Camelots du roi et aux Jeunesses patriotes : Pierre Mendès France a souvent fait le coup de poing pour défendre les professeurs dont l'enseignement était troublé par les ligueurs de droite. Élu en 1932, il est un des plus jeunes députés et, en 1938, un très jeune sous-secrétaire d'État au Trésor dans le deuxième gouvernement Blum; mobilisé en 1939-1940, il est inculpé par Vichy pour désertion, condamné à des années d'emprisonnement par le Conseil de guerre. Évadé de sa prison, il a rejoint Londres, s'est engagé dans les Forces aériennes de la France libre, a effectué des bombardements sur la France occupée jusqu'au moment où de Gaulle juge plus utile d'en faire un des commissaires du Comité français de libération nationale. Il se retrouve dans le gouvernement remanié de septembre 1944 comme ministre de l'Économie. On se souvient de sa démission en avril 1945 sur un désaccord avec le général de Gaulle et son collègue Pleven sur la politique à mener : sa lettre de démission dessine une politique de rigueur opposée à celle de facilité. Neuf années à l'écart du pouvoir auraient pu le faire oublier; mais sa position sur l'Indochine qui se démarque de la majorité le signale et, depuis 1953, un hebdomadaire de conception originale, lancé par un journaliste imaginatif, Jean-Jacques Servan-Schreiber, *L'Express,* fait campagne pour celui qu'il désigne par ses initiales : P.M.F. Celui-ci a une tribune qui lui gagne les cadres épris de modernité.

Mendès France, arrivant à Matignon et au Quai d'Orsay — il a pris le portefeuille des Affaires étrangères —, n'est pas un homme seul. C'est sa force et l'un de ses atouts d'être bien entouré et de pouvoir compter sur le dévouement de collaborateurs compétents. Les deux cabinets qu'il constitue comptent une étonnante quantité de jeunes fonctionnaires encore inconnus mais qui composeront une partie du Gotha de la haute fonction publique des trente années suivantes : une pépinière où puiseront largement les présidents et Premiers ministres de la Ve République. Les adversaires de Mendès France mettront souvent en cause son entourage, lui imputant la responsabilité des décisions incriminées et dénonçant son influence occulte.

Pierre Mendès France est un homme de gauche ; d'une gauche classique définie par l'attachement à la République et la confiance dans la démocratie. Il n'est pas anticommuniste : il est a-communiste. Le marxisme lui est étranger. C'est un fils des Lumières, un disciple de Condorcet; il a appartenu à une loge avant-guerre. Il croit au pouvoir de la raison, à la possibilité d'une politique raisonnable et scientifique. Il ne doute pas que la persuasion ne finisse par convaincre les citoyens et les rallie à la solution la plus raisonnable. Il usera de la radio pour une pédagogie civique. Il tient la diffusion du savoir pour un impératif moral, une nécessité politique et la condition de la démocratie.

Par certains côtés, il reste un homme de la IIIe République : profondément attaché aux institutions parlementaires. Son radicalisme n'est pas superficiel. En matière électorale, sa préférence va au vieux scrutin d'arrondissement. Mais dans le même temps ce parlementaire bouscule les usages : il passe par-dessus la tête des députés pour s'adresser directement aux citoyens, anticipant ainsi sur le gaullisme. Ce ministre respectueux des prérogatives du Parlement est aussi le seul chef de gouvernement à reprendre la parole après avoir été renversé pour faire appel au pays de sa défaite.

C'est aussi l'un des hommes politiques les mieux informés des questions financières et des réalités économiques. Il a fait sa thèse sur le redressement financier opéré par Poincaré; il a écrit, en collaboration avec Gabriel Ardant, un petit livre sur la science et l'action. Cette compréhension des problèmes économiques lui gagne la sympathie de hauts fonctionnaires. Son ambition première est de libérer l'économie française de ses entraves et de faire de la France une puissance moderne. S'il a pris position sur les questions de l'Outre-mer, ce n'est que comme préalable à une action réformatrice plus fondamentale : les circonstances ont fait que son gouvernement est lié dans les mémoires à une série d'initiatives qui ont marqué la politique coloniale et la politique extérieure, mais c'est parce que les passions ont interrompu son gouvernement avant qu'il ait pu s'attaquer à ce qui était pour lui l'essentiel.

Il y a ainsi chez Pierre Mendès France un mélange original de fidélité à des thèmes traditionnels qui sont l'héritage de la République et d'idées neuves, de sentiments anciens et d'intuitions d'avenir. Peu d'hommes politiques étaient aussi préparés à s'entendre avec le général de Gaulle et aucun ne sera plus réfractaire aux nouvelles institutions et aussi obstiné à les combattre.

Le gouvernement qu'il forme est profondément renouvelé; on n'y retrouve que quatre ministres ayant appartenu au précédent; Edgar Faure garde les Finances, lui-même prend les Affaires étrangères et François Mitterrand l'Intérieur. Sa composition n'est pas à l'image de sa majorité d'investiture : les socialistes en sont absents, Guy Mollet ayant refusé de participer. Ils soutiendront sans participer ; c'est un air connu. Le gouvernement Mendès France n'est pas, en dépit de la légende, un gouvernement de gauche : les gaullistes y figurent en force avec le général Koenig à la Défense nationale, Christian Fouchet aux Affaires tunisiennes et marocaines, et Jacques Chaban-Delmas aux Travaux publics. Les indépendants sont bien représentés. Deux M.R.P. ont enfreint l'interdiction de leur parti : Robert Buron, qui amorce l'évolution qui le conduira au socialisme après avoir été ministre du général de Gaulle, et André Monteil.

L'urgence commande : Mendès France a été investi pour régler la question d'Indochine. Il court à Genève prendre le relais de Georges Bidault : la défaite de Diên Biên Phu n'a pas amélioré la position de nos négociateurs. Mendès France déploie toutes les ressources de son intelligence, bien secondé par ses collaborateurs et aidé par les chefs de délégations étrangères, Anthony Eden pour la Grande-Bretagne, John Foster Dulles, dont il désarme les préventions, pour les États-Unis, ainsi que Molotov pour l'Union soviétique et Chou En-lai pour la Chine : il recueille les premiers fruits de la détente consécutive à la mort de Staline et à la fin de la guerre de Corée. Pierre Mendès France gagne son pari d'extrême justesse : la négociation aboutit dans la nuit du 20 au 21 juillet 1954 à la signature des accords de Genève. Les conditions sont dures : la France se retire du Vietnam ; mais, depuis 1948, ne s'était-elle pas engagée à donner leur indépendance aux États d'Indochine ? Nos troupes évacueront le Tonkin dans un délai de trois cents jours. Le Vietnam est coupé en deux, de part et d'autre du 17e parallèle ; c'est l'application à la péninsule de la solution déjà utilisée en Corée. Toute perspective de réunification pacifique n'est pas écartée : des élections libres devraient avoir lieu dans les deux ans pour en décider. Le Cambodge et le Laos sont indépendants. Les conditions auraient-elles pu être moins rigoureuses ? Sur le moment, personne ne reproche à Pierre Mendès France de ne pas en avoir obtenu de meilleures. Après un discours mémorable qu'il prononce devant l'Assemblée, celle-ci approuve les accords par une majorité plus forte encore que celle de l'investiture : 462 pour, seulement 13 contre, et 134 abstentions, principalement du M.R.P.

C'est la fin d'une guerre qui durait depuis sept ans et demi. Le bilan est lourd en pertes humaines : près de 100 000 morts, en comptant les contingents vietnamiens, plus de 100 000 blessés et 28 000 prisonniers. Le bilan moral l'est peut-être plus encore : l'armée, amère de l'inutilité de ses sacrifices, blessée de l'indifférence de l'opinion métropolitaine, a le sentiment d'avoir été abandonnée par des gouvernements qui l'ont sacrifiée à des objectifs mal définis. Beaucoup de sous-officiers indigènes rapportent en Afrique du Nord l'expérience que la résistance d'un peuple peut venir à bout de la domination coloniale. Quant à l'opinion, elle garde de cette guerre un souvenir douloureux et le régime en sort affaibli.

Dans l'esprit du président du Conseil, la liquidation de la guerre d'Indochine n'était qu'un préalable : il en restait d'autres. A peine s'est-il dégagé de l'Asie du Sud-Est qu'il se tourne vers la Tunisie, qui dérive vers l'anarchie. La méthode de Pierre Mendès France commence à se dessiner : se saisir des questions que l'absence de volonté politique laissait pourrir, ne traiter qu'un dossier à la fois mais ne le refermer qu'après l'avoir réglé, ou au moins débloqué. Après l'Indochine, la Tunisie. Dix jours après la signature des accords de Genève, il s'envole pour Tunis, il va directement au palais beylical et prononce une allocution qui rompt avec les hésitations antérieures et trace les grandes lignes d'une nouvelle politique : il reconnaît solennellement l'autonomie de la Tunisie et se déclare prêt à lui transférer la souveraineté interne. Pour donner plus de poids à son engagement, il s'est fait accompagner du secrétaire d'État aux Affaires tunisiennes et marocaines, le gaulliste Christian Fouchet, qui lui apporte la caution de ses amis politiques, et du maréchal Juin. Mais il n'est pas question d'indépendance : Mendès France entend maintenir les liens entre le protectorat et la France, tout comme de Gaulle en 1958 espérera un temps préserver pour l'Algérie une solution française. Dans l'un et l'autre cas, le processus ne s'arrêtera pas à cette étape intermédiaire : la Tunisie accédera à l'indépendance le 15 juin 1956. Mais le discours de Carthage avait rompu l'enchaînement de la violence, substitué la négociation à l'épreuve de force, jeté les bases de rapports contractuels qui résisteront même à l'affrontement sanglant de Bizerte en 1961. Le 10 août, l'Assemblée approuvera à une très forte majorité et l'initiative et l'inspiration de cette politique.

Malgré la symétrie des deux protectorats, qui relevaient du même ministère, et du parallélisme de leurs évolutions, Mendès France ne se saisit pas dans la foulée du problème marocain : on le lui reprochera. Peut-être jugea-t-il que cela aurait été forcer le destin que d'entrer en conflit avec les colons français des deux protectorats à la fois. Peut-être aussi a-t-il tenu compte de la différence des situations juridiques et politiques : à Carthage, il s'adressait à un bey qui avait la confiance de ses sujets ; au Maroc, la présence d'un sultan dont la légitimité était contestée, en compétition avec le sultan déposé créait un imbroglio. En tout cas, Mendès France n'eut pas le temps de reprendre le dossier et c'est son successeur, Edgar Faure, qui fera prévaloir par des voies plus obliques une solution inspirée du même esprit. La vraie raison est sans doute que le président du Conseil a été accaparé à partir du début d'août par un autre problème, bien plus complexe et générateur de passions : la Communauté européenne de défense.

La crise de la C.E.D.

Pierre Mendès France avait trouvé cette question dans l'héritage : elle était pendante depuis près de quatre ans. C'était le legs d'une longue histoire qui remontait aux débuts de la guerre froide et qui était la conséquence plus directe du Pacte atlantique. Lors de sa signature, quelques esprits clairvoyants, dont le directeur du *Monde,* avaient annoncé qu'il contenait en germe le réarmement de l'Allemagne. Assertion qui leur avait valu une pluie de démentis : il n'en serait jamais question. Moins d'un an et demi plus tard, la prophétie était devenue réalité.

Remettant en cause l'équilibre défini en 1945 en Extrême-Orient, l'agression déclenchée au matin du 25 juillet 1950 par la république populaire de la Corée du Nord contre la Corée du Sud, dont personne ne doute qu'elle n'aurait pu se produire sans l'assentiment de Staline, fait passer sur l'Europe occidentale un vent de panique : pourquoi ce qui vient de se produire en Asie ne se répéterait-il pas à l'Ouest ? Or l'Europe occidentale n'est toujours pas en état d'opposer à une invasion soviétique une résistance autre que symbolique : la seule armée consistante, la française, est empêtrée dans les rizières du Tonkin. Seule solution de rechange : réarmer l'Allemagne occidentale. A la session du Conseil atlantique de septembre 1950, Washington met le marché entre les mains des Européens : ou ils acceptent le réarmement allemand, ou les États-Unis les abandonnent à eux-mêmes. Les partenaires européens se rallient tous à la proposition, de plus ou moins bon gré. Sauf la France : ses représentants objectent l'impossibilité d'accepter, cinq ans à peine après la Libération, le réarmement du peuple qui a envahi trois fois en soixante-dix ans la France, l'a pillée et martyrisée. Mais ils sont totalement isolés : nos alliés leur reprochent de compromettre la sécurité du continent. Il faut à tout prix inventer une solution de rechange pour reprendre l'initiative.

Ce fut le plan Pleven, dont l'idée s'inspire du plan Schuman et a été soufflée par Jean Monnet. Le plan Schuman transférait à une Haute Autorité dans le cadre d'une Communauté les ressources en charbon et en acier des nations : la Communauté européenne de défense intégrerait les contingents nationaux dans des unités multinationales sous commandement supranational. Ainsi, des Allemands seraient armés, mais pas l'Allemagne. L'Allemagne contribuerait à la défense de l'Europe, mais son gouvernement n'aurait pas la disposition d'un instrument militaire. La difficulté était tournée par cet ingénieux dispositif. Évidemment, les autres partenaires, France comprise, devraient, eux aussi, consentir au sacrifice de leur souveraineté en matière de défense. Mais la C.E.D. serait ainsi, après la C.E.C.A., la deuxième étape de l'unification de l'Europe : après l'industrie, la défense ; après les ressources minérales, les combattants. De la contrainte que lui imposaient ses alliés, la France ferait la pierre angulaire d'une construction grandiose qui extirperait définitivement le dernier germe de l'antagonisme franco-allemand.

Mais c'était faire bon marché de données autres qu'objectives. Il n'était pas facile de vaincre les résistances au plan Schuman, mais la C.E.C.A. ne lésait que des intérêts : la C.E.D. heurtait les sensibilités. S'il était difficile de mettre en commun des tonnes de charbon et d'acier, combien plus délicat de mettre en pool des armées avec tout ce qu'elles représentaient de souvenirs ! C'est l'histoire même de chaque nation qui s'insurgeait. Le projet mettait en cause l'identité nationale même d'une nation qui sortait meurtrie de la tragédie des années 1940-1945. D'où les hésitations des politiques et les atermoiements des gouvernements. Leur embarras croissait du fait de l'évolution du projet : en se ralliant au principe du réarmement des Allemands, le gouvernement français s'était engagé dans la voie des concessions. Au fil des pourparlers techniques, le plafond pour la constitution d'unités homogènes est peu à peu relevé pour des raisons opérationnelles : initialement fixé à l'échelon du bataillon, il est porté à la division. L'Allemagne aura des divisions entières sous drapeau et commandement allemands.

Le projet trouble l'opinion et divise les familles politiques. Aucune question n'a autant bouleversé les conditions habituelles de la discussion politique. Raymond Aron a qualifié le débat sur la C.E.D. de plus grave querelle idéologique depuis l'affaire Dreyfus : même si la comparaison est quelque peu excessive et oublie d'autres controverses qui déchirèrent tout autant l'opinion, il n'est pas douteux que le débat sur la C.E.D. fut cause d'un grand trouble et provoqua la discorde dans plusieurs partis.

Trois formations n'ont pas de débat interne : deux qui sont farouchement opposées au projet, la troisième qui lui est acquise d'enthousiasme. Inconditionnellement solidaire de l'Union soviétique et aligné sur sa politique extérieure, le Parti communiste est irréductiblement hostile à toute initiative qui tend à la construction d'une Europe occidentale qu'il tient pour dirigée contre l'U.R.S.S. ; *a fortiori* si elle concerne la défense. Pour lui, le danger vient de l'impérialisme américain. Au surplus, le parti mobilise le nationalisme français contre toute ingérence extérieure — présence de troupes américaines sur le sol français, réarmement allemand —, avant de combattre le Marché commun au nom de l'intérêt national. De Gaulle n'est guère moins opposé à la C.E.D., mais pour de tout autres motifs : il se résignerait au réarmement de l'Allemagne, contre certaines garanties, mais il est catégoriquement opposé à la dissolution de l'armée française dans un conglomérat cosmopolite. La défense est un attribut et la garantie de la souveraineté : il n'y a pas de nation indépendante sans défense indépendante ; aucune ne peut abandonner à d'autres le soin de sa sécurité. Douze ans plus tard, fidèle à cette conception, de Gaulle décidera la sortie de l'O.T.A.N. pour ces motifs. Ratifier le traité de la C.E.D., ce serait consentir à la disparition de la France comme nation, mettre un terme à deux mille ans d'histoire, un suicide collectif.

Le M.R.P. se fait, au contraire, l'avocat convaincu et passionné du projet. L'incorporation de soldats allemands dans une armée européenne amarrera définitivement l'Allemagne de Bonn à l'Occident : plus moyen pour elle de manigancer un renversement d'alliance, ou de tentation d'acheter sa réunification par sa neutralisation. L'antagonisme séculaire des deux peuples définitivement éteint, l'Europe, assurant elle-même sa défense, cessera de dépendre de la complaisance ou de la générosité des États-Unis. L'armée européenne sera le gage et le fondement de son indépendance et de sa grandeur retrouvées. Pour célébrer cette perspective, les républicains populaires trouvent des accents lyriques.

Les autres familles politiques sont divisées. Les modérés se partagent entre l'attachement exclusif à la patrie et l'idée européenne. Au Parti radical cohabitent Européens et Jacobins. Le plus déchiré de tous les partis est la S.F.I.O. : y voisinent dans un débat chaque jour plus orageux quelques-uns des partisans les plus ardents de la C.E.D., et ses adversaires les plus irréductibles, les uns et les autres se réclamant pareillement du socialisme. Les premiers, avec Guy Mollet, voient dans le dépassement des armées nationales la réalisation du vieux rêve internationaliste et une étape décisive sur la voie des États-Unis d'Europe; les autres ne peuvent se faire à l'idée du réarmement de cette Allemagne contre laquelle ils ont combattu dans la Résistance : parmi eux Vincent Auriol, Daniel Mayer, qui a reconstruit le parti dans la clandestinité, Jean Bouhey, le seul député socialiste à avoir voté contre les accords de Munich, et Jules Moch, l'un des quatre-vingts qui ont refusé les pleins pouvoirs à Pétain le 10 juillet 1940. S'ajoute chez certains la crainte que l'Europe unie ne soit dominée par les démocrates-chrétiens, déjà maîtres du pouvoir en Italie et en Allemagne, et d'agiter le spectre d'une Europe vaticane gouvernée par l'« Internationale noire ».

Le débat sur la C.E.D. prenant peu à peu le pas sur tout autre, les fractions des différents partis qui ont des positions analogues à ce sujet se rapprochent les unes des autres. Ainsi se nouent des alliances inattendues; occasion bienheureuse pour le Parti communiste de rompre l'isolement : gaullistes et communistes se retrouvent sur les mêmes estrades pour mener campagne contre l'abandon de l'indépendance nationale. Deux coalitions disparates associent des fractions, d'importance inégale, des diverses familles. D'un côté, unis dans l'opposition au projet, le Parti communiste en bloc et tous les gaullistes — dissidents compris —, une moitié de la S.F.I.O, les radicaux les plus jacobins, rangés derrière leurs deux chefs historiques, Herriot et Daladier — pour une fois réconciliés —, une partie des indépendants; de l'autre côté, la seconde moitié des socialistes, le reste des radicaux, tout le M.R.P., à quelques exceptions près, et une partie des modérés. Où est la majorité? Bien malin qui pourrait le supputer. Un premier débat, en février 1952, avait autorisé, par une courte majorité — 40 voix —, le gouvernement à poursuivre les pourparlers, en subordonnant le vote définitif à l'obtention d'un certain nombre de garanties expressément formulées. Le traité avait été signé le 27 mai 1952, mais le gouvernement n'était pas pressé d'en demander la ratification : il avait trop besoin de l'appoint des gaullistes, qui était à ce prix. De surcroît, l'évolution des relations internationales jouait plutôt à l'encontre : depuis 1950, la conjoncture s'était grandement modifiée : Staline était mort, ses successeurs affichaient des intentions pacifiques. Le réarmement allemand paraissait beaucoup moins nécessaire, en tout cas moins urgent. Ne risquerait-il pas de compromettre les chances d'une détente ? Dès lors, pourquoi se hâter ? Et à quoi bon consommer la disparition irrémédiable de l'armée française ? Mais nos partenaires s'impatientaient ; les États-Unis s'exaspéraient des tergiversations françaises et nous menaçaient d'une « révision déchirante » de leur stratégie. Les choses en étaient là quand Mendès France arriva à Matignon.

Il n'est pas homme à laisser pourrir les problèmes : il a même plutôt tendance à en bousculer le règlement. Dans sa déclaration d'investiture, il a pris l'engagement de trancher la question qui paralyse l'action diplomatique de la France. Ses adversaires le soupçonnent d'être hostile au projet de C.E.D. et le tiendront pour personnellement responsable de son échec. En vérité, il n'a pas de religion sur le sujet : la C.E.D. ne lui inspire ni ferveur ni aversion. Son gouvernement réunit des partisans et des adversaires, dont il s'efforce de rapprocher les points de vue : il y échoue, et les ministres gaullistes quittent le gouvernement le 13 août. Mendès France s'est vite convaincu qu'il n'y a de chance de rassembler une majorité pour la ratification qu'en obtenant des partenaires de la France des amendements donnant satisfaction aux conditions posées par l'Assemblée en 1952. Il met au point, à cet effet, cinq projets de protocoles additionnels qu'il cherche à faire accepter dans une négociation à Bruxelles entre le 19 et le 24 août. La conversation s'engage dans de mauvaises conditions : nos partenaires sont las d'attendre, impatients de conclure, et refusent de rouvrir les pourparlers. Ils forment un front uni ; les représentants des États-Unis exercent une pression dont l'indiscrétion et la maladresse sont telles qu'elles provoquent un sursaut de révolte des collaborateurs du président du Conseil. De surcroît, il est desservi par les partisans français de la C.E.D., qui ont persuadé nos partenaires qu'il y avait à l'Assemblée une majorité pour la ratification. Pourquoi alors faire des concessions à un homme dont on se défie et que certains soupçonnent de méditer un renversement des alliances ? Mendès France rentre sur un échec. Puisqu'il n'a pas obtenu les satisfactions qu'il jugeait indispensables pour rallier les hésitants et que ses ministres sont divisés, il décide que le gouvernement ne participera pas au vote — une décision qui lui sera reprochée.

Le débat s'ouvre le 29 août 1954 dans une atmosphère lourde de sous-entendus, empoisonnée par les suspicions réciproques. Le débat sera étranglé presque d'entrée de jeu par une astuce de procédure : le recours à la question préalable, dont l'adoption met fin à toute discussion ; les adversaires, Herriot en tête, l'ont posée. Elle est adoptée par 319 voix contre 264. Les adversaires de la C.E.D. sont les premiers surpris de leur victoire : ils entonnent *La Marseillaise*. Les partisans du projet, eux, sont partagés entre la stupeur et la fureur, la tristesse et le ressentiment contre le chef du gouvernement qu'ils tiennent pour responsable de ce qu'ils appellent le « crime du 30 août ». Ils le soupçonnent d'avoir dès le début travaillé à sa ruine. Ils lui font grief de l'abstention du gouvernement, comme si les voix des ministres, à supposer qu'ils se fussent tous prononcés pour la C.E.D., eussent suffi à inverser le résultat. Le scrutin a révélé qu'en deux ans et demi la majorité s'était renversée : de 40 voix à l'avantage du projet (en février 1952), elle est passée à 55 contre — un déplacement d'une centaine de députés. Les socialistes ont été l'élément décisif : de 20 en 1952, les adversaires à la S.F.I.O. sont 53 en 1954, la moitié du groupe. Les partisans de la C.E.D. se promettent de faire payer à Mendès France l'échec du projet. Ils n'auront pas longtemps à attendre, et contribueront à sa chute cinq mois plus tard.

Les trois ministres gaullistes qui ont démissionné rentrent au gouvernement et trois pro-cédistes en sortent ; chassé-croisé qui illustre la profondeur des divisions et la difficulté de maintenir une majorité cohérente. L'opinion commune saurait plutôt gré à Pierre Mendès France d'avoir tranché une question en suspens depuis trop longtemps. Il s'attache à combler au plus vite le vide créé par le vote du 30 août : les pourparlers qu'il engage avec nos partenaires aboutissent aux accords de Paris, qui créent une armée allemande. Partisans et adversaires de la C.E.D. ont ainsi également perdu : ceux qui s'y opposaient parce qu'ils ne voulaient pas que les Allemands soient réarmés doivent se résigner à la reconstitution d'une armée allemande dans le cadre de l'U.E.O. élargie qui avait été initialement conçue contre l'Allemagne. L'Assemblée ratifie sans enthousiasme, par 287 voix pour et 260 contre. Quant à la construction européenne, elle sera ranimée deux ans plus tard sur le terrain de la coopération économique et aboutira en 1957 à la signature des traités de Rome qui jetteront les fondements de la Communauté économique européenne et institueront l'Euratom.

En dix semaines, Mendès France avait coup sur coup liquidé la guerre en Indochine, débloqué la situation en Tunisie et levé l'hypothèque de la C.E.D. Sa promptitude à régler des questions pendantes faisait avec l'immobilisme des gouvernements précédents un contraste dont l'opinion était heureusement surprise. Le passé dégagé, le passif épongé, le président du Conseil avait hâte de se tourner vers l'avenir : l'économie à moderniser, l'enseignement à promouvoir, la recherche à stimuler. Les circonstances, en particulier les négociations pour trouver une solution de rechange à la C.E.D., ne lui permirent pas immédiatement de se consacrer tout entier à ces tâches constructives : il ne put échanger avec Edgar Faure les Affaires étrangères contre l'Économie que le 20 janvier 1955, sept mois après son investiture et à moins de trois semaines de sa chute. Il a néanmoins pu mettre en route un ensemble de réformes à partir de septembre 1954. Il avait obtenu du Parlement, dans l'euphorie des premiers résultats, des pouvoirs spéciaux : en quelques semaines, cent vingt décrets furent pris dans leur cadre. La conjoncture était propice à des initiatives : la fin des opérations en Indochine avait libéré des ressources qui pouvaient être affectées à l'agriculture et à l'industrie pour faciliter les reconversions, les regroupements et les investissements. L'inflation s'était ralentie : l'expansion fut pour la première fois découplée de la dépréciation du franc, et la croissance s'engagea dans la relative stabilité des prix. Les esprits étaient prêts à accueillir la modernisation.

Le gouvernement encourage la construction de logements et entreprend la réalisation d'un programme de constructions scolaires pour accueillir la première vague du *baby boom*. Mendès France engage aussi courageusement le fer contre l'alcoolisme, dont il a observé les ravages dans sa circonscription : au risque de s'attirer la vindicte des bouilleurs de cru, il s'attaque à leur privilège et en supprime par décret la transmission héréditaire. Pour encourager la substitution d'autres breuvages à l'alcool, il boit du lait en public. Traduisant dans les structures interministérielles un vœu ancien des organisations de jeunesse, il crée un Haut Comité de la jeunesse auprès de la présidence du Conseil. Ces initiatives lui gagnent la sympathie d'une partie de la jeune génération, qui lui est reconnaissante d'une politique qui ne sacrifie pas l'avenir à la pression des clientèles ou à la conservation des avantages acquis.

Mais sa personne et sa politique suscitent aussi des passions contraires et des oppositions très vives. Peu d'hommes politiques furent autant détestés, vilipendés, calomniés. Ceux qu'on appelle les Européens et dont certains sont plus atlantiques que réellement européens, ne lui ont pas pardonné l'échec de leur grand projet et le soupçonnent de songer à un renversement des alliances, comme ils en soupçonneront, dix ans plus tard, le général de Gaulle. Le dissentiment avec le M.R.P. s'est aggravé du dépit de voir Mendès France réussir là où il avait échoué. Les communistes, qui ne l'ont jamais aimé, taxent sa politique économique de néo-capitaliste : Maurice Thorez torture les statistiques pour démontrer que la classe ouvrière souffre bien de paupérisation absolue comme l'enseigne le dogme marxiste, alors que tous les chiffres indiquent une élévation de son niveau de vie. L'hostilité à l'homme se nourrit des relents d'un antisémitisme qui n'ose pas toujours s'avouer : il y a dans l'animosité contre Mendès France une résurgence de la haine dont Léon Blum avait été la cible dix-huit ans plus tôt. Ses amis aussi ont fait du tort à Mendès France par une campagne tapageuse, une excessive personnalisation que l'opinion n'était pas prête à trouver naturelle, l'injustice des jugements portés sur les prédécesseurs et la méconnaissance de ce qu'ils avaient pu faire de positif. A mesure que s'épuise le crédit initial ouvert à un nouveau président du Conseil, les oppositions relèvent la tête et s'enhardissent : tous les moyens sont bons pour l'abattre. Une habile machination dans l'affaire dite des fuites fait croire à la présence dans le gouvernement d'un ministre qui trahirait le secret des délibérations et aurait divulgué des informations de la plus haute importance : c'est le ministre de l'Intérieur, François Mitterrand, jugé le maillon le plus faible, qui est directement visé ; il faudra plusieurs mois pour percer le mécanisme de la manœuvre et confondre les accusateurs.

L'Algérie s'embrase. La chute de Mendès

A l'automne, une difficulté vient à l'improviste s'ajouter aux autres : dans la nuit de la Toussaint, une vingtaine d'attentats sur tout le territoire de l'Algérie — une bombe à la grande poste d'Alger, des assassinats dans les Aurès — troublent soudain le calme qui régnait. Leur concomitance ne laisse aucun doute sur l'existence d'une action concertée : ce sont les prodromes d'une action délibérée contre l'ordre existant. On mettra quelque temps à identifier les activistes et à les distinguer des messalistes avec lesquels ils avaient rompu. Ces quelques actions limitées sont le point de départ d'une guerre qui restera longtemps sans dire son nom, mais qui durera près de huit années, mobilisera quelque deux millions de jeunes appelés, entraînera l'exode de près d'un million de Français d'Algérie, divisera l'opinion, fera tomber un régime, suscitera une quasi-guerre civile et apparaîtra, avec le recul, comme l'un des drames majeurs de la société française en ce siècle. La France n'aura retrouvé la paix en juillet 1954 que pour un peu plus de trois mois.

Ces développements, personne ne peut, en novembre 1954, les pressentir. Le gouvernement tient un langage de fermeté : on ne traite pas avec des assassins. Il convient de commencer par rétablir l'ordre, et le gouvernement ne ménage pas les moyens : en quelques semaines, il porte de 57 000 à 83 000 hommes les effectifs des troupes stationnées en Algérie. « On ne transige pas lorsqu'il s'agit de défendre la paix intérieure de la nation et l'intégrité de la République » (Pierre Mendès France, 12 novembre) ; le ministre de l'Intérieur, François Mitterrand, n'est pas en retrait : « L'Algérie, c'est la France. Des Flandres au Congo, il y a la loi, une seule nation, un seul Parlement. » Ainsi est énoncée d'emblée la doctrine officielle : le cas de l'Algérie n'a rien de commun avec celui de la Tunisie dont le président du Conseil avait reconnu trois mois plus tôt la légitimité de l'aspiration à la souveraineté, au moins interne. Rien de comparable en deçà de la frontière algéro-tunisienne. L'Algérie est une portion de la France : pas question donc d'envisager qu'elle puisse jamais s'en détacher, ni même simplement s'organiser sur des principes différents ; le président Coty la comparera à l'Alsace. Il ne faudra pas moins de cinq années pour que de Gaulle ose s'écarter de cette thèse, reconnaisse le droit de l'Algérie à l'autodétermination, et se risque à parler d'« Algérie algérienne ». Les partisans de l'Algérie française continueront de défendre la thèse de l'intégrité territoriale. En 1954, c'est la nation tout entière qui y adhère : personne, pas même le Parti communiste, ne parlera avant longtemps d'indépendance.

En même temps qu'il prend des dispositions pour rétablir l'ordre, le gouvernement entend faire des réformes et imposer une application loyale du statut de 1947. Il nomme, gouverneur général, Jacques Soustelle, l'ancien secrétaire général du R.P.F., qui a une réputation libérale et auquel on prête des convictions fédéralistes en matière coloniale. Cette désignation et les intentions du gouvernement inquiètent fort les parlementaires attachés au *statu quo* et qui ont jadis fermé les yeux sur les violations éhontées du statut. D'autres redoutent un processus en chaîne : après l'Indochine, la Tunisie; après la Tunisie, l'Algérie, et demain l'Afrique tout entière? Certains reprochent à Mendès France d'avoir cédé à l'Inde les cinq comptoirs que la France y détenait depuis Dupleix et le traitent de bradeur de l'Empire. Le débat sur la politique algérienne du gouvernement est l'occasion — prétexte pour les uns, véritable motif pour d'autres — de coaguler toutes les oppositions : des nostalgiques de la C.E.D. qui ne pardonnent pas le « crime du 30 août » aux défenseurs patentés des bouilleurs de cru, sans oublier les communistes qui sont passés à l'opposition déclarée depuis que Mendès France a fait voter le réarmement de l'Allemagne. Au terme du débat, au matin du 5 février 1955, le gouvernement est renversé par une majorité absolue — 319 voix contre 272 —, qui associe aux communistes et aux M.R.P. une majorité de la droite, une fraction des républicains sociaux et une partie des radicaux conduits par leurs élus d'Afrique du Nord, René Mayer en tête, contre l'un des leurs. C'est l'un des premiers gouvernements renversés dans les formes prévues par la Constitution : presque tous les précédents s'étaient défaits avant d'avoir affronté le verdict d'un scrutin.

Le président renversé a alors une réaction surprenante; ce parlementaire qui n'est pas suspect d'antiparlementarisme remonte, contre les usages les plus respectés, à la tribune pour prendre le pays à témoin et faire appel de sa récusation par ses collègues : « Quelque chose a commencé qui ne s'interrompra pas : les hommes passent, les nécessités demeurent. » Ses derniers mots se perdent dans le tumulte causé par un comportement si insolite. On conçoit que Mendès France surmonte mal la déception de voir s'interrompre une action qu'il croit bénéfique pour son pays. Sentiment assez largement partagé, car la déception est grande : 54 % des personnes interrogées déplorent sa chute, 12 % l'approuvent ou s'en réjouissent. Dans les jours qui suivent, Mendès France a reçu quelque dix mille lettres, la plupart d'inconnus, qui lui expriment leur sympathie et l'espoir que son rôle n'est pas terminé.

Ce solitaire, qui s'est toujours tenu à l'écart des intrigues parlementaires, qui connaît mal et les usages et ses collègues, s'avise soudain de la nécessité de disposer d'un instrument : ce radical de toujours n'imagine pas que ce puisse être autre chose que son parti. Mais nombre de ses amis politiques ont voté contre lui : il lui faut donc l'arracher aux prébendiers, le conquérir et le transformer pour en faire l'agent d'une politique réformiste. Tel est le sens de l'action que Mendès France entreprend aussitôt après sa chute. Ce n'est pas la première tentative de la sorte : l'histoire du radicalisme en a connu à chaque génération ; cela avait été l'ambition de Joseph Caillaux, dont du reste Mendès France présidera la Société des amis, ce fut encore le projet des Jeunes Turcs dont Mendès faisait précisément partie au début des années 30. Le mendésisme est un avatar de cette série de tentatives de régénération du radicalisme. Afflue alors une jeune génération qui n'a rien en commun avec les caciques du parti. Entre des éléments aussi hétérogènes la lutte est ardente. P.M.F. l'emporte, mais à quel prix ? Il s'est brouillé avec Edgar Faure qui lui a succédé à la tête du gouvernement ; une fraction a fait sécession derrière André Morice et fondé le Centre républicain. Mendès France a rénové le parti, mais il l'a brisé : l'instrument lui resta entre les mains. Il était sans doute trop tard pour rénover en profondeur un parti dont rien ne pouvait plus enrayer le déclin.

La vérité est aussi qu'il n'y aurait ni à l'Assemblée ni même dans le pays une majorité mendésiste tant que le Parti communiste gèlerait un bon quart des voix, que la S.F.I.O. préserverait jalousement son identité et que le gaullisme attirerait une partie des aspirations réformistes. Le mendésisme ne pouvait recueillir les suffrages que d'une minorité d'intellectuels, de jeunes cadres à la recherche d'une formule conciliant démocratie, modernité, efficacité. Pierre Mendès France ne retrouvera jamais une occasion de reprendre l'action qu'il a engagée. Il tient quelques mois un rôle de figuration comme ministre d'État sans portefeuille dans le gouvernement Guy Mollet, jusqu'au moment où, constatant qu'il n'a aucun moyen de peser sur les décisions et désapprouvant la voie dans laquelle le gouvernement s'engage sans l'avouer, il démissionne en mai 1956. Le 1er juin 1958, il se range résolument dans le camp des opposants à l'investiture du général de Gaulle pour ne pas absoudre ce qu'il juge être un coup de force contre la légalité. Il rejoint quelque temps le petit Parti socialiste autonome, sans y jouer de rôle actif. Il recourt à la parole et à l'écrit ; il publie *La République moderne,* qui expose ses vues sur les institutions les plus capables d'assurer une action efficace tout en préservant les garanties démocratiques. Mais dans son refus d'admettre la Constitution, même après qu'elle eut été approuvée par le peuple, il se condamne à l'impuissance. Cependant, en 1967, il fait une rentrée politique en se faisant élire à Grenoble, ville phare et symbole de la modernité. En mai 1968, il assiste au meeting à Charléty : présence qui lui sera longtemps reprochée et dont il se justifiera par le souci d'éviter une effusion de sang. En juin 1969, il fait équipe avec Gaston Defferre, candidat à la présidence de la République : médiocre équipée que son prestige personnel ne réussit pas à élever au-dessus du score dérisoire de 5 %.

Si les circonstances refusèrent à Pierre Mendès France la seconde chance qui lui aurait permis de poursuivre son action, sa réputation y gagna : chassé du pouvoir par une coalition disparate d'intérêts lésés ou menacés, il entre dans la légende de la gauche. Loin de ternir son image, l'éloignement du pouvoir l'a grandie comme l'antithèse du mollettisme. Il laissa le souvenir d'un esprit lucide, d'une intelligence aiguë, d'une conscience rigoureuse, d'un homme qui disait la vérité — fût-elle incommode. Il sera pendant vingt ans la conscience de la gauche, morigénant ses amis. Son exemple sera invoqué, son expérience consultée.

Le mendésisme, expression que Mendès France a toujours récusée et bien qu'il se soit défendu d'avoir créé un courant, a été une composante de la configuration idéologique des décennies suivantes. Il a symbolisé la volonté d'apporter une réponse aux problèmes de la société moderne dans la fidélité à la démocratie : il a marqué l'esprit public tout autant que le gaullisme et la nébuleuse socialiste. Le passage par le mendésisme a été pour nombre de militants, de politiques, de hauts fonctionnaires, de syndicalistes une étape décisive dans leur itinéraire avant qu'ils se dispersent en diverses directions, les uns pensant trouver dans les institutions de la Ve République et l'action du général de Gaulle la réponse aux aspirations déçues par la IVe, d'autres s'orientant vers l'opposition et rejoignant le socialisme rénové. Le mendésisme a été l'une des diasporas les plus fécondes de notre histoire récente.

Le poujadisme

Dans le même temps, un autre mouvement emprunte aussi son appellation à un nom propre — mais pas d'un homme politique, au moins à ses débuts ; d'un homme quelconque, pour user d'un terme qui avait désigné en Italie un peu plus tôt un phénomène assez semblable : Pierre Poujade. Mendésisme et poujadisme sont contemporains, et des historiens se sont demandé si ce n'était pas deux réactions différentes aux mêmes défis des circonstances. A vrai dire, tout les sépare ; mieux, tout les oppose. Le mendésisme était la transcription politique d'une France cherchant à se rénover, le poujadisme exprimait la crainte du changement ; le mendésisme symbolisait l'aspiration à la modernité, le poujadisme cultivait la nostalgie et l'archaïsme ; Mendès France a la sympathie des technocrates, Poujade les fustige.

L'homme dont le patronyme va devenir un nom commun a trente-trois ans quand il commence à faire parler de lui. Il tient avec sa femme une petite papeterie à Saint-Céré, bourgade du Lot dont il est conseiller municipal. En juillet 1953, il a pris la tête d'une résistance spontanée à un contrôle de comptabilité par les agents du fisc sur les commerçants et artisans de la ville. Le mouvement fait tache d'huile dans les environs, puis déborde sur les départements voisins. Le poujadisme, c'est d'abord un mouvement antifiscal qui s'inscrit dans une longue tradition de résistance à l'impôt, depuis les révoltes paysannes contre les agents de la gabelle jusqu'à l'action de la Fédération des contribuables animée par Lemaigre-Dubreuil dans les années 30.

Toutes sortes de circonstances liées à la conjoncture prédisposaient commerçants et artisans à accueillir cette protestation. L'arrêt de l'inflation, depuis 1953, que les détaillants anticipaient, assèche brusquement leur trésorerie ; le retour de l'abondance met en difficulté les commerces qui ont proliféré au temps de la pénurie, du rationnement et de l'enregistrement des clients auprès de boutiquiers auxquels ils sont tenus de rester fidèles et qui jouissent de ce fait d'une rente de situation ; les pouvoirs publics s'attachent à raccourcir les circuits commerciaux dont la longueur excessive grève le prix des produits à la consommation ; la distribution commence à se moderniser ; apparaissent les premières grandes surfaces, l'ennemi du petit commerce, qui ont obtenu contre elles, en raison de la crise, une législation restrictive. Enfin l'administration des Finances, désireuse de traquer la fraude fiscale et d'élargir l'assiette de l'impôt, a perfectionné ses méthodes d'investigation et formé des contrôleurs dits « polyvalents » préparés à examiner les comptabilités et à confronter les diverses sources de revenus : en face de leur compétence technique, la plupart des commerçants, qui ne tiennent pas de comptabilité régulière et se conforment encore moins au nouveau plan comptable, ont une réaction d'impuissance rageuse ou de désespoir. Les polyvalents leur appliquent des taux calculés en fonction d'un coefficient de fraude présumée ; or le resserrement des contrôles réduit la marge possible de fraude. Voilà donc les commerçants pris entre des rentrées qui diminuent et des taxations qui grimpent allégrement. Le succès du poujadisme est la réaction presque mécanique à ce phénomène de ciseaux et l'expression du désespoir d'une catégorie qui se sent exclue du processus de modernisation et victime du changement.

En décembre 1953, Poujade jette les bases d'une Union de défense des commerçants et artisans, dont le sigle — U.D.C.A. — va connaître la notoriété. Par toute la France éclosent des comités, principalement dans les bourgs et petites villes de la France méridionale. Poujade va de ville en ville et harangue des auditoires boutiquiers qu'il enflamme par une éloquence directe et percutante. Le mouvement, qui était essentiellement de défense professionnelle au départ, même si ses premiers pas ont été encouragés par le Parti communiste, toujours prompt à épouser la cause des petits commerçants écrasés par les trusts, vire à la politique : en acceptant un amendement à la loi de finances, portant le nom du député de Belfort qui l'a proposé — Dorey —, autorisant l'emprisonnement de tout citoyen qui se serait opposé à un contrôle fiscal, le gouvernement Mendès France s'attire l'ire de Poujade et de tous les poujadistes. Les décrets contre l'alcoolisme, comportant l'extinction progressive du privilège des bouilleurs de cru, amènent au mouvement les viticulteurs du Languedoc et du Var, les arboriculteurs de l'Ouest et les gros bataillons des cafetiers. Dès lors le mouvement est politique : Poujade le présente comme la réaction de la vraie France, celle des enfants de la communale, des anciens combattants de Verdun, des paysans cultivant la terre de France contre les députés, les notables, ceux qu'il appelle les « ensaucissonnés », contre les Français de fraîche date aussi, les métèques, les étrangers venus des bords du Danube. Le poujadisme réactive les vieux ferments xénophobes et antisémites contre Mendès France et certains de ses ministres, on dénonce le bradeur de l'Empire, l'homme qui a cédé les comptoirs de l'Inde dont tous les enfants de France connaissaient la comptine. On célèbre le vin, production bien de chez nous, contre le lait et le Coca-Cola. Poujade, infatigable leader, bon orateur, a des inventions verbales et des trouvailles heureuses. C'est aussi un organisateur : il accentue sa pression sur les élus ; les militants sont invités à bombarder leur député de télégrammes comminatoires. En mars 1955, il dirige en personne de la tribune du public le vote de parlementaires amis pour abroger l'amendement Dorey. Rarement pression d'un groupe d'intérêts sur la délibération parlementaire se sera affichée aussi crûment. Le 24 janvier précédent, à son appel, 100 ou 150 000 commerçants et artisans avaient convergé de la France entière vers le parc des Expositions.

A l'approche de la fin de la législature et en vue des élections, Pierre Poujade élargit les assises de son mouvement ; l'U.D.C.A. engendre Union et fraternité française, qui s'ouvre à tous les « bons Français », tend la main aux paysans, aux professions libérales, et s'apprête à faire campagne sur quelques vérités premières et sur le respect des valeurs traditionnelles. L'assimilation que font alors certains du poujadisme avec le fascisme n'est pas plus fondée que, vingt ans plus tôt, l'identification du mouvement ancien combattant avec les idéologies totalitaires. La vérité est plus simple : les racines du poujadisme plongent dans un vieux fonds populiste, autoritaire et nationaliste, qui déteste les parlementaires, célèbre les vertus de la race, communie dans la vénération du passé, redoute les influences étrangères et aspire à l'ordre. Une fois de plus, un mouvement dont les origines étaient plutôt à gauche atterrit à droite.

Fin de législature

Les passions qui avaient culminé à la chute de Mendès France retombèrent. Après trois semaines de crise, un radical, Edgar Faure, succéda au radical Mendès France, mais d'une autre espèce. Sa politique ne sera pas très différente de celle de son prédécesseur : il favorise aussi la croissance, règle l'imbroglio marocain comme Mendès a réglé le problème tunisien. Il fait du mendésisme sans Mendès, mais à sa façon qui est aux antipodes : autre président, autre style. P.M.F. en imposait par sa supériorité intellectuelle ; Edgar Faure ne le lui cède pas pour l'intelligence — c'est un des hommes politiques les plus doués et plus talentueux —, mais il opère très différemment. Mendès France attaquait les problèmes de front, Edgar Faure les contourne ; Mendès les prenait par leur face nord au risque de s'y casser les dents, Edgar Faure dissout progressivement les résistances et amène habilement les opposants à consentir à la solution que son esprit ingénieux, subtil, fertile a depuis longtemps conçue. C'est ainsi qu'il procéda pour le Maroc. Sur le moment, il n'avait pas approuvé la déposition du sultan, mais n'avait pas démissionné pour autant. Il avait toujours cru que la solution passerait par la restauration du souverain, mais encore fallait-il en convaincre ses ministres ; c'est à quoi servit la conférence d'Aix-les-Bains : amener Antoine Pinay ou Raymond Triboulet à cette conclusion. Autre différence avec le gouvernement précédent : sa majorité est axée plus à droite — le M.R.P. en fait partie, la S.F.I.O. en est sortie. En fait, Edgar Faure a gouverné avec des majorités de rechange pour chaque problème et selon la formule qui lui est chère de « majorités d'idées ».

Son gouvernement marque plutôt dans les premiers mois une accalmie, après la tension de l'épisode mendésiste. L'expansion commence à diffuser dans tout le corps social les prémices de la prospérité. On inaugure l'achèvement de quelques grandes réalisations décidées et commencées dans les temps difficiles. 1955 est la première année où la balance commerciale laisse un solde positif. En quatre années, depuis 1952, le revenu national s'est accru de 25 %. Le deuxième Plan a prolongé les choix stratégiques du premier, mais a pu y ajouter des objectifs dont les ménages voient les retombées positives : programme d'équipements sociaux, scolaires, hospitaliers, etc. L'agriculture se modernise sous l'impulsion d'une génération de jeunes agriculteurs groupés dans le Cercle national des jeunes agriculteurs et formés par la Jeunesse agricole catholique. La mise en service de logements neufs atteint le chiffre exceptionnel de 240 000 : on entrevoit la résorption prochaine de la crise de l'habitat.

Les relations du travail entrent aussi dans une ère nouvelle de relative détente en dépit de l'acharnement du Parti communiste à soutenir que la classe ouvrière est victime d'un processus de paupérisation absolue. La Régie Renault, fidèle à son rôle d'entreprise pilote, a signé, le 15 septembre 1955, avec tous les syndicats sauf la C.G.T. un accord d'établissement qui institue une troisième semaine de congés payés et garantit une augmentation annuelle de 4 % du pouvoir d'achat.

La détente prévaut aussi dans les relations internationales. Les nouveaux dirigeants soviétiques multiplient les avances et les gestes de bonne volonté : c'est la « coexistence pacifique ». Les quatre Grands, dont Edgar Faure pour la France, se réunissent à Genève ; le traité d'État met fin à l'occupation de l'Autriche ; les relations avec l'Allemagne d'Adenauer s'améliorent : la question litigieuse de la Sarre est en voie de solution, et la France a obtenu satisfaction sur la canalisation de la Moselle à laquelle le gouvernement attachait une grande importance. L'Europe s'est remise de l'accident de la C.E.D. : on commence à envisager la formation d'un Marché commun. En attendant, les partenaires franchissent une nouvelle étape dans l'ouverture des frontières et le desserrement douanier : l'économie française se porte assez bien pour en prendre le risque.

Outre-mer, le calme revient au Maroc avec un règlement qui accorde au protectorat l'indépendance dans l'interdépendance. Grâce aux initiatives de Pierre Mendès France et d'Edgar Faure, les personnalités qui symbolisent la nation dans les deux anciens protectorats, Bourguiba à Tunis et Mohammed V à Rabat, font un retour triomphal qui ne prend pas l'allure d'un défi ou d'une revanche à l'égard de l'ancienne puissance protectrice.

Un territoire, en revanche, ne connaît aucune amélioration : c'est l'Algérie. Loin de s'éteindre, l'insurrection s'est étendue. Les mesures prises n'ont pas jugulé la rébellion : l'état d'urgence a été instauré en avril, le gouvernement a porté les troupes à plus de cent mille hommes, au détriment de la reconversion de l'armée commencée après l'évacuation de l'Indochine. Le transfert en Algérie désintègre les grandes unités en voie de constitution et retarde ainsi de huit années la modernisation de l'appareil militaire. Le rappel de réservistes provoque en métropole des désordres dans les gares et les ports d'embarquement. En Algérie, le terrorisme menace la sécurité des personnes et des biens. Le 20 août 1955, le Constantinois s'embrase : à Philippeville et en d'autres lieux, le F.L.N. massacre plus d'une centaine d'Européens dans des conditions souvent atroces ; la répression se veut exemplaire et est féroce. La guerre est devenue inexpiable.

Le gouvernement ne trouve pas d'interlocuteurs, même si le F.L.N. n'entraîne qu'une minorité dans la lutte armée : les autres observent une solidarité passive ; les élus musulmans se dérobent ; le ralliement au F.L.N. de Ferhat Abbas, qui militait jadis pour une formule d'association, est un symptôme révélateur de la radicalisation des revendications. Il n'y a pas dans l'Assemblée nationale de majorité pour une politique clairement définie : elle est au bout du rouleau après quatre années. Edgar Faure est convaincu que seule une nouvelle Assemblée aurait l'énergie et l'autorité morale pour mettre en œuvre une politique. Aussi propose-t-il, le 20 octobre, d'avancer les élections de quelques mois. Il a d'ailleurs d'autres raisons de souhaiter une échéance plus rapprochée : la prise en main du Parti radical par Mendès France pourrait le priver d'un appui, et il redoute que la progression du poujadisme ne conduise à une Assemblée ingouvernable par absence de majorité. Il voudrait donc gagner de vitesse les deux mouvements. Pour des motifs symétriques, Mendès France désire le contraire. Aussi la division fait-elle rage chez les radicaux. La discussion sur la date des élections interfère avec un débat sur la réforme électorale : l'Assemblée a entrepris l'examen d'un projet qui rétablirait le scrutin d'arrondissement. Les interférences entre les enjeux disloquent la majorité. La confusion est à son comble : elle a pour conséquence la chute imprévue du gouvernement par 318 voix contre 218.

Plus imprévues seront les conséquences ; exactement contraires de celles que cherchaient les opposants. Edgar Faure n'est pas le dernier à s'aviser qu'il a été renversé à la majorité constitutionnelle comme, dix mois plus tôt, Mendès France. La condition fixée par la Constitution pour une dissolution — qu'en moins de dix-huit mois deux gouvernements aient été renversés à la majorité absolue des députés — est remplie. Ses adversaires lui ont donné par mégarde le moyen de parvenir à ses fins. Passant outre aux objections tirées des précédents historiques, Edgar Faure fait prendre un décret de dissolution. L'initiative lui vaut d'être comparé à Mac-Mahon et à Louis-Napoléon, d'autant que ce décret est daté du 2 décembre. Depuis 1877, le droit de dissolution était tombé en désuétude. Pis : dans le discrédit. On enseignait qu'il était contraire à la souveraineté du Parlement. En prenant cette initiative, Edgar Faure a levé le tabou qui retenait depuis quatre-vingts ans tous les hommes politiques de recourir à cette arme. Il a débarrassé la politique d'un préjugé et frayé la voie au général de Gaulle, qui y recourra par deux fois.

CHAPITRE XIX

Le gouvernement Guy Mollet

Le coup de tonnerre de la dissolution, qui éclate le 2 décembre 1955, a suspendu toute autre activité politique et dispersé les députés qui regagnent leur département. La campagne s'engage à une époque inhabituelle, au seuil de l'hiver, et le vote a dû être fixé un jour de semaine, déclaré férié et chômé, le 2 janvier 1956. L'Assemblée n'ayant pu se mettre d'accord sur une réforme électorale, la consultation a lieu sous le régime de la proportionnelle corrigée par le système des apparentements : les partis y recourant moins qu'en 1951, les résultats ne seront guère différents de ce qu'ils eussent été à la représentation proportionnelle sans apparentements.

Victoire du Front républicain

Depuis 1951, le système des forces politiques s'est singulièrement modifié : il juxtapose quatre composantes au lieu de trois comme en 1951, où l'alliance des centres, de la S.F.I.O. aux indépendants, avait affronté deux oppositions, communiste et gaulliste. Dans la législature précédente, les partis de gouvernement ont progressivement résorbé la gaulliste : ils en ont d'abord détaché l'élément le moins solide, les dissidents de l'A.R.S., puis absorbé par échelons le reste, qui est entré dans la majorité, puis au gouvernement. Le Général a quitté le champ de bataille ; le Parti communiste continue de se tenir à l'écart dans une opposition inconditionnelle dont il n'est sorti qu'exceptionnellement, pour l'investiture de Mendès France : la référence à Staline reste un brevet d'orthodoxie. Un phénomène nouveau est apparu, le mouvement Poujade, qui présente partout des listes intitulées Union et fraternité française (U.F.F.) avec pour mot d'ordre : « Sortez les sortants ! » Penchant maintenant nettement à droite, il a fait sien le thème de l'Algérie française, il exploite le populisme national. Les Renseignements généraux le créditent d'une dizaine d'élus.

Entre ces deux extrêmes, les forces se sont divisées ; c'est une conséquence du passage au pouvoir de Mendès France. A l'alliance des centres s'est substitué l'antagonisme de deux blocs qui préfigure, de loin, la bipolarisation ultérieure. La césure entre eux passe au beau milieu des radicaux, déchirés comme ils l'avaient été en 1936 puis en 1945, comme ils le seront derechef en 1973 : c'est le destin de ce parti écartelé entre son passé et son électorat.

La coalition de gauche fédère quatre formations d'inégale importance : la S.F.I.O., avec son appareil, ses fédérations qui quadrillent le territoire, et ses 110 000 adhérents sous la férule de Guy Mollet ; le mendésisme, qui apporte le souffle et l'inspiration avec ceux des radicaux qui ont choisi de suivre P.M.F. et un afflux d'énergies nouvelles ; l'élément résiduel du gaullisme parlementaire, les républicains sociaux, sous la conduite de Jacques Chaban-Delmas ; l'U.D.S.R., petite formation parlementaire, sans beaucoup de répondants dans le pays, mais dont l'appoint est indispensable pour faire une majorité et animée par François Mitterrand. La coalition, en hommage au Front populaire dont c'est le vingtième anniversaire, a pris le nom de Front républicain. Son programme tient pour l'essentiel dans la référence à l'expérience mendésiste : il promet la paix en Algérie, la poursuite de la modernisation de l'économie et le progrès social. *L'Express*, devenu quotidien pour la durée de la campagne, distribue les investitures signifiées par des bonnets phrygiens accordés aux candidats jugés dignes de porter les couleurs de ce rassemblement.

La coalition d'en face regroupe ceux qui ont gouverné ensemble sous la direction d'Edgar Faure après la chute de Mendès France : la fraction des radicaux qui ont quitté le parti depuis que P.M.F. s'en est emparé, derrière Edgar Faure, qui en a été exclu, et André Morice ; le M.R.P., dont l'hostilité viscérale à la personne et à la politique de Mendès France a accentué la dérive à droite ; l'ensemble des modérés groupés dans le Centre national des indépendants et paysans, où sont réconciliés fidèles de Pinay et proches de Laniel. Si la coalition de centre gauche trouve son dénominateur commun dans la référence à Mendès France, celle dont l'axe passe au centre droit se réclame du nom et de l'action d'Antoine Pinay. Mendès ou Pinay ? L'alternative entre les deux noms définit pour partie le choix proposé.

La campagne gagne en intensité ce qu'elle perd en durée : la radio et, pour la première fois, une télévision débutante y jouent un rôle. Quelque 1 200 000 citoyens se sont précipités dans leur mairie, à l'annonce des élections, pour se faire inscrire sur les listes : indice qu'ils ont conscience de la gravité du choix et de l'importance des enjeux — les événements d'Algérie, l'avenir des institutions, le fonctionnement de la démocratie. La participation est élevée : 82,8 %. L'Algérie est restée en dehors de la consultation ; ce n'est pas le moindre paradoxe de ces élections qu'en soient exclus ceux dont le sort se joue.

Contrairement à ce qu'en espéraient aussi bien Edgar Faure que Mendès France, les résultats ne clarifient pas la situation : il n'y a pas plus de majorité dans cette troisième Assemblée que dans la précédente. Le Parti communiste a fort bien résisté à l'isolement : après huit ans de guerre froide, il conserve son électorat ; il atteint même, en chiffres absolus, son plafond : 5 millions et demi de suffrages. Avec 25,6 %, il continue de « geler » un électeur sur quatre et de rendre impossible une majorité de gauche. Avec 146 députés, il recouvre ce que lui avaient ôté les apparentements et retrouve à peu de chose près l'effectif de son groupe dans la première Assemblée. Si la stabilité l'emporte à l'extrême gauche, il n'en est pas de même à l'autre extrême ; la surprise majeure de ces élections est la poussée poujadiste, bien plus forte que prévu : près de 2 millions et demi de voix — 12,5 % — et plus de 50 élus U.F.F. Le mouvement a obtenu ses succès les plus marquants dans la France du Midi : ils traduisent le malaise et l'irritation contre les politiques de tout un peuple de travailleurs indépendants, de paysans, de petits patrons, inquiets pour l'avenir de leur profession comme de la France. Comme la bonne tenue du Parti communiste interdisait la formation d'une majorité de gauche, la poussée poujadiste privait la droite de la possibilité d'être majoritaire, car c'est à ses dépens principalement que le poujadisme avait bâti son électorat. Communistes et poujadistes totalisaient environ 38 % des électeurs et à eux deux détenaient quelque 200 sièges : un tiers de l'Assemblée. Ils ne laissaient aux deux grandes coalitions que les deux autres tiers. Moins grave qu'en 1947 où l'addition des deux oppositions menaçait d'être majoritaire, le rapport des forces ne laissait pas d'être préoccupant : il n'y aurait pas dans cette Assemblée de majorité de gouvernement stable.

Les deux coalitions étaient de force approximativement égale, la plus forte n'étant pas celle de gauche : le Front républicain avait recueilli un peu moins de 30 % des voix et quelque 170 élus. Avec 4 % des suffrages, les gaullistes n'étaient plus qu'un vestige. La S.F.I.O. se taillait la part du lion avec plus de la moitié des députés : 89. Le mendésisme avait obtenu un beau succès ; on évaluait à un million environ l'effectif qui s'était porté sur la gauche à cause de Mendès, dont peut-être la moitié d'électeurs catholiques qui pensaient avoir trouvé dans le mendésisme une réponse à leurs aspirations à une démocratie effective et à un règlement pacifique des problèmes d'outre-mer : avec la poussée poujadiste, l'émergence du mendésisme était la nouveauté du paysage politique. La coalition d'en face enlevait près de 200 sièges, mais elle était loin du compte : Edgar Faure avait perdu son pari de gagner poujadisme et mendésisme de vitesse. Sur le moment, on eut l'impression que le Front républicain avait gagné parce que la droite avait perdu ; l'axe était revenu plus à gauche qu'en 1951 et se situait à mi-chemin entre ceux des deux précédentes Assemblées : c'était l'effet Mendès.

Guy Mollet et l'Algérie

C'est vers les chefs du Front républicain que se tourne le président de la République pour le choix du président du Conseil : on attendait Mendès et ce fut Guy Mollet. La désignation était logique : René Coty se conformait à la vieille règle qui conseille d'appeler le leader de la majorité de la majorité ; c'était le secrétaire général de la S.F.I.O. On a beaucoup dit que le chef de l'État avait obéi à une prévention personnelle, qu'il avait écarté P.M.F. par défiance ; on a même insinué qu'il aurait cédé à un sentiment antisémite. Autant d'allégations que rien n'étaie : n'était-ce pas René Coty qui avait désigné Mendès France en 1954 pour l'investiture ? La vérité est que Pierre Mendès France, conscient des passions qu'il soulève, s'est lui même récusé pour la direction du gouvernement ; il a aussi décliné le portefeuille des Affaires étrangères et se contente d'un titre prestigieux : ministre d'État, mais sans responsabilité. Si elle était logique, la désignation de Guy Mollet déçut les électeurs qui n'avaient voté pour le Front républicain que pour rendre le pouvoir à Mendès France et espéraient le voir reprendre son action interrompue : ils eurent le sentiment d'une manœuvre. La déconvenue, aggravée quatre mois plus tard par la démission de l'homme qui avait leur estime, alimenta la désaffection pour les institutions. Elle venait après d'autres. Il y avait eu, en 1951, les apparentements : si dans son principe la formule qui permettait à des partis associés dans l'exercice des responsabilités d'affronter solidairement le verdict des électeurs n'était ni déraisonnable ni immorale, les électeurs en retirèrent l'impression d'une manipulation. En décembre 1953,

Le gouvernement Guy Mollet

l'impuissance du Parlement à choisir le successeur de Vincent Auriol eut un effet déplorable : la succession de treize tours de scrutin frappa d'autant plus l'opinion qu'elle put, grâce à la télévision, assister pour la première fois en direct aux tergiversations des élus du peuple. Sur quoi, en janvier 1956, la direction du gouvernement échut à un autre que celui pour qui on avait voté. Enfin, la nouvelle Assemblée n'eut rien de plus pressé que de procéder, pour des motifs dont la subtilité échappait aux citoyens, à l'invalidation de onze députés poujadistes qu'elle remplaça sans autre forme de procès par leurs concurrents battus : en se faisant l'avocat de ces malheureux, incapables de présenter leur propre défense, le député d'extrême droite Jean-Louis Tixier-Vignancour scellait l'alliance du poujadisme avec l'activisme de la droite nationaliste.

L'homme à qui échoient la lourde responsabilité de traduire en politique les aspirations confuses des électeurs et celle, plus écrasante encore, de trouver une issue à cette guerre d'Algérie qu'il avait qualifiée d'imbécile, n'est pas tout à fait un nouveau venu dans les conseils de gouvernement : le chef de l'État l'avait naguère chargé d'une mission d'information lors d'une crise ministérielle, et il a été ministre chargé des Affaires européennes dans un gouvernement. Mais il est plus connu par ses responsabilités dans son parti : c'est un homme d'appareil. Venu à la politique, comme beaucoup dans sa génération, par la Résistance, il a connu une très rapide promotion au lendemain de la Libération : député aux deux Constituantes, il a pris une part importante aux travaux constitutionnels. Il a accédé au secrétariat général de la S.F.I.O. dans l'été 1946, porté par une vague de fond s'opposant aux propositions de Léon Blum de modifier les statuts. Guy Mollet symbolise alors l'attachement intransigeant à l'orthodoxie doctrinale, la tradition guesdiste, si forte dans les fédérations du Nord et du Pas-de-Calais. Son élection en 1946 a signifié un réalignement à gauche. Mais le même homme s'est fait, à partir de la guerre froide, le défenseur de la Troisième Force : l'anticommunisme n'a pas trouvé porte-parole plus déterminé ; il a adhéré à la construction européenne, fait sanctionner les socialistes qui n'avaient pas voté pour la C.E.D. Quel homme serait-il au pouvoir ? C'est sur sa politique en Algérie que l'opinion et, plus tard, l'histoire le jugeraient principalement.

Guy Mollet retrouve pour l'investiture de son gouvernement — une réforme de la Constitution a fusionné les deux investitures, conformant le droit à la pratique — une majorité aussi large que celle de Mendès France vingt mois plus tôt : 420 voix pour, 71 contre et 83 abstentions. Aux quelque 170 élus du Front républicain se sont joints, comme en juin 1954, les communistes et, cette fois, les M.R.P. Ont voté contre les poujadistes et quelques élus d'extrême droite; les abstentions viennent d'une partie de la droite. Toutes les composantes de cette majorité se retrouvent dans le gouvernement, communistes exceptés. Pierre Mendès France siège en qualité de ministre d'État; François Mitterrand, l'ancien ministre de l'Intérieur du gouvernement Mendès France, est à la Justice. Les gaullistes et le M.R.P. sont présents. La S.F.I.O. a pris les responsabilités les plus lourdes : elle s'est réservé l'ensemble des ministères économiques et sociaux, avec Robert Lacoste à l'Économie et aux Finances; un socialiste, Christian Pineau, est au Quai d'Orsay. Pour l'Algérie a été adoptée une formule originale qui souligne la priorité attribuée à ce problème et qui doit aussi prévenir le glissement du pouvoir entre les mains de la minorité européenne : un ministre-résident à Alger, mais membre à part entière du gouvernement et associé de ce fait aux décisions; pour cette responsabilité capitale, Guy Mollet a fait appel à une personnalité non politique, indépendante et prestigieuse, le général Catroux, bien vu des gaullistes pour son ralliement au Général en 1940, connu pour avoir été au Levant l'artisan d'une politique libérale et qui a été gouverneur général en Algérie en 1945.

La déclaration d'investiture a tracé les grandes lignes de la politique dont le gouvernement escompte qu'elle réglera la question : reconnaissance d'une « personnalité » algérienne, rétablissement de l'ordre — baptisé pacification — et pourparlers avec des interlocuteurs désignés par une consultation régulière qui ne saurait se tenir avant que le calme ait été rétabli. Politique qui se résume dans un triptyque qui sera la Loi et les Prophètes pour le gouvernement : cessez-le-feu, élections, négociations. La première démarche du nouveau président du Conseil est pour l'Algérie : s'inspirant du précédent du voyage de Mendès France à Carthage, Guy Mollet s'envole, dès le lendemain de son investiture, pour Alger. Il s'agit d'installer le ministre-résident et de proclamer la volonté du gouvernement de dégager une solution libérale. Faute d'avoir été préparé, parce qu'improvisé, ce voyage tourne mal et aura des conséquences contraires au résultat recherché. Guy Mollet débarque à l'aéroport de Maison-Carrée, au matin du 6 février, dans l'ignorance des réalités et plus encore des sentiments de la population européenne. Or celle-ci, qui a fait quelques jours plus tôt des adieux émouvants et grandioses à Jacques Soustelle, déjà alarmée par la victoire du Front républicain, a vu dans la nomination de Catroux la confirmation de ses inquiétudes : le gouvernement ne s'apprête-t-il pas à négocier avec les insurgés ? La venue du chef du gouvernement est l'occasion de se faire entendre et de peser sur les décisions de Paris. Une foule nerveuse d'anciens combattants, d'étudiants, de jeunes lycéens, s'est assemblée. Le service d'ordre se laisse déborder, et Guy Mollet est bousculé, des tomates pleuvent. Surpris par la violence des sentiments, déconcerté par cet accueil inattendu, le président du Conseil découvre l'attachement profond, viscéral de ces Français d'Algérie à leur terre et a la révélation de la dimension affective du problème algérien. Ébranlé, troublé, il appelle le général Catroux, le prie de s'effacer et le remplace séance tenante par son ami Robert Lacoste, un ancien syndicaliste, lui-même remplacé au ministère de l'Économie par l'ancien président du Conseil Ramadier. Cette concession sur la personne en implique d'autres sur le fond. Dix jours plus tard, une nouvelle déclaration corrige la première et infléchit la politique vers davantage de fermeté : plus question pour l'heure de réformes ; la priorité est à la pacification. Plus grave est la reculade du chef du gouvernement à la sommation de la rue, qui affaiblit le pouvoir et le désarme pour longtemps devant les pressions activistes : le 6 février 1956 a frayé la voie au 13 mai 1958 ; les organisateurs du coup de force du 13 mai voudront répéter ce qui leur a réussi deux ans plus tôt, et il faudra au bénéficiaire de l'opération, le général de Gaulle, de longs mois de ténacité pour restaurer l'autorité de l'État et réparer la brèche ainsi faite.

Dès lors, le gouvernement met tout en œuvre pour gagner sur le terrain. Il demande au Parlement des pouvoirs spéciaux plus étendus que ceux dont disposaient ses prédécesseurs : l'Assemblée les lui accorde par un vote massif — 455 voix pour, 75 contre. Pour ne pas se couper de l'opinion et se rapprocher des autres forces de gauche, les communistes les ont votés — un vote qui leur sera par la suite souvent reproché. C'est aussi que personne alors ne conçoit d'autre politique. L'Assemblée s'est déchargée de ses responsabilités entre les mains de l'administration et surtout de l'armée. Le gouvernement rappelle des classes disponibles : 70 000 hommes en avril, 50 000 en mai ; le nombre des militaires stationnés en Algérie est porté de 200 000 à 400 000. Différence essentielle avec la guerre d'Indochine : l'envoi du contingent. Si les opérations les plus actives sont confiées aux unités opérationnelles composées d'engagés, les appelés sont maintenant associés au maintien de l'ordre — la durée légale du service est progressivement allongée jusqu'à atteindre vingt-sept mois. Pendant six années, de 1956 à 1962, tous les jeunes Français iront en Algérie ; quelque 2 millions ont ainsi fait la découverte de ce peuple, de ses problèmes, et l'expérience de la guérilla. Cette participation de la nation à la guerre a eu des effets qui ont varié dans le temps. Elle a d'abord plutôt suscité des réactions contraires : à preuve les nombreux incidents et même les désordres qui accompagnent le départ des rappelés, et les adversaires de la guerre se sont flattés de l'espoir que la mobilisation des jeunes Français précipiterait la recherche d'un règlement négocié et abrégerait la guerre. Au lieu de quoi le resserrement des liens charnels entre Algérie et métropole a plutôt retardé l'acceptation de la sécession. C'est plus tard seulement que la prolongation indéfinie de cette guerre a gagné l'opinion au détachement de l'Algérie.

Ceux qui le 2 janvier avaient voté Front républicain pour la paix en Algérie et attendaient de ce gouvernement qu'il rompît l'enchaînement de la violence furent déçus, les plus amers étant certains socialistes qui reprochèrent à Guy Mollet de se renier et de trahir ses idées. La condamnation de sa volte-face et de cet opportunisme devait peser sur le destin de la S.F.I.O. : elle explique en partie son déclin inexorable ; elle explique aussi que le renouveau du socialisme en France, à partir de 1969-1971, se soit fondé sur le rejet de la social-démocratie et la rupture avec ce que certains avaient baptisé le « national-mollettisme ». L'historien, qui n'a pas les mêmes motifs que les membres de son parti d'être exigeant à l'égard de l'ancien secrétaire général et qui a la possibilité d'une réflexion objective, écarte comme excessifs et trop entachés de passion les termes de reniement ou de trahison. Il découvre que les positions que les circonstances ont contraint Guy Mollet à adopter n'étaient pas contraires à sa philosophie : le refus de l'indépendance était conforme et à la tradition républicaine et à l'idéologie socialiste.

A la tradition républicaine ? La gauche démocratique et laïque avait une certaine idée de la France qui lui conférait une mission de portée universelle : conduire sur la voie du progrès les peuples moins évolués, diffuser les valeurs démocratiques, affranchir les esprits de la superstition ; pourquoi des républicains prêteraient-ils la main à un retour de l'islam ? Cette conviction que la mission de la France n'était pas achevée explique que des hommes de gauche, légitimement fiers de son œuvre scolaire, aient rejoint dans la défense de l'Algérie française des nationalistes de droite.

Quant à la référence au socialisme, Guy Mollet, en bon marxiste qui a sucé le lait du matérialisme dialectique, dont il refusait en 1946 d'atténuer le dogmatisme dans les statuts de la S.F.I.O., tient le nationalisme pour une illusion et un danger : le fait national est second par rapport aux réalités socio-économiques engendrées par les rapports de production, et il relève du passé ; accéder en Algérie aux revendications nationales, ce serait une régression. Pourquoi la France de 1789 encouragerait-elle un phénomène archaïque ? L'avenir est dans les grands ensembles, celui que la France forme avec ses dépendances, et le progrès de l'Algérie passe par la promotion individuelle des Algériens, leur accession à l'égalité des droits, la diffusion du savoir, la réduction des inégalités. C'est à la France de parachever l'œuvre entreprise, dont elle a des raisons d'être fière.

Puisqu'on ne croit pas que le sentiment national, du moins celui des Algériens, soit une donnée immédiate, on est conduit à imputer l'émergence d'un nationalisme algérien à des facteurs extérieurs, propagandes étrangères ou stratégies impérialistes : au panarabisme ou au communisme. Les militaires ne doutent point de se retrouver en face de l'adversaire qui a triomphé d'eux en Asie : le nationalisme algérien a été suscité et est manipulé par Moscou, qui utilise peut-être le relais du Caire. Ils ressassent la formule fameuse de Lénine selon laquelle le chemin de l'Europe passe par l'Asie et l'Afrique : en défendant la présence française en Afrique du Nord comme jadis au Tonkin, on défend la civilisation occidentale. Nombre de jeunes officiers s'engagent dans ce combat avec une âme de croisé, singulièrement ceux qui empruntent l'inspiration de leur action aux certitudes de l'intégrisme et d'une sorte de national-catholicisme. Ceux qui avaient découvert dans les rizières d'Indochine ou en captivité l'efficacité du lavage de cervelle et les ressorts de la guerre psychologique se jurent bien, cette fois, de retourner ces armes contre l'ennemi ; les bureaux d'action psychologique mettent en œuvre toute sorte de procédés pour gagner à leur cause la population musulmane. L'armée, à laquelle les pouvoirs spéciaux ont transféré de grandes responsabilités, considère qu'elle n'est pas en Algérie pour protéger d'abord des intérêts, mais qu'elle a une mission à accomplir : une Algérie française à construire. Elle mène de front action sociale, avec les Sections administratives spéciales, action psychologique et répression : pour isoler le F.L.N., elle opère des ratissages, regroupe les populations dans des camps ; la recherche du renseignement pour repérer les fellagha l'entraîne à pratiquer sur une large échelle la torture et l'élimination physique des suspects. De son côté, le F.L.N. ne recule devant aucune brutalité pour éliminer ses rivaux — les messalistes — et s'assurer le monopole de la représentation du peuple algérien : il enregistre le ralliement d'une partie des notables et des élites administratives musulmanes. Entre une armée française de plus en plus présente dans le bled, qui quadrille l'ensemble du territoire et patrouille le jour, et les wilayas du F.L.N., qui font des incursions la nuit et massacrent ceux qu'ils suspectent de collaborer avec les Français, la masse des habitants est écartelée.

Dans le dernier trimestre de 1956, le cours des événements se précipite et rend plus inconcevable encore une issue pacifique. Le pétrole qui jaillit dans le Sud saharien est pour la France une promesse d'indépendance énergétique et un gage de développement : raison de plus pour rester en Algérie. Le 22 octobre, des officiers, apprenant que les chefs du F.L.N. venant de Rabat et allant à Tunis passent au large de l'Algérie, décident d'intercepter leur avion et de s'en emparer. Ils pensent ainsi décapiter la rébellion et, peut-être aussi, neutraliser d'éventuels interlocuteurs. Le gouvernement, qui n'a pas été consulté, se trouve, comme le gouvernement Laniel en août 1953 pour la déposition du sultan du Maroc, placé devant le fait accompli. Si le secrétaire d'État, Alain Savary, démissionne plutôt que d'avaliser l'initiative et si notre ambassadeur à Tunis, M. de Leusse, en fait autant, le gouvernement s'incline, montrant une fois de plus qu'il ne contrôle pas les responsables sur le terrain. Une initiative analogue entraînera indirectement, deux ans plus tard, la chute du régime.

Suez et la Hongrie

Beaucoup pensent autour du président du Conseil que la clé du problème algérien est au Caire : l'état-major de la rébellion ne siège-t-il pas dans la capitale égyptienne ? C'est Nasser qui inspire et arme les fellagha. L'arraisonnement, le 16 octobre, au large des côtes algériennes, par la Marine nationale d'un navire venant d'Égypte et bourré d'armes à destination des maquis est venu à point accréditer cette thèse. Un échec infligé au raïs affaiblirait la rébellion algérienne. Or Nasser a fourni un prétexte à intervenir en Égypte : le 26 juillet, pour riposter au refus des États-Unis de lui accorder les crédits pour la construction du barrage d'Assouan —

un ouvrage pharaonique qui devrait apporter la prospérité à la vallée du Nil —, le leader égyptien a annoncé la nationalisation du canal de Suez. Le canal est une réalisation française gérée par une Compagnie universelle : à la plupart des gouvernements il semble impératif, pour la liberté de navigation, qu'il garde son statut international. Guy Mollet et les résistants ont retenu de l'avant-guerre que c'était une erreur de chercher à apaiser les dictateurs par des concessions. Par une assimilation sommaire et discutable de Nasser à Hitler, pour ne pas recommencer l'erreur de Munich, on décide de frapper un coup à Suez. D'où l'idée d'une expédition destinée à replacer le canal sous contrôle international, opération qui se combinerait avec une intervention israélienne. Dans le plus grand secret, ministres et généraux français, britanniques et israéliens la préparent et en rassemblent les moyens à Chypre. Israël déclenchera une attaque contre l'Égypte, et son armée marchera en direction du canal. Sous couleur de préserver les installations et en se donnant les apparences de l'impartialité entre les belligérants, France et Grande-Bretagne imposeront leur médiation. Comme Israël s'inclinera de bonne grâce, les troupes franco-britanniques qui auront débarqué à Suez marcheront sur Le Caire et renverseront Nasser ou lui imposeront des conditions humiliantes. La France aura alors les mains libres en Algérie. Le scénario s'exécute point par point, mais avec des lenteurs du côté britannique. Le Parlement, par 368 voix contre 182, a approuvé, et l'opinion applaudi. Israël a attaqué le 29 octobre : Paris et Londres intiment l'ordre, le 30, aux deux belligérants de suspendre les opérations. L'Égypte rejette l'ultimatum. Le 1er novembre, l'aviation bombarde les aérodromes égyptiens ; le 5, les parachutistes sautent sur Port-Saïd, s'emparent du canal et marchent sur Le Caire sans rencontrer de véritable résistance.

Les difficultés sont venues d'ailleurs. Il était déjà trop tard : les deux Grands se retrouvent d'accord pour faire pression sur Paris et Londres. Eisenhower, en campagne pour sa réélection, encourage des pressions sur la livre. Quant à Khrouchtchev, que la France croyait trop occupé à noyer dans le sang la révolution hongroise, il la menace de ses fusées si elle ne suspend pas sur-le-champ son intervention. Lâché par Eden qui ne peut se permettre de passer outre aux injonctions de Washington, le gouvernement français doit alors consentir à la relève de ses troupes par les Casques bleus de l'O.N.U.

Ainsi, l'opération qui devait, dans l'esprit de ceux qui l'avaient conçue, démontrer la détermination du gouvernement et lui restituer une marge de jeu en Algérie a tourné au fiasco et à sa confusion. La combinaison, d'un machiavélisme sommaire, a démontré que le temps était révolu de la politique de la canonnière. Pour l'avoir crue encore possible, les deux plus grands Empires coloniaux ont dû reculer précipitamment devant les sommations de deux puissances extra-européennes. En France, ni la classe politique ni l'opinion ne tinrent rigueur au gouvernement de son échec : le 20 décembre, l'Assemblée lui donna quitus en lui renouvelant sa confiance à une majorité encore absolue — 325 voix contre 210. L'événement alimenta le ressentiment contre l'étranger, ami ou ennemi : l'anti-américanisme en particulier y trouva un motif de plus.

Si l'année 1956 fut décevante pour la gauche socialiste, elle fut plus rude encore pour les communistes. Ce fut une période d'épreuves pour le mouvement communiste dans le monde entier : le Parti communiste français, en dépit de ses efforts pour ne pas être pris dans les remous, n'y échappa pas entièrement. Ce fut d'abord, le 25 février, au XXᵉ congrès du Parti communiste de l'Union soviétique, le rapport de Khrouchtchev dénonçant les crimes de Staline et le culte de la personnalité, qui atteignait le dogme léniniste de l'infaillibilité de la direction. Celle du P.C.F. n'en souffla mot et soutint longtemps qu'il n'y avait pas eu de rapport, malgré sa publication en juin par *Le Monde*. Le parti mettra toute la lenteur imaginable à se déstaliniser. La révélation d'un envers à la réalité radieuse du paradis soviétique et, en particulier, l'aveu qu'il y avait bien en U.R.S.S. des camps de travail ou de rééducation ébranlèrent la foi révérentielle à l'égard de l'expérience soviétique : la publication d'*Une journée d'Ivan Denissovitch,* de Soljenitsyne, prépara, quinze ans à l'avance, la voie à la description de *L'Archipel du Goulag*.

A l'automne, les démocraties populaires furent secouées par une vague d'agitation qui était le contrecoup du choc produit par la déstalinisation. Les événements du 17 juin 1953 à Berlin-Est, où l'Armée Rouge avait tiré sur les ouvriers révoltés, n'avaient pas eu grand écho à l'Ouest, sans doute parce que c'étaient des Allemands : ils avaient bien mérité ce qui leur arrivait. Mais les événements de Pologne frappèrent davantage : le retour de Gomulka, le « printemps de Varsovie » et les espoirs qu'il soulevait. La révolution hongroise fut le choc majeur : elle enflamma une partie de l'opinion française qui s'émut du courage des Hongrois, où elle retrouvait l'inspiration des révolutions démocratiques du XIXᵉ siècle. L'intervention de l'armée soviétique écrasant une révolution populaire jeta le trouble chez beaucoup : nombre de syndicalistes déchirèrent leur carte de la C.G.T. et, de ce jour, plus d'un intellectuel, Sartre en tête, cessa de croire que le communisme soviétique était l'avenir du monde.

Les premiers mois de 1957 furent marqués par une aggravation des combats en Algérie et l'apparition d'une fêlure dans la conscience collective de la métropole. Ne pouvant emporter, à la différence du Vietminh, la décision sur le terrain, le F.L.N. porte la guerre dans les villes et recourt au terrorisme aveugle, posant des bombes dans les lieux publics. C'est la première fois qu'un gouvernement français se trouve confronté avec le défi de ce terrorisme, différent de celui, généralement sélectif, des anarchistes ou des groupes politiques qui choisissaient leur cible parmi les personnalités que leurs fonctions désignaient à leurs coups. Pour juguler cette forme de guerre, le ministre-résident Robert Lacoste donne pleins pouvoirs au général Massu et confie les pouvoirs de police à la 10e division parachutiste, de retour d'Égypte après le fiasco de Suez (7 janvier 1957). Celle-ci, dans l'exécution de sa mission, ne s'embarrasse pas trop de scrupules : si la torture peut arracher le renseignement grâce auquel on pourra repérer et désamorcer à temps la bombe ou démanteler un réseau, la fin ne justifie-t-elle pas les moyens ? Des aumôniers militaires légitiment théologiquement le recours à pareils procédés. Ils sont efficaces : en quelques mois, Massu a gagné la « bataille d'Alger ». Mais en Algérie même et dans l'armée certains s'inquiètent du retour à des procédés tant reprochés à l'occupation allemande : le général de Bollardière proteste publiquement. D'anciens résistants dont le combat avait eu une signification morale, des chrétiens, catholiques et protestants, prêtres, séminaristes, militants d'Action catholique, routiers, portent témoignage de ce qu'ils ont vu. Le gouvernement, qui a commencé par nier la réalité des faits, crée une Commission de sauvegarde des droits et libertés individuels avec mission d'enquêter (avril 1957). Dès lors, aux données proprement politiques du débat algérien, à la controverse sur la décolonisation, s'ajoute une dimension éthique qui déchire les milieux intellectuels : certains s'engagent dans une opposition radicale à la guerre, tandis que d'autres se déclarent solidaires de l'armée et font le procès des intellectuels qu'ils accusent de complicité avec l'ennemi. Vieux débat que la France a connu en d'autres temps.

La détérioration de la situation en Algérie ne compromet pas l'heureux aboutissement de l'évolution dans les deux protectorats voisins, bien au contraire. Le gouvernement est d'autant plus intéressé à l'instauration de relations amiables que la France est en accusation devant l'O.N.U. pour l'Algérie. Le gouvernement reconnaît, en mars 1956, l'indépendance sans réserves de la Tunisie et du Maroc : c'est la France qui parraine leur admission à l'O.N.U. En Afrique noire, il reprend un projet élaboré par le ministre de la France d'outre-mer du précédent gouvernement, le M.R.P. P.-H. Teitgen; Gaston Defferre, qui lui a succédé, fait voter à une très large majorité (477 voix contre 99) une loi-cadre qui dessine les étapes d'une autonomie progressive, associe les représentants élus au suffrage universel direct en collège unique à la gestion de leurs affaires. Cette loi épargnera à la France les affres d'une troisième guerre de décolonisation et prépare l'accès à l'indépendance. De l'Indochine le gouvernement s'est désintéressé comme les précédents, laissant les États-Unis se substituer à l'ancienne puissance coloniale.

Si l'Algérie requiert en priorité l'attention du gouvernement, elle n'a pas absorbé toute son activité. En Europe, il met le paraphe final aux initiatives de ses prédécesseurs. Après l'échec de la C.E.D., les gouvernements Mendès France et surtout Edgar Faure s'étaient employés à relancer la construction en reportant leur effort sur le terrain de l'économie : des conversations entre les Six à Venise et Messine avaient élaboré deux traités, l'un créant une institution internationale pour l'utilisation pacifique de l'énergie nucléaire, l'Euratom, l'autre constituant une Communauté économique européenne avec pour objectif, au terme d'une période de transition, la formation d'un marché commun ouvert sans restrictions à la circulation des hommes et des produits; la signature solennelle a lieu à Rome le 25 mars 1957, et la ratification au début de l'été.

Une politique sociale

La majorité de Front républicain se référait à l'expérience du Front populaire qui avait laissé une trace durable dans la mémoire collective du fait de ses réformes et de sa politique sociale. La situation de 1956 présentait avec celle de 1936 plus de dissemblances que de ressemblances. Au lieu de souffrir d'une dépression prolongée, la France était engagée dans une expansion sans précédent : le taux de croissance en 1956 avoisinait les 10 %. La configuration politique était tout autre, les communistes étant en dehors de la majorité. L'opinion perçoit néanmoins quelques similitudes, en particulier dans l'intense activité législative déployée par le gouvernement dans les premières semaines. Le Parlement étend à tous les salariés le bénéfice de l'initiative de la Régie Renault en portant à trois semaines la durée des congés payés. Est institué un Fonds national de solidarité pour assurer une retraite décente aux personnes âgées, dont la proportion commence à croître de façon préoccupante du fait des progrès de l'hygiène et de la médecine dont la Sécurité sociale assure la diffusion : le financement est gagé sur les recettes procurées par une vignette acquittée par tous les automobilistes. Une loi-cadre développe le logement social. Ces mesures sont toutes votées sur l'élan initial.

Après quelques mois, le gouvernement rencontre des résistances croissantes à mesure que s'amoncellent des problèmes qu'il résout de plus en plus malaisément. Ce n'est pas sur l'Algérie que tombe Guy Mollet : à l'exception d'une droite extrême qui aurait souhaité une politique plus musclée encore, la droite ne trouve rien à redire à la sienne ; c'est dans la S.F.I.O. qu'elle suscite une fronde, mais Guy Mollet, qui est resté secrétaire général, tient le parti bien en main. Il y a encore dans le pays un assez large consensus pour conserver l'Algérie : l'envoi du contingent a resserré les liens, et la plupart des Français n'imaginent pas qu'ils puissent être rompus ; Raymond Aron, qui plaide pour un dégagement en montrant, chiffres à l'appui, que l'Algérie coûte cher, est une voix isolée. C'est sur la politique financière et la politique sociale que la majorité s'est disloquée. La guerre en Algérie entraîne un supplément de dépenses de 300 milliards ; les réformes sociales coûtent cher ; un hiver d'une rigueur exceptionnelle — un mois entier de gel — a eu des effets désastreux sur l'économie. Le gouvernement refuse de choisir entre l'Algérie et les mesures sociales. L'inflation est repartie de plus belle, le déficit budgétaire se creuse et la balance des comptes est déséquilibrée. Ramadier met alors au point un programme d'impositions nouvelles qui alarme la droite. Guy Mollet, qui cherche à tomber à gauche pour préserver la cohésion de son parti, ne fait rien pour se concilier la sympathie des modérés. Le 22 mai 1957, une majorité qui additionne aux deux oppositions permanentes, communiste et poujadiste, quelque 75 modérés et radicaux rejette les projets financiers et renverse le gouvernement le plus long des trois législatures de la IVe République, après plus de quinze mois d'exercice.

Après avoir joui d'une popularité qui atteignit son zénith au moment de l'expédition de Suez, Guy Mollet a connu la disgrâce :

dans la mémoire collective, il souffre d'une réputation négative. Réputation relativement injuste qui fait porter à l'homme la responsabilité principale d'une politique — ou d'une absence de politique en certains cas — qui était l'expression de la volonté du personnel politique, et peut-être même de la majorité du pays. Guy Mollet n'avait, comme ses prédécesseurs, que des pouvoirs fort restreints : il n'était même pas totalement maître de son parti, moins encore de sa majorité. Il avait peu d'autorité sur ses collègues. Les institutions ne lui garantissaient aucune durée. Lui-même était très représentatif de l'état d'esprit du personnel de la IVe République; c'est peut-être la raison de son impopularité : il a assumé celle du régime, dont il avait les défauts, mais aussi les vertus et les qualités.

Ce gouvernement, en dépit des difficultés, a fait des choses. Sans la guerre d'Algérie, il aurait sans doute laissé le souvenir d'un gouvernement aux vues généreuses, ayant su opérer des choix judicieux. Il soutiendrait avantageusement la comparaison avec d'autres gouvernements qui n'ont pas aussi mauvaise réputation. Il a fait franchir à la construction européenne une étape décisive; outre-mer, il a préparé l'avenir. Guy Mollet s'est personnellement opposé à la relance de la querelle scolaire : en février 1956, la gauche, étant majoritaire avec les communistes qui sur ce chapitre n'auraient pas marchandé leur appui, pouvait tenir son serment d'abroger les lois Marie et Barangé comme l'en pressaient les organisations groupées dans le Cartel national d'action laïque. Non seulement le président du Conseil ne s'est pas prêté à l'opération, mais il a fait davantage : percevant qu'une solution définitive à ce problème devait être cherchée dans un accord avec les plus hautes autorités de l'Église, il a engagé des négociations discrètes avec Rome sur l'ensemble des questions pendantes entre le Saint-Siège et la République — statut des congrégations, régime concordataire, activités des missions outre-mer et question scolaire. Les conversations furent poussées assez loin, mais le temps a manqué pour en inscrire les résultats dans des textes proposés à l'approbation du Parlement.

Des crises en chaîne

Le gouvernement Guy Mollet fut le dernier de la IVe République à pouvoir prendre quelques initiatives et à opérer des réformes. Les deux qui lui succédèrent ne vécurent que quelques mois et ne purent rien faire d'autre que de tenter de porter remède à la situation algérienne. Le règlement de la crise ouverte par la chute de Guy Mollet fut rendu malaisé par la décomposition des forces politiques. Des poujadistes on ne parle plus guère : tout au plus peuvent-ils se joindre à d'autres pour renverser un gouvernement. Le retour de l'inflation a soulagé les trésoreries boutiquières et apaisé les angoisses du petit commerce ; Poujade lui-même est battu dans une élection partielle à Paris en janvier 1957. Les espoirs qu'avait fait lever le mendésisme se sont évanouis : Mendès a échoué dans la rénovation du Parti radical ; il a quitté le gouvernement en mai 1956 sur la pointe des pieds et a pratiquement renoncé à se faire entendre. Après trois semaines de marches et de contremarches, où chacun des acteurs observe ponctuellement les rites subtils d'un savant cérémonial que vingt crises ministérielles ont porté à un point de perfection, l'axe de la majorité est revenu légèrement plus à droite, et la direction du gouvernement échoit à un radical du Sud-Ouest, Maurice Bourgès-Maunoury, ministre de la Défense nationale dans le gouvernement démissionnaire : il est investi à la minorité de faveur — par 240 voix contre 194 —, grâce aux très nombreuses abstentions — 150. Il use ses forces à faire voter un statut de l'Algérie que les libéraux ne trouvent pas assez généreux et qui paraît, en revanche, trop laxiste aux défenseurs de l'Algérie française : la conjonction des deux oppositions rejette le projet le 30 septembre 1957, par 279 voix contre 251, mettant fin à un gouvernement qui a duré moins de quatre mois.

Lui succéda, au terme d'une crise de trente-cinq jours, qui parut interminable, un autre de ces jeunes hommes venus, au sortir de la Résistance, au radicalisme : Félix Gaillard, le plus jeune chef de gouvernement que la France ait jamais eu à cette date — il a tout juste trente-huit ans —, qui avait la responsabilité des Finances dans le précédent gouvernement. Ont joué en sa faveur la lassitude engendrée par la prolongation de la crise, l'inquiétude qui commence à gagner les députés. Une majorité de très large union rassemble tous les groupes, à l'exception des communistes et des poujadistes : F. Gaillard reprend des ministres M.R.P. et fait la part belle aux modérés. L'axe s'est décalé encore un peu plus vers la droite. Une fois de plus, une Assemblée que la gauche a cru pouvoir compter comme sienne — à tort — se retrouve à mi-parcours avec une majorité axée à droite à laquelle la gauche apporte son concours : les socialistes en 1957, comme jadis les radicaux. La majorité sur laquelle s'appuie Félix Gaillard est une résurgence de la formule de l'Union nationale d'avant-guerre : le problème algérien a produit le même effet que les périls d'autrefois.

Bénéficiant du crédit de tout gouvernement dans ses premiers mois pour régler la question sur laquelle est tombé le précédent, Félix Gaillard arrache à l'Assemblée, le 31 janvier 1958, par 296 voix contre 244, le vote d'une loi-cadre sur l'Algérie, texte dont il a été prévu qu'il n'entrerait en vigueur que trois mois après le complet rétablissement de l'ordre : c'était supposer résolu le problème dont on cherchait précisément la solution.

Le gouvernement est, à l'intérieur, aux prises avec des difficultés économiques et financières renaissantes ; l'euphorie des années précédentes s'efface. La guerre d'Algérie impose un fardeau croissant de dépenses improductives et prive l'économie de plusieurs centaines de milliers de jeunes travailleurs. La balance des échanges extérieurs est gravement déséquilibrée, le franc menacé : pour enrayer la disparité des prix français et étrangers, Félix Gaillard, ministre des Finances du gouvernement Bourgès-Maunoury, avait inventé un ingénieux mécanisme qui majore de 20 % les importations et accorde aux exportateurs une aide de même importance. Les diverses catégories sociales revendiquent. Un fait a le plus mauvais effet sur l'opinion : la manifestation des policiers, le 13 mars 1958, aux abords du Palais-Bourbon, qui étale au grand jour l'impuissance du gouvernement à se faire obéir de ceux-là même dont c'est la mission d'assurer l'ordre. En cas de menace, la République trouverait-elle encore des défenseurs ? Le gouvernement est aussi en difficulté devant l'O.N.U. et a un besoin pressant de l'aide des États-Unis pour ses finances.

Mais c'est le système des forces politiques qui inspire les inquiétudes les plus vives. L'Algérie a graduellement décomposé la plupart des formations. Le Parti communiste a sauvé, à son habitude, l'apparence de son unité, mais au prix d'une discrétion qui le retient de prendre une position trop affirmée : il est pour la paix — mais qui parle du contraire ? — et s'abstient de parler d'indépendance. Toutes les autres familles sont divisées : à la S.F.I.O. une minorité mène campagne contre le « national-mollettisme », et les suspensions ou exclusions s'abattent sur ses chefs de file ; au M.R.P. l'ancien président Georges Bidault s'est fait le héraut d'une politique intransigeante ; les radicaux ont éclaté dans toutes les directions, quant à la droite, si elle penche majoritairement vers une solution militaire et épouse les thèses de l'intégration, un Pinay ou un Reynaud ne sont pas fermés à

Le gouvernement Guy Mollet

la recherche d'autres voies — quelques solitaires font même entendre des points de vue hétérodoxes. De surprenants reclassements se sont opérés, qu'atteste la diversité de ceux qu'on appelle les quatre Grands de l'Algérie française : Georges Bidault, ancien président du M.R.P., qui a jadis rompu des lances contre le nationalisme, Roger Duchet, l'artisan de la réorganisation des modérés dans le cadre du Centre national des indépendants, André Morice, qui a quitté le Parti radical, et Jacques Soustelle, intellectuel de gauche en 1936, ancien secrétaire général du R.P.F. Le parti de l'Algérie française compte principalement des hommes de droite, mais aussi des hommes de gauche, laïques attachés à la mission civilisatrice de la France et à l'œuvre de l'école laïque, syndicalistes, à côté des parachutistes et des pieds-noirs. L'extrême droite, où coexistent des catholiques intégristes convaincus de mener en Algérie une croisade contre le communisme, des militaires bien décidés à ne pas perdre cette guerre et des activistes qui rêvent de renverser la démocratie, exerce, comme en toute période de crise, une pression croissante sur les autres droites au nom du patriotisme.

CHAPITRE XX

Une République disparaît

Le fonctionnement des institutions laisse à désirer, le système des partis interdit toute politique à long terme, l'instabilité ministérielle lasse l'opinion et nourrit l'antiparlementarisme, l'inflation chronique annule les succès de l'économie, mais aucun de ces maux n'est mortel et n'aurait à lui seul entraîné la mort de la IVe République. Si le régime instauré en 1946 a disparu dans la douzième année de son âge, la cause prochaine, comme disaient les historiens d'autrefois, fut l'Algérie.

La crise s'enclenche

Tout a commencé un samedi matin, le 8 février 1958, aux confins algéro-tunisiens. Ce jour-là, en représailles d'un raid opéré par une unité de l'Armée de libération nationale stationnée en Tunisie, onze bombardiers B 26 et six chasseurs-bombardiers, escortés par huit avions de chasse, effectuent une attaque sur le camp de l'A.L.N. établi aux abords du village de Sakhiet Sidi Youssef. Maladresse ou action délibérée d'intimidation, ils bombardent et mitraillent le village : c'est jour de marché ; les paysans des environs emplissent les rues. On relève près de 70 cadavres, dont beaucoup de femmes et d'enfants. L'émotion est vive, en Tunisie et dans le monde. Le processus est enclenché qui aboutira, en un peu moins de quatre mois, à la chute du régime. Une fois de plus, comme pour la déposition du sultan en 1953 ou en 1956 à l'occasion de l'arraisonnement de l'avion des chefs du F.L.N., une initiative prise sur place par les exécutants a mis le gouvernement dans une situation délicate dont il lui incombe de subir les conséquences.

Bourguiba réagit avec une vigueur extrême, rappelant son ambassadeur à Paris, bloquant la garnison française de Bizerte et saisissant l'O.N.U. Le gouvernement français, qui avait jusque-là plaidé que l'affaire d'Algérie était une affaire purement intérieure, ne peut plus s'opposer à son internationalisation. L'évolution de la situation diplomatique et l'aggravation de la conjoncture économique qui rend le gouvernement dépendant de l'aide américaine ne lui permettent plus de s'y opposer. Pour en limiter les inconvénients, il se résigne à en passer par une mission de bons offices anglo-américains. Déjà divisés sur le principe même, les ministres le furent plus encore sur les suites à donner aux propositions des envoyés qui étaient loin de donner satisfaction aux demandes de la France : le gouvernement désirait des assurances sur le verrouillage de la frontière du côté tunisien, que Bourguiba refusait de donner. Dans ces conditions, quel accueil faire aux recommandations de la mission ? Pour trancher entre les points de vue opposés, l'Assemblée est rappelée de vacances pour entendre une communication du gouvernement.

Le débat s'annonce difficile : beaucoup de parlementaires sont froissés de l'intervention de nos alliés ; l'anti-américanisme coule à pleins bords. La discussion s'engage mal : l'opposition est à peu près seule à s'exprimer. On a le sentiment que le président du Conseil ne fait rien pour prévenir un vote contraire ; chercherait-il un point de chute ? Il dissuade ceux qui songent à s'abstenir pour éviter d'ouvrir une crise, bien qu'ils émettent des réserves sur le contenu des recommandations : « J'espère que personne n'aura la lâcheté de s'abstenir. » L'effet est assuré : 321 voix contre, 255 pour. La majorité qui surgit de ce scrutin n'a aucune cohésion : elle additionne deux oppositions, de force à peu près égale, mais qui n'ont pas une idée en commun. L'opposition de gauche coagule aux 148 communistes et progressistes une vingtaine de députés de gauche qui se prononcent pour la paix en Algérie, mendésistes rangés derrière Pierre Mendès France et U.D.S.R. suivant François Mitterrand. L'opposition de droite, forte de 151 voix, rassemble les deux tiers des indépendants (61 sur 91), pourtant représentés au gouvernement par cinq des leurs, 30 poujadistes, 17 républicains sociaux — tout ce qui subsiste du gaullisme parlementaire — et une bonne trentaine d'élus de groupes en voie de désintégration, dissidents du radicalisme, paysans d'action sociale, M.R.P., non-inscrits. Il est manifeste qu'il n'y a plus de majorité dans cette Assemblée ni de politique sur laquelle en rassembler une.

Bien qu'il n'ait pas été renversé, puisqu'il n'avait pas engagé son existence par une question de confiance posée dans les formes constitutionnelles, le gouvernement démissionne le 15 avril. Une crise de plus ! La troisième en onze mois. Personne ne doute, au souvenir des précédents et eu égard à la composition de la majorité de rencontre qui vient d'ouvrir celle-ci, qu'elle sera difficile à résoudre. Puisqu'il n'y a d'autre majorité concevable que celle qui a investi Félix Gaillard, il faut ressouder aux 255 députés qui lui sont restés fidèles une partie de ceux qui ont rejeté les propositions : si on les trouve à droite, Antoine Pinay sera le chef de gouvernement tout indiqué ; si c'est de gauche qu'ils viennent, le nom de Guy Mollet s'impose. Pinay ou Mollet, telle est l'alternative : ou une majorité se reformant autour du centre droit et réunifiant tous les modérés, ou une majorité du centre gauche incluant les socialistes.

Le déroulement de la crise démarre avec lenteur, et ce pour plusieurs raisons. Chacun des acteurs met un point d'honneur à observer religieusement le code qui règle le processus de ces épisodes où la vie parlementaire atteint un maximum d'intensité. De surcroît, états-majors et candidats ont les yeux fixés sur les élections cantonales qui doivent renouveler la moitié des conseils généraux : arrachés à leurs circonscriptions par la convocation extraordinaire, les députés y retournent sur-le-champ et renvoient le règlement de la crise ; jusqu'au second tour, le 27 avril, celle-ci chemine à petits pas. La raison la plus déterminante de cette course de lenteur se trouve dans les dissensions internes des partis. Une tentative de Georges Bidault, premier pressenti et qui a formé son gouvernement en deux temps, trois mouvements, échoue sur l'opposition de son propre parti qui redoute d'être entraîné à cautionner une politique dont il désapprouverait l'intransigeance. Les socialistes refusent leur concours à René Pleven, histoire de décrocher Robert Lacoste du poste de ministre-résident où il pratique une politique qui les divise ; les radicaux font de même quand ils apprennent que la Défense reviendrait à André Morice qui les a quittés. René Pleven, qui a pris tout son temps pour désamorcer les mines et désarmer les préventions, et qui s'est attaché à dessiner les grandes lignes d'un éventuel accord, renonce le 8 mai. Au vingt-troisième jour de la crise, aucun candidat ne s'est encore présenté devant l'Assemblée : situation sans précédent et qui complique le règlement ; dans les précédentes crises, les échecs devant l'Assemblée des candidats présomptifs levaient des hypothèses et clarifiaient la situation.

Le président Coty, après avoir essayé tour à tour une solution de fermeté « sans concession à l'esprit d'abandon », avec Bidault, puis une formule qui donnait ses chances à la recherche d'un compromis, avec Pleven, déniche un homme neuf : Pierre Pflimlin. Ce n'est pas un débutant : il est le président en exercice du M.R.P. Il a déjà été ministre une quinzaine de fois et s'est acquis une réputation de compétence, d'intégrité et de courage : il est du petit nombre des ministres qui ont préféré démissionner plutôt que de paraître souscrire à une politique qu'ils désapprouvaient. Il y avait eu François Mitterrand en 1953 sur la déposition du sultan et Alain Savary pour l'arraisonnement de l'avion de Ben Bella. Pflimlin n'a pas démissionné sur une question aussi vitale : il l'a fait, au temps où il était ministre de l'Agriculture, sur la fixation des prix agricoles. Il ne se dérobe pas : il entend mettre rapidement sur pied son cabinet et demande au président de l'Assemblée de la convoquer pour le mardi 13 mai. La crise serait-elle résolue ?

Dans le pays, le climat était mauvais : cette crise, survenant après deux autres en moins d'une année, et les palinodies des partis faisaient la plus mauvaise impression. De l'autre côté de la Méditerranée, c'était pire : chaque jour qui passait aggravait la situation psychologique. Les activistes s'inquiétaient. La désignation de Bidault avait rassuré ; tous les défenseurs de l'Algérie française se retrouvaient dans son gouvernement à des postes de responsabilité. Les démarches de Pleven, en revanche, avaient troublé ; on soupçonnait quelque intrigue. La nomination de Pflimlin porta les alarmes à leur comble : une déclaration en 1956 et un récent article publié dans un journal alsacien qui récusait le dilemme abandon-raidissement lui avaient donné la réputation d'un libéral acquis à l'idée de négocier avec l'ennemi. Le ministre-résident Robert Lacoste, qui s'apprêtait à regagner Paris avant d'avoir été remplacé, au risque de laisser un vide redoutable, ne fit rien pour dissiper ces craintes : le 8 mai, à la cérémonie où il reçoit des mains du commandant en chef la croix de la valeur militaire, il met les généraux présents en garde contre l'éventualité d'un « Diên Biên Phu diplomatique ». Aucune référence ne pouvait avoir d'impact plus ravageur sur l'esprit de ses auditeurs qui, quatre ans jour pour jour après la chute du camp retranché, n'avaient ni oublié la capitulation ni pardonné aux politiques de les y avoir conduits. L'armée a pris en Algérie des responsabilités de plus en plus étendues qu'elle n'entend pas abdiquer. Ses chefs, qui sont à l'écoute de leurs subordonnés, les colonels et les jeunes capitaines, décident d'alerter les plus hautes autorités de l'État. Le 9 mai, le général Salan, commandant en chef, adresse au président de la République, par l'entremise du chef d'état-major général des armées, un télégramme signé de tous les généraux commandants d'armée en Algérie, qui fait état de rumeurs sur l'éventualité de pourparlers avec la rébellion en vue d'un cessez-le-feu. Les signataires croient de leur devoir de porter

Une République disparaît

à la connaissance du chef de l'État les troubles de conscience de l'armée et d'attirer son attention sur les conséquences qui pourraient résulter d'une politique de négociation. « L'armée française, d'une façon unanime, sentirait comme un outrage l'abandon de ce patrimoine national », et la dernière phrase résonne comme un avertissement menaçant : « On ne saurait préjuger de sa réaction de désespoir. » Texte aussi insolent qu'insolite : pour la première fois ou presque de son histoire, l'armée s'écarte de la tradition du respect, au moins dans les formes, du pouvoir civil et du loyalisme des officiers généraux à l'égard des institutions. La gauche, qui incline à voir dans l'institution militaire une menace suspendue sur la démocratie et en tout général un aspirant dictateur, ne s'est pas avisée que les militaires dont le nom était avancé pour des aventures dictatoriales étaient ordinairement à la retraite et n'avaient plus ni commandement ni troupes à leurs ordres : la seule intervention de l'armée dans un coup d'État, en 1851, se fit sur ordre du président de la République, chef des armées. Mais, le 9 mai 1958, l'armée paraît prête à sauter le pas : au lieu d'être l'instrument docile de la politique, elle s'érige en juge et s'arroge même le droit de dicter une politique. Cette incartade en dit long sur la dégradation des rapports entre gouvernement et armée, et sur l'affaiblissement de l'autorité de l'État. Il faudra plusieurs années pour faire rentrer l'armée dans le chemin de l'obéissance, et après quelles péripéties ! De la rédaction et de l'envoi de ce télégramme comminatoire date le moment où la crise cesse d'être banalement ministérielle pour se muer en crise de régime. Le télégramme sonne comme un défi et énonce tous les thèmes qui domineront le déroulement de la crise : la conviction d'être à la veille de gagner la partie sur le terrain; la crainte d'être frustré de la victoire par la trahison ou la faiblesse des politiques. D'un mot, « le trouble de l'armée au combat ».

La population civile d'Alger et d'Algérie avait le sentiment de se trouver ramenée de deux ans en arrière, à la veille du 6 février 1956 : pourquoi ne pas recourir à nouveau aux moyens qui avaient alors redressé la situation, en faisant pression sur le gouvernement par la démonstration dans la rue de la volonté des pieds-noirs ? Les activistes de profession ou de goût s'y préparent : un Comité de vigilance, qui rassemble associations d'anciens combattants, groupements patriotiques, mouvements étudiants, partis politiques, a organisé le 26 avril, le lendemain de l'abandon de Bidault, une première manifestation qui réunit entre 15 000 et 30 000 personnes pour proclamer la détermination de garder l'Algérie à la France et réclamer la formation d'un gouvernement de salut public ; la référence aux souvenirs de la Révolution — la majorité de ces Algérois ont été jadis des électeurs des partis de gauche — préfigure l'initiative prise deux semaines plus tard.

Une journée : le 13 Mai

En fixant au mardi 13 mai la présentation de son gouvernement, le président pressenti avait aussi désigné le jour du calendrier appelé à devenir l'une de ces dates assez mémorables pour se passer de millésime, et l'un de ces moments de l'histoire où s'entrecroisent plusieurs lignes. Sur l'une, les députés regagnaient Paris après quatre semaines de crise pour émettre un vote qui la conclurait peut-être. De l'autre côté de la Méditerranée, les leaders de la minorité européenne avaient choisi naturellement ce jour pour une manifestation destinée à faire impression sur les parlementaires et échec à la combinaison Pflimlin. A Colombey, le général de Gaulle attendait son heure.

La séance de l'Assemblée s'ouvre à 15 heures pour la présentation par P. Pflimlin de son programme et de son gouvernement. L'issue du scrutin est parfaitement incertaine : il n'est pas acquis qu'il trouve une majorité. C'est au reste l'espoir des activistes qui ont appelé la population d'Alger à se rassembler. Le gouvernement est orienté à droite : les socialistes en sont absents pour la première fois depuis 1956 ; un indépendant de droite, André Mutter, est ministre de l'Algérie, et la responsabilité de la Défense est confiée à un M.R.P. de droite, Pierre de Chevigné. La composition de ce gouvernement serait de nature à apaiser les inquiétudes si de part et d'autre on en était encore à fonder ses jugements sur autre chose que des réactions passionnelles. La déclaration annonce une application effective de la loi-cadre votée sous le précédent gouvernement.

Sur l'autre rive de cette mer qui rapproche et sépare à la fois métropole et Algérie se prépare à la même heure une grande démonstration avec pour motif avoué de rendre un solennel hommage à trois soldats français tombés aux mains des fellagha et dont le F.L.N. a annoncé quatre jours plus tôt l'exécution — cette provocation des rebelles a eu aussi sa part à l'enchaînement des événements de cette journée. L'objectif majeur est de signifier l'opposition irréductible du peuple d'Alger à l'investiture. Le comité qui coordonne les diverses composantes, et qui s'est fait la

Une République disparaît

main lors de la manifestation du 26 avril, a donné des consignes qui sont observées par la population : la fermeture imposée de tous les commerces fait d'Alger une ville morte, à l'exception du centre. La population, libérée de ses occupations, est invitée à se rassembler en fin d'après-midi au Forum, sur l'immense esplanade qui s'étend devant le grand bâtiment du gouvernement général — le G.G., comme on dit — et qui devient l'un des lieux où s'écrit l'histoire de France. A l'heure dite pour la cérémonie officielle, tout Alger est là : la foule est considérable, peut-être cent mille personnes, une foule jeune où étudiants et lycéens dominent, nerveuse, anxieuse, ardente, qui communie dans l'attachement à cette terre où elle est née. La tension monte. Après la brève cérémonie officielle, les autorités se retirent, la foule commence à se disperser comme à regret : tous ne partent point. Les activistes vont faire dévier ces sentiments diffus en action : le président des étudiants, Pierre Lagaillarde, en tenue de parachutiste, juché sur le monument aux morts, harangue la foule ; quelques milliers de manifestants se portent vers le bâtiment du gouvernement, enfoncent les grilles en se servant d'un camion de l'armée ; les unités de parachutistes ne réagissent pas. Les émeutiers — quel autre nom leur donner ? — envahissent les bureaux, jettent les dossiers par les fenêtres. L'opération a la signification d'un défi aux pouvoirs publics et d'une prise de gage : l'émeute s'est emparée sans coup férir du siège du pouvoir : acte hautement symbolique. Un peu comme si, toutes proportions gardées, en 1934, la foule parisienne avait envahi le Palais-Bourbon et dispersé les députés.

Dans le tumulte s'improvise un Comité dit de salut public où voisinent civils et militaires : la liste de ses membres est établie dans la confusion ; il associe des représentants de toutes les factions activistes et quelques colonels qui entretiennent avec elles des relations étroites. Pour ramener un semblant d'ordre et endiguer le mouvement, le général Massu, qui commande la division d'Alger, en accepte, avec l'assentiment de ses pairs, la présidence. Il notifie aussitôt à Paris la constitution de cet organisme de fait dont personne ne sait bien quelles sont les compétences ni ne saurait dire comment il se situe par rapport aux autorités légales, mais qui prend la signification d'un défi. Au reste, sa première initiative est l'envoi au président Coty d'un télégramme comminatoire : « Exigeons création à Paris d'un gouvernement de salut public seul capable de conserver l'Algérie partie intégrante de la métropole. » Paris sommé de s'aligner sur

Alger ! Depuis le télégramme de Salan, l'insubordination a enregistré, en quatre jours, de singuliers progrès dans les esprits et les faits. Conséquence à retardement de la reculade du 6 février 1956, qui a introduit dans l'opinion d'Alger la conviction de pouvoir infléchir les décisions de Paris.

Si les organisateurs de la prise du G.G. avaient agi pour empêcher l'investiture de P. Pflimlin, ils ont commis une erreur de stratégie en méconnaissant la psychologie des parlementaires. Avant le scrutin on accordait au gouvernement au mieux une majorité de quelques voix : l'écart entre les pour et les contre est de plus de 150. Les socialistes, à l'annonce des événements d'Alger, ont transformé leur abstention en vote pour et les communistes se sont abstenus. Alger en tirera argument pour prétendre que le gouvernement n'a été investi que grâce à la complicité des communistes. Calcul erroné : l'écart entre les pour — 274 — et les contre — 120, de droite — est supérieur au total des abstentions — 137 — ; même si les communistes avaient voté contre, P. Pflimlin n'en aurait pas moins été investi. En partie grâce aux activistes d'Alger : ce n'est ni la première ni la dernière fois qu'une stratégie du coup de force ou de la violence provoque des effets boomerang : les manifestants du 6 février 1934 avaient contribué au vote de la majorité pour Daladier, et les partisans de l'Algérie française renouvelleront la même erreur de psychologie en recourant au terrorisme ; les actions de l'O.A.S. resserreront la cohésion autour du gouvernement et creuseront un fossé entre eux et la nation.

En termes strictement parlementaires, la crise ouverte un mois plus tôt est résolue ; un gouvernement est constitué, qui s'appuie sur une majorité plus large que prévu et qui arrête sur-le-champ les mesures qu'appelle la situation : il suspend toute relation avec l'Algérie, interdit tout départ, consigne les avions, fait surveiller à leur domicile les politiques soupçonnés de connivence avec les Algérois. Mais chacun pressent, au matin du mercredi 14, que la situation est exceptionnelle et pourrait tourner à l'épreuve de force. Une situation que personne n'a voulue telle ni même prévue. Les activistes d'Alger n'ont pas compté avec la formation d'un gouvernement régulier : certains, dégrisés après l'exaltation de la veille, s'interrogent sur la suite ; un colonel n'évoque-t-il pas l'éventualité de sa comparution devant un conseil de guerre ? Rien n'est joué, tout est possible, le pire comme une issue amiable. L'incertitude persistera trois semaines, jusqu'au dénouement de la crise : trois semaines qui sembleront à tous terriblement longues.

Une République disparaît

Le gouvernement réussira-t-il à rétablir son autorité sur l'Algérie ? Il donne des signes de sa détermination. Pflimlin le renforce par l'élargissement de sa composition et obtient le concours de la S.F.I.O. : Guy Mollet y entre comme vice-président du Conseil, et Jules Moch, qui a la réputation, depuis la répression des grèves de 1947, d'un homme à poigne, prend l'Intérieur. L'armée, qui ne s'est pas encore « déclarée », peut sans perdre la face faire valoir qu'elle a endigué l'émeute. Aux petites heures du 14 mai, le président Coty lui adresse un pathétique appel, l'adjurant de « rester dans le devoir sous l'autorité du gouvernement de la République ». Auquel cas le 13 Mai n'aura été qu'un 6 Février un peu plus musclé.

Tout dépend de l'armée, qui a cautionné, au moins par sa passivité, les événements du 13 mai à Alger. Sans son concours actif, le gouvernement n'est pas en mesure de ramener l'Algérie dans l'obéissance. Le subterfuge auquel le président du Conseil s'est résigné dans la soirée du 13 — déléguer au général Salan tous les pouvoirs civils et militaires — a consommé le dessaisissement du gouvernement et fait de l'armée l'arbitre de la situation. L'appel du président de la République est l'aveu implicite qu'elle est sortie de son devoir. Cet appel est demeuré sans effet malgré la proclamation de l'état d'urgence. Dans les jours qui suivent, le ministre de l'Algérie ne peut s'y rendre ; celui du Sahara y est interdit de séjour, et l'armée ignore tout bonnement le ministre de la Défense. L'Algérie et les troupes sont virtuellement en situation de dissidence. Le Comité de salut public ne reconnaît que Salan ; d'autres comités surgissent dans la plupart des villes d'Algérie. Le gouvernement n'a pas les moyens de réduire la sécession. A Paris, une partie de la droite lui refuse son concours : Antoine Pinay n'a pas accepté d'entrer dans un gouvernement où il aurait fait contrepoids aux socialistes.

Il y a ainsi désormais deux pouvoirs concurrents : à Paris le seul pouvoir légal, régulièrement constitué, mais qui n'a pas prise sur l'Algérie, et en Algérie un pouvoir de fait, insurrectionnel, parfaitement illégal, mais qui a pour lui l'*ultima ratio* — la sympathie active de l'armée. Aucun des deux n'a le moyen d'amener l'autre à composer ou à résipiscence. Les deux camps s'observent et s'installent dans cette situation de sécession. Jamais la France n'avait été, depuis la Libération, dans une situation aussi proche de la guerre civile : dissidence, sédition, sécession, coup de force contre les institutions, instauration d'une dictature militaire, autant d'éventualités qui prenaient brusquement une consistance dramatique. La France allait-elle connaître le drame de l'Espagne de 1936 ? On pouvait tout craindre, et tout restera possible jusqu'au terme de la crise.

Réduction de la fracture ou épreuve de force ? Ce ne fut ni l'une ni l'autre de ces deux éventualités qui s'accomplit, mais une troisième, qu'on avait négligée : l'intervention du général de Gaulle.

Entrée en scène du général de Gaulle

De Gaulle avait quitté la politique active en 1953. La plupart des parlementaires qui s'étaient fait élire sous son patronage avaient aisément pris leur parti de rentrer dans le système sans lui. Ceux qui se réclamaient encore de lui n'étaient guère plus d'une vingtaine dans l'Assemblée et se trouvaient dans les gouvernements. Une poignée de fidèles ne désespéraient pas de son retour au pouvoir et se tenaient à l'affût de toute occasion que pourraient susciter l'aggravation de la situation en Algérie et la dégradation continue de l'autorité de l'État. Jacques Chaban-Delmas, ministre de la Défense, avait installé à Alger une petite antenne, mais les gaullistes étaient très peu nombreux et mal vus des activistes. A la fin de 1957 s'étaient reconstitués quelques réseaux d'anciens de la France libre, mais personne dans la classe politique ne croyait sérieusement à un retour de l'ancien chef du Gouvernement provisoire : ses chances étaient jugées inexistantes.

Trois jours seulement avant la présentation de Pflimlin, *Paris-Presse* publia les réponses de trente-quatre personnalités politiques à une enquête sur l'opportunité d'un appel au Général pour sortir de la crise : une seule, du leader d'une petite formation de droite, le Parti paysan, Paul Antier, qui avait fait alliance récemment avec Poujade et Dorgères, fut positive. Après les événements, scrutant rétrospectivement le passé, quelques esprits perspicaces relèveront bien quelques indices qui prendront *a posteriori* la figure de signes avant-coureurs : à l'ouverture de la crise, le 16 avril, Jacques Soustelle et Michel Debré avaient fait référence au solitaire de Colombey, mais ils étaient dans leur rôle de gaullistes impénitents et de contempteurs de la IVe République. Plus inattendue fut, le lendemain, une allusion d'Edgar Faure à l'éventualité d'un retour de De Gaulle, mais l'esprit imaginatif de l'ancien président du Conseil avait habitué ses collègues à des fusées dans toutes les directions. Le Général y croyait-il lui-même ? Se donnait-il encore une chance de revenir un jour au

Une République disparaît

pouvoir ? Rien n'est moins sûr. A travers les propos contradictoires qu'il se plaisait à tenir et où ses divers interlocuteurs pensaient trouver un écho de leurs propres préoccupations, l'emportaient plutôt le doute et le désenchantement. De Gaulle avait une conscience particulièrement vive de la fuite du temps : il savait que chaque année qui passait réduisait ses chances de revenir au pouvoir, et il enrageait de sentir lui échapper la possibilité de redresser la situation.

On apprit plus tard que le président Coty y songeait depuis longtemps et qu'il était décidé, pour peu que les circonstances l'exigent, à faciliter le retour ; il avait fait sonder le Général. Plus étonnant et donc plus significatif, le 11 mai, le directeur du quotidien *L'Écho d'Alger,* Alain de Sérigny, qui avait été un pétainiste convaincu, adressait au général de Gaulle un pressant appel : « Je vous en conjure, mon général, parlez, parlez vite... » Les défenseurs de la présence française en Algérie seraient-ils sur le point de se rallier à lui ?

De Gaulle est entré en scène dès le deuxième jour de la crise, et son rôle deviendra plus déterminant de jour en jour. Il se rapprochera du pouvoir en trois enjambées. Il préservera de bout en bout sa liberté d'action ; refusant de désavouer l'initiative d'Alger, privant ainsi le gouvernement de son soutien et l'affaiblissant, mais écartant la perspective d'être ramené au pouvoir par une insurrection. Le jeudi 15, en fin de matinée, Salan s'adresse du balcon du gouvernement général à la foule massée sur le Forum : il termine sa harangue par un « Vive de Gaulle ! » L'homme qui détient en Algérie tous les pouvoirs de l'État et qui a le privilège d'être reconnu à la fois par le gouvernement de la République et par le pouvoir de fait à Alger se rallie à une solution de Gaulle. A 17 heures, la Rue de Solferino diffuse un communiqué du Général qui modifie du tout au tout les données de la situation. Il prend acte du trouble de l'armée au combat. Le régime des partis est le responsable du processus désastreux où le pays s'abîme et l'État se dégrade. Il oppose la France dans ses profondeurs à la classe politique. Il fait référence au rôle historique qu'il joua pour le salut du pays : que celui-ci sache qu'il se tient prêt à assumer les pouvoirs de la République. En dix lignes tout est dit. Le gouvernement n'a plus seulement en face de lui les comités de salut public. Il y a désormais non pas deux pouvoirs concurrents, mais trois : le légal avec le gouvernement Pflimlin, un pouvoir de fait qui dispose de la force et un pouvoir qui n'a aucun moyen d'exécution, mais l'autorité morale. Le démembrement du pouvoir se matérialise topographiquement : il est réparti dans un triangle dont les sommets sont Paris, Alger et Colombey. C'est entre ces trois lieux que se joue une partie dont l'enjeu concerne, par-delà l'Algérie, l'avenir du régime et la paix civile. Trois légitimités se disputent l'adhésion des Français.

Le 15 mai, le recours à de Gaulle semble à tous des plus improbables : si à droite il rencontre certaines sympathies, la majorité de la classe politique le repousse catégoriquement. La fracassante irruption du Général a réveillé contre lui toutes les suspicions : qu'il n'ait pas eu un mot de blâme pour les factieux révolte tous ceux qui ont été heurtés par le 13 mai, et a ravivé les vieux fantasmes d'aspiration au pouvoir personnel. Il n'y a pas dans l'Assemblée de majorité pour l'investir : il ne saurait donc revenir au pouvoir que porté par l'insurrection. S'il s'y refuse, il n'y a pas la moindre chance pour cette solution. Il ne faudra pas moins de dix-sept jours et toute une série de rebondissements imprévus pour passer d'un rejet catégorique, majoritaire, à une acceptation, également majoritaire, et pour que les politiques se résolvent à faire appel à de Gaulle pour sauver l'essentiel. Les péripéties sont telles qu'il est indispensable de suivre le déroulement des événements au jour le jour.

C'est la S.F.I.O. qui tient la clé d'un dénouement de type parlementaire. Les communistes ne voteront sûrement pas l'investiture de De Gaulle. L'ensemble des droites lui est acquis, mais ne fait pas une majorité. C'est donc bien du groupe socialiste que dépend le résultat, et singulièrement de Guy Mollet, qui est à la fois secrétaire général de la S.F.I.O. et vice-président du Conseil : son rôle est décisif, presque aussi important que celui du président Coty et de De Gaulle lui-même. Il entend éviter à tout prix une dictature militaire, mais il ne redoute guère moins la formation d'une majorité de Front populaire qui risquerait de ramener les communistes au pouvoir et de placer sous leur tutelle les vrais démocrates. Très vite il s'est convaincu que l'issue de la crise résidait vraisemblablement dans l'investiture du Général par l'Assemblée. Mais encore fallait-il que celui-ci respecte les formes constitutionnelles et accepte d'être candidat. Il ne peut être question d'une reddition parlementaire. Guy Mollet demande des assurances à cet égard ; c'est l'objet des trois questions que pose le nouveau vice-président du Conseil au général de Gaulle par médias interposés : leur échange indirect de questions et de réponses tisse un des fils majeurs de la trame des événements.

Une République disparaît 469

De Gaulle franchit alors une deuxième étape en annonçant une conférence de presse pour le lundi 19 ; la première depuis qu'il a quitté la présidence du R.P.F. Sa rentrée après plusieurs années de silence est un événement auquel les circonstances confèrent une importance plus grande encore : on avait presque perdu le souvenir de son savoir-faire et de son talent dans cette sorte d'exercice. Une foule de politiques, de journalistes, de personnalités s'écrase sous les lustres du palais d'Orsay et est fascinée par son don de la repartie. Il s'emploie à rassurer ; s'il refuse de désavouer les chefs militaires — pourquoi le ferait-il quand le gouvernement s'en est abstenu ? —, il signifie clairement qu'il ne recevra pas le pouvoir des mains de factieux : « Les pouvoirs de la République pour qui les assume ne peuvent être que ceux qu'elle délègue elle-même. » Mais dès lors qu'est en cause le Premier Résistant, qui a jadis rendu la parole au peuple, l'investiture ne saurait se dérouler comme pour n'importe qui : en clair, le Général refuse de se présenter en personne en demandeur devant l'Assemblée ; si la teneur de ses propos est rassurante, l'obstacle demeure apparemment insurmontable. Une série d'initiatives, les efforts de plusieurs et des retournements de situation l'abaisseront et le rendront franchissable.

Non seulement le gouvernement n'a pas réussi à ressaisir le pouvoir en Algérie, mais en métropole il lui échappe progressivement, lui glisse entre les mains. Il a établi la censure. Il a beau obtenir sur la révision constitutionnelle l'une des plus belles majorités de la IVᵉ République — avec plus de 400 voix contre 169 —, les personnalités politiques ne croient pas à son avenir et explorent d'autres solutions. En sous-main elles écrivent au général de Gaulle ou vont à Colombey : Antoine Pinay et Guy Mollet. Vincent Auriol lui adresse une lettre. Dès le 21 mai, Georges Bidault a fait acte de ralliement dans un article de *Carrefour*, hebdomadaire de droite.

L'éventualité d'une opération à partir de l'Algérie prend chaque jour plus de vraisemblance : elle trouverait le concours actif des unités parachutistes stationnées dans le Sud-Ouest et la passivité de la plupart des autres. La démission du général Ély, chef d'état-major général, qu'on disait la conscience de l'armée, est un signe inquiétant. Le gouvernement ne peut plus compter non plus sur le loyalisme des forces de police. Les choses prennent brusquement un tour alarmant : le samedi 24 mai, des paras tombent du ciel sur la Corse dont ils se rendent maîtres en quelques heures — premier département métropolitain à entrer en dissidence et à passer dans le camp d'Alger. Le souvenir est encore dans toutes les mémoires de ce qui s'était passé aux mêmes lieux quinze ans plus tôt : c'est déjà par la Corse qu'avait débuté la libération du territoire à partir de l'Afrique du Nord. De là à penser que les factieux s'apprêtent à suivre la même stratégie pour renverser le gouvernement, il n'y a qu'un pas, que les responsables franchissent aisément.

Le temps presse, les événements prennent un tour haletant, une course de vitesse est engagée entre un règlement de la crise dans les formes et des initiatives extraparlementaires ; l'urgence commande, et bouscule les scrupules. De Gaulle passe alors à la vitesse supérieure : après une rencontre nocturne avec le président du Conseil, à la demande de celui-ci, dont il ne sort rien, le Général publie, le 27 mai à 17 heures, un communiqué qui présente sa version de l'entretien et qui fait l'effet d'une bombe ; c'est sa troisième intervention pour infléchir le processus en cours. « J'ai entamé le processus régulier nécessaire à l'établissement d'un gouvernement républicain... » Façon de parler, puisque l'entrevue entre les deux hommes a pris fin sur le constat de leur désaccord. Le texte vise particulièrement les chefs militaires, auxquels il enjoint de suspendre toute action qui mettrait en cause l'ordre public ; de Gaulle s'adresse à eux avec l'autorité de qui détient déjà le pouvoir. Sa déclaration, qui met P. Pflimlin dans l'embarras, révulse bon nombre de parlementaires : loin de le rapprocher du pouvoir, elle diminue sur le moment ses chances d'y accéder jamais. Le groupe socialiste, à l'unanimité moins trois voix, s'engage solennellement à ne se rallier « en aucun cas à la candidature du général de Gaulle qui est... et restera un défi à la loi républicaine ». Les ponts sont coupés ; jamais une solution de Gaulle n'a paru plus éloignée, et, le lendemain 28 mai, tout ce que le monde politique et syndical compte de défenseurs des institutions et de citoyens attachés au respect de la légalité démocratique — quelque 200 000 Parisiens — défile derrière les états-majors des partis et centrales syndicales, de la Nation à la République, pour affirmer sa détermination de résister aux factieux et, en sourdine, à de Gaulle. C'est la première riposte de la rue, après quinze jours, aux événements d'Alger.

Il n'y a plus de majorité ni de gouvernement : au matin du 29, le président du Conseil a démissionné ; la crise ministérielle rebondit dramatiquement. C'est le président de la République qui débloque la situation. Il recourt à une procédure assez exceptionnelle : un message au Parlement pour annoncer son intention de

Une République disparaît

faire appel, pour former le gouvernement, au « plus illustre des Français » ; au cas où l'Assemblée ne partagerait pas son point de vue et n'investirait pas le général de Gaulle, il est décidé à démissionner lui-même. C'est la menace du vide. A son invitation, de Gaulle arrive le même soir à l'Élysée et accepte d'être désigné par le Président.

Il reçoit à l'hôtel Lapérouse, où il a ses quartiers, les leaders de toutes les formations politiques, à l'exception du Parti communiste et des poujadistes ; il leur donne connaissance des grandes lignes du programme qu'il se propose d'appliquer s'il est investi et, en veine de bonnes dispositions, leur fait une concession de nature à rallier des parlementaires pointilleux : il consent à se présenter en personne devant l'Assemblée.

Le lendemain, se conformant sur ce point aussi à l'usage que la réforme de 1954 a consacré en fusionnant les deux votes de confiance, à la personne du président désigné et sur la composition de son gouvernement, le général de Gaulle rend publique la liste des ministres qu'il se propose de nommer : elle est faite pour désarmer les dernières appréhensions. C'est un gouvernement des plus classiques et qui donne toutes garanties aux partis : il ne comprend en tout et pour tout que deux gaullistes avérés — le sénateur Michel Debré, défenseur ardent de la cause de l'Algérie française, à la Justice où il aura la responsabilité de conduire les travaux constitutionnels, et André Malraux à la tête d'un grand ministère des Affaires culturelles (qui est une innovation), mais sans responsabilité proprement politique. Les autres départements sont partagés entre hauts fonctionnaires et politiciens chevronnés. Les ministères, dont on sait, depuis novembre 1945, que l'ancien chef du Gouvernement provisoire les tient pour essentiels parce qu'ils commandent la politique extérieure — Affaires étrangères, Intérieur, Défense et Outre-mer — sont confiés à un ambassadeur, un préfet, un grand commis, un gouverneur de la France d'outre-mer. Autour de l'ancien chef du R.P.F. on retrouve la plupart des caciques de la IV⁰ République : pas moins de trois anciens présidents du Conseil, Antoine Pinay aux Finances, gage de la confiance, Guy Mollet et son prédécesseur immédiat, Pierre Pflimlin, dont la présence est symbole de continuité, les deux derniers avec le titre de ministre d'État qu'ils partagent avec Louis Jacquinot, représentant les modérés, et Félix Houphouët-Boigny, qui personnifie les députés d'outre-mer. Les absences ne sont pas moins significatives : aucun des « quatre mousquetaires » de l'Algérie française, pas même son ancien collaborateur, Jacques

Soustelle, ancien secrétaire général du R.P.F., devenu la coqueluche des pieds-noirs depuis son passage au gouvernement général — ce gouvernement est une déception pour les gens d'Alger. Le président du Conseil désigné s'est comporté en tacticien consommé qui connaît et applique les règles non écrites du jeu parlementaire : il a confié le Travail à un M.R.P. et mis à la tête de l'Éducation nationale un radical qui n'effarouchera pas la susceptibilité laïque de la F.E.N. Au total, un gouvernement de facture très classique, de Troisième Force élargie, allant de la S.F.I.O., représentée par son secrétaire général, aux modérés, conduits par Antoine Pinay, et qui exclut les extrêmes, de droite comme de gauche. Sa composition devrait aplanir les obstacles au ralliement : de fait, une réunion, le même jour, des deux groupes parlementaires socialistes dégage, quoique de justesse, une courte majorité en faveur de l'investiture — 77 contre 74, grâce aux suffrages des sénateurs.

De Gaulle président du Conseil

Premier d'une série de trois, également décisifs, s'ouvre le dimanche 1ᵉʳ juin, à 15 heures, le débat d'investiture. De Gaulle est seul au banc du gouvernement ; l'Assemblée est au grand complet, l'hémicycle bondé. Le Général monte à la tribune à l'invitation du président et lit une brève déclaration, la plus courte de la IVᵉ République. Texte sans concession : il réclame des pouvoirs spéciaux en Algérie, exige une révision de la Constitution et annonce la mise en congé du Parlement pour plusieurs mois. Après quoi, ayant sacrifié à l'usage, il quitte la salle des séances, laissant Guy Mollet, vice-président du Conseil, répondre aux interpellations. Dix-sept députés se succèdent à la tribune, en majorité des opposants. De droite : Jacques Isorni. De gauche surtout : Jacques Duclos pour les communistes, Tanguy Prigent pour ceux des socialistes qui voteront contre, Pierre Cot et deux personnalités qui s'expriment en leur nom mais dont le refus a une signification historique — Pierre Mendès France et François Mitterrand, pour une raison de principe : le refus d'avaliser le coup de force du 13 mai sans lequel de Gaulle ne serait pas là et qu'il n'a pas voulu désavouer —, de même le M.R.P. François de Menthon, qui fut ministre de De Gaulle, par légalisme. En sens inverse interviennent, pour les socialistes, Maurice Deixonne, qui a accompagné Guy Mollet à Colombey et qui donne la réplique à Tanguy Prigent, et Pierre-Henri Teitgen, qui fait contrepoids à F.

Une République disparaît

de Menthon dont il fut le collègue. L'énoncé de ces noms illustre le déchirement de la plupart des familles politiques : socialistes, radicaux, républicains populaires, qui se divisent tant sur le jugement à porter sur les événements que sur la solution à leur donner. Signe de la gravité de la crise, les appareils ne sont plus en mesure d'imposer une ligne commune à leurs élus. La S.F.I.O. a décidé de laisser la liberté de vote : chacun se détermine en conscience, en fonction de son analyse et de son éthique. Ce qui suspend jusqu'au vote une incertitude sur le résultat du scrutin.

Celui-ci s'ouvre en fin d'après-midi, et le résultat est proclamé à 21 h 15. Pour l'investiture : 329 voix ; contre : 224. De Gaulle a une majorité de plus de cent voix : il a obtenu la confiance de près des trois cinquièmes des 553 votants. Résultat qui eût paru, trois jours avant, hautement improbable. Cette majorité nouvelle va des socialistes à la droite extrême : elle enjambe, tout comme naguère celle de Mendès France, la division droite-gauche. A quelques exceptions près, individus antigaullistes de toujours, tel Me Isorni, les droites — indépendants, poujadistes, républicains sociaux — ont voté en masse pour l'investiture. Les formations centristes lui ont apporté la majorité de leurs suffrages : 70 M.R.P., 24 radicaux, 14 R.G.R. (Rassemblement des gauches républicaines), 10 U.D.S.R. Les socialistes se sont coupés en deux ; les communistes ont fait bloc sur le vote négatif.

Voilà donc résolue, après une série de péripéties exceptionnelles, la crise ouverte sept semaines plus tôt par la démission du cabinet Gaillard. L'issue en est surprenante pour tous, y compris pour les instigateurs du 13 Mai. Elle ne met pas fin à la crise du régime.

L'Assemblée n'a pas terminé son travail : il lui reste à se prononcer sur trois textes qui ont en commun d'attribuer au gouvernement qu'elle vient d'investir des pouvoirs exceptionnels de plusieurs ordres. Leur tripartition dessine les trois directions qui sollicitent l'action du gouvernement ; leur examen donne lieu à autant de débats sanctionnés par des scrutins.

Le vote du premier texte va de soi : il reconduit les pouvoirs spéciaux que l'Assemblée avait accordés aux gouvernements successifs depuis mars 1956. Il eût été contradictoire qu'elle refusât au général de Gaulle — dont elle acceptait le retour précisément pour régler la question algérienne — les pouvoirs qu'elle avait concédés à ses prédécesseurs : elle les lui accorde par 337 voix contre 199, le 2 juin, en présence du Général, qui répond courtoisement aux interrogations des députés. Le deuxième texte a une autre portée : il confère, pour six mois, au gouvernement le droit de prendre par ordonnances toutes dispositions « jugées nécessaires au redressement de la nation ». Ainsi, en l'absence du Parlement, la fonction législative ne sera pas suspendue. Le Parlement se dessaisit de son pouvoir exclusif de faire la loi : de Gaulle accepte des limitations qui apaisent les scrupules de certains, et le texte est voté par 322 voix contre 232.

Le troisième texte est de beaucoup le plus important, tant par son caractère tout à fait exceptionnel que par ses conséquences : il donne mandat au gouvernement de préparer une nouvelle Constitution. C'est le texte auquel de Gaulle tient le plus : il en a fait la condition de son retour. A cet égard, son point de vue diffère radicalement de celui de la plupart des députés qui viennent de lui accorder leur confiance : s'ils se sont résignés à lui abandonner temporairement le pouvoir, c'est pour trouver et appliquer en Algérie une solution au problème sur lequel ont échoué tous les gouvernements. Plus d'un se fait sans le dire le raisonnement qu'a exprimé tout haut un de leurs collègues de droite : ou de Gaulle ne fait pas mieux que les autres et à l'automne on le congédiera et on reprendra le jeu normal ; ou il s'acquitte avec succès de sa mission, et la politique, enfin débarrassée de l'hypothèque algérienne, retrouvera aussi son cours normal. Dans les deux cas les partis recouvreront les pouvoirs concédés : ce serait la répétition du schéma qui avait servi pour liquider la guerre d'Indochine avec Pierre Mendès France. Le Général n'a pas d'illusion sur les arrière-pensées des partis et est bien décidé à agir en conséquence pour éviter d'être évincé. De surcroît, à la différence de la classe politique, il juge la question des institutions plus essentielle que le problème de l'Algérie : au reste, il n'y a de problème algérien que parce que les institutions sont mauvaises. Il convient donc d'inverser l'ordre des opérations : réformer d'abord les institutions, fonder un État fort et respecté ; il sera facile alors de trouver des interlocuteurs à qui inspirer confiance. Aussi de Gaulle attache-t-il une importance primordiale au vote du texte qui concerne la Constitution. Il sait les réticences de beaucoup de députés et comprend leur scrupule ; il s'emploie à prévenir tout rapprochement entre le vote du 10 juillet 1940 et celui qu'il leur demande d'émettre. Il paie de sa personne, multiplie les précisions et accepte toute sorte de restrictions sur la procédure et sur le fond. Le texte donne mandat au gouvernement de préparer un projet de Constitution qui sera soumis pour avis à un comité consultatif constitutionnel composé pour deux tiers de parlemen-

Une République disparaît

taires désignés par les deux Assemblées. Enfin — et, pourrait-on dire, surtout — le projet sera soumis à référendum et n'entrera en vigueur que si une majorité de Français l'a approuvé ; c'est la reprise du processus que de Gaulle avait adopté en 1945. Quant au fond, le Parlement a énoncé cinq orientations fondamentales dont le projet devra s'inspirer et qui garantiront la conformité du futur projet aux principes du droit public français et de la démocratie. Le texte est adopté au soir du 3 juin par 350 voix contre seulement 161 : au fil des scrutins l'opposition s'est érodée, et la majorité renforcée — l'écart entre elles a presque doublé en deux jours.

Après cet exceptionnel *triduum,* l'Assemblée se sépare. Se retrouvera-t-elle ? Elle est ajournée jusqu'à la date de la rentrée normale : le début d'octobre, sauf si le gouvernement réussissait à mener à bien la rédaction du projet de Constitution et obtenait avant la fin de septembre l'approbation du peuple français. Le délai est si court pour pareille tâche que cette éventualité paraît peu vraisemblable. C'est pourtant la dernière session, la troisième et dernière Assemblée de la IVe République aura siégé à peine la moitié de son mandat.

La IVe République reste formellement le régime de la France : le président Coty demeure à l'Élysée et préside les Conseils des ministres ; le général de Gaulle gouverne en qualité de président du Conseil aux termes de la Constitution de 1946. Mais la succession est ouverte, et la IVe République virtuellement condamnée puisque le gouvernement a reçu mandat de préparer une autre Constitution.

La plupart des Français respirent : le pire a été évité, le sang n'a pas coulé, ils ont échappé à la guerre civile ou à la dictature des colonels. Peu d'entre eux regrettent le régime moribond. Quoi qu'on en ait dit parfois, rien n'autorise à affirmer que le pays s'est désintéressé des intrigues et du ballet politique. Que chacun ait continué de vaquer à ses occupations et que la vie quotidienne n'en ait pas été affectée ne signifie pas indifférence : il faut bien vivre. Tout donne, au contraire, à croire que la majorité des Français ont assisté anxieusement à l'escalade avec le sentiment de leur impuissance sur les événements. Qu'ils se réjouissent de la solution qui a prévalu ou qu'ils s'y soient résignés comme à un pis-aller, ils sont soulagés d'avoir échappé au processus dans lequel avait sombré, vingt-deux ans plus tôt, l'Espagne et dont le souvenir a pesé sur l'issue de la crise.

Accident, suicide ou assassinat ?

Ainsi, la IVe République a duré un peu plus de onze années, de la mi-janvier 1947 au printemps de 1958, tout juste douze si l'on considère qu'elle n'a définitivement disparu que le jour de janvier 1959 où tous les pouvoirs institués par la nouvelle Constitution ont été mis en place. C'est moins que la plupart des régimes antérieurs depuis 1815, dont la durée moyenne — les IIe et IIIe Républiques mises à part — fut supérieure de moitié environ. Devant une existence si brève, la question se pose : cette disparition était-elle inévitable ? La IVe République est-elle morte de ses erreurs ? Sa déchéance était-elle inscrite dans son patrimoine génétique comme n'avait cessé de le dire le général de Gaulle ? Ou fut-elle précipitée par ses ennemis ? La fin du régime fut-elle accident, suicide ou assassinat ?

La réponse se disjoint mal du jugement porté sur le régime et sur son œuvre. Leur est-il favorable ? On conclura que la République a succombé aux assauts de ses adversaires, victime d'un complot. L'appréciation est-elle négative ? Le verdict sera prononcé à l'encontre de la IVe République.

Or à ce jour elle souffre toujours d'une mauvaise réputation : elle ne s'est pas encore relevée du discrédit où l'ont précipitée les circonstances de sa chute. Les successeurs n'ont rien fait pour la réhabiliter : tous les régimes trouvent avantage à décrier leur prédécesseur, comme si leur légitimité sortait renforcée de la mauvaise image de celui auquel ils ont succédé. De Gaulle s'est complu à opposer la stabilité de son gouvernement à la fragilité des cabinets de la IVe et l'autorité de l'État qu'il avait restauré à la faiblesse congénitale du régime des partis.

La réalité est peut-être moins contrastée. Sans anticiper sur ce qu'il y aura lieu de dire à son heure sur le fonctionnement des institutions de la Ve République, un examen sans passion de cette douzaine d'années dont on a retracé les grandes lignes inspire quelques observations qui nuancent la sévérité des jugements habituels sur la IVe République.

On notera d'abord, si l'on scrute les causes prochaines de sa chute, que la IVe a succombé à des événements extérieurs : le mal qui l'a emporté avait un nom — il s'appelait guerre d'Algérie. La IVe a été balayée par une guerre outre-mer qu'elle n'a ni prévue, ni prévenue, ni su terminer. Comme la IIIe République était morte de la défaite militaire, à l'instar de l'Empire dont elle avait pris la suite. Aucun de ces trois régimes n'est mort de sa belle mort, si

Une République disparaît 477

c'est une belle mort pour un régime d'être renversé ou remplacé par un mouvement interne. Sans l'Algérie, la IVe République aurait-elle vécu plus longtemps, survécu à ses faiblesses ? Qui pourrait le dire ? Mais la supposition n'a rien d'absurde : la France aurait alors connu un cours semblable à celui de la République italienne dont la Constitution présente précisément de grandes ressemblances avec celle de la IVe République. Retenons seulement que la IVe n'était pas fatalement vouée à disparaître à la fleur de l'âge : elle avait surmonté plus d'une crise, était venue à bout de plusieurs oppositions, qu'elle avait digérées, faisant preuve de la même étonnante aptitude à rallier les adversaires que la IIIe République. Son dernier président n'avait-il pas voté contre sa Constitution ?

C'est le déséquilibre entre les problèmes et la capacité des institutions à les résoudre qui a entraîné sa déchéance. L'infortune de la IVe République fut de voir le jour dans un monde traversé par deux grands types de conflits qui s'entrecroisaient et cumulaient leurs effets au cœur de la vie politique française : la guerre froide et les guerres de décolonisation. La France était à la croisée de l'axe Est-Ouest entre les deux blocs d'inspiration contraire et de l'axe, qu'on n'appelait pas encore Nord-Sud, qui opposait les peuples du tiers monde en lutte pour leur émancipation aux puissances coloniales. Il n'est pas défendu de penser que les institutions de la IVe République auraient pu faire l'affaire pour une traversée sans histoire par temps calme et résister aux difficultés ordinaires, mais à l'épreuve des drames qui secouèrent le monde après la Seconde Guerre, leur inadéquation apparut tragiquement. La discordance était trop criante entre le nombre et la gravité des problèmes et l'impuissance du pouvoir. C'était la réitération de l'expérience des années 30 qui avait tant fait pour l'effondrement de la précédente République : l'instabilité des gouvernements, leur durée éphémère, la longueur croissante des crises, l'aveu par les plus lucides et les plus sincères qu'ils n'avaient pas autorité sur leurs subordonnés outre-mer, condamnèrent le régime dans les esprits et expliquent qu'au dernier moment il n'ait pas trouvé beaucoup de défenseurs — même ceux qui votèrent non le 1er juin n'en étaient pas des défenseurs inconditionnels, pas plus du reste que ceux qui se rallièrent à de Gaulle n'étaient des adversaires irréductibles de la République.

Mais est-il juste d'incriminer abstraitement les institutions, comme si elles étaient une entité isolée ? Cela a-t-il un sens de leur imputer la responsabilité exclusive de tout ce qui est arrivé ?

Ce serait admettre une coupure radicale entre un personnel politique accablé de toutes les fautes et un corps électoral présumé entièrement innocent ; comme si la façon dont fonctionnent des institutions était sans rapport avec la distribution de l'opinion. Le régime des partis n'est que le reflet d'une France divisée en familles opposées qui ne peuvent s'accorder, et encore pour un temps limité, que sur une ou deux questions. Toute majorité est de coalition et porte en elle le germe de sa dissociation prochaine : il n'y a pas d'autre raison à l'impossibilité pour un gouvernement de durer au-delà de quelques mois. La qualité des hommes n'est pas en cause : au reste, nombre d'entre eux joueront un rôle honorable sous la V⁰ République.

Et pourtant le bilan de ce régime décrié n'est pas nul : il vaut mieux que sa réputation. La IVᵉ République lègue à la Vᵉ une œuvre dont ses dirigeants n'ont pas à rougir. Héritant d'un pays épuisé, ruiné, exsangue, elle a paré au plus pressé, fait face à des nécessités pressantes : elle a relevé les ruines, établi sur des fondements solides la reconstruction, puis engagé hardiment la France sur la voie de l'expansion. Peu à peu l'esprit de modernité l'a emporté sur la routine et a gagné de proche en proche la plupart des secteurs : industrie, transports, agriculture, distribution. Ses choix courageux ont commencé à porter leurs fruits : l'économie a connu une croissance soutenue, le plein emploi a été assuré, le niveau de vie s'est élevé régulièrement. Si le problème indochinois a dû être réglé en catastrophe, en Tunisie et au Maroc une solution a fini par être adoptée qui ménageait l'avenir et les liens avec la France, et en Afrique noire ont été jetées les bases d'une évolution pacifique. Elle a mené une politique extérieure originale, affranchie des craintes du passé, réconciliant la France avec l'Allemagne et édifiant une construction européenne.

Qui sait si cette œuvre positive n'a pas, presque autant que les échecs et les erreurs, eu part à la chute de la IVᵉ République ? Le progrès de l'économie, la modernisation de la société accentuaient le décalage avec l'archaïsme des institutions. En se gardant de prêter à la société une volonté supérieure à celle des individus et une sagesse qui conduirait les hommes à leur insu, il est vrai que les choses se sont passées comme si un système qui avait fait son temps s'était effacé devant un autre, présumé plus efficace et mieux adapté à une nouvelle société.

Prenons le pari qu'avec le temps on reconnaîtra que les Français n'ont pas à avoir honte de cette période. Car enfin les réussites de la IVᵉ République sont les leurs, comme ses erreurs ;

Une République disparaît

ce sont leur travail, leur ingéniosité, leurs qualités natives, leur volonté de rendre son rang à la France, leurs naissances plus nombreuses, leurs inventions qui firent de cette douzaine d'années une phase ascendante où la France a rattrapé les retards et effacé les stigmates du vieillissement. La IVᵉ République a aussi été un temps de rénovation, de rajeunissement, de modernisation dont la Vᵉ a recueilli l'héritage et fait fructifier les semences.

CHAPITRE XXI

Cultures de guerre
et d'après-guerre

(1940-1958)

Dans la lueur incertaine de la fin des années 30, la France, malgré une certaine érosion, reste l'un des pôles d'attraction les plus actifs à la fois dans le domaine artistique et dans celui de la science. Solidement implantée dans son pré carré culturel, à peine a-t-elle subi les premiers symptômes de l'influence américaine. Pour l'instant, elle campe derrière une ligne Maginot intellectuelle. La montée de l'hitlérisme lui avait donné politiquement et militairement un adversaire redoutable, mais, assez curieusement, l'avait débarrassée sur le plan culturel de son concurrent le plus proche et le plus menaçant, le nouveau régime ayant stérilisé une culture jusqu'alors en pleine progression.

La suite est connue. Ce fut une ligne Maginot d'une autre sorte qui fut contournée, et la France s'enfonça dans l'Occupation. On aurait pourtant tort de se la représenter, dès lors, intellectuellement, comme une France au bois dormant.

Le temps suspendu ?

La culture française ne pouvait pas ne pas ressentir les contrecoups de l'Occupation, dans sa création comme chez ses créateurs. Le tribut de sang payé par la pensée et par l'art est lourd, et l'appel des morts devient vite un long martyrologe. Ainsi, l'Université a été touchée, à travers certaines de ses institutions — le réseau du musée de l'Homme, rapidement démantelé par la Gestapo — et quelques-uns de ses savants — l'historien Marc Bloch, cofondateur de l'« école des *Annales* », fusillé en 1944. La littérature aussi a été durement touchée : en témoignent, parmi beaucoup d'autres, Jean Prévost, tombé les armes à la main dans les combats du Vercors, le poète Robert Desnos, résistant mort en déportation, ou Max Jacob, mort au camp de Drancy en 1944. Et, sur l'autre versant, Robert

Brasillach, fusillé en février 1945, ou Drieu la Rochelle, qui se suicide au printemps de la même année.

Si le « collaborationnisme » parisien n'attira que faiblement les grands créateurs et penseurs, le régime de Vichy et la Révolution nationale ne furent pas, de leur côté, ce lieu d'inculture parfois décrit après la Libération. Quelques écrivains et artistes de gauche, par pacifisme, eurent une attitude de neutralité bienveillante envers le maréchal Pétain. Surtout, la droite intellectuelle conservatrice soutint souvent ce dernier. Révélatrice est, à cet égard, l'*Ode au maréchal Pétain* de Paul Claudel. Ce qui ne signifie pas que la pensée et la création française aient été absentes du combat de l'ombre. Seulement, ce combat n'a pas toujours revêtu une forme spécifique : André Malraux, chef de la brigade Alsace-Lorraine, ou René Char, devenu le capitaine Alexandre, participent directement à la lutte contre l'occupant, mais sans que leur qualité d'écrivain interfère. Certains intellectuels, il est vrai, choisirent de combattre dans leur domaine propre. Le premier numéro des *Lettres françaises,* organe de l'organisation clandestine qui prendra en février 1943 le nom de Comité national des écrivains (C.N.E.), fut publié en septembre 1942. En ce même automne 1942, les Éditions de Minuit diffusèrent *Le Silence de la mer,* de Vercors, initialement tiré à 350 exemplaires. Pendant l'été 1943, elles publient le recueil *L'Honneur des poètes,* dans lequel Éluard avait réuni des poèmes anonymes — ceux, notamment, de Louis Aragon, Robert Desnos, Francis Ponge et Pierre Seghers —, et *Le Cahier noir,* œuvre de « Forez » — François Mauriac.

Parallèlement à cette lutte derrière l'écran de pseudonymes ou de l'anonymat, poètes et romanciers combattants continuèrent parfois à publier sous leur propre nom. Ainsi Éluard réussit-il à tromper la censure et à publier *Liberté,* qui demeure, avec *Ballade de celui qui chanta dans les supplices* et *La Rose et le Réséda* qu'Aragon fit passer dans les revues clandestines, le symbole de la littérature française qui choisit la lutte et un chant en l'honneur de ses martyrs. Cette poésie anonyme ou signée puise, au-delà de la diversité des styles et des sensibilités, dans une sorte de lyrisme douloureux qui semble bien être le trait dominant de l'ensemble.

Par-delà le problème de l'engagement dans les rangs de l'un des camps de cette France morcelée, se posa parfois une question de nature différente, et touchant plus directement à la culture française : les créateurs devaient-ils, en ces temps d'occupation, interrompre volontairement leur œuvre et, en pratiquant la politique de la terre brûlée intellectuelle, faire de la France un désert de l'esprit, pour protester contre l'asservissement du pays et refuser de se soumettre à la censure allemande, ou bien leur devoir était-il au contraire de maintenir haut le pavillon de la pensée et de l'art français ? Question malaisée, assurément, avivée par les débats de l'épuration et, en fait, largement rétrospective. A s'y cantonner, l'historien risque, du reste, de passer à côté de l'essentiel : car, non seulement il y eut une création culturelle française durant les années noires, mais, de surcroît, en bien des domaines, celle-ci fut brillante et riche d'avenir.

Non que l'occupant n'ait pas été conscient de l'importance de l'enjeu. On prête, au contraire, à Otto Abetz l'analyse suivante : « Il y a trois grandes puissances en France : le communisme, les grandes banques et la *Nouvelle Revue française* », avec une variante substituant la franc-maçonnerie au communisme. D'où « les listes Otto » : le syndicat des éditeurs français dut accepter un accord aux termes duquel était interdite la publication d'ouvrages considérés comme « d'esprit mensonger et tendancieux ».

Mais, malgré *Guernica,* Picasso put peindre, et les salles de théâtre ne désemplirent pas : en 1943, *Le Soulier de satin* de Claudel est monté à la Comédie-Française par Jean-Louis Barrault, un élève de Dullin. Le texte avait été publié en 1929, quand Sartre était un jeune homme : en cette même année 1943, ses *Mouches* sont montées par Charles Dullin lui-même. Foisonnement des styles et enchevêtrement des générations : le signe, en art, des périodes fastes ! Du reste, l'année suivante André Barsacq monte au théâtre de l'Atelier l'*Antigone* d'Anouilh, Montherlant donne sa *Reine morte* et Sartre son *Huis clos* au Vieux-Colombier, avec Michel Vitold et Gaby Sylvia.

Période faste, aussi, pour l'industrie du cinéma. Une étude de la production cinématographique débarrassée de certaines fausses querelles et d'accusations ambiguës — *Le Corbeau* d'Henri-Georges Clouzot dénoncé tour à tour par Vichy comme démoralisateur, puis à la Libération pour avoir été financé par la firme allemande Continental — dévoile un cinéma plein de sève. Et qui trouve un public à sa mesure : la suppression des bals, les restrictions aux horaires des cafés et au ravitaillement des restaurants drainent vers les salles des spectateurs encore plus nombreux qu'à l'âge d'or de la fin de la décennie précédente — 310 millions de places vendues, en moyenne annuelle, contre 250 en 1938. Et les millésimes 1940-1944 voient, malgré les orages de la guerre, une cuvée abondante — 220 films — et souvent brillante : d'autant qu'une nouvelle génération de cinéastes — dont l'émergence est facilitée, il est vrai, par les lois raciales et/ou l'émigration de certains cinéastes — donne alors ses premiers tours de manivelle; ainsi Robert Bresson, Henri-Georges Clouzot, Jacques Becker.

A y ajouter quelques noms déjà connus, ceux par exemple de Marcel Pagnol ou de Marcel Carné, on prend la mesure d'une création pourtant parfois rejetée à la Libération. Certes on reprocha, à cette date, à certaines œuvres d'avoir été financées par les Allemands et à certains cinéastes d'avoir été ainsi stipendiés. Bien plus, on taxa beaucoup de ces productions de pétainisme. Mais bien des thèmes s'inscrivent, en fait, dans le prolongement de la décennie précédente. Plusieurs recherches attentives ont, du reste, démontré que seuls un dixième environ des films alors produits sont des illustrations volontaires de l'idéologie de la Révolution nationale. Le cinéma de la guerre, malgré la fracture de 1940 et les contraintes de l'Occupation, s'inscrit largement dans la continuité des années 30. L'écran français, entre 1940 et 1944, voit l'épanouissement de cette forme de classicisme qu'est le cinéma de l'avant-guerre. Dans le même temps, il est vrai — et il faut peut-être y voir une volonté consciente ou inconsciente d'évasion —, les thèmes rompent parfois avec le réalisme poétique des grandes œuvres précédentes et la poésie devient plus intemporelle — *Les Visiteurs du soir*, de Marcel Carné, en 1943 —, se réfugie dans une forme de lyrisme — *Les Enfants du paradis*, du même, mis en chantier au printemps 1944 — ou de surréalisme — *Goupi-Mains rouges*, de Jacques Becker, en 1943. Domine, en fait, un cinéma volontairement déconnecté de la réalité, un cinéma d'évasion pour une France prisonnière.

Pas plus que les écrans, les toiles ne restèrent blanches. Les peintres, pourtant, avaient, à l'image d'une partie de la population, été dispersés par la tourmente de mai-juin 1940. Chagall, Léger, Max Ernst, par exemple, avaient quitté Paris. Nombre de galeries avaient fermé. Mais la création picturale avait trouvé des bases de repli dans le Sud, à Toulouse et Marseille notamment. A Paris même, dès 1941, la galerie Braun accueillera, en mai, une exposition « Jeune France », réunissant « vingt jeunes peintres de tradition française », dont Pignon, Bazaine, Manessier, Fougeron et Dubuffet, qualifiés de « zazous de la peinture » par la presse collaborationniste choquée par la vivacité des couleurs. Et jusqu'en 1944, d'autres expositions furent montées qui permettaient de percevoir, comme pour « Jeune France », un double phénomène : l'émergence d'une nouvelle génération et l'influence sur elle de l'héritage du cubisme et du fauvisme.

C'est sans doute dans le domaine de la littérature que la question du silence volontaire se posa avec le plus d'acuité, en raison de l'existence des « listes Otto ». Dans ces conditions, les auteurs auraient-ils dû, en conscience, poser la plume ? L'historien se bornera à constater qu'il n'en fut rien. La liste est longue des œuvres alors publiées, et le théâtre, déjà évoqué, en est un bon indicateur.

On fausserait pourtant la perspective en décrivant cette période de l'Occupation comme l'époque d'un jaillissement culturel continu et d'une production débridée. Car, dans le même temps, à l'unisson de l'une des chansons à succès de ces années de guerre, *J'attendrai,* la production intellectuelle et artistique fut avant tout, sinon sécrétée, au moins sous-tendue par un phénomène d'attente. Attente d'une culture qui se trouve à la croisée des générations et des styles et qui, à l'image du pays qui retient alors son souffle, joue souvent en sourdine et ne s'épanouira qu'après la Libération.

Jeu en sourdine, mais non pas, on l'a vu, politique de la terre brûlée. Si bien que la culture française, loin d'être un champ de cendres en 1944, connaîtra aussitôt de belles moissons.

Notre après-guerre

La Libération sonne-t-elle les trois coups d'une nouvelle ère culturelle ? Et le rideau qui se lève dévoile-t-il un décor neuf ? Il s'agit plutôt, en fait, d'un changement d'éclairage : au théâtre d'ombres de l'Occupation succède une scène aux couleurs vives. Vives, mais pas forcément neuves : on aurait tort, en effet, d'user d'images trompeuses qui opposeraient, par exemple, au seuil de l'été 1945, les funérailles nationales de Paul Valéry — qui, sans être cette « sorte de haut fonctionnaire de la littérature française » dûment estampillée par Paul Nizan en 1939, incarnait bien une certaine culture française de l'entre-deux-guerres — et, au début de l'automne de la même année, le lancement des *Temps modernes* par Jean-Paul Sartre. La réalité de cet après-guerre culturel est singulièrement plus complexe.

La fin de l'Occupation avait d'abord touché les milieux culturels davantage dans leur vie civique que créatrice : certains — à des titres divers, Morand, Giono, Céline, Montherlant, Chardonne... — sont inquiétés, emprisonnés, parfois condamnés ; d'autres, au contraire, sortent de l'ombre des pseudonymes ou reprennent une plume délaissée depuis le début de l'Occupation. Il y aurait donc erreur à conclure que la Libération se contente de réamorcer la noria des générations et, promouvant de nouveaux talents, assure la relève. C'est bien plutôt d'amalgame qu'il s'agit. Les valeurs sûres de l'avant-guerre, quand elles n'ont pas été dévaluées par les retombées de la guerre, sont toujours là, et les hommes nouveaux ont dépassé la trentaine ou frôlent la quarantaine : Camus a trente-deux ans et Sartre trente-neuf. Leur carrière littéraire est antérieure à la Libération : Albert Camus a publié quelques mois plus tôt *L'Étranger* et fait jouer *Le Malentendu*; le théâtre de Sartre s'est donné sous l'Occupation, durant laquelle est sorti également *L'Être et le Néant*. Mais il y a bien accélération de la carrière et surtout de la notoriété. Camus polémique publiquement dans *Combat* avec Mauriac, Sartre termine en 1945 *Les Chemins de la liberté* et lance *Les Temps modernes*.

Amalgame, donc, et, par là même, à la fois continuité et changement. Continuité avec le triomphe — posthume — de *La Folle de Chaillot* de Giraudoux, montée en 1945 avec Louis Jouvet et Marguerite Moreno, et qui constitue le premier succès théâtral de l'après-guerre, et avec la consécration des hommes de l'ancienne *N.R.F.* — Gide est prix Nobel de littérature en 1947 —, changement avec l'avènement de Sartre. La « cathédrale de Sartre » — l'église Saint-Germain-des-Prés — devient l'épicentre de la vague « existentialiste », même si la plupart des jeunes gens qui s'entassent alors au Tabou, rue Dauphine, ou au Lorientais, rue des Carmes, où joue Claude Luter, n'ont d'« existentialiste » que le nom. Cette notoriété et cet engouement sont le reflet de deux phénomènes au moins. D'une part, Sartre va à la fois formuler et personnifier, après la Libération, le « devoir » d'engagement de l'écrivain. Son règne consacre, d'autre part, l'avènement de la philosophie comme discipline reine.

La littérature, en effet, se veut désormais engagée et revendique un lien étroit avec son temps, qu'elle proclame du reste à double sens : la littérature est insérée dans son temps, elle est donc miroir; l'écrivain est engagé, il est donc acteur. De surcroît s'amorce une nouvelle hiérarchie des genres. Sans doute ce type de translation ne devient-il perceptible qu'à l'échelle des décennies, et il serait artificiel d'en énumérer rétrospectivement les signes avant-coureurs qui apparaissent au cours des années d'après-guerre. Mais le phénomène est incontestable : ces années vont voir la philosophie détrôner progressivement la littérature.

Signe des temps, la première colonise parfois la seconde. Ainsi

Cultures de guerre et d'après-guerre (1940-1958)

le roman servira-t-il à plusieurs reprises de support à des théories philosophiques, dans des œuvres comme *La Nausée* — antérieure à la guerre — et *Les Chemins de la liberté* de Jean-Paul Sartre ou *L'Étranger* d'Albert Camus. De même, ces deux auteurs choisissent souvent le théâtre comme moyen d'expression et de vulgarisation de leurs visions du monde. Après ses pièces de l'Occupation, Jean-Paul Sartre fait jouer, notamment, *La Putain respectueuse* en 1946 et *Les Mains sales* en 1948, tandis que Camus connaît le succès en septembre 1945 avec *Caligula,* joué par Gérard Philipe.

Est donc assigné à la scène un rôle dévolu jusque-là à l'imprimé ou à la chaire d'enseignant, lui conférant, de ce fait, un statut auréolé de prestige. Du reste, parallèlement à cette imprégnation directe du théâtre par la philosophie, celui-ci connaît à la même époque une évolution interne qui va dans le même sens. A côté de cette manière de classicisme qu'incarnaient par exemple, dans l'entre-deux-guerres, un auteur comme Jean Giraudoux ou un acteur-metteur en scène comme Louis Jouvet — et qui perdure avec le succès de l'œuvre de Claudel et de Montherlant — va se développer le « théâtre de l'absurde » autour de la triade Ionesco-Beckett-Adamov, trois auteurs jusque-là inconnus et qui vont être joués dans de petites salles de la rive gauche.

Il serait assurément excessif de mesurer l'influence de ce genre à l'aune de la longévité : certes, *La Cantatrice chauve* d'Ionesco, montée aux Noctambules en 1950 puis reprise au théâtre de la Huchette en 1957, a atteint sa 10 000ᵉ représentation dans ce théâtre durant l'été 1987, dans la même mise en scène et le même décor, mais les adversaires de l'« absurde » pourraient affirmer qu'il s'agit là seulement d'une butte témoin. Inversement, il serait tout aussi erroné de prendre comme indicateur d'intensité l'accueil perplexe des débuts : le critique du *Figaro* du 14 mai 1950 a passé « une heure d'ennui » au spectacle de *La Cantatrice chauve,* mais le même journal admire en janvier 1953 la « beauté insolite » d'*En attendant Godot*.

Plus significatif est l'effet de groupe : au seuil des années 50, on observe une double poussée, aussi bien dans l'utilisation de la scène que dans le maniement du langage. Le spectateur se voit proposer par Ionesco une « anti-pièce » : des personnages apparemment sans psychologie, des dialogues dénués d'importance et donc d'intérêt, une intrigue inexistante, les principaux piliers de l'expression théâtrale étaient ainsi apparemment abattus sans appel. Arthur Adamov *(La Parodie, L'Invasion)* et Samuel

Beckett *(En attendant Godot* et *Fin de partie,* montés par Roger Blin en 1953 et 1957), chacun sur son registre, explorent aussi la même veine. A l'époque où l'abstraction tient une place importante en peinture, où la sculpture abandonne de plus en plus l'anthropomorphisme, il y a là une gerbe de formes d'expression qui gomment l'homme. Le « nouveau roman » — qui, lui aussi, méprisera l'intrigue et la psychologie des personnages — et certaines sciences humaines s'engouffreront bientôt dans la même brèche.

Mais l'essentiel, pour le théâtre, est sans doute ailleurs par-delà l'évolution des genres, du raffinement giralducien de l'avant-guerre au théâtre de situation de l'après-guerre et à l'« anti-théâtre » des années 50, le bilan est brillant ; le théâtre, malgré la concurrence du cinéma, est resté une forme d'expression privilégiée pendant plus de la moitié du siècle.

D'autant que l'évocation de ces trois strates n'épuise pas la richesse du théâtre français de cette époque, qui est également la grande période d'Anouilh, le moment aussi où, rencontre symbolique d'un metteur en scène censé incarner le classicisme et d'un auteur sentant le soufre, Jouvet en 1947 monte *Les Bonnes* de Genet. Cette santé et cette diversité de l'expression théâtrale en font du reste un vecteur culturel reconnu. Deux symptômes, parmi d'autres. A travers Jean Vilar et l'expérience du Théâtre national populaire, c'est son rôle essentiel dans la « popularisation culturelle » qui est reconnu, même si les résultats sont, dans ce domaine, ambigus. Et sur le parvis des affrontements politiques, la scène théâtrale, signe des temps, est bien présente. Sans parler de l'écho rencontré alors par certaines pièces de Jean-Paul Sartre, celle de Roger Vailland consacrée à la guerre de Corée, *Le colonel Foster plaidera coupable,* est interdite par le préfet de police en mai 1952, au bout de deux représentations, après des manifestations organisées par l'extrême droite contre une pièce qui assimilait l'armée américaine aux nazis.

Grand moment pour le théâtre, la quinzaine d'années qui suit la guerre l'est-elle aussi pour les autres formes d'expression ? Le bilan, à vrai dire, est affaire de sensibilité et, par là, difficile à évaluer. A coup sûr, la musique et la peinture voient de nouvelles esthétiques triompher, la sculpture et l'architecture présentent un profil plus contrasté.

Dans le domaine musical, on l'a vu, les voies de l'atonalité et du sérialisme avaient été, jusqu'en 1939, seulement parcourues par quelques éclaireurs, mais la résonance, si l'on peut dire, avait été faible. Cette nouvelle esthétique musicale va, au contraire, s'épanouir après la Seconde Guerre mondiale. La musique dodécaphonique puis sérielle inspire l'œuvre de créateurs déjà connus (Messiaen) ou qui sont alors révélés (Boulez). Les musiques « concrète » et électronique (Pierre Schaeffer) perceront également. Mais les Français ne sont pas les seuls à jouer ainsi leur partition : le premier studio de musique électronique est créé à Cologne en 1951 (Stockhausen). Cette nouvelle musique, en fait, est internationale, et ses créateurs sont aussi bien français qu'allemands, italiens qu'argentins.

En peinture, un critique diagnostiquait en 1945 une « déclaration de guerre entre l'art figuratif et l'autre qu'on a appelé subjectif ». Guerre qu'on a souvent décrite, depuis, comme rapidement perdue par les tenants du figuratif : les mois et les années qui suivent la guerre auraient vu la consécration du « subjectif », entendons l'abstraction. L'évolution, en fait, fut singulièrement plus complexe.

D'abord, les esprits n'étaient pas forcément acquis à une telle évolution. L'œuvre de Picasso elle-même n'était pas toujours admise. Ainsi, quand au Salon de la Libération (octobre 1944) 74 peintures et 5 sculptures sont exposées pour un « Hommage à Picasso », *Les Lettres françaises* prédisent « des drames ». On en resta au registre tragi-comique, des jeunes gens décrochant plusieurs toiles en criant : « Décrochez ! Remboursez ! Expliquez ! »

Ensuite, parce que le fait dominant de ces années d'après-guerre réside, en fait, dans un brassage des genres et dans une confluence des générations qui conférèrent à ces années un brillant particulier — dont atteste, à la fois cause et conséquence, la multiplication des galeries —, mais les rendent en même temps inclassables, tant sont frappantes la multiplication des groupes et la diversité des initiatives. Si l'influence des plus de soixante ans de l'« école de Paris » (Matisse, Braque, Picasso, Derain entre autres) reste grande sur nombre de cadets — ainsi, à la rétrospective Matisse de 1945, Bazaine marque publiquement sa dette envers lui —, d'autres jeunes peintres prospectent des voies nouvelles. Certains, par exemple, s'orientent vers la recherche de la couleur et de l'expression (Gruber, Marchand, Pignon). D'autres, tel Nicolas de Staël, s'affranchiront sans difficulté excessive de l'apparent dilemme figuratif-non-figuratif et développeront des œuvres originales et inclassables. Et le figuratif se déploiera dans deux directions : le « réalisme socialiste » défendu par le Parti communiste français et incarné par Fougeron — mais que refusent

Pignon, Léger ou Picasso — et l'« expressionnisme » de Bernard Buffet, l'un et l'autre rameaux constituant une sorte de néo-réalisme.

Enfin, il faut souligner ce fait nouveau qui, en tout état de cause, relativise les retombées des débats picturaux parisiens : peu à peu, en ces décennies d'après-guerre, Paris va céder la place à d'autres capitales et, notamment, à New York comme bourse des valeurs de la peinture mondiale. Et quand en 1964, à la Biennale de Venise, *l'American art paiting* est couronné, ce déplacement de centre de gravité était une évolution depuis longtemps consommée.

On l'aura compris, l'abstraction, en ce second après-guerre, pour être dominante, n'en deviendra jamais pour autant hégémonique et ne constituera qu'une des formes d'une expression picturale qui brasse à l'époque figuratif et non-figuratif. Jusqu'à la fin des années 50, toutefois, son audience sera grande, et ses branches géométrique et « lyrique » ont fait souche.

L'abstraction géométrique, notamment, imprégnera la vie quotidienne de cette décennie, à travers les arts décoratifs et ménagers, et trouvera aussi une sorte de postérité dans la tendance cinétique. Une branche de la sculpture française s'est, en effet, peu à peu acheminée vers la forme abstraite, et cette lente évolution a trouvé son aboutissement dans le cinétisme des années 60. Globalement, il est vrai, cette sculpture française avait continué après 1945 son long sommeil. Une évolution est toutefois perceptible dans cette forme d'expression en repli. Le déclin de l'anthropomorphisme y est très net dans ces décennies d'après-guerre, mais pas au seul profit de l'abstraction : dans les années 50, un néo-réalisme fondé sur le détournement d'objets — César, Arman, Tinguely — va fleurir.

Ce n'est pas non plus du domaine de l'architecture que viendra le réveil d'un art lui aussi assoupi. L'entre-deux-guerres avait vu triompher un académisme moderne qui avait eu pour grand nom Auguste Perret et pour apothéose internationale l'Exposition de 1937. En novembre 1944 avait été créé un ministère de la Reconstruction et de l'Urbanisme. Peut-on dès lors parler d'un style « M.R.U. » ? Toujours est-il que l'impression dominante de la décennie 1945-1955 reste une certaine médiocrité de l'architecture. On considérera toutefois que, comme l'écrit Le Corbusier en juin 1945, à cette date « l'escargot France n'a plus de coquille » et que la reconstruction signifiait table rase, propice à l'urbanisme, mais aussi urgence, qui généralement ne permet guère l'innovation. Il est difficile, pour cette raison, de poser le problème de cette reconstruction dans les seuls termes de l'occasion perdue. Au reste, on a beaucoup réfléchi et beaucoup écrit pendant cette période. Et celle-ci apparaît peut-être, avec le recul, comme une phase de transition. En tout cas, à la fin des années 50, une nouvelle architecture apparaîtra, celle des structures tendues, dont l'Exposition universelle de Bruxelles en 1958 sera la vitrine. La même année sera réalisé le palais du C.N.I.T. à la Défense. Une nouvelle page de l'histoire de l'architecture aura été tournée.

Une crise d'identité culturelle ?

Avec des intellectuels dont certaines figures de proue proclament le devoir d'engagement, l'art et la pensée ne pouvaient qu'être, au moins partiellement, fils des enjeux de leur temps. Le fait devient particulièrement sensible quand, à partir de 1947, le monde entre en guerre froide. Les ondes de choc du « Grand Schisme » sur la culture française eurent alors une réelle amplitude.

Ainsi, les principes jdanoviens de mise « au service du Parti » de la production intellectuelle et de la création gagnent, au cours des premières années de guerre froide, les partis communistes occidentaux. Tâche est assignée aux artistes et aux écrivains de monter en ligne et de se vouer, « à leur créneau », à une défense et illustration de la classe ouvrière. Ce « réalisme socialiste » s'exprima notamment à travers la peinture et la littérature. Les toiles d'André Fougeron illustrent parfaitement cet art de parti, tout comme en littérature Aragon — celui des *Communistes,* publiés à partir de 1949 —, Pierre Courtade (*Jimmy,* 1951) ou André Stil (*Le Premier Choc,* prix Staline en 1951). Cette « contre-culture communiste » n'a toutefois pas fait souche, dans une société française peu disposée à une réelle acculturation. Et plus que les produits du « réalisme socialiste » à la française, c'est en définitive l'existence en nombre d'intellectuels séduits par le communisme qui explique que l'onde de choc venue de l'Est ait eu quelque amplitude sur le moment.

L'« américanisation », déjà perceptible avant la guerre, va au contraire gagner du terrain à cette époque. Le terme étant en partie polémique, l'historien se gardera de l'élever au rang de concept. Et il veillera à ne pas en exagérer rétrospectivement l'ampleur. Il n'en reste pas moins que si la bande dessinée, protégée par la loi de 1949 sur les publications de la jeunesse, voit l'influence d'outre-Atlantique fléchir par rapport à l'avant-guerre, cette influence sera, dans d'autres domaines, d'autant plus sensible qu'elle s'exercera parfois par des moyens d'expression de masse : ainsi la musique — les « caves » de Saint-Germain résonnent des airs de jazz et les jeunes « existentialistes » y dansent le *be-bop* —, le roman policier — genre qui puise aussi à l'époque outre-Manche puisque la « Série Noire » lancée en 1945 par Marcel Duhamel introduit Peter Cheyney — ou de science-fiction, et le cinéma. Toutefois, contrairement à ce qui s'est écrit, dit et parfois crié à l'époque, les accords Blum-Byrnes de mai 1946 n'ont pas permis, dans ce dernier domaine, à la production américaine de déferler sans contrainte aucune.

L'influence sera profonde aussi dans le domaine scientifique. Sur les sciences humaines, notamment — qui vont connaître, à cette date, un essor tel qu'elles supplanteront bientôt en rayonnement la philosophie —, le crédit américain est grand, à tous les sens du terme. D'une part, l'attrait des universités américaines est considérable sur des disciplines dont la place dans l'enseignement supérieur français est à l'époque chichement comptée : en sociologie, notamment, il n'existe que quatre chaires pour l'ensemble des facultés de lettres françaises, mais de jeunes sociologues font le voyage vers l'Ouest. D'autre part, l'influence financière des fondations américaines fut à plusieurs reprises déterminante dans l'éclosion d'institutions nouvelles : ainsi ces fondations jouèrent-elles un rôle dans la naissance, en 1948, de la VIe section de l'École pratique des hautes études.

A y regarder de plus près, cet attrait exercé par l'outre-Atlantique dépasse le seul problème de l'« américanisation ». Sur le moyen et le long terme, nous y reviendrons, c'est la rencontre de sociétés occidentales de plus en plus uniformes et d'une « culture » médiatique qui se joue sur le grand parvis mondial qui est le phénomène essentiel. Et sur le court terme de l'après-guerre, la question se pose aussi en termes d'identité. La France, verrouillée dans son repli sur soi pendant l'Occupation, se trouve brusquement confrontée au monde extérieur. Son état d'esprit, dans ce domaine, est complexe. Elle continue à jouir d'une certaine considération et bénéficie d'une sollicitude certaine. Mais sa place n'est plus marquée comme une donnée incontestable : l'Empire s'agite comme un vêtement trop grand ; elle-même est hésitante, en butte à des vents nouveaux. C'est une crise de conscience et d'identité larvée dont elle ne sent pas clairement et

Cultures de guerre et d'après-guerre (1940-1958)

d'emblée les composantes. De sa place ancienne dans le monde, elle retient l'idée d'une mission qui lui reste dévolue et qui présente au moins cet avantage de l'amener à raisonner comme par le passé dans une perspective d'universalité. Des États-Unis elle ne retient d'abord que le mode de vie, d'abondance et presque de gaspillage : durant les années noires, elle avait beaucoup rêvé, en effet, de ce pays de cocagne, symbole de la richesse, de la profusion et des espaces libres, et exact contraire de la France appauvrie, économe et jalouse de ses frontières violées. Toute une jeunesse se précipite, fascinée par la danse, les cigarettes et le whisky. Sauf chez quelques observateurs ou lors de campagnes orchestrées avec des arrière-pensées politiques, il faudra du temps pour que le plus grand nombre s'aperçoive que derrière le mode de vie se profile aussi un modèle idéologique et culturel.

Pour l'instant répétons-le, la France, contre toute apparence, se voit encore comme modèle. Et le domaine culturel, précisément, lui fournit quelques raisons de persister dans cette vision. La littérature, par exemple, va encore rayonner à la même époque : en vingt ans, de 1944 à 1964, cinq Français reçoivent le prix Nobel de littérature — André Gide (1947), François Mauriac (1952), Albert Camus (1957), Saint-John Perse (1960) et Jean-Paul Sartre (1964), qui le refuse. Pendant la même période, la Grande-Bretagne (Thomas Stearns Eliot, Bertrand Russell, Winston Churchill), les États-Unis (William Faulkner, Ernest Hemingway, John Steinbeck) ne sont couronnés que trois fois chacun.

Car l'emprise de la philosophie et la vague, à partir du milieu des années 50, du « nouveau roman » ne doivent pas occulter une littérature française qui, en s'en réclamant ou en s'en défendant, incarne la permanence d'une certaine forme de classicisme français. Celle-ci peut être de retour aux sources : ainsi le second Giono. Elle peut puiser dans le roman traditionnel : Jean Dutourd, mais aussi les premiers romans de Marguerite Duras. Elle peut aussi s'inscrire en réaction contre une hostilité au roman devenue académique — les « Hussards » (Nimier, Blondin, Laurent...) bravant les interdits de l'idéologie dominante et affichant leur impatience — ou se vouloir en rupture avec les canons psychologiques et sociaux du roman de l'entre-deux-guerres — ainsi la veine « futile » symbolisée par Françoise Sagan. L'ensemble, il est vrai, forme un ton plus qu'il ne constitue une école. Il atteste en tout cas que les anathèmes du « nouveau roman » et les ukases de la « nouvelle critique » n'ont pas étouffé, pour le meilleur ou pour le pire, la littérature qui n'était pas placée sous le signe de la

« nouveauté ». Pendant la même période, du reste, la poésie française renoue avec une certaine tradition pré-surréaliste (Pierre Emmanuel, Yves Bonnefoy), et deux œuvres de solitaires dominent dans ce domaine l'après-guerre : celles de Francis Ponge et de René Char.

Développement d'une culture de masse

Reste, à nouveau, et la tâche n'est pas mince, à tenter d'appréhender, par-delà ce rayonnement demeuré grand, les aspirations et les pratiques culturelles du plus grand nombre. Avec, à la fois, un décalage chronologique inévitable et un registre de vecteurs différents. Le décalage est manifeste : Sartre a beau faire l'événement intellectuel dans les années qui suivent la Libération, c'est Hugo, un sondage de l'I.F.O.P. l'atteste, qui reste l'écrivain le plus prisé des Français en 1946. Et, onze ans plus tard, des jeunes gens de 1957, interrogés par *L'Express* à l'occasion de la célèbre enquête sur la « nouvelle vague », à la question : « Si vous deviez désigner l'un des auteurs suivants comme ayant plus spécialement marqué l'esprit des gens de votre âge, qui choisiriez-vous ? », ont beau placer en tête Jean-Paul Sartre et, loin derrière, André Gide et François Mauriac, le même hebdomadaire montrait bien, deux ans plus tôt, en s'appuyant sur une étude faite par *Les Nouvelles littéraires,* que les grands succès de l'édition française entre 1945 et 1955 — traductions incluses étaient autres. Si Albert Camus, avec *La Peste,* se retrouve au septième rang, avec 360 000 exemplaires vendus, le premier titre de Jean-Paul Sartre, *Les Mains sales,* ne se place qu'en cinquante et unième position avec 140 000 livres vendus, soit deux fois moins que chacun des tomes des *Hommes en blanc* d'André Soubiran. C'est *Le Petit Monde de Don Camillo* de Giovanni Guareschi qui arrive largement en tête de ce palmarès (798 000), suivi du *Grand Cirque* de Pierre Clostermann (527 000).

Plus encore que de constater ce décalage, il faut surtout observer l'épanouissement de cette culture de masse, qui avait peu à peu pris ses formes et ses teintes au cours des premières décennies du siècle, et l'accélération de sa mise en place, par des circuits de diffusion à l'audience de plus en plus vaste.

Les années 50 sont, d'une certaine manière, l'âge d'or de la radio. Sous la IVe République, le nombre de récepteurs double : les 5 millions d'appareils du début du conflit mondial augmentent

Cultures de guerre et d'après-guerre (1940-1958)

peu dans les années de pénurie de la guerre et de l'après-guerre — 5 345 000 à la fin de 1945 —, puis le rythme s'accélère : le parc compte 7 millions de postes en 1951 et 10,5 millions en 1958. En cette décennie, la radiodiffusion est bien devenue un phénomène de masse, dont les implications culturelles, déjà sensibles dans les années 30, sont fondamentales. Son environnement juridique, entre-temps, a changé : au monopole tacitement contourné de l'entre-deux-guerres a succédé un monopole effectif de l'État après 1945 ; la Radio-Diffusion française — R.D.F. bientôt devenue R.T.F., puis O.R.T.F. en 1964 — est maîtresse de l'ensemble des émissions nationales. Mais dans les faits, ce monopole est atténué par l'existence de postes « périphériques » aux antennes à l'extérieur du territoire : Radio-Luxembourg, qui reprend ses émissions en novembre 1945, Europe 1, apparue en 1955, Radio-Monte-Carlo, Andorradio. Radio-Luxembourg — devenue par la suite R.T.L. — incarne, du reste, à sa façon, cet âge d'or. La station atteindra jusqu'à 14 millions d'auditeurs en 1958, et ses émissions sont prisées du public : le *Quitte ou double* de Zappy Max, ou *La Famille Duraton* — déjà présente avant-guerre sur Radio-Cité et qui durera jusqu'en 1966 sur R.T.L. — rythment, aux côtés d'autres émissions, les travaux et les jours des auditeurs. De son côté, Europe 1 introduit un nouveau style adapté à un public que des études ont montré très diversifié : tranches horaires et tranches d'âge, notamment, vont peu à peu trouver une harmonie, et *Salut les copains*, quelques années plus tard, est dans la logique de la radio de Louis Merlin, qui impose en quelques années un style où l'information et la musique jouent un rôle essentiel. Si l'on ajoute qu'apparaît aussi en mars 1954 la modulation de fréquence — expérimentée depuis 1950, elle va à partir de cette date émettre quatre heures par jour —, on voit bien que la radio s'est révélée un média souple, qui a su s'adapter aussi bien dans ses techniques que dans son expression.

Ses positions sont d'autant plus fortes que la télévision ne constitue pas à l'époque un concurrent de poids. En juin 1953, au moment de la retransmission simultanée et en direct — qui annonce la mise en place de l'Eurovision l'année suivante — du sacre d'Elisabeth II dans cinq pays, seuls 50 000 récepteurs équipent les foyers français, contre 1,5 million aux États-Unis. Certes, depuis juin 1949 existe un journal télévisé, devenu quotidien au mois d'octobre suivant. Bien plus, en 1952 sont apparues trois des émissions fétiches du petit écran, *Trente-six Chandelles* de Jean Nohain, *La Joie de vivre* d'Henri Spade et *La*

Piste aux étoiles de Gilles Margaritis. Il n'empêche, la révolution télévisuelle n'est pas encore à l'ordre du jour sur un territoire au-dessus duquel ne sont diffusées en 1951 que vingt-cinq heures d'émissions par semaine. Les équipes se constituent, un style peu à peu se forge, mais l'ensemble reste pour l'instant à l'état embryonnaire, et la gestation prendra encore plusieurs années. Certes, en décembre 1953, la télévision retransmet l'élection à Versailles du président de la République, et le direct télévisé entre pour la première fois dans une enceinte parlementaire, mais, signe des temps, la radio joue pour l'heure un rôle politique plus important.

Rôle relativement tardif, il est vrai. Bien sûr, la montée des périls des années 30 jointe à la multiplication des récepteurs avait fait de ceux-ci la caisse de résonance des événements du monde, mais la classe politique française avait jusque-là entretenu des rapports complexes avec la radiodiffusion : méfiance de Poincaré en 1928, utilisation par Tardieu et Doumergue, distance et attirance tout à la fois de la part de Léon Blum. C'est paradoxalement la guerre — paradoxalement, parce que les conditions d'émission et de réception n'y étaient pas les meilleures ! — qui devait donner à la radio ce rôle de premier plan, des émissions collaborationnistes de Radio-Paris au temps d'antenne quotidienne mis à la disposition des gaullistes par Radio-Londres. La multiplication des récepteurs fit le reste, et l'après-guerre installa la radio sur le forum. Encore quelques années, du reste, et la radio puis la télévision deviendront presque à elles seules le principal tréteau politique, remplaçant le préau d'école et relayant — dans tous les sens du terme — la tribune parlementaire.

Le fait que le petit écran soit ainsi pour l'instant un simple canton de la vie culturelle française est, bien sûr, un atout pour le grand. Mais le cinéma va se trouver, tout au long de la IVe République, dans une situation contradictoire. Certes, il garde son statut enviable de premier spectacle de France, et son industrie est prospère. Et, ceci expliquant cela, l'adéquation déjà constatée entre ce genre et son public semble préserver les fructueux équilibres instaurés dans l'entre-deux-guerres. D'autant que, comme la radio, il a su intégrer le progrès technique : le cinémascope notamment, et, dans quelques salles, le format 70 millimètres et la stéréophonie. Avec le recul, pourtant, il semble bien que les heures fastes soient passées. Assurément, à la Libération, la volonté de sauvegarder la qualité artistique des dix années écoulées avait été manifeste. Et le cinéma français avait semblé d'abord trouver sa voie : à travers les adaptations littéraires *(Boule-de-suif, La Symphonie pastorale, Le Diable au corps, La Chartreuse de Parme),* c'est la veine du réalisme psychologique — succédant au réalisme poétique — qui est ainsi explorée, souvent brillamment. Cette bifurcation explique notamment que l'influence du néo-réalisme italien, qui aurait dû logiquement, au vu de la production de la fin des années 30, s'acclimater, se soit en définitive peu fait sentir. Et aussi que l'histoire contemporaine n'y occupe pas une place de premier plan : quelques films sur l'Occupation, mais qui, le plus souvent *(Un ami viendra ce soir, Bataillons du ciel, Jéricho),* n'ont pas la qualité de *La Bataille du rail* de René Clément. Ni l'histoire contemporaine, ni, en fait, la société contemporaine : *Rendez-vous de juillet* (Jacques Becker, prix Delluc 1949), qui se voulait une peinture d'une certaine jeunesse par un cinéaste alors âgé de quarante-trois ans, est, d'une certaine façon, atypique.

Au seuil des années 50, c'est donc un cinéma florissant — 380 millions de spectateurs et 130 films produits par an, en moyenne —, mais qui continue à évoluer sur son erre plutôt que d'innover, qui occupe le premier plan : âge d'or, donc, mais âge d'or déclinant. Et si la décennie voit l'éclosion ou l'épanouissement de quelques réalisateurs — Bresson, Tati *(Jour de fête,* 1949), Clément, Clouzot —, la production française peaufine des thèmes consacrés, qui connaissent souvent le succès public. Le film policier et le drame bourgeois constituent un genre hybride qui est celui du cinéma français des années 50, avec les adaptations littéraires déjà évoquées. En 1954, par exemple, sortent *Touchez pas au grisbi* de Jacques Becker et *Le Rouge et le Noir* de Claude Autant-Lara. Ce cinéma a donc sécrété rapidement un classicisme non dénué de talent mais qui, outre une certaine incapacité à explorer d'autres voies, a souffert du procès intenté à la fin de la même décennie par les tenants de la « nouvelle vague ». Certes, on le verra, celle-ci ne fut pas une lame de fond, mais les querelles entre anciens et modernes ternissent souvent rétrospectivement la production des premiers.

Le son et l'image sont ainsi devenus, en deux après-guerres, les supports essentiels d'une standardisation des goûts et des représentations. A leur croisée se pose donc la question du rôle de la « publicité » dans cette uniformisation. Avant l'ère du « clip » des années 80 et celle, à partir de 1968, du spot télévisé, existent déjà le « message » publicitaire à la radio et, surtout, l'affiche dont le graphisme est objet d'histoire. Cette affiche qui, dans l'entre-deux-guerres, avait été un incontestable élément d'homogénéisation socio-culturelle, connaît encore de beaux jours après la Seconde Guerre mondiale. Un épisode, parmi d'autres, en témoigne : en 1953, une affiche de Savignac impose en quinze jours le vocable G.A.R.A.P., qui se révélera un vocable imaginaire — le bonhomme G.A.R.A.P. à cigare et gants blancs entendait montrer que la publicité « pouvait faire connaître n'importe quoi, y compris sa propre puissance ».

L'image et le son n'ont pas pour autant enlevé son rôle essentiel à l'imprimé. Le livre cesse à cette époque d'être un produit cher, grâce notamment à la multiplication des collections de poche. Le Livre de Poche, pionnier et bientôt modèle, apparaît en 1953, à l'initiative d'Henri Filipacchi. Certes, des éditions à bon marché avaient existé avant la guerre — par exemple la « Collection pourpre » —, mais le phénomène va prendre, après 1953, une ampleur jusque-là inconnue, avec des ouvrages aux prix souvent inférieurs des deux tiers à l'édition originale et au tirage de surcroît beaucoup plus important.

A côté du livre, la presse périodique est sans doute encore plus impliquée, à la fois cause et conséquence, dans ce déploiement d'une culture de masse. Ainsi, dans le domaine de la presse féminine, *Elle,* « l'hebdomadaire de la femme », apparaît en novembre 1945 et, au faîte de sa gloire, atteindra 700 000 exemplaires. L'innovation, en ce domaine, datait plutôt, on l'a vu, de l'avant-guerre, avec la création de *Marie-Claire* en 1937. Mais ce type de presse féminine va se développer dans les années d'après-guerre : quelques mois avant *Elle, Marie-France,* qui deviendra mensuel en 1956, et *Claudine,* qui sera absorbée par *Elle,* étaient nés. Et *Marie-Claire,* qui avait disparu en 1942, connaîtra une résurrection — comme mensuel — en 1954. Encore ne sont-ce là que quelques titres parmi d'autres, qui connaissent eux aussi un large écho. A la fin de la IVe République, le lectorat — estimation différente de celle du tirage, et largement supérieur — de *L'Écho de la mode* est d'environ 4 millions de personnes, comme celui de *Nous deux,* tandis qu'*Elle* et *Bonnes Soirées* atteignent 3 millions, et *Confidence* plus d'1,5 million. A un tel stade, il est évident que la presse féminine joue sa partition dans le processus de standardisation culturelle. D'une part, elle transcende, la simple lecture des chiffres l'atteste, les clivages sociaux et facilite ainsi un brassage sans doute assez proche de celui occasionné par l'entrée dans les foyers de la radio, qui accompagne désormais les ménagères dans leurs tâches quotidiennes. D'autre part, comme la radio, elle imprime aux catégories sociales une commune sensibilité, qui dépasse vite les recettes culinaires ou les conseils vestimentaires proposés déjà avant-guerre par *L'Écho de la mode*. L'utilisation de la photographie et le développement des produits de beauté, lié au progrès de l'industrie chimique, véhiculent en effet une image de la beauté féminine dont *Elle* devient le symbole. Surtout, par-delà ces canons de la beauté et de la mode, qui sont eux aussi facteurs d'uniformisation, ces journaux distillent, par leur « courrier du cœur » — la formule est lancée par Marcelle Ségal dans *Elle* en 1946 — ou, pour certains d'entre eux, leurs « photo-romans », une vision des rapports sociaux et amoureux et de la place de la femme qui rapproche villes et campagnes, ateliers et bureaux.

La presse sportive, elle aussi déjà présente avant la guerre, joue à certains égards le même rôle unificateur, suscitant dans des milieux sociaux souvent éloignés un commun engouement pour le Tour de France, le championnat de football ou les nouveautés automobiles. La manchette de *L'Équipe* dépasse aussi bien des « bleus » des ouvriers que des vestons des employés, et les uns et les autres vibrent à l'unisson dans les stades ou grâce à la radio.

Le « magazine illustré » s'inscrit lui aussi dans le prolongement de l'avant-guerre. La formule du *Match* de Jean Prouvost sera reprise en 1949 dans *Paris-Match,* qui deviendra, dans les années 50 et le début des années 60, la plus spectaculaire réussite de la presse française : 8 millions de lecteurs à la charnière des deux décennies, avec un tirage de près de 2 millions d'exemplaires. Et c'est plus tard seulement, au moment où la télévision entrera réellement dans la plupart des foyers français, que ce magazine connaîtra ses premières difficultés.

A tout prendre, *Paris-Match* joua un rôle vraisemblablement plus important dans la vision du monde de ses concitoyens que les hebdomadaires plus directement politiques. Ceux-ci touchèrent, en effet, un public plus limité, au moins jusqu'à la transformation de *L'Express* (60 000 exemplaires en 1953) en « newsmagazine » en 1964 (500 000 en 1967) et celle, la même année, de *France Observateur* (20 000 exemplaires à son premier numéro en avril 1950) en *Nouvel Observateur* (200 000 exemplaires en 1968). Il reste pourtant que ces hebdomadaires, outre leur rôle politique, par exemple au moment de la décolonisation, ont joué largement — et efficacement — sur le clavier culturel. Ils ont été, du reste, à l'unisson de la mutation intellectuelle déjà évoquée : alors qu'avant la Seconde Guerre mondiale des journaux aussi différents que *Marianne* ou *Candide* avaient en commun d'ouvrir largement leurs colonnes à la littérature, et notamment au roman et à la nouvelle, ces hebdomadaires des années 50 resteront largement culturels, mais, dans leurs pages spécialisées, la philosophie puis les sciences humaines supplanteront peu à peu la littérature proprement dite. Et cette vulgarisation des grands courants de pensée touchera un public progressivement plus large, au fur et à mesure qu'augmenteront les tirages.

La palette de l'imprimé accueille aussi, sur un autre registre, la bande dessinée, que la loi de 1949 sur les publications de la jeunesse protège de la concurrence anglophone, à la différence de l'avant-guerre. L'expression francophone va s'épanouir, en particulier autour de ce qu'il est convenu d'appeler l'« école belge » : deux hebdomadaires, *Tintin* et *Spirou,* diffusent les séries d'Hergé, Franquin, Morris et Edgar P. Jacobs, et leurs héros respectifs — Tintin, Spirou, Lucky Luke, Blake et Mortimer — vont nourrir la sensibilité de millions de jeunes Français qui, à la différence du public américain constitué souvent d'adultes, composent alors la majeure partie de la clientèle des « illustrés ». Et, là aussi, le brassage entre milieux sociaux est indéniable. Un troisième titre « belge », *Pilote,* vient s'ajouter à partir de 1959 aux précédents avec, comme séries vedettes, *Astérix* de Goscinny et Uderzo, et *Achille Talon* de Greg. Mais l'évolution de cet hebdomadaire annoncera bientôt une nouvelle mutation de la « B.D. » qui, progressivement, à partir des années 60, s'adressera autant aux adultes qu'au public jeune.

L'imprimé — il faudrait encore ajouter en son sein, parmi les vecteurs qui contribuent à l'uniformisation des pratiques culturelles, le roman policier et le roman de gare — a donc continué à tenir un rôle prédominant, dans une France qui, vers 1960 encore, reste celle de Gutenberg plus que celle de McLuhan, et dont l'univers n'est alors en train de s'élargir aux dimensions du « village planétaire » que par le magazine illustré et le transistor, beaucoup plus que par la télévision.

Mais imprimé ou audio — et bientôt visuel —, cet élargissement est bien l'un des faits culturels décisifs de ces années 50. A la fois évasion et ouverture sur le monde, à la croisée du loisir et de la culture, la lecture et l'écoute de la radio sont essentielles dans une France où, en 1956 par exemple, 5 Français sur 7 ne partent pas en vacances, les heureux élus, du reste, ne s'éloignant pas de plus de 250 kilomètres en moyenne de chez eux.

Il faut pourtant, *in fine,* en revenir à la création intellectuelle et artistique proprement dite. Ces années 50 et, plus largement, la vingtaine d'années qui suit la défaite de 1939, ont été, en effet, essentielles. Des évolutions amorcées auparavant se sont accélérées, des courants nouveaux sont apparus et, à la confluence de ces continuités et de ces mutations, le cours de la création s'est modifié, irriguant un paysage culturel qui n'a plus grand-chose à voir avec celui de 1919. Mais 1939 est loin également, et même 1945. En cette fin des années 50, c'est en fait le long après-guerre de la culture française qui se termine.

LIVRE IV

Le principat de Gaulle
(1958-1969)

CHAPITRE XXII

Une nouvelle République

Le gouvernement du général de Gaulle a donc reçu mandat de préparer une nouvelle Constitution. D'une telle tâche la France a une grande expérience : elle l'a déjà pratiquée une douzaine de fois, et les précédents ne sont guère encourageants. Plus de cinq années entre la déchéance de l'Empire, proclamée le 4 septembre 1870, et l'entrée dans la IIIe République au début de 1876 ; le maréchal Pétain n'avait pas réussi, en quatre ans, à remplir le mandat arraché le 10 juillet 1940 à l'Assemblée nationale, et en 1958 tous se souviennent du laborieux processus dont est finalement sortie la Constitution qu'il s'agit de remplacer. Une fois de plus, la France connaîtra-t-elle une de ces longues et éprouvantes transitions dont est jalonnée son histoire constitutionnelle ?

L'élaboration de la Constitution

En 1958, les choses se passèrent de façon tout à fait différente : moins de quatre mois entre le vote du 3 juin et l'adoption par le peuple français, le 28 septembre. Quinze semaines pour préparer, examiner un texte : un record en ce domaine. C'est que, à la différence des assemblées constituantes ordinairement peu pressées d'aboutir, de Gaulle et le gouvernement ont intérêt à faire vite : ils sont enfermés dans un calendrier fort contraignant, s'ils veulent éviter de se retrouver devant l'Assemblée. C'est aussi que la procédure suivie n'est pas celle pratiquée aux origines des IIIe et IVe Républiques : au lieu que la Constitution émane d'une Assemblée nombreuse traversée de courants entre lesquels doivent être mis au point de délicats compromis, le travail a été confié à un petit nombre d'hommes qui partagent les mêmes vues sur l'essentiel. Une fois rédigé, le projet doit être soumis aux électeurs sans retour devant une Assemblée.

D'autre part, les rédacteurs du projet ne partent pas de rien : leurs travaux sont orientés par un ensemble d'expériences et de réflexions. L'objectif est clair : il faut corriger les défauts des Constitutions précédentes et remédier aux imperfections que la pratique a mises en évidence. Sur la nécessité de mettre fin à la confusion des pouvoirs, génératrice de la faiblesse du gouvernement, à l'exception des communistes attachés au gouvernement d'assemblée et dont personne ne songe à prendre l'avis, toutes les familles de pensée sont d'accord. Les anciens présidents du Conseil membres du gouvernement, qui prennent une part active à la rédaction du projet, ne sont pas les derniers à faire des propositions en ce sens : Guy Mollet et Pierre Pflimlin ont été à l'origine de plusieurs des dispositions qui visent à assurer la stabilité du gouvernement et à le soustraire aux mouvements d'humeur des parlementaires en renversant la charge de la preuve pour le vote de la loi et du budget ; ainsi l'article 49, alinéa 3, qui donne au gouvernement la faculté de contraindre une majorité récalcitrante à accepter tel quel un projet auquel il tient, a-t-il été imaginé par le secrétaire général de la S.F.I.O.

Il y a aussi un corpus qui s'est peu à peu constitué, dont le noyau date d'une trentaine d'années : il remonte aux recherches de plusieurs groupes de réflexion autour de la notion de parlementarisme rationalisé dans les années 30. Il y a surtout le discours prononcé à Bayeux le 16 juin 1946 par le général de Gaulle et qui est la matrice de la Ve République. En outre s'était institué depuis 1956 dans la presse un débat d'idées sur les moyens de renforcer l'exécutif ; y avaient participé des professeurs de droit public, entre autres Georges Vedel et Maurice Duverger, qui avaient suggéré diverses modalités à cette fin ; contrat de législature, dissolution automatique, élection du chef de l'État par un collège élargi et même, pourquoi pas, au suffrage universel, voire régime présidentiel. Une effervescence de projets et de propositions qui préparait l'opinion à de profonds changements, un répertoire où puiser. Ajoutons les vues personnelles du nouveau garde des Sceaux, Michel Debré, fidèle du Général et admirateur du régime britannique. Enfin, les rédacteurs devaient tenir compte des cinq principes dont le Parlement, en accordant au gouvernement le pouvoir constituant, a fait des conditions impératives. Ils ne sont pas nécessairement concordants : comment par exemple concilier la séparation des pouvoirs avec la responsabilité du gouvernement devant le Parlement ?

Les choses furent rondement menées. Le projet devait passer par une succession d'instances, et son parcours comportait une demi-douzaine d'étapes. Au départ, un groupe d'experts, composé presque exclusivement de membres du Conseil d'État — 15 sur 18 —, rédige entre le 12 juin, jour de leur première réunion, et le milieu de juillet une première ébauche. Simultanément, un groupe de travail, qui réunit, autour du président du Conseil et du garde des Sceaux, les quatre ministres d'État, examine le texte chapitre par chapitre au rythme de sa progression : sur plus d'un point il en infléchit l'orientation ou y introduit des compléments. Le Conseil des ministres est ensuite saisi.

Vient alors l'examen par une instance créée pour la circonstance : le Comité consultatif constitutionnel, où les parlementaires sont en majorité — 16 députés et 10 sénateurs représentant tout l'éventail des partis à l'exception du Parti communiste. Il serait donc inexact de dire que l'élaboration de la Constitution s'est faite totalement en dehors des élus. Certes, ce Comité n'est que consultatif, et son avis n'oblige pas le gouvernement, mais il sera d'un grand poids sur la position que prendront les formations pour le référendum. Le gouvernement a adjoint aux 26 parlementaires, 13 personnalités de son choix, qui ne sont pas toutes des gaullistes de toujours. Le Comité a porté à sa présidence Paul Reynaud, dont on sait les liens qui l'unissent au Général depuis 1935, mais connu aussi pour son attachement aux institutions représentatives. Au cours de ses nombreuses séances, le Comité entend Michel Debré et le général de Gaulle. Il rend son avis à la veille du 15 août.

C'est alors au tour du Conseil d'État d'être saisi. Sur de nombreux points la Haute Assemblée formule des critiques, énonce des réserves, suggère des modifications, en particulier sur l'incompatibilité entre mandat parlementaire et fonction ministérielle à laquelle tenaient les pères du projet comme à la conséquence logique de la séparation des pouvoirs, sur la délimitation des domaines de la loi et du règlement, et sur l'article qui confère au chef de l'État des pouvoirs exceptionnels en cas de crise grave.

Après un dernier examen par le Conseil des ministres le 3 septembre, le texte est prêt : en trois mois jour pour jour, la boucle est refermée. Le calendrier souhaité a été observé qui permet une présentation solennelle du projet à une date choisie pour son caractère symbolique : le 4 septembre, jour anniversaire de la proclamation de la République en 1870. Le choix du lieu n'est pas moins chargé de sens : la place de la République, où le général de Gaulle, d'une tribune adossée à la statue de la République, s'adresse à une foule triée sur le volet, tandis qu'un important service d'ordre tient à distance les manifestants accourus à l'appel du Parti communiste. La référence appuyée à la date et le lieu visent à se démarquer des circonstances qui ont amené le retour de De Gaulle et à inscrire le futur régime dans la tradition républicaine. Le texte est publié le lendemain au *Journal officiel* et les électeurs sont convoqués le dimanche 28 septembre pour se prononcer par référendum sur l'acceptation ou le rejet du projet.

Sur des points essentiels, le projet rompt avec la pratique des deux Républiques précédentes. L'innovation capitale est la modification du rapport de préséance et d'autorité entre les pouvoirs : est corrigé le déséquilibre qui affaiblissait depuis la crise de 1877 l'exécutif et le plaçait dans la dépendance du Parlement. Le projet établit la prééminence du chef de l'État : le titre qui lui est consacré vient en tête, signe de son caractère primordial. Pour fonder son autorité, il est élu par un collège dont font partie les parlementaires, mais noyés dans une masse de quelque 80 000 grands électeurs qui comprend tous les maires de France. La distinction est maintenue entre chef de l'État et chef du gouvernement, qui s'appelle désormais Premier ministre : dénomination choisie pour marquer sa prééminence sur ses collègues. C'est le président de la République qui le désigne librement, mais la Constitution ne lui donne pas le droit de mettre fin à ses fonctions. Le chef du gouvernement tient donc son pouvoir du Président, mais le régime reste parlementaire : le gouvernement est responsable devant l'Assemblée, qui peut à tout instant mettre fin à son existence. Mais un ensemble de dispositions ingénieuses vise à restreindre les risques de crise : désormais, c'est à l'opposition de faire la preuve qu'elle est majorité ; la chute d'un gouvernement ne peut résulter que de l'adoption à la majorité absolue d'une motion de censure déposée par un nombre requis de députés (les abstentions sont ainsi comptabilisées en faveur du gouvernement), ou à la suite d'une question de confiance posée par le gouvernement, où la majorité simple suffit, en sa faveur. Cette inversion des modes de calcul limite les risques. Le Président dispose du droit de dissolution, affranchi des contraintes qui en restreignaient l'exercice dans les précédentes Constitutions ; il est, de surcroît, libéré depuis 1956, par l'initiative d'Edgar Faure, du tabou qui retenait ses prédécesseurs d'en user. Pour les situations exceptionnelles, semblables à celle dont de Gaulle avait été le témoin malheureux en juin 1940, la Constitution confère au chef de l'État des pouvoirs exceptionnels pour faire face à des périls mettant en cause l'indépendance nationale ou le fonctionnement des institutions. Le projet instaure ainsi un régime original qui emprunte à

Une nouvelle République

la fois à la tradition parlementaire de la responsabilité du gouvernement et à un courant qui établit un président doté de pouvoirs étendus. La nature mixte de ce régime, qui se prête à des interprétations diverses, explique la variété des commentaires et des réactions, comme elle annonce les différentes lectures qu'on en fera ultérieurement.

Les oui et les non

Les appréciations varièrent en fonction des aspects qui retinrent en priorité l'attention des lecteurs. Ainsi les uns virent essentiellement dans le projet tout ce qui concourait à l'instauration d'un exécutif fort, et singulièrement l'article 16 : ils crurent y discerner les prémices d'un régime monarchique ; quelques-uns, eu égard aux circonstances et à la pression toujours menaçante de l'armée, pronostiquèrent un glissement inéluctable vers un régime de type fasciste. Mais d'autres, faisant davantage cas de la composition du collège appelé à désigner le chef de l'État, en conclurent que la Constitution était foncièrement conservatrice et rendait le pouvoir à une oligarchie de notables : la composition du gouvernement, le ralliement de la droite à l'investiture de de Gaulle, la présence dans le gouvernement de l'homme qui personnifiait les idées libérales, Antoine Pinay, leur semblaient autant de confirmations de leur analyse. Et comme en France on raisonne toujours par référence aux précédents historiques, la grande question fut de savoir de quel régime antérieur la Ve République serait l'héritière. Du Second Empire autoritaire ou de la monarchie de Juillet ? Bonapartisme ou orléanisme : il semblait que le destin du régime qui n'était pas encore établi tenait tout dans cette alternative. Le pronostic de chacun à cet égard était une composante de la réponse au référendum.

S'y mêlait une question d'ordre éthique : le jugement sur les événements du 13 mai. Pour certains démocrates ou des esprits attachés au respect de la légalité, répondre oui aurait été absoudre le 13 Mai, passer sur la violation de la loi et encourager par avance tous les coups de force. Ils ne pardonnaient pas à de Gaulle, quelque estime qu'ils eussent pour son rôle historique en 1940, de n'avoir pas désavoué les factieux : la sévérité de certains était même d'autant plus grande qu'ils lui étaient plus reconnaissants d'avoir alors sauvé l'honneur, comme après 1940 certains anciens combattants déplorèrent que le maréchal Pétain ait terni l'éclat de sa gloire en mettant sa main dans celle de Hitler. Mais d'autres se font le raisonnement inverse : de Gaulle a épargné à la France la honte de tomber sous la coupe des militaires. Ils comptent sur lui pour écarter définitivement l'éventualité d'un régime de type franquiste. C'est en votant massivement oui qu'on le soustraira à la tutelle d'Alger et qu'on le libérera de l'hypothèque que les activistes ont cru prendre sur lui.

Un troisième enjeu concourt au choix entre l'acceptation et le refus : celui-là même qui est à l'origine de la crise de régime — le problème algérien. Les partisans de l'Algérie française qui se sont généralement ralliés à de Gaulle sans enthousiasme comptent sur lui — ou entendent faire pression sur lui — pour réaliser l'intégration de l'Algérie et pratiquer une politique de fermeté. D'autres au contraire misent sur son génie et son prestige pour infléchir la politique en un sens libéral et trouver une issue pacifique à la guerre qui déchire le pays depuis quatre ans.

Ces trois ordres de considérations ne sont pas toujours, ni même le plus souvent, convergents : tel qui déplore les virtualités, à son gré trop monarchiques, de la Constitution n'en votera pas moins oui, parce qu'il fait confiance à Charles de Gaulle pour libérer la France du fardeau algérien et, à l'inverse, tel partisan de l'Algérie française émettra un vote identique, bien que la Constitution fasse trop de concessions au principe qu'il abhorre de la démocratie, parce qu'il attend que de Gaulle donne satisfaction à son rêve d'intégration. Ainsi la plupart des Français sont-ils conduits à arbitrer entre des inclinations contradictoires.

A fortiori les formations politiques, traversées par des courants contraires. Le partage reproduit à peu de chose près les divisions du vote d'investiture. Les droites n'ont guère de trouble de conscience à voter oui, sauf des minorités : nostalgiques de Vichy, fidèles du maréchal Pétain, poujadistes ou catholiques intégristes qui se font, en dépit des apaisements que leur donne l'épiscopat, un scrupule de voter pour une Constitution qui proclame la laïcité de l'État. Le M.R.P. s'est prononcé pour le oui. A mesure qu'on se déplace vers la gauche, l'unanimité le cède aux divergences. La majorité des radicaux a décidé de voter oui, mais une forte minorité, hostile aux plébiscites par tradition républicaine, votera non avec Pierre Mendès France et *La Dépêche de Toulouse*. Le divorce entre les deux tendances est la résurgence de l'écartèlement du parti entre droite et gauche, chronique depuis 1919, et préfigure les scissions qui le déchireront sous la Ve République. De même à la S.F.I.O., où se dessinent deux orientations contraires dont la distribution ne reproduit pas exactement le partage des votes du 1ᵉʳ juin : le parti des oui s'est grossi de quelques ralliements, dont le plus décisif est celui de Gaston Defferre, leader de la grosse fédération des Bouches-du-Rhône ; au congrès extraordinaire de septembre, le oui recueille 69 % des mandats. Entre les deux tendances le dissentiment, irrémédiable, aboutit à la rupture : l'unité du parti, qui avait résisté à la rupture du tripartisme et même à la querelle de la C.E.D., ainsi qu'à l'exercice du pouvoir et à la politique de Guy Mollet en Algérie, succombe au désaccord sur le référendum. A vrai dire, la scission est la résultante de l'accumulation des divergences : les minoritaires sont aussi ceux auxquels Guy Mollet s'était jadis opposé au nom de l'intransigeance doctrinale. Ce sont, paradoxalement, ceux qui étaient en 1946 le plus acquis à une stratégie d'ouverture qui estiment en 1958 impossible de cautionner l'acceptation du changement de régime. Daniel Mayer, Robert Verdier, Édouard Depreux quittent définitivement la S.F.I.O. pour fonder le Parti socialiste autonome, qui changera, deux ans plus tard, son appellation contre celle de Parti socialiste unifié selon la coutume qui veut que les dissidences revendiquent pour elles le thème de l'unité que leur initiative a brisée. Les reclassements que provoque le référendum disposent les données du jeu politique de la Vᵉ République. Quant au Parti communiste, il s'est naturellement rangé dans le camp des non.

Vers la mi-septembre, les positions sont arrêtées, et les camps dessinés. Celui du oui regroupe la quasi-totalité des droites et du M.R.P. ainsi que le gros des radicaux et des socialistes. Celui du non rassemble la masse compacte des communistes, une forte minorité de la S.F.I.O., une fraction des radicaux, l'aile gauche de l'U.D.S.R. avec l'appoint d'organisations et de sociétés de pensée — Ligue des droits de l'homme, Fédération de l'Éducation nationale — et une poignée, à l'extrême droite, d'antigaullistes irréductibles. La frontière ne passe pas à l'emplacement habituel : elle est largement décalée vers la gauche, puisque le camp des oui englobe une bonne part de la gauche traditionnelle avec la majorité des radicaux et des socialistes ; c'est l'impact de la situation, c'est surtout l'effet de Gaulle qui bouscule les clivages traditionnels.

A en juger par les positions que les partis ont arrêtées dans leurs délibérations, le résultat du scrutin, à supposer que les électeurs suivent les recommandations des formations pour lesquelles ils ont l'habitude de voter, devrait donner un net avantage au oui : on suppute un partage de deux petits tiers pour lui contre un gros tiers pour le non ; le vote communiste à lui seul ne dépassait-il pas, le 2 janvier 1956, le quart des suffrages ?

La campagne ouverte par de Gaulle le 4 septembre fut ardente, avec une prédominance des partisans du oui : le pouvoir met dans la balance tout le poids de l'administration. Chaque électeur a reçu à domicile le texte du projet et du discours prononcé par le président du Conseil le 4 septembre. Lui-même paie de sa personne : il visite quatre grandes villes, Rennes, Bordeaux, Lille et Marseille ; il fait une grande tournée outre-mer qui le conduit à travers l'Afrique noire, à Madagascar et jusqu'en Océanie. Les murs se couvrent d'affiches. C'est la première consultation où la télévision joue un grand rôle ; il y a déjà un million de récepteurs en service et, avec les écoutes collectives, elle atteint un auditoire déjà important : radio et télévision donnent la parole à vingt-trois mouvements et partis, dont dix-sept font campagne pour le oui. Les journaux sont pleins de prises de position, de déclarations, de communiqués, de tribunes libres, d'éditoriaux où politiques, journalistes, intellectuels ressassent tous les arguments dans l'un et l'autre sens.

Le dimanche 28 septembre, la participation est exceptionnelle : elle dépasse toutes les consultations depuis 1945, avec un taux qui avoisine 85 %. Signe irrécusable que, contrairement à des suppositions hâtives, les citoyens ne se sont pas désintéressés du déroulement des événements et qu'ils ont perçu l'importance de l'enjeu. Quant au résultat, il est sans appel. Le partage entre le oui et le non n'est pas, comme on pensait, de deux à un, mais de quatre à un. En métropole, il frôle les 80 %. Le oui est en tête dans la totalité des départements : même les plus orientés à gauche lui ont donné l'avantage, et dans les départements plus conservateurs il atteint 90 %. En chiffres absolus le non ne retrouve même pas, en dépit d'une participation plus forte, le total des suffrages qui s'étaient portés en 1956 sur les candidats du Parti communiste : il s'en faut de quelque 900 000 voix. Or le camp des opposants a certainement recueilli plusieurs centaines de milliers, peut-être un petit million de voix socialistes, radicales et même d'extrême droite. C'est donc que le référendum a largement entamé le bloc communiste qui avait surmonté toutes les épreuves de l'après-guerre et résisté aux variations de stratégie de la direction. C'est dire l'ampleur du bouleversement provoqué par la crise de 1958 et la personnalité du général de Gaulle ; la frontière entre droite et gauche est repoussée encore plus à gauche. La commotion est d'une importance comparable à celle de la guerre et de l'Occupation. Pour une fois les comparaisons avec des phénomènes naturels, dont on abuse ordinairement, sont appropriées : on a bien affaire à un glissement de terrain ou à un raz de marée.

La brèche ouverte le 13 mai dans les institutions est refermée. L'approbation massive donnée par les électeurs au projet de Constitution proposé par le général de Gaulle vaut adhésion à son retour et ratification de l'investiture par les parlementaires. Elle l'absout aussi, implicitement, pour les circonstances qui lui ont ouvert la voie du pouvoir. Elle lui donne aussi mandat — c'est sans doute la motivation principale du vote oui — pour trouver une issue honorable à la guerre d'Algérie. Pour l'avenir, elle confère au nouveau régime la légitimité qui avait fait défaut à ses prédécesseurs : la IIIe République n'avait pas reçu la confirmation du suffrage universel ; quant à la IVe, dont de Gaulle avait tenu à ce qu'elle procédât d'un référendum, à peine plus d'un tiers des électeurs lui avaient formellement donné leur assentiment. La Ve République est le premier régime depuis près de deux cents ans à pouvoir se prévaloir d'une aussi large approbation. C'est aussi le premier à ne pas avoir eu, après les troubles de l'enfance, à lutter âprement pour sa survie contre des oppositions irréductibles : probablement parce qu'il avait obtenu d'emblée l'adhésion de la majorité du peuple. De même, si la Constitution a depuis surmonté toute une série d'épreuves, c'est sans doute parce qu'elle a révélé une capacité d'adaptation qu'elle devait à une rédaction à la fois suffisamment précise sur certains points pour prévenir les équivoques et assez souple aussi pour se prêter à des situations nouvelles, mais plus encore parce qu'investie par le sacre du suffrage universel d'une légitimité incontestable. C'est dire la portée historique du référendum du 28 septembre 1958 et de la majorité qui s'y dégagea.

Une Chambre introuvable

Si l'essentiel est acquis avec le succès du référendum, il reste encore un long chemin à parcourir pour parachever la transition : il y faudra un peu plus de trois mois. La Constitution est promulguée le 4 octobre. Le gouvernement ayant tenu le pari d'un échéancier serré, le mandat de l'Assemblée a expiré. Il faut mettre en place les pouvoirs institués par la nouvelle Constitution, et en premier lieu l'Assemblée nationale.

Sous quel régime la faire élire ? La Constitution n'en dit mot, et le général de Gaulle, fidèle à la tradition française qui ne fait pas du mode de scrutin une matière constitutionnelle, n'a pas déféré au vœu du Comité consultatif constitutionnel que la question soit posée au peuple à l'occasion du référendum : puisqu'il n'y a plus de Parlement pour légiférer, c'est donc au gouvernement, c'est-à-dire au Général, de définir le régime électoral. Comme en 1945. Cette année-là, refusant de rétablir le scrutin majoritaire d'arrondissement à deux tours qui avait été celui des trois dernières consultations de l'avant-guerre, le chef du Gouvernement provisoire avait opté pour le scrutin proportionnel, autant sans doute pour faire pièce au Parti communiste que pour satisfaire le désir de changement de l'opinion. En la matière, de Gaulle n'avait pas de religion. En 1958, il prend le parti inverse : il tranche en faveur du scrutin majoritaire uninominal à deux tours. Outre que la représentation proportionnelle est tenue pour responsable de l'absence de majorité stable, de l'émiettement de l'opinion et de l'instabilité ministérielle, le scrutin d'arrondissement a la réputation d'être un brise-lames : il passe pour affaiblir les partis en soustrayant les élus à la dictature des appareils, et pour désagréger les vagues qui secouent périodiquement l'opinion. Or, en 1958, le Général ne souhaite pas une bipolarisation trop poussée. Deux raisons pour donner la préférence à ce mode de scrutin. Ce choix emporte toute sorte de conséquences, et d'abord le découpage du territoire en autant de circonscriptions que l'on prévoit de sièges à attribuer : 465 pour la métropole. Opération complexe qui doit prendre en compte à la fois l'existence du cadre départemental et la répartition de la population d'après les chiffres du recensement de 1954 en fonction d'un quotient fixé à 93 000 habitants. Le résultat est aussi honnête que possible et proche de l'équité, et les formations politiques n'y trouvent guère à redire. Ce retour au scrutin de 1936, dans une France qui s'est depuis grandement transformée et dont le système des partis a subi de grands changements, bouscule les pratiques de la IVe République et oblige candidats et formations à une reconversion très rapide : c'est le 10 octobre qu'est connue la décision du général de Gaulle, les 13 et 14 qu'est publié le tableau des circonscriptions, et le premier tour est fixé au dimanche 23 novembre, avec ouverture de la campagne officielle quinze jours avant, soit le 8.

Les positions des candidats et des partis sont largement dominées par le triomphe écrasant du oui au référendum : à l'exception des opposants irréductibles — les communistes, une

Une nouvelle République

fraction de la gauche et une petite extrême droite — qui sont en état de choc, toutes les autres formations se réclament du oui et cherchent à recueillir quelque bénéfice du résultat : « Faites respecter votre oui », est leur mot d'ordre commun, et c'est à qui sera le plus gaulliste, bien que le Général ait défendu aux candidats d'utiliser son nom — même sous la forme d'un adjectif, a-t-il précisé. Les gaullistes de toujours, les vétérans du R.P.F., le noyau fidèle des républicains sociaux, n'entendent pas se laisser voler le fruit de la victoire par des ralliés de la onzième heure et ne perdent pas de temps pour se doter d'une organisation électorale : trois jours après le référendum, le 1er octobre, cinq mouvements gaullistes fusionnent dans un rassemblement — c'est décidément une caractéristique du gaullisme — baptisé Union pour la nouvelle République, U.N.R., sigle qui est le premier d'une lignée qui assurera tout au long de la Ve République la permanence d'une tradition gaulliste : U.N.R.-U.D.T. après 1962, U.D. V^e en 1967, Union pour la défense de la République (U.D.R.) après la crise de 1968, en attendant la constitution, à l'initiative de Jacques Chirac en 1976, du Rassemblement pour la République (R.P.R.). A la tête de l'U.N.R., une direction collégiale formée de ceux qu'on appellera bientôt les « barons », les chefs historiques du gaullisme, Jacques Chaban-Delmas, Michel Debré, Roger Frey, Edmond Michelet, Jacques Soustelle, d'autres encore. L'U.N.R. n'a pas le monopole de la représentation du gaullisme : d'autres organisations regroupent des hommes qui ont cru plus habile de ne pas entrer dans l'U.N.R. ou dont les orientations se situent soit plus à gauche — le Centre de la réforme républicaine, ancêtre des gaullistes dits de gauche —, soit plus à droite — Renouveau et fidélité, dont certains basculeront dans le camp des partisans inconditionnels de l'Algérie française contre de Gaulle. Mais, en novembre 1958, tous ou presque font campagne à la fois sur le nom de De Gaulle et pour l'intégration, tant les deux causes semblent confondues.

La campagne est relativement atone : les formations avaient jeté toutes leurs forces dans la bataille du référendum et n'ont pas eu le temps de les reconstituer; les opposants, eux, ne sont pas remis de leur défaite. De plus, l'enjeu paraît à l'électeur moins important, et aussi le résultat moins incertain; c'est sans doute pourquoi il se dérange moins : la participation tombe de 85 à 77 %, et le nombre des abstentionnistes grimpe de 4 à plus de 6 millions. Moins d'un siège sur dix ayant été pourvu au premier tour, le second intéresse encore la quasi-totalité des circonscriptions.

Le résultat confirme d'abord le succès du référendum : les partis du oui emportent une majorité indiscutable. Les gaullistes, qui avaient à peu près disparu en 1956, sont redevenus une force majeure : avec 3 millions 600 000 suffrages — 17,6 % —, l'U.N.R. n'est pas loin d'égaler le résultat du R.P.F. sept ans plus tôt ; la débandade des années 1953-1956 est oubliée. La chose est d'autant plus remarquable que ce succès n'est pas acquis aux dépens des modérés, à la différence de ce qui s'était produit aux élections municipales de 1947, car les indépendants effectuent une progression impressionnante : ils enregistrent leur meilleur résultat depuis la guerre — près de 20 % des suffrages exprimés. Gaullistes et modérés ont progressé parallèlement : la progression des uns et des autres s'est donc faite en partie au détriment de la gauche. Les partis de la Troisième Force ont préservé l'essentiel, avec un bonheur inégal : le Parti radical a plus souffert que le M.R.P. et la S.F.I.O. Quant aux poujadistes, il n'en est plus question. La gauche a subi une défaite. Le trait le plus saisissant est le recul du Parti communiste, lui qui, sous la IVe République, a été presque constamment le premier, qui n'est jamais tombé au-dessous de 25 %, dont l'électorat a été le plus stable, a perdu 30 % de ses suffrages : il recule de 5 millions et demi à moins de 4 — exactement 3 850 000. Ceux de ses électeurs habituels qui ont passé outre à sa consigne de voter non au référendum ont persisté dans leur émancipation. L'événement est d'importance historique : c'est le début du déclin. Le général de Gaulle a été le premier à le faire reculer, François Mitterrand poursuivra le processus.

Au soir du second tour, le désastre de la gauche apparaît dans toute son étendue, aggravé par la division irréductible entre Partis communiste et socialiste qui interdit tout désistement de l'un pour l'autre, le scrutin majoritaire a mécaniquement amplifié le décalage entre vainqueurs et vaincus : le groupe communiste à l'Assemblée est réduit, pour la métropole, à 10 sur 465. Quelle régression pour un parti qui n'avait jamais compté moins d'une centaine d'élus et dont l'effectif, à l'exception de l'Assemblée de 1951 par la faute des apparentements, tournait, depuis 1945, autour de 160 ! Les socialistes sont un peu moins étrillés : ils ne sont cependant que 44. Avec 23 radicaux et quelques U.D.S.R., l'ensemble des gauches additionne moins de 80 députés, à peine plus du septième de l'Assemblée. Jamais l'expression parlementaire de la gauche n'avait été à ce point réduite depuis les débuts de la IIIe République. Elle est, de surcroît, décapitée, privée de ses orateurs les plus prestigieux, de ses stratèges et de ses tacticiens, qui ont mordu la poussière, le plus souvent devant des inconnus qui n'avaient d'autre titre aux yeux des électeurs que de se prévaloir du nom de De Gaulle : c'est une hécatombe. Sont ainsi restés sur le carreau Jacques Duclos pour le Parti communiste, Gaston Defferre, malgré son ralliement au oui, Christian Pineau, Albert Gazier, Robert Lacoste, Jules Moch pour la S.F.I.O., François Mitterrand pour l'U.D.S.R., Édouard Daladier, Edgar Faure et Pierre Mendès France pour les radicaux. Le M.R.P. n'est pas épargné : André Colin, Pierre-Henri Teitgen, qui avait pourtant apporté l'adhésion de son groupe dans le débat d'investiture. La droite paie aussi son tribut au renouvellement du personnel politique : Joseph Laniel et plusieurs des figures représentatives des modérés sont battus à plate couture. Comme si le corps électoral avait entendu à retardement l'invitation des poujadistes en 1956 : « Sortez les sortants ! » C'est le plus profond renouvellement depuis 1945 ; il égale en ampleur celui de la Libération : ne se retrouvent dans la nouvelle Assemblée que 131 députés à avoir fait partie de la précédente, moins de un sur quatre. Avec respectivement 198 et 133 élus, les formations gaullistes et le Centre national des indépendants se taillaient la part du lion : une masse compacte de 331 députés, auxquels on pouvait ajouter le groupe des élus d'Algérie qui relevaient tous de la tendance ultra, dont la désignation sous le contrôle de l'armée et dans l'atmosphère de fraternisation garantissait la communion dans l'attachement à l'intégration dans la métropole. C'était une nouvelle Chambre introuvable, bien plus à droite que la Chambre de 1919 : il fallait remonter à l'Assemblée élue le 8 février 1871 pour trouver une Assemblée orientée aussi à droite. Le gouvernement ne devrait pas rencontrer grande difficulté du côté de cette majorité : on verra ce qu'il advint de ces supputations.

Ainsi les deux consultations sur lesquelles a pivoté le passage d'un régime à l'autre eurent-elles pour conséquences l'adoption d'une Constitution qui innovait pour l'organisation des pouvoirs par rapport aux traditions de la démocratie parlementaire, et l'arrivée d'une majorité renouvelée et un rajeunissement massif du personnel politique.

De Gaulle président de la République

Si l'on mesure l'importance d'une élection à l'étendue des pouvoirs dévolus à celui qui en procède, l'étape suivante — la désignation du président de la République — n'était pas moins importante. Elle a été soustraite au Parlement pour respecter la séparation des pouvoirs. On n'est pas revenu pour autant à l'élection par le suffrage universel comme en 1848 : peut-être les esprits n'étaient-ils pas mûrs pour cette autre rupture des traditions. Les rédacteurs se sont arrêtés, avec l'accord du général de Gaulle, à une solution moyenne : celle que dessinait en 1946 le discours de Bayeux — un collège dont faisaient partie députés et sénateurs, mais noyés dans la masse cent fois plus nombreuse des élus locaux, conseillers généraux et surtout maires de toutes les communes de France, soit environ 80 000 électeurs. Tous des élus du peuple dont beaucoup sont en fin de mandat, puisqu'ils ont été élus pour six ans en 1953. C'est à peu près la réunion des collèges sénatoriaux, mais rassemblés pour désigner un seul homme. La composition sociale et géographique de ce corps électoral, qui ne reflète pas du tout la population, où les petites communes rurales disposent d'une écrasante majorité, avait convaincu plus d'un commentateur du caractère incurablement conservateur du futur régime : il n'élirait jamais que des notables modérés, « les élus du seigle et de la châtaigne ».

Mais en la circonstance, si le général de Gaulle décidait d'être candidat, qui doutait qu'il ne soit élu ? A-t-il hésité ? A-t-il songé un temps à rester à la tête du gouvernement, dont la Constitution dispose qu'il arrête et conduit la politique de la nation, en gardant le président Coty comme chef de l'État ? Toujours est-il qu'il laissa celui-ci assez tard dans l'ignorance de ses intentions : c'est seulement le 2 décembre, moins de trois semaines avant l'élection, fixée au dimanche 21, qu'il fit savoir qu'il était candidat. Deux compétiteurs seulement lui disputèrent le suffrage des électeurs : le sénateur Georges Marrane, présenté par le Parti communiste, qui avait joué un rôle estimé dans la Résistance mais qui n'était pas une personnalité de premier plan, et un universitaire, le doyen Albert Châtelet, qui représentait la tradition rationaliste et laïque, mais qui ne pouvait compter sur l'appui des partis de la gauche non communiste — la S.F.I.O., associée aux responsabilités gouvernementales, restait solidaire du président du Conseil. En dehors de ces deux candidatures de principe, dont chacun savait qu'elles n'avaient aucune chance, personne n'osa se mesurer au général de Gaulle.

Une nouvelle République

Sur un peu plus de 80 000 votants (dans ce collège aucun électeur ne laisse perdre sa voix) 62 000 donnent leur bulletin à de Gaulle, soit 77 %. L'écart, qui n'est que de 2 %, entre le pourcentage des oui au référendum et les suffrages pour de Gaulle montre que le pays légal vote comme le pays réel : les notables partagent, au moins provisoirement, les sentiments de la nation pour l'homme du 18 Juin. Il n'en ira pas toujours ainsi, et la divergence croissante entre ces deux expressions du suffrage sera un motif pour de Gaulle de transférer la désignation du chef de l'État au suffrage universel. Les deux candidats de gauche ont totalisé un peu plus de 20 %, mais c'est une gauche amputée puisque la S.F.I.O. a officiellement soutenu le président du Conseil.

Le premier président de la Ve République est accueilli à l'Élysée le 8 janvier 1959 par le dernier président de la IVe : de ce jour date la disparition définitive du précédent régime dont l'agonie a été jalonnée par les dates du 13 mai, du 1er juin et du 28 septembre. La transition a duré en tout un peu moins de huit mois.

Le premier acte du nouveau président est de pourvoir à sa propre succession de président du Conseil et de désigner le premier Premier ministre : la Constitution stipule que c'est sa prérogative exclusive. De Gaulle porte son choix sur Michel Debré. Plus d'un titre le recommande : sa participation précoce et décisive à la Résistance — il avait désigné les commissaires de la République —, une fidélité exemplaire au Général, un dévouement personnel sans réserves, une grande capacité de travail, le sens de l'État au plus haut degré et la part prise comme garde des Sceaux à l'élaboration de la Constitution dont il allait devoir diriger les premières applications. Si donc le choix du titulaire de la fonction n'est pas une surprise, les conditions de sa nomination et ce qu'en laissent deviner les termes du communiqué qui l'annonce surprirent les politiques et même une opinion accoutumée depuis si longtemps à ce que la désignation du chef du gouvernement soit suspendue à l'assentiment parlementaire. La procédure suivie, pourtant parfaitement conforme à l'esprit et à la lettre de la Constitution, fit l'effet d'un petit coup d'État. Non seulement le Premier ministre procédait exclusivement du chef de l'État, mais la prérogative du Président s'étendait à la nomination de tous les ministres, dont Michel Debré lui avait seulement proposé les noms. On ne pouvait plus douter que le centre de la décision fût à l'Élysée. De Gaulle fondait ainsi une tradition que maintinrent ses successeurs. Que le chef du gouvernement tienne sa désignation du chef de l'État ne le dispense pas de trouver ensuite une majorité dans l'Assemblée. Cette dualité des sources du pouvoir est le trait le plus original du système instauré en 1958 : la suite en dévoilera progressivement les implications et complications.

Le gouvernement que forma Michel Debré était de composition plus étroite que celui auquel il succédait : la S.F.I.O. s'en était retirée. Guy Mollet, qui désapprouvait les orientations de la politique financière et économique arrêtée dans les derniers jours de 1958, avait alors songé à démissionner, puis avait cédé aux instances du général de Gaulle et consenti à différer sa démission jusqu'à celle du gouvernement. Le départ des socialistes, premier pas vers l'opposition, était aussi une première étape du rétrécissement des assises du nouveau pouvoir. La S.F.I.O. avait consenti à laisser un des siens, mis en congé de parti, André Boulloche, à l'Éducation nationale. Hors cela, le gouvernement n'est pas très différent du précédent : sur 27 ministres, 20 parlementaires et 7 hauts fonctionnaires. 8 appartiennent à l'U.N.R., 4 au M.R.P., 5 aux indépendants, dont Antoine Pinay, qui conserve le portefeuille des Finances.

De Gaulle à l'Élysée, Michel Debré à Matignon et Jacques Chaban-Delmas, que la majorité a préféré à Paul Reynaud, en dépit du souhait du général de Gaulle, à la présidence de l'Assemblée : tous les pouvoirs sont entre les mains des gaullistes. La IVe République était bien morte. Un nouveau chapitre débutait de l'histoire contemporaine de la France.

Une œuvre réformatrice

De Gaulle n'avait pas attendu que la transition fût achevée pour engager une action résolue dans toutes les directions. On se souvient qu'il avait demandé et obtenu de l'Assemblée de pouvoir légiférer par ordonnances en l'absence du Parlement. Ces pouvoirs devaient expirer quatre mois après la promulgation de la Constitution, soit le 4 février 1959. Ainsi, des premiers jours de juin jusqu'au début de février, pendant huit mois, le gouvernement put-il opérer de grands changements et usa-t-il largement de cette faculté. Le second semestre de 1958 fut un temps d'intense activité législative et d'initiative réformatrice comparable aux premières années du gouvernement des républicains entre 1879 et 1884 ou aux réformes du gouvernement Blum en 1936. Mais les deux termes de comparaison les plus pertinents sont la refonte consulaire en 1800, en raison du caractère autoritaire du régime, et les réformes de structure du Gouvernement provisoire en 1945 à cause de la personne du général de Gaulle. Débarrassé du contrôle parlementaire, affranchi des lenteurs de la délibération, le gouvernement avait aussi les mains plus libres pour briser les inerties administratives, contourner les résistances corporatives et en imposer aux coalitions d'intérêts.

Près de soixante-dix textes furent promulgués par voie d'ordonnance entre octobre et janvier. Ces textes se distribuent en plusieurs groupes que différencie leur finalité. Un premier n'était que le prolongement du changement constitutionnel : faute de pouvoir tout régler, la Constitution remettait à des lois organiques la tâche de compléter et de préciser en particulier le mode de scrutin pour l'élection des deux Assemblées, la composition et les compétences du Conseil supérieur de la magistrature ou encore l'organisation du Conseil constitutionnel — novation dont la portée ne fut pas perçue clairement sur le moment : en instituant une juridiction compétente pour statuer sur la conformité des lois aux principes constitutionnels, la Constitution renversait la tradition française pour laquelle il n'y a rien qui soit supérieur à la volonté de la majorité de la représentation nationale. Vingt et une lois organiques vinrent ainsi remplir les vides de l'édifice institutionnel.

Le deuxième groupe, plus disparate, réunissait tous les textes modifiant des statuts ou des structures : de la réforme des transports en commun de la région parisienne à la politique du logement en passant par une réforme des études médicales qui rapprochait l'enseignement de la Faculté de la pratique de l'hôpital et créait les C.H.U., et une réforme profonde de l'organisation judiciaire, sans oublier une grande ordonnance réorganisant la Défense nationale ni un ensemble de réformes sociales concernant les conventions collectives ou encourageant l'intéressement des salariés aux bénéfices de l'entreprise. C'est à propos de cet ensemble d'initiatives, qui ont substantiellement modifié la société française, rattrapé certains de ses retards, corrigé des défectuosités, fait sauter des verrous, qu'on peut se poser la question du rapport entre le changement de régime politique et la mutation de la société : le changement a-t-il été, comme le soutiennent les tenants de l'explication du politique par des nécessités présumées plus fondamentales, imposé par l'inadéquation des institutions à la modernisation économique et à l'émergence de nouvelles forces sociales, ou, inversement, serait-ce le changement de régime qui aurait libéré des énergies jusque-là comprimées ? C'est la même interrogation qui se pose pour 1789 ou les origines du Second Empire, et qu'on se reposera pour la crise de 1968. Ce serait supposer la volonté d'un inconscient collectif que d'expliquer les événements de 1958 par la recherche d'une formule institutionnelle mieux adaptée au développement social. Quant à parler des « ruses de l'histoire », est-ce autre chose qu'un procédé rhétorique pour intégrer ce qu'on ne comprend pas et qu'on est incapable de démontrer ? Réduire le déroulement de la crise de régime à la stratégie du grand capital pour favoriser la concentration des entreprises et supprimer les entraves à la liberté de manœuvre des trusts exigerait qu'on démontre — autrement que par des pétitions de principe ou des allégations sans un début de preuve — que les entités incriminées, monopoles, grande bourgeoisie, ont concrètement déclenché l'ouverture de la crise et piloté son évolution jusqu'à la solution censée avoir leur faveur : il ne paraît pas que les colonels d'Alger aient eu partie liée avec les grands intérêts financiers. Au reste, si l'hypothèse était vérifiée, les intérêts en cause auraient fait un jeu de dupes, car il ne semble pas que le chef de l'État ait été principalement inspiré dans son action par le désir d'avantager le pouvoir des monopoles. Toute explication de la sorte sous-estime gravement la part des circonstances, le poids des événements, le rôle des hommes : s'il n'y avait eu le général de Gaulle, les choses auraient pris un tout autre tour.

Le troisième faisceau d'ordonnances concernait la politique financière et économique. Le gouvernement avait trouvé en juin une situation des plus préoccupantes : un déficit budgétaire considérable, une balance des paiements gravement déséquilibrée en dépit de la simili-dévaluation de l'été 1957, une encaisse or de la Banque de France menacée d'être asséchée par l'obligation de faire face à des paiements pressants. De surcroît, le gouvernement Guy Mollet avait pris l'engagement, en signant les traités de Rome, de premières mesures de désarmement douanier pour le 1er janvier 1959 : l'économie française n'y paraissait aucunement préparée. Aux derniers jours de décembre 1958, le gouvernement adopta une série de mesures essentiellement inspirées par Jacques Rueff et auxquelles Antoine Pinay apporta sa caution, qui formaient un ensemble cohérent visant à rétablir les grands équilibres. A commencer par l'équilibre budgétaire, en ramenant ce qu'on appelait l'impasse à un niveau très inférieur : 600 mil-

Une nouvelle République 523

liards. Le but serait atteint par des compressions de dépenses, des réductions de crédits et des relèvements d'impôts : les fonctionnaires doivent renoncer à une augmentation de leur traitement, la retraite des anciens combattants est supprimée. La cotisation patronale est relevée pour couvrir le déficit de la Sécurité sociale. Le mécontentement des catégories touchées est vif, notamment des anciens combattants, plus irrités encore de ce qu'ils considèrent comme une atteinte vexatoire à leur droit à réparation que par la perte d'une ressource modique : la vivacité de leur protestation révèle que les souvenirs de la Grande Guerre ne sont pas abolis après quarante ans.

Pour arrêter l'inflation sont supprimées toutes les indexations qui la nourrissaient : le prix du blé, dont la détermination est un acte important du gouvernement et qui reste un repère essentiel, est fixé en baisse. Le franc est dévalué d'un peu plus de 17 %, et — décision symbolique destinée à attester la volonté du gouvernement de clore le cycle des dépréciations et de mettre fin aux manipulations monétaires — est créée une monnaie nouvelle : le franc lourd, qui vaut cent francs anciens. Enfin, pour manifester sa confiance dans l'efficacité de ce programme, le général de Gaulle, loin de demander à nos partenaires un moratoire pour l'abaissement des tarifs douaniers, décide de libérer les échanges à hauteur de 90 % : la France prend le risque du libéralisme.

Les réactions furent vives : inquiétude des patrons, grogne des agriculteurs, récriminations des salariés; elles entraînèrent le départ de Guy Mollet du gouvernement et le glissement des socialistes vers l'opposition. Mais la suite démontrera de façon éclatante la justesse des décisions prises : la balance des paiements se rétablira promptement. Le plan Rueff a ouvert la voie à l'expansion continue et à la prospérité croissante qui seront une caractéristique des années 60. A cet égard aussi, l'année 1958 a opéré un tournant décisif.

CHAPITRE XXIII

De Gaulle et l'Algérie

C'est l'impuissance de la IVe République à trouver une issue à l'impasse dans laquelle la France était enfoncée en Algérie depuis trois ans et demi qui avait imposé le recours à de Gaulle et, si le peuple français avait massivement approuvé, le 28 septembre, la Constitution que lui proposait le Général, personne ne mettait en doute que c'était principalement pour lui donner mandat d'en finir avec cette guerre. Ni l'élaboration du projet ni la rédaction des ordonnances ne lui avaient fait perdre de vue la gravité et l'urgence de la question algérienne.

« Je vous ai compris »

Dès le lendemain du dernier débat à l'Assemblée, au matin du 4 juin, le général de Gaulle s'envole pour Alger, comme Guy Mollet deux ans plus tôt : il n'y retournera pas moins de quatre fois avant la fin de l'année. Son premier discours de chef de gouvernement est ainsi pour les Algérois, qui lui font un accueil triomphal. C'est leur propre victoire qu'ils célèbrent : n'est-ce pas eux qui ont ramené de Gaulle ? Ils sont libérés de la crainte d'une négociation avec la rébellion et ne doutent pas un instant que s'accomplisse l'intégration qui est leur mot d'ordre. De Gaulle ne dit ni ne fait rien qui puisse les décevoir : les premiers mots qu'il adresse à l'immense foule bruissante, rassemblée par une belle fin d'après-midi ensoleillée sur le Forum, trois semaines après le 13 Mai, répondent à son attente : « Je vous ai compris... » Une immense clameur lui répond. On fera reproche à de Gaulle d'avoir entretenu l'équivoque par cet exorde : ses ennemis dénonceront ce discours comme un chef-d'œuvre de duplicité et beaucoup de pieds-noirs lui garderont une rancune tenace pour les avoir trompés. Cependant, la suite du discours, superbe morceau d'éloquence et l'un des exemples les plus éclatants du talent du Général pour dialoguer avec une foule, aurait pu alerter des auditeurs un peu perspicaces. Car quelles conséquences tire-t-il de « ce qui s'est passé ici » ? Qu'il n'y a plus désormais en Algérie que « des Français à part entière dont les droits, quelle que soit leur communauté, sont égaux ». C'est certes faire du mot d'ordre de l'Algérie française une réalité, c'est prendre acte des manifestations de fraternisation entre Européens et musulmans qui avaient suivi le 13 Mai. Mais c'était aussi trancher par un acte d'autorité une question en suspens depuis au moins un demi-siècle : instituer le collège unique auquel les Européens s'étaient toujours obstinément opposés ; c'était aller bien au-delà du projet Blum-Viollette qui avait suscité leur obstruction. Quel chemin parcouru depuis l'automne 1947 où le R.P.F. combattait tout projet de statut qui n'annulerait pas les effets politiques de la supériorité démographique des indigènes ! C'était, à terme, submerger les colons sous la masse musulmane. D'autres indices auraient pu alarmer les ultras : ainsi le refus obstiné de prononcer la formule magique, que tous le pressaient d'énoncer, d'« Algérie française », sauf à Mostaganem — on s'interroge encore sur les raisons qui le firent s'écarter cette seule fois de sa ligne de conduite : un lapsus ? La supposition trouverait une confirmation dans le fait que la formule n'a pas été reproduite dans l'édition officielle de ses *Messages*. Les ultras auraient encore pu s'inquiéter de le voir tenir à distance Jacques Soustelle, symbole à leurs yeux de l'homme politique converti à la cause de l'Algérie française. Reste que sur le moment l'opinion a vu dans ce discours un ralliement à la thèse des ultras et aura en conséquence le sentiment, quand la politique du général de Gaulle s'en éloignera, d'un manquement à une promesse solennelle.

Le mystère demeure aujourd'hui encore sur ce qu'étaient alors les vues de De Gaulle sur l'Algérie. D'après les témoignages de ses proches sur son état d'esprit avant mai 1958, le plus probable est qu'il ne croyait pas l'intégration possible : il s'était progressivement convaincu, non sans regret, de la sincérité de l'aspiration des peuples colonisés à l'autonomie. De surcroît, la chose ne lui paraissait pas souhaitable : avec la disparité des taux de natalité entre les deux populations, l'intégration amènerait au Palais-Bourbon une proportion croissante de députés musulmans qui deviendraient les arbitres de la politique de la France. Il n'était pas pour autant acquis à l'idée de l'indépendance, jugeant que la séparation n'était ni viable ni souhaitable. Ses vœux allaient donc vraisemblablement à une tierce solution, intermédiaire entre l'intégration et la sécession, qui reconnaîtrait l'existence d'une personnalité algérienne et lui concéderait une large autonomie tout en maintenant des liens étroits avec la métropole. Quant au processus pour frayer cette voie, il se faisait quelque illusion sur son autorité personnelle : à la tête d'un État restauré, investi de grands pouvoirs, il ne doutait pas de trouver des interlocuteurs. C'est ce qu'il annonçait dans ce même discours : « Dans moins de trois mois les dix millions de Français d'Algérie auront à décider de leur propre destin. [...] Ils auront à désigner, à élire, je le répète, en un seul collège, leurs représentants dans les pouvoirs publics, comme le feront tous les autres Français. Avec ces représentants élus, nous verrons comment faire le reste. »

En attendant, sa politique algérienne se déploie simultanément en quatre directions. L'application de toute politique requérant le loyalisme des exécutants, il s'emploie à rétablir l'autorité de l'État, ébranlée depuis le 6 février 1956, ruinée par le 13 Mai, et qui continue d'être battue en brèche par les initiatives d'organismes de fait, les comités de salut public éclos dans le sillage du 13 Mai ; il en use avec eux comme avec les milices patriotiques en 1944. Fort du résultat du référendum, il enjoint le 9 octobre à tous les officiers qui en faisaient partie de s'en retirer sur-le-champ : il met fin à la confusion entre organismes insurrectionnels et pouvoirs réguliers. Quelque temps plus tard, tout en lui marquant les plus grands égards, il rappelle en métropole le général Salan, dont la personne évoquait le souvenir des journées de mai 1958. Les fonctions qu'il exerçait sont partagées entre un commandant en chef pour les opérations militaires et un haut fonctionnaire pour l'administration civile, avec le titre de délégué général qui souligne sa dépendance à l'égard du pouvoir central : il est la France en Algérie et rétablit la suprématie du pouvoir civil sur l'armée. Pour ce poste, de Gaulle a choisi Paul Delouvrier.

Sa politique comporte un volet militaire ; il n'est pas question de relâcher l'effort de pacification. Il faut gagner la guerre sur le terrain pour convaincre les rebelles qu'ils ne l'emporteront pas par les armes et pour négocier en position de force. Il convient d'exploiter le désarroi jeté dans leurs rangs par l'arrivée de De Gaulle. L'ouverture des pourparlers reste, comme dans le triptyque de Guy Mollet, subordonnée au cessez-le-feu. Dans une conférence de presse, de Gaulle presse les combattants de déposer les armes et de conclure la « paix des braves ». Il affecte d'ignorer le gouvernement qui siège au Caire et qu'il appelle l'« organisation extérieure » (23 octobre).

La pacification appelle un plan d'accompagnement qui réduise l'écart des conditions de vie des deux populations. Le 3 octobre à Constantine, sur cette même place de la Brèche où, quinze ans plus tôt, il avait déjà esquissé un programme de même inspiration, il trace un plan de développement qui tend à une intégration effective des indigènes : accélération de l'entrée des musulmans dans la fonction publique avec la fixation de quotas minimaux, extension de la scolarisation, implantation d'industries lourdes, distribution de terres devraient, en quelques années, éliminer la misère et rapprocher les niveaux de vie ; cent milliards étaient prévus à cet effet et le choix de Paul Delouvrier était partiellement dicté par cet aspect de la tâche qui l'attendait.

De Gaulle recherche enfin des interlocuteurs « avec qui faire le reste » ; les élections ont pour objet de les dégager. Il entend que la consultation soit sincère : rompant avec une longue pratique de manipulations administratives, il adresse à Salan des instructions très précises et fort pressantes pour que toutes les tendances puissent présenter des listes qui doivent compter deux tiers de musulmans. L'armée devra borner son rôle à faire respecter la liberté d'expression et s'abstenir d'intervenir. Le résultat ne correspondit que de loin à cette volonté : les élus de l'Algérie, qui n'avaient jamais été aussi nombreux dans une Assemblée française — ils sont 72 —, appartenaient presque tous au camp de l'Algérie française et de Gaulle ne trouvera pas en eux les partenaires souhaités.

Contrairement à ce que de Gaulle espérait vraisemblablement, il lui faudra beaucoup de temps pour aboutir à une solution : pas moins de quatre années, soit un peu plus que le délai écoulé entre les débuts de la guerre et son retour, trente-six mois avant, quarante-cinq après. Que de Gaulle, qui avait reçu du corps électoral un mandat en blanc, qui disposait d'un grand pouvoir et qui jouissait à l'intérieur comme à l'extérieur d'un immense prestige, n'ait pas réussi à régler le problème en moins de temps qu'il n'en avait fallu à la IVe République pour s'y enfoncer, incline à tempérer la sévérité du jugement que l'on porte sur celle-ci : c'est la preuve que la question était quasiment insoluble. Au surplus, la solution à laquelle de Gaulle se résolut en 1962 était bien éloignée de celle qu'il avait souhaitée ; il fut contraint de renoncer à plusieurs de ses exigences, par exemple à propos du Sahara, ou d'admettre des concessions qu'il avait formellement exclues au départ. De surcroît, il n'y arrivera qu'en rompant l'unanimité nationale, allant ainsi à l'encontre de son souhait le plus profond.

La guerre aurait-elle pu finir plus tôt ? Les contemporains ont eu parfois le sentiment de temps perdu et d'occasions manquées. L'histoire de ces quatre années est celle d'une alternance d'initiatives et de périodes d'attente. Le tour parfois incertain de la démarche du pouvoir s'explique par les hésitations du Général lui-même, les résistances rencontrées jusque dans son entourage, l'inertie ou le mauvais vouloir de certains exécutants, les oppositions tantôt sourdes et tantôt violentes. Ces quatre années sont faites aussi d'une succession de crises et de secousses qui manifestent que le retour de De Gaulle n'a pas complètement éradiqué les germes de guerre civile. Sans doute n'était-il pas possible de faire l'économie de ces longues années pour que le pays, qui adhérait dans sa quasi-unanimité, en mai 1958, à l'idée d'intégration, se résigne à la séparation. Encore n'a-t-il pas été possible d'éviter complètement la rupture de l'unité nationale. La politique que conçoit le général de Gaulle s'est progressivement dégagée de l'équivoque qui l'enveloppait en juin 1958 : à chaque étape, l'écart se creuse davantage avec les aspirations des hommes du 13 Mai et chaque fois la divergence fait éclater une crise dont le dénouement permet de franchir un stade de plus. La stratégie du général de Gaulle fait une large place à la parole : chacune de ses déclarations vaut acte et la suite de ses interventions a modifié peu à peu les données du problème.

L'autodétermination

La première initiative rompant ouvertement avec les thèses officielles est l'allocution radiodiffusée et télévisée du 16 septembre 1959 : elle est connue comme le discours de l'autodétermination. En dépit d'une formation fautive puisqu'il accole un préfixe grec à un terme latin, le mot est promis à une fortune éclatante : il a d'emblée été admis dans le vocabulaire. Les habitants de l'Algérie choisiront entre trois options : la sécession, *alias* l'indépendance ; la francisation, qui est préférée à l'intégration ; et le gouvernement des Algériens par eux-mêmes, appuyé sur l'aide de la France et en union étroite avec elle. De Gaulle n'a pas indiqué à quelle issue allait sa préférence, mais l'ordre dans lequel les a énoncées cet homme familier de la rhétorique autorise à penser que la troisième lui paraissait dès cette date la plus raisonnable. Il ne fixe aucune date : le cessez-le-feu demeure un préalable.

Si, à une première lecture, le Parti communiste a commencé par dire que cette déclaration n'apportait rien de nouveau, quitte à se raviser un peu plus tard pour reconnaître qu'elle comportait des éléments positifs, les tenants de l'Algérie française, plus perspicaces, ne s'y trompèrent pas. Ils comprirent aussitôt que de Gaulle s'écartait de la ligne qu'ils préconisaient : la grogne et la fronde se manifestèrent dans les rangs de la majorité et jusque chez les députés U.N.R. qui s'étaient fait élire sous le signe de la fidélité inconditionnelle au Général. C'est pour les ramener à l'obéissance qu'aux assises de l'U.N.R. à Bordeaux le président de l'Assemblée, Jacques Chaban-Delmas, échafaude la théorie du domaine réservé : des secteurs de l'action gouvernementale, dont l'Algérie, échapperaient au contrôle parlementaire, le chef de l'État en aurait la responsabilité exclusive. Théorie qui ne repose sur aucun fondement constitutionnel, mais qui correspond bien au sentiment général qui a donné à de Gaulle un mandat en blanc pour l'Algérie.

L'épisode suivant est entré dans l'histoire sous le nom de « semaine des Barricades ». Le point de départ fut un incident mineur qui illustre l'irruption de la contingence dans l'histoire générale : la publication, le 14 janvier 1960, d'une interview accordée à un journaliste de la *Süd-Deutsche Zeitung* par le général Massu qui commandait à Alger et dont on sait le rôle dans les événements du 13 Mai. Le soldat s'était laissé aller à des propos dont il avait mal mesuré la portée : bien que son loyalisme à la personne de De Gaulle fût irréprochable, il avait pris position en faveur de l'Algérie française en des termes qui paraissaient impliquer une désapprobation de la voie dans laquelle s'était engagé le chef de l'État depuis le 16 septembre. Sur-le-champ, de Gaulle le rappelle en métropole. Réaction très vive à Alger des activistes et de la population qui prend fait et cause pour Massu, comme elle s'était solidarisée quatre ans plus tôt avec Jacques Soustelle. Après une fusillade qui fait une vingtaine de victimes, dont quatorze gendarmes mobiles, les éléments les plus durs se retranchent dans le quartier des facultés et y établissent un réduit qui échappe à l'autorité du délégué général. Ils bénéficient de la sympathie d'une partie des officiers qui répugnent visiblement à intervenir contre le camp retranché. L'administration flotte. Paul Delouvrier s'adresse aux Algérois et tente de les fléchir en parlant à leur cœur. En métropole règne une atmosphère de crise : les ministres eux-mêmes vacillent. L'opinion s'inquiète : l'Algérie va-t-elle une troisième fois échapper à l'autorité du gouvernement et forcer la volonté nationale ? Le chef de l'État garde seul son sang-froid : il a fait savoir qu'il prendrait la parole le vendredi 29 janvier, cinq jours plus tard, et rien ne lui fait avancer son intervention malgré le pourrissement de la situation. Au jour dit, il paraît sur les écrans ; il est en uniforme et tient un discours d'une fermeté extrême : rien ne le fera dévier de la voie qu'il a tracée, « décidée par le gouvernement, approuvée par le Parlement, adoptée par la nation française » ; c'est la première fois qu'est opposée aux activistes et signifiée aux militaires la volonté de la nation. Cette fermeté nouvelle est efficace : le dimanche 31, après une semaine, les mutins font leur reddition, les barricades sont démantelées, les pouvoirs publics exercent de nouveau leur autorité sur tout Alger. Celle du général de Gaulle sort renforcée de l'épreuve : il a eu le soutien de la métropole.

La crise eut des conséquences sur les institutions. Cédant à la suggestion de ses collaborateurs les plus proches, de Gaulle se saisit personnellement de la direction de la politique en Algérie, qui est désormais arrêtée par un Comité des affaires algériennes sis à l'Élysée : un pas de plus vers le dessaisissement du Premier ministre et le renforcement du rôle présidentiel. Dès le 2 février, le Parlement lui accorda à une très forte majorité — 411 contre 75 — le pouvoir de légiférer par ordonnances. L'événement eut aussi des incidences sur le système des forces et le jeu des alliances. La gauche, qui s'était effrayée du retour des militaires, serra les rangs derrière de Gaulle : les syndicats observèrent le lundi 1er février un arrêt général du travail d'une heure dans toute la France pour manifester leur appui à de Gaulle, et les socialistes votèrent les pouvoirs spéciaux ; à droite, une fraction glissa vers une opposition radicale à la politique du chef de l'État. De Gaulle évinça du gouvernement Jacques Soustelle.

Au lieu d'exploiter son succès, de Gaulle donne alors l'impression d'hésiter sur la marche à suivre. Il temporise : jamais autant que dans cette année 1960 on ne put avoir le sentiment du temps perdu. Il entreprend une « tournée des popotes » pour ressaisir l'armée et rétablir son moral ; les versions rapportées des propos qu'il aurait tenus divergent, mais ont donné à croire qu'il était revenu sur certaines de ses déclarations et avait laissé entendre à ses auditeurs que la France n'abandonnerait jamais l'Algérie, d'où le reproche postérieur d'avoir tenu un double langage. Dans l'opinion métropolitaine, en sens inverse, la confiance placée dans ses initiatives et récemment renforcée par sa détermination lors de la semaine des Barricades s'amenuise. Des secteurs de plus en plus nombreux prennent position contre la continuation de la guerre. L'Union nationale des étudiants de France (U.N.E.F.), principal syndicat vers lequel se sont tournés les étudiants, qui sont personnellement concernés par la prolongation des opérations et qui effectuent vingt-sept mois de service, ne craint plus de se déclarer solidaire de l'Union générale des étudiants musulmans d'Algérie qui est interdite. Des intellectuels, des journalistes, des universitaires proches de Jean-Paul Sartre et de sa revue *Les Temps modernes* adhèrent à un manifeste dit des 121, qui légitime l'insoumission et adjure les jeunes Français de ne pas combattre un peuple en lutte pour son indépendance. Quelques-uns vont jusqu'à apporter une aide directe au F.L.N. : ce sont les « porteurs de valise », en particulier le réseau constitué par Francis Jeanson. En se prolongeant, la guerre d'Algérie devient un germe de discorde qui mine la cohésion de la nation et dissocie le corps social.

Un moment, on crut l'issue proche : en juin 1960, répondant à une invitation de De Gaulle à chercher de concert une solution honorable, le gouvernement provisoire de la République algérienne, dont le Général avait renoncé à contester le caractère représentatif, envoya deux émissaires participer à des conversations à Melun; mais elles tournèrent court après quatre jours, à la vive déception de l'opinion. C'est le chef de l'État qui relança le mouvement et, une fois encore, par une déclaration où il affirmait sa conviction que la République algérienne existerait un jour : il avait donc fait son choix entre les trois formules qu'il avait affecté, un an plus tôt, de placer sur le même plan. Il annonce alors son intention d'organiser prochainement un référendum qui permettra à tous les Français d'exprimer leur préférence. Un mois plus tard, il retourne en Algérie du 13 au 19 décembre. Il n'y reviendra plus. Pour la première fois, les foules musulmanes descendent des hauteurs d'Alger, brandissant des drapeaux verts et manifestant sans ambiguïté leur ralliement à la cause du G.P.R.A. La population européenne organise des démonstrations en sens contraire et les nombreux morts de ces journées préfigurent les affrontements meurtriers des mois suivants. Le temps est révolu de la recherche d'un compromis : on s'achemine vers des solutions radicales.

Le référendum a lieu le dimanche 8 janvier 1961 : sa raison d'être était de s'assurer de l'assentiment du peuple français à l'autodétermination de l'Algérie et d'approuver les dispositions prévues pour la période transitoire avant que la fin des combats permette une libre consultation des Algériens. Depuis l'automne 1958, le partage entre les oui et les non a bien changé : si le Parti communiste n'a pas varié dans son opposition et si le M.R.P. comme la S.F.I.O. continuent de préconiser le oui, une partie de la droite et toute l'extrême droite ont basculé dans le camp des non. Jacques Soustelle, qui avait été des fondateurs de l'U.N.R, a pris la tête d'un Regroupement national pour l'unité de la République qui soutient contre Michel Debré les positions que celui-ci défendait jadis : à l'instar du Premier ministre, beaucoup de gaullistes sont déchirés entre leur sympathie pour la cause de l'intégration algérienne et leur fidélité à l'homme du 18 Juin. Le non conjugue ainsi l'opposition permanente au régime et l'hostilité à la politique algérienne. L'homogénéité du camp des oui est rompue. De Gaulle fait du référendum une affaire personnelle de confiance entre chaque Français et lui : il dramatise l'enjeu et réclame un « vote franc et massif ». Effet de son prestige et de cet engagement ou conviction raisonnée qu'il n'y a pas d'autre issue que l'autodétermination au problème algérien, le vote répond au souhait du chef de l'État : plus des trois quarts des électeurs ont approuvé sa position. Sur un peu plus de 20 millions de suffrages exprimés, 15 200 000 oui contre moins de 5 millions de non ; même en Algérie les oui sont 70 %. Les partisans de l'Algérie française, qui pensaient avoir pour eux la sympathie de l'opinion, découvrent avec une stupeur douloureuse qu'ils ne sont plus suivis que par une minorité et que de Gaulle peut se prévaloir de l'appui de la grande majorité. Le référendum a confirmé la leçon de la semaine des Barricades : ce ne sont donc pas seulement les partis de gauche ou les syndicats qui apportent leur appui à de Gaulle, c'est la nation tout entière qui est derrière lui. C'est un avertissement à l'armée de demeurer dans l'obéissance.

Du putsch manqué à la fin de la guerre

Les événements se précipitèrent en 1961. Malgré le résultat du référendum, les tenants les plus irréductibles du maintien de l'Algérie dans l'unité française ne désespèrent pas d'enrayer le processus d'abandon, ce qui implique le renversement du gouvernement, en profitant de l'avantage que leur donnent sur Paris la maîtrise du terrain en Algérie et la complicité, ou la neutralité bienveillante, de l'armée. Se réveillant au matin du samedi 22 avril 1961, la France apprend soudain que les militaires se sont saisis du pouvoir à Alger dans la nuit et emparés du commandant en chef, qu'ils ont mis en état d'arrestation un ministre en déplacement et remis le pouvoir à un quatuor de généraux en retraite : les deux anciens commandants en chef, Salan et Challe, flanqués du commandant de l'aviation, le général Jouhaud, et du général Zeller. Ce quarteron, comme l'appellera de Gaulle d'un terme qui fera carrière, proclame sa résolution de tout faire pour garder l'Algérie française. C'est, pour appeler la chose de noms qui ne sont pas français, un *pronunciamento* ou un *putsch*. En 1958 ou 1960, les apparences avaient été préservées ; cette fois, les militaires ont sauté le pas : ils ont franchi le Rubicon. Est-ce la guerre civile ? Le Premier ministre adresse au pays un appel pathétique et invite la population de la capitale à se porter en masse vers les aéroports de la région parisienne sur lesquels on s'attend à ce que pleuvent les parachutistes d'Alger pour les supplier de ne pas jeter la France dans une guerre fratricide. Des volontaires qui se croient à Madrid en juillet 1936 accourent place Beauveau et réclament des fusils pour résister aux putschistes.

Cette fois, et bien qu'il affecte de ne pas prendre trop au sérieux l'initiative des séditieux, le général de Gaulle ne diffère pas la riposte : dès le lendemain il applique l'article 16 de la Constitution prévu pour ce type de situation où le fonctionnement des pouvoirs publics est gravement menacé. En vertu des pouvoirs que cet article lui confère, il prend une quinzaine de décisions qui suspendent en Algérie les garanties individuelles, instaurent des juridictions d'exception et répondent par des mesures proportionnées à l'urgence de la situation. Le soir du même jour, dans une allocution qui est entendue en Algérie grâce aux transistors, il ordonne que « tous les moyens, je dis tous les moyens, soient employés pour barrer la route à ces hommes-là, en attendant de les réduire ».

La fermeté de De Gaulle lui rallie les hésitants : en Algérie, la plupart des officiers généraux ont d'emblée refusé de se joindre au mouvement ou tardé à se déclarer. La masse du contingent, qui se tenait à l'écoute des transistors, animée par des syndicalistes ou des militants des mouvements de jeunesse confessionnels, fait comprendre aux officiers qu'ils ne doivent pas compter sur son concours pour une opération illégale. Le général Challe, tirant la conclusion des résistances rencontrées, a la sagesse de faire sa reddition. Les trois autres généraux se réfugient dans la clandestinité où ils prennent la tête d'une organisation, l'« Organisation armée secrète », qui avait pris naissance quelques mois plus tôt et s'est dotée d'une structure inspirée de l'exemple de la Résistance à l'occupation allemande. Elle a une branche en métropole, mais sa force principale est en Algérie. Elle va engager contre le gouvernement une lutte mortelle, ne reculant devant aucun moyen, l'attentat, l'assassinat et toutes les formes de terrorisme. Le putsch a ainsi tourné court : la tentative de constituer un contre-pouvoir n'a pas duré plus de quatre jours, la dissidence s'est effondrée sous l'effet conjugué de la fermeté inébranlable du chef de l'État, de l'appui que la métropole ne lui a pas marchandé en ces jours et de l'obéissance de la plupart des unités de l'armée. La parenthèse ouverte dans l'histoire des rapports entre l'institution militaire et le pouvoir civil par le 13 Mai est refermée.

La tentative manquée des factieux a achevé de convaincre de Gaulle de la nécessité d'en finir au plus vite : il est résigné à en payer le prix, fût-il élevé. Après le coup pour rien des entretiens de Melun, de nouveaux pourparlers s'ouvrent à Évian le 20 mai ; ils durent trois semaines et s'interrompent sans résultat. Ils ont buté sur l'exigence du G.P.R.A. de la reconnaissance du Sahara comme faisant partie intégrante de l'Algérie. Or la France est intéressée à en conserver le contrôle : on y a trouvé depuis 1957 de grandes réserves de pétrole et de gaz naturel dont la France espère qu'elles l'affranchiront de la dépendance étrangère pour l'énergie et, en libérant sa balance de coûteuses importations en dollars, donneront à sa monnaie une solidité durable. De plus, c'est au Sahara qu'a été aménagé un terrain pour expérimenter la bombe atomique : en février 1960 y a explosé la première bombe A. Les conversations reprennent un peu plus tard dans le voisinage de la ville d'eaux du Chablais, au château de Lugrin : elles aussi tournent court, pour la même raison. De Gaulle se résout alors à lever la difficulté sur laquelle ont achoppé les deux rencontres en reconnaissant dans sa conférence de presse du 5 septembre le caractère algérien du Sahara, sans avoir obtenu de la partie adverse de concessions symétriques en contrepartie.

Au moment où la guerre entre dans sa huitième année, les tensions s'exaspèrent. A l'appel de la fédération de France du F.L.N., le 17 octobre 1961, des milliers d'Algériens vivant dans la banlieue de la capitale convergent vers le centre de Paris pour manifester, comme en décembre 1960 les foules algéroises ; la soirée est tragique : des dizaines, peut-être des centaines d'Algériens sont tués, jetés dans la Seine, où on repêche leurs corps. Le bilan officiel fait état de 11 538 arrestations, mais reste discret sur les atrocités de cette soirée. De son côté, l'O.A.S. s'imagine pouvoir renverser le cours des événements par l'intimidation et retrouve la tradition familière à l'extrême droite d'une politique qui recourt au pire pour éviter un moindre mal. Elle met ses menaces à exécution et multiplie les attentats en métropole contre des journalistes, des universitaires libéraux ; entre le 1ᵉʳ mai et le 13 octobre 1961, on n'a pas dénombré moins de 726 actions criminelles contre des personnes ou des bâtiments publics. En une seule nuit, l'O.A.S. fait exploser une vingtaine de bombes pour affoler l'opinion. Or, bien loin de la déstabiliser, le terrorisme provoque l'effet contraire : il achève d'aliéner à une cause somme toute estimable les sympathies qu'elle aurait pu conserver et rallie à l'indépendance de l'Algérie les derniers réfractaires. Un de ces attentats, qui n'aura jamais été mieux qualifié d'aveugle, ayant dans la nuit du 7 février blessé aux yeux une petite fille de huit ans qu'il fallut énucléer, la réprobation suscite le lendemain une manifestation d'une très grande ampleur qui tourne mal : les brigades spéciales de la préfecture de Police la dispersent très brutalement. Certains manifestants pour échapper aux charges se sont réfugiés dans l'escalier de la station de métro Charonne ; les policiers les écrasent sous les objets qu'ils jettent sur eux : huit périssent étouffés, dont sept appartenant au Parti communiste. L'émotion est considérable et les obsèques des victimes rassemblent un immense concours de peuple : plusieurs centaines de milliers de Parisiens les conduisent au Père-Lachaise dans un silence impressionnant. Les funérailles des victimes de Charonne, dont la télévision retransmet les images à la France entière, ont été un moment de l'histoire de la conscience française dans les années de la guerre d'Algérie. Cette démonstration a une signification politique ambiguë : protestation contre les brutalités du service d'ordre et les complaisances dont la police est soupçonnée à l'égard des hommes de main de l'O.A.S., appel à une vigilance plus grande pour déjouer leurs actions, elle est aussi soutien implicite au général de Gaulle pour conduire à son terme l'émancipation de l'Algérie et résister au terrorisme des partisans de l'Algérie française.

Ceux qui défilaient ainsi dans les rues de la capitale ne soupçonnaient pas que des conversations avaient repris depuis trois jours sur le territoire français, à proximité de la frontière suisse dans un chalet des Rousses, entre les envoyés du G.P.R.A. et trois ministres français. En une dizaine de jours, ils ont circonscrit les points litigieux. Le G.P.R.A. exige la reconnaissance de l'intégrité de l'Algérie. Le gouvernement français veut conserver la jouissance de la grande base de Mers el-Kébir et la disposition de la station de Reggane pour ses essais atomiques ; il entend obtenir des garanties pour la minorité européenne qui restera en Algérie après l'indépendance. Il faut aussi se mettre

De Gaulle et l'Algérie

d'accord sur les conditions de la suspension des combats et la composition des autorités qui assureront la délicate transition jusqu'au référendum qui consacrera, nul n'en doute, l'indépendance. Les conversations reprennent à Évian un mois plus tard : onze jours sont encore nécessaires pour mettre un point final au règlement de toutes les questions pendantes. Le 18 mars au soir, le chef de l'État, s'adressant au pays, peut annoncer le cessez-le-feu pour le lendemain et deux référendums, l'un en métropole le 8 avril, l'autre en Algérie le 1er juillet. Après sept années et demie de combats, les armes se taisent le 19 mars. C'est la fin d'une guerre qui a fait près de 30 000 morts du côté de l'armée française ; du côté algérien, les estimations varient entre 200 000, chiffre vraisemblablement très inférieur à la réalité, et 1 200 000, évaluation probablement excessive. Les mois suivants y ajouteront encore.

Le peuple français, Algérie exclue, est donc convié pour la seconde fois à se prononcer par référendum sur l'indépendance de l'Algérie, mais celle-ci n'était-elle pas déjà présente aux esprits des électeurs quand ils se prononcèrent sur le projet de Constitution ? La plupart des partis sont embarrassés sur le vote à recommander à leurs électeurs, sauf l'U.N.R. dont les adversaires raillent la fidélité gaulliste inconditionnelle (on moque les « godillots » du Général) et les partisans de l'Algérie française qui condamnent sans appel les accords d'Évian et une politique d'abandon qui ôte à leurs yeux toute légitimité au pouvoir de De Gaulle. Toutes les autres formations éprouvent un intense soulagement à voir résolue la question, mais elles ne voudraient pas conforter l'autorité du chef de l'État : la guerre ayant pris fin, le moment leur semble venu de revenir à des conditions ordinaires et de reprendre l'initiative. L'intermède de Gaulle a déjà duré plus longtemps qu'on ne pensait ; il ne faudrait pas qu'une approbation par trop massive de sa politique aboutisse à enraciner un pouvoir personnel et lui permette de se perpétuer. Le P.S.U. concilie ces sentiments contraires en recommandant le vote blanc. Finalement, Parti communiste, S.F.I.O. et M.R.P. conseillent le oui. La droite modérée est divisée : elle s'est laissé influencer par l'extrême droite. La plupart des indépendants ont épousé ostensiblement la cause de l'Algérie française ou la soutiennent en sous-main. Quatre-vingts députés modérés avaient voté en novembre 1961 un texte qui avait valeur de test : un amendement proposé par le député Valentin, mais appelé amendement Salan parce qu'il reprenait sa proposition de mobiliser le contingent en Algérie. Tous les partisans, avoués ou discrets, de l'O.A.S. s'étaient comptés à l'occasion de ce texte. Le clivage passe en plein milieu des indépendants; aussi la droite ne donne-t-elle aucune consigne de vote.

Aucun référendum n'a dégagé volonté aussi claire du corps électoral : le oui l'emportait par plus de 90 %; sur plus de 20 millions de suffrages exprimés, à peine 1 800 000 votèrent non. Les illusions de l'O.A.S. s'effondraient. La procédure du référendum démontrait sa vertu propre : trancher sans appel une question dont les séquelles et les rebondissements auraient pu empoisonner longtemps encore la vie politique si la solution n'avait eu la sanction que du Parlement. Après le vote du 8 avril, le règlement n'était plus la solution de De Gaulle, mais celle du peuple français. La page était tournée. De Gaulle et Michel Debré s'accordaient à juger qu'il fallait marquer par une initiative qu'une phase était révolue dans l'œuvre du général de Gaulle et l'histoire de la Ve République; le Premier ministre préconisait la dissolution de l'Assemblée et de nouvelles élections. Le président de la République préféra changer de Premier ministre et mettre Michel Debré en réserve de la République dans la semaine qui suivit le référendum.

Les derniers soubresauts

Tout n'était pas cependant réglé pour l'Algérie : si le résultat du référendum sur place qui devait compléter celui de la métropole ne laissait aucun doute, le trimestre qui le précédait était peut-être la phase la plus chargée d'incertitude et de menaces de toute cette histoire. Un exécutif provisoire de neuf Algériens, trois Européens et six représentants du F.L.N. est mis sur pied et un haut-commissaire représente la France, qui conserve la souveraineté jusqu'au 1er juillet, en la personne de Christian Fouchet, un gaulliste de la première heure et qu'on avait vu secrétaire d'État aux Affaires tunisiennes et marocaines dans le gouvernement Mendès France. Les difficultés viennent moins du F.L.N., qui, assuré d'avoir gagné, attend son heure, que des pieds-noirs et de l'O.A.S. Dès la signature des accords d'Évian, celle-ci a décrété que les soldats français en Algérie n'étaient plus que des soldats étrangers et qui devaient être traités comme tels. Le 26 mars, dans des circonstances mal élucidées, se produit un drame atroce : sans doute en riposte à une provocation, le service d'ordre ouvre le feu sur la foule ; la fusillade fait 46 morts et plus de 200 blessés. C'est le début du fleuve de sang qui va déferler sur l'Algérie. L'O.A.S., n'ayant pu faire obstacle à l'indépendance de l'Algérie, adopte une stratégie de désespoir : empêcher par tous les moyens l'application des accords d'Évian, faire la démonstration que les Européens ne pourront pas coexister avec un gouvernement algérien et contraindre la masse des pieds-noirs à fuir précipitamment la terre de leurs pères. Elle multiplie les attentats aveugles, ouvrant le feu sur des files d'attente d'ouvriers, achevant des blessés sur leur lit d'hôpital. En une quinzaine de jours, le terrorisme fait à Alger 164 morts et 269 blessés. Rien ne doit tomber intact entre les mains du gouvernement fellagha : l'O.A.S. pratique une politique de la terre brûlée qui anéantit une partie des réalisations de la colonisation et compromet les chances des futures relations entre les deux pays. De Gaulle, bien secondé par une administration qui a été épurée, une armée bien tenue en main dont le commandement applique loyalement les accords, est décidé à briser l'O.A.S. Une lutte fratricide oppose les commandos Delta de l'O.A.S., qui se réfèrent à l'autorité d'un Conseil national de la Résistance dont Georges Bidault, l'ancien président du C.N.R. de 1944, a accepté la présidence, à la police épaulée par des polices parallèles qui rendent coup pour coup. L'état-major O.A.S. est peu à peu décapité, Salan est arrêté, ainsi que Jouhaud : ils sont déférés à des juridictions exceptionnelles. En métropole, l'O.A.S. compte toujours des sympathies dans le personnel politique. Si les électeurs se sont prononcés à une majorité effectivement écrasante pour la solution proposée par de Gaulle, les appareils sont plus divisés : il se trouve plus de 100 députés pour voter le 6 juin une motion de censure déposée contre le gouvernement par les élus d'Algérie et, le 5 juillet, il n'y aura que 241 parlementaires pour voter la levée de l'immunité parlementaire de Georges Bidault que le gouvernement entend poursuivre pour atteinte à la sûreté de l'État.

Comme prévu, le 1er juillet, c'est au tour de l'Algérie de voter : en l'absence des Européens déjà partis ou convaincus de l'inutilité de participer à la consultation, elle se prononce, quasi unanime, pour l'indépendance. Dès le 3, le président de la République française reconnaît officiellement le nouvel État et désigne un ambassadeur pour remplacer le haut-commissaire, en la personne de Jean-Marcel Jeanneney, qui avait été ministre de l'Industrie du gouvernement Debré. La déchéance du mandat des 72 députés d'Algérie est constatée.

Ainsi, quatre-vingt-douze mois, jour pour jour, après la nuit de la Toussaint 1954 qui avait été le début de la guerre d'Algérie, la France se retrouve en paix, pour la première fois depuis près de vingt-trois ans, exception faite des quelques mois qui avaient suivi la fin de la Seconde Guerre mondiale et des quelques semaines qui avaient séparé les accords de Genève du 1er novembre 1954. La conclusion de ces huit années est bien éloignée du but que se fixaient Pierre Mendès France et François Mitterrand, bien différente aussi des intentions de Guy Mollet et de Robert Lacoste, et sans doute également des vues et des espérances du général de Gaulle en 1958 : la France a dû amener le drapeau sur une terre où il flottait depuis cent trente-deux ans. C'est en effet l'une des toutes premières conquêtes coloniales de la France qui accède la dernière à l'indépendance : après l'Indochine, après les protectorats maghrébins, après l'Afrique noire, qui est devenue indépendante entre le retour du général de Gaulle au pouvoir et l'émancipation de l'Algérie.

La décolonisation

La Constitution de 1958 consacrait un titre entier, le titre XII, aux territoires d'outre-mer qui faisaient partie depuis 1946 de la République française, et dessinait le cadre juridique de leurs relations avec la métropole. Au cours de sa tournée en août 1958 pour présenter le projet de Constitution, de Gaulle avait donné au vote positif la signification d'un refus de l'indépendance, et le vote négatif de la Guinée à l'appel de son leader, Sékou Touré, avait été sanctionné sur-le-champ par la rupture de tous les liens. Tous les autres territoires étaient entrés dans une Communauté qui leur concédait une très large autonomie. En 1959, de Gaulle présida six sessions du Conseil exécutif de la Communauté, témoignant de grands égards aux dirigeants des pays associés. Mais il ne tarda pas à découvrir que les Africains souhaitaient accéder à l'indépendance complète sans rompre les liens de toute sorte noués avec la France. D'autre part, il avait pleinement conscience de la difficulté de maintenir ces pays dans l'unité française sans leur accorder une complète égalité et de l'impossibilité que les élus africains décident pour la métropole. Aussi abandonna-t-il dès la fin de 1959 la thèse de l'incompatibilité entre l'indépendance et l'appartenance à la Communauté. Cessant donc de s'opposer à une évolution dont le caractère inéluctable lui semblait une évidence, il préféra prendre les devants : en 1960,

De Gaulle et l'Algérie

une douzaine d'États accédèrent à la souveraineté avec l'assentiment de la France et substituèrent des liens de coopération bilatérale aux relations inégalitaires de type colonial. C'est la France qui parraina leur entrée à l'Organisation des Nations Unies, où sa propre position connut de ce fait un renversement spectaculaire : hier isolée, en posture d'accusée devant le tribunal de l'opinion internationale sous l'inculpation de colonialisme, elle y siégeait désormais entourée d'une constellation de nations amies parlant sa langue et votant ordinairement comme ses représentants.

En faisant prévaloir un processus amiable à l'opposé de l'enfantement douloureux de l'indépendance vietnamienne, et qui se rapprochait de la méthode inaugurée pour la Tunisie par Pierre Mendès France, de Gaulle a évité à la France d'être entraînée dans une troisième guerre mondiale au sud du Sahara ou d'en être chassée comme la Belgique du Congo. Il parachevait ainsi une évolution dont les étapes précédentes avaient été la constitution de l'Union française en 1946 et le vote de la loi-cadre de 1956. Il fondait des relations appelées à survivre à l'époque coloniale. Une génération d'hommes politiques africains avait fait l'apprentissage de la responsabilité en participant aux travaux des assemblées parlementaires françaises et en siégeant dans les gouvernements : leur expérience ne serait pas inutile aux nouveaux États dont ils devenaient les chefs.

1962 n'est cependant pas tout à fait le point final du mouvement de décolonisation. Les successeurs connaîtront encore des problèmes résiduels avec les territoires d'outre-mer. Djibouti sera émancipé en 1977 ; les Comores et les Nouvelles-Hébrides suivront. Les gouvernements rencontreront des revendications aux Antilles, en Polynésie, en Nouvelle-Calédonie surtout, qui rappelleront parfois, de loin, les difficultés de la IVe République et des débuts de la Ve.

En présentant à ses compatriotes la décolonisation comme l'accomplissement de l'œuvre entreprise par la France en fondant des colonies, de Gaulle transfigurait par la magie du verbe la mutation des rapports entre la métropole et ses dépendances : au lieu d'apparaître comme une humiliation de plus s'ajoutant à celle de la guerre, l'émancipation des peuples était la consécration de l'effort pour les conduire à l'âge adulte. Pour la deuxième fois, dans des situations critiques ou désespérées, de Gaulle renversait le sens des événements : en maintenant en 1940 la France dans la guerre, fût-ce longtemps de façon symbolique, il l'avait ramenée dans le camp des vainqueurs et lui avait épargné l'humiliation d'être libérée par d'autres ; en 1962, il lui évitait de cultiver la morosité. Si, tout compte fait, les Français ont surmonté assez aisément sur le moment le complexe algérien et apparemment tourné la page, c'est sans nul doute à cause de la façon dont le général de Gaulle a su obtenir l'adhésion presque unanime des Français à une solution qui n'était pas simple constat d'échec. On pouvait redouter que les Français ne traînent pendant des années le poids des souvenirs de cette guerre cruelle et malheureuse. Or il n'en fut rien. Stimulée par une conjoncture économique particulièrement favorable, la France, comme l'y invitait de Gaulle, épousa son temps : elle se tourna vers l'avenir et s'engagea avec ardeur dans la modernisation ; ce vieux pays rural se transforma en une grande puissance industrielle. De Gaulle orienta l'armée vers des missions nouvelles : la dissuasion prit le relais de la lutte dans les djebels. Le niveau élevé de l'activité économique, le mouvement ascensionnel qui l'emportait dans une croissance continue facilitèrent grandement l'intégration du million de réfugiés qui avaient tout laissé en Algérie et qui affluèrent en quelques semaines dans une France qu'ils ne connaissaient point : un peu à l'instar de l'Allemagne occidentale, qui avait pu, grâce au miracle économique, absorber dix ou douze millions de réfugiés.

Et pourtant la guerre d'Algérie a laissé des traces dans la mémoire collective et elle aura encore des conséquences dans la vie politique. Les officiers qui ont commandé des harkis souffrent dans leur honneur d'avoir dû les abandonner à la vindicte du F.L.N. qui les égorgera. Quelques-uns comparent cette honte à la livraison par Vichy aux Allemands des réfugiés politiques qui avaient fait confiance à la France. Ces centaines de milliers de pieds-noirs, pour lesquels l'appellation de rapatriés est impropre puisqu'ils n'ont jamais vécu en métropole et qui seraient plutôt des réfugiés, reprochent à la mère patrie son ingratitude : ils ont contribué à sa libération et elle les a abandonnés. Ils gardent surtout rancune au général de Gaulle de ne les avoir pas compris : ils s'estiment trahis et trompés. Si la plupart ont trouvé du travail, se sont reconvertis, ont fait apport à la communauté de leurs capacités d'initiative, ils gardent la nostalgie de la terre où ils sont nés et où ils ont laissé leurs morts. Ils entendent préserver leur singularité. La chose est particulièrement manifeste pour les Juifs d'Afrique du Nord, qui ont imprimé à la communauté juive française un dynamisme tout neuf, en même temps qu'ils modifiaient le rapport historique entre sépharades et ashkénazes ;

ils sont attachés à leur identité culturelle et religieuse. D'autre part, la France compte dans sa population entre trois et quatre millions de musulmans, travailleurs importés au temps où notre économie souffrait d'une pénurie de main-d'œuvre pour entretenir sa croissance, harkis qui avaient choisi la solidarité avec la France et qui ont fait souche de ce côté de la Méditerranée : leur concentration dans certaines agglomérations et régions nourrit un débat de société qui divise l'opinion et les forces politiques. La France a ainsi importé sur son sol un héritage du problème algérien : deux minorités, pieds-noirs et musulmans, ont inscrit durablement dans la réalité française les conséquences de la présence française de l'autre côté de la Méditerranée.

Le clivage entre les thèses contraires de l'indépendance et de l'intégration a eu aussi des conséquences durables sur la société politique. Les survivants de l'O.A.S., après la ruine de leurs illusions, n'ont pas renoncé à châtier celui qu'ils tenaient pour responsable de l'abandon de l'Algérie : ils organisèrent attentat sur attentat contre le général de Gaulle. Aucun chef d'État depuis Louis-Philippe ne fut l'objet d'autant de tentatives contre sa vie.

Malgré les amnisties et les mesures de grâce qui se sont succédé pour réconcilier les Français divisés, la guerre d'Algérie demeure aujourd'hui encore un sujet de discorde : la proposition gouvernementale de reconstituer les carrières des généraux rebelles qui avaient été les chefs de l'O.A.S. et les responsables d'une guerre civile, a été, en 1982, dans la législature dominée par les socialistes, un des rares sujets de conflit ouvert entre François Mitterrand et le groupe parlementaire socialiste.

La prolongation de la guerre d'Algérie, près de quatre ans après le retour de De Gaulle, bien au-delà de ce qu'escomptaient les parlementaires comme lui-même, lui laissa le temps d'enraciner son autorité. La difficulté de se faire obéir comme les résistances rencontrées jusque dans l'entourage du Premier ministre lui firent obligation d'intervenir dans la définition de la politique et la conduite des affaires bien au-delà de ce que la Constitution disposait et de ce que lui-même avait sans doute conçu : la guerre d'Algérie a ainsi accentué la pente autoritaire du régime et renforcé son caractère personnel. En légitimant la notion de domaine réservé, elle a modifié durablement l'équilibre des pouvoirs entre le chef de l'État et le Premier ministre. C'est encore elle enfin qui, à la suite de l'attentat manqué du Petit-

Clamart, a convaincu le général de Gaulle de réformer les conditions de désignation du président de la République et ouvert ainsi indirectement une crise constitutionnelle grave.

Une politique étrangère indépendante

Si le général de Gaulle était si impatient de régler le problème de l'Algérie qu'il en passa par des concessions qui lui coûtèrent, c'était assurément pour extirper un germe de dissension qui minait l'unité de la nation, mais tout autant pour recouvrer une liberté d'action en Europe et dans le monde qu'hypothéquait la poursuite de la guerre sur l'autre rive de la Méditerranée. De Gaulle n'avait jamais varié dans la hiérarchie de ses objectifs : la politique extérieure primait l'intérieure. Aussi faisait-elle partie des compétences propres du chef de l'État : efficacement secondé par un ministre des Affaires étrangères inamovible de juin 1958 à juillet 1968, Maurice Couve de Murville, en qui il trouva un exécutant loyal en même temps qu'une personnalité capable d'initiative, le général de Gaulle dirigea personnellement la conduite de la politique étrangère de la France pendant toute la durée de son principat et lui imprima des orientations irréversibles.

Dès le 14 septembre 1958, avant même de connaître le résultat du référendum et d'être assuré de la durée de son pouvoir, de Gaulle avait adressé au président Eisenhower et au Premier ministre britannique, qui avaient été ses compagnons d'armes pendant la guerre, un mémorandum confidentiel qui réclamait que la France fût dorénavant associée à la direction de la politique atlantique et suggérait la constitution d'un directoire à trois. De Gaulle était sans illusions. Il ne fut pas surpris de ne pas recevoir de réponse : il n'en attendait guère. Comme il n'était à ses yeux de nation souveraine que disposant de sa propre défense, faute d'être entendu, il entreprit de dégager progressivement la France des liens et obligations qui l'intégraient dans un système à la direction duquel elle n'avait pas part : le 11 mars 1959, il retira la flotte de Méditerranée du commandement interallié. Surtout, pressentant que l'atome serait dans d'éventuels conflits l'équivalent de ce qu'avait été dans la Seconde Guerre la révolution introduite par la mécanique, la vitesse et le blindage, il entendit doter la France de l'arme nucléaire, sans laquelle il était convaincu qu'il n'y aurait pas de grande puissance. C'était aussi l'occasion d'arracher l'armée à sa morosité et de lui proposer une reconversion exaltante. Prenant le relais des décisions des gouvernements successifs de la IVe République qui avaient eu la sagesse de laisser ouverte la voie de l'utilisation militaire de l'énergie atomique, il presse les études et les essais : le 13 février 1960 explose la première bombe de fabrication française à Reggane. De Gaulle salue d'un « Hourra pour la France ! » l'événement qui a forcé l'accès au cercle très fermé des puissances nucléaires. Deux autres explosions réussies suivent dans l'année. Cette politique est loin d'avoir l'approbation des partis et l'adhésion de l'opinion, qui en contestent la légitimité, en discutent l'opportunité et en critiquent le coût. Le scepticisme domine : peu croient la France en mesure de se doter d'un armement capable d'intimider l'adversaire et d'avoir l'effet dissuasif qui est sa raison d'être ; on ironise sur la « bombinette », coûteux caprice dont l'argent pourrait être mieux employé. Les partisans de l'Alliance atlantique s'inquiètent de la distance prise et les communistes s'indignent que l'U.R.S.S. soit désignée comme la cible virtuelle. A l'occasion du débat budgétaire de 1960, plus de 150 députés de droite et du centre unissent leur vote à ceux de l'opposition communiste et socialiste sur une motion de censure à propos de la loi-programme sur la force de frappe : le gouvernement est obligé de recourir à l'artifice de procédure qui renverse la charge de la preuve ; c'est un des premiers usages de l'article 49, alinéa 3.

De fait, de Gaulle est décidé à ne pas s'aligner sur les États-Unis : il se propose en particulier de rétablir de bonnes relations avec l'Union soviétique et de concourir ainsi à la détente. Il juge le moment venu de liquider les séquelles de la guerre froide. Sa philosophie le porte à croire plus à la géographie qu'à l'idéologie : il tient les intérêts que dicte aux États leur position sur le globe pour plus déterminants que les professions de foi. La nature du régime soviétique n'est donc pas un obstacle à un rapprochement avec Moscou, sans que soit modifié en rien son jugement sur le communisme et le Parti communiste. Le chef du gouvernement ne rétracte pas les déclarations du chef du R.P.F. sur les séparatistes : il conjugue une fermeté intransigeante à l'intérieur avec de bonnes relations à l'extérieur. Au reste, ses partenaires ne font pas de cette dissociation une difficulté. De Gaulle a la satisfaction d'accueillir le premier secrétaire du Parti communiste de l'Union soviétique, Khrouchtchev, en mars 1960 pour une tournée d'une douzaine de jours en France dans un grand déploiement de faste. L'ambition du président français de jouer un rôle primordial dans le rapprochement des deux Grands se brise, quelques semaines plus tard, sur l'échec de la rencontre à quatre à Paris, le dirigeant soviétique ayant pris prétexte de l'interception au-dessus de l'U.R.S.S. d'un avion espion américain pour rompre les conversations. L'indépendance à l'égard de l'Alliance et le rapprochement avec l'Union soviétique n'altèrent pas la loyauté de l'adhésion au bloc occidental dans les épreuves : à chaque crise provoquée par les imprudences ou les provocations soviétiques — érection du mur de Berlin en août 1961, ou plus encore crise des fusées à Cuba en 1962 —, de Gaulle fut le premier des alliés européens à se déclarer solidaire des États-Unis jusqu'à accepter le risque d'être à leurs côtés dans une guerre.

Les partisans de la construction européenne redoutaient le retour de De Gaulle : irréductiblement hostile à l'idée de supranationalité, il avait combattu toute initiative s'en inspirant ; plus que réservé à l'égard de la C.E.C.A., totalement opposé à la C.E.D., il faisait figure de champion du nationalisme français. C'était un sujet de dissentiment avec le M.R.P. notamment. Or, loin de dénoncer les engagements de ses prédécesseurs, il les honore, sans leur rendre pour autant justice. Sans non plus se déjuger, convaincu que les relations internationales ne peuvent être fondées que sur les États, seule réalité stable, il se déclare pour « l'Europe des patries ». Mais, à l'heureuse surprise de nos partenaires, il ne fait pas obstacle à un progrès de la construction européenne : dès lors que la France est dotée d'institutions fortes, il n'y a plus à craindre que des décisions la concernant lui soient imposées par un consortium international. A peine revenu au pouvoir, il presse l'entrée en vigueur des dispositions du traité de Rome et anticipe sur les échéances prévues pour l'abaissement des barrières douanières. Il pèse de tout son poids en faveur d'une politique agricole commune qui a l'avantage d'assurer aux agriculteurs français des débouchés rémunérateurs et de les protéger contre la concurrence des producteurs extérieurs au Marché commun. Il ira jusqu'à agiter la menace d'un retrait pour renforcer sur ce terrain la Communauté.

Il prend la suite de la IVe République pour les relations franco-allemandes. Le chancelier Adenauer s'était inquiété du retour de De Gaulle ; il est conquis dès leur première rencontre, de caractère privé, en septembre 1958 à Colombey. Le fondateur de la Ve République parachève l'œuvre de Robert Schuman en signant en janvier 1963 un traité franco-allemand qui scelle l'axe Paris-Bonn. Il donne à l'événement un éclat exceptionnel : les deux hommes d'État passent en revue les troupes et assistent à un office religieux à la cathédrale de Reims. De Gaulle accomplit à travers

De Gaulle et l'Algérie 547

la République fédérale un voyage où il célèbre la réconciliation des Gaulois et des Germains, et reçoit un accueil triomphal des foules d'outre-Rhin. Vingt ans après la fin d'une guerre atroce, les deux peuples sont devenus des alliés inséparables. L'histoire offre peu d'exemples de renversements aussi rapides des rapports entre deux nations.

De Gaulle n'exclut pas que l'Europe soit un pont entre les deux Grands. La France pourrait prendre la tête de ce rassemblement qui serait alors à même de tenir tête aux pressions américaines. Mais il se défie de la Commission de Bruxelles comme de tout organisme bureaucratique. Aussi entend-il que les décisions intéressant l'avenir de la construction européenne soient prises à l'unanimité. Sur ses conseils s'élabore un projet de rencontres régulières, sorte de directoire européen : c'est le plan dit Fouchet, du nom de l'ambassadeur de France à Copenhague. Mais nos partenaires, trouvant le projet insuffisamment supranational et redoutant surtout que le général de Gaulle ne s'en serve contre les États-Unis dont ils ne voudraient se séparer pour rien au monde, rejettent le plan Fouchet. C'est la répétition de ce qui s'était passé en août 1954 quand les gouvernements avaient refusé à Pierre Mendès France les aménagements qui auraient peut-être sauvé la C.E.D. : une seconde fois, plutôt que de consentir des concessions transitoires, le désir de mieux faire a conduit à ne rien faire.

Un autre sujet de différend a concouru à l'échec de la négociation : les relations avec la Grande-Bretagne. Parce qu'ils redoutaient une hégémonie de la France et pour faire contrepoids à l'axe Paris-Bonn, les pays du Benelux souhaitaient ardemment l'entrée de la Grande-Bretagne dans la Communauté. De surcroît, par leurs relations économiques, ils étaient depuis toujours tournés vers elle. Londres avait rejeté en 1957 l'invitation à faire partie des fondateurs de la Communauté économique européenne, comme elle avait refusé en 1950 d'entrer dans la C.E.C.A. Puis, assistant aux progrès de la C.E.E., elle avait cherché à la torpiller en formant en 1959 une Association européenne de libre-échange avec les pays scandinaves et l'Autriche. L'entreprise avait échoué et le succès de la C.E.E. commençait de poser à la Grande-Bretagne un problème aigu. Nos partenaires souhaitaient, pour lui permettre de sauver la face, faciliter son adhésion à l'organisation qu'elle avait d'abord dédaignée puis combattue, en lui concédant des conditions particulières. De Gaulle ne partageait pas cette façon de voir : la Grande-Bretagne ne remplissait pas les conditions qu'on était en droit d'exiger de nouveaux adhérents ;

elle serait à l'intérieur de la Communauté le cheval de Troie des intérêts américains; dans les choix décisifs elle opterait toujours pour le grand large et sacrifierait ses liens avec le continent à ses relations privilégiées avec les États-Unis. Il en trouvait la confirmation dans la conférence tenue en novembre 1962, où le Premier ministre britannique avait accepté d'intégrer sa défense nucléaire dans le système américain et renoncé à fabriquer son propre armement pour adopter les fusées fournies par les États-Unis. Signifiant sa décision selon une procédure dont le caractère insolite et unilatéral choqua nos partenaires, de Gaulle annonça, au cours d'une conférence de presse, le 15 janvier 1963, que la France ne consentirait à l'entrée de la Grande-Bretagne dans la Communauté que le jour où elle accepterait toutes les conditions sans la moindre dérogation.

Cette orientation imprimée à la politique étrangère divisa profondément l'opinion et suscita de vives oppositions. L'U.N.R. était seule à la soutenir, sans qu'on sache toujours si elle en approuvait l'inspiration ou si c'était par inconditionnalité. Le Parti communiste se félicitait incidemment du refroidissement des relations avec les États-Unis et applaudissait au rapprochement avec Moscou. Toutes les autres forces politiques marquèrent des réserves et une opposition grandissante; elles avaient le sentiment d'un retour à une politique anachronique marquée du sceau du nationalisme. Le désaccord sur la politique extérieure eut part au retrait d'Antoine Pinay en janvier 1960. Il fut la cause de la rupture entre le général de Gaulle et les ministres M.R.P. à la suite de la conférence de presse du 15 mai 1962 où le président de la République, emporté par sa verve, avait brocardé les Européens et plaisanté sur l'« Europe du volapük intégré », sans soupçonner que les ministres républicains populaires, froissés dans leur dignité autant que dans leurs convictions, allaient démissionner en bloc. Pour la troisième fois, un malentendu ou un désaccord séparait gaullisme et M.R.P. Le fossé se creusait entre de Gaulle et la majorité des députés sur la politique extérieure. Au terme d'un débat en juin 1962, un manifeste des Européens recueillit la signature de 295 députés, soit d'une majorité : toutes les formations y souscrivirent, à l'exception de l'U.N.R. et du Parti communiste. Si la plupart des partis avaient serré les rangs derrière de Gaulle sur l'Algérie, ses initiatives en politique étrangère avivèrent les dissentiments entre lui et la classe politique.

CHAPITRE XXIV

La République confirmée

La vie politique est sortie transformée de la crise de 1958, les rapports entre les pouvoirs profondément modifiés et les habitudes bousculées. Le président de la République tient de son passé, du succès du référendum, de la majorité massive qui lui a confié mandat de tirer le pays de l'impasse algérienne, une autorité qui n'est pas mesurée aux attributions que la Constitution confère explicitement au chef de l'État.

Le général de Gaulle

Il conduit personnellement la politique extérieure, secondé par Maurice Couve de Murville ; il dirige la politique de défense, avec le concours de deux ministres qui sont, eux aussi, de hauts fonctionnaires, Pierre Guillaumat, un grand technicien, un homme de la stature de Dautry, puis Pierre Messmer, un ancien gouverneur des colonies ; il s'est saisi des affaires d'Algérie. Mais il laisse à l'initiative de son Premier ministre un large champ que celui-ci laboure avec ardeur. De Gaulle veille à ne pas s'immiscer entre le premier des ministres et ses collègues, qu'il renvoie à leur chef quand ils le consultent. Michel Debré apporte à sa fonction les qualités qui l'avaient signalé fort jeune à Paul Reynaud, dont il avait été le collaborateur en 1938 : la passion du bien public, le sens de l'État, une volonté de réforme qui lui avait jadis inspiré un projet de refonte des structures administratives dans un livre écrit en collaboration avec Emmanuel Mönick, sous le pseudonyme de Jacquier, *Mort de l'État républicain*. Il exerce sur ses collègues une vigilance de tous les instants, tance les uns, stimule les autres, relance les administrations, bombarde chaque matin ses collaborateurs de billets désignant à leur attention tel problème ou dénonçant telle défaillance. L'ancien maître des requêtes croit à l'existence d'un intérêt général et il a, dès sa première déclaration à l'Assemblée, proclamé sa volonté de « dépolitiser l'essentiel national ». Ayant la confiance du chef de l'État, exerçant une autorité incontestée sur ses collègues, bien secondé par ses proches, assuré de durer, il imprime à l'ensemble de l'action gouvernementale une impulsion énergique qui prend le relais de l'œuvre réformatrice amorcée avec les ordonnances.

Le gouvernement est affranchi de la tutelle parlementaire. La stricte délimitation des domaines respectifs de la loi et du pouvoir réglementaire — une des grandes innovations du texte de 1958 —, qui inclut dans le champ de celui-ci tout ce que l'article 34 n'a pas énuméré explicitement comme relevant du législateur, restreint les possibilités d'intervention parlementaire. Michel Debré a veillé de très près, dans les débats où s'est élaboré le règlement des Assemblées, à y introduire des dispositions qui corsètent étroitement l'activité parlementaire. De surcroît, l'opposition est réduite à sa plus simple expression : la gauche a moins d'un sixième des députés. Le gouvernement a donc toute liberté pour engager des actions à long terme. Ses intentions s'expriment dans une série de lois-programmes : sur l'agriculture, les constructions sociales, l'équipement économique de base et l'équipement sanitaire et social, en 1959 ; une loi d'orientation agricole, en 1960.

Dans la vision gaullienne, l'État a de grandes responsabilités en économie : pas question de laisser le marché se substituer à la volonté politique. De Gaulle définira bientôt le Plan comme une ardente obligation. Arrive à la tête du commissariat au Plan un grand commis qui est aussi un grand esprit, un homme de réflexion, Pierre Massé. Les conditions sont exceptionnellement favorables : servie par le retournement de la conjoncture, portée par une phase de prospérité, appuyée par un budget équilibré, disposant d'une monnaie forte — le nouveau franc mis en circulation le 1er janvier 1960 —, épaulée par l'essor des économies voisines, stimulée par l'ouverture des frontières et l'élargissement du marché, la France recueille le fruit des initiatives et des efforts des dix précédentes années. Chaque année la production progresse, les indices s'élèvent, le pouvoir d'achat des Français augmente : on vit mieux. Un mouvement de concentration se dessine dans les entreprises pour s'adapter aux dimensions nouvelles du marché et faire face à la concurrence étrangère. La France inscrit à son actif quelques performances technologiques : en avril 1959, le réacteur de Marcoule est branché sur le réseau qu'il alimente en électricité. En mai 1960, une fusée française à quatre étages s'élève à 150 kilomètres de hauteur.

Dans une économie en expansion et qui emporte vers le haut toutes les rémunérations, le problème politique est moins de remédier à des situations de pénurie que de prévenir les distorsions et de corriger les disparités trop criantes dans ce qu'on appelle alors le partage des fruits de la croissance. Ainsi, entre citadins et ruraux, la principale revendication des agriculteurs concerne la parité des revenus : ils se plaignent d'une progression moins rapide que les autres catégories et la loi d'orientation agricole, votée en 1960, a pour objet, entre autres, d'y remédier. Les déséquilibres régionaux risquent aussi de s'accentuer. En plusieurs régions débute un mouvement d'organisation pour leur modernisation : la Bretagne a donné l'exemple avec le C.E.L.I.B. et la plupart des régions ont bientôt leur C.O.D.E.R. Le gouvernement s'emploie à renverser la tendance séculaire à la croissance de la région parisienne : il décide en avril 1960 le transfert en province de dix grandes écoles. En 1963 sera créée la Délégation à l'aménagement du territoire et à l'action régionale — la D.A.T.A.R. —, qui aura un rôle déterminant dans la pratique d'une géographie volontaire. A Paris même, la volonté du chef de l'État a triomphé de la résistance des intérêts qui depuis un demi-siècle faisaient obstacle au transfert des Halles du centre de Paris dans la banlieue ; c'est peut-être la preuve la plus convaincante qu'on avait changé de régime et qu'il y avait désormais un pouvoir capable de décider et d'imposer sa décision.

Les pouvoirs publics ont entrepris un grand effort d'investissement en faveur des constructions scolaires dans le second degré pour faire face aux conséquences de la poussée démographique et à une demande accrue d'éducation. Dès janvier 1959 le gouvernement avait adopté le principe de la prolongation de la scolarité : de quatorze ans, où elle avait été portée par le gouvernement de Front populaire, à seize, la réforme devant être réalisée en 1967. A la tête d'un grand ministère des Affaires culturelles, dont la création est une nouveauté, André Malraux, qui jouit de la confiance admirative du général de Gaulle, et dont les fulgurants raccourcis magnétisent les députés, peu habitués à pareille fête, édifie de grandes maisons de la culture, « cathédrales du XXe siècle », et entreprend de rendre aux monuments de la capitale leur blancheur initiale.

Dépolitisation ou renouvellement ?

Le déplacement des centres de décision, la stabilité du gouvernement, l'absence de crise ont bouleversé les usages ; les habitués ne s'y retrouvent plus. Les parlementaires se consolent mal de leur pouvoir perdu et avec eux tous ceux qui gravitaient autour du

Palais-Bourbon, journalistes parlementaires, observateurs de la vie politique, états-majors de partis qui reprochent amèrement au régime et à son fondateur d'avoir anémié ce qui était pour eux la forme normale de la démocratie représentative. Ne retrouvant pas les modalités auxquelles ils étaient accoutumés, ils concluent à la disparition de la démocratie et à la dépolitisation de la société : ils voient dans cette désaffection présumée pour la politique les effets pernicieux d'un régime dont la logique serait monarchique et qui conduirait les citoyens à abdiquer leur pouvoir entre les mains du souverain. Cela restera pour l'avenir un sujet d'étonnement que des esprits ordinairement lucides, des analystes souvent perspicaces aient pu croire sincèrement à la dépolitisation de la nation alors que les controverses sur l'Algérie faisaient rage, et que s'affrontaient dans une tension extrême tendances et factions.

L'intérêt pour la politique n'avait pas diminué, mais, tant que l'avenir des institutions était suspendu à l'évolution de la question algérienne, les citoyens avaient le sentiment de leur impuissance : la seule façon pour eux de peser sur le cours des événements était de répondre aux référendums ou de se mobiliser contre les agissements des factieux. Les partis avaient tous été atteints par la chute de la IVe République et la dépolitisation était essentiellement une distance prise par rapport au temps où les partis jouaient un rôle prédominant dans les processus décisionnels. Peut-être moins touché dans son recrutement que d'autres, le Parti communiste s'était raidi dans son isolement et le refus d'évoluer ; en 1961, il exclut Laurent Casanova, Marcel Servin et plusieurs anciens dirigeants du Mouvement de la paix, soupçonnés de déviations conciliatrices. Certains partis font retraite ou cherchent à se rénover. Le M.R.P. tente de se renouveler en direction de ce que le langage du temps appelle les « forces vives », c'est-à-dire les organisations socio-professionnelles, les syndicats, en particulier du côté des élites ouvrières et paysannes, à la C.F.T.C., au Centre national des jeunes agriculteurs, qui avaient fait l'apprentissage de l'action dans des mouvements spécialisés de jeunesse catholique : en novembre 1958 sont entrés à l'Assemblée plusieurs anciens dirigeants jocistes ou jacistes élus sous l'étiquette du M.R.P.

Si les partis déclinent, un autre type de groupement connaît la faveur : les clubs, groupes de citoyens intéressés par la politique, mais qui n'envisagent pas de s'engager dans les processus électoraux et qui entendent rester à l'écart des machines partisanes. De ces clubs certains mènent une action d'information et d'éducation civique, d'autres conduisent une réflexion sur les problèmes du temps : de ces derniers le prototype est le Club Jean Moulin, qui réunit des hauts fonctionnaires, des universitaires, des publicistes, et qui a publié dans les années 60 une série de livres, qui ont marqué la pensée politique, sur les questions institutionnelles ou la construction de l'Europe. Les clubs, qui prolifèrent en province, se fédèrent et amorcent la constitution de réseaux. Écartés du pouvoir, réduits à l'inaction, des hommes politiques cherchent dans l'écriture une autre façon d'agir ou une compensation à l'éloignement des responsabilités : Pierre Mendès France énonce ses vues politiques dans *La République moderne* qui expose un programme de réformes (1962), et François Mitterrand publie, sous le titre *Le Coup d'État permanent*, un réquisitoire d'une rare violence contre le régime, coupable à ses yeux de s'être institué à la faveur d'un coup de force et de perpétuer la rupture de la légalité républicaine.

Si de Gaulle dispose dans le pays d'une majorité très étendue, comme le manifestent les référendums, sa majorité parlementaire va se rétrécissant. Dès les premiers pas de la Ve République, la S.F.I.O. s'est éloignée à propos de la politique économique et sociale, qui est toujours l'objet de son attention préférentielle. Le fossé s'est approfondi avec le rebondissement de la querelle scolaire. Sous la IVe République, celle-ci avait déjà dissocié des coalitions et provoqué des renversements d'alliances. Dès l'instauration du nouveau régime, les dirigeants de l'enseignement catholique, dont la loi Barangé n'avait pas réglé tous les problèmes, sollicitèrent un nouvel effort de l'État. Le général de Gaulle écarta l'idée de régler la question par la voie expéditive des ordonnances : elle lui paraissait toucher à des principes trop essentiels pour ne pas être résolue par la loi. Une commission d'étude est constituée pour le même objet que ses devancières, la commission Philip en 1945 et la commission Paul-Boncour en 1950. Elle est composée de personnalités appartenant aux diverses familles de pensée ; cette fois encore, la présidence en échoit à un parlementaire proche du Parti socialiste, Pierre-Olivier Lapie, ancien ministre de l'Éducation nationale. La commission fit un travail utile pour rapprocher les points de vue, déblayer le terrain, esquisser des propositions. Michel Debré a l'ambition de régler durablement la question et d'éteindre une querelle qui encombre la vie politique depuis des décennies. En conséquence, la loi établira entre les deux enseignements des rapports de droit, fondés sur une base contractuelle définie par une réciprocité de droits et d'obligations. Les établissements privés se verront offrir le choix entre quatre formules. Deux cas de figure extrêmes et symétriques : la liberté entière sans obligations ni avantages, ou l'intégration pure et simple au service public. C'est entre les deux autres types que les établissements auront à opter : contrat simple ou contrat d'association. L'État prend en charge une part plus ou moins étendue des dépenses, selon que les établissements souscrivent à des engagements plus ou moins contraignants. Le projet reconnaît le caractère propre des établissements. L'intention est de réduire la fracture entre les deux enseignements.

Le projet rencontre des oppositions déterminées. A droite, les défenseurs intransigeants des droits du père de famille contre l'État estiment que l'enseignement catholique a un droit absolu à être aidé, et trouvent le régime proposé trop contraignant. Il ne faudra pas moins qu'une intervention de l'épiscopat pour les convaincre de ne pas faire obstruction au texte. A gauche, on crie à la violation de la laïcité et André Boulloche, qui était resté ministre de l'Éducation nationale et que la S.F.I.O. avait mis en congé de parti, ne croit pas pouvoir le demeurer plus longtemps : c'est Michel Debré en personne qui le remplace dans le débat parlementaire et qui, de ce fait, attache son nom à la loi votée dans la nuit du 31 décembre 1959 par 427 voix contre 71.

La gauche ne se tient pas pour battue : les organisations de défense laïque regroupées dans le Cartel national d'action laïque (le C.N.A.L.) organisent une vaste pétition pour l'abrogation de la loi, qui recueille plus de dix millions de signatures, et un grand rassemblement à Vincennes en mars 1960, où plusieurs centaines de milliers de manifestants font le serment de l'abroger le jour où la gauche reviendra au pouvoir. A l'usage, l'application de la loi Debré a sans aucun doute contribué à l'apaisement de la querelle en rapprochant les deux systèmes : en obligeant les établissements privés à recruter un personnel plus qualifié, elle a réduit les inégalités de niveau ; elle a dissipé plus d'un préjugé et rallié progressivement la majorité de l'opinion, comme en témoignent les sondages, à l'idée qu'il n'y avait pas contradiction entre le respect de la laïcité de l'État et une aide de la puissance publique à tout établissement acceptant un minimum d'obligations et participant d'une certaine façon au service public de l'enseignement.

Sur le moment, le vote de la loi Debré avait éloigné un peu plus encore la gauche laïque, les syndicats de la F.E.N. et la S.F.I.O. du gouvernement. La défection ne fut pas compensée à droite. Au contraire : l'infléchissement de la politique algérienne du général de Gaulle rejette une partie de la droite dans l'opposition. Le groupe des élus de l'Algérie est passé à l'hostilité déclarée. Au sein même de l'U.N.R. le trouble est grand. La majorité des indépendants, qui pensent n'avoir pas besoin de se référer à de Gaulle pour leur réélection, marquent des réserves grandissantes. Lors du vote du budget de 1960, en décembre 1959, ils se sont partagés en trois fractions : la moins nombreuse étant celle des votes positifs (31), contre 33 votes négatifs et 51 abstentions. La démission, quelques jours plus tard, le 13 janvier 1960, d'Antoine Pinay, la figure la plus respectée de la droite modérée, qui ne s'habituait décidément pas à ces Conseils des ministres où personne ne discutait, aggrave le dissentiment entre de Gaulle et les libéraux conservateurs. En 1962, de Gaulle n'a plus de majorité à l'Assemblée : ni celle qui l'avait investi en juin 1958 ni celle qui s'était fait élire sur son nom en novembre. Les députés n'attendent plus que la fin de la guerre d'Algérie pour se défaire de lui et restaurer le fonctionnement ordinaire des pouvoirs publics dans une République parlementaire.

Une relève de Premier ministre

Après le succès éclatant du référendum du 8 avril 1962 approuvant les accords d'Évian, le chef de l'État, désireux de marquer qu'une page est tournée, décide de procéder à une relève de personne : il importe aussi de montrer que les Premiers ministres ne durent pas autant que le président de la République, dont c'est le rôle d'incarner la continuité. Interprétant dans un sens présidentialiste le silence de la Constitution, il considère que le droit de nommer le chef du gouvernement lui confère symétriquement celui de mettre fin à ses fonctions, et inaugure une coutume que tous ses successeurs observeront : Michel Debré se voit demander sa démission (14 avril 1962). Pour lui succéder, il arrête son choix sur un homme qui n'avait jamais exercé aucune fonction politique ni aucun mandat électif, inconnu du grand public, à la différence de Michel Debré qui avait été parlementaire et garde des Sceaux : Georges Pompidou. Cette désignation d'un homme de l'ombre qui n'avait apparemment pas d'autre titre que la confiance personnelle du chef de l'État, dont il avait été le collaborateur, d'abord dans des fonctions secondes en 1945, puis comme directeur de son cabinet en 1958, accentue le caractère présidentiel du régime et souligne d'un trait volontairement appuyé la dépendance exclusive du Premier ministre à l'égard du Président. L'opinion ignore que Georges Pompidou avait joué un rôle important pour frayer la voie aux négociations sur l'Algérie. Ce choix surprend et heurte la susceptibilité des Assemblées. Le tout neuf Premier ministre, qui n'a aucune expérience des débats parlementaires ni de la communication avec le pays, souligne sa double dépendance en se présentant devant l'Assemblée, dont il sollicite la confiance, le 24 avril : « Nommé par le chef de l'État, trouvant donc en lui sa source, le gouvernement est responsable et reste responsable devant l'Assemblée. » La composition de son gouvernement marque une volonté d'ouverture en direction des groupes parlementaires ; il compte moins de techniciens et plus de politiques : aux U.N.R. il associe trois indépendants, un radical et surtout cinq M.R.P., dont l'ancien président du Conseil Pflimlin. Leur rentrée, très remarquée, paraît réduire la fracture entre le général de Gaulle et le parti qui se définissait jadis comme celui de la fidélité au Premier Résistant. Le scrutin qui clôt la séance de présentation dessine les contours de la majorité : 259 pour, 128 contre, 119 abstentions. Les trois quarts des indépendants n'ont pas voté la confiance. C'est à peine plus d'une moitié des députés qui fait crédit au gouvernement. Ce partage rappelle la IVe République. Trois semaines plus tard, la démission des cinq ministres M.R.P. à la suite des propos moqueurs du général de Gaulle sur les Européens dans sa conférence de presse, décision qu'ils maintiennent en dépit de l'insistance du chef de l'État pour les retenir, rétrécit encore la base parlementaire du gouvernement. Le vote en juin de la motion dite des Européens qui désapprouve la politique extérieure à une majorité absolue, suivi de la sortie massive des signataires, qui appartiennent à tous les groupes de l'Assemblée, l'U.N.R. exceptée, met en évidence la fragilité du gouvernement. N'étaient la conjoncture, encore dominée par les derniers soubresauts de l'O.A.S. et les ultimes préliminaires de l'indépendance algérienne, ainsi que les ingénieux mécanismes conçus pour prévenir les chutes de gouvernement, Pompidou eût été renversé en juin ; il ne perd rien pour attendre. Le chef de l'État également, qui bientôt sera confronté à une alternative : renoncer à exercer un pouvoir plus étendu que celui attribué par le texte constitutionnel, ou retourner à Colombey.

De Gaulle prend l'initiative

Le génie stratégique du général de Gaulle renversa brusquement le processus apparemment inexorable de son éviction et modifia de fond en comble le paysage politique par une initiative qui prit au dépourvu l'ensemble de la classe politique. L'occasion lui en fut donnée fortuitement. Les défenseurs les plus fanatiques de l'Algérie française, après avoir tout tenté pour faire échec à la politique du chef de l'État — ils avaient déjà essayé plusieurs fois de s'en prendre à sa vie, notamment le 8 septembre 1961 sur son trajet entre Paris et Colombey —, ne renonçaient pas à leurs projets criminels. Quelques doctrinaires, universitaires, religieux, avaient remis en honneur la vieille thèse du tyrannicide : quand le prince a trahi les devoirs de sa charge ou la confiance de ses sujets, ceux-ci sont fondés à lui retirer leur allégeance et cela peut même être un devoir de mettre fin à ses jours. La controverse sur la légitimité du pouvoir et la distinction entre la légalité d'un gouvernement et sa légitimité, ouverte en juin 1940 par le geste de De Gaulle, rebondissait à propos de l'Algérie et motivait des rebelles. Le 22 août 1962, en fin d'après-midi, le président de la République quitte l'Élysée et gagne en voiture l'aérodrome de Villacoublay ; à la hauteur du Petit-Clamart, le cortège très réduit qui l'accompagne tombe dans une véritable embuscade : un commando dirigé par Bastien-Thiry ouvre le feu. C'est un miracle si le Général en réchappe : tout avait été minutieusement prévu pour qu'il n'en sortît point vivant ; on relèvera plus de cent cinquante impacts de projectiles.

De Gaulle a aussitôt pris conscience de la précarité des institutions : s'il était tombé sous les balles des conjurés, le collège de notables prévu par le texte de 1958 aurait élu très probablement un parlementaire de type classique, respectueux des prérogatives de l'Assemblée, tel Antoine Pinay, et on serait revenu à un régime de prépotence parlementaire et de domination exclusive des partis. Un seul moyen pour prévenir cette régression et conférer à son successeur l'équivalent de la légitimité que lui, de Gaulle, tenait, comme il l'avait expliqué lors de la semaine des Barricades, de son initiative de 1940 : le faire élire par le peuple entier. D'où l'indication donnée dès la réunion du Conseil des ministres qui suit l'attentat d'une prochaine initiative pour assurer la continuité de l'État et, le 12 septembre, l'annonce d'un référendum constitutionnel qui substituerait le suffrage universel au collège de 1958 pour l'élection du président de la République.

On se demande encore aujourd'hui pourquoi il n'avait pas inscrit cette disposition dans la Constitution dès 1958 : ne l'aurait-il différée que pour prévenir le soupçon de vouloir instaurer un régime plébiscitaire dont se serait emparée une classe politique déjà suffisamment troublée ? Ou n'en concevait-il pas encore la nécessité ? Le discours de Bayeux en 1946 ne mentionnait pas l'appel au suffrage universel. Est-ce alors entre 1958 et 1962, aux prises avec les résistances à sa politique algérienne, qu'il aurait mesuré la fragilité du système institutionnel et perçu la nécessité du recours au suffrage universel ? En 1962, il a aussi vu tout l'avantage à tirer de l'événement pour ressaisir l'initiative et prendre les partis à contre-pied : s'il n'a pas choisi le moment, qui lui a été imposé par les assasins, il a choisi le terrain avec une prescience très sûre de l'embarras où sa proposition allait plonger les partis.

Le 20 septembre, il présente le projet et en expose les attendus. Son intervention déclenche une bataille de principes et un choc frontal d'une violence extrême entre lui et les partis, qui va déboucher sur une crise constitutionnelle d'une gravité comparable à celle de 1958. La controverse, comme à la veille du référendum de 1958, conjugue plusieurs dimensions et comporte trois enjeux qui interfèrent. La première composante est juridique : elle implique une interprétation du texte constitutionnel et concerne la procédure choisie par le chef de l'État. De Gaulle a décidé de soumettre directement au peuple la proposition de révision, par référence à l'article 11 de la Constitution qui traite du référendum. Or celle-ci comporte aussi un article 89 qui dispose que les projets de révision doivent d'abord faire l'objet d'un examen par le Parlement : c'est seulement après approbation de la modification par les deux Assemblées en termes identiques que le chef de l'État a le choix entre réunir le Congrès et consulter le peuple par référendum. En visant l'article 11, de Gaulle ne violait-il pas la règle constitutionnelle ? La raison pour laquelle il avait opté pour cette voie était claire : jamais les parlementaires n'auraient consenti à leur dessaisissement pour l'élection du président. La controverse fait rage. Presque tous les juristes donnent tort à de Gaulle. Le Conseil constitutionnel et le Conseil d'État sont officieusement du même avis. Même les proches du Général sont troublés : un jeune ministre à qui on prédisait un grand avenir, Pierre Sudreau, démissionne plutôt que de cautionner ce qui lui semble une atteinte à la légalité. Le président du Sénat, Gaston Monnerville, dans un banquet au congrès du Parti radical, à Vichy, parle de forfaiture ; quelques jours plus tard, ses collègues le réélisent triomphalement à la présidence de la Haute Assemblée et votent l'envoi à toutes les mairies de France pour affichage du texte du discours où il a pris la défense du Parlement et renouvelé son réquisitoire. A cette critique, de Gaulle rétorque que, en étant l'inspirateur, il sait mieux que personne ce qu'il y a dans la Constitution. Au reste, l'article 11 ne stipule-t-il pas que tout projet d'organisation des pouvoirs publics peut être matière à référendum ? N'est-ce pas le cas ? De surcroît, l'article 3 proclame que le peuple, qui détient la souveraineté, peut soit la déléguer à des représentants élus, soit l'exercer directement par voie de référendum.

Deuxième élément de la controverse : l'objet même de la proposition. Deux traditions s'affrontent : celle qui depuis les débuts de la IIIe République identifie la démocratie à la prépondérance du Parlement, et celle qui vise à conjuguer référence au peuple souverain et pouvoir fort. L'ensemble de la classe politique, de la gauche à la droite, à l'exception de l'U.N.R., a la conviction de défendre les libertés publiques. Les références à la grande Révolution et les réminiscences du Second Empire se rejoignent ; Paul Reynaud, figure emblématique de la droite libérale, qui était pourtant un ami de longue date du général de Gaulle, retrouve des accents à la Mirabeau pour dénoncer le coup de force en s'adressant au Premier ministre : « Allez dire à l'Élysée [...]. Pour nous la République est ici [au Palais-Bourbon] et non ailleurs [...]. Les représentants du peuple, ensemble, sont la nation et il n'y a pas d'expression plus haute de la volonté du peuple que le vote qu'ils émettent après une délibération publique. » L'opposition de gauche agite le spectre du 2 Décembre et voit dans l'initiative du chef de l'État la confirmation de ses craintes et la justification de son vote négatif de 1958. Droite et gauche dénoncent d'une même voix l'instauration d'un pouvoir personnel.

Le troisième élément qui intervient dans les débats est précisément le tour personnel que de Gaulle a décidé de donner à la consultation : il a demandé un vote franc et massif et menace de se retirer si la majorité des oui est « faible, médiocre, aléatoire ». Les adversaires ont beau jeu de parler de plébiscite et d'en prendre argument pour stigmatiser le caractère de plus en plus monarchique du régime. Les journalistes ironisent sur le terme de « guide » que le chef de l'État a utilisé pour désigner la fonction et en proposent des équivalents étrangers — *duce, Führer* — qui pour des oreilles françaises éveillent de fâcheuses réminiscences.

Le Cartel des non

Dès la rentrée parlementaire, l'opposition, faute de pouvoir mettre directement en cause le président de la République que couvre l'irresponsabilité, dépose une motion contre le gouvernement, qui porte la signature de représentants de tous les groupes parlementaires, sauf l'U.N.R. C'est l'ébauche de ce qui va être le Cartel des non. Elle obtient 280 voix ; la majorité absolue étant à 241, le gouvernement est renversé. C'est la première fois qu'est mise en œuvre la disposition prévue par la Constitution pour la chute d'un gouvernement, et cela reste, quelque trente ans plus tard, l'unique circonstance où elle a joué. De Gaulle maintient le gouvernement dans ses fonctions dans l'attente du référendum du dimanche 28 octobre et use de la riposte que la Constitution met entre ses mains : il dissout l'Assemblée ; les élections auront lieu les 18 et 25 novembre. Le peuple est fait juge du différend entre gouvernement et majorité de l'Assemblée, de Gaulle et les partis. Ainsi deux consultations se succèderont comme en 1958 et dans le même ordre : référendum, puis élections législatives.

Avec des motivations variées, toutes les formations politiques — U.N.R. exceptée —, du Parti communiste à l'extrême droite, ont fait campagne pour le non. La situation est donc bien différente de celle de 1958 où la majorité des partis recommandait le oui. La variable algérienne ne jouant plus depuis la fin de la guerre en faveur du général de Gaulle, l'issue de la compétition est très incertaine. Des rapprochements s'esquissent dans certains départements méridionaux entre socialistes et partisans de l'Algérie française pour évincer de Gaulle. Les abstentions furent plus nombreuses qu'en 1958, mais moins qu'au référendum du 8 avril sur l'Algérie : 23 %. Le oui, avec un peu plus de 13 millions contre moins de 8 pour le non, l'emportait par 62 % des suffrages exprimés. Quelle avait été la part dans ce succès de l'inquiétude provoquée par l'aggravation de la situation internationale et la crise de Cuba ? Faible sans doute. Le résultat n'était pas discutable : de Gaulle avait gagné et les partis retrouvaient à peine la moitié des voix qu'ils avaient rassemblées aux législatives de 1958, mais, par comparaison avec les consultations antérieures, le résultat fut jugé médiocre, à commencer par de Gaulle lui-même, qui paraît avoir hésité vingt-quatre heures entre la démission et le retour à l'Élysée. Le gaullisme référendaire était en perte de vitesse. Pour la première fois, le non arrivait en tête dans une quinzaine de départements qui formaient un ensemble géographique relativement compact : au sud d'une ligne qui rappelait quelque peu la ligne de démarcation. On voyait s'esquisser une différenciation qui retrouvait de fort anciens découpages dont l'origine remontait à la IIe République. Les opposants de gauche célébraient la fidélité républicaine de la France du Midi et les gaullistes se félicitaient de recevoir l'adhésion des régions les plus dynamiques.

De Gaulle exploite à fond ce premier succès pour consommer la défaite des partis. A quinze ans de distance, il reprend le procès que le R.P.F. faisait au régime exclusif des partis : leur victoire serait le « rétablissement du régime de malheur ». Il évoque le spectre du retour à l'instabilité des gouvernements et à l'impuissance de l'État. En face, les partis font cause commune : ils passent des accords et mettent entre parenthèses ce qui les avait séparés. Davantage : à quelques jours du premier tour, le 12 novembre, Guy Mollet, qui avait été au temps de la guerre froide le champion de l'anticommunisme et dont le ralliement à la solution de Gaulle en mai 1958 avait été largement déterminé par la crainte d'un nouveau Front populaire, déclare sur une radio qu'en cas de duel au second tour entre un candidat U.N.R. et un communiste, il ferait voter pour ce dernier. Choix essentiellement tactique, mais de portée historique, qui arrache le Parti communiste à l'isolement où il était enfermé depuis quinze ans, tant de son fait que de celui des autres. C'est le premier jalon d'une ligne qui aboutira en 1972 à la signature d'un programme commun de gouvernement entre le Parti socialiste rénové et le Parti communiste. Tous les partis font bloc contre le parti du Général qui rassemble tous les gaullistes, regroupés sous le label d'une Association pour la Ve République composée en majorité des candidats U.N.R., de la fraction des indépendants qui ont choisi de rester solidaires du chef de l'État autour du jeune ministre des Finances Valéry Giscard d'Estaing, et de quelques dissidents du M.R.P.

De Gaulle triomphe des partis

Du référendum aux élections, la courbe de la participation reproduit la régression déjà observée en 1958 : elle tombe au-dessous de 70 %. Les électeurs se satisfont-ils du seul succès du oui au référendum et tirent-ils déjà la conséquence anticipée de ce que l'élection du président de la République sera désormais l'acte essentiel de la vie politique ? Le demi-succès du 28 octobre se transforme en victoire éclatante. C'est le triomphe du gaullisme parlementaire ; avec 32 % des suffrages, l'U.N.R. parvient à un niveau jamais atteint dans toute notre histoire électorale : trois points de plus que le Parti communiste à son apogée en 1946. Elle enlève les 31 sièges parisiens. Avec 233 députés, il ne lui en manque qu'une douzaine pour détenir à elle seule la majorité absolue. Ses alliés républicains indépendants font l'appoint avec 36 élus, alors que le gros des indépendants qui avaient pris position pour le non est balayé : ils ont perdu un bon tiers de leurs électeurs et la quasi-totalité de leurs sièges. Même les personnalités les plus prestigieuses, tel Paul Reynaud, mordent la poussière, battus par des candidats inconnus mais qui se réclamaient de de Gaulle. 106 au départ, ils sont désormais 26. C'est un désastre. Quant à l'extrême droite, elle est éliminée : les dissidents de l'U.N.R. qui avaient rejoint le camp de l'Algérie française n'obtiennent même pas 1 % des voix et les 80 indépendants qui avaient voté l'amendement dit Salan sont tous écartés. Rarement le corps électoral aura aussi clairement manifesté sa volonté ; à cet égard l'élection confirme le référendum du 8 avril. A la différence de 1958, le gaullisme parlementaire a progressé principalement aux dépens de la droite dite classique.

Les centres ont particulièrement souffert du caractère dualiste de la compétition : au second tour, dans 221 des 369 circonscriptions dont le siège n'a pas été attribué dès le premier tour, deux candidats seulement restent en lice. Le mécanisme de la bipolarisation est enclenché. Il deviendra de plus en plus difficile aux centres de survivre entre les deux masses, majorité rassemblée autour du général de Gaulle et opposition de gauche ; ils seront progressivement contraints d'entrer dans l'une ou l'autre coalition et de se placer sous la tutelle de plus forts qu'eux. Dans l'Assemblée de 1962, deux groupes refusent le clivage dualiste : un centre droit, dont le M.R.P. est le noyau dur, avec quelque 55 députés, et un centre gauche, avec les radicaux et les anciens de l'U.D.S.R., qui pratique une opposition plus intransigeante. Leur dualité annonce les regroupements ultérieurs. Le Parti communiste a reconquis une partie du terrain perdu en 1958 et regagné un tiers environ des électeurs qui l'avaient quitté : de 18,5 % il remonte à un peu plus de 21 % ; il ne recouvrera jamais le reste. Les désistements entre candidats de gauche et les bons reports de voix gonflent son groupe, qui passe de 10 à 41. La même tactique sert aussi la S.F.I.O, qui, en dépit d'une perte de voix, gagne une vingtaine de sièges. P.C.F. et S.F.I.O., dont les électeurs ont été un peu moins de 35 %, additionnent 107 élus.

Les électeurs ont tranché : la double crise est réglée. De Gaulle a gagné sur toute la ligne : il a fait adopter la révision et remporté une incontestable victoire sur les partis. L'espoir de la classe politique de revenir à une pratique plus conforme à la tradition parlementaire est ajourné pour trois ans au moins, l'échéance la plus proche est la fin du septennat, en décembre 1965. Après trois mois d'affrontements passionnés, au terme de quatre années de péripéties dramatiques, le calme est revenu : la Ve République aborde des eaux tranquilles. Dès le 27 novembre, de Gaulle avait renommé Georges Pompidou Premier ministre. Celui-ci remania légèrement son gouvernement sans en modifier substantiellement l'orientation et, le 3 décembre, la nouvelle Assemblée approuva par 268 voix contre 116 sa déclaration de politique générale. Débarrassé de l'hypothèque algérienne, disposant d'une majorité parlementaire compacte, assuré de la confiance d'une large fraction des Français, le général de Gaulle peut envisager l'avenir avec sérénité et s'attaquer enfin aux tâches qu'il tient pour essentielles. Il a la chance qui avait été refusée à Pierre Mendès France.

La Ve République sort affermie de la crise constitutionnelle : elle a survécu à l'épisode algérien qui avait été l'occasion de son instauration. La voici fondée une deuxième fois et durablement. Mais est-ce bien encore le même régime ? Les conséquences de la révision n'apparaîtront dans toute leur ampleur que progressivement, mais dès la fin de 1962 les esprits clairvoyants les pressentent déjà. Bien que la révision n'ait porté que sur un seul article, elle a virtuellement modifié les rapports entre les pouvoirs. Elle a renforcé la fonction présidentielle et en a étendu les compétences. Elle consacre le déplacement du centre de décision qu'avait imposé la guerre d'Algérie et institutionnalise l'évolution coutumière qui avait amené le chef de l'État à intervenir dans la conduite de l'action quotidienne. Si le suffrage universel est sollicité pour la désignation du président, cela ne peut pas être évidemment pour un rôle de figuration ; les électeurs ne l'admettraient pas. Désormais, tout procédera de l'Élysée. En 1964, de Gaulle élaborera la théorie de ce pouvoir suprême : il ne saurait y avoir de dyarchie au sommet de l'État. C'est du Président, parce qu'il est l'élu de la nation, que tout pouvoir procède, y compris le pouvoir judiciaire. Le Premier ministre, plutôt que le chef responsable de la conduite de la nation, tend de ce fait à devenir l'exécutant des décisions du chef de l'État.

Ce transfert du pouvoir effectif à l'avantage du Président altère la nature de son rôle. Il ne peut plus être seulement le symbole de l'unité nationale et le garant de la continuité de l'État au-dessus des divisions, dès lors qu'il est l'élu d'une partie des électeurs et qu'il a fait campagne sur un programme contre des compétiteurs s'inspirant d'autres orientations. Comment conjuguer deux fonctions aussi contraires, rassembler les Français et conduire une majorité unie sur un programme ? De Gaulle ne se résignera qu'à contrecœur à cette mutation de son personnage. Mais toute l'histoire de ses relations avec la communauté nationale est celle d'une alternance de situations historiques où son action unifie et rassemble, et de circonstances où ses initiatives créent la discorde : en 1940, 1947, 1958, 1962. Il en sera ainsi jusqu'à la fin.

Le renforcement de l'institution présidentielle a entraîné mécaniquement l'affaiblissement des autres : le rôle de l'Assemblée est réduit dès lors que le chef de l'État peut compter sur une majorité compacte et disciplinée. Quant au Sénat, de Gaulle lui fera payer avec usure les propos de son président : les ministres ne paraîtront plus au Luxembourg, où l'on dépêchera de simples secrétaires d'État. Jamais le président de la République ne pardonnera au Sénat de maintenir à sa tête un homme qui lui avait gravement manqué ; cela motivera le projet de révision de 1969 et causera indirectement l'échec final de De Gaulle.

A la fin de 1962 débute ainsi un autre chapitre de l'histoire du régime : si c'est bien toujours la Ve République, et non pas la VIe, comme le disent certains, c'en est une version différente qu'on pourrait intituler comme on le fait pour désigner les matériels militaires : Constitution modèle 1958 modifiée 1962.

CHAPITRE XXV

1965 : un tournant

Au sortir de la crise institutionnelle qui avait secoué le pays pendant trois mois et après les tensions engendrées pendant des années par la guerre d'Algérie, la France entre dans des eaux calmes : les trois années 1963-1965 ont été probablement le moment le plus heureux du principat gaullien.

La stabilité des institutions est assurée : le pouvoir du général de Gaulle est confirmé. Les partis ont subi une défaite dont ils mettront longtemps à se relever : pour l'heure ils ne savent guère comment s'adapter à une situation aussi nouvelle pour eux. Il n'y a pas d'élections en vue avant trois ans. Le chef de l'État a confirmé dans ses fonctions le Premier ministre, les électeurs ayant tranché en sa faveur le différend qui l'opposait à la majorité de la précédente Assemblée. L'harmonie est complète entre les pouvoirs.

Des années heureuses

Georges Pompidou, dont l'ancienne majorité avait cruellement dénoncé l'inexpérience parlementaire, révèle promptement des qualités d'homme d'État qu'on ne soupçonnait pas chez cet universitaire nonchalant qui paraissait plus pressé de jouir des agréments de l'existence que désireux d'exercer le pouvoir. Se découvre un grand travailleur qui instruit les dossiers et débrouille les questions les plus complexes. Il prend vite une grande autorité sur l'ensemble du gouvernement. Excellent *debater*, incisif, avec un don de repartie, il tient tête aux meilleurs orateurs de l'opposition. Interpellé par Guy Mollet qui fait référence aux travaux du Comité constitutionnel consultatif de 1958 à propos des déclarations du chef de l'État sur la prépondérance absolue du pouvoir présidentiel, il définit avec fermeté, le 24 avril 1964, la nature du régime. Il s'impose après quelques mois comme le chef incontesté de la majorité. Suivant le conseil de De Gaulle qui lui a recommandé de se faire connaître du pays, il voyage à travers la France et acquiert un début de popularité. Entre les deux hommes l'entente est sans nuages : le Général déploie son action dans les relations extérieures ; Pompidou consacre ses efforts à promouvoir la modernisation de la société et de l'économie, répondant au vœu du Général que la France épouse son temps.

Georges Pompidou fut un grand Premier ministre. Il mit ses grandes qualités d'esprit et de décision, et son expérience acquise au groupe Rothschild et au Conseil d'État, au service d'un grand projet : rattraper le retard pris par la France depuis trente ans du fait de la crise et de la guerre, et en faire l'une des premières puissances industrielles du monde. Acquis à l'idée d'une transformation de l'économie, attaché à la modernisation des structures de la production et de la distribution, il était plus réservé à l'égard de toute réforme institutionnelle et sociale. Si l'homme privé alliait dans ses goûts artistiques l'héritage de la culture classique et l'intérêt pour les recherches d'expression et l'avant-garde, il tenait de ses racines paysannes et d'un fond de scepticisme quelque défiance pour les initiatives réformatrices : il doutait de leur nécessité et redoutait leurs effets déstabilisateurs. Sa réussite personnelle due à d'éminentes qualités n'avait pas peu contribué à le convaincre qu'une société où un jeune homme de modeste origine pouvait par son travail et ses mérites se frayer un chemin et accéder aux charges les plus hautes n'avait pas besoin d'être réformée : n'était-elle pas démocratique ? A la bousculer il y avait plus de risques que d'avantages. La crise de mai 1968 l'ancrera dans cet état d'esprit : il prendra la mesure de la fragilité des acquis et de la précarité de l'ordre social ; elle achèvera de le rendre défiant à l'endroit de ceux qui rêvent de réformes et inclinera sa présidence dans un sens conservateur plus proche du radicalisme de gouvernement que du gaullisme.

Après tant d'années d'épreuves et de tensions souvent dramatiques, les Français ont enfin le sentiment de sortir du tragique : l'histoire n'exige plus d'eux, à tout instant, des décisions qui appellent des choix déchirants et engagent l'avenir irrémédiablement. Ils reprennent souffle. Ils n'ont plus à redouter de guerre civile, larvée ou déclarée. Les armes se sont tues. En Europe et dans le monde, la détente, même coupée de quelques alertes, comme lors de la crise des fusées à Cuba en octobre 1962, écarte l'éventualité d'une nouvelle guerre. On se prend à croire à une convergence progressive des systèmes antagonistes : on compte sur le développement des échanges, l'ouverture des frontières, la circulation des personnes et la pression des nécessités de l'économie et du gouvernement pour rapprocher les peuples et les systèmes.

1965 : un tournant

Libéré du boulet de la guerre d'Algérie et ayant regagné du fait de ses initiatives décolonisatrices un grand crédit dans les instances internationales, encore qu'il n'accorde à leurs prises de position qu'une estime médiocre, le général de Gaulle, assuré de la durée sans laquelle il ne saurait y avoir de politique étrangère d'envergure, a enfin les mains libres pour restituer à la France son rang dans le monde.

L'année 1963 est marquée par une succession d'initiatives qui accentuent les tendances esquissées depuis son retour à la tête de l'État. Il poursuit le dégagement de la France des liens où elle était enserrée. Soucieux qu'elle assure elle-même sa propre défense, il refuse de s'associer à l'accord de Moscou signé par les deux Grands, qui interdit les expériences atomiques dans l'air, dans l'eau et sous terre. Il prend de plus en plus de distance par rapport aux États-Unis, condamnant leur intervention à Saint-Domingue, blâmant leur engagement croissant au Vietnam. Il reconnaît la république populaire de Chine, persuadé de la nécessité historique d'établir des relations avec ce peuple promis à un grand rôle. Une tournée d'un mois entier en 1964 à travers l'Amérique latine prend l'allure d'un défi à la tutelle des États-Unis sur le continent.

En Europe, quelques semaines après ses succès électoraux, il a signifié son refus d'admettre la Grande-Bretagne dans la Communauté européenne au motif qu'elle placerait celle-ci sous la dépendance américaine ; elle ne pourra y prendre place que le jour où elle en acceptera sans restrictions ni dispositions particulières toutes les obligations : il la veut « nue ». Le caractère unilatéral de la décision et les circonstances de sa notification heurtent nos partenaires qui se récrient, mais les négociations n'en sont pas moins suspendues *sine die*. De Gaulle maintient son opposition à la supranationalité : pour faire échec aux tentatives qui s'en inspirent, il n'hésite pas à pratiquer une politique de force. Une tension très vive éclate entre les Six à propos de la politique agricole commune à laquelle notre diplomatie est attachée et pour laquelle elle refuse la règle de la majorité : à partir de juillet 1965, la France recourt à la politique de la chaise vide afin de démontrer l'impossibilité pour la Communauté de fonctionner sans l'accord unanime des gouvernements. En janvier 1966, nos partenaires souscrivent de guerre lasse à l'accord de Luxembourg qui reconnaît qu'un pays peut opposer son veto aux dispositions dont il jugerait qu'elles portent atteinte à ses intérêts essentiels. Dans le même temps, de Gaulle resserre les liens avec la République fédérale : le traité de l'Élysée, en janvier 1963, scelle la réconciliation des deux peuples et couronne le rapprochement amorcé treize ans plus tôt ; des rencontres au sommet à raison de deux par an assureront la collaboration des gouvernements en plusieurs domaines. Des solennités grandioses — revue des troupes, cérémonie religieuse à la cathédrale de Reims — symbolisent aux yeux de l'opinion des deux pays la portée historique de l'événement.

La croissance et ses fruits

L'économie paraît définitivement engagée dans une phase ascendante, sur la voie d'une expansion régulière et rapide. La Ve République recueille les premiers fruits des décisions de la IVe qui ont jeté les bases de la croissance et de la modernisation : année après année, de Gaulle inaugure les réalisations conçues et commencées par le régime précédent et dont la Ve a mené à bien l'achèvement — centre nucléaire de Cadarache (mai 1963), nouvel aéroport d'Orly, tunnel du Mont-Blanc (juillet 1965), Maison de la Radio, usine marémotrice de la Rance (novembre 1966), lancement du paquebot *France*... L'éclat donné à ces inaugurations que retransmet la télévision impose l'image d'un pays qui a retrouvé ses facultés créatrices et qui est capable de performances techniques de premier ordre. Elles concourent à réconcilier l'opinion avec la technique.

Tous les facteurs sont orientés favorablement : pour une fois, les grands équilibres sont tous assurés. Depuis 1960, le taux des investissements est supérieur à 20 %. La France dispose pour le moment d'énergie à bon marché avec le pétrole et le gaz naturel algériens : la part des hydrocarbures dans l'approvisionnement énergétique a crû de 18 % en 1950, où le charbon était encore la source principale, à 74,5 % à la fin des années 60. Le pari de l'ouverture des frontières a été gagné : stimulés par le vaste marché offert à leurs produits, agriculteurs et industriels ont modernisé leurs installations, accru leur production, conquis des débouchés. L'économie française s'intègre chaque année davantage à la Communauté économique européenne : elle exporte quelque 20 % de sa production dans les pays voisins. En retour, elle bénéficie de la prodigieuse expansion de l'économie européenne et d'une conjoncture exceptionnelle.

La croissance est devenue comme une seconde nature de l'activité économique : à partir de 1960, la progression annuelle n'est jamais inférieure à 5 %. De 1957 à 1967, l'indice de la production industrielle est passé de 204 (base 100 en 1938) à 335, soit une augmentation de plus de moitié. L'agriculture n'est pas en reste. De tous les secteurs, elle est sans conteste celui qui a connu depuis la guerre la mutation la plus saisissante par son ampleur et, sa rapidité : il n'est pas excessif de parler à son propos de révolution, qui a affecté et les structures et les modes de production. La taille moyenne des exploitations s'est accrue avec la disparition de beaucoup de petites exploitations familiales. La mécanisation a libéré une partie de la main-d'œuvre installée en ville. Les exploitations restantes se sont rapprochées de l'entreprise industrielle par l'adoption de techniques plus complexes, l'utilisation du machinisme et la commercialisation de leurs produits. L'exploitation a de ce fait changé de nature et de caractère : elle est devenue dépendante des fluctuations des cours, des mécanismes de formation des prix et des marchés. L'agriculture est devenue l'une des premières branches de l'activité nationale, la première exportatrice, un facteur décisif de l'équilibre de la balance des échanges : on commence à parler de « pétrole vert ». En moins d'un demi-siècle, avec trois ou quatre fois moins de bras (la part des agriculteurs dans la population active passant de 36 % en 1946 à 12 % en 1972 et 6 % en 1986), elle a atteint des rendements trois ou quatre fois plus élevés, ou davantage. La condition des agriculteurs a tant changé qu'on s'interroge sur leur avenir : on parle de la « fin des paysans ». Cependant, l'exploitation familiale ne disparaît pas et demeure le trait principal de l'agriculture. En partie parce que l'impulsion de la révolution agricole a été donnée essentiellement par les militants de la Jeunesse agricole catholique : notre société ne connaît pas d'exemple aussi manifeste de changement social induit par un changement des mentalités opéré à l'initiative d'un mouvement d'inspiration chrétienne. Le Crédit agricole, qui peut accorder des prêts bonifiés de longue durée, a pratiqué une politique intelligente de modernisation qui a permis ces transformations, mais fait de la majeure partie des agriculteurs ses débiteurs ; il est le plus grand créancier de l'agriculture. Les pouvoirs publics ont aussi encouragé cette évolution. Sous l'impulsion d'Edgard Pisani, ministre énergique et plein d'idées qui modifia de fond en comble les structures de son ministère et imposa la fusion des corps d'ingénieurs du Génie rural et des Eaux et Forêts, des mesures sont arrêtées pour donner aux agriculteurs français les moyens de résister à la concurrence étrangère. En juillet 1962, une loi complémentaire est venue prolonger les effets de la loi d'orientation de 1960. Des Sociétés d'aménagement foncier et d'équipement rural (S.A.F.E.R.) acquièrent les terres disponibles et les revendent à des prix accessibles aux jeunes agriculteurs, régularisant le marché foncier et combattant la spéculation sur la terre, leur instrument de travail. Les agriculteurs âgés sont encouragés à céder leur exploitation par l'institution d'une retraite. Le Centre national des jeunes agriculteurs préconise une politique des structures plutôt qu'une politique des prix, qui a la préférence des dirigeants de la Fédération nationale des syndicats d'exploitants agricoles.

La demande de biens croissant plus vite que l'offre, l'inflation reparaît. Les salaires caracolent devant les prix qu'ils entraînent à leur suite. La main-d'œuvre nationale ne suffisant plus aux besoins de l'expansion, il faut recourir massivement à l'immigration étrangère. Le miracle italien a tari l'émigration de la péninsule. L'Espagne, gagnée à son tour par la modernisation, a cessé d'expatrier ses fils. Le Portugal prend le relais avec les jeunes qui se soustraient au service militaire pour ne pas servir trois ans en Angola ou au Mozambique contre la guérilla. Il faut aussi commencer à puiser dans des réservoirs plus éloignés : Afrique du Nord, puis Afrique noire ; des entreprises vont recruter dans les campagnes marocaines. La surchauffe de l'économie qui menace d'annuler les effets positifs des réformes de 1958 alarme les proches collaborateurs du président de la République, qui décide d'intervenir personnellement dans un domaine dont il laissait ordinairement la responsabilité au Premier ministre : complétant les premières mesures — limitation des crédits en février 1963, blocage en avril des prix de quatre-vingts produits industriels —, il impose, en septembre 1963, à Georges Pompidou et à son jeune ministre des Finances Valéry Giscard d'Estaing un plan de stabilisation qui vise à refroidir l'économie en freinant l'expansion — encadrement du crédit, politique de limitation des augmentations de salaires, politique des revenus. L'ensemble de ces mesures s'inspire d'une stricte orthodoxie. L'État donne l'exemple en réduisant ses charges et en s'imposant une stricte corrélation entre les recettes et les dépenses : les budgets de 1964 et 1965 sont les premiers votés en équilibre depuis Poincaré ; l'impasse est supprimée. Ces dispositions, qui entraînent un ralentissement des investissements et de la croissance, furent maintenues jusqu'en 1965, peut-être au-delà du nécessaire, et on pourra se demander si leur prolongation, par leurs conséquences

1965 : un tournant

sur l'activité, n'a pas eu quelque part à la mise en ballottage du général en décembre 1965.

Les Français commencent à toucher les dividendes de vingt ans d'efforts et à goûter les douceurs de la prospérité après les années de privations de la décennie 40 et les années laborieuses de la décennie 50. Leur niveau de vie s'élève : le pouvoir d'achat, mesuré par la comparaison de l'évolution des salaires et de celle des prix, est passé, entre 1955 et 1967, de 140 (base 100 : 1949) à 212, soit un accroissement de 50 %. A l'encontre de la thèse communiste de la paupérisation absolue de la classe ouvrière, à laquelle le parti est contraint de mettre une sourdine, la condition de l'ensemble des travailleurs, au moins de ceux de nationalité française, connaît une nette amélioration. Si la durée moyenne du travail reste élevée — quarante-six heures par semaine en 1966 —, les rémunérations qui croissent plus vite que les prix à la consommation assurent de meilleures conditions de vie. Les conditions de travail aussi se modifient, et l'on commence à parler de l'émergence d'une nouvelle classe ouvrière, bien différente du prolétariat né de la première révolution industrielle : l'introduction de l'automation dans la grande industrie, en particulier dans l'automobile, libère la main-d'œuvre des tâches les plus pénibles. La quatrième semaine de congés payés, introduite à la Régie Renault, fidèle à sa vocation d'entreprise pilote dans le domaine des relations sociales, par un accord d'entreprise signé avec les syndicats en décembre 1962, tend à se généraliser en 1963.

Et pourtant cette année 1963 a connu le plus grave conflit social de la période avec la grève des mineurs qui éclate à la fin de février. Elle trahit l'inquiétude de la profession, née de la politique énergétique des pouvoirs publics qui misent sur le pétrole : la part du charbon ne cesse de régresser, et les mineurs ont la réaction de toute corporation menacée dans son existence. Le gouvernement, imbu de l'idée que « le pouvoir ne recule pas », plutôt que d'engager des pourparlers avec les organisations syndicales, recourt à une mesure comminatoire : le 2 mars, de Gaulle signe de Colombey un décret de réquisition du personnel des cokeries, dont l'application est bientôt étendue à l'ensemble des mineurs. La mesure tombe dans le vide ; les mineurs n'obtempèrent pas, la grève devient totale et a visiblement la sympathie de l'opinion publique. A cause de la dureté des conditions de travail et d'une certaine représentation romantique qui emprunte à *Germinal,* la profession a toujours joui d'un préjugé favorable. En outre, la nation n'oublie pas la part prise par les mineurs au relèvement de l'économie en 1945 à un moment où le charbon était aussi indispensable à l'industrie qu'aux foyers domestiques. Aussi le raidissement du gouvernement a-t-il un effet négatif sur la cote de popularité du général de Gaulle lui-même : elle qui oscillait au temps de la guerre d'Algérie autour de 70 % d'opinions favorables plonge brusquement et tombe à 43 %. Il y aura désormais toujours plus d'opinions négatives que positives sur la politique sociale du gouvernement. Après quelques semaines, devant la prolongation de la grève, le gouvernement, inaugurant une méthode qui sera reprise par tous les successeurs, confie à une commission de trois « sages » présidée par le commissaire général au Plan, Pierre Massé, le soin d'évaluer la perte de pouvoir d'achat éventuellement subie par les mineurs. Il suit leurs recommandations : l'accord est conclu le 2 avril et le travail reprend partout le 5 après cinq semaines de grève totale. Le règlement du conflit n'efface pas entièrement dans l'opinion les traces de l'erreur commise en recourant prématurément à l'arme exceptionnelle de la réquisition.

Dans l'ensemble, les Français vivent mieux. Le confort commence à pénétrer dans les foyers ; facilité par le crédit à la consommation qui entre dans les habitudes, l'équipement électroménager se développe : réfrigérateurs, machines à laver le linge, etc. La pénurie de logements est en voie de résorption : chaque année le nombre de logements terminés dépasse les 300 000. Le paysage urbain se transforme à vue d'œil : autour des villes se développent par auréoles concentriques de grands ensembles immobiliers qui en investissent les centres historiques. Le parc de voitures aussi s'accroît à un rythme soutenu qui entraîne l'industrie automobile dans une ascension continue.

La demande d'instruction se fait plus générale : avant même qu'entre en vigueur la prolongation de la scolarité obligatoire jusqu'à seize ans, l'explosion scolaire atteint tout le second degré, encouragée par les pouvoirs publics qui consentent un effort remarquable pour les constructions scolaires — un ministre de l'Éducation nationale peut se vanter d'inaugurer un C.E.S. par jour. La décision est prise en 1963, pour faciliter la démocratisation, de réunir dans les mêmes établissements tous les premiers cycles.

Le gouvernement oriente son action pour rendre l'économie compétitive et stimuler sa modernisation. Le commissariat au Plan, sous l'impulsion de Pierre Massé, joue un rôle primordial dans la détermination des grands objectifs : le général de Gaulle a élevé la planification à la dignité d'« ardente obligation ». En 1963 est créée sous la direction d'Olivier Guichard une Délégation à l'aménagement du territoire avec mission de corriger les disparités entre régions par la décentralisation des activités pour une répartition plus harmonieuse sur l'ensemble du territoire, d'enrayer la croissance anarchique de l'agglomération parisienne et de prévenir la désertification des régions les moins favorisées par la nature. En Ile-de-France s'élabore, sous la direction de Paul Delouvrier, nommé délégué général au district de Paris en 1961, un plan directeur qui prévoit la création de cinq villes nouvelles créées de toutes pièces vers lesquelles diriger l'accroissement de la population pour décongestionner la capitale. En juin 1964, la réforme administrative de la région parisienne découpe de nouveaux départements pour remédier à la sous-administration des banlieues. En mars 1964 sont créées les régions de programme.

Dans le même temps, l'État réduit sa part dans l'investissement global : le dynamisme de l'économie lui permet de diminuer les subventions aux entreprises nationales et de débudgétiser certaines dépenses. Le poids des prélèvements obligatoires se réduit : la part du budget de l'État dans le produit intérieur brut, qui était de 26 % à la fin de la IVe République, s'abaisse à 21 %. Les pouvoirs publics encouragent par des mesures fiscales l'épargne et les investissements privés. Ils poussent aussi les entreprises à fusionner pour atteindre une taille qui leur permette de soutenir la concurrence étrangère. Le mouvement de concentration s'accélère : la moyenne annuelle des fusions passe de 38 dans les années 1950-1958 à 74 pour les années 1958-1963. Une loi bancaire, en 1965, atténue la classique distinction entre banques de dépôt et banques d'affaires pour autoriser les premières à intervenir dans le financement des entreprises, pour le plus grand bien de l'économie. Un certain nombre d'entreprises accèdent à la classe internationale et se transforment en multinationales. La productivité réalise des gains annuels de 5 %. La France est enfin devenue une grande nation industrielle et l'une des premières puissances exportatrices. Exauçant le souhait du chef de l'État, elle a épousé son temps.

Une autre société

Elle a aussi rajeuni, et ce rajeunissement n'a pas été le moindre facteur de sa modernisation. La courbe des naissances, qui avait commencé de se relever mystérieusement au pire moment de la guerre, en 1943, s'était maintenue à un niveau élevé après 1946 bien au-delà du relèvement passager qui suit habituellement les guerres, apportant année après année un excédent d'environ 300 000 naissances qui, joint à l'immigration étrangère, avait enfin arraché le chiffre de la population à l'étiage de 40 millions où il paraissait immuablement fixé depuis soixante-dix ans, pour l'entraîner dans un mouvement ascendant : il atteint 47 millions en 1962, accusant un gain de 7 millions en seize ans. Une nouvelle génération repeuple les habitations, les écoles, les lieux de loisirs. En 1963, la première cohorte du *baby boom,* née en 1946, entre dans sa dix-septième année, et chaque année grossit le flux des adolescents.

Cette génération n'a connu ni le drame de l'Occupation, ni les déchirements de la guerre froide ; à peine ceux de la guerre d'Algérie. Elle se désintéresse du passé et est tournée vers l'avenir. Elle ne s'intéresse que peu à la politique : les jeunes qui s'étaient mobilisés pour la fin des combats en Algérie se sont vite démobilisés : l'U.N.E.F. retombe à un niveau médiocre. Cette génération se sent différente de ses aînés. Le divorce éclate à travers les crises qui secouent la plupart des mouvements de jeunesse et les opposent aux autorités politiques ou religieuses : en 1965, la direction de l'Union des étudiants communistes entre en conflit ouvert avec le parti, et presque tous les responsables rompent ; on les retrouvera trois ans plus tard à la tête des groupuscules gauchistes. La même année, les équipes dirigeantes de la Jeunesse étudiante chrétienne, qui, depuis quelque trente ans, avait exercé une grande influence, assurant une présence chrétienne dans l'Université et formant des élites administratives, sociales et culturelles, démissionnent en bloc au terme d'un conflit qui les opposait à l'archevêque de Paris, Mgr Veuillot.

A des signes multiples, encore imperceptibles, dont l'importance échappa aux contemporains et dont l'historien ne percevra la signification et ne mesurera la portée que plus tard, il apparaît que la société a amorcé au milieu des années 60 un changement en profondeur ; sa nature et son ampleur n'éclateront au grand jour qu'à l'occasion de la secousse de mai 1968. La société française, à l'instar des autres sociétés occidentales, tantôt en avance sur elles, tantôt en retard, amorce un tournant capital. Le changement affecte les croyances, les valeurs reconnues et professées, les conduites privées et les comportements collectifs, bref les mœurs au sens le plus général : pas seulement la moralité individuelle, mais tout l'éthos social.

La courbe des naissances, stable depuis près de vingt ans, fléchit en 1964-1965. C'est au même moment que la proportion des femmes dans la population active, inchangée depuis le début du siècle (avec une distribution professionnelle qui avait, elle, subi des modifications), se relève ; depuis, le taux progresse régulièrement d'un demi-point par an jusqu'à rejoindre pour les classes d'âge les plus jeunes le taux de la population masculine, effaçant l'une des plus anciennes différences entre les sexes. Manifestation de l'aspiration des femmes à s'accomplir dans une activité professionnelle, à disposer d'un salaire, et à avoir des relations sociales. Signe avant-coureur du grand mouvement d'émancipation féministe qui sera un phénomène majeur de l'évolution de la société dans les années suivantes et qui sera sanctionné en 1967 par la légalisation de la contraception et de l'avortement en 1975. Dans ces mêmes années, la France est touchée par la vague de permissivité qui a pris naissance dans les pays du nord de l'Europe : Danemark, Pays-Bas, Grande-Bretagne. Le nombre des suicides de jeunes double soudain sans cause apparente. C'est encore de ce milieu de la décennie que datent les prodromes de la régression de la pratique religieuse et les débuts de ce qu'on appellera la crise de l'Église, bien avant que le concile Vatican II ait pu faire sentir ses effets.

C'est une autre société qui point, avec ses aspirations, d'autres références, un système de valeurs inédit. La nouvelle génération recherche de nouvelles formes de sociabilité : une de ses « idoles » s'appelle Johnny Halliday. C'est la génération de *Salut les copains !* qui, lancé en 1962, compte dès l'année suivante un million de lecteurs, et de *Mademoiselle Age tendre*. A l'invitation de la station de radio périphérique *Europe 1*, plus de cent mille jeunes accourent place de la Nation, dans la nuit du 22 juin 1963. Le rock et bientôt la minijupe triomphent. Ce sont les prémices d'une deuxième révolution individualiste.

Vingt ans après la fin de la Seconde Guerre mondiale, la France tourne le dos au passé et se tourne vers un avenir dont les linéaments ne se dessinent que confusément.

L'élection présidentielle

L'issue de la crise de l'automne 1962 avait virtuellement bouleversé les conditions et les enjeux de la vie politique : la défaite du Cartel des non avait sonné le glas du régime exclusif des partis et anéanti leurs espoirs d'un retour proche aux pratiques antérieures ; le verdict des électeurs avait consommé la mort de la IV⁰ République. Les plus lucides des hommes politiques avaient compris qu'ils ne devaient pas escompter un retournement de l'opinion ou un renversement des circonstances qui restaurerait une pratique plus traditionnelle : les partis n'avaient d'avenir et de chances de survivre qu'à condition de s'adapter aux nouvelles institutions. Il était évident que l'élection présidentielle était appelée à devenir l'événement majeur et le temps fort de la politique dont elle modifierait le fonctionnement. En particulier, la disposition prévoyant que ne resteraient en compétition au second tour que les deux candidats arrivés en tête au premier ne manquerait pas d'avoir des effets sur les systèmes de partis : la nécessité d'obtenir une majorité absolue des suffrages pousserait à des regroupements qui aboutiraient à une bipolarisation.

La chose était si nouvelle que personne ne se représentait précisément ce qu'en serait le déroulement. Trois questions entre autres obsédaient le personnel politique. Qui serait candidat ? Des personnalités indépendantes ou des délégués des partis ? Comment seraient-ils désignés, en l'absence de structures analogues aux primaires américaines ? Enfin, à quel moment conviendrait-il de se déclarer ? Trois années restaient à courir avant le terme du septennat du général de Gaulle. Lui-même se représenterait-il ? Première inconnue, dont la suite des événements dépendait grandement. Il aurait alors passé le cap des soixante-quinze ans, et on savait combien l'homme du 18 Juin avait été marqué par le spectacle d'un Pétain accablé par l'âge et à quel point il était soucieux de ne pas s'exposer à la même infortune. Il ne briguerait un second mandat qu'assuré d'être en pleine possession de ses moyens physiques et intellectuels. Il s'était bien remis de l'opération de la prostate subie en avril 1964, mais attendrait le dernier moment pour se décider. Ses compétiteurs éventuels devaient-ils attendre jusque-là ? A trop attendre ils ne pourraient plus se faire connaître du pays, mais à prendre le départ trop tôt l'inconvénient n'était-il pas égal de se découvrir prématurément et de prêter le flanc à la critique des adversaires ?

Bon nombre des personnages consulaires qui avaient joué un rôle de premier plan sous la IV⁰ République écartent l'idée d'être candidat, les uns parce qu'ils se savent trop âgés ou trop associés par l'opinion au régime déchu, les autres parce que, réprouvant l'évolution institutionnelle, ils n'entendent pas la légitimer par leur candidature. Tel est le point de vue de Pierre Mendès France ou le raisonnement de Guy Mollet, qui persiste à penser que la fonction essentielle est celle de Premier ministre : en conséquence, il songe pour la présidence à des personnalités que leur passé qualifierait pour une fonction honorifique sans poids politique — Louis Armand, le docteur Schweitzer.

La candidature Defferre et la grande Fédération

Quelques-uns font un raisonnement tout différent dont la suite démontrera la pertinence : l'évolution est irréversible, on ne reviendra pas sur l'élection au suffrage universel. Dès lors, c'est la fonction présidentielle qui sera la fonction majeure, et il convient d'en tirer les conséquences en se portant candidat. La première initiative en ce sens est prise, en dehors des états-majors de partis par un petit groupe de journalistes, de fonctionnaires et d'intellectuels, membres de clubs ou animateurs de périodiques. Le 19 septembre 1963, plus de deux ans avant la date probable de l'élection, l'hebdomadaire *L'Express,* qui a joué le rôle que l'on sait dans le lancement du mouvement d'opinion en faveur de Mendès France et dans la campagne du Front républicain en 1955, sous l'impulsion de son fringant directeur, Jean-Jacques Servan-Schreiber, toujours en quête d'une idée qui fasse choc, dessine le portrait du candidat idéal. Le journal laisse planer le doute sur l'identité de Monsieur X en se gardant d'affirmer, ou de nier, qu'il corresponde à quelque homme politique en chair et en os. Dans les semaines suivantes, de numéro en numéro, le portrait se précise peu à peu et s'affine par petites touches. A la mi-novembre, un nom émerge du brouillard, celui de Gaston Defferre. Il appartient à la S.F.I.O., dont il dirige une des plus grosses fédérations, mais sans s'identifier à la direction. Il a milité dans la Résistance. Maire de Marseille depuis 1953, il a bien réussi dans l'administration du grand port, une tâche dont on doutait avant lui qu'elle soit faisable. Il a une expérience ministérielle : il a appartenu à des gouvernements sans être trop compromis avec l'ancien régime. Comme ministre de la France d'outre-mer en 1956, il a fait voter une loi-cadre qui a tracé le cadre de l'évolution ultérieure de l'Afrique noire vers l'indépendance. Son ralliement au oui en septembre 1958 a été décisif pour le vote majoritaire de la S.F.I.O. Ayant accepté le changement de régime, il peut briguer sans se déjuger la présidence de la République ; il est enfin dans la force de l'âge : la cinquantaine. Trois mois presque jour pour jour après le lancement de la candidature de Monsieur X, le 18 décembre

1963, Gaston Defferre confirme les suppositions : il se déclare candidat.

Dans l'esprit de Defferre comme de ceux qui sont à l'origine de sa candidature, l'élection présidentielle doit être l'occasion, qu'il ne faut pas laisser passer, d'un renouvellement des structures de la vie politique : ils entendent en particulier y intégrer les « forces vives » et rapprocher les partis des organisations socio-professionnelles, syndicats de salariés ou agricoles, qui n'ont pas souffert de la même désaffection que les partis, précieux viviers d'énergies neuves et de militants généreux et compétents. La candidature Defferre est donc liée à un projet de réforme des structures et des alliances.

S'il était possible de lancer sa candidature en ignorant les partis, Defferre ne pouvait les contourner pour son succès, en particulier les deux grands partis de gauche, le sien et le Parti communiste. Guy Mollet, qui dirigeait la S.F.I.O. depuis dix-sept ans et conservait sur le parti une autorité sans égale, était des plus réservés à l'égard de l'entreprise : il ne croyait pas à l'avenir de la fonction présidentielle et surtout il avait engagé depuis novembre 1962 le parti dans une orientation stratégique contraire à l'option de Defferre. Surmontant sa défiance envers le Parti communiste, il s'était prêté, en novembre 1962, à des désistements réciproques qui avaient été rentables électoralement : la S.F.I.O. avait pu grâce à eux revenir plus forte dans la nouvelle Assemblée. Pour battre la droite, Guy Mollet est acquis à une entente avec le Parti communiste, qui dispose de la plus grande réserve d'électeurs de gauche, avec plus de 21 % des suffrages. Or Defferre fait une analyse et un pari contraires : il juge que sa seule chance de battre le candidat gaulliste est de rallier les électeurs centristes que le départ de De Gaulle rendra disponibles et qu'effraierait une alliance avec les communistes. Aussi a-t-il déclaré d'emblée, comme Mendès France en juin 1953, qu'il ne négocierait pas avec la direction du Parti communiste. Au reste, pourquoi marchander un report de voix que le parti sera forcé d'opérer ? Au pis, si la direction communiste s'y refusait, puisqu'un candidat communiste n'a aucune chance d'accéder au second tour, les électeurs communistes reporteront d'eux-mêmes leur suffrage. Le calcul porte plus loin : préfigurant la stratégie qui sera mise en œuvre huit ans plus tard par François Mitterrand, il vise à créer, à côté du puissant Parti communiste, une force de gauche de poids comparable qui rééquilibrera la gauche et, par voie de conséquence, tout le système politique. Front populaire ressuscité ou regroupement au centre gauche ? L'alternative entre ces deux stratégies dominera les choix politiques des deux décennies suivantes.

Le Parti communiste ne partage évidemment pas cette façon de voir, car il n'entend pas être réduit à un rôle d'appoint d'un candidat socialiste. Dès le 24 décembre 1962, le secrétaire général-adjoint, Waldeck-Rochet, pourtant plus disposé à l'union que Maurice Thorez, a fait savoir qu'il ne soutiendrait qu'un candidat qui ait au préalable accepté un programme discuté en commun ; faute de quoi, il ne faudrait pas compter sur un report des suffrages communistes.

Au congrès extraordinaire de la S.F.I.O. convoqué le 2 février 1964 pour prendre acte de sa candidature, Defferre arrache le consentement de son parti : de ce côté la voie est libre. Il importe maintenant d'élargir une base encore étroite en direction du ou des centres, dans l'espace qui s'est creusé entre la droite de la S.F.I.O. et le parti gaulliste, et de jeter les fondements d'une structure nouvelle. Or le M.R.P. est précisément prêt à se fondre dans un ensemble plus vaste intégrant ces fameuses forces vives dont beaucoup attendent la régénération de la démocratie. En mai 1964, son congrès national s'est prononcé pour un large rassemblement centriste, à vocation majoritaire. Mais la chose peut se concevoir et se faire en deux directions opposées : vers les indépendants à droite ou avec les socialistes à gauche. Le M.R.P. balance. Les radicaux sont également partagés. Du côté des clubs, ceux qui ont des préoccupations plus immédiatement politiques esquissent un regroupement dans la Convention des institutions républicaines, dont le noyau est le Club des Jacobins, animé par Charles Hernu, qui avait déjà joué un rôle lors de la tentative de régénération du Parti radical autour de Mendès France en 1954-1955 ; François Mitterrand en est une des personnalités marquantes. La candidature Defferre apparaît une occasion unique de fédérer tous ces éléments et de faire surgir une grande formation entre les communistes et les gaullistes.

Les élections, les 14 et 21 mars 1965, à quelques mois de l'élection présidentielle, pour le renouvellement des municipalités élues en mars 1959, apparaissent à la fois comme un enjeu de pouvoir et un test du poids des forces politiques. Les gaullistes espèrent améliorer une implantation locale encore ténue : leur espoir est déçu. Le Parti communiste progresse sensiblement, sinon en voix, du moins en sièges : il conquiert neuf villes de plus de 30 000 habitants sur 159. Les socialistes et leurs alliés en perdent presque autant : l'accord entre les deux partis ne leur a guère rapporté. On croit discerner une poussée centriste qui donnerait plutôt raison à l'analyse de Defferre. L'opinion remarque l'émergence de forces distinctes des partis : le succès inattendu à Grenoble, la ville symbole du changement par son dynamisme, d'une liste appelée Groupe d'action municipale, conduite par Hubert Dubedout, est une invite aux partis à s'ouvrir à des forces neuves.

Encouragé par l'événement, stimulé par l'approche de l'échéance, Gaston Defferre presse le mouvement et passe à la phase suivante : au début de mai, il présente un projet de Fédération démocrate-socialiste ouverte à « tous les hommes de progrès depuis les socialistes jusqu'aux chrétiens démocrates » qui incluerait la S.F.I.O., les radicaux, le M.R.P. et les clubs. Réuni en congrès à Vichy les 27-29 mai, le M.R.P. se prononce favorablement, et la S.F.I.O., assemblée en congrès à Clichy les 3-6 juin, de même. Le projet paraît donc se présenter bien. Mais les deux formations regardent dans des directions opposées : le M.R.P. n'entend pas être la caution de droite d'un rassemblement de gauche et ne souhaite pas se séparer totalement des indépendants, tandis que la S.F.I.O., pareillement décidée à ne pas être l'aile gauche d'une coalition à dominante libérale ou conservatrice, ne veut pas rompre définitivement avec le Parti communiste.

Les partenaires pressentis désignent leurs représentants — à raison de quatre pour la S.F.I.O., le M.R.P. et les radicaux, deux des clubs et deux pour les comités Horizon 80 formés par Defferre — à un Comité des Seize chargé d'élaborer la charte de la future Fédération et de négocier les modalités de la fusion. Au terme d'une nuit de pourparlers chez Pierre Abelin, le 18 juin 1965, les négociateurs se séparent sur un constat de désaccord : les M.R.P. ont refusé la dénomination socialiste, les socialistes ont réveillé la question de la laïcité. Mais la rupture a porté surtout sur les alliances et les structures.

François Mitterrand candidat

L'échec du projet Defferre de grande fédération entraîne des conséquences en cascade. D'abord le retrait de Defferre, annoncé le 25 juin, après dix-huit mois de campagne. Le premier candidat à avoir pris le départ disparaît de la compétition — était-il parti trop tôt ? C'est ensuite l'échec de la tentative pour reconstituer une troisième force entre les communistes et les gaullistes; la faillite d'une configuration trialiste condamne les centres à dépérir ou à se scinder pour se placer sous la tutelle de l'un ou l'autre camp. La voie est donc ouverte à une alliance du Parti communiste et des socialistes, rejetant le M.R.P. et une partie des radicaux à droite. L'échec du projet Defferre confirme l'évolution du système des forces politiques vers la constitution de deux blocs antagonistes — étape décisive sur la voie de la bipolarisation. La vie politique restera jusqu'à nos jours affectée par l'issue malheureuse de la tentative Horizon 80 associée à la personne de Gaston Defferre.

Le retrait de ce dernier a laissé la voie libre pour d'autres candidatures. La tentative de fédérer les deux oppositions de gauche, non communiste et centriste, ayant échoué, deux candidats surgissent à la place de la candidature unique. Ils se déclarent alors qu'on ignore toujours les intentions du général de Gaulle : il a tenu le 9 septembre une conférence de presse où il a pris un plaisir évident à entretenir le suspens.

Pierre Mendès France avait été approché par nombre d'hommes de gauche et pressé de prendre le relais du maire de Marseille ; il a opposé à toutes les sollicitations un refus motivé par une hostilité irréductible au régime dont il est persuadé qu'il finira mal, et aussi par la crainte de s'exposer à un fiasco qui ternirait sa réputation. François Mitterrand, qui n'a pas comme lui une légende à ménager, décide alors de jouer son va-tout : le jour même où le président de la République tient sa conférence de presse sous les lambris de l'Élysée, il annonce sa candidature à l'hôtel Lutetia. L'homme qui ne craint pas d'affronter le général de Gaulle n'a pas cinquante ans ; il a pourtant déjà un long passé politique. Venu de la Résistance — il avait animé le Mouvement des prisonniers de guerre —, il a été constamment réélu sous la IVe République dans la Nièvre. Il a été un des fondateurs de l'U.D.S.R. et onze fois ministre à des postes d'importance croissante : ministre de l'Intérieur dans le gouvernement Mendès France, de la Justice dans le gouvernement Mollet. Il s'est signalé par des positions libérales sur l'Outre-mer et a concouru à détacher le Rassemblement démocratique africain de son apparentement avec le Parti communiste. Il a démissionné après la déposition du sultan du Maroc. En 1958, il a pris position contre l'investiture du général de Gaulle : dans le débat du 1er juin, il a été l'un des critiques les plus acerbes des conditions de son retour. Battu aux élections de novembre 1958, il avait fait sa rentrée au Sénat. Depuis, il s'était raidi dans une opposition irréductible et avait publié un livre d'une rare sévérité contre le régime sous le titre significatif : *Le*

Coup d'État permanent. Il justifie sa candidature par l'ambition de mettre fin au pouvoir personnel et de restaurer la démocratie.

Sa candidature est personnelle, mais, avant de se déclarer, il a pris quelques assurances en direction des partis : il sait par des intermédiaires que le Parti communiste n'entend pas présenter de candidat, car ses dirigeants craignent trop d'essuyer un revers ; ils ne formuleront pas d'exigences pour soutenir sa candidature — différence avec le langage tenu à l'égard de Defferre. De fait, Waldeck-Rochet annonce le 23 septembre que le parti soutiendra la candidature de François Mitterrand. Démarche grosse de conséquences : le parti sort de l'isolement où il est enfermé et se réintroduit, à la faveur de l'opposition à de Gaulle, dans la communauté de la gauche française. La S.F.I.O. a apporté son soutien à Mitterrand dès le 15 septembre : elle se reclasse ainsi à gauche. Après l'échec de la grande fédération ouverte au centre l'emporte la formule d'une petite fédération axée plus à gauche. Candidat unique de la gauche unie, François Mitterrand peut donc compter sur l'appui de la S.F.I.O., du P.S.U. et de la Convention des institutions républicaines, dont il est l'animateur principal, de la majorité des radicaux et sur la neutralité favorable du Parti communiste. S'ébauche ainsi un bloc de gauche rassemblé sur le nom du leader de l'U.D.S.R., rendant vie à un schéma tombé en désuétude depuis 1936.

Les centristes qui ne veulent pas d'un deuxième septennat gaulliste ne sauraient évidemment soutenir la candidature Mitterrand alors qu'ils viennent de torpiller une tentative orientée plus au centre. Ils se mettent en quête d'une personnalité qui les représente. Leurs vœux se portent sur Antoine Pinay, dont le nom est symbole de bon sens, qui conserve une popularité certaine dans le pays et qui a pour lui à la fois d'avoir été ministre du général de Gaulle et de s'en être séparé. Mais comme Mendès France, l'ancien président du Conseil résiste à toutes les adjurations. L'abandon de Defferre a dégagé la voie pour Mitterrand, le refus de Pinay suscite un candidat plus jeune : Jean Lecanuet, qui préside le M.R.P. depuis mai 1963. Le 19 octobre — alors qu'on ignore toujours ce que fera de Gaulle —, il se présente comme candidat démocrate, social et européen, pour se démarquer du gaullisme auquel les centristes reprochent de n'être ni démocrate ni social et de faire obstacle à l'union européenne. Le même jour, il résigne sa présidence du M.R.P. pour être candidat de tous les centristes, indépendants et radicaux aussi bien que démocrates-chrétiens.

Le 4 novembre, juste un mois avant le premier tour, le général de Gaulle rompt le silence : il briguera le renouvellement de ses fonctions et justifie sa décision par le souci de préserver l'avenir du régime qui serait compromis par l'élection d'un représentant des partis. C'est ce dilemme — sa réélection ou les pires catastrophes — que résume le raccourci : moi ou le chaos. Les opposants s'indignent de ce chantage ou s'étonnent que les institutions soient si peu enracinées qu'elles succomberaient si un autre que leur fondateur accédait à la tête de l'État : dans ces conditions, quelle chance ont-elles de lui survivre ?

En plus de ces candidats qui représentent respectivement le gaullisme, les gauches confédérées et l'opposition centriste, l'extrême droite est présente avec Jean-Louis Tixier-Vignancour. Avocat talentueux, bon orateur, redoutable *debater*, nourri de la pensée maurrassienne, ayant exercé quelque temps une responsabilité à la radio de Vichy, défenseur en 1956 des députés poujadistes promis à invalidation, partisan de l'Algérie française, défenseur du général Salan, Tixier-Vignancour n'est pas suspect de la moindre sympathie pour le Premier Résistant : il peut espérer le suffrage des nostalgiques de Vichy et des partisans de l'Algérie française. Menant depuis avril 1964 une campagne active, il s'attribue un quart des votes et assure qu'il accédera au second tour. Mentionnons encore deux autres candidats auxquels on n'accorde guère de chances : le sénateur Pierre Marcilhacy, qui donne à sa candidature la signification d'un abaissement de la fonction présidentielle et d'un retour à l'application stricte du texte de 1958, et Marcel Barbu, qui utilise les facilités offertes par la campagne pour plaider à la télévision en faveur des idées qui lui sont chères, réforme de l'entreprise et communauté de travail. Six candidats au total, dont trois ou quatre seulement recueilleront des suffrages en nombre appréciable. Au lendemain de la déclaration du général de Gaulle, personne ne doute de sa réélection dès le premier tour à une forte majorité : pas même les candidats qui ont pour seule ambition de compter leurs voix et de prendre date pour 1972.

La campagne électorale est une première : par son enjeu et par son style que trois traits concourent à singulariser. C'est d'abord la première fois que la télévision tient une place primordiale dans une campagne : depuis 1958, le nombre des récepteurs installés est passé de un à cinq millions ; son usage est entré dans la vie courante. Les textes qui réglementent le déroulement de la campagne assurent à tous les candidats des conditions égales d'accès à l'antenne : le général de Gaulle, tout président qu'il soit, est traité sur le même pied que ses compétiteurs. Il s'abstient d'user de son droit : outre qu'il ne croit pas nécessaire de faire campagne, sans doute juge-t-il au-dessous de sa dignité de se commettre avec ses concurrents. Il laisse donc le champ libre aux adversaires : après sept années où l'opposition a été tenue à l'écart des « étranges lucarnes », voici soudain que, sur ces écrans où seul le point de vue officiel a pu s'exprimer tout à loisir et sans contradictions, déferle la critique : l'impact est d'autant plus considérable que rien n'y a préparé les téléspectateurs, qui découvrent soudain les leaders de l'opposition. Les deux autres innovations sont de moindre portée et ont aussi un moindre retentissement. Des candidats, notamment Jean Lecanuet, recourent pour la première fois aux services de professionnels de la publicité pour le choix des thèmes et la présentation de leur candidature : débuts, modestes encore, du marketing politique. Dernière nouveauté : candidats et journaux commandent des sondages sur les intentions de vote. La prévision est encore hasardeuse, et les instituts spécialisés ne se risquent pas au-delà de l'établissement de fourchettes assez larges mesurant l'écart probable entre les meilleurs et les plus mauvais résultats prévisibles. On n'y prête encore qu'une attention distraite et un crédit limité ; alors que les sondages enregistrent jour après jour une baisse des intentions de vote en faveur du général de Gaulle et que la courbe passe même, en fin de campagne, au-dessous de la barre des 50 %, personne ne croit au ballottage.

Les concurrents se gardent bien de gaspiller le temps dont ils disposent à se combattre les uns les autres ; ils concentrent le feu de leurs attaques sur le détenteur du titre, avec des arguments qui varient de l'un à l'autre : François Mitterrand critique le tour monarchique du pouvoir, tandis que Jean Lecanuet s'en prend à la politique étrangère et fustige un nationalisme attardé. Les électeurs, flattés d'avoir à désigner le chef de l'État, séduits par la nouveauté de la circonstance et pénétrés de l'importance de l'enjeu, battent tous les records de participation : plus de 85 %.

De Gaulle en ballottage

Le résultat provoque la stupéfaction : le Général est en ballottage. Il n'a pas obtenu la majorité des suffrages et se trouve même à 5 points en dessous. Le gaullisme présidentiel n'a ainsi cessé de perdre du terrain au fil des consultations : presque 80 %

1965 : un tournant

le 28 septembre 1958, 62 % le 28 octobre 1962, pour tomber à 45 % le 5 décembre 1965. François Mitterrand, avec 32 %, n'est qu'à 13 points du président sortant. Il n'a cependant pas fait le plein des voix de gauche : il reste très en deçà du total des suffrages réunis par les partis de gauche en novembre 1962. Jean Lecanuet, qui est le principal responsable du ballottage, car il a mordu sur l'électorat gaulliste, approche de 16 %. A eux deux ils totalisent plus de suffrages que de Gaulle : 11 millions 2 contre 10,3. Les autres candidats se sont partagé les maigres restes : 7 %. En dépit de ses déclarations, Tixier-Vignancour ne retrouve que la moitié des non du dernier référendum sur l'Algérie : 5 %. C'est tout ce qui reste dans la France gaulliste de 1965 de l'extrême droite vichyssoise et Algérie française : un électeur sur vingt, y compris le vote des rapatriés. La carte de ses voix souligne le caractère régional de l'implantation de cette droite extrême : il a obtenu ses meilleurs résultats dans les départements du pourtour de la Méditerranée, Provence, Côte d'Azur, Languedoc — ceux où se sont réinstallés les pieds-noirs chassés d'Algérie en 1962.

Avec la régression du vote pour de Gaulle, on voit reparaître les contrastes géographiques traditionnels : le Général a obtenu ses meilleurs résultats dans la France du nord de la Loire, particulièrement dans l'Est alsacien et lorrain, dans l'Ouest conservateur, où il a dû partager avec le vote Lecanuet, et dans la région parisienne ; François Mitterrand a trouvé ses bastions les plus compacts dans la France méridionale. Ainsi se trouve confirmée et accentuée la distribution qui s'était dessinée en 1962.

Les dispositions de la loi référendaire sur l'élection présidentielle n'autorisent à rester en compétition que les deux candidats arrivés en tête : Charles de Gaulle et François Mitterrand. Mais le Général acceptera-t-il de se mesurer avec le candidat de la gauche ? Lui qui, en 1962, écartait par avance l'hypothèse de rester au pouvoir au cas d'un vote « faible, médiocre, aléatoire » consentira-t-il à solliciter un vote de consolation ? S'il semble qu'au lendemain du référendum du 28 octobre 1962 il s'était posé quelques heures la question de son retrait, que dire après le ballottage ? De fait, de Gaulle paraît bien avoir hésité quelque temps, mais, le 8 décembre, sa décision est prise : comme fouetté par le demi-échec, il se jette dans la campagne, bien résolu à tout mettre en œuvre. Plus question de bouder la télévision : il se fait interroger par Michel Droit et, en trois entretiens, déploie toutes les ressources de son talent médiatique pour ironiser sur les Européens et effectuer un retour en force. Puisqu'il ne peut plus prétendre exprimer l'unanimité nationale, il endosse l'armure d'un chef de camp et se comporte en leader d'une majorité contre une opposition.

François Mitterrand opère l'évolution inverse : mettant une sourdine à ses accents d'homme de gauche, il se présente en candidat de tous les républicains pour faciliter le report sur lui de suffrages du centre et de droite. Tixier-Vignancour, passant sur tout ce qui l'oppose à la gauche et oublieux de l'affaire des fuites, se désiste en faveur de Mitterrand; Jean Lecanuet ne donne pas d'autre consigne que de battre de Gaulle. La participation retrouve au second tour le taux du premier : c'est dire que l'électorat des deux rivaux s'est grossi des suffrages des candidats éliminés. Mitterrand progresse davantage : il gagne 13 points, passant de 32 à 45 %; de Gaulle monte de 45 à 55 %. L'écart entre eux n'est plus que de 10 points : 2 millions 3 d'électeurs ont fait la différence, sur un peu moins de 24 millions de suffrages exprimés. Le corps électoral n'est pas tout à fait coupé par moitié, mais il n'en est plus très éloigné. Quel chemin parcouru en sept ans depuis la majorité des quatre cinquièmes pour de Gaulle ! Mais les deux coalitions sont fort disparates, et le partage entre elles ne coïncide pas avec la traditionnelle coupure droite-gauche : une partie de l'extrême droite a préféré, par ressentiment, voter pour le candidat de gauche et n'a pas hésité à mêler ses bulletins à ceux des communistes pour faire échec à l'homme du 18 Juin et à celui qui a bradé l'Algérie; une partie des électeurs de Lecanuet — les deux cinquièmes — s'est fait le même raisonnement. En sens inverse, quelque 3 millions d'électeurs de gauche ont préféré de Gaulle au candidat unique de la gauche unie. Tel est l'un des effets à retardement du bouleversement provoqué dans la distribution des opinions par le tremblement de terre de 1958 et de la fascination qu'exerce le personnage de De Gaulle sur une partie de la gauche.

Élu en décembre 1958 par un collège d'élus, le général de Gaulle a obtenu du suffrage universel sa reconduction pour sept nouvelles années : jusqu'en 1972. Il a le temps devant lui pour achever d'enraciner les institutions encore qu'on puisse se demander si le tour de plus en plus personnel qu'il a dû imprimer à la consultation pour arracher un résultat douteux n'a pas retardé cet enracinement ou entravé le ralliement de l'esprit public au nouveau régime. L'opposition, enhardie par son succès, a relevé la tête : elle ne ménagera plus le pouvoir. Dès le lendemain du second tour, Jacques Fauvet, dans *Le Monde,* titre son commentaire « Le troisième tour » : il vise les élections législatives prévues pour mars 1967 — ce sera la belle. Dès lors plus aucun résultat ne sera admis comme durable, moins encore comme définitif : on fera toujours appel du résultat récent à celui de la consultation suivante, et l'on vivra dans un porte-à-faux permanent entre deux consultations — celle de la veille et celle du lendemain. C'est l'une des conséquences du ballottage de décembre 1965. Désormais, l'autorité du Général est une autorité diminuée et sous condition, et sa marge d'initiative se rétrécit.

CHAPITRE XXVI

Des années difficiles ?

L'accident du ballottage ne semble pas au général de Gaulle un motif pour dévier de la ligne qu'il s'est tracée et qu'il estime bonne pour la France. En politique extérieure, il accentue plutôt l'orientation imprimée depuis son retour aux affaires. A l'intérieur, il confirme dans ses fonctions Georges Pompidou, dont l'autorité n'a cessé de grandir et qui a pris une part active à la campagne du second tour.

Le gouvernement reconduit

Le Premier ministre apporte à son gouvernement quelques changements de personnes dont un au moins aura des conséquences politiques. Il concerne le jeune ministre des Finances, Valéry Giscard d'Estaing, auquel on impute peut-être une responsabilité indirecte dans l'échec du premier tour à cause du plan de stabilisation, bien que l'initiative soit venue de l'Élysée, mais dont l'application, sans doute trop prolongée, a ralenti la croissance. Valéry Giscard d'Estaing ressent cette éviction comme une disgrâce d'une injustice insupportable : il refuse toute compensation ministérielle, quitte le gouvernement et se voue à l'animation du groupe des républicains indépendants qui s'est constitué autour de sa personne après la rupture en 1962 avec le gros des indépendants. Son dépit personnel va progressivement éloigner ce groupe de la ligne du gaullisme. La fêlure entre le groupe dominant de la majorité, l'U.N.R.-U.D.T., et son allié libéral n'est que le premier épisode d'une sourde rivalité et d'une longue histoire de rapports ambigus oscillant entre le front commun contre l'opposition et une petite guerre à coups d'épingle. En trois ans on passera du soutien conditionnel au soutien critique, puis à l'opposition ouverte. Par-delà les animosités personnelles, le ressentiment et le choc des ambitions individuelles, c'est l'opposition de deux familles d'esprit : les tenants d'une démocratie directe et autoritaire où l'État a une responsabilité irremplaçable, et les héritiers d'une pensée libérale, réservés à l'égard de toute intervention étatique, faisant plus confiance à l'initiative privée et fermement attachés aux prérogatives du Parlement. Entre ces deux droites les événements agrandiront le fossé.

Trois anciens ministres font leur rentrée au gouvernement. Michel Debré succède à Valéry Giscard d'Estaing à la tête d'un grand ministère des Finances et de l'Économie. Il inspire une politique énergique d'adaptation des structures financières et industrielles pour susciter, par des concentrations, la constitution de groupes de taille internationale : aboutit en 1966 la fusion du Comptoir national d'escompte de Paris et de la Banque nationale du commerce et de l'industrie, dont est issue la Banque nationale de Paris, qui est d'emblée l'un des plus grands groupes bancaires du monde ; Ugine et Kuhlmann fusionnent la même année. Le mouvement touche aussi Babcock et Wilcox, Fives-Lille-Cail, les Chantiers de l'Atlantique, Thomson-Houston, la C.S.F. Debré pousse activement à l'élaboration du Plan calcul qui, en dotant la France d'une industrie propre des ordinateurs, vise à affranchir son informatique de la dépendance des États-Unis. Il impose à la sidérurgie une réorganisation en subordonnant la continuation de l'aide de l'État à une restructuration autour de trois pôles : Sidélor, Denain-Longwy et Creusot-Loire.

Jean-Marcel Jeanneney, ancien ministre de l'Industrie dans le gouvernement Debré, prend la direction d'un autre grand ministère qui traite l'ensemble des questions sociales. Une autre entrée est d'autant plus remarquée que c'est le seul élargissement du gouvernement : celle d'Edgar Faure. L'ancien président du Conseil de la IVe République, qui a rempli pour le chef de l'État de discrètes missions d'exploration, notamment celle qui a préparé la reconnaissance de la Chine populaire, succède à Edgard Pisani à l'Agriculture avec la mission de rétablir de bonnes relations avec les agriculteurs, dont l'éloignement progressif est apparu à l'occasion de l'élection présidentielle : à lui de ramener dans le giron de la majorité ceux qui se sont laissé séduire par les sirènes du Centre démocrate.

Les oppositions se regroupent

Contrairement aux précédentes consultations, l'élection présidentielle n'a pas mis fin aux manœuvres politiques. Au contraire : le ballottage autorise tous les espoirs. Il confère aux deux principaux concurrents du général de Gaulle une sorte de légitimité par ricochet qui en fait les leaders incontestés de l'opposition. A gauche, Guy Mollet est désormais éclipsé par

François Mitterrand, et Jean Lecanuet dispose d'une toute nouvelle autorité sur le centre droit. Même Tixier-Vignancour, en dépit d'un médiocre résultat, y puise la possibilité de lancer une nouvelle formation, l'Alliance républicaine pour la liberté. Les Pinay et les Mendès France, qui n'avaient pas pressenti ce phénomène de personnalisation à l'avantage de ceux qui prendraient le risque de se porter candidats contre de Gaulle, sont relégués. François Mitterrand et Jean Lecanuet sont l'un et l'autre à même de poursuivre la restructuration des forces politiques dont ils ont lié le projet à leur candidature personnelle.

A gauche, François Mitterrand, auréolé de ses 45 % de suffrages, s'attache à faire une réalité de la Fédération de la gauche démocratique et socialiste qu'il a ébauchée en septembre 1965 et qui rapproche la S.F.I.O., le Parti radical et ceux des clubs qui s'étaient regroupés dans la Convention des institutions républicaines. La disparité criante entre la S.F.I.O. et ses partenaires ne facilite pas l'opération : Mitterrand n'a guère de prise sur l'appareil socialiste. Pour le moment, la fusion est différée, et les adhésions individuelles écartées. Mitterrand forme, à l'image des *shadow cabinets* britanniques, un contre-gouvernement qui vise à rendre crédible l'éventualité d'une solution de rechange à la majorité du moment : la composition de ce gouvernement produit plutôt l'effet contraire et donne aux gaullistes une belle occasion d'ironiser sur le caractère archaïque, qui rappelle par trop la IVe République, de cette distribution de portefeuilles. François Mitterrand enregistre des résultats plus positifs avec la constitution à l'Assemblée d'un groupe parlementaire unique et surtout l'acceptation de l'unité de candidature pour les prochaines élections législatives fixées au printemps 1967 : la F.G.D.S. présentera un candidat unique par circonscription. Le 20 décembre 1966, un accord est passé entre la Fédération et le Parti communiste qui instaure le désistement réciproque au second tour en faveur du candidat de gauche le mieux placé ; le P.S.U. s'y joint bientôt. Ainsi est franchie une étape décisive du regroupement des forces politiques : paraissent désormais irrévocables et le refus de toute entente avec les centristes et l'union de toutes les gauches contre le « pouvoir personnel ».

Jean Lecanuet aussi tire parti de son autorité toute fraîche pour traduire dans les faits les intentions d'élargissement que le M.R.P. a formées sous sa présidence : il fonde, en février 1966, le Centre démocrate, où entre avec le M.R.P. une fraction du Centre national des indépendants et paysans à la suite de Bertrand Motte.

Ce regroupement est nettement axé à droite : le M.R.P., qui s'était refusé à garder le flanc droit d'une grande fédération orientée au centre gauche, est maintenant l'aile gauche d'un regroupement au centre droit. Le Centre démocrate, qui combat le tour trop personnel imprimé au régime et le nationalisme gaullien, dispute aux giscardiens leur position au centre : il espère se trouver en situation d'arbitre au cas où les gaullistes n'obtiendraient pas la majorité absolue et marchander alors son concours contre une réorientation de la politique gouvernementale pour la rendre plus conforme à ses objectifs.

Du côté de la majorité, les formations associées à l'exercice du pouvoir prétendent aussi se situer au centre : les gaullistes et plus encore les giscardiens se défendent d'être la droite ; ils préfèrent l'appellation de majorité, simple constat de supériorité arithmétique sans référence idéologique. Il en ira ainsi dans le vocabulaire jusqu'au renversement de majorité de juin 1981. Valéry Giscard d'Estaing a constitué en juin 1966 une Fédération des républicains indépendants qui entend affirmer sa spécificité et demande à être davantage associée à la décision. En vue des élections, elle souhaiterait à l'intérieur de la majorité des primaires qui accroîtraient vraisemblablement sa représentation, mais les républicains indépendants ne sont pas en situation d'imposer leur point de vue : ils doivent se résigner à l'unité de candidature et se contenter de négocier au sein d'un comité d'action pour la Ve République que préside le Premier ministre en personne et qui distribue les investitures. L'ancien ministre des Finances exprime à haute voix ses réserves sur la politique générale et définit la position de son groupe par un « oui mais » qui lui attire une vive riposte du général de Gaulle : « On ne gouverne pas avec des mais... » En novembre 1967, pour marquer sa différence, il ne votera pas le collectif budgétaire.

Ainsi, sur la lancée de l'élection présidentielle et dans la perspective des législatives, le paysage politique s'est modifié et simplifié. Trois ensembles s'apprêtent à s'affronter : le faisceau des gauches, avec F.G.D.S. et Parti communiste, le bloc de la majorité gouvernementale qui associe le parti gaulliste et les giscardiens et, entre les deux, le Centre démocrate.

Une majorité reconduite de justesse

Le moment du choc entre ces forces rassemblées est fixé depuis longtemps au mois de mars 1967 par l'expiration du mandat de l'Assemblée élue en novembre 1962. La majorité envisage l'échéance sans alarme. Ses leaders s'engagent à fond dans la campagne, à commencer par le Premier ministre qui porte la contradiction aux principales personnalités de l'opposition de gauche sur leur propre terrain : à Nevers il affronte François Mitterrand et à Grenoble Pierre Mendès France qui tente sa rentrée politique ; les deux meetings sont retransmis par la radio et marquent les sommets de la campagne. De Gaulle reprend la parole le samedi soir, après la clôture officielle de la campagne, empêchant les porte-parole de l'opposition de lui répondre : une fois de plus, il agite la perspective des catastrophes qui ne manqueraient pas de s'abattre sur la France si les électeurs avaient l'imprudence de restituer le pouvoir aux anciens partis.

Le résultat se dessine en deux temps dont le contraste a créé un effet de surprise, le second n'ayant pas été la reproduction ni l'amplification du premier. Le premier tour a globalement confirmé les tendances antérieures avec de faibles déplacements de voix d'un corps électoral dont la participation s'est accrue : les candidats qui se présentaient sous l'appellation d'Union pour la Ve République progressent de deux points et atteignent le taux, exceptionnel en France, de 38 % ; leur avance s'est faite au détriment de la droite et du centre droit, qui reculent de trois points. Le Parti communiste a gagné un demi-point et se trouve à 22,5 % : il reste la principale force de gauche. La Fédération de la gauche démocratique et socialiste a dans l'ensemble conservé ses positions. La distribution géographique a connu quelques variations ; la majorité a pénétré sur des terres traditionnellement réfractaires : les jeunes loups découplés par Georges Pompidou, jeunes hauts fonctionnaires, membres des cabinets ministériels, ont conquis de haute lutte des positions que détenait depuis des générations la gauche, radicale ou socialiste, notamment dans le Sud-Ouest.

La simplification du jeu politique est accélérée par une nouvelle disposition qui relève les seuils et élimine de la compétition tout candidat qui n'a pas obtenu au premier tour au moins 10 % des inscrits, ce qui correspond approximativement à 12,5 % des exprimés : dans quatre circonscriptions sur cinq ne restent en lice que deux candidats — celui de la gauche unie et celui de l'Union pour la Ve République. Bien que droite et centre droit soient en perte de vitesse, c'est du report de leurs voix que dépend souvent l'issue du duel : ils sont en position d'arbitre.

Au soir du second tour, à mesure que tombent les dépêches, on s'avise soudain que la majorité qui gouverne depuis neuf ans est menacée de n'être pas reconduite : des 470 sièges de la métropole elle n'en a enlevé que 231, un peu moins de la moitié. Dans les studios de l'O.R.T.F., où se pressent membres des cabinets et hommes politiques de la majorité sortante, la stupeur et l'inquiétude se peignent sur les visages. La situation est rétablie dans les heures suivantes par les résultats de l'Outre-mer : les îles — Martinique, Guadeloupe et Réunion, Nouvelle-Calédonie, Polynésie et jusqu'à Wallis et Futuna — sauvent la majorité *in extremis* et de justesse — au total elle compte 247 élus sur 487. Les transferts de voix se sont bien effectués à gauche où a été observée une stricte discipline. L'extrême droite, donnant libre cours à son antigaullisme viscéral, a reporté une partie de ses suffrages sur la gauche, et une fraction des électeurs centristes, sans souhaiter une victoire de la gauche, qu'ils croient improbable, ont voulu donner un coup de semonce. C'est la conjonction de ces divers mouvements, amplifiée par l'effet mécanique du scrutin majoritaire, qui a failli faire perdre la majorité à la coalition gaulliste ; il s'en est fallu ainsi de quelques sièges que ne se réalise dès mars 1967 le cas de figure de la discordance entre les deux pouvoirs qui procèdent pareillement du suffrage universel : président de la République et Assemblée nationale.

La surprise, comparable à celle du ballottage de 1965, et l'étroitesse de la majorité reconduite ont de grandes conséquences. La gauche pense que le pouvoir est désormais à sa portée : encore un coup, et le rapport des forces sera inversé. Les élections cantonales, à l'automne, confirment la tendance : le Parti communiste continue sa progression ; l'ensemble de la gauche avoisine les 50 % — elle les dépasse même avec l'appoint des candidats classés divers gauche et approche alors de 56 %. Le succès a consolidé la Fédération et conforté la position de François Mitterrand, qui est porté à sa présidence.

De Gaulle, que la défaite de son ministre des Affaires étrangères, Maurice Couve de Murville, empêche de changer de Premier ministre, reconduit, une fois de plus, dans ses fonctions Georges Pompidou, dont l'autorité personnelle a encore progressé et à qui son élection comme député du Cantal confère la sanction du suffrage. Quelques changements de personnes ne modifient guère la composition du gouvernement. Mais l'étroitesse de la majorité met les gaullistes dans la nécessité de composer avec leurs alliés républicains indépendants dont l'appoint leur est indispensable. Elle conduit aussi le Premier ministre à recourir à une procédure relativement exceptionnelle : pour s'épargner de longs et difficiles débats, pour prévenir de mauvaises surprises, peut-être aussi pour éviter que les giscardiens ne fassent monter les enchères et ne mettent à trop haut prix leur concours, Pompidou se fait accorder par sa majorité, comme la Constitution le lui permet, le droit d'opérer par ordonnances jusqu'au 31 octobre 1967 les réformes économiques et sociales qu'appelle l'ouverture totale du Marché commun en 1968. Le recours à cette procédure qui réduit encore un contrôle parlementaire déjà fort restreint, provoque quelques remous dans la majorité et jusque dans le gouvernement : Edgard Pisani démissionne, comme l'avait fait en 1962 Pierre Sudreau qui désapprouvait le référendum. Il ne manque à la motion de censure déposée par l'opposition de gauche que quelques voix pour faire une majorité : moins d'une dizaine.

L'une des ordonnances institue une assurance contre le chômage et crée une Agence nationale pour l'emploi qui a mission de recenser les demandeurs d'emploi et de les aider à en retrouver. En effet, le chômage, qui avait disparu depuis la fin de la guerre, a reparu insidieusement, et l'année 1967, qui n'est pas, comparée aux précédentes, une bonne année pour l'économie, l'étend : on compte quelque 250 000 demandeurs d'emploi ; c'est encore fort peu — à peine plus de 1 % de la population active —, mais c'est un signe alarmant. Une autre ordonnance facilite l'intéressement des travailleurs aux résultats de l'entreprise — discrète satisfaction donnée aux gaullistes de gauche. Des textes concernent l'agriculture et la réforme hospitalière. D'autres encore réforment profondément l'organisation de la Sécurité sociale : ils suppriment l'élection des administrateurs des caisses par l'ensemble des assujettis pour lui substituer la désignation par les organisations professionnelles. Il n'est pas exclu que ces changements opérés par voie d'autorité sans consultation dans une institution devenue le symbole de la protection sociale aient eu une certaine part à l'explosion sociale de mai 1968. D'autant que les contacts entre les pouvoirs publics et les appareils syndicaux se sont relâchés et refroidis : les dirigeants ne sont plus guère reçus à l'Élysée, et les ministres ne se soucient pas de connaître leurs sentiments.

La politique étrangère discutée

Parfaitement secondé par l'inamovible ministre des Affaires étrangères, Maurice Couve de Murville, le général de Gaulle accentue ses orientations de politique extérieure. L'année 1966 a été marquée par plusieurs initiatives, dont les unes relèvent de l'ordre des symboles et les autres ont des effets immédiatement tangibles.

Le 7 mars, il a parachevé le mouvement amorcé dès son retour pour desserrer et défaire les derniers liens qui assujettissaient encore notre défense à l'Organisation atlantique. Il signifie le retrait de la France des commandements intégrés dont elle est encore partie prenante et intime en conséquence à l'O.T.A.N. d'avoir à transférer hors du territoire national son état-major, sis à Rocquencourt, et ses bases. La décision est très mal reçue par nos alliés et en France par les partisans de l'union européenne et de l'Alliance atlantique : ils déplorent la procédure autant que son objet et éprouvent à l'encontre de De Gaulle les mêmes sentiments de défiance que naguère contre Mendès France. Certains le soupçonnent même de faire le jeu de l'Union soviétique. Seuls les communistes ne critiquent pas l'initiative, ce qui ne contribue pas à rassurer les « atlantiques ». Pour que la France retrouve sa souveraineté en matière de défense, de Gaulle encourage le programme de constitution d'une force de dissuasion nucléaire ; il assiste en mars 1967 au lancement du premier sous-marin à propulsion atomique.

Il marque plus encore ses distances par rapport à la politique des États-Unis, qu'il ne se prive pas de critiquer publiquement : pendant son voyage au Cambodge, il prononce à Phnom Penh, au plus près de ce Vietnam où les États-Unis s'engagent de plus en plus, un discours qui blâme leur intervention et qui suscite une vive irritation de Washington. Il effectue un grand voyage en Union soviétique : une ligne de communication directe, analogue au téléphone rouge qui relie Moscou à Washington, matérialise l'établissement de relations directes et étroites de la France avec l'U.R.S.S.

En 1967, le Général multiplie les gestes et les déclarations qui heurtent une partie de ceux qui l'ont soutenu jusque-là. Il confirme son veto à l'entrée de la Grande-Bretagne dans la Communauté économique européenne. Quand Israël déclenche au début de juin la « guerre des Six Jours » contre ses voisins, de Gaulle, irrité que le gouvernement de Tel-Aviv ait passé outre à sa mise en garde, décrète l'embargo sur les livraisons d'armes à destination des pays du « champ de bataille » : mesure apparemment équitable, mais qui ne lèse en fait qu'Israël. Elle est durement ressentie par les Juifs de France et tous ceux dont la sympathie va au peuple hébreu, y compris de vieux gaullistes. Loin d'apaiser leur courroux, de Gaulle aggrave le différend, quelques semaines plus tard, parlant d'Israël comme d'un « peuple d'élite, sûr de soi et dominateur ». Personne ne doute que ces épithètes n'aient été mûrement pesées : de Gaulle aura beau arguer que dans son esprit ces qualificatifs sont un hommage aux qualités des Juifs, un fossé, qui ne sera pas comblé, s'est ouvert entre le gaullisme et la minorité juive, composée depuis 1962 aux deux tiers de réfugiés d'Afrique du Nord, plus attachés à leur identité spécifique que les Juifs de métropole, assimilés depuis longtemps, mais qui ont aussi mal ressenti la prise de position du chef de l'État. De Gaulle avait probablement voulu enrayer un élan de sympathie inconditionnelle à l'égard d'Israël qui aurait aliéné la liberté d'action de la France au Proche-Orient et compromis une politique de rapprochement en direction des États arabes. Le détachement du gaullisme de la majorité des Juifs, dont beaucoup lui étaient acquis, aura des conséquences : certains y verront l'une des causes de l'échec du référendum de 1969 et penseront, sans pouvoir en apporter une preuve chiffrée, que le vote juif a eu une part dans le départ de De Gaulle.

Un mois plus tard, une autre déclaration crée un esclandre qui amène une partie de la majorité à s'interroger. C'est au cours d'un voyage au Canada : il reçoit au Québec un accueil triomphal dont la chaleur lui rappelle l'enthousiasme de la Libération — référence intentionnelle et significative. S'adressant à la foule assemblée devant l'hôtel de ville de Montréal, au soir d'une journée émouvante, il termine son allocution par un : « Vive le Québec... libre ! » dont le retentissement s'étend bien au-delà. Le gouvernement canadien est irrité, et le voyage s'arrête là. L'opinion française est perplexe. C'est à la suite de cet éclat que le jeune leader des républicains indépendants, qui s'est installé dans une opposition modérée depuis son « oui mais », dénonce ce qu'il appelle l'« exercice solitaire du pouvoir », visant à coup sûr les initiatives qu'il juge intempestives du chef de l'État (17 août) : il appelle de ses vœux la restauration du Parlement dans ses droits.

La conduite de la politique étrangère de la France, telle qu'elle est conçue et conduite par de Gaulle, loin d'être un terrain d'entente, est un facteur de discorde. Les politiques attachés à la construction d'une union européenne lui reprochent de ne pas se placer à la tête d'un mouvement pour l'Europe, et les atlantiques de compromettre la solidarité des peuples libres devant l'impérialisme soviétique, alors que de Gaulle considère qu'il ne peut y avoir d'unité du continent que soustrait à la tutelle américaine et à mi-distance de l'un et l'autre bloc. Le désaccord est irréductible et contribue à éloigner de lui le centre libéral et la postérité de la démocratie-chrétienne : les héritiers de Robert Schuman comme ceux de Jean Monnet rejoignent dans l'opposition la gauche socialiste et radicale.

De Gaulle n'attache à leurs critiques qu'une attention distraite : il n'y voit qu'agitation de surface des nostalgiques de la IVe République ; assuré d'avoir choisi la meilleure orientation pour la France, il ne doute pas de jouir de l'adhésion du pays dans ses profondeurs. De fait, il semble avoir toute raison d'envisager l'avenir avec confiance. Les institutions sont solidement établies, et chaque année les enracine un peu plus. Le gouvernement jouit de la stabilité qui avait tant fait défaut au précédent régime, et l'opinion y est fermement attachée. La décolonisation est achevée, et, loin que la France y ait perdu en influence, la façon dont de Gaulle a conduit le processus a grandi son prestige. La France est maîtresse de sa défense ; sa force de dissuasion nucléaire se déploie. L'économie est prospère et connaît une croissance soutenue qui la fait accéder au troisième ou quatrième rang mondial, selon les branches. Le niveau de vie s'élève d'un mouvement régulier qui diffuse dans tout le corps social un bien-être inconnu jusqu'à ce jour. La Ve République a fait de grands efforts pour développer l'enseignement, construit plus de bâtiments que dans les cinquante années précédentes. Un prestigieux ministre imprime à la politique culturelle une impulsion originale. Le pays est habituellement calme : il y a bien eu en 1967 quelques conflits sociaux, aux Chantiers de l'Atlantique ; le climat est tendu ici ou là, les paysans ont manifesté de temps à autre en plusieurs régions, mais rien qui approche de loin la grève des mineurs en 1963.

La France s'apprête à accueillir en 1968 à Grenoble les Jeux olympiques d'hiver et à Paris les négociations sur le Vietnam : autant de gestes qui reconnaissent le rang qu'elle a regagné dans le monde. Décidément, de Gaulle peut dire, au soir du 31 décembre 1967, en présentant ses vœux à la nation : « Je salue l'année 1968 avec sérénité. »

CHAPITRE XXVII

68

Au moment d'entreprendre le récit de la crise qui secoua la France au printemps 1968 et qui inscrivit ce millésime dans la liste de ceux dont l'énoncé suffit à évoquer un climat et une situation exceptionnels, l'historien se trouble et s'embarrasse : il a le sentiment de perdre pied en présence d'événements que rien n'annonçait et dont l'irrationnalité déconcerte. Éclate alors avec une soudaineté qui n'a d'égal que la violence et l'ampleur une tempête qui bouleverse le paysage politique et idéologique, paralyse l'activité, ébranle le pouvoir et fut à deux doigts d'emporter le régime et de ruiner les institutions. Or rien ne laissait pressentir l'imminence de la tourmente : d'ordinaire, quelques grondements souterrains ou quelques fumerolles dans le ciel annoncent le réveil proche d'un volcan. En 1968, rien de tel : tout est calme et repose en paix.

Une énigme

Certes, les deux années précédentes ont été politiquement délicates, mais l'économie poursuit sa progression régulière avec des taux de croissance jamais vus. L'inflation est contenue dans des limites inférieures au taux de croissance. Le niveau de vie s'élève, et toutes les catégories en profitent, même si c'est dans des proportions inégales. Le chômage, avec un taux de 1,5 %, ne dépasse guère le seuil de ce que les économistes estiment être la marge incompressible et nécessaire à la flexibilité de l'activité. Le franc est apprécié : le contrôle des changes a pu être totalement supprimé en janvier 1967. Le pouvoir est assuré de la stabilité, les institutions paraissent acceptées, le prestige du général de Gaulle reste grand dans l'opinion, même s'il a été atteint auprès des politiques par ses déclarations de politique étrangère. L'opposition, encore minoritaire, se prépare pour des échéances qu'elle sait encore éloignées : la prochaine n'est pas avant 1972 où prendront fin simultanément le mandat présidentiel et la législature de l'Assemblée ; d'ici là, pas de surprise prévisible. Le pays

600 *Notre siècle*

est si paisible qu'il advient à des journalistes de craindre que pareille tranquillité n'engendre l'ennui.

L'irruption soudaine d'une crise d'une exceptionnelle gravité pose dans toute son ampleur la question de l'explication en histoire : comment donc une agitation des plus réduites à son début a-t-elle bien pu se propager comme un feu de brousse et embraser la société tout entière ? Et, pour user d'une autre image, comment le fleuve a-t-il pu ensuite rentrer aussi vite en son lit ? Deux questions qui demeurent toujours actuelles : le recul du temps n'en a pas avancé la résolution. Peut-il y avoir moins dans les causes que dans les effets ? A ce compte, quelles peuvent bien être les origines d'un tel bouleversement ? L'historien doit se garder d'introduire dans la déconcertante complexité des faits une rationalité qui n'y était pas : 68 est un défi et une défaite de la raison logique qui tente de réintégrer à tout prix l'événement dans un processus rationnel. La leçon vaut sans doute pour d'autres crises et jette un doute sur les explications trop raisonnables de nos révolutions successives.

La signification de l'événement n'est pas un moindre sujet de perplexité : révolution véritable ou simple psychodrame ? Paroxysme d'effervescence idéologique, explosion d'individualisme répudiant tous les systèmes ou vaste élan de solidarité ? Vingt ans après, les interprétations continuent de s'entrechoquer. Quant aux conséquences, les appréciations les plus contradictoires se disputent toujours la prétention d'être la vérité : agitation de surface aux effets aussi vite effacés qu'elle avait surgi ou, au contraire, bouleversement qui aurait transformé irrévocablement le corps social et après lequel rien ne serait plus tout à fait comme avant ?

Les origines

Dans un tel embarras il convient de procéder avec prudence et méthode : reconstituons l'environnement et recherchons les commencements. Sans prétendre établir une échelle hiérarchique, rassemblons tous les éléments dont on peut raisonnablement penser que l'explosion a été la résultante, comme autant de matières inflammables auxquelles il suffisait d'une étincelle pour prendre feu. Le fil conducteur nous est suggéré par l'origine visible du mouvement.

Il a pris naissance dans les universités : plus précisément chez les étudiants. Même si une réflexion critique s'était amorcée depuis quelques années chez les professeurs, qui avait trouvé une expression avec les colloques de Caen et d'Amiens, et avec un numéro de la revue *Esprit* sur la réforme de l'Université, c'est des étudiants qu'est parti le mouvement qui allait secouer la société. Ce n'est pas le trait le moins singulier de la situation française que l'extension rapide à l'ensemble du corps social d'une crise dont l'origine était circonscrite à la fraction étudiante de la génération adolescente : en d'autres pays aussi les étudiants se sont insurgés, tantôt avant 1968, tantôt à la suite de leurs camarades français, mais nulle part ailleurs la crise étudiante n'a dégénéré en crise générale. Le phénomène d'une crise induite à partir du système éducatif s'est, depuis, renouvelé par deux fois : en 1984 à propos du projet de loi qui modifiait les rapports entre enseignement privé et pouvoirs publics, et en 1986 à l'occasion d'un autre projet de loi réformant l'enseignement supérieur ; tour à tour deux gouvernements, l'un de gauche et l'autre de droite, ont dû, devant la lame de fond, renoncer à leur projet, et leur recul a chaque fois atteint leur autorité. Encore à l'automne 1990, l'agitation lycéenne a donné du souci au gouvernement Rocard.

Au principe un fait de génération. Depuis 1946, la France rajeunit : chaque année les naissances l'emportent sur les décès de près de quelque 300 000 unités. Le flot de la jeunesse monte régulièrement et, de proche en proche, rajeunit les comportements, bouscule les habitudes, remet en question les équilibres. Au seuil de l'année 1968, les moins de vingt et un ans sont déjà plus du tiers de la population. Ils ont progressivement envahi les écoles, submergé les lycées et déferlent dans les universités. Cependant, le corps électoral continue de vieillir : par l'effet conjugué de l'allongement de la vie et de l'intégration des femmes qui vivent plus longtemps, il est en 1968 l'un des plus âgés de notre histoire. La prolongation de la scolarité obligatoire jusqu'à seize ans, devancée par l'initiative des familles et la demande spontanée, a constitué un âge intermédiaire entre la sortie de l'enfance et l'entrée dans la vie active qui se caractérise par l'absence de responsabilités : une partie des étudiants, majeurs au regard de la loi, reste mineure et dans la dépendance de leurs parents, faute d'exercer une activité rémunérée. C'est une situation psychologique inédite.

La croissance très rapide du nombre des étudiants, qui a quadruplé en moins de dix ans, transforme complètement les conditions de travail et d'existence des étudiants : ils sont des milliers là où ils étaient des centaines. Ils connaissent de ce fait le mal des grands ensembles : l'isolement de chacun au milieu d'une foule anonyme. Le changement d'échelle s'accompagne d'un changement des attentes : aux quelques dizaines de milliers d'étudiants qui venaient chercher à la faculté une culture générale se substituent des masses en provenance de la petite bourgeoisie et des classes moyennes qui demandent avant tout un diplôme leur donnant accès à un emploi et leur assurant une promotion sociale.

Le milieu étudiant s'est totalement renouvelé en trois ou quatre ans : la génération des années 1956-1962 avait été essentiellement marquée par la guerre d'Algérie, l'envoi du contingent de l'autre côté de la Méditerranée, la question des sursis et, pour les éléments les plus engagés, la lutte contre la guerre et l'O.A.S., et la solidarité plus ou moins affirmée avec les étudiants algériens. Le syndicalisme étudiant avait alors connu des heures fastes : forte de l'adhésion de la moitié au moins des étudiants, l'U.N.E.F. discutait d'égal à égal avec les grandes centrales syndicales. L'indépendance de l'Algérie acquise, le syndicalisme étudiant était retombé en léthargie. La fin des luttes laissait un vide ; la nouvelle génération éprouvait l'amertume et la morosité de toute génération arrivant à l'âge d'homme au lendemain d'une période qui a fait vivre au-dessus de l'ordinaire : elle souffre du contraste entre la banalité de l'existence quotidienne et le souvenir, parfois embelli, des moments de grande intensité vécus par les aînés — comme après 1918 ou 1945. La référence nostalgique à la Résistance inspirera en mai 68 certains comportements.

Les projets du gouvernement concernant les cursus universitaires réveillent l'intérêt pour les questions corporatives et relancent l'activité syndicale à partir de 1965. De Gaulle avait envisagé d'introduire la sélection à l'entrée dans l'Université, mais aucune disposition n'était venue traduire cette intention. L'idée s'était néanmoins répandue parmi les étudiants que les pouvoirs publics se proposaient de réorganiser l'Université en fonction des besoins de l'économie, et dans leur esprit la chose signifiait la subordination au grand capital : aussi toute réforme était-elle *a priori* suspecte. Celle conçue et décrétée en 1966 par le ministre Christian Fouchet, un gaulliste de la première heure, qui réorganise le premier cycle avec des filières plus spécialisées remplaçant la propédeutique et le régime des certificats, inquiète ; en particulier son application sans délai ni dispositions transitoires émeut ceux qui redoutent de perdre dans l'affaire le bénéfice d'une partie de leur travail. Leur anxiété ne porte pas sur les débouchés, car à l'époque le plein emploi est à peu près assuré, notamment pour les cadres, et les diplômés n'ont pas de difficulté à se placer. Ce qu'ils craignent, c'est d'être employés à des fins qu'ils réprouvent : ils refusent la logique du marché et de l'entreprise, en particulier les étudiants, fort nombreux, en psychologie et sociologie, n'entendent pas devenir les chiens de garde du capital. Quelques-uns de leurs professeurs les entretiennent dans cet état d'esprit et attisent leur inquiétude.

Dans le même temps se répand la critique de l'institution universitaire et de la culture qu'elle dispense. Se fondant sur des statistiques concernant les origines socio-professionnelles des étudiants, Bourdieu et Passeron soutiennent que l'enseignement supérieur accueille principalement des héritiers : il est un instrument de reproduction sociale ; c'est une pyramide à l'envers, qui a pour finalité le maintien de la hiérarchie sociale. Quant aux étudiants qui proviennent des milieux populaires, la culture intériorise les valeurs de la bourgeoisie, en fait des défenseurs de l'ordre traditionnel : L. Althusser dénonce l'Université comme un appareil idéologique d'État. La diffusion de ces thèses sape le prestige de l'institution et ruine sa légitimité.

Si la grande majorité des étudiants n'a cependant que des préoccupations immédiates et purement professionnelles, des minorités engagées inscrivent les revendications corporatives dans une perspective générale teintée d'idéologie. Les années 1965-1967 connaissent une intense effervescence idéologique qui a préparé l'embrasement de 1968. Cette activité trouve une partie de ses aliments dans des événements extérieurs à l'Hexagone. La fin de la décolonisation a laissé un vide vite comblé par les références à des expériences étrangères. La révélation en 1956 des crimes de Staline par le rapport Khrouchtchev avait commencé de ternir l'image de l'U.R.S.S. et l'écrasement de la révolution hongroise par les chars soviétiques avait révolté ceux qui avaient jadis identifié le communisme à la lutte contre l'impérialisme. La répugnance du parti à se déstaliniser et sa lenteur à modifier le mode de direction institué par Maurice Thorez décevaient nombre de jeunes étudiants communistes. La crise qui opposait la direction de l'Union des étudiants communistes à l'appareil du parti avait été brutalement tranchée en 1965 par l'éviction des éléments qui aspiraient à un renouvellement des méthodes et des objectifs. D'où le tour délibérément antistalinien du mouvement de 68 : les gauchistes exprimeront un rejet aussi vif du communisme orthodoxe que de la réaction. Au même moment, le conflit qui opposait Mgr Veuillot, archevêque de Paris, à l'équipe dirigeante de la Jeunesse étudiante chrétienne décapita un mouvement dont les militants avaient partagé depuis dix ans avec les jeunes communistes la direction de l'U.N.E.F. et l'animation du milieu étudiant; ils devaient grandement manquer en 1968. La désagrégation des structures d'encadrement laisserait la masse étudiante désemparée et sous la tutelle des minorités idéologiques.

La plupart des exclus de l'U.E.C. se tournent vers d'autres formes de marxisme : le trotskisme, qui n'avait jamais touché que des minorités infimes, connaît un succès réel; porté par l'exemple de la Chine qui vient d'entreprendre une révolution culturelle dont on admire la confiance le grand dessein de faire enfin table rase du passé et d'édifier un homme nouveau, le maoïsme fait des adeptes; et même le vieil anarchisme, que tous croyaient mort depuis cinquante ans, connaît un retour de fortune imprévu. Trotskisme, maoïsme, anarchisme, telles sont les composantes du gauchisme, les éléments du champ idéologique où 68 puisera son inspiration, mariant drapeaux noirs et drapeaux rouges, références à Bakounine et à d'autres formes de communisme que l'orthodoxie stalinienne.

La dimension internationale a pesé d'une autre façon encore. Si les événements de 68 n'ont pas été, comme certains le crurent sur le moment et comme de Gaulle ne fut pas éloigné de le penser, suscités à seule fin de torpiller la négociation qui allait débuter à Paris pour trouver une issue à la guerre du Vietnam, il y eut, à coup sûr, influence et contagion de l'étranger. Les étudiants eurent la conviction d'une fraternité avec leurs camarades des autres pays, de Berkeley à Berlin. Ils se sentaient solidaires de Cuba dans sa résistance aux États-Unis. Castro et le Che devinrent les figures emblématiques de la lutte contre l'impérialisme dont les États-Unis étaient le symbole. Les Comités Vietnam ont pris le relais de la lutte contre la guerre d'Algérie : de même que la mobilisation contre l'O.A.S. avait conduit, au début des années 60, une génération d'étudiants à l'engagement politique, la dénonciation des bombardements américains sur le Nord-Vietnam qui éprouvaient les populations civiles fut au principe de l'itinéraire de beaucoup de leurs cadets en direction du gauchisme.

Reste que ce mélange de contestation, de révolte, d'aspirations révolutionnaires qui formait le bouillon de culture où allait éclore 68 n'était le fait que de minorités : un ou deux pour cent peut-être de la grande masse. A cet égard, Georges Marchais n'avait pas tort de les qualifier de groupuscules en leur reprochant des agissements aventuristes se couvrant d'une phraséologie révolutionnaire, dans un éditorial de *L'Humanité* qui fit date, le 3 mai

1968. Il se trompait seulement de moment : il était en retard sur l'événement. Le 3 mai précisément, le mouvement changeait d'échelle : l'ensemble des étudiants commençait à se reconnaître dans le discours des groupuscules. Voilà bien le cœur de l'énigme de 68 : comment l'idéologie d'une petite fraction contestataire ignorée quelques semaines plus tôt du plus grand nombre, et qui avait échappé à l'attention des observateurs, a-t-elle pu soudain imposer sa cohérence aux aspirations confuses d'une génération et, dans un second temps, faire tache d'huile sur la société, qui embrassa une partie de ses thèmes avec une ardeur égale à leur nouveauté ? Il faut supposer une connivence antérieure insoupçonnée des intéressés et dont ils ne s'avisèrent que sous le choc des événements. La comparaison, qui ne vaut pas raison, mais qui donne l'idée la plus juste du phénomène, me paraît être celle avec un coup de grisou : la poussière de charbon est en suspension dans l'air ; en l'absence d'appareil approprié pour en déceler la présence et en mesurer la teneur, personne ne s'en inquiète. Une étincelle, et d'un coup l'air s'embrase : c'est l'explosion. De même, aux premiers jours de mai 68, l'explosion a révélé des attentes et des connivences.

Les prodromes

Par métier, l'historien scrute en amont les signes avant-coureurs qui auraient échappé à l'observation des contemporains. Il relève ainsi qu'en février 1964 une première épreuve de force avait déjà opposé les étudiants de la faculté des lettres de Paris au gouvernement à l'occasion de la visite du président de la République italienne et qu'ils avaient songé à se retrancher dans la vieille Sorbonne. Il note qu'à Strasbourg les situationnistes propageaient dès 1966 des thèses d'une contestation radicale. A la rentrée de 1967, quelques grèves étudiantes, d'un style inhabituel par la radicalité des revendications, avaient agité plusieurs établissements, dont la toute jeune faculté de Nanterre, récemment détachée de la Sorbonne. Par la suite, divers incidents en avaient troublé le fonctionnement ; l'opinion avait surtout retenu un épisode : lors de l'inauguration du centre sportif, un étudiant dont le nom était énoncé pour la première fois, Daniel Cohn-Bendit, avait apostrophé le ministre de la Jeunesse et des Sports, François Missoffe. Dans la revendication de la libre circulation dans les résidences universitaires entre pavillons des garçons et des filles, on n'avait vu que gauloiserie : on ne soupçonnait pas qu'elles devenaient des foyers d'agitation contestataire. En mars 1968, le monde du spectacle et nombre d'intellectuels s'étaient mobilisés pour la défense d'Henri Langlois, le fondateur de la Cinémathèque, que Malraux voulait remplacer pour introduire une gestion moins brouillonne.

Les trois coups de la pièce qui va tenir le pays en haleine durant deux mois sont frappés le vendredi 22 mars à Nanterre : ce jour-là, une centaine d'étudiants envahissent la salle du conseil de la faculté des lettres, au huitième étage du bâtiment administratif, et décident de l'occuper pour la nuit ; c'est l'événement fondateur du mouvement, qui lui emprunte son appellation du 22 mars, et qui amalgame tous les courants de la gauche — trotskistes, maoïstes, anarchistes, inorganisés. En soi l'incident est mineur, presque dérisoire ; dans l'esprit des étudiants sa signification et sa portée seront immenses : celle d'un défi à l'Université et, à travers elle, à la société.

Dès lors l'agitation ne cessera plus à Nanterre et va aller s'aggravant : fermée quelques jours avant les vacances pascales dans l'espoir d'un retour au calme, la faculté est de nouveau troublée à la reprise des enseignements. Les gauchistes y sont chez eux : ils s'y retranchent dans l'attente d'une descente des commandos d'Occident que leur imagination pare de tous les attributs du fascisme. L'agitation culmine le jeudi 2 mai avec l'organisation d'une journée anti-impérialiste ; l'occupation des amphithéâtres fait obstacle aux cours. A la demande du doyen, la faculté est fermée *sine die*. Le rideau tombe alors sur Nanterre et la pièce se transporte au Quartier latin, qui prend le relais du lointain campus de banlieue, et où les « enragés » de Nanterre, comme eux-mêmes se désignent, se portent dès le lendemain. Fin du prologue.

Le vendredi 3, les étudiants s'assemblent dans la cour de la Sorbonne. Le recteur Roche requiert l'intervention de la police, qui embarque quelque cinq cents étudiants, provoquant un réflexe de solidarité de leurs camarades qui harcèleront les forces de l'ordre au cri de : « Libérez nos camarades ! » Le mécanisme est enclenché qui va par degrés ébranler la société. Les gauchistes auront l'initiative de bout en bout : mettant en pratique avec habileté le cycle provocation-répression-solidarité, ils conduiront une escalade où les pouvoirs publics seront toujours en retard d'un temps. Le gouvernement, qui n'a pas vu venir le mouvement et n'en a pas tout de suite mesuré la gravité, balancera entre deux attitudes, alternant les mesures de force qui exaspèrent les étudiants et choquent l'opinion, et les gestes de conciliation où les manifestants ne verront qu'aveux de faiblesse et encouragements à pousser leur avantage. Les inconvénients des deux stratégies s'additionneront. La position du gouvernement, privé dans la première semaine de son chef, en voyage en Iran et en Afghanistan, puis du chef de l'État parti pour la Roumanie, devient de jour en jour plus critique : l'histoire de ce mois de mai est celle de son affaiblissement progressif. Le contrôle de la situation lui échappe, et les dissensions s'aggravent dans la majorité, tandis que l'opposition s'enhardit.

Le processus, au cours de ces quatre semaines, a pris la forme d'une spirale ascendante. La comparaison est devenue classique avec une fusée à trois étages : le mouvement est le fait des étudiants jusqu'au 13 mai ; un vaste mouvement social prend ensuite le relais qui gagne la France entière et la paralyse ; enfin, dans la dernière semaine du mois, le régime vacille, et on peut le croire au bord du désastre jusqu'au prodigieux retournement de situation du jeudi 30 mai. Pour se succéder, les trois phases n'en interfèrent pas moins : ainsi l'agitation universitaire a-t-elle continué de donner le ton et de dominer la rue pendant les deux dernières phases.

Deux données de psychologie collective ont grandement contribué à la propagation du mouvement en dehors de son aire initiale. D'abord, un sentiment très fort de solidarité entre tous les membres d'une même catégorie, qui est peut-être une réaction de compensation à l'individualisme et à l'isolement. C'est l'arrestation, le 3 mai, de leurs camarades qui provoque la mobilisation de plusieurs milliers d'étudiants et les premiers affrontements avec le service d'ordre. Quelques jours plus tard, la condamnation à une peine d'emprisonnement ferme d'un responsable du Centre Richelieu jette à leur tour dans la rue les militants catholiques. Solidarité aussi entre générations, parents et enfants : combien de pères ont été entraînés dans le mouvement par l'espoir de rétablir avec leurs fils ou leurs filles un dialogue interrompu ! Solidarité des syndicats avec les étudiants après la nuit du 10 au 11. D'autre part, un élan de sensibilité a rangé du côté des étudiants une large partie de l'opinion, heurtée par la dureté de la répression et les brutalités policières qui pourtant ne faisaient souvent que riposter à l'agressivité des manifestants. Enfin, on comprendrait mal le climat de ces étranges semaines si l'on ne tenait pas compte du fait que Mai 68, ce fut d'abord pour beaucoup d'étudiants l'ajournement des examens, l'arrachement aux révisions et aussi une sociabilité retrouvée, des contacts avec les passants, la parole libérée. Beaucoup d'adultes aussi vécurent les événements comme une fête qui exauçait une aspiration enfouie au plus profond : chacun désire parfois confusément une rupture des habitudes. Mai 68 fut, après des années de labeur et de sacrifices, un défoulement collectif, une revanche sur l'effort, une réaction contre le moralisme et la monotonie de l'existence quotidienne.

L'escalade

Le mouvement étudiant a vite gagné la province, où les facultés sont occupées à l'instar de la Sorbonne et deviennent des lieux d'effervescence permanente. A Paris, les manifestants visent à s'assurer le contrôle d'un territoire soustrait à l'autorité de la puissance publique et interdit à l'intervention des forces de l'ordre. Reprenant, peut-être sans y penser, la méthode mise en œuvre huit ans plus tôt à Alger lors de la semaine des Barricades, ils édifient, en rayonnant à partir de la Sorbonne, des barricades qui transforment le quartier en camp retranché. Les pouvoirs publics hésitent entre tolérer qu'un quartier échappe ainsi à la loi et engager une épreuve de force pour le reconquérir. Le vendredi 10, après des heures de pourparlers et de tergiversations — amplifiés par les radios périphériques —, l'ordre est donné de détruire les barricades : il y en a une bonne soixantaine. La bataille dure presque toute la nuit ; à l'aube les forces de police se sont rendues maîtresses de tout le quartier, mais le spectacle est désolant : chaussées défoncées, des dizaines de voitures incendiées, quelque 400 blessés. Cette nuit restera longtemps dans la mémoire collective.

Le jour même, le Premier ministre rentre d'Afghanistan ; il prend sur lui une série de décisions destinées à apaiser les esprits : la Sorbonne est réouverte et il annonce la libération très prochaine des étudiants condamnés en procédure de flagrant délit. Huit jours plus tôt, ces initiatives auraient peut-être amorcé une désescalade ; le 11, elles viennent trop tard. La violence des affrontements, les très nombreux blessés ont choqué l'opinion, qui ne marchande pas sa sympathie aux étudiants : la plupart des organes de presse ont pris fait et cause pour eux ; les partis, y compris de la majorité, blâment la brutalité de la réaction. Les centrales syndicales, sortant de leur neutralité, décident pour le lundi 13 mai, qui se trouve être le jour anniversaire de l'émeute algéroise qui a ouvert la route du pouvoir au général de Gaulle, une grève générale de protestation et une manifestation.

Ce réflexe de solidarité sentimentale avec les étudiants molestés n'était pas le seul mobile auquel obéissaient les organisations syndicales : depuis quelques jours se développait en effet dans les entreprises une agitation qui n'avait pas grand-chose à voir avec le mouvement étudiant et qui traduisait une certaine insatisfaction. Dans les douze derniers mois, la tendance s'était inversée : au début de 1967, ceux qui estimaient que leur niveau de vie s'améliorait étaient légèrement plus nombreux que ceux qui pensaient le contraire (30 % contre 28 %); en janvier 1968, ils ne sont plus que 19 % à le croire, et ceux qui ont la conviction d'une détérioration sont passés de 28 à 47 %. Le chômage a reparu et progresse insidieusement. En plusieurs localités, des mouvements ont pris un tour très dur : à Caen, les jeunes ouvriers de la S.A.V.I.E.M., jeunes paysans déracinés sans qualification professionnelle et qui ont à peu près le même âge que les étudiants, ont affronté la police dans un style qui annonce les batailles de rue à la croisée des boulevards Saint-Michel et Saint-Germain ou rue Gay-Lussac. A partir du 10 ou 12 mai, dans plusieurs entreprises, les travailleurs ont cessé le travail sans mot d'ordre, avec la même spontanéité que les étudiants. Les syndicats cherchent à reprendre le contrôle du mouvement pour éviter les débordements; la C.G.T. craint particulièrement l'aventurisme des gauchistes, et la C.F.D.T. s'inquiète du retour des anarchistes. De surcroît, les dirigeants des centrales ne sont pas fâchés de prendre une revanche ou un avantage sur un gouvernement qui les néglige et qui a réformé la Sécurité sociale sans les consulter. La démonstration du lundi 13 mai est un grand succès : de la place de la République à Denfert-Rochereau, qui devient un point habituel de rassemblement et qui entre dans la constellation des hauts lieux symboliques, s'étire un immense cortège où se retrouvent étudiants et travailleurs défilant au cri de « Dix ans, ça suffit ». Le mouvement de mai prend ainsi une signification hostile au régime. La grève symbolique du 13 mai a comme ouvert une porte au mécontentement diffus : dès le lendemain, à l'usine de Sud-Aviation, dans la banlieue de Nantes, ailleurs aussi, les jeunes ouvriers, à la pointe du mouvement, débraient et occupent les usines comme ils ont vu faire aux étudiants. L'agitation se propage avec une rapidité extrême : avant la fin de la semaine, la S.N.C.F., les transports, les services publics y participent. Soit de leur initiative propre, soit du fait de la paralysie des services et de la rupture des approvisionnements, la plupart des entreprises ont cessé toute activité. Le nombre des travailleurs en grève est évalué à 9 ou 10 millions. Même sujette à discussion, cette estimation indique un ordre de grandeur qui fait de ce mouvement le quatrième en trente ans, après ceux de mai-juin 1936, novembre-décembre 1947 et août 1953, et l'un des plus massifs. La France est paralysée et le gouvernement attaqué sur un second front.

Pour être moins critique, la situation sur le terrain politique n'est pas plus encourageante : les oppositions ont déposé une motion de censure à laquelle il n'a manqué que 11 voix pour réunir une majorité. Surtout, le débat a révélé des fêlures dans la majorité : René Capitant a démissionné de son mandat parlementaire, Edgard Pisani, ancien ministre du Général, a voté la censure, et le fringant leader des républicains indépendants, Valéry Giscard d'Estaing, s'est soigneusement démarqué du gouvernement.

Le chef de l'État, qui a avancé d'un jour son retour de Roumanie, s'adresse au pays le vendredi 24 par la télévision ; recourant au moyen qui lui a permis de rétablir le dialogue avec la nation en 1960 et 1961, il annonce un référendum sur la participation, dont le résultat décidera de son maintien au pouvoir ou de son départ. L'allocution tombe à plat, et de Gaulle n'est pas le dernier à comprendre qu'il a « mis à côté de la plaque ». Les étudiants, qui l'ont écouté au transistor dans un gigantesque *sit in,* répondent par la dérision, et la nuit qui suit est l'une des plus troublées, avec de durs affrontements et une tentative d'incendie de la Bourse.

Georges Pompidou est l'un des seuls à conserver son sang-froid ; son autorité tranche sur le désarroi des ministres. Dans la discussion sur la motion de censure, il a présenté une analyse de la crise comme crise de civilisation qui a élevé le débat. Il ne désespère pas de reprendre l'initiative ; du côté universitaire, il compte sur la lassitude et cherche à gagner du temps, mais il importe de rompre à tout prix la conjonction des étudiants avec le mouvement social : il faut en conséquence engager le dialogue avec les centrales syndicales, qui n'ont pas un moindre intérêt à une issue négociée de la crise. Si la C.F.D.T. manifeste de la sympathie pour le mouvement étudiant dont l'inspiration est en harmonie avec ses thèses autogestionnaires, la C.G.T., proche du Parti communiste, partage son inquiétude devant l'animosité anticommuniste des gauchistes et s'inquiète de l'influence grandissante sur les travailleurs d'éléments dits inorganisés qui n'ont aucune expérience de la lutte syndicale et de la négociation. Les cégétistes freinent les rapprochements entre étudiants et ouvriers : ne dit-on pas qu'à Billancourt ils ont soudé les portes d'entrée de la Régie Renault pour prévenir toute fraternisation ? Assisté du ministre des Affaires sociales, Jean-Marcel Jeanneney, et activement secondé par un jeune secrétaire d'État à l'Emploi et à la Main-d'œuvre, Jacques Chirac, et par son collaborateur Édouard Balladur, le Premier ministre ouvre, au ministère du Travail, rue de Grenelle, des pourparlers dont il assure personnellement la direction de bout en bout. Ceux-ci durent une trentaine d'heures, du samedi 25 après-midi au petit matin du lundi 27. Toutes les grandes organisations syndicales, patronales et ouvrières, sont représentées par leur numéro un : Georges Séguy pour la C.G.T., Eugène Descamps pour la C.F.D.T., Paul Huvelin pour le C.N.P.F. Au terme de cette épuisante discussion, coupée d'apartés dans les couloirs, un accord général est acquis sur un ensemble de mesures : relèvement considérable du salaire minimum interprofessionnel garanti, le S.M.I.G., qui fixe le plancher des rémunérations (il fait un bond de 35 %, le salaire horaire minimal passant de 2,23 à 3 francs); augmentation des salaires de 10 % réalisée en deux temps; reconnaissance de la section syndicale d'entreprise — une vieille revendication du mouvement ouvrier à laquelle les employeurs s'étaient toujours opposés. D'autres dispositions sont annoncées qui concernent la durée du travail, une amélioration de la formation, du sort des vieux travailleurs, etc. Au total, un ensemble qui donne le droit aux syndicats de dire qu'ils ont remporté une victoire dont l'importance ne le cède pas à celles du passé. Ils ne sont pas les seuls à comparer les accords de Grenelle aux accords de Matignon. La C.G.T., en particulier, a lieu de se féliciter, elle qui donne la préférence aux revendications dites quantitatives sur les qualitatives : aussi s'apprête-t-elle à les présenter comme un succès justifiant la reprise du travail. A peine sorti du ministère, son secrétaire général prend le chemin de Billancourt, au cœur de l'entreprise qui reste le symbole de la classe ouvrière. Mais dans cette crise décidément rien ne se passe comme prévu : au lieu de recueillir l'approbation attendue, il est reçu par des huées; les grévistes récusent le fruit de la négociation, convaincus que l'on pourrait obtenir davantage sur-le-champ. Georges Séguy opère alors une volte-face complète : les ouvriers ont bien raison de rejeter ces propositions, car elles ne sont pas à la hauteur des espérances. La base a désavoué les directions syndicales.

Une situation « insaisissable »

Dès lors, il n'y a plus à cette crise, dont la longueur est sur le point de dépasser celle de toutes les précédentes, d'issue prévisible ni de solution raisonnable. Le gouvernement a tout essayé, et tout a échoué : le chef de l'État et le chef du gouvernement ont joué leur va-tout, l'un avec son projet de référendum, l'autre avec la grande négociation salariale. Selon l'expression si juste du général de Gaulle, la situation est « insaisissable » : elle échappe à tous, y compris aux dirigeants syndicaux et politiques, débordés par une base qui croit tout possible. Pour reprendre la formule qui avait caractérisé la crise de mai 1958, le pouvoir abandonne le pouvoir : les ministres sont désemparés, l'administration n'obéit plus. On est entré dans une troisième phase. Après la phase universitaire et le mouvement social, c'est bel et bien une crise de régime : l'enjeu est désormais le départ du général de Gaulle, la déchéance de son pouvoir et le changement des institutions.

L'initiative a changé de camp : en face d'un gouvernement désemparé, les leaders de l'opposition de gauche interviennent. Deux préoccupations les meuvent : combler un vide qui inquiète tout responsable et ménager une transition sans convulsions. Pierre Mendès France voit dans les événements la vérification de sa certitude que ce régime finirait comme il avait commencé : le moment est venu de la revanche du droit sur l'illégalité qui avait triomphé en 1958. François Mitterrand pense que son heure a sonné et que la gauche va faire appel de sa défaite électorale de mars 1967.

L'U.N.E.F., qui joue un rôle prédominant dans cette période, a appelé à un meeting au stade Charléty, à proximité de la Cité universitaire, pour le lundi 27. C'est le soir du jour où les salariés ont rejeté les accords de Grenelle. Le P.S.U., qui s'est lancé à corps perdu dans la contestation, s'est associé à l'appel du syndicat étudiant par la voix de son secrétaire général, Michel Rocard. Tous les gauchistes se sont donné rendez-vous. De mauvais bruits circulent sur des provocations dont on ne sait si elles viendraient des anarchistes ou des pouvoirs publics; Pierre Mendès France est là : sa présence silencieuse semble cautionner les discours gauchisants. Elle lui sera reprochée : il la justifiera par la crainte que le sang ne coule et par l'espoir de déjouer les provocations. Le lendemain mardi 28, François Mitterrand, qui fait figure de challenger du général de Gaulle depuis 1965, tient une conférence de presse où il prend acte du vide : il n'y a plus d'État, le peuple rejettera le référendum et évincera le pouvoir gaulliste. Il n'est que temps de préparer la succession déjà virtuellement ouverte. Paraissant perdre de vue que la Constitution a prévu le cas et comporte des dispositions organisant l'intérim, le président de la Fédération de la gauche démocratique et socialiste propose la formation d'un gouvernement provisoire pour assurer l'élection du président de la République, lui-même étant candidat, il suggère le nom de Pierre Mendès France pour présider ce gouvernement de transition. Il lui sera vivement reproché d'avoir méconnu la Constitution et de s'être apprêté à recevoir le pouvoir de la rue, mais on peut aussi bien le créditer du souci d'éviter le pire et d'avoir exploré les possibilités de rétablir un minimum de continuité dans le fonctionnement des pouvoirs publics. Ainsi se dessine une solution de rechange qui dénouerait la crise et fermerait la parenthèse du principat gaullien après une décennie.

Coup de théâtre

Dans l'étourdissante succession de péripéties et de rebondissements qui peuple cet étonnant mois de mai, le plus inattendu est encore à venir. Au matin du mercredi 29, jour habituel du Conseil des ministres, ceux-ci et le premier d'entre eux comme ses collègues apprennent que la séance est décommandée. De Gaulle appelle Pompidou et lui fait savoir qu'il a décidé de prendre un peu de champ, sans préciser davantage : il le laisse dans la plus grande incertitude sur ses intentions profondes. C'est peut-être l'origine de la fêlure entre les deux hommes, dont les séquelles envenimeront ensuite durablement les relations entre les fidèles de l'un et les proches de l'autre. Mais les Français ne savent pas tout encore : Pompidou apprend bientôt qu'on a perdu la trace du Général. Il a bien quitté Paris en hélicoptère, mais il n'est pas arrivé à Colombey, et l'appareil ne s'est pas posé comme d'ordinaire à Chaumont. Personne, à l'exception peut-être du directeur de la gendarmerie, ne sait où il est passé. On saura un peu plus tard que de Gaulle a rendu visite au général Massu, qui commande les forces françaises en Allemagne à son quartier général de Baden-Baden.

Dans quelle intention ? S'assurer de l'appui éventuel de l'armée en cas d'épreuve de force ? Une controverse a depuis opposé

Massu, convaincu d'avoir rendu confiance à un de Gaulle désemparé, à ceux qui sont persuadés que le chef de l'État n'avait pas attendu les encouragements de son ancien subordonné pour se ressaisir. Pour quelle raison de Gaulle avait-il quitté Paris? L'énigme n'est pas entièrement déchiffrée aujourd'hui, et les interprétations continuent de s'opposer. L'historien ne peut qu'énoncer les données du problème. De Gaulle a-t-il cédé à un instant de découragement, a-t-il seulement jugé nécessaire de s'éloigner de l'œil du cyclone pour apprécier plus sereinement la situation et en considérer toutes les implications, ou a-t-il déjà arrêté dans son esprit le scénario de son retour triomphal, comme l'assurent quelques-uns qui l'ont approché la veille de son départ? A-t-il sérieusement songé à quitter le pouvoir? Ce n'aurait pas été la première fois. N'avait-il pas de lui-même quitté la présidence du Gouvernement provisoire le 20 janvier 1946? En 1953, en abandonnant celle du R.P.F., il avait aussi pris congé de la politique active. Au soir du référendum du 28 octobre 1962 comme après le ballottage du premier tour en 1965, il est resté quelques heures ou un peu plus dans l'expectative et n'a pas écarté l'idée de s'en aller. Enfin, un an plus tard, il démissionnera, et cette fois sans esprit de retour. Il n'est donc pas exclu qu'il se soit interrogé à ce sujet le 29 mai 1968, et qu'il ait pu hésiter un instant.

L'opinion, elle, n'a point eu de doute à l'annonce de son départ : c'est la fin du pouvoir gaulliste. Les chefs de l'opposition y voient la confirmation de leur analyse et la justification de leurs initiatives pour combler le vide. Les membres du gouvernement et de la majorité ne sont pas loin de penser de même. Dans les ministères et les cabinets, on se prépare à l'arrivée de nouvelles équipes. Pierre Mendès France, répondant à l'invitation de François Mitterrand, se dit prêt à former un gouvernement de transition appuyé sur la gauche unie, et Jean Lecanuet, au nom du Centre démocrate, oublieux de la mésentente de jadis entre le M.R.P. et l'ancien président du Conseil, semble disposé à lui apporter son soutien. Valéry Giscard d'Estaing, tout en formant le vœu que de Gaulle reste à la tête de l'État, se prononce pour un gouvernement qui représenterait toutes les tendances et pour un changement de Premier ministre. Presque seul, Georges Pompidou ne capitule pas, mais son amertume est grande d'être ainsi laissé dans la complète incertitude des pensées du Général. Au soir de ce mercredi 29 mai, dix ans jour pour jour après l'appel du président

Coty au « plus illustre des Français » pour dénouer la crise de mai 1958, tout concourt à imposer la conviction que la Ve République vit ses dernières heures.

Le plus surprenant est encore à venir. Arrivé dans la soirée à la Boisserie, le général de Gaulle a appelé Pompidou et lui a demandé de convoquer le Conseil des ministres pour le lendemain. Avant l'ouverture de la séance, les deux hommes ont un entretien capital : le Premier ministre convainc de Gaulle de renoncer au référendum et de lui substituer des élections consécutives à la dissolution de l'Assemblée ; le Général remanie en ce sens le texte de la déclaration qu'il a préparée et qu'il enregistre à la radio. Moins, contrairement à ce qu'on a imaginé, pour renouer avec la tradition de la grande voix s'adressant de Londres aux Français dans la nuit de l'Occupation, que pour des raisons techniques : l'O.R.T.F. est en grève, et l'enregistrement d'une émission de télévision comporte des aléas dont la radio est affranchie. A 16 h 30, la France entière est à l'écoute : en quatre minutes et demie, une allocution d'une fermeté exemplaire, prononcée sur un ton d'extrême autorité, renverse la situation. De Gaulle déclare avoir envisagé toutes les éventualités ; il a pris ses résolutions. Il garde le Premier ministre, qui n'a pas démérité. Le référendum est ajourné, l'Assemblée dissoute, et les électeurs convoqués pour la renouveler. Il dénonce l'entreprise de subversion dont il attribue la responsabilité au communisme totalitaire. A-t-il sérieusement cru le Parti communiste à l'origine d'une agitation dont la pointe est tout autant dirigée contre sa direction que contre le pouvoir, ou cette mise en cause n'est-elle qu'une habileté polémique ?

De cette intervention l'effet est foudroyant. Rarement renversement de situation s'est accompli en si peu de temps. Jean Lacouture a excellemment exprimé le ressaisissement de l'initiative : « En l'espace de cinq minutes, la France changea de maître, de régime et de siècle. Avant 16 h 30, on était à Cuba. Après 16 h 35, c'était presque la Restauration. » Le changement se manifeste sur-le-champ ; les fidèles du Général préparaient depuis trois jours une démonstration dont ils ne savaient si elle serait le dernier acte de son règne, comme le défilé du 28 mai 1958 pour la IVe République, ou si elle marquerait le redressement. A peine les sympathisants ont-ils entendu l'allocution du Général qu'ils descendent dans la rue et convergent de toutes parts vers la place de la Concorde qui s'emplit d'une foule immense remontant les Champs-Élysées. Il y a là plusieurs centaines de milliers de

Français, ceux qu'on dit être la majorité silencieuse, effectivement réduits au silence depuis le début de la crise et qui ont soudain l'occasion de s'exprimer. Ce défilé est comme une réminiscence de la triomphale descente de l'avenue le 26 août 1944 et préfigure la remontée, deux ans plus tard, au soir du 12 novembre 1970, ultime hommage au Général disparu.

Le reflux

Pompidou modifie profondément son gouvernement; c'est le plus ample remaniement depuis 1962. Il se sépare de tous ceux qui ont exercé des responsabilités en relation avec le mouvement de Mai : les titulaires de l'Intérieur, de l'Éducation nationale, de l'Information, des Affaires sociales sont remplacés par des hommes réputés pour leur énergie, avec un petit appoint de gaullistes de gauche pour rassembler toutes les composantes de la famille en vue des élections. Celles-ci sont d'emblée acceptées par tous, à l'exception des gauchistes qui savent qu'ils n'ont rien à attendre de l'expression du corps électoral et qui dénoncent les « élections-trahison ». Toutes les forces politiques se sont immédiatement reconverties en vue de la campagne : signe de l'adhésion quasiment unanime du pays à l'idée que le recours au suffrage universel est la seule issue pour une crise d'une pareille gravité.

La vague qui déferlait toujours plus haut depuis quatre semaines a commencé à refluer, et la décrue s'accentue chaque jour un peu plus : le fleuve rentre peu à peu dans son lit. Des mesures opportunes restaurent la confiance et rétablissent des conditions de vie plus normales. L'essence coule à nouveau dans les pompes, et les citadins peuvent partir pour le week-end de la Pentecôte. Des commentateurs ont cru pouvoir interpréter leur départ massif comme une présomption d'indifférence politique, comme si l'intérêt pour la chose publique était nécessairement exclusif de toute autre activité. Chaque jour marque un recul de l'agitation. Le travail reprend peu à peu. Lentement : ce n'est pas avant le 18 juin que la Régie Renault rouvre ses portes, après un mois de grève. D'autres entreprises attendront plus tard. A l'O.R.T.F., qui est entrée tardivement dans le mouvement, les journalistes en sortiront plus tard aussi, au début de juillet. Au total, l'économie aura été perturbée un grand mois : la France découvrira bientôt le prix à payer. Quant à l'agitation, elle décroît, mais elle rebondit comme par saccades et se rallume ici ou là : les combats font même des morts à Lyon, Flins, Sochaux. Plusieurs nuits parisiennes sont encore ponctuées par l'éclatement des grenades lacrymogènes. Le dernier sursaut de violence a lieu dans la soirée du 11 juin, où les heurts autour de quelque 70 barricades font 400 blessés.

Mais l'opinion est lasse du désordre et de la violence, ses sympathies pour le mouvement se sont épuisées : les voitures incendiées rue Gay-Lussac, les arbres abattus sur le boulevard Saint-Michel ont fait scandale. *Le Monde,* dont les jeunes rédacteurs n'ont pas marchandé au mouvement leur soutien, opère un virage avec le retour de son directeur, Hubert Beuve-Méry, pour décrire la Sorbonne comme le théâtre d'un happening permanent ; on parle de « bateau ivre ». Le 14 juin, la police a fait évacuer l'Odéon et, le 16, la Sorbonne. Le mouvement est en recul et ne peut plus servir que de plastron aux défenseurs de l'ordre et de la légalité.

Retour de la « majorité silencieuse »

Le dispositif électoral est d'une extrême simplicité, reproduisant, en l'allégeant encore, le schéma de l'année précédente. L'ensemble des droites fait bloc derrière le Premier ministre. Dans toutes les circonscriptions détenues par la majorité, unité de candidature sous le sigle Union pour la défense de la République. Dans les autres, des primaires entre gaullistes et républicains indépendants. A gauche, Parti communiste et Fédération de la gauche ont réactivé leur accord de désistement pour le second tour. Seule innovation : une présence plus dense du P.S.U., qui aligne trois fois plus de candidats et compte bien, étant la formation la plus proche de l'esprit de Mai, en recueillir les dividendes.

D'un tour à l'autre, du 23 au 30 juin, la tendance s'accentue : forte poussée de la droite, recul de la gauche. Parti communiste et Fédération ont perdu un peu plus de 2 points chacun. Le centre en a perdu plus, au profit de la droite qui en gagne 8. Le scrutin majoritaire a amplifié les écarts et a une conséquence insolite : pour la première fois de notre histoire électorale depuis l'instauration du suffrage universel, cent vingt ans plus tôt, un parti détient à lui seul la majorité absolue. Le groupe gaulliste de l'U.D.R. a 293 élus sur 487 sièges pour 38 % des suffrages ; c'est une défaite relative pour les giscardiens, dont l'appoint n'est plus indispensable, bien qu'ils aient bénéficié aussi du déplacement vers la droite : partis 42, ils reviennent 61. Les deux groupes de la majorité, à eux deux, forment les trois quarts de la nouvelle Assemblée alors qu'après mars 1967 ils n'avaient que quelques voix d'avance. Le premier effet de la crise de Mai, paradoxal, a été de consolider les assises parlementaires du pouvoir.

La gauche est taillée en pièces et sort de l'épreuve diminuée. Le Parti communiste a régressé de 22,5 à 20 % et ne compte plus que 34 députés au lieu de 73. Quant à la Fédération, pour ses 16,75 % des votants, elle ne retrouve que 57 élus à la place de ses 121. Pierre Mendès France a été battu à Grenoble par Jean-Marcel Jeanneney : il ne reviendra plus au Parlement. Quant aux centristes, ils ont été laminés entre le gaullisme et la gauche : leurs électeurs se sont reportés sur les candidats de la majorité ; ils ont en tout et pour tout 33 élus.

La secousse de Mai a ainsi entraîné l'élection de l'Assemblée la plus conservatrice que la France se soit donnée depuis la chambre du Bloc national, élue cinquante ans plus tôt, en novembre 1919. On parle de « Chambre introuvable ». Cette poussée à droite a été parfois attribuée à un réflexe de peur sociale : on a parlé d'élections de la peur. Interprétation réductrice et qui ne rend pas plus justice aux motivations des électeurs que celles qui expliquent toute avance de la gauche par l'envie ou le ressentiment. Certes, la réprobation de la violence et l'inquiétude du désordre ont eu leur part au comportement des électeurs, mais il s'explique tout autant par un réflexe légaliste et le refus de laisser des minorités dicter leur volonté par la pression de la rue. La province, en particulier, n'admet plus que Paris fasse la loi, que ce soit au bénéfice de la droite ou de la gauche. De même que l'émeute du 6 février 1934 avait suscité un vaste mouvement de défense républicaine, de même le psychodrame de mai 68 a provoqué un sursaut pour la défense des institutions républicaines.

Quelle revanche pour de Gaulle ! Mais aussi quelle hypothèque sur sa liberté de manœuvre ! Le mot qu'on lui prête, au vu des résultats, selon lequel il faudrait faire la politique du P.S.U. avec une majorité P.S.F. montre qu'il en avait une claire conscience et résume par avance le problème sur lequel se divisera la majorité dans les années suivantes. Les nouveaux élus entendent que la parenthèse soit refermée au plus vite et que soit effacée toute trace de la commotion du printemps. Mais si la crise sociale s'apaise à l'approche des congés payés et avec l'application des mesures arrêtées à Grenelle — que le gouvernement n'a pas annulées —, la parenthèse ne se referme pas au soir du 30 juin. La société reste ébranlée en profondeur : elle a soudain une conscience aiguë de sa fragilité ; la crise lui a révélé la précarité de l'ordre social et politique. Elle restera affectée pendant des années par le syndrome de mai 68. D'une certaine façon, rien ne pourra plus être après tout à fait comme avant. 68 a bien tracé une césure dans notre histoire.

L'esprit de mai 68

Si, même après le 30 juin, rien n'est plus tout à fait comme avant, c'est que la succession des épisodes qui se sont bousculés en deux mois n'épuise pas la signification de l'événement : son histoire n'est pas finie. C'est le paradoxe de cette crise. 68 n'a apparemment rien laissé, rien construit, à la différence d'autres crises. C'est à peine si l'on peut citer la reconnaissance de la section syndicale d'entreprise et la loi d'orientation universitaire comme ses conséquences. Et pourtant la référence à 68 gardera longtemps, peut-être aujourd'hui encore, sens et actualité. C'est que 68 se caractérise par un esprit, une inspiration commune, plus importants que tel ou tel des courants idéologiques qui ont contribué à le susciter. On se gardera cependant d'une systématisation qui unifierait par trop un agglomérat composite de tendances, parfois contradictoires, que les acteurs se souciaient peu de concilier. On s'abstiendra pareillement d'ériger des aspirations et inclinations confuses, disparates, en une « pensée 68 » : ce serait un être de raison. Or peu d'épisodes ont été aussi peu rationnels et raisonnables.

Cet esprit n'a pas surgi inopinément, tout constitué, aux premiers jours de mai : il a fusionné des tendances qui se dessinaient depuis quelques années et auxquelles l'infléchissement de la société que nous avons relevé au milieu des années 60 avait conféré un dynamisme tout neuf. Mais en le manifestant au grand jour, le mouvement de 68 lui a donné un état civil, des lettres de noblesse, et en a fait un phénomène d'opinion durable et étendu. Cet esprit a marqué une génération pour laquelle il fut l'équivalent de ce qu'avaient été pour ses devancières l'Occupation et la Résistance ou la guerre d'Algérie. C'est en ce sens que 68 s'est incorporé à l'histoire comme événement fondateur.

Une autre donnée explique le retentissement de 68 : bien qu'il ait pris naissance dans les facultés et qu'il ait trouvé son fer de lance chez les étudiants, il en a, à la différence des mouvements analogues d'autres pays, très vite débordé, parce que son inspiration principale n'avait pas grand-chose à voir avec la finalité de l'institution universitaire — il ne s'y intéressait que de biais. Il n'avait pas de programme de réforme de l'enseignement supérieur; à preuve l'indifférence des éléments les plus engagés pour la loi Edgar Faure, dont ils ont plutôt cherché à entraver l'application qui les aurait privés d'un terrain d'agitation. L'Université n'était pour eux qu'une base d'opérations à partir de laquelle faire basculer la société. Le mouvement n'est pas pour autant politique, au sens précis du terme : les institutions le laissent indifférent, il n'a pas de Constitution de rechange. S'il combat le régime, c'est moins pour ce qu'il est que comme expression et instrument du capitalisme, conformément à un système de pensée qui emprunte au marxisme l'idée que les réalités véritables sont socio-économiques dont les politiques ne sont jamais que la transposition. C'est pourquoi les cortèges étudiants, en traversant Paris, ne se sont jamais fixé comme objectifs les lieux de la décision politique : en passant devant le Palais-Bourbon, ils n'ont pas fait à l'Assemblée l'aumône d'un regard.

Le mouvement vise essentiellement la société et la culture. C'est sa nouveauté et aussi sa radicalité. Deux termes définiraient assez bien son inspiration : contestation et utopie. La contestation porte en premier lieu sur une société qui a fait de la croissance la loi de son développement, et de la rentabilité le critère de ses choix. 68 dénonce la tyrannie de l'économique et s'insurge contre la dictature de la technique et de la technocratie. « On ne tombe pas amoureux d'un taux de croissance de 5 %. » Le procès de la société de consommation vise deux des objectifs qui ont orienté les efforts des dix ou quinze années précédentes : accroître la production, élever le niveau de vie. Une telle critique n'était sans doute concevable que dans une conjoncture de prospérité où le plein emploi était garanti et où un accroissement régulier du pouvoir d'achat du plus grand nombre paraît aller de soi. Seule une société assurée de l'essentiel et qui ne connaît plus la faim ni le chômage chronique peut s'offrir le luxe de déprécier le progrès. C'est alors qu'on croit possible de s'affranchir des contraintes dont on a perdu conscience. Le slogan « Prenez vos désirs pour des réalités » rejoint le « Tout est possible » de mai 1936. Par là, la contestation de l'ordre existant débouche sur l'utopie. « L'imagination est au pouvoir. » On ambitionne de changer la vie.

La critique du productivisme, la dénonciation du quantitatif trahissent peut-être aussi une réaction contre la brutalité de la mutation dans laquelle la Ve République, et singulièrement le gouvernement Pompidou ont engagé la France avec la grande ambition de l'industrialisation. Le mouvement écologique, qui est un enfant de 68, développera cet aspect passéiste du mouvement. En 68, ses implications archaïsantes sont masquées par l'idéologie qui emprunte les principes de son analyse aux thèmes de la lutte des classes et de l'aliénation. Les gauchistes sont convaincus que la planification est conçue en fonction des intérêts du grand capital : ils en voient la confirmation dans le mouvement de concentration des entreprises qui se précipite avec l'aval du gouvernement. Les étudiants se refusent à devenir les chiens de garde du capital : ils soupçonnent en toute réforme universitaire une volonté d'adapter l'enseignement aux besoins du patronat.

Par réaction contre le quantitatif, on exalte le qualitatif, l'accent est mis sur la qualité de la vie, l'aménité de l'existence, l'aménagement de l'environnement. Prenant le contre-pied de l'évolution qui entraîne un changement d'échelle avec la construction des grands ensembles et la concentration des entreprises, on célèbre les communautés réduites à taille humaine — *small is beautiful*. Contre l'urbanisme des barres et des tours qui caractérise l'architecture des années 60 se dessine une réaction chez les architectes, qui participeront activement au mouvement de 68. Au lendemain des événements, plus d'un soixante-huitard quittera la ville pour s'établir à la campagne, de préférence dans des régions inhabitées, et y pratiquer l'artisanat ou y élever des moutons avec l'intention de vivre de la vente de ses produits.

Contestataire, l'esprit de 68 l'est aussi de toute forme de pouvoir. Tout pouvoir est suspect ; synonyme de domination, il institue ou perpétue des situations d'injustice et d'oppression. Le schéma de la situation coloniale est encore très présent dans les esprits du fait de la proximité dans le temps des guerres coloniales, et le conflit qui oppose les États-Unis au Vietnam en ravive quotidiennement l'actualité. On le projette sur les situations les plus dissemblables. Le concept de pouvoir est en effet l'objet d'une inflation sans mesure : on voit du pouvoir partout, en politique bien évidemment, mais aussi dans l'entreprise, assez logiquement, dans l'enseignement aussi, dans l'institution ecclésiale à cause de sa constitution hiérarchique, et jusque dans la famille. La révolte contre le pouvoir est légitime, puisque son origine est discutable et son usage injuste. Il faut donc ruiner le pouvoir des gouvernants, des patrons, des mandarins, des clercs de toute sorte. Sous ce rapport, 68 retrouve l'inspiration de l'anarchisme, dont le mot d'ordre « Ni Dieu ni maître » connaît une nouvelle jeunesse. « Tous enseignants, tous enseignés » définit le rapport qui doit s'instaurer dans l'école et l'université.

La critique du pouvoir dans son essence s'étend aux institutions. Il y a peu d'exemples en notre histoire de mouvements aussi fondamentalement hostiles à l'institution que celui de 68, y compris à celles qu'il aurait pu susciter pour se survivre. S'il ne restera à peu près rien de 68 dans la législation et les institutions, c'est à cause de cette allergie viscérale à l'encontre de toute institutionnalisation : les mouvements ne durant que par les institutions, 68 se condamne à la précarité, et la génération de 68 à ne pas inscrire sa trace aussi durablement que d'autres. L'institution est combattue parce qu'elle impose une autorité et qu'elle fige la spontanéité : on ne parla jamais autant d'invention, de créativité dans l'instant. La critique du pouvoir, la récusation de l'institution instruisent le procès de toute bureaucratie, de l'administration et aussi des appareils des partis ou des syndicats, le plus détesté étant celui du Parti communiste qui a trahi les espérances du mouvement ouvrier en l'asservissant à la dictature d'un appareil bureaucratique. Par opposition, on célèbre la démocratie directe, on exalte la république des Conseils, on relit Rosa Luxemburg.

La mise en question de la culture est assurément, de tous les chapitres de la contestation ouverte par 68, le plus neuf, le plus révolutionnaire. Les mouvements antérieurs, loin de critiquer la culture, s'y référaient pour dénoncer le hiatus avec la triste réalité et nourrir la critique sociale. En 68, elle est englobée dans la critique de la société : on croit découvrir que toute culture est expression d'un rapport de force. Dans une société dominée par la bourgeoisie, elle est le moyen le plus habile de dominer par l'intériorisation, inconsciente chez les individus mais intentionnelle de la part de la société, des valeurs bourgeoises. La culture doit donc être combattue d'autant plus vigoureusement que son influence est subtile. L'Université est dénoncée comme appareil idéologique d'État, selon le concept forgé par Louis Althusser, dont la pensée et la terminologie s'intègrent à la pensée de 68. Pareille récusation de la notion classique de culture est grosse de conséquences : si toute culture est relative, s'il n'y a de culture que de classe et qu'exprimant un état de la société, il n'y a ni culture générale ni valeurs universelles. C'est la négation de l'humanisme. La raillerie à l'égard de l'humanisme est en connivence avec la thèse que Michel Foucault développe dans *L'Archéologie du savoir* : l'homme est une invention récente ; 68 prophétise la mort du sujet.

Et pourtant, parce que tout mouvement porte en soi les inclinations contraires, dans le même temps 68 est aussi une explosion d'individualisme : dans le droit fil de la récusation du principe d'autorité s'affirment le rejet de normes imposées par une autorité extérieure ou supérieure, politique ou morale — État, Églises, société —, et une revendication d'autonomie de l'individu. Peu de formules résument aussi bien cette orientation de l'esprit de 68 que la maxime : « Il est interdit d'interdire. » C'est à la fois la résurgence de la vieille revendication anarchisante et l'aboutissement de la permissivité, qui se déploie dans toutes les directions. Toute interdiction est ressentie comme insupportable. Davantage, toute règle qui n'est pas définie par l'individu est rejetée comme une atteinte à sa liberté. L'individu peut — et certains ajoutent *doit* — aller jusqu'au bout de ses désirs et de ses pulsions. Le mouvement porte en germe la libération des mœurs, l'affranchissement de la sexualité, la légitimation des pratiques tenues depuis toujours pour des déviances. Le désir, le plaisir, la jouissance deviennent autant d'impératifs qui se traduisent jusque dans la publicité. Cette tendance entre parfois en contradiction avec la recherche d'une sociabilité nouvelle et l'appel à la mobilisation des énergies pour édifier un monde nouveau. Une partie de la gauche souffrira de cette contradiction qu'elle ne réussira pas toujours à surmonter.

Au total, l'esprit de 68 a été plus critique que constructif, plus contestataire que révolutionnaire ; viscéralement hostile aux systèmes, répugnant à toute institutionnalisation, il n'a guère cherché à édifier, mais il a communiqué une force insoupçonnée à un ensemble d'aspirations dont il a fait un phénomène durable. Aussi 68 ne fut-il ni un accident ni une parenthèse, mais bien un temps fort de notre histoire contemporaine, dont les effets ne sont pas encore tous estompés.

CHAPITRE XXVIII

Les dix derniers mois

La crise ayant trouvé son dénouement, il s'agit d'en effacer les conséquences et peut-être aussi d'apporter une réponse aux questions qu'elle a posées. Au préalable, il importe de constituer un gouvernement, après les secousses qui ont éprouvé l'équipe ministérielle.

Exit Pompidou

De Gaulle ne reconduit pas le Premier ministre, alors qu'il l'avait renommé en janvier 1966, puis en mars 1967, et bien qu'il ait, dans son allocution du 30 mai, fait l'éloge de sa détermination et de son courage. La surprise est grande. De Gaulle regrette-t-il d'avoir suivi son conseil : consulter le pays plutôt par le biais d'une dissolution que par référendum ? Georges Pompidou n'est-il pas le grand vainqueur des élections ? Aujourd'hui encore on s'interroge sur les motifs du Général. On en entrevoit plusieurs. Pompidou était à Matignon depuis plus de six ans, une durée qui n'avait pas eu de précédent depuis quatre générations au moins ; il fallait remonter jusqu'à Guizot, et encore celui-ci n'avait-il accédé à la dignité de président du Conseil des ministres qu'en 1847. Une durée sans doute excessive, qui approchait de celle du septennat. Or il importe, ne serait-ce que pour marquer la prééminence du président sur le Premier ministre, que leurs durées soient inégales et qu'à un même président correspondent au moins deux chefs de gouvernement. Aucun des successeurs de De Gaulle ne dérogera à cette règle non écrite de la Constitution, dont dépendent pour partie le prestige de la fonction présidentielle et l'autorité de son titulaire. Il semble que le Général avait pensé changer de Premier ministre au lendemain des élections législatives de mars 1967 et que seul l'échec de celui sur lequel il avait jeté son dévolu, Maurice Couve de Murville, battu dans le 7e arrondissement par É. Frédéric-Dupont, l'en avait empêché, le contraignant à différer la relève. Le moment est venu en juillet 1968. Peut-être aussi le chef de l'État avait-il le sentiment, justifié, que ce n'était pas lui, mais son Premier ministre qui avait gagné les élections. Or l'esprit des institutions exigeait que le président de la République ressaisisse le leadership. La même considération imposera l'initiative référendaire, seul moyen de vérifier que le chef de l'État conserve la confiance du pays. Ces raisons objectives pesèrent sans doute davantage sur la décision du Général que les froissements de susceptibilité qui avaient pu se produire entre les deux hommes au cours de ces semaines troublées. Il convient d'ajouter que les hésitations de Georges Pompidou à accepter d'être reconduit, au moment où de Gaulle était peut-être disposé à le lui proposer de nouveau, ont provoqué un quiproquo, de Gaulle ayant déjà pressenti son successeur quand Pompidou se décida à accepter.

De Gaulle a donc arrêté son choix sur Maurice Couve de Murville, haut fonctionnaire qui avait débuté à l'Inspection des finances. Après avoir rejoint Alger en 1943, il avait fait presque toute sa carrière dans la diplomatie et était ambassadeur à Bonn quand de Gaulle, président du Conseil, l'appela pour diriger le Quai d'Orsay où il battra un record de durée : dix ans, de juin 1958 à juin 1968. Pendant cette décennie, il fut pour le chef de l'État un précieux collaborateur, capable d'initiatives. Dans ses nouvelles fonctions, le Général trouvera un exécutant loyal, mais peut-être pas l'homme énergique et capable d'exercer sur ses collègues une autorité indiscutée et sur l'opinion l'action d'entraînement que réclamait la situation. Le moins qu'on puisse dire est qu'il ne se jettera pas à corps perdu dans la bataille pour un référendum dont il ne percevait pas l'intérêt et dont le succès lui semblait douteux.

Le gouvernement connaît peu de changements dans l'attribution des grands ministères : c'est à peu de chose près le gouvernement du 31 mai qui continue avec un autre Premier ministre. Jean-Marcel Jeanneney se voit confier la responsabilité des réformes institutionnelles ; on découvrira bientôt l'importance et l'enjeu de cette désignation.

Une nomination retient particulièrement l'attention, tant en raison du département qu'elle concerne, que de la personnalité désignée : celle d'Edgar Faure à l'Éducation nationale ; poste entre tous délicat au lendemain d'une crise qui avait trouvé son origine dans l'Université. L'explosion du printemps avait ruiné les institutions antérieures : il fallait reconstruire sur des fondements qui satisferaient les aspirations les moins déraisonnables du mouvement. L'ancien président du Conseil, entouré de nombreux collaborateurs, bien secondé par un cabinet étoffé, y applique toutes les ressources de son esprit subtil et de son imagination fertile. Il est soutenu par le général de Gaulle et réussit le tour de force d'obtenir un vote quasi unanime de l'Assemblée, à l'exception des communistes qui s'abstiennent, sur le projet de loi qu'il a préparé (12 novembre 1968). Le texte énonce trois principes qui fondent le nouveau système : participation à la gestion des établissements et à l'élection des responsables de tous les membres de l'Université, étudiants compris, sur la base d'une parité relative entre représentants des enseignants et des étudiants. Dans l'esprit de De Gaulle et dans la logique de la pensée gaullienne, c'était le premier volet d'une grande réforme qui étendrait l'application du principe de la participation, cher au chef de l'État, à l'entreprise et à l'administration. Le deuxième principe proclamait l'autonomie des établissements et rompait sur ce point avec la règle de la centralisation administrative; c'était une première brèche dans l'uniformité et la structure hiérarchique du service public, immuable depuis la refonte du Consulat. Troisième principe : la pluridisciplinarité, qui substituait aux facultés monodisciplinaires de la IIIe République de véritables universités comme à l'étranger, comme en France avant la Révolution. Par sa souplesse, la loi Edgar Faure, qui était d'orientation, laissait aux intéressés le soin d'innover et leur en donnait certains moyens : elle a permis de reconstituer un enseignement supérieur à partir des décombres accumulés en 1968. Il y faudra du temps : la définition des nouvelles universités — plus de 70 —, l'élection de leurs conseils, la mise en place des nouvelles autorités ne seront pas terminées avant le milieu de l'année 1970, avec un autre ministre, un autre gouvernement et un autre président. Le processus suscitera une très vive opposition de ceux des enseignants qui estimaient que rien de bon ne pouvait sortir d'une révolution et qui gardaient la nostalgie de l'Université d'avant 1968.

Lendemains de crise

La tâche qui incombait au nouveau gouvernement était toute tracée par la situation dont il recueillait l'héritage : outre le règlement de la crise universitaire, à quoi s'emploierait Edgar Faure, il fallait réparer les conséquences pour l'économie de l'arrêt prolongé de l'activité, restaurer l'ordre dans la rue et le pays. A ce programme de Gaulle ajoutait une réforme institutionnelle qui devait faire de la participation une réalité.

La crise avait causé à l'économie un préjudice substantiel : quatre ou cinq semaines, selon les branches, de suspension de l'activité avaient fait tomber l'indice de la production ; les avantages accordés aux salariés — et singulièrement le relèvement très important du S.M.I.G. qui, par un effet mécanique, avait entraîné un relèvement à peu près général des rémunérations — avaient réduit la compétitivité des prix français et faisaient perdre à nos producteurs des parts de marché à l'extérieur ; quant à la monnaie, elle était menacée et attaquée par la spéculation comme elle ne l'avait encore jamais été depuis l'instauration en 1959 du franc nouveau. 68 avait des conséquences semblables à 36, dans une conjoncture autrement orientée.

Le gouvernement prit immédiatement des mesures de circonstance : rétablissement du contrôle des changes, dont la levée en septembre fut compensée par une aggravation de la fiscalité, en particulier un relèvement sensible des droits de succession, mesure toujours impopulaire et qui aliéna au gouvernement la sympathie d'une partie de sa clientèle électorale. En dépit de ces mesures, le redressement restait fragile et le franc à la merci de la spéculation internationale. La République fédérale refusant de réévaluer le mark, la dévaluation paraissait inévitable. Restait à en déterminer le taux. Un Conseil des ministres exceptionnel étant convoqué le 23 novembre, les milieux financiers en attendaient l'annonce. Pourtant, c'est une décision contraire qui sortit de la délibération, ou plus exactement une non-décision, Jean-Marcel Jeanneney ayant convaincu de Gaulle que la dévaluation n'était pas indispensable et qu'elle pourrait même compromettre la politique du gouvernement. De Gaulle, qui attache à la tenue du franc une portée symbolique, qui en fait un critère du bon gouvernement et qui, de surcroît, était engagé dans une épreuve de force avec les États-Unis sur cette question, est trop heureux qu'on lui démontre la possibilité d'échapper à la contrainte de l'économie et aux recommandations des experts. La France ne dévaluera donc point. La décision fait choc sur le moment et fortifie l'impression que de Gaulle avait redressé la situation créée par la crise de 68. Ce ne sera que partie remise : neuf mois plus tard, une des premières initiatives importantes de son successeur sera de dévaluer le franc pour restituer à l'économie la marge de manœuvre que 68 lui avait fait perdre.

Le rétablissement de l'ordre dans sa plénitude demandera plus de temps encore que la reconstruction de l'Université et la restauration de l'économie et des finances. L'évacuation, dans les premiers jours de juillet, avec le début des vacances, des édifices publics qu'occupaient encore les étudiants ne marqua pas en effet la fin de l'agitation et des troubles. Le feu était mal éteint ; il se rallumera ici ou là, à Paris ou en province, pendant des mois et presque des années. Il suffira de peu pour embraser à nouveau une faculté, une université : une initiative maladroite des autorités, une décision de justice discutable, et éclatent des incidents graves. Ainsi la décision du Premier ministre en décembre 1968 d'imposer un contrôle des cartes d'étudiant à Nanterre déclenche pendant deux jours des affrontements avec le service d'ordre ; en mars 1970 encore, des combats très durs opposeront deux jours durant les gauchistes à la police sur le campus de Nanterre, qui demeure pour tous un symbole et un indicateur. Les regards restent tournés vers le lieu d'où était partie la crise et le souvenir de ces événements continue d'obséder l'esprit public. Il faudra environ trois années pour que l'enseignement supérieur retrouve son assiette. Mais dans le même temps, l'agitation s'était propagée à des secteurs restés relativement calmes en mai 68.

L'onde de choc

Après le mai flamboyant, le mai rampant. Le mouvement n'est pas résorbé après le 30 juin : il gagne d'autres milieux. Il affectera dès lors la plupart des secteurs de la société. Certes, ils seront inégalement secoués, mais il en est peu qui aient totalement échappé à la contagion de l'esprit de 68.

Les lycéens n'avaient que peu participé à l'agitation de mai, le mouvement étant resté essentiellement étudiant. C'est leur tour à partir de 1970. En février 1971, un jeune lycéen de Chaptal, Guyot, est condamné en flagrant délit à une peine de prison de six mois dont trois mois fermes, sur le témoignage d'un policier qui a cru le reconnaître en dépit de ses dénégations et des dépositions de ses camarades. La solidarité renouvelle l'enchaînement de 68 : comme par une traînée de poudre, tous les lycées de la capitale se mettent en grève. L'année suivante, c'est contre une circulaire qui rétablit une discipline plus rigoureuse. En 1973, c'est contre la loi Debré qui aménage le régime des sursis. Chaque fois, de grands défilés dans les rues, des *sit in* ripostent à l'appel des Comités d'action lycéens, de sensibilité gauchiste.

Le mouvement étant un fait de génération, la vague déferle dans tous les secteurs où les jeunes sont majoritaires et progresse à mesure ; l'émergence de l'agitation signale l'arrivée de la génération de 68. Dans l'armée fleurissent au début des années 70 des comités de soldats qui réclament une démocratisation et auxquels quelques sections de la C.F.D.T. accordent un temps leur sympathie active : en plusieurs garnisons, à Draguignan, en Allemagne, les recrues du contingent sortent de la caserne et défilent dans les rues. Le jeune Syndicat de la magistrature veut aussi réformer une institution qu'il juge trop hiérarchique et pas assez indépendante : certains jeunes juges enfreindront délibérément le secret de l'instruction, d'autres exerceront leur rigueur à l'encontre des employeurs. Un mouvement se propose de réformer les prisons. Des grèves dans les postes et les banques marquent l'arrivée d'une nouvelle génération qui n'entend pas se couler dans les habitudes des aînés : le Crédit Lyonnais sera paralysé pendant des semaines par une grève de son personnel.

Le statut de l'entreprise est un objet de discussion : le thème de son appartenance aux travailleurs qui la font vivre renaît sous une forme rajeunie avec l'idée de l'autogestion qui éveille des échos favorables chez les syndiqués de la C.F.D.T. Celle-ci conjugue une tradition ouvrière inspirée du socialisme dit utopique, à la Proudhon, avec une inspiration chrétienne greffée sur le vieux tronc syndical. Un nom a symbolisé dans les années 70 ce courant auquel il a donné un début de concrétisation : Lip. Dans cette entreprise d'horlogerie bisontine acculée au dépôt de bilan, les salariés refusent la fermeture et, se révoltant contre l'inéluctable, décident de poursuivre à leur compte l'exploitation. Ils réussissent par des initiatives ingénieuses à intéresser beaucoup de monde à leur sort et à susciter un mouvement de solidarité à travers toute la France. Lip devient un problème national ; après toutes sortes de rebondissements, de négociations, de tentatives de médiation, d'initiatives décousues, le Premier ministre Messmer décrète en 1973 : « Lip c'est fini. » Mais ce ne sera pas le dernier mot d'une aventure qui eut son heure de célébrité.

Rien n'illustre mieux l'ampleur de l'ébranlement ni l'étendue du trouble provoqué par 68 que ses effets sur les Églises, la catholique comme la réformée. Aucune communauté n'a peut-être été plus secouée par la crise et ses prolongements que les communautés ecclésiales, si ce n'est l'Université, mais il y a quelque parenté entre ces institutions qui ne peuvent recourir à la contrainte pour contenir les ferments de subversion. Beaucoup de chrétiens, singulièrement dans les plus jeunes générations, ont cru discerner dans le mouvement de 68 une origine chrétienne et une inspiration évangélique, en particulier dans l'aspiration à une société plus fraternelle : la répudiation de la société de consommation ne rejoignait-elle pas une certaine tradition ascétique, la défiance séculaire de l'Église à l'égard de l'argent ? La critique du pouvoir n'était-elle pas l'expression de la dénonciation par les spirituels des dominations de la force, de la richesse, de la culture ? Un Maurice Clavel vit dans 68 une insurrection de l'Esprit contre le matérialisme d'une société adonnée à la production de biens et accusée de sacrifier l'être à l'avoir. La crise de 68 manifeste une certaine harmonie entre une utopie chrétienne et une forme de gauchisme, des connivences entre le franciscanisme et l'idéologie contestataire. Le concile de Vatican II, en définissant l'Église comme servante et pauvre, en répudiant tout triomphalisme, en précisant que l'autorité devait être de service, préparait les esprits à accueillir certains thèmes de 68. Mgr Marty, tout nouvellement nommé au siège de Paris, arrivant dans la capitale en plein milieu de mai, déclare : « Dieu n'est pas conservateur. » Loin d'être, comme elles l'avaient généralement été depuis 1789, le rempart de l'ordre établi et un facteur de stabilité sociale, les Églises — tout au moins leur aile marchante — se rangeraient plutôt du côté de la contestation. On repérera des militants chrétiens dans la plupart des mouvements qui agitent la société, chez Lip ou au Larzac.

La contestation n'épargne pas les structures ecclésiales : s'inspirant de l'esprit de 68, des clercs et des laïcs militent pour la démocratisation de l'Église catholique et mettent en question son organisation hiérarchique. Un mouvement de prêtres qui, au sommet de sa courbe, regroupa près d'un millier d'ecclésiastiques, « Échanges et dialogue », fait campagne pour une « déclergification ». Il rêve d'effacer tout ce qui sépare le prêtre des autres citoyens et revendique pour lui d'être un homme semblable aux autres, dans le travail salarié à plein temps, l'engagement politique et syndical, le mariage éventuellement. Ces prises de positions divisent les chrétiens, comme le font les engagements des laïcs, et suscitent des réactions opposées qui reproduisent, à l'intérieur des communautés ecclésiales, les tensions qui traversent la société séculière : c'est une des composantes de ce qu'on appelle la crise de l'Église.

Contestation de toute situation dite d'oppression, 68 a aussi déclenché la révolte de toutes les minorités qui s'estimaient méconnues, exploitées ou spoliées. C'est ainsi que 68 a imprimé une impulsion décisive au mouvement féministe, qui n'avait jamais suscité en France des échos comparables à ceux rencontrés dans les pays anglo-saxons. Certes, avant le printemps 68 des minorités militaient déjà pour l'émancipation féminine et, fait peut-être plus important, depuis quelques années, parmi les jeunes en âge de travailler, la proportion de femmes exerçant une activité professionnelle et refusant d'y renoncer croissait régulièrement : signe indubitable d'une volonté d'affirmation et d'une aspiration à l'indépendance. En 1967, le mouvement pour le planning familial avait obtenu une première satisfaction avec le vote de la loi Neuwirth qui autorisait la contraception, mais la publication des décrets d'application tardait. A partir de 1968 la revendication se radicalise : à l'instar des mouvements américains, les femmes revendiquent le droit de disposer librement de leur corps et réclament en particulier l'abrogation de la législation qui fait de l'avortement un crime depuis 1920. 343 femmes — parmi elles des comédiennes, des écrivains, dont Simone de Beauvoir qui avait la première remis en question le statut traditionnel de la femme en soutenant que la position du deuxième sexe n'était pas une donnée de nature mais un fait de culture et donc comme tel réformable — déclarent s'être fait avorter. Le mouvement prend argument du procès devant le tribunal de Bobigny, à l'automne 1972, d'une pauvre fille de dix-sept ans, pour poser le problème devant l'opinion et dénoncer la criminalisation de l'interruption volontaire de grossesse : les juges prononcèrent l'acquittement ; désormais, la loi de 1920 tombe en désuétude. Si 68 n'a pas donné naissance au mouvement d'émancipation des femmes, il lui a imprimé un élan décisif et lui a conféré une légitimité. A ce titre il a eu un rôle déterminant dans l'affirmation d'un phénomène qui constitue peut-être le changement le plus radical dans les mentalités comme dans l'organisation de la société. Les minorités sexuelles aussi profitèrent de l'ébranlement pour sortir de l'ombre où les confinaient la législation et la morale sociale.

Dans les relations entre le pouvoir central et les collectivités locales, le mouvement de 68 a parachevé un renversement des alliances amorcé depuis le début de la décennie. A quelques exceptions près, depuis la Révolution la gauche et plus généralement les démocrates étaient ardemment unitaires et attachés à la centralisation comme instrument de promotion de l'égalité, tandis que les conservateurs déploraient l'effacement de la diversité régionale. A partir de 1960, en partie par une réaction mécanique contre un pouvoir central aux mains de leurs adversaires, mais aussi parce qu'ils transposaient à l'Hexagone les schèmes conçus pour les situations coloniales, les partis de gauche avaient opéré une conversion, au sens spatial comme idéologique : ne parlaient-ils pas de décoloniser la province ? Les gauchistes dénonçaient l'oppression de l'État centralisateur qui privait les régions de leur identité : on réprouve pêle-mêle le jacobinisme, l'administration napoléonienne, l'école républicaine qui a imposé le français et interdit les langues locales ; on remet en honneur les dialectes, les coutumes ; on retrouve ou l'on réinvente une histoire de la Bretagne, de la Corse, de l'Occitanie. L'émission *La caméra explore le temps* consacrée aux cathares a réveillé souvenirs et ressentiments contre la France du Nord. Le début des années 70 est marqué par une explosion de micronationalismes régionaux qui remettent en cause, temporairement, l'État, l'existence de la France comme unité nationale, la suprématie du français. Quelques éléments plus radicaux revendiquent l'autonomie politique ou même l'indépendance, et les séparatistes bretons et corses recourent à l'explosif pour servir la cause de la petite patrie.

Avec celui de Lip, pour l'autogestion, un autre nom symbolise ce mélange indissoluble de contestation des règles habituelles, de révolte contre toute contrainte — celles du pouvoir ou de l'économie —, d'utopie, d'aspirations généreuses et de fascination de la violence : le Larzac. L'armée, qui avait besoin d'un vaste espace pour faire manœuvrer ses blindés, avait entrepris d'exproprier une centaine d'agriculteurs sur le causse du Larzac, pour agrandir son camp d'entraînement. La résistance à la réalisation du projet mobilisa autour des agriculteurs de l'endroit les défenseurs de l'Occitanie, des non-violents, les mouvements opposés au nucléaire, des syndicalistes. Chaque été, le causse est le point de convergence où confluent de la France entière et de l'étranger les adeptes d'un changement révolutionnaire et les adversaires des puissants.

Réduit à sa juste mesure par l'expression du suffrage, combattu par les pouvoirs publics, réprouvé par la majorité silencieuse, le gauchisme n'a pas dit son dernier mot. Ses éléments les plus doctrinaires, ou les plus aventureux, sont tentés par l'action directe, le recours à la violence, la clandestinité. Le mythe de la Résistance exerce sur certains esprits une fascination qui abolit pour eux la différence radicale de situation entre la lutte patriotique contre un ennemi occupant le territoire national et le combat contre un gouvernement démocratique issu de la libre consultation. De petits groupes contestent le résultat des élections auxquelles ils dénient tout caractère démocratique. Ils se définissent comme une nouvelle Résistance, l'avant-garde du prolétariat en lutte contre le capitalisme : Gauche prolétarienne, Noyaux armés pour l'autonomie populaire, qui opèrent quelques enlèvements de personnes et ne craignent pas d'utiliser la violence. La France va-t-elle comme ses voisines basculer dans le terrorisme ? La réponse, en 1971, n'est pas évidente. A partir de 1972, il paraît acquis que cette épreuve lui sera épargnée ; les funérailles de Pierre Overney, tué par un vigile employé par la Régie Renault, qu'un immense cortège de jeunes accompagne à sa dernière demeure, sont le point d'orgue du gauchisme romantique et le dernier acte d'une certaine génération perdue. Pourquoi la France, à la différence de l'Italie et de l'Allemagne, n'a-t-elle pas succombé à la tentation du terrorisme aveugle ? Pour quels motifs les éléments révolutionnaires français qui partageaient en tous points l'analyse, les vues, les aspirations de leurs camarades d'au-delà des Alpes ou d'outre-Rhin, ont-ils échappé au vertige de la violence et de la terreur ? Grande question. L'explication est-elle dans l'ancienneté de la pratique démocratique qui aurait enraciné au plus profond des consciences l'attachement à la loi et le respect de la volonté de la majorité ? A moins au contraire que la succession de convulsions, de révolutions, de guerres civiles qui jalonnèrent notre histoire ait fini par exorciser la tentation et éradiquer sa forme la plus redoutable.

Le dilemme entre deux lignes

La crise de mai-juin et ses prolongements ont durablement marqué l'opinion et les politiques. Tous ne font pas la même analyse de la situation, n'interprètent pas de la même façon le phénomène et de ces appréciations on tire des conséquences divergentes. Le partage entre les deux points de vue introduit un nouveau principe de division de l'esprit public qui ne coïncide pas exactement avec le partage majorité-opposition. La crise a provoqué des reclassements imprévus et durables comme au lendemain de 1958 et de la guerre d'Algérie. Au sein même du gouvernement et de sa majorité, deux écoles s'affrontent. L'une pense avoir eu affaire à une entreprise délibérée de subversion pour déstabiliser la France et renverser le régime : pour déjouer la conspiration, pas d'autre parade que la fermeté. Tel est le vœu, le plus souvent explicite, de la majorité des nouveaux élus comme de la majorité silencieuse, à laquelle on prête d'autant plus d'intentions qu'elle se tait. Des minorités ont surgi après la tourmente pour prévenir une récidive et exercent une pression sur les pouvoirs publics, s'ingèrent dans l'administration, prétendent surveiller les fonctionnaires, dénoncent les factieux, s'opposent aux projets qu'elles jugent trop libéraux : l'Union nationale interuniversitaire, les Comités pour la défense de la République, mieux connus par leurs initiales — U.N.I., C.D.R. Ils se prononcent pour une énergique reprise en main, ils applaudissent à l'épuration de l'O.R.T.F. où une bonne centaine de journalistes qui avaient pris une part active à la grève sont licenciés et d'autres « mis au placard ». Ils approuvent le remplacement du préfet de police Grimaud, à qui l'opinion sait gré d'avoir évité l'effusion de sang, par un préfet à poigne. En 1970, une loi anticasseurs introduit dans notre droit public la notion de responsabilité collective en cas de désordres. Le ministre de l'Intérieur, Raymond Marcellin, qui attribue les événements de 1968 à l'action d'une trilatérale inspirée de Cuba, s'emploie à rétablir l'ordre, sans complaisance pour les manifestants.

Une autre tendance ne croit pas au complot, ni de l'intérieur ni de l'étranger. Elle reconnaît dans l'explosion du printemps l'affleurement d'une crise profonde. Georges Pompidou avait le premier diagnostiqué une crise de civilisation. Si le diagnostic est juste, il ne suffit pas de juguler les conséquences : il faut s'attaquer aux causes, composer avec le mouvement pour isoler les minorités extrémistes, satisfaire ses aspirations légitimes; en un mot, faire des réformes. Répression ou réforme? Telle est l'une des alternatives de l'action politique. De Gaulle penche plutôt du côté des réformes : il a soutenu Edgar Faure. Il croit le moment venu de faire de la participation la règle de la vie collective. Il va reprendre son idée d'un référendum sur la question et engager son autorité, son pouvoir, ce qui lui reste d'avenir sur l'adoption de cette grande réforme.

L'opinion demeure inquiète; elle guette les prémices d'une nouvelle secousse : la crise de 68 l'a si profondément troublée qu'il faudra des années pour que s'atténue son sentiment de la fragilité des institutions et de la précarité de l'ordre social.

La querelle entre partisans de la fermeté et adeptes des réformes introduit dans la majorité une fracture entre conservateurs et libéraux qui ne se réduira pas avant de longues années.

La dernière bataille du général de Gaulle

Ce n'est pas sur le front des prix ou du commerce extérieur que le chef de l'État subira sa défaite décisive, mais sur le terrain des institutions. Ce ne sont pas ses adversaires qui le contraindront à quitter le pouvoir, mais lui-même, de son propre mouvement et à la suite d'une initiative personnelle : un référendum manqué.

En se rendant le jeudi 30 mai aux arguments de son Premier ministre, de Gaulle n'avait pas renoncé à son projet de référendum : il l'avait simplement ajourné. L'éclatant succès électoral de la majorité ne lui retirait à ses yeux ni son intérêt ni son utilité. Plusieurs considérations concouraient en ce sens. Professant qu'il n'y a de pouvoir légitime que conféré par le peuple souverain, il était attaché à une pratique de la démocratie directe. Sept années étant un délai au cours duquel l'autorité du président de la République, élu du suffrage universel, pouvait s'amoindrir, il convenait de vérifier de temps à autre qu'il conservait toujours la confiance du pays. C'était une des fonctions du référendum. Le Général y avait recouru chaque fois qu'il avait estimé nécessaire de s'assurer de la concordance entre sa politique et le sentiment des électeurs : à quatre reprises depuis 1958. La crise du printemps 1968 ayant ébranlé le pouvoir et eu égard au trouble de l'esprit public, la nécessité était pressante ; les élections n'avaient pas répondu à cette interrogation.

En outre, en dépit de sa philippique du 30 mai contre le communisme totalitaire, de Gaulle ne croyait pas à la thèse du complot qui serait à l'origine des événements. Sa réflexion le porte à y voir plutôt l'émergence d'une aspiration à un changement des rapports sociaux. Le moment lui semble venu d'entreprendre une réforme profonde dont le maître mot est participation. Celle-ci doit s'accomplir en trois directions. A l'Université : c'est l'objet de la loi Faure, votée en novembre 1968. Dans l'entreprise : le Parlement adopte en décembre la loi qui reconnaît la section syndicale d'entreprise. Il faut enfin réformer l'État et associer davantage les citoyens et les collectivités locales à l'administration par une décentralisation qui transférera à celles-ci une part des compétences du pouvoir central. Bref, une réforme régionale. Cet homme dont la pensée a toujours accordé une telle importance à l'État, qui croit que c'est l'État qui a historiquement forgé l'identité nationale, qui est convaincu de la nécessité d'un pouvoir supérieur aux intérêts particuliers pour définir le bien commun dont l'action en 1944 a tendu à restaurer un État et après 1947 a combattu les partis au nom de l'indépendance du pouvoir, dont l'œuvre constitutionnelle en 1958 a eu pour inspiration majeure de fonder un État fort, cet homme prend en 1968 l'initiative de dépouiller cet État d'une partie de ses prérogatives. Concession à l'esprit du temps? Comportement tactique? Non pas : avant même qu'on ait pu pressentir la tempête qui allait se lever, alors que rien n'obligeait donc le président de la République à tenir un discours décentralisateur, inaugurant la foire de Lyon, le 24 mars 1968, il avait prononcé une phrase qui était alors passée à peu près inaperçue, mais qui, relue à la lumière des événements, rend un son prophétique, comme si de Gaulle avait pressenti la montée des aspirations régionalistes : « L'effort multiséculaire de centralisation, qui fut si longtemps nécessaire à notre pays pour réaliser et maintenir son unité, ne s'impose plus désormais. Au contraire, ce sont les activités régionales qui apparaissent comme les ressorts de sa puissance économique de demain. »

A la création des régions, de Gaulle décide d'associer une réforme du Sénat : la seconde Assemblée étant, dans la tradition de nos institutions représentatives, la représentation des collectivités, la constitution d'une nouvelle entité impose une modification. Mais la réforme envisagée va plus loin : elle associerait aux élus des collèges sénatoriaux composés des élus locaux d'autres sénateurs désignés par les organisations professionnelles : le Sénat fusionnerait avec le Conseil économique et social. Comme il est illusoire de penser que le Sénat se prêterait à une réforme qui réduirait ses compétences, car il perdrait le droit de voter la loi comme d'exercer un contrôle sur le gouvernement, et que l'article 89 de la Constitution qui concerne la révision exige le vote par une majorité dans les deux Assemblées, le référendum est la seule voie pour contourner l'obstacle de la Haute Assemblée. Il n'est pas exclu que le Général ait saisi l'occasion de régler un compte ouvert avec le Sénat depuis que son président s'était exprimé en octobre 1962, en termes vifs, sur l'initiative de révision, parlant de forfaiture.

Dès la fin de juillet, le président de la République a confirmé sa volonté d'organiser un référendum ; il y revient, le 9 septembre, dans une conférence de presse. C'est le ministre d'État chargé des réformes, Jean-Marcel Jeanneney, ancien ministre de l'Industrie, puis des Affaires sociales dans les gouvernements Debré et Pompidou, qui a reçu mission d'établir le projet. Le piquant de la situation est que c'est le fils de l'homme dont le nom s'est identifié au Sénat, Jules Jeanneney ; aussi certains sénateurs le traiteront-ils de parricide. L'élaboration du texte est laborieuse : la conjonction des deux réformes la complique. Le Premier ministre n'est pas pressé de la voir aboutir. L'échéance du référendum, initialement prévue pour l'automne 1968, est repoussée et finalement fixée au dernier dimanche d'avril 1969. Le projet définitivement mis au point est adopté par le Conseil des ministres le 19 mars.

Il comporte 68 articles qui, joints à une carte des futures régions et au texte de l'allocution de De Gaulle, couvrent quinze pages du document adressé aux électeurs. Un nouveau type de collectivité est créé : la région, avec un conseil régional composé pour trois cinquièmes d'élus au suffrage indirect et pour le reste de socio-professionnels désignés par les organisations représentatives. Le second volet du projet réforme le Sénat, qui devient une sorte de Conseil économique un peu renforcé. Ce serait, contrairement aux vues énoncées en juin 1946 par le Général dans son discours de Bayeux, la fin du bicaméralisme. Les électeurs ne peuvent répondre que par oui ou non aux deux questions qui leur sont posées : c'est la loi du genre. Il y a même une troisième question, le général de Gaulle ayant choisi de lier son sort au résultat du référendum : « De la réponse que fera le pays à ce que je lui demande dépendra évidemment soit la continuation de mon mandat, soit aussitôt mon départ », déclare-t-il le 10 avril dans un entretien télévisé.

La conjonction des enjeux sert grandement les adversaires et du projet et du chef de l'État en permettant la fusion des oppositions pour des motifs dissemblables. C'est pour la gauche une occasion inespérée de faire appel de sa défaite de juin 1968. Les sénateurs, qui ont la sympathie d'un grand nombre d'élus locaux, mènent un combat résolu pour le maintien du Sénat, sous la houlette du président qu'ils viennent de se donner : un centriste, Alain Poher. Celui-ci, à la différence de son prédécesseur, se garde de tomber dans les mêmes outrances : il joue la prudence et mène une habile campagne qui le désignera à la confiance de beaucoup. Les juristes relancent la controverse de principe sur l'irrégularité de la procédure choisie et fourbissent leurs objections, auxquelles les électeurs n'accordent guère d'attention. Mais beaucoup qui sont plutôt favorables à la constitution des régions et à la décentralisation conçoivent mal l'intérêt de la réforme du Sénat. Le cartel des non s'est spontanément reconstitué ; cette fois, les communistes aussi en font partie.

La majorité est saisie par le doute : elle s'interroge sur l'opportunité de l'initiative et s'inquiète du bouleversement qu'elle introduit dans les institutions. Ce n'est pas un secret que le Premier ministre n'est pas enthousiaste : il laissera d'autres, y compris son prédécesseur, porter le poids de la défense du projet devant le pays. L'U.D.R., qui trouve son identité dans la fidélité à de Gaulle, ne peut faire moins que le soutenir, mais le cœur n'y est pas. Quant à ses alliés libéraux, ils sont plus que dubitatifs : la procédure référendaire heurte leur attachement aux droits du Parlement ; sur le fond, ils rejoignent les critiques des centristes d'opposition. Leur leader, V. Giscard d'Estaing, après avoir sollicité des amendements, qu'il n'a pas obtenus, finit par déclarer, à quelques jours du scrutin, qu'il ne lui est décidément pas possible de répondre oui. C'est l'aboutissement d'un itinéraire qui n'a cessé de l'éloigner toujours davantage depuis son éviction du gouvernement en janvier 1966 : après le « oui mais », puis la critique de l'exercice solitaire du pouvoir, il avait pris ses distances en mai 1968 et demandé un changement de Premier ministre ; le voici dans une quasi-opposition au pouvoir du général de Gaulle. Ses amis politiques supportent mal l'hégémonie de l'U.D.R. qui ne connaît plus de limites depuis que la majorité absolue dont elle dispose à l'Assemblée la dispense de ménager ses partenaires. Le vieux dissentiment qui avait fissuré le R.P.F. entre la droite autoritaire et la droite libérale refait surface. Les modérés s'interrogent sur l'avenir : le Général est vieillissant — il a soixante-dix-huit ans —, depuis quelques années ses initiatives et ses déclarations les inquiètent. Aussi longtemps qu'il fut le rempart indispensable contre le retour de la gauche, ils ont accepté son autorité, plus par raison que par sentiment. Mais sa présence ne risque-t-elle pas à l'avenir de comporter plus d'inconvénients que d'avantages ? Déjà en 68 il a, un moment, perdu la maîtrise de la situation. L'heure n'a-t-elle pas sonné d'opérer en douceur la relève avant que surgisse une autre crise ?

Or il y a précisément un successeur dont les événements ont montré les éminentes qualités d'homme d'État : Georges Pompidou. L'inquiétude sur l'après-de Gaulle n'avait pas été étrangère aux succès du Général : plus d'un électeur dans le passé s'était déterminé en sa faveur par crainte du vide ou du chaos. Indirectement, Pompidou affaiblit de Gaulle en deux circonstances où le hasard eut sans doute plus de part que l'intention. Le 17 janvier 1969, à Rome, à l'issue d'une conférence, l'ancien Premier ministre, interrogé à brûle-pourpoint sur ses projets par quelques journalistes, répond que, le jour venu, il sera candidat à la présidence de la République, mais il a la prudence d'ajouter : « Je ne suis pas du tout pressé. » La presse s'est emparée de cette indication et en a fait une déclaration de candidature à la succession du Général. De Gaulle rappelle sur-le-champ qu'il a été élu pour sept ans et que son intention est bien d'aller jusqu'au terme, soit en 1972. Un mois plus tard, Pompidou récidive ; cette fois, c'est à Genève : il s'attribue un destin national. Peu importe que dans son esprit ces propos n'aient pas de relation avec l'issue du référendum ; l'opinion sait qu'il sera candidat le jour où, pour quelque raison que ce soit, de Gaulle sera parti. L'argument de la crise de succession est désormais inopérant et plus d'un incline à penser qu'il est préférable d'anticiper pour opérer à froid la relève d'un président vieilli. En outre, ceux qu'inquiètent les projets réformateurs du Général pressentent chez Pompidou un état d'esprit plus réservé à l'égard de ce type d'initiatives.

A mesure que se rapproche l'échéance, les sondages se font plus inquiétants : ils pronostiquent un résultat difficile. De Gaulle écarte les conseils de ceux qui lui suggèrent de diviser les difficultés en dissociant les deux réformes. De même, il refuse de différer la consultation : il est trop tard pour reculer et il n'est pas dans son tempérament de se dérober devant l'obstacle. Il semble que dans les tout derniers jours il ait prévu l'échec. Cependant, la thèse du référendum-suicide, avancée par Malraux et selon laquelle de Gaulle aurait presque suscité cette consultation pour partir en beauté, ne résiste pas à l'examen : de Gaulle croyait sincèrement à l'utilité de la réforme proposée ; d'autre part, il n'était pas désireux de quitter le pouvoir, mais il n'entendait pas non plus s'y maintenir à n'importe quel prix — il attendait du verdict populaire qu'il lui renouvelle sa confiance ou lui signifie son congé.

La participation est forte : plus de 80 %. Signe que les électeurs ont bien perçu l'importance de l'enjeu. Les instituts d'opinion ayant fait en quelques années de grands progrès dans leurs estimations, c'est dans les minutes qui suivent la clôture du scrutin qu'on prend conscience que le non l'emporte. De fait, il a obtenu un peu plus de 53 % des suffrages. L'écart n'est pas considérable : l'avance du non est de 1 400 000 voix sur 23 millions de votants ; il eût suffi que 700 000 d'entre eux modifient leur réponse pour que le résultat fût inverse — de justesse, il est vrai. L'exiguïté de l'écart séparant vainqueurs et vaincus sera désormais un trait presque constant : en 1974 comme en 1981, l'issue se jouera à un ou deux pour cent. La défection des électeurs giscardiens a été déterminante : les gaullistes n'ont point tort de rendre leur leader responsable du départ du général de Gaulle. Certains prendront leur revanche douze ans plus tard en faisant battre V. Giscard d'Estaing. C'est la conséquence ultime du dissentiment entre deux familles de pensée et un rebondissement de la discorde séculaire entre ces deux composantes de la droite française.

De Gaulle

Quelques minutes après minuit, un communiqué laconique tombe de Colombey : « Je cesse d'exercer mes fonctions de président de la République. Cette décision prend effet aujourd'hui à midi. » Ces deux phrases concluent irrévocablement le principat gaullien : c'est la fin d'un chapitre de la Ve République : est-ce la fin du régime ? La promptitude de la décision fait justice des allégations sur l'ambition monarchique de De Gaulle et authentifie rétrospectivement trente années de références à la démocratie et d'hommages à ses principes. Ce communiqué est le dernier acte public de l'homme du 18 juin 1940 : pour éviter d'être impliqué dans sa propre succession, il passe le temps de la campagne en Irlande ; ensuite il s'enferme à la Boisserie pour y écrire ses *Mémoires d'espoir* qui prendront la suite des *Mémoires de guerre* ; il y mènera une existence retirée, presque recluse, n'y recevant que quelques anciens collaborateurs et ministres auxquels il conserve estime et confiance. C'est la fin d'une grande histoire. Le général de Gaulle n'a quitté la scène politique que pour entrer dans l'histoire.

Sa mort, le 9 novembre 1970, qui, selon l'expression de son successeur, laissait la France veuve, sera l'occasion de prendre la mesure du rôle joué dans notre histoire. Au soir du jour où étaient célébrées dans une simplicité hautaine, conforme à ses volontés, ses obsèques à Colombey, et où tous les grands de la terre s'étaient rassemblés pour honorer sa mémoire à Notre-Dame de Paris, plusieurs centaines de milliers de Parisiens remontèrent dans la nuit, par une pluie battante, cette avenue des Champs-Élysées qu'il avait descendue dans un jour de liesse et d'unanimité nationale, à seule fin de témoigner leur reconnaissance à l'homme qui, à un des pires moments de notre histoire, n'avait pas désespéré de la patrie et sauvé son honneur ; à celui qui avait remis la France dans le camp des vainqueurs, qui avait rendu la parole au peuple et restauré la démocratie, qui avait amorcé la modernisation de l'économie et de la société, qui avait mis fin aux guerres coloniales et réussi à transformer la disparition de l'Empire en une action au crédit de la France, et qui, enfin, avait donné à la République des institutions stables et acceptées.

Vingt ans après, il est évident que son œuvre appartient à la nation. L'éclat avec lequel la France entière a célébré en 1990 le centenaire de la naissance, le cinquantenaire de l'appel du 18 Juin et le vingtième anniversaire de la mort de Charles de Gaulle en a apporté la démonstration. Une poignée de Français exceptée, le mot qu'on lui prête est plus vrai encore que du temps où il fut peut-être prononcé : tout le monde a été, est ou sera gaulliste — à une différence toutefois : le futur est aujourd'hui du présent. Qui aujourd'hui ne se réfère à sa pensée, ne se réclame de son exemple, les plus gaulliens n'étant pas nécessairement ceux qui furent les plus gaullistes ? Le gaullisme ne définit plus un parti, ne spécifie plus un courant particulier : il est un élément du consensus national et ce n'est pas le moindre des services rendus par Charles de Gaulle à la patrie que de l'avoir ajouté au patrimoine de souvenirs et de références qui constitue la mémoire collective et fonde l'identité nationale.

LIVRE V

Deux présidences
(1969-1981)

CHAPITRE XXIX

La succession

Essayons d'imaginer, ou de retrouver par un effort de mémoire, les sentiments de millions de Français apprenant tard dans la nuit du dimanche 27 au lundi 28 ou à leur réveil que de Gaulle, dont la personnalité dominait depuis onze ans la scène politique de façon écrasante, avait démissionné. Il n'en est aucun qui ne pressente la portée historique de l'événement : c'est la fin du principat gaullien. Une page est tournée, un chapitre irrévocablement clos. Les sentiments sont fort divers, de l'affliction à la jubilation. Il se trouve un journaliste, qui n'était pas un opposant inconditionnel, pour proclamer que c'est une des premières occasions de se sentir fier d'être français : en congédiant le guide, le peuple français a démontré qu'il était majeur. Il en est qui voient dans le résultat du référendum la revanche de la gauche sur l'élection d'une Chambre introuvable, et d'autres une victoire à retardement des gauchistes de 68. Pour les oppositions, c'est la perspective, tant attendue, d'une restauration de la République qu'ils ne conçoivent pas comme distincte du rétablissement du Parlement dans ses droits et attributions traditionnels.

La transition

Que va-t-il advenir ? Cet après-de Gaulle, qui suscitait depuis dix ans tant de commentaires et de supputations, inspirait tant d'espoirs et de craintes, le voici soudain arrivé — et inopinément. Si quelques hommes politiques s'y attendaient, il prend la plupart des Français au dépourvu. Que sera-t-il ? Les institutions survivront-elles à leur fondateur ? On a tant dit qu'elles avaient été conçues pour lui, taillées pour sa personne. Comment pourraient-elles s'adapter à d'autres qui, par définition, ne sauraient ni lui ressembler ni prétendre le remplacer ? La prédiction du vide institutionnel dont les gaullistes, à commencer par le premier d'entre eux, avaient si souvent usé et abusé comme d'un argument sans réplique ne va-t-elle pas s'accomplir ? Et que vont devenir les gaullistes ? Après dix ans d'exercice continu — les adversaires disent d'accaparement — du pouvoir, le moment n'est-il pas venu de leur éviction ? Autant de questions, autant d'inconnues qui paraissent déboucher sur une période de grande incertitude succédant à une année de trouble.

Une première réponse s'impose vite concernant les institutions. Les dispositions prévues par la Constitution pour une telle éventualité s'appliquent sans à-coups : les mécanismes définis pour l'intérim de la fonction présidentielle entrent en action. Le président du Sénat s'installe à l'Élysée. Le gouvernement que dirige Maurice Couve de Murville demeure en fonction et délibère sous la présidence du président par intérim. Première expérience de cohabitation entre adversaires politiques, puisque Alain Poher, qui vient du M.R.P. et qui appartient au centrisme d'opposition, a été l'un des artisans de la victoire du non et du départ du Général, alors que le Premier ministre a endossé, de par la Constitution et sa fonction, la paternité du projet, même s'il était réservé sur son opportunité. Alain Poher prend quelques initiatives de caractère symbolique : il dessaisit Jacques Foccart, secrétaire général de la Communauté, qui concentre sur sa personne les accusations contre l'action des services secrets et des polices dites parallèles. Il rappelle à l'O.R.T.F. son devoir d'impartialité totale en période électorale. Ces gestes lui valent sympathie et approbation des centristes d'opposition.

En dehors de quelques éclats, l'intérim est paisible : ni trouble dans l'opinion, ni désordre dans la rue. Le principe démocratique triomphe une deuxième fois en moins d'un an. C'est aux électeurs qu'il revient à nouveau de décider de la solution d'une crise. Aucune voix ne s'élève pour contester la règle du jeu. A cet égard aussi les institutions affrontent positivement la crise ouverte par le départ de leur inspirateur.

Le premier tour de l'élection a été fixé au dimanche 1er juin et tout donne à penser que, comme en 1965, la décision ne sera pas acquise du premier coup et qu'il faudra un second tour quinze jours plus tard. Les candidats ont donc un mois et demi pour gagner. Ils se déclarent par échelons successifs. Le premier à faire acte de candidature est aussi le plus attendu : Georges Pompidou. N'avait-il pas par deux fois donné à entendre que, le jour venu, il briguerait la succession de De Gaulle ? La fonction de Premier ministre est par excellence celle qui qualifie son titulaire pour la charge suprême par la compétence qu'elle confère, la notoriété qu'elle assure. La durée exceptionnelle de son séjour à Matignon, qui en avait fait le chef de gouvernement le plus stable depuis Guizot, le souvenir de son sang-froid dans la tourmente de mai 68

La succession

où il avait donné la mesure de ses talents, ainsi que la part prise au succès de la majorité aux élections de juin, tout le désignait pour relever le drapeau du gaullisme. Mais il entend que sa candidature soit personnelle : devançant les instances de l'U.D.R., il se porte candidat moins de vingt-quatre heures après la démission du Général, dès le mardi 29.

Les gaullistes se rangent aussitôt derrière lui, même ceux qui ont des doutes sur l'authenticité de son gaullisme ou redoutent une inflexion conservatrice : le succès de l'ancien Premier ministre serait la garantie de leur maintien au pouvoir. L'heure n'est pas à la discorde dans leur camp. Mais le soutien, même unanime, du parti gaulliste ne garantit pas le succès : ne vient-il pas du reste d'essuyer une défaite? Il importe donc d'élargir les assises de la candidature. Il faut d'abord ressaisir la fraction de la majorité qui s'est momentanément éloignée : les républicains indépendants. C'est chose faite assez vite; leur leader est pris de court : trop jeune pour être lui-même candidat, il semble qu'il ait préféré un candidat de large union et songé un moment à une candidature Pinay, mais se rendant vite compte qu'il était prématuré de vouloir ravir aux gaullistes la direction de la majorité, le député du Puy-de-Dôme opère un ralliement contraint et contrit à la candidature du député du Cantal. Dès le 30 avril, il est clair que Pompidou est le candidat unique de la majorité du 30 juin, ressoudée derrière lui.

Ce n'est pas assez : il faut encore élargir en direction des centristes qui sont dans l'opposition depuis 1962 et leur promettre que le prochain septennat sera plus libéral. Aussi Pompidou conjugue-t-il les deux thèmes de la continuité et de l'ouverture : la continuité rassure, l'ouverture séduit. Il s'engage à libéraliser la pratique institutionnelle. A l'objectif gaullien de la grandeur de la France il associera celui du bonheur des Français. Ces avances, confirmées par des déclarations radiophoniques, lui obtiennent le ralliement d'une fraction du centrisme d'opposition : René Pleven, ancien président du Conseil et ancien leader de l'U.D.S.R., Joseph Fontanet, ancien secrétaire général du M.R.P., Jacques Duhamel. D'autres, à commencer par Jean Lecanuet, restent dans l'opposition. La candidature Pompidou a introduit un clivage dans cette famille politique.

Les deux principaux concurrents du général de Gaulle, quatre ans plus tôt, ne sont pas de la compétition : ni François Mitterrand ni Jean Lecanuet ne sont candidats. L'absence de celui qui avait été en 1965 le candidat unique de la gauche est une conséquence de 68 : il a donné sa démission de président de la Fédération, qui s'est elle-même dissoute de fait. Il est hors jeu : provisoirement ou définitivement ? La gauche n'est pas pour autant absente : au contraire, elle est en surnombre. Pas moins de quatre candidats se disputent l'honneur de porter les couleurs d'une gauche en miettes : c'est deux ou trois de trop. Les événements de 68 ont ruiné les fruits de l'effort soutenu depuis 1962 pour reconstituer une gauche unie : divisée, morcelée, la gauche n'est pas à même d'exploiter la chance extraordinaire que lui donne le départ de celui contre lequel elle s'était unifiée.

Gaston Defferre réactive la candidature à laquelle il avait dû renoncer. Profitant de l'absence de François Mitterrand, il avance cette fois à visage découvert dès le premier jour; Guy Mollet préférerait faire voter pour un centriste, mais il n'est plus en mesure de s'opposer et Gaston Defferre enlève l'assentiment de la S.F.I.O. Pour élargir son audience, il s'associe Pierre Mendès France dont il annonce qu'il fera son Premier ministre : il mise sur la popularité de l'ancien président du Conseil et espère recueillir l'héritage du courant mendésiste. Mais la présentation d'une sorte de ticket à l'américaine brouille l'image du président que serait le maire de Marseille : le choix de Mendès France signifie-t-il qu'il lui déléguerait l'essentiel des responsabilités et se contenterait d'un rôle de représentation ?

Le Parti communiste, qui, en 1965, n'avait pas aligné de candidat, entend cette fois concourir. Il présente Jacques Duclos, qui a été de tous les combats depuis un demi-siècle, qui connaît mieux que personne toutes les ressources du règlement dans les débats parlementaires, qui donne l'impression de parler juste, mais qui est un homme d'appareil disposant de la confiance entière de Moscou dont il a été un exécutant docile : c'est lui qui, après le départ de Maurice Thorez pour l'U.R.S.S., a assuré la direction du parti clandestin avec Benoît Frachon et Charles Tillon. Il fera une excellente campagne et saura toucher le cœur des auditeurs.

Michel Rocard, secrétaire général du P.S.U., incarne les espérances de 68 et Alain Krivine, de la Ligue communiste, représente l'extrême gauche trotskiste.

Le dernier candidat à se placer sur la ligne de départ n'est autre que le président par intérim. Alain Poher, poussé par ses amis centristes et encouragé par les sondages qui enregistrent un mouvement de sympathie pour un homme qui était un mois plus tôt un inconnu pour la grande majorité de ses concitoyens, mais qui bénéficie du contraste entre la personnalité hautaine et majestueuse du Général et la sienne, toute de bonhomie souriante, se décide après avoir hésité une quinzaine de jours. Sa candidature est une sérieuse menace pour Pompidou : elle contrarie ses efforts pour rassembler toutes les droites. Elle s'inscrit dans le droit fil du résultat du référendum dont elle est la conséquence logique. Elle rassure les électeurs de droite et du centre : elle est faite pour séduire ceux qui ne voteront pour des gaullistes que faute de trouver des candidats plus proches de leurs inclinations. Il a pour lui la majorité des anciens M.R.P., des radicaux, la plupart des indépendants non giscardiens, les anti-gaullistes de droite, et peut compter sur la sympathie discrète de Guy Mollet. De surcroît, il est en possession d'état et bénéficie de la rente qui s'attache à la situation. Mais le style de sa campagne le dessert : tantôt il donne l'impression de vouloir réduire la fonction présidentielle à un rôle purement décoratif, tantôt il durcit le ton. Dans le premier cas, ce serait le retour à la IVe République et il est douteux que les électeurs le souhaitent : son souvenir est encore trop proche. Si Poher était élu, comment s'entendrait-il avec cette Chambre dominée par les gaullistes ? Dissoudrait-il ? Cette éventualité alarme tous ceux qui, après un an de péripéties, aspirent à sortir au plus vite et durablement du provisoire. Chacune de ses interventions à la télévision est suivie d'un recul de sa cote : il perd jour après jour du terrain dans les sondages.

Au premier tour, le 1er juin, l'abstention fait un bond : elle augmente de moitié par rapport à 1965, passant de 15 à 22,5 %. Est-ce à cause du grand nombre de candidats, qui donne la certitude que ce tour ne décidera rien, ou est-ce l'hésitation à choisir entre tant de postulants dont aucun ne paraît s'imposer comme le successeur de De Gaulle ? La distribution des suffrages ménage quelques surprises. Pompidou arrive en tête, comme on le prévoyait, mais avec un taux supérieur à celui attendu : 44,5 %, et plus de dix millions de voix — c'est à très peu près le pourcentage de Charles de Gaulle le 5 décembre 1965. Il a fait aussi bien, mais il ne retrouve pas tous les oui du référendum. Il distance de loin le président par intérim, qui n'a guère plus que la moitié de ses suffrages : 23 % et un peu plus de cinq millions de voix. L'addition de leurs deux électorats — les deux tiers des votants — indique que la France penche majoritairement à droite. Il s'en est fallu de peu qu'Alain Poher ne soit dépassé par Jacques Duclos, qui a réussi le tour de force dans cette élection, la plus défavorable à son parti, de retrouver presque le pourcentage des législatives : 21 % et 4 800 000 voix. Un déplacement de

250 000 électeurs aurait suffi à Jacques Duclos pour accéder au second tour, qui se serait joué entre l'ancien Premier ministre et le candidat communiste. Configuration qui eût été beaucoup plus avantageuse pour le premier, qui aurait fait le plein des voix du centre et de la droite.

Les autres candidats se partagent les maigres restes : un peu plus du dixième des voix. Gaston Defferre, malgré le renfort de Mendès France, en a tout juste obtenu 5 % ; c'est un désastre, le point le plus bas de la courbe de la S.F.I.O. depuis un demi-siècle, qui conduit plus d'un commentateur à pronostiquer l'extinction prochaine du Parti socialiste, prêt à rejoindre le radicalisme au musée des formes politiques révolues. Les très modestes résultats des deux autres candidats — 3,6 % pour Michel Rocard et 1 % pour Alain Krivine — confirment la faiblesse électorale du gauchisme qui avait fait trembler la France un an plus tôt. Toutes les gauches réunies, de la plus classique à la plus extrême, ne totalisent qu'un petit tiers des électeurs à s'être dérangés pour voter.

En plaçant en tête Pompidou et Poher, les électeurs ont dessiné la configuration du second tour : la gauche en est exclue ; le choix est entre les deux représentants de la droite — pas de la même. Si le candidat du gaullisme est le mieux placé et a pris sur son concurrent une avance considérable, le résultat n'est pas joué. Gaston Defferre se désiste en faveur d'Alain Poher, sur le nom de qui se reforme la Troisième Force de jadis : indépendants, radicaux, M.R.P., S.F.I.O., qui avaient gouverné ensemble sous la IVe République. Le Parti communiste, dont la préférence entre deux maux va sans doute à Pompidou — car mieux vaut pour lui dans la dialectique dualiste qui lui est habituelle avoir affaire à un adversaire déclaré qu'à un homme de compromis dont l'élection ouvrirait la voie à un regroupement au centre, isolant le parti —, refuse de choisir et recommande l'abstention sous prétexte que Pompidou et Poher, c'est bonnet blanc et blanc bonnet.

La campagne, relativement paisible avant le 1er juin, se passionne entre les deux tours : Poher passe à la vitesse supérieure, il force le trait et attaque les polices parallèles, les pratiques illégales, les atteintes à l'indépendance de la magistrature et des médias, le clan qui gouverne depuis dix ans et a accaparé le pouvoir.

Les abstentions atteignent le taux record de 31 %, auquel il convient d'ajouter plus de 4 % de bulletins blancs et nuls. Au total, c'est plus d'un tiers des Français qui se sont désintéressés de l'issue du duel ou ont refusé de choisir. Cette montée en flèche de l'abstention a un précédent : le référendum d'octobre 1946 dont le médiocre résultat avait à sa naissance même affaibli la IVe République ; l'effet sera-t-il le même pour l'élu ? Les communistes prendront argument de son élection à la minorité de faveur pour affubler Pompidou du sobriquet de « Monsieur Tiers », jouant sur les mots pour suggérer un rapprochement entre lui et le « fusilleur de la Commune », l'un et l'autre représentants de la bourgeoisie capitaliste. C'est en effet Pompidou qui sort vainqueur de la consultation, bien qu'il ait moins progressé d'un tour à l'autre que son compétiteur : il a gagné moins d'un million de voix supplémentaires, alors que Poher en voyait 2 700 000 se reporter sur lui, soit trois fois plus. Les électeurs rendus disponibles par les candidats évincés ou qui sont sortis de l'abstention se sont partagés, à raison des trois quarts pour Poher contre un quart pour Pompidou. L'écart est cependant suffisant pour que le résultat soit indiscutable ; bien supérieur en tout cas aux écarts ultérieurs de 1974 et 1981 : plus de 3 millions à l'avantage de l'ancien Premier ministre — plus de 11 contre moins de 8. En pourcentage, 58 contre 42 : un rapport plus avantageux que celui de De Gaulle en 1965.

Ainsi les institutions sont-elles confirmées. La Ve République a heureusement surmonté sa première grande épreuve : celle du départ de son fondateur. La voici fondée une seconde fois. La fonction présidentielle ne sera pas abaissée. La majorité est reconduite, quelque peu élargie en direction du centre. Le gaullisme continue, mais quel gaullisme ? Le successeur du général de Gaulle, après avoir été l'un de ses collaborateurs les plus proches, et son Premier ministre durant plus de six années, sera-t-il son héritier spirituel, et pour quelle politique ?

Pompidou et Chaban-Delmas

L'homme qui entre à l'Élysée le 20 juin 1969 illustre à merveille la définition du boursier que Thibaudet, à la suite de Barrès, opposait à l'héritier. En fait d'héritage, celui de Georges Pompidou est du peuple de gauche. Fils d'instituteur, resté proche de ses racines terriennes, il s'est élevé par ses mérites et son travail : c'est le succès à la Rue d'Ulm qui lui a ouvert la voie vers le pouvoir ; de cette expérience, il gardera la conviction que chacun peut accéder à la promotion sociale. Étudiant, il avait adhéré à la S.F.I.O. et ses amitiés le portaient à gauche. Il s'est tenu à l'écart de tout engagement actif dans les années 1940-1945 : il est un des premiers à accéder aux plus hautes responsabilités sans avoir pris part à la Résistance, le choix de ses deux Premiers ministres remédiera à cette lacune de son curriculum. En 1945, l'amitié, qui date de l'École normale, de René Brouillet le fait entrer au cabinet du président du Gouvernement provisoire, où il occupe d'abord des fonctions subalternes : c'est l'origine de la relation personnelle qui l'associera pendant un quart de siècle à des titres fort divers au général de Gaulle avant de succéder à celui-ci à la tête de la France. Sa nomination au Conseil d'État, un passage par la banque privée — chez Rothschild — complètent sa formation. Au retour de De Gaulle, en 1958, il accepte d'être quelques mois le directeur de son cabinet avant de retourner à la banque. Le public ne sait pas qu'il se chargea ensuite de quelques missions très confidentielles, avec le F.L.N., pour préparer la négociation. A partir de sa désignation en avril 1962 comme Premier ministre, ses faits et gestes relèvent de l'histoire générale.

Même si les relations de Pompidou avec le général de Gaulle se sont refroidies à partir de juillet 1968, sa fidélité à la personne du fondateur de la Ve République ne fait pas le moindre doute. Mais ses vues ne s'inscrivent pas toutes pour autant dans le prolongement direct du gaullisme. S'il y eut bien un pompidolisme — les adversaires ne se feront pas faute de l'affirmer —, il ne se confond pas avec le gaullisme originel. Il a pourtant beaucoup de points communs. Il partage avec lui la passion de la grandeur nationale : certaines de ses options s'écartent, certes, des choix du Général — comme sur l'entrée de la Grande-Bretagne dans le Marché commun, où Pompidou lèvera l'exclusive de son prédécesseur —, mais l'inspiration n'est pas différente. L'ambition de faire de la France une des premières nations industrielles du monde qui va être la grande pensée de sa présidence n'est pas neuve : de Gaulle s'était convaincu que, la grandeur étant indivisible, il n'y aurait plus de grande puissance sans une économie puissante et il avait donné une impulsion efficace à la modernisation de l'appareil de production. Le deuxième président n'est pas moins attaché que son prédécesseur à la souveraineté de l'État et il n'entend pas laisser prescrire les prérogatives de la fonction présidentielle : dès sa première conférence de presse, il réaffirme sans concession la primauté du chef de l'État — c'est de lui seul que procède le gouvernement. La rupture en 1972 avec son Premier ministre viendra en partie de la crainte qu'il ne prenne trop d'influence.

C'est sur la politique intérieure et sociale que sa philosophie s'écarte davantage des orientations du gaullisme. Convaincu que le peuple français est un vieux peuple plein d'expérience et de sagesse, il ne croit guère à la possibilité de modifier par voie d'autorité des comportements façonnés par une pratique séculaire. Associant un fonds de prudence paysanne à une intuition assez sûre des préférences de ses concitoyens, il se défie des projets de réforme. La commotion de 68 l'a confirmé dans sa défiance des innovations : la société est fragile. Il faut se garder de l'ébranler davantage par des initiatives intempestives. Trop de réformes déchaînerait des forces que personne ne maîtriserait. *Quieta non movere* pourrait être la devise de sa politique. L'influence de quelques-uns de ses proches l'entretiendra dans cet état d'esprit en le prévenant contre les réformateurs.

En juin 1969, ce trait n'est pas évident et les premières décisions du septennat qui débute vont plutôt dans le sens de l'ouverture annoncée pendant la campagne. A commencer par le choix du Premier ministre : Jacques Chaban-Delmas, qui satisfait simultanément à la continuité et à l'ouverture. La continuité ? Il est de ces gaullistes qu'on commence d'appeler historiques parce que leur attachement au général de Gaulle date de la guerre : jeune inspecteur des Finances, il s'est engagé très tôt dans la Résistance ; à la Libération, il est délégué militaire national, position charnière entre Résistance intérieure et France libre, avec le grade de général de brigade à vingt-neuf ans. Son double nom perpétue la part prise sous son pseudonyme à la libération du territoire. Son passé apporte au président le complément de légitimité qui pouvait lui faire défaut au regard de l'histoire. Chaban-Delmas est ensuite une des personnalités du R.P.F., puis le leader parlementaire des républicains sociaux, avant de devenir en 1958 un des fondateurs de l'Union pour la nouvelle République. Depuis dix ans, il préside l'Assemblée nationale avec talent et courtoisie. Quant à l'ouverture, qui mieux que lui pourrait la symboliser ? Aussi longtemps que le Parti radical a toléré la double appartenance, Chaban-Delmas a cumulé l'adhésion à la Rue de Valois et au Rassemblement. Il a fait partie du gouvernement Mendès France et été l'un des quatre chefs du Front républicain au 2 janvier 1956, proche à la fois de P.M.F. et de Guy Mollet. Membre de plusieurs gouvernements, il a entretenu de bonnes relations avec le personnel de la IVe République. A

Bordeaux, dont il est maire depuis 1947 sans discontinuer, il pratique une politique de collaboration avec la plupart des groupes politiques. Il ne se connaît pas d'ennemis : sa gentillesse et sa souplesse lui attirent des sympathies très variées. Il cultive soigneusement une image de jeunesse sportive, et, bien qu'il n'ait que quelques années d'écart avec le président, il fait auprès de lui figure de cadet. D'entrée de jeu, il annonce son intention de pratiquer une politique d'ouverture et de réconciliation, et de mettre fin à la « guerre des Républiques ».

La composition du gouvernement dont il propose la liste à Pompidou traduit cette volonté d'élargissement. Michel Debré, dont on connaît le nationalisme ombrageux et vigilant, prend la Défense nationale, cédant le ministère des Affaires étrangères à Maurice Schumann, ancien porte-parole de Londres mais aussi ancien président du M.R.P., qui avait été démissionnaire au lendemain de la malheureuse conférence de presse de 1962 sur le « volapük intégré ». Son retour à la tête de notre diplomatie signifie un rapprochement avec les Européens. Aux Finances, après le refus d'Antoine Pinay, le retour de Valéry Giscard d'Estaing après trois années de disgrâce scelle la réunification de la majorité : c'est le prix à payer pour le soutien de la candidature Pompidou, mais c'est aussi la garantie d'une politique libérale. L'entrée dans le gouvernement des trois personnalités centristes qui s'étaient ralliées à Pompidou, René Pleven à la Justice, Jacques Duhamel à l'Agriculture et Joseph Fontanet au Travail, réalise l'élargissement de la majorité présidentielle et introduit dans les conseils de gouvernement des hommes acquis à l'ouverture et dont les vues sont souvent proches de celles des conseillers du Premier ministre.

Jacques Chaban-Delmas s'est en effet entouré de conseillers qui ne sont pas des gaullistes de stricte obédience, dont la présence à ses côtés atteste la volonté d'ouverture et en démontre la possibilité. Deux d'entre eux notamment joueront un rôle éminent. Simon Nora, conseiller pour les questions économiques, a fait partie du cabinet de Mendès France et est acquis à une politique qui débloquera les contraintes et allégera les pesanteurs de la société française. Jacques Delors, qui vient de la C.F.T.C. et du mouvement la Vie nouvelle, est en charge des questions sociales : il croit à la possibilité de rétablir un dialogue avec tous les partenaires sociaux et prospecte une troisième voie en dehors du dilemme entre maintien du *statu quo* et affrontement. L'un et l'autre ont toute la confiance du Premier ministre, mais leur influence, qui est grande, inquiète et irrite les tenants d'une fidélité littérale au gaullisme qui dénoncent leur pouvoir occulte. La suspicion qui les frappe aura part à la chute de Jacques Chaban-Delmas.

Une « nouvelle société »

La volonté d'ouverture trouve une expression qui fera date dans l'importante déclaration du nouveau Premier ministre devant l'Assemblée le 16 septembre 1969 et qui reste connue sous l'appellation de « discours sur la nouvelle société », référence au thème de la nouvelle frontière qui avait fait la réputation de John Kennedy. Cette allocution, où se retrouve la patte d'un rédacteur de la déclaration d'investiture de Pierre Mendès France — qui avait eu en son temps un exceptionnel retentissement —, comporte une analyse sans complaisance des facteurs de blocage qui s'inspire du sociologue Michel Crozier; elle reprend aussi certains points du constat dressé en 1958 par la commission Armand-Rueff : une économie fragile, des structures sociales archaïques, un État à la fois tentaculaire et inefficace. Du mendésisme au gaullisme de Chaban-Delmas court ainsi un fil continu qui relie tous les réformateurs, de droite ou de gauche, pareillement désireux de rendre à l'économie une souplesse et à la société une capacité d'innovation permettant à la France d'être une grande nation.

Cette société figée dans ses rigidités, entravée par les égoïsmes corporatifs, le gouvernement a l'ambition de la débloquer. La déclaration désigne quatre directions à son effort : meilleure information du citoyen; modification du rôle de l'État; amélioration de la compétitivité de l'économie et rajeunissement des structures sociales par l'instauration d'un dialogue qui débouche sur des procédures de concertation. La déclaration, qui rend un son très neuf, est bien accueillie et obtient un grand retentissement. Son écho sera durable : douze ans plus tard, Pierre Mauroy s'en souviendra probablement en rédigeant sa propre déclaration sur la nouvelle citoyenneté (juillet 1981). Elle est interprétée comme le signe qu'entre les deux lignes contradictoires qui le sollicitent — raidissement conservateur ou initiative réformatrice — le gouvernement a délibérément choisi la seconde : cette conviction suscite beaucoup d'espoirs et provoque des ralliements, immédiats ou à terme.

Le public ne sait pas que Jacques Chaban-Delmas a omis, plus par inadvertance que de propos délibéré, d'en soumettre auparavant le texte au président de la République et négligé de s'assurer de son assentiment. Pompidou, qui n'était déjà guère enclin à approuver un ambitieux programme de réformes, n'a pas apprécié que son Premier ministre ait fait un discours de président de la République. Il accepte d'autant moins cette permutation des rôles que le fait d'avoir été lui-même Premier ministre plus de six ans lui a donné de l'ensemble des questions une connaissance sans égale. Il transfère le plus naturellement du monde à l'Élysée les habitudes contractées à Matignon ; il suit l'exécution des décisions qu'il a jadis préparées ou arrêtées et imprime à la fonction présidentielle un tour plus directif qu'au temps du Général. Si la conjonction de circonstances exceptionnelles avec la personnalité hors du commun de De Gaulle avait déjà rompu l'équilibre défini par le texte de 1958 entre les deux fonctions, c'est de la présidence Pompidou que datent le basculement et l'étroite subordination de Matignon à l'Élysée. Aussi, le jour venu de changer de Premier ministre, son choix se portera-t-il sur un homme dont il attendra qu'il soit un exécutant ponctuel, un chef d'état-major plus qu'un politique. Dès le 16 septembre 1969 le ver est dans le fruit : le germe de la rupture à terme entre les deux hommes et l'infléchissement conservateur du quinquennat Pompidou.

La définition de la majorité gouvernementale est un autre sujet virtuel de désaccord : Pompidou a introduit la notion de majorité présidentielle, qui lui survivra — ses successeurs s'y référeront. Dans l'esprit de Pompidou, la composition de ladite majorité a été fixée une fois pour toutes et ses contours ont été dessinés définitivement par la configuration des forces qui ont appuyé sa candidature : le jeu est fermé. La frontière passe donc au milieu des centristes, intégrant à la majorité les ralliés du printemps 1969 et rejetant les autres à l'extérieur. Point besoin d'élargir une majorité qui se suffit : à quoi bon faire des concessions à des adversaires, au risque de décevoir et de troubler ses amis ? Or Chaban-Delmas croit à la possibilité de provoquer d'autres ralliements et il la juge bénéfique. Lui et ses conseillers sont en conséquence portés à faire des gestes en direction des opposants, et attentifs à leurs réactions : les éléments les plus intransigeants de la majorité jugent ces attentions inutiles et provocantes.

Or Jacques Chaban-Delmas doit compter avec l'Assemblée élue en juin 1968. Elle penche à droite ; l'U.D.R. y a une majorité absolue. Il est en porte à faux ; François Mitterrand le lui fait observer avec perspicacité au cours du débat qui suit la déclaration du 16 septembre : « Quand je vous regarde, je ne doute pas de votre sincérité ; mais quand je regarde votre majorité, je doute de votre réussite. » Tout était dit : le porte-parole de la gauche, qui avait été le collègue du Premier ministre dans des gouvernements et qu'il connaissait bien — leurs chemins s'étant souvent croisés —, avait mis le doigt sur l'essentiel.

Toutefois, durant l'été 1969, l'entente prévaut encore entre les deux hommes qui paraissent se compléter parfaitement. Aucun désaccord sur les mesures qui s'imposent. La première est plus d'assainissement du passé — et du passif — que tournée vers l'avenir : elle achève de liquider les séquelles de la crise de 68. L'inflation a reparu, nos exportations régressent. Il faut modifier la parité de la monnaie. Le 8 août 1969, un Conseil des ministres extraordinaire décide une dévaluation du franc de 12,5 %. C'est le contraire de la décision prise en novembre précédent de ne pas dévaluer ; ce n'est pas nécessairement le désaveu du choix fait par de Gaulle à la suggestion de Jean-Marcel Jeanneney appuyé par Raymond Barre : la conjoncture est autre. C'est la première modification de la parité depuis la réorganisation de 1958-1959. La mesure qui sanctionne les pertes subies en 1968 est présentée comme un préalable au redressement de l'économie : elle s'accompagne d'un plan qui comporte blocage des prix et des marges bénéficiaires, encadrement du crédit, majoration de certains impôts. C'est néanmoins une rupture avec le volontarisme du général de Gaulle qui croyait possible d'imposer aux réalités économiques la marque d'une volonté politique. Le ralliement à la dévaluation marque un certain infléchissement et un acquiescement aux contraintes du réel. Le débat entre volontaristes et réalistes rebondira par la suite ; il divisera les socialistes à leur tour en 1981-1984. En 1969, le point de vue qui l'emporte exprime l'acceptation de la loi du marché et aussi des conséquences de l'intégration dans le Marché commun européen.

La première des quatre grandes directions esquissées par la décision gouvernementale concernait une meilleure information du citoyen. D'entrée de jeu, le nouveau gouvernement marque son intention de desserrer la tutelle du pouvoir sur l'information, en particulier sur l'audiovisuel. La longue grève de l'O.R.T.F., de la fin de mai au début de juillet 1968, avait révélé un malaise ancien : les sanctions et révocations de l'été, si elles avaient comblé d'aise les éléments les plus durs de la droite, n'avaient pas résolu le problème — au contraire. Quelques-uns des journalistes révoqués sont discrètement réintégrés. Mesure plus significative encore, le ministère de l'Information est supprimé et remplacé par un porte-parole du gouvernement qui est un gaulliste de gauche Léo Hamon, un esprit indépendant et de grande culture. En novembre 1969, Chaban-Delmas fait un pas de plus : il crée deux unités d'information en concurrence sur les deux chaînes et confie l'une d'elles à Pierre Desgraupes, journaliste de grand talent dont la compétence professionnelle et la faculté d'innover ont été consacrées par d'excellentes émissions. Pour limitée qu'elle fût, cette libéralisation exaspéra la majorité : persuadés comme tout politique que la télévision fait l'opinion, les parlementaires gaullistes attribueront leurs échecs à l'influence, jugée pernicieuse, de la télévision, qu'ils reprocheront au Premier ministre de livrer à leurs adversaires au lieu de l'utiliser pour la bonne cause. Ce reproche pèsera dans la chute de Chaban-Delmas.

Dans le secteur universitaire, que les politiques observent avec une attention sourcilleuse, la loi est votée, mais tout ou presque reste à faire. Le successeur d'Edgar Faure est Olivier Guichard, que son expérience à la tête de la D.A.T.A.R. a convaincu des vertus de la décentralisation. Le président de la République, ancien universitaire, surveille de près tout ce qui touche à l'enseignement ; il entretient avec son ministre d'excellentes relations personnelles qui datent du temps du R.P.F. Sous ce regard vigilant, le ministre joue sans restriction le jeu de l'autonomie des nouvelles universités et entretient des rapports confiants avec leurs premiers présidents. Il surmonte ainsi sans trop de difficultés les retours de flamme qui embrasent de temps à autre les établissements où le gauchisme demeure encore virulent. Mais peu à peu, la fièvre s'apaise et la vie redevient normale dans le cadre des nouvelles institutions qui favorisent l'exercice de la responsabilité et la pratique de l'initiative.

Le discours-programme du 16 septembre avait mentionné la décentralisation au nombre des objectifs. Le mouvement avait été brisé par l'échec du référendum. L'explosion des régionalismes sauvages invitait à la prudence. Au reste, Pompidou ne croyait guère à la région ; comme toute la classe politique, il était attaché au département. Il n'est donc pas question de reprendre l'ambitieux projet de 1969. La loi votée le 5 juillet 1972 institue la région, non pas comme collectivité territoriale à vocation générale, mais comme établissement public à compétence limitée, essentiellement pour les questions d'économie, avec des ressources fort modiques : elle ne peut donc entrer en concurrence avec le département. Ses conseils ne sont pas élus, mais composés de personnalités désignées, les unes par un suffrage au second degré, les autres par des organisations représentatives, et délibèrent sous la tutelle du préfet de région.

C'est dans le domaine des relations sociales que les intentions réformatrices du gouvernement s'affirmèrent le plus efficacement, faisant des années 1969-1972 un chapitre capital de l'histoire sociale. L'ensemble des mesures arrêtées sous le gouvernement Chaban-Delmas soutient la comparaison avec les phases de réforme les plus actives et les plus fameuses en ce domaine : le gouvernement de Front populaire, le Gouvernement provisoire ou encore, plus tard, le gouvernement socialiste de 1981. Elles auraient une place équivalente dans l'opinion si notre culture politique ne privilégiait pas les améliorations arrachées par la lutte des travailleurs au détriment de celles qui n'ont pas été le fruit d'une victoire syndicale. Pourtant, l'ensemble des mesures qui ont été adoptées avec le plein accord de Pompidou n'a pas moins transformé la condition des travailleurs que les lois de 1936 ou les réformes de la Libération. Elles procèdent d'une certaine vision de la société qui tend à substituer une organisation contractuelle à une situation conflictuelle.

La mensualisation des salaires, fortement encouragée par le gouvernement, et qui s'applique à plusieurs millions d'employés, a modifié positivement leur statut en leur garantissant une plus grande stabilité, et en les faisant bénéficier d'avantages annexes. Elle a contribué à effacer l'une des plus anciennes distinctions dans l'entreprise, celle entre employés rémunérés mensuellement et ouvriers payés à l'heure. Vont dans le même sens, mais d'une application plus modeste, les dispositions prises pour encourager l'intéressement des salariés et développer l'actionnariat ouvrier : en particulier à la Régie Renault.

La substitution, à l'initiative du ministre du Travail, Joseph Fontanet, au S.M.I.G. d'un Salaire minimum interprofessionnel de croissance — le S.M.I.C. —, appelé à évoluer en fonction, non pas simplement de l'indice des prix, mais de la production, pour associer les salariés aux bénéfices de la croissance générale, est une autre réforme de grande portée (décembre 1969). A l'instigation de Jacques Delors, l'État conclut avec les entreprises nationalisées des contrats de programme qui leur accordent une autonomie accrue et leur permettent de négocier à leur tour des contrats de progrès avec leur personnel : en ce domaine, c'est

Électricité de France qui joue le rôle moteur, qui avait jadis été celui de Renault (décembre 1969). La S.N.C.F., la R.A.T.P. s'engagent sur la même voie. La reconnaissance, acquise depuis décembre 1968, de la section syndicale d'entreprise facilite les pourparlers dans les entreprises et la multiplication des conventions collectives. L'heure serait-elle venue d'un nouveau contrat social qui rapprocherait le monde des relations industrielles de la pratique de l'Allemagne ou de la Grande-Bretagne ?

La réforme la plus grosse de conséquences pour l'avenir est sans doute la loi du 16 juillet 1971 qui généralise un accord interprofessionnel passé juste un an plus tôt entre le C.N.P.F. et les principales centrales syndicales. Il reconnaît à tout salarié le droit de recevoir une formation continue professionnelle et institue à cet effet un congé-formation. Droit pour le salarié, la formation continue est une obligation pour l'entreprise, tenue d'affecter un pourcentage, modique au départ, mais appelé à grossir, de la masse salariale à des actions de formation : les entreprises sont libres d'affecter le produit de ce prélèvement, soit à des actions qu'elles financeraient elles-mêmes, soit à des institutions spécialisées dans ce type de formation. Innovation capitale qui ouvre une possibilité de deuxième chance dans l'existence. A partir de 1973, la réforme prendra, du fait de la crise et de l'extension du chômage, une justification différente et une tout autre signification.

Cette politique, qui vise à réformer la société en douceur et ne peut produire d'effets perceptibles qu'avec le temps, ne désarme pas les oppositions ni ne convainc la majorité. Elle rencontre le scepticisme des syndicats, l'incrédulité de la gauche, l'hostilité des gauchistes et de tous ceux qui ne croient qu'à un changement révolutionnaire. La droite est réservée à l'égard d'une politique dont les inspirateurs lui sont suspects et qui lui semble faire la part trop belle à la confiance et pas assez à la fermeté. Le secrétaire général de l'U.D.R., René Tomasini, accuse de lâcheté les magistrats qui ne condamnent pas assez lourdement. L'agitation qui persiste, endémique, entretient le trouble de l'opinion. La Gauche prolétarienne opère quelques actions de commando, plus spectaculaires que destructrices, mais qui nourrissent l'inquiétude de la majorité silencieuse. D'autres mouvements, moins idéologiques, viennent grossir la vague : grève des O.S. du Mans (1971), agitation des agriculteurs, protestation des commerçants et artisans à l'appel de Gérard Nicoud qui marche sur les brisées de Pierre Poujade, manifestation du Mouvement pour la libération des femmes (août 1970), mouvements antinucléaires, sans compter les actions violentes en Bretagne, en Corse, en Occitanie, d'éléments séparatistes. Autant de phénomènes qui entretiennent un climat d'insécurité.

Parallèlement aux initiatives réformatrices inspirées par une vision généreuse et libérale, le gouvernement pratique une politique de reprise en main : il a prononcé la dissolution de quelques organisations gauchistes, dont la Gauche prolétarienne (27 mai 1970), et intenté un procès au journal *La Cause du peuple*. Comme tout gouvernement affronté à ce type de situation, plutôt que de tirer parti de l'arsenal de dispositions existantes, le gouvernement cherche la solution dans de nouvelles mesures. Une loi, dite « anticasseurs », adoptée en juin 1970, introduit dans notre droit la notion inédite de responsabilité collective qui en avait été bannie depuis la fin de l'Ancien Régime : il ne sera à l'avenir plus nécessaire de faire la preuve d'une participation effective à des actions de dégradation pour entraîner une condamnation — la présence sur les lieux ou la simple association à la manifestation seront suffisantes.

La même volonté de reprise en main inspire un projet de loi qui modifie le régime, fort libéral, de la loi de 1901 sur les associations : il donne à l'administration préfectorale le droit, avant de délivrer le récépissé prévu lors du dépôt des statuts et qui n'était qu'une formalité, d'examiner la demande et éventuellement de refuser la délivrance de la pièce. L'Assemblée a adopté le projet du gouvernement à une large majorité, mais le Sénat, qui, depuis les débuts de la Ve République, a souvent fait contrepoids à la majorité de l'autre Chambre, adopte à la minorité de faveur — 129 pour, 104 contre et 42 abstentions — la question préalable posée par le sénateur Marcilhacy. L'Assemblée ayant passé outre, le président de la Haute Assemblée, qui n'est pourtant pas suspect de complaisance pour le gauchisme, use de la faculté — que lui donne la Constitution et dont il n'avait encore jamais été fait usage — de saisir le Conseil constitutionnel. Celui-ci annule la disposition incriminée au motif qu'elle porterait atteinte aux libertés. Stupeur du gouvernement accoutumé à trouver dans le Conseil constitutionnel un allié contre l'opposition. La décision fera date ; ce n'est pas seulement une défaite pour le gouvernement, c'est un événement capital pour l'histoire constitutionnelle : pour la première fois, la volonté de la majorité de l'Assemblée élue au suffrage universel est tenue en échec — la Constitution prévaut sur elle. Étape décisive dans l'établissement d'un État de droit et qui rapproche la France des autres démocraties occidentales. Du coup, le Conseil constitutionnel acquiert un crédit qui lui faisait défaut et qu'il veillera à accroître par la suite.

Ainsi le pouvoir marche-t-il comme en claudiquant sur deux lignes différentes, oscillant entre elles selon le moment ou la personnalité des ministres, et suivant que prévaut l'inspiration réformatrice du Premier ministre et de ses conseillers ou l'autorité du président et de son entourage.

La remontée d'une gauche rénovée

La gauche était sortie sinistrée de l'épreuve de 68 et l'élection présidentielle, un an plus tard, avait souligné l'étendue du désastre : déchirée par les discordes, la gauche ne groupait plus qu'un tiers des électeurs. Le Parti communiste, qui s'affirmait comme la principale force de gauche, n'avait-il pas rallié sur son candidat les deux tiers des suffrages de gauche ? Mais cette hégémonie était aussi une hypothèque. Il avait somme toute fort bien surmonté la contestation gauchiste qui l'avait frappé de plein fouet. Jacques Duclos, au terme d'une excellente campagne, avait rassemblé la quasi totalité de ses électeurs. Mieux : le parti récupérait peu à peu une partie de ceux qui s'étaient laissé séduire par les utopies gauchistes, mais que décourageait le refus de s'organiser et d'être efficaces. Le parti gagna leur adhésion par son sérieux et son sens des responsabilités : il fit figure de parti d'ordre. Il consentit à jouer le jeu des institutions. A l'Université, les militants de l'U.N.E.F. dite Renouveau acceptèrent non sans courage de passer outre aux mots d'ordre d'abstention et de boycott : ils se portent candidats aux élections, siègent dans les conseils et participent à la gestion des nouvelles instances. La C.G.T. adopte le même comportement.

Sous la conduite d'un nouveau secrétaire général-adjoint, Georges Marchais, nommé en février 1970 pour suppléer Waldeck-Rochet frappé de paralysie, le parti s'engage résolument dans une politique d'ouverture : c'est apparemment le dégel. Déjà le congrès de Champigny en 1968 avait adopté un manifeste pour une « démocratie avancée ». Celui de 1971, qui s'intitule « Changer de cap », trace un programme de gouvernement et d'union populaire : il reprend, comme souvent dans la démarche stratégique du parti, en les infléchissant, certaines des propositions énoncées par Roger Garaudy qui s'était fait exclure au congrès de

Nanterre pour ce motif en 1970. Le parti prend quelque distance avec l'Union soviétique : il a, en août 1968, « réprouvé » l'intervention en Tchécoslovaquie des forces du pacte de Varsovie pour mettre fin au printemps de Prague. Il blâme les violations des droits de l'homme dont se rend coupable l'Union soviétique et prend fait et cause pour certains dissidents. Va-t-il enfin se déstaliniser ? Il se rapproche de la ligne dessinée dès 1956 par le Parti communiste italien à l'initiative de Togliatti. Certains voient déjà se profiler un eurocommunisme qui ouvrirait la voie à un rapprochement avec les partis sociaux-démocrates et à l'union de tous les partis de gauche acceptant la démocratie.

Le Parti socialiste était sorti beaucoup plus atteint de la crise de 68 que le Parti communiste. Le fiasco de Defferre sanctionnait la pratique des vingt années précédentes : la S.F.I.O. payait le prix de sa participation aux gouvernements de la IVe République, de ses responsabilités dans la politique coloniale, de la continuation de la guerre en Algérie sous le gouvernement Guy Mollet, de la déception des électeurs qui pensaient avoir voté pour la paix en votant socialiste. Les jeunes socialistes rejetaient le national-mollettisme comme les jeunes communistes avaient répudié en 1965 le thorezisme et les jeunes chrétiens le M.R.P. La survie d'un Parti socialiste n'était concevable que par la rupture totale avec ce passé honni, le remplacement du secrétaire général qui avait régné plus de vingt ans sur la S.F.I.O. et le réalignement sur des positions de gauche. Cette opération s'effectua en deux temps.

Premier temps : quelques semaines à peine après l'échec de Defferre, en juillet 1969 naissance d'un nouveau Parti socialiste à Issy-les-Moulineaux. La vieille appellation de S.F.I.O., qui désignait le parti depuis 1905, est abandonnée : elle est trop chargée de souvenirs. Guy Mollet, qui s'était identifié au parti auquel il avait consacré son existence, et que les militants tiennent, non sans injustice, pour le symbole de tous les compromis, est écarté. On change jusqu'à la désignation de la fonction qu'il exerçait : il n'y a plus de secrétaire général, mais un premier secrétaire. Alain Savary, qui l'emporte de justesse sur Pierre Mauroy, est élu à cette charge. Le choix du secrétaire d'État qui avait démissionné lors de l'arraisonnement de l'avion transportant les chefs historiques du F.L.N. est hautement symbolique. L'entrée des clubs fédérés respectivement dans l'Union des clubs pour le renouveau de la gauche, animée par Savary, et dans l'Union des groupes et clubs socialistes, conduite par Jean Poperen, apporte un sang neuf à un organisme épuisé et donne quelque crédibilité à l'espoir d'un renouveau du socialisme.

Deux ans plus tard, un second congrès, à Épinay (juin 1971), parachève le processus : la Convention des institutions républicaines, qui regroupait depuis une dizaine d'années autour de F. Mitterrand un noyau de fidèles, rejoint le Parti socialiste. Au terme de manœuvres habiles, son animateur, qui, la veille encore, n'était pas socialiste, accède au poste de premier secrétaire dont il évince Savary. Il y est porté par une coalition disparate qui associe des notables de l'ancienne S.F.I.O., Defferre et Mauroy, et l'aile gauche du C.E.R.E.S. animée par J.-P. Chevènement. Épinay marque un tournant décisif dans l'histoire de la gauche : le nouveau parti se constitue sur une double option — union de toute la gauche et refus de toute entente en direction du centre. Il rejette toute collaboration de classe et entend rompre avec le capitalisme. La stratégie bloc contre bloc prévaut sur celle de la conjonction des centres contre les extrêmes : pour la deuxième fois après la rupture de 1965, l'idée de reconstituer une troisième force est condamnée.

Cette stratégie appelle un accord avec le Parti communiste qui cherche depuis 1962 à sortir de son isolement; ses efforts en ce sens avaient été momentanément ruinés par la crise de 68, mais il ne renonce ni ne se décourage : il multiplie les gestes d'ouverture. Un jour il se rallie au pluralisme des partis, un autre il affirme son attachement aux libertés. Mais F. Mitterrand ne se presse pas : il diffère de répondre aux avances. Son objectif avoué est de refaire du Parti socialiste un partenaire qui traite d'égal à égal, son ambition inavouée de faire dépérir le Parti communiste et de le ramener à 10 % du corps électoral pour récupérer les deux tiers de ses électeurs dans le cadre d'un socialisme démocratique. Objectif qui paraît en 1971 parfaitement utopique, mais que les événements vérifieront. Le 26 juin 1972, les pourparlers entre les deux délégations, socialiste et communiste, aboutissent à la signature d'un Programme commun de gouvernement qu'adoptent, quelques jours plus tard, une convention socialiste et une conférence communiste. Programme très détaillé qui couvre près d'une centaine de pages et concerne la plupart des secteurs : l'accord n'est pas général et le texte consigne les désaccords, sur la défense et la politique extérieure notamment. Les réformes qui ont l'adhésion des deux partis intéressent entre autres l'économie et les institutions : une douzaine de grandes entreprises seraient nationalisées et toutes les dispositions qui instaurent un régime monarchique seraient retranchées de la Constitution.

La signature de ce programme est un événement qui n'a guère de précédent ; l'accord va en effet beaucoup plus loin que tous les accords antérieurs : Cartel, Front populaire ou Front républicain n'étaient que des accords électoraux et ne garantissaient pas qu'une fois vainqueurs les partenaires gouverneraient ensemble, et moins encore qu'ils s'entendraient sur le sens de leur victoire. Pour la première fois, les deux partis s'engagent à gouverner de concert et à opérer un ensemble de réformes qui modifieront le visage de la société française.

L'accord entraîne des reclassements en chaîne. L'idée d'un regroupement au centre n'ayant plus la moindre vraisemblance, les centres sont contraints de choisir entre les deux blocs : la majorité qui gouverne depuis 1958 sous la férule du parti gaulliste, et l'Union de la gauche. La bipolarisation est accentuée. Les radicaux en particulier sont écartelés : dès l'été 1972, une fraction se détache du vieux tronc et donne naissance au Mouvement des radicaux de gauche, qui adhère au Programme commun de gouvernement et entre dans la coalition. Le regroupement autour du pôle de la gauche unie dessine une solution de rechange et commence d'exercer une dynamique à l'approche du renouvellement de l'Assemblée nationale fixé au mois de mars 1973.

Trouble dans la majorité

En face d'une gauche qui réalise son unité d'action et de vues et qui a repris espoir, la majorité n'est pas homogène : c'est une coalition de trois composantes fort inégales. L'U.D.R. exerce, du fait de sa majorité absolue à l'Assemblée, une hégémonie mal acceptée de ses alliés. Les giscardiens — c'est ainsi qu'on désigne désormais de plus en plus les républicains indépendants — aspirent à jouer un rôle plus important ; attachés à préserver leur originalité, ils ne manquent pas une occasion de se démarquer de leur puissant partenaire : Michel Poniatowski, le premier lieutenant de V. Giscard d'Estaing et son alter ego, clame tout haut ce que le ministre des Finances ne peut dire et crible d'épigrammes les puissants du jour. Quant aux centristes, les derniers venus dans la majorité, ils ne pèsent pas lourd. Ce sont pourtant les plus proches du Premier ministre et ils approuvent sans réserve sa ligne de conduite. Avec les giscardiens ses rapports sont, selon ses propres termes, corrects ; avec l'U.D.R., qui est cependant sa famille, ils sont contrastés. Le parti du président est, il est vrai, traversé de courants divers : les éléments les plus attachés à une certaine idée du gaullisme se sont regroupés sous le patronage de Pierre Messmer dans une association baptisée « Présence et action du gaullisme », qui exerce une surveillance sourcilleuse sur le gouvernement et le tance pour ce qu'ils estiment être des concessions regrettables à l'esprit du temps. En juillet 1971, son président en exercice et cinq présidents U.D.R. de commissions parlementaires — il y en a six en tout — signent un texte très critique qui reproche en somme au gouvernement de prêter trop d'attention aux organisations syndicales et pas assez à sa majorité parlementaire, de pratiquer la concertation avec les partenaires sociaux et de la négliger avec le Parlement.

En 1971 et 1972, le climat se dégrade. Toute agitation n'est pas encore résorbée : le gauchisme jette ses derniers feux. Surtout éclatent des « affaires » qui éclaboussent des membres de la majorité, députés ou membres des cabinets ministériels. C'est la rançon de toute période d'expansion qui s'accompagne d'une occupation prolongée du pouvoir par les mêmes : la prospérité et la poussée de la construction liée au renchérissement des terrains ont provoqué une fièvre de spéculation immobilière ; hommes d'affaires, plus ou moins véreux, agents immobiliers ont tenté d'obtenir des facilités auprès de ceux qui détiennent une parcelle de pouvoir. La presse divulgue des scandales, dont l'opposition s'empare. Elle n'est pas la seule. Dans la majorité aussi, les partenaires du parti dominant sont trop heureux de saisir l'occasion. Michel Poniatowski dénonce la « République des copains et des coquins ». C'est probablement un membre de la majorité qui adresse au *Canard enchaîné* la feuille d'impôt du Premier ministre révélant que, par un calcul parfaitement conforme au code fiscal, il ne paie pratiquement pas d'impôt : Chaban-Delmas a quelque peine à s'en expliquer.

L'O.R.T.F. est un autre sujet de dissension : la libéralisation voulue par Chaban-Delmas est très mal vue des éléments les plus conservateurs, qui imputent leurs déboires électoraux aux journalistes soupçonnés d'avoir des complaisances pour l'opposition. Aussi exploitent-ils avec empressement les sévères rapports des commissions parlementaires sur la gestion de l'Office ; le scandale de la publicité clandestine met le feu aux poudres et entraîne la démission des responsables de l'Office. Pompidou s'en assure le contrôle en nommant à sa tête Arthur Conte (1972). La télévision

La succession

a joué un rôle appréciable dans la fronde de la majorité contre le Premier ministre.

Le président, qui perçoit la désaffection de l'opinion, cherche un moyen de redresser la situation. Il pense l'avoir trouvé : un référendum aurait l'avantage de maintenir en état de marche une procédure qui pourrait être utile et de conjurer le mauvais sort qui pèse sur elle depuis le 27 avril 1969. Il rappellerait que le pouvoir est à l'Élysée. Ce référendum, il imagine de le faire porter sur la politique extérieure, qui fait partie des attributions du chef de l'État. Bien que quelques intégristes du gaullisme soupçonnent Georges Pompidou de s'écarter des orientations du fondateur de la Ve République, il ne les trahit pas : il les infléchit certes, mais le pragmatisme du Général ne l'aurait-il pas conduit à en faire autant ?

Pompidou reste attaché au dialogue avec les deux Grands et poursuit la politique d'entente avec l'Union soviétique ; en 1970, il est allé aux États-Unis et en U.R.S.S. Il ne veille pas moins que son prédécesseur à préserver l'indépendance de la France en matière de défense. La seule innovation — de taille, il est vrai — est de lever le veto que, par deux fois, de Gaulle avait opposé à l'entrée de la Grande-Bretagne dans le Marché commun : dès 1969, il a pris l'initiative d'une relance de la construction européenne. A-t-il jugé que les conditions posées par de Gaulle étaient remplies, ou s'est-il senti moins d'autorité pour imposer aux autres gouvernements un refus prolongé ? Les négociations entre la Communauté économique européenne et Londres sont sur le point d'aboutir. Le président imagine de consulter le pays sur l'élargissement de l'Europe à trois nouveaux partenaires : Grande-Bretagne, Danemark, Irlande.

L'idée est ingénieuse ; Pompidou paraît assuré de gagner sur tous les tableaux : en dehors des communistes, hostiles au principe même de la construction européenne, quel parti pourrait s'y opposer ? Il pourra comptabiliser tous les suffrages positifs : une quasi-unanimité. On enfoncera un coin dans l'union de la gauche qui s'apprête à signer un programme commun, en faisant éclater son désaccord sur la politique étrangère. On ralliera les centristes demeurés dans l'opposition et farouchement européens. L'annonce du référendum, au cours d'une conférence de presse, le 16 mars 1972, fait sensation : tous les commentateurs, de droite ou de gauche, reconnaissent que c'est bien joué.

Ces calculs seront déjoués. Comme prévu, le Parti communiste fait campagne pour le non. Le Parti socialiste se tire habilement d'embarras : il recommande l'abstention, qui concilie à la fois la sympathie pour la cause de l'Europe, le refus de donner caution au président et le souci de ne pas se dissocier trop de son allié communiste. Or aucune motivation forte ne contrecarre la tendance à l'abstention : le résultat ne fait guère de doute ; aucune dramatisation ne majore l'enjeu, d'autant que Pompidou, désireux de normaliser l'usage du référendum, s'est gardé de lier son sort à l'issue de la consultation. Aussi les abstentions atteignent-elles un taux record : près de 40 %. Les blancs et nuls s'élèvent à 7 %. La conjonction des unes et des autres dépasse le chiffre de 1969. A cet égard, c'est un échec. Le oui l'emporte naturellement, mais son avance sur le non n'est pas telle qu'elle corrige l'effet négatif de la faible participation : 68 % de oui, 32 % de non. Moins de onze millions d'électeurs ont répondu à l'attente du président. Ce qui avait d'abord semblé à tous une habileté extrême se révèle une fausse bonne idée. L'autorité de Pompidou n'en sort pas renforcée. Quant à la pratique du référendum, loin de la réactiver, cette déconvenue, venant après l'échec du précédent, entraînera sa mise en sommeil. Instruit par l'expérience et aussi parce que sa conception des institutions n'est pas favorable à ce type de consultation, Valéry Giscard d'Estaing s'abstiendra d'en susciter. François Mitterrand tentera bien en 1984 d'y recourir, en partie pour se tirer d'un mauvais pas, mais l'opposition du Sénat l'obligera à y renoncer. Le référendum organisé en 1988 sur le projet de statut de la Nouvelle-Calédonie ne relèvera pas la pratique de son discrédit à cause du taux très élevé d'abstentions. Ainsi le référendum tombe doucement en désuétude. Sa caducité efface un trait du régime conçu par de Gaulle en affaiblissant le caractère de démocratie directe qui résultait de l'affirmation que le peuple exerçait sa souveraineté par deux voies concurrentes : la délégation au Parlement et le référendum où il fait lui-même acte de législateur. L'abandon du référendum modifie la nature du régime et enferme le gouvernement dans un tête-à-tête avec les parlementaires.

La disgrâce

Le référendum manqué du 23 avril est suivi dans les deux mois de deux événements dont il reste aujourd'hui encore difficile de préciser quel était leur rapport avec son résultat. La question d'une dissolution avait été soulevée : l'issue du référendum dissuade d'y recourir. Est-ce pour réparer l'échec par une manifestation de cohésion de la majorité, pour ressaisir une confiance qu'il sent lui échapper, ou encore pour forcer la main du président ? Peut-être par nostalgie de l'élan suscité par sa déclaration sur la nouvelle société, Jacques Chaban-Delmas sollicite l'autorisation de demander un vote de confiance sur une déclaration de politique générale. Pompidou, qui partage de moins en moins les vues de son Premier ministre, accède à sa demande, mais ne lui cache pas les réserves que lui inspire cette procédure et l'avertit que le vote de confiance ne le prémunit pas contre un changement dont il a fait pressentir l'éventualité, et peut-être même l'imminence. Le débat s'ouvre le 23 mai ; il s'achève deux jours plus tard sur un vote massif : le Premier ministre retrouve à une voix près sa majorité de 1969 — 368 contre 96. C'est une performance de n'avoir perdu qu'une voix après trois ans d'exercice du pouvoir. Mais le climat n'est plus à l'euphorie de 1969 et les majorités massives ne signifient pas grand-chose : ces votes sont ordinairement acquis dans l'équivoque et pour des motifs parfois contradictoires. Surtout, sous la Ve République, le président n'est pas lié le moins du monde à son Premier ministre par un vote de l'Assemblée. On pourrait presque dire : au contraire, cette confiance serait une raison de mettre fin à ses fonctions pour ne pas laisser s'accréditer l'idée qu'un Premier ministre puisse prendre appui sur le Parlement pour tenir tête au chef de l'État.

Cette considération n'a pas seule dicté le départ de Chaban-Delmas. Il y eut aussi l'idée que la durée d'un gouvernement ne doit pas normalement excéder la moitié de celle du septennat : de ce seul point de vue le moment était venu de relever le Premier ministre. En outre, les divergences entre Jacques Chaban-Delmas et ses conseillers d'un côté, et le président et son entourage de l'autre atteignaient un point de rupture. Pompidou prêtait une oreille complaisante aux critiques du noyau dur de la majorité. A l'approche des élections, il jugeait urgent de reprendre les choses en main : la gauche, sortie de sa léthargie, avait réalisé son union et était en ordre de bataille. La majorité devait en faire autant : il fallait à sa tête un homme qui ne transigerait pas sur les points essentiels et lui rendrait confiance.

Le 27 juin, Pompidou fait connaître au Premier ministre ses intentions : il a renoncé à dissoudre ; les élections auront lieu à la date normale. Michel Debré aussi avait jadis conseillé au Général de dissoudre et c'est lui qui avait dû donner sa démission ; le processus se répète. Interrogé dans les débuts de son gouvernement sur ce que serait le comportement d'un Premier ministre dont le chef de l'État requerrait la démission, alors que la Constitution était silencieuse sur ce point, Chaban-Delmas avait répondu par un mot devenu fameux : celui qui se maintiendrait serait un « triste sire ». Le maire de Bordeaux ne se dédit point : il remet sa démission le 5 juillet 1972 ; en dépit des apparences, elle n'a pas été plus spontanée que celles de Michel Debré en avril 1962 ou de Georges Pompidou en juillet 1968. C'est la loi non écrite de la Ve République que le président peut démettre le Premier ministre. Si le mot de révocation, à propos du départ de Chaban-Delmas, est excessif par ce qu'il implique de désaveu humiliant, ce fut bien une éviction et une disgrâce.

L'événement surprit tous ceux qui n'étaient pas dans la confidence : survenant si peu de temps après le vote de confiance, on y vit un affront au Parlement. Le départ de Chaban marquait une césure dans la présidence Pompidou : c'était l'abandon des espoirs suscités par un gouvernement qui fut le plus libéral des quatorze premières années de la Ve République et qui s'inscrivait à certains égards dans la ligne d'un réformisme éclairé. Il laissera à certains un grand souvenir et quelque nostalgie.

Il symbolisait aussi le refus des ouvertures et le repli sur la majorité. S'il avait été maintenu, Jacques Chaban-Delmas aurait-il pu mener à bien son projet d'élargir la majorité ? Aurait-il réussi, comme il semble qu'il l'espérait, après un échec de la gauche aux élections de mars 1973, à rallier des personnalités radicales et socialistes qui auraient accepté d'entrer au gouvernement ? Nul en tout cas n'était plus capable de réussir l'opération. Toute l'histoire ultérieure en eût été profondément modifiée : François Mitterrand, privé d'une partie des socialistes, aurait perdu son pari de refaire un grand parti et de conduire la gauche à la victoire à l'occasion d'une élection présidentielle. Le gaullisme, au lieu de se rétracter sur sa droite, serait resté un rassemblement. Une partie de ceux qui avaient travaillé avec Chaban-Delmas n'auraient pas été contraints de rejoindre le camp d'en face. L'événement marque l'établissement définitif d'une bipolarisation rigide : entre le réalignement à gauche du Parti socialiste, écartant toute tentation centriste, et le raidissement de la majorité qui relève le pont-levis, la position des centres devient intenable — plus de possibilité pour eux d'échapper à l'attraction de l'un ou l'autre des deux regroupements : droite contre gauche.

CHAPITRE XXX

Le septennat interrompu

Pierre Messmer Premier ministre

Le sens du renvoi de Chaban-Delmas est éclairé par le choix de son successeur. Pour la deuxième phase du septennat, Georges Pompidou a finalement arrêté son choix, plutôt que sur Olivier Guichard, dont le nom avait été avancé et qui avait la réputation d'un libéral, sur Pierre Messmer. De cet ancien élève de l'École nationale de la France d'outre-mer, qui a exercé de hautes responsabilités aux colonies, qui est accoutumé à obéir et qui a servi dix ans de Gaulle comme ministre de la Défense, le dévouement et la loyauté lui sont acquis. Engagé dans la France libre dès les débuts, ce combattant de Bir Hakeim garde le président contre ceux des gaullistes qui le soupçonneraient d'indifférence à la Résistance. A un gaulliste historique succède un autre gaulliste non moins indiscutable. Mais à un gaullisme ouvert succède un gaullisme plus strict : Messmer est le président de « Présence et action du gaullisme » et s'est fait depuis 1968 le gardien vigilant de la doctrine. Sa nomination rassure les fidèles du Général et ramène le calme dans leurs rangs.

Il n'empiétera pas sur les prérogatives du président, et celui-ci n'a pas à craindre qu'il ne lui porte ombrage : l'homme est toute droiture et loyauté. Le choix accentue l'infléchissement antiparlementaire du renvoi d'un Premier ministre qui vient d'être plébiscité par l'Assemblée. Comme pour souligner d'un trait appuyé que le Premier ministre ne procède que du président, l'Assemblée, qui est en vacances depuis quelques jours, n'est pas rappelée, La prise de contact du nouveau gouvernement avec les parlementaires est renvoyée à la rentrée ordinaire, au début d'octobre : le pays est ainsi gouverné un trimestre par une équipe qui n'a pas jugé nécessaire de s'assurer qu'elle avait bien la confiance des élus. De surcroît, à la rentrée, Pierre Messmer s'abstient de poser la question de confiance : il laisse à l'opposition l'initiative d'une motion de censure dont chacun sait bien quel sera le sort. Ainsi, avec le changement de Premier ministre, la pratique institutionnelle franchit-elle un pas de plus dans le renforcement du pouvoir présidentiel et l'abaissement du Parlement.

Le choix des nouveaux ministres confirme le changement d'orientation politique. Le gouvernement continue d'associer les trois composantes de la majorité dans un rapport inchangé, mais la personnalité des hommes accuse une inflexion nettement plus conservatrice. Trois des signataires de la motion critique de juillet 1971 entrent au gouvernement, dont Hubert Germain, qui a succédé à Pierre Messmer à la présidence de « Présence et action du gaullisme », ainsi que Jean Foyer, député du Maine-et-Loire. Est recréé un secrétariat d'État à l'Information, confié à l'un des hommes les plus conservateurs de la majorité, Philippe Malaud, tandis qu'un député U.D.R., venu, il est vrai, du socialisme, Arthur Conte, a été désigné à la tête de l'O.R.T.F. L'objectif est évident : tout mettre en œuvre pour gagner les élections qui se profilent à l'échéance de huit mois. De plus en plus, elles deviennent l'enjeu majeur de la vie politique : elles commandent la stratégie de toutes les forces politiques qui se préparent, de part et d'autre, à un choc qu'elles estiment décisif.

La gauche aborde la consultation avec confiance. Le Programme commun est sa plate-forme. Partis communiste et socialiste, attachés à leur différence, présentent des candidatures distinctes au premier tour, mais feront bloc au second. Dans la majorité, les giscardiens auraient souhaité des primaires pour élargir leur représentation, mais ils doivent en règle générale se résigner à l'unité de candidature dans cinq circonscriptions sur six. Ils obtiennent en contrepartie une révision partielle des investitures : les secrétaires généraux des trois formations opèrent les arbitrages sous le contrôle de l'Élysée et distribuent les investitures sous le sigle commun d'Union des républicains de progrès. Pour faire pièce au Programme commun de la gauche qui comporte de nombreuses promesses, Pierre Messmer dans un discours à Provins énonce trente-trois actions qu'il s'engage à réaliser en cas de victoire. Mais la majorité joue surtout sur l'inquiétude des électeurs, qu'elle attise : le succès de la gauche, ce serait la porte ouverte à tous les bouleversements ; que deviendraient les institutions ? Elle présente le choix comme un choix de société et s'attache à convaincre qu'elle est le mouvement face à une gauche engoncée dans la nostalgie du passé. Quant à la gauche, elle réplique que, pour la première fois depuis quinze ans, sa victoire est possible.

La dramatisation a-t-elle été efficace ? Au premier tour, la participation atteint un niveau exceptionnel pour une élection législative : plus de 81 %. La tendance est indécise et n'est pas sans rappeler mars 1967 : la majorité cède du terrain, mais moins que prévu ; la gauche a reconquis celui perdu en 1968, ce qui confirme que le résultat était hors série. Dans ce camp, le Parti communiste reste le premier, mais d'une courte tête : avec 21,3 % il ne devance les candidats de l'Union de la gauche socialiste et démocrate, qui regroupe socialistes et radicaux de gauche, que de moins d'un point ; François Mitterrand est en passe de gagner son pari de faire du Parti socialiste l'égal du Parti communiste. Entre la droite rassemblée sous le sigle U.R.P. et la gauche, les centristes d'opposition, regroupés sous l'appellation de Mouvement réformateur que dirigent conjointement Jean Lecanuet et Jean-Jacques Servan-Schreiber, ne viennent qu'en troisième position, avec 12,5 % des voix, mais sont en position d'arbitres pour le second tour. Le succès ou l'échec de nombreux candidats de la majorité dépend du report de leurs suffrages. En 1967, l'opposition avait eu pour mot d'ordre « Battre l'U.D.R. », et elle y était presque parvenue. En 1973, les centristes se divisent : si Jean-Jacques Servan-Schreiber désigne ce qu'il stigmatise sous le vocable d'« État-U.D.R. » comme l'ennemi à abattre, Jean Lecanuet, inquiet de la remontée de la gauche, convient, dans une entrevue discrète avec le Premier ministre, de retirer un certain nombre de ses candidats et invite les centristes à faire obstacle à une victoire de la coalition de gauche, préfigurant ainsi le ralliement et l'intégration à la majorité d'une seconde vague de centristes, un an plus tard. L'anticommunisme prend le pas sur l'hostilité à ceux qui détiennent le pouvoir depuis quinze ans. A la veille du second tour, la situation est d'une parfaite simplicité : dans 85 % des circonscriptions dont le siège n'a pas été pourvu, deux candidats seulement s'affrontent — droite contre gauche.

Le dimanche suivant, 11 mars, la participation a encore augmenté et frôle les 82 %. La majorité reste la majorité, mais a perdu une centaine de sièges, tombant de 372 à 275. Des trois composantes, c'est l'U.D.R. qui a le plus reculé : près de 90 sièges. Elle a surtout perdu la majorité absolue. La gauche a enlevé 176 sièges, dont 100 pour le seul Parti socialiste, avantagé par les reports qui se sont mieux effectués des communistes vers ses candidats que dans le sens contraire. La gauche reste exclue du pouvoir, en principe pour trois ou cinq ans. Le président est en fonction jusqu'en 1976, et la nouvelle Assemblée jusqu'en 1978. L'avenir paraît donc assuré pour la majorité, mais l'écart avec la gauche s'amenuise de façon inquiétante pour elle. Au tour décisif, il n'a été que de 230 000 suffrages : à peine 1 % du total des électeurs. C'est la combinaison du découpage avec le mode de scrutin qui a assuré un avantage substantiel à la majorité sortante.

Fin de règne

Assurés de la durée, disposant d'une majorité certes rétrécie, mais soudée plus étroitement par la remontée de la gauche, le président et son gouvernement, qui partagent les mêmes vues, prendront-ils quelque initiative pour ressaisir l'avantage ? Le moment n'est-il pas venu, prolongeant le rapprochement amorcé entre les deux tours avec la fraction des centristes restés dans l'opposition, de parachever leur réintégration qui élargirait la majorité, la mettrait à l'abri d'une mauvaise surprise et la rénoverait ? Rien de tel ne se produit : les douze mois qui suivront le renouvellement de l'Assemblée ne verront aucune relance de l'action gouvernementale. Au contraire, le gouvernement Messmer est reconduit, et les quelques changements de personnes en accentuent le caractère fermé. Aucun des nouveaux venus ne se signale particulièrement par son esprit d'ouverture : Jean Royer s'est fait à Tours une réputation de bon administrateur, mais aussi de Savonarole de province dans la défense des mœurs ; Maurice Druon, qui succède à Jacques Duhamel comme ministre des Affaires culturelles, se fait remarquer par des propos abrupts à l'adresse des intellectuels sommés de « choisir entre la sébile et le cocktail Molotov ». L'éloignement de Michel Debré, le départ de René Pleven et de Maurice Schumann, battus aux élections et qui donnent leur démission, réduisent le nombre de personnalités de poids et affaiblissent les éléments libéraux. Leur sortie n'est pas compensée par l'entrée de Michel Poniatowski, le confident de Valéry Giscard d'Estaing. Aux Affaires étrangères le président délègue pour succéder à Maurice Schumann le secrétaire général de l'Élysée, Michel Jobert, dont la personnalité caustique va se révéler. C'est au total un gouvernement Pompidou homogène dont les initiatives ou l'absence d'initiative rejailliront immanquablement sur la personne du chef de l'État.

La seule nouveauté vient du président : son message du 3 avril à la nouvelle Assemblée annonce son intention de ramener la durée du mandat présidentiel de sept à cinq ans. Cette proposition est justifiée par le changement apporté depuis les débuts de la Ve République à la désignation du chef de l'État et dans ses compétences ; dès lors qu'il joue le rôle majeur dans la définition des orientations politiques, il convient de permettre aux Français qui l'élisent de se prononcer à intervalles plus rapprochés. C'est aussi une conséquence de l'échec du référendum, puisque celui-ci ne peut plus servir à vérifier périodiquement l'harmonie entre le président et le peuple. C'est aussi un moyen de ressaisir l'initiative institutionnelle. A ces raisons objectives, s'en ajoutait-il de plus personnelles ? Pompidou avait-il calculé que, s'il était candidat à sa propre succession, il obtiendrait plus aisément sa réélection pour un mandat abrégé ? Ou avait-il déjà une conscience assez vive de l'aggravation de son état de santé et la prescience de l'éventualité d'une issue fatale pour supputer qu'il pourrait peut-être aller au terme d'un mandat qui prendrait fin en 1974 mais non en 1976 ?

Échaudé par l'expérience de 1969, le président écarte la procédure du référendum dont la constitutionnalité reste discutée et choisit la voie parlementaire prévue par l'article 89 de la Constitution. Elle exige l'adoption du projet en termes identiques par des votes séparés des deux Assemblées, puis par les deux réunies en congrès à Versailles à la majorité des trois cinquièmes. Cette concession devrait être appréciée de la classe politique, ulcérée par les appels directs au peuple. L'initiative semble habile et devoir à nouveau préparer au président une victoire aisée. Elle prend aussi à contre-pied la gauche qui a inscrit à son programme le raccourcissement de la durée du mandat présidentiel. Pour prévenir toute complication, la révision est limitée à ce seul point. Or c'est précisément cette limitation qui ôte aux yeux de l'opposition tout intérêt à l'opération ; son programme comporte bien d'autres modifications : suppression de l'article 16, réduction des pouvoirs du chef de l'État, etc. Le projet ne fait pas l'unanimité dans la majorité. Les gaullistes de stricte obédience, attachés à conserver intact l'héritage institutionnel dont ils s'instituent les gardiens, craignent qu'une première modification n'entraîne de proche en proche l'altération du régime. A l'Assemblée, Maurice Couve de Murville vote contre et Michel Debré s'abstient ; deux des prédécesseurs de Pierre Messmer se sont ostensiblement démarqués de leur successeur. Le texte est pourtant adopté par 270 députés contre 211 et 162 sénateurs contre 112 (16-19 octobre). Pompidou a vite fait le compte — 432 votes favorables, alors que la barre des trois cinquièmes passe à 464 — et en tire aussitôt la conséquence : le 24 octobre, il renonce à pousser la réforme jusqu'au bout. Le Parlement n'ira pas à Versailles, et il ne recourra pas au référendum. Le président n'a décidément pas la main heureuse : c'est, un an après le fiasco du référendum sur l'élargissement de la Communauté européenne, sa deuxième erreur grave d'appréciation. Elle atteint son autorité dans la majorité, dans le pays, à l'étranger.

Le climat n'est pas bon. L'agitation gauchiste reprend comme un feu mal éteint : au printemps de 1973, les lycéens se sont émus des modifications apportées en 1970 par la loi Debré, et les étudiants s'agitent contre une réforme des premiers cycles qui institue un nouveau diplôme, le D.E.U.G. Au Mans, à Fos-sur-Mer, des conflits sociaux paralysent des entreprises. Lip défraie la chronique ; les pouvoirs publics ont tour à tour usé de la force et de la conciliation, faisant évacuer l'usine par la police, puis désignant un médiateur, confiant ensuite à un jeune publicitaire le soin de sauver l'entreprise avant de déclarer sur un ton comminatoire : « Lip, c'est fini. » Le gouvernement oscille entre la répression et l'immobilisme : en juin 1973, il a prononcé la dissolution de la Ligue communiste et par symétrie d'Ordre nouveau. En octobre 1973, Arthur Conte est démis de ses fonctions de président-directeur général de l'O.R.T.F.; par souci d'équilibre, Philippe Malaud est dessaisi de l'Information. Il est patent que le pouvoir entend maintenir une tutelle étroite sur l'audiovisuel.

L'opinion ne discerne pas encore le plus grave : sous l'apparence d'une prospérité qui persiste dans le sillage de l'extraordinaire croissance que la France et le monde connaissent depuis le début des années 60, la situation de l'économie se dégrade lentement. Les effets de la flambée des rémunérations consécutive à 68 ne sont pas entièrement résorbés. Le pays a contracté des habitudes de facilité : chaque année, l'accroissement du pouvoir d'achat excède la progression de la productivité. L'inflation est repartie : l'indice de la hausse des prix est de 5,5 % en 1971, 6,2 % en 1972, 7,3 % en 1973, soit pour les trois années près de 20 %. De surcroît, l'économie subit les contrecoups de la conjoncture internationale. La décision historique du président Nixon en 1971 de mettre fin à l'étalon-or et de laisser flotter le dollar a introduit dans le système monétaire mondial un élément d'instabilité qui désorganise les échanges commerciaux et a pour conséquence que les États-Unis exportent le chômage chez leurs partenaires. Le nombre des chômeurs a repris son ascension. En janvier 1974, le gouvernement français décide de laisser flotter lui aussi le franc : dévaluation déguisée. D'autre part, l'embargo décrété en octobre 1973 par les pays arabes producteurs de pétrole

Le septennat interrompu

pour riposter à la guerre du Kippour a frappé de plein fouet les économies occidentales : elle a mis à nu leur dépendance énergétique ; le quadruplement du prix du baril entraîne un brutal renchérissement de tous les produits qui incorporent de l'énergie. Plutôt que de faire appel au civisme et d'imposer un programme de restrictions, le gouvernement, soucieux d'épargner des sacrifices aux électeurs, négocie avec les producteurs des relations préférentielles et laisse échapper une occasion de susciter un élan et d'imprimer à notre économie une autre direction.

Les sondages, qui commencent à jouer un grand rôle dans les relations entre les politiques et l'opinion, inscrivent la chute de confiance : le pourcentage de ceux qui pensent que la situation générale empire est passé, entre mars 1973 — le mois des élections — et novembre, de 25 à 63. Les hebdomadaires harcèlent le gouvernement : *Le Point* réclame la démission de Messmer. On commence de s'interroger sur la capacité du président à diriger le pays : des rumeurs alarmantes sur sa santé courent Paris, les téléspectateurs ont été impressionnés de le découvrir bouffi, ralenti, dans ses déplacements à l'étranger. Pour redresser la situation, Messmer tente un remaniement : le 28 février, il démissionne. Aussitôt renommé, il constitue un gouvernement « resserré » dont on attend une cohésion plus forte et une plus grande efficacité. Un jeune ministre, qui a toute la confiance du président dont il est le fils spirituel, Jacques Chirac, prend le portefeuille de l'Intérieur. Ce gouvernement — Messmer III — n'a guère le temps de faire ses preuves ; le mardi 2 avril 1974, à dix heures du soir, radios et télévision interrompent brusquement leurs émissions pour un flash d'information : « Le président de la République est mort. »

C'est la stupeur pour tous ceux qui, ne faisant pas partie du cercle étroit des journalistes et des hommes politiques, ne soupçonnaient pas la gravité de la maladie dont était atteint le président. Aurait-il dû en informer l'opinion ? Le silence complice observé par la classe politique trahissait-il la confiance des citoyens ? L'événement suscite un débat d'éthique politique sur les devoirs de l'homme d'État à cet égard : la démocratie exige-t-elle que les citoyens soient tenus informés des sujétions physiques des hommes auxquels ils ont confié la direction de l'État ? En tout cas, tous rendent hommage au courage de Pompidou qui a surmonté jusqu'au dernier jour ses souffrances pour accomplir sa tâche.

Georges Pompidou

Disparaît brutalement un homme qui a dominé la vie politique depuis une douzaine d'années : comme Premier ministre d'abord, choisi par de Gaulle, puis seul comme chef de l'État. A ces deux titres il a exercé une influence considérable sur le destin national. Dans l'une et l'autre fonction il a fait preuve d'incontestables qualités d'homme d'État. Peut-être fut-il plus grand Premier ministre que président : comme chef de gouvernement — le plus stable depuis 1848 —, il montra une puissance de travail, une connaissance des dossiers les plus complexes, une capacité de décision, une autorité indiscutée sur l'ensemble des ministres, un talent de *debater* à l'Assemblée, des dons de polémiste redoutables dans les deux campagnes de 1967 et 1968, à la télévision comme dans les meetings. A l'Élysée, il a paru plus soucieux de conserver que d'innover : effet de la crise de 68 qui l'aurait convaincu de la fragilité de la société ou application de sa propre philosophie sociale qui n'était plus contrecarrée par les orientations du Général? Ou encore conséquence des premières atteintes de la maladie qui l'aurait rendu plus irrésolu et plus dépendant d'un entourage craintif? Toujours est-il que le raidissement progressif du quinquennat laisse en 1974 une situation politique précaire : une opposition unie et décidée, une majorité désunie, une opinion troublée.

Georges Pompidou a enraciné les institutions. L'histoire retiendra surtout son grand dessein modernisateur; prenant le relais du général de Gaulle, il a imprimé une impulsion décisive à la transformation de l'économie : après la modernisation de l'agriculture qui a été le fait des agriculteurs eux-mêmes, il a accéléré l'industrialisation. Il a contribué à faire de la France l'une des grandes nations productrices et l'une des premières puissances exportatrices : il l'a hissée dans le peloton de tête, avec les États-Unis, l'U.R.S.S., le Japon et l'Allemagne fédérale, passant devant la Grande-Bretagne qui fut si longtemps le modèle envié de nation industrielle et commerçante. C'est sous sa direction, entre 1965 et 1974, que la France, aidée par une conjoncture sans précédent, a rompu ses liens avec la vieille civilisation rurale pour s'engager sans esprit de retour dans la civilisation de la technologie avancée et de l'argent : c'est Pompidou qui a, par exemple, décidé en 1967 l'introduction à la télévision de la publicité, point de départ d'un processus qui aboutira, vingt ans plus tard, à la privatisation d'une partie du service public de l'audiovisuel; à cet égard, la continuité est éclatante de Pompidou à son ancien collaborateur Édouard Balladur.

Le prix à payer pour cette modernisation à marches forcées a été élevé. L'urbanisation accélérée s'est inscrite dans le paysage par le surgissement de grands ensembles qui l'ont défiguré. Pompidou était enclin à beaucoup sacrifier à la « bagnole ». Surtout, l'entassement, à la périphérie des centres urbains, de millions de citadins affluant de leurs villages a bouleversé leurs conditions d'existence et créé toute sorte de problèmes : anonymat, solitude, délinquance, petite criminalité. Une mutation accomplie en aussi peu de temps suscite une pathologie sociale dont sortiront des problèmes de société qui alimenteront les controverses politiques.

De surcroît, les derniers mois du quinquennat Pompidou ont coïncidé, sans qu'il y fût pour rien, sans non plus que l'opinion et les responsables en aient d'emblée pris conscience, avec un renversement de la conjoncture internationale : le désordre monétaire croissant, le premier choc pétrolier, l'apparition sur le marché mondial des nouveaux pays industrialisés ont commencé de modifier de fond en comble les rapports économiques. La France a ressenti les premières atteintes de ce que personne encore ne prévoit être une crise dont la gravité passera celle de la grande dépression et qui durera une quinzaine d'années.

Droite contre gauche

Pour la deuxième fois en cinq ans, la succession du chef de l'État s'est ouverte inopinément : après la démission surprise de Charles de Gaulle, la disparition de Georges Pompidou. Le sort des institutions n'est plus en jeu : elles ne sont plus liées à la présence d'une personnalité hors du commun — la présidence Pompidou a institutionnalisé la pratique gaullienne. Pour l'intérim, 1969 a fait précédent : la voie est tracée. Alain Poher se réinstalle à l'Élysée, mais cette fois se garde de mélanger les genres et ne se transforme pas en candidat : il se tient ostensiblement au-dessus de la mêlée, veille à l'impartialité de l'O.R.T.F. et porte une attention toute spéciale à la régularité des opérations dans les départements et territoires d'outre-mer. La précaution n'est pas seulement de principe : si l'écart entre les deux candidats du second tour devait être étroit — ce qui sera le cas —, le résultat définitif pourrait dépendre du vote de ces lointains prolongements de la France. Il importe que le résultat ne puisse être entaché d'une suspicion qui affecterait la légitimité de l'élu.

La disparition inattendue de Pompidou a pris de court les candidats possibles à la succession : leur nombre comme leur identité sont incertains. A gauche, la situation est parfaitement claire, et le contraste avec 1969 mesure les progrès accomplis par l'opposition. François Mitterrand s'impose comme le seul : le Parti communiste n'envisage pas de compter ses voix. Sa position lui permet de garder les mains libres : il ne négocie pas avec les partis — simplement, il prend acte de leur soutien. Tour à tour se prononcent pour lui et lui promettent leur appui, outre le Parti socialiste dont il a été le premier secrétaire jusqu'au 8 avril, le Parti communiste, le Mouvement des radicaux de gauche, le P.S.U., la C.G.T., la C.F.D.T., la F.E.N. Les candidatures gauchisantes des deux trotskistes, Alain Krivine et Arlette Laguiller, ne peuvent lui ôter beaucoup d'électeurs, et leurs voix lui reviendront au second tour. Il a de grandes chances de faire le plein des voix de gauche dès le premier tour et d'arriver largement en tête de tous les candidats : le problème sera de gagner à droite, de mordre sur le centre et même, si possible, de tirer parti des dissensions entre gaullistes et giscardiens pour améliorer son résultat.

A droite, la situation est plus confuse : personne ne s'impose ni ne peut se prévaloir d'une désignation comme Pompidou l'avait pu en 1969. Le président disparu s'est attaché à éviter que quiconque puisse apparaître comme l'héritier présomptif ; il a empêché Jacques Chaban-Delmas de retrouver son fauteuil de président de l'Assemblée en y poussant Edgar Faure. Il a promis un avenir à Giscard d'Estaing, mais il n'a pas tranché.

Jacques Chaban-Delmas a médité l'exemple de Pompidou en 1969, qui s'était déclaré dans les vingt-quatre heures qui avaient suivi la démission de De Gaulle. Craignant d'être devancé par d'autres, il rend publique son intention moins de quarante-huit heures après la mort du président, avant même la fin de la séance où l'Assemblée rend hommage à sa mémoire. Cette précipitation est sans doute une faute : elle fait mauvaise impression, et Valéry Giscard d'Estaing a beau jeu de donner à l'ancien Premier ministre une leçon de savoir-vivre. Cependant, sur le moment, le maire de Bordeaux semble avoir atteint son but : obtenir l'appui de l'U.D.R. Le Centre Démocratie et Progrès aussi se déclare pour lui et lui apportera un soutien sans faille.

Le lendemain, Edgar Faure aussi se porte candidat : les deux présidents successifs de l'Assemblée sont donc en compétition ouverte. C'est une erreur surprenante de la part d'un esprit aussi perspicace. Edgar Faure a raisonné comme si la désignation du chef de l'État appartenait encore aux parlementaires et non à un corps de quelques dizaines de millions de citoyens moins sensibles que la classe politique à la subtilité et aux finesses de l'ancien président du Conseil. Il ne tardera pas à s'en aviser et saura saisir la première occasion de se retirer sans perdre la face.

Tous attendent que Valéry Giscard d'Estaing soit candidat, mais le ministre des Finances joue la lenteur : il ne serait pas convenable de se déclarer trop tôt. C'est seulement le lundi 8 qu'il annonce sa candidature de sa mairie de Chamalières ; il regardera la France « au fond des yeux » et sa campagne sera, dit-il, exemplaire.

Trois candidats pour la majorité en face de l'unique candidat de gauche : la droite s'inquiète. Certains songent à en susciter un quatrième devant lequel les trois premiers seraient obligés de se retirer ; cette candidature exceptionnelle ne peut être que celle du Premier ministre en exercice. Pierre Messmer n'a pas d'ambition pour lui-même, mais, homme de devoir, il ne croirait pas pouvoir se dérober si de son acceptation dépendaient la victoire de la majorité et la poursuite de la politique qu'il mène depuis deux ans. Il y met cependant une condition : que les trois candidats se retirent. Edgar Faure saisit la balle au bond et opère un retrait aussi habile qu'élégant, mais Jacques Chaban-Delmas décide de se maintenir, et Valéry Giscard d'Estaing est trop heureux d'en prendre argument pour en faire autant. Dans ces conditions, Pierre Messmer n'est pas partant.

Une troisième candidature surgit à droite dont les chances sont minces : celle du maire de Tours, ministre de l'Artisanat et du Commerce, Jean Royer, dont le nom est attaché à une loi qui protège le petit commerce contre les grandes surfaces : il personnifie une droite pure et dure qui combat l'immoralité — c'est un curieux mélange de Poujade et de paladin. Au total, une douzaine de candidats avec l'agronome René Dumont, qui porte les couleurs du mouvement écologique, deux fédéralistes, dont le programme se réduit à la dimension européenne, Jean Marie Le Pen, ancien député poujadiste et leader d'une petite formation extrémiste — le Front national —, et Bertrand Renouvin, qui se réclame de l'idée monarchique.

La campagne dure sept semaines. C'est la première à se dérouler normalement. C'est aussi la première à rappeler par certains traits ce qu'on dit des campagnes aux États-Unis : la télévision y joue un rôle essentiel, les sondages aussi. Elle est exemplaire par l'attention avec laquelle elle est suivie, l'intensité du débat, l'incertitude du résultat.

François Mitterrand est sûr de regrouper sur son nom la quasi-totalité des voix de gauche ; son souci est donc d'en attirer d'autres du centre. Il ne combat plus les institutions et se compose un personnage d'homme responsable, s'attachant à paraître au-dessus des partis. Il prend ses distances avec le Parti socialiste, dont il a laissé la direction à d'autres. Il veille surtout à ne pas paraître dépendant du Parti communiste, qui se garde bien de l'embarrasser par des exigences inopportunes. Il promet de faire voter une charte des libertés publiques, sachant séduire les centristes qui souhaitent une libéralisation des pratiques gouvernementales. Il cherche à se donner une compétence en économie et propose un plan de relance en trois temps : six mois, dix-huit mois et cinq ans. Il est le seul à avoir été déjà candidat, et contre quel rival ! Il a, depuis 1965, acquis une incontestable maîtrise de la télévision.

Le problème de stratégie est passablement compliqué pour les candidats de droite : pour accéder au second tour, il leur faut évincer leur rival, mais sans compromettre le report de ses électeurs sur son nom — c'est la quadrature du cercle. Jean Royer mène en solitaire une campagne courageuse et sans espoir. C'est entre Valéry Giscard d'Estaing et Jacques Chaban-Delmas que se joue la partie décisive. Le second a pour lui d'avoir été trois ans Premier ministre, mais il s'est fait beaucoup d'ennemis dans la majorité pour cette raison. S'il est tout à fait soutenu par le C.D.P., il est combattu dans sa propre formation. Jacques Chirac, qui personnifie la fidélité au président défunt, craint que Chaban-Delmas ne réussisse pas à faire le plein des voix de droite : il inspire une motion, rendue publique le 13 avril et signée de 43 députés, dont 35 U.D.R., qui rend Chaban-Delmas responsable de la division et appelle à une candidature d'union dont il ne cache point que dans son esprit c'est celle de Giscard d'Estaing. Ce coup de poignard sera fatal à l'ancien Premier ministre. Ministre de l'Intérieur, Jacques Chirac met au service de son collègue des Finances les moyens dont dispose la Place Beauvau en cette sorte de circonstance : il organise, entre autres, la fuite intentionnelle d'un sondage des Renseignements généraux dont les indications ne sont pas favorables à Chaban-Delmas. Celui-ci ne fait pas une bonne campagne, cherchant son image, comme disent les professionnels de la publicité, oscillant entre deux. Il fait avec Malraux une émission désastreuse.

Son principal concurrent effectue au contraire une campagne remarquable par sa clarté et son argumentation. Giscard d'Estaing joue simultanément et avec talent sur le thème de la continuité, évoquant sans paraître y toucher ses quelque cent cinquante entretiens avec de Gaulle et rappelant sa participation depuis quinze ans aux responsabilités, et sur le thème du changement : il n'est pas du parti qui a accaparé le pouvoir, il représente une tendance plus libérale, qui fera droit aux aspirations à un renouvellement. Il fait aussi sonner son âge : à quarante-huit ans tout juste, il en a dix de moins que Mitterrand et que Chaban-Delmas ; avec lui une nouvelle génération accédera au pouvoir, et, si les Français l'élisent, ils auront donné à la France le plus jeune chef d'État d'une grande nation. Il peut compter sur le soutien total de son groupe, des clubs Perspectives et Réalités dont il a suscité depuis une dizaine d'années l'efflorescence à travers la France. Les réformateurs se sont ralliés à lui à la suite de Jean Lecanuet. Aux deux autres candidats, qui ont exercé des fonctions ministérielles sous la IVe République, il s'oppose comme le candidat de l'avenir.

Entre les deux représentants de la majorité, lequel est le moins à droite et de ce fait le plus à même de recueillir au second tour des suffrages de gauche ou du centre gauche ? Les sondages d'opinion accusent une chute rapide des intentions de vote pour le maire de Bordeaux : entre le 19 avril et le 3 mai, elles tombent de 29 à 15 %. La presse reprend et amplifie ces estimations ; Françoise Giroud a un mot cruel sur une candidature qu'elle tient pour condamnée : « On ne tire pas sur une ambulance. » Les mêmes sondages enregistrent une montée régulière des intentions en faveur des deux autres concurrents. Elles s'élèvent, pour François Mitterrand, jusqu'à 45 % ; pour Giscard d'Estaing, elles atteignent le double du chiffre de Chaban-Delmas.

Les résultats du premier tour ne sont guère éloignés de ces prévisions. La participation est très forte : 25 millions 5 d'électeurs, 84,23 % des inscrits. Ils ont eu le souci de voter utile : 91 % de ces suffrages se sont concentrés sur les trois premiers candidats. Les autres n'ont obtenu que des résultats médiocres ou dérisoires : Jean Royer, avec 800 000 voix, s'est hissé jusqu'à 3 %. Quant aux extrêmes, à eux quatre, ils totalisent à peine 5 %.

Arrive largement en tête comme prévu François Mitterrand, mais avec deux points au-dessous du niveau que lui-même jugeait nécessaire pour avoir la certitude de l'emporter au second tour — 43,2 % —, et moins que le total des voix rassemblées par l'ensemble des gauches aux législatives de mars 1973. Ce déficit est préoccupant pour la suite, mais le report des 2,7 % qui se sont portés sur les deux candidats de l'extrême gauche devrait réparer cette déception. Valéry Giscard d'Estaing a obtenu, au contraire, un résultat meilleur qu'attendu : 32,6 %. Chaban-Delmas, avec un score inférieur à 15 %, est le grand perdant : il n'arrive en tête dans aucun département, pas même en Gironde où il règne depuis près de trente ans.

L'unique question concerne les reports : comment vont se répartir entre les deux concurrents Mitterrand — 10 863 000 voix — et Giscard d'Estaing — 8 250 000 — les quelque 6 millions de suffrages qui se sont dispersés sur les candidats malchanceux ? Les consignes de ceux-ci peuvent donner une indication. Les deux trotskistes invitent à voter pour le candidat de gauche, même s'ils le jugent trop parlementaire, et René Dumont en fait autant. Jean Royer et Jean-Marie Le Pen invitent leurs électeurs à se reporter sur Giscard d'Estaing. L'inconnue concerne les électeurs de Chaban-Delmas : leur candidat ne les invite pas formellement à voter pour Giscard d'Estaing, mais à se prononcer contre Mitterrand. Georges Marchais, le soir du premier tour, a tendu la main aux gaullistes : entre eux et les communistes le fossé serait moins profond qu'avec les giscardiens. Mais, en sens inverse, une visite entre les deux tours de l'ambassadeur d'U.R.S.S. au candidat de droite laisse à penser que Moscou préférerait la sécurité apportée par le candidat de la majorité sortante à celui de la gauche, dont l'élection pourrait remettre en question les orientations de la politique étrangère de la Ve République, qui conviennent fort bien à l'U.R.S.S. Il semble que les vœux de Moscou et de la direction du P.C.F. ne concordent pas. Quelques anciens ministres gaullistes, qui ne pardonnent pas à Giscard d'Estaing la part prise à l'échec du Général en 1969 ou qu'inquiètent ses orientations, invitent à voter Mitterrand, mais le gros des gaullistes se rallient au ministre des Finances qui a servi les deux présidents. Valéry Giscard d'Estaing peut, en outre, compter sur l'ensemble des centristes, ralliés depuis 1969 ou demeurés dans l'opposition : son ancien condisciple de Polytechnique, Jean-Jacques Servan-Schreiber, a rejoint Jean Lecanuet dans le soutien au leader des républicains indépendants.

La campagne culmine le 10 mai dans un débat télévisé qui oppose, durant une heure et demie, les deux candidats. La France entière y assiste : chacun est rentré chez soi pour en être spectateur avant d'en être arbitre. Les rues sont vides, restaurants et salles de cinéma déserts. Le débat a peut-être tourné à l'avantage de Valéry Giscard d'Estaing qui a cherché à enfermer son adversaire dans l'image d'un homme du passé. Quelques-uns de ses traits font mouche, comme de contester à son rival le « monopole du cœur ». Le lendemain, les sondages les donnent à égalité : à deux jours du scrutin, le suspense est à son comble. La participation a sans doute bénéficié de l'incertitude : elle atteint un record absolu, toutes consultations confondues — 87,3 %, plus de 26 millions de votants.

Le dimanche 19 mai, chacun retient son souffle. Les estimations sont si serrées que radios et télévisions hésitent à avancer le nom du vainqueur : elles prennent le risque d'annoncer Valéry Giscard d'Estaing. De fait, il a pris un léger avantage sur François Mitterrand : un peu moins de 13 millions 400 000 suffrages contre près de 13 millions. L'écart est de 425 000, moins de 2 %. Il eût suffi que moins de 230 000 électeurs aient inversé leur vote pour que le résultat fût contraire. La France s'est partagée presque par moitié : 50,81 % contre 49,19. De ce scrutin date l'image d'une France coupée en deux.

C'est la première fois depuis les débuts de la Ve République que le partage se fait entre droite et gauche d'une façon aussi tranchée : antérieurement, les frontières étaient plus floues. Le général de Gaulle avait des électeurs de gauche — quelque 3 millions en 1965 —, et une fraction de la droite ne lui avait jamais donné son suffrage. En 1969, le second tour s'était joué à l'intérieur de la droite, la gauche arbitrant ou s'abstenant. En 1974, François Mitterrand a rassemblé la totalité des gauches, et toutes les droites se sont regroupées derrière Valéry Giscard d'Estaing. Les effets du bouleversement provoqué par le retour du général de Gaulle sont effacés, tout est rentré dans l'ordre : la gauche a effectué sa remontée depuis ses désastres entre 1958 et 1969. Droite et gauche font jeu égal.

La continuité est assurée : la majorité est reconduite pour quatre ans, au moins jusqu'aux élections législatives prévues pour 1978. Mais un changement d'importance s'est produit : la magistrature suprême, l'institution qui est la clé de voûte du régime, a échappé au parti gaulliste qui la détenait depuis l'instauration de la Ve République. C'est, après la disparition du fondateur, le deuxième infléchissement apporté aux institutions. L'entrée à l'Élysée, le 26 mai, de Valéry Giscard d'Estaing, leader des républicains indépendants, inaugure une phase nouvelle de l'histoire du régime. Sous ce rapport au moins, le nouveau président ne se trompe pas quand il déclare avec un peu d'emphase : « De ce jour date une ère nouvelle de la politique française... »

CHAPITRE XXXI

Le libéralisme avancé

Le septennat qui débute à la fin de mai 1974 est le premier depuis 1965 qui ira jusqu'à son terme en mai 1981. C'est du reste un trait de cette présidence que toutes les élections auront lieu à leur échéance normale. Valéry Giscard d'Estaing ne dissoudra ni ne provoquera de consultation inopinée par voie de référendum. Rien de plus conforme à sa volonté de revenir à une pratique respectueuse des prérogatives des Assemblées.

Conduire le changement

Ces sept années forment-elles pour autant un ensemble d'un seul tenant caractérisé par une politique fidèle, du début jusqu'à la fin, aux intentions initiales? Dans cette durée, quelques césures étaient inscrites à l'avance par le calendrier des élections, qui tiennent une place grandissante dans les calculs des politiques comme dans la conscience des Français : élections législatives de mars 1978, un repère majeur dans la succession de ces années qu'elles partagent presque par moitié, par les anticipations auxquelles elles donnent lieu comme par leurs conséquences effectives, élections municipales de mars 1977, qui tirent leur importance d'être comme une répétition de celles-là; élections européennes de juin 1979, les premières au suffrage universel, où les vaincus de 1978 font appel de leur défaite. Trois consultations de première importance, trois années consécutives, au cœur du septennat et dont les enjeux ont grandement pesé sur les stratégies et les décisions. Deux autres événements ont aussi tracé des coupures qui ne découlaient pas de l'application des textes, mais de l'humeur des hommes ou des rapports de force : la démission inopinée de Jacques Chirac en août 1976 et la rupture, à l'automne 1977, de l'Union de la gauche. Dans l'ordre de l'économie, les ruptures furent moins franches : l'événement majeur, le renversement de la tendance de l'économie mondiale, avait été de peu antérieur à l'élection du nouveau président, qui fut des premiers à en pressentir la portée; son septennat devra tout au long en supporter les conséquences. Ce fut la disgrâce de Giscard que d'accéder à la responsabilité suprême au moment du renversement de la conjoncture. Le second choc pétrolier, s'il annula une partie des efforts consentis entre 1976 et 1979, n'eut pas d'effets aussi brutaux.

Si le septennat a bien une unité, il la trouve dans la personnalité et les vues du président. Rien n'est plus conforme à la Constitution : son présidentialisme a été accentué par l'évolution coutumière qui, de septennat en septennat, a renforcé le caractère personnel du régime. Parce qu'il avait abordé la charge de président avec une expérience du gouvernement de plus de six années, Georges Pompidou avait accru son intervention et appesanti sa tutelle sur la conduite de la politique : rien d'important ne se décidait sans son aval. Avec son successeur la tendance s'accentue encore, moins parce qu'il a été de longues années ministre des Finances — c'est-à-dire le seul à ne pas dépendre d'un autre —, mais du fait de son caractère. Ce n'est donc pas donner dans un psychologisme de bazar que d'étudier l'homme et de s'attacher à discerner les traits qui expliquent son comportement.

Né en 1926, Valéry Giscard d'Estaing appartient à une autre génération que ses prédécesseurs : il a trente-six ans de moins que Charles de Gaulle, quinze de moins que Georges Pompidou. Trop jeune pour avoir pu militer dans la Résistance s'il l'eût voulu, il s'engage à la Libération dans la 1re armée et se bat sous de Lattre. Reçu à Polytechnique, il bénéficie de la disposition qui réserve deux places à l'École nationale d'administration à des polytechniciens et en sort à l'Inspection des finances. Au cabinet d'Edgar Faure en 1955, il entre à l'Assemblée aux élections du 2 janvier 1956, à l'âge de trente ans, héritant de la circonscription que lui destinait dans le Puy-de-Dôme son grand-père maternel, Joseph Bardoux, l'un des représentants les plus autorisés de la droite libérale, postérité de l'orléanisme. Plus tard, le président présentera ses orientations comme le « juste milieu ». Inscrit au groupe des indépendants, il est réélu en novembre 1958 sans problèmes. Bientôt secrétaire d'État au Budget auprès d'Antoine Pinay dont il est proche par les idées, il devient ministre des Finances à part entière au départ de Wilfrid Baumgartner. A moins de trente-cinq ans, le voici titulaire d'un des départements ministériels les plus prestigieux et les plus puissants.

Cette précocité autorise toutes les ambitions. Il les a. Ses dons les justifient, on lui reconnaît une intelligence exceptionnelle, brillante, rapide. Il a le goût de la performance ; chaque année, sa

Le libéralisme avancé

présentation du budget suscite l'admiration : il est capable de parler plusieurs heures sans notes et d'énoncer une avalanche de chiffres sans hésitation ni erreur. Il a l'art d'exposer avec une extrême clarté les questions les plus compliquées et de les rendre simples. Ce don pédagogique a fait merveille dans la campagne de 1974.

Un sens politique avisé lui évite les faux pas et guide ses prises de position. En octobre 1962, il a choisi de se ranger derrière de Gaulle alors que le gros des indépendants s'est jeté dans la bataille et a adhéré au cartel des non. Ce choix tactique a évité à ses amis l'élimination qui frappe les autres indépendants et lui laisse le champ libre pour son leadership sur ce courant de droite. Il y a gagné d'être le partenaire, modeste mais indispensable, du parti dominant.

Son éviction de la Rue de Rivoli au lendemain de l'élection présidentielle de 1965 lui laisse une vive amertume : il décline toute compensation. Il s'éloigne graduellement du pouvoir, s'attachant à marquer sa différence et à souligner l'originalité de la ligne de son groupe. Tour à tour le « oui mais », la critique de l'« exercice solitaire du pouvoir », la distance observée en mai 68 jalonnent son détachement. En avril 1969, en faisant savoir qu'il ne votera pas le projet de loi référendaire, il a été l'un des artisans de l'échec et du départ du général de Gaulle. Après avoir un instant souhaité une candidature Pinay, il s'est vite rallié à Pompidou. Il a, depuis, sans interruption, dirigé l'économie et les finances de la France. Le voici en mai 1974 parvenu au but de toute sa carrière et de son ambition. Il a quarante-huit ans.

En dépit de sa relative jeunesse pour la charge suprême, il peut se prévaloir d'une longue expérience gouvernementale : n'a-t-il pas été neuf années Rue de Rivoli ? Si l'expérience est effectivement longue, elle est limitée : il ne connaît de l'intérieur qu'un seul ministère, et ce n'est pas celui qui procure à son titulaire la connaissance la plus concrète de l'administration et de la société. Le ministre des Finances est dans une position d'arbitre : il ne connaît pas les difficultés des ministres dits dépensiers, obligés de se battre pour arracher les crédits nécessaires à leur département et cherchant à concilier les exigences de leurs assujettis, agriculteurs, syndicats, anciens combattants, avec les contraintes budgétaires. Valéry Giscard d'Estaing n'a guère connu dans son ascension de graves difficultés ni de déceptions, et a toujours été facilement réélu. A l'exception de la disgrâce de janvier 1966, qu'il a durement ressentie, tout lui a été facile ; tout lui est venu comme il l'ambitionnait. Selon le mot de Raymond Aron, il ne sait pas que l'histoire est tragique. De fait, il croit à la possibilité pour des hommes bien élevés de surmonter leurs différends et souhaite sincèrement la conciliation. Il n'aime pas les désaccords, à la différence de De Gaulle qui n'était jamais aussi maître de lui que dans les tempêtes. En politique intérieure, il se propose de « décrisper » les tensions. Dans les relations internationales, il croit à l'efficacité des rapports personnels : il sera un adepte convaincu de la détente, et sa conviction qu'il y a toujours une solution possible sera la cause de quelques faux pas dans ce domaine. Cependant, il ne pardonne pas volontiers à qui lui a manqué et fera payer cher leur fidélité à tous ceux qui ont soutenu la candidature de Chaban-Delmas.

Le nouveau président est un libéral, entendez que sa philosophie sociale et politique est le libéralisme. Il croit aux procédures de concertation et de délibération parlementaires et se propose de rétablir la représentation dans ses droits. Il souhaite aussi arracher la vie politique au stérile affrontement de la gauche et de la droite, et sortir de la bipolarisation. La France, a-t-il dit, souhaite être gouvernée au centre : la formation d'une majorité centriste lui paraît devoir être la conséquence logique de l'existence dans la société française de ce qu'il appellera, dans *Démocratie française,* un groupe central constitué notamment par les cadres et dont l'évolution technologique accroît régulièrement l'importance. François Mitterrand fonde de même sa certitude d'une victoire prochaine de la gauche sur le fait que ses électeurs attitrés sont déjà la majorité sociologique et qu'un jour ou l'autre la majorité politique s'alignera sur elle. Chez l'un et l'autre, il y a le même postulat que l'appartenance socio-professionnelle détermine le vote et qu'il doit y avoir corrélation entre appartenance de classe et comportement politique, alors que les travaux de sociologie électorale ont fait justice de cet axiome. Giscard d'Estaing espère susciter au cours de son septennat la formation d'une nouvelle majorité rapprochant centre droit et centre gauche, associant ses amis libéraux aux radicaux et aux sociaux-démocrates qui refusent l'alliance avec les communistes et ne sont pas collectivistes. Il pourra alors se soustraire à la domination du parti gaulliste. Mais il n'a pas d'entrée de jeu décidé la dissolution qui lui aurait permis de trouver une Assemblée plus conforme à ses souhaits ni effectué la réforme électorale qui, en introduisant le principe proportionnel, aurait fait éclater les blocs.

Le libéralisme avancé

Sincèrement libéral — et ses initiatives l'attesteront —, adepte du dialogue, Valéry Giscard d'Estaing n'en est pas moins personnellement autoritaire, imbu de sa prééminence et fort jaloux de son pouvoir. Il accentue le caractère présidentialiste du régime : son message du 30 mai 1974, au Parlement, au lendemain de son intronisation, est plus un programme de gouvernement qu'un texte de circonstance. Il donne au gouvernement des instructions, rendues publiques tous les six mois, qui énoncent les réformes à mettre en chantier et fixent le calendrier des travaux ministériels. Avec le temps, ce tour personnel s'accusera plus encore. Giscard d'Estaing interviendra de plus en plus, dans les petites choses comme dans les grandes, et le style du président se fera de plus en plus monarchique.

L'homme a un réel désir de contacts qui lui inspire toute sorte d'initiatives où la recherche du geste publicitaire n'est pas le seul motif : ouvrir le palais de l'Élysée au bon peuple, se faire le guide des visiteurs, recevoir au petit déjeuner les éboueurs du quartier, s'inviter une fois par mois dans un foyer modeste pour mieux connaître les sentiments du Français moyen. Une volonté de simplicité — sincère ou affectée — inspire son comportement ; il conduit lui-même sa voiture, sort en ville, va au théâtre et à l'Opéra en famille, se permet quelques escapades qui font jaser. Mais cet appétit de sociabilité démocratique, qui tranche avec l'indifférence hautaine du général de Gaulle et qui n'est pas de même nature que l'attention portée par Pompidou aux sentiments de ses concitoyens, n'exclut pas chez Giscard d'Estaing une hauteur aristocratique et une morgue que ses adversaires exploiteront et qui auront une part à son échec final.

Tel est l'homme dont l'entrée à l'Élysée, le 26 mai 1974, doit, dans son esprit, marquer le commencement d'une ère nouvelle présentée comme celle du rajeunissement de la France ; son allocution inaugurale ne mentionne même pas le nom de ses deux prédécesseurs, comme s'il n'héritait pas d'une fonctions qu'ils avaient créée et honorée. L'image de la page blanche qui s'offre à lui souligne la volonté de rupture. Il entend conduire le changement : « J'entends encore l'immense rumeur du peuple français qui nous a demandé le changement. Nous ferons ce changement avec lui, pour lui, tel qu'il est, dans son nombre et sa diversité. » De fait, le désir de changement avait probablement été l'un des facteurs de son succès. Persuadé de la portée des symboles, il multipliera les gestes qui visent à exprimer sa détermination de conduire le changement. D'emblée il apporte des modifications au rituel de son installation : il troque la jaquette contre le veston, et remonte à pied l'avenue des Champs-Élysées. Il ralentit le tempo de *La Marseillaise* et arbore à côté des trois couleurs un fanion à sa marque personnelle. La revue du 14 Juillet est transférée place de la Bastille. Et tout au long du septennat il sèmera ainsi les gestes, tantôt significatifs, tantôt futiles.

La volonté de changement politique s'affirme sur-le-champ par le choix du Premier ministre et dans la composition du gouvernement. Comme chef du gouvernement, il désigne Jacques Chirac. Choix réfléchi et judicieux : il reconnaît la part éminente que le ministre de l'Intérieur du gouvernement Messmer a prise à son succès en lui ralliant une fraction de l'U.D.R. De toute façon, la nomination d'un pompidolien incontesté était une nécessité tactique pour prévenir dans les rangs gaullistes la frustration de la perte de la présidence. Chirac giscardisera-t-il l'U.D.R. ou l'U.D.R. chiraquisera-t-elle le gouvernement ? En s'associant un Premier ministre de quarante-deux ans, Valéry Giscard d'Estaing accentuait encore le trait sur lequel il avait insisté : à deux, ils n'ont que quatre-vingt-dix ans. Jamais la France n'a été gouvernée par un tandem aussi jeune. Jacques Chirac est, comme le président, passé par l'E.N.A. et en est sorti à la Cour des comptes. Découvert par Georges Pompidou, il lui sera indéfectiblement attaché : il est plus pompidolien que gaulliste. Il n'a jamais eu de rapports directs avec le Général. Pompidou a fait sa carrière : il a étrenné son premier secrétariat d'État en avril 1967 à l'Emploi ; c'est à ce titre qu'il a joué un petit rôle dans la négociation des accords de Grenelle. Il ne quittera plus le gouvernement : successivement chargé des Relations avec le Parlement, où il conviendra de bonne grâce qu'il n'a pas réussi, ministre de l'Agriculture, où il s'attachera au contraire la reconnaissance des paysans qui seront désormais parmi ses électeurs les plus fidèles, puis *in extremis* à l'Intérieur dans le dernier gouvernement Messmer. Doué d'une fabuleuse puissance de travail, grand avaleur de dossiers, d'une mémoire infaillible, adorant les contacts, d'une sociabilité chaleureuse, plein d'attentions sincères pour ses collaborateurs, il unit l'homme de dossier et l'homme de relations. Il est animé d'une ambition qui ne le cède pas à celle du président avec qui il fait équipe. Les idées ne l'encombrent pas, et il en changera plus d'une fois sans que cela lui fasse problème. C'est un animal doué pour l'action et l'exercice du pouvoir.

Le gouvernement que Giscard d'Estaing, innovant, présente en personne à la télévision atteste l'ampleur du renouvellement du

Le libéralisme avancé 693

personnel dirigeant. On n'y retrouve que trois rescapés du précédent gouvernement, dont le Premier ministre. Sur seize ministres il n'y a plus que cinq U.D.R. — moins du tiers — et qui ne se voient confier que des portefeuilles de second ordre. C'est la fin de l'« État-U.D.R. ». Aux postes clés accèdent des amis, personnels et politiques, du président : son *alter ego,* Michel Poniatowski, prend l'Intérieur avec le titre de ministre d'État qui en fait la deuxième personnalité du gouvernement ; Michel d'Ornano est à l'Industrie, Christian Bonnet à l'Agriculture. Les centristes font une entrée en force ; non pas ceux qui ont commis l'erreur impardonnable de se déclarer pour Chaban-Delmas et qui l'expieront tout au long du septennat, mais les derniers ralliés qui viennent tout juste d'entrer dans la majorité présidentielle : Jean Lecanuet est garde des Sceaux, après douze ans dans l'opposition. Plusieurs antigaullistes notoires, dont la présence contriste les vrais gaullistes : Pierre Abelin à la Coopération, et surtout Jean-Jacques Servan-Schreiber — qui avait salué le congédiement de De Gaulle par le peuple français comme un motif de fierté pour les Français —, nommé ministre des Réformes : son intelligence mobile, son aptitude à saisir les thèmes dans le vent et son talent de vulgarisateur fascinent Giscard d'Estaing comme ils séduiront son successeur. Mais il ne fait qu'un aller et retour : nommé le 29 mai, il est relevé de ses fonctions le 9 juin. Faute d'avoir perçu que l'appartenance à un gouvernement comportait quelques obligations, il n'a rien trouvé de mieux, à peine ministre, que d'aller manifester contre les explosions atomiques ordonnées par le gouvernement dont il fait partie. Chirac arrache à Giscard la révocation de ce ministre singulier. Quatre hauts fonctionnaires complètent l'équipe : un diplomate aux Affaires étrangères, un recteur — celui de Clermont — à l'Éducation, un autre à l'Économie et un magistrat à la Santé publique — Simone Veil, la première femme à accéder à un ministère à part entière. Cette désignation est une décision personnelle du président pour qui la promotion féminine est un impératif aussi pressant que la montée de la jeunesse dans l'appareil gouvernemental et administratif.

La nomination qui suit, à quelques jours, de vingt et un secrétaires d'État confirme l'orientation des premiers choix. Le dosage reste le même entre les composantes de la majorité présidentielle : un tiers d'U.D.R., cinq non-parlementaires. L'instauration de secrétariats autonomes, affranchis de la tutelle d'un ministre, est une innovation : aux Universités, aux Anciens combattants, aux P.T.T. Quelques semaines plus tard, un secrétariat supplémentaire, à la Condition féminine, sera créé pour Françoise Giroud, qui avait pourtant recommandé de voter pour François Mitterrand.

Le désir d'innover, parfois de surprendre, se marque jusque dans l'appellation des départements : l'Éducation comme la Défense perdent leurs épithètes et cessent d'être nationales. Au total, des structures inédites, des hommes neufs et quelques femmes expriment dans la composition du gouvernement et le choix des personnes la volonté de conduire le changement.

Beaucoup de réformes

Le changement touche les institutions. Valéry Giscard d'Estaing ne propose pas de modifier le régime : sa défense est une pièce maîtresse du programme de sa majorité, et toute tentative dirigée contre lui susciterait l'hostilité de l'U.D.R. Mais il entend apporter à son fonctionnement les améliorations dont l'expérience a démontré la nécessité et que son libéralisme lui désigne comme souhaitables. Dans sa campagne, le candidat Giscard avait mentionné la réduction de la durée du mandat présidentiel et une réforme du mode de scrutin. Son message inaugural du 30 mai évoque trois autres réformes : sur le régime des suppléants, sur les conditions de présentation des candidats à l'élection présidentielle et sur la saisine du Conseil constitutionnel.

Les parlementaires n'ont guère de sympathie pour le Conseil constitutionnel. L'U.D.R. n'a pas oublié la mauvaise surprise que fut en 1971 pour le gouvernement d'alors l'annulation d'une disposition de la loi sur les associations qui avait été déférée au Conseil par le président du Sénat : elle n'avait pas de raison d'être favorable à une extension du champ de ses interventions. Quant à la gauche, elle ne faisait pas confiance à une instance composée de personnalités désignées par le pouvoir ; elle restait, d'autre part, profondément attachée à la tradition de la souveraineté absolue du Parlement. Mais Giscard souhaitait élargir la saisine du Conseil. Aux termes de la Constitution, celui-ci ne pouvait être saisi que par le président de la République, le Premier ministre et les présidents des deux Assemblées. Le projet, d'initiative présidentielle, ouvre le droit de saisir le Conseil aux parlementaires, à la seule condition que le recours recueille la signature de soixante députés ou sénateurs. Au début de son septennat, le président dispose d'un crédit tel que sa majorité n'est pas encore à même de lui refuser ce qu'il lui demande : le 21 octobre 1974, les deux

Assemblées, réunies en Congrès à Versailles, adoptent à la majorité requise des trois cinquièmes le projet. Sur le moment, personne n'a pressenti la portée de cette révision, pas plus qu'en 1958 les auteurs de la Constitution n'avaient prévu le développement de l'institution. Avec le temps, l'élargissement de la saisine, voulu par Giscard d'Estaing, apparaît pour ce qu'il est : une réforme fondamentale qui a fait franchir un pas décisif dans l'instauration d'un véritable État de droit. Tour à tour les gouvernements de gauche et de droite éprouveront à leurs dépens l'indépendance de la juridiction constitutionnelle et, à l'inverse, les oppositions, de droite, puis de gauche, en apprécieront l'intérêt. Les décisions du Conseil atténueront les inconvénients de l'alternance et amortiront les effets des renversements de majorité. On admettra peu à peu qu'il y ait, au-dessus de la volonté d'une majorité du moment, des règles supérieures.

Une réglementation plus stricte des conditions requises pour l'admission des candidatures à la présidence de la République — cinq cents signatures d'élus d'au moins trente départements — préviert la multiplication des candidatures de fantaisie.

Les autres projets auront moins de succès ; ils resteront dans les cartons ou ils seront retirés devant la mauvaise volonté parlementaire. Le régime des suppléants ne sera pas modifié. Un projet de contrôle des finances des partis sera abandonné, et le président renoncera à abréger la durée du mandat présidentiel. Quant au mode de scrutin, le principe majoritaire demeurera la règle : son application sera même renforcée par une loi de juillet 1976, votée dans la perspective des prochaines élections municipales, qui élève de 10 à 12,5 % des inscrits le minimum de suffrages exigé pour le maintien au second tour. Les victimes de cette disposition contraignante auront beau jeu de dénoncer l'égoïsme corporatif de la « bande des quatre » grandes formations qui se partagent le monopole de la représentation.

A l'instigation du président qui désire relever le Parlement de l'abaissement où l'ont plongé ses prédécesseurs, s'institue, à l'imitation du Parlement britannique, la pratique d'une séance hebdomadaire de questions d'actualité auxquelles les ministres sont tenus de répondre. De lui aussi vient l'initiative de soumettre au Sénat une déclaration sur la politique étrangère. Il cherche encore à créer une sorte de statut de l'opposition inspiré de ce que la coutume a établi en Grande-Bretagne : il invite les leaders des partis de l'opposition à venir s'entretenir avec lui de temps à autre, en particulier à la veille des conférences internationales ou de ses déplacements à l'étranger. Il essuie des refus et les contacts qui s'établissent à l'occasion de ces rencontres restent purement formels et leur résultat décevant : ils ne font guère progresser la « décrispation » qui était leur objectif.

Dès le 5 juillet 1974, l'âge de la majorité électorale, fixé depuis l'instauration, en 1848, du suffrage universel masculin à vingt et un ans, est abaissé à dix-huit : la réforme incorpore d'un coup 2 millions et demi de nouveaux électeurs et rajeunit l'ensemble du corps; elle traduit la référence à la jeunesse, l'un des thèmes insistants du discours giscardien.

La volonté de démocratiser les pratiques administratives et de donner aux assujettis des garanties contre l'arbitraire motiveront d'autres initiatives encore dans la seconde partie du septennat, attestant que l'inspiration sincèrement libérale s'est maintenue tout au long de la présidence giscardienne. Ainsi une loi de 1978 fait obligation aux administrations publiques de communiquer aux individus les documents qui les concernent; un autre texte, de 1979, leur fera obligation de motiver les décisions. Une loi institue une Commission Informatique et Libertés, investie de pouvoirs étendus, qui reçoit mission d'exercer un contrôle sur les fichiers informatisés et d'interdire leur mise en communication, pour préserver la vie privée. Autant de dispositions qui concourent à faire régresser l'empire du secret et à contrarier l'arbitraire.

D'autres réformes encore s'inspirent du libéralisme dit avancé. Le statut de l'audiovisuel était devenu un enjeu symbolique de la compétition pour le pouvoir. Une réforme profonde est effectuée, qui suspend celle que préparait Marceau Long. Giscard d'Estaing renonce à privatiser la télévision, mais abolit l'Office : la loi du 7 août 1974 substitue à l'O.R.T.F., qui datait du général de Gaulle, sept sociétés dont trois de programme pour la télévision, une de radio — Radio-France —, une de production — la S.F.P. —, et une d'établissement — T.D.F. — qui aménage les installations, ainsi qu'un organisme auquel échoient les missions de conservation des archives et de recherche — l'I.N.A. En décidant l'éclatement de l'Office, les intentions sont multiples : introduire une concurrence stimulante entre les chaînes, améliorer la gestion en l'allégeant, réduire aussi l'influence des syndicats.

Une loi du 31 décembre 1975 abroge le statut d'exception qui était celui de la capitale depuis 1800 : Paris jouira désormais du droit commun et aura même compétence que toutes les communes de France — il aura ainsi à sa tête un vrai maire disposant des mêmes attributions que ses trente-six mille homologues. Réforme capitale, sans jeu de mots, qui témoigne de la sincérité des convictions libérales du chef de l'État, et qui efface une discrimination que tous les régimes sans exception, des plus autoritaires aux plus libéraux, avaient soigneusement conservée. Giscard d'Estaing en escompte aussi un bénéfice électoral ; il ne peut encore prévoir qu'il donne ainsi un atout décisif et fournit une position imprenable à un futur rival qui n'est pour l'heure que son Premier ministre.

Le libéralisme avancé s'étend aussi aux mœurs et à la vie privée : étant un individualisme, il implique renonciation de la puissance publique à réglementer ou à sanctionner certains comportements, en particulier en matière de sexualité. C'est une réponse à certaines aspirations de 68. La France est entrée, à son tour, dans le mouvement de permissivité qui a déjà triomphé dans les sociétés nordiques. Une loi d'octobre 1974 complète la loi Neuwirth de 1967 sur la contraception, dont l'application avait été systématiquement retardée par l'absence de textes réglementaires. Une loi du 11 juillet 1975 assouplit les procédures de divorce. Surtout, le gouvernement dépose un projet de loi qui libéralise, à titre expérimental pour cinq ans, l'interruption volontaire de grossesse, en d'autres termes l'avortement, réputé crime depuis la loi votée en 1920 par la Chambre du Bloc national. Le procès de Bobigny avait démontré l'impossibilité de faire respecter ladite loi. Une partie de la majorité présidentielle, qui s'était fait élire en 1973 sur un programme de défense de la moralité et de répression des excès de 68, se cabre. Le ministre de la Santé publique, Simone Veil, doit livrer une bataille harassante et courageuse contre sa propre majorité. Au terme d'un débat acharné, le projet est adopté, mais il ne l'aurait pas été sans la gauche qui a pris la relève d'une partie de la majorité défaillante : les 284 députés qui votent le texte associent l'ensemble de la gauche, un tiers de l'U.D.R., un quart des républicains indépendants et une moitié des réformateurs. Les 184 qui votent contre sont tous de la majorité : la libéralisation de ce qu'ils jugent, en accord avec l'enseignement de l'Église, un acte de mort leur pose un problème de conscience. 77 d'entre eux saisissent le Conseil constitutionnel au motif que la loi porte atteinte à des droits fondamentaux, mais le Conseil conclura qu'elle n'est pas contraire aux principes constitutionnels. De ce vote date une fêlure dans la majorité présidentielle : une fraction de ses électeurs ne pardonnera jamais au président d'avoir légalisé ce qu'elle tient pour un crime. Catholiques intégristes et conservateurs poursuivront Simone Veil de leur vindicte. Le renouvellement de la loi, en 1979, cette fois à titre définitif, réveillera les passions.

Le libéralisme tel que le conçoit Valéry Giscard d'Estaing n'est pas le libéralisme sauvage ; l'épithète d'« avancé » qui le nuance et le précise implique qu'il n'exclut pas une amélioration et une extension de la protection sociale. La libéralisation des institutions et des pratiques ne doit pas se faire à l'encontre du progrès social et de la réduction des inégalités.

Au cours du septennat, diverses mesures étendirent la protection à des catégories restées en dehors de la Sécurité sociale. Le principe est posé que tous, quel que soit leur statut professionnel, ont droit à être prémunis contre les risques majeurs : des mesures sont prises en faveur des handicapés, une assurance instituée pour les veuves. Les catégories autres que les salariés voient leurs conditions et notamment le montant de leur retraite améliorés. D'autres dispositions répondent à la progression insidieuse du chômage : elles réglementent les licenciements collectifs, exigeant une autorisation administrative. Elles évitent aux chômeurs d'être précipités brutalement dans la misère qu'ont connue leurs prédécesseurs des années 30 : l'existence de ces amortisseurs explique que la progression du chômage, qui dépasse le million de sans-emploi, n'ait pas provoqué d'explosion sociale dans une société qui avait connu le plein emploi pendant vingt-cinq ans et où tous les esprits s'accordaient à penser au début des années 70 qu'elle ne supporterait pas sans grave secousse sociale de dépasser le demi-million de 1936. Ces initiatives ont une contrepartie : l'élévation des prélèvements obligatoires (impôts directs, taxes fiscalisées, et retenues pour la Sécurité sociale), qui passèrent, au cours du septennat, de 36 à 42 % du produit national.

Une réforme des conseils de prud'hommes en 1979 améliore sensiblement le fonctionnement de ces tribunaux consulaires et étend leur compétence. En revanche, les travaux de la commission de réforme de l'entreprise présidée par Pierre Sudreau, qui avait suggéré des réformes judicieuses, se perdirent dans les sables, le gouvernement ne se souciant pas de toucher à ce domaine.

Sincèrement désireux de réduire les inégalités, le président impose à un Premier ministre sceptique et à un gouvernement réservé l'établissement d'un impôt qui frapperait les plus-values spéculatives. Initiative fort mal vue de la majorité, qui formule de vives critiques. Jacques Chirac ne déploie pas un grand zèle pour défendre un projet qui déplaît à son électorat. Le projet est finalement adopté après avoir subi des amputations qui en ont

Le libéralisme avancé 699

réduit la portée. Au terme, un texte de principe dont l'application sera compliquée et qui a aliéné à Giscard d'Estaing sans profit visible de nombreuses sympathies.

Des sociologues ayant montré que de toutes les inégalités les plus fondamentales étaient les socio-culturelles et qu'elles étaient le principe des autres, la réduction des écarts devait passer par l'accès égal de tous les enfants à l'enseignement. Le ministre de l'Éducation, René Haby, élabore une loi sur l'enseignement du second degré qui parachève le mouvement amorcé quarante ans plus tôt avec Jean Zay par la suppression de toutes les filières : c'est chose faite avec l'institution du collège unique. Ainsi s'achève sous un gouvernement de droite un mouvement que la droite avait amorcé sous Poincaré en introduisant la gratuité dans les lycées, et qui fait encore l'unanimité. Pour peu de temps : c'est au moment où ce mouvement séculaire de démocratisation de l'enseignement touche au but que certains esprits commencent à douter de sa pertinence et à se demander si l'égalité dans l'uniformité ne va pas produire des effets contraires à ceux cherchés et si, en mettant dans des conditions identiques des enfants dont les dispositions ne le sont pas, le système n'aura pas pour effet d'accroître les inégalités de fait. La question deviendra un sujet de débat idéologique.

Rassemblées dans une perspective d'ensemble, toutes ces initiatives, à plus forte raison si l'on y joint les réformes dont le président eut le projet mais dont il ne put obtenir du gouvernement ou de la majorité qu'ils les réalisent, attestent que la référence de Valéry Giscard d'Estaing au libéralisme avancé était autre chose qu'un argument électoral ou un raisonnement tactique : il correspondait à une conviction profonde et durable. L'historien doit reconnaître que le septennat giscardien a permis une avancée appréciable des libertés publiques et de la protection sociale. Aussi n'est-il pas étonnant que ses initiatives tendant à réduire les inégalités aient donné prise dans sa propre majorité à l'accusation d'avoir fait du socialisme rampant.

Le trouble de la majorité

Si le président avait attendu de ses initiatives d'inspiration libérale ou égalisatrice qu'elles modifiassent le rapport des forces, son calcul fut en effet bien déjoué : sans rallier le moins du monde les opposants, il y perdit le soutien d'une fraction de sa majorité.

La bipolarisation tint bon et ne donna aucun signe de relâchement. L'opposition repoussa toutes les avances. Si elle consentit à prendre la relève de la droite pour le projet de libéralisation de l'interruption volontaire de grossesse, le rapprochement ne dura que le temps d'un vote et ne se renouvela pas. Pourquoi la gauche aurait-elle abaissé sa garde ? Elle avait manqué de peu la victoire en mai 1974, et chaque consultation enregistrait sa progression régulière : dès l'automne 1974 la majorité perdait plusieurs circonscriptions à l'occasion d'élections partielles rendues nécessaires par la nomination de députés comme ministres. Le renouvellement, en mars 1976, de la moitié des conseils généraux accusa une forte poussée : la gauche était majoritaire, oscillant entre 52 et 56 %, selon qu'on la définissait par l'adhésion au Programme commun ou qu'on y incluait toute gauche — elle conquiert quatorze présidences de conseils généraux. Le Parti socialiste s'affirme chaque jour davantage comme un pôle qui attire par son allant et capitalise à son tour le désir de changement : il a reçu en 1974 l'appoint de la majorité des adhérents du P.S.U. qui suivent son secrétaire général, Michel Rocard, et d'un courant de syndicalistes en provenance de la C.F.D.T., à l'issue des Assises pour le socialisme. Pour la première fois, des chrétiens affluent en nombre au Parti socialiste et lui infusent un sang neuf : la vieille distinction entre laïques et catholiques est en voie d'effacement. Le Parti communiste donne des gages d'adhésion sincère à l'union et paraît s'engager dans un processus de ralliement à la démocratie pluraliste. A-t-il changé ? Il adopte en 1975 une Déclaration des libertés et semble abandonner la ruineuse distinction entre libertés réelles et libertés réputées formelles. En 1976, il retranche de ses statuts, par un coup d'autorité de son secrétaire général, la référence à la dictature du prolétariat. Il dépêche l'un des siens, Pierre Juquin, à un meeting qui se donne à la Mutualité en l'honneur d'un dissident expulsé d'U.R.S.S. Rien ne paraît plus de nature à troubler l'entente des deux grands partis de gauche associés pour conquérir et exercer le pouvoir.

A droite prévaut la morosité. Le gouvernement est aux prises avec les difficultés quotidiennes ; il doit faire face à des poussées de mécontentement dans plusieurs secteurs : une interminable grève des postes à la fin de 1974, une vague de mutineries dans les prisons pendant l'été, des manifestations de soldats et de viticulteurs languedociens en 1975, des mouvements sécessionnistes dans plusieurs régions et une reprise d'agitation étudiante

Le libéralisme avancé

en 1976, provoquée, comme la précédente, par un projet de réforme des cursus qui touche cette fois les seconds cycles — une grève d'une longueur inaccoutumée qui paralyse la plupart des universités près de deux mois et demi, de mars à mai 1976.

La majorité est troublée, divisée ; la bipolarisation lui réussit moins bien qu'à l'opposition. Les initiatives libérales du président sont en porte à faux avec l'état d'esprit de sa majorité : certains de ses gestes surprennent et choquent ceux qui comptaient sur lui pour restaurer un ordre moral ; ceux qui critiquaient naguère le laxisme des juges n'apprécient pas de le voir au cours d'une visite de prison serrer la main des détenus. Trois de ses initiatives surtout ont irrité et suscité des remous. L'abaissement de l'âge de la majorité à dix-huit ans a été ressenti comme une grave imprudence, puisque les enquêtes d'opinion montraient que les jeunes votaient en majorité pour F. Mitterrand : pourquoi donner des forces à l'adversaire ? L'impôt sur les plus-values lésait les intérêts de l'électorat attitré. Quant à la légalisation de l'avortement, ce n'était pas seulement une erreur, mais une faute. La politique extérieure aussi était un sujet de dissentiment, les défenseurs intransigeants de l'héritage gaullien soupçonnant le président d'être trop européen et trop atlantique : le projet que Valéry Giscard d'Estaing fit approuver dans une rencontre au sommet par les chefs de gouvernement de faire élire à l'avenir l'Assemblée des six communautés européennes siégeant à Strasbourg au suffrage universel accréditait leurs craintes.

L'U.D.R., la principale composante de la majorité parlementaire, se résignait malaisément à la perte du pouvoir. Elle supportait plus mal encore d'entendre le ministre de l'Intérieur, qu'elle savait très proche du chef de l'État, préconiser un « rééquilibrage » nécessaire à l'intérieur de la majorité à l'avantage du parti du président, et donc à son détriment. Fut-ce pour réduire la fracture et redresser la situation ou, plus banalement, dans une stratégie personnelle qu'en décembre 1974 Jacques Chirac, à la surprise des barons du gaullisme, opéra un coup de main sur l'U.D.R. et s'empara sans coup férir du secrétariat général ? Il réunissait désormais les fonctions de chef du gouvernement et de leader de la principale formation de la majorité. Les commentaires allèrent bon train : allait-il giscardiser l'U.D.R. ou serait-ce le chiraquisme — le terme fit son apparition — qui aurait raison du giscardisme ? En 1974, la question n'était pas d'actualité : il n'y avait pas de différend entre les deux hommes. Au lendemain des élections cantonales de mars 1976 dont la majorité était sortie affaiblie, Giscard d'Estaing confia à Jacques Chirac la mission de coordonner l'action de la majorité. Il semblait bien que les deux hommes travaillaient dans le même sens.

Démission du Premier ministre

Aussi la surprise fut-elle extrême quand, le 25 août, à l'issue d'un Conseil des ministres ordinaire, Jacques Chirac annonça tout à trac aux journalistes, convoqués à Matignon pour une communication du Premier ministre, qu'il était démissionnaire ; une seule phrase pour motiver sa décision : « Je ne dispose pas des moyens que j'estime ajourd'hui nécessaires pour assurer efficacement mes fonctions de Premier ministre et, dans ces conditions, j'ai décidé d'y mettre fin. »

L'événement mérite qu'on s'y arrête pour ce qu'il révèle de la situation et ce qu'il signifie pour la suite. Au reste, un changement de Premier ministre n'est pas sous la Ve République chose si courante qu'elle puisse être traitée comme mineure : la stabilité du chef de gouvernement est l'un des traits qui la différencient des Républiques précédentes — en dix-huit ans Jacques Chirac est seulement le sixième des Premiers ministres. Les circonstances font de sa démission un événement singulier. D'abord par la brièveté de ses fonctions : de tous il est celui qui le sera resté le moins longtemps, Maurice Couve de Murville excepté — mais son remplacement avait été la conséquence d'un changement de président. Michel Debré avait été relevé après trois ans et trois mois, Pompidou avait dirigé le pays plus de six ans, Chaban-Delmas un peu plus de trois ; Jacques Chirac part deux ans à peine après son entrée à Matignon. Surtout, il est le premier à en prendre l'initiative, alors que ses prédécesseurs avaient tous attendu que le chef de l'État mît fin à leurs fonctions. Rupture avec la coutume, qui ne tourne pas à l'avantage du président : au lieu de prendre les devants en se séparant d'un Premier ministre qui lui a fait part, un mois plus tôt, de ses intentions, il s'est laissé placer devant le fait accompli. La fonction même est momentanément atteinte dans une de ses attributions essentielles, et il faudra attendre huit ans pour voir François Mitterrand renouer avec la coutume en se séparant de Pierre Mauroy.

La démission de Chirac fut l'épilogue d'un dissentiment qui empirait depuis des mois et dont les causes étaient multiples. La différence, évidente, des tempéraments — l'un réfléchissant et différant la décision, l'autre tout de premier mouvement, impulsif et prompt à l'action — n'explique pas tout : leur complémentarité aurait pu aussi bien consolider le tandem. La concurrence d'ambitions rivales n'est pas encore ouverte : s'il songe déjà à succéder à Giscard d'Estaing, Chirac est encore trop jeune en 1976 pour se poser en challenger de celui qu'il a contribué à faire élire. Leur désaccord est la résultante de toute une série de données objectives et de forces qui les dépassent. La collaboration à laquelle la Constitution astreint président et Premier ministre n'est jamais chose aisée : une forte personnalité accepte difficilement d'être cantonnée dans un rôle par définition second, où les décisions majeures ne lui appartiennent pas mais dont il assume en première ligne et même exclusivement l'impopularité. De son côté, un président n'admet pas aisément d'être dessaisi de certaines initiatives et parfois d'être devancé. Même entre des hommes qui se portent une estime réciproque, les relations n'ont jamais été faciles. On a parlé, pour qualifier les rapports entre les titulaires de ces deux fonctions essentielles, de « couple infernal ». On a observé que d'épisode en épisode le scénario des ruptures est allé crescendo : Michel Debré est parti sans mot dire ; Pompidou a conçu de l'amertume de la façon dont de Gaulle a mis fin à six années de collaboration ; le divorce entre Pompidou et Chaban-Delmas a laissé des traces.

Entre ces deux hommes que rapproche constamment la direction des affaires, l'appréciation de la situation suscite des occasions de dissentiment. En 1976, Jacques Chirac plaidait pour une dissolution qui prendrait de vitesse la gauche dont la remontée, apparemment irrésistible, rendait les élections de 1978 singulièrement dangereuses pour la majorité : Giscard d'Estaing tenait à ce que les élections aient lieu à leur heure. Une fois de plus, comme en 1962 et en 1972, une divergence de stratégie opposait les deux têtes de l'exécutif et causait le départ du Premier ministre. Une fois seulement le Premier ministre avait convaincu le président de dissoudre — Pompidou, le 30 mai 1968 —, mais ne l'avait-il pas payé de son éloignement un mois plus tard ?

La démission de Chirac, enfin, concluait un désaccord sur l'orientation de la politique générale : Chirac était réservé sur les réformes auxquelles le président entendait attacher son nom ; il l'avait clairement laissé voir au cours du débat sur les plus-values. Sa position rappelait le scepticisme de Pompidou à l'égard des projets de nouvelle société de Chaban-Delmas. La controverse entre les deux lignes, conservatrice et réformiste, rebondissait.

Plus fondamentalement encore, la mésentente entre les deux hommes reflétait l'état des relations entre les deux composantes de la majorité. Chirac n'avait pas giscardisé l'U.D.R. : c'était, à travers lui, l'U.D.R. qui rompait avec le libéralisme avancé. Dans quelques mois il serait le premier à dénoncer le socialisme rampant. Le président avait pensé, en prenant pour Premier ministre un jeune U.D.R., s'assurer la fidélité de la majorité de sa majorité : vain calcul. L'U.D.R., attachée à sa spécificité, déçue et frustrée, reprenait sa liberté d'action : elle allait, pendant les cinq années restantes du septennat, harceler le président et son second Premier ministre, et concourir à la défaite de la droite libérale en 1981 comme celle-ci avait entraîné en 1969 la défaite et le départ de Charles de Gaulle.

CHAPITRE XXXII

Une France partagée en quatre ?

Si Valéry Giscard d'Estaing s'était laissé surprendre par l'annonce de la démission de Jacques Chirac, elle ne l'a pas pris au dépourvu : n'en était-il pas informé depuis un mois ? Le jour même, en fin d'après-midi, le secrétaire général de l'Élysée fait connaître le nom du successeur : Raymond Barre.

Raymond Barre Premier ministre

Bien qu'il fût ministre du Commerce extérieur depuis janvier — désignation qui préparait sans doute son élévation —, l'homme est encore inconnu du plus grand nombre, comme l'était Pompidou en avril 1962. Les deux nominations présentent plus d'une similitude. N'appartenant l'un et l'autre à aucune formation politique, ne détenant aucun mandat électif, n'ayant encore joué aucun rôle public, l'un et l'autre doivent leur désignation à la faveur du prince et leur nomination rappelle que le Premier ministre ne tient son pouvoir d'aucune autre source que de la volonté présidentielle. Pareillement universitaires — Pompidou agrégé des lettres et Barre agrégé d'économie politique —, ils ont l'expérience des cabinets ministériels : Pompidou avait fait partie du cabinet de De Gaulle président du Gouvernement provisoire et Barre a dirigé celui de Jean-Marcel Jeanneney au ministère de l'Industrie dans le gouvernement Debré. Il a ensuite été l'un des deux commissaires français à Bruxelles pendant cinq années. Depuis janvier 1976, il dirigeait donc le ministère du Commerce extérieur.

De tous les Premiers ministres qui se sont succédé depuis trente ans, il est, à ce jour, celui qui a approché au plus près du record de durée de Pompidou. Valéry Giscard d'Estaing ne s'en séparera pas avant de quitter lui-même le pouvoir, ou que le pouvoir le quitte : soit près de cinq années. Il n'y eut pas entre les deux hommes de tension apparente : si l'on a su, depuis, que Raymond Barre n'avait pas approuvé toutes les initiatives du président et qu'il marqua parfois en privé son désaccord sur certaines, rien ou presque n'en transpira au dehors. Le Premier ministre ne se départit jamais à l'égard du président de la déférence que commandait la fonction présidentielle. La guérilla de l'U.D.R. contribua à les souder. Les rapports entre eux furent aussi facilités par un partage plus clair des responsabilités : Valéry Giscard d'Estaing, impressionné par la compétence économique de Raymond Barre, lui en abandonna la responsabilité, tandis que le Premier ministre se gardait d'intervenir dans la conduite de la politique extérieure.

Le choix d'un homme qui n'était pas identifié politiquement était habile autant que nécessaire : l'U.D.R. aurait ressenti comme un *casus belli* la désignation d'un politique d'une autre composante de la majorité, après avoir perdu les deux postes stratégiques. Un non-politique ne lui portait pas ombrage. Le nouveau chef de gouvernement recompose autour de lui la configuration de la majorité. Il s'entoure au plus près d'un triumvirat qui en reflète la diversité. Trois ministres d'État : pour l'U.D.R., le sage Olivier Guichard, garde des Sceaux, pour les républicains indépendants, l'*alter ego* du président, Michel Poniatowski, qui garde l'Intérieur ; et pour les centristes, Jean Lecanuet à la direction du Plan et de l'Aménagement du territoire. Pour le reste, l'équipe précédente — dont le nouveau Premier ministre faisait déjà partie — est reconduite pour l'essentiel : il n'y a que 7 nouveaux venus sur les 36 ministres et secrétaires d'État, dont Olivier Guichard, Robert Boulin (U.D.R.), Christian Beullac au Travail, qui vient de la Régie Renault. Au Quai d'Orsay un diplomate remplace un diplomate. On attendra la rentrée d'octobre pour une communication du Premier ministre sur la politique générale, et il ne demandera pas de vote de confiance, tant l'usage s'est établi de ne pas solliciter du Parlement un semblant de ratification du choix du président de la République.

Trois ans pour juguler l'inflation

La raison qui a probablement déterminé entre toutes le choix de Raymond Barre pour la fonction tient à la conjoncture qui fait en 1976 de l'économie la préoccupation majeure et le problème principal de l'action gouvernementale : il a été choisi pour sa compétence d'économiste et son expérience de vice-président de la Commission de Bruxelles. En le présentant au pays le soir de sa nomination, Giscard d'Estaing en parle comme du meilleur économiste français ; quelques mois plus tard, il le comparera à Joffre à la bataille de la Marne. La bataille à gagner, c'est la lutte

Une France partagée en quatre ?

contre l'inflation, et, s'il faut livrer une bataille d'arrêt, c'est que le précédent gouvernement a perdu la bataille des frontières; le Premier ministre, qui prend personnellement le ministère de l'Économie et des Finances, le laisse entendre à mots couverts : le gouvernement Chirac a laissé les choses se détériorer, et certaines de ses initiatives les ont même aggravées. La situation cumule inflation et chômage. Partant de l'idée que la crise résultait d'une rétraction des échanges et d'un ralentissement de l'activité dans le monde, mais qu'elle serait de courte durée, on s'est borné à attendre un redémarrage. Au lieu de se préparer à une crise de longue durée et de prendre des mesures réformant les structures de notre économie, le gouvernement a pratiqué une politique au jour le jour. Pour combattre les effets de la crise, un plan de relance a été adopté en septembre 1975 qui a relancé l'inflation : elle a retrouvé un taux à deux chiffres, le plus élevé depuis l'expérience Pinay — 13,80 en 1974 et 11,7 en 1975, obligeant la France, en mars 1976, à sortir du serpent monétaire qu'elle avait réintégré au printemps 1974. Ces dispositions n'ont pourtant pas empêché la lente montée du chômage qui atteint, en août 1976, le chiffre de 950 000 demandeurs d'emploi recensés. Il a fallu renoncer à l'équilibre du budget qui était un dogme sous de Gaulle et que Giscard d'Estaing était légitimement fier d'avoir rétabli ; le déficit a reparu. L'économie n'a pas encore absorbé et surmonté les conséquences du choc pétrolier ; le renchérissement des hydrocarbures, qu'il faut payer en devises fortes, grève lourdement l'économie et se répercute sur les prix.

Raymond Barre entend consacrer tous ses efforts à rétablir les grands équilibres, la balance des échanges et une monnaie appréciée. Renvoyant à plus tard la relance qui bénéficiera des retombées de sa politique de rigueur, il donne la priorité à la lutte contre l'inflation et place son action sous le patronage d'Antoine Pinay, qu'il reçoit à Matignon dans les jours qui suivent son installation. Il faut à tout prix ramener l'inflation à un taux qui ne soit pas supérieur à celui de nos concurrents, en particulier la R.F.A., notre principal partenaire, et réduire ce qu'on appelle d'un terme pédant le « différentiel d'inflation » et qui est tout simplement l'écart entre les courbes de prix des deux pays. Moins d'un mois après son entrée en fonction, le Premier ministre propose un ensemble de mesures dans le cadre d'un projet de loi de finances rectificative pour 1976, que les médias baptisent Plan Barre, bien que son auteur se défende de toute ambition globale : blocage des prix, des loyers, des tarifs publics, limitation des hausses de salaires. Le plan a un autre objectif : reconstituer les ressources des entreprises en dégageant des marges bénéficiaires pour leur permettre d'investir et de retrouver une compétitivité mise à mal par l'alourdissement des prélèvements obligatoires. S'opère un transfert d'une partie des ressources des ménages vers les entreprises ; le pouvoir d'achat des individus cesse de progresser à un rythme qui était supérieur aux gains de productivité et asséchait la trésorerie des entreprises.

Rien ne fera dévier Raymond Barre de la voie qu'il s'est tracée, ni la condamnation globale par la gauche, bien sûr, ni non plus les critiques de l'U.D.R., ni celles des syndicats et le mécontentement des salariés, ni les perturbations apportées au jeu politique par les échéances électorales répétées. Assuré de la justesse de sa politique et de la pertinence de son analyse, qu'il réaffirme à temps et à contretemps, il persévère. En avril 1977 un plan *bis* prolonge et confirme les orientations du premier. Il s'est donné trois ans pour mener à bien l'assainissement financier et le redressement économique. Il commence d'enregistrer quelques résultats : l'inflation repasse au-dessous de 10 %. Pas question de procéder à une injection de crédits publics pour relancer l'activité. Il n'admet qu'une entorse à sa rigueur : un pacte national pour l'emploi qui devrait freiner la progression du chômage. Le refus de la relance est vivement critiqué par les chiraquiens qui stigmatisent le laisser-faire du gouvernement et la carence de l'État. A partir de 1978, au vu des premiers résultats, le Premier ministre juge possible de desserrer le corset du contrôle et supprime les blocages de prix. Avec son ministre des Finances, René Monory, il va même pousser la libéralisation des prix plus loin qu'aucun gouvernement depuis 1945 : il rompt avec une pratique séculaire en libérant le prix de la baguette de pain — depuis la Révolution aucun gouvernement n'a osé laisser le marché fixer librement le prix du pain. Les mesures qui paraîtront les plus typiques ou les plus discutables à l'opinion concernent le croissant ou le petit noir.

Au moment où Barre approchait du terme qu'il s'était fixé — trois ans — et pensait recueillir le fruit de sa politique, il bute à son tour sur des difficultés dont l'origine est extérieure. D'une part, le dérèglement monétaire engendre un désordre permanent, des poussées spéculatives et compromet ses efforts pour rétablir la monnaie. D'autre part, un second choc pétrolier est provoqué en 1979 par la décision des pays producteurs groupés dans l'O.P.E.P. de doubler le prix du baril : le renchérissement qui en résulte

Une France partagée en quatre?

remet en question les résultats de la lutte contre l'inflation, qui repart de plus belle et atteint 11,8 % en 1979. Les adversaires, refusant de tenir compte des circonstances, décrètent que Raymond Barre a échoué puisqu'il a perdu son pari.

Bloc contre bloc

Le Premier ministre peut bien avoir décidé de consacrer toute son attention au redressement de l'économie, la politique se rappelle à lui dans les débats parlementaires et à l'approche des élections. Le président peut bien souhaiter une décrispation de la vie politique, multiplier à l'adresse de l'opposition déclarations et gestes de bonne volonté, la bipolarisation leur impose sa loi de fer. Le dessein de Giscard d'Estaing, inavoué mais qui perce dans le livre qu'il publie en octobre 1976, *Démocratie française*, était de substituer à l'antagonisme de deux blocs hostiles une majorité axée au centre, allant des sociaux-démocrates attachés aux libertés aux libéraux attachés au maintien de la protection sociale et à la réduction des inégalités. Cette combinaison aurait l'avantage de rejeter dans l'opposition les extrêmes, communistes à gauche et nationalistes à tous crins à droite. Ce renversement des alliances paraît de plus en plus désirable à mesure que la composante de la majorité qu'on n'a plus le droit d'appeler gaulliste et qu'on appellera plus justement chiraquienne glisse vers une opposition plus systématique et mène une guerre de harcèlement contre le président et son gouvernement. Mais pour réussir ce changement, le président n'a pas pris les moyens : il eût fallu dissoudre dans la foulée de son succès et, en jouant sur le légalisme des électeurs, tenter de renverser le rapport de force dans la majorité entre gaullistes et giscardiens. Il eût fallu ensuite, et peut-être surtout, modifier le régime électoral : le scrutin majoritaire enchaînait les formations à des blocs puisqu'elles avaient un besoin impérieux d'obtenir au second tour le report des suffrages de leurs alliés. Seule la proportionnelle aurait soustrait les partis à la contrainte des regroupements. Il est vrai que la majorité de la majorité était irréductiblement opposée à pareille réforme, contraire à ses intérêts ; de plus, les gaullistes en étaient venus avec le temps à se convaincre que le scrutin majoritaire faisait partie des institutions : y toucher, c'était porter atteinte à l'héritage de De Gaulle. Mais faute de cette réforme, le rééquilibrage que Michel Poniatowski appelait de ses vœux ne pouvait être qu'un thème de discours, suffisant à inquiéter l'U.D.R., mais impuissant à l'affaiblir.

La bipolarisation est d'autant plus préoccupante que le partage se fait presque à égalité : la droite ne l'a emporté que sur le fil en 1974, et il n'existe plus entre les fronts opposés de réserve où puiser des renforts qui puissent modifier le rapport de force. L'une après l'autre, les petites formations intermédiaires ont dû choisir leur camp : la plupart se sont reclassées à droite — démocrates sociaux, radicaux orthodoxes —, une fraction a rejoint la gauche — le M.R.G. (Mouvement des radicaux de gauche). Les tentatives du président pour détacher de la coalition adverse quelques éléments et reconstituer une marge de jeu n'ont abouti qu'à quelques ralliements individuels ; Giscard d'Estaing avait mis des espoirs dans la franc-maçonnerie pour jeter un pont. Mais rien n'a fait bouger le système des forces : il est bloqué.

Si la gauche perfectionne son union à tel point qu'à l'approche des élections municipales de mars 1977 les socialistes rompent partout les accords qui les associaient à des centristes en de nombreuses villes, dont Marseille, et étendent aux élections locales la stratégie bloc contre bloc, le bloc de droite donne des signes de désunion croissante. La rupture entre le président et Jacques Chirac développe ses effets ; l'ancien Premier ministre n'est pas homme à se tenir dans une retraite discrète. Il entend mener le combat de l'intérieur de la majorité et se donne à cette fin un instrument : en décembre 1976, il suscite une transformation radicale de l'U.D.R. et crée un parti qu'il dénomme Rassemblement pour la République (R.P.R.), allusion intentionnelle au R.P.F. Le rapprochement avec le mouvement créé par de Gaulle en 1947 pour combattre les partis au pouvoir n'est pas de bon augure. Rompant aussitôt avec le style des formations gaullistes de la Ve République qui n'étaient que des partis de cadres, le R.P.R. ambitionne de susciter un vaste mouvement populaire : il réactive le caractère de populisme national qui a été un trait du gaullisme, mais sur une version rétrécie et comme pétrifiée de l'inspiration du fondateur. Le R.P.R. entreprend de recruter massivement, de quadriller le pays pour préparer le retour au pouvoir de son leader. C'est ainsi une majorité divisée qui s'apprête à affronter dans les élections une gauche qui a surmonté ses divergences.

Trois consultations se profilent à l'horizon proche, une par an. La seule décisive, car la seule qui puisse éventuellement ouvrir une crise politique en renversant le rapport entre les pouvoirs, concerne le renouvellement de l'Assemblée en mars 1978 : elle barre l'horizon. Les deux autres, qui l'encadrent chronologiquement, tirent leur importance de leur relation avec elle : les municipales de mars 1977 comme banc d'essai et indicateur de l'évolution du pays, les européennes de juin 1979 comme confirmation ou instance d'appel des législatives. Ainsi la vie politique est-elle, dans la seconde partie du septennat, dominée et rythmée par une triplette de consultations, avec, à l'arrière-plan, l'élection présidentielle du printemps 1981 dont la perspective n'est pas absente de l'esprit et des calculs des acteurs.

Les élections municipales : poussée à gauche

Depuis les débuts du régime, les élections municipales n'ont jamais été un succès pour les gaullistes, qui ont eu de grandes difficultés à s'implanter et à déloger les notables locaux. En 1977, elles comportent un enjeu supplémentaire : ce sont les premières depuis l'adoption de la loi du 31 décembre 1975 qui a abrogé le statut d'exception de la capitale et rendu un maire à Paris. La mairie de Paris est un objectif convoité. Dans l'esprit du président et de son ministre de l'Intérieur, elle doit revenir à un giscardien : ils ont leur candidat, Michel d'Ornano, un fidèle, que l'Élysée patronne ouvertement, et c'est au sortir d'un entretien avec Giscard et du haut des marches de l'Élysée qu'il annonce sa candidature (12 novembre 1976). Démarche contraire à l'inspiration affirmée de la loi qui visait à soustraire l'administration de la ville de Paris à la tutelle du pouvoir central et, de surcroît, maladroite : les gaullistes sont majoritaires dans l'électorat parisien. La gauche à Paris n'étant pas en état de s'opposer à cette prétention, c'est de l'autre composante de la majorité que vient la riposte : le 19 janvier 1977, Jacques Chirac se porte personnellement candidat à la mairie de Paris. Entre gaullistes chiraquiens et giscardiens la compétition fait rage : de part et d'autre on ne recule devant aucun moyen pour disqualifier le concurrent. Les listes Chirac l'emportent haut la main : 50 élus sur 109, celles de d'Ornano n'en comptant que 15 ; les restants reviennent à l'Union de la gauche, très minoritaire. Le 25 mars, Chirac est élu maire : il a gagné son pari, infligé une défaite humiliante à l'Élysée et conquis une position stratégique. La bataille de Paris laissera des traces dans la majorité.

Ailleurs, la gauche a fortement progressé : dans les 221 villes où le chiffre de la population recensée est supérieur à 30 000 et impose un scrutin de listes bloquées, elle a totalisé un peu plus de 50 % des suffrages ; dans la France urbaine la gauche est désormais majoritaire. Elle a conquis la mairie dans 60 de ces villes qui, venant s'ajouter aux 98 qu'elle détenait déjà, portent à 158, soit les deux tiers, celles qu'elle contrôle. Son avance est générale : elle concerne la France entière. La percée est particulièrement remarquable dans l'Ouest, qui est depuis des générations un bastion de la droite conservatrice et catholique : un grand nombre de villes tombent aux mains de la gauche, à commencer par les capitales régionales — Angers, Nantes, Rennes, puis Alençon, Cherbourg, La Roche-sur-Yon, Laval, Le Mans, Saint-Lô, Saint-Malo. Bien que les listes d'union interdisent d'évaluer les contingents respectifs de suffrages socialistes et de votes communistes, il n'est pas douteux que le renouveau du Parti socialiste est le facteur déterminant de cette progression : il en est aussi le principal bénéficiaire et a déjà dépassé son allié. On ne pressent pas encore que ce renversement du rapport des forces peut devenir un germe de discorde : pour l'heure les alliés s'apprêtent à administrer conjointement les nouvelles municipalités. Ils ont toutes les raisons de penser que la victoire est à leur portée et que les prochaines élections législatives inscriront dans la composition de la future Assemblée le nouveau rapport, bien que le découpage des circonscriptions désavantage la gauche et l'oblige à obtenir deux ou trois points de plus que la majorité des suffrages pour avoir aussi la majorité des sièges ; mais quelles seraient l'autorité morale et même la légitimité d'une majorité qui serait l'élue d'une minorité d'électeurs ?

La progression de la gauche s'explique en grande partie par le ralliement d'électeurs qui ont voté en 1974 pour Giscard, déçus soit par les oppositions conservatrices de sa majorité parlementaire, soit par l'absence de résultats dans la lutte contre le chômage et la crise. Le Parti socialiste attire particulièrement ce que la gauche appelle dans son vocabulaire les couches moyennes salariées, cadres et techniciens séduits par l'air de nouveauté du programme du P.S. : c'est à son tour de bénéficier de l'aspiration au changement et de l'identification à une nouvelle génération, qui avaient tour à tour porté le M.R.P., le mendésisme et le gaullisme. Le rapprochement avec le M.R.P. en particulier se justifie, le P.S. recueillant un afflux de chrétiens qui ont fait l'apprentissage de l'action dans les mouvements confessionnels ou le syndicalisme chrétien : agriculteurs qui ont milité à la J.A.C. ou au Mouvement familial rural, salariés venus de la C.F.T.C. et dont la majorité s'est retrouvée en 1964 à la C.F.D.T. déconfessionnalisée ; bien que celle-ci ait rayé de ses statuts toute référence confessionnelle,

elle reste largement imprégnée de l'inspiration des origines, et sa sensibilité demeure proche du mouvement ouvrier chrétien. En 1970, elle s'est officiellement prononcée pour un socialisme démocratique et les Assises du socialisme ont consacré, en 1974, le ralliement d'une partie des siens au Parti socialiste. Il y a ainsi désormais au sein du socialisme — différence capitale avec la vieille S.F.I.O. toute laïque — une « seconde gauche » formée d'hommes et de femmes venus à la politique dans le sillage d'un engagement religieux. Leur pénétration alarme les tenants du courant laïque à qui il en faut plus pour se convaincre de la possibilité d'être à la fois un chrétien sincère et un homme de gauche authentique. Est-ce cet apport qui est cause de la percée de la gauche dans l'Ouest ou, au contraire, celle-ci est-elle la conséquence de la perte d'influence de l'Église ? Sans doute les deux mouvements ont-ils conjugué leurs effets pour livrer à la gauche les places fortes de la droite traditionnaliste.

Dès lors, tout gravite autour de la prochaine échéance : les législatives prévues pour mars 1978. Les intentions de vote en faveur de la gauche s'élèvent en janvier 1978 à 51 % contre 44 % pour la droite. Au lendemain des municipales, Giscard d'Estaing n'a pas saisi l'occasion de frapper un coup : il a reconduit le gouvernement à peu près sans changements. Raymond Barre y a seulement gagné en indépendance : la suppression du triumvirat qui l'encadrait l'émancipe. Les dissensions ne s'atténuent pas. Au contraire, le R.P.R. reproche au gouvernement son inertie et de ne rien faire pour la relance. Les chiraquiens retrouvent la tradition gaullienne d'intervention de l'État et se démarquent du libéralisme. La politique européenne est un autre sujet de désaccord : le président tient à ce que la France applique la décision, qu'il a contribué à faire adopter par le Conseil des ministres européens, de l'élection de la prochaine Assemblée européenne au suffrage universel. Les gaullistes, entraînés par Michel Debré, et les intégristes de la pensée du Général, y sont farouchement opposés : ils redoutent un glissement insidieux vers la supranationalité qu'ils ont combattue depuis bientôt trente ans — une Assemblée tenant son pouvoir des peuples et non plus d'une élection à plusieurs degrés ne sera-t-elle pas tentée de jouer au Parlement ? Pour déminer le chemin, Giscard d'Estaing consulte le Conseil constitutionnel sur la conformité du projet à la Constitution : l'avis du Conseil publié le 30 décembre 1976 conclut à l'absence de contradiction, à certaines conditions.

Pour réduire la résistance du R.P.R. aux projets gouvernementaux, Raymond Barre use d'une disposition de la Constitution qqui n'a encore que peu servi et à laquelle il a recouru pour l'adoption de son plan en octobre 1976 : l'article 49, alinéa 3, promis plus tard à une grande notoriété et dont après 1981 gauche et droite feront tour à tour grand usage et qui conclut à l'adoption d'un texte en l'absence de motion de censure, le silence valant approbation. Il est inconcevable que le R.P.R. prenne l'initiative d'une motion de censure, ou même qu'il s'y associe : elle entraînerait la chute du gouvernement, une crise grave, peut-être une dissolution. Cette procédure dispensant le R.P.R. de voter expressément les mesures contre lesquelles il a pris position, il n'en porte pas la responsabilité. La manœuvre arrange tout le monde, mais son utilisation répétée trahit le malaise de la majorité, la détérioration des relations et dénature les institutions.

La vraisemblance croissante d'une victoire de la gauche en 1978 relance la controverse sur l'avenir des institutions : qu'adviendra-t-il si le président élu par une majorité de droite trouve en face de lui une majorité de gauche ? Quels seront ses pouvoirs ? Pourra-t-il seulement rester en place ? L'éventualité enfièvre les imaginations et suscite la floraison d'un genre nouveau : les ouvrages de politique-fiction qui suppputent les lendemains de l'élection. Giscard d'Estaing, tout en pressant les électeurs de faire « le bon choix », définit dans un discours qui fait date, à la fin de janvier 1978, à Verdun-sur-le-Doubs, sa position : il ne démissionnera pas, il ira jusqu'au terme de son mandat; il exercera les attributions que lui confère la Constitution. Il met aussi les électeurs en garde contre l'illusion qu'il pourrait faire obstacle à la réalisation du Programme commun de la gauche : la Constitution ne lui en donne ni le droit ni les moyens. Huit ans plus tard, à l'approche d'une autre consultation dont il y a lieu de prévoir qu'elle créera une situation analogue, mais à fronts renversés, François Mitterrand reprendra cette interprétation de la Constitution et s'y tiendra.

La rupture de l'Union de la gauche

Mais, à six mois du premier tour, se produit à gauche un événement parfaitement imprévisible, qui est pour la majorité une divine surprise : la rupture de l'Union de la gauche.

Celle-ci est survenue au cours des pourparlers entre les parties prenantes du Programme commun en vue de son actualisation : depuis sa signature en juin 1972, beaucoup de changements en avaient périmé une partie, ne fût-ce que l'irruption de la crise économique en 1973. Une révision s'imposait. L'initiative était venue du Parti communiste, qui y tenait plus que ses partenaires : il voulait une refonte, le Parti socialiste ne consentant qu'à une mise à jour. Des conversations s'engagent après les municipales. Elles tournent vite à l'aigre, car de nombreux sujets de désaccord surgissent. Les communistes veulent durcir le programme : l'accession au pouvoir devenant une éventualité probable à brève échéance, ils veulent prendre des assurances sur la transformation de la société et lier leurs alliés. Ainsi ils proposent d'étendre le champ des nationalisations en incluant les filiales des groupes visés ; surtout, ils réclament que la direction des futures entreprises nationalisées soit placée sous la tutelle des syndicats, c'est-à-dire de la C.G.T. : compte tenu des liens étroits de la centrale avec le parti, la disposition aurait pour effet de faire passer la majeure partie de l'appareil de production sous tutelle communiste. Ni les socialistes ni moins encore les radicaux ne sont disposés à faire pareil cadeau à leur allié : au reste, il les priverait de beaucoup d'électeurs effrayés par cette menace. D'autres sujets de dissentiment se dessinent sur la défense et la politique étrangère, mais à fronts renversés : le Parti communiste s'est rallié spectaculairement au nucléaire tant civil que militaire, alors que les socialistes, plus proches des thèses écologiques, n'ont pas encore opéré leur conversion.

Une réunion au sommet des leaders des trois formations a lieu le 14 septembre 1977, place du Colonel-Fabien, pour trouver un compromis : à la sortie, le dirigeant des radicaux de gauche, la plus petite formation, Robert Fabre, devançant Georges Marchais, se saisit d'un micro et déclare que, le Parti communiste formulant de nouvelles exigences qui rompent l'équilibre du Programme commun, sa délégation estime que la réunion au sommet n'a plus de raison d'être. L'effet est considérable. Une ultime réunion, les 21 et 22 septembre, prend fin sans résultat : on se sépare sans fixer d'autre rendez-vous — la rupture est consommée. Chacun reprend sa liberté : le Programme commun n'est plus qu'un document historique qui ne lie plus personne. C'est la fin de cinq années d'union affirmée et confirmée.

Aujourd'hui encore les raisons de la rupture ne sont pas totalement élucidées : comme chaque fois que le Parti communiste est en cause, demeure une part d'inconnu irréductible et les hypothèses doivent suppléer à l'absence de documents fiables. Si c'est un radical qui a le premier dressé le constat du désaccord, la rupture a eu pour origine l'intransigeance communiste. Mais ces exigences étaient-elles la raison, ou simplement le prétexte? En les formulant, les dirigeants du P.C.F. espéraient-ils que leurs partenaires finiraient pas les accepter, auquel cas la rupture serait la conséquence d'une erreur d'appréciation? On a pu le croire sur le moment, mais, à la lumière de la suite comme de ce qu'on a appris des antécédents, il ne fait guère de doute que le parti a assumé en connaissance de cause la responsabilité d'une rupture, même s'il la rejettera sur le Parti socialiste accusé d'avoir viré à droite. Depuis quelques mois déjà, les relations s'étaient détériorées : à la veille du face-à-face où François Mitterrand allait affronter Raymond Barre (mai 1977), *L'Humanité* n'avait rien trouvé de mieux que de publier un chiffrage de ce que coûterait l'application du Programme commun, qui était un cadeau fait au Premier ministre et mettait dans l'embarras le premier secrétaire du Parti socialiste. L'explication la plus plausible du comportement communiste réside dans une inquiétude croissante à l'égard des conséquences de l'union. En 1972, le P.C.F. avait tout intérêt à conclure un accord avec un Parti socialiste affaibli : celui qui disposait de plus de 20 % des électeurs en recueillerait le bénéfice principal. Or, cinq ans plus tard, il est devenu patent que l'union produit le résultat contraire : c'est le Parti socialiste qui a raflé, au second tour, les suffrages communistes. Il ne convient pas au parti de la classe ouvrière de n'être qu'une force d'appoint. Autant rompre tout de suite pour revenir à la classique stratégie du combat tous azimuts : dès le lendemain de la rupture et jusqu'au premier tour de l'élection présidentielle en avril 1981, le Parti communiste dirigera ses attaques les plus vives contre le Parti socialiste dont il ne cessera de dénoncer l'inclination à droite ; il reprendra le thème bonnet blanc-blanc bonnet, à cette différence qu'au lieu d'être, comme en 1969, dirigé contre un candidat de droite, il servira contre le parti le plus proche. C'est sur toute la ligne que le Parti communiste revient au galop à ses positions traditionnelles, s'alignant inconditionnellement sur l'Union soviétique, et donnant à penser que les apparences de changement relevées entre 1970 et 1977 n'exprimaient pas une conversion sincère à la démocratie pluraliste.

Les législatives de mars 1978 : la majorité miraculée

L'instant de vérité est proche. Jamais les candidatures n'ont été aussi nombreuses. Dans la majorité, les candidatures d'union sont

Une France partagée en quatre ?

cette fois minorité : moins d'un quart des circonscriptions. Dans toutes les autres, une primaire arbitrera entre le candidat R.P.R. et celui des autres formations qui ont conclu une entente aux termes de laquelle elles se sont accordées sur un candidat unique sous l'appellation d'Union pour la démocratie française (U.D.F.), empruntée au titre du livre dans lequel le président avait exposé sa philosophie. Le cartel électoral fédère ou plutôt confédère le Parti républicain, qui vient de naître des républicains giscardiens, le Centre des démocrates sociaux (C.D.S.), postérité lointaine du M.R.P. à travers le relais du Centre démocrate, et le Parti radical qui regroupe ceux des radicaux qui ne sont pas allés vers la gauche. De cet organisme constitué pour la circonstance et dont on ne sait s'il lui survivra, le dénominateur commun est la référence à la personne et aux idées du président, le refus de l'hégémonie du R.P.R., le rejet de la pratique autoritaire du gaullisme et un faible pour un libéralisme dont il resterait à définir les fondements et les contours.

A gauche, un communiste affronte partout le candidat commun du Parti socialiste et des radicaux de gauche. L'extrême gauche aligne un peu plus d'un millier de candidats, entre la Ligue communiste et Lutte ouvrière. L'extrême droite est aussi présente avec deux petites organisations rivales : Front national et Parti des forces nouvelles. Le Mouvement des démocrates, animé par Michel Jobert, l'ancien ministre des Affaires étrangères, est aussi sur les rangs ; il est difficile à identifier, son leader se situant « ailleurs ». Au total, plus de quatre mille candidats, un tiers de plus qu'en 1973. Leur nombre très élevé explique que très peu de sièges ont été pourvus dès le premier tour : 68 sur 491. C'est le second tour qui sera décisif.

Les électeurs, qui se sont déjà pressés lors du renouvellement des listes électorales — quelque 800 000 s'y étaient fait inscrire —, se bousculent dans les bureaux de vote. La participation dépasse tous les records depuis 1945 pour une législative : c'est un effet d'une pratique répétée, mais aussi le résultat de l'effort fait de part et d'autre pour mobiliser — à droite pour contrecarrer la victoire du Programme commun, à gauche pour ouvrir la voie au changement.

Le 12 mars, à huit heures du soir, c'est la surprise : la gauche est au-dessous du niveau qu'indiquaient les consultations antérieures et les derniers sondages. Définie par les critères de l'adhésion à l'ancien Programme commun, soit l'addition des communistes, des socialistes, des radicaux de gauche ainsi que du

P.S.U., elle n'atteint pas 46 %. Largement entendue, incluant les extrêmes gauches, elle est encore minoritaire de quelques décimales : 49,81 %. La majorité a bien résisté : 48,81 %. Les écologistes ont le reste. A gauche, le Parti communiste a un taux de 20,6 %, légèrement inférieur à celui que son secrétaire général avait eu l'imprudence de désigner comme le seuil minimum : 21 %. Sur le moment, on n'y prête pas attention, mais c'est l'amorce du déclin qui, en quelques années, lui fera quitter le peloton de tête. Le Parti socialiste le devance de plusieurs points : 2 avec ses seules forces, 5 avec l'appoint des radicaux de gauche. La stratégie conçue par François Mitterrand a porté ses fruits : elle a refait du Parti socialiste un grand parti, le premier de tous, bien que son intransigeance laïque et la relance de la querelle scolaire aient peut-être amené un léger reflux chez les catholiques.

Aucun des deux blocs n'a la majorité absolue : l'issue dépend des reports. Comment voteront les écologistes et les électeurs des deux extrêmes ? Dans la soirée électorale du 12 mars, un épisode avait fait sensation : autour de dix heures et demie, Georges Marchais apparaît à la télévision, entouré pour la première fois de tout le bureau politique disposé en rang d'oignon, la mine rébarbative. L'apparition jette un froid et évoque d'autres images : celle du Politburo soviétique. Si les dirigeants communistes avaient voulu semer l'inquiétude pour empêcher une victoire de gauche, ils ne s'y seraient pas pris autrement : était-ce bien l'effet recherché ou seulement méconnaissance de l'opinion ? Mais le secrétaire général propose aux socialistes de négocier un accord et revendique une participation communiste au futur gouvernement. Voilà qui ne contribue pas à rendre la gauche crédible : comment communistes et socialistes pourraient-ils tomber d'accord en quarante-huit heures après l'échec de pourparlers prolongés à l'automne, et comment pourraient-ils bien gouverner ensemble alors qu'ils n'ont pu s'entendre sur un programme ? Le surlendemain, la négociation bilatérale aboutit trop vite pour être autre que superficielle.

Au second tour, la participation s'élève encore et rejoint presque le taux des élections présidentielles : 84,76 %. Les reports se sont fort bien effectués à droite, moins bien entre communistes et socialistes : conséquence de la rupture. La gauche marque le pas, la droite progresse et dépasse, de peu, la majorité : 50,47 %. Le partage des voix reproduit presque exactement la répartition de mai 1974 : en quatre ans le rapport droite-gauche n'a point varié,

Une France partagée en quatre ?

ou il est revenu à la position de départ avec des fluctuations dans l'intervalle.

Si l'écart entre les deux camps est faible — un point —, la conjonction des inégalités qui résultent du découpage avec la mécanique majoritaire l'amplifie pour la répartition des élus : l'écart en sièges est de 80. La gauche a néanmoins amélioré sa position : le groupe communiste s'est grossi de 13 unités et a un effectif de 86 députés, les socialistes sont 113 avec 11 sièges gagnés. L'opposition de gauche totalise 200 députés. Dans la majorité, le R.P.R. reste le principal groupe de la majorité, bien qu'il ait perdu 29 circonscriptions, avec 154 élus ; les U.D.F. forment un groupe commun qui en additionne 124 ; un certain rééquilibrage s'est opéré.

A gauche, grande est la déception : elle s'est exprimée le soir du second tour avec gravité et dignité par la bouche de Michel Rocard qui a su trouver le ton juste et les mots qui conviennent. Aucune voix ne s'élève à gauche pour contester, à partir de l'étroitesse de l'écart, la légitimité de la victoire de la majorité : Georges Séguy, secrétaire général de la C.G.T., qui a jeté tout le poids de sa confédération dans la bataille en faveur de la gauche, reconnaît que si ce n'est pas le gouvernement qu'il aurait souhaité, c'est le gouvernement. La C.F.D.T. tire la leçon en opérant un « recentrage » qui signifie un certain désengagement de la politique. L'accord électoral conclu à la hâte entre les deux partis de gauche est aussitôt oublié, et la querelle reprend de plus belle : entre 1978 et 1981, il n'y a guère de jour où la presse communiste n'attaque le Parti socialiste et ne soupçonne ses dirigeants de préparer leur passage à droite. François Mitterrand jugera plus habile de ne pas riposter et de laisser les communistes porter tout le poids de l'impopularité que leur vaut le fait d'avoir ruiné l'union. Quant à la majorité, elle est comme miraculée, reconduite pour trois ans et à l'abri d'une surprise de l'extérieur. Mais elle se retrouve aussi divisée qu'avant : la primauté du groupe R.P.R. expose le gouvernement à une fronde de tous les instants.

En 1974, l'élection présidentielle avait donné l'image d'une France coupée en deux ; à partir de 1978, c'est la vision d'une France partagée en quatre qui s'impose : la France des quatre quarts. A gauche communistes et socialistes, à droite chiraquiens et giscardiens. Quatre groupes de force approximativement égale, le plus fort ne dépassant pas 25 %, le plus faible n'étant pas inférieur à 20 %. Dans chacun des deux camps les divisions ne sont guère moins vives qu'entre droite et gauche. Les leaders sont même plus préoccupés d'affaiblir leur partenaire que de combattre l'adversaire.

Les élections européennes (10 juin 1979)

N'est-ce pas faire trop grand cas de l'acte électoral que d'évoquer chacune des consultations électorales qui se succèdent année après année ? Elles n'ont pas autant d'importance pour la condition des individus que la progression du chômage ou la montée des prix. L'objection serait parfaitement recevable si l'on ne constatait pas que les citoyens y attachent eux-mêmes du prix : le taux élevé et même croissant de leur participation l'atteste. L'incertitude qui résulte de la quasi-égalité de la droite et de la gauche a suscité un surcroît d'intérêt et a un effet mobilisateur. A l'approche de chaque échéance électorale, l'ensemble des médias, dont le rôle va croissant pour la formation de l'opinion, orchestre la préparation et le déroulement de la campagne. Enfin, il n'est pas vrai qu'on puisse opposer les préoccupations concrètes des Français à leurs humeurs politiques : combien de chefs d'entreprise suspendent à l'issue d'une élection telle décision d'investir ou attendent de connaître son résultat avant d'embaucher ? La plupart des Français ont conscience que les élections affectent leur existence et leur activité professionnelle.

La page à peine tournée sur les législatives, l'attention se porte sur la consultation suivante ; elle est toute différente. C'est d'abord une première : suivant une proposition du président de la République, le Conseil des ministres européens avait décidé, en date du 20 septembre 1975, que l'élection, prévue pour 1979, des représentants des neuf pays de la Communauté, jusque-là désignés par les Parlements, aurait lieu au suffrage universel. Le Parlement avait adopté un projet de loi stipulant que l'élection aurait lieu au scrutin de liste national à la proportionnelle. Expérience sans précédent pour la France : l'application du principe proportionnel avait toujours rencontré la contrainte du cadre départemental dont l'étroitesse limitait l'application. Cette fois, la France ne formera qu'une seule circonscription, et les 81 sièges auxquels elle a droit seront répartis au prorata des suffrages obtenus entre des listes bloquées qui devront comprendre autant de noms. A une réserve près : un seuil minimum de 5 % pour prévenir la prolifération des petites listes. C'est néanmoins une occasion exceptionnelle de prendre l'exacte mesure de la force relative des grandes formations : un sondage en vraie grandeur. D'autant que, les pouvoirs de ladite Assemblée étant fort réduits, la consultation ne comporte pas d'enjeu politique réel qui puisse contrarier l'expression des sympathies ou antipathies. Ce caractère rend l'épreuve redoutable pour le gouvernement : en mars 1978, la crainte d'ouvrir une crise a sans doute retenu plus d'un électeur de suivre son inclination. Rien de tel ne jouera cette fois, mais peut-être la tentation de donner un coup de semonce. L'élection européenne risque de traduire sans la moindre atténuation tous les dissentiments, et même de les exaspérer.

Le principe même de la consultation et son objet sont des sujets de mésentente. L'Europe a toujours divisé : en 1954, en 1962 et en 1965, en particulier dans la majorité, opposant gaullistes et « Européens ». Le R.P.R. se défie de cette élection : il redoute une dérive qui dessaisirait le Parlement français et ferait progresser la supranationalité. C'est pour prévenir son opposition que le président avait consulté le Conseil constitutionnel, et le R.P.R. s'était laissé forcer la main pour le vote des deux lois organisant la consultation en juin-juillet 1977 : encore la première n'avait-elle été adoptée que par le biais du recours à l'article 49 alinéa 3. Le gouvernement aurait souhaité une liste unique pour l'ensemble de la majorité. L'aile intransigeante du R.P.R. qui craint de défaire la France en faisant l'Europe, et singulièrement Michel Debré qui menace de constituer sa propre liste, et qui a fondé un Comité pour l'indépendance et l'unité de la France, impose une liste séparée dont l'intitulé définit bien l'orientation : Défense des intérêts de la France en Europe (D.I.F.E.). L'état d'esprit en est encore mieux exprimé par le manifeste que lance de son lit d'hôpital à Cochin Jacques Chirac, après un grave accident de voiture qui l'a immobilisé, et dont l'inspiration doit beaucoup à l'influence de deux conseillers personnels survivants de l'entourage de Georges Pompidou, Pierre Juillet et Marie-France Garaud. Ce texte très polémique dénonce le « parti de l'étranger » — entendez pêle-mêle le chef de l'État, le Premier ministre, le gouvernement —, l'abaissement de la France, son asservissement économique (6 décembre 1978). Le ton excessif du message fait tort à son auteur et provoque des remous jusque dans les rangs du R.P.R. Reste que le R.P.R. forme une liste à part dont Jacques Chirac et Michel Debré prennent la tête.

A l'autre extrême, une autre liste partage certaines de ces critiques contre le principe et l'institution : celle du Parti communiste, dont l'hostilité à tout progrès de la construction européenne ne s'est jamais démentie depuis 1950 et qui a, en toutes circonstances, attisé des sentiments nationalistes — contre la présence de soldats américains sur le sol français (« *U. S. go home !* »), contre le réarmement allemand, contre l'entrée de la Grande-Bretagne dans le Marché commun, contre la concurrence faite aux travailleurs français par les immigrés. En l'occurrence, il joue sur l'inquiétude de certaines catégories professionnelles à l'égard d'un élargissement éventuel de la Communauté, en particulier les viticulteurs du Languedoc dont le leader charismatique, Emmanuel Maffre-Baugé, qui n'est pas communiste, a accepté de figurer sur la liste que Georges Marchais conduit personnellement.

Les deux autres listes sont au contraire acquises sans réserves au principe : la liste socialiste qui a à sa tête François Mitterrand, et la liste constituée par l'U.D.F. qui tend à s'affirmer comme une structure stable sous le titre Union pour la France en Europe. Elle a relevé le défi du R.P.R. Pour conduire cette liste qui représente le gouvernement et ne comprend pas moins de quatre ministres en exercice, Giscard d'Estaing a choisi une femme, Simone Veil, qui s'est acquis comme ministre de la Santé publique estime et notoriété ; autour d'elle se pressent la plupart des personnalités acquises de longue date à l'idée européenne, venues qui du M.R.P. et qui des indépendants ou du Parti radical.

Ainsi la France politique est-elle bien coupée, comme en 1978, en quatre, mais d'une façon inédite : socialistes et libéraux, centre gauche et centre droit se retrouvent d'un même côté contre le R.P.R. et les communistes. Ce partage rappelle le clivage à propos de la C.E.D. vingt-cinq ans plus tôt. L'Europe continue de diviser les camps par le milieu, le changement de régime n'a pas modifié les positions. Le débat sur l'Europe n'occulte pas pour autant la division majeure entre majorité et opposition qui tend à prendre le pas sur l'objet de la consultation : les considérations politiques éclipsent les données spécifiques. Pour l'opposition, c'est l'occasion de faire appel de sa défaite de l'année précédente. La floraison de nombreuses petites listes encouragées par un mode de scrutin qui leur donne leur chance ne masque pas le choc frontal entre les deux blocs ni la compétition entre les quatre grands pour la primauté dans leur propre camp.

Sans doute parce que l'élection n'avait pas d'enjeu tangible, la participation tombe à un niveau fort bas : 61 %. Moins encore qu'au référendum de Pompidou sur l'entrée de la Grande-Bretagne dans la Communauté : décidément, l'Europe ne fait pas recette auprès des électeurs français. Depuis 1954, les passions

Une France partagée en quatre ?

sont bien retombées. Les principales listes recueillent à elles quatre 88 % des suffrages ; c'est le triomphe des partis organisés. Les petites listes se partagent les 12 % restants, et aucune n'atteint le seuil des 5 %, pas même les écologistes qui s'en approchent au plus près, avec 900 000 électeurs et 4,39 %. Majorité et opposition sont à égalité : 44 % de part et d'autre. L'incertitude demeure donc entière pour l'élection présidentielle de 1981. L'élection a confirmé à gauche les indications de 1978 : 20,45 % au Parti communiste et 23,5 % à la liste commune du P.S. et du M.R.G. A droite, en revanche, le rapport a évolué au détriment du R.P.R. qui arrive bon dernier avec 16,24 % seulement. C'est un coup sévère : le recul est généralement attribué à l'opposition trop systématique à l'Europe et au caractère outrancier de l'appel de Cochin ; l'insuccès entraîne la disgrâce des conseillers privés. L'U.D.F., au contraire, a amélioré sa position : avec 27,6 % des voix, elle arrive première et creuse l'écart avec le R.P.R. avec plus de dix points d'avance sur la liste conduite par Jacques Chirac. C'est un succès pour le gouvernement, qui conforte le Premier ministre et donne au président de grands espoirs d'être réélu s'il se décide à briguer un second mandat.

CHAPITRE XXXIII

L'impact de la crise

L'économie a une place primordiale dans les préoccupations du gouvernement comme de tous les Français. Pour Valéry Giscard d'Estaing comme pour Raymond Barre, c'est leur spécialité : ils n'y jouent pas seulement leur réputation d'experts, mais leur avenir politique. Tant dans la majorité que dans l'opposition, à mesure que la crise se prolonge, on se convainc davantage que dans une situation où droite et gauche sont à égalité, c'est l'économique qui les départagera : la majorité craint de perdre les élections si elle ne réussit pas à réduire l'inflation et à contenir le chômage ; la gauche, qui croit détenir le secret d'y parvenir et tente d'en persuader les électeurs, prend argument de l'impuissance du gouvernement pour proclamer la faillite du capitalisme libéral, la supériorité d'une économie planifiée et la nécessité de se donner une force de frappe en nationalisant les grands secteurs de production et de crédit.

Le second choc pétrolier

A l'euphorie des « Trente Glorieuses » — qui n'ont pas du reste duré trente ans et dont, comme toujours, l'opinion n'a pris conscience qu'avec retard — a succédé depuis l'hiver 1973-1974 une conjoncture de crise, provoquée par le choc pétrolier, qu'on a d'abord crue purement circonstancielle avant d'en reconnaître et la complexité et le caractère sans doute durable. Dès son accession Raymond Barre avait défini ses objectifs : la France devait s'adapter à une situation nouvelle. Impossible pour elle de se replier sur le marché intérieur : elle devait affronter la compétition internationale, et dans les moins mauvaises conditions. En 1978, le Premier ministre estime le moment venu de libéraliser les prix : secondé par René Monory qui lui a succédé au ministère de l'Économie et des Finances, il amorce l'expérience la plus étendue dans l'histoire française de ce qu'on appellera bientôt déréglementation. Sa politique a une incontestable cohérence, et Raymond Barre en réaffirme avec parfois plus d'opiniâtreté que d'opportunité les postulats, même si les circonstances infligent quelques démentis à son assurance.

Il a enregistré d'incontestables succès, principalement sur le terrain monétaire : le franc est redevenu une monnaie forte. Son crédit personnel y est pour beaucoup ; on en vient à penser que le Président, même s'il le souhaitait, pourrait difficilement s'en séparer : le risque serait trop grand que le franc plonge alors sur les marchés boursiers. La monnaie fait bonne figure au sein du Système monétaire européen que l'action conjuguée du président français et du chancelier fédéral a instauré pour ménager une zone de stabilité dans la turbulence mondiale et remédier au désordre qui agite les changes depuis 1971.

La balance des échanges extérieurs, qui s'était redressée, est à nouveau déséquilibrée en 1979 par le second choc pétrolier qui entraîne un alourdissement de la facture énergétique : elle est régulièrement déficitaire dans les dernières années du septennat, mais l'endettement extérieur reste faible. Pour réduire les importations d'hydrocarbures et échapper au danger de la dépendance extérieure pour ses approvisionnements, le gouvernement stimule les économies d'énergie et encourage particuliers et industriels à éviter les déperditions en accordant des déductions fiscales sur les travaux entrepris à cette fin. Une Agence pour les économies d'énergie suscite toute sorte d'initiatives. Surtout, la France poursuit un programme considérable de développement de l'énergie nucléaire sous l'impulsion d'André Giraud, qui dirigeait le Commissariat à l'énergie atomique avant de devenir ministre de l'Industrie, et de Marcel Boiteux, président d'Électricité de France. La construction de nombreuses centrales, l'édification d'un surrégénérateur à Creys-Malville, l'avance prise dans le traitement des déchets à l'usine de La Hague, font de la France une grande puissance nucléaire et lui donnent une maîtrise de la technologie atomique. Elle parvient à stabiliser sa consommation de pétrole un peu au-dessus de 100 millions de tonnes. L'équipement nucléaire restera parmi les acquis positifs du septennat Giscard ; il prolonge à cet égard l'impulsion donnée par le général de Gaulle et l'effort d'industrialisation de la présidence Pompidou. Le kilowatt nucléaire étant moins cher que le kilowatt thermique ou hydraulique, l'industrie trouve dans son utilisation une marge de compétitivité.

Ces résultats, pour positifs qu'ils soient, ne sont pas ceux auxquels une opinion s'intéresse par priorité ni auxquels elle juge de la réussite d'une politique. Or, sur deux autres fronts, plus sensibles, le gouvernement connaît des insuccès. L'inflation, que Raymond Barre avait dénoncée comme l'ennemi numéro un, qu'il se flattait de ramener en trois ans à un niveau proche de celui de la R.F.A., lui a échappé et est repartie de plus belle : ramenée au-dessous de 10 % en 1976, elle atteint en 1979 le taux de 11,8 % et même de 13,6 % en 1980. C'est moins la conséquence de la libération des prix que du second choc pétrolier qui frappe de plein fouet notre économie alors qu'elle se remettait à peine des conséquences du premier, mais l'échec sur ce front fournit à l'opposition un trop bel argument. Le pouvoir d'achat moyen ne subit pas d'amputation, bien que le gouvernement ait recommandé au patronat une stricte limitation des augmentations de salaires et que lui-même pratique une progression contrôlée pour ses fonctionnaires en arguant que la sécurité de l'emploi fait d'eux des « nantis », mot malheureux mais pas totalement inexact.

De fait, le problème le plus angoissant est celui du chômage qui progresse inexorablement. Même les mesures pour encourager la productivité y concourent. C'est sur la réduction du nombre des salariés que les entreprises font porter leur effort de modernisation : dans l'automobile, l'introduction, modeste encore, de la robotisation pour faire face à la concurrence étrangère en imitant le Japon supprime des emplois. Comme d'autre part les classes d'âge qui arrivent sur le marché du travail, nées dans les années 60, sont beaucoup plus nombreuses que celles qui partent en retraite (elles sont nées autour de 1915) et que chaque année augmente la proportion des femmes qui aspirent à travailler, le nombre des demandeurs d'emploi ne cesse de se gonfler : de moins de 400 000 au début du septennat, il est déjà passé à 950 000 à l'arrivée de Barre à Matignon et dépassera le million et demi à la veille des élections de 1981. En sept ans, il se sera accru de 1,2 million, frappant en premier les plus jeunes : la moitié des sans-emploi ont moins de vingt-cinq ans et n'ont jamais travaillé. On encourage les travailleurs immigrés à regagner leur pays, et des pactes nationaux successifs entreprennent un traitement social du chômage.

La récession frappe inégalement les branches professionnelles et les régions : elle touche plus durement les vieilles industries, celles qui datent de la première industrialisation, le textile dans les vallées vosgiennes, le charbon du Nord et du Pas-de-Calais, la sidérurgie qui souffre d'un suréquipement. Des régions dont c'était la seule activité sont sinistrées : le Valenciennois, le haut pays lorrain vivent un drame qui provoque des sursauts de colère comme à Longwy, mais pas d'agitation de longue durée, tant est fort le sentiment de l'impuissance devant une sorte de fatalité. Les agriculteurs aussi ont des problèmes : la Commission de Bruxelles n'accorde pas toujours des prix suffisamment rémunérateurs aux éleveurs de porcs ou aux producteurs de lait. Les paysans sont lourdement endettés ; pour s'adapter à l'ouverture des marchés, ils ont dû emprunter, et leur créancier, le Crédit agricole, est indirectement propriétaire d'une bonne partie des exploitations.

La diminution globale du nombre des salariés, qui réduit les cotisations, conjuguée avec l'explosion des dépenses de santé qui résulte d'une consommation médicale et pharmaceutique en expansion et du coût croissant d'équipements de plus en plus sophistiqués, entraîne un déficit chronique du budget social, qui devient un souci lancinant pour les pouvoirs publics comme pour les administrateurs de la Sécurité sociale et des hôpitaux.

Les organisations syndicales critiquent la politique du gouvernement, mais avec modération. L'échec de la gauche a tempéré leur ardeur, et la menace du chômage met une sourdine aux exigences : ceux qui ont un emploi ont trop peur de le perdre pour se lancer dans des actions revendicatives ; quant aux chômeurs, isolés, démoralisés, ils n'exercent aucune pression. Les élections aux conseils de prud'hommes confirment ce qu'on pressentait sur la force respective des diverses centrales : la C.G.T. est en recul et, avec 42 %, a perdu la majorité absolue, alors que les syndicats dits réformistes (C.F.D.T. : 22 % ; F.O. : 17 % et C.F.T.C. : 7 %) progressent et totalisent plus de suffrages qu'elle.

La politique s'empare naturellement des statistiques et des mauvais résultats économiques. Dans la majorité, le R.P.R. déplore l'inertie du gouvernement. Michel Debré retrouve pour décrire les dangers qui menacent la France les accents du sénateur de la IVe République : la France est en état de guerre, la gravité de la situation exige une politique de salut public dont la conception et la conduite incombent à l'État. Si les chiraquiens voudraient voir le gouvernement plus actif en économie, ils le souhaiteraient peut-être moins interventionniste dans le domaine social : leur président reprochera bientôt à Valéry Giscard d'Estaing de pratiquer un « socialisme rampant ». Reproches passablement contradictoires, mais qui préfigurent le ralliement de la postérité du gaullisme à l'idéologie libérale. Quant à l'opposition de gauche, qu'elle soit socialiste ou communiste, elle prend acte des échecs de la politique gouvernementale. Le Parti communiste assure les travailleurs qu'ils ne conjureront la crise que par la lutte sur le lieu de travail, et le Parti socialiste préconise une politique volontariste de reconquête du marché national.

L'impact de la crise

La politique extérieure et la France dans le monde

Si Valéry Giscard d'Estaing laisse à son Premier ministre la plus large initiative dans la direction de l'économie, c'est lui qui, conformément à la tradition de ses deux prédécesseurs, conçoit et conduit personnellement l'action de la France à l'extérieur, secondé par le ministre des Affaires étrangères ; en sept ans se succèdent au Quai d'Orsay trois ministres, tous diplomates de carrière : Jean Sauvagnargues, Louis de Guiringaud et Jean François-Poncet, ce dernier héritier d'une tradition familiale mais surtout ancien secrétaire général de l'Élysée, comme l'avait été avant lui Michel Jobert.

Giscard d'Estaing attache grande importance à la dimension internationale de son action : il multiplie les voyages à l'étranger et les rencontres avec les chefs d'État. Il prend l'initiative de certaines, comme à la Guadeloupe en janvier 1979, et est à l'origine des sommets européens. Il croit à l'utilité des liens personnels et fonde des espoirs, sans doute excessifs, sur les possibilités que ce type de relations ouvre pour la résolution des conflits : c'est le pendant de son effort de décrispation à l'intérieur ; cette illusion explique quelques faux pas. La durée de ses fonctions lui vaut d'être sur la fin de son septennat le plus ancien de tous les chefs d'État et de gouvernement dans la plupart des rencontres occidentales. Il a une conscience assez aiguë de la précarité de la position de son pays dans le monde : il évoquera le moment, proche, où les Français ne seront pas plus de 1 % à la surface du globe ; le R.P.R. le lui reprochera amèrement, comme si mentionner une éventualité imminente et inéluctable impliquait qu'on en prenne son parti.

La France étant — de par sa présence sur tous les continents, son siège permanent à l'O.N.U. et son appartenance au club plus fermé encore des détenteurs de l'arme nucléaire — une puissance mondiale, elle se doit d'avoir une politique dans toutes les parties du monde, mais sa politique étrangère emprunte quelques directions que lui désignent la géographie et l'histoire et qui sont en conséquence, sous le septennat giscardien, les mêmes que sous les précédents.

L'Europe occidentale vient au premier rang. Valéry Giscard d'Estaing est un Européen convaincu, et il souhaite que son pays joue un rôle éminent dans la construction de l'Europe. Il est à l'origine de plusieurs initiatives qui ont concouru à renforcer la cohésion des Neuf : il a fait admettre, en 1975, que les chefs d'État et de gouvernement se rencontrent trois fois par an ; c'est le début des « sommets » européens. En accord avec le chancelier Helmut Schmidt, il a, on l'a vu, suscité le Système monétaire européen — le S.M.E. — qui élargit à la monnaie la concertation entre les partenaires ; il a été de ceux qui ont décidé l'élection au suffrage universel des membres de l'Assemblée des Communautés, et la France obtiendra une satisfaction d'amour-propre avec l'élection en 1979 de Simone Veil à la présidence de ladite Assemblée pour deux ans et demi.

Les relations sont resserrées avec la République fédérale : les rapports personnels entre les deux hommes, le président libéral et le chancelier social-démocrate, sont excellents ; l'axe Paris-Bonn est plus que jamais la pierre angulaire de la construction européenne. Il n'en va pas de même avec Londres à partir de l'arrivée de Margaret Thatcher : les relations entre le libéral et la conservatrice, en dépit de leurs affinités idéologiques, sont franchement mauvaises, et l'obstination de la « Dame de fer » à vouloir récupérer au terme des échanges la totalité de ce que la Grande-Bretagne a apporté, en contradiction avec l'inspiration des traités fondateurs, n'y est pas pour rien.

Sur les projets d'élargissement de l'Europe, Giscard d'Estaing a varié : l'adhésion de la Grèce qui porta à dix le nombre des partenaires en mai 1979 ne fit pas difficulté. C'est la demande d'adhésion de l'Espagne et du Portugal qui fit question : en se débarrassant, l'un et l'autre, de leurs régimes de dictature, ils ont fait tomber l'objection principale. Le président français a d'abord accueilli leur candidature avec sympathie, puis pour des motifs qui n'étaient pas sans rapport avec l'approche de l'élection présidentielle, voulant apaiser l'inquiétude des agriculteurs du Sud-Ouest, il a exécuté une volte-face en juin 1980, donnant la priorité à l'approfondissement de la collaboration entre les Dix sur l'entrée de nouveaux associés.

L'Afrique était un autre secteur privilégié depuis l'indépendance : la France y avait un long passé de présence et de relations. Valéry Giscard d'Estaing y ajoute un intérêt personnel : il y fait de fréquents séjours et entretient des relations fort amicales avec plusieurs chefs d'État, sans distinguer autant que le recommanderait la prudence entre les hommes d'État véritables et les potentats. Ainsi, il accepte du président de la République centrafricaine, Bokassa, des présents auxquels il n'attache guère de prix, mais qui se révéleront compromettants. Il consent à ce que l'aide de la France soit dilapidée dans les fastes grandiloquents et dérisoires d'un couronnement qui est une caricature du sacre de Napoléon, jusqu'au moment où il prête la main à un coup d'État qui dépose l'empereur. La France s'enlise dans les discordes qui déchirent le Tchad, mais, au Zaïre, la décision — audacieuse, car pleine de risques — que Giscard prend, seul, de se substituer à la Belgique défaillante pour porter secours aux Européens en danger en envoyant les parachutistes sur Kolwezi (mai 1978) rencontre une assez large approbation et lui inspire une légitime fierté. Il est aussi à l'origine d'un projet de dialogue Nord-Sud — c'est alors que cette terminologie entre dans le langage courant — entre les pays développés et les autres. Il y entraîne les États-Unis, qui n'en étaient pas enthousiastes : en décembre 1975 s'ouvre à Paris sous ses auspices une grande conférence sur la coopération économique internationale.

Notre politique est moins heureuse au Proche-Orient. Elle est critique à l'égard des accords de Camp David négociés entre Israël et l'Égypte sous l'égide du président Carter. Une déclaration de Valéry Giscard d'Estaing, en voyage au Koweit, qui reconnaît les droits du peuple palestinien à avoir une patrie, irrite le gouvernement de Tel-Aviv et les Juifs de France. Son silence lors de l'attentat que des terroristes étrangers ont organisé contre la synagogue de la rue Copernic — aggravé par une phrase malheureuse du Premier ministre distinguant dans les victimes entre les Juifs et les « Français innocents » — ulcère la communauté juive et a sans doute fait perdre des voix en mai 1981 au candidat Giscard, comme peut-être au référendum de 1969 les déclarations de De Gaulle sur le peuple d'Israël lui avaient coûté des suffrages. Sans qu'il y ait à proprement parler un « vote juif », pour une fraction des électeurs l'attitude du gouvernement à l'égard d'Israël et aussi sa fermeté contre un antisémitisme qu'ils croient en recrudescence ont pesé en plusieurs circonstances sur leurs choix. La politique française a aussi fluctué avec l'Iran : après avoir entretenu avec le shah des relations des plus cordiales et très fructueuses — en particulier il a consenti à la France un prêt d'un milliard de dollars pour Eurodif —, la France, en accueillant sur son sol l'un des opposants les plus irréductibles, Khomeiny, a contribué à la chute du shah et au triomphe de la révolution iranienne dont l'onde de choc allait bouleverser l'équilibre de la région, menacer les régimes conservateurs et causer à la France les pires difficultés au Liban.

Giscard d'Estaing a de bonnes relations avec le président Carter, mais l'obstination des autorités américaines à refuser au

Concorde le droit d'atterrir à Kennedy Airport — qu'elles justifient par le souci de préserver du bruit les New-Yorkais, mais que les Français soupçonnent d'être dictée par la volonté d'écarter tout concurrent qui menace le monopole de l'industrie aéronautique américaine — trouble les relations entre les opinions.

Le président cultive de bons rapports avec l'Union soviétique : c'est l'héritage de la politique gaullienne de détente de l'Atlantique à l'Oural. Elle convient à Giscard d'Estaing, qui accueille Brejnev à Rambouillet en 1974 et fait, l'année suivante, le voyage de Moscou où les autorités le font attendre deux jours, qu'il emploie à visiter le champ de bataille de Borodino, s'exposant à la critique de ceux qui auraient voulu le voir reprendre l'avion au lieu de faire le pied de grue. L'invasion de l'Afghanistan par l'armée soviétique aux derniers jours de 1979 ne provoque pas la réaction sévère qu'appelait cette intervention armée dans un pays qui ne faisait pas partie de la sphère d'influence reconnue à l'U.R.S.S.; la mollesse de la protestation irrite à droite. Mais l'équité oblige à rappeler qu'en août 1968 la réaction du gouvernement du général de Gaulle au coup de Prague n'avait pas été beaucoup plus énergique (Michel Debré avait même parlé alors d'un « simple incident de parcours »). Le désir de préserver de bonnes relations avec l'U.R.S.S. pour maintenir une position indépendante dicte à notre diplomatie une grande prudence. De surcroît, les gouvernements de droite, de Laval à Giscard, ont toujours été plus complaisants à l'égard de Moscou que certains de gauche. En 1980, sur la participation aux Jeux olympiques de Moscou, que de nombreux pays ont décidé de boycotter, le gouvernement a une attitude hésitante et finalement s'en remet aux fédérations sportives, qui décident d'y aller. Ces préoccupations ont inspiré dans la dernière année de son septennat une démarche qui lui sera vivement reprochée. Quelques mois après l'invasion de l'Afghanistan, alors que la plupart des pays boudent l'U.R.S.S., le président se prête à une rencontre avec Brejnev sous les auspices du Premier polonais Gierek et consent en outre à se charger d'un message du dirigeant soviétique à l'adresse des Dix qui se réunissent à Venise en juin 1980 : il se porte garant des intentions pacifiques de Brejnev et annonce le prochain retrait d'une partie des troupes engagées. Dans la campagne présidentielle, François Mitterrand ironisera cruellement sur ce rôle de « petit télégraphiste » dont le président de la République avait cru devoir se charger.

Déclin du marxisme et dépérissement du communisme

Évolution politique et mouvement des idées entretiennent des relations au moins aussi étroites que celles entre politique et changement social, mais leurs rythmes ne sont pas nécessairement accordés. Tantôt l'évolution idéologique précède la configuration des forces politiques, tantôt elle la reflète. Dans les années 70 s'est opérée une modification profonde du paysage des idées qui prépare la redistribution des forces qui se déploiera dans les années 80.

Depuis la fin de la guerre, le marxisme dominait intellectuellement : c'était, au lendemain de la Libération, un lieu commun, dont le tour simplificateur n'apparut que plus tard, qu'il n'existait rien de valable philosophiquement en dehors du marxisme et du christianisme. L'humanisme laïque paraissait irrémédiablement suranné, dépassé par la grandeur tragique de l'histoire. Parallèlement, le Parti communiste exerçait une hégémonie incontestable : le système politique s'ordonnait principalement par rapport à lui, que ce fût pour le combattre ou s'en démarquer. C'était la seule formation que l'on désignait sans autre précision : *le parti,* au singulier. Référence au marxisme, fascination du parti, identification à la classe ouvrière, admiration pour l'Union soviétique formaient un système parfaitement cohérent dont les adeptes s'honoraient de porter le nom de staliniens et qui imposait même à qui n'était pas marxiste une révérence craintive. Quelques esprits avaient été troublés par les procès intentés en Hongrie et en Tchécoslovaquie à des communistes insoupçonnables, mais quand Raymond Aron publia *L'Opium des intellectuels* (1955), sa voix resta étrangement isolée comme, sept ou huit ans plus tôt, on n'avait pas voulu croire à l'existence des camps de travail soviétiques révélés par Kravchenko dans *J'ai choisi la liberté.*

Or, à la fin des années 60, le paysage a basculé. A cet égard aussi l'année 1968 a été un tournant décisif ; le premier coup porté à la domination du modèle communiste l'a en effet été par le mouvement de 68 dont l'inspiration libertaire se révolte contre tous les dogmatismes : c'est la révolte et la résurgence de toutes les hérésies du marxisme contre la vulgate marxiste-léniniste, revue et corrigée par le stalinisme. Déstabilisé, le Parti communiste, qui avait réussi pendant près d'un demi-siècle à juguler l'expression de toute autre interprétation, en particulier par la confusion délibérée entre hitlérisme et trotskisme, ne pouvait plus faire obstacle à l'émergence sur sa gauche d'autres façons de penser qui fustigeaient l'ouvriérisme primaire du parti. 1968, c'est aussi l'intervention des troupes du pacte de Varsovie contre le printemps de Prague : les intellectuels de gauche jugent plus sévèrement que le gouvernement cette agression.

Dans les années 70, l'image de l'Union soviétique, qui a si longtemps été un atout positif pour le P.C.F., devient détestable à tous points de vue. On découvre qu'elle n'est pas une démocratie : les droits les plus élémentaires y sont bafoués. C'est notamment la révélation du Goulag : le système stalinien a fait un nombre de victimes peut-être supérieur à celui des victimes du national-socialisme.

Sur le monde intellectuel, l'« effet Soljenitsyne » a été décisif pour convaincre que l'U.R.S.S., loin d'être le paradis des travailleurs, pouvait être un enfer. Tous ne vont pas jusqu'à soutenir que l'expérience soviétique est une variante du phénomène totalitaire, mais on commence à penser que les crimes de Staline ne s'expliquent pas uniquement par le culte de la personnalité : ils trouvent leur origine dans le système léniniste de dictature du prolétariat et dans la croyance à la scientificité du marxisme. A preuve la découverte de comportements semblables dans les pays qui s'inspirent de la même philosophie : le Vietnam, Cuba, les démocraties populaires, en attendant que la vérité commence à percer sur le prix dont la Chine a payé la Révolution culturelle — un retard de dix ans et un débordement de violence. Un exemple apparaît comme le cas limite illustrant la folie destructrice : celui du malheureux Cambodge où les Khmers rouges ont de propos délibéré fait périr peut-être un quart de leurs compatriotes pour créer un homme nouveau. Chez les intellectuels juifs traumatisés par le génocide hitlérien, l'antisémitisme de l'Union soviétique et des démocraties populaires éteint toute sympathie.

Si encore les massacres, l'extermination des koulaks n'avaient été que le prix à payer pour libérer le peuple de la misère et de la faim ! Mais on découvre que l'expérience, condamnable moralement et décevante politiquement, a été désastreuse économiquement. Il devient manifeste que le pari de Khrouchtchev de rattraper, puis de dépasser les États-Unis, pari auquel les succès dans l'espace avaient donné une certaine vraisemblance, ne sera jamais gagné : l'économie collectiviste est moins performante que la libérale. Après soixante années, l'agriculture russe n'a toujours pas surmonté ses défectuosités ; quant à l'industrie, en dehors de secteurs hautement efficaces qui travaillent pour la défense ou la conquête de l'espace, elle est incapable de satisfaire à la demande, et la pénurie est encore la règle pour de nombreux produits de consommation courante.

Troisième chef d'accusation : la politique extérieure. Ce pays, vers lequel les peuples opprimés tournaient un regard d'espoir et dont ils attendaient une aide fraternelle, est un État impérialiste qui impose à ses voisins un régime qu'ils n'ont pas choisi. Il n'hésite point à intervenir par la force pour réprimer tout mouvement national : à Berlin en juin 1953, en Hongrie en octobre 1956, en Tchécoslovaquie en août 1968, bientôt en Afghanistan en décembre 1979.

La dégradation de l'image de l'U.R.S.S. a des répercussions sur la position du Parti communiste français. Entre 1968 et 1977, il avait paru prendre ses distances par rapport au modèle soviétique. A partir de 1977, simultanément il rompt avec l'Union de la gauche et se réaligne sur l'Union soviétique : est-ce à cause des liens avec Moscou qu'il a mis fin à la stratégie d'union, ou est-ce parce qu'il a décidé pour des raisons d'ordre intérieur de rompre qu'il est rejeté vers l'autre pôle qui définit son identité ? En tout cas, plus question d'exprimer le moindre désaccord : Georges Marchais juge le bilan de l'expérience soviétique « globalement positif » ; le parti approuve sans réserve toutes les initiatives de politique extérieure de l'U.R.S.S. Au lendemain de l'invasion de l'Afghanistan, le secrétaire général, qui se trouve à Moscou, est interrogé par la télévision française et exprime son approbation de l'intervention. C'en est trop : la réaction des électeurs se fait jour jusque dans des élections cantonales partielles, où les suffrages communistes accusent une baisse sensible. A partir d'août 1980, ce sont les événements de Pologne que l'opinion française suit avec une particulière attention : les accords de Gdansk et la montée de Solidarité, qui inspire de vives sympathies dans de larges secteurs.

Le déclin du parti se communique aux organisations socio-professionnelles proches : la C.G.T. recule comme le M.O.D.E.F. dans le monde agricole ou l'U.N.E.F.-Renouveau chez les étudiants. Chez les intellectuels, l'anticommunisme est désormais à la mode, et ceux qui avaient été des staliniens aveugles ne sont pas les derniers à donner dans l'anticommunisme : les « nouveaux philosophes » redécouvrent, vingt ans après, les intuitions et l'analyse de Raymond Aron.

Le déclin du marxisme laisse un grand vide idéologique. Plusieurs systèmes se proposent de le combler, telle la philosophie anti-égalitaire et racio-culturelle de l'école de pensée qui s'est formée autour d'Alain de Benoist et du Groupe de recherche et d'étude de la civilisation européenne, dont l'éclosion a précédé de quelques mois les événements de 68 et qui vise à dominer le champ culturel ; ou encore le néo-libéralisme, qui tire argument du succès de Mme Thatcher en Grande-Bretagne et de la victoire de Ronald Reagan aux États-Unis — la victoire de la gauche en mai-juin 1981 et l'application du programme socialiste lui donneront un singulier coup de fouet.

La fin du septennat

Libéré de l'hypothèque d'une tutelle de la gauche par le succès inespéré de mars 1978, Giscard d'Estaing avait les mains libres pour poursuivre la transformation qu'il avait entreprise et à laquelle il rêvait d'attacher son nom : conduire le changement et moderniser la société. Or les trois dernières années du septennat donnent, au contraire, l'impression d'un raidissement conservateur. Est-elle justifiée ?

Le président n'a pas renoncé à ses projets : l'attestent le nombre de lois votées entre 1978 et 1980 qui poursuivent la démocratisation de l'administration et les mesures qui complètent la protection sociale. Dans une de ses directives semestrielles au gouvernement, en juin 1978, il a donné mission au Premier ministre d'engager des pourparlers avec l'opposition pour mener à bien des réformes sur trois points qui amélioreraient la vie politique et le fonctionnement des institutions : une limitation du cumul des mandats, le financement des partis et une modification du mode de scrutin des élections municipales pour y introduire le principe proportionnel. De ces trois réformes, aucune n'aboutit. Il avait sans doute trop attendu. Comparé à l'activité des quatre années 1974-1977, le bilan paraît mince.

Les initiatives qui ont davantage marqué la période et retenu l'attention de l'opinion relèvent d'une autre inspiration, notamment sur les problèmes dits de société dont l'importance va croissant dans les débats politiques. Le renversement d'orientation est particulièrement perceptible dans deux secteurs : l'Université et la Justice. Dans l'enseignement supérieur, le remplacement, en janvier 1976, de Jean-Pierre Soisson par Alice Saunier-Seité marque un changement de style : celle-ci mène pendant cinq ans une politique de restauration qui comblera les vœux des conservateurs et déploiera dans les relations avec les universités un autoritarisme qui fait plus que revenir sur les acquis de 68; au mépris de l'inspiration de la loi Edgar Faure, la pratique est plus centralisatrice qu'avant. L'évolution est parallèle à la Justice, autre domaine sensible. Bien qu'il soit personnellement opposé à la peine de mort, le nouveau garde des Sceaux, Alain Peyrefitte, qui a présidé une commission d'étude sur la violence, renonce à proposer l'abolition de la peine capitale au vu des sondages qui indiquent clairement que l'opinion y est majoritairement hostile. Surtout, il cautionne un renversement de la politique pénitentiaire suivie depuis la Libération; elle postulait que le condamné pouvait s'amender et ambitionnait sa réintégration. L'accent est mis désormais sur l'exemplarité du châtiment et la mise à l'écart des criminels les plus endurcis : des quartiers dits de haute sécurité sont aménagés dans les prisons centrales avec un régime disciplinaire aggravé; on réduit les permissions de sortie. Le garde des Sceaux élabore un projet de loi intitulé de façon significative Sécurité et liberté, qui devient le symbole d'une autre politique et l'enjeu d'une bataille politico-idéologique entre droite et gauche. Pour répondre au sentiment — fondé ou non, on en dispute — d'une délinquance croissante, le projet renforce la répression. Une des dispositions les plus discutées réduit la liberté d'appréciation des juges, auxquels une fraction de l'opinion reproche leur laxisme, en les enfermant dans un barème dont l'application est quasiment automatique. Pour venir à bout de l'obstruction de l'opposition, le gouvernement recourt au vote bloqué (décembre 1980). Le Parti socialiste s'est juré d'abroger cette loi dès son arrivée au pouvoir.

Cette dérive conservatrice d'un septennat qui a débuté avec des initiatives incontestablement libérales et que symbolise le rapprochement entre la poignée de main présidentielle donnée dans l'été 1974 à des détenus de droit commun et, au terme, l'institution de quartiers de haute sécurité, est la résultante de plusieurs facteurs, certains circonstanciels ou personnels, et d'autres généraux.

Le gouvernement n'a pas les mains aussi libres que le donnerait à croire le succès de mars 1978 : sa majorité appelle une politique de fermeté et désapprouve les initiatives libérales. Le groupe R.P.R. se fait le porte-parole de ces sentiments et harcèle le gouvernement; il va jusqu'à refuser de voter le budget. A la fin de la session de 1979, Raymond Barre est contraint de recourir, une fois de plus, à l'expédient de l'article 49, alinéa 3. La majorité du groupe a voté en 1979 contre le renouvellement de la loi Veil sur l'interruption volontaire de grossesse. La réaction de la majorité est semblable à celle qui a fait tomber Chaban-Delmas en 1972. Elle croit être ainsi dans le sens de l'opinion. Elle est excusable de l'avoir cru, puisque d'autres, et qui ne sont pas au pouvoir, l'ont aussi pensé : le Parti communiste durcit alors ses positions sur les problèmes de société, à propos de la drogue ou des immigrés, car il croit cette attitude payante électoralement. Il n'y a guère que le Parti socialiste pour ne pas céder à cette forme de démagogie, et il s'en trouvera bien.

Le glissement du libéralisme avancé à un conservatisme rigide vérifie une constante de l'histoire du libéralisme, qui comporte deux faces : l'une authentiquement réformatrice, l'autre purement défensive. Au pouvoir, la dérive s'est toujours faite de la gauche vers la droite, et la dominante conservatrice a le dernier mot. S'y ajoute pour la Ve République le caractère éminemment personnel du pouvoir : le président de la République y détient, tant du fait de la coutume que de la Constitution, un pouvoir de type monarchique. Il est rare que le pouvoir, surtout monarchique, ne s'accompagne pas d'un phénomène de cour : celui-ci est plus marqué sous Giscard que sous ses prédécesseurs. Attachant une grande importance au choix des personnes, il désigne, pour la plupart des grands emplois, des hommes qu'il choisit pour leur dévouement plus qu'en raison de leur compétence ou de leurs mérites ; on observe de ce fait une politisation croissante de la haute fonction publique qui substitue à l'État-U.D.R. (que les républicains indépendants n'avaient pas été les derniers à blâmer) un État giscardien : préfectures, directions de ministères, rectorats, ambassades échoient à des familiers, récompensant les services rendus ou dédommageant les échecs électoraux.

L'opposition, et aussi le R.P.R. s'emparent d'un certain nombre d'affaires, comme il en surgit presque inévitablement quand les mêmes ont une occupation prolongée du pouvoir et qui rappellent le climat du premier semestre 1972. Elles éclaboussent le président ; la campagne menée contre lui par *Le Canard enchaîné* et à laquelle *Le Monde* apporte sa caution, à propos des diamants qu'il aurait reçus en cadeau de Bokassa, a probablement eu une part à son insuccès électoral de 1981. Et pourtant, en décembre 1980, la conviction est presque générale que, si Valéry Giscard d'Estaing est candidat à sa succession — et qui en doute réellement ? —, il est assuré de gagner ; les sondages vont tous en ce sens. Les candidats présomptifs ne sont pas loin de partager ce sentiment : d'où leur hésitation à se mettre sur les rangs.

Avec le recul de quelques années et par comparaison, l'appréciation négative qui s'est formée à la fin du septennat sur la présidence Giscard, et qu'a sanctionnée le résultat de l'élection présidentielle, apparaît injuste : ces sept années méritent un jugement plus équitable.

En dépit d'une crise qui a brisé l'élan de la croissance et dont les premières atteintes ont presque coïncidé avec le début du septennat, l'économie française n'a pas souffert d'une dépression analogue à celle des années 30 : la production n'a pas fléchi. Sa progression s'est seulement ralentie : de 1974 à 1980, la production industrielle a continué de progresser à un rythme annuel de 1,7 %. La monnaie est appréciée et l'endettement extérieur modéré. Certes, le nombre des chômeurs a dépassé le million et demi, mais la politique d'indemnisation épargne à ceux qui ont perdu leur emploi d'être précipités dans la misère. A l'actif du septennat, deux réussites : le programme nucléaire et les télécommunications. En 1974, la France avait pour le téléphone un retard considérable — la situation était assez bien décrite par le sketch de Fernand Raynaud, *Le 22 à Asnières*. Le goulet d'étranglement est desserré : le pourcentage des familles françaises qui disposent d'une installation téléphonique est passé entre 1974 et 1981 de 26 à 70. Ainsi le septennat giscardien a-t-il prolongé la politique de modernisation voulue par de Gaulle et accélérée par Pompidou. A cet égard la continuité est éclatante.

Elle est moins manifeste sur un autre point où le septennat a marqué un infléchissement positif. Si le gaullisme était incontestablement démocratique dans son inspiration, sa pratique, en partie du fait de circonstances exceptionnelles, n'avait pas toujours été soucieuse des libertés. Or, sur ce chapitre, le septennat 1974-1981 a marqué une avance importante : développant le contrôle de constitutionnalité de la législation, réduisant l'arbitraire administratif, démantelant l'empire du secret qui régnait sur les décisions, introduisant des garanties pour les administrés, le septennat a été une étape importante dans l'instauration d'un véritable État de droit.

Enfin Valéry Giscard d'Estaing a lui aussi contribué à enraciner les institutions. En décidant d'aller en toutes circonstances jusqu'au bout de son mandat, en respectant les échéances, il a achevé de normaliser la pratique. Il a été le premier président élu au suffrage universel à faire un septennat complet. Sous son règne, la Ve République a passé sans convulsions ni secousses le cap, fatal à la plupart des régimes antérieurs, des deux décennies.

LIVRE VI

La décennie Mitterrand
(1981-1991)

Décennie Mitterrand : le choix de ce titre pour ce dernier livre ne peut être que provisoire, puisque n'est pas achevé le second septennat, mais il souligne la continuité qui relie ces dix années par-delà les changements et les renversements. La période ne trouve pas son unité, comme certains le croient ou le disent, dans une présence continue des socialistes au pouvoir : c'est oublier que la droite y est revenue et a pu pendant deux années appliquer son programme. La politique du gouvernement Rocard est assurément bien différente de celle du premier gouvernement Mauroy. Au cours de ces dix années la France n'a pas fait moins de trois expériences institutionnelles, toutes neuves : l'alternance, la cohabitation, l'absence de majorité. La période est donc loin d'être homogène. Elle forme cependant un tout, à cause de l'institution présidentielle et de l'homme qui l'a personnalisée : d'où le titre « La décennie Mitterrand ».

CHAPITRE XXXIV

Le « socle du changement »

Quatrième élection présidentielle depuis la révision de 1962, celle de 1981 n'est que la seconde à survenir à la date fixée : de ce fait, à la différence des deux précédentes où la vacance inopinée de la présidence avait créé une situation qui prenait au dépourvu les candidats virtuels, la campagne avait commencé bien avant son ouverture officielle. En dépit du renforcement des conditions imposées par la loi organique du 18 juin 1976, ceux qui expriment l'intention d'être candidats sont plus nombreux que jamais : on en a dénombré jusqu'à soixante-quatre. Dix seulement maintiennent leur candidature et ont satisfait aux exigences. Leurs déclarations se sont échelonnées sur neuf mois.

Un président socialiste

Le premier de tous fut Michel Debré, le premier des Premiers ministres du général de Gaulle et l'un des pères de la Constitution : esprit passionné et volontiers chagrin, il estime que la France est en guerre et se tient pour le gardien de l'héritage du gaullisme. En 1979, il avait déjà envisagé de former une liste pour les élections européennes, ne faisant qu'une confiance mitigée au R.P.R. et à son président pour mener le bon combat contre la supranationalité. Sa candidature n'est pas de pur témoignage : il espère bien peser sur le cours de la campagne et concourir au redressement national. Ses positions exemptes de toute démagogie lui attirent sympathie et soutien de gaullistes de toujours.

En remettant au suffrage universel le choix du président, de Gaulle souhaitait soustraire sa désignation aux partis. Mais de consultation en consultation, ceux-ci se sont progressivement adaptés à la nouvelle procédure sans cependant la contrôler entièrement. Pour être élu, un homme politique doit remplir deux conditions distinctes : bénéficier de l'appui d'une grande formation, mais s'en distancer assez pour ne pas s'y identifier. En 1981, les quatre grands courants entre lesquels se partage le pays sont représentés dans la compétition.

Le Parti communiste est le premier à désigner son champion, qui ne saurait être autre que son secrétaire général. Rétrospectivement, la direction du P.C.F. juge, dans la perspective de la rupture de l'Union de la gauche, qu'elle a commis une faute majeure en ne présentant pas de candidat en 1974, ni non plus en 1965 : son absence a contribué à démobiliser ses électeurs et a accrédité l'idée que Parti communiste et Parti socialiste étaient peu ou prou interchangeables. Elle s'explique ainsi la stagnation et le début de régression de l'électorat. Georges Marchais, qui se présente comme le seul candidat anti-Giscard, dirige principalement ses attaques contre le Parti socialiste, décrit comme un allié de la droite et prêt à faire le jeu du président sortant.

Au Parti socialiste, plusieurs candidats sont possibles. Aucun n'a de titres comparables à ceux du premier secrétaire : François Mitterrand n'en a-t-il pas fait une force de premier rang ? Mais ne jugera-t-il pas plus sage de rester sur le succès de la remontée du P.S. plutôt que d'exposer sa réputation au risque d'une troisième candidature malheureuse ? Un autre se tient prêt à recueillir la succession : Michel Rocard, qui caracole depuis des années en tête des sondages de popularité. Lui aussi a déjà été candidat, en 1969, sous les couleurs d'un autre parti, le P.S.U., mais à un moment où François Mitterrand non plus n'était pas socialiste. De quatorze ans plus jeune, il est d'une autre génération : il a taxé son aîné d'archaïsme, il se targue de parler vrai, de prendre en compte les conséquences des innovations technologiques et des changements sociaux ; les cadres et la « seconde gauche » acquise à la thèse de l'autogestion se reconnaissent en lui. Entre les deux hommes, c'est peu dire que le courant ne passe pas : l'un trouve l'autre sans culture et l'autre déplore l'incompétence du premier en économie. Au congrès de Metz (avril 1979), François Mitterrand opère un renversement des alliances : il s'associe au C.E.R.E.S. pour évincer les rocardiens du comité directeur.

Le premier secrétaire laisse ses amis incertains sur ses intentions. Michel Rocard, qui a médité les précédents, prend les devants : puisque celui-là a refusé de se déclarer avant janvier 1981, il saute le pas le 19 octobre 1980 et, s'inspirant de l'exemple de Giscard d'Estaing, c'est de sa mairie de Conflans-Sainte-Honorine, qui est son Chamalières, qu'il propose aux socialistes d'être leur candidat. Il ne reste pas longtemps seul : deux jours plus tard, Jean-Pierre Chevènement, leader du C.E.R.E.S., annonce que, si François Mitterrand ne se présente pas, lui-même sollicitera l'investiture du P.S. François Mitterrand ne peut rester plus longtemps silencieux ; à trop attendre le terrain serait occupé. Il sort de l'expectative et autorise les fédérations à

Le « socle du changement »

poser sa candidature ; il se démet de la fonction de premier secrétaire qu'il confie à Lionel Jospin et, déférant à l'appel du congrès, entre en campagne le 9 novembre, trois mois plus tôt qu'il n'envisageait. Sa troisième candidature se présente dans de moins bonnes conditions que les précédentes : il n'est plus l'unique candidat de la gauche, et trouve en la personne de Georges Marchais un concurrent qui ne le ménagera pas. De surcroît, parviendra-t-il à refaire en moins de six mois l'unité du parti fissurée par les conflits entre tendances, et les rocardiens se mobiliseront-ils pour son succès ?

3 février 1981 : c'est au tour de Jacques Chirac d'entrer en lice ; quatre jours plus tard, le R.P.R. entérine sa candidature. Le président du R.P.R. combat d'abord François Mitterrand, mais il sera probablement en concurrence avec le président dont il a été le Premier ministre. Il met dans l'embarras les ministres de son mouvement. Sa campagne s'oriente tout autant vers la contestation de la fin du septennat giscardien que contre le socialisme : n'est-ce pas du reste le même combat, puisqu'il va dénoncer le « socialisme rampant » qui aurait caractérisé la politique du gouvernement Giscard-Barre ?

Le 2 mars enfin, le président annonce sa décision, dont à vrai dire on ne doutait guère, de briguer un deuxième mandat. Étant donné sa position exceptionnelle, il ne fera pas campagne comme un candidat : il compte sur la fonction et sur la légitimité qu'elle lui confère. Ainsi les quatre grandes tendances ont-elles chacune leur champion et l'élection présidentielle devient une nouvelle occasion de mesurer leur force respective.

Une demi-douzaine de petites candidatures complète l'éventail du choix offert aux électeurs : Marie-France Garaud, ancienne collaboratrice de Georges Pompidou et conseillère un temps de Jacques Chirac, qui axe toute sa campagne sur le péril soviétique ; Huguette Bouchardeau pour le P.S.U. ; Brice Lalonde qui porte les couleurs de l'écologie ; Arlette Laguiller, éternelle candidate trotskiste, et Michel Crépeau pour le Mouvement des radicaux de gauche. Aucun n'a la moindre chance d'accéder au second tour, mais ils prendront des voix et peuvent contrarier des candidatures majeures. Des deux principaux candidats de droite, lequel sera présent au second tour ? Valéry Giscard d'Estaing ou Jacques Chirac ? Et, à gauche, de François Mitterrand et de Georges Marchais ? La situation est plus ouverte encore qu'en 1974 où la présence du premier secrétaire du P.S. ne faisait pas de doute.

La campagne porte principalement sur la crise et les moyens d'y remédier, secondairement sur la politique extérieure et la situation internationale. Le président sortant est dans une position délicate : en 1974, il personnifiait l'aspiration au changement; en 1981, le réélire c'est parier sur la continuité. Il semble que le Parti communiste ait quelque difficulté à mobiliser ses militants, dont, dit-on, la moitié garderaient les bras croisés. La rumeur, spontanée ou suscitée, sur un « effet Chirac », qui le ferait accéder au second tour dans un duel avec le président sortant, concourt à décider des électeurs communistes à voter Mitterrand dès le premier tour pour éviter que la gauche soit absente au tour décisif.

Le premier tour, le 26 avril, connaît un taux de participation intermédiaire entre ceux des consultations antérieures : moindre qu'en 1965 et 1974, plus fort qu'en 1969. Les quatre grands candidats totalisent 87,5 % des suffrages; les six autres se partagent le reste : Brice Lalonde retrouve presque le niveau des écologistes aux élections européennes.

Arrive en tête le président sortant avec quatre points de moins qu'en 1974 : 28,31 %. Quelques pas derrière, François Mitterrand avec 25,8 %. L'écart entre eux n'est que de deux points et demi. Loin derrière, Jacques Chirac avec à peine 18 %, confirmant le retard du R.P.R. sur l'U.D.F. que les élections européennes avaient déjà révélé. Dernier des quatre, le candidat communiste avec dix points de moins que le socialiste : 15,34 %. C'est la surprise majeure du scrutin : depuis plus de trente ans, la stabilité de l'électorat communiste avait résisté à toutes les secousses, de la guerre froide à la déstalinisation, et à tous les changements de stratégie de la direction. Échec personnel de Georges Marchais ou défaite du parti ?

Rien n'est encore joué : les candidats de droite ont totalisé un peu moins de 49 % des suffrages, et l'ensemble des gauches approche de 47 %. Tout dépend des reports. Le recul inattendu du Parti communiste, s'il diminue pour François Mitterrand le potentiel d'électeurs à récupérer, dessert aussi Valéry Giscard d'Estaing en le privant de l'argument du danger d'un président sous tutelle communiste : François Mitterrand, s'il est élu, ne sera plus obligé de prendre des ministres communistes. La direction du P.C.F. a, dès le lendemain, appelé tous les communistes à voter pour le candidat de gauche sans négociation préalable : adopter une autre attitude eût été amplifier encore l'hémorragie en poussant une partie des sympathisants à passer outre aux consignes du parti pour éviter une victoire de la droite; Huguette Bouchardeau

Le « socle du changement »

et Arlette Laguiller font de même. En face, Marie-France Garaud recommande le vote blanc. L'inconnue principale, dont dépend l'issue, est constituée par les 18 % de voix qui se sont portées sur Jacques Chirac. Lui-même a fait savoir qu'il n'y avait pas lieu à désistement : personnellement il votera pour le président sortant, mais laisse toute liberté à ses électeurs.

Comme la précédente, la campagne, qui paraît de plus en plus une répétition de 1974, culmine dans un débat télévisé entre les deux candidats, qu'arbitrent deux grands journalistes que les deux concurrents ont acceptés : Jean Boissonnat et Michèle Cotta. François Mitterrand, qui n'a pas gardé un bon souvenir de l'affrontement de 1974, s'est fait prier. Auquel est allé l'avantage ? Il est aussi difficile de le dire que de savoir si le débat a modifié l'orientation du vote.

Le 10 mai, la participation grimpe de cinq points et retrouve presque le niveau de 1974 : 85,87 %. Plus de 31 millions de Français sont passés par les bureaux de vote. François Mitterrand l'emporte avec 15 700 000 voix sur Valéry Giscard d'Estaing qui en a recueilli 14 600 000. Un peu plus d'un million de suffrages ont fait la différence : 3,5 %, le double approximativement de l'écart de 1974. De ce point de vue, la victoire du socialiste est plus nette que celle du libéral. Mitterrand est arrivé en tête dans plus des deux tiers des départements. Il a fait le plein des voix de gauche : si les partis sont divisés, les électeurs ont réalisé l'unité. Les communistes ont reporté leurs voix sans état d'âme sur celui que *L'Humanité* leur dénonce depuis trois ans comme complice de la réaction. Il a aussi bénéficié de la majorité des voix de Brice Lalonde. En outre, élément décisif, un paquet de voix chiraquiennes du premier tour, qu'on évalue à quelque 800 000, ont préféré se reporter sur le candidat de gauche plutôt que de reconduire Giscard : c'est-à-dire, si le chiffre est avéré, plus qu'il n'était nécessaire pour assurer la victoire de Mitterrand. La défaite de Giscard est la conséquence de la division de la droite, un effet à retardement de la rupture de l'été 1976. Mais la discorde ne s'explique pas seulement, ni même principalement, par la mésentente entre deux hommes dont les ambitions se contrariaient : c'est aussi la revanche de 1969. C'est surtout l'affleurement d'un dissentiment irréductible entre deux familles d'esprit, deux traditions politiques, deux philosophies sociales.

Trop confiant dans les sondages qui, encore en décembre 1980, lui garantissaient une réélection sans problème, Valéry Giscard d'Estaing a-t-il trop attendu pour se déclarer ? Il a réédité l'erreur du général de Gaulle, s'abstenant de faire campagne avant le premier tour. Ont joué aussi une certaine lassitude et une aspiration récurrente au changement. La durée du mandat a desservi le président sortant : si les manifestants de 68 avaient défilé au cri de « Dix ans, ça suffit ! », que penser en 1981 à la perspective de deux fois sept années ? Enfin, l'échec de la politique économique a eu sa part à la défaite de la droite : puisque celle-ci a été impuissante à conjurer la crise et à contenir le chômage, pourquoi ne pas faire l'expérience d'une autre politique et donner aux socialistes, qui prétendent détenir la solution des difficultés, l'occasion de faire leurs preuves ? François Mitterrand, que sa candidature de 1965 avait établi dans une position statutaire de chef de l'opposition, en tirait une légitimité de substitution. Beaucoup pensaient aussi le moment venu de réaliser l'inévitable alternance : avec Mitterrand on ne prenait pas de risque excessif. Une campagne modérée, une affiche évoquant la France de toujours rassemblée autour de son clocher, le slogan « La force tranquille » firent le reste.

Quel renversement de situation ! Pour l'élu d'abord : battu aux élections de novembre 1958, abandonné de presque tous dans les débuts du principat de Gaulle, qui alors aurait pris le risque de lui prédire encore un avenir politique ? Et après 1968 et l'échec de la Fédération ? Quelle revanche ! C'est le triomphe de la volonté sur le destin. C'est aussi la victoire de la clairvoyance : dès 1964, il avait perçu que la gauche n'avait quelque chance de reconquérir le pouvoir que par l'élection présidentielle. L'ironie de l'histoire est que l'opposant inconditionnel à l'instauration de la Ve République, qui avait voté contre l'investiture du général de Gaulle le 1er juin 1958, et non aux deux référendums constitutionnels de 1958 et 1962, qui avait combattu l'élection du chef de l'État au suffrage universel, devient le successeur du général de Gaulle et le gardien de cette Constitution. Voici du même mouvement la Ve République enfin affrontée à l'épreuve suprême attendue depuis si longtemps : que va-t-il advenir de l'héritage de De Gaulle ?

Le renversement de situation n'était pas moins spectaculaire pour le Parti socialiste : il avait touché le fond en 1969, on dressait déjà son acte de décès, et le voilà le premier parti de France. Avec lui la gauche, écartée du pouvoir depuis vingt-trois ans, qui avait perdu toutes les élections, présidentielles et législatives, et les référendums avec un retard de dix ou quinze points sur la droite, a porté l'un des siens à la tête de l'État. Ce

Le « socle du changement »

n'est pas le premier socialiste qui préside la République — il y avait déjà eu Vincent Auriol —, mais c'est le premier de cette nouvelle République où le président dispose de pouvoirs incomparablement supérieurs.

Le débordement de joie de cette gauche éclate le soir du 10 mai dans une fête semi-improvisée place de la Bastille qui donne un avant-goût des manifestations organisées onze jours plus tard, pour l'intronisation du nouveau président. En entrant à l'Élysée le 21 mai, François Mitterrand se plaît à souligner le caractère exceptionnel de l'événement : il le salue comme l'un de ces rares moments où, à la faveur d'une fracture, la gauche accède au pouvoir et peut opérer de grands changements. A la vérité, la gauche a été plus souvent et plus durablement au pouvoir que cette présentation de l'histoire ne l'admet. En fin de journée, une liturgie réglée par Jack Lang, avec un sens avisé de la mise en scène et des symboles, entoure la montée du président au Panthéon dans un grand concours de peuple, aux accents de l'*Hymne à la joie*. En descendant dans les caveaux du monument pour déposer trois roses sur les tombeaux de Victor Schœlcher, le libérateur des esclaves, de Jean Jaurès, l'apôtre de la paix, et de Jean Moulin, l'unificateur de la Résistance, François Mitterrand manifeste la continuité de l'histoire et inaugure une longue série de cérémonies commémoratives où la gauche affirmera son désir de s'enraciner dans le passé de la nation.

Dès le lendemain, le président de la République exerce deux prérogatives que la Constitution lui confère sans subordonner leur usage à aucune condition : il désigne un Premier ministre, et il dissout l'Assemblée. Les socialistes ne sont pas les derniers à rappeler que le chef de l'État dispose en ces domaines d'une absolue liberté. Ainsi l'alternance confirme-t-elle d'emblée la pratique instaurée depuis janvier 1959. Pour former le nouveau gouvernement, le président arrête son choix sur Pierre Mauroy, qui a dirigé sa campagne. Il vient de la S.F.I.O. et représente parfaitement la tradition du socialisme municipal du Nord, peu porté aux querelles d'idéologie, attaché aux réalisations pratiques. C'est un homme de conciliation qui n'est pas engagé dans les querelles de tendances. Ses qualités humaines, une sociabilité chaleureuse devraient lui valoir la popularité auprès de l'opinion. Le gouvernement qu'il forme est un gouvernement socialiste, presque homogène : 39 des 43 ministres et secrétaires d'État sont membres du P.S. Il n'y a aucun communiste. Trois radicaux de gauche et Michel Jobert, l'ancien ministre des Affaires étrangères de Pompidou, dont le Mouvement des démocrates s'est rangé au côté de la gauche, complètent la formation, où toutes les tendances du Parti socialiste sont représentées à la proportionnelle et ont chacune un ministre d'État. Par sa composition, ce gouvernement rappelle ceux de la IVe République, la différence étant qu'au lieu de procéder d'un dosage entre partis, il s'opère entre les courants à l'intérieur du seul parti dominant.

Pour prévenir un conflit avec l'Assemblée et se donner le moyen de gouverner, le président dissout l'Assemblée élue en mars 1978 : les électeurs sont ainsi appelés à confirmer leur vote du 10 mai.

La majorité de la veille, déstabilisée par l'échec de son champion, s'en désolidarise en hâte et se place sous l'autorité de son autre leader, Jacques Chirac, qui a aussitôt fait des ouvertures à l'U.D.F. La droite fait taire ses querelles : dans toutes les circonscriptions dont l'élu était l'un des siens, elle fait bloc sur lui ; dans la plupart des autres, elle s'entend sur un candidat unique — il n'y aura pas plus d'un cinquième de primaires. Elle a adopté le sigle inattendu d'Union pour la nouvelle majorité : U.N.M. Sans contester l'élection du 10 mai, elle presse les électeurs d'équilibrer la poussée de la gauche en envoyant une majorité de députés de droite qui préservera les acquis des précédentes législatures. Le Parti socialiste retourne l'argument, dont la droite s'était si souvent servie, de la concordance des pouvoirs : c'est son tour d'évoquer le danger d'une crise institutionnelle qui résulterait d'une majorité de sens contraire à celui de l'élection présidentielle. Avec le Parti communiste, les négociations ont abouti à un relevé des points de désaccord et à un simple accord de désistement automatique en faveur du candidat de gauche le mieux placé.

La participation aux législatives accuse un fléchissement impressionnant, tombant à 70,3 % : c'est la répétition du phénomène observé après les référendums de 1958 et 1962, comme si une partie des électeurs, estimant qu'ils avaient fait l'essentiel, se désintéressaient de la suite. L'analyse minutieuse des votes révélera que la montée en flèche de l'abstention fut surtout le fait d'électeurs de l'ancienne majorité, soit découragement consécutif à la défaite, soit légalisme qui les retint de paralyser le fonctionnement des institutions. Leur défection massive — un quart environ des électeurs de droite — laissa le champ libre à la gauche, qui fit une progression spectaculaire : elle approchait de 56 %. A lui seul le Parti socialiste atteignait 37,7 %,

Le « socle du changement »

égalant le record établi par l'U.D.R. en juin 1968. Il ravissait au R.P.R. la primauté au Parlement et dans le pays. Le Parti communiste, qui se flattait de l'espoir que l'échec de son candidat à la présidentielle tenait à la nature particulière de la consultation, eut l'amère surprise de se retrouver à quatre points au-dessous de sa plus médiocre performance : 16 %. C'est donc bien le parti comme tel et non pas seulement son secrétaire général qui était engagé dans un processus de déclin. Il a reculé de près de moitié par rapport à ses succès de l'après-guerre. Il n'a pas su faire accepter les volte-face successives qui lui ont fait adopter des stratégies contradictoires.

Le second tour confirme les tendances du premier et amplifie leur traduction parlementaire : avec 56 % des électeurs, la gauche obtient plus de 70 % des sièges. La majorité d'hier, qui ne songe plus à récuser l'appellation de droite, a moins de 150 élus. Le Parti communiste, dont les candidats ont dû s'effacer dans la plupart des circonscriptions devant le socialiste, n'a plus que 44 députés. Quant au Parti socialiste, il conquiert la majorité absolue : 285 sur 491. Pour la deuxième fois de notre histoire en plus de cent trente ans, une formation dispose à elle seule de la majorité des députés : le Parti socialiste a réédité l'exploit de l'U.D.R. en 1968. Il n'a plus besoin d'alliés. Majorité parlementaire et majorité présidentielle sont à l'unisson : l'ancien premier secrétaire trouve en face de lui une majorité composée de ses amis politiques. L'harmonie est rétablie entre les pouvoirs. L'alternance est faite.

La gauche au pouvoir

Après l'une des plus longues solutions de continuité de son histoire, la gauche a reconquis le pouvoir. A vrai dire, l'inversion n'est pas tout à fait aussi radicale : une fraction de la droite, qui est rejetée dans l'opposition, y avait séjourné une partie de la Ve République ; les centristes d'opposition y avaient été douze ans entre 1962 et 1974 et n'étaient rentrés dans la majorité qu'à l'occasion de l'élection du dernier président. En sens inverse, plusieurs des personnalités de la nouvelle majorité, et dont certaines vont même être appelées à d'importantes responsabilités, ont été proches du pouvoir avant 1981 ; tel Jacques Delors, qui avait été trois ans conseiller du Premier ministre Chaban-Delmas et qui va être ministre de l'Économie et des Finances, ou encore Edgard Pisani, qui a été ministre de l'Agriculture du général de

Gaulle. La coupure entre droite et gauche n'est donc pas totale. Reste que globalement c'est bien une permutation entre gauche et droite. Le renversement de majorité a une portée historique comparable à 1958 et crée une situation sans précédent sous la Ve République. La nouvelle majorité a combattu la Constitution en vertu de laquelle elle a pu arriver au pouvoir. Ce n'est certes pas la première fois de notre histoire : la IVe République avait eu pour deuxième président un homme qui avait voté contre sa Constitution. Mais en 1981, le retournement de situation est plus brutal et aussi plus lourd de conséquences, eu égard aux pouvoirs du chef de l'État. Que va-t-il advenir des institutions ? Elles sont confrontées à l'avant-dernière épreuve qu'il leur reste à surmonter pour révéler leur véritable nature et leur capacité d'adaptation à des conjonctures politiques diverses.

Dès le lendemain du second tour, le président renomme Pierre Mauroy Premier ministre. Sa nouvelle mission est différente : non plus assurer une transition et gagner les élections, mais entreprendre l'application du programme sur lequel François Mitterrand a été élu et conduire la politique pour plusieurs années, puisque les socialistes sont désormais assurés de la durée qui leur a si souvent fait défaut dans le passé. Pierre Mauroy est un Premier ministre bien différent aussi de ses prédécesseurs : il ne vient pas de la haute fonction publique ou de l'Université ; même s'il a l'expérience de l'administration de collectivités territoriales — la mairie de Lille, la région Nord-Pas-de-Calais —, ce n'est pas un technocrate. C'est un militant dont toute l'existence a été de dévouement à la S.F.I.O. d'abord, puis au nouveau Parti socialiste. Il a de fortes convictions qui inspirent sa vision de la société. Son discours en porte témoignage : il développe à satiété le thème de l'opposition entre le peuple qui se reconnaît dans la gauche et les « gens du château » dont la droite serait l'expression, au mépris des enseignements de la sociologie politique. Mais, nature expansive, épris de sociabilité, aimant le contact avec les êtres, Mauroy n'est ni un doctrinaire ni un sectaire : jamais il n'a épousé les étroitesses de la polémique laïque contre l'Église. Une éloquence chaleureuse, une robustesse et une énergie vitale, une carrure de tribun achèvent de dessiner une personnalité généreuse qui suscite la sympathie. Il transpose à la tête du gouvernement les habitudes du militant ; il mène les Conseils interministériels à la façon des réunions de section et ne croit pas toujours nécessaire de conclure par des décisions. Un article publié dans *Le Monde* sous sa signature fera la théorie du style Mauroy : « Gouverner autrement. » Ces traits de caractère sont accentués par les collaborateurs qui s'affairent autour de lui : un cabinet deux fois plus nombreux que ceux des prédécesseurs, composé pour partie de militants sans expérience de la direction du gouvernement et dans les initiatives desquels quelques fonctionnaires rompus à la pratique gouvernementale tentent de mettre un peu d'ordre. Pendant plusieurs mois et même au-delà, le travail gouvernemental donne l'impression du flottement, en dépit de l'application et de la compétence du secrétaire général du gouvernement, Marceau Long, que président et Premier ministre ont eu la sagesse de maintenir à ce poste capital. Matignon ne coordonne pas de près l'activité brouillonne de certains ministères. Mais peu à peu, de remaniement en remaniement, la cohérence progresse : à partir de mars 1983 et du troisième gouvernement présidé par Pierre Mauroy, le fonctionnement ne le cédera plus en rigueur aux gouvernements antérieurs. Qu'il ait fallu près de deux ans pour y parvenir surprendra : on pensait que le Parti socialiste avait mis à profit le temps dont il disposait du fait de l'éloignement du pouvoir pour se préparer, comme on tablait sur les nombreux énarques ayant rejoint le parti pour croire qu'ils seraient d'emblée opérationnels. L'expérience se reproduira, un peu semblable, mais sur une durée plus courte, après le retour de la droite au pouvoir en 1986.

Autour de Pierre Mauroy c'est, à quelques changements de personnes près, la même équipe reconduite. Un changement politique de taille cependant : l'entrée de communistes dans le gouvernement. Elle est bien faite pour surprendre : moins de deux mois ont passé depuis que leur parti dénonçait François Mitterrand comme complice de la droite. Comment les communistes peuvent-ils accepter de travailler avec lui ? Pourquoi le président leur fait-il pareil cadeau, alors que les socialistes, s'étant assuré la majorité absolue de l'Assemblée, n'ont plus besoin d'un tel appoint ? C'est précisément parce qu'il peut se passer de leur soutien qu'il peut les introduire dans le gouvernement sans être leur obligé ou leur otage. Outre qu'il apporte ainsi la preuve de la sincérité de son attachement à l'union de la gauche, en les associant il se garde sur sa gauche, s'assure la tranquillité sur le front social et gagne le délai nécessaire pour appliquer son programme. A plus long terme, il poursuit la réalisation de son objectif : ramener l'électorat communiste au-dessous de 10 % et achever de faire du Parti socialiste le pôle dominant de la gauche. Quant aux communistes, ils n'avaient guère le choix : en démontrant qu'ils pouvaient être de bons ministres, ne regagneraient-ils pas une honorabilité dont ils étaient avides ? Ils gardaient le souvenir nostalgique du temps où ils étaient ministres. En outre, c'était s'assurer des positions de pouvoir. De part et d'autre, les arrière-pensées étaient contradictoires : le Parti socialiste en escomptait le déclin communiste et le Parti communiste en espérait la remontée. A ce jeu l'un des deux devait perdre, à moins que ce ne soient les deux. D'emblée, la collaboration recélait donc une virtualité de rupture. Dans quel délai les dissocierait-elle ? La participation communiste durerait-elle jusqu'au terme de la législature ? Ainsi, trente-quatre ans après avoir été chassés du pouvoir par un chef de gouvernement socialiste, en 1947, les communistes y étaient ramenés par un autre socialiste, mais ils devaient se contenter de peu : quatre ministres et secrétaires d'État sur plus de quarante et à des responsabilités relativement mineures — les Transports avec Charles Fiterman, leur chef de file, la Santé publique, la Fonction publique et la Formation professionnelle. Postes de second ordre, mais qui assurent le contrôle de secteurs à gros effectifs, cheminots, fonctionnaires, personnels hospitaliers.

Il apparaît très vite que l'alternance n'aura pas grande conséquence sur les institutions : les cent dix propositions n'incluaient pas de révision constitutionnelle et l'auteur du *Coup d'État permanent* n'a guère attendu pour admettre que, si les institutions n'étaient certes point celles qu'il souhaitait, il s'y trouvait bien. Aucune initiative ne surviendra au cours de la législature pour modifier des articles de la Constitution : elle n'aurait pu réunir de majorité pour l'adopter, compte tenu de l'opposition du Sénat qui joue les contre-pouvoirs ; Robert Badinter en fera l'expérience avec l'échec de ses projets de modification du Conseil supérieur de la magistrature. Le septennat Mitterrand a ainsi concouru à son tour à enraciner la Constitution. S'il advient que tel dirigeant du P.S. a un accès de mauvaise humeur contre le Conseil constitutionnel, les choses ne vont pas plus loin. François Mitterrand, qui se fait une haute idée de sa fonction, veille à ne pas laisser porter atteinte à ses prérogatives : des trois successeurs du général de Gaulle, il est peut-être celui dont le style se rapproche le plus de celui du fondateur.

Sur un point cependant la pratique s'infléchissait et s'écartait notablement de la tradition gaullienne : les relations entre pouvoir et parti dominant. Il y avait toujours eu depuis 1962 un parti dominant : il avait même disposé, lui aussi, entre 1968 et 1973 de la majorité absolue, et les censeurs avaient dénoncé tour à tour l'État-U.D.R. et l'État giscardien. Mais U.N.R. ou U.D.R. n'existaient que par de Gaulle et avaient pour raison d'être une obéissance inconditionnelle au président ; quant à l'U.D.F., elle s'était constituée à partir de la personne du président. Certes, le Parti socialiste devait et son redressement et sa victoire de 1981 à la personnalité de son premier secrétaire, mais il avait une existence propre, des structures autonomes, des pratiques qui obligèrent plus d'une fois le gouvernement à compter ou à composer avec le comité directeur ou le groupe parlementaire. C'était si vrai que, dans les premières années de son septennat, François Mitterrand prit l'habitude de réunir tous les mardis matin, pour un petit déjeuner de travail, avec le Premier ministre et le secrétaire général de l'Élysée, le premier secrétaire du P.S., et que, chaque mercredi, à l'issue du Conseil des ministres, il retenait à déjeuner le Premier ministre et y associait le président de l'Assemblée et celui du groupe parlementaire socialiste. Ce mélange entre détenteurs de fonctions publiques et responsables de l'appareil eût paru au général de Gaulle le comble de la confusion des rôles et un symptôme alarmant de la résurgence du régime des partis. De fait, il y a, à partir de 1981, comme une greffe de la IVe République sur la Ve. Mais, tout bien pesé, elle n'a pas substantiellement altéré la nature du régime ni bouleversé l'équilibre des pouvoirs. Chaque fois, ou presque, que le groupe parlementaire socialiste entrera en conflit avec le gouvernement, si celui-ci est l'interprète de la volonté présidentielle, les parlementaires devront s'incliner ; ainsi, dans le différend qui surgira à propos de la reconstitution de carrière des officiers généraux condamnés pour leur participation au putsch de 1961, qui pose à une partie des socialistes un douloureux cas de conscience, ils céderont devant la détermination du président de la République. Après 1981 comme avant, il n'y a pas dans la République de pouvoir supérieur à celui du président : c'est l'arrivée d'une majorité contraire en mars 1986 qui bouleversera cette donnée du régime.

Un vaste programme de réformes

La gauche a, pour la première fois depuis soixante-dix ans, le temps pour elle : elle dispose sûrement de cinq ans, peut-être de sept — et pourquoi pas plus, puisqu'elle croit avoir pour elle la majorité sociale ? Les deux élections de 1981 n'ont, selon elle, fait que remettre les choses en place. De surcroît, les précédents faisant loi sur les esprits, l'occupation continue du pouvoir pendant vingt-trois ans par la droite porte à raisonner sur de longues durées : même dans l'opposition, plus d'un désespère de revenir au pouvoir avant dix ou quinze ans. La gauche n'a en tout cas pas à craindre que ne se reproduise avant 1986 le processus qui lui a, entre 1924 et 1938, fait perdre par trois fois le fruit de ses victoires électorales. Elle peut donc prendre son temps pour réaliser son programme. Président, gouvernement, majorité ont un programme : non pas le Programme commun, rendu caduc par la rupture de l'union, ni non plus celui du Parti socialiste que le candidat Mitterrand n'a pas repris à son compte, mais ses cent dix propositions qui seront la référence de l'action gouvernementale. La nouvelle majorité a le ferme propos d'opérer une rupture décisive et irréversible avec le capitalisme. Si elle a le temps pour elle, François Mitterrand pressent néanmoins qu'il ne dispose que de quelques mois pour faire l'essentiel : comme il l'a prédit lors du débat télévisé avec Giscard d'Estaing, sa victoire a créé un « état de grâce ». Situation éminemment précaire : le crédit s'épuisera vite, et l'opposition, momentanément accablée par sa défaite, ne tardera pas à se ressaisir. Il convient donc d'agir vite : le gouvernement met en chantier et fait voter, à coups de sessions extraordinaires à répétition, un ensemble considérable de réformes. Une première vague doit, selon une image qu'affectionne le Premier ministre, disposer le « socle du changement » ; le reste suivra. Sur un point seulement le gouvernement fait plutôt traîner les choses, la constitution d'un « grand service d'enseignement unifié et laïque » : Alain Savary, ministre de l'Éducation, prend tout son temps pour établir des contacts, explorer des solutions de conciliation, affiner ses propositions ; c'est qu'on hésite à déchaîner les passions qui couvent sur cette question.

Le 8 juillet 1981, Pierre Mauroy se présente devant la nouvelle Assemblée et donne lecture d'une importante déclaration qui expose les projets de réforme du gouvernement : elle se fixe comme objectif l'instauration d'une « nouvelle citoyenneté ». Le texte a du souffle : jusque dans la formulation se devine la volonté de donner une réplique à la déclaration de Jacques Chaban-Delmas sur la nouvelle société, pour laquelle François Mitterrand avait marqué de la considération et exprimé ses doutes — la suite avait plutôt justifié son scepticisme. La gauche, elle, irait jusqu'au bout de son programme, le gouvernement n'ayant pas à composer avec une majorité orientée différemment. Sans délai, le Parlement est convoqué en session extraordinaire.

En quelques mois, au prix d'une activité législative intense et doublée par la pratique des ordonnances — à laquelle Pierre Mauroy s'est résolu à recourir pour gagner du temps en dépit des critiques que la gauche avait jadis élevées contre cette procédure —, un vaste programme de réformes a été réalisé, d'une ampleur comparable à l'œuvre législative du parti républicain dans les années qui suivirent son arrivée au pouvoir en 1879, plus étendue que les réformes du Front populaire, d'une importance voisine de celle des réformes de la Libération ou des débuts de la Ve République. Elle se déploie en plusieurs directions.

Les mesures les plus aisées à décider sont celles qui ont valeur de symbole et qui manifestent le changement de majorité. Elles touchent trois secteurs dont l'importance n'a cessé de croître depuis quelques années et signifie que les problèmes de société deviennent des problèmes politiques : justice, enseignement, audiovisuel. Dans les trois domaines le gouvernement prélude par des abrogations ou des suppressions : abolition de la peine de mort, adoptée en septembre 1981 par une majorité qui inclut des députés de l'opposition, dont Jacques Chirac ; suppression de la Cour de sûreté de l'État ainsi que des tribunaux militaires permanents, qui tranche la vieille querelle pendante depuis l'affaire Dreyfus entre l'institution et la gauche ; abrogation de la loi anticasseurs, jugée trop étrangère aux principes de notre droit. L'abrogation de la loi Sécurité et liberté se révèle à l'expérience plus ardue : ce n'est pas avant le milieu de 1982 qu'un texte se substituera en partie à la loi abhorrée. Les incidences de ces dispositions sur l'existence des personnes ne furent qu'infimes, mais leur portée en fit l'objet de controverses souvent passionnées. Une amnistie, particulièrement généreuse, à l'occasion du début du septennat, des mesures de libération anticipée, la suppression des quartiers de haute sécurité furent rendues responsables d'une recrudescence de la délinquance et alimentèrent une furieuse campagne contre le garde des Sceaux, Robert Badinter.

Le statut de l'audiovisuel est un autre enjeu de pouvoir, et sa réforme un symbole du renversement de majorité. En 1974 déjà, la substitution à l'O.R.T.F. de sept sociétés séparées avait été l'une des toutes premières réformes signifiant la relève du parti gaulliste par les libéraux. La gauche avait plus de raisons encore de s'attaquer au monopole : depuis vingt-trois ans, elle n'avait cessé de critiquer l'usage, à ses yeux abusif, que le pouvoir avait fait de l'audiovisuel ; elle lui imputait la responsabilité de ses défaites. Le contentieux s'était aggravé dans les derniers mois : le

Parti socialiste avait tenté d'émettre sur une station non autorisée, Radio-Riposte, que les pouvoirs publics avaient fait saisir par la police, et le premier secrétaire du Parti socialiste avait été poursuivi pour violation de la loi qui réservait aux chaînes publiques le monopole des émissions. La gauche se présente comme défenseur de la liberté d'expression. Elle autorise les radios privées sous certaines conditions : minimum d'heures d'émission, limitation de la puissance, interdiction de la publicité. Les stations prolifèrent, encombrant l'éther, accaparant les fréquences, dans une anarchie que la puissance publique ne parvient pas à maîtriser.

A la télévision, la libération commence par des évictions : au soir du 10 mai, la foule assemblée pour fêter la victoire n'a-t-elle pas réclamé le départ de Jean-Pierre Elkabbach, directeur de l'information sur Antenne 2 ? Le gouvernement n'intervient pas à visage découvert, mais sa pression indirecte, concourant avec une agitation interne, accule tous les directeurs de chaîne de radio et de télévision à donner l'un après l'autre leur démission, en même temps que des journalistes jugés trop proches de l'ancienne majorité sont « mis au placard » ou écartés. Ces départs firent beaucoup pour semer le doute sur la détermination de la gauche à respecter la liberté de l'audiovisuel.

Cependant, la loi votée en juillet 1982 s'inspire de l'intention de soustraire l'audiovisuel à la tutelle du pouvoir politique. Elle institue en particulier un organisme indépendant, la Haute Autorité de l'audiovisuel, dont la composition est calquée sur celle du Conseil constitutionnel : neuf membres nommés pour un tiers par le chef de l'État et pour les deux autres par les présidents des Assemblées. Si ses membres procèdent des pouvoirs politiques, on peut espérer qu'ils échapperont, comme le Conseil constitutionnel, à leur dépendance. Avec quelques faux pas, l'institution fera progresser l'indépendance des médias, franchissant une nouvelle étape sur le long chemin qui, de l'absence de statut — qui était l'état de choses à la fin de la IVe République — à la loi de 1982, en passant par le statut de 1965 et la loi de 1974, étend l'espace de liberté.

Le statut de l'enseignement supérieur était depuis la loi Edgar Faure un troisième enjeu symbolique : c'était un effet de la crise de 68. Les conservateurs n'avaient jamais pris leur parti de la transformation des institutions effectuée dans le sillage des événements. La pratique autoritaire du secrétaire d'État puis ministre des Universités à partir de 1976 les avait satisfaits, mais mécontenté les autres ; une réforme de la composition des conseils d'université qui réduisait la représentation étudiante appelait dans l'esprit des syndicats de gauche et des socialistes une mesure d'abrogation. La majorité força la main du ministre, qui aurait souhaité limiter le changement, et se prononça pour l'abrogation de la loi Faure, ce qui rendit nécessaire une nouvelle refonte de l'organisation universitaire.

Deux grandes réformes ont inscrit dans l'économie et l'organisation administrative la volonté de la gauche de changer la société : nationalisations et décentralisation. Le thème des nationalisations était devenu central dans la pensée de gauche : les communistes avaient peu à peu surmonté leur crainte que cette réforme ne détournât les énergies révolutionnaires du véritable objectif, la conquête du pouvoir. Oubliant leurs réserves d'avant-guerre et leurs objections lors de l'élaboration du programme du Conseil national de la Résistance, ils avaient en 1977 renchéri sur les propositions des socialistes ; l'extension réclamée du champ d'application des nationalisations avait été l'occasion — cause ou prétexte — de la rupture. La gauche tient aux nationalisations comme à une marque de fidélité à l'action des gouvernements antérieurs et comme à un signe de continuité : à cet égard, la droite n'aura pas tout à fait tort quand elle reprochera à la gauche d'agir par habitude. Elle entend arracher au capitalisme ses armes et enclencher un processus irréversible vers une économie socialisée. A ces raisons de fond s'en ajoute une de conjoncture : en nationalisant, l'État se dote d'une force de frappe pour imprimer à l'ensemble de l'économie une impulsion qui la fera sortir de la crise.

Le programme prévu par le Programme commun et repris par les cent dix propositions est fort étendu. Il concerne les plus grands groupes industriels, dont plusieurs sont déjà le produit de fusions et de concentrations : C.G.E., Pechiney-Ugine-Kuhlmann, Rhône-Poulenc, Saint-Gobain, Thomson ; deux compagnies financières qui ont échappé en 1946 à la nationalisation des grands établissements de crédit, Paribas et Suez, ainsi que la quasi-totalité du crédit — seules sont épargnées une trentaine de petites banques régionales ou familiales où le montant des dépôts est inférieur à un seuil fixé. Le projet de loi est un des premiers soumis à l'examen du Parlement : il subit le feu des premières escarmouches avec l'opposition. Les grands ténors de la droite, encore mal remis de leur défaite, se tiennent cois et laissent de jeunes députés, élus récents, porter le poids du débat parlementaire : ils le font avec ardeur. C'est au cours de cette discussion que des parlementaires, inconnus la veille, se font un nom : Philippe Séguin, Michel Noir, François d'Aubert, Charles Millon. La discussion s'étire sur de longues semaines. Le combat sans concessions qu'ils mènent contre le projet a pour effet de les aligner progressivement sur les positions libérales, y compris les héritiers de la pensée du général de Gaulle. Se définissant par réaction contre une gauche qui a pour objectif le transfert au secteur public d'une partie des entreprises françaises, la droite est conduite, par un effet presque mécanique de l'affrontement dualiste, à faire siennes les thèses libérales de la supériorité de l'initiative individuelle et de l'entreprise privée. Elle critique d'autres réformes opérées dans le domaine de la fiscalité qui tendent à corriger les inégalités : suppression des avantages concédés aux donations-partages, établissement d'un impôt sur les grandes fortunes qui frappe le patrimoine. Initiatives mal reçues dans un pays qui n'a jamais établi d'impôt sur le capital et où toute aggravation des impôts sur les successions provoque des réactions de rejet : le gouvernement de 1968 l'avait éprouvé à ses dépens.

La discussion sur le projet de nationalisation prend fin le 26 octobre, après 33 séances et quelque 1 400 amendements : c'est un record de durée. Le Sénat, où l'opposition est très majoritaire, rejette le texte, puis l'Assemblée l'adopte en dernière lecture le 18 décembre. Mais le dernier mot n'est pas dit : l'opposition, usant de la faculté ouverte depuis 1974, défère le projet au Conseil constitutionnel, qui annule, le 18 janvier 1982, quelques-unes de ses dispositions, obligeant le gouvernement à proposer des rectifications pour tenir compte de sa décision. Sur le moment, la gauche s'indigne de ce que la volonté de la majorité de l'Assemblée élue au suffrage universel puisse être contrecarrée et se réfère à la tradition parlementaire française pour laquelle il n'y a rien au-dessus du législateur.

L'économie française sort de cette réforme substantiellement transformée : la quasi-totalité du crédit, les plus gros groupes industriels qui ont atteint une taille internationale passent dans le secteur public. S'y ajoutent la sidérurgie, en état de cessation de paiement, écrasée sous le poids de la dette contractée à l'égard du Trésor ; Dassault, nationalisé avec l'agrément de l'intéressé, et le secteur armement de Matra. Le nombre des salariés qui relèvent de l'État s'accroît de plusieurs millions. L'opposition fait valoir que, s'ajoutant à tous les atouts dont l'État dispose déjà —

politique fiscale, contrôle des changes, maîtrise des investissements, jeu des subventions —, les nationalisations ont fait basculer la France dans le camp des économies étatisées ; la société française a changé de régime. Et certains d'en conclure que, le contrôle de l'économie appelant et rendant possible la maîtrise politique, la France serait en grand danger de sombrer dans un régime totalitaire. Les socialistes rétorquent que plusieurs des groupes nationalisés étaient au bord de la faillite et que le capitalisme a fait la preuve de son impuissance à conjurer la crise.

Autre réforme égale en importance aux nationalisations : la décentralisation. Elle procède d'une inspiration toute différente, presque contraire : nationaliser une partie de l'économie, c'était étendre le champ d'intervention de la puissance publique ; décentraliser, c'était dessaisir l'État d'une partie de ses attributions, transférées désormais aux collectivités locales. Ainsi, le gouvernement donnait simultanément satisfaction aux deux cultures héritées de l'histoire et dont Michel Rocard avait constaté la coexistence au sein du Parti socialiste : la tradition jacobine et les aspirations girondines. Autre paradoxe : c'est la gauche, qui a si longtemps combattu les particularismes régionaux et milité pour une unité qui implique unicité et uniformité, qui réalise une réforme que la droite a appelée de ses vœux et qu'elle n'a pas su accomplir quand elle l'aurait pu. Le combat est à fronts renversés : la gauche, qui a combattu le projet du général de Gaulle en 1969, fait aboutir sa réforme. Aussi le débat parlementaire est-il moins âpre que sur les nationalisations : sans se l'avouer, l'opposition regrette d'avoir laissé l'initiative à la gauche et que le projet préparé sous Giscard d'Estaing par le ministre de l'Intérieur, Christian Bonnet, à la suite des travaux de la commission que présidait Olivier Guichard, se soit enlisé au Parlement.

La réforme est considérable. Défendue par Gaston Defferre qui a ajouté à son titre de ministre de l'Intérieur celui de ministre de la Décentralisation, elle est effectuée par une série de grandes lois. La première est votée au début de 1982. Elle modifie radicalement les rapports entre l'État et les collectivités : elle supprime la tutelle du représentant de l'État sur les délibérations des conseils, municipaux et départementaux, dont les décisions deviennent exécutoires de plein droit ; le contrôle ne s'exerce plus qu'*a posteriori* par le recours du préfet aux tribunaux administratifs ou aux chambres des comptes régionales qu'institue la réforme. La loi du 2 mars 1982 transfère du préfet, rebaptisé commissaire de la République, au président du conseil général le pouvoir exécutif de la collectivité départementale. Véritable révolution qui met fin à des siècles de centralisation administrative. Les régions sont érigées en collectivités. Cette première loi sera suivie d'autres réglant la répartition des compétences entre les différents niveaux d'administration et celle des ressources, sans compter de très nombreux textes d'application dont la rédaction s'étalera sur toute la législature. Cette réforme aura un destin tout différent de celui des nationalisations : revenue au pouvoir, la droite ne touchera pas à l'essentiel de l'édifice, y reconnaissant une inspiration qu'elle ne désavoue point et se rendant à l'évidence de l'adhésion presque unanime à cet aspect de l'œuvre législative de la gauche.

Qui dit politique de gauche sous-entend initiatives en faveur des travailleurs : toute victoire de la gauche se traduit par des mesures sociales. La majorité de 1981 n'a pas dérogé à la règle. Elle a réalisé la plupart de ses réformes par voie d'ordonnance. Ainsi pour la généralisation de la cinquième semaine de congés payés : après les quinze jours accordés par le Front populaire, la troisième semaine concédée par le gouvernement Guy Mollet, c'est la troisième extension du temps de repos et de loisirs que les salariés doivent à la gauche — la quatrième leur avait été donnée par la majorité gaulliste.

C'est encore une ordonnance qui abaisse à 39 heures la durée hebdomadaire du travail fixée à 40 heures depuis 1936. La réduction, objet de l'une des cent dix propositions, obéit aux deux mêmes motivations qu'en 1936 : améliorer la condition des salariés et combattre le chômage. Socialistes et syndicalistes raisonnent comme s'il y avait une masse fixe de travail à répartir : en diminuant la quantité fournie par chacun de ceux qui ont un emploi, on libérerait un volume qui permettrait d'embaucher les chômeurs. L'expérience avait pourtant fait justice de cette illusion en 1936, mais l'idée avait retrouvé sous la forme du partage du travail une nouvelle jeunesse et une crédibilité. Le programme de la gauche ne tranchait pas la question de la rémunération : les 39 heures seraient-elles payées 40 ou la diminution de la durée s'accompagnerait-elle d'une réduction des salaires ? La première solution entraînerait automatiquement une augmentation de 2,5 % de la part salariale dans le coût global de la production, donc un renchérissement des produits, une régression sur les marchés extérieurs et une poussée inflationniste. Aussi les économistes socialistes et surtout le ministre de l'Économie et des Finances, Jacques Delors, s'étaient-ils prononcés pour la seconde solution. Passant outre à leurs objections, le président de la République tranche en faveur de la solution la plus avantageuse pour les salariés, tout comme il a voulu pour les nationalisations que l'État s'en rende propriétaire à 100 %, alors que certains, dans son entourage, faisaient observer qu'il suffisait d'en acquérir 51 % ; les 39 heures seraient payées comme 40. C'était indirectement rendre impossible tout autre abaissement de la durée hebdomadaire. C'était aussi choisir la solution la plus préjudiciable pour l'économie. L'âge à partir duquel on peut prendre sa retraite est abaissé à soixante ans. Le ministre du Logement, Roger Quilliot, a fait voter une loi qui modifie les relations entre propriétaires et locataires à l'avantage de ceux-ci et qui a pour effet la raréfaction des logements vacants.

Le ministre du Travail, Jean Auroux, élabora quatre lois tendant à démocratiser la vie dans l'entreprise, en étendant les procédures de consultation. La première réaction du patronat fut négative : il craignait que les nouvelles dispositions n'affaiblissent l'autorité du chef d'entreprise, réputée indispensable à la bonne gestion ; mais, à l'usage, la plupart des employeurs découvrirent la vertu de la concertation et se félicitèrent de l'amélioration du climat social. Leur application eut peut-être quelque part à l'absence de grands mouvements sociaux. Le retour d'une majorité de droite ne remit pas non plus en cause ce chapitre de la législation votée par la gauche.

Décidées en quelques mois, toutes ces réformes ont réalisé la majeure partie des cent dix propositions et introduit de grands changements dans l'organisation sociale : les adversaires eurent le sentiment d'une sorte de révolution. Et pourtant la continuité prévalut en plus d'un secteur, soit que la nouvelle majorité n'eût pas l'intention de rompre avec les orientations antérieures, soit qu'elle ait dû devant la résistance des réalités ou de l'opinion infléchir ses visées et même renoncer à certaines de ses ambitions. C'est ainsi que le gouvernement Mauroy abandonna promptement l'idée de réduire à six mois la durée du service national, qui resta fixée à un an. De même pour le nucléaire civil : si le gouvernement, faisant droit à l'agitation des écologistes, renonça à construire une centrale sur le site de Plogoff, après un examen de quelques mois, il reconduisit l'essentiel du programme ; il se contenta d'en ralentir quelque peu le rythme, mais tout gouvernement l'aurait fait, la réduction générale de l'activité économique substituant au danger de pénurie d'énergie le risque de suréquipement. Pour le charbon, dont la gauche était ardent défenseur, elle fut contrainte en 1983 de réviser ses objectifs en baisse, quand François Mitterrand eut constaté que la tonne de charbon extraite de nos mines du Pas-de-Calais coûtait deux fois plus cher que l'équivalent thermique provenant des autres sources d'énergie.

La rigueur à l'ordre du jour

La plupart de ces réformes relevaient autant d'une visée économique que d'une préoccupation sociale, y compris celles qui tendaient à résorber le chômage. La dimension économique tenait une grande place dans la stratégie du Parti socialiste : il comptait dans ses rangs nombre d'hommes dont c'était la spécialité, et le parti avait bien conscience de jouer sa réputation sur le succès de sa politique économique. Il fallait à tout prix démontrer que la gauche pouvait gérer l'économie mieux que la droite qui avait échoué dans la lutte contre la crise.

La politique économique du gouvernement reposait sur quelques postulats qui en fondaient la cohérence intellectuelle. D'abord, la conviction que la langueur de l'économie était plus la conséquence d'une politique erronée ou d'une absence d'initiative que l'effet inéluctable d'une crise ; en changeant de politique, on modifierait la situation et on ranimerait l'activité. Paradoxalement pour un parti qui empruntait son analyse au marxisme, il croyait dur comme fer que la volonté politique pouvait agir de façon déterminante sur les réalités. C'était sous-estimer le poids de certaines contraintes et méconnaître, en dépit des mises en garde de Michel Rocard ou de Jacques Delors, les obligations, juridiques et économiques, qui découlaient de l'intégration dans l'Europe. Les socialistes pensaient aussi que l'économie mondiale était à la veille de retrouver son élan : la relance française trouverait l'appui de la relance mondiale ; ce rendez-vous, on pouvait l'anticiper de quelques mois. C'est ce pari qui explique que le gouvernement ait pu alourdir considérablement les charges pesant sur le budget : réformes dispendieuses, rachat des entreprises à hauteur de 100 %, embauche par dizaines de milliers d'agents de l'État. L'ensemble des dépenses nouvelles inscrites au budget accroissait le total de plus d'un quart : 27,6 % exactement. En attendant la relance extérieure, l'augmentation du pouvoir d'achat amorcerait la pompe en stimulant la demande. Le gouvernement Mauroy reprenait la vieille idée du gouvernement Blum de la relance par l'injection d'un pouvoir d'achat supplémentaire, oubliant que cette politique avait eu pour effet en 1936 de relancer l'inflation plus que l'activité et de dévorer en quelques mois le pouvoir d'achat supplémentaire. La répétition, à quarante-cinq ans d'intervalle, des mêmes erreurs produisit les mêmes dégâts. La relance mondiale n'ayant pas été au rendez-vous, il fallut après un an se rendre à l'évidence. A vrai dire, après l'élection, n'importe quel gouvernement, Valéry Giscard d'Estaing le premier, aurait été obligé de desserrer les contraintes et de jeter un peu de lest.

Quelques mois plus tard, les indices étaient concordants, tous négatifs. Le chômage ? Non seulement la gauche n'était pas parvenue à le réduire, mais elle était impuissante à contenir sa progression : de 1 400 000 et quelques à l'arrivée du gouvernement Mauroy, le nombre des demandeurs d'emploi s'élevait en novembre 1981 à 2 millions. Pierre Mauroy annonça sa détermination de se battre sur la crête des 2 millions. L'inflation restait à deux chiffres : 13,4 % en 1981, 11,8 % en 1982. Le 4 octobre 1981, le gouvernement dut se résigner à une dévaluation qu'il avait différée dans l'espoir d'y échapper — exactement dans le même délai que le gouvernement Blum : quatre mois après sa formation. Le taux en était faible, sans doute trop faible — 3 % —, qui, ajouté à une réévaluation du mark de 5,5 %, modifiait de 8,5 % la parité avec la devise de notre principal partenaire.

Devant cette détérioration, Jacques Delors, le ministre de l'Économie, a lancé un avertissement à l'automne : il préconise une pause dans l'exécution des réformes : pause, c'est le mot dont s'était servi Léon Blum prenant acte de l'échec partiel et des résistances en février 1937. Le terme éveille de fâcheuses réminiscences chez les militants qui ne sont pas encore mûrs pour renoncer à leurs illusions. Le Premier ministre lui-même récuse toute idée de suspendre le mouvement. Tout au plus admet-il un changement de rythme : « Les réformes, assure-t-il, seront menées sans accélération ni précipitation, mais de manière permanente et continue. »

Six mois plus tard, les faits imposeront leur contrainte. Juste un an après la victoire de la gauche, il n'y a pas eu de relance, et la France s'est jetée dans un processus qui a accru son déficit, renchéri ses produits, déséquilibré sa balance. Un coup d'arrêt est inévitable. Au lendemain d'une conférence de presse présidentielle qui a réaffirmé la fidélité aux objectifs initiaux, le gouvernement décide un complet renversement de sa politique économique ; on a parlé de tête-à-queue, l'image n'est pas excessive. La rigueur devient le mot d'ordre qui supplante la relance. Puisque la dévaluation d'octobre n'a pas résorbé le déséquilibre, parce qu'elle n'a été suivie d'aucun changement d'orientation, on procède à une nouvelle dévaluation : l'addition de la dévaluation du franc — 5,75 % — et de la réévaluation du mark — 4,25 % — entraîne une dépréciation de 10 % de notre monnaie. Décision mortifiante pour la gauche que la succession de deux dévaluations en huit mois, comparée à la stabilité de la devise au temps des majorités de droite.

Cette fois, la dévaluation est accompagnée d'un ensemble de mesures qui devraient en garantir l'efficacité. La lutte contre l'inflation devient l'impératif majeur. Pour la combattre on recourt aux moyens classiques qui ne doivent rien à l'idéologie : compression drastique des dépenses, dont l'augmentation est ramenée à 11 % dans le projet de budget pour 1983. Le déficit global ne devra pas dépasser 3 % du P.N.B. On impose 10 milliards d'économies aux ministères dits dépensiers. La rigueur est étendue au budget de la Sécurité sociale, dont le montant total est supérieur à celui de l'État ; le ministre de tutelle, Nicole Questiaux, qui avait déclaré qu'elle ne serait pas le ministre des comptes chargé de boucher les trous, doit céder son portefeuille au secrétaire général de l'Élysée, Pierre Bérégovoy, qui se montre bon gestionnaire : il institue un forfait journalier pour l'hospitalisation et une vignette sur les alcools. Surtout, le gouvernement décrète un blocage total des prix et des salaires pour quatre mois jusqu'au 1er novembre 1982. Les syndicats maugréent contre une mesure qui fige les rémunérations et prive nombre de salariés des réajustements prévus, mais leur mauvaise humeur ne provoque pas de conflits : les salariés acceptent d'un gouvernement de gauche ce qu'ils auraient peut-être refusé à un gouvernement de droite, et la présence de ministres communistes au gouvernement enchaîne la C.G.T.

Le passage de la facilité à la rigueur est le commencement d'une révision douloureuse qui conduira le Parti socialiste à répudier une partie de ses postulats de départ et à découvrir des valeurs qu'il méconnaissait : l'initiative et le profit. L'exercice du pouvoir entraîne le passage d'une culture d'opposition à une culture de gouvernement et de responsabilité. La mutation s'achèvera dans le cours de l'année 1984.

CHAPITRE XXXV

Une autre politique

Si le décalage entre les attentes de la gauche et les réalités de l'économie obligea le gouvernement à infléchir sa politique, ce ne fut pas le seul obstacle à l'application du programme socialiste; il y eut tout autant l'évolution du rapport de force entre majorité gouvernementale et opposition. Dans l'euphorie de la victoire et la surprise du pouvoir reconquis, les socialistes eurent d'abord la conviction qu'ils avaient l'approbation de la grande majorité du pays. Cette certitude leur inspira un triomphalisme et un sentiment de supériorité qui déferlèrent dans le débat parlementaire, et leur dicta des propos excessifs, telle la phrase qui fit la notoriété d'André Laignel, député de l'Indre, déclarant aux députés de l'opposition qu'ils avaient « juridiquement tort puisqu'étant minoritaires politiquement », ou encore les propos de Paul Quilès au congrès de Valence, où le Parti socialiste célébrait sa victoire, invitant le gouvernement à faire tomber les têtes des fonctionnaires dont le loyalisme était suspect. Autant de paroles qui firent tort à la réputation de la nouvelle majorité.

La fin de l'état de grâce

La droite fut d'abord plongée dans une prostration profonde après sa double défaite. L'ancien président, ulcéré par la trahison d'une partie de son ancienne majorité, et singulièrement par la défection des chiraquiens, tout à son amertume, garda quelque temps le silence avant l'expiration du délai de viduité. Les autres dirigeants se taisent et laissent à de plus jeunes la mission de livrer un combat d'arrière-garde contre les réformes de la gauche. Les partis de droite ont souffert aussi de l'échec; l'opinion s'en détourne et se reporte vers des organismes qui se conçoivent comme des lieux de réflexion : le phénomène de la prolifération des clubs qu'on avait connu après 1958 se reproduit, mais cette fois à droite. La presse aussi prend la relève des appareils défaillants ou temporairement discrédités : *Le Quotidien de Paris* double son tirage dans l'été, et *Le Figaro,* secondé par son supplément hebdomadaire, *Le Figaro-Magazine*, rompt des lances contre le gouvernement et sa majorité. Les porte-parole de l'opposition s'attachent à souligner la nouveauté radicale de la situation et évoquent les périls dont elle leur semble grosse : quand la droite était au pouvoir, la gauche disposait de contre-pouvoirs avec les organisations syndicales qui pouvaient tenir le gouvernement en échec. Cette fois, la gauche ne réunit-elle pas à la fois les pouvoirs réguliers et le pouvoir sur les masses ? Analyse partiellement erronée qui ne tient pas compte de ce que le Sénat et le Conseil constitutionnel échappent à la gauche : la suite montrera l'importance de ce fait. C'est aussi oublier le poids de l'opinion qui fera, trois ans plus tard, reculer le gouvernement.

L'appréciation du rapport des forces ne tarde pas à être révisée : dès le début de novembre 1981, François Goguel a démontré que le succès électoral de la gauche en juin n'a été possible que par l'abstention d'un bon quart des électeurs de droite ; la comparaison entre les deux élections législatives de mars 1978 et juin 1981 fait apparaître que de l'une à l'autre la gauche n'a pas amélioré son pourcentage par rapport aux électeurs inscrits. Il n'y a eu aucun raz de marée. Certains en concluent que, si la gauche est arrivée régulièrement au pouvoir, elle n'a pas reçu pour autant mandat de changer la société. Cette analyse reçoit bientôt une confirmation. Des élections partielles ont lieu le 17 janvier 1982 à la suite de l'annulation par le Conseil constitutionnel des résultats dans quatre circonscriptions. Or l'opposition les gagne toutes et dans des conditions qui confèrent à ce quadruple sondage une signification politique indubitable : dans les quatre, le candidat de droite, dont Alain Peyrefitte, l'auteur de la loi Sécurité et liberté, est élu ou réélu dès le premier tour et haut la main. De deux choses l'une : ou le triomphe de la gauche en juin 1981 n'a été qu'un succès éphémère acquis dans le sillage du succès de François Mitterrand, ou, depuis, l'opinion s'est reprise ; dans les deux cas la portée du succès de la gauche est minorée. C'est la fin de l'état de grâce ; il y a déjà — l'expression est de Giscard d'Estaing — des déçus du socialisme qui refluent à droite. Ainsi, dès le début de 1982, la gauche est sur la défensive, et toute consultation prend de ce fait le caractère d'un test.

Deux mois plus tard, c'est le renouvellement de la moitié des conseils généraux : ces élections ont un enjeu supplémentaire du fait de la décentralisation, puisque le président du conseil général devient le chef de l'exécutif départemental. La participation est plus élevée qu'à l'accoutumée. La gauche perd, par rapport à 1976, entre 4 et 7 points, selon qu'on adopte une définition

Une autre politique

restreinte ou extensive de la gauche, et la droite fait jeu égal : 49,9 % contre 49,7. L'écart entre les deux camps, qui avait atteint en juin 1981 une amplitude tout à fait exceptionnelle — 12 points —, s'est rétréci et presque annulé : on retrouve le partage par moitié de 1974. Aussi toutes les consultations seront-elles désormais attendues fiévreusement, scrutées passionnément, devenant autant d'événements dont la portée dépasse l'enjeu immédiat. En mars 1982, la gauche a perdu 8 présidences de conseils généraux, et l'opposition en détient maintenant 59 sur 95. Conséquence inattendue de la grande réforme administrative entreprise par la gauche : le pouvoir local passe à la droite dans la majorité des départements. S'esquisse un partage entre pouvoir central et pouvoirs locaux qui encercle majorité parlementaire et gouvernement.

Le renouvellement des municipalités en mars 1983 est une autre échéance très attendue, pour les mêmes raisons : les lois de décentralisation donnent aux conseils municipaux des compétences nouvelles, comme de pouvoir intervenir dans le secteur économique. Le régime électoral a été modifié ; l'introduction de la proportionnelle à toutes les élections figurait au nombre des cent dix propositions, mais le Parti socialiste répugnait à se priver des avantages qui reviennent au parti dominant en régime majoritaire et dont il bénéficierait pour la première fois. La loi du 20 octobre 1982 réalise une combinaison originale, et sans doute heureuse puisqu'elle recueillera l'assentiment à peu près général, des deux principes : dans toutes les communes de plus de 3 500 habitants, la liste qui a obtenu au premier tour la majorité absolue ou qui est arrivée en tête au second enlève la moitié des sièges ; les autres sont répartis à la proportionnelle. Ainsi est garantie l'existence d'une majorité stable qui administre, mais est aussi assurée la présence d'une opposition qui contrôle.

Le vote de cette réforme suscita moins de passions que le projet concocté par le ministre de l'Intérieur pour la capitale : sous prétexte d'appliquer à Paris le principe de la décentralisation et de démocratiser l'administration de la ville, il imaginait de doter chacun des vingt arrondissements d'une mairie à laquelle serait transféré l'essentiel des compétences assignées à la mairie de Paris par la loi de 1975. Il était difficile de penser que cette décision n'était pas inspirée par le désir de retirer à Jacques Chirac la position qu'il occupait à l'Hôtel de Ville ; il ressentit le projet comme une déclaration de guerre. C'était d'autre part revenir sur l'émancipation de la capitale et rétablir à son détriment un statut d'exception. Le gouvernement dut battre en retraite, et le projet définitif fut édulcoré : il ne concernait plus seulement Paris, mais aussi Lyon et Marseille ; d'où le nom de projet P.L.M. La mairie de Paris conservait l'essentiel de ses attributions, mais des mairies d'arrondissement étaient créées avec des conseillers d'arrondissement distincts des conseillers de Paris. Construction compliquée et qui contenait le germe de conflits possibles entre les deux niveaux d'administration s'ils étaient aux mains de majorités de sens contraire.

A ces élections la participation fut exceptionnellement élevée, supérieure à ce qu'elle avait été aux législatives de juin 1981 : autour de 78 %. Dans les 221 villes de plus de 30 000 habitants qui étaient l'observatoire des mouvements de l'électorat, l'opposition progressait et devenait majorité : plus de 55 %. A Paris, Jacques Chirac, exploitant la réaction contre le premier projet du gouvernement, remportait un triomphe : ses listes enlevaient la majorité dans les vingt arrondissements. A Marseille, le père de la réforme, Gaston Defferre, ne gardait l'hôtel de ville que grâce à un habile découpage qui lui assurait la majorité des élus pour une minorité d'électeurs. Le déplacement était important, supérieur à ce que la gauche avait eu l'imprudence de fixer comme seuil acceptable — une quinzaine —, mais inférieur à ce que la droite, mise en appétit, avait trop tôt annoncé comme probable : une soixantaine. Une trentaine de villes changèrent de mains. La défaite la plus surprenante fut à Grenoble celle d'Hubert Dubedout, dont le succès en 1967 avait été salué comme le signe annonciateur de la renaissance de la gauche dans une ville qui était le symbole de la France dynamique, et qui fut battu dès le premier tour par un jeune R.P.R. Le Parti communiste perdit plusieurs communes de la banlieue parisienne et plusieurs grandes villes de province. Le Parti socialiste reperdit plusieurs des villes conquises en 1977 dans l'Ouest, Brest et Nantes. Mais c'est dans le Midi provençal et languedocien que la gauche subit les reculs les plus marquants ; le Parti communiste était délogé de ses bastions traditionnels, et les positions socialistes tombaient en série, signifiant l'effacement d'un socialisme municipal lié à des personnalités et à caractère clientéliste prononcé qui n'avait guère été touché par le rajeunissement du parti depuis 1971.

Au vu de ces résultats, l'opposition ne désespère plus de ressaisir le pouvoir à brève échéance, peut-être même avant la fin du septennat. Commence à se profiler la possibilité d'une discordance entre l'Assemblée et le président, mais à fronts renversés. La droite en prend argument pour dénier à la majorité du moment le droit d'opérer des réformes qui bouleversent l'ordre social.

Le changement de politique économique

La déconvenue électorale de la gauche en mars 1983 coïncide avec une crise gouvernementale larvée provoquée par la détérioration de la situation économique : les résultats de la politique sont singulièrement décevants. Si le gouvernement a pu ralentir la progression du chômage, c'est grâce à son traitement social, en recourant à des formules proches des pactes de Raymond Barre, beaucoup plus qu'en s'en prenant à ses causes ; des branches d'activité, des régions entières sont sinistrées. A la sortie des quatre mois de blocage, les prix n'avaient augmenté que de 1, 5 %, mais les mesures de rigueur dont Pierre Mauroy avait fait, non sans devoir mettre sa démission dans la balance, accepter le principe par le président, avec des expédients comme les dispositions prises pour freiner l'importation des magnétoscopes, n'avaient pas suffi à redresser la situation : le franc était menacé, la balance des échanges gravement déséquilibrée, et l'endettement extérieur prenait des proportions alarmantes — on l'évaluera à la fin de l'année 1983 à quelque 450 milliards de francs.

Devant cet insuccès, deux politiques sont concevables : ou accentuer encore la rigueur et faire de la lutte contre l'inflation l'objectif majeur, ou sortir du Système monétaire européen, suspendre l'application des accords d'intégration, pour recouvrer la possibilité d'une action autonome et tenter de reconquérir le marché national. Alternative capitale : le gouvernement est à la croisée des chemins. L'une et l'autre politique ont leurs défenseurs ; le Parti socialiste est écartelé entre les tenants du repli sur l'Hexagone et d'une politique volontariste, et ceux qui sont convaincus de l'impossibilité du retour en arrière et de la nocivité d'une politique qui impliquerait la renonciation à la compétition et, à terme, la régression. Autour du président les conseillers se partagent : Pierre Bérégovoy est pour la sortie du S.M.E., Jacques Delors plaide pour la rigueur ; François Mitterrand balance. En économie il n'a ni intuition ni instinct ; il n'a donné à Pierre Mauroy en juin 1982 son assentiment que du bout des lèvres, sans conviction. Son hésitation se prolonge une dizaine de jours pendant lesquels les tenants de l'une et l'autre politique ont cru tour à tour que leur point de vue l'emportait, puis était écarté. Au terme de cette décade des dupes où Pierre Mauroy a cru être remplacé et où d'autres se sont vus Premier ministre, François Mitterrand décide de le maintenir (22 mars 1983) et tranche le débat en faveur de la politique de rigueur. Il le fait cette fois en connaissance de cause : le choix est irrévocable. Il en sera à l'avenir totalement solidaire, en revendiquera la responsabilité, en assumera même l'impopularité et se prévaudra de ses succès. C'est un tournant décisif, bien que Pierre Mauroy s'obstine à soutenir, contre toute vraisemblance, qu'il n'y a pas eu de changement et que la même politique continue : c'est de ce moment qu'on peut dater la conversion du Parti socialiste à une démarche économique qui rompt avec les postulats, les souhaits et les illusions qu'il nourrissait dans l'opposition.

La reconduction du Premier ministre s'accompagne d'un remaniement du gouvernement : les ministres d'État sont supprimés ; deux d'entre eux, Michel Jobert et Jean-Pierre Chevènement — ce dernier s'était fait l'avocat du changement d'orientation —, quittent le gouvernement. Le nombre des ministres participant de plein droit aux délibérations du Conseil est ramené de 44 à 16 dans le souci de renforcer la cohésion d'une équipe à laquelle on a souvent reproché sa cacophonie. De fait, le gouvernement remanié montrera une plus grande cohérence. Jacques Delors, dont on avait parlé comme du successeur de Pierre Mauroy, voit ses attributions étendues : avec le titre de ministre de l'Économie, des Finances et du Budget, il remembre des compétences dispersées. Pierre Bérégovoy lui fait pendant pour le secteur social, et Laurent Fabius succède à Chevènement à la tête d'un grand ministère de l'Industrie et de la Recherche.

Pendant le déroulement de cette crise insolite, des négociations à Bruxelles préparaient un réajustement monétaire devenu inévitable : le franc est dévalué de 2,5 % et le mark réévalué de 5,5 %. En trois fois, le franc a subi, depuis septembre 1981, une amputation de quelque 20 %. Trois dévaluations en dix-huit mois, la chose n'a pas de précédent. Elle porte tort à la réputation des socialistes. Pierre Mauroy n'avait-il pas solennellement affirmé qu'il ne serait pas l'homme d'une troisième modification de la parité ? Cette fois, la dévaluation est assortie d'un dispositif qui la rend efficace. Le déficit du budget est réduit de 20 milliards par l'addition de 15 économisés sur les dépenses prévues et 5 provenant du relèvement de la taxe sur les carburants. Le projet de budget pour 1984 plafonne l'accroissement des dépenses à 6,3 %, c'est-à-dire à trois points au-dessous du taux prévu pour l'augmentation des prix. Le président enjoint au gouvernement de prendre les mesures appropriées pour réduire d'un point le pourcentage des prélèvements obligatoires, qui était passé, sous le précédent septennat, de 36 à 42 % et qui a continué de progresser depuis 1981, avoisinant 45 ou 46 %. François Mitterrand infléchit ainsi l'orientation politique : adhérer à un thème de la pensée libérale en plein renouveau, le relâchement de la pression fiscale sur les ménages et les entreprises, implique une réduction du rôle de l'État, en opposition avec les positions initiales de la gauche.

Des mesures prises, la plus mal reçue par l'opinion fut celle qui restreignait de façon drastique les allocations de devises pour les voyages à l'étranger : les réactions furent disproportionnées par rapport à leur objet, mais l'étonnement qu'elles créèrent chez les gouvernants souligna la profondeur du fossé entre les dirigeants et l'opinion. C'est un bon exemple d'erreur psychologique : les ministres objectaient des précédents antérieurs de dix ou vingt ans sans percevoir que dans l'intervalle les Français avaient pris d'autres habitudes — le franchissement des frontières était devenu un signe de liberté, l'Europe était entrée dans les mœurs.

Georges Marchais, qui avait déjà jugé en son temps le blocage des salaires socialement injuste et injustifié économiquement, formule des critiques sur l'inspiration et les modalités du plan de rigueur gouvernemental, mais il n'en tire pas de conséquences politiques immédiates. Quand le Parti communiste quittera le gouvernement, un an plus tard, il estimera qu'il avait eu tort de demeurer solidaire en mars 1983 et attribuera à cette erreur la responsabilité de son recul électoral. Pour l'heure, la cohésion de la majorité ne souffre pas gravement de cette épreuve : les socialistes serrent les rangs ; quant à l'opposition, elle serait mal venue de critiquer des décisions qui se rapprochent de celles qu'elle-même avait jadis arrêtées. Mais elle ne se fait pas faute de dénoncer l'accumulation d'erreurs et d'imprudences de la première année de gouvernement qui les ont rendues nécessaires, et d'assurer qu'elles ont durablement obéré le redressement de l'économie.

La querelle de l'école

En 1983-1984, le débat entre majorité et opposition se concentra sur trois projets de loi, d'initiative gouvernementale, à forte charge idéologique, qui prirent le relais des grandes réformes de la première vague. La gauche y attachait une importance symbolique, et la droite se jeta chaque fois dans la bataille avec toutes ses forces, usant de toutes les ressources du règlement des Assemblées, non pas qu'elle eût l'espoir de faire reculer le gouvernement ni même d'amener la majorité à amender son projet, mais pour retarder le vote définitif et surtout mobiliser l'opinion dans la perspective des élections européennes et législatives. Deux de ces projets concernaient l'enseignement, le troisième le statut de la presse.

Le premier réformait, une fois de plus, l'organisation de l'enseignement supérieur ; il était devenu nécessaire, depuis que la majorité avait décidé l'abrogation des textes en vigueur. Le cycle était réouvert des réformes de structure. Au terme d'une grande année de consultations, le ministre Alain Savary déposa un projet auquel les éléments conservateurs de l'Université reprochèrent de créer une organisation d'une complexité décourageante et de livrer l'institution au pouvoir des syndicats. Les adversaires suscitent des manifestations de rue où l'on voit des professeurs en toge se heurter au service d'ordre. L'ambition des organisateurs était de faire un 68 à l'envers, mais leurs démonstrations ne rencontrèrent qu'un écho assez faible ; rien qui ressemblât, même de très loin, à l'escalade de 68. C'est au Palais-Bourbon que l'opposition livra une bataille à coups d'amendements — elle n'en déposa pas moins de 1 400 — qui dura trois semaines, paralysant le travail législatif. Le texte fut voté en dernière lecture en décembre 1983, mais la lenteur apportée à la rédaction et à la publication des quelque soixante textes d'application nécessaires, conjuguée avec la mauvaise volonté de nombreux professeurs pratiquant une sorte de sabotage, fit qu'à la fin de la législature la majorité des universités ne s'étaient pas encore mises en conformité avec la loi Savary, attendant un renversement de majorité qui abrogerait, une fois de plus, le texte régissant l'enseignement supérieur, désormais pris en otage des antagonismes politiques et subissant les contrecoups des changements de majorité politique.

Le deuxième projet intéressait le statut de la presse écrite : il avait pour objet d'enrayer le processus de concentration qui menaçait de mettre la plupart des journaux entre les mains d'un petit nombre d'hommes et de supprimer le pluralisme de l'information ; déjà en plusieurs régions un quotidien détenait un monopole. Un vrai problème pour qui estime que l'information n'est pas une marchandise comme les autres et que sa liberté est une condition de la démocratie, mais toute réglementation risquait d'être, du fait des circonstances, interprétée comme dirigée contre

Une autre politique

le puissant groupe de presse constitué par Robert Hersant et qui était l'une des citadelles de l'opposition. Au reste, Pierre Mauroy avait prêté le flanc à cette interprétation en proclamant son intention de déposer un projet à cette fin en plein congrès socialiste à Bourg-en-Bresse, en octobre 1983 : l'annonce lui avait valu un tonnerre d'acclamations des militants, mais elle faisait le jeu de l'opposition. L'examen du texte donna lieu à de furieuses batailles. Le directeur du *Figaro* comptait parmi ses collaborateurs plusieurs personnalités de droite. Une première escarmouche de quatre jours, en décembre 1983, se conclut sans résultat : la discussion était renvoyée à une session extraordinaire convoquée en janvier 1984. Elle dura trois semaines : le nombre des amendements dépassa le chiffre de ceux opposés à la loi Savary — quelque 2 500. Le texte ne serait définitivement adopté qu'en septembre 1984, et encore subirait-il la censure du Conseil constitutionnel qui en annula plusieurs dispositions, dont celle qui avait un caractère rétroactif; de surcroît, le nouveau Premier ministre, Laurent Fabius, se fit donner le droit de ne mettre la loi en application qu'après les élections de 1986.

Le troisième des projets qui mobilisèrent les passions en 1983-1984 eut un sort bien différent et déchaîna une tempête d'une tout autre ampleur : sur les deux premiers textes la majorité imposa sa volonté, et le gouvernement surmonta l'obstruction de l'opposition. La bataille autour du troisième, en revanche, tourna au désavantage de la gauche et entraîna par une série de conséquences en chaîne une rupture dans l'histoire de la législature. Le projet litigieux visait à redéfinir les relations entre les pouvoirs publics et l'enseignement privé, principalement catholique. Les origines de la question étaient fort anciennes; c'était l'héritage d'un long passé de querelles dont c'était le dernier vestige, l'aspect résiduel du conflit séculaire entre l'Église catholique et l'État républicain, les catholiques et la Révolution. Le chapitre scolaire de ce conflit datait de l'institution d'un enseignement public laïcisé. Depuis, les termes de la querelle avaient changé; après 1945 ne sont plus en cause le principe de la liberté d'enseignement en dehors du service public, ni la responsabilité de l'État en ce domaine. Il n'y a plus que de toutes petites minorités, à droite, pour contester à l'État ses responsabilités et, à gauche, pour revendiquer le monopole de l'enseignement : le débat porte sur les conditions et les moyens de la liberté. Au nom du principe, invoqué sur d'autres points par la gauche socialiste, qu'il n'y a de libertés réelles que celles dont les moyens sont assurés, les défenseurs de l'enseignement catholique réclament comme un droit une aide publique aux écoles confessionnelles ; ils invoquent aussi les exigences de la justice sociale en faveur des familles défavorisées et de l'équité au bénéfice des enseignants du privé. Les partisans d'une affectation exclusive des fonds publics à l'enseignement public objectent, au nom de la laïcité qui interdit à l'État de subventionner sous quelque forme que ce soit des Églises, la maxime : « A école publique fonds publics, à écoles privées fonds privés. » Elle résume leur position, sans s'aviser que cette devise qui définissait parfaitement la position de l'État libéral a cessé de régir ses relations avec la société dans tous les secteurs autres que scolaire et n'est plus opposée qu'aux seules institutions religieuses. De part et d'autre, des groupes de pression se sont constitués en réseaux puissamment organisés : d'un côté les Associations de parents d'élèves de l'enseignement libre — les A.P.E.L. —, fédérées depuis 1930, qui groupent quelque 800 000 familles, relayées par les syndicats d'enseignants, les amicales d'anciens élèves ; de l'autre, la Fédération de l'Éducation nationale et ses syndicats, la Ligue de l'enseignement, la Fédération des conseils de parents d'élèves de l'école laïque, les délégués cantonaux, tous regroupés dans le Comité national d'action laïque (C.N.A.L.). Deux armées sur le pied de guerre et qui campent sur des positions idéologiques.

La querelle avait rebondi plusieurs fois depuis 1945 et trouvé une première conclusion en 1951 avec le vote des lois Marie et Barangé. Relancée dans les premiers mois de la Ve République par l'enseignement privé, elle avait reçu une solution plus ambitieuse avec la loi Debré qui instaurait un système de relations juridiques. Mais la gauche avait pris l'engagement solennel d'abroger le régime qu'elle combattait. Les défenseurs d'une interprétation stricte de la laïcité sont d'autant plus écoutés à gauche qu'une moitié environ des adhérents du Parti socialiste sont des enseignants. L'évolution de la pratique leur donne des raisons de vouloir remettre en question l'état de choses : l'application par la majorité de droite de la loi Debré en a peu à peu altéré l'esprit et modifié l'économie. Ainsi, le législateur avait prévu un délai à l'expiration duquel les contrats simples devaient faire place à des contrats d'association plus contraignants. Les membres de la majorité les plus attachés à préserver le caractère propre des établissements catholiques, redoutant tout ce qui allait dans le sens d'une intégration, arrachèrent au président Pompidou une pérennisation indéfinie des contrats simples. Plus tard, un ensemble de lois votées à l'initiative du député Guermeur, qui corrigeaient certaines inégalités et amélioraient la condition des maîtres, donnèrent aux laïques le sentiment que la droite entendait favoriser l'enseignement privé aux dépens du service public.

Dès 1976, le Parti socialiste avait relancé la querelle : son programme en matière d'enseignement, sous la signature de Louis Mexandeau, prévoyait la nationalisation de tous les établissements ayant reçu une aide financière de l'État. Au lendemain des élections municipales de mars 1977, dans plusieurs villes de l'Ouest gagnées par la gauche, la nouvelle municipalité à direction socialiste supprima les subventions aux enfants des écoles confessionnelles : généralement, les élus communistes, qui étaient associés aux socialistes, s'abstinrent pour ne pas pénaliser les familles populaires. François Mitterrand inscrivit au nombre des cent dix propositions l'instauration d'un « grand service unifié et laïque de l'enseignement public ». L'introduction de l'épithète « unifié », substituée à « unique », était une concession à l'esprit de conciliation et la reconnaissance d'une certaine dose de pluralisme, mais la nuance échappa de part et d'autre aux esprits qu'enfiévrait le réveil de la querelle. La victoire de la gauche ouvrit la porte à toutes les exigences d'un côté, à toutes les craintes de l'autre : la guerre était rallumée.

Le président de la République ne souhaite pas l'entretenir : il rêve d'attacher son nom à l'extinction de la querelle. Il a dit son intention de convaincre plus que de contraindre. Le ministre de l'Éducation nationale, Alain Savary, à qui échoit la délicate mission d'élaborer un projet qui résolve la question, souhaite aussi la conciliation. Conscient qu'il y a intérêt à laisser retomber les passions, il prend son temps, engage des pourparlers avec tous les intéressés, reçoit longuement les groupes, écoute, réfléchit. La mise au point du projet se fait par oscillations alternées, à la recherche du point d'équilibre entre les positions adverses. Les premières propositions, rendues publiques le 20 décembre 1982, sont immédiatement rejetées par le Comité national de l'enseignement catholique, qui a pris à peine le temps de les examiner. Alain Savary remet son travail sur le métier et formule, le 19 octobre 1983, de nouvelles propositions auxquelles l'enseignement catholique fait un accueil moins défavorable, mais cette fois ce sont les laïques qui les jugent inacceptables : le balancier était reparti dans l'autre sens.

A mesure que le temps passe, la pression monte de part et d'autre : les esprits s'échauffent, et les extrêmes de chaque bord débordent plus ou moins les modérés qui souhaitent aboutir à un compromis. Du côté catholique, l'épiscopat, en harmonie avec le chanoine Guiberteau et Pierre Daniel, le président des A.P.E.L., résiste assez bien aux intransigeants, sans réussir toujours, cependant, à éviter les débordements : à un rassemblement de l'enseignement privé à la porte de Pantin, le 24 avril 1983, les organisateurs n'ont pu empêcher la confusion avec la politique et l'exploitation par les parlementaires de l'opposition ; de l'autre côté, au rassemblement du Bourget qui célèbre le centenaire des lois laïques, une partie de l'auditoire chahute le Premier ministre qui déclare que la laïcité en 1982 c'est le pluralisme. Plus approche le moment de la décision, et plus les deux camps mobilisent leurs forces et recherchent l'appui de l'opinion. Dans cette escalade, l'enseignement catholique a l'avantage : il a la sympathie de la majorité de l'opinion, comme l'indiquent les sondages, et une plus grande maîtrise des mouvements de foule. Il organise, au cours de l'hiver 1983-1984, une succession de rassemblements en province dont l'ampleur va crescendo à Bordeaux, Lyon, Rennes, Lille, et qui culmine, à Versailles, le 4 mars 1984, où accourent quelque 800 000 manifestants ; au total les cinq meetings ont rassemblé près de deux millions de personnes. Le 25 avril, c'est au tour de l'enseignement laïque de compter ses forces dans tous les chefs-lieux de département ; on estime à environ un million le total de ceux qui ont répondu à son appel.

Le 16 mars précédent, Alain Savary avait rendu publiques les grandes lignes du compromis auquel le gouvernement s'était arrêté et dont s'inspirerait le projet soumis au Parlement dans sa session de printemps ; après presque trois années, la question abordait sa dernière étape. Une commission spéciale est formée pour l'examiner. André Laignel, député de Chateauroux et connu pour être l'un des partisans les plus intransigeants d'une laïcité fermée, la préside ; pas longtemps : il brusque les travaux et suspend les délibérations avant leur conclusion. Dès l'ouverture du débat, la fraction la plus dure sur le chapitre impose des amendements qui bouleversent l'économie du projet, en particulier une disposition subordonnant le maintien à terme de l'aide publique à la présence dans l'établissement d'une moitié au moins d'enseignants titularisés. Cette proposition est interprétée en face comme le signe de la volonté de fonctionnariser les enseignants du privé et d'absorber les établissements. En dépit de la mise en garde d'Alain Savary, qui souligne le danger de ruiner l'équilibre

Une autre politique

du projet, Pierre Mauroy ne perçoit pas la portée des modifications. Sollicité par le ministre d'arbitrer le différend, François Mitterrand, qui, dans le passé, avait généralement soutenu ses efforts, y compris contre le Premier ministre, laisse les choses suivre leur cours : ressentiment des insultes qu'il avait récemment essuyées de la part des éléments les plus combatifs de l'opposition à Angers ? Le projet amendé est adopté en première lecture sans débat par le subterfuge du rejet d'une motion de censure (24 mai 1984). Dès lors, rien ne peut plus enrayer l'escalade : impossible aux modérés de refuser aux défenseurs les plus ardents de la liberté scolaire le grand rassemblement dont ils rêvent depuis longtemps. Rendez-vous est pris pour une manifestation nationale qui sera le point d'orgue de la succession des grands rassemblements régionaux ; les dirigeants en repoussent sagement la date au-delà des élections européennes fixées au dimanche 17 juin : la montée à Paris aura donc lieu le dimanche 24.

La manifestation est un extraordinaire succès : par trains entiers, par des milliers de cars, de toute la France afflue une foule comme Paris n'en a pas vu depuis août 1944, plus massive que les démonstrations de 1968 ; un million au moins, peut-être un million et demi défilent pendant neuf ou dix heures dans une atmosphère bon enfant. Quatre cortèges convergent vers la place de la Bastille, où se fait la dislocation ; l'affluence est telle que de nombreux groupes ont dû regagner leur train avant d'avoir défilé, en ayant attendu une journée entière. Les organisateurs ont su éviter l'utilisation politique ; un groupe de quelque 3 000 partisans de Jean-Marie Le Pen a été comme enkysté par le service d'ordre. L'effet est considérable : radio et télévision en montrent le soir des images impressionnantes.

Il convient sans doute de voir dans ce succès — plus qu'un mouvement de défense confessionnelle analogue aux démonstrations contre la législation du Cartel en 1924-1925, qui n'aurait pu mobiliser pareilles foules dans une société où la pratique religieuse est en déclin et où une partie des catholiques hésite à identifier la cause de l'Église au statut de l'école privée — une réaction de la société civile contre ce que beaucoup, à tort ou à raison, crurent une tentative de mainmise de l'État sur une liberté. Si la liberté de l'enseignement s'est trouvé autant de défenseurs, c'est aussi qu'elle touche à un point que les individus tiennent pour essentiel : l'avenir des enfants et la liberté de choix des parents. Depuis 1945, l'opinion avait continûment évolué : de 22 % en 1945, la proportion de ceux qui ne voyaient pas de contradiction entre la laïcité de l'État et une aide publique aux écoles confessionnelles était passée à quelque 70 % ; c'est dire qu'une partie des électeurs de gauche était acquise aux subventions. L'obstination de la gauche à vouloir remettre en cause la législation, venant après le texte sur la presse que l'opposition politique avait été assez habile pour présenter comme une menace contre la liberté d'expression alors qu'il tendait à sauvegarder le pluralisme contre la tyrannie de l'argent, fit que la gauche apparut comme liberticide et se trouva prise à contre-pied.

Sur le moment, la journée du 24 juin paraît n'avoir servi à rien ; au reste, les organisateurs n'en attendaient pas l'abandon du projet. Quelques jours plus tard, François Mitterrand réaffirme encore son approbation au texte incriminé. Et pourtant les conséquences de la démonstration vont être incalculables : elle a provoqué le tournant majeur et de la législature et du septennat — un changement de Premier ministre, et la rupture de la majorité. Le gouvernement est touché à mort le 25 juin, mais il ne le sait pas encore, comme ces combattants qui, mortellement blessés, continuent à se battre jusqu'au moment où ils s'écroulent.

Les élections européennes

Un autre événement, antérieur d'une semaine, lui avait porté un premier coup : les élections à l'Assemblée des communautés européennes (17 juin 1984).

Pour la deuxième fois, les citoyens des dix pays de la Communauté élisent leurs représentants à l'Assemblée de Strasbourg : à cinq ans d'intervalle, les élections révèlent de grands changements dans le paysage politique français. Le mode de scrutin est inchangé : liste nationale avec répartition à la proportionnelle des 81 sièges entre les listes ayant obtenu 5 % au moins des suffrages. Cette fois, à la demande du R.P.R. qui a abandonné ses préventions contre l'institution, les deux grandes composantes de l'opposition ont fait liste commune : les chiraquiens ont accepté d'en payer le prix en se rangeant derrière Simone Veil qui a présidé l'Assemblée. Cette liste recueille 43 % des votes et enlève la majorité des sièges : 41 sur 81. La liste socialiste, conduite par Lionel Jospin, ne retrouve que 20,75 % des suffrages ; la consultation confirme donc les enseignements des précédentes : la gauche est en recul. Mais les deux révélations concernent les extrêmes : recul communiste et émergence d'une droite extrême.

Une autre politique

La liste du Parti communiste tombe à 11,20 %. La participation communiste au gouvernement n'a donc pas enrayé le déclin, bien au contraire ; en trois ans le parti a reculé de cinq autres points. En six années, depuis 1978, il a perdu près de la moitié de son électorat et, par rapport à la IVe République, presque les deux tiers. En 1946, près de trois électeurs sur dix faisaient confiance au parti ; en 1984, guère plus d'un sur dix. Le parti est en chute libre. Le premier de tous est sur le point d'être le dernier. Il est passé en seconde division. A ce dépérissement accéléré tout concourt. Le vieillissement de sa base sociale et régionale : ses bastions traditionnels, les industries de main-d'œuvre de la première révolution industrielle, métallurgie, mines, sous-sol, chantiers navals, sont les secteurs les plus touchés par les restructurations ; l'effectif des mineurs de charbon, qui dépassait, au lendemain de la guerre, le chiffre de 300 000, est tombé à quelques dizaines de mille. Ce sont comme autant de cadres d'extinction. Les seuls départements où le parti n'a pas reculé sont ruraux : l'Ariège ou la Haute-Corse. Le phénomène s'accompagne d'un vieillissement des cadres et des adhérents : la relève des générations se fait mal. Joue aussi contre le parti sa structure centralisée calquée sur l'organisation militaire et dont la rigidité est en désaccord avec une société qui, depuis 1968, répugne aux appareils bureaucratiques. L'idéologie est battue en brèche ; le discours est de plus en plus reçu comme une « langue de bois » : l'explication que le parti propose de la crise économique ne trouve plus créance auprès d'une opinion qui a assimilé des notions de culture économique et à qui la télévision apprend quotidiennement que la récession frappe le monde entier. Enfin, le réalignement de la direction depuis 1978 sur la politique extérieure soviétique achève de ruiner les restes de sympathie ; en particulier, les événements de Pologne en 1980-1981, que les Français ont suivis avec attention et souvent passion, ont disqualifié le parti et la C.G.T. aux yeux d'une grande partie des salariés.

L'autre surprise a éclaté à l'autre extrémité de l'éventail politique : la liste du Front national, entraînée par Jean-Marie Le Pen, a fait une percée foudroyante. Absente en 1981 de l'élection présidentielle, faute pour son chef d'avoir pu obtenir les cinq cents signatures requises, créditée en 1974 de moins de 1 % des suffrages, cette tendance a près de 11 % en juin 1984 et fait presque jeu égal avec le Parti communiste ; suprême humiliation pour l'ancien premier parti de France. Ils ont le même nombre de députés à Strasbourg : dix chacun. A vrai dire, la surprise n'est pas entière : depuis quelques mois des signes annonciateurs s'étaient dessinés dans le ciel politique, à l'occasion d'élections locales. A Dreux, pour une élection municipale imposée par l'annulation des résultats de l'élection du printemps, la liste du Front national avait obtenu plus de 16 % des voix et, avec le concours d'une partie de la droite, fait entrer l'un des siens au conseil municipal (septembre 1983). A la suite de ce premier succès, le Front national en avait enregistré d'autres, toujours à la faveur de consultations partielles dans des situations locales qui l'avantageaient : dans le XIXe arrondissement de la capitale et surtout à l'occasion d'une législative partielle, ouverte par une chance qui servait merveilleusement son leader, dans la circonscription même dont il était originaire — le Morbihan. Quelque 12 % des électeurs s'étaient au premier tour portés sur son nom. Mais le succès aux élections européennes était d'une autre ampleur et revêtait une signification nationale : pour l'ancien député poujadiste écarté du Parlement et de la scène politique depuis plus de vingt ans, quelle revanche ! Désormais, le Front national a forcé l'accès au club très fermé des grandes formations : le soir même du 17 juin radios et télévisions l'accueillent. Depuis 1965, l'extrême droite avait disparu comme force politique : elle ne survivait que comme école de pensée, s'exprimait dans un certain nombre de publications, mais ne comptait plus sur l'échiquier des formations. La voici qui effectue un retour en force, obligeant droite et gauche à l'inscrire dans leur perspective et leur stratégie.

La résurgence de cette tendance est, tout comme le déclin communiste, la résultante de plusieurs facteurs qui additionnent leurs effets : l'électorat du Front national est la coalescence d'une pluralité de courants. S'y retrouve une extrême droite qui n'avait pas réellement disparu, composée des fidèles du maréchal Pétain, des nostalgiques de la Révolution nationale, des défenseurs de l'Algérie française : les 5 % qui s'étaient comptés en 1965 sur la candidature de Jean-Louis Tixier-Vignancour. S'y ajoutent ceux qui ont été meurtris par la secousse de 1968 et qui ne font pas confiance à la droite parlementaire pour en effacer les séquelles, ceux qui critiquent l'indulgence des magistrats, déplorent l'impéritie de la police, dénoncent la complaisance des médias pour le gauchisme, s'effraient de la dégradation des mœurs, du relâchement de la morale publique, s'inquiètent de la montée de la délinquance, des progrès de l'insécurité. Le Front national exploite aussi l'impuissance du gouvernement à combattre la progression du chômage et la présence de communistes au gouvernement. Jean-Marie Le Pen a fait campagne sur des thèmes dont la simplicité séduit les esprits disposés à croire à la possibilité de résoudre par des moyens élémentaires des problèmes compliqués. Il dénonce la présence sur le sol national de plusieurs millions d'étrangers qui menaceraient l'identité nationale : l'expulsion de 3 millions d'immigrants donnerait du travail à autant de Français et résorberait le chômage. D'incontestables dons de tribun, une éloquence efficace, une relative modération du programme, qui s'abstient de critiquer les institutions, font le reste. Le Front national a trouvé sa meilleure audience dans les départements où coexistent rapatriés et Maghrébins, dans les banlieues populaires, les ensembles immobiliers où ouvriers, employés, petits cadres souffrent de la cohabitation avec les immigrés. Le Front national ressuscite le phénomène national-populiste qui a surgi à plusieurs reprises dans la vie politique française.

Le recul communiste, le médiocre résultat du Parti socialiste, la bonne tenue de l'opposition de droite, le surgissement d'une droite extrême, ont singulièrement modifié le rapport de force entre droite et gauche. La gauche est ramenée à un tiers de l'électorat. Le gouvernement et sa majorité sont sortis affaiblis des élections européennes, malgré une abstention qui a atteint un niveau record : 47,27 %. La manifestation du dimanche suivant en faveur de la liberté de l'enseignement en a redoublé l'effet : elle lui a porté le coup de grâce et achevé de le déstabiliser. La conjonction de ces deux épreuves déclenche une succession de conséquences en chaîne d'une portée capitale.

Le tournant du septennat

Premier coup de théâtre : le 12 juillet, rentrant d'Égypte, le président de la République annonce au pays son intention de saisir le Parlement d'un projet de loi organisant un référendum visant à modifier l'article 11 de la Constitution qui définit de façon très restrictive le champ d'application de la procédure référendaire. L'initiative est habile, et tous les commentateurs louent le talent stratégique du chef de l'État qui reprend la direction des événements. Non seulement il évite à la pratique référendaire de tomber en désuétude, mais il se donne la possibilité de consulter directement le corps électoral sur la question scolaire. En même temps, il annonce le retrait du projet de loi sur l'enseignement privé : décision discutable au regard des droits du Parlement. Le ministre, qui a appris la décision à la télévision, se jugeant désavoué, donne sa démission. Il est bientôt suivi du Premier ministre, qui présente, le 17 juillet, la démission de son gouvernement. Démission acceptée. Sur-le-champ, François Mitterrand désigne son successeur : Laurent Fabius, ministre de l'Industrie et de la Recherche dans le gouvernement Mauroy, qui a reçu de grands pouvoirs pour la reconversion de la Lorraine et des régions sinistrées. Le Premier ministre que le président « donne à la France », selon son expression, est le plus jeune chef de gouvernement qu'on ait connu : il bat de quelques mois le record de précocité détenu par Félix Gaillard vers la fin de la IVe République ; il n'a pas encore trente-huit ans. C'est un fidèle de l'ancien premier secrétaire du Parti socialiste : au congrès de Metz en 1979, il a joué un rôle déterminant dans le renversement d'alliance qui a conduit à l'éviction des rocardiens du comité directeur. Doué d'une vive intelligence, paré de tous les diplômes, ancien élève de la Rue d'Ulm et de la Rue des Saints-Pères, c'est l'un des espoirs du Parti socialiste. Sa désignation marque une relève de génération et l'accession aux grandes responsabilités de ceux qu'on appelle les sabras, qui sont venus au socialisme après le renouveau du parti et n'ont pas connu la vieille S.F.I.O.

Laurent Fabius s'attelle aussitôt à la constitution de son gouvernement. Les délégués du Parti communiste lui signifient qu'ils n'en feront pas partie. La direction a saisi l'occasion de se dégager : depuis plus d'un an, le secrétaire général avait sur plus d'un point exprimé son désaccord avec la politique du gouvernement ; il avait désapprouvé le changement d'orientation de la politique économique en mars 1983. Le 2 avril 1984, interrogé à l'émission *L'Heure de vérité*, Georges Marchais avait déclaré que « ni l'esprit ni la lettre des accords entre P.S. et P.C. n'étaient respectés ». Mais le parti n'en avait pas tiré de conséquences. Plus tard, revenant sur sa stratégie et tentant d'expliquer la régression de son électorat, la direction jugera qu'elle a trop attendu pour rompre. C'est donc la fin de la deuxième expérience de participation communiste au gouvernement : la première avait duré trois ans — d'avril 1944 au début de mai 1947 — et avait été interrompue par l'éviction du gouvernement par un président du Conseil socialiste ; celle-ci prend fin à l'initiative des communistes eux-mêmes, après trois autres années. Au total, les communistes auront été associés aux responsabilités six ans sur les soixante-quatre années de l'histoire du parti.

Une autre politique

Le départ de leurs ministres marque un tournant capital dans l'histoire de la législature : c'est la rupture de l'Union de la gauche. Une fois de plus, le phénomène récurrent de la cassure d'une majorité de gauche en milieu de législature et de la dissociation de ses composantes se reproduit. Le parti glisse rapidement à l'opposition. Ses députés s'abstiennent dans le vote sur la déclaration de politique générale du nouveau Premier ministre et, dès le 6 septembre, Roland Leroy déclare : « Les communistes ne sont plus dans la majorité. » C'est depuis 1972 le troisième retournement stratégique du Parti communiste. Il reprend ses attaques contre les socialistes accusés de faire le jeu de la droite.

Retrait du projet Savary sur l'enseignement privé et démission du ministre de l'Éducation, changement de Premier ministre, départ des communistes du gouvernement, rupture de l'Union de la gauche, rétrécissement de la majorité ; telles sont les conséquences indirectes du réveil de la question scolaire et le prix dont la gauche a payé l'obstination de son aile intransigeante à vouloir remettre en question le statut des rapports entre l'État et l'enseignement catholique. Rarement disparité entre la cause et les effets aura été aussi prononcée.

Reste à en tirer les conséquences : le nouveau ministre de l'Éducation nationale, Jean-Pierre Chevènement, fervent admirateur de l'école républicaine, en est chargé. Il présente le 29 août un ensemble de dispositions « simples et pratiques » qui, somme toute, reconduisent l'état de choses. C'est l'enterrement du grand projet de système unifié et laïque. On ne parlera plus de la question. La querelle est-elle pour autant définitivement éteinte ? Toujours est-il qu'une partie des animateurs de la défense laïque ont pris la mesure de leur isolement dans l'opinion et découvert qu'elle ne les suivait plus. Nombre d'entre eux ont annoncé une révision de leurs positions et engagé une réflexion pour donner un nouveau contenu à l'idée de laïcité.

Quant au projet de référendum, il est lui aussi abandonné : la majorité sénatoriale qui, avant le 12 juillet, réclamait à cor et à cri que le pays soit consulté sur la question de l'école, du jour où son vœu est repris par le chef de l'État, se déchaîne contre son projet de référendum sur le référendum. Elle redoute qu'un succès du oui ne conforte le président, comme la gauche en 1972 avait craint que le succès du référendum sur l'Europe ne renforce la position de Pompidou. En adoptant, le 8 août la question préalable à la majorité des deux tiers, le Sénat ruine le projet de révision constitutionnelle. François Mitterrand, se rendant à l'évidence, y renonce. Une occasion a été perdue de réactiver la procédure référendaire et d'élargir son domaine d'application. Une des pièces du régime conçu en 1958 tombe en désuétude, et le système en est altéré.

C'est aussi l'abandon de toute volonté de réforme. La déclaration de politique générale de Laurent Fabius (24 juillet) n'a plus le moindre contenu idéologique, à peine de référence à une inspiration socialiste. Elle est tout entière construite sur deux thèmes : rassembler, moderniser. Rassembler : plus question d'opposer le peuple de gauche aux gens des châteaux. Quant à la modernisation, elle n'est pas propre aux socialistes ; tous les gouvernements et toutes les majorités en ont eu, tour à tour, l'intention ou la volonté. En créant le commissariat au Plan, le général de Gaulle en avait fait un objectif gouvernemental. La plupart des gouvernements de la IVe République s'y étaient employés tant bien que mal ; la chose était devenue plus aisée à partir du relèvement de l'économie dans les années 50. Revenu au pouvoir, de Gaulle avait voulu que la France épousât son temps, et la modernisation avait été le grand dessein de la présidence Pompidou. Quant à Valéry Giscard d'Estaing, n'avait-il pas placé son septennat sous l'invocation du changement ? En reprenant ce thème, Laurent Fabius s'inscrivait dans la continuité avec les majorités précédentes. Juillet 1984 trace ainsi une césure dans l'histoire du socialisme en France : c'est la répudiation de l'idéologie, le ralliement à une politique pragmatique qui s'évertue à concilier le souhaitable avec le possible. S'il fallait choisir une date où le socialisme français s'est rapproché des socialismes démocratiques de l'Europe du Nord, le moment le plus adéquat serait le remplacement de Pierre Mauroy par Laurent Fabius.

Et pourtant, si c'est en juillet 1984 que le discours s'est modifié, le changement de politique s'est opéré plus tôt, en mars 1983 et même dès juin 1982. C'est Pierre Mauroy qui en a infléchi l'orientation après une année de gouvernement, mais il s'est refusé à le reconnaître ; à l'entendre, c'était la même politique qui se poursuivait. En mars 1983, la politique a changé, mais le discours est maintenu. En juillet 1984, le dire et le faire se rejoignent. Désormais, le gouvernement s'abstient de toute velléité de réforme de caractère idéologique ; il suspend même l'entrée en vigueur de certains textes comme la loi sur la presse, dont l'application est renvoyée au lendemain des élections législatives.

Le gouvernement retrouve les vertus de l'initiative privée et fait l'éloge de l'entreprise.

Mais ce gouvernement, privé du soutien communiste, est dans une position précaire : s'il conserve à l'Assemblée une majorité, il n'en a plus dans le pays ; avec un peu plus de 20 % de l'électorat, le Parti socialiste est en sursis. En butte aux attaques convergentes de deux oppositions, de droite et communiste, il est, à lui tout seul, dans la position difficile qu'avait connue jadis, entre 1947 et 1952, la majorité de troisième force prise déjà entre les feux croisés du Parti communiste et du R.P.F.

Redressement de la politique économique

Pierre Bérégovoy, qui a succédé à Jacques Delors, poursuit la politique de son prédécesseur : les objectifs majeurs demeurent la lutte contre l'inflation et la relance par l'initiative des entreprises. Favorisé par le recul de l'inflation dans le monde, il continue avec succès la décélération des prix. Jacques Delors avait marqué un point décisif en rompant, pour la première fois depuis que le gouvernement Pinay avait instauré en 1952 l'échelle mobile des salaires, avec l'indexation automatique des rémunérations sur le mouvement des prix ; les hausses de salaires anticipaient sur les prix et avaient un effet inflationniste irrésistible. Désormais, les réajustements n'interviendront que si nécessaire. Un des facteurs les plus générateurs d'inflation est ainsi annulé ; le taux continue de diminuer : proche encore de 10 % en 1983, il a été ramené à 7,40 % pour 1984 et a baissé à 5,80 % en 1985. Résultat dont la gauche tire une légitime fierté, comparant ce chiffre aux 14 % de son arrivée au pouvoir, et que personne n'aurait osé espérer alors. Ce taux reste cependant supérieur à celui de la République fédérale, notre principal partenaire.

Du fait de la modération des salaires, un transfert des ressources s'opère des ménages vers les entreprises : pour la première fois depuis fort longtemps, le pouvoir d'achat ne progresse plus ; il régresse même légèrement en 1984 et 1985. En revanche, les entreprises peuvent se désendetter partiellement et reconstituer leurs fonds propres pour investir. La politique budgétaire va dans le même sens en comprimant les dépenses : leur progression est plafonnée pour 1985 à 5,9 % et s'amorce une réduction des prélèvements obligatoires (qui additionnent les impositions et les retenues pour charges sociales). Dans le budget 1985, le montant des contributions est diminué de 5 %, et le prélèvement de 1 %

qu'il avait fallu établir pour combler le déficit intermittent de la Sécurité sociale peut être supprimé. Le budget arrêté en septembre 1985 pour 1986, année électorale, réduit l'impôt sur le revenu de 3 % et ramène celui sur les sociétés de 50 à 45 %.

La situation économique n'en reste pas moins préoccupante : le taux moyen de la croissance reste pour les années 1981-1985 au-dessous de 1,5 %. C'est nettement insuffisant pour résorber le chômage : un taux de 2 % ou 3 % ne réussirait qu'à le stabiliser. Aussi le fléau continue-t-il de progresser inexorablement, même si c'est à un rythme plus lent : en novembre 1984, le nombre des sans-emploi recensés — l'estimation donne lieu à contestation de la part de l'opposition qui soupçonne les pouvoirs publics de falsifier les chiffres en rayant certaines catégories, et de fait, pour la première fois, des chômeurs parviennent en fin de droits — a dépassé les 2 millions et demi ; on est loin des 2 millions sur la crête desquels Pierre Mauroy avait juré de se battre. C'est près de 10 % de la population active. Pour les jeunes qui cherchent un premier emploi, une nouvelle formule est mise au point, les travaux d'utilité collective — les T.U.C. —, qui leur assurent une occupation pour un temps avec une rémunération inférieure au S.M.I.C. : c'est la poursuite de la politique qui vise à remédier au problème par un traitement dit social.

La récession frappe durement certaines régions. Le gouvernement s'est résolu à des restructurations devenues inévitables, mais qui entraînent des licenciements massifs. Il a adopté, le 29 mars 1984, un plan qui concerne les charbonnages, les chantiers navals, la sidérurgie. Il a ainsi renoncé à accroître la production charbonnière au motif que la tonne de charbon extraite coûtait le double de la tonne importée. De nombreux puits de mine sont fermés, dont l'exploitation n'était plus rentable. La C.G.T. tente de s'y opposer ; dans le bassin du Gard, le puits de Ladreich devient le symbole de la résistance des mineurs aux décisions du gouvernement. Le Nord et la Lorraine sont sinistrés. François Mitterrand a confié à Laurent Fabius une mission de salut national avec de grandes responsabilités, et, en mai 1984, un syndicaliste de la C.F.D.T., Jacques Chérèque, qui dirigeait la fédération de la métallurgie, est promu préfet en Lorraine avec mission d'effectuer le redéploiement des industries et de la main-d'œuvre. La crise, en se prolongeant depuis une dizaine d'années, crée des catégories de « nouveaux pauvres » dont la découverte, à l'automne de 1983, alimente la polémique de l'opposition.

Une autre politique

Les observateurs impartiaux reconnaissent que le gouvernement a, depuis 1983, corrigé ses erreurs, redressé la direction et obtenu des succès appréciables, notamment dans la lutte contre l'inflation. Pierre Bérégovoy a pratiqué une politique très libérale à l'égard des marchés financiers, desserré les contraintes, stimulé l'essor de la Bourse pour faire de Paris une place qui attire les capitaux étrangers. Les années 1982-1985 furent pour la Bourse et les actionnaires des années particulièrement heureuses après des décennies d'atonie et de marasme : les cours s'envolent et assurent aux épargnants de fructueux profits.

La politique étrangère

La politique extérieure a suivi une courbe qui présente quelque ressemblance avec la politique économique, mais avec des inflexions moins prononcées : la continuité fut plus marquée avec les présidences antérieures. L'arrivée de la gauche au pouvoir et surtout la présence dans le gouvernement de représentants du Parti communiste — qui, depuis 1977, avait épousé en tout les impératifs de la politique soviétique — avaient inspiré de vives inquiétudes à nos partenaires de la Communauté et de l'Alliance atlantique. Ils furent assez vite rassurés sur ce point, François Mitterrand faisant preuve à l'égard de Moscou d'une plus grande fermeté que son prédécesseur, en particulier pour la sécurité européenne. Dans le débat sur la parade à l'installation par l'U.R.S.S. des S.S. 20, le président français fut l'homme d'État occidental le plus attaché à l'application de la résolution de l'O.T.A.N. de mettre en place les fusées intermédiaires Pershing. A Bruxelles, il caractérise la situation de déséquilibre d'une formule qui fit mouche : « Les pacifistes sont à l'Ouest, les missiles à l'Est. » S'adressant au Bundestag pour le vingtième anniversaire du traité franco-allemand de 1963, il plaide pour l'installation des missiles américains.

Si l'orientation de la politique étrangère s'est écartée de la ligne antérieure, c'est en d'autres directions : elle s'inspire de préoccupations tiers-mondistes. La France apporte une aide aux sandinistes du Nicaragua qui inquiètent Washington. Jack Lang prononce une philippique contre l'américanisation et refuse d'assister à un festival du film américain. A Cancun, au Mexique, François Mitterrand renoue avec l'orientation anti-impérialiste de la politique du général de Gaulle. Le gouvernement annonce son intention de fonder sa politique sur trois piliers : Mexique,

Algérie, Inde. A l'Algérie, la France consent à payer le gaz naturel à un prix supérieur aux prix mondiaux dans une intention d'assistance. En Afrique, dans un premier temps, la politique de coopération distingue entre de bons gouvernements réputés démocratiques et les autres. Les dirigeants avaient aussi annoncé leur détermination de modifier notre politique de vente d'armes. Geste symbolique : avant que François Mitterrand n'arrive au Salon de l'Aviation au Bourget, on retire les armes des appareils.

Mais les réalités eurent tôt fait d'imposer leur contrainte. La démission de Jean-Pierre Cot, ministre de la Coopération, marqua le retour à la politique traditionnelle de soutien aux gouvernements africains en place, quel que fût leur comportement intérieur. Sur la solidarité avec l'Alliance atlantique, l'entente franco-allemande, la défense, la politique du président maintint intégralement l'héritage de la Ve République. Le septennat a préservé et peut-être même renforcé le consensus populaire sur la politique militaire et étrangère : seuls, à partir de leur sortie du gouvernement, les communistes s'en écartèrent et tentèrent de réactiver les thèmes pacifistes qu'ils avaient soutenus au temps de la guerre froide.

L'attente des élections

L'approche de l'échéance du renouvellement de l'Assemblée pèse sur l'action du gouvernement Fabius et projette par anticipation son ombre sur les comportements et les stratégies des acteurs. Chacun sait les jours de la majorité comptés. L'une après l'autre, toutes les consultations tournent à son désavantage, y compris le renouvellement, en mars 1985, de la deuxième moitié des conseils généraux : la gauche perd encore sept présidences. La droite en détient désormais 71 contre 28 à la gauche. L'opposition est massivement majoritaire dans les collectivités territoriales, municipalités de grandes villes, assemblées départementales, conseils régionaux et jusqu'au Sénat, dont les collèges électoraux se composent précisément des élus locaux. Ce partage entre le pouvoir central détenu par la gauche et les pouvoirs locaux, auxquels la décentralisation a transféré de grands moyens d'action, est peut-être une autre façon pour le pays de pratiquer l'alternance et montre à quel point les craintes de la droite en 1981 d'une domination sans partage de tous les pouvoirs par la gauche n'était pas fondée.

Une autre politique

Le 10 avril 1985, les deux grandes familles de l'opposition, le R.P.R. et l'U.D.F., sont parvenues à un accord pour gouverner ensemble, qui s'inspire du précédent du Programme commun : elles ont élaboré une plate-forme qui sera la charte de leur action, et qui comporte essentiellement l'abrogation de la plupart des réformes faites par la gauche. Son inspiration est fondamentalement libérale, les chiraquiens s'étant alignés sur les positions de l'U.D.F. Quant au Parti socialiste, il assume l'impopularité qui s'attache à des décisions souvent courageuses, mais douloureuses et que le Parti communiste dénonce comme autant de preuves de son glissement à droite. Il enregistre néanmoins un certain retour de confiance, et l'opinion n'est pas aussi sévère qu'elle l'aurait été en d'autres pays dans la malheureuse affaire du *Rainbow Warrior* : il s'agit d'un navire affrété par le mouvement Greenpeace pour troubler les essais nucléaires de la France à Mururoa, et que des agents des services secrets français ont coulé dans le port d'Auckland en Nouvelle-Zélande. L'enquête révèle une série de bavures et d'irrégularités qui entraîne la démission du ministre de la Défense, Charles Hernu. Le jeune Premier ministre est moins atteint par cette affaire que par une émission de télévision qui l'oppose à Jacques Chirac et où son arrogance lui a aliéné beaucoup de sympathies (27 octobre 1985).

Doutant de pouvoir renouveler l'exploit de juin 1981 et de retrouver une majorité dans la future Assemblée, le président envisage de modifier le régime électoral pour se prémunir contre l'effet amplificateur du scrutin majoritaire. Faute d'avoir une majorité favorable, mieux vaut qu'il n'y en ait pas : cette absence lui permettrait de gouverner avec des majorités successives et en tout cas d'échapper à la tutelle dominatrice de ses adversaires. D'autre part, la thèse proportionnaliste a toujours eu la préférence de la gauche, et le rétablissement de la représentation proportionnelle figurait au nombre des cent dix propositions. Cependant, les socialistes ne sont pas unanimes, et Michel Rocard, ministre de l'Agriculture, démissionne avec fracas, en pleine nuit, au lendemain du Conseil des ministres qui a décidé de rétablir le scrutin proportionnel (4 avril 1985). Il rejoint la thèse de l'opposition qui assure que le scrutin majoritaire, rétabli par le général de Gaulle en 1958, est partie intégrante des institutions et qu'en y touchant la gauche ébranle le régime. La droite sait aussi que le retour à la proportionnelle la frustrera des avantages que son avance dans le corps électoral lui donnerait. Le ministre de l'Intérieur, Pierre Joxe, met au point un projet de loi qui rétablit un scrutin à un tour dans le cadre du département avec répartition proportionnelle des sièges, dont le nombre est porté de 491 à 577. A la faveur de cette augmentation, des péréquations sont opérées qui corrigent les inégalités qui se sont grandement aggravées en un quart de siècle. Le texte est adopté définitivement en juin 1985. C'est le retour au régime de la IVe République, qui avait été pratiqué pour la dernière fois trente ans plus tôt, le 2 janvier 1956. C'est dire que plus de la moitié des électeurs ne l'ont pas connu. La réforme ajoute un élément d'incertitude de plus sur les résultats de l'échéance électorale.

La conviction que le groupe socialiste ne sera pas majoritaire, la vraisemblance d'une défaite de la gauche et d'un renversement de majorité relancent la controverse sur le devenir des institutions le jour où président et Assemblée seraient de camps opposés. Pourraient-ils, selon le terme qui tend à s'imposer, cohabiter ? La réponse divise l'opposition. Raymond Barre, dont on pense qu'il sera candidat à l'Élysée en 1988, a déclaré dès le 7 octobre 1984 que cohabiter avec un président de gauche serait trahir les principes de la Ve République ; le 14 avril 1985, il annonce qu'il ne votera pas la confiance à un gouvernement de cohabitation. Le président, dans le cas d'une victoire de la droite, devrait, selon lui, démissionner ; s'il ne le fait pas de lui-même, c'est à la nouvelle majorité de l'y contraindre en refusant de gouverner. Jacques Chirac, dont on pressent qu'il sera aussi candidat à la présidence de la République, adopte la position contraire : Édouard Balladur, son conseiller, a publié dès 1983 dans *Le Monde* un article où il développe la thèse selon laquelle le refus de la cohabitation conduirait à une crise de régime. Les électeurs ne comprendraient pas que la majorité victorieuse se dérobe à ses responsabilités. Le maire de Paris pense en outre que le poste de Premier ministre est le marchepied de la présidence. Quant au principal intéressé, François Mitterrand, il n'entre pas dans la controverse, mais proclame qu'il ne démissionnera pas ; il ne restera pas « inerte » (28 avril 1985). Le 14 août, il déclare qu'il suffirait en pareille éventualité de s'en tenir au texte de la Constitution. Le malheur est que celle-ci est étonnamment discrète sur le sujet. Au sein de l'opposition, de plus en plus assurée de sa victoire, le ton monte, et certains exigent par avance la démission du président au soir du 16 mars 1986. L'incertitude sur les comportements s'ajoute à celle sur le rapport des forces pour grossir l'enjeu de la consultation et faire du rendez-vous du 16 mars 1986 une date décisive de l'histoire de la Ve République.

CHAPITRE XXXVI

La cohabitation

Une fois encore, le sort des institutions paraît, au début de 1986, suspendu au résultat d'une élection. Tout depuis quatre ans faisait présager le retour d'une majorité de droite : qu'adviendrait-il alors de la fonction présidentielle ? Deux circonstances concourent à donner à la consultation du 16 mars 1986 un caractère de nouveauté : le rétablissement du scrutin de liste proportionnel après trente ans de pratique majoritaire et la concomitance des législatives avec les premières élections au suffrage universel des conseillers régionaux ; à vrai dire l'enjeu des premières fait tort à cette deuxième consultation dont elle occulte la portée.

Le Parti communiste a encore reculé et passe au-dessous de la barre des 10 %. En quelques années, il a perdu plus de la moitié de son électorat. Son espoir que le retour à l'opposition lui regagnerait des sympathies est déjoué : quoi qu'il fasse — participation au gouvernement ou critique du pouvoir, stratégie unitaire ou isolement —, il descend à chaque consultation une marche de plus de l'escalier du déclin. Son dépérissement semble bien irréversible. Un sondage effectué à la sortie des urnes révèle qu'il est la formation où la génération la plus jeune est le moins représentée : son déclin est vieillissement.

A l'inverse, le Parti socialiste se porte bien ; il paraît même avoir reconquis du terrain dans les deux dernières années, depuis l'abandon du discours idéologique : les succès de la politique économique — décélération de la hausse des prix, prospérité des marchés financiers — ont effacé quelque peu le souvenir des erreurs du gouvernement Mauroy à ses débuts. Sans renouveler l'exploit de juin 1981, il atteint le niveau le plus élevé de toute l'histoire électorale du socialisme en France : 32,8 % ; avec un tiers des électeurs le parti est, de loin, le premier. L'objectif de François Mitterrand, faire du Parti socialiste la première force de gauche avec 20 % et ramener les communistes à 10 %, est dépassé : le Parti socialiste pèse trois fois plus lourd que son rival. Mais la satisfaction d'avoir résisté à l'usure du pouvoir est tempérée par le constat que, du fait de la régression communiste, la gauche est désormais nettement minoritaire : l'addition des deux électorats, même grossie de l'appoint des résidus du gauchisme, ne dépasse pas 44 %. On est loin des 56 % de 1981 qui avaient fait croire un instant à une France de gauche ; la majorité des électeurs est à droite.

Le retour de la droite

Et cependant l'opposition d'hier est en partie déçue : elle n'a pas obtenu l'éclatante victoire que lui promettait une série ininterrompue de succès depuis quatre ans. L'addition des suffrages R.P.R. et U.D.F., qui ont du reste fait liste commune dans deux départements sur trois, ne dépasse que de peu l'ensemble des gauches : 44,7 % contre 44 %. C'est la conséquence de la poussée du Front national, qu'a avantagé le scrutin de liste. Bien qu'il ait aussi pris des voix à gauche, il a mordu principalement sur l'électorat de la droite parlementaire. Avec 9,9 % des voix, il frôle le seuil des 10 % et égalise avec le Parti communiste. Ainsi les deux oppositions situées aux extrêmes font-elles jeu égal et ont-elles attiré un cinquième de l'électorat. La proportionnelle frustre la droite du bénéfice de sa supériorité : elle fait entrer à l'Assemblée 35 élus du Front national, qui sont assez nombreux pour former un groupe. L'alliance R.P.F.-U.D.F. n'enlève que 277 sièges sur 577 : avec l'appoint des divers droites, sa majorité n'est que de trois ou quatre. L'exiguïté de son avance ruine tout espoir de congédier le président et l'oblige à tempérer ses exigences. François Mitterrand a réussi, faute de pouvoir reconduire une majorité à sa convenance, à limiter la victoire de la droite. Le Parti socialiste a le groupe le plus nombreux avec 216 députés. Viennent ensuite 139 R.P.R., 127 U.D.F., 35 Front national et autant de communistes, dont les sorts sont décidément paritaires à Paris comme à Strasbourg.

La distribution des voix aux élections régionales est très semblable : supériorité de la droite, près de 10 % pour l'extrême droite. L'élection, le 21 mars, des présidents de conseils régionaux transcrit les rapports de force : la gauche ne conserve la majorité qu'en deux régions : Nord-Pas-de-Calais et Limousin. Dans les vingt autres, la présidence échoit à la droite, mais dans cinq conseils le candidat, U.D.F. ou R.P.R., n'a été élu qu'avec le concours des suffrages du Front national devenu l'arbitre de l'affrontement droite-gauche. Déjà maîtresse de près des trois quarts des conseils généraux et des deux tiers des grandes villes, la droite contrôle la quasi-totalité des conseils régionaux et détient les compétences transférées aux collectivités par les lois de décentralisation. La voici de surcroît majoritaire à l'Assemblée comme elle n'a cessé de l'être au Sénat. Le retour de la droite inaugure une troisième et dernière séquence de ce septennat en lignes brisées.

De la consultation les deux camps sortent affaiblis, ou moins forts qu'ils n'escomptaient. Les voilà donc obligés de composer. Au soir du scrutin, personne à droite ne parle plus de chasser le président; dès le lendemain, François Mitterrand paraît à la télévision et prend acte du changement : la nouvelle majorité est «faible numériquement, mais elle existe». Il prendra donc le Premier ministre dans ses rangs. De son côté, le leader de la principale composante de la nouvelle majorité parlementaire, qui dispose aussi de la formation la plus nombreuse et la plus cohérente, Jacques Chirac, s'est fait depuis longtemps à l'idée de la cohabitation. Elle ne lui paraissait contraire ni à la lettre ni à l'esprit de la Constitution. Comment, d'autre part, faire admettre aux électeurs que les vainqueurs de la consultation se dérobent aux responsabilités ? Enfin, le maire de Paris et ses conseillers pensent qu'après l'Hôtel de Ville, Matignon sera le meilleur tremplin pour conquérir en 1988 l'Élysée : la fonction de Premier ministre ferait de lui le leader incontesté de la majorité. Le corps électoral a voté comme s'il avait voulu contraindre les deux camps à rechercher l'entente, en ôtant le pouvoir aux socialistes et en refusant à la droite la victoire éclatante qui lui aurait permis d'imposer sa loi. Le relatif échec à Lyon de Raymond Barre, qui avait pris position contre la cohabitation, corroborait cette interprétation. Les enquêtes d'opinion confirmèrent pendant plusieurs mois que l'opinion ne voulait pas d'une rupture débouchant sur une crise. Chirac évince d'éventuels compétiteurs et se rend, le 18, à l'invitation du président de la République : les deux hommes ont un premier entretien sur la formation d'un gouvernement. Deux jours plus tard, après un second entretien, le président nomme Jacques Chirac Premier ministre : il est le premier sous la Ve République à le redevenir, dix ans après sa démission volontaire. Premier acquis de cette toute nouvelle expérience : l'élection d'une majorité contraire n'entraîne pas le départ du président et ne l'accule pas à la démission. Le rapprochement auquel se complaisaient avant le 16 mars quelques personnalités de droite entre Millerand et Mitterrand restera un jeu de l'esprit : la Ve République n'est pas la IIIe. Deuxième constatation : la majorité doit admettre que le président ait son mot à dire sur le choix des ministres ; il semble en effet que François Mitterrand ait exercé un droit de récusation sur certains noms proposés et que la désignation en particulier des ministres appelés à travailler plus étroitement avec lui, Jean-Bernard Raimond aux Affaires étrangères et André Giraud à la Défense, ait été décidée de concert. Cette première application de la cohabitation a sans doute été facilitée par le fait que l'exclusive s'exerçait à l'encontre d'hommes que le nouveau Premier ministre n'était pas particulièrement désireux de faire entrer dans son gouvernement. Elle le débarrassait de quelques chefs des composantes de sa majorité, s'il est vrai que le président ait fait opposition à la nomination au Quai d'Orsay de Jean Lecanuet, président de l'U.D.F. Toujours est-il que le texte de la Constitution a été formellement respecté : les ministres sont nommés par le président sur proposition du Premier ministre.

La composition du gouvernement reflète celle de la majorité dont elle reproduit les rapports de force internes. Le R.P.R. a l'hégémonie : à côté du Premier ministre, un seul ministre d'État, Édouard Balladur, inspirateur de la cohabitation, ancien collaborateur de Georges Pompidou, est une sorte de vice-Premier ministre avec le portefeuille de l'Économie, des Finances et de la Privatisation — dénomination qui souligne la volonté de réforme comme Defferre avait été ministre de la Décentralisation. Le R.P.R. détient d'autres positions stratégiques : l'Intérieur avec Charles Pasqua et les Affaires sociales avec Philippe Séguin. Toutes les tendances de l'U.D.F. sont représentées selon un dosage qui respecte les degrés d'importance, à une exception : la tendance barriste est évincée au profit des amis de François Léotard avec qui Chirac a fait alliance. Le secrétaire général du Parti républicain dirige un grand ministère de la Culture et de la Communication, où il aura la responsabilité de la réforme de l'audiovisuel. Ses amis pénètrent en nombre : Alain Madelin à l'Industrie, Jacques Douffiagues aux Transports, Gérard Longuet aux P.T.T. Le président du C.D.S., Pierre Méhaignerie, hérite d'un grand ministère qui regroupe l'Équipement, l'Aménagement du territoire, le Logement ; avec lui une demi-douzaine d'autres C.D.S. Le Parti radical est présent en la personne de son président, André Rossinot, qui assure les relations avec le Parlement. Même le petit Parti social-démocrate a un secrétariat d'État. L'éloignement des fortes personnalités de l'U.D.F., J. Lecanuet, M. Poniatowski, et surtout de l'ancien président Valéry Giscard d'Estaing, laisse les mains libres à Jacques Chirac et garantit son autorité sur ses ministres. Lui-même entend bien exercer la plénitude de ses attributions : n'a-t-il pas démissionné en 1976 faute de disposer des moyens de gouverner ? Cette fois, il est décidé à tirer toutes les conséquences de l'article de la Constitution qui dispose que le gouvernement détermine et conduit la politique de la nation. Autrement dit, réduire le rôle du président à sa plus simple expression. De son côté, François Mitterrand n'est pas moins résolu à préserver les prérogatives que lui confère la Constitution. Comment leurs volontés contraires s'accorderont-elles ? Les règles coutumières de la cohabitation vont se préciser par approximations successives, au gré des circonstances et au point d'équilibre entre les initiatives de Jacques Chirac et les parades de François Mitterrand, sous le regard d'une opinion attachée à la cohabitation.

L'apprentissage de la cohabitation

Sans que soit formalisée l'existence d'un domaine réservé, le rôle du président demeure par la force des choses capital pour la politique extérieure : il travaille régulièrement avec le ministre des Affaires étrangères, participe à tous les sommets, bilatéraux, avec la République fédérale, l'Italie, l'Espagne, la Grande-Bretagne, sommets européens des Douze, rencontres des chefs de gouvernement des sept grands pays industriels. Mais quand le Premier ministre émet la prétention d'y assister également, le président ne peut s'y opposer. Dès lors la France — et elle seule — sera représentée à toutes les rencontres par les deux hommes. Cette nouveauté, si elle pose parfois aux organisateurs de délicats problèmes protocolaires, est sans conséquence sur la position de la France : il n'y a pas de divergences profondes entre les vues du président et celles du Premier ministre — ils parlent d'une seule voix dans les conférences de presse. Pour la politique de défense, il est encore moins question de contester la prééminence du président, puisque c'est à lui qu'échoit la responsabilité, que personne ne songe à lui disputer, de déclencher éventuellement le feu nucléaire. Mais il n'y a pas non plus entre les deux hommes de désaccord sur l'essentiel : tout au plus quelques divergences d'appréciation, par exemple sur le projet américain d'I.D.S. ; il adviendra même qu'ils se disputent le mérite de l'antériorité de certaines mesures, comme pour la collaboration militaire avec la République fédérale ou le resserrement des relations avec l'Espagne.

Pour le reste, le président a indiqué dans son message au Parlement quelle serait la règle de sa conduite : « La Constitution, rien que la Constitution, toute la Constitution. » Mais, sur plus d'un point comme sur l'interprétation de certaines dispositions, le texte est silencieux ou ne tranche point. C'est au président de la République qu'incombe la présidence du Conseil des ministres, seule instance qualifiée pour adopter des projets de loi, autoriser le Premier ministre à engager l'existence du gouvernement ; l'établissement de l'ordre du jour incombant au chef de l'État, il pourrait ainsi différer l'inscription d'un projet ou l'examen d'une question. Matignon et l'Élysée sont donc tenus de s'accorder par le truchement du secrétaire général du gouvernement. Les nominations de hauts fonctionnaires — et avant le changement de majorité le gouvernement Fabius avait pris la précaution d'ajouter à la liste des fonctions dont les titulaires devaient être nommés en Conseil des ministres une fournée de présidents d'entreprise — doivent porter les deux signatures du président et du Premier ministre : encore un terrain où la cohabitation implique la recherche de compromis.

Un point est obscur où le président créera la surprise, provoquera les protestations de la majorité et fixera en définitive l'usage : la signature des ordonnances. Comme ses prédécesseurs, le gouvernement Chirac est décidé, pour gagner du temps et s'épargner de fastidieux débats, à recourir à la procédure qui lui permet de légiférer par ordonnances après s'en être fait accorder le droit par le Parlement par une loi d'habilitation, par exemple pour réaliser son programme de privatisation comme pour la réforme électorale. La promulgation des lois d'habilitation est sans problèmes, mais François Mitterrand se juge en droit de refuser sa signature à certaines des ordonnances prises en application desdites lois. Il en avait prévenu Jacques Chirac, qui n'a prêté qu'une attention distraite à cette mise en garde, et qui partage la conviction de sa majorité que le président n'est pas libre de refuser de signer. A plusieurs reprises, au Conseil des ministres, François Mitterrand a renouvelé ses avertissements : il n'acceptera d'ordonnances qu'en nombre limité et sur des sujets précis, ne signera en matière sociale que les ordonnances qui « présenteraient un progrès par rapport aux acquis » (24 mars). Quant aux privatisations, il ne souscrirait pas à celles qui toucheraient à des nationalisations antérieures à 1981, en clair à celles faites par le général de Gaulle (9 avril).

La cohabitation

Malgré ces précisions, l'annonce, faite le 14 juillet dans un entretien télévisé, qu'il ne signera pas l'ordonnance de privatisations provoque une vive réaction de la majorité. Mais celle-ci ne peut que s'incliner, et le gouvernement revenir devant le Parlement. Il en sera de même pour le découpage électoral : François Mitterrand estime que la tradition républicaine veut que le Parlement se prononce sur les modalités de l'élection des députés. A la fin de décembre 1986, le président refusera encore de signer une ordonnance sur l'aménagement du temps de travail dont il estime qu'elle remettrait en cause certaines garanties assurées aux salariés ; il oblige le gouvernement à reprendre par la voie parlementaire l'examen et l'adoption du texte, qui connaîtra une autre mésaventure, le Conseil constitutionnel jugeant contraire à la Constitution l'inclusion *in extremis* du projet dans un train de textes portant diverses dispositions. Au total, sur les onze ordonnances, François Mitterrand refusera d'en signer trois. Il a ainsi fixé un point peu clair et mis plus nettement en évidence la distinction entre deux procédures, parlementaire pour les projets qui touchent à des points essentiels et recours aux ordonnances pour les applications de l'habilitation du gouvernement à légiférer. C'est pour un motif du même ordre qu'il refusera à Jacques Chirac d'inscrire à l'ordre du jour de la session extraordinaire convoquée en février 1988 la réforme du statut de la Régie Renault. Au total, la pratique institutionnelle est sortie mieux précisée de l'expérience de la cohabitation. Si l'opinion parut peut-être en 1987 y attacher moins de prix, elle a néanmoins continué de souhaiter qu'elle aille jusqu'à son terme. Quant à ses conséquences pratiques sur l'action gouvernementale, il ne paraît pas que les désaccords avec le président aient compromis ses possibilités : François Mitterrand n'a jamais empêché le gouvernement de réaliser son programme. Tout au plus a-t-il retardé certaines décisions en renvoyant le gouvernement devant le Parlement. Il s'est aussi réservé le droit de faire connaître sa désapprobation de certaines mesures, d'exprimer des réserves, de rappeler certains principes, de formuler des mises en garde, à propos du projet de statut de la Nouvelle-Calédonie ainsi que sur les textes imposant des mesures restrictives aux étrangers.

Ainsi l'institution présidentielle n'est plus assurément, depuis mars 1986, ce qu'elle était devenue par une extension continue de son champ d'intervention, mais elle n'a pas non plus été ramenée à l'impuissance des régimes antérieurs : elle s'établit comme à mi-hauteur entre le présidentialisme universel des derniers septennats et un rôle de figuration. L'Élysée n'intervient plus dans la conduite ordinaire de la politique : les ministres, à l'exception de ceux de la Défense et des Affaires étrangères, n'ont plus de relations directes avec le président, et les Conseils des ministres ont un caractère formel qui n'en fait pas le lieu des véritables décisions. Mais pour toute orientation majeure, impossible de contourner le président. En outre, l'expérience a montré qu'en plusieurs domaines président et Premier ministre étaient nécessairement associés et leur action indivise. Après l'éloignement de son fondateur et la relève des gaullistes par les libéraux giscardiens, après l'alternance, la Ve République a connu sa dernière épreuve, la cohabitation, ou, pour parler plus exactement, la coexistence de deux pouvoirs pareillement issus du suffrage universel et de sens contraire : elle l'a heureusement surmontée et a donné cette dernière preuve de sa capacité d'adaptation à des situations diverses.

Le libéralisme en action

Le programme du gouvernement était tout tracé : appliquer les mesures énoncées dans la plate-forme sur laquelle l'opposition s'était unie, comme les cent dix propositions avaient été la référence de l'action du gouvernement Mauroy. Mais si le gouvernement socialiste avait eu le temps pour lui, assuré de disposer d'au moins cinq ans, la nouvelle majorité doit se hâter. La prochaine échéance électorale est dans deux ans seulement et la droite sait que son sort se jouera en partie sur l'exécution de son programme. L'inspiration de la plate-forme est du pur libéralisme, elle revient à prendre le contre-pied des réformes de la gauche et à défaire l'œuvre accomplie dans les premières années du septennat. Il advient même que dans son élan l'initiative aille au-delà et que le balancier soit renvoyé plus loin. Ainsi la gauche a nationalisé : la droite dénationalise, mais privatise aussi des entreprises dont la nationalisation était bien antérieure à 1981.

La privatisation est un axe majeur comme l'a été pour les socialistes la nationalisation. Pour des raisons exactement symétriques où les postulats idéologiques s'allient aux considérations pratiques. La droite s'est persuadée que l'État fait mal ce qu'il fait et que ce n'est pas sa vocation de s'occuper d'économie. L'initiative privée, plus efficace, est seule capable de sortir de la crise. La loi qui habilite le gouvernement à opérer des transferts du secteur public au secteur privé, le 2 juillet 1986, dresse une liste de soixante-cinq entreprises à privatiser dans un délai de cinq ans ; elle inclut les banques nationalisées par le Gouvernement provisoire. 10 % des actions doivent être réservées pour le personnel — concession au thème gaulliste de la participation. Si l'opération emprunte son principe au libéralisme, le processus s'en écarte quelque peu : le ministre des Finances arrête le calendrier, établit l'ordre dans lequel les entreprises sont privatisées, détermine le prix fixé pour l'acquisition des actions et constitue ce qu'on appellera des noyaux durs formés de quelques sociétés ou groupes financiers. La raison est de prévenir la mainmise de capitaux étrangers, mais la composition de ces noyaux durs, où figurent d'une opération à l'autre les mêmes groupes bancaires ou industriels, dont il se trouve que les dirigeants appartiennent souvent à la majorité et plus précisément au R.P.R., suscite la grogne des alliés du parti dominant et l'indignation des socialistes. L'opération n'en est pas moins un succès et rencontre un accueil inespéré de la part des épargnants : quelque quatre millions de Français achètent des actions de Paribas ; l'empressement est tel (quarante fois supérieur au nombre d'actions disponibles) qu'il faut limiter à quatre le nombre des actions par acquéreur. En quelques mois, le nombre des petits porteurs a quadruplé. La formation de cet actionnariat populaire est un phénomène sans précédent depuis la guerre, qui renoue avec des temps anciens et amplifie le mouvement amorcé par le gouvernement socialiste et encouragé par l'ascension des cours de la Bourse. Les Français seraient-ils sur le point de se réconcilier avec l'argent comme avec l'entreprise ? Édouard Balladur, qui conduit l'ensemble de l'opération avec une grande maîtrise, met en vente successivement Saint-Gobain, Paribas, la Société Générale, la C.G.E., alternant industries, banques, etc. La privatisation rapporte à l'État une cinquantaine de milliards, dont le ministre affecte une part à réduire l'endettement public de la France, en particulier la dette extérieure. L'opposition accuse le gouvernement de brader le patrimoine en fixant le prix des actions à des niveaux inférieurs à la valeur réelle des entreprises, mais l'opinion dans son ensemble n'est pas hostile, et les socialistes eux-mêmes ne sont pas certains de revenir sur la privatisation au cas où ils reviendraient au pouvoir. S'il est une conséquence de la succession à bref intervalle de ces deux mouvements contraires, c'est que le statut de l'entreprise a cessé d'être un enjeu politique et un critère du clivage entre droite et gauche ; ce débat ne passionne plus l'opinion. C'est la fin d'une histoire d'un demi-siècle.

Les politiques restant convaincus, en dépit des conclusions des investigations des spécialistes, que les médias font les élections, tout nouveau septennat ou tout renversement de majorité amène une réforme de leur statut, et singulièrement de celui de la télévision qu'on crédite d'un pouvoir magique sur la formation de l'opinion. Sur la presse, le gouvernement reprend à son compte le projet que le Sénat a élaboré en 1985 pour faire pièce au projet Mauroy : il est substitué au texte précédent, mais le Conseil constitutionnel en censure quelques articles et impose des dispositions plus rigoureuses contre les concentrations. Le gouvernement résilie les concessions des cinquième et sixième chaînes faites *in extremis* avant les élections dans des conditions discutables. Le ministre de la Communication, François Léotard, soutient tout un mois un combat difficile devant le Sénat qui souligne les insuffisances d'un projet bâclé. Le texte, adopté à la fin d'août, définit, selon l'expression qui s'accrédite, un nouveau paysage audiovisuel : c'est un bouleversement. Une chaîne publique sera privatisée ; le choix du Premier ministre se fixera sur T.F.1. La Haute Autorité, dont la droite contestait l'objectivité bien que l'institution ait fait accomplir de réels progrès à l'indépendance des chaînes, est remplacée par une Commission nationale de la communication et des libertés dont les compétences sont notablement étendues et qui est responsable de la mise en place du nouveau régime de l'audiovisuel. Elle se compose de treize membres, dont une partie élue par les grands corps ou de grandes institutions, Conseil d'État, Cour de cassation, Cour des comptes, Académie française. Elle s'attelle à une tâche considérable et commence par désigner les nouveaux présidents : elle surprend en les remplaçant tous et choisit des personnalités dans l'ensemble proches du parti dominant. En 1987, au terme d'auditions publiques retransmises par la télévision, elle procède à l'attribution de la 5 à un groupe constitué par l'association de Robert Hersant et Silvio Berlusconi, et de la 6 à un groupe où R.T.L. occupe une position prédominante. Elle tranche en faveur de Francis Bouygues, et au détriment de Hachette, pour T.F.1, au prix de 2 milliards. La privatisation de la plus ancienne chaîne de télévision, conjuguée avec le démarrage de deux nouvelles, bouleverse de fond en comble les conditions de la production et de la programmation : elle entraîne une flambée des droits sur les films et les retransmissions de matchs, une guerre acharnée entre les chaînes, une concurrence entre public et privé dont la publicité règle les péripéties puisque les indices d'audience sont le critère déterminant. C'est l'aboutissement du processus amorcé vingt ans plus tôt en 1967 par la décision de Georges Pompidou d'ouvrir la télévision à la publicité de marques et de faire dépendre en partie son financement des ressources qu'elle apporterait.

De même que les socialistes, arrivant au pouvoir, avaient pris en matière de fiscalité un certain nombre de mesures symboliques, de même le gouvernement Chirac a inscrit dans la loi de finances rectificative qu'il fait voter dans la première session parlementaire de son existence des dispositions qui ont le même caractère et qui annulent les initiatives de la gauche ou vont en sens contraire : suppression de l'impôt sur les grandes fortunes, qui frappait le patrimoine, amnistie fiscale pour les capitaux rapatriés de l'étranger, rétablissement de l'anonymat pour les transactions sur l'or. S'y ajoute un relâchement de la progressivité de l'impôt par la suppression des taux les plus élevés sur les tranches supérieures de revenus. A la loi Quilliot qui avantageait les locataires, la majorité substitue la loi Méhaignerie qui libère une partie des loyers tout en maintenant certaines garanties aux occupants. Ces diverses initiatives sont mal reçues par une partie de l'opinion qui y voit une satisfaction donnée aux catégories sociales censées constituer la clientèle de la droite, et l'opposition les exploite. Mais ce ne sont pas seulement des concessions électorales : elles obéissent aussi à une logique économique.

La politique économique du gouvernement procède en effet du postulat que l'économie n'a chance de retrouver son dynamisme qu'en rompant avec le dirigisme et par le retour aux mécanismes du marché : la croissance reprendra si l'État desserre le carcan de la réglementation et lui restitue une élasticité qui suscitera les initiatives. C'est pourquoi le gouvernement a attaché tant d'importance à la suppression de l'autorisation administrative exigée des employeurs pour licencier du personnel : on suppose que les chefs d'entreprise embaucheront plus volontiers s'ils savent pouvoir se séparer, si besoin est, d'une main-d'œuvre devenue superflue. La gauche proteste contre la licence donnée aux employeurs de mettre les salariés à la rue. Le piquant de la situation est que c'est Jacques Chirac qui avait institué cette réglementation au temps où il était le Premier ministre de V. Giscard d'Estaing. Le gouvernement obtient satisfaction.

Il attache autant de prix à la possibilité d'aménager le temps de travail : patrons et économistes faisaient valoir que la rigidité de la réglementation empêchait les entreprises de tirer le meilleur parti de leurs investissements, les machines n'étant pas utilisées au mieux de leur rentabilité. Le ministre du Travail du dernier gouvernement socialiste, Michel Delebarre, s'était déjà attaqué à ce problème et avait dû soutenir une bataille difficile contre l'obstruction communiste. Philippe Séguin, qui reprend le problème, connaît des difficultés analogues : refus de François Mitterrand de signer l'ordonnance relative, rattachement *in extremis* à un train de dispositions disparates et adoption à l'arraché, annulation par le Conseil constitutionnel et retour devant le Parlement.

Que ces projets ne fussent pas tous dictés par une volonté de revanche sociale mais justifiés dans l'esprit de la majorité plus par des nécessités d'ordre économique que par des préoccupations idéologiques, la preuve en est fournie par le fait que le gouvernement n'est revenu sur aucun des avantages sociaux accordés par la gauche : il ne touche ni aux trente-neuf heures, ni à la cinquième semaine de congés payés. On n'annule même pas les lois Auroux ; à l'usage, les chefs d'entreprise en ont apprécié les avantages : le progrès de la concertation à l'intérieur de l'entreprise a développé des effets positifs tant pour le rendement que pour le climat des relations du travail.

Une autre réforme faisait partie du programme de la nouvelle majorité, qui y attachait une importance privilégiée : celle du mode de scrutin. La droite avait deux sortes de motifs pour souhaiter le retour au scrutin majoritaire : la conviction qu'il était une pièce des institutions voulues par le général de Gaulle, et un intérêt stratégique — la proportionnelle l'avait privée du bénéfice de son avance sur la gauche. Il fallait faire vite pour prévenir une éventuelle dissolution qui renverrait les députés devant les électeurs dans le cadre de la proportionnelle. Le gouvernement fait voter une loi d'habilitation qui lui confie la responsabilité d'arrêter les modalités d'application, et particulièrement d'opérer le découpage rendu nécessaire et par les mutations démographiques depuis 1958 et par l'augmentation du nombre des sièges, porté de 491 à 577. La loi est promulguée le 11 juillet. Pour prévenir tout soupçon de manipulation, le ministre de l'Intérieur, Charles Pasqua, prend une initiative qui marque un progrès certain par rapport à la pratique traditionnelle consistant à laisser à l'administration la responsabilité des découpages : il crée une commission indépendante composée de magistrats désignés par les assemblées générales de leurs corps. Le ministre s'inspire largement de leurs avis, et le projet d'ordonnance soumis au Conseil des ministres est, pour l'essentiel, conforme aux recommandations de la commission ainsi qu'à certaines observations du Conseil d'État. Mais, le 2 octobre, le président de la République refuse de signer l'ordonnance au motif que le Parlement doit pouvoir légiférer sur une question qui touche à sa composition même. Il faut donc reprendre par la loi le texte de l'ordonnance. A coups de procédures exceptionnelles — références à l'article 49, alinéa 3, rejet d'une motion de censure, usage par le Sénat de la question préalable à rebours de la destination de la procédure —, la loi est votée le 24 octobre, et le Conseil constitutionnel déclare, le 18 novembre, que la loi n'est pas en contradiction avec la Constitution. Le gouvernement et sa majorité sont désormais à l'abri d'une mauvaise surprise. Ils sont, compte tenu du rapport des forces entre droite et gauche et du léger avantage que donne à la droite le découpage, à peu près assurés, en cas d'élections anticipées, soit avant, soit après l'élection présidentielle, de revenir plus nombreux.

En quelques mois, au prix d'une activité législative intense et du recours aux ordonnances, le gouvernement a mené à bien un ensemble de réformes considérables : ce n'est peut-être pas, comme le proclame avec fierté et un brin d'exagération le Premier ministre, l'œuvre la plus importante accomplie par un gouvernement dans les premiers mois de son existence, mais le travail soutient la comparaison avec l'action du gouvernement Mauroy ou les réformes du début du septennat giscardien. Décidément, la société française a subi en quelques années de grands changements, même si certains s'annulent et si certaines initiatives n'ont pas d'autre fin que de revenir à l'état de choses antérieur.

Si la philosophie libérale qui inspirait l'action du gouvernement eut pour conséquence de réduire considérablement le rôle de l'État dans l'activité économique et les rapports sociaux, il est, en revanche, un secteur où les électeurs qui avaient voté pour la droite attendaient de la puissance publique qu'elle renforçât ses moyens d'intervention : la sécurité et la lutte contre la criminalité. La nomination de Charles Pasqua à l'Intérieur, secondé par Robert Pandraud, ministre délégué à la Sécurité, répondait à ce souhait. L'opinion établissant, à tort ou à raison, un lien entre les progrès de la délinquance et de l'insécurité et la présence des immigrés, le gouvernement fit voter une loi rendant plus rigoureuses les conditions d'entrée des étrangers sur le territoire et combattit l'immigration clandestine. Quatre lois étudiées par le garde des Sceaux renforcèrent les contrôles d'identité, resserrèrent l'application des peines.

Le gouvernement est confronté à un défi redoutable : l'aggravation du terrorisme. Une bombe a éclaté dans une galerie des Champs-Élysées le jour même de sa formation ; en septembre 1986, les attentats prennent des proportions alarmantes : en quelques jours se succèdent à Paris une demi-douzaine d'explosions de bombes dans des lieux publics, l'escalade culminant rue de Rennes, le 17 septembre, avec six morts et une soixantaine de blessés. L'épreuve rapproche : président et gouvernement n'ont pas le moindre dissentiment sur la politique à suivre. L'ensemble des forces politiques resserre les rangs derrière les pouvoirs publics ; les divergences ordinaires semblent par comparaison dérisoires, et la population montre un sang-froid résolu. Personne ne parle de céder au chantage ; la vague d'attentats provoque un réflexe de cohésion et un sursaut de dignité qui sont signes de santé morale. Le gouvernement renforce les précautions, institue l'obligation d'un visa à l'entrée en France pour tous les étrangers, sauf pour les ressortissants des Douze et les Suisses. Si les attentats les plus meurtriers — parce qu'aveugles et visant à affoler l'opinion — sont dirigés de l'étranger, il y a aussi un terrorisme de l'intérieur, celui d'Action directe qui vise des personnalités françaises : Georges Besse, président-directeur général de la Régie Renault depuis quelques mois et l'un des dirigeants d'entreprise les plus dynamiques, est assassiné devant son domicile en novembre 1986.

Le gouvernement dans la tourmente

Ce n'est pas de ce côté cependant que viendront les coups qui ébranleront durablement l'autorité du gouvernement, mais de la réaction des étudiants à un projet de loi sur l'enseignement supérieur. Dans le train des textes dont la droite était déterminée à voter l'abrogation figurait en bonne place, à côté de la loi sur la presse, la loi de 1983 sur les universités. La fraction du monde universitaire qui n'avait jamais sincèrement accepté les changements survenus depuis 1968 et qui avait pu un temps faire prévaloir ses vues à la fin du septennat giscardien attendait du retour de la droite au pouvoir la restauration d'un ordre de choses conforme à son idée de la hiérarchie des compétences et du respect des spécialistes. Un projet est donc élaboré qui porte le nom du secrétaire d'État à l'Enseignement supérieur et à la Recherche, Alain Devaquet — lui-même universitaire et ancien secrétaire général du R.P.R. —, bien que le texte définitif reflète davantage les idées de l'U.N.I. que les siennes propres. Adopté par le Conseil des ministres, le texte vient d'abord devant le Sénat, qui l'adopte les 29 et 30 octobre. Le débat ne soulève aucune passion, et les adversaires du projet se désespèrent de ne pouvoir émouvoir étudiants et enseignants. Le syndicat étudiant le plus proche du Parti socialiste, mais qui a à sa tête des militants trotskistes, n'a pas d'autre ambition que de livrer un baroud d'honneur ; il n'est pas le dernier à croire que personne ne peut faire obstacle au projet Devaquet. Une grève démarre timidement à l'université Paris XIII-Villetaneuse le 17 novembre ; on n'y prête guère attention, mais elle fait tache d'huile. Le mouvement gagne de proche en proche, de façon totalement spontanée, en dehors de tout appareil ; une coordination se constitue qui réunit des étudiants inorganisés et défend jalousement son autonomie contre toute tentative de récupération. Les universités entrent dans la grève, l'une après l'autre : le mouvement se propage à une vitesse déconcertante et invente des formes originales d'expression. Dix jours plus tard, le jeudi 27 novembre, quelque 200 000 étudiants et lycéens se rassemblent à Paris pour exiger le retrait pur et simple du projet Devaquet, et quelque 400 000 en province. Trois points les émeuvent : la crainte d'une sélection à l'entrée, bien que le texte incriminé ne fasse que reprendre les dispositions de la loi Savary ; que l'autorisation donnée aux universités de délivrer des diplômes propres ne compromette le caractère national des diplômes ; la perspective d'un relèvement des droits d'inscription. Au principe du rejet de ces trois propositions, un même attachement à l'ouverture et à l'égalité des droits, et aussi la crainte d'une génération anxieuse pour son avenir professionnel. On ne prête guère attention à d'autres dispositions peut-être plus nocives, comme celle qui, reconnaissant aux petites unités vocation à devenir universités, porte en germe l'abandon de la pluridisciplinarité et le démantèlement. La sympathie de l'opinion, y compris de celle qui penche à droite, va aux étudiants. En face le gouvernement flotte, comme en 1968 : il tarde à prendre la mesure du mouvement, en suspecte la spontanéité, hésite sur la conduite à tenir.

Un deuxième rassemblement a été prévu pour le jeudi 4 décembre. La masse des adolescents ne doute pas de faire reculer le gouvernement par sa détermination ; sans en avoir peut-être une claire conscience, elle a repris la méthode qui a servi la cause de l'enseignement privé : une démonstration dont l'ampleur impressionnante contraint les pouvoirs publics à céder. Les participants sont peut-être plus nombreux encore : dans la France entière, ce sont des centaines de milliers de lycéens et d'étudiants qui défilent. La manifestation, qui a commencé dans un climat bon enfant, tourne mal dans la soirée : les ponts sont rompus entre le gouvernement et les organisateurs, et des heurts d'une grande violence se produisent avec le service d'ordre. Cette génération découvre soudain que la politique peut être affrontement et violence ; le choc est profond, et la déception à la mesure des illusions. Le lendemain, le ministre de l'Éducation nationale, René Monory, à qui le Premier ministre, absent, a donné carte blanche, se substituant au secrétaire d'État virtuellement démissionnaire, annonce le retrait des points contestés. C'est trop tard : le recul du gouvernement succédant à un refus trop prolongé l'affaiblit. La malchance veut que dans la soirée un jeune étudiant d'origine maghrébine ait succombé aux coups des policiers, rue Monsieur-le-Prince ; l'émotion est intense. De part et d'autre, on se dit que rien ne justifie la mort d'un jeune. Le Premier ministre n'est pas le moins ému. Passant outre aux conseils de quelques-uns de ses amis de tenir bon, il décide, le lundi 8 décembre, de retirer purement et simplement le projet et accepte la démission d'Alain Devaquet. Son successeur aura mission de ramener le calme, comme en 1984 Jean-Pierre Chevènement pour éteindre la querelle scolaire. Par deux fois en trois ans, un projet concernant l'institution scolaire a fait descendre dans la rue des centaines de milliers d'hommes, de femmes ou de jeunes, et fait reculer un gouvernement. Le rapprochement s'impose avec 68 : si les circonstances sont différentes, si l'inspiration l'est plus encore, il reste que les problèmes de société deviennent les plus redoutables pour les pouvoirs publics et les plus générateurs de troubles.

L'autorité du gouvernement est atteinte. Le mouvement étudiant a porté un coup d'arrêt à son élan, l'état de grâce a pris fin. Dès le mardi 9 décembre, Jacques Chirac a renoncé à la session extraordinaire prévue en janvier qui devait examiner d'autres projets : c'est l'ajournement *sine die* du reste du programme de la majorité. C'est la fin des réformes ; il n'y aura plus de grand projet. En 1987, le garde des Sceaux devra renoncer à son projet de privatisation des prisons. La réforme du Code de la nationalité sera renvoyée à plus tard, le projet remis en chantier, une commission instituée pour reprendre de fond en comble l'examen de la question. La réforme du statut de la Régie Renault, réclamée par le successeur de Georges Besse, prendra le même chemin, après que le président eut refusé de l'inscrire à l'ordre du jour de la session extraordinaire de 1988. En revanche, le Premier ministre devra déférer à l'invitation de François Mitterrand de provoquer une concertation entre toutes les formations sur la réglementation du financement des campagnes et des partis politiques. Le seul chapitre où le gouvernement poursuit son action sans à-coups est la privatisation. Les responsables n'ont plus qu'une idée : atteindre sans encombre l'échéance de mai 1988.

Ainsi, par un coup du sort, la majorité de droite est conduite à abandonner la dimension idéologique de son programme et de son action comme la majorité de gauche avait dû s'y résigner en 1984 après la démonstration du 24 juin. Le mouvement étudiant n'a pas provoqué de conséquences visibles aussi amples qu'un changement de Premier ministre et une rupture de la majorité ; en 1986, il n'était pas du pouvoir du président de remplacer le Premier ministre, puisque celui-ci n'appartenait pas à sa famille politique et n'aurait pas accepté de s'effacer, mais le phénomène est assez comparable. Le renversement de politique n'avait été achevé qu'après trois ans dans la majorité de gauche : huit mois ont cette fois suffi.

Une malchance arrive rarement seule, en politique surtout. Éprouvé par le mouvement étudiant, le gouvernement se trouve presque aussitôt confronté à des difficultés sociales de grande ampleur : le 18 décembre démarre une grève des cheminots qui a des similitudes avec le mouvement étudiant. Elle aussi est conduite par des coordinations nées en dehors des organisations syndicales. Le conflit est l'un des plus longs de l'histoire sociale : quatre semaines, jusqu'à la mi-janvier. Il affecte gravement les usagers, les entreprises. La C.G.T. tente, non sans quelque succès, d'étendre le mouvement à d'autres secteurs publics : E.D.F., R.A.T.P. L'inaction des pouvoirs publics, l'inertie du ministre de tutelle ébranlent la confiance.

Pour un gouvernement qui s'appuie sur une nouvelle majorité, il est commode de mettre les difficultés qu'il rencontre au compte de son prédécesseur : le gouvernement Mauroy n'y avait pas manqué en chargeant une commission *ad hoc* de dresser un inventaire des lieux, dont les conclusions n'avaient pas tout à fait répondu à son attente. A la différence de la majorité de gauche, qui avait tardé quatre mois pour effectuer un réajustement monétaire, Édouard Balladur procède sans délai à une dévaluation, la quatrième en moins de cinq ans : le franc est dévalué de 3 %, le mark réévalué d'autant.

Le gouvernement attendait une relance de l'activité du desserrement de la réglementation administrative et de l'allégement du poids de l'État. La compression, souvent drastique, des dépenses publiques ramène le déficit du budget au-dessous de 115 milliards pour 1987 et permet de diminuer la pression fiscale de 69 milliards pour les exercices 1987 et 1988, l'avantage de cet allégement se partageant à peu près par moitié entre les entreprises et les ménages. Mais le déficit renaissant de la Sécurité sociale, en imposant un prélèvement exceptionnel de 0,4 % sur les revenus, annule une partie du bénéfice. Édouard Balladur conduit une politique de libéralisation générale : le contrôle des changes est pratiquement supprimé. Reprenant l'action amorcée par Raymond Barre et René Monory, une ordonnance du 1er décembre 1986 abroge la réglementation des prix qui était la règle depuis la fin de la guerre et instaure un régime de libre concurrence. C'est une date capitale de l'histoire des relations entre les pouvoirs publics et l'économie : l'État renonce librement aux moyens de peser sur l'évolution des prix. Le recul de l'inflation, amorcé par le gouvernement Fabius et qui se poursuit, limite les risques ; en 1986, le taux d'inflation ne dépasse guère 2 % : il sera autour de 3 % pour 1987.

La prudence et la résistance des faits tracent néanmoins certaines limites à l'application des postulats libéraux. Ont déjà été mentionnées les interventions du gouvernement pour les privatisations. Le gouvernement garde un œil sur l'évolution des prix, interdit aux banques de faire payer les chèques, refuse aux compagnies d'assurances d'augmenter leurs prix autant qu'elles le souhaitent, impose à E.D.F. et G.D.F. des baisses de tarifs pour contenir la hausse des prix.

De cette politique qui a sa cohérence, les résultats sont mitigés. La balance du commerce extérieur est équilibrée et même excédentaire en 1986, mais ce résultat est dû principalement aux baisses conjuguées du pétrole et du dollar qui réduisent la facture énergétique. Le taux d'activité ne se redresse guère. Les socialistes avaient attendu de la reprise mondiale une relance ; la droite escomptait que la libéralisation donnerait un coup de fouet à l'économie. Raisonnant par analogie avec le redressement qui avait suivi en 1959 le retour du général de Gaulle et le train de mesures prises sous son autorité, Jacques Chirac se flattait de l'espoir que son arrivée déclencherait des effets analogues. Rien de tel ne se produisit : les chefs d'entreprise continuent d'attendre pour investir. En 1987, la balance du commerce extérieur se renverse : l'industrie continue de perdre des marchés et le déficit pour l'année s'élève à plus de 30 milliards. Le chômage continue de progresser en 1986 de 5,5 % et atteint son niveau le plus élevé en février 1987 avec 2 654 000 demandeurs d'emploi, soit 11 % de la population active. Philippe Séguin est le premier ministre du Travail à reconnaître que le chômage ne se résorbera pas totalement, qu'il subsistera un minimum incompressible de 2 millions environ de sans-emploi. Il suggère aussi que se multiplieront à l'avenir des situations intermédiaires entre emploi stable et chômage total. C'est du reste la progression de ces formes d'activité intermittente ou de travail partiel qui rend compte de la légère diminution du nombre des demandeurs d'emploi dans le second semestre de 1987.

Le poste le plus satisfaisant de l'ensemble des données économiques a longtemps été la situation des marchés financiers. Les cours de la Bourse progressent de près de 60 % en 1986, et le succès des privatisations entretient un vent d'optimisme et accrédite l'idée que la société française s'est convertie au capitalisme populaire. Il en est ainsi jusqu'au 19 octobre 1987 : ce jour-là, le « lundi noir », la tempête qui s'abat sur les marchés boursiers, et qui n'épargne pas celui de Paris, ruine d'un coup la confiance et anéantit cet aspect de l'action gouvernementale. Venant dix mois après le mouvement étudiant, c'est le second coup du sort qui frappe le gouvernement, alors que les socialistes avaient bénéficié d'une hausse constante des cours de la Bourse : Édouard Balladur ajourne de plusieurs mois toute privatisation. La baisse des cours, parfois leur effondrement, expose nombre d'entreprises à des opérations de rachat sauvages et risque de les priver de la trésorerie nécessaire à leur développement.

L'échéance de l'élection présidentielle

Dès le soir du 16 mars 1986, chacun, vainqueur ou vaincu, savait que les deux années à venir ne seraient qu'un entracte, dans l'attente de l'élection présidentielle du printemps 1988. Il en allait ainsi depuis 1965 : à peine le résultat d'une consultation était-il connu qu'on supputait déjà celui de la suivante. Si la majorité de droite mit tant de hâte à la réalisation de son programme, c'est en partie parce qu'elle ne se savait assurée que de deux ans, qu'elle espérait, comme la gauche avant elle, rendre ses réformes irréversibles et escomptait aussi que l'œuvre accomplie lui vaudrait la reconnaissance des électeurs. Même s'ils affectaient de consacrer toute leur attention aux tâches immédiates, tous les hommes politiques avaient leur pensée tournée vers 1988. A mesure que l'échéance se rapprochait, elle pesait de plus en plus lourd sur les propos, les calculs et les stratégies.

Les formations les plus libres de leur orientation et, partant, les premières à prendre position sont celles écartées des responsabilités, aux deux extrêmes, Front national et Parti communiste, dont les candidats ont pris le départ un an à l'avance, au printemps 1987. C'est de La Trinité-sur-Mer, son bourg natal, que le président du Front national, Jean-Marie Le Pen, annonça le 26 avril qu'il était candidat à la candidature ; sa campagne aura pour axe la restauration de la foi patriotique et l'exaltation des valeurs les plus sacrées. Il ne ménage personne, il attaque vivement le gouvernement, qu'il accuse de céder au lobby de l'immigration et d'avoir renoncé à l'application de son programme. La candidature de l'ancien député poujadiste enfonce un coin dans la majorité, qui se divise à son propos. Les uns calculent qu'au second tour le candidat de droite n'a chance de l'emporter, eu égard à l'étroitesse habituelle des écarts entre les deux camps, que si le report des voix Le Pen se fait correctement. Les autres se demandent si, à trop frayer avec l'extrême droite, la droite ne risque pas de perdre plus de suffrages au centre et sur sa gauche qu'elle n'en récupérerait à droite. Surtout, c'est, pour les plus déterminés, une question d'éthique : la droite se déshonorerait à pactiser avec un homme et un mouvement qui soutiennent des thèses qu'ils jugent racistes. Mieux vaudrait perdre les élections que les gagner au prix d'une alliance tenue pour immorale ; c'est le point de vue que formule dans une déclaration au *Monde* l'un des jeunes espoirs du R.P.R., Michel Noir, député de Lyon et ministre du Commerce extérieur. Le Premier ministre, bien qu'il partage sur le fond son sentiment, lui fait grief d'avoir soulevé une querelle inopportune. Mais d'autres ministres, de la même génération, également R.P.R., se déclarent solidaires : le clivage n'oppose pas l'U.D.F. au R.P.R., mais passe au sein de chacune des composantes de la majorité. A cet égard, la pression du Front national sur la droite est assez comparable à celle qu'exerçait sur la gauche, au temps de sa puissance, le Parti communiste, divisant irréductiblement ceux qui jugeaient inacceptable de faire cause commune avec un parti qui s'alignait sur l'État soviétique et ceux qui jugeaient que l'unité de la gauche devait prendre le pas sur les divergences. Un incident relance la controverse et fortifie la position des adversaires de toute entente avec l'extrême droite :

dans un entretien à la radio, Jean-Marie Le Pen qualifie de « détail » le massacre de 5 ou 6 millions de Juifs au cours de la Seconde Guerre mondiale. Cette parole malheureuse, survenant quelques semaines après le procès de Klaus Barbie, le chef de la Gestapo lyonnaise, qui a remis en mémoire les atrocités de l'Occupation, annule un temps les efforts du leader du Front national pour obtenir une reconnaissance d'honorabilité. Deux élections partielles font figure de tests, dont la portée dépasse l'enjeu local. A Grasse, le maire sortant, radical, a pris sur sa liste des membres du Front national et est réélu. A Marseille, à l'occasion du remplacement d'un conseiller général, Jean-Marie Le Pen, irrité par un propos très critique à son endroit du secrétaire général du Parti républicain, donne la consigne aux électeurs du Front national de s'abstenir au second tour qui oppose un U.D.F. à un socialiste ; le candidat de la majorité l'emporte cependant. La preuve, d'autant plus déterminante que l'épreuve s'est jouée dans une ville où la droite extrême détient une position particulièrement forte, est faite que la majorité n'a pas besoin du Front national pour triompher du Parti socialiste.

A l'autre extrême, la stratégie du Parti communiste présente certaines similitudes ; la direction est bien décidée à être présente dans la compétition, persuadée qu'elle est que son abstention en 1965 et 1974 a été une erreur : elle a démobilisé ses électeurs. Mais le secrétaire général ne sera pas candidat : à sa place, le président du groupe parlementaire, André Lajoinie, député de l'Allier, portera les couleurs du parti ; le choix de cet homme simple, d'origine rurale, représentant d'un département agricole, n'est pas fortuit à un moment où le parti s'effondre dans les banlieues ouvrières et où les départements ruraux sont ceux où il résiste le moins mal à l'érosion. La candidature d'André Lajoinie interfère avec les tensions qui traversent le parti : la ligne adoptée par la direction depuis la rupture de l'Union de la gauche en 1977 et confirmée après le départ des ministres du gouvernement en 1984 est critiquée par ceux qui rêvent d'une ouverture et ont la nostalgie du temps où le parti donnait des signes d'une volonté de rompre avec l'héritage thorézien et une pratique stalinienne du centralisme. Georges Marchais écarte l'un après l'autre les éléments suspects de ne pas adhérer absolument à la ligne de la direction : en janvier 1987, deux membres du Comité central, dont Marcel Rigout, l'un des quatre anciens ministres communistes du gouvernement Mauroy, donnent leur démission de cette instance, le Parlement du parti. Par toute la France, les rénovateurs, que le secrétaire général cherche à discréditer en les qualifiants de liquidateurs, constituent des comités qui se rapprochent pour former en janvier 1987 un Collectif de coordination des communistes rénovateurs. Pour la première fois depuis le début des années 30, le parti n'a pas réussi à empêcher de surgir sur son flanc une dissidence qui se réclame du communisme et conteste l'orthodoxie de la direction. Les rénovateurs voient dans l'élection présidentielle une occasion de se compter et de rassembler tous ceux qui ne se résignent pas au dépérissement du communisme et n'entendent pas rejoindre le pôle socialiste. A leur invitation, Pierre Juquin fait acte de candidature à la candidature, le 12 octobre; deux jours plus tard, l'ancien porte-parole du parti est exclu. En janvier 1988, il existe plus de cinq cents comités pour la candidature Juquin. Pour le P.C., le résultat a une importance capitale : il ne peut espérer que son candidat accède au second tour, mais du chiffre de ses voix au premier tour dépend ce qui lui reste d'avenir; le retour à l'opposition tous azimuts aura-t-il enrayé la chute? Les élections législatives de mars 1986 ont ramené l'électorat du parti à son niveau de 1928, annulant la totalité des progrès accomplis en soixante ans grâce au Front populaire, à la participation à la Résistance, au dévouement de centaines de milliers de militants : 1988 entraînera-t-il le parti plus bas encore?

Dans la majorité, la situation se décante peu à peu. Valéry Giscard d'Estaing a renoncé en février 1987 à être candidat; l'ancien président a dû progressivement rabattre de ses ambitions : ni Matignon ni la présidence de l'Assemblée, où Jacques Chirac lui a opposé Jacques Chaban-Delmas. Il s'est fait élire à la présidence de l'importante commission des Affaires étrangères et a reporté ses vues sur une éventuelle présidence européenne. A l'automne, c'est le tour du secrétaire général du Parti républicain, le ministre de la Culture et de la Communication, François Léotard, de renvoyer ses ambitions présidentielles à une échéance plus lointaine. La compétition s'est ainsi réduite à un duel entre les deux anciens premiers ministres de Valéry Giscard d'Estaing, dont personne ne doutait depuis longtemps qu'ils seraient candidats, même s'ils ont différé, Jacques Chirac jusqu'au 16 janvier et Raymond Barre jusqu'au 8 février, de se déclarer officiellement candidats à la succession de François Mitterrand. Le Premier ministre en exercice disposant du soutien sans réserve du R.P.R. et toutes les formations associées dans l'U.D.F. s'étant, l'une après l'autre, ralliées à Raymond Barre, à travers les deux candidats ce sont les deux composantes de la majorité qui sont en compétition pour la magistrature suprême. Ultime rebondissement de la querelle qui divise depuis les débuts de la Ve République les droites entre deux courants, gaulliste et libéral, et dont les épisodes les plus marquants furent la démission d'Antoine Pinay, l'éloignement de Valéry Giscard d'Estaing et son vote négatif en 1969, les candidatures rivales au second tour de Georges Pompidou et d'Alain Poher, la défaite de Jacques Chaban-Delmas en 1974, la candidature de Jacques Chirac contre Valéry Giscard d'Estaing en 1981. En 1988, la perspective est quelque peu brouillée par un phénomène paradoxal, les deux candidats étant à fronts renversés : Jacques Chirac, leader de la formation héritée du gaullisme, est le champion du pur libéralisme, et c'est Raymond Barre, investi par les formations libérales, qui a le programme probablement le moins éloigné des idées du général de Gaulle.

Après avoir entretenu l'incertitude sur ses intentions, François Mitterrand annonce, le 22 mars au journal télévisé de 20 heures sur Antenne 2, sa candidature à sa propre succession. On est à un mois environ du premier tour : exactement le même délai que celui observé en 1965 par le général de Gaulle. Dès lors toutes les composantes du paysage politique sont engagées dans la compétition : elles le sont, à l'exception du Parti communiste, par leur leader principal ou leur personnalité la plus représentative. Cette cinquième édition de l'élection au suffrage universel met aux prises des hommes dont plusieurs ont déjà figuré dans une compétition antérieure : aussi la campagne donne-t-elle un sentiment de déjà vu. Et pourtant sa tonalité comme ses enjeux sont différents de ceux de 1981. Personne ne croit plus les institutions menacées depuis que la double expérience de l'alternance et de la cohabitation a démontré à la fois la force du régime et l'attachement des Français à la Constitution. Le type de société n'est pas davantage en question : en 1974 et 1981 s'étaient affrontés deux projets apparemment inconciliables. Les deux expériences successives, de l'échec économique de la politique socialiste d'abord, puis de l'impuissance des solutions purement libérales à relancer l'activité et à réduire le chômage ont entraîné le discrédit des systèmes. Les socialistes ne parlent plus de nationalisations et l'électeur de gauche a cessé de croire qu'un changement de statut de l'entreprise puisse résoudre les difficultés nées de la crise. L'intérêt se reporte sur d'autres problèmes, mais qui prennent les partis au dépourvu. Le climat s'en ressent : François Mitterrand joue la conciliation : il se compose un rôle d'arbitre au-dessus des partis. Plus question de proposer un ambitieux programme de réformes : sa *Lettre aux Français* se présente comme une réflexion. Il laisse entrevoir la possibilité d'un élargissement de la majorité : « L'heure est venue où d'autres qui ne sont pas des nôtres, sauront nous rejoindre. » Jacques Chirac choisit au contraire un style plus combatif et reprend ses attaques de 1981 contre le socialisme.

Le premier tour (24 avril) ménage plusieurs surprises, qui viennent moins de l'ordre d'arrivée des candidats que des écarts entre eux. Avec plus de 34 % des suffrages, François Mitterrand obtient un résultat fort honorable pour un président sortant : six points de plus que Valéry Giscard d'Estaing en 1981 : la cohabitation a effacé les traces d'usure de l'occupation prolongée du pouvoir ; avec un tel chiffre il a d'assez bonnes chances d'être réélu. D'autant que son adversaire le plus sérieux, Jacques Chirac, joue de malchance : à quelques décimales près il manque le seuil symbolique de 20 % et se retrouve dans la tranche inférieure. Raymond Barre le suit à trois points et demi derrière, victime d'une tactique qui lui a fait chercher l'appui de l'U.D.F. qui ne l'a guère soutenu. En revanche Jean-Marie Le Pen se hisse à 14,3 % et n'est qu'à deux points de l'ancien Premier Ministre : l'extrême droite a donc poursuivi sa progression et réalise son plus beau succès qui permet au leader du Front national de parler de tremblement de terre politique. En revanche le Parti communiste continue sa descente aux enfers : son porte-drapeau, André Lajoinie, enregistre le plus mauvais résultat de toute l'histoire électorale du parti depuis ses origines, à moins de 7 %. Ainsi le second tour opposera le Président sortant au Premier Ministre sortant : situation inédite qui est à la fois la sanction et la négation de la cohabitation. Gauche contre droite comme en 1974 et 1981 : la mécanique de l'élection présidentielle restitue toute son importance à la bipolarisation.

Raymond Barre s'est prononcé en faveur de Jacques Chirac, mais sans plus de chaleur que celui-ci en 1981 pour Valéry Giscard d'Estaing. Quant à Jean-Marie Le Pen, il laisse ses électeurs libres de leur choix « entre le pire et le mal », mais excluant qu'ils puissent voter pour François Mitterrand. Le ton se durcit entre les deux tours : l'animosité accumulée par deux années de cohabitation entre les deux hommes explose au cours du débat télévisé qui les oppose : à propos de la lutte contre le terrorisme François Mitterrand, dérogeant à la tradition qui préserve le secret des entretiens entre les deux chefs de l'exécutif,

La cohabitation

en découvre un coin, à la surprise de son compétiteur. La participation dépasse les 84 %. La victoire de François Mitterrand est la plus nette des trois dernières élections : il a pris sur Jacques Chirac, qui manque de quelques centièmes d'atteindre le chiffre de 46 %, un avantage de plus de huit points ; égalant presque le résultat obtenu en 1965 par Charles de Gaulle contre lui-même, il n'a plus rien à envier à son prédécesseur. Victoire qui est sans doute un hommage rendu à la façon dont il a exercé sa présidence au cours de la cohabitation plus que dans les débuts de son septennat, qui traduit aussi l'espoir d'une ouverture qui en finirait avec l'affrontement sans merci de deux blocs antagonistes, alors que la campagne agressive de Jacques Chirac lui a sans doute aliéné une fraction des électeurs qui avaient voté pour la droite en 1986.

C'est en tout cas la fin de la cohabitation, telle qu'elle avait été pratiquée pendant vingt-cinq mois entre un président et une majorité qui, se prévalant de son élection plus récente, revendiquait une légitimité supérieure à celle du chef de l'État en fin de mandat. Se retrouvent en face l'un de l'autre un président qui tient de sa réélection une autorité renouvelée et une majorité désavouée. Jacques Chirac remet sa démission. François Mitterrand est maître du jeu : à lui de désigner le successeur et de décider du choix d'une majorité et d'une politique : plus que jamais la fonction présidentielle apparaît souveraine.

CHAPITRE XXXVII

Le gouvernement Rocard

Une Assemblée sans majorité

Réélu, François Mitterrand prend coup sur coup deux décisions qui, sur le moment, ont paru contradictoires. Pour succéder à Jacques Chirac, il désigne Michel Rocard : choix généralement salué comme un gage donné à l'ouverture, compte tenu de la personnalité de l'adepte du parler vrai. D'autant que celui-ci réussit à entraîner dans son gouvernement deux UDF et qu'il embarque une demi-douzaine de secrétaires d'État réputés « techniciens » et qui n'ont pas d'attaches visibles avec le Parti socialiste. Mais, le gouvernement à peine formé, recourant à la tactique qui lui avait assuré en 1981 une majorité absolue, François Mitterrand annonce, le 14 mai, la dissolution de l'Assemblée au motif que l'ouverture n'aurait pu se réaliser aussi largement qu'il l'aurait souhaité du fait de l'opposition : à vrai dire, on doute qu'il en ait pris le temps. En tout cas la décision est interprétée comme le refus de l'ouverture et ruine, au moins temporairement, toute chance d'un élargissement de la majorité en direction du centre.

Les élections législatives ont lieu les 5 et 12 juin. La participation, qui s'était maintenue pour l'élection présidentielle au taux fort élevé qui lui était habituel, s'affaisse à 65,74 %, conformément à une loi qui s'était vérifiée depuis les débuts de la Ve République : chaque fois que le renouvellement de l'Assemblée nationale avait suivi une consultation majeure, référendum, en novembre 1958 ou novembre 1962, ou élection présidentielle, en juin 1981, les électeurs avaient boudé les urnes comme si, estimant avoir fait l'essentiel, ils avaient jugé que leur participation n'était plus indispensable. Au second tour, l'abstention restera encore élevée : un peu plus de 30 %. Le Parti communiste a regagné une partie de ses électeurs et remonte à un peu plus de 11 %, tandis que le Front national repasse au-dessous de la barre de 10 %. L'addition de ces deux termes est un jeu à somme nulle. Du fait d'une abstention plus forte à gauche qu'à droite, les droites se redressent et le Parti socialiste régresse. La combinaison de ces divers mouvements crée une situation sans précédent depuis 1958 : l'absence de majorité absolue. Avec 275 élus, il manque au Parti socialiste une douzaine de sièges pour l'atteindre, et il ne peut plus compter sur l'appoint des communistes dont l'effectif est ramené à 27 et qui conduisent depuis 1984 une opposition sans concession. Ainsi, après l'alternance et la cohabitation, voici les institutions de la Ve République confrontées à un nouveau cas de figure : jusqu'à présent on considérait que la présence d'une majorité compacte et disciplinée était une condition nécessaire de leur bon fonctionnement. L'instabilité ministérielle ne va-t-elle pas ressurgir ? L'échec relatif des socialistes n'est pas pour autant un désaveu de François Mitterrand : n'avait-il pas dit dans sa campagne qu'il n'était pas bon qu'un seul parti gouvernât ? Les électeurs ne l'ont que trop bien entendu. C'est en tout cas une raison de conserver Michel Rocard à la tête du gouvernement et peut-être aussi une chance pour l'ouverture.

Michel Rocard : son gouvernement, une méthode

De fait, François Mitterrand reconduit Michel Rocard, comme il avait fait, sept ans plus tôt, pour Pierre Mauroy après les élections législatives. Voilà donc l'ancien candidat du PSU à la présidence de la République en 1969, représentant des espoirs du gauchisme d'alors, l'aiguillon du Parti socialiste depuis 1974, l'éternel compétiteur du premier secrétaire, le vaincu du congrès de Metz, mais aussi celui dont l'opinion avait apprécié l'intervention lucide et digne au soir de la défaite de la gauche en mars 1978, à la tête du gouvernement et en mesure de diriger la politique de la France. Est-ce le signe de la réconciliation entre les deux hommes ou l'occasion saisie par le chef de l'État de lever une hypothèque ? Dans l'exercice de sa haute fonction, Michel Rocard restera fidèle aux convictions du militant. L'ancien éclaireur unioniste introduit des préoccupations éthiques dans l'action politique : dès les premiers jours il adresse à tous les ministres une circulaire qui définit un code de déontologie excluant tout retour au système des dépouilles et tendant à restaurer l'impartialité de l'État, fort mal en point après les changements successifs de majorité. Professant que la politique ne doit pas se substituer à la société pour faire le bonheur des individus sans leur consentement, il s'attache à réconcilier le monde politique et la société civile : l'expression, à elle seule, rompt avec le postulat de 68 selon lequel tout est politique et vaut reconnaissance par la politique de ses limites. Il aspire à rapprocher les points de vue et travaille à susciter le consensus, par la négociation, le dialogue. On pourra parler avec raison d'une « méthode Rocard ». Cette attitude lui vaudra pour tout le temps de son gouvernement des sympathies qui débordent les contours de sa majorité ; au reste, ce n'est pas toujours dans les rangs de celle-ci qu'il rencontrera le plus d'appui. Elle lui conservera un soutien dans l'opinion plus durable qu'à ses prédécesseurs.

La méthode Rocard obtient d'entrée de jeu un succès d'autant plus remarqué que le contraste est total avec la conduite du gouvernement précédent : sur la Nouvelle-Calédonie. Elle était à la veille de l'élection présidentielle au bord de la guerre interethnique. Or Michel Rocard est en mesure de rendre public, le 26 juin, un accord, préparé par l'envoi dans l'île d'une mission de conciliation composée de représentants des familles spirituelles, négocié dans le secret sous sa présidence, qui porte sur l'avenir du territoire, entre les délégations du RPCR et du FLNKS conduites par Jacques Lafleur et Jean-Marie Tjibaou : il éloigne la perspective d'un affrontement sanglant et dessine un calendrier. Le 4 juillet, c'est à la quasi-unanimité que le Parlement approuve l'accord qui sera ratifié au début de novembre par voie de référendum. Les événements qui affecteront ensuite la Nouvelle-Calédonie, certains tragiques comme l'assassinat de Jean-Marie Tjibaou et de son principal lieutenant, ne remettront pas en cause l'accord dont l'acceptation a été incontestablement un succès personnel du nouveau Premier ministre et une démonstration de l'efficacité de sa méthode.

La composition, quelque peu remaniée, de son second gouvernement fait partiellement droit à l'aspiration à une ouverture qui s'était clairement dessinée au soir de la réélection de François Mitterrand : le débat télévisé avait fait éclater les divergences entre les leaders de la droite : les uns, convaincus d'avoir affaire aux mêmes adversaires qu'en 1981, n'escomptaient revenir au pouvoir qu'en durcissant leur opposition, en prenant systématiquement le contre-pied de toute initiative gouvernementale ; les autres, persuadés que les socialistes avaient été transformés par l'expérience du pouvoir, n'excluaient pas de répondre à d'éventuelles avances et n'entendaient pas pratiquer une opposition inconditionnelle. Le désaccord trouve une traduction parlementaire avec la formation d'un groupe centriste dont le noyau est constitué par les élus du Centre démocratique et social et qui s'émancipe de la tutelle de l'UDF. L'initiative est fort mal prise par leurs alliés qui les soupçonnent de vouloir rejoindre la majorité présidentielle. Le soupçon se nourrit du comportement de quelques personnalités de droite qui sautent le pas et entrent dans le gouvernement. Celui-ci ne compte que 26 socialistes sur les 49 ministres et secrétaires d'État. Une demi-douzaine de parlementaires qui ont appartenu aux gouvernements de droite, en particulier sous la présidence giscardienne, ont accepté l'offre de Michel Rocard, et non des moindres : parmi les ralliements les plus marquants, Jean-Pierre Soisson, qui fut le premier secrétaire général du Parti républicain, la formation de Valéry Giscard d'Estaing ; il reçoit en charge l'important ministère du Travail, de l'Emploi et de la Formation professionnelle, qui l'expose à tous les coups et où il réussira, bien servi par une heureuse conjoncture économique ; Jean-Marie Rauch, maire centriste de Metz, au Commerce extérieur ; Michel Durafour, à la Fonction publique, Lionel Stoleru, proche jadis de l'ancien président de la République, secrétaire d'État au Plan. Ces nominations font grincer des dents à une partie des socialistes et le bureau politique du PS exprime son trouble. Simultanément, Michel Rocard ouvre assez largement son gouvernement aux représentants de la société dite civile ; à l'inventaire de ceux qui sont censés l'être, on s'avise que l'expression recouvre une notion confuse et associe des composantes dissemblables : à côté de hauts fonctionnaires auxquels on ne connaît pas d'appartenance partisane ou qui ont fait des choix successifs et divers, tel Pierre Arpaillange, magistrat hors hiérarchie qui avait jadis dirigé la campagne de Marie-France Garaud, à la Chancellerie, ou d'hommes qui se sont acquis dans leur profession une grande réputation comme le professeur Léon Schwartzenberg, qui devra démissionner au bout de quelques jours pour ne pas avoir mieux compris que jadis Jean-Jacques Servan-Schreiber les exigences de la solidarité ministérielle, on trouve des hommes qui se sont illustrés dans l'action humanitaire comme Bernard Kouchner ou Michel Gillibert. Le gouvernement ainsi composé présente une image assez différente des précédents et fournit un argument à ceux qui dans l'opposition sont disposés à accorder à Michel Rocard un préjugé favorable. En acceptant certains amendements centristes aux projets gouvernementaux, en entretenant le contact avec eux, Michel Rocard pourra souvent s'abstenir de recourir aux armes que lui donne la Constitution et faire la preuve qu'il est possible à un gouvernement sans majorité de durer et d'agir en prenant appui sur des majorités tournantes. En même temps qu'elle apporte une preuve de plus de la plasticité de la Constitution, capable de s'adapter à toutes les situations, l'expérience signifie l'atténuation de la bipolarisation qui imposait sa dure loi depuis plus de deux décennies. Si cette méthode comble les vœux de la partie de l'opinion qui préfère la concertation à l'affrontement, elle déconcerte à droite et à gauche et heurte ceux qui restent attachés à la simplification du système des forces : la gauche déplore l'abandon de ses objectifs, la droite gaulliste dénonce dans ce consensus mou une altération grave de la démocratie qui exigerait que le citoyen puisse faire des choix nets entre des propositions contraires.

Les grands chantiers

Michel Rocard, pensant avoir le temps pour lui, ne se croit pas obligé, comme Pierre Mauroy, de réaliser tout son programme à l'arraché : sa méthode implique des délais. Il n'en prend pas moins dans les premiers mois un ensemble de décisions importantes.

Il revient d'abord sur quelques mesures prises par le gouvernement précédent, auxquelles François Mitterrand n'avait pu s'opposer mais dont il n'avait pas caché qu'il les désapprouvait. Ainsi le projet de budget pour 1989 rétablit-il l'impôt sur les grandes fortunes : on en change seulement l'appellation — il devient « impôt de solidarité sur la fortune » — et on allège quelque peu les taux d'imposition. La loi Pasqua de 1986 sur l'entrée et le séjour des étrangers fait place à une loi Joxe qui assouplit les dispositions et introduit des garanties judiciaires avant expulsion. L'audiovisuel est un autre secteur dont les changements statutaires symbolisent les renversements de majorité : on n'abroge pas la loi Léotard, mais la Commission nationale de la communication et des libertés, qu'elle avait instituée et dont François Mitterrand n'avait pas craint, au risque d'atteindre son autorité, de dire qu'elle ne méritait pas le respect, est remplacée par un Conseil supérieur de l'audiovisuel qui a à peu près les mêmes attributions mais dont la composition est calquée sur celle du Conseil constitutionnel, décidément promu au rang de modèle aux yeux de qui l'avait naguère combattu. La loi Méhaignerie, qui avait elle-même remplacé une loi Quilliot sur les rapports entre locataires et propriétaires, subit les effets de balancier et est remplacée à son tour par un texte qui donne aux pouvoirs publics la faculté d'intervenir pour limiter les hausses de loyers jugées abusives. Le gouvernement, que n'anime pas un esprit de revanche, ne pousse pas la révision des textes au-delà de ces quelques changements dont la portée est somme toute réduite et souvent plus symbolique qu'effective.

Sur la question qui avait le plus divisé — le statut de l'entreprise — il s'en tient au *statu quo,* conformément à l'indication de la *Lettre aux Français* : pas question de renationaliser les entreprises privatisées entre 1986 et 1988, mais pas davantage de poursuivre le programme de privatisations. Ni nationalisations ni privatisations. Sur ce problème qui avait suscité tant de passions et avait été un enjeu majeur de l'affrontement entre libéraux et socialistes, le « ni-ni » fige le rapport entre secteur public et entreprise privée : le cessez-le-feu est sonné. On se contente d'entamer la compacité des noyaux durs où la gauche soupçonne E. Balladur d'avoir fait la part belle à ses amis politiques. Avec le temps le gouvernement sera conduit par les nécessités économiques à prendre quelques libertés avec la règle du ni-ni : pour assurer aux entreprises publiques la respiration indispensable, il autorisera des augmentations de capital ou des prises de participation dans des sociétés françaises ou étrangères : Renault, dont le gouvernement Rocard fera aboutir le projet formé sous le gouvernement Chirac de modification de statut, pourra s'associer à Volvo : la Régie est transformée en société anonyme au grand déplaisir du Parti communiste et de la CGT qui la considéraient comme leur fief. Avec l'extinction de la controverse sur l'appropriation collective des grands moyens de production, la gauche perd aussi un élément de son identité.

Si le gouvernement Rocard s'affranchit de certains tabous idéologiques, il ne renonce pas à mener une action réformatrice. Une de ses toutes premières décisions est de relancer la planification : le Commissariat au Plan, sous l'impulsion de Lionel Stoleru et de Pierre-Yves Cossé, met en chantier les travaux pour le Xe Plan et pousse les feux pour que le Parlement puisse voter la loi de Plan au printemps 1989. L'abondance des rentrées fiscales, que dégage une croissance qui retrouve un taux proche de 4 %, assure au Trésor des ressources inespérées qui permettent d'augmenter les dépenses prévues tout en diminuant la pression fiscale par un abaissement des taux de TVA et la réduction de 42 à 39 % du taux de l'impôt sur les sociétés pour les bénéfices réinvestis. Bénéficient en priorité de l'aubaine l'Enseignement, la Recherche, la Culture et l'Emploi, un peu plus tard, la Fonction publique. Renversant la tendance qui faisait supporter au système éducatif, et singulièrement à l'enseignement supérieur, les conséquences de la crise, le gouvernement consent un effort exceptionnel qui atteindra une cinquantaine de milliards et amorce un redressement.

Cette aisance rend possible des réformes sociales onéreuses. Deux innovations notamment apaisent la grogne de la gauche socialiste, inquiète de voir le gouvernement pactiser avec l'entreprise et parler le langage de la rigueur : l'instauration d'un revenu minimum d'insertion qui vise à couvrir ceux qui étaient privés de toute protection sociale et qui associe étroitement aide et réinsertion (décembre 1988) ; la création d'un crédit-formation destiné dans un premier temps aux jeunes de moins de 25 ans sans emploi ni qualification, mais dont le champ d'application inclura ensuite les adultes. Les deux réformes procèdent du même souci de réduire les inégalités et de prévenir les risques de fracture de la société. Leurs effets seront inférieurs à l'attente.

Michel Rocard a également l'ambition de transformer, en douceur mais aussi en profondeur, la société française en supprimant ses rigidités et ses facteurs de blocage. Dans cette perspective, il ouvre ce que son entourage appelle de grands chantiers : il s'attaque à des dossiers qui attendaient depuis longtemps qu'un gouvernement s'y intéressât et qui exigent à la fois des travaux préparatoires et de longues négociations avec les partenaires. Ses adversaires lui reprocheront de tarder à les refermer et de différer les décisions. Michel Rocard préfère convaincre qu'imposer et croit qu'il pourra parvenir à un accord aussi large que possible, avec du temps et de la patience. La méthode aboutit à quelques résultats dont l'opinion n'a sans doute pas mesuré sur le moment toute la portée ni apprécié correctement le progrès qu'ils représentaient dans l'évolution des esprits. Ainsi Paul Quilès, ministre des Postes et Télécommunications, réussit-il à opérer sans crise la dissociation de la Poste et des Télécommunications et à faire accepter par les organisations syndicales un statut qui assure à celles-ci la liberté d'action indispensable à un grand service industriel. Parallèlement, dans la rénovation du service public qui est un des chantiers, est menée à bien la réforme de la grille de la fonction publique qui n'avait pas été modifiée depuis 1946 et dont tous reconnaissaient qu'il était nécessaire de la réviser, si aucun gouvernement n'avait eu l'audace d'entreprendre la réforme : en février 1990, cinq organisations syndicales signent l'accord de modernisation de la grille dont l'application s'étalera sur sept ans ; l'aisance passagère des finances publiques permet d'accorder des améliorations qui facilitent l'acceptation. Plus difficile sera l'adoption, en novembre

1990 — il faudra recourir à la procédure de l'article 49, alinéa 3 —, d'une contribution sociale généralisée qui, en renversant la tendance lourde à exonérer un nombre croissant de contribuables, pose le principe de la participation de tous les revenus, retraités et chômeurs compris, au financement du budget social, prépare la voie à une réforme de la fiscalité. Parmi les chantiers ouverts et que le gouvernement n'aura pas le temps de clore, le schéma directeur de la région parisienne, appelé à prendre la suite de celui arrêté dans les années 1960, et le problème explosif des retraites à propos duquel il publie un livre blanc. Ainsi, sur plusieurs grandes questions nées d'une évolution qui rendait caduques les solutions antérieures, le gouvernement de Michel Rocard a entrepris un effort d'actualisation : ces intentions et ces initiatives rappelaient à certains l'action du gouvernement Chaban-Delmas pour une nouvelle société. Et comme celui-ci avait rencontré parfois quelque sympathie dans l'opposition de gauche, l'action du gouvernement Rocard bénéficia souvent de l'approbation et même du soutien explicite d'une fraction de l'opposition de droite, en particulier du groupe de l'Union des centristes et de Raymond Barre qui se sépara ostensiblement du reste des droites en refusant de s'associer à certaines motions de censure dont le dépôt ne lui semblait pas opportun.

Des mouvements sociaux

Pas plus que le gouvernement Chirac, celui de Michel Rocard ne fut épargné par les mouvements sociaux et les grèves. Au contraire : après des années de rigueur que les salariés acceptaient de plus ou moins bonne grâce en raison de la crise et de la menace de chômage, la reprise de la croissance à un rythme rapide et la légère régression du nombre des demandeurs d'emploi du fait de la création de nombreux postes de travail ôtent sa justification au refus d'améliorer les rémunérations du travail et relancent les revendications : après des années de résignation, on demande à percevoir les arrérages de la prospérité retrouvée. Deux traits entre autres confèrent aux mouvements un caractère de relative nouveauté : la plupart se structurent autour de comités formés pour la circonstance et dont les grévistes ont la certitude qu'ils ne seront pas récupérés par les centrales syndicales et moins encore par les partis politiques ; conséquence de cette défiance à l'égard des syndicats, la durée de ces mouvements et la difficulté pour les pouvoirs publics de trouver des interlocuteurs expérimentés et responsables. Seconde caractéristique : ces mouvements touchent presque exclusivement des secteurs de la fonction publique ou des entreprises publiques, la seule grande exception étant la grève de Peugeot : tour à tour les infirmières, en octobre 1988, les personnels pénitentiaires par quatre fois en 1989, les fonctionnaires en service en Corse qui suspendent le travail plusieurs mois, les fonctionnaires des Finances dont la grève retarde la rentrée des impôts et met en difficulté l'État, diverses catégories de personnels dans les chaînes publiques audiovisuelles, les internes et les chefs de clinique des hôpitaux, les chauffeurs de camion de la Poste débraient, paralysent plus ou moins longtemps de grands services et prennent les usagers en otages. La tactique du gouvernement en face de ces mouvements ne varie guère : éviter leur propagation, les isoler, engager des pourparlers, gagner du temps, accorder quelques concessions jugées compatibles avec le maintien de la politique économique et qui ne risquent pas de faire précédent. L'opposition critique la méthode, mais celle-ci produit le plus souvent le résultat cherché : elle évite l'embrasement généralisé et les statistiques de journées de travail perdues pour faits de grève montrent que les années Rocard auront été parmi celles où il y en eut le moins.

Cette méthode fut moins efficace avec une agitation comme celle qui secoua en octobre et novembre 1990 un grand nombre de lycées : elle a pris naissance dans les établissements défavorisés des banlieues des grandes agglomérations urbaines, qui se plaignent du délabrement des lieux, de l'insécurité et de la violence qui y règnent, ainsi que de l'incertitude des débouchés. C'est un effet de la prolongation de la scolarité qui maintient jusqu'à seize ou dix-huit ans dans une condition d'irresponsabilité des adolescents qui n'ont aucun goût pour les études et s'inquiètent pour leur avenir. Pour calmer l'agitation et ramener quelque tranquillité dans les lycées le gouvernement adopte un plan d'urgence et débloque quatre milliards et demi pour améliorer les conditions matérielles, et Lionel Jospin met au point une charte des droits et des devoirs des lycéens qui organise une expression régulière de leurs demandes.

L'agitation lycéenne, qui a suscité d'immenses cortèges à Paris et en province, témoignait à sa façon du malaise des banlieues. Celui-ci explose ici ou là inopinément : il suffit d'un accrochage entre une bande d'adolescents, en majorité fils d'immigrés, et vigiles dans de grandes surfaces ou avec des policiers pour qu'éclatent des troubles qui opposent plusieurs soirs de suite dans des batailles rangées forces de l'ordre à plusieurs centaines de jeunes : Vaux-en-Velin dans la proche banlieue lyonnaise, qui a pris le relais des Minguettes, Sartrouville ou Mantes-la-Jolie dans la région parisienne jalonnent l'histoire des rapports conflictuels entre une fraction de la jeunesse et une société où elle a le sentiment de ne pas trouver sa place. Pour remédier à une situation génératrice de tensions qui aggrave le problème de l'intégration des immigrés et risque de créer une fracture sociale, François Mitterrand, après un colloque sur la ville, crée en décembre 1990 un ministère de la Ville confié à Michel Delebarre qui a une réputation d'énergie, qui élabore un plan de cinq ans et un ensemble de mesures applicables aux quatre cent secteurs recensés comme zones à risques : dans les dernières semaines du gouvernement Rocard, se greffe sur l'agitation plus générale le malaise des enfants de harkis qui se mobilisent dans le Midi pour se faire entendre d'une nation qui a oublié le dévouement de leurs pères.

Dérive des institutions ?

Après plus de trente ans de mise à l'épreuve, la Constitution continue de démontrer sa souplesse et sa capacité d'adaptation : elle permet de gouverner même sans majorité. Les dispositifs qui obligent la ou les oppositions à faire la preuve qu'elles sont majoritaires pour entraîner la chute d'un gouvernement ou simplement le rejet de ses propositions ont fait merveille sous le gouvernement Rocard. En trois années, il a recouru 27 fois pour 14 textes ou budgets à l'article 49, alinéa 3, qui prévoit l'adoption sans vote d'un texte si l'opposition n'a pas déposé de motion de censure ou si celle-ci n'a pas recueilli une majorité absolue des députés. Aucune des nombreuses motions déposées par la droite (le Parti communiste n'étant plus assez nombreux pour pouvoir en prendre l'initiative) n'a réussi à atteindre le seuil qui ouvre une crise ; pas même la seule à laquelle le groupe communiste s'était résolu à joindre ses bulletins à ceux de la droite, en novembre 1990, contre la contribution sociale généralisée. L'entregent des collaborateurs du Premier ministre, l'influence de Jean-Pierre Soisson qui a conservé des sympathies à droite, conjugués avec le secret désir de quelques opposants de ne pas ouvrir de crise, privèrent la motion des cinq voix indispensables. Aussi, pendant les trois années du gouvernement Rocard, sa survie dépendit

Le gouvernement Rocard

davantage de la volonté présidentielle que du rapport des forces ou du cours des débats parlementaires.

Depuis la réélection de François Mitterrand, le caractère présidentiel du régime s'affirma encore plus nettement : libéré des entraves de la cohabitation, il retrouva son pouvoir de décision sans partage et aussi son pouvoir d'animation : morigénant les uns, tançant ceux-ci, stimulant les autres, recevant un jour les lycéens en colère, jouant les arbitres, tenant dans ses mains l'existence du gouvernement, plus impérial que jamais. L'*imperium* présidentiel éclate surtout dans la conduite de la politique étrangère, ce en conformité avec l'inspiration de la Ve République. Fort de l'expérience acquise et du prestige que lui confère le fait d'être désormais un des plus anciens chefs d'État ou de gouvernement dans les rencontres au sommet, il retrouve un peu de la position que sa gloire assurait au premier président de la Ve République, et il en rejaillit quelques retombées pour notre pays : c'est à Paris que se réunit en janvier 1989 la conférence sur l'interdiction des armes chimiques comme en novembre 1990 la Conférence pour la sécurité et la coopération européenne (CSCE) qui prend acte, avec l'effondrement du communisme et la réunification de l'Allemagne, du succès de la démarche amorcée à Helsinki près de vingt ans plus tôt. Entre les deux, François Mitterrand a connu une heure faste avec la rencontre, le 14 juillet 1989, des dirigeants des sept pays les plus riches de la planète à son invitation, qui a coïncidé avec la célébration du bicentenaire de la Révolution. La crise ouverte, le 2 août 1990, par l'invasion du Koweït a rendu encore plus manifeste que la politique extérieure dépendait du président : pendant toute la durée de la crise, c'est à l'Élysée que furent prises les décisions par l'état-major de crise réuni autour du chef de l'État ; c'est François Mitterrand en personne qui tint régulièrement l'opinion au courant de l'évolution de la situation, expliquant la politique de la France, et les enquêtes d'opinion montrèrent que les Français étaient satisfaits qu'il en fût ainsi. Jamais François Mitterrand n'atteignit pareil sommet dans la confiance.

Cette accentuation de la nature présidentielle du régime, le tour toujours plus monarchique imprimé au fonctionnement des institutions ne laissent pas de poser des questions. Pendant toute la crise du Golfe, le gouvernement fut réduit au silence et comme oublié, même s'il continua d'agir et de mettre en œuvre les directives du chef de l'État. Que le président puisse d'un jour à l'autre mettre fin aux fonctions d'un Premier ministre qui n'a pas perdu la sympathie de l'opinion, qui n'a pas été mis en minorité par l'Assemblée, accentue le déséquilibre entre les deux têtes de l'exécutif et réduit singulièrement la portée du principe selon lequel le gouvernement, s'il procède du chef de l'État, s'appuie aussi sur une majorité. Mais c'est l'effacement du Parlement qui préoccupe le plus. Le recours de plus en plus systématique par les gouvernements de droite ou de gauche, contre leur majorité plus souvent encore que contre l'opposition, pour des votes ordinaires, à l'ensemble des dispositifs que les rédacteurs de la Constitution n'avaient prévus que pour des cas tout à fait exceptionnels — déclaration d'urgence pour l'examen des textes, vote bloqué, recours à l'article 49-3 (54 fois en quinze ans entre 1976 et 1990) — a pour conséquence l'extinction de la délibération parlementaire et de l'initiative des élus. Pris entre le gouvernement, qui est maître de l'ordre du jour, et le Conseil constitutionnel qui a le pouvoir d'annuler tout ou partie des lois qui lui sont déférées et qu'il juge après examen contrevenir au bloc de constitutionnalité, quelle latitude d'action reste-t-il aux députés ? D'où leur morosité, et aussi le discrédit de la représentation nationale.

Laurent Fabius, qui a été porté à la présidence de l'Assemblée nationale en 1988 après l'échec de sa tentative pour accéder à la direction du parti qui lui a préféré Pierre Mauroy, s'évertue à restituer quelque éclat à la délibération parlementaire : il formule toute sorte de propositions et multiplie les initiatives, mais il n'est pas certain que la retransmission par la télévision des séances du mercredi après-midi, où les ministres répondent aux questions des députés devant un hémicycle exceptionnellement comble, ait beaucoup redoré le blason de l'Assemblée et compensé l'effet fâcheux des autres circonstances où le spectateur ne dénombre que quelques députés épars sur les bancs, même pour des débats d'importance.

Certains préconisent une toilette de la Constitution qui tirerait les leçons de trois décennies. Mais toute révision paraît irréalisable du fait de la conjonction des conditions fixées par le texte constitutionnel avec la tactique de l'opposition qui ne veut pas faciliter une initiative du président. Ses deux tentatives ont été infructueuses. On se souvient qu'en juillet 1984, en partie sans doute pour se tirer du mauvais pas où l'avait fourvoyé la crise sur la querelle scolaire, François Mitterrand avait proposé un référendum pour élargir le champ de la procédure référendaire : l'initiative avait été bloquée par l'opposition du Sénat et singulièrement du groupe gaulliste, animé par Charles Pasqua aimant mieux s'écarter de la tradition référendaire du gaullisme que de faire le jeu de l'adversaire. Le 14 juillet 1989, François Mitterrand fait une nouvelle suggestion : ouvrir à tout citoyen le droit de saisir le Conseil constitutionnel, s'il estime qu'une loi qui lui porte préjudice n'est pas conforme à la constitutionnalité. Cet élargissement de la saisine, qui s'inscrit dans le droit fil de la révision de 1974 et de l'inspiration libérale de l'UDF, aurait l'avantage d'harmoniser notre législation et de la rendre conforme au droit en retranchant tel ou tel texte adopté en un temps où il n'y avait pas de contrôle de constitutionnalité. Mais, comme le RPR en 1984, l'UDF en 1989 n'entend pas se prêter à une initiative présidentielle et la suggestion tourne court.

La politique et l'argent

Une réforme a cependant triomphé de l'inertie et de la mauvaise volonté des partis : celle sur le financement de la vie politique visant à moraliser les relations entre l'argent et la politique. La France était sur ce chapitre fort en retard sur la plupart des grandes démocraties qui s'étaient depuis longtemps dotées d'une législation rigoureuse et efficace. Or la situation des partis français appelait impérativement des mesures : depuis que le chef de l'État était élu au suffrage universel, les campagnes électorales avec le recours aux moyens les plus modernes sur une grande échelle avaient entraîné une inflation vertigineuse des coûts. Or ni les hommes ni les partis ne disposent de ressources régulières qui correspondent à l'énormité des dépenses. Les Français, qui n'aiment guère les partis, n'ont pas l'habitude de consentir des sacrifices pour subvenir à leur fonctionnement. Force est donc pour eux de recourir à des expédients et de se procurer des ressources qui ne peuvent être qu'occultes, par des voies obliques : à cet égard ils sont tous logés à la même enseigne. La formule la plus fréquente consiste à se servir de bureaux d'études qui passent des contrats avec des entreprises dont celles-ci escomptent, généralement avec raison, qu'ils leur faciliteront l'obtention de marchés importants : une comptabilité fictive avec de fausses factures dissimule le procédé. Depuis longtemps les esprits impartiaux dénonçaient cette situation et les dirigeants la déploraient. Au temps de la cohabitation, François Mitterrand avait obtenu du gouvernement qu'il fasse voter, à quelques semaines des élections — trop tard pour qu'elles pussent être efficaces — des dispositions qui montraient la voie (février

1988). En décembre 1989, le gouvernement Rocard fait adopter deux autres lois : l'une fixe un plafond au montant des dépenses autorisées dans les campagnes électorales et prévoit un contrôle de la comptabilité ; la deuxième alloue aux partis des subventions calculées au prorata de l'effectif de leurs groupes parlementaires, pour les dispenser de recourir aux expédients ordinaires. Ces textes marquent un progrès appréciable de la transparence et leur application devrait amener un assainissement de la vie politique. Or, par un concours de circonstances et de maladresses, l'effet sur l'opinion va être à l'opposé.

Au moment où l'on s'attaque à la racine du mal, grande est la tentation pour les élus et les appareils qui ont dû recourir aux procédés désormais passibles de poursuites, de passer l'éponge sur le passé. Particulièrement au Parti socialiste qui n'a sans doute pas plus trempé dans ces pratiques que les autres mais qui a eu l'imprudence d'organiser le ramassage des fonds sur une échelle nationale et se trouve gravement impliqué dans plusieurs affaires de fausses factures, y compris pour le financement de la campagne présidentielle. Après une valse-hésitation il se trouve une majorité pour voter l'amnistie pour les délits politico-financiers. Venant après plusieurs affaires, dont l'implication du ministre socialiste Christian Nucci dans le détournement des fonds du Carrefour du développement, et les dépenses extravagantes d'un autre parlementaire également socialiste, le maire d'Angoulême, le vote de l'amnistie aura sur l'opinion des effets désastreux. Elle indispose les magistrats déjà fort mécontents d'avoir dû accorder un non-lieu à Christian Nucci : les cinq magistrats de la Cour de cassation composant la commission d'instruction de la Haute Cour à laquelle l'ancien secrétaire d'État à la Coopération avait été déféré, après avoir dû constater que le non-lieu découlait de la loi d'amnistie, s'étaient empressés de déclarer publiquement leur désaccord ; les jours suivants, plusieurs magistrats témoignent leur désarroi en remettant en liberté des prévenus dont les charges leur paraissent moins graves que celles des parlementaires. Mal comprise de l'opinion à laquelle on a négligé d'en expliquer le bien-fondé éventuel, exploitée sans scrupule par l'opposition, l'amnistie a réveillé l'antiparlementarisme qui ne dort jamais que d'un œil chez le Français moyen : il ne demande qu'à croire à la corruption de la classe politique, quitte à recourir à son intervention chaque fois qu'il sollicite un passe-droit. A cet égard l'amnistie a produit dans l'esprit public des ravages comparables à ceux provoqués dans les dernières années de la IVe République par la loi sur les apparentements dont les électeurs n'avaient pas mieux compris la justification et où ils n'avaient vu que tricherie, et par les invalidations en chaîne des députés poujadistes immédiatement remplacés par des candidats de la majorité battus aux élections. Contrairement au raisonnement à courte vue de toute opposition qui s'imagine affaiblir la majorité en dévoilant ses compromissions, le discrédit frappe indistinctement l'ensemble de la classe politique, majorité et opposition confondues, seules en tirent bénéfice les formations extrêmes qui n'ont eu pas part à l'exercice des responsabilités et n'ont guère de chance d'y accéder, le Front national en première ligne, qui a beau jeu de stigmatiser les magouilles, et subsidiairement les Verts. La démocratie n'y trouve pas son compte.

Crise de la politique ?

Les Français se désintéresseraient-ils de la politique ? Observateurs et responsables relèvent un certain nombre de symptômes qui leur paraissent traduire une désaffection nouvelle à son égard. En premier lieu, les progrès de l'abstention dans un pays où la relation du citoyen à la politique passe principalement par le suffrage et où la participation électorale est traditionnellement élevée : elle avait même relativement progressé depuis les débuts de la Ve République et hier encore pour l'élection présidentielle le 8 mai 1988, elle avait dépassé au second tour 84 %. Si le recul de vingt points aux élections législatives qui avaient suivi ne justifiait pas qu'on s'en inquiétât, puisqu'il s'inscrivait dans la continuité en vérifiant la loi non écrite sur la dissymétrie du couple consultation à enjeu important et renouvellement de l'Assemblée, la succession, à intervalles rapprochés entre l'automne 1988 et l'été 1989, de quatre consultations de nature différente marquant une progression régulière et considérable de l'abstention apportait un argument de poids à la thèse d'un dissentiment entre le corps électoral et la classe politique. Aux élections cantonales, qui avaient été renvoyées en septembre-octobre pour ne pas interférer avec l'élection présidentielle, l'abstention s'élève à un peu plus de 50 % au premier tour et à près de 53 % au second : taux inhabituel. Au référendum du 6 novembre sur la Nouvelle-Calédonie, l'abstention grimpe jusqu'à 63,1 % ; ce sont près des deux tiers des électeurs qui ont négligé de se rendre aux urnes : sans doute l'utilité de leur ratification ne leur était-elle pas apparue dès lors que les adversaires s'étaient entendus et que le

Parlement avait donné son accord au projet de règlement. En mars 1989, arrive le renouvellement des conseils municipaux : consultation qui vient ordinairement en bonne place dans l'échelle de la participation : l'abstention est moins massive, mais elle atteint néanmoins 27 %. Surtout, aux élections à l'Assemblée européenne de Strasbourg, qui sont le point d'orgue de cette série avant trois années sans élections, l'abstention culmine à plus de 50 % alors que tout suggère, dans la perspective du 1er janvier 1993, que cette assemblée aura de grandes responsabilités. De là à conclure que les électeurs ont cessé de croire aux vertus de la représentation, il y a un pas que plus d'un commentateur se croit autorisé à franchir allégrement.

Ce n'est pas l'activité des partis qui peut restaurer la confiance dans la politique : ils semblent les uns et les autres pareillement inaptes à répondre aux attentes, enfermés dans leur microcosme, paralysés devant l'évolution des questions et des esprits. Gauche et droite sont également en quête d'identité depuis que les problèmes qui les départageaient ont perdu de leur actualité ou ont cessé d'être des enjeux. Une proportion croissante de Français déclare qu'elle ne discerne plus ce qui sépare, moins encore ce qui oppose la gauche et la droite. Les partis n'en sont pas pour autant plus unis, au contraire. Ils étalent au grand jour leurs divisions qui contribuent à rebuter sympathisants virtuels et à décourager adhérents et militants. Le congrès que tient à Rennes, du 15 au 18 mars 1990, le Parti socialiste et dont il attendait beaucoup, tourne à sa confusion : quatre jours durant, les leaders des divers courants, grands et petits, s'affrontent dans une mêlée sans grandeur et sans autre ambition que la conquête d'une majorité dans le parti. L'abandon à l'épreuve du pouvoir de la plupart de ses références idéologiques le laisse sans objectif. A cinq ans de la prochaine élection présidentielle, la guerre de succession fait déjà rage : l'après-Mitterrand est commencé et l'ancien premier secrétaire du parti n'est plus en mesure d'imposer son arbitrage : son protégé, Laurent Fabius, échoue dans sa tentative d'accéder à la direction ; le courant mitterrandien est déchiré entre fabiusiens et jospinistes. Quel intérêt les Français pourraient-ils bien prendre à ces querelles internes ? Les seuls bénéficiaires de ces luttes intestines sont le Premier ministre et ses amis qui tirent leur épingle du jeu. Le congrès se sépare sans avoir pu ni formuler une synthèse ni dégager une majorité : il laisse aux participants un goût amer et à l'opinion une impression désastreuse.

Le spectacle n'est pas plus encourageant du côté communiste : l'obstination de la direction à nier qu'il y ait des dissonances à l'intérieur et à refuser toute ouverture conduit à s'éloigner rénovateurs, refondateurs et tous autres réformateurs : Charles Fiterman n'hésite plus à affirmer publiquement son désaccord et critique ouvertement le centralisme démocratique : les quatre anciens ministres prennent ostensiblement leurs distances. Le Parti communiste continue à perdre son sang, tandis que la CGT s'affaiblit, passant au-dessous du million d'adhérents et délogée de quelques-unes de ses positions les plus anciennes et les plus solides ; à cet égard, la perte de la direction du comité d'entreprise de Renault sonne le glas d'une époque.

La situation est-elle tellement plus avantageuse de l'autre côté ? L'opposition de la droite parlementaire ne se porte guère mieux. Sa force, relative, est faite de la faiblesse de la gauche. La droite continue d'être affaiblie par la concurrence des ambitions personnelles, divisée par des divergences d'appréciation sur la stratégie à pratiquer tant à l'égard du gouvernement qu'en direction de l'extrême droite, minée par la suspicion entre RPR et UDF. Ni Valéry Giscard d'Estaing ni Jacques Chirac n'envisagent de renoncer à briguer la présidence de la République en 1995. Les plus jeunes s'en inquiètent, conscients que la rivalité entre les deux hommes ne laisse guère d'espoir à la droite de l'emporter sur le candidat socialiste. De surcroît, voilà plus de quinze ans que ces deux hommes occupent le devant de la scène et bloquent toute possibilité de rajeunissement ou de renouvellement. Avec la fronde de Charles Pasqua et Philippe Séguin contre la direction, le RPR offre en mineure une réplique de la guerre des courants qui traversent le PS. A l'approche des élections européennes, en avril 1989, douze parlementaires entre 40 et 50 ans, six RPR, dont Alain Carignon, Michel Noir, Philippe Séguin, trois UDF, dont Charles Millon qui se fera bientôt élire à la tête du groupe parlementaire contre François Léotard, et trois centristes, dont François Bayrou et Bernard Bosson, annoncent leur intention de présenter une liste autonome de quadragénaires : l'initiative tourne court devant la résistance des appareils et les rebelles ont tôt fait de rentrer dans le rang. En décembre 1990, exaspéré par les querelles internes, Michel Noir, maire de Lyon, suivi de son collègue Dubernard et de Michèle Barzach, ancien secrétaire d'État à la Santé qui a déjà eu maille à partir avec l'appareil du RPR, donnent leur démission de l'Assemblée et se représentent aussitôt pour faire de leur réélection un test et contraindre les partis à se rénover et à surmonter leurs divisions, mais les trois dissidents ont mal choisi leur moment et mal calculé leur effet : on est en pleine crise du Golfe : la guerre qui éclate pendant la campagne fait paraître dérisoire l'enjeu, comparé à la conjoncture internationale. Les deux Lyonnais sont réélus mais Michèle Barzach, contre qui le RPR concentre tous ses feux, paie de son échec sa tentative.

Néanmoins, sous la pression des députés de la base et pour faire droit à la revendication de leur électorat qui comprend de moins en moins la persistance de la division, les états-majors esquissent un rapprochement et se prêtent à plusieurs initiatives. Sur la fin de la session de printemps 1989, les présidents des trois groupes de l'Assemblée, RPR, UDF et UDC, créent un intergroupe de l'opposition : il n'empêchera ni le RPR de prendre l'initiative solitaire de motions de censure qui embarrassent ses partenaires ni ses alliés de s'en dissocier. Reprenant une suggestion de Charles Pasqua, le comité de coordination de l'opposition approuve en mars 1990 le principe d'élections primaires pour la désignation d'un candidat unique à l'élection présidentielle. Le projet prend corps et, à la fin de juin, les composantes de l'opposition conviennent de s'unir au sein d'une confédération baptisée Union pour la France (UPF). L'accord semble réalisé mais, au moment de le proclamer solennellement dans une grande manifestation qui devait réunir plusieurs milliers d'élus au Zénith en novembre 1990, l'entente se brise sur la procédure à adopter en cas d'une élection qui s'ouvrirait inopinément : Valéry Giscard d'Estaing, trop conscient que l'UDF ne fait pas le poids en face du RPR et qu'une primaire donnerait l'avantage à son rival, refuse son assentiment ; le meeting doit être annulé. En 1991, stimulée par les difficultés du Parti socialiste, l'opposition de droite, parvient à surmonter ses dissensions et se met d'accord sur la procédure et le mécanisme d'une primaire. Ce serait une première dont on perçoit mal comment elle pourrait valablement désigner un candidat dont la légitimité ne serait pas contestée : Raymond Barre a d'emblée fait savoir qu'il ne se tenait pas pour lié par cet accord.

A défaut des partis qui n'ont jamais joui d'une grande sympathie, les syndicats échappaient à la maladie de langueur des formations proprement politiques. Or il n'en est plus ainsi depuis quelques années ; à leur tour les grandes confédérations sont atteintes par la désaffection : leurs effectifs déclinent, leurs ressources s'amenuisent, la relève des militants devient de plus en plus malaisée ; et surtout, ils sont de moins en moins en mesure de contrôler la situation; les mouvements leur échappent au profit de coordinations plus ou moins sauvages. Même dans la fonction publique le fait se constate : la puissante Fédération de l'Éducation nationale est en proie à des tensions qui reflètent son affaiblissement autant qu'elles l'entretiennent.

Des débats idéologiques

Devant la multiplicité de ces indices et leur convergence, qui apportent des aliments aux essayistes qui parlent de révolution individualiste, on peut se demander si la société française ne souffre pas d'une crise grave de la politique et de la démocratie. D'autres données nuancent cependant la sévérité du diagnostic : ainsi, pour diminuée qu'elle soit, la participation électorale se maintient encore à des taux élevés comparés à ceux d'autres peuples. Quant à l'intérêt pour la politique, les émissions politiques à la radio et plus encore à la télévision montrent par leurs indices d'audience qu'il reste vif; le livre politique se porte bien, les hebdomadaires politiques sont moins touchés que le reste de la presse par le marasme. S'il est manifeste que le pays a le sentiment, sans doute excessif, d'un déphasage entre ses préoccupations et celles des politiques, ce qui est après tout dans la nature des choses, et s'il a le sentiment d'une langue de bois qui lui fait apprécier par contraste les efforts pour parler vrai, le malentendu ne porte-t-il pas plus sur les modalités de la vie politique — les partis, les débats parlementaires — que sur la politique même ou sur le principe de la démocratie ?

Il est un autre lieu commun sur le présent de la politique : elle serait désormais totalement découplée de l'idéologique. De fait, la décennie 1980 a été cruelle pour les idéologies : à l'intérieur, les deux expériences successives de majorités contraires et pareillement contraintes de renoncer à ce qui était leur objectif — pour l'une, opérer une rupture irréversible avec le capitalisme et, pour l'autre, réduire au minimum le rôle de l'État —; dans le monde, l'effondrement des régimes communistes et la démonstration de leur impuissance à édifier une économie performante et une société plus juste, ainsi que les mécomptes et les insuccès du reaganisme et du thatchérisme dans leur propre pays. S'ensuit-il que tout débat de nature idéologique soit devenu impensable et, plus précisément, que les problèmes politiques ne comporteront plus de dimension de cette nature ? Apparemment pas, si l'on en juge par les récentes expériences : rien que dans les trois années du gouvernement Rocard, l'opinion s'est enflammée, à plusieurs reprises, à l'occasion d'incidents localisés, pour des questions qui étaient bien idéologiques et qui avaient en commun de toucher toutes, par un biais ou un autre, au grand thème de l'identité nationale.

La première circonstance à susciter un débat passionné fut l'affaire dite du foulard islamique. Trois adolescentes d'origine marocaine d'un collège de Creil décident, un jour de novembre 1988, de porter un foulard : simple carré d'étoffe ou voile islamique? Leur intention en tout cas n'est pas douteuse : affirmer leur croyance. Enseignants, principal s'émeuvent d'un geste qu'ils jugent contrevenir au principe de la laïcité scolaire qui exclut de l'école toute manifestation de prosélytisme : les jeunes filles sont sommées de renoncer au port du foulard ou elles ne seront plus admises dans l'établissement. D'autres, au nom du droit à la différence et du respect des convictions personnelles, prennent fait et cause pour les trois fillettes. On peut avoir le sentiment du réveil de la vieille controverse sur la laïcité ; à vrai dire, elle interfère avec une autre question plus actuelle et plus brûlante, qui renouvelle les données de la première : celle posée par l'immigration étrangère. N'est plus directement en cause la relation entre l'école publique et la société civile d'une part et de l'autre le catholicisme — religion de la grande majorité des Français depuis quinze cents ans, qui fait partie de l'identité nationale et a imprégné la civilisation —, mais la coexistence sur le territoire national de cultures différentes dont le port du voile n'est que le symbole : par-delà l'incident il implique le statut de la femme, la licéité de coutumes étrangères à notre histoire et à notre législation, la possibilité d'envisager la juxtaposition de communautés vivant selon des lois particulières. Sur ce problème s'affrontent deux conceptions : l'une conforme à la tradition française qui accueille volontiers des étrangers à condition qu'ils acceptent de devenir des Français comme les autres ; elle fait valoir que l'incorporation à la nation passe en France par la culture commune ; l'autre, privilégiant le droit à la différence, plaide pour une France non seulement multiethnique, ce qu'elle a été de tout temps, mais aussi multiculturelle. La gauche est particulièrement embarrassée, écartelée entre ses deux cultures : la tendance laïque et jacobine croit revivre un vieux débat et entend revenir à la conception rigide et exclusive de la laïcité ; l'autre tendance, qui a récemment découvert la légitimité de la différence, incline vers la tolérance à l'égard des démonstrations de la foi islamique. Le Conseil d'État, consulté par le ministre de l'Éducation nationale, formule un avis nuancé qui écarte le retour à la notion stricte de la laïcité par exclusion de toute référence au fait religieux, mais trace les limites à l'intérieur desquelles la différence peut légitimement s'exprimer. La controverse s'apaisera grâce en partie à une intervention du roi du Maroc qui recommande la prudence aux parents des fillettes. Mais qu'un débat intérieur ait été en partie dénoué par le détour d'un souverain étranger souligne l'anomalie de la situation : le gouvernement français, faute de trouver des interlocuteurs responsables parmi ses ressortissants musulmans, en est réduit à traiter par le canal d'États étrangers, alors que jamais dans le passé l'État n'a transigé sur sa souveraineté pour la religion. C'est pour remédier à cette situation que Pierre Joxe, qui en sa qualité de ministre de l'Intérieur a relevé le titre tombé en désuétude de ministre des Cultes, s'est évertué à constituer un organisme représentatif des musulmans de France, avec lequel il serait possible de régler les questions pendantes concernant les lieux de culte, les cimetières, les prescriptions alimentaires et l'intégration dans la société.

Compte tenu de la différence des cas, c'est un problème semblable qui a surgi à propos du projet concernant la Corse. Le texte gouvernemental reconnaissait en son article premier l'existence du « peuple corse » comme composante du peuple français. Cette concession au sentiment nationaliste suscita un débat des plus vifs : d'une part, par crainte de créer un précédent redoutable dont d'autres particularismes se prévaudraient mais aussi pour des raisons de fond : admettre l'existence d'un peuple corse, c'était constater un fait culturel, une originalité géographique ; la référence au peuple français est d'un tout autre ordre : c'est une entité politique, une création volontaire qui ne doit rien aux données socioculturelles, qui est un acte politique. Était-il possible d'employer dans le même texte le mot peuple en deux sens tout à fait différents ? Saisi par l'opposition, le Conseil constitutionnel trancha par la négative en annulant toute mention d'un peuple corse.

Par un biais ou un autre, le débat sur l'immigration et l'intégration a été, toutes ces années, constamment présent, se réveillant à la première occasion : une soirée d'agitation dans une commune de banlieue, un calembour de Jean-Marie Le Pen, une déclaration d'un leader de l'opposition, une allusion du président de la République à son vieux projet d'octroi du droit de vote aux étrangers lors des élections locales...

Le débat sur cette forme spécifique de racisme qu'est l'antisémitisme rebondit à l'occasion d'un épisode qu'on hésite à ranger dans la rubrique des faits divers, tant fut grand le trouble qu'il jeta dans la conscience nationale. Au matin du 10 mai 1989, on découvre dans le vieux cimetière juif de Carpentras que des tombes ont été profanées et même un corps exhumé et peut-être empalé sur un piquet de tente. On ne saura rien de l'identité des auteurs de cette odieuse action, à plus forte raison ignore-t-on tout des mobiles auxquels ils ont obéi. Mais l'émotion est considérable ; une vague d'indignation déferle sur tout le pays, de partout parviennent à la communauté juive des témoignages de solidarité dans l'épreuve. L'incident réveille aussi les vieux démons : comme après Copernic, certains voient dans cette action l'expression de l'antisémitisme des Français, la presse étrangère allant jusqu'à établir un rapprochement entre Carpentras et la Nuit de cristal dans l'Allemagne de 1938 comme s'il y avait la moindre analogie entre cet acte isolé commis de nuit et le pogrom qui fit des victimes par centaines en plein jour, sous les yeux de la population et avec la connivence des autorités. La leçon de Carpentras serait plutôt, au vu de la spontanéité et de l'ampleur de la réaction, que l'antisémitisme est aujourd'hui rejeté par la très grande majorité des Français à l'exception d'une extrême droite qui n'a rien renié de ses haines et de la poignée de négationnistes qui s'acharnent contre toute vraisemblance à nier l'extermination de plusieurs millions de juifs. Michel Rocard, qui avant Carpentras avait déjà réussi à réunir à Matignon les représentants de tous les partis, majorité et opposition confondues, à l'exception du Front national qui n'avait pas été convié, tient une deuxième table ronde sur les moyens à mettre en œuvre contre le racisme. L'entente sera rompue par un amendement communiste introduisant des sanctions pénales pouvant entraîner la déchéance des droits civiques contre des déclarations taxées de racisme, l'opposition redoutant une utilisation contre des adversaires politiques.

La guerre du Golfe : consensus et dissonances

Un autre débat de nature idéologique a trouvé son épicentre en dehors de l'Hexagone : celui né de la crise ouverte le 2 août 1990 par l'agression de Saddam Hussein, dictateur de l'Irak, contre le petit État voisin du Koweït. François Mitterrand a presque aussitôt pris position au côté des États-Unis et de l'ONU pour une attitude de grande fermeté dont il ne s'est jamais départi ensuite, même s'il a pu prendre des initiatives inspirées du souci de mener une action propre et d'épuiser les moyens d'enrayer ce que lui-même avait appelé dès le 21 août une logique de guerre. A quelques exceptions près, l'ensemble de la classe politique se range derrière le chef de l'État : la plupart des familles politiques sont embarrassées par le souvenir de la sympathie jadis témoignée à Saddam Hussein et de l'aide qui lui a permis de constituer une puissante armée qu'il faut maintenant combattre. L'opinion aussi dans sa majorité approuve la fermeté de notre position : cette majorité ne cessera de grossir pour atteindre plus de 80 % de réponses favorables dans la phase militaire : elle se prononcera même pour un renforcement de la participation de la France à l'intervention militaire. Aucune question n'a suscité pareil consensus. De tous les peuples d'Occident, la France a été, avec la Grande-Bretagne, celui qui a le mieux accepté l'éventualité d'une guerre. Rémanence du passé de vieilles nations impériales ayant une longue tradition guerrière ? Revanche sur le fiasco de l'expédition de Suez ? Plus encore, souvenir de Munich qui, loin d'éviter la guerre, l'avait sans doute précipitée. La leçon est claire : ne pas céder à l'agresseur.

Cependant, consensus n'est pas unanimité : si la majorité a bien de bout en bout soutenu l'action du gouvernement, il y eut aussi une ou plusieurs oppositions. La ligne de partage entre l'une et les autres ne coïncida pas avec le clivage majorité-opposition : la droite dans son ensemble fit bloc derrière le chef de l'État et s'abstint de toute critique pendant la durée du conflit ; à gauche et au sein même du Parti socialiste, des désaccords se firent jour qui conduisirent même à la démission du ministre de la Défense, Jean-Pierre Chevènement, désapprouvant la politique de François Mitterrand.

Le reclassement des familles d'esprit qui se dessina ainsi n'était pas tout à fait inédit, c'était la résurgence d'une division dont nous avons en plusieurs circonstances graves de l'histoire nationale souligné l'originalité et la portée : entre intransigeants et conciliants, entre le parti de ceux qui, mis au défi par un acte de force, relèvent le gant et ceux qui cherchent l'apaisement.

Dans le camp de la fermeté se retrouvèrent, avec le gros du Parti socialiste, les centristes et la quasi-totalité du RPR et de l'UDF. Pour des motifs différents mais convergents : souci de conserver à la France son siège permanent au Conseil de sécurité ;

préoccupation du rang. Désir aussi de tirer les conséquences d'une situation internationale exceptionnelle : pour la première fois, l'Union soviétique ne faisait pas obstacle ; les grandes puissances étaient unanimes ; se reconstituait un concert international, les Nations Unies montraient leur résolution pour dénoncer l'agression, condamner l'agresseur et envisager des sanctions. Si seulement les sanctions décrétées en 1935 par la Société des Nations contre l'agression de l'Italie contre l'Éthiopie avaient été accompagnées par les armes, peut-être le monde aurait-il fait l'économie de la Seconde Guerre. Une chance se présentait d'instaurer un ordre international juridique.

Les motivations du camp opposé étaient plus variées, comme étaient plus disparates ses composantes. Étrange coalition qui rapprochait le Parti communiste et Jean Marie Le Pen, l'amiral de Gaulle et la gauche socialiste. Y figuraient les pacifistes inconditionnels, ceux pour qui il n'est pas de cause, si sacrée qu'elle soit, qui justifie la guerre, ainsi qu'une fraction de chrétiens étendant le commandement *Tu ne tueras point* et à qui la référence évangélique dissimulait que le refus de recourir à la force équivalait au refus de résister au mal qui accable autrui ; le Parti communiste retrouvant sa tradition de défaitisme révolutionnaire et pour qui la défense de la paix est désormais le seul thème pour être entendu par d'autres ; la gauche tiers-mondiste qui assimile le conflit à une guerre des riches contre les pauvres, de l'Occident chrétien contre le monde arabo-musulman ; sans tenir pour négligeables des sympathies persistantes pour le régime du Baas et pour l'Irak, seul État moderne et laïciste du Proche-Orient. A droite aussi, certains sont sensibles aux conséquences pour nos relations avec le monde islamique : la France ne compromet-elle pas son image et ses amitiés ? Ainsi s'explique sans doute l'opposition déterminée à la guerre de l'ancien ministre de la Défense au temps de la cohabitation, André Giraud. Il y a aussi le regret que la France paraisse renoncer à une politique indépendante et se mette à la remorque des États-Unis : ce sentiment a sans doute été déterminant dans le refus d'approuver la déclaration gouvernementale chez l'amiral de Gaulle et Maurice Couve de Murville. Plus étonnantes parurent à ses amis mêmes les déclarations de Jean-Marie Le Pen, motivées probablement par le refus d'une guerre engagée pour d'autres motifs que les intérêts directs de la France : il rejoignait la position des pacifistes de droite en 1938-1939 contre une guerre réputée idéologique.

Le débat divisa les partis et suscita des regroupements inattendus : Jean Poperen solidaire de Charles Pasqua et Jean-Marie Le Pen de Jean-Pierre Chevènement. Reclassement passager ? Parce que le conflit ne dura guère, mais s'il s'était prolongé, et qu'il ait pris un tour moins inégal, qu'il ait amené des pertes en hommes, imposé des sacrifices au pays, qui sait si le débat n'eût pas alors entraîné comme en 1938 ou en 1940 des reclassements plus durables ?

Le débat a aussi mis en lumière des différences de générations : pour celle arrivée à l'âge d'homme dans les années 30, la leçon de Munich demeure inoubliable et continue de dicter les comportements ; celle dont l'accession à l'âge adulte s'est faite au temps de la guerre d'Algérie, a comme d'instinct une réaction négative pour tout conflit qui oppose une nation riche et ancienne aux jeunes États. Quant aux plus jeunes, découvrir que le monde et la France pouvaient en 1990 de nouveau se retrouver dans une logique de guerre fut une surprise absolue. Néanmoins, malgré ces différences d'expériences et de sensibilité, l'unité de la communauté nationale ne fut guère ébranlée. L'événement a même apporté une révélation : auparavant, on pouvait à bon droit s'inquiéter des effets d'un conflit où la France serait engagée contre un État arabe sur les rapports à l'intérieur entre les communautés : les Français d'origine ne verraient-ils pas dans les immigrés les éléments d'une cinquième colonne et ne seraient-ils pas tentés de prendre des dispositions préventives ? De fait, dans quelques départements du Midi, les armuriers vendirent beaucoup d'armes individuelles dans les débuts de la crise. Réciproquement, les « beurs » ne se sentiraient-ils pas rejetés ? Le comportement des uns et des autres montra l'inanité de ces deux peurs symétriques : s'il y eut bien des gestes de sympathie pour Hussein chez certains musulmans, il n'y eut aucune démonstration massive. Signe que l'intégration était peut-être plus avancée qu'on ne croyait : les immigrés tenaient déjà trop à devenir Français pour compromettre leur entrée dans la communauté par des manifestations intempestives de solidarité avec l'Irak.

Le départ de Michel Rocard

Au matin du mercredi 15 mai, juste avant d'ouvrir le Conseil des ministres, le président de la République fait connaître à Michel Rocard qu'il a à lui remettre sa démission au début de l'après-midi. Depuis quelques heures, une rumeur accréditait comme imminente la nouvelle de son départ. Le soir même, en lui rendant un hommage mesuré, François Mitterrand annonce qu'il a choisi pour lui succéder Édith Cresson. La désignation pour la première fois d'une femme pour diriger le gouvernement de la France marque une date dans l'histoire de la promotion féminine : elle parachève le mouvement amorcé depuis une quinzaine d'années, qui a porté des femmes aux plus hautes fonctions, et couronne un des faits sociaux et culturels les plus importants du siècle qui s'achève.

Le départ de Michel Rocard met un terme aux supputations sur son avenir ministériel : dès le premier jour, on s'était interrogé sur la durée probable de son gouvernement et périodiquement on supputait ses chances de survie. Aussi Michel Rocard, sachant, selon son mot, que le bail de Matignon était le plus précaire de Paris, avait-il pris le parti d'agir comme s'il avait tout le temps devant lui, ouvrant des chantiers dont il était évident qu'ils ne pourraient être refermés par lui.

Sur la décision présidentielle deux questions se posent : à quels motifs François Mitterrand a-t-il obéi en prenant le risque de se séparer d'un Premier ministre qui n'avait pas démérité, qui gardait encore dans l'opinion une cote exceptionnellement haute et qui paraissait avoir échappé à l'usure du pouvoir? Et quelle était, en conséquence, la signification de son éloignement? Une première raison tient à la nature du régime. François Mitterrand l'énoncera, le 14 juillet, dans son entretien télévisé : il faut plusieurs Premiers ministres pour faire la monnaie d'un septennat, ne serait-ce que pour réaffirmer la prééminence de la fonction présidentielle. Trois années sont une durée raisonnable ; au reste c'est la durée moyenne : Michel Rocard était le onzième pour trente-deux ans de fonctionnement des institutions. Que Michel Rocard ait conservé un taux de sympathie élevé ne faisait pas une obligation de le garder : Georges Pompidou — on reviendra sur ce précédent — n'avait-il pas congédié Jacques Chaban-Delmas au lendemain d'un vote où l'Assemblée lui avait renouvelé sa confiance avec une majorité intacte ?

On ne se hasardera pas à scruter les motifs plus personnels comme les vues que le président peut avoir sur les prétendants possibles à sa succession : crainte de ne plus pouvoir arrêter l'ascension de Michel Rocard s'il le gardait jusqu'aux élections législatives ? Souci de laisser la succession ouverte ou de préparer les voies pour Laurent Fabius ? Autant de conjectures qui relèvent de la psychologie et que l'historien n'est présentement pas en mesure de vérifier.

En revanche, il est en terrain plus sûr s'il croit discerner un lien entre le changement de Premier ministre et l'approche de l'échéance électorale de mars 1993. Il est vraisemblable que François Mitterrand ne souhaite pas que son septennat s'achève sur une réédition de l'épreuve que la cohabitation lui a imposée. Or les sondages donnaient comme probable une victoire de l'opposition de droite. François Mitterrand s'est convaincu qu'il n'avait chance de renverser la tendance et d'éviter au Parti socialiste de perdre les élections que dans un changement de stratégie et une relance du débat : le choix d'Édith Cresson, dont la qualité maîtresse n'est certes pas le souci de la conciliation, répond parfaitement à son vœu du retour à un « dialogue fracassant ». Ainsi se dégage la signification profonde de ce qu'il faut bien appeler l'éviction de Michel Rocard : c'est la fin de l'ouverture ou de ce qu'il en restait, le réveil de l'affrontement droite contre gauche, le retour à la bipolarisation.

Dans la perspective de la continuité à travers les ruptures qui est une des préoccupations de ce livre, un rapprochement vient à l'esprit avec la « disgrâce » de Jacques Chaban-Delmas en juillet 1972. La symétrie des deux départs est presque trop parfaite. Georges Pompidou et François Mitterrand, au début d'un septennat, le premier pour celui-là, le second pour celui-ci, choisissent pour être leur Premier ministre un homme avec lequel ils ne se sentent pas nécessairement en affinité mais qui correspond bien aux aspirations dégagées par l'élection et qui a mission de réaliser une ouverture. Les deux pratiquent une politique d'ouverture : Chaban-Delmas en direction de la gauche réformiste et Rocard vers les centristes. L'un et l'autre eurent la même ambition de transformer la société en douceur ; ce que l'un a essayé à cet égard, l'autre aussi l'a tenté. L'un et l'autre ont opéré des réformes d'importance. Sous leur gouvernement, la ligne qui sépare la droite de la gauche tend à s'effacer, au grand dam des appareils de droite et de gauche qui maugréent. Les deux expériences ont eu une durée à peu près égale — trois ans — et elles prirent également fin le jour où le président, jugeant qu'il n'y avait plus de raison de faire des concessions à des adversaires au risque de décevoir les fidèles et de mécontenter les amis sûrs, estima que le temps était venu de former le carré pour les batailles du lendemain. Pour cette nouvelle politique les deux présidents portèrent leur choix sur des personnalités dont le loyalisme ou le dévouement personnel leur était acquis sans réserve et qui ne tiendraient leur pouvoir que d'eux. Tel est vraisemblablement le sens profond du départ forcé de Michel Rocard comme jadis de l'inventeur de la « nouvelle société ».

CHAPITRE XXXVIII

L'ère culturelle des masses ?

Certes, le culturel n'épouse pas forcément les courbes tourmentées des crises politiques et des changements institutionnels, et l'année 1958 n'est pas en elle-même une borne significative de l'histoire culturelle et artistique. A y regarder de plus près, pourtant, ce millésime et les deux ou trois qui précèdent ou qui suivent marquent bien un tournant. A tenter d'en recenser les signes, on énumère vite plusieurs manifestations : « nouveau roman » à son apogée, « nouvelle vague » au cinéma, « structuralisme » commençant à déferler et, sur un autre registre, avènement du temps des « copains » et développement de la télévision. A la charnière des deux Républiques, ce sont donc bien les « années 60 » qui peu à peu sortent des limbes. Ces *sixties* pointent à l'horizon, et leur importance n'a pas été artificiellement créée après coup par la nostalgie que cette décennie a laissée chez les quadragénaires des années 80.

Naissance des « sixties »

Une anecdote et un épisode situés au seuil des *sixties* symbolisent à leur manière le changement du ciel socio-culturel. Ils sont apparemment bien loin, l'un et l'autre, de la « vie de l'esprit », mais n'en reflètent pas moins deux des lignes de force culturelles de cette décennie.

L'anecdote — cruelle — est connue. Certains des survivants de la catastrophe du barrage de Malpasset, en décembre 1959, auraient ainsi précisé l'heure du drame : « Achille Zavatta entrait en piste... » *La Piste aux étoiles,* à l'époque même où le petit écran tuait peu à peu le cirque, était devenue l'une des émissions phares d'une télévision entrée dans une phase conquérante et dont les horaires allaient peu à peu rythmer les jours et les semaines de bien des Français, se substituant à d'autres rythmes parfois séculaires.

L'épisode lui aussi est connu et a fait — sur le moment même et par la suite — l'objet de commentaires plus ou moins judicieux et de savantes exégèses. Il s'agit du concert organisé place de la Nation le 22 juin 1963 par Daniel Filipacchi pour fêter le premier anniversaire de *Salut les copains* : plus de 100 000 jeunes vinrent applaudir une brochette d'« idoles ». La vogue « yé-yé » bat son plein.

Replacée en perspective, c'est moins cette vogue qui est fondalementale que la vague démographique qui la sous-tend. On est là devant un phénomène apparemment irréversible : la part désormais prise par les jeunes dans les pratiques socio-culturelles. Certes, cette « prise » de la place de la Nation ne fit écrouler aucune Bastille. En tant que date symbolique, elle mérite pourtant sa place dans notre histoire proche.

Car la vogue « yé-yé » n'est pas réductible au seul mouvement musical qui s'étend approximativement de 1959-1960 — année durant laquelle quelques chanteurs ou « groupes » français, reléguant au second plan la « chanson à texte » de Brassens, Brel et quelques autres, et les espagnolades de Luis Mariano, Dario Moreno, Gloria Lasso et Maria Candido, commencent à adapter le rock américain, le ponctuant de *yeah-yeah* francisés — jusqu'au milieu des années 60, où les Beatles puis la *pop music* s'imposent et s'acclimatent en France, mais sans réelle variante endogène. C'est en fait, durant ce lustre, une « culture » jeune qui se développe, avec ses produits cinématographiques dérivés (*Retiens la nuit, Cherchez l'idole,* de Michel Boisrond), sa presse (*Salut les copains,* 1962, qui atteint un million d'exemplaires au bout d'un an), ses lieux fondateurs (le Golf Drouot) et de culte (l'Olympia, le Palais des Sports), sa sonorité (la guitare électrique), sa sociabilité (les « copains ») et sa sexualité d'avant la grande cassure de 1965 (le « flirt ») ; avec, surtout, ses figures tutélaires (les « idoles » de la chanson).

Il y a là une version française des *sixties*. Une vision superficielle en retiendrait surtout l'apparence demeurée plus hexagonale qu'ultra-atlantique. L'essentiel, en fait, est ailleurs. Par-delà la mode — les cheveux qui, progressivement, s'allongent, les pattes d'éléphant et l'*eye-liner,* les robes évasées au-dessus du genou qui annoncent la minijupe —, ce sont, là encore, des mouvements de fond qui apparaissent en filigrane : la transformation et l'uniformisation, par-dessus les classes sociales et les frontières, du vêtement — le *jean,* premier vêtement où la mode « jeune » s'impose peu à peu à une société tout entière —, une classe d'âge bénéficiant de l'enrichissement général et devenant consommatrice avant d'être électrice ou productrice. Avant même la standardisation télévisuelle, il y a là un phénomène « culturel » de grande ampleur.

Ce mouvement « yé-yé » s'inscrit à la confluence de deux progrès dans la reproduction et la diffusion du son. Le disque, tout d'abord, connaît une mutation décisive. Les années 50 voient le développement du microsillon, qui périme le « 78 tours ». Entre novembre 1956 et novembre 1957, un million de disques des Platters sont vendus en France, signe que, au milieu de ces années 50, notre pays va bientôt entrer, en ce domaine aussi, dans la consommation de masse. A cette date, toutefois — et l'exemple des Platters ne vient pas vraiment infirmer l'analyse —, le disque est encore un produit d'adultes ou de jeunes gens, beaucoup plus rarement d'adolescents. C'est précisément l'arrivée de la génération du *baby-boom,* dans une société enrichie, qui crée un nouveau marché pour le disque.

Ce phénomène correspond aussi à un second progrès l'apparition du transistor qui, aux postes de radio encombrants et chers, substitue des appareils de plus en plus petits et de moins en moins onéreux. La génération du *baby-boom* devient ainsi celle du transistor.

Le « massage » télévisuel

Si la vogue « yé-yé » est retombée assez vite, l'évolution de l'entreprise de presse bâtie à partir du succès de *Salut les copains* est significative. A côté de titres pour la jeunesse, le groupe Filipacchi va aussi croître sur toute une presse de loisirs : jeunesse et loisirs, telles sont deux des nouvelles données qui modifient la main culturelle de la décennie. Mais la donnée essentielle — que permet précisément cette place prise par le loisir — reste bien l'enracinement d'une culture de masse dont la position de plus en plus dominante justifie que l'on ne s'en tienne pas dans ce chapitre aux seuls arts dits majeurs et aux grandes percées intellectuelles.

Cet enracinement se fait dans un terreau qui a bien changé. Deux traits caractérisent, en effet, cette France des années 60 qui, peu à peu, a laissé derrière elle les années difficiles de la reconstruction pour cueillir les fruits mûrs d'une croissance conquérante : un remodelage en profondeur de la société française — mutation rapide de la société rurale, globalement en recul, extension des « cols blancs » — et une hausse de son niveau de vie qui lui permet d'entrer rapidement dans la « société de consommation ». Dans un corps social globalement enrichi et progressivement uniformisé dans ses loisirs et ses aspirations, le phénomène de massification des comportements culturels, déjà amorcé avant la Seconde Guerre mondiale, ne pouvait qu'être amplifié.

D'autant qu'un tel phénomène dispose désormais d'un support supplémentaire qui va supplanter les autres vecteurs culturels : la télévision. Celle-ci, on l'a vu, a connu en France un retard à l'allumage. Certes, après 1954, le rythme d'installation des récepteurs a été rapide, mais les chiffres étaient encore faibles : 260 000 récepteurs en 1955, 442 000 en 1956, 900 000 à la fin de l'année 1957. En 1958, seuls 9 % des foyers ont un récepteur et la France, malgré sa participation décisive aux percées techniques successives du petit écran, se trouve, en matière d'équipement télévisé, loin derrière ses homologues des pays industrialisés. Mais, en sept ans, le parc quintuple, et, en 1965, 42 % des foyers sont équipés. Le premier mandat du général de Gaulle, période d'acclimatation des institutions de la Ve République, est donc aussi la phase — décisive — d'acculturation de la télévision par les Français. Ceux-ci, quand ils sont téléspectateurs, regardent déjà en 1965 les « étranges lucarnes » vingt-deux heures par semaine en moyenne. Quatorze ans plus tôt, le volume hebdomadaire total diffusé était de vingt-cinq heures.

A la fin de la décennie, dix millions de récepteurs sont en place. Et même si le pourcentage de foyers possédant la télévision reste plus important aux Pays-Bas (88 %), au Japon (94 %) ou aux États-Unis (98 %) qu'en France (70 %), la cause est désormais entendue : le petit écran est devenu un élément familier de la vie quotidienne, sur laquelle il retentit de multiples manières. Cause, du reste, confirmée en appel quatre ans plus tard : en 1974, plus de 80 % des Français peuvent regarder la télévision. Il n'y a désormais pas plus d'abstentionnistes en télévision qu'en politique. Et, à la différence de ceux qui boudent le suffrage universel, il ne s'agit pas pour les téléspectateurs d'un seuil incompressible puisqu'en 1984, 91 % des foyers, selon les statistiques, possédaient un récepteur.

Un siècle après Jules Ferry, on retrouve à peu près les mêmes évolutions des pourcentages que pour le maniement de l'écrit : si, en 1872, 21,5 % des conscrits de vingt ans sont analphabètes, ils ne sont plus que 3,73 % en 1914. Le parallèle, il est vrai, s'arrête là. D'une part, on a souvent opposé le caractère passif des rapports avec le petit écran — « le message est le massage », a diagnostiqué Marshall MacLuhan — et le volontarisme que supposent l'acquisition d'une langue puis l'acte de la lecture. D'autre part, et surtout, si dans ses décennies fondatrices la télévision française s'estimait, par certaines de ses voix autorisées, investie d'une mission d'éducation autant que de distraction, c'est vers ce second pôle que tireront des forces complexes et qui tiennent aussi bien à l'offre qu'à la demande. En 1969, 80 % des téléspectateurs affirment attendre des programmes avant tout de la détente. Dans une société où la place des loisirs a augmenté au fil des décennies, la télévision est donc devenue sans conteste, en cette fin des années 60, le support par excellence. Support qui commence d'ailleurs à imprégner les autres domaines de la culture de masse, signe évident d'une position devenue dominante. Plus encore que dans les années 30, l'audience du sport-spectacle est amplifiée : Jean-Claude Killy dans le brouillard grenoblois en quête d'une troisième médaille olympique, Jacques Anquetil et Raymond Poulidor au coude à coude, avec le maillot jaune comme enjeu, autant de choses vues et non plus seulement entendues ; et le rugby va désormais intéresser le nord de la Loire, avec les exploits du XV de France au Tournoi des cinq nations mis en scène par Roger Couderc.

Autre forme d'imprégnation, la télévision sécrète sa presse, aux tirages impressionnants : lancé en 1960, *Télé 7 jours* dépasse déjà les 2 millions d'exemplaires en 1965 et s'affirme bientôt, par sa diffusion, comme le premier titre de la presse française. Le petit écran commence aussi à révéler des vedettes comme, en d'autres temps, la revue, le music-hall, le cabaret puis la radio : le succès de Mireille Mathieu est amorcé par un passage à *Télé-Dimanche* en novembre 1965. Encore quelques années, du reste, et les vedettes seront des animateurs et des présentateurs de télévision. Pour l'heure, en cette décennie de développement, le vedettariat, s'il existe déjà, reste timide. Plus que des hommes, ce sont des émissions qui connaissent alors le succès et la notoriété. Et c'est bien à travers elles que se façonne peu à peu une culture télévisuelle de masse, reçue de façon d'autant plus homogène que, jusqu'en 1964, la France n'a qu'une chaîne et qu'il faudra attendre décembre 1972 pour qu'elle en ait trois. D'où le retentissement d'émissions comme *Les Perses* d'Eschyle, adaptés par Jean Prat et diffusés le 31 octobre 1961. Mais la mise en avant, contemporaine ou rétrospective, de telles émissions n'est en général pas neutre, les uns, hostiles au petit écran, suspectant et accusant les autres de fourbir ainsi des alibis destinés à masquer un crime d'abaissement culturel généralisé. L'historien se gardera bien d'entrer dans le débat. Il analysera seulement un style télévisuel qui se constitue dans la décennie pionnière des années 50, s'épanouit dans les années 60, avant de connaître une transmutation. Ce style se nourrit à plusieurs sources et colore plusieurs genres. Ce sont, tout d'abord, les très riches heures des « dramatiques » à la française, dans lesquelles s'affirme le classicisme de l'« école des Buttes-Chaumont » (en 1956, la télévision avait racheté les studios Gaumont aux Buttes-Chaumont). *La caméra explore le temps,* notamment, en ces temps de chaîne unique, façonne la mémoire collective et joue, peu ou prou, chez des adolescents et des adultes le rôle tenu, quelques décennies plus tôt, chez les écoliers par les instituteurs de la IIIe République : au « catéchisme républicain », elle ajoute une sorte de légendaire télévisuel qui s'amalgame au premier et constitue avec lui une sensibilité historique commune au plus grand nombre. Autre genre, le magazine d'information, avec notamment, à partir de janvier 1959, les mensuelles *Cinq Colonnes à la une.* Là encore, on peut parler d'une sorte de « pédagogie consensuelle » qui progressivement prend, pour ce qui est de l'ouverture sur le monde, ses drames et ses soubresauts, le pas sur le reportage radiophonique, et va aussi peu à peu éroder les positions des magazines de photographies comme *Paris-Match.* Les dernières années de la guerre d'Algérie sont, à cet égard, un moment d'équilibre où médias montants — télévision —, stables — radio — et descendants — magazines — jouent un rôle apparemment égal.

Mais cette culture médiatique et médiane que fait naître et diffuse la « télé » s'exprime aussi dans des genres plus directement axés sur le loisir et la détente. Là encore, des émissions deviennent rapidement des phares et, rétrospectivement, des buttes témoins. En 1962, c'est *Intervilles* qui commence une carrière populaire, dans les deux acceptions du terme, et son animateur Guy Lux deviendra vite le symbole des débats sur le contenu culturel du petit écran. A partir de 1966, nombre de Français vont, le vendredi, *Au théâtre ce soir,* et l'année suivante Les *Dossiers de l'écran,* auxquels leur film suivi d'un débat confère le statut confortable d'émission aux ambitions didactiques à fort taux d'écoute, commencent leur longue carrière du mardi soir.

Mais par-delà ces émissions vedettes, deux tendances « lourdes », appelées à s'amplifier et à devenir structurelles, apparaissent. Les enfants se voient concéder des émissions qui, pour être brèves, n'en ont pas moins la régularité et la notoriété nécessaires pour acquérir un public (*Bonne Nuit les petits,* 1962, *Le Manège enchanté,* 1964) et la « personnalisation » pour le conserver (Pimprenelle et Nicolas, Zébulon et Pollux). Cette « personnalisation » est, du reste, l'un des principes de l'autre genre en expansion rapide : les feuilletons et les « séries ». Sans trop solliciter les faits, il est possible d'établir une certaine continuité entre les formes hybrides de la « littérature populaire » du XIXe siècle — le roman-feuilleton, notamment, dont l'attrait est grand jusqu'à la Première Guerre mondiale —, les feuilletons à la radio et les « séries » télévisées. L'appellation « feuilleton » court, du reste, tout au long des décennies, de la presse du siècle dernier aux productions télévisées des années 60. La continuité est aussi dans les thèmes : aventure, fiction policière, fantastique, mélodrame. Et la greffe anglo-saxonne ne bouleverse pas, sur ce plan, les colorations majeures : cape et épée/western, fantastique/science-fiction, mélodrame/*soap opera,* les équations sont aisées à établir.

Cette greffe ne prend pas encore, en ces années 60, des proportions aiguës. Pour l'heure, au cours de la décennie, la télévision va surtout se figer pour plus de vingt ans dans un cadre technique — la couleur, à partir de 1967, les magnétoscopes, dont la pratique de masse ne commencera à se faire que dans les années 80 — et institutionnel — la publicité de marques, à partir de 1968, trois chaînes à partir de 1972, l'éclatement de l'O.R.T.F. en 1974 — immuable.

L'entrée dans l'ère télévisuelle ne pouvait pas ne pas avoir de conséquences sur le statut social et le rôle culturel de la radio. Mais le passage de relais s'est fait progressivement. Au seuil des années 60, c'est encore la radio, et plus précisément le transistor, qui est, on l'a vu, le support, avec la presse écrite, du développement du phénomène *Salut les copains!* (auquel la télévision emboîtera le pas avec *Age tendre et tête de bois,* d'Albert Raisner). C'est aussi le transistor qui, à la même époque, joue un rôle décisif dans la résolution du « putsch des généraux ». A la fin de la même décennie, pourtant, les grandes émotions populaires — les premiers pas sur la Lune en juillet 1969 — se déroulent sur le petit écran.

Cette irrésistible ascension du téléviseur dans la société française — qui justifiait ici ce long point fixe sur la télévision — alla, on l'a vu, dans le sens d'une plus grande uniformisation culturelle des Français, due également à d'autres supports qui existaient antérieurement. Cela dit, il convient tout de même de nuancer le diagnostic. Il y aurait, en effet, erreur à conclure au nivellement des pratiques socio-culturelles. Ainsi, une enquête de 1973 sur ces pratiques, publiée l'année suivante par le secrétariat d'État à la Culture, montre bien qu'à cette date la standardisation est loin d'être aussi totale que le déplorent alors plusieurs essais alarmistes. Certes, la télévision talonne le livre, et sa pratique quotidienne est largement et assez également répandue — à l'exception des cadres supérieurs et professions libérales, nettement en dessous (44 %) de la moyenne (65 %). Mais, inversement, le bricolage, le sport pratiqué et le sport-spectacle sont autant d'éléments de diversité. Tout comme la visite des musées. Cette dernière pratique montre, du reste, que, contrairement, là encore, aux idées reçues qui fleurissent à cette date, l'attrait de l'« art » ne fait pas les frais, tout au moins à cette époque, de l'irruption de la télévision. Les musées nationaux avaient accueilli un peu plus de 5 millions de visiteurs en 1960 ; ils en reçoivent près de 10, 5 millions en 1978. Cet accroissement s'explique, il est vrai, en partie par le succès rencontré chaque année par de grandes expositions : ainsi Toutankhamon au Petit-Palais attire 1,2 million de personnes en 1967. Mais le succès même de ces expositions est un autre signe d'une bonne tenue de l'intérêt pour l'art dans la France des années 60. Au reste, c'est précisément au milieu de cette décennie, au moment où la télévision s'installe dans la plupart des logis français, qu'ont lieu les premiers succès massifs de ce type d'exposition : quelques mois avant celle consacrée à Toutankhamon s'ouvre en novembre 1966 une exposition Picasso au Grand-Palais appelée à connaître une grande affluence. Aussi y aurait-il erreur à ramener uniquement les années 60 à l'irrésistible montée d'une culture de masse. Sans en nier les manifestations de plus en plus visibles, il faut bien conclure à l'absence de nivellement. Bien plus, cette décennie voit l'expression artistique et scientifique explorer de nouveaux horizons.

Nouveaux horizons ou horizons perdus ?

En ces années de passage entre deux Républiques, la « nouvelle » culture, multiforme, est arrivée : « nouvelle vague » au cinéma, « nouveau roman », « nouvelle critique », l'innovation est à l'ordre du jour. Avec pourtant des effets bien différents selon les domaines. Si la « nouvelle vague » a su rajeunir une production cinématographique un peu ronronnante, sur d'autres registres, l'expression culturelle ne sera pas toujours exempte de pédantisme. Bien plus, c'est à une sorte de révolution intellectuelle que l'on assiste, l'horizon de l'humanisme s'estompant brutalement dans les nuées des « nouvelles » visions du monde.

Au cinéma, la « nouvelle vague » s'est d'abord définie en s'opposant. De jeunes réalisateurs attaquaient la « qualité française » et se voulaient les représentants d'une modernité cinématographique. Ainsi, un cinéaste comme Jean Delannoy, dont le deuxième film, *L'Éternel Retour,* avait été l'un des plus grands succès de l'Occupation et qui avait incarné après la guerre une sorte de classicisme, sera dans la ligne de mire de ces cinéastes plus jeunes qui piaffent aux portes d'un septième art qu'ils estiment en déclin. Et qui, en réaction contre ce classicisme, travailleront moins sur l'intrigue, le scénario ou le dialogue que sur le langage cinématographique lui-même. Peut-on parler, pour autant, d'une révolution culturelle? Assurément non : *Les Quatre Cents Coups* n'ont pas ébranlé en profondeur le cinéma français, qui continue sur sa lancée. Mais, ce qui est sans doute plus important, ce film et ses semblables ont été un tremplin pour une nouvelle génération qui a conféré un nouveau souffle à un cinéma figé dans la patine de ses habitudes et le moule de ses genres à succès. Surtout, cette génération est la première à avoir trouvé dans le cinéma une culture propre, émancipée des autres formes d'expression — écrites — qui, jusque-là, constituaient le fonds culturel d'une classe d'âge. Culture cinématographique d'ailleurs bigarrée, mêlant Eisenstein, Jean Renoir et Alfred Hitchcock, entre autres.

Cette « nouvelle vague » — entendue au sens large — fut, en fait, peu homogène et parcourue de sensibilités diverses. Entre *Hiroshima mon amour* d'Alain Resnais et *A bout de souffle* de Jean-Luc Godard, sortis tous les deux en 1959, les différences l'emportent peut-être sur les traits communs. Mais Alain Resnais n'est pas toujours inclus par les historiens du cinéma dans cette « nouvelle vague » sur la crête de laquelle ont vogué avant tout Chabrol, Godard, Rivette, Rohmer et Truffaut. Avec, comme toujours en pareil cas, des problèmes de frontières encore avivés par les anathèmes ou les excommunications qui accompagnent toutes les avant-gardes. Ainsi cette déclaration de Jacques Rivette : « Si la question est : avez-vous à dire quelque chose de nouveau ? la réponse est : face au néant intellectuel des films d'un

Vadim, d'un Louis Malle, oui ! » A y regarder de plus près, pourtant, *Et Dieu créa la femme* (1956) du premier nommé, film fondateur du « mythe » Bardot, et *Les Amants* (1958), du second, même s'ils n'inaugurent pas un nouveau langage cinématographique, sont bien porteurs eux aussi de « nouveauté ».

Les embruns de la « nouveauté » touchèrent-ils aussi la littérature et les sciences humaines ? Le roman, par exemple, plusieurs décennies durant, va connaître une *Ère du soupçon* (Nathalie Sarraute, 1956). Certes, le genre continue à connaître des succès publics : ainsi, en 1954, *Bonjour tristesse* de Françoise Sagan, cocktail de vague à l'âme, de légèreté et de frivolité. Mais son discrédit est indéniable dans une partie du milieu intellectuel. Et il doit subir les assauts du « nouveau roman », en fait véritable anti-roman. L'expression est, à l'origine, le titre d'un article d'Émile Henriot dans *Le Monde* en mars 1957, consacré à *Tropismes* de Nathalie Sarraute et à *La Jalousie* d'Alain Robbe-Grillet. Initialement défavorable, cette expression est restée, en prenant une charge positive et en devenant une sorte de manifeste théorisé par certains auteurs. Des *Gommes* de Robbe-Grillet en 1953 à *La Modification* de Michel Butor et au *Vent* de Claude Simon en 1957, des plumes en fait assez diverses et accueillies par Jérôme Lindon aux Éditions de Minuit vont se lancer dans des œuvres entendant rompre avec les normes traditionnelles du roman : la continuité du récit est bannie, les personnages abolis et l'énergie créatrice en apparence tendue vers la description minutieuse, parfois obsessionnelle, des objets. Le débat sera vif autour de ce « nouveau roman » — qui accède en 1958 aux prix littéraires avec le prix Renaudot attribué à Michel Butor — et tournera notamment autour de la question : artifice ou création ? L'histoire littéraire tranchera. L'historien, pour sa part, toujours soucieux de mise en perspective chronologique, est davantage sensible à d'autres aspects : feu de paille ou mouvement durable ? Courant significatif ou « mode » sans ancrage profond et vite emportée par la houle du « parisianisme » ?

La première question est paradoxalement la moins importante historiquement. Il apparaît bien, en effet, que la quinzaine d'années de rougeoiement du « nouveau roman » ne pèse guère à l'échelle des grands mouvements de l'histoire culturelle. Le courant n'en demeure pas moins significatif, car il est l'une des facettes d'un phénomène qui prend en écharpe une partie des années 50 et la décennie suivante, et qui touche aussi bien la création que les sciences humaines. En 1954, Roland Barthes —

qui avait publié l'année précédente un ouvrage au titre révélateur, *Le Degré zéro de l'écriture* — consacre un article intitulé « Littérature objective » aux *Gommes* : il se félicite que Robbe-Grillet se soit « attaqué au dernier bastion de l'art écrit traditionnel, l'organisation de l'espace littéraire », et constate que « cette tentative vaut en importance celle du surréalisme devant la rationalité, ou du théâtre d'avant-garde (Beckett, Ionesco, Adamov) devant le mouvement scénique bourgeois ». Certes, les différences sont grandes avec la triade du « nouveau théâtre ». Reste qu'il y a bien, niché au cœur des années 50 et s'épanouissant au cours de la décennie suivante, un anti-humanisme, que l'on retrouve aussi dans les sciences humaines.

On a coutume de rassembler quelques-unes de ces sciences humaines sous le terme de « structuralisme » et de désigner ainsi la vogue dont elles bénéficieront à cette époque. Le mot apparaît au seuil de la décennie, au cours de laquelle la recherche d'un principe d'organisation à travers des structures cachées va dominer les sciences humaines, notamment dans les domaines de la linguistique, de l'anthropologie et de la critique littéraire. L'une des faiblesses du terme est qu'il constitue à la fois une étiquette et une auberge espagnole, ce qui rend délicate la mesure de son amplitude et de sa portée. Le terme « structuraliste » fut, en effet, à la fois une appellation désignant le cours momentanément pris par certaines recherches et une enseigne un peu floue où l'amplification médiatique logea des recherches de qualités contrastées et d'inspirations diverses. La recherche de ce principe d'organisation et donc d'explication, inspirée de la linguistique structurale, a parfois gommé ce qui faisait pourtant l'essence de ces sciences, c'est-à-dire l'homme : considérant les notions d'homme, d'individu, d'acteur, comme des artifices masquant ces seules véritables réalités que sont les produits des structures profondes, elle en annonçait la dissolution. La mort du sujet et de l'humanisme était au coin de la page. Tout comme la disparition de l'histoire comme modèle de rationalité : fondée sur le leurre de l'événement, l'évolution historique était reléguée au rang des sous-objets scientifiques. En 1966, dans *Les Mots et les Choses,* Michel Foucault conclut à un socle épistémologique en train de basculer. Et parallèlement aux nouvelles tendances, d'anciens courants sont réactivés : le *Cours de linguistique* de Ferdinand de Saussure, qui datait de 1928, se vend deux fois plus pendant ces trois ou quatre années qu'en trente-cinq ans durant lesquels le tirage avait plafonné à 15 000 exemplaires. L'*Introduction à la psychanalyse* de Freud, avec 165 000 ventes, se diffuse cinq fois plus entre 1962 et 1967 qu'au cours des trois décennies précédentes.

En ces années 1962-1967, précisément, les sciences humaines françaises connaissent un grand rayonnement, mais s'enferment, parfois, dans un esprit de système : les années Barthes, Lacan, Foucault, Lévi-Strauss et Althusser, par-delà la réelle diversité des éponymes, tout à leur souci de lire autrement les livres, les replis du cerveau et les sociétés, sombrent parfois dans un ton docte, qui est plus, il est vrai, celui des épigones zélés que celui des maîtres. Ceux-ci, du reste, récuseront parfois l'étiquette « structuraliste » : ainsi, Michel Foucault, en 1969, dans *L'Archéologie du savoir*; Claude Lévi-Strauss, qui n'utilisera le mot dans un titre d'article qu'en 1972, définira ainsi le courant, treize ans plus tard, « comme on l'entend, une mode parisienne, comme il en surgit tous les cinq ans, et qui a eu sa tranche quinquennale ». La « tranche quinquennale a eu, en fait, des retombées plus que décennales. Plusieurs disciplines universitaires ont été profondément et durablement imprégnées par le « structuralisme », et l'écho rencontré à l'étranger, notamment aux États-Unis, a été grand.

Des revues aux « hebdos »

Ces problèmes de datation sont révélateurs d'une difficulté plus grande et quasi structurelle : est-il concevable, pour les deux dernières décennies, d'ébaucher dès maintenant une histoire socio-culturelle de la France ? Ou bien, faute d'un recul suffisant, est-il impossible de faire, pour la mince pellicule de temps écoulé depuis le milieu des années 60, la part du changement et de la continuité, de l'éphémère et du durable, deux paramètres pourtant essentiels de l'analyse historique ?

A première vue, il faudrait conclure, de fait, à une telle impossibilité : pour l'histoire très proche, en effet, l'historien risque, s'il n'y prend garde, de se faire démiurge, accordant l'estampille culturelle et donc l'immortalité — car, à sa manière, l'Histoire est une chambre d'enregistrement plus efficace et plus durable que l'Académie française — aux uns et la refusant aux autres. Et même si ses choix n'ont pas le plus souvent — et c'est heureux — d'aussi redoutables conséquences, il peut arriver que le chercheur qui tente de reconstituer la trame culturelle récente noue de bonne foi en gerbe les inclinations d'une sensibilité. Autant l'histoire politique du temps présent peut rapidement

L'ère culturelle des masses ? 859

distinguer la fracture importante de l'épiphénomène, acquérant de ce fait un statut scientifique mérité, autant celle de la culture proche doit multiplier les précautions, sauf à en proposer une vision partielle ou une version tronquée. Doit-on, dès lors, renoncer à parcourir ces vingt dernières années ou, passant outre, en est-on réduit à une démarche buissonnière qui, au gré des préférences et des réticences, retiendrait de 1968 *Belle du seigneur* d'Albert Cohen ou *Paradise Now* du « Living Theater », et de 1985-1986 le prix Nobel de littérature attribué à Claude Simon, l'enveloppement du Pont-Neuf par Christo ou la colonnade de Buren au Palais-Royal ? Il est sans doute possible, en fait, d'échapper à ce faux dilemme et d'aborder aux rivages de cette période proche, durant laquelle la culture est restée, davantage qu'on ne le dit souvent, au cœur des préoccupations de la puissance publique — la triade Beaubourg, Orsay et le Grand Louvre épousant en creux la succession des trois dernières présidences — et de nombre de Français. Des tendances et des jalons sont perceptibles malgré l'absence de recul.

Au milieu des années 60, par exemple, plusieurs titres de la presse hebdomadaire connaissent une mutation assez révélatrice du changement de temps socio-culturel qui est alors en train de s'opérer. A l'automne 1964 paraissent, en effet, les premiers numéros du *Nouvel Observateur* et ceux de *L'Express* nouvelle formule. Depuis l'entre-deux-guerres, les hebdomadaires jouaient un rôle culturel important, mais en le partageant avec les revues. Une telle situation s'était prolongée sous la IVe République : certaines revues, avec des fortunes diverses — la *Nouvelle Revue française,* par exemple, connaîtra plusieurs années de purgatoire après la Libération —, avaient franchi le cap de la guerre et avaient continué leur existence aux côtés de jeunes cadettes (*Les Temps modernes,* 1945 ; *Critique,* 1946 ; *La Table ronde,* 1948 ; *Socialisme ou barbarie,* 1949 ; *Arguments,* 1956). Mais, peu à peu, les pages culturelles des hebdomadaires avaient acquis une position dominante par rapport à ces revues. L'évolution, en tout cas, est consommée dans les années 60 : les livraisons hebdomadaires de *L'Express* et du *Nouvel Observateur* consacrent une place notable à l'expression culturelle, et notamment aux « sciences humaines » qu'elles contribuent à vulgariser.

Mais le succès de ces deux titres est également, plus largement, révélateur d'une société en mutation. Fils l'un et l'autre de l'« explosion » universitaire, lus par les nouvelles couches diplômées, ils incarnent, d'une certaine manière, les deux faces antagonistes de cette société française portée par la croissance mais sécrétant dans le même temps les germes de sa propre contestation. L'évolution du public de *L'Express* est significative : lu plutôt, dans les années 50, par les intellectuels classiques — enseignants, étudiants, certaines professions libérales —, cet hebdomadaire devient, après sa transformation en « news-magazine » inspiré de *Time* et du *Spiegel,* le journal des cadres, qui y puisent l'art du « management » et les derniers acquis du « structuralisme ». En ce milieu des années 60, la génération du transistor lit *Salut les copains* tandis que ses parents achètent *L'Express*. Au même titre que la DS 19 Citroën et la 404 Peugeot, les programmes de résidences de l'ouest de la banlieue parisienne, Élysée 2 et Parly 2, *L'Express* est à cette époque le reflet des strates supérieures des classes moyennes.

Si cet hebdomadaire apparaît donc comme une sorte de jardin à la française de la modernité, son concurrent incarnera l'effervescence de la même période et la tempête contestatrice qui peu à peu se lève : *Le Nouvel Observateur* propose, de fait, une version plus touffue de cette modernité, aux couleurs variant avec les saisons des modes et des engouements successifs. Reflets opposés d'une société en train de changer, Janus de la France du cœur des « Trente Glorieuses », leur apparition est bien à l'image de ce milieu de décennie, période charnière.

A bien y réfléchir, du reste, le tournant de 1965 — que certaines œuvres, ainsi *Bonjour tristesse* (1954) ou *Et Dieu créa la femme* (1956), annonçaient — ne pouvait pas ne pas être sans contrecoups sur l'activité créatrice tout entière. Non pas tant, en fait, par la subversion des valeurs qui est alors proclamée par certains artistes — quelle époque ne porte pas, en « art », des ferments de subversion ? — que par le développement de la « société de consommation », dans une France qui avait longtemps fait siennes les notions de frugalité et de prévoyance, et par la montée d'une morale de l'individualisme, même si les ébranlements de mai 68 avaient paru combattre et condamner cette société et cette morale. Cet hédonisme, joint à la place croissante des loisirs dans la vie et le budget des ménages, a sans doute encore amplifié les phénomènes culturels de masse, qui ne sont souvent que l'addition d'aspirations individuelles.

Fenêtre sur monde

Ces phénomènes s'accentuent, on l'a vu, après l'entrée dans l'ère télévisuelle. Et les années 60 ont été, à cet égard, le moment d'un changement de dynastie : la radio est détrônée par la télévision. Mais le médium déchu n'a pas disparu pour autant. Bien au contraire ! En 1973, par exemple, la radio est écoutée dix-sept heures en moyenne chaque semaine et, avec 36 millions de récepteurs en 1978, elle possédera à cette date un parc trois fois plus étendu qu'au temps de son âge d'or, vingt ans plus tôt. Entre-temps, il est vrai, elle s'est profondément modifiée, dans ses dosages. Le recul ayant été massif le soir, un redéploiement s'est opéré vers le matin, la matinée et la mi-journée. La désaffection ayant surtout frappé les genres dans lesquels la télévision pouvait davantage s'épanouir, ceux-ci ont disparu de la radio au fil des années, notamment le théâtre radiophonique et les feuilletons, qui furent pourtant parmi les supports essentiels de la grande époque.

Surtout, la radio a pu conserver et développer ces atouts essentiels que sont la souplesse et la mobilité. Le transistor et l'autoradio ont remplacé dès les années 60 les imposantes « T.S.F. ». Et l'usage concomitant du téléphone a renouvelé certaines émissions : c'est lui qui assura le règne de Ménie Grégoire. S'annonçait d'ailleurs ainsi la multiplication des moyens de communication, au sein desquels la radio conserva sa place. Et cette place se trouvera encore confortée par la loi de 1982 sur l'audiovisuel, qui met fin au monopole d'État et favorise la mise en place de nombreuses radios locales privées. Et, en 1983, le seuil des 50 millions de récepteurs sera atteint.

Plus largement, c'est le domaine des télécommunications tout entier qui a connu depuis une quinzaine d'années un bouleversement profond. Entre 1973 et 1983, le nombre des combinés téléphoniques a quadruplé, passant de 5 à 20 millions. Et en 1984, on l'a vu, 91 % des foyers possédaient un récepteur de télévision, le noir et blanc n'existant plus qu'à l'état résiduel. L'irruption de la télématique et l'extension des moyens de reproduction — magnétoscope — et de diffusion télévisuelles — réseaux câblés, satellites de télécommunication — ont encore multiplié les canaux de transmission culturelle. Ce rôle des réseaux câblés et des satellites est essentiel : ce n'est plus seulement l'instantanéité de l'information, que la radio avait déjà rendue possible, qui est ainsi assurée, ni même l'amorce d'une standardisation supranationale des goûts et des émotions par l'entrée, déjà ancienne, des films et des « séries » étrangers qui est ici en gestation, mais une « mondialisation » des pratiques culturelles, puisqu'à la même heure pourra être vu dans des pays différents un même spectacle en direct ; ces pratiques collectives qu'Eurovision et Mondiovision réservaient aux événements importants ou exceptionnels — et notamment ceux du sport-spectacle — vont investir peu à peu la vie quotidienne, en dehors même du domaine de l'information. De la « T.S.F. » au « câble », il y a là une évolution qui, mise en perspective, constitue sans nul doute l'un des phénomènes décisifs de l'histoire socio-culturelle du XXe siècle. En 1900, l'univers d'un Français se limitait souvent au canton, voire à la commune. Le rail, l'autocar, la radio, puis l'automobile et la télévision ont élargi cet univers. Celui-ci s'est désormais dilaté aux dimensions de la planète.

Cette planète devient ainsi, par les progrès de l'audiovisuel, un vaste théâtre où se contemplent tous les drames de l'humanité et où se joue aussi un spectacle de plus en plus uniforme. Les « séries » américaines, les films d'animation japonais touchent un public international de plus en plus large. Peut-on, pour autant, parler d'« impérialisme culturel » ? Cette mondialisation croissante coule-t-elle les téléspectateurs d'une grande partie de la planète — et notamment ceux de l'Hexagone — dans un même moule façonné par les médias nord-américains, favorisés par l'importance de la langue anglaise, l'avance technologique des États-Unis dans la diffusion de l'image et du son et la puissance financière de leurs firmes ? Ou bien le phénomène est-il plus complexe ? Le débat, en fait, réactive sous des habits neufs celui de l'« américanisation ». Et quel que soit le diagnostic formulé, on remarquera que cette culture de masse supranationale est avant tout le produit hybride de la civilisation urbaine et du « village planétaire ».

D'où les craintes que ne s'étiole la culture nationale, écartelée entre ces forces centrifuges supranationales et les forces centripètes des cultures « régionales ». D'autant que c'est sans doute précisément en réaction contre cette standardisation dépassant désormais les frontières que se sont développées ces expressions culturelles compensatoires qui tentent de s'enraciner dans une région. Le processus s'intégra aussi plus largement dans la revendication autonomiste qui toucha certaines régions françaises dans les années 70. Le mouvement écologiste, en phase ascendante durant ces mêmes années, contribua aussi à nourrir ce processus, qui dépassa le seul terrain culturel. Mais c'est sur ce terrain que la décrue se fit ensuite le plus lentement, déposant sur le rivage national des chanteurs et des écrivains : certains d'entre eux connurent alors, en effet, un succès qui dépassait les limites de leurs provinces respectives. Le Bourguignon Henri Vincenot et le Breton Pierre Jakez Hélias en furent, à la charnière des deux dernières décennies, les plus brillants surgeons.

Mais cette sourde inquiétude sur les forces qui risqueraient de démantibuler la culture nationale dépasse, répétons-le, la seule question de l'« américanisation ». Et le fait essentiel — il faudra y revenir plus loin — est qu'à travers la culture se profile aussi le problème de l'identité nationale : ces forces opposées ont tiraillé depuis des siècles, avec une amplitude différente selon les époques, cet agrégat d'expressions disparates cimentées par une histoire commune qu'est, d'une certaine manière, une culture nationale.

Retour au sujet

L'irrésistible ascension de la télévision a été quantifiée : une étude de l'I.N.S.E.E. portant sur 1985-1986 établissait que les adultes citadins, qui avaient gagné 36 minutes de temps libre par jour en moyenne au cours des dix dernières années, en avaient réinvesti 26 sur la télévision. L'imprimé en a-t-il été affaibli ? Certes, entre 1970 et 1985, la diffusion des quotidiens chute de 10 à 8,6 millions d'exemplaires vendus chaque jour, alors qu'entre-temps la population est passée de 50,7 à 55 millions d'habitants, mais, inversement, le succès de l'émission *Apostrophes,* de 1975 à 1990, montre aussi, autant que la position dominante acquise par la télévision sur les autres agents de circulation culturelle, la capacité d'adaptation de la galaxie Gutenberg face à la galaxie McLuhan.

La littérature a connu, du reste, depuis les années 70 une évolution et un retour du balancier. Le roman, dont son frère cadet et ennemi le « nouveau roman » avait juré la perte, opéra alors un retour remarqué. Deux exemples caractéristiques, parmi d'autres : l'ancien « hussard » Michel Déon devint en 1970 un auteur à succès avec *Les Poneys sauvages,* et huit ans plus tard l'Académie française l'accueillait au fauteuil de Jean Rostand; la critique littéraire brûlait à la même époque ce qu'elle avait adoré, le « nouveau roman » n'apparaissant plus, souvent, que comme l'expression chronologiquement datée du passage momentané au second plan du genre romanesque au profit d'autres genres. En ces années 70, Robert Sabatier aussi bien que Patrick Modiano deviennent rapidement des auteurs consacrés : ce sont ainsi plusieurs générations d'auteurs qui communient dans ce retour au récit, tandis que Roland Barthes publie en 1973 *Plaisir du texte*, texte que les années « structuralistes » avaient plutôt disséqué que savouré. Cet abandon du scalpel se fait bientôt massif dans les différentes sciences humaines, et le « sujet » reprend peu à peu ses titres de noblesse. L'intérêt que portent désormais certains clercs à la biologie — ainsi Edgar Morin, depuis 1977, avec *La Méthode* — rejoint, par sa signification, le retour en force du roman : l'homme est à nouveau dans l'homme. Le cinéma, lui aussi, à travers le succès populaire que connaissent des metteurs en scène comme Claude Sautet ou Claude Lelouch, revient aux « choses de la vie ». La collaboration de Bertrand Tavernier avec les scénaristes Jean Aurenche et Pierre Bost, qui furent les pourvoyeurs de la « qualité française » des années 50, est également révélatrice de l'évolution : les derniers embruns de la « nouvelle vague » se sont évaporés.

Libération culturelle après une certaine forme de dogmatisme dans les années 60 ? Ou réaction — dans tous les sens du terme — découlant des ébranlements idéologiques de la décennie suivante, évoqués au chapitre XXXIII ?

L'appréciation, une fois encore, est affaire de sensibilité plus que de science, et le manque de recul interdit aussi bien les diagnostics que les pronostics. Un hebdomadaire avait parlé en 1986 de « grande lessive ». Si l'expression peut paraître excessive, force est pour le moins de constater que le tissu culturel a déteint en une dizaine d'années et que ses couleurs ont changé. Et dans la nouvelle palette, il y a bien ce retour du « sujet », que l'on retrouve aussi dans l'expression picturale. Après l'abstraction puis une effervescence contestataire, le retour au figuratif est une tendance indéniable, qui s'amorce d'ailleurs dès la fin des années 60 : les rétrospectives Pignon (1966) et Hélion (1970) en furent les signes avant-coureurs, et le succès de l'exposition Balthus en 1983-1984 témoigna du chemin parcouru.

Succès qui confirme aussi, s'il en était besoin, que la fréquentation des musées, déjà observée pour les années 60, n'a pas été un feu de paille. Le succès du parallélépipède du Centre Georges-Pompidou — succès immédiat, puisque « Beaubourg » accueillit 4 millions de visiteurs dans les huit mois qui suivirent son inauguration le 31 janvier 1977 — en fournit une autre preuve éclatante. Plus largement, du reste, la part des dépenses de « culture et loisirs » dans la consommation des ménages est passée de 5,5 à 7,6 % de 1960 à 1979. Cette hausse de deux points est une donnée non négligeable, d'autant que cette consommation a fait plus que doubler en valeur dans les années 60 et 70. Bien plus, en 1960 la culture représentait, dans ce budget des ménages, à peu près un sixième de la part affectée à l'alimentation (5,5 et 33,5 %) contre un tiers environ en 1979 (7,6 et 21,9 %).

Sentiment de classe et conscience de génération

Nul doute, pourtant, que ces dépenses ne concernent pas seulement musées et expositions, mais aussi des pratiques culturelles plus « massives », car cette massification reste bien, au bout du compte, le phénomène essentiel. A tel point qu'il est nécessaire, à ce stade de l'analyse, de s'interroger sur les interactions entre le culturel et le socio-politique. La standardisation culturelle, tout autant que la hausse du niveau de vie depuis trente ans, n'a-t-elle pas contribué à gommer progressivement les différences sociologiques, entre catégories socio-professionnelles, et démographiques, entre classes d'âge?

A la première partie de la question, on répondra par une enquête de la S.O.F.R.E.S. effectuée au printemps 1987. A la question : « Avez-vous le sentiment d'appartenir à une classe sociale ? », 56 % des Français ont répondu « oui ». Le recul est très net par rapport à la décennie précédente : en 1976, 68 % répondaient dans le même sens. Or, il est bien vrai que, plus encore que le nivellement des conditions, freiné par la crise, c'est la standardisation culturelle qui a continué à marquer la dernière douzaine d'années écoulée. Il y a donc présomption que cette standardisation ait été, pour le moins, l'un des facteurs de ce recul du sentiment de classe.

La réponse à la deuxième partie de la question est, en revanche, plus malaisée. Car, en première analyse, c'est bien plutôt un clivage générationnel que l'on observe dans le domaine culturel. Si le phénomène « yé-yé » a été éphémère, une production musicale destinée aux adolescents est vite devenue une donnée structurelle de la culture de masse française : rapidement, dans le sillage des Beatles qui deviennent populaires en France à partir de 1965, se développe la *pop music,* genre composite dans lequel s'illustrent quelques groupes anglais avant que les États-Unis y reprennent une incontestable hégémonie ; après une dizaine d'années, ce sera, à la fin des années 70, la gloire fugace du *disco.* L'essentiel, d'ailleurs, est moins dans la succession des rythmes et des modes que dans l'élargissement progressif de cette consommation musicale aux pré-adolescents. Et l'observation vaut aussi pour le cinéma, auquel adolescents et pré-adolescents fournissent désormais une large part de sa clientèle. La télévision, de son côté, est également touchée : avatar significatif, *Salut les copains*, fondé, on l'a vu, en 1962, et rebaptisé en 1976 *Salut!*, modifiait au début de 1988 sa formule pour devenir *Salut-Télé*. Parti de la radio, le journal venait donc, un quart de siècle plus tard, se ressourcer dans la télévision, élément essentiel de la «planète des jeunes».

Le thème d'une nouvelle «culture» adolescente est devenu, de ce fait, depuis le début des années 60, récurrent. Son usage est délicat, car, là encore, le mot «culture» risque de se trouver banalisé. On se gardera donc d'en exagérer l'importance. Nier son existence serait pourtant bien léger. A condition toutefois de constater qu'inversement certaines pratiques «culturelles» longtemps réservées plutôt à la jeunesse ont perdu, sur ce plan, leur spécificité. Ainsi en est-il de la bande dessinée. Celle-ci a évolué depuis 1960. En quelques années, Astérix, personnage vedette de l'hebdomadaire *Pilote*, devient un phénomène d'édition. On a glosé à l'époque sur la signification de cet engouement : le Gaulois rusé et «résistant» offrait-il aux Français, dont l'Empire venait de se rétracter aux dimensions du seul Hexagone, et dont la mémoire collective était encombrée des souvenirs troubles et en partie refoulés de l'Occupation, une manière d'exutoire ? L'interprétation était sans doute un peu spécieuse, mais la réalité sociale incontestable : publié dans un hebdomadaire d'adolescents, *Astérix*, par ses albums, allait être également lu — l'ampleur des chiffres l'atteste — par le reste de la population. La bande dessinée devenait dès lors, dans une double acception, un mode d'expression adulte. Cela lui conférait-il pour autant un statut culturel ? Le débat, forcément subjectif, est toujours ouvert vingt-cinq ans après. L'historien du culturel, sans éluder un tel débat, constatera que l'essentiel est ailleurs : la bande dessinée française a quitté à partir du début des années 60 une position de vecteur d'une «culture» jeune pour acquérir celle de produit de consommation à l'usage de toutes les classes d'âge. D'autant que le phénomène s'est amplifié au cours des années suivantes : à la confluence, notamment, d'un *Pilote* en évolution et des dessinateurs venus de *Hara-Kiri* et *Hara-Kiri Hebdo* — puis *Charlie Hebdo* —, une nouvelle génération d'auteurs est apparue, tournée autant vers un public adulte qu'adolescent — Wolinski, Druillet et Lauzier, par exemple.

Malaise dans la culture ?

La controverse possible sur le statut à accorder à la bande dessinée ou sur l'existence d'une culture adolescente souligne bien la difficulté, déjà signalée, de baliser le champ culturel, elle-même sous-tendue par les débats autour d'une définition précise de la culture. Ces débats ont rebondi au printemps 1987. A cette date, trois ouvrages ont rencontré, avec une amplitude variable, un écho public : *La Défaite de la pensée* d'Alain Finkielkraut, *Éloge des intellectuels* de Bernard-Henri Lévy et *L'Ame désarmée* d'Allan Bloom. Trois livres sur la culture et ses acteurs : la simultanéité et le succès de ces trois livres questionnent l'historien, et leur thème commun le renvoie à l'interrogation déjà rencontrée. Y a-t-il un « malaise dans la culture » lié à l'élargissement du champ « prétendument culturel », ce relativisme conduisant à un risque de dilution de la notion même de culture ? A cette interrogation s'en ajoute une autre, sur l'identité des acteurs culturels.

Ceux-ci connaissent-ils une mutation ? La montée d'une nouvelle culture médiatique est-elle en train de mettre en selle de nouveaux leaders d'opinion, supplantant peu à peu les intellectuels classiques ? Faute de recul, l'historien se gardera bien d'anticiper. Il soulignera pourtant que, à la croisée des grands ébranlements qu'a connus l'intelligentsia française depuis le milieu des années 70 et de cette dilution culturelle que diagnostiquent certains observateurs, les intellectuels ont subi un double choc : supplantés — ou risquant de l'être — par plus médiatiques qu'eux, ils n'ont plus de façon exclusive leur rôle traditionnel de hérauts des affrontements civiques ; dépouillés, au moins momentanément, de leur coloration idéologique, dont le contexte des années 80 a largement gommé les aspérités et mis en avant les convergences, ils ne semblent plus en position de dégager, comme par le passé, les enjeux des grandes controverses nationales. Il y a là un phénomène structurel dont il est malaisé de prévoir les conséquences à terme, mais dont l'effet est historiquement déjà perceptible.

Plusieurs signes sont, à cet égard, significatifs : l'émotion après la mort de Coluche et l'attitude quasi sacrale qu'eurent alors les médias ; la place des acteurs et des chanteurs dans les goûts culturels d'une nouvelle génération que certains observateurs ont qualifiée de génération du regard et de l'image ; le rôle de certains de ces acteurs ou chanteurs dans la pré-campagne électorale de

1988 — Renaud : « Tonton, laisse pas béton », Gérard Depardieu : « Mitterrand ou jamais. »

L'aura médiatique est-elle en train de remplacer le prestige intellectuel ? « En l'an 2000, déclara un jour Andy Warhol, tout le monde sera célèbre un quart d'heure. » Derrière la boutade apparaît une incontestable réalité : sera célèbre qui accédera aux « médias ». Hommes du verbe sans être forcément hommes de la pensée, de nouveaux acteurs sociaux et politiques ont-ils, au terme d'une révolution « culturelle », pris les médias comme on prit jadis la Bastille ?

Ce qui ramène à la question de la nature de la culture. La massification des pratiques audiovisuelles est certes au cœur de l'interrogation, amplifiée par le bouleversement du « paysage audiovisuel français » et, plus largement, par l'explosion des techniques de communication depuis quelques années. Mais, parallèlement à la montée de cette culture de masse, apparaît sans doute également, dans toutes les controverses actuelles sur la notion de culture, une perplexité, en cette fin de décennie, et bientôt de siècle et de millénaire, de la société française sur son identité. Parcourue de forces antagonistes, s'interrogeant sur ses fondements, la communauté nationale trouve au cœur de ses interrogations les notions d'identité et de patrimoine. La culture, qui est précisément le reflet de l'une et la composante de l'autre, est devenue fort logiquement le point focal du débat. D'autant que, point d'ancrage et élément d'étalonnage chronologique tout à la fois, elle aide une société à se définir dans l'espace et le temps.

A DIX ANS DE LA FIN DE NOTRE SIÈCLE

De l'automne 1918 à la dernière décennie du XXe siècle, soixante-dix et quelques années : presque la durée moyenne d'une existence d'homme d'aujourd'hui, et nettement moins que la vie d'une femme de nos jours. Bien peu de chose au regard des millénaires qui se sont enfuis depuis que des hommes occupent le territoire qui devait devenir la France, notre patrie. Et cependant, dans cette brève séquence, que d'épreuves et de bouleversements ! Est-ce seulement leur proximité qui nous trompe par un effet du grossissement optique de péripéties que l'éloignement réduira à leur juste mesure ? Pourtant, ce n'est pas rien ce qu'a vu, connu, souffert un Français né au début de ce siècle et qui vit encore parmi nous : peu de générations avant la sienne auront eu pareille familiarité avec la guerre — deux conflits d'une durée inégalée depuis la fin des guerres de la Révolution et de l'Empire. Surtout, un désastre dont la soudaineté et l'ampleur ont ramené la mémoire des Français de cinq siècles en arrière, aux temps de la guerre de Cent Ans et du royaume de Bourges ; une occupation totale du territoire par un ennemi vainqueur. Plus un chapelet de guerres outre-mer qui mobilisèrent pendant seize ans des ressources de plus en plus étendues, obérèrent l'économie, hypothéquèrent la diplomatie, divisèrent les esprits, emportèrent les institutions et conduisirent le pays au bord de la guerre civile. Entre 1914 et 1962, la France fut en guerre, en Europe ou sur des théâtres extérieurs, vingt-six ans sur quarante-huit ; encore ce calcul n'inclut-il ni la guerre du Rif ni les combats dans le Djebel druse.

Le tableau n'est guère moins animé pour le politique : quatre systèmes successifs, deux crises de régime, peut-être trois si l'on compte pour une la secousse de 1968. Quel chapitre à ajouter à une histoire des passions et des fureurs françaises ! Laïques contre cléricaux avec une querelle qui rebondit périodiquement de 1924 à 1984. Antifascisme contre anticommunisme, munichois contre antimunichois, partisans de l'armistice contre France combattante, vichyssois contre résistants. Après 1945, c'est la guerre froide qui fait passer la division entre les blocs au beau milieu de l'opinion française. Défenseurs de l'Algérie française contre ceux qui appuient la politique du chef de l'État. Même si l'on récuse l'appellation de guerres franco-françaises au motif qu'elle dramatise à l'excès des tensions dont presque aucune n'a dégénéré en affrontement armé, reste que l'histoire de ces sept décennies fut singulièrement agitée.

Aux destructions accumulées par des guerres qui se sont livrées sur notre sol s'ajoutent les effets de deux crises économiques d'une durée inusitée et d'une gravité exceptionnelle : que de travail il fallut pour reconstruire à chaque fois et quel gaspillage d'énergies à chacune des crises !

Quel statisticien des sentiments, quel géomètre des cœurs et des âmes pourrait évaluer la somme de souffrances que les événements de ces soixante-dix ans ont apportée à l'ensemble des Français ? Des centaines de milliers de jeunes Français sont tombés à Verdun ou dans les plaines de Champagne, dans les rizières du Tonkin ou les djebels, dans les camps de déportation ou devant les poteaux d'exécution. Ce siècle fut tragique. Moins dramatiques, mais touchant tout un peuple, les sacrifices de toute sorte imposés par le rationnement ou le chômage, la pénurie, le froid, la faim, qui ont mis nos contemporains aux prises avec des problèmes qu'on avait crus d'un autre âge.

En vérité, peu d'époques ont autant justifié la prosopopée sur laquelle s'achèvent les *Mémoires de guerre* du général de Gaulle : « Vieille France, accablée d'Histoire, meurtrie de guerres et de révolutions, allant et venant sans relâche de la grandeur au déclin, mais redressée, de siècle en siècle, par le génie du renouveau. » De fait, la France est passée, des années 40 aux années 60, du plus profond de l'abîme et du malheur absolu au comble de la prospérité.

Mais aussi, au cours de ces deux tiers de siècle, que d'épisodes dramatiques ou exaltants, ajoutant à l'histoire nationale des pages hautes en couleur et léguant d'inoubliables souvenirs à la mémoire collective ! Le défilé de la Victoire, les grèves du printemps 1920, le transfert des cendres de Jaurès au Panthéon, les funérailles de Foch, la soirée d'émeute du 6 février 1934, le défilé du 12, le serment du 14 juillet 1935, les grèves de 1936, la mobilisation de septembre 1938, le retour de Daladier, la drôle de guerre, l'exode de millions de Français errant à travers la France, la défaite et le deuil de la patrie, les rafles et les exécutions, le débarquement et l'insurrection nationale, la descente des Champs-Élysées par le

Premier Résistant, les grèves de l'automne 1947, la chute de Diên Biên Phu, le 13 mai 1958, la semaine des Barricades et le putsch d'Alger, le ballottage du Général, la crise de mai 68 et le défilé du 30, les obsèques de De Gaulle, la mort de Georges Pompidou, la montée de François Mitterrand au Panthéon, la manifestation du 24 juin 1984 et vingt autres événements aussi dignes de figurer dans l'album des images d'Épinal... Certes, l'Histoire ne se réduit pas à ces instants flamboyants : dans le même temps, d'autres faits en ont infléchi en profondeur le cours. Le génie du renouveau évoqué par Charles de Gaulle a remodelé la société française.

*
* *

C'est aujourd'hui un lieu commun, qui a toutes les caractéristiques de l'évidence, que, dans ce laps de temps, la France a changé, beaucoup changé, plus peut-être que dans les deux ou trois siècles précédents. La comparaison à soixante-dix ans de distance est l'illustration la plus convaincante de la vérité de cette proposition : le contraste est saisissant. Ce changement ne s'est pas opéré à un rythme uniforme : le mouvement s'est accéléré et comme emballé depuis la dernière guerre. Il serait faux cependant d'opposer une première moitié du XXe siècle, immobile, engoncée dans la routine, paralysée par la référence à la tradition, retenue par la force des habitudes, en un mot parfaitement réfractaire à toute innovation, à une deuxième moitié emportée par le vertige de la modernisation. Les premiers chapitres de ce livre ont montré que dans l'entre-deux-guerres la France n'était pas tout à fait une société bloquée ; y a-t-il jamais de société complètement bloquée ? Reste que la société française de l'après-Première Guerre, mal remise d'une épreuve dont elle sortit exsangue, épuisée, souffrait de rigidités et que la crise survenant au début des années 30 a étouffé les ferments de renouveau.

Le choc de la défaite et de l'Occupation, la détresse d'un peuple entier, la réflexion des élites ont provoqué un sursaut, suscité une ardente résolution de rattraper le temps perdu, de ramener la France au premier rang, de réparer les erreurs du passé et de prévenir à tout jamais la répétition de pareille humiliation. Dès lors, le changement est devenu le maître mot de l'action collective. Il a rapidement fait l'unanimité, ou presque. La modernisation a été la première application de ce qu'on n'appelait pas encore le consensus. Cette acceptation par presque tous de la nécessité du changement — mieux, de son caractère éminemment positif —, ce fut le changement le plus significatif et peut-être le plus important, parce que la clé et le moteur de tous les autres dont aucun n'aurait été concevable ni réalisable sans cette conversion des esprits.

Depuis des temps immémoriaux et jusqu'à nos jours, c'est le contraire du changement qui était considéré comme l'idéal : l'observance des usages, la référence à la tradition, la répétition des façons de faire des anciens. Le changement devait faire ses preuves avant d'être adopté et avalisé ; tout changement tant soit peu rapide était suspect et risquait d'entraîner des déboires ou de susciter quelque catastrophe ; l'enrichissement individuel, la promotion sociale, le développement des entreprises devaient respecter des étapes. Cet état d'esprit, héritage d'une société paysanne à laquelle le malheur des temps et les calamités naturelles avaient appris la prudence et la parcimonie, s'est transmis jusqu'au début des années 50. S'est alors produit un renversement de perspective et presque des valeurs : un peuple qui n'accordait sa confiance qu'à l'œuvre du temps accueillit soudain le grand vent de la modernité. La croissance devint un objectif national, et l'expansion un impératif politique ; l'innovation a été tenue désormais pour une valeur positive. L'adhésion au changement, voilà le fil rouge qui court à travers les quatre dernières décennies, le lien invisible qui relie les régimes, les gouvernements, les équipes responsables. Déjà, le personnel de la IVe République au temps de Pierre Mendès France et d'Edgar Faure préconisait l'expansion dans la stabilité. Le général de Gaulle invita la France à « épouser son temps ». Son successeur l'engagea dans un grand dessein qui devait en faire une des premières puissances industrielles du monde. Valéry Giscard d'Estaing plaça son septennat sous la devise « Conduire le changement » et Laurent Fabius fit de la modernisation un des deux axes de son programme de gouvernement.

Le changement réconcilie la droite et la gauche, abolissant l'un des critères qui avaient longtemps départagé ces deux lobes de la pensée politique. La droite, qui se définissait jadis par la référence au passé, qui professait le culte de la tradition, qui se reconnaissait à la nostalgie des temps révolus, s'est convertie au changement et elle a pu parfois se piquer, non sans raison, d'être plus novatrice que la gauche.

A cette religion du changement, qui n'exclut pas un regard attendri sur les survivances des temps anciens, ont participé sans restriction d'intention même les institutions et les secteurs qui étaient traditionnellement les bastions inentamés de la fidélité au passé et de la résistance au changement : telles la paysannerie et l'Église catholique. Les jeunes agriculteurs furent après 1945 les pionniers d'une véritable révolution technique qui multiplia en trente ans par huit ou neuf la productivité de l'agriculture : la France est depuis 1971 le deuxième pays au monde pour l'exportation des produits de son agriculture et de son élevage. Quant aux catholiques, ils ont été au premier rang des transformations de la société dans la plupart des domaines ; au reste, les jeunes agriculteurs n'avaient-ils pas été formés à l'école de la Jeunesse agricole catholique ? La France entière est ainsi devenue une nation de mutants, au sens que biologie et génétique donnent à ce mot ; de fait, plus que de changement, c'est de mutation qu'il convient de parler pour désigner les transformations dont la société française a été le théâtre et l'agent entre 1950 et 1980. Depuis, la crise a brisé l'élan, éteint l'ardeur et freiné les modifications, mais l'essentiel est acquis. Le changement se poursuit, à un rythme moins haletant et avec une moindre certitude de sa légitimité.

En une petite trentaine d'années, tout ou presque a été touché par le changement : les modifications sont si nombreuses qu'il serait plus expéditif de recenser ce qui y a échappé. Procédons néanmoins par l'énumération de quelques-uns des principaux changements que souligne en traits appuyés une comparaison entre 1918 et aujourd'hui.

Les changements les plus faciles à repérer sont naturellement d'ordre quantitatif. Si le nombre des habitants d'un pays n'est pas l'unique mesure de son importance, c'en est un élément. A cet égard, la France a beaucoup changé ; moins vite, il est vrai, que le reste du monde. Les Français sont aujourd'hui de près de moitié plus nombreux qu'en 1918, et ce sans agrandissement de territoire. Pour d'autres pays la chose mériterait à peine d'être relevée. Pour la France elle est remarquable : depuis 1870, les Français avaient fini par trouver normale la stagnation d'un chiffre bloqué autour de 40 millions. Ils sont aujourd'hui 58 millions. Que la démographie ait repris une marche ascendante est aussi digne d'attention par ce que le fait laisse entrevoir de changement dans les mentalités et les comportements que par ses effets immédiats. C'est autant la conséquence des victoires remportées sur la mort que d'une reprise de la natalité à partir des années 40. La mortalité infantile, qui était, au sortir de la Seconde Guerre, de 80 ‰, est tombée à 7,7 ‰ : la France est sur ce point au tout premier rang.

La durée moyenne de la vie, qui était en 1954 de 64 ans pour les hommes et 70 pour les femmes, a été portée à 72 et 80,3. Ainsi, en une trentaine d'années la durée de l'existence s'est allongée respectivement de huit et dix, creusant un peu plus l'écart entre les sexes. Prodigieux accroissement par sa rapidité ! Le changement démographique se traduit par la disparition des orphelinats et la multiplication des « mouroirs ». Si l'orphelin, qui a tenu une telle place dans la société et la littérature, a disparu, la fragilité des unions, la précarité des mariages multiplient cependant depuis quelques années les cas d'enfants déchirés entre leurs parents, vivant avec des hommes qui ne sont pas leur père ou des femmes autres que leur mère : ils sont plus d'un million et demi. Quant au vieillissement, il se manifeste de plusieurs façons : 10 millions de retraités pour 23 d'actifs.

En 1918, la France était encore une société plus qu'à demi rurale : le plus grand nombre des démobilisés reprennent le chemin de la ferme ou de la métairie. Encore au recensement de 1926, la majorité des Français sont des villageois : ce sont aujourd'hui des citadins. Depuis 1945, le nombre des habitants des villes est passé de 21 millions à près de 45. Autrement dit, près de 25 millions de nos concitoyens ont changé de mode de vie en un tiers de siècle. La France, attardée dans la civilisation rurale, a mis les bouchées doubles pour rattraper les nations industrielles et urbanisées. Le paysage urbain en porte témoignage : autour des centres historiques des villes se sont érigés par cercles concentriques des anneaux de grands ensembles en forme de tours et de barres qui encerclent les agglomérations. Le malaise actuel des banlieues en est l'héritage.

Parallèlement à l'évolution de la répartition dans l'espace, la distribution professionnelle s'est aussi beaucoup transformée. En 1918, la France était encore une nation de paysans : c'est à leur endurance, à leur ténacité qu'elle a dû sa victoire. La majorité des Français vivaient à la terre et de la terre. En 1936, les agriculteurs étaient 36 % de la population active ; ils sont encore la majorité relative au lendemain de la Seconde Guerre. Réduits à 20 % au début de la Ve République, ils ne sont plus aujourd'hui que 6 ou 7 %. Encore les chiffres ne disent-ils pas l'essentiel : le changement de nature de l'exploitation agricole, passée de l'économie domestique principalement ordonnée à la subsistance à une économie d'échanges tournée vers les marchés ; les agriculteurs sont devenus des industriels et des commerçants, et l'exploitation une entreprise. Le paysage rural a lui-même changé : le remembrement a supprimé dans l'Ouest les talus, les haies et les chemins creux ; en certaines régions, la campagne, dépeuplée par l'exode, retourne à la friche. De nouvelles cultures, l'extension du maïs hors de son domaine traditionnel ou du tournesol modifient le paysage.

D'autres changements ont affecté la composition de la population active. Les ouvriers d'industrie, contrairement aux prévisions des économistes et aux prophéties des visionnaires sociaux qui prédisaient la formation d'une immense armée de prolétaires, ont diminué : entre 1961 et 1985, ils ont régressé de 39 à 31 %. La crise a accéléré le phénomène en frappant des pans entiers de l'appareil industriel : des centaines de milliers d'emplois supprimés. Les conditions de travail comme le mode d'existence ont aussi beaucoup changé : il y a près de trente ans que les sociologues ont commencé de signaler la formation d'une nouvelle classe ouvrière, bien différente des descriptions traditionnelles. Le secteur tertiaire s'est gonflé considérablement : à un taux annuel supérieur à 3 % dans les années 1975-1985.

La situation juridique et sociale des travailleurs a changé : le salariat s'est généralisé jusqu'à devenir la condition du plus grand nombre. Deux chiffres mesurent cette évolution qui s'est opérée sans bouleversement politique, mais qui est une révolution : en 1962, les salariés étaient 62 % de la population active ; en 1982, 82 %. Vingt points de plus en vingt ans ! Pour mieux saisir la portée du phénomène, inversons les termes : en deux décennies, les chefs d'entreprise et d'exploitation, les professions libérales, les travailleurs indépendants ont diminué de plus de moitié — de 38 à 18 %. Le mouvement est évidemment dû principalement à la disparition de centaines de milliers d'exploitations familiales à la campagne, mais il y eut aussi la transformation de nombreux métiers et le développement des grandes surfaces qui font concurrence au petit commerce.

Salariat ne signifie pas prolétarisation, sauf pour les quelques millions de travailleurs immigrés qui ont pris le relais des Français pour les travaux les plus pénibles, les tâches les moins qualifiées, les emplois instables. La mensualisation a été un progrès considérable. Encouragés par le développement du crédit et l'invention de formes nouvelles de propriété, plus de la moitié des Français sont devenus propriétaires de leur logement : ils étaient 51,2 % en 1984, dont 41 % des ouvriers. Rien que dans les cinq années 1980-1985, leur effectif a grossi de 4,6 %. Cet enracinement a eu toute sorte de conséquences. Le ralentissement de l'inflation a alourdi l'endettement. C'est un facteur de stabilité sociale, une cause de la diminution des conflits du travail. C'est aussi un obstacle à la mobilité de la main-d'œuvre nécessaire aux reconversions et un facteur de rigidité. La France est aussi, de toutes les nations occidentales, celle qui compte le plus grand nombre de résidences secondaires : plus de 2 millions. Le développement de la multipropriété pour les habitations de vacances, à la mer ou à la montagne, l'essor de la plaisance, les millions de Français qui se sont portés acquéreurs d'actions des entreprises privatisées en 1987 : autant de signes de l'enrichissement du pays. Le niveau de vie moyen a triplé depuis la fin de la pénurie. Autant d'indices également de nouveaux rapports avec l'argent et avec son usage. Les Français se sont habitués au crédit pour l'acquisition de leur appartement ou de leur pavillon, l'achat d'une voiture, leur équipement électroménager. L'usage du chèque s'est répandu au point d'inquiéter les banques, qui sollicitent périodiquement du gouvernement l'autorisation de percevoir un droit sur tout chèque émis. En 1987, la carte de crédit a dépassé le chèque pour les retraits d'argent et les transactions des particuliers. Quel changement en deux générations ! Pendant la dernière guerre, les paysans n'étaient-ils pas soupçonnés de conserver dans leurs lessiveuses les billets acquis au marché noir ? L'enrichissement a amené le confort et fait naître de nouvelles exigences. Le Salon annuel des arts ménagers a joué un rôle pilote dans la révolution des usages domestiques. Les nouvelles normes en matière de logement, définies pour la reconstruction et le calcul des loyers, ont généralisé les salles d'eau, puis les salles de bains. En 1954, 8 % seulement des ménages avaient une machine à laver le linge : en 1975, ils étaient déjà 70 % ; et dans le même délai les propriétaires de réfrigérateurs passaient de 7 à 90 %. Pour le téléphone, c'est sous le septennat de Valéry Giscard d'Estaing que la France a rattrapé son retard ; ce fut une véritable explosion : en 1974, 26 % seulement des familles avaient un poste téléphonique, contre 70 % en 1981. Pour la télévision, le nombre des récepteurs est passé d'un million au début des années 60 à plus de 15. Les chiffres expriment mal les conséquences de ces changements sur les comportements personnels, la vie de famille, les relations sociales, les mentalités : une mobilité accrue, une autre sociabilité. A ce tableau il y a un envers : en dépit des efforts de tous les gouvernements pour réduire les inégalités sociales, l'enrichissement en a créé de nouvelles. De surcroît, la crise a multiplié les « nouveaux pauvres » : chômeurs en fin de droits, jeunes en quête d'un premier emploi, exclus, marginaux de toute espèce dont le chiffre global varie, selon les critères retenus et les estimations, entre 1 et 4 millions.

De tous les changements qui se sont conjugués depuis quelque trente ans, les plus propres à faire douter de la permanence de notre civilisation sont assurément ceux qui ont affecté la famille, la vie de couple, les relations parents-enfants. En moins de quinze ans, le nombre des mariages, pour des classes d'âge approximativement égales, a régressé de 36 % : 417 000 en 1972, 273 000 en 1985. Simultanément ont progressé la « cohabitation juvénile » et des formes de vie en couple non légalisées, obligeant la société à donner un statut aux concubins et les associations familiales à prendre en charge les familles monoparentales. Le nombre de naissances hors mariage, traditionnellement inférieur à 10 %, approche de 30 % : de 1977 à 1986, leur chiffre annuel est passé de 65 000 à 171 000. La durée des unions conjugales a diminué ; jadis les mariages étaient dénoués par la mort, ils le sont aujourd'hui par le divorce, dont le taux, de 10 % en 1964, de 20 % en 1977, atteint 30 % en 1985. La légalisation de la contraception, puis de l'avortement a profondément modifié la morale sexuelle : même si le légal ne définit pas nécessairement le moral, il est inévitable que l'évolution de la législation accoutume les esprits à des pratiques naguère réprouvées et présente comme normal ou naturel ce qui était tenu pour faute ou crime. Pour combattre la propagation du sida, les pouvoirs publics recommandent l'utilisation de préservatifs et font de la publicité sur ce moyen, comme s'il allait de soi que tout utilisateur doive multiplier les expériences sexuelles. La loi et les comportements s'écartent à cet égard de l'enseignement traditionnel de l'Église catholique qui définissait depuis des siècles les règles de conduite personnelle. Il y a seulement vingt ans, on n'aurait jamais admis que la S.N.C.F. ou la R.A.T.P. acceptent une publicité qui est racolage et provocation à la débauche.

S'il est vrai que ce fut toujours par les femmes que durèrent les sociétés et se transmirent d'âge en âge les valeurs de civilisation, le changement le plus fondamental et le plus gros de conséquences est celui qui concerne la position de la femme au foyer, au travail et dans la société. Rien n'a changé autant ni aussi vite que la condition de la femme : à la veille de la dernière guerre, une loi l'avait déjà relevée de l'incapacité civile où le Code la maintenait. L'octroi du droit de vote en 1944 l'avait rendue politiquement majeure. La réforme des régimes matrimoniaux en 1965 a été une autre étape importante, ainsi que le partage de l'autorité parentale en 1970. La femme est devenue maîtresse de ses gains. Surtout, elle travaille de plus en plus. La proportion des femmes dans la population active était restée inchangée du début du siècle au milieu des années 60. Depuis 1965, elle croît régulièrement d'un demi-point par an et se rapproche de la parité : elle tournait autour de 46 % en 1986. Plus de 9 millions de femmes travaillent au côté d'un peu plus de 12 millions d'hommes. On peut calculer le moment où elles seront aussi nombreuses. Il y a plus : l'ascension dans l'échelle des emplois. Les millions de femmes qui travaillaient avant 1965 étaient majoritairement employées à des tâches sans qualification, ou dans des activités domestiques. Avec la diffusion de l'instruction et l'acquisition des diplômes, la distribution hiérarchique des femmes tend à se rapprocher de celle des hommes : le service public a donné l'exemple en appelant des femmes à de grandes responsabilités ; quelques-unes ont accédé aux emplois les plus élevés. Le septennat giscardien fut à cet égard une étape décisive. Tant par ce qu'il révèle des modifications d'esprit que par ses conséquences, le changement de la condition féminine est probablement le fait de société le plus important du dernier demi-siècle.

N'ayant pas l'ambition de tracer une description complète de la société actuelle, ni de dresser un inventaire exhaustif des changements survenus dans les dernières décennies, mentionnons pour mémoire quelques autres modifications pareillement significatives et aussi décisives. Le développement rapide de l'enseignement, qui a mérité l'appellation d'explosion scolaire : dans l'entre-deux-guerres, les lycées et collèges accueillaient quelque 200 000 élèves ; l'enseignement du second degré en a aujourd'hui quelque 4 millions et demi. Encore à la fin des années 50, une moitié environ des enfants entraient en sixième ; en 1980, neuf sur dix. L'enseignement supérieur a suivi, qui a vu entre 1939 et 1988 ses effectifs multipliés par vingt : c'est aujourd'hui approximativement la moitié d'une classe d'âge qui arrive au baccalauréat et les pouvoirs publics ont l'intention de conduire 80 % jusqu'au niveau de la terminale d'ici la fin du siècle. Il paraît loin le temps où ce diplôme définissait la barrière et le niveau. La généralisation de l'enseignement a cependant eu moins de conséquences sur la culture de nos contemporains que l'émergence des nouveaux médias audiovisuels : l'impact de la télévision est plus important que celui de l'école pour l'information, la sensibilité, l'imagination. La relation entre société et religion s'est, elle aussi, transformée. La pratique régulière a reculé depuis une vingtaine d'années ; l'assistance à la messe dominicale, qui était le critère de la fidélité, est passée de quelque 25 % à un peu plus de 10 %. Les comportements, on l'a dit, se sont émancipés de l'enseignement de l'Église pour la morale sexuelle ; la progression des divorces et des naissances hors mariage traduit cet éloignement. Cependant, dans le même temps, la proportion de Français qui se disent catholiques est constante : elle continue de tourner autour de 80 %. De surcroît, une majorité trouve que les Églises sont dans leur rôle quand elles prennent position sur les problèmes de société, alors que ce type de déclaration était jadis rejeté comme ingérence dans la politique. Ces constatations discordantes rappellent l'ambivalence des faits sociaux et la complexité des évolutions qui sont rarement à sens unique.

Terminons cet aperçu sur les changements qui ont remodelé les mentalités comme les comportements des Français par un rapprochement qui porte à méditer sur les retournements de l'histoire. Ce livre s'ouvre sur une date, le 11 novembre 1918, où tout un peuple célébrait dans l'exultation sa victoire sur un ennemi détesté autant que redouté. Le 23 janvier 1988, a été commémoré le vingt-cinquième anniversaire du traité consacrant la réconciliation définitive des deux peuples qui s'étaient tant combattus : dans la cour des Invalides, sanctuaire des gloires militaires de la France, un détachement de la Bundeswehr rendait les honneurs ; tour à tour une musique allemande exécuta *La Marseillaise,* et une musique française l'hymne allemand. Y assistaient des hommes qui avaient vécu le 11 novembre 1918. En une vie, quel renversement ! Quelle revanche sur la guerre et la fatalité !

*
* *

De la découverte de cette immense transformation surgit, poignante, une interrogation : si tout a ainsi changé — le cadre, les mentalités, les comportements, les valeurs même —, que reste-t-il donc de cette France patiemment façonnée par les siècles ? Toute histoire requérant un minimum de continuité, si la modernité l'a à ce point emporté sur la permanence, n'est-ce pas la fin de cette histoire ? Ou, pour poser la même question en termes moins abstraits, sont-ce encore des Français, ces jeunes hommes et ces jeunes femmes, nos contemporains, si différents de leurs aïeux ? Qu'ont-ils de commun avec ces millions de paysans soldats, de citoyens combattants — leurs grands-pères — qui, même s'ils ne pensaient pas tous, comme on le leur avait enseigné à l'école, que mourir pour la patrie était le sort le plus beau, le plus digne d'envie, firent comme s'ils le croyaient et sacrifièrent leur jeunesse et, pour beaucoup, leur vie pour le salut de la patrie ? Y a-t-il encore un avenir pour la France ou en aurions-nous écrit le dernier chapitre ? La question ne peut être éludée aux dernières pages d'une entreprise où six historiens ont tenté en quelque quatre mille pages de retracer l'histoire de vingt siècles.

Cette question, il n'est guère aujourd'hui d'habitant de cette portion du globe s'appelant la France qui ne se la pose. Elle est au cœur des débats politiques et intellectuels : c'est celle dite de l'identité nationale, et qu'il ait fallu la nommer est un signe de sa prégnance. C'est elle qui se profilait déjà à l'occasion du débat sur l'enseignement de l'histoire au tournant des années 80. D'autres données que l'ampleur du changement concourent aujourd'hui à l'imposer à la conscience collective. En premier lieu, la présence sur le sol français d'importantes minorités d'origine étrangère. Certes, le fait n'est pas nouveau : la France est le peuple d'Europe qui a de tout temps accueilli et assimilé le plus grand nombre d'hommes venus d'ailleurs, parlant d'autres langues, et réussi à en faire des citoyens à part entière et des nationaux comme les autres. Ils sont 4 ou 5 millions sur 58 aujourd'hui, mais ils étaient 3 millions en 1930 pour une population de 40. Le rapport n'a pas changé, mais la situation est neuve à plus d'un titre : beaucoup de ces immigrants sont venus d'au-delà des mers, ont grandi dans d'autres civilisations et sont souvent attachés à garder leur culture. Un autre fait avive l'interrogation sur le destin national : l'intégration de la France, acceptée désormais par la quasi-unanimité, dans une Communauté européenne qui efface graduellement les frontières et transfère peu à peu à des instances transnationales une partie des prérogatives de l'État-nation.

Arrêtons-nous plus longuement sur un autre phénomène qui d'ordinaire retient moins l'attention, mais peut-être plus préoccupant encore, s'il est vrai qu'une nation trouve son identité dans une culture et une histoire : l'effacement sous nos yeux des grandes traditions de pensée qui ont nourri la conscience française et modelé son visage. L'unité de la France dans l'épreuve de la Grande Guerre avait reposé en partie sur la fraternisation de deux cultures dont la coexistence avait été le plus souvent orageuse : l'une, fille de la Révolution, qui faisait de la France le champion des droits de l'homme, transmise par l'école républicaine, et l'autre, plus ancienne encore, d'inspiration religieuse, qui assignait à la France une mission spirituelle et une vocation à servir les vues de Dieu sur l'Histoire. Pour l'une comme pour l'autre, la France était appelée à un rôle éminent dans le monde. Or nous sommes témoins de l'érosion de ces deux traditions. L'humanisme rationaliste avait déjà mal résisté au tragique de notre siècle ; ses épigones s'attardent dans l'anachronique querelle de l'école. Quant à la tradition catholique, associée pendant quelque quinze cents ans à l'identité nationale, elle aussi s'efface : la sécularisation de la société marginalise le fait religieux, et réciproquement la référence à la réalité nationale n'occupe plus qu'une place mineure dans la culture catholique. Rapprochons une troisième culture qui a paradoxalement travaillé à inculquer le sentiment d'appartenance à la communauté nationale, alors qu'elle puisait son inspiration dans l'internationalisme ouvrier : la culture communiste. Depuis les années 30, le Parti communiste, recueillant l'héritage du mouvement ouvrier, revendiquant la fidélité à une partie de la mémoire nationale, avait donné une patrie à des millions de travailleurs : est-ce un hasard si le Parti communiste a connu ses plus beaux succès chaque fois qu'il s'est identifié à la défense de la France contre l'étranger, entre 1935 et 1939, puis dans la Résistance et s'il a subi ses revers les plus cruels chaque fois qu'oublieux de la fierté nationale il s'est aligné inconditionnellement sur les intérêts d'un État étranger, fût-ce la « patrie des travailleurs », en septembre 1939, ou depuis 1977 ? L'affaiblissement graduel de ces traditions et l'effacement des cultures qu'elles suscitaient amputent la nation d'une partie de sa mémoire.

La question dite de l'identité nationale mêle plusieurs problèmes : celui de la continuité, vécue et sentie dans le temps ; celui de l'unité nationale ; celui de la place de la France dans le monde.

Réglons tout de suite le premier : c'est le plus simple. Il se dédouble entre la continuité objective des habitudes et des façons de penser, et la conscience qu'en ont les contemporains. La mutation menace la continuité, puisqu'elle abolit l'héritage du passé. Mais qu'on se rassure : si le changement qui emporte notre société depuis une trentaine d'années est bien le plus rapide de l'histoire, le plus ample qu'ait connu notre pays, il n'a pas effacé toute trace du passé. Même le décor subsiste ; le paysage demeure pour l'essentiel inchangé : la forêt française, les horizons proches restent à peu près tels que les ont connus nos ancêtres. Même si la forme de la ville « a changé plus vite hélas ! que le cœur d'un mortel », les bouleversements n'ont pas réussi à la modifier totalement et le souci qui s'est avivé depuis un quart de siècle chez les élus et les citoyens de préserver les vestiges des temps anciens a souvent fait échec aux projets des promoteurs et aux opérations spéculatives. Le changement même ramène au jour les souvenirs enfouis de périodes éloignées ; il n'est guère de grand chantier qui ne révèle des vestiges archéologiques. La prospérité des années 60 a permis une restauration des quartiers historiques et rendu à la France des richesses dont elle avait perdu la mémoire. Et si l'extérieur a beaucoup changé, n'en concluons rien pour les sentiments profonds : les Français ont-ils tellement changé ? Si la machine à laver a remplacé les grandes lessives d'antan, les vertus ménagères, le goût de la propreté, l'attachement au beau linge ont-ils disparu ? Sous des espèces changeantes, la continuité est grande ; par exemple, le mouvement écologique prend à son insu la relève du Touring Club dans la défense de la nature.

Quant au sentiment de continuité dans la durée, les indices se multiplient d'un intérêt renouvelé pour les faits et gestes de nos ancêtres. L'histoire se porte bien. Jamais il n'y eut tant de Français à vouloir reconstituer leur généalogie familiale. Les collectivités locales se font un devoir de remettre en honneur leurs traditions, leurs usages, leur histoire. Même si l'enseignement de l'histoire a connu un passage à vide — et encore faudrait-il pouvoir comparer avec exactitude l'apport du système éducatif sur ce point avec le passé —, les Français restent un peuple pour qui l'histoire existe : leur propre histoire est une dimension constitutive de leur être collectif. On leur reproche assez un excès d'historicisme qui les empêcherait d'entrer de plain-pied dans l'avenir et qui entraverait la nécessaire adaptation au progrès.

La question de l'identité est plus délicate, plus essentielle aussi. Abordons-la par un biais qui est en rapport avec l'objet de ce livre : depuis 1918, l'unité a-t-elle progressé ou reculé ? Dans la légende, qui efface les ombres, la guerre de 1914 aurait été l'apogée de l'unité nationale, le point culminant du patriotisme, l'aboutissement d'un siècle de travail de la conscience nationale, secondé par la diffusion de l'enseignement. Depuis, l'unité aurait périclité et mal résisté aux divisions politiques ainsi qu'aux conflits de classes et à la pénétration des idéologies internationalistes. La défaite de 1940 s'expliquerait partiellement par ce fléchissement de la conscience nationale. Nous ne reviendrons pas sur ce que nous avons dit, à son heure, de cette interprétation des faits : les mobilisés de septembre 1939 n'étaient sans doute ni plus ni moins décidés que leurs pères, en 1914, à faire leur devoir. Nous avons fait état d'un sondage d'opinion au printemps 1939 sur la riposte à un coup de force de Hitler contre la ville de Dantzig : qu'eût donné au printemps 1914 pareille question à propos de la Serbie ? Est-ce tout à fait un hasard si s'est retrouvée, à l'occasion de la guerre du Golfe, la même proportion qu'en 1939 de Français en faveur d'une attitude de fermeté, pouvant aller jusqu'à la guerre, soit à peu près les trois quarts de nos compatriotes ?

Je serais personnellement porté à croire que, loin de s'être affaiblie à l'épreuve du temps et des événements, l'unité s'est plutôt renforcée, même si les circonstances ne donnent pas aux Français l'occasion quotidienne de l'éprouver consciemment. L'évolution de la société a travaillé à fondre les Français en un ensemble plus homogène. Les différences régionales se sont estompées : une politique volontaire d'aménagement a corrigé les disparités les plus criantes. L'opposition séculaire entre la capitale et la province s'est atténuée : ni économiquement ni culturellement, la province n'est plus ce désert que décrivait en 1947 Jean-François Gravier. Il y existe de nombreux pôles d'activité et de création. La mobilité des individus favorise les échanges et une meilleure connaissance de l'ensemble français. Avant même que les lois de décentralisation leur en aient donné des moyens accrus en leur transférant une partie des prérogatives que le pouvoir central se réservait jalousement depuis des siècles, nombre de collectivités locales avaient multiplié les initiatives.

La généralisation de l'enseignement et surtout la révolution de la communication ont été de puissants agents d'unification. La révolution des transports, qui s'est poursuivie avec la construction d'un réseau d'autoroutes de 6 500 kilomètres et la mise en service des T.G.V., rétrécit l'espace, rapproche les régions et désenclave les isolats ; après le service militaire et l'école, après la presse écrite, c'est au tour de la radio et de la télévision d'unifier le pays.

La politique, qu'on présente toujours comme contrariant l'unité d'un peuple par les divisions qu'elle suscite ou entretient, n'a pas peu contribué à faire de tous ceux qui vivent dans l'Hexagone un même peuple. Par ses divisions précisément. Le propos peut paraître provocant : il a un fond de vérité. Si les divisions sont les mêmes d'une extrémité à l'autre du territoire, elles instaurent un débat commun : peu importe que les réponses divergent, si les questions sont les mêmes. C'est une grande force de la politique française que de n'avoir point, sauf exception, de revendications particulières, de partis régionaux. Qu'on en croie sur ce point le témoignage d'un observateur des consultations par lesquelles un peuple entier manifeste périodiquement sa volonté politique : c'est un spectacle fascinant, voire émouvant, au soir d'une élection, de découvrir que l'ensemble des citoyens, à travers la multiplicité des choix individuels et la diversité des réponses, s'est déplacé d'un même mouvement, vers la droite ou la gauche, comme si l'expression banale de corps électoral était mieux qu'une image et désignait la réalité d'un organisme suffisamment unifié pour réagir à l'unisson.

Au reste, ces divisions, pour vives qu'elles fussent, n'ont jamais exclu des moments d'unanimité où tous les Français partagent une émotion commune, vibrent aux mêmes sentiments, communient dans le malheur ou l'allégresse : le 11 novembre 1918, à la déclaration de guerre, en juin 1940, à la Libération, à la mort du général de Gaulle. De tels moments enrichissent le patrimoine de souvenirs où les citoyens puisent le sentiment d'appartenir à une même nation.

Le ralliement, presque général, aux institutions qui nous régissent, l'acceptation de la démocratie, la conviction qu'il ne peut plus y avoir de pouvoir légitime que procédant du suffrage de la nation, ne sont-ils pas, à leur manière, des indices du progrès de l'unité ? Comme l'est aussi le rejet de la violence qui a retenu la France de basculer dans la guerre civile en des situations qui, un siècle plus tôt, auraient vraisemblablement dégénéré en affrontements armés, et qui nous a épargné l'épreuve du terrorisme intérieur.

Les Français s'interrogent aujourd'hui sur la place de leur pays dans le monde et leur interrogation prend souvent la forme d'une crainte du déclin. La question n'est pas neuve. A la fin du XIXe siècle déjà, le sentiment d'une décadence était fort : il a resurgi dans les années 30, puis sur la fin de la IVe République. Est-il plus justifié aujourd'hui ? Trois facteurs entre autres concourent à le ressusciter. L'évolution démographique d'abord : bien que moins éprouvée que ses voisins par le recul de la fécondité, la France n'assure plus le renouvellement des générations, avec un taux un peu supérieur à 1,8 %, mais qui reste très en deçà du taux minimum de remplacement qu'on évalue à 2,1 %. Que pèsent les 58 millions d'habitants qui peuplent l'espace français au regard de 5 milliards d'hommes et face aux masses humaines de la Chine ou de l'Inde ? Autre sujet d'inquiétude : l'économie. Les résultats en ce domaine tendent à devenir la mesure de la vitalité d'un peuple et de sa capacité à survivre : or, après les brillantes performances des années 60 et quelques éclatantes réussites technologiques, notre industrie vieillit, elle a perdu des parts de marché. Surtout, la comparaison avec nos voisins a relancé le débat sur le déclin : la République fédérale continuait, avant la réunification allemande, d'afficher une insolente supériorité, la Grande-Bretagne guérit peut-être de sa maladie de langueur, et l'Italie nous devance sur certains points. Troisième thème à déploration : la dimension culturelle — le recul de notre langue, la diminution de notre influence en certaines directions, la crainte que notre culture ne succombe à l'américanisation et ne perde son originalité.

La France réussira-t-elle à fondre dans une société unifiée les quelque 4 millions d'hommes et de femmes venus de contrées lointaines qui partagent notre existence ? Saura-t-elle s'intégrer dans la communauté européenne sans se défaire ? Préservera-t-elle l'originalité de ses modes de vie, de ses comportements ? Autant de questions auxquelles est suspendue la possibilité que se prolonge l'histoire d'un peuple dont l'unité a survécu à ce jour à toutes les épreuves, et est même sortie renforcée des catastrophes où elle aurait pu sombrer. Le passé répond-il de l'avenir ? Si l'historien n'a pas la réponse, l'expérience lui enseigne qu'il y a peu de réalités aussi capables de défier les siècles et de résister à l'adversité que la communauté fondée sur l'appartenance à une nation forgée par l'Histoire.

Repères chronologiques

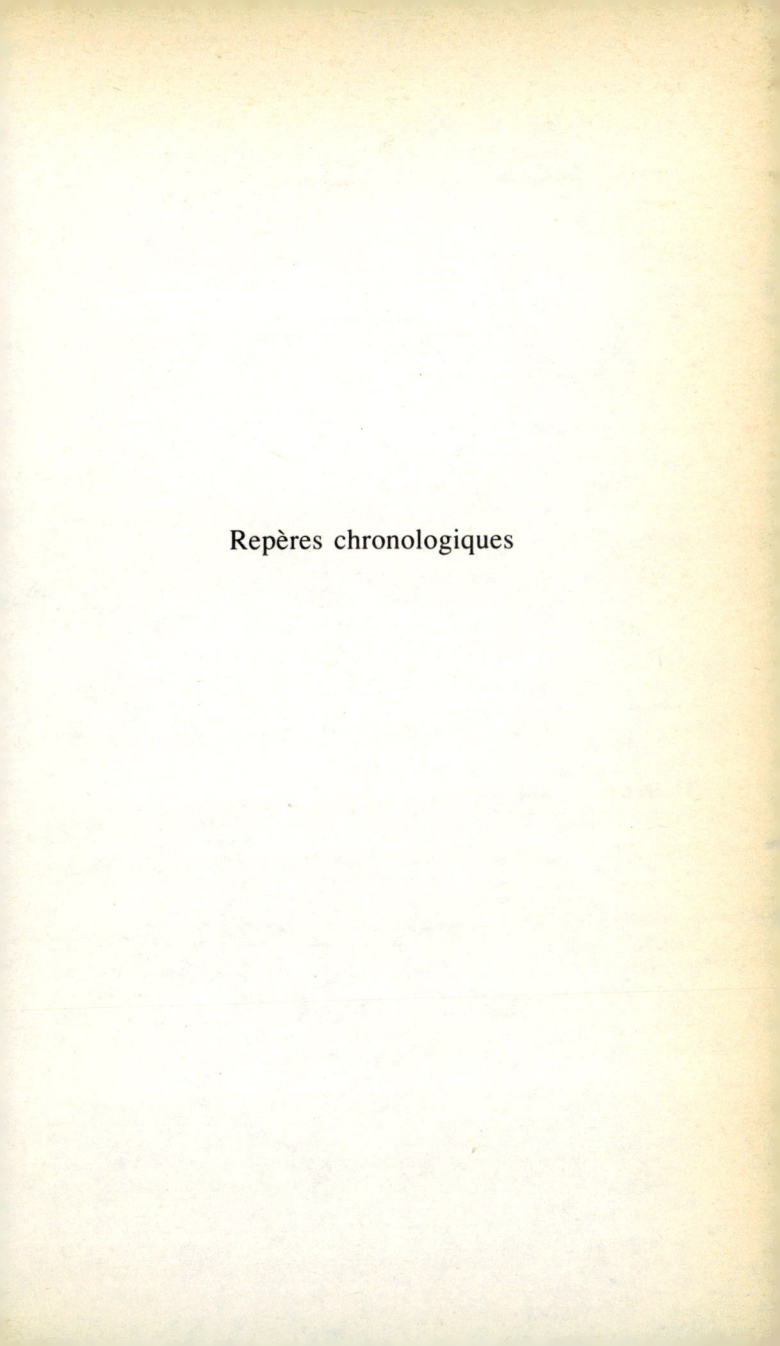

1918	*11 novembre* Armistice de Rethondes.
1919	*31 mars* Loi sur les pensionnés de guerre.
	19-21 avril Mutinerie sur les navires français en mer Noire.
	23 avril Promulgation de la loi sur la journée de huit heures.
	1ᵉʳ mai Journée de tension entre syndicats et forces de l'ordre.
	28 juin Traité de Versailles.
	14 juillet Défilé de la victoire à Paris.
	16 novembre Victoire du Bloc national aux élections législatives.
	Prix Goncourt de Marcel Proust pour *A l'ombre des jeunes filles en fleurs*.
1920	*17 janvier* Paul Deschanel président de la République.
	Février-mai Grève des cheminots, puis des mineurs.
	23 septembre Alexandre Millerand président de la République.
	25-30 décembre Congrès de Tours : scission de la S.F.I.O.
	Le Cimetière marin de Paul Valéry.
1921	*Avril* La population française s'élève à 39 210 000 habitants, Alsace-Lorraine comprise.
	Décembre Scission syndicale au sein de la C.G.T.
	Anatole France prix Nobel de littérature.
1922	*15 janvier* Poincaré président du Conseil.
	25 février Landru guillotiné.
	L'Académie de médecine élit Marie Curie.

1923 — *11 janvier* Occupation de la Ruhr par les troupes françaises.
14 octobre Discours de Millerand à Évreux.
Mort de Maurice Barrès.

1924 — *11 mai* Victoire du Cartel des gauches aux élections législatives.
13 juin Gaston Doumergue président de la République.
15 juin Formation du gouvernement Herriot.
Premier numéro de *La Révolution surréaliste*.

1925 — *10 avril* Chute du gouvernement Herriot.
12 octobre Grève déclenchée par le P.C.F. contre la guerre du Rif.
16 octobre Pacte de Locarno.
Premier « journal parlé » à la radio.

1926 — *23 juillet* Raymond Poincaré président du Conseil.
17 septembre Entrevue Briand-Stresemann à Thoiry.
1ᵉʳ octobre Décret instituant l'école unique dans les collèges jumelés.
10 décembre Aristide Briand prix Nobel de la paix (avec Austen Chamberlain et Gustav Stresemann).
Décembre Condamnation pontificale de l'Action française.

1927 — *Juin* Loi électorale rétablissant le scrutin d'arrondissement à deux tours.
Henri Bergson prix Nobel de littérature.
La France remporte pour la première fois la coupe Davis (Lacoste, Cochet, Brugnon, Borotra).

1928 — *9 janvier* La tactique « classe contre classe » adoptée par le comité central du P.C.F.

1929	*29 avril* Victoire de l'Union nationale de Raymond Poincaré aux élections législatives. *24 juin* Dévaluation : le « franc Poincaré ». Charles Nicolle prix Nobel de médecine. *5 septembre* Aristide Briand propose à Genève un projet de fédération économique européenne. *2 novembre* Formation du gouvernement Tardieu. *29 décembre* Vote de la construction de la « ligne Maginot ». L'aviateur Costes bat le record du monde de distance.
1930	*16 avril* Gratuité de l'enseignement secondaire en sixième. *1er juillet* Loi sur les assurances sociales. Mermoz réussit la première liaison aérienne France-Amérique du Sud.
1931	*27 janvier* Pierre Laval président du Conseil. *13 mai* Paul Doumer président de la République. Exposition coloniale de Vincennes.
1932	*11 mars* Loi sur les allocations familiales. *6 mai* Assassinat de Paul Doumer. *8 mai* Victoire de la gauche aux élections législatives. *10 mai* Albert Lebrun président de la République. *14 décembre* Chute du gouvernement Herriot. Prix Renaudot à Céline, pour *Voyage au bout de la nuit*. Lancement du *Normandie*, le plus grand paquebot du monde.
1933	*5 novembre* Exclusion de la S.F.I.O. des néo-socialistes. Création de la Loterie nationale.

1934 · *8 janvier* Mort d'Alexandre Stavisky.
6 février Manifestation sanglante place de la Concorde.
7 février Formation du gouvernement Doumergue.
5 mars Création du Comité de vigilance des intellectuels antifascistes.
27 juillet Pacte d'unité d'action entre P.C.F. et S.F.I.O.
Sortie de la 7 CV traction avant Citroën (avril).

1935 · *2 mai* Signature du pacte franco-soviétique.
5-12 mai Élections municipales favorables à la gauche.
14 juillet Défilé et serment du Rassemblement populaire.
17 juillet Décrets-lois Laval.
Frédéric et Irène Joliot-Curie reçoivent le prix Nobel de chimie.

1936 · *2-5 mars* Réunification de la C.G.T.
7 mars Remilitarisation de la Rhénanie.
3 mai Victoire électorale du Front populaire.
Mai-début juin Grèves avec occupation d'usines.
5 juin Formation du gouvernement Blum.
7 juin Accords Matignon.
11-12 juin Lois sur les conventions collectives, les congés payés, la semaine de 40 heures.
26 septembre Dévaluation du franc.
18 novembre Suicide de Roger Salengro, ministre de l'Intérieur.
8 décembre Loi sur la presse visant les fausses nouvelles et diffamations.
Scolarité prolongée jusqu'à 14 ans.

1937 · *13 février* Léon Blum annonce une « pause ».

Repères chronologiques

24 mai Inauguration de l'Exposition internationale.
21 juin Chute du gouvernement Blum.
31 août Constitution de la S.N.C.F.
Prix Nobel de littérature à Roger Martin du Gard.
Inauguration de l'aéroport du Bourget.

1938
Mars-avril 2e gouvernement Blum.
10 avril Formation du gouvernement Daladier.
24 septembre La France rappelle une partie de ses réservistes.
30 septembre Accords de Munich.
12 novembre Décrets-lois Paul Reynaud.
30 novembre Les parlementaires italiens réclament Nice et la Corse.

1939
5 avril Réélection d'Albert Lebrun.
17 mai Accord militaire franco-polonais.
28 juillet Code de la famille.
3 septembre La Grande-Bretagne et la France déclarent la guerre à l'Allemagne.
26 septembre Dissolution du Parti communiste français.

1940
22 mars Reynaud remplace Daladier à la présidence du Conseil.
10 mai Offensive allemande à l'ouest.
13 mai Percée des blindés allemands sur la Meuse.
14 juin Les troupes allemandes entrent dans Paris.
16 juin Formation du gouvernement Pétain.
18 juin Appel du général de Gaulle à la B.B.C.
22 juin Signature de l'armistice franco-allemand.
10 juillet Les deux Chambres votent les pouvoirs constituants au maréchal Pétain.
17 septembre Rationnement instauré pour les principaux produits alimentaires.

3 octobre Statut des Juifs.
24 octobre Entrevue Pétain-Hitler à Montoire.
11 novembre Manifestation de lycéens et d'étudiants à Paris.
13 décembre Arrestation de Laval.
Décembre Premiers numéros de *Libération-Nord* et de *Résistance*.

1941
9 février Démission de Pierre-Étienne Flandin. Darlan vice-président du Conseil.
15 mai Création du Front national.
2 juin Deuxième statut des Juifs.
12 août Discours du « vent mauvais ».
4 octobre La Charte du travail est promulguée.
La ration journalière de pain est réduite à 275 grammes (avril).

1942
27 mars Départ du premier convoi de « déportés raciaux ».
18 avril Laval chef du gouvernement.
16-17 juillet Rafle du Vel' d'Hiv'.
11 novembre La Wehrmacht pénètre en zone libre, trois jours après le débarquement en Afrique du Nord.
Les Éditions de Minuit publient *Le Silence de la mer*.
Représentation de *La Reine morte*, d'Henry de Montherlant. *Les Visiteurs du soir*, de Marcel Carné.

1943
30 janvier Création de la Milice.
16 février Les jeunes gens nés en 1920, 1921, 1922 sont requis pour le Service du travail obligatoire.
27 mai Fondation à Paris du Conseil national de la Résistance (C.N.R.).
3 juin Création à Alger du Comité français de libération nationale (C.F.L.N.).
21 juin Jean Moulin arrêté à Caluire.
8 octobre De Gaulle à Ajaccio.

Représentation du *Soulier de satin*, de Paul Claudel.
La ration hebdomadaire de viande est tombée à 120 grammes.

1944
15 mars Programme du C.N.R.
21 avril Ordonnance du C.F.L.N. sur l'organisation des pouvoirs publics en France libérée. Droit de vote pour les femmes.
6 juin Débarquement allié en Normandie.
10 juin Massacre d'Oradour-sur-Glane.
12 juillet Dernier Conseil des ministres à Vichy.
15 août Débarquement en Provence.
19-25 août Libération de Paris.
2 septembre Premier Conseil des ministres du gouvernement provisoire de la République française à Paris.
28 octobre Dissolution des milices patriotiques.
Novembre Congrès constitutif du M.R.P.
18 décembre Premier numéro du *Monde*, daté du 19 décembre.

1945
16 janvier Nationalisation des usines Renault.
29 avril-13 mai Élections municipales.
8 mai Capitulation allemande. Massacres de Sétif.
23 juillet Ouverture du procès du maréchal Pétain.
4 et 9 octobre Ordonnances sur la Sécurité sociale.
21 octobre Référendum et élections de la première Assemblée constituante.
2 décembre Nationalisation des grandes banques de dépôt.
21 décembre Création du Commissariat général au Plan.
Création de l'E.N.A.

1946	*20 janvier* Démission du général de Gaulle. *8 avril* Nationalisation du gaz et de l'électricité. *25 avril* Nationalisation des grandes compagnies d'assurances. *17 mai* Loi créant les Charbonnages de France. *2 juin* Élection d'une deuxième Assemblée constituante. *13 octobre* Adoption de la nouvelle Constitution par référendum. *10 novembre* Élection de l'Assemblée nationale. *19 décembre* Insurrection à Hanoi. Présentation de la 4 CV Renault au Salon de l'Auto.
1947	*16 janvier* Vincent Auriol président de la République. *28 janvier* Gouvernement Ramadier. *30 mars* Insurrection à Madagascar. *7 avril* De Gaulle annonce la création du R.P.F. *25 avril* Grève chez Renault. *5 mai* Exclusion des ministres communistes du gouvernement Ramadier. *19-26 octobre* Succès du R.P.F. aux élections municipales. *Novembre* Grandes grèves. *19 décembre* La tendance Force ouvrière quitte la C.G.T. La ration journalière de pain tombe à 200 grammes par jour en août.
1948	*Avril* Grèves dans la métallurgie puis dans les mines. *24 juin* Vote d'une loi sur les loyers. *Septembre* Grèves dans la métallurgie et l'aéronautique. *Octobre-novembre* Grève des mineurs.

	Mise en route de Zoé, première pile atomique française.
1949	*24 janvier* Début du procès Kravchenko. *27 juillet* L'Assemblée nationale ratifie le pacte Atlantique. *30 novembre* Suppression du haut-commissariat au Ravitaillement. *La Colombe de la paix* de Picasso.
1950	*11 février* Adoption du S.M.I.G. *30 mars* Mort de Léon Blum. *9 mai* Plan Schuman pour un pool européen du charbon et de l'acier. *19 octobre* Pierre Mendès France interpelle le gouvernement sur la politique en Indochine. *26 octobre* Plan Pleven sur la C.E.D. *6 décembre* Le général de Lattre de Tassigny est nommé haut-commissaire en Indochine. Mise en service du premier tronçon ferroviaire électrique sur la ligne Paris-Lyon.
1951	*7 mai* Adoption de la loi électorale des apparentements. *17 juin* Élections législatives. *Avril-septembre* Lois Marie et Barangé sur l'enseignement privé. Le gaz de Lacq.
1952	*6 mars* Pinay président du Conseil. *28 mai* Manifestation communiste contre le général Ridgway. *10 juin* Dissidence d'élus R.P.F. *8 juillet* Échelle mobile des salaires. *7-8 décembre* Émeutes au Maroc. Inauguration de la ligne électrifiée Paris-Lyon et du barrage de Donzère-Mondragon. François Mauriac prix Nobel de littérature.

1953   *Avril* Grèves chez Renault et dans les transports.
6 mai Le général de Gaulle rend leur liberté aux élus R.P.F.
22 juillet Pierre Poujade lance son mouvement.
20 août Déposition du sultan du Maroc.
Août Grève prolongée des services publics.
Octobre Barrages paysans sur les routes.
23 décembre René Coty élu président de la République au 13ᵉ tour de scrutin.
Premier numéro, en mai, de *L'Express*.

1954   *1ᵉʳ février* Appel de l'abbé Pierre en faveur des sans-logis, au cœur d'un hiver très froid.
7 mai Chute de Diên Biên Phu.
18 juin Formation du gouvernement Mendès France.
20 juillet Accords de Genève mettant fin à la guerre d'Indochine.
30 août Rejet de la C.E.D. à l'Assemblée nationale.
1ᵉʳ novembre Début de la guerre d'Algérie.

1955   *3 juin* L'autonomie interne est accordée à la Tunisie.
20 août Massacres de Philippeville.
2 décembre Dissolution de l'Assemblée nationale.
Premier vol du moyen courrier Caravelle.
Naissance d'Europe nº 1.

1956   *2 janvier* Élections législatives. Percée du mouvement Poujade.
6 février Accueil hostile d'Alger à Guy Mollet.
28 février 3ᵉ semaine de congés payés.
7 mars Indépendance du Maroc.
12 mars Le gouvernement Guy Mollet obtient les pouvoirs spéciaux en Algérie.
20 mars Indépendance de la Tunisie.

23 mars Loi-cadre sur l'évolution des territoires d'outre-mer.
22 octobre Interception de l'avion de Ben Bella.
5-6-7 novembre Expédition de Suez.
Mise en route de la pile atomique de Marcoule.

1957
Janvier « Bataille d'Alger ».
25 mars Traité de Rome instituant le Marché commun.
21 mai Chute du gouvernement Guy Mollet.
Pose du pipe-line Hassi-Messaoud-Toggourt.
Prix Nobel de littérature à Albert Camus.

1958
8 février Bombardement du village tunisien de Sakhiet Sidi Youssef.
13 mai Prise du gouvernement général à Alger et formation du Comité de salut public.
1er juin Le général de Gaulle président du Conseil.
28 septembre Adoption de la Constitution de la Ve République par référendum.
23 octobre Le général de Gaulle propose la « paix des braves ».
23-30 novembre Premières élections législatives de la Ve République.
21 décembre Le général de Gaulle est élu président de la République.
28 décembre Dévaluation et naissance du « nouveau franc ».
La « nouvelle vague » au cinéma.

1959
1er janvier La France entre dans le Marché commun.
9 janvier Michel Debré Premier ministre.
16 septembre Allocution du général de Gaulle sur l'autodétermination de l'Algérie.

	30 décembre Loi Debré sur les rapports entre l'État et l'enseignement privé.
1960	*24 janvier* Début de la « semaine des barricades » à Alger.
	3 avril Fondation du P.S.U.
	25-29 juin Pourparlers de Melun avec le F.L.N.
	5 septembre Ouverture du procès des « porteurs de valise ».
	6 septembre « Manifeste des 121 ».
	6 octobre Manifeste d'intellectuels en faveur de l'Algérie française.
	Lancement du paquebot *France*.
	Explosion de la première bombe A française.
1961	*8 janvier* Référendum sur l'autodétermination de l'Algérie.
	22-25 avril Putsch des généraux à Alger.
	20 mai Ouverture des négociations d'Évian.
	Août Multiplication des attentats O.A.S.
	17 octobre Manifestation musulmane à Paris : nombreuses victimes.
1962	*8 février* Manifestation anti-O.A.S. Huit morts au métro Charonne.
	19 mars Cessez-le-feu en Algérie.
	26 mars Fusillade de la rue de l'Isly, à Alger : plusieurs dizaines de morts.
	8 avril Référendum sur les accords d'Évian.
	14 avril Georges Pompidou Premier ministre.
	15 mai Démission des ministres M.R.P.
	22 août Attentat manqué contre le général de Gaulle au Petit-Clamart.
	10 octobre Dissolution de l'Assemblée nationale.
	28 octobre Référendum sur l'élection du président de la République au suffrage universel.

18-25 novembre Élections législatives.
29 décembre Quatrième semaine de congés payés chez Renault.
Lancement du mensuel *Salut les copains.*

1963 *22 janvier* Signature du traité de coopération franco-allemand.
Mars Grève des mineurs.
22 juin Nuit de *Salut les copains* place de la Nation.
3 août Décret sur la création des C.E.S.
25 novembre Manifestations contre la force de frappe.
Ouverture du premier « hypermarché » Carrefour à Sainte-Geneviève-des-Bois.

1964 *14 mars* Création de 21 régions de programme.
Avril Statut de l'O.R.T.F.
7 novembre Scission de la C.F.T.C., la majorité constituant la nouvelle C.F.D.T.
Création de la deuxième chaîne de télévision.
Attribution du prix Nobel de littérature à Jean-Paul Sartre, qui le refuse.
Jacques Anquetil remporte son 5e Tour de France, devant Raymond Poulidor.

1965 *1er juillet* A Bruxelles, la France inaugure la politique de la « chaise vide ».
9 septembre François Mitterrand annonce sa candidature à la présidence de la République.
10 septembre Création de la F.G.D.S.
19 décembre Victoire du général de Gaulle au 2e tour de l'élection présidentielle.
Prix Nobel de médecine décerné à Jacques Monod, André Lwoff et François Jacob.
Inauguration du tunnel du Mont-Blanc.

1966 *4 mars* La France se retire de l'O.T.A.N.
23-24 avril Fondation du Centre démocrate.

1er septembre Discours du général de Gaulle à Phnom Penh.
20 décembre Accord électoral entre la F.G.D.S. et le P.C.F.
Prix Nobel de physique à Alfred Kastler.

1967 *3 février* Scolarité obligatoire portée de 14 à 16 ans.
5-12 mars Élections législatives.
16 juin Le gouvernement est autorisé à légiférer par ordonnances.
12 juillet Création de l'A.N.P.E.
19 décembre Vote de la loi Neuwirth autorisant la contraception.
Lancement de la télévision en couleurs.

1968 *26 janvier* Manifestations ouvrières à Caen. Incidents à la faculté de Nanterre.
Mai Événements du même nom.
23-30 juin Victoire de la majorité aux élections législatives.
10 juillet Maurice Couve de Murville Premier ministre.
12 novembre Loi d'orientation de l'enseignement supérieur (Edgar Faure).
23 novembre En Conseil des ministres, de Gaulle refuse la dévaluation du franc.
Explosion de la première bombe H française.
Première greffe du cœur en France.

1969 *27 avril* Le non l'emporte au référendum.
28 avril Départ du général de Gaulle.
15 juin Georges Pompidou élu président de la République.
8 août Dévaluation du franc.
16 septembre Discours de Jacques Chaban-Delmas, Premier ministre, sur la « nouvelle société ».
Premier vol de Concorde.
Inauguration du premier tronçon du R.E.R.

1970 *2-3 mars* Violents affrontement sur le campus de Nanterre.

30 avril L'Assemblée nationale adopte la loi « anti-casseurs ».
Mai-juin Agitation « maoïste ».
9 novembre Mort du général de Gaulle.

1971 *Février* Agitation lycéenne.
5 avril Manifeste de 343 personnalités féminines en faveur de l'avortement.
11-13 juin Naissance du Parti socialiste au congrès d'Épinay : François Mitterrand premier secrétaire.
16 juillet Loi sur la formation continue.

1972 *23 avril* Référendum sur l'élargissement de la C.E.E.
26 juin Signature du Programme commun de gouvernement de la gauche.
5 juillet Pierre Messmer Premier ministre.

1973 *4-11 mars* Élections législatives. Victoire de la majorité sortante.
26 août Manifestation sur le Larzac contre l'extension du camp militaire.
Automne Premier « choc pétrolier ».

1974 *2 avril* Mort de Georges Pompidou.
19 mai Victoire de Valéry Giscard d'Estaing sur François Mitterrand à l'élection présidentielle.
27 mai Jacques Chirac Premier ministre.
28 juin Abaissement de la majorité civile et électorale à dix-huit ans.
12 octobre « Assises du socialisme » à Paris.
Octobre-décembre Grèves des Postes. Ouverture de l'aéroport Charles-de-Gaulle à Roissy.

1975 *17 janvier* Loi sur l'interruption volontaire de grossesse.
30 juin Rachat du *Figaro* par le groupe de Robert Hersant.
22 août Deux gendarmes mobiles tués à Aléria (Corse).
Septembre Plan de relance de l'économie.

1976 *Février* Abandon de la référence à la « dictature du prolétariat » par le P.C.F., à son XXIIe congrès.
Mars-mai Manifestations étudiantes contre la réforme du second cycle universitaire.
25 août Démission de Jacques Chirac. Raymond Barre Premier ministre.
22 septembre Plan Barre de lutte contre l'inflation.
5 décembre Naissance du R.P.R.
Premier tirage du Loto national (mai).

1977 *27 février* Des catholiques intégristes occupent l'église Saint-Nicolas-du-Chardonnet.
13-20 mars Succès de la gauche aux élections municipales.
30-31 juillet Manifestation des écologistes et antinucléaires à Creys-Malville : un mort.
16 août Fin du conflit du *Parisien libéré*, qui durait depuis 29 mois.
14-23 septembre Échec de la « réactualisation » du Programme commun.
Inauguration du Centre national d'art et de culture Georges-Pompidou.

1978 *1er février* Naissance de l'U.D.F.
12-19 mars La gauche reste minoritaire aux élections législatives.
16 mars Marée noire provoquée par le naufrage de l'*Amoco-Cadiz*.
19 mai Opération des parachutistes français sur Kolwezi (Zaïre).
6 décembre « Appel de Cochin », dans lequel Jacques Chirac dénonce le « parti de l'étranger ».

1979 *6-8 avril* Congrès du P.S. à Metz.
Juin Premières élections européennes au suffrage universel.

10 octobre Début de l'« affaire des diamants » de Bokassa, déclenchée par *Le Canard enchaîné*.
Novembre-décembre Refus des députés R.P.R. de voter le budget 1980.
Implantation de l'aire de lancement d'Ariane en Guyane.

1980 *30 avril* Alain Peyrefitte présente en Conseil des ministres son projet « Sécurité et liberté ».
3 octobre Attentat contre la synagogue de la rue Copernic.
Marguerite Yourcenar première femme élue à l'Académie française.
Mort de Jean-Paul Sartre.

1981 *10 mai* Victoire de François Mitterrand sur Valéry Giscard d'Estaing à l'élection présidentielle.
21 mai Pierre Mauroy Premier ministre.
21 juin Le Parti socialiste remporte la majorité absolue aux élections législatives.
17 septembre L'Assemblée nationale vote l'abolition de la peine de mort.
26 octobre Vote du projet de loi sur les nationalisations.
Inauguration du T.G.V. Paris-Lyon.

1982 *13 janvier* La semaine de 39 heures est instituée.
28 janvier Loi sur la décentralisation.
29 juillet Loi sur l'audiovisuel.

1983 *Mars* Recul de la gauche aux élections municipales.
Mai Manifestations d'étudiants contre le projet de loi Savary sur l'enseignement supérieur.

1984 *17 juin* Élections européennes : recul de la gauche ; percée du Front national.
24 juin Manifestation en faveur de l'école libre.

18 juillet Laurent Fabius Premier ministre. Les communistes quittent le gouvernement.
18 décembre Les députés communistes refusent de voter le budget 1985.

1985 *22 mars* Enlèvement de deux diplomates français à Beyrouth.
Prix Nobel de littérature à Claude Simon.

1986 *16 mars* Défaite de la gauche aux élections législatives. Élection des conseils régionaux au suffrage universel.
20 mars Jacques Chirac Premier ministre.
11 juillet Loi rétablissant le scrutin uninominal majoritaire à deux tours.
14 juillet Le président de la République refuse de signer l'ordonnance sur les privatisations.
6 août Loi sur les privatisations.
Septembre Vague d'attentats terroristes à Paris.
Novembre-décembre Manifestations de lycéens et d'étudiants contre le projet Devaquet sur l'enseignement supérieur; un mort.
Annonce de la mise en chantier d'un tunnel sous la Manche.
Ouverture du musée d'Orsay.

1987 *31 janvier* Privatisations : très grand succès de l'offre publique de vente des actions Paribas.
21 février Arrestation des dirigeants du groupe terroriste Action directe.
4 avril Le groupe Bouygues devient majoritaire dans le capital de T.F.1, privatisée.
4 juillet Condamnation de Klaus Barbie à la réclusion criminelle à perpétuité.
13 septembre Nouvelle-Calédonie : victoire du oui au référendum d'autodétermination.
19 octobre Les cours à la Bourse de Paris baissent de 9,3 %.

1988

16 janvier Annonce de la candidature de Jacques Chirac à l'élection présidentielle.
8 février Annonce de la candidature de Raymond Barre à l'élection présidentielle.
25 février Lois sur le financement des campagnes électorales et des partis politiques.
22 mars Annonce de la candidature du président François Mitterrand à sa propre succession.
8 mai François Mitterrand est réélu avec 54 % des suffrages.
14 mai François Mitterrand dissout l'Assemblée nationale.
5 et 12 juin Élections législatives : il n'y a pas de majorité dans la nouvelle Assemblée.
23 juin Michel Rocard est reconduit dans les fonctions de Premier Ministre : son gouvernement témoigne d'une certaine ouverture.
26 juin Accord à Matignon sur l'avenir de la Nouvelle-Calédonie entre les délégations des deux formations adverses.
6 novembre Référendum sur la Nouvelle-Calédonie.
30 novembre Loi instituant le revenu minimum d'insertion.

1989

6 avril Tentative de douze rénovateurs de l'opposition pour une liste autonome en vue des élections européennes.
18 juin Élections européennes.
14 juillet Rencontre à Paris des chefs d'État et de gouvernement des sept pays les plus riches de la planète.
Novembre Affaire du « foulard islamique ».
22 décembre Adoption de deux projets de lois réglementant le financement de l'activité politique.

1990

9 février Cinq organisations syndicales signent l'accord sur la modernisation de la grille de la fonction publique.
15-18 mars Congrès du Parti socialiste à Rennes.
10 mai Profanation de tombes au cimetière juif de Carpentras.
26 juin RPR et UDF créent l'Union pour la France.
27 juin Réforme du statut des PTT.
21 août François Mitterrand parle, à propos du Golfe, de « logique de guerre ».
27 août Le Parlement en session extraordinaire approuve la politique du gouvernement dans la crise internationale.
6 octobre Soirée d'émeute à Vaulx-en-Velin.
Novembre Manifestations de lycéens.
16 novembre Adoption de la contribution sociale généralisée par rejet de la motion de censure que les communistes votent avec la droite.

1991

Opération Daguet.
15 mai Démission de Michel Rocard. Désignation d'Édith Cresson comme Premier ministre.

Orientation bibliographique

Dans une production dont j'ai dit l'abondance et la qualité, il a fallu faire des choix dont il n'a sans doute pas été possible d'exclure tout arbitraire. Nous nous sommes conformés aux règles adoptées pour les précédents volumes. Les articles ont été écartés : ne sont cités que des ouvrages, et qui soient accessibles. Nous n'avons pas mentionné les très nombreux mémoires, témoignages, autobiographies, bien qu'ils constituent des sources de première importance.

En règle générale, la date indiquée est celle de la première édition, sauf si le livre a connu une refonte importante ou une mise à jour qui en fait un livre nouveau. Quand le lieu d'édition n'est pas mentionné, il s'agit de Paris.

Après les ouvrages généraux qui forment un lot à part, tous les autres ont été classés en fonction de la période de référence et reportés en rubriques qui correspondent aux livres entre lesquels la période a été distribuée.

1. OUVRAGES GÉNÉRAUX

1. Histoires générales :

Nouvelle Histoire de la France contemporaine,

Agulhon (Maurice), *La République de Jules Ferry à François Mitterrand de 1880 à nos jours,* Hachette, 1990.

Azéma (Jean-Pierre), *De Munich à la Libération — 1938-1944 —,* Le Seuil, 1979.

Becker (Jean-Jacques) et Berstein (Serge), *Victoire et frustrations 1914-1929,* Le Seuil, 1990.

Bédarida (François), Mayeur (Jean-Marie), Monneron (Jean-Louis), Prost (Antoine), *Cent ans d'esprit républicain,* tome 5 de l'*Histoire du peuple français,* Nouvelle librairie de France, 1965.

Berstein (Serge), *La France de l'expansion*. I : *La République gaullienne — 1958-1969*, Le Seuil, 1989.

Berstein (Serge) et Milza (Pierre), *Histoire de la France au XXe siècle*. 3 volumes. Éditions Complexe, 1989 et 1991.

Borne (Dominique) et Dubief (Henri), *La crise des années 30, 1929-1938*, Le Seuil, 1976.

Chapsal (Jacques), *La vie politique en France de 1940 à 1958*, PUF, 1984.

Chevallier (Jean-Jacques), *Histoire des institutions et des régimes politiques de la France de 1789 à nos jours*, Dalloz, 1985.

Duby (Georges), Mandrou (Robert), avec la participation de Sirinelli (Jean-François), *Histoire de la civilisation française*, tome 2, nouvelle édition, Armand Colin, 1984.

Études sur la France de 1939 à nos jours, Le Seuil, 1984.

Grosser (Alfred), *Affaires extérieures. La politique de la France — 1944-1984*, Flammarion, 1984.

Hoffmann (Stanley), *Essais sur la France. Déclin ou renouveau?*, Le Seuil, 1974.

Lequin (Yves), dir., *Histoire des Français, XIX-XXe siècles ;* I. *La société ;* II. *Un peuple et son pays ;* III. *Les citoyens et la démocratie*, Colin, 1983-1984.

Vincent (Gérard), *Les Français : chronologie et structures d'une société ;* I. *1945-1975 ;* II. *1976-1979*, Masson, 1977 et 1980.

Wincok (Michel), *La fièvre hexagonale. Les grandes crises politiques de 1871 à 1968*, Calmann-Lévy, 1986.

2. Courants et forces politiques :

Becker (Jean-Jacques), *Le Parti communiste veut-il prendre le pouvoir? La stratégie du PCF de 1930 à nos jours*, Le Seuil, 1981.

Brunet (Jean-Paul), *Histoire du PCF*, PUF, coll. « Que sais-je? », 1982.

Caute (David), *Le communisme et les intellectuels français — 1914-1966*, Gallimard, 1967.

Chebel d'Appollonia (Ariane), *L'extrême droite en France. De Maurras à Le Pen*, Éditions Complexe, 1988.

Delbreil (Jean-Claude), *Centrisme et démocratie chrétienne en France. Le PDP aux origines du MRP*, Publications de la Sorbonne, 1989.

Fauvet (Jacques) et Duhamel (Alain), *Histoire du Parti communiste français, 1920-1976*, Fayard, rééd. 1977.

Hamon (Hervé) et Rotman (Patrick), *La deuxième gauche. Histoire intellectuelle et politique de la CFDT*, Ramsay, 1982.

Lancelot (Alain), *L'abstentionnisme électoral en France*, Armand Colin, 1968.

Milza (Pierre), *Fascisme français. Passé et présent*, Flammarion, 1987.

Ory (Pascal) et Sirinelli (Jean-François), *Les intellectuels en France, de l'Affaire Dreyfus à nos jours*, Armand Colin, 1986.

Rémond (René), *Les droites en France*, Aubier-Montaigne, 1982.

Rémond (René), dir., *Forces religieuses et attitudes politiques dans la France contemporaine*, Colin, 1965.

Rioux (Jean-Pierre), *La France de la IVe République*; I. *L'ardeur et la nécessité — 1944-1952*, Le Seuil, 1980; II. *L'expansion et l'impuissance — 1952-1958*, 1983.

Robrieux (Philippe), *Histoire intérieure du parti communiste*, 4 vol., Fayard, 1980-1984.

Touchard (Jean), *La gauche en France depuis 1900*, Le Seuil, 1977.

Touchard (Jean), *Le gaullisme 1940-1969*, Le Seuil, 1978.

Vaussard (Maurice), *Histoire de la démocratie chrétienne*, Le Seuil, 1956.

Weber (Eugen), *L'Action française*, Stock, 1964.

Winock (Michel), *Histoire politique de la revue « Esprit », 1930-1950*, Le Seuil, 1975.

Winock (Michel), *Nationalisme, antisocialisme et fascisme en France*, Le Seuil, 1990.

3. Population, économie, société :

Armengaud (A.), *La population en France au XXᵉ siècle*, PUF, 1965.

Asselain (Jean-Charles), *Histoire économique de la France*, tome 2. *De 1919 à la fin des années 1970*, Le Seuil, 1984.

Barral (Pierre), *Les agrariens français de Méline à Pisani*, Colin, 1966.

Bonin (Hubert), *Histoire économique de la France depuis 1880*, Masson, 1988.

Braudel (Fernand) et Labrousse (Ernest), dir., *Histoire économique et sociale de la France*, tome 4, vol. 2 et 3, PUF, 1980 et 1982.

Daumard (Adeline), *Les bourgeois et la bourgeoisie en France depuis 1815*, Aubier, 1987.

Duby (Georges) et Ariès (Philippe), *Histoire de la vie privée*, tome 5, sous la direction de Gérard Vincent et Antoine Prost, Le Seuil, 1987.

Dupeux (Georges), *La société française*, Armand Colin, 1964.

Fourastié (Jean), *Les Trente Glorieuses*, Fayard, 1979.

Fourastié (Jean et Jacqueline), *D'une France à une autre. Avant et après les Trente Glorieuses*, Fayard, 1987.

Gervais (Michel), Jollivet (Marcel) et Tavernier (Yves), *Histoire de la France rurale*, tome 4. *La fin de la France paysanne de 1914 à nos jours*, Le Seuil, 1977.

Histoire de la France urbaine, tomes 4 (Agulhon Maurice dir.) et 5 (Roncayolo Marcel, dir.), Le Seuil, 1983-1985.

Kuisel (Richard F.), *Le capitalisme et l'État en France. Modernisation et dirigisme au XXᵉ siècle*, Gallimard, 1984.

Lequin (Yves), *La mosaïque France. Histoire des étrangers et de l'immigration en France*, Larousse, 1988.

Rousso (Henry) dir., *De Monnet à Massé. Enjeux politiques et objectifs économiques dans le cadre des quatre premiers Plans (1946-1965)*, Institut d'Histoire du Temps présent, 1986.

Sorlin (Pierre), *La société française*, tome 2, *1914-1968*, Arthaud, 1971.

4. Histoire culturelle et religieuse :

Albert (Pierre) et Tudesq (André-Jean), *Histoire de la radio-télévision*, PUF, coll. « Que sais-je ? », 1981.
Bellanger (Claude), Godechot (Jacques), Guiral (Pierre), Terrou (Fernand), dir. *Histoire générale de la presse française*, tomes 3 à 5, PUF, 1972-1976.
Coutrot (Aline) et Dreyfus (François-G.), *Les forces religieuses dans la société française*, Colin, 1965.
Crubellier (Maurice), *Histoire culturelle de la France, XIXe-XXe siècles*, A. Colin, 1974.
Crubellier (Maurice), *L'enfance et la jeunesse dans la société française — 1800-1914*, Paris, 1979.
Garçon (François), *De Blum à Pétain, cinéma et société française (1936-1944)*, Le Cerf, 1984.
Lebrun (François), dir., *Histoire des catholiques en France du XVe siècle à nos jours*, Privat, 1980.
Les idées en France, 1945-1988. Une chronologie, Le Débat — Folio Histoire, 1989.
Miquel (Pierre), *Histoire de la radio et de la télévision*, Perrin, 1984.
Monchablon (Alain), *Histoire de l'UNEF — 1956-1968*, PUF, 1983.
Paris-Paris 1937-1957, Centre Georges Pompidou, 1981.
Prost (Antoine), *L'enseignement en France — 1800-1967*, Armand Colin, 1968.
Prost (Antoine), *Histoire générale de l'enseignement et de l'éducation en France* (dir. Parias Louis-Henri), tome 4, *L'école et la famille dans une société en mutation*, G.-V. Labat, 1982.
Virgoulay (René), *Les courants de pensée du catholicisme français — L'épreuve de la modernité*, Le Cerf, 1984.

5. Colonisation, décolonisation :

Ageron (Charles-R.), *Les Algériens musulmans et la France*, 2 vol., PUF, 1968.

Ageron (Charles-R.), *Histoire de l'Algérie contemporaine*, tome 2 : *1871-1954*, PUF, 1979.

Ageron (Charles-R.), sous la direction de, *Les chemins de la décolonisation de l'Empire français — 1936-1956*, CNRS, 1986.

Dalloz (Jacques), *La guerre d'Indochine — 1945-1954*, Le Seuil, 1987.

Droz (Bernard) et Lever (Évelyne), *Histoire de la guerre d'Algérie — 1954-1962*, Le Seuil, 1982.

Girarder (Raoul), *La crise militaire française (1945-1962)*, Colin, 1964.

Girardet (Raoul), *L'idée coloniale en France — 1871-1962*, La Table Ronde, 1972.

Hamon (Hervé) et Rotman (Patrick), *Les porteurs de valises*, 2ᵉ éd. augmentée, Le Seuil, 1982.

Marseille (Jacques), *Empire colonial et capitalisme français, histoire d'un divorce*, Albin Michel, 1984.

Histoire de la France coloniale, t. 2 : *De 1914 à 1940*, Armand Colin, 1990.

6. Biographies :

Berstein (Serge), *Édouard Herriot ou la République en personne*, Presses de la Fondation nationale des sciences politiques, 1985.

Brunet (Jean-Paul), *Jacques Doriot. Du communisme au fascisme*, Balland, 1986.

Burrin (Philippe), *La dérive fasciste. Doriot, Déat, Bergery — 1933-1945*, Le Seuil, 1986.

Duroselle (Jean-Baptiste), *Clemenceau*, Fayard, 1988.

Ferro (Marc), *Pétain*, Fayard, 1987.

Guillaume (Sylvie), *Antoine Pinay ou la Confiance en politique*, Presses de la Fondation nationale des sciences politiques, 1984.

Jeanneney (Jean-Noël), *François de Wendel en République. L'argent et le pouvoir (1914-1940)*, Le Seuil, 1976.

Jeanneney (Jean-Noël), *Georges Mandel. L'homme qu'on attendait*, Le Seuil, 1990.

Kupferman (Fred), *Pierre Laval (1883-1945)*, Balland, 1987.

Lacouture (Jean), *De Gaulle*, 3 vol., Le Seuil, 1984-1986.
Lacouture (Jean), *Mendès France*, Le Seuil, 1981.
Lacouture (Jean), *Léon Blum*, Le Seuil, 1977.
Menager (Bernard) et alii, *Guy Mollet. Un camarade en République*, Presses Universitaires de Lille, 1987.
Miquel (Pierre), *Poincaré*, Fayard, 1961.
Poidevin (Raymond), *Robert Schuman, homme d'État, 1886-1963*, Imprimerie nationale, 1986.
Robrieux (Philippe), *Thorez. Vie secrète et vie publique*, Fayard, 1975.
Roussel (Éric), *Georges Pompidou*, Lattès, 1984.

II. ÉTUDES PAR PÉRIODES

1. D'une guerre à l'autre (1918-1939) :

Azéma (Jean-Pierre) et Winock (Michel), *Naissance et mort de la IIIe République*, Calmann-Lévy, 1970.
Bariéty (Jacques), *Les relations franco-allemandes après la Première Guerre mondiale, 1918-1925*, Pédone, 1977.
Becker (Jean-Jacques) et Berstein (Serge), *Histoire de l'anticommunisme en France*, tome I — *1917-1940*, Olivier Orban, 1987.
Berstein (Serge), *Le 6 février 1934*, Julliard-Gallimard, 1975.
Berstein (Serge), *Histoire du parti radical*, 2 vol., Presses de la Fondation nationale des sciences politiques, 1980-1982.
Berstein (Serge et Gisèle), *La Troisième République. Les noms, les thèmes, les lieux*, M. A. Éditions, 1987.
Bodin (Louis) et Touchard (Jean), *Le Front populaire*, Colin, 1961.
Bouillon (Jacques) et Vallette (Geneviève), *Munich 1938*, Colin, rééd. 1986.
Bouvier (Jean), dir., *La France en mouvement 1934-1938*, Éditions Champ Vallon, 1986.

Cholvy (Gérard) et Hilaire (Yves-Marie), *Histoire religieuse de la France contemporaine*, tome 2 — *1880-1930*, Privat, 1986.

Dupeux (Georges), *Le Front populaire et les élections de 1936*, Colin, 1954.

Duroselle (Jean-Baptiste), *La décadence (1932-1939)*, Imprimerie nationale, 1979.

Frankenstein Robert), *Le prix du réarmement français*, Publications de la Sorbonne, 1982.

Girardet (Raoul), *La société militaire dans la France contemporaine*, Plon, 1953.

Goguel (François), *La politique des partis sous la IIIe République*, Le Seuil, 1981.

Jeanneney (Jean-Noël), *La faillite du Cartel 1924-1926. Leçon d'histoire pour une gauche au pouvoir*, Le Seuil, 1977.

Judt (Tony), *La reconstruction du parti socialiste, 1921-1926*, FNSP, 1976.

Kriegel (Annie), *Aux origines du communisme français, 1914-1920*, 2 vol., Mouton, 1964.

Launay (Michel), *La CFTC. Origines et développement 1912-1940*, Publications de la Sorbonne, 1987.

Lefranc (Georges), *Le mouvement socialiste sous la IIIe République — 1871-1940*, Payot, 1963.

Lefranc (Georges), *Le mouvement syndical sous la IIIe République*, Payot, 1967.

Lefranc (Georges), *Histoire du Front populaire*, Payot, 1965.

Loubet del Bayle, *Les non-conformistes des années 30. Une tentation de renouvellement de la pensée politique française*, Le Seuil, 1969.

Machefer (Philippe), *Ligues et fascisme en France — 1914-1939*, PUF, 1974.

Mayeur (Françoise), *L'enseignement secondaire des jeunes filles sous la IIIe République*, Presses de la Fondation nationale des sciences politiques, 1977.

Mayeur (Jean-Marie), *La vie politique sous la IIIe République*, Le Seuil, 1984.

Nadeau (Maurice), *Histoire du surréalisme*, Le Seuil, 1945.

Prost (Antoine), *La CGT à l'époque du Front populaire — 1934-1939*, Colin, 1964.

Prost (Antoine), *Les anciens combattants et la société française*, 3 vol., Presses de la Fondation nationale des sciences politiques, 1977.

Rémond (René), *Les catholiques dans la France des années 30*, Cana, 1979.

Rémond (René) et Renouvin (Pierre), dir., *Léon Blum, chef de gouvernement*, Colin, 1967.

Rémond (René) et Bourdin (Janine), dir., *La France et les Français en 1938-1939*, Presses de la Fondation nationale des sciences politiques, 1978.

Rémond (René) et Bourdin (Janine), dir. de, *Édouard Daladier, chef de gouvernement*, Presses de la Fondation nationale des sciences politiques, 1977.

Renouvin (Pierre), *L'armistice de Rethondes*, Gallimard, 1968.

Sauvy (Alfred), *Histoire économique de la France entre les deux guerres*, 3 vol., Economica, rééd. 1984.

Schor (Ralph), *L'opinion française et les étrangers — 1919-1939*, Publications de la Sorbonne, 1986.

Schweitzer (Sylvie), *Des engrenages à la chaîne. Les usines Citroën — 1915-1935*, Presses universitaires de Lyon, 1982.

Sternhell (Zeev), *Ni droite, ni gauche. L'idéologie fasciste en France*, Le Seuil, 1982.

Vaïsse (Maurice), *Sécurité d'abord. La politique française en matière de désarmement — 1930-1934*, Pédone, 1981.

2. Le temps des épreuves (1939-1946) :

Amouroux (Henri), *La vie des Français sous l'Occupation*, Fayard, 1961.

Amouroux (Henri), *La grande histoire des Français sous l'Occupation*, 7 vol. Laffont, 1976-1985.

Andrieu (Claire), *Le programme commun de la Résistance. Des idées dans la guerre*, Éditions de l'Érudit, 1984.

Azéma (Jean-Pierre), *1940. L'année terrible*, Orban 1990.

Azéma (Jean-Pierre), *La collaboration — 1940-1944*, PUF, 1975.

Azéma (Jean-Pierre), Prost (Antoine) et Rioux (Jean-Pierre), *Le PCF des années sombres — 1939-1941*, Le Seuil, 1986.

Bedarida (Renée), *Témoignage chrétien 1941-1944*, Éditions ouvrières, 1977.

Berl (Emmanuel), *La fin de la IIIe République*, Gallimard, 1968.

Boussard (Isabel), *Vichy et la Corporation paysanne*, Presses de la Fondation nationale des sciences politiques, 1979.

Cointet-Labrousse (Michèle), *Vichy et le fascisme*, Bruxelles, Éditions Complexe, 1987.

Courtois (Stéphane), *Le PCF dans la guerre. De Gaulle, la Résistance, Staline*, Ramsay, 1980.

Crémieux-Brilhac (Jean-Louis), *Les Français de l'an 40*.
t. 1 *La guerre oui ou non ?*
t. 2 *Ouvriers et soldats*. Gallimard, 1990.

Duquesne (Jacques), *Les catholiques français sous l'Occupation*, Grasset, rééd. 1986.

Durand (Yves), *Vichy 1940-1944*, Bordas, 1972.

Durand (Yves), *La captivité, Histoire des prisonniers de guerre français 1939-1944*, 1980.

Duroselle (Jean-Baptiste), *L'abîme*, Imprimerie nationale, 1982.

Églises et chrétiens dans la Seconde Guerre mondiale, Colloque de Lyon, 1982.

Foulon (Charles-Louis), *Le pouvoir en province à la Libération. Les commissaires de la République*, Presses de la Fondation nationale des sciences politiques, 1975.

IHTP, *Jean Moulin et le Conseil national de la Résistance*, CNRS, 1983.

Kaspi (André), *La mission Jean Monnet à Alger, mars-octobre 1943*, Publications de la Sorbonne, 1971.

Kupferman (Fred), *Les premiers beaux jours — 1944-1946*, Calmann-Lévy, 1985.

Marrus (Michael R.) et Paxton (Robert O.), *Vichy et les Juifs*, Calmann-Lévy, 1981.
Michel (Henri), *Le procès de Riom*, Albin Michel, 1979.
Miquel (Pierre), *La Seconde Guerre mondiale*, Fayard, 1986.
Noguères (Henri), *Histoire de la Résistance en France*, 5 vol., Laffont, 1967-1981.
Novick (Peter), *L'épuration française — 1944-1949*, Balland, 1985.
Ory (Pascal), *Les collaborateurs — 1940-1945*, Le Seuil, 1977.
Paxton (Robert O.), *La France de Vichy — 1940-1944*, Le Seuil, 1973.
Rémond (René), dir., *Le gouvernement de Vichy — 1940-1942*, Presses de la Fondation nationale des sciences politiques, 1972.
Rioux (Jean-Pierre), Prost (Antoine), Azéma (Jean-Pierre), sous la direction de, *Les communistes français de Munich à Châteaubriant (1938-1941)*, Presses de la Fondation nationale des sciences politiques, 1987.
Rioux (Jean-Pierre), (sous la direction de) *La vie culturelle sous Vichy*. Éditions Complexe, 1990.
Rossignol (Dominique), *Vichy et les francs-maçons. La liquidation des sociétés secrètes — 1940-1944*, J.-Cl. Lattès, 1981.
Sadoun (Marc), *Les socialistes sous l'Occupation. Résistance et collaboration*, Presses de la Fondation nationale des sciences politiques, 1982.
Veillon (Dominique), *La Collaboration. Textes et débats*, Le Livre de poche, 1984.

3. La République quatrième (1947-1958) :

Aron (Raymond) et Lerner (Daniel), dir., *La querelle de la CED*, A. Colin, 1956.
Avril (Pierre) et Vincent (Gérard), *La IVe République. Histoire et société*, MA Éditions, 1988.
Bédarida (François) et Rioux (Jean-Pierre), dir., *Pierre Mendès France et le mendésisme*, Fayard, 1985.

Bloch-Lainé (François) et Bouvier (Jean), *La France restaurée — 1944-1954. Dialogue sur les choix d'une modernisation*, Fayard, 1986.

Bonin (Hubert), *Histoire économique de la IVe République*, Economica, 1987.

Borne (Dominique), *Petits bourgeois en révolte? Le mouvement Poujade*, Flammarion, 1977.

Charlot (Jean), *Le gaullisme d'opposition — 1946-1958*, Fayard, 1983.

Devillers (Philippe) et Lacouture (Jean), *La fin d'une guerre. Indochine 1954*, Le Seuil, 1960.

Elgey (Georgette), *Histoire de la IVe République*. I. *La République des illusions — 1944-1951*. II. *La République des contradictions — 1951-1954*, Fayard, 1968.

Fauvet (Jacques), *La IVe République*, Fayard.

Goguel (François), *Chroniques électorales. La IVe République*, Presses de la Fondation nationale des sciences politiques, 1981.

Grosser (Alfred), *La IVe République et sa politique extérieure*, Colin, 1961.

Harbi (Mohammed), *La guerre commence en Algérie*, Bruxelles, Éditions Complexe, 1984.

Hoffmann (Stanley), *Le mouvement Poujade*, Colin, 1956.

Julliard (Jacques), *La Quatrième République*, Calmann-Lévy, 1968.

La Gorce (Paul-Marie de), *L'après-guerre. Naissance de la France moderne*, Grasset, 1978.

La Gorce (Paul-Marie de), *Apogée et mort de la IVe République*, Grasset, 1979.

Rémond (René), *Le retour de De Gaulle*, Éditions Complexe, 1983.

Verdes-Leroux (Jeannine), *Au service du Parti. Le parti communiste, les intellectuels et la culture (1944-1956)*, Fayard-Minuit, 1983.

Williams (Philip), *La vie politique sous la IVe République*, A. Colin, 1971.

4. La Cinquième République :

Bauchard (Philippe), *La guerre des deux roses. Du rêve à la réalité — 1981-1985*, Grasset, 1986.
Chapsal (Jacques), *La vie politique sous la Ve République — 1958-1974*, PUF, 1981.
Chapsal (Jacques), *La vie politique sous la Ve République — 1974-1987*, PUF, 1987.
Chiroux (René), *L'extrême droite sous la Ve République*, Librairie générale de droit et de jurisprudence, 1974.
Dansette (Adrien), *Mai 1968*, Plon, 1971.
Duhamel (Olivier), *La gauche et la Ve République*, PUF, 1980.
Duhamel (Olivier) et Parodi (Jean-Luc), dir., *La Constitution de la Cinquième République*, Presses de la Fondation nationale des sciences politiques, 1985.
Hamon (Hervé) et Rotman (Patrick), *Génération*. I. *Les années de rêve*, II. *Les années de poudre*, Le Seuil, 1987 et 1988.
Lacouture (Jean), *Algérie, la guerre est finie*, Bruxelles, Éditions Complexe, 1985.
Mauss (Didier), *Document pour servir à l'histoire de l'élaboration de la Constitution*, tome 1, La Documentation française 1987.
Mendras (Henri), dir., *La sagesse et le désordre*, Gallimard, 1980.
Monneron (Jean-Louis) et Rowley (Anthony), *Les 25 ans qui ont transformé la France*, tome 6 de l'*Histoire du peuple français*, Nouvelle Librairie de France, 1986.
Pfister (Thierry), *La vie quotidienne à Matignon au temps de l'Union de la gauche*, Hachette, 1986.
Portelli (Hugues), *La vie politique en France sous la Ve République*, Grasset, 1987.
Quermonne (Jean-Louis), *Le gouvernement de la France sous la Ve République*, Dalloz, 1980.
Rioux (Jean-Pierre), dir., *La guerre d'Algérie et les Français*, Fayard, 1990.
Rioux (Jean-Pierre) et Sirinelli (Jean-François), dir., *La guerre d'Algérie et les intellectuels français*, Éditions Complexe, 1991.

Sur (Serge), *La vie politique en France sous la Ve République*, Montchrestien, 1977.

Vaïsse (Maurice), *Alger, le putsch*, Bruxelles, Éditions Complexe, 1983.

Viansson-Ponté (Pierre), *Histoire de la République gaullienne*, 2 vol., Fayard, 1970-1971.

Winock (Michel), *Chronique des années soixante*, Le Seuil, 1987.

INDEX

A

Abbas (Ferhat) : 381, 385, 434.
Abd El-Krim : 81, 261.
Abelin (Pierre) : 580, 693.
Abetz (Otto) : 483, 485.
Adamov (Arthur) : 487, 857.
Adenauer (Konrad) : 433, 546.
Alain : 241.
Alibert (Raphaël) : 285.
Althusser (Louis) : 603, 622, 858.
Anouilh (Jean) : 222, 483, 488.
Anquetil (Jacques) : 851.
Antier (Paul) : 466.
Antoine (André) : 222.
Apollinaire (Guillaume) : 216, 219.
Aragon (Louis) : 149, 219, 220, 223, 482, 491.
Ardant (Gabriel) : 415.
Argenlieu (Georges Thierry d') : 383.
Arman : 490.
Armand (Louis) : 377, 577, 655.
Aron (Raymond) : 394, 420, 451, 690, 733, 735.
Arpaillange (Pierre) : 822.
Artaud (Antonin) : 220.
Aubert (François d') : 760.
Auclair (Marcelle) : 231.
Audiberti (Jacques) : 220.
Auphan (Gabriel) : 305.
Aurenche (Jean) : 864.
Auric (Georges) : 217, 232.
Auriol (Vincent) : 173, 190, 315, 348, 357, 382, 402, 409, 412, 421, 441, 469, 749.
Auroux (Jean) : 763, 804.
Autant-Lara (Claude) : 15, 497.
Azéma : 232.

B

Badinter (Robert) : 754, 757.
Bainville (Jacques) : 36, 65, 162.

BALLADUR (Édouard) : 405, 611, 679, 792, 796, 801, 809-811, 824.

BALTHUS : 864.

BAO-DAI : 384, 407.

BARANGÉ (Charles) : 401, 452, 553, 776.

BARBIE (Klaus) : 813.

BARBU (Marcel) : 583.

BARDOT (Brigitte) : 856.

BARDOUX (Joseph) : 688.

BARRAULT (Jean-Louis) : 483.

BARRE (Raymond) : 92, 405, 657, 705-709, 713, 714, 716, 725-729, 736, 737, 745, 771, 792, 795, 810, 814, 815, 816, 836.

BARRÈS (Maurice) : 24, 219, 651.

BARSACQ (André) : 483.

BARTHÉLEMY (Joseph) : 198.

BARTHES (Roland) : 856, 858, 864.

BARTHOU (Louis) : 36, 78, 92, 145-146, 157, 160, 203.

BARZACH (Michèle) : 835, 836.

BASTIEN-THIRY (Jean) : 557.

BATAILLE (Georges) : 220.

BATY (Gaston) : 222.

BAUDOUIN (Paul) : 253.

BAUMGARTNER (Wilfrid) : 688.

BAYROU (François) : 835.

BAZAINE (Jean) : 484.

BEATLES (The) : 848.

BEAUVOIR (Simone de) : 632.

BECKER (Jacques) : 484, 497.

BECKETT (Samuel) : 222, 487, 488, 857.

BEDAUX (Charles) : 60.

BELIN (René) : 207, 273, 275.

BEN BELLA (Ahmed) : 460.

BENEŠ (Edvard) : 80, 199.

BENOIST (Alain de) : 736.

BENOÎT XV : 54, 55.

BÉRÉGOVOY (Pierre) : 766, 771, 772, 787, 789.

BERGERY (Gaston) : 124, 182, 273, 275.

BERGSON (Henri) : 215, 216, 221.

BERL (Emmanuel) : 273, 275.

BERLUSCONI (Silvio) : 802.

BERNANOS (Georges) : 125.

BERSTEIN (Serge) : 144.

BERTHOD (Aimé) : 145.

BERTON (Germaine) : 68.

BESSE (Georges) : 806, 808.

BEULLAC (Christian) : 706.

BEUVE-MÉRY (Hubert) : 314, 388, 617.

BIDAULT (Georges) : 306, 324, 344, 348, 383, 392, 402, 411, 413, 416, 454-455, 459, 460, 461, 469, 539.

BINET-VALMER (Jean) : 88.

BINGEN (Jacques) : 302.

BISMARCK (Otto von) : 24, 252.

BLIN (Roger) : 488.

BLOCH (Marc) : 24, 481.

BLOCH-LAINÉ (François) : 372.

BLONDIN (Antoine) : 493.

BLOOM (Allan) : 867.

Index

BLUM (Léon) : 57, 69, 74-76, 146, 162, 163, 169-173, 178, 181, 183-185, 201, 203, 226, 243, 261, 313, 332, 347, 348, 355, 375, 384, 412, 414, 425, 441, 492, 496, 520, 526, 764, 765.
BOILEAU : 232.
BOISROND (Michel) : 848.
BOISSONNAT (Jean) : 747.
BOITEUX (Marcel) : 726.
BOKASSA (Jean Bedel) : 730-731, 738.
BOLLARDIÈRE (général de) : 449.
BONAPARTE (Marie) : 220.
BONNEFOY (Yves) : 494.
BONNET (Christian) : 693, 761.
BONNET (Georges) : 190, 196, 203, 204, 245.
BOREL (Émile) : 76.
BOSSON (Bernard) : 835.
BOST (Pierre) : 864.
BOUCHARDEAU (Huguette) : 745, 746.
BOUDIENNY : 37.
BOUHEY (Jean) : 200, 421.
BOUISSON (Fernand) : 112, 159.
BOULEZ (Pierre) : 489.
BOULIN (Robert) : 706.
BOULLOCHE (André) : 520, 554.
BOURDIEU (Pierre) : 603.
BOURGÈS-MAUNOURY (Maurice) : 453.
BOURGUIBA (Habib) : 385, 407, 458.
BOURNAZEL : 114.
BOUT DE L'AN : 292.
BOUTHILLIER (Yves) : 253.
BOUYGUES (Francis) : 802.
BRAQUE (Georges) : 218, 219, 489.
BRASILLACH (Robert) : 313, 482.
BRASSENS (Georges) : 848.
BREJNEV (Leonid) : 732.
BREL (Jacques) : 848.
BRESSON (Robert) : 484, 497.
BRETON (André) : 219.
BRIAND (Aristide) : 40, 45, 51, 52, 56, 67, 73, 79, 80, 86, 91-93, 98, 100, 106, 112, 160, 266.
BROGLIE (Louis de) : 221.
BROSSOLETTE (Pierre) : 331.
BROUILLET (René) : 652.
BRUNSCHVICG (Léon) : 173, 223.
BRUNSCHVICG (Mme) : 173.
BUCARD (Marcel) : 137, 151.
BUFFET (Bernard) : 490.
BUÑUEL (Luis) : 220.
BUREN (Daniel) : 859.
BURON (Robert) : 416.
BUTOR (Michel) : 856.
BYRNES : 355, 375, 492.

C

CACHIN (Marcel) : 57.
CAILLAUX (Joseph) : 64, 69, 76, 86, 87, 102, 160, 189, 192, 266, 428.

CAILLOIS (Roger) : 220.
CAMÉLINAT : 57.
CAMUS (Albert) : 315, 486, 487, 493, 494.
CANDIDO (Maria) : 848.
CAPITANT (René) : 610.
CARIGNON (Alain) : 835.
CARLU (Jacques) : 232.
CARNÉ (Marcel) : 226, 227, 484.
CARNOT (Adolphe) : 41.
CARPENTIER (Georges) : 113.
CARTER (Jimmy) : 731.
CASANOVA (Laurent) : 552.
CASTELNAU (Édouard de) : 84, 100.
CASTRIES (colonel de) : 411.
CASTRO (Fidel) : 604.
CATROUX (Georges) : 442, 443.
CÉLINE (Louis-Ferdinand) : 221, 223, 485.
CENDRARS (Blaise) : 217.
CÉSAR : 490.
CHABAN-DELMAS (Jacques) : 10, 416, 438, 466, 515, 520, 530, 651-659, 662, 666, 669-671, 680-684, 690, 702, 703, 738, 751, 756, 814, 815, 826, 844.
CHABROL (Claude) : 855.
CHACK (Paul) : 313.
CHAGALL (Marc) : 232, 484.
CHALLE (Maurice) : 533, 534.
CHAMBERLAIN (Arthur Neville) : 198, 199.
CHAMBERLAIN (Austen) : 80.
CHAMPETIER DE RIBES (Auguste) : 196.

CHAR (René) : 482, 494.
CHARDONNE (Jacques) : 485.
CHÂTELET (Albert) : 518.
CHAUTEMPS (Camille) : 75, 141, 158, 172, 190, 191, 196.
CHÉRÈQUE (Jacques) : 788.
CHÉRON (Henry) : 114.
CHEVALIER (Maurice) : 227.
CHEVALLIER (Jacques) : 285.
CHEVÈNEMENT (Jean-Pierre) : 664, 744, 772, 785, 808, 841, 843.
CHEVIGNÉ (Pierre de) : 462.
CHEYNEY (Peter) : 492.
CHIAPPE (Jean) : 108, 141.
CHIRAC (Jacques) : 515, 611, 677, 682, 687, 692, 693, 698, 701-705, 707, 710, 711, 721, 723, 745-747, 750, 757, 769, 770, 791, 792, 795-799, 803, 805, 808-810, 812, 814-816, 819, 824, 826, 835.
CHOU EN-LAI : 416.
CHRISTO : 859.
CHURCHILL (Winston) : 96, 251, 359, 373, 389, 493.
CITROËN (André) : 60.
CLAIR (René) : 276.
CLAUDEL (Paul) : 125, 215-217, 482, 483, 487.
CLAVEL (Maurice) : 631.
CLEMENCEAU (Georges) : 16, 33-47, 50, 52, 55, 56, 61, 64, 75, 76, 84, 91, 105, 111, 145, 158, 160, 170, 195, 196, 201, 244, 260, 306.
CLÉMENT (René) : 497.

CLÉMENTEL : 61.

CLOSTERMANN (Pierre) : 494.

CLOUZOT (Henri-Georges) : 483, 484, 497.

COCTEAU (Jean) : 215, 217, 222.

COHEN (Albert) : 859.

COHN-BENDIT (Daniel) : 605.

COLIN (André) : 517.

COLUCHE : 867.

COMBES (Émile) : 43.

CONTE (Arthur) : 666, 672, 676.

COPEAU (Jacques) : 232.

COSSÉ (Pierre-Yves) : 824.

COT (Jean-Pierre) : 790.

COT (Pierre) : 123, 182, 186, 472.

COTTA (Michèle) : 747.

COTY (François) : 137.

COTY (René) : 402, 426, 440, 459, 463, 465, 467, 468, 470, 475, 518, 615.

COUDERC (Roger) : 851.

COURTADE (Pierre) : 491.

COUSIN (Victor) : 75.

COUVE DE MURVILLE (Maurice) : 205, 544, 549, 594, 595, 625, 646, 675, 702, 842.

CRÉPEAU (Michel) : 745.

CRESSON (Édith) : 844, 845.

CROZIER (Michel) : 655.

CUDENET (Gabriel) : 124.

CURIE (Marie) : 221.

CURIE (Pierre) : 221.

D

DALADIER (Édouard) : 47, 75, 98, 112, 124, 128, 141, 142, 144, 146, 147, 162, 172, 173, 184, 190, 195-197, 199, 203-208, 210, 211, 244, 245, 261, 313, 334, 349, 399, 421, 464, 517, 870.

DALÍ (Salvador) : 220.

DALIMIER : 139.

DANIEL (Pierre) : 778.

DARLAN (François) : 286, 291.

DARNAND (Joseph) : 272, 292, 311.

DAUDET (Léon) : 103.

DAURAT (Didier) : 276.

DAUTRY (Raoul) : 106, 276, 549.

DAWES (Charles Gates) : 80, 112.

DÉAT (Marcel) : 125, 204, 271, 272, 291, 292, 311.

DEBRÉ (Michel) : 205, 322, 466, 471, 506, 507, 515, 519, 533, 534, 538, 539, 549, 550, 553-555, 590, 629, 637, 654, 669, 670, 674, 702, 703, 705, 713, 721, 728, 732, 743, 776.

DEBUSSY (Claude) : 217.

DEFFERRE (Gaston) : 429, 450, 511, 517, 577-582, 648, 650, 663, 664, 761, 770, 796.

DEGRELLE (Léon) : 292.

DEIXONNE (Maurice) : 122, 472.

DELANNOY (Jean) : 855.
DELAUNAY (Robert) : 232.
DELBOS (Yvon) : 76, 169, 173.
DELCASSÉ (Théophile) : 64, 78.
DELEBARRE (Michel) : 804, 828.
DELONCLE (Eugène) : 292.
DELORS (Jacques) : 654, 659, 751, 762, 764, 765, 771, 772, 787.
DELOUVRIER (Paul) : 374, 527, 528, 530, 573.
DENAIN (général) : 146.
DÉON (Michel) : 863.
DEPARDIEU (Gérard) : 868.
DEPREUX (Édouard) : 393, 511.
DERAIN (André) : 218, 489.
DESCAMPS (Eugène) : 611.
DESCHANEL (Paul) : 46, 51.
DESGRAUPES (Pierre) : 658.
DESNOS (Robert) : 220, 481, 482.
DEVAQUET (Alain) : 806-808.
DIAGHILEV (Serge de) : 217.
DIEM (Raymonde) : 384.
DOLLFUSS (Engelbert) : 122.
DOREY : 431.
DORGÈRES (Henri) : 132, 466.
DORIOT (Jacques) : 81, 110, 148, 151, 187, 208, 271, 291, 311.
DOUFFIAGUES (Jacques) : 796.
DOUMENC (général) : 210.
DOUMERGUE (Gaston) : 47, 74, 87, 91, 112, 113, 144-147, 156-158, 160, 161, 208, 261, 274, 288, 496.
DRIEU LA ROCHELLE (Pierre) : 208, 482.
DROIT (Michel) : 585.
DROZ (Humbert) : 68.
DRUILLET : 866.
DRUMONT (Édouard) : 272, 277.
DRUON (Maurice) : 674.
DUBEDOUT (Hubert) : 580, 770.
DUBERNARD : 835.
DUBUFFET (Jean) : 484.
DUCHET (Roger) : 399, 455.
DUCLOS (Jacques) : 110, 244, 366, 405, 472, 517, 648, 649, 662.
DUFY (Raoul) : 218, 232.
DUHAMEL (Georges) : 221, 226, 231.
DUHAMEL (Jacques) : 647, 654, 674.
DUHAMEL (Marcel) : 492.
DULLES (John Foster) : 416.
DULLIN (Charles) : 222, 483.
DUMONT (René) : 681, 684.
DURAFOUR (Michel) : 822.
DURAS (Marguerite) : 493.
DUREY (Louis) : 217.
DUTOURD (Jean) : 493.
DUVERGER (Maurice) : 506.

E

EDEN (Anthony) : 416, 447.
EINSTEIN (Albert) : 221.

Index

EISENHOWER (Dwight David) : 308, 388, 405, 447, 544.
EISENSTEIN (Sergueï Mikhaïlovitch) : 855.
EISNER (Kurt) : 38.
ELIOT (Thomas Stearns) : 493.
ELISABETH II : 495.
ELKABBACH (Jean-Pierre) : 758.
ÉLUARD (Paul) : 220, 482.
ÉLY (général) : 469.
EMMANUEL (Pierre) : 494.
ERNST (Max) : 220, 484.

F

FABIEN (colonel) : 279, 308.
FABIUS (Laurent) : 772, 775, 784-786, 788, 790, 791, 798, 810, 830, 834, 844, 872.
FABRE (Robert) : 715.
FABRÈGUES (Jean de) : 119.
FABRE-LUCE (Alfred) : 34, 208.
FABRY (colonel) : 141.
FALLIÈRES (Armand) : 145.
FAULKNER (William) : 493.
FAURE (Edgar) : 350, 405, 415, 418, 428, 432-435, 438-440, 450, 466, 508, 517, 590, 620, 626, 627, 635, 636, 658, 680, 681, 688, 737, 872.
FAURE (Paul) : 169, 172, 266.
FAUVET (Jacques) : 586.
FAYOL (Henri) : 60.

FEBVRE (Lucien) : 24.
FERRY (Jules) : 46, 170, 195, 384, 850.
FILIPACCHI (Daniel) : 848, 849.
FILIPACCHI (Henri) : 498.
FINKIELKRAUT (Alain) : 867.
FITERMAN (Charles) : 754, 835.
FLANDIN (Pierre-Étienne) : 146, 158-161, 264, 275, 286, 288.
FOCCART (Jacques) : 646.
FOCH (Ferdinand) : 14, 34, 46, 111, 247, 260, 870.
FONTANET (Joseph) : 647, 654, 659.
FOUCAULT (Michel) : 622, 857, 858.
FOUCHET (Christian) : 416, 417, 538, 547, 602.
FOUGERON : 484, 489, 491.
FOURASTIÉ (Jean) : 374.
FOYER (Jean) : 672.
FRACHON (Benoît) : 110, 244, 318, 340, 648.
FRANCE (Anatole) : 215, 216, 219.
FRANCO (Francisco) : 261, 313.
FRANÇOIS-PONCET (André) : 76.
FRANÇOIS-PONCET (Jean) : 729.
FRANKLIN-BOUILLON : 36.
FRANQUIN : 500.
FRÉDÉRIC-DUPONT (Édouard) : 625.
FRENAY (Henri) : 321.

FRESNAY (Pierre) : 214.

FREUD (Sigmund) : 215, 220, 858.

FREY (Roger) : 515.

FRIED : 149.

FROSSARD (Ludovic-Oscar) : 57, 191, 197.

G

GAILLARD (Félix) : 453, 454, 459, 473, 784.

GAMBETTA (Léon) : 46, 54, 64, 76, 136.

GAMELIN (Maurice) : 247, 264.

GARAUD (Marie-France) : 721, 745, 747, 822.

GARAUDY (Roger) : 662.

GAULLE (Charles de) : 10, 16, 37, 47, 53, 148, 157, 183, 187, 245, 247, 253, 264, 270, 276, 293-297, 302-309, 312, 315, 316, 319, 320, 321, 323, 326, 331, 333, 335-337, 340-345, 359-361, 364, 367, 369, 371, 373, 374, 380, 383, 385-388, 403, 405, 412, 414-417, 420, 425, 426, 428, 429, 435, 437, 442, 443, 462, 466-477, 505-551, 553-572, 576-599, 602, 607, 609, 610, 612-616, 618, 625-628, 635-642, 645-647, 649, 651-653, 656, 657, 667, 671, 678, 680, 683-685, 688, 689, 691, 693, 703, 704, 707, 709, 710, 713, 726, 731, 732, 739, 743, 748, 751, 754, 760, 761, 786, 789, 791, 798, 804, 810, 815, 850, 870, 871, 872, 884.

GAULLE (Philippe de) : 842.

GAXOTTE (Pierre) : 291.

GAY (Francisque) : 361.

GAZIER (Albert) : 517.

GENET (Jean) : 488.

GERMAIN (Hubert) : 672.

GIAP : 410.

GIDE (André) : 81, 215, 216, 486, 493, 494.

GIEREK (Edward) : 732.

GILLIBERT (Michel) : 822.

GILLOUIN (René) : 273.

GIONO (Jean) : 241, 314, 485, 493.

GIRAUD (André) : 726, 796, 842.

GIRAUD (Henri) : 295, 373.

GIRAUDOUX (Jean) : 80, 223, 240, 486, 487.

GIROUD (Françoise) : 683, 694.

GISCARD D'ESTAING (Valéry) : 9, 13, 92, 404, 405, 561, 570, 589, 590, 592, 597, 610, 614, 639, 640, 654, 665, 668, 674, 680-699, 701-714, 717, 720-722, 725, 726, 728-732, 736, 738, 739, 744-747, 756, 761, 765, 767, 768, 786, 796, 803, 805, 814, 815, 822, 835, 836, 872.

GODARD (Jean-Luc) : 855.

Index

GOMULKA (Wladyslaw) : 448.
GOSCINNY (René) : 500.
GOUIN (Félix) : 342, 343, 349.
GOUNOT : 285.
GRAVIER (Jean-François) : 298.
GREG : 500.
GRÉGOIRE (Ménie) : 861.
GRÉMILLON (Jean) : 227.
GRENIER (Fernand) : 295.
GRÉVY (Jules) : 73.
GRIMAUD (Maurice) : 635.
GRUBER : 489.
GRUSON (Claude) : 373.
GUARESCHI (Giovanni) : 494.
GUÉHENNO (Jean) : 223.
GUERMEUR : 777.
GUESDE (Jules) : 94, 441.
GUEVARA (Che) : 604.
GUIBERTEAU (chanoine) : 778.
GUICHARD (Olivier) : 573, 658, 671, 706, 761.
GUILLAUMAT (Pierre) : 106, 549.
GUILLAUME (général) : 409.
GUILLAUME II : 24, 252.
GUIRINGAUD (Louis de) : 729.
GUIZOT (François) : 75, 646.
GUTT (Camille) : 318.
GUYOT : 629.
GYP : 259.

H

HABY (René) : 699.
HACHED (Ferhat) : 408, 409.
HALLIDAY (Johnny) : 575.
HAMON (Léo) : 658.
HANAU (Marthe) : 139.
HEINLEN (Konrad) : 198.
HÉLIAS (Pierre Jakez) : 863.
HÉLION (Jean) : 218, 864.
HEMINGWAY (Ernest) : 216, 493.
HENRIOT (Émile) : 856.
HENRIOT (Philippe) : 140, 272, 292.
HERGÉ : 500.
HERNU (Charles) : 579, 791.
HERRIOT (Édouard) : 22, 42, 69, 74-76, 78, 79, 85-87, 91-93, 95, 98, 102, 104, 134, 135, 144, 145, 157, 159, 169, 172, 181, 182, 190, 306, 341, 382, 421, 423.
HERSANT (Robert) : 775, 802.
HIRSCH (Étienne) : 374.
HITCHCOCK (Alfred) : 855.
HITLER (Adolf) : 18, 25, 125, 127, 145, 154, 160, 170, 171, 183, 191, 196, 197-199, 200-203, 205, 210, 211, 237, 239, 241-244, 246, 247, 252, 254, 264-266, 286, 291, 300, 334, 447, 509.
HÔ CHI MINH : 383.
HONEGGER (Arthur) : 217, 232.
HORTHY (amiral) : 38.
HOUPHOUËT-BOIGNY (Félix) : 471.
HUGO (Victor) : 14.
HUVELIN (Paul) : 611.
HUXLEY (Aldous) : 224.

I

IONESCO (Eugène) : 487, 857.
ISORNI (Jacques) : 472, 473.

J

JACOB (Max) : 215, 481.
JACOBS (Edgar P.) : 500.
JACQUINOT (Louis) : 295, 471.
JANKÉLÉVITCH (V.) : 220.
JAURÈS (Jean) : 45, 57, 69, 76, 89, 158, 169, 749, 870.
JDANOV (Andreï) : 364, 491.
JEANNENEY (Jean-Marcel) : 539, 590, 611, 618, 626, 628, 637, 657, 705.
JEANNENEY (Jules) : 46, 192, 267, 306, 637.
JEANSON (Henri) : 532.
JEANTET (Claude) : 291.
JOBERT (Michel) : 674, 717, 729, 749, 772.
JOFFRE (Joseph) : 14, 111, 706.
JOLIOT-CURIE (Frédéric) : 221, 388.
JOLIOT-CURIE (Irène) : 173, 221.
JOSPIN (Lionel) : 745, 755, 780, 827.
JOUHAUD (Edmond) : 534, 539.
JOUHAUX (Léon) : 56, 172, 340, 367.
JOUVE (Pierre-Jean) : 220.
JOUVENEL (Bertrand de) : 208.
JOUVET (Louis) : 222, 226, 486-488.
JOXE (Pierre) : 791, 839.
JUILLET (Pierre) : 721.
JUIN (Alphonse) : 409, 417.
JUNG (Carl Gustav) : 220.
JUQUIN (Pierre) : 700, 814.

K

KANDINSKY (Vassili) : 218, 232.
KAYSER (Jacques) : 123.
KELLOGG : 80, 112.
KENNEDY (John) : 655.
KERILLIS (Henri de) : 192, 200.
KEYNES : 319, 372.
KHOMEINY : 731.
KHROUCHTCHEV (Nikita) : 448, 545, 603, 734.
KILLY (Jean-Claude) : 851.
KŒNIG : 308, 416.
KOUCHNER (Bernard) : 822.
KRAVCHENKO : 393, 733.
KRIVINE (Alain) : 648, 650, 680.

L

LACAN (Jacques) : 858.
LACORE (Suzanne) : 173.
LACOSTE (Robert) : 326, 442, 443, 449, 459, 460, 517, 540.

Index

LACOUTURE (Jean) : 615.
LAFLEUR (Jacques) : 821.
LAGAILLARDE (Pierre) : 463.
LAGRANGE (Léo) : 173, 183.
LAGUILLER (Arlette) : 680, 745, 747.
LAIGNEL (André) : 767, 778.
LAJOINIE (André) : 813.
LALONDE (Brice) : 745-747.
LANG (Jack) : 749, 789.
LANGEVIN (Paul) : 223.
LANGLOIS (Henri) : 606.
LANIEL (Joseph) : 402, 406, 412, 438, 446, 517.
LAPIE (Pierre-Olivier) : 553.
LA PORTE DU THEIL (général de) : 284.
LA ROCQUE (François de) : 138, 143, 162, 163, 166, 171, 176, 177, 186, 187, 333, 395.
LAROQUE (Pierre) : 328.
LASSO (Gloria) : 848.
LASTEYRIE : 62.
LA TOUR DU PIN (René de) : 123, 273.
LATTRE DE TASSIGNY (Jean-Marie de) : 308, 371, 387, 407, 688.
LAURENT (Jacques) : 493.
LAUZIER (Gérard) : 866.
LAVAL (Pierre) : 103, 112, 145, 149, 154, 159-161, 166, 175, 264, 266, 270, 275, 285, 286, 288, 291, 292, 306, 313, 732.
LEBAS : 173.

LE BRAS (Gabriel) : 24.
LEBRUN (Albert) : 73, 141, 144, 145, 168, 208, 245, 254.
LECANUET (Jean) : 582, 584-586, 591, 614, 647, 673, 683, 684, 693, 706, 796.
LECLERC (général) : 308, 383.
LECOIN (Louis) : 241.
LE CORBUSIER : 232, 490.
LEFRANC (Georges) : 122.
LÉGER (Fernand) : 217, 219, 484, 490.
LEHIDEUX (François) : 282.
LELOUCH (Claude) : 864.
LEMAIGRE-DUBREUIL : 430.
LÉNINE : 58, 445.
LÉON XIII : 42.
LÉOTARD (François) : 796, 802, 814, 835.
LE PEN (Jean-Marie) : 681, 779, 781-783, 812, 813, 839, 842, 843.
LEPERCQ (Aimé) : 318.
LE PLAY (Frédéric) : 59, 273.
LEROY (Roland) : 785.
LEUSSE : 446.
LÉVI-STRAUSS (Claude) : 858.
LÉVY (Bernard-Henri) : 867.
LEYGUES (Georges) : 52, 92.
LIÉNART (cardinal Achille) : 99, 186, 289.
LINDON (Jérôme) : 856.
LITVINOV : 211.
LIZOP (Édouard) : 401.
LLOYD GEORGE (David) : 34.

Long (Marceau) : 696, 753.
Longuet (Gérard) : 796.
Loucheur (Louis) : 106.
Luchaire (Jean) : 291.
Luter (Claude) : 26, 486.
Lux (Guy) : 852.
Luxemburg (Rosa) : 622.
Lyautey (Louis Hubert) : 81, 113, 138, 261, 408, 409.
Lyssenko : 393.

M

McLuhan (Herbert Marshall) : 500, 851, 863.
Mac-Mahon (maréchal de) : 52, 435.
Macmillan (Harold) : 381.
Madelin (Alain) : 796.
Maffre-Baugé (Emmanuel) : 722.
Magritte (René) : 220.
Maillol (Aristide) : 215.
Malaud (Philippe) : 672, 676.
Malle (Louis) : 856.
Malraux (André) : 223, 308, 332, 395, 471, 482, 551, 606, 640, 683.
Malvy : 76.
Man (Henri de) : 124.
Mandel (Georges) : 46, 47, 196.
Manessier (Alfred) : 484.
Mannerheim (maréchal) : 240.
Maraud : 51.
Marcellin (Raymond) : 635.

Marchais (Georges) : 604, 662, 684, 715, 718, 722, 735, 744-746, 773, 784, 813, 814.
Marchand : 489.
Marchandeau (Paul) : 205.
Marcilhacy (Pierre) : 583, 661.
Margaritis (Gilles) : 496.
Margueritte (Victor) : 26.
Mariano (Luis) : 848.
Marie (André) : 372, 379, 401, 452, 776.
Marin (Louis) : 36, 93, 145, 159.
Marion (Paul) : 272, 292.
Marjolin (Robert) : 374.
Marquet (Adrien) : 125, 145, 157.
Marrane (Georges) : 518.
Marshall (général) : 365, 373, 375, 376.
Martel (Thierry de) : 259.
Martin (Henri) : 384, 389.
Martin du Gard (Roger) : 216, 217, 221.
Marty (André) : 36, 108.
Marty (Mgr) : 631.
Marx (Karl) : 124.
Massé (Pierre) : 376, 550, 572.
Massis (Henri) : 273.
Massu (général) : 449, 463, 530, 613.
Mathieu (Mireille) : 851.
Matisse (Henri) : 215, 218, 219, 489.
Maunoury : 51.

Index

MAURIAC (François) : 125, 214, 221, 315, 409, 482, 486, 493, 494.

MAUROY (Pierre) : 10, 655, 663, 664, 702, 749, 752, 753, 756, 757, 763-765, 771, 772, 775, 778, 779, 784, 786, 788, 793, 800, 802, 805, 809, 813, 823, 830.

MAURRAS (Charles) : 42, 51, 83, 99, 123, 143, 155, 252, 262, 272, 273, 276, 282, 291, 313.

MAXENCE (Jean-Pierre) : 119.

MAYER (Daniel) : 332, 347, 360, 421, 511.

MAYER (René) : 377, 378, 402, 427.

MÉHAIGNERIE (Pierre) : 796, 803.

MÉLINE (Jules) : 404.

MENDÈS FRANCE (Pierre) : 9, 89, 92, 123, 157, 192, 318, 319, 350, 373, 384, 403, 412-418, 422-432, 434, 435, 437-440, 442, 450, 453, 458, 472-474, 510, 538, 540, 541, 547, 553, 563, 576, 577, 581, 582, 591, 593, 612-614, 618, 648, 650, 653.

MENTHON (François de) : 472, 473.

MERLIN (Louis) : 495.

MESSALI HADJ : 117, 385.

MESSIAEN (Olivier) : 489.

MESSMER (Pierre) : 549, 630, 666, 671-672, 674-675, 677, 681, 692.

MEXANDEAU (Louis) : 777.

MICHAUX (Henri) : 220.

MICHELET (Edmond) : 252, 340, 361, 515.

MIDOL (Lucien) : 56.

MILHAUD (Darius) : 217, 232.

MILLER (Henry) : 216.

MILLERAND (Alexandre) : 24, 46, 51-53, 67, 69, 73, 74, 88, 93, 144, 348, 795.

MILLON (Charles) : 760, 835.

MIRÓ (Joan) : 220, 232.

MISSOFFE (François) : 605.

MISTLER (Jean) : 123.

MITCHOURINE : 393.

MITTERRAND (François) : 410, 416, 425, 426, 438, 442, 458, 460, 472, 516, 517, 540, 543, 553, 578, 579, 581, 582, 584-586, 591, 593, 594, 612-614, 647, 648, 657, 664, 668, 670, 673, 680, 682-685, 690, 694, 701, 702, 714, 716, 718, 719, 722, 732, 744-756, 762, 764, 768, 772, 773, 777, 779, 780, 784, 786, 788-800, 804, 806, 808, 809, 814, 820, 821, 823, 828-831, 840, 841, 844, 845.

MOCH (Jules) : 172, 366, 421, 465, 517.

MODIANO (Patrick) : 863.

MODIGLIANI (Amedeo) : 232.

MOHAMMED V : 381, 385, 408, 409, 418, 432, 434, 446, 457, 460, 581.

MOISSET (Henri) : 275.

MOLLET (Guy) : 9, 348, 360, 393, 416, 421, 428, 437, 438,

440-445, 447, 451-453, 459, 465, 468, 469, 471, 472, 506, 511, 520, 522, 523, 525, 527, 540, 561, 565, 576, 578, 581, 590, 648, 649, 653, 663, 762.
MOLOTOV : 210, 211, 416.
MONCEF (bey) : 407.
MONDRIAN : 218.
MÖNICK (Emmanuel) : 549.
MONNERVILLE (Gaston) : 558.
MONNET (Georges) : 173.
MONNET (Jean) : 326, 373, 374, 390, 419, 598.
MONORY (René) : 708, 725, 808, 810.
MONTAGNON (Barthélemy) : 125.
MONTEIL (André) : 416.
MONTGOMERY : 387.
MONTHERLANT (Henry de) : 120, 483, 485, 487.
MORAND (Paul) : 221, 485.
MORENO (Dario) : 848.
MORENO (Marguerite) : 486.
MORICE (André) : 428, 438, 455, 459.
MORIN (Edgar) : 864.
MORRIS : 500.
MOSER : 279.
MOTTE (Bertrand) : 591.
MOULAY BEN ARAFA : 409.
MOULIN (Jean) : 259, 296, 306, 321, 331, 553, 749.
MOUNIER (Emmanuel) : 119.
MUSSOLINI (Benito) : 160, 183, 199, 202, 210, 266.
MUTTER (André) : 462.

N

NAEGELEN (Marcel-Edmond) : 385.
NAPOLÉON III : 270, 307, 435.
NASSER : 200, 447.
NEUWIRTH (Lucien) : 632, 697.
NICOLLE (Charles) : 221.
NICOUD (Gérard) : 660.
NIMIER (Roger) : 493.
NIXON (Richard) : 676.
NIZAN (Paul) : 243, 485.
NOHAIN (Jean) : 495.
NOIR (Michel) : 760, 812, 835.
NORA (Simon) : 373, 654.
NUCCI (Christian) : 832.

O

ORNANO (Michel d') : 693, 711.
OUSTRIC (Albert) : 139.
OVERNEY (Pierre) : 634.

P

PAGNOL (Marcel) : 484.
PAINLEVÉ (Paul) : 69, 74, 75, 86, 92, 93, 144, 169.
PALEWSKI (Gaston) : 205.
PANDRAUD (Robert) : 805.
PASQUA (Charles) : 796, 804, 805, 830, 835, 836, 843.
PASSERON (Jean-Claude) : 603.

Index

PAUL (Marcel) : 326.
PAUL-BONCOUR (Joseph) : 553.
PAULHAN (Jean) : 216.
PÉGUY (Charles) : 201, 252.
PELLETAN (Camille) : 124.
PÉRET (Benjamin) : 220.
PÉRET (Raoul) : 139.
PÉRI (Gabriel) : 108, 243.
PERRET (Auguste) : 490.
PERRIER (Léon) : 93.
PERRIN (Jean) : 221.
PÉTAIN (Philippe) : 14, 47, 81, 111, 124, 146, 159, 247, 251-254, 260-265, 267-276, 278, 281, 286, 288, 290, 291, 294, 295, 297, 300, 305, 312-314, 316, 363, 380, 399, 421, 482, 505, 510, 576, 782, 378.
PETIT (Guy) : 370.
PETSCHE (Maurice) : 378.
PEYREFITTE (Alain) : 737, 768.
PFLIMLIN (Pierre) : 459, 460, 462, 464-467, 470, 471, 506, 556.
PHILIP (André) : 553.
PHILIPE (Gérard) : 487.
PICASSO (Pablo) : 215, 218, 232, 388, 483, 489, 490, 854.
PIE XI : 79, 84, 98, 99, 171.
PIETRI (François) : 141, 145.
PIGNON : 484, 489, 864.
PINAY (Antoine) : 92, 349, 402-406, 432, 438, 454, 459, 465, 471, 472, 509, 520, 548, 555, 557, 582, 591, 647, 654, 688, 689, 707, 787, 815.
PINEAU (Christian) : 295, 442, 517.
PIRANDELLO (Luigi) : 222.
PISANI (Edgard) : 569, 590, 595, 610, 751.
PITOËFF (Sacha) : 222.
PIVERT (Marceau) : 175.
PLAISANT (Marcel) : 336.
PLANCK (Max) : 221.
PLATEAU (Marius) : 68.
PLATTERS (The) : 849.
PLEVEN (René) : 318, 319, 380, 402, 414, 419, 459, 460, 647, 654, 674.
POHER (Alain) : 638, 646, 648-651, 679, 815.
POINCARÉ (Raymond) : 34, 40, 45-47, 52, 53, 62, 64, 67, 68, 78, 80, 85, 87, 91-98, 101-104, 106, 111, 144, 157, 159, 160, 181, 195, 266, 402, 404, 412, 415, 496, 570, 699.
POLITIS (Nikolaos) : 80.
POMPIDOU (Georges) : 9, 89, 299, 405, 556, 563, 565, 566, 570, 589, 593-595, 607, 608, 610, 613-617, 625, 626, 635, 637, 639, 640, 646, 647, 649-652, 654, 658, 659, 662, 666-671, 674, 675, 677-680, 688, 689, 691, 692, 702-705, 721, 726, 739, 745, 750, 776, 785, 796, 803, 815, 844, 845, 871.

PONGE (Francis) : 482, 494.

PONIATOWSKI (Michel) : 665, 666, 674, 693, 706, 709, 796.

POPEREN (Jean) : 841.

PORTES (Mme de) : 253.

POUJADE (Pierre) : 429-432, 434, 437, 439-441, 466, 660, 681.

POULENC (Francis) : 217.

POULIDOR (Raymond) : 851.

PRAT (Jean) : 851.

PRÉLOT (Marcel) : 361.

PRÉVOST (Jean) : 481.

PRIGENT (Tanguy) : 472.

PROUST (Marcel) : 214-217, 232.

PROUVOST (Jean) : 230, 499.

Q

QUESTIAUX (Nicole) : 766.

QUEUILLE (Henri) : 75, 93, 115, 132, 145, 295, 333, 372, 391, 392, 402.

QUILÈS (Paul) : 767, 825.

QUILLIOT (Roger) : 763, 803.

R

RADIGUET (Raymond) : 15, 120, 215.

RAIMOND (Jean-Bernard) : 796.

RAISNER (Albert) : 853.

RAMADIER (Paul) : 125, 191, 197, 349, 354, 357, 358, 359, 362, 364, 402, 443, 451.

RAUCH (Jean-Marie) : 822.

RAYNAUD (Fernand) : 739.

REAGAN (Ronald) : 736.

RÉGNIER (Marcel) : 159.

RENAUD (Jean) : 137.

RENAUD : 868.

RENAUDEL : 125.

RENAULT (Louis) : 60, 314.

RENOIR (Jean) : 226, 227, 855.

RENOUVIN (Bertrand) : 681.

RESNAIS (Alain) : 855.

REVERDY (Pierre) : 220.

REYNAUD (Paul) : 19, 128, 158, 180, 192, 196, 205, 206, 241, 245, 247, 249, 253, 254, 313, 379, 399, 454, 507, 520, 549, 559, 562.

RIBBENTROP (Joachim von) : 203, 210, 211.

RICHELIEU : 263.

RIDGWAY (Matthew) : 405.

RIGOUT (Marcel) : 813.

RIVET (Paul) : 150, 223.

RIVETTE (Jacques) : 855.

RIVOLLET (Georges) : 146, 157.

ROBBE-GRILLET (Alain) : 856, 857.

ROCARD (Michel) : 373, 612, 648, 650, 700, 719, 744, 761, 764, 791, 819-826, 828, 832, 840, 843-846.

Index

ROCHET (Waldeck) : 579, 582, 662.

ROCHE (recteur) : 606.

ROCHETTE : 139.

ROHMER (Éric) : 855.

ROMAINS (Jules) : 221.

ROMIER (Lucien) : 275.

ROOSEVELT (Franklin Delano) : 381, 408.

ROSENBERG (Ethel et Julius) : 389.

ROSSI (Tino) : 227.

ROSSINOT (André) : 796.

ROSTAND (Jean) : 863.

ROUVIER (Maurice) : 64.

ROYER (Jean) : 674, 681-683.

RUEFF (Jacques) : 523, 655.

RUSSELL (Bertrand) : 493.

S

SABATIER (Robert) : 863.

SADDAM HUSSEIN : 840, 843.

SAGAN (Françoise) : 493, 856, 860.

SAINT-JOHN PERSE : 220, 493.

SAINTENY (Jean) : 383.

SALACROU (Armand) : 222.

SALAN (Raoul) : 460, 464, 465, 467, 527, 528, 533, 534, 537, 539, 562, 583.

SALAZAR : 122.

SALENGRO (Roger) : 186.

SANGNIER (Marc) : 44, 136, 183.

SARRAUT (Albert) : 93, 94, 145, 157, 158, 160, 184.

SARRAUTE (Nathalie) : 856.

SARTRE (Jean-Paul) : 222, 394, 449, 483, 485-488, 493, 494.

SAUNIER-SÉITÉ (Alice) : 736.

SAUSSURE (Ferdinand de) : 857.

SAUTET (Claude) : 864.

SAUVAGNARGUES (Jean) : 729.

SAUVY (Alfred) : 19, 180, 205, 209.

SAVARY (Alain) : 446, 460, 663, 664, 756, 774, 775, 777, 778, 785, 807.

SAVIGNAC : 498.

SCHAEFFER (Pierre) : 489.

SCHMIDT (Helmut) : 730.

SCHŒLCHER (Victor) : 749.

SCHÖNBERG (Arnold) : 217.

SCHUMAN (Robert) : 362, 366, 372, 378, 390, 392, 402, 408, 419, 598.

SCHUMANN (Maurice) : 654, 674.

SCHWARTZENBERG (Léon) : 822.

SCHWEITZER (Albert) : 577.

SÉGAL (Marcelle) : 499.

SEGHERS (Pierre) : 482.

SÉGUIN (Philippe) : 760, 796, 804, 811, 835.

SÉGUY (Georges) : 611, 719.

SEMBAT (Marcel) : 42, 169, 218.

SÉRIGNY (Alain de) : 467.

SERVAN-SCHREIBER (Jean-Jacques) : 414, 577, 673, 684, 693, 822.

SERVIN (Marcel) : 552.

SIEGFRIED (André) : 71.

SIMON (Claude) : 856, 859.

SNOWDEN : 118.

SOISSON (Jean-Pierre) : 736, 828.

SOLJENITSYNE (Alexandre) : 310, 448, 734.

SOUBIRAN (André) : 494.

SOUSTELLE (Jacques) : 426, 443, 455, 466, 472, 515, 526, 530, 531, 533.

SOUTINE (Chaïm) : 232.

SPADE (Henri) : 495.

SPINASSE (Charles) : 173.

STAËL (Nicolas de) : 489.

STALINE (Joseph) : 115, 149, 154, 155, 160, 203, 210, 211, 240, 242, 243, 266, 304, 320, 334, 358, 365, 387, 388, 393.

STAVISKY (Alexandre) : 138-140.

STEEG (Théodore) : 51.

STEINBECK (John) : 493.

STIL (André) : 491.

STOCKHAUSEN (Karlheinz) : 489.

STŒTZEL (Jean) : 200.

STOLERU (Lionel) : 822, 824.

STRAVINSKI (Igor) : 217.

STRESEMANN (Gustav) : 79, 80.

SUAREZ (Georges) : 291, 313.

SUDREAU (Pierre) : 558, 595, 698.

SYLVIA (Gaby) : 483.

T

TAILLEFERRE (Germaine) : 217.

TAITTINGER (Pierre) : 89.

TARDIEU (André) : 75, 93, 103-107, 135, 139, 145, 157-159, 169, 188, 266, 496.

TATI (Jacques) : 497.

TAVERNIER (Bertrand) : 864.

TEITGEN (Pierre-Henri) : 450, 472, 517.

TERRENOIRE (Louis) : 361.

THATCHER (Margaret) : 730, 736.

THIBAUDET (Albert) : 75, 109, 651.

THIERS (Adolphe) : 64, 263, 269, 404.

THOMAS (Albert) : 106, 324.

THOREZ (Maurice) : 25, 108-110, 148, 149, 166, 172, 179, 191, 243, 244, 318, 327, 348, 388, 393, 406, 425, 579, 603, 648, 663, 813.

TILLON (Charles) : 133, 648.

TINGUÉLY (Jean) : 490.

TITULESCU (Nicolae) : 80.

TIXIER-VIGNANCOUR (Jean-Louis) : 441, 583, 585, 586, 591, 782.

TJIBAOU (Jean-Marie) : 821.

Index

TOGLIATTI (Palmiro) : 663.
TOMASINI (René) : 660.
TOUCHARD (Jean) : 118.
TOURÉ (Sékou) : 540.
TRENET (Charles) : 227.
TRIBOULET (Raymond) : 432.
TROTSKI (Léon) : 115.
TRUFFAUT (François) : 855.
TRUMAN (Harry S.) : 358.

U

UDERZO (Albert) : 500.
URI (Pierre) : 374.
UTRILLO (Maurice) : 232.

V

VADIM (Roger) : 856, 860.
VAILLAND (Roger) : 488.
VAILLANT-COUTURIER (Paul) : 108.
VALENTIN : 537.
VALENTIN (François) : 296.
VALÉRY (Paul) : 112, 215, 216, 485.
VALLAT (Xavier) : 170.
VALLIN (Charles) : 295.
VALOIS (Georges) : 88.
VEDEL (Georges) : 506.
VEIL (Simone) : 693, 697, 722, 730, 738, 780.
VENTURA (Ray) : 227.
VERCORS : 481, 482.
VERDIER (Robert) : 511.
VEUILLOT (Mgr) : 574, 603.
VILAR (Jean) : 488.

VILLELUME (de) : 253.
VILLEMAIN : 75.
VILLIERS (Georges) : 328.
VINCENOT (Henri) : 863.
VIOLLETTE (Maurice) : 172, 526.
VIOLLIS (André) : 81.
VITOLD (Michel) : 483.
VIVIANI (René) : 169.
VLAMINCK (Maurice de) : 218.

W

WAGNER (Richard) : 217.
WALDECK-ROUSSEAU (René) : 43, 46, 185.
WARHOL (Andy) : 868.
WARNOD (André) : 232.
WEIL (Simone) : 207, 331.
WEYGAND (Maxime) : 37, 144, 247, 249, 251, 313.
WILSON (Thomas Woodrow) : 33, 35.
WINKLER (Paul) : 231.
WOLINSKI (Georges) : 866.

Y

YBARNEGARAY (Jean) : 36, 163.
YOUNG (Owen D.) : 80, 112.

Z

ZAVATTA (Achille) : 847.
ZAY (Jean) : 124, 173, 182, 186, 699.
ZELLER (André) : 534.

Table

INTRODUCTION	5
11 Novembre	13

LIVRE PREMIER
D'UNE GUERRE A L'AUTRE (1918-1939)

Un entre-deux-guerres ?	31
Chapitre Premier — LA RÉPUBLIQUE DE CLEMENCEAU	33
Le règlement de la paix	33
Le réveil de l'agitation sociale	37
Le retour à une vie politique normale et les élections	40
Chapitre II — LE BLOC NATIONAL	49
Une législation méconnue	49
Une majorité républicaine	51
L'apaisement de la querelle religieuse	53
La crise sociale et la division ouvrière	55
Modernisation et reconstruction	59
La paix et la sécurité	62
Résurgence des anciennes divisions	68

Chapitre III — Une expérience de gauche : le Cartel ... 71
   L'élection du 11 mai 1924 ... 71
   Le nouveau gouvernement ... 75
   Une nouvelle politique étrangère ... 77
   L'Outre-mer ... 80
   La querelle religieuse se rallume ... 82
   La crise financière et la dislocation du Cartel ... 85

Chapitre IV — De Poincaré à Tardieu — Poincarisme et Union nationale ... 91
   Le règlement de la crise financière ... 95
   L'apaisement ... 97
   La rupture entre l'Église et l'Action française ... 98
   Les élections de 1928 et le départ des radicaux ... 100
   Une politique de réformes ... 104
   Un parti à part : le Parti communiste ... 107

Chapitre V — 1930 : un apogée ? ... 111
   Un apogée de l'histoire nationale ... 111
   L'envers du décor ... 116
   L'esprit des années 30 ... 118

Chapitre VI — La crise ... 127
   La crise de l'économie et ses conséquences sociales ... 128
   De l'impuissance des gouvernements à la crise de régime ... 134
   L'affaire Stavisky et la soirée du 6 février 1934 ... 138
   L'appel à Doumergue ... 144

Chapitre VII — Du 6 février 1934 aux élections de 1936 ... 147
   Le rassemblement de la gauche contre le fascisme ... 148
   Où est le fascisme en France ? ... 150
   Anticommunisme et pacifisme ... 153
   Le ministère Doumergue ... 156
   La pratique des décrets-lois ... 161
   Front populaire contre Front national ... 162

Table 951

Chapitre VIII — LE FRONT POPULAIRE 165
   La campagne et les élections du printemps 1936 166
   Léon Blum 168
   La formation du gouvernement 172
   La grande vague de grèves (mai-juin 1936) 173
   L'action du gouvernement et l'œuvre législative 178
   Les périls extérieurs et la guerre d'Espagne 183
   L'opposition 186
   La « pause » 188
   L'agonie du Front populaire 190

Chapitre IX — UN SURSAUT ? 195
   Le gouvernement Daladier 195
   La crise de Munich 197
   Munichois et antimunichois 200
   L'acte de décès du Front populaire 204
   Une nouvelle politique 205
   Un redressement national 207
   Les relations avec l'Union soviétique 210

Chapitre X — UN ENTRE-DEUX CULTUREL ?
(1919-1939) 213
   Réverbération 215
   Une clarté nouvelle 219
   Une culture des « années folles » ? 221
   Vibrations de la crise ? 223
   Une culture de masse ? 224
   Culture d'automne ? 231

LIVRE II
LE TEMPS DES ÉPREUVES (1939-1946)

Chapitre XI — LA FRANCE FOUDROYÉE 237
   La France en guerre 237
   La drôle de guerre a sa logique 238

Le Parti communiste hors la loi	242
La campagne de France	246
Faut-il arrêter les combats ?	249
La France écartelée	255

Chapitre XII — Vichy et la Révolution nationale — 259
Les Français en état de choc	259
Le Maréchal	260
Pourquoi la défaite ?	262
La fin de la République	266
Une monarchie personnelle	269
Quelle idéologie ?	272
Un nationalisme d'exclusion	276

Chapitre XIII — La dérive et le salut — 281
Les contraintes de la situation	281
La guerre continue	285
L'esprit public évolue	287
Les collaborationnistes	290
La Résistance	293
L'héritage des années tragiques	297

Chapitre XIV — La Libération et le Gouvernement provisoire — 303
La Libération	303
Le Gouvernement provisoire	305
Gagner la guerre	307
Le retour des prisonniers et des déportés	309
L'épuration	310
Remettre l'économie en route	316
Restaurer l'État	320
Les réformes de structure	323
De nouveaux rapports sociaux	326
La Sécurité sociale	328

Chapitre XV — Une nouvelle France politique — 331
Le réveil de la vie politique	331
Vers de nouvelles institutions	335

Le retrait du général de Gaulle	341
Le rejet du premier projet	343
Vers la IVe République	347

LIVRE III
LA RÉPUBLIQUE QUATRIÈME (1947-1958)

Chapitre XVI — L'année de toutes les crises	353
Une situation économique désastreuse	354
La révocation des ministres communistes	356
De Gaulle fonde le R.P.F.	360
La Troisième Force	362
Les grèves	363
Chapitre XVII — La France remonte la pente	369
Le redressement de l'économie	369
Les problèmes d'outre-mer	379
La guerre froide	385
Les gouvernements aux prises avec les institutions	391
Chapitre XVIII — Reclassement des forces politiques	399
Monsieur Pinay	403
Indochine et Maghreb	407
Pierre Mendès France et l'Indochine	412
La crise de la CED	418
L'Algérie s'embrase. La chute de Mendès	425
Le poujadisme	429
Fin de législature	432
Chapitre XIX — Le gouvernement de Guy Mollet	437
Victoire du Front républicain	437
Guy Mollet et l'Algérie	440
Suez et la Hongrie	446
Une politique sociale	450
Des crises en chaîne	452

Chapitre XX — Une République disparaît 457
    La crise s'enclenche 457
    Une journée : le 13 Mai 462
    Entrée en scène du général de Gaulle 466
    De Gaulle président du Conseil 472
    Accident, suicide ou assassinat ? 476

Chapitre XXI — Cultures de guerre et d'après-guerre (1940-1958) 481
    Le temps suspendu ? 481
    Notre après-guerre 485
    Une crise d'identité culturelle ? 491
    Développement d'une culture de masse 494

LIVRE IV
LE PRINCIPAT DE GAULLE (1958-1969)

Chapitre XXII — Une nouvelle République 505
    L'élaboration de la Constitution 505
    Les *oui* et les *non* 509
    Une Chambre introuvable 513
    De Gaulle président de la République 518
    Une œuvre réformatrice 520

Chapitre XXIII — De Gaulle et l'Algérie 525
    « Je vous ai compris » 525
    L'autodétermination 529
    Du putsch manqué à la fin de la guerre 533
    Les derniers soubresauts 538
    La décolonisation 540
    Une politique étrangère indépendante 544

Chapitre XXIV — La République confirmée 549
    Le général de Gaulle 549
    Dépolitisation ou renouvellement ? 551